Thomas Mann

Große kommentierte Frankfurter Ausgabe

Werke – Briefe – Tagebücher

Herausgegeben von

Heinrich Detering, Eckhard Heftrich, Hermann Kurzke,

Terence J. Reed, Thomas Sprecher, Hans R. Vaget,

Ruprecht Wimmer in Zusammenarbeit mit dem

Thomas-Mann-Archiv der ETH,

Zürich

Band 8.1

Thomas Mann

JOSEPH UND SEINE BRÜDER II

JOSEPH IN ÄGYPTEN

Roman

JOSEPH DER ERNÄHRER

Roman

Herausgegeben und textkritisch durchgesehen

von Jan Assmann, Dieter Borchmeyer und Stephan Stachorski

unter Mitwirkung von Peter Huber

S. FISCHER VERLAG

Frankfurt a. M.

Dieser Band wurde
von der S. Fischer Stiftung gefördert.

© 2018 S. Fischer Verlag GmbH,
Frankfurt am Main
Ausstattung: Jost Hochuli, St. Gallen
Satz: pagina GmbH, Tübingen
Druck und Einband: Kösel GmbH & Co. KG,
Altusried-Krugzell
Printed in Germany
ISBN 978-3-10-048331-7

JOSEPH IN ÄGYPTEN

Roman

JOSEPH IN ÄGYPTEN

ERSTES HAUPTSTÜCK: DIE REISE HINAB

Vom Schweigen der Toten

»Wohin führt ihr mich?« fragte Joseph den Kedma, einen der Söhne des Alten, als sie in niedrigem Hügelland, das der Mond beschien, zu Füßen der Berge »Baumgarten«, Hütten spannten, um darin zu schlafen.

Kedma sah ihn von oben bis unten an.

»Du bist gut«, sagte er und schüttelte den Kopf zum Zeichen, daß er nicht »gut« meinte, sondern mehreres andere, wie »einfältig«, »frech« und »sonderbar«. »Wohin wir dich führen? Führen wir dich denn? Wir führen dich doch gar nicht! Du bist zufällig mit uns, weil dich der Vater gekauft hat von harten Herren, und ziehst mit uns, wohin wir ziehen. Das kann man doch nicht gut ›führen‹ nennen.«

»Nicht? Also nicht«, erwiderte Joseph. »Ich meinte nur: Wohin führt mich Gott, indem ich mit euch ziehe?«

»Du bist und bleibst ein Bursche zum Lachen«, entgegnete der Ma'oniter, »und hast eine Art, dich in die Mitte der Dinge zu stellen, daß niemand weiß, ob er sich wundern soll oder ärgern. Meinst du Heda, wir reisen, damit du irgendwohin kommst, wo dein Gott dich haben will?«

»Ich denke nicht daran«, versetzte Joseph. »Weiß ich doch, daß ihr, meine Herren, auf eigene Hand reist, nach euren Zwekken und wohin euch der Sinn steht, und will gewiß eurer Würde und Selbstherrlichkeit nichts anhaben mit meiner Frage. Aber siehe, die Welt hat viele Mitten, eine für jedes Wesen, und um ein jedes liegt sie in eigenem Kreise. Du stehst nur eine halbe Elle von mir, aber ein Weltkreis liegt um dich her, deren Mitte nicht ich bin, sondern du bist's. Ich aber bin die Mitte von meinem. Darum ist beides wahr, wie man redet, von dir aus oder von mir. Denn unsere Kreise sind nicht weit voneinander, daß sie sich nicht berührten, sondern Gott hat sie tief ineinander gerückt und verschränkt, also daß ihr Ismaeliter zwar ganz selbstherrlich reist und nach eigenem Sinn, wohin ihr wollt, außerdem aber und in der Verschränkung Mittel und Werkzeug seid, daß ich an mein Ziel gelange. Darum fragte ich, wohin ihr mich führt.«

»So, so«, sagte Kedma und betrachtete ihn immer noch von Kopf zu Füßen, das Gesicht von dem Pflocke abgewandt, den er rammen wollte. »Derlei denkst du dir aus, und die Zunge läuft dir wie ein Ichneumon. Ich werde es dem Alten sagen, meinem Vater, wie du Hundejunge dir zu klügeln erlaubst und steckst deine Nase in solche Weisheit, wie daß du einen Weltkreis für dich hast und wir zu deinen Führern bestellt sind. Gib acht, ich sag's ihm.«

»Tu das«, erwiderte Joseph. »Es kann nicht schaden. Es wird den Herrn, deinen Vater, stutzen lassen, daß er mich nicht zu billig verkauft und nicht an den ersten besten, wenn er mit mir Handel zu treiben gedenkt.«

»Wird hier geschwatzt«, fragte Kedma, »oder wird hier eine Hütte gespannt.« Und er wies ihn an, ihm zur Hand zu gehen. Zwischenein aber sagte er:

»Du überfragst mich, wenn du von mir wissen willst, wohin wir reisen. Ich hätte nichts dagegen, dir Auskunft zu geben, wenn ich's wüßte. Es steht aber beim Alten, meinem Vater, denn er hat seinen Kopf ganz für sich, nach dem alles geht, und wir sehen's dann schon. So viel ist klar, daß wir's halten, wie deine harten Herren, die Hirten, uns rieten, und nicht in des Landes Innerem ziehen, auf der Wasserscheide, sondern daß wir aufs Meer gerichtet sind und die Küstenebene, da werden wir hinabreisen Tag für Tag und ins Philistinerland kommen, zu den Städten der Handelsfahrer und den Burgen der Seeräuber. Vielleicht verkauft man dich dort irgendwo auf die Ruderbank.«

»Das wünsche ich nicht«, sagte Joseph.

»Da gibt's nichts zu wünschen. Es geht nach des Alten Kopf, je wie er's aussinnt, und wohin am Ende die Reise geht, das weiß er möglicherweise selber noch nicht. Er möchte aber, daß wir denken, er wisse alles zum voraus ganz genau, und so geben wir uns alle die Miene danach – Epher, Mibsam, Kedar und ich ... Das erzähle ich dir, weil wir hier zufällig zusammen die Hütte spannen; sonst habe ich keine Ursache, es dir zu erzählen. Ich wollte, der Alte vertauschte dich nicht allzubald gegen Purpur und Zedernöl, sondern du bliebest noch bei uns ein Weilchen und eine Strecke, daß man noch etwas von dir vernehmen könnte über die Weltkreise der Menschen und ihre Verschränkung.«

»Jederzeit«, antwortete Joseph. »Ihr seid meine Herren und habt mich gekauft um zwanzig Silberlinge, einschließlich Witz und Zunge. Diese stehen zu Gebot, und dem über des Einzelnen Weltkreis kann ich noch manches hinzufügen über Gottes nicht ganz stimmende Zahlenwunder, die der Mensch verbessern muß, ferner über den Pendel, das Hundssternjahr und die Erneuerungen des Lebens ...«

»Aber nicht jetzt«, sagte Kedma. »Unbedingt muß jetzt die Hütte aufgestellt sein, denn der Alte, mein Vater, ist müde, und ich bin's auch. Ich fürchte, ich könnte deiner Zunge heut nicht mehr folgen. Ist dir noch schlecht vom Hungern, und schmerzen die Glieder dich noch, wo du mit Stricken gefesselt warst?«

»Fast gar nicht mehr«, erwiderte Joseph. »Es waren ja nur drei Tage, die ich in der Grube verbrachte, und euer Öl, mit dem ich mich salben durfte, hat meinen Gliedern sehr wohlgetan. Ich bin gesund, und nichts beeinträchtigt Wert und Brauchbarkeit eures Sklaven.«

Wirklich hatte er Gelegenheit gehabt, sich zu säubern und zu salben, hatte von seinen Gebietern einen Schurz und für kühle Stunden auch solchen weißen, zerknitterten Kapuzenrock empfangen, wie der wulstlippige Zügelbube trug, und die Redensart »Sich wie neugeboren fühlen« traf danach genauer auf ihn zu als vielleicht jemals auf irgendein Menschenkind seit Erschaffung der Welt bis heute – denn war er nicht wirklich neugeboren? Es war ein tiefer Einschnitt und Abgrund, der seine Gegenwart von der Vergangenheit trennte, es war das Grab. Da er jung gestorben war, stellten jenseits der Grube seine Lebenskräfte sich rasch und leicht wieder her, was ihn aber nicht hinderte, zwischen seinem gegenwärtigen Dasein und dem früheren, dessen Abschluß die Grube gewesen war, scharf zu unterscheiden und sich nicht mehr für den alten Joseph, sondern für einen neuen zu erachten. Wenn tot und gestorben sein heißt: an einen Zustand unverbrüchlich gebunden sein, der keinen Wink und Gruß zurück, keine leiseste Wiederaufnahme der Beziehungen zum bisherigen Leben gestattet; wenn es heißt: entschwunden und verstummt sein diesem bisherigen Leben ohne Erlaubnis und denkbare Möglichkeit, den Bann des Schweigens durch irgendein Zeichen zu brechen – so war Joseph tot, und das Öl, womit er sich nach der Reinigung vom Staub der Grube hatte salben dürfen, war kein anderes gewesen als jenes, das man dem Toten mitgibt ins Grab, daß er sich salben möge im anderen Leben.

Wir legen Gewicht auf diesen Aspekt, weil es uns dringlich scheint, schon hier einen Vorwurf, für jetzt und später, von Joseph abzuwehren, der oft bei der Betrachtung seiner Geschichte gegen ihn erhoben worden ist: die Frage nämlich, die ja ein Vorwurf ist, warum er nicht, dem Loche entronnen, aus allen Kräften darauf gesonnen habe, mit dem bedauernswerten Jaakob die Verbindung aufzunehmen und ihn wissen zu lassen, daß er lebe. Gelegenheit dazu habe sich doch schon bald ergeben müssen, ja, mit der Zeit habe die Möglichkeit, dem getäuschten Vater Wahrheitskunde zukommen zu lassen, sich dem Sohn immer bequemer dargeboten, und unbegreiflich bis zum Anstößigen sei es, daß er es unterlassen habe, sie wahrzunehmen.

Der Vorwurf verwechselt das äußerlich Tunliche mit dem, was innerlich möglich, und läßt die drei schwarzen Tage außer acht, die dem Erstehen Josephs vorangegangen waren. Sie hatten ihn unter scharfen Schmerzen zur Einsicht in die tödliche Fehlerhaftigkeit seines bisherigen Lebens und zum Verzicht auf die Rückkehr in dieses Leben genötigt; sie hatten ihn gelehrt, das Todesvertrauen der Brüder zu bejahen, und sein Entschluß und Vorsatz, es nicht zu täuschen, war um so fester, als er nicht freiwillig war, sondern so unwillkürlich und logisch notwendig wie das Schweigen eines Toten. Ein solcher schweigt seinen Lieben nicht aus Lieblosigkeit, sondern weil er muß; und nicht grausamerweise schwieg Joseph dem Vater. Sogar sehr schwer wurde es ihm, und je länger, je schwerer, das darf man glauben – nicht leichter als auf dem Toten die Erde liegt, die ihn bedeckt. Das Mitleid mit dem Alten, der ihn, das wußte er, mehr geliebt hatte als sich selbst; den auch er liebte mit natürlichster Dankesliebe und mit dem zusammen er sich in die Grube gebracht, versuchte ihn stark und hätte ihn gern zu sinnwidrigen Schritten bestimmt. Doch ist das Mitleid mit einem Schmerz, den unser eigenes Schicksal bei andern erregt, besonderer Art, entschieden fester und kälter als dasjenige mit einem uns fremden Leidwesen. Joseph hatte Schreckliches durchgemacht, er hatte grausame Lehren empfangen – das erleichterte ihm das Erbarmen mit Jaakob, ja, das Bewußtsein ihrer gemeinsamen Haftung ließ ihm des Vaters Jammer als einigermaßen ordnungsmäßig erscheinen. Todesgebundenheit hinderte ihn, das blutige Zeichen, das jener hatte empfangen müssen, Lügen zu strafen. Daß aber Jaakob das Blut des Tieres notwendig und unwidersprechlich für Josephs Blut halten mußte, wirkte auch wieder auf Joseph zurück und hob in seinen Augen den Unterschied zwischen dem »Dies ist mein

Blut« und dem »Dies bedeutet mein Blut« praktisch auf. Jaakob hielt ihn für tot; und da er's unwidersprechlicherweise tat – war Joseph also tot oder nicht?

Er war es. Daß er dem Vater verstummen mußte, war dafür der bündigste Beweis. Ihn hielt das Totenreich – oder vielmehr: es würde ihn halten, denn daß er noch unterwegs dorthin war und in den Midianitern, die ihn gekauft, seine Führer in dieses Land zu erblicken hatte, erfuhr er in Bälde.

Zum Herrn

»Zum Herrn sollst du kommen«, sagte eines Abends – sie waren schon manchen Tag vom Kirmil-Berge her am offenen Meere im Sande dahingeschritten – ein Knecht namens Ba'almahar zu Joseph, da dieser eben beschäftigt war, auf heißen Steinen Fladen zu backen. Er hatte behauptet, daß er das außergewöhnlich gut mache, und obgleich er sich nie darin versucht, da niemand es ihm zugemutet hatte, gelang es ihm durch Gottes Hilfe auch wirklich vortrefflich. Bei Sonnenuntergang hatte man das Nachtlager am Fuße der schilfgrasigen Dünenzeile aufgeschlagen, die gegen das Land hin seit Tagen ihren Zug einförmig begleitete. Es war sehr heiß gewesen; jetzt senkte sich Linderung vom erblassenden Himmel. Der Strand erstreckte sich veilchenfarben. Das hinsterbende Meer sandte mit seidigem Rauschen flache und gestreckte Wellen an seinen feucht spiegelnden Saum, der rötlich vergoldet war von Scharlachresten des Glutgepränges, das das Gestirn beim Abschied entfaltet hatte. Um ihren Pflock ruhten die Kamele. Nicht fern vom Strande wurde ein plumper Lastkahn, der Bauholz zu tragen schien und nur mit zwei Steuerern bemannt war, von einem geruderten Segelschiff mit kurzem Mast und langer Rahestange, vielfältigem Getäu und einem Tierkopf am weit aus dem Wasser sich aufschwingenden Vordersteven gen Süden geschleppt.

»Zum Herrn«, wiederholte der Packknecht. »Er läßt dich rufen durch meinen Mund. Er sitzt auf der Matte im Zelt und sagt, du sollst vor ihn kommen. Ich ging vorüber, da rief er mich an mit meinem Namen Ba'almahar und sprach: ›Schick mir den Neugekauften, den Abgestraften, jenen Schilfsohn, den Heda vom Brunnen, ich will ihn befragen.‹«

Aha, dachte Joseph, Kedma hat ihm von den Weltkreisen berichtet, das ist ganz gut. »Ja«, sagte er, »so drückte er sich aus, weil er dir, Ba'almahar, nicht anders begreiflich zu machen wußte, wen er meinte. Er muß mit dir reden, du Guter, wie du's verstehst.«

»Freilich«, erwiderte jener, »wie sollte er sonst auch sagen? Will er mich sehen, so spricht er: ›Schick mir den Ba'almahar!‹ Denn das ist mein Name. Aber mit dir ist's schwieriger, denn du bist nur ein Pfiffjunge.«

»Er will dich wohl immerfort sehen«, sagte Joseph, »obgleich du etwas grindig bist auf dem Kopf? Gehe nur. Danke der Nachricht.«

»Was fällt dir ein!« rief Ba'almahar. »Du mußt gleich mitkommen, daß ich dich vor ihn bringe, denn wenn du nicht kommst, so habe ich's schlecht.«

»Ich muß doch«, antwortete Joseph, »erst diesen Fladen gar werden lassen, ehe ich gehe. Ich will ihn mitnehmen, daß der Herr mein außergewöhnlich gutes Backwerk koste. Halte dich still und warte!«

Unter den drängenden Rufen des Sklaven buk er den Fladen fertig, stand dann auf von seinen Fersen und sagte: »Ich gehe.«

Ba'almahar begleitete ihn zum Alten, der beschaulich im niedrigen Eingang seines Reisezeltes auf der Matte saß. »Hören ist gehorchen«, sprach Joseph und grüßte. Der Alte, ins schwindende Abendrot blickend, nickte und hob dann eine seiner ruhenden Hände aus dem Gelenke seitlich hinweg, zum Zeichen für Ba'almahar, sich zu verziehen.

»Ich höre«, hob er an, »daß du gesagt hast, du seist der Nabel der Welt?«

Joseph schüttelte lächelnd den Kopf.

»Was kann da gemeint sein«, antwortete er, »und was mag ich beiläufig geäußert haben und gesprächsweise hingeworfen, daß man's so mißverständlich meinem Herrn hinterbracht? Laß mich sehen. Ja, ich weiß, ich habe gesagt, daß sie viele Mittelpunkte habe, die Welt, so viele, wie Menschen Ich sagen auf Erden, für jeden einen.«

»Das läuft aufs gleiche hinaus«, sagte der Alte. »Es ist also wahr, du hast so Tolles von dir gegeben. Nie habe ich dergleichen gehört, so weit ich herumgekommen, und sehe wohl, daß du ein Lästerer bist und ein frevler Bursche, ganz wie mich deine vorigen Herren berichtet. Wohin kämen wir wohl, wenn jeder Gimpel und Gauch aus der großen Mischung sich für den Weltnabel erachten wollte, wo er geht und steht, und was finge man an mit so vielen Mittelpunkten? Als du im Brunnen stakest, wo hinein du, wie ich sehe, mit nur allzuviel Recht geraten, war da dieser Brunnen der Welt heilige Mitte?«

»Gott heiligte ihn«, antwortete Joseph, »indem er ein Auge auf ihn hatte und mich nicht darin verderben ließ, sondern euch des Weges vorübersandte, daß ihr mich errettetet.«

»Sodaß?« fragte der Kaufmann. »Oder aufdaß?«

»Sodaß und aufdaß«, versetzte Joseph. »Beides, und wie man es nimmt.«

»Du bist ein Schwätzer! Bisher schien es zweifelhaft allenfalls, ob Babel die Mitte der Welt sei und sein Turm oder vielleicht die Stätte Abôt am Strome Chapi, wo begraben liegt der Erste des Westens. Du vervielfältigst die Frage. Welchem Gotte gehörst du?«

»Gott, dem Herrn.«

»So, dem Adōn, und beklagst den Untergang der Sonne. Das lasse ich mir gefallen. Es ist wenigstens eine Aussage, die sich hören läßt, und besser, als wenn einer sagt: ›Ich bin ein Mittelpunkt‹, als ob er verrückt wäre. Was hast du da in der Hand?«

»Einen Fladen, den ich buk für meinen Herrn. Ich verstehe mich außergewöhnlich gut aufs Fladenbacken.«

»Außergewöhnlich? Laß sehen.«

Und der Alte nahm ihm das Backstück aus der Hand, drehte es hin und her und biß dann mit den seitlichen Zähnen davon ab, denn vorn hatte er keine mehr. Der Fladen war so gut, wie er sein konnte, und nicht besser; aber der Alte urteilte:

»Er ist sehr gut. Ich will nicht sagen ›außergewöhnlich‹, weil schon du es gesagt hast. Du hättest es mir überlassen sollen; aber gut ist er. Sogar ausgezeichnet«, setzte er weiterkauend hinzu. »Ich trage dir auf, öfters solche zu backen.«

»Es wird geschehen.«

»Trifft es zu oder nicht, daß du schreiben kannst und kannst eine Liste führen über allerlei Waren?«

»Spielend leicht«, antwortete Joseph. »Ich kann Menschenschrift schreiben und Gottesschrift, mit Griffel oder Rohr, je nach Belieben.«

»Wer lehrte es dich?«

»Der über dem Hause. Ein weiser Knecht.«

»Wieviel mal ist die Sieben in der Siebenundsiebzig? Wohl zweimal?«

»Zweimal nur nach der Schrift. Aber dem Sinne nach muß ich die Sieben erst einmal, dann zweimal und dann achtmal nehmen, daß ich auf Siebenundsiebzig komme, denn sieben, vierzehn und sechsundfünfzig, die machen sie aus. Eins, zwei und acht aber sind elf, und so hab' ich's: elf mal geht die Sieben ein in die Siebenundsiebzig.«

»So schnell findest du eine verborgene Zahl?«

»Schnell oder gar nicht.«

»Du hast sie wohl aus Erfahrung gewußt. Gesetzt aber, ich habe ein Stück Acker, das ist dreimal so groß wie das Feld meines Nachbars Dagantakala, dieser aber kauft ein Joch Landes zu seinem hinzu, und nun ist meines nur noch doppelt so groß: Wieviel Joch haben beide Äcker?«

»Zusammen?« fragte Joseph und rechnete ...

»Nein, jeder für sich.«

»Hast du einen Nachbarn namens Dagantakala?«

»So nenne ich nur den Besitzer des zweiten Ackers in meiner Aufgabe.«

»Ich sehe, und ich verstehe. Dagantakala – das muß ein Mann vom Lande Peleschet sein, dem Namen nach zu urteilen, aus Philistinerland, wohin wir, wie es scheint, hinabziehen nach deines Hauptes Ratschluß. Es gibt ihn gar nicht, aber er heißt Dagantakala und bebaut in Genügsamkeit sein neuerdings drei Joch großes Äckerchen, unfähig des Neides auf meinen Herrn und seinen sechs Joch großen Acker, da er's ja immerhin von zwei Joch auf drei gebracht hat, und außerdem, weil's ihn nicht gibt und auch die Äcker nicht, die doch zusammen neun Joch ausmachen, das ist das Drollige. Nur meinen Herrn gibt's und sein sinnendes Haupt.«

Der Alte blinzelte ungewiß, denn er merkte nicht recht, daß Joseph das Exempel schon aufgelöst hatte.

»Nun?« fragte er ... »Ach, ja, so! Du hast's schon gesagt, und ich hatt' es kaum acht, weil du es so in die Rede flochtest und hast um die Lösung herumgeschwatzt, daß ich sie fast überhörte. Es ist richtig: Sechs, zwei und drei, das sind die Zahlen. Sie waren verdeckt und versteckt – wie hast du sie so geschwind hervorgezogen, indem du schwatztest?«

»Man muß das Unbekannte nur fest ins Auge fassen, dann fallen die Hüllen, und es wird bekannt.«

»Ich muß lachen«, sagte der Alte, »weil du die Lösung so einfließen ließest und machtest kein Wesens davon, da du sie gabst. Ich muß recht herzlich lachen darob.« Und er lachte zahnlosen Mundes, den Kopf zur Schulter geneigt, den er dabei auch noch schüttelte. Dann wurde er wieder ernst und blinzelte, die Augen noch feucht.

»Nun höre, Heda«, sagte er, »und antworte mir einmal redlich und ganz nach der Wahrheit: Sage, bist du wahrhaftig ein Sklave und Niemandssohn, ein Hundejunge und Kleinknecht unterster Sorte, schwer abgestraft um gehäufter Laster und Sittenverletzung willen, wie die Hirtenmänner mir sagten?«

Joseph verschleierte die Augen und rundete nach seiner Art die Lippen, wobei die untere etwas hervorstand.

»Du hast mir, mein Herr«, sagte er, »Unbekanntes aufgegeben, um mich zu prüfen, und hast nicht die Lösung gleich beigetan, denn so wär's keine Prüfung gewesen. Da nun Gott dich prüft mit Unbekanntem – willst du die Lösung auch haben gleich dazu und soll antworten der Frager für den Befragten? So geht's nicht zu in der Welt. Hast du mich nicht aus der Grube gezogen, darin ich mich besudelt wie ein Schaf mit dem eigenen Unrat? Was für ein Hundejunge muß ich da sein und wie groß meine Sittenverderbnis! Ich habe hin und her geschoben in meinem Kopf das Doppelte und Dreifache und abgewogen die Verhältnisse, daß ich die Lösung sah. Rechne auch du, wenn's gefällig ist, hin und her zwischen Strafe, Schuld und Niedrigkeit, und gewiß wirst du von zweien immer aufs Dritte kommen.«

»Mein Exempel war stimmig und trug in sich die Lösung. Zahlen sind rein und schlüssig. Aber wer gibt mir Gewähr, daß auch das Leben aufgeht wie sie und nicht das Bekannte täuscht über das Unbekannte? Mehreres spricht hier gegen die Stimmigkeit der Verhältnisse.«

»So muß man auch dieses in Rechnung stellen. Geht wohl das Leben nicht auf wie Zahlen, so ist es dafür vor dich hingestellt, daß du's mit Augen siehst.«

»Woher hast du den Huldstein an deinem Finger?«

»Vielleicht stahl ihn der Hundeknecht«, vermutete Joseph.

»Vielleicht. – Du mußt doch wissen, woher du ihn hast.«

»Von jeher habe ich ihn und wüßte nicht, daß ich ihn nicht gehabt hätte.«

»So hast du ihn mitgebracht aus dem Schilf und Sumpf deiner wilden Zeugung? Denn du bist doch ein Sumpfsohn und Binsenkind?«

»Das Kind des Brunnens bin ich, aus dem mein Herr mich hob und zog mich mit Milch auf.«

»Hast du keine Mutter gekannt außer dem Brunnen?«

»Ja«, sagte Joseph. »Ich kannte wohl eine süßere Mutter. Ihre Wange duftete wie das Rosenblatt.«

»Siehst du. Und hat sie dich nicht mit einem Namen genannt?«

»Ich habe ihn verloren, mein Herr, denn ich habe mein Leben verloren. Ich darf meinen Namen nicht kennen, wie ich mein Leben nicht kennen darf, das sie in die Grube stießen.«

»Sage mir deine Schuld, die dein Leben in die Grube brachte.«

»Sie war sträflich«, antwortete Joseph, »und hieß Vertrauen. Sträflich Vertrauen und blinde Zumutung, das ist ihr Name. Denn es ist blind und tödlich, den Menschen zu trauen über ihre Kraft und ihnen zuzumuten, was sie nicht hören wollen und können: vor solcher Liebe und Hochachtung läuft ihnen die Galle über, und sie werden wie reißende Tiere. Dies nicht zu wissen oder nicht wissen zu wollen, ist höchst verderblich. Ich aber wußte es nicht oder schlug es doch in den Wind, also daß ich den Mund nicht hielt und ihnen meine Träume erzählte, aufdaß sie mit mir staunten. Aber ›aufdaß‹ und ›sodaß‹, zweierlei ist das manchmal und geht nicht immer zusammen. Aus blieb das Aufdaß, und das Sodaß hieß die Grube.«

»Deine Zumutung«, sagte der Alte, »womit du die Menschen reißend gemacht, die hieß wohl Hochmut und Übermut, ich kann es mir denken, und wundern will es mich nicht bei einem, der spricht: ›Weltnabel bin ich und Mittelpunkt.‹ Doch bin ich viel gereist zwischen den Strömen, die verschieden gehen, der eine von Süden nach Norden, der andere umgekehrt, und weiß, daß manches Geheimnis waltet in der scheinbar so offenkundigen Welt und seltsam Verschwiegenes sein Wesen treibt hinter ihrem lauten Gerede. Ja, oft kam mir's vor, als ob die Welt nur darum so voller lauten Geredes sei, daß sich besser darunter verberge das Verschwiegene und überredet werde das Geheimnis, das hinter den Menschen und Dingen ist. Auf manches stieß ich, ohne es gesucht zu haben, und wonach ich nicht geforscht hatte, das lief mir unter. Doch ließ ich's auf sich beruhen, denn ich bin nicht so neugierig, daß ich alles ergründen müßte, sondern es genügt mir, zu wissen, daß Geheimnis die redselige Welt erfüllt. Ein Zweifler bin ich, wie ich hier sitze, nicht weil ich nichts glaubte, sondern weil ich alles für möglich halte. So bin ich Alter. Ich weiß von Mären und Vorkommnissen, die nicht für wahrscheinlich gelten und sich dennoch ereignen. Ich weiß von jenem, der aus Adel und schönem Range, darin er sich kleidete mit Königsleinen und sich salbte mit Freudenöl, getrieben wurde in Wüste und Elend –«

Hier unterbrach sich der Kaufmann und blinzelte, denn die notwendige und gegebene Folge seiner Rede, die Fortsetzung, die nun fällig war, ohne daß er im voraus bedacht hatte, daß sie gleich fällig sein werde, stimmte ihn nachdenklich. Es gibt tief ausgefahrene Gedankengeleise, aus denen man nicht weicht, wenn man einmal darin ist; urgewohnt-fix und fertige Ideenverbindungen, die ineinanderfassen wie Kettenglieder, so daß, wer da A gesagt, nicht umhin kann, auch B zu sagen oder es doch zu denken; und sie gleichen Kettengliedern auch darum noch, weil darin das Irdische und Himmlische so ineinanderhängen und -greifen, daß man mit Notwendigkeit dabei von einem aufs andere kommt im Reden oder Verstummen. Es ist einmal so, daß der Mensch ganz vorwiegend in Schablonen und

Formeln fertigen Gepräges denkt, also nicht wie er sich's aussucht, sondern wie es gebräuchlich ist nach der Erinnerung, und schon indem der Alte von Jenem sprach, der da aus schöner Hoheit in Wüste und Elend getrieben wird, war er ins Göttlich-Schablonenhafte geraten. Daran aber hing unverbrüchlich der Nachsatz vom Emporsteigen des Erniedrigten zum Retter der Menschen und Bringer der neuen Zeit, und dabei hielt der Gute nun in stiller Betroffenheit.

Mehr als gelinde Betroffenheit war es nicht – nur das schicklich-andächtige Einhalten des praktischen, aber gut gearteten Menschen vor dem Sinnig-Heiligen. Wenn dies sich zu einer Art von Beunruhigung, einem tieferen Stutzen, ja einem – freilich vorübergehenden und kaum recht zur Kenntnis genommenen – Schrecken verstärkte, so war nur die Begegnung daran schuld, die sich hier zwischen den blinzelnden Augen des Alten und denen des vor ihm Stehenden ereignete und die den Namen der Begegnung darum nicht rein verdiente, weil Josephs Blick dem andern nicht »begegnete«, ihn nicht eigentlich, auch seinerseits angreifend, erwiderte, sondern ihn nur aufnahm, sich nur still und offen zum Hineinschauen darbot – eine mehrdeutig-anzügliche Dunkelheit. Andere schon hatten mit demselben bestürzten Blinzeln aus dieser stillen Anzüglichkeit klug zu werden gesucht, mit dem nun der Ismaelit es versuchte – beunruhigt von der Frage, was für ein nicht ganz alltägliches oder auch nur geheures Geschäft es gewesen sei, das er mit jenen Hirtenmännern getätigt hatte, und welche Bewandtnis es mit seiner Erwerbung habe. Aber der Untersuchung dieser Frage galt ja das ganze abendliche Gespräch, und hatte sich der Gesichtspunkt, unter dem unser Alter sie prüfte, für eines Augenblickes Dauer ins Überirdisch-Geschichtenhafte verschoben, so gibt es am Ende kein Ding, das man nicht auch von dieser Seite betrachten könnte; ein tüchtiger Mann aber unterscheidet wohl zwischen den Sphären und Aspekten und wendet sich unschwer der praktischen Seite der Welt wieder zu.

Dem Alten genügte ein Räuspern, um diese Umstellung zu bewerkstelligen.

»Hm«, sagte er. »Alles in allem, dein Herr ist bewandert und vielerfahren zwischen den Strömen und weiß, was vorkommt. Er braucht sich von dir, Schilfkind und Brunnensohn, nicht darüber belehren zu lassen. Ich habe deinen Leib gekauft und was du an Geschicklichkeit aufweisest, aber nicht dein Herz, daß ich es zwingen könnte, mir deine Bewandtnisse zu offenbaren. Nicht nur nicht notwendig ist es, daß ich in sie eindringe, es ist nicht einmal ratsam und könnte mein Schaden sein. Ich habe dich gefunden und dir den Odem wiedergegeben; doch dich zu kaufen war nicht meine Absicht, schon weil ich nicht wußte, ob du verkäuflich wärest. Ich habe an kein Geschäft gedacht als etwa an einen Finderlohn oder ein Lösegeld, gegebenen Falles. Dennoch ist es zu einem Handelsgeschäft gekommen um deine Person; zur Probe regte ich's an. Der Prüfung wegen sprach ich: ›Verkauft ihn mir‹, und sollte mir für entscheidend gelten die Prüfung, so ist's entschieden, denn die Hirtenmänner sind darauf eingegangen. Ich habe dich erstanden in schwerem und ausführlichem Handel, denn sie waren zäh. Zwanzig Sekel Silbers, nach dem Gewicht wie es gang und gäbe ist, habe ich für dich vorgewogen und bin ihnen nichts schuldig geblieben. Was ist's mit dem Preise, und wie bin ich daran? Es ist ein mittlerer Preis, nicht überaus gut, nicht allzu schlecht. Ich konnte ihn mäßigen um der Fehler willen, die dich, wie sie sagten, in die Grube gebracht. Nach deinen Eigenschaften kann ich dich höher verkaufen, als ich dich kaufte, und mich bereichern nach meiner Bestimmung. Was habe ich davon, daß ich in deine Bewandtnisse dringe und vielleicht erfahren muß, daß es, die Götter wissen wie, um dich steht, so daß du überhaupt nicht verkäuflich warst und es auch nicht bist, sondern ich habe das Meine verloren, oder wenn ich dich wiederverkaufe, so ist's ein Unrecht und Handel mit Hehlgut? Geh nur, ich will gar nichts wissen von deinen Bewandtnissen, nämlich des näheren, daß ich mich reinhalte und bleibe im Rechten. Es genügt mir, zu vermuten, daß sie wohl etwas wunderlich sein mögen und zu den Dingen gehören, die für möglich zu halten ich Zweifler genug bin. Geh, ich rede schon unnötig lange mit dir, und es ist Schlafenszeit. Solche Fladen backe nur öfters, sie sind recht gut, wenn auch nicht außergewöhnlich. Ferner ordne ich an, daß du dir von Mibsam, meinem Eidam, Schreibzeug verabfolgen läßt, Blätter, Rohre und Tusche, und mir in Menschenschrift eine Liste anfertigst der Waren, die wir führen, je nach ihrer Art: der Balsame, Salben, Messer, Löffel, Stöcke und Lampen sowie des Schuhwerks, des Brennöls und auch des Glasflusses, nach Stückzahl und Gewicht, die Dinge schwarz, Gewicht und Menge aber in Rot, ohne Fehler und Kleckse, und sollst mir die Liste bringen binnen drei Tagen. Verstanden?«

»Befohlen, ist es so gut wie geschehen«, sagte Joseph.

»So geh.«

»Friede und Süßigkeit deinem Schlummer«, sprach Joseph. »Mögen leichte, erheiternde Träume zeitweise in ihn verwoben sein.«

Der Minäer schmunzelte. Und er dachte nach über Joseph.

Nachtgespräch

Da sie nun drei Tage weiter waren am Meere hinabgezogen, war wieder Abend und Zeltrast, und wo sie rasteten, sah es genau und unverändert so aus wie vor drei Tagen: es hätte können dieselbe Stelle sein. Vor den Alten, der auf der Matte saß am Eingang seiner Unterkunft, trat Joseph, in Händen Fladen und Schriftrolle.

»Dem Herrn bringt das Bestellte irgendein Sklave«, sagte er. Die Steinbrote legte der Midianiter beiseite. Die Liste rollte er auf und prüfte schrägen Kopfes die Schrift. Es geschah mit Wohlgefallen.

»Kein Klecks«, sagte er, »das ist gut. Aber man sieht auch, daß die Zeichen gezogen sind mit Genuß und Schönheitssinn, und sind ein Zierat. Hoffentlich stimmt es überein mit dem Wirklichen, so daß es nicht nur malerisch ist, sondern auch sachgemäß. Es erfreut, das Seine so bildlich im Reinen aufgeführt und das Verschiedene ebenmäßig verzeichnet zu sehen. Die Ware ist fettig und harzig; der Kaufmann macht seine Hände nicht mit ihr gemein, er handhabt sie in ihrer Geschriebenheit. Die Dinge sind dort, aber sie sind auch hier, geruchlos, reinlich und übersichtlich. So eine Schreibliste ist wie der Ka oder geistige Leib der Dinge, der neben dem Leibe ist. Gut also, Heda, zu schreiben verstehst du und kannst auch etwas rechnen, wie ich bemerkte. Auch fehlt es dir für deine Verhältnisse nicht an Ausdrucksweise, denn wie du dem Herrn gute Nacht wünschtest vor drei Tagen, das hat mir wohlgetan. Welches waren noch deine Worte?«

»Ich weiß sie nicht mehr«, erwiderte Joseph. »Wahrscheinlich habe ich deinem Schlummer Frieden gewünscht.«

»Nein, es war angenehmer. Aber gleichviel, es wird sich ja wieder einmal Anlaß finden zu so einer Ausdrucksform. Was ich aber sagen wollte, das ist: Wenn ich nichts Wichtigeres zu bedenken habe, so denke ich an dritter und vierter Stelle wohl auch über dich einmal nach. Dein Los mag schwer sein, da du allenfalls bessere Tage gesehen und dienst nun als Bäcker und Schreiber dem reisenden Kaufmann. Darum, indem ich dich weiter veräußere und mich, rein von der Kenntnis deiner Bewandtnisse, tunlichst an dir bereichere, will ich sehen, daß ich für dich sorge.«

»Das ist sehr gütig von dir.«

»Ich will dich vor ein Haus bringen, das ich kenne, da ich ihm schon manches Mal Dienste erweisen durfte zu meinem und seinem Vorteil: ein gutes Haus, ein gehegtes Haus, ein Haus der Ehre und Auszeichnung. Es ist ein Segen, sage ich dir, dem Hause anzugehören, sei es nur als unterster seiner Knechte, und wenn's eines gibt, darin ein Diener mag feinere Gaben äußern, so dieses. Hast du Glück und bring' ich dich an in dem Hause, dann ist dein Los so gnädig gefallen, wie es in Anbetracht deiner Schuld und Sträflichkeit nur irgend fallen konnte.«

»Und wem gehört das Haus?«

»Ja, wem. Einem Manne – ein Mann ist das – ein Herr vielmehr. Ein Großer über den Großen, behangen mit Lobgold, ein heiliger, strenger und guter Mann, auf den sein Grab wartet im Westen, ein Hirte der Menschen, das lebende Bild eines Gottes. ›Wedelträger zur Rechten des Königs‹ ist sein Name, aber meinst du, er trägt den Wedel? Nein, das läßt der Mann andere tun, er selbst ist zu heilig dazu, er trägt nur den Titel. Meinst du, ich kenne den Mann, die Gabe der Sonne? Nein, ich bin nur ein Würmchen vor ihm, er sieht mich gar nicht, und auch ich sah ihn nur einmal von ferne in seinem Garten auf hohem Stuhl, wie er die Hand ausstreckte, zu befehlen, und machte mich klein, daß er nicht Anstoß an mir nähme und im Befehlen gestört werde, – wie könnt' ich's verantworten? Aber seines Hauses Obervorsteher kenne ich von Gesicht zu Gesicht und von Wort zu Wort, der über dem Gesinde ist, über den Speichern und über den Handwerkern und alles verwaltet. Er liebt mich und gibt wohl muntere Reden, wenn er mich sieht, und spricht: ›Nun, Alter, sieht man dich auch einmal wieder, und kommst du vors Haus mit deinem Kram, uns zu bemogeln?‹ Das sagt er im bloßen Spaß, mußt du verstehen, weil er denkt, daß es dem Kaufmann schmeichelt, wenn man ihn mogelschlau heißt, und wir lachen zusammen. Dem will ich dich zeigen und dich ihm vorschlagen, und wenn mein Freund, der

Vorsteher, bei Laune ist und kann einen Jungsklaven brauchen fürs Haus, so bist du geborgen.«

»Welcher König ist's«, fragte Joseph, »dessen Lobgold der Hausherr trägt?«

Er wollte wissen, wohin es ginge mit ihm und wo das Haus läge, dem der Alte ihn zudachte; doch war es nicht dies allein, was ihn so fragen ließ. Er wußte es nicht, aber sein Denken und Sicherkundigen war von einem Mechanismus bestimmt, der weither wirkte aus Anfangs- und Väterzeiten: Abraham sprach aus ihm, der vom Menschen so hoffärtig gedacht hatte, daß er der Ansicht gewesen war, einzig und geradewegs nur dem Höchsten dürfe er dienen, und dessen Sinnen und Trachten denn also ausschließlich und voller Verachtung aller Ab- und Untergötter sich auf das Höchste, den Höchsten gerichtet hatte. Die Stimme des Enkels hier fragte leichter und weltlicher, und doch war's des Ahnen Frage. Nur mit Gleichgültigkeit hatte Joseph von dem Hausmeier gehört, von dem nach des Alten Worten sein Schicksal doch unmittelbar abhing. Er empfand Geringschätzung gegen den Alten, weil er nur den Vorsteher kannte und nicht einmal den betitelten Mann, dem das Haus gehörte. Aber auch um diesen kümmerte er sich wenig. Über ihm war ein Höherer, der Höchste, von dem in den Nachrichten des Alten die Rede gewesen, und das war ein König. Auf diesen ausschließlich und geradezu ging Josephs Neugier und Angelegentlichkeit, und nach ihm fragte seine Zunge, unwissend, daß sie's nicht willkürlich-zufällig tat, sondern nach Erbe und Prägung.

»Welcher König?« wiederholte der Alte. »Neb-ma-rê-Amunhotpe-Nimmuria«, sprach er in liturgischem Tonfall, als sagte er ein Gebet.

Joseph erschrak. Er hatte dagestanden, die Arme auf dem Rücken verschränkt; jetzt aber löste er sie rasch und faßte die Wangen in beide Handflächen.

»Das ist Pharao!« rief er. Wie hätte er nicht verstehen sollen? Den Namen, den der Alte gebetet, kannte man bis an die Grenze der Welt und bis zu den Fremdvölkern, die Eliezer den Joseph gelehrt hatte, bis Tarschisch und Kittim, bis Ophir und das den Osten vollendende Elam. Wie hätte er nichtssagend bleiben sollen dem unterwiesenen Joseph? Wären gewisse Teile des Namens, den der Minäer ausgesprochen, dies »Herr der Wahrheit ist Rê«, dies »Amun ist zufrieden«, ihm unverständlich gewesen, so hätte der syrische Zusatz »Nimmuria«, was da hieß: »Er geht zu seinem Schicksal«, ihn aufklären müssen. Es gab viele Könige und Hirten; jede Stadt hatte einen, und so geruhig hatte Joseph sich nach dem in Rede stehenden erkundigt, weil er den Namen irgendeines Burgherrn der Strecken am Meer, irgendeines Zurat, Ribaddi, Abdascharat oder Aziru zu vernehmen erwartet hatte. Er war nicht gefaßt gewesen, den Königsnamen in so glorreich übergeordnetem Sinn, dermaßen gotthaft und prachtbehangen zu verstehen, wie der gehörte verstanden zu werden begehrte. Geschrieben in einen länglich aufrechtstehenden Ring, beschützt von Falkenflügeln, die die Sonne selbst über ihn breitete, stand er am Ende einer im Ewigen sich verlierenden Ruhmesreihe ebenso länglich umringter Namen, mit deren jedem die Vorstellung überwältigender Kriegszüge, weit vorgerückter Grenzsteine, weltbeschrieener Prunkbauten verbunden war, und bezeichnete für sein Teil ein solches Erbe heiligen Ansehens und kostbarer Lebenserhöhung, einen solchen Anspruch auf Kniefälligkeit, daß Josephs Bewegung begreiflich war. Regte sich aber sonst nichts in ihm als ein Ehrfurchtsschrecken, von dem jeder an seiner Stelle wäre angerührt worden? Doch, anderes noch und Widersetzliches, Empfindungen, die ebenso weither kamen wie seine Frage nach dem Höchsten und mit denen er unwillkürlich sofort seine ersten Gefühle richtigzustellen suchte: Spott gegen das unverschämt Erdengewaltige; geheime Auflehnung in Gottes Namen gegen Nimrods gesammelte Königsmacht – das war es, was ihn bestimmte, die Hände von seinen Wangen zu tun und seinen Ausruf viel ruhiger, als Feststellung einfach, zu wiederholen: »Pharao ist das.«

»Allerdings«, sagte der Alte. »Das ist das Große Haus, das groß gemacht hat das Haus, vor das ich dich bringen will, und will dich anbieten meinem Freunde, dem Obervorsteher, dein Glück zu versuchen.«

»So willst du mich nach Mizraim führen, ganz hinab, in das Land des Schlammes?« fragte Joseph und spürte Herzklopfen.

Der Alte schüttelte den Kopf an der Schulter.

»Ähnlich«, sagte er, »sieht dir wieder die Rede. Ich weiß es von Kedma schon, meinem Sohne, daß du von kindischen Dünkels wegen dir einbildest, wir führten dich da- oder dorthin, da wir doch unsern Weg nehmen würden, wie wir ihn nehmen, auch ohne dich, und du eben nur dahin gelangst, wohin uns der Weg führt. Ich reise nicht nach Ägyptenland, daß ich dich dorthin bringe, sondern weil ich Geschäfte dort tätigen will, die mich bereichern sollen: Einkaufen will ich Dinge, die man dort reizend herstellt und denen anderwärts Nachfrage gilt: glasierte Halskrägen, Feldstühle mit hübschen Beinchen, Kopfstützen, Brettspiele und gefältelte Linnenschurze. Das will ich in den Werkstätten kaufen und auf den Märkten, so billig die Götter des Landes mir's lassen, und will's hinausführen wieder zurück über die Berge von Kenan, Retenu und Amor ins Mitanniland am Strome Phrath und ins Land des Königs Chattusil, wo man ein Auge darauf hat und es mir bezahlen wird in blindem Eifer. Du sprichst vom ›Land des Schlammes‹, als wär's ein Dreckland, aus Kot gebacken wie ein Vogelnest und gleich einem unausgemisteten Stall. Und dabei ist das Land, dahin ich wieder einmal zu reisen entschlossen bin und wo ich dich vielleicht werde lassen können, das feinste Land des Erdenrundes, so auserlesener Sitten, daß du dir vorkommen wirst daselbst wie ein Ochs, vor dem man die Laute spielt. Du elender Amu wirst Augen machen, wenn du das Land siehst zu seiten des Gottesstromes, das da ›die Länder‹ heißt, weil es doppelt ist und zwiefach gekrönt, aber Mempi, das Haus des Ptach, das ist die Waage der Länder. Da reihen sich die großen Austritte vor der Wüste, unerhört, und dabei liegt der Löwe im Kopftuch, Hor-em-achet, der Urschaffene, das Geheimnis der Zeiten, an dessen Brust der König entschlief, das Kind des Thot, und ward ihm im Traume das Haupt erhoben zur höchsten Verheißung. Die Augen werden dir aus dem Kopfe treten, wenn du die Wunder siehst und alle Pracht und Erlesenheit des Landes, das Keme mit Namen heißt, weil's schwarz ist von Fruchtbarkeit und nicht rot wie die elende Wüste. Wovon aber ist's fruchtbar? Von wegen des Gottesstromes, einzig von seinetwegen. Denn es hat seinen Regen und sein Manneswasser nicht am Himmel, sondern auf Erden, und der Gott ist's, Chapi, der starke Stier, der breitet sich sanft darüber hin und steht segensreich darüber eine Jahreszeit lang, zurücklassend die Schwärze seiner Kraft, daß man drin säen kann und erntet hundertfältige Frucht. Du aber redest, als sei's eine Mistgrube.«

Joseph senkte den Kopf. Er hatte erfahren, daß er unterwegs ins Totenreich war; denn die Gewohnheit, Ägypten als Unterweltsland und seine Bewohner als Scheolsleute zu betrachten, war mit ihm geboren, und nie hatte er's anders gehört, besonders von Jaakob. Ins traurig Untere sollte er also verkauft werden, die Brüder schon hatten ihn dorthinab verkauft, der Brunnen war stimmigerweise der Eingang dazu gewesen. Es war sehr traurig, und Tränen wären am Platze gewesen. Die Freude jedoch am Stimmigen hielt der Traurigkeit die Waage; denn sein Erachten, er sei tot, und das Blut des Tieres sei wahrlich sein Blut gewesen, fand sich auf witzige Weise bestätigt in des Alten Eröffnung. Er mußte lächeln – so nahe das Weinen gelegen hätte um seinet- und Jaakobs willen. Ausgerechnet dorthinab sollte es mit ihm gehen, in das Land, dem des Vaters entschiedenste Abneigung galt, in Hagars Heimat, das äffische Ägypterland! Er erinnerte sich der streng tendenziösen Schilderungen, mit denen Jaakob auch ihm dies Land unleidlich zu machen gesucht hatte, das er, ohne wirkliche Anschauung davon zu besitzen, im Lichte feindlich-greuelhafter Prinzipien, des Vergangenheitsdienstes, der Buhlschaft mit dem Tode, der Unempfindlichkeit für die Sünde sah. Joseph war immer zu heiterem Mißtrauen gegen die Gerechtigkeit dieses Bildes geneigt gewesen, zu einer Neugierssympathie, die regelmäßig die Folge väterlich moralisierender Warnungen ist. Wenn der Würdige, Gute und Grundsatzvolle gewußt hätte, daß sein Lamm nach Ägypten zog, in das Land Chams, des Entblößten, wie er es nannte, weil es »Keme« hieß um der schwarzen Fruchterde willen, die sein Gott ihm schenkte! Die Verwechslung war recht bezeichnend für die fromme Voreingenommenheit seines Urteils, dachte Joseph und lächelte.

Aber nicht nur im Widerspruch bewährte sich seine Sohnesverbundenheit. Es war wohl ein diebischer Spaß, daß er ins grundsätzlich Verpönte fahren sollte, ein Jungentriumph voll Liebäugelei mit den moralischen Schrecken des Unterlandes. Doch mischten sich stumme und bluthafte Vorsätze darein, an denen der Vater auch wieder seine Freude gehabt hätte: die Entschlossenheit des Abramskindes, sich durchaus nicht die Augen übergehen zu lassen vor den Feinheitswundern, die der Ismaeliter ihm ankündigte, und ganz bestimmt die prachtvolle Zivilisation, die ihn erwartete, nicht allzu sehr zu bewundern. Geistlicher Spott, weit herkommend, verzog ihm den Mund über die Lebenserlesenheit, die angeblich seiner wartete; und dieser Spott war zugleich ein beizeiten errichteter Schutz gegen die unförderliche Blödigkeit, die das Erzeugnis allzu großer Bewunderung ist.

»Steht das Haus«, fragte er aufblickend, »vor das du mich bringen willst, zu Mempi, dem Hause des Ptach?«

»O nein«, erwiderte der Alte, »da müssen wir weiter hinaufziehen, will sagen: hinunter, stromaufwärts nämlich, aus dem Lande der Schlange in das des Geiers. Einfältig fragst du, denn da ich dir sagte, daß des Hauses Herr Wedelträger heißt zur Rechten des Königs, so muß er ja sein, wo Seine Majestät ist, der gute Gott, und zu Wêse, der Stadt des Amun, da steht das Haus.«

Viel erfuhr Joseph diesen Abend am Meer, und allerlei drang auf ihn ein! Nach No selbst also sollte es mit ihm gehen, No-Amun, der Stadt der Städte und dem Gerüchte der Welt, einem Prahlthema für Gespräche, die bei den entlegensten Völkern geführt wurden und in denen es hieß, sie habe hundert Tore und mehr als hunderttausend Bewohner. Würden dem Joseph nicht dennoch die Augen übergehen, wenn er die Weltstadt erblickte? Er sah wohl, daß er seinen Entschluß, ja nicht verblödender Bewunderung zu verfallen, im voraus sehr fest machen müsse. Recht gleichgültig schob er die Lippen vor, doch wie er auch zu Gottes Ehre seine Züge lässig zu halten suchte, konnte er Verlegenheit doch nicht ganz daraus verbannen. Denn etwas fürchtete er sich vor No, und besonders der Name des Amun war schuld daran, dieser gewaltige Name, geladen mit Einschüchterung für jedermann, gebieterisch auftretend auch dort, wo der Gott fremd war. Die Nachricht, er solle in den Kult- und Machtbereich dieses Gottes geraten, flößte ihm Sorge ein. Der Herr Ägyptens, Reichsgott der Länder, der König der Götter war Amun, wie Joseph wußte, und Verwirrung ging aus von so einzigem Range. Amun war der Größte – in den Augen der Kinder Ägyptens freilich nur. Aber Joseph sollte wohnen unter den Kindern Ägyptens. Darum schien es ihm nützlich, von Amun zu sprechen und sich mit dem Munde an ihm zu versuchen. Er sagte:

»Wêse's Herr in seiner Kapelle und in seiner Barke, das ist wohl der erhabeneren Götter einer hier in der Welt?«

»Der erhabeneren?« erwiderte der Alte. »Du redest wahrhaftig nicht besser, als du's verstehst. Was meinst du wohl, was Pharao dem an Broten und Kuchen, Bier, Gänsen und Wein ausgesetzt hat zu seiner Zehrung? Das ist ein Gott sondergleichen, sage ich dir, was er an Schätzen sein eigen nennt, beweglichen und unbeweglichen, davon ginge der Atem mir aus, wollte ich's herzählen, und die Zahl seiner Schreiber, die alles verwalten, ist wie der Sterne.«

»Wundervoll«, sagte Joseph. »Ein sehr schwerer Gott nach allem, was du mir sagst. Nur fragte ich, genau genommen, nicht nach seiner Schwere, sondern nach seiner Erhabenheit.«

»Beuge du dich vor ihm«, riet des Alten Stimme, »da du leben sollst in Ägyptenland, und unterscheide nicht viel zwischen schwer und erhaben, als ob da nicht eines fürs andere stünde und beides ganz einerlei wäre. Denn Amuns sind alle Schiffe der Meere und Flüsse, und die Flüsse und Meere sind sein. Er ist das Meer und das Land. Er ist auch Tor-nuter, das Zederngebirge, dessen Stämme wachsen für seine Barke, genannt ›Amuns Stirn ist mächtig‹. Er geht ein in Pharao's Gestalt zur Großen Gemahlin und zeugt den Hor im Palaste. Er ist Baal in allen seinen Gliedern, macht dir das Eindruck? Er ist die Sonne, Amun-Rê ist sein Name – genügt das deinen Ansprüchen an Erhabenheit oder nicht völlig?«

»Ich hörte aber«, sagte Joseph, »er sei ein Schafbock im Dunkel der hintersten Kammer?«

»Ich hörte, ich hörte ... Genau, wie du's verstehst, redest du und keinen Deut besser. Ein Widder ist Amun, wie Bastet im Lande der Mündungen eine Katze ist und der Große Schreiber von Schmun ein Ibis sowohl wie ein Affe. Denn sie sind heilig in ihren Tieren und heilig die Tiere in ihnen. Du wirst viel lernen müssen, wenn du im Lande leben willst und willst bestehen vor ihm, sei es auch nur als unterster seiner Jungsklaven. Wie willst du den Gott schauen, wenn nicht im Tiere? Drei sind eins: Gott, Mensch und Tier. Denn vermählt sich das Göttliche mit dem Tierischen, so ist's der Mensch, wie denn Pharao, wenn er im Feste ist, einen Tierschwanz angelegt nach uraltem Herkommen. Also, vermählt sich hinwiederum das Tier mit dem Menschen, so ist's ein Gott, und ist das Göttliche nicht anders zu schauen und zu begreifen als in solcher Vermählung, so daß du Heket, die Große Hebamme, gleich einer Kröte siehst an den Mauern nach ihrem Haupt und Anup hundsköpfig, den Öffner der Wege. Siehe, im Tiere finden sich Gott und Mensch, und ist das Tier der heilige Punkt ihrer Berührung und ihrer Vereinigung, festlich-ehrwürdig nach seiner Natur, und für sehr ehrwürdig gilt unter den Festen das Fest, wenn der Bock sich der reinen Jungfrau vermischt in der Stadt Djedet.«

»Davon hörte ich«, sagte Joseph. »Billigt mein Herr wohl die Sitte?«

»Ich?« fragte der Ma'oniter. »Laß du den Alten zufrieden! Wir sind ziehende Kaufleute, Zwischenhändler, überall heimisch und nirgends, und für uns gilt das Leitwort: ›Nährst du meinen Bauch – ehr' ich deinen Brauch!‹ Merke es dir in der Welt, denn auch dir wird es zukommen.«

»Nie will ich«, erwiderte Joseph, »in Ägyptenland und im Hause des Wedelträgers ein Wort sagen wider die Ehrwürdigkeit des Bespringungsfestes. Aber von mir zu dir geredet, so laß mich gedenken, daß es ein Fallstrick ist und eine Schlinge um dies Wort: Ehrwürdigkeit. Denn leicht gilt dem Menschen das Alte für ehrwürdig, eben weil's alt ist, und läßt eines fürs andere gelten. Ist aber doch manches Mal ein Fallstrick mit des Alten Ehrwürdigkeit, wenn's nämlich einfach bloß überständig ist in der Zeit und verrottet – dann tut's nur ehrwürdig, ist aber in Wahrheit ein Greuel vor Gott und ein Unflat. Zwischen dir und mir geredet, mutet die Darbringung der Menschenjungfrau zu Djedet mich eher unflätig an.«

»Wie willst du das unterscheiden? Und wo kämen wir hin, wenn jeder Gimpel sich zum Mittelpunkt setzen wollte der Welt und sich wollte zum Richter aufwerfen darüber, was heilig ist in der Welt und was nur alt, was noch ehrwürdig und was schon ein Greuel? Da gäbe es bald nichts Heiliges mehr! Ich glaube nicht, daß du deine Zunge bewahren wirst und deine unfrommen Gedanken verhehlen. Denn solchen Gedanken, wie du sie hegst, ist's eigentümlich, daß sie ausgesagt sein wollen – ich kenne das.«

»In deiner Nähe, mein Herr, lernt sich's leicht, Alter und Ehrwürde gleichzusetzen.«

»Papperlapapp. Rasple nicht Süßholz vor mir, denn ich bin nur ein ziehender Kaufmann. Achte vielmehr auf meine Verwarnungen, daß du nicht anläufst bei den Kindern Ägyptens und dich nicht ums Glück redest. Denn bestimmt kannst du deine Gedanken nicht wahren; darum mußt du sorgen, daß schon deine Gedanken recht sind und nicht erst die Rede. Frömmer ist offenbar nichts als die Einheit von Gott, Mensch und Tier im Opfer. Rechne hin und her zwischen diesen dreien in bezug auf das Opfer, und sie heben sich auf darin. Im Opfer sind alle drei und vertritt jedes des andern Stelle. Darum regt Amun sich als Opferbock im Dunkel der hintersten Kammer.«

»Ich weiß nicht recht, wie mir ist, mein Herr und Käufer, ehrwürdiger Kaufmann. Es dunkelt so stark, indes du mich lehrst, und zerstreutes Licht rieselt wie Edelsteinstaub herab von den Sternen. Ich muß mir die Augen reiben, verzeih, daß ich's tue, denn es will mich beirren, und wie du da vor mir sitzest auf deiner Matte, ist mir nicht anders, als wär's der Kopf eines Laubfrosches, den du trägst, und hocktest da weise und breit als behäbige Kröte!«

»Siehst du, daß du deine Gedanken nicht wahren kannst, mögen sie noch so anstößig sein? Wie willst und magst du wohl eine Kröte in mir erblicken?«

»Meine Augen fragen nicht, ob ich's will. Genau einer hokkenden Kröte gleich erscheinst du mir unter den Sternen. Denn du warst Heket, die Große Hebamme, da mich der Brunnen gebar, und hobst mich aus der Mutter.«

»Ach, Schwätzer du! Das ist keine große Amme, die dir ans Licht half. Heket, die Fröschin, heißt groß, weil sie Helferin war bei des Zerrissenen zweiter Geburt und Wiedererstehung, da ihm das Untere zufiel, aber dem Hor das Obere, nach dem Glauben der Kinder Ägyptens, und Usir, das Opfer, der Erste des Westens ward, König und Richter der Toten.«

»Das gefällt mir. Geht man denn schon gen Westen, muß man zumindest der Erste werden der Dortigen. Lehre mich aber, mein Herr: Ist denn Usir, das Opfer, so groß in den Augen der Kinder Keme's, daß Heket zur großen Fröschin ward, weil sie die Hebhelferin war seines Erstehens?«

»Er ist überaus groß.«

»Groß über Amuns Größe?«

»Amun ist groß von Reiches wegen, sein Ruhm erschreckt die Fremdvölker, daß sie ihm ihre Zedern schlagen. Aber Usir, der Zerrissene, ist groß in der Liebe des Volkes, alles Volkes von Djanet in den Mündungen bis Jeb, der Elefanteninsel. Da ist keiner unter allen, vom hustenden Schleppsklaven der Brüche, der millionenmal lebt, bis zu Pharao, der nur einmal lebt und allein und sich selber anbetet in seinem Tempel – ich sage dir, da ist nicht einer, der ihn nicht kennte und liebte und nicht wünschte, zu Abôt an seiner Stätte, bei dem Grab des Zerrissenen, sein Grab zu finden, wär' es nur möglich. Aber auch da es nicht möglich ist, hängen sie alle ihm an in Innigkeit und in der Zuversicht, gleich wie er zu werden zu ihrer Stunde und ewig zu leben.«

»Zu sein wie Gott?«

»Wie der Gott zu sein und gleich ihm, nämlich einig mit ihm, also, daß der Verstorbene Usir ist und auch so heißt.«

»Was du nicht sagst! Schone mich aber, Herr, beim Lehren und hilf meinem armen Verstande, wie du mir halfst aus dem Schoße des Brunnens! Denn es ist nicht gemeinverständlich, was du mich lehren willst hier in der Nacht am entschlummerten Meer von den Meinungen der Kinder Mizraims. Soll ich sie dahin verstehen, daß es des Todes Kraft wäre, die Beschaffenheit zu verändern, und der Tote ein Gott sei mit dem Bart eines Gottes?«

»Ja, das ist die zuversichtliche Meinung alles Volkes der Länder, und sie lieben sie darum so innig-einhellig von Zo'an bis Elephantine, weil sie sie sich haben erringen müssen in langem Ringen.«

»Errungen haben sie sich die Meinung in schwerem Sieg und ausgehalten um sie bis ins Morgenrot?«

»Sie haben sie durchgesetzt. Denn anfangs und ursprünglich war es nur Pharao, er allein, der Hor im Palaste, der, wenn er starb, zu Usiri kam und eins mit ihm wurde, so daß er wie Gott war und ewig lebte. Aber alle die Hustenden, die Statuenschlepper, die Ziegelstreicher, die Töpfebohrer, die hinter dem Pfluge und die in den Bergwerken, sie haben nicht geruht und haben gerungen, bis sie's durchgesetzt hatten und gültig gemacht, daß sie nun alle zu ihrer Stunde Usiri werden und heißen der Usir Chnemhotpe, der Usir Rechmerê nach ihrem Tode und leben ewig.«

»Abermals gefällt mir's, was du da sagst. Du hast mich gescholten der Meinung wegen, daß jedes Erdenkind seinen Weltkreis um sich habe besonders und sei die Mitte davon. Aber auf eine Art oder die andere will es mir scheinen, die Kinder Ägyptens teilten den Meinungssatz, da jeder Usir sein wollte nach seinem Tode, wie anfangs nur Pharao, und haben es durchgesetzt.«

»Das bleibt töricht gesprochen. Denn nicht das Erdenkind ist der Mittelpunkt, Chnemhotpe oder Rechmerê, sondern ihr

Glaube ist's und die Meinungszuversicht, darin sie eins sind alle miteinander, das Wasser hinauf und hinab von den Mündungen bis zur sechsten Stromschnelle, der Glaube Usirs und seines Erstehens. Denn du mußt wissen: Nicht einmal nur ist dieser sehr große Gott gestorben und auferstanden; immer aufs neue tut er's im Gleichmaß der Gezeiten vor den Augen der Kinder Keme's – steigt hinab und geht mächtig wieder hervor, um als Segen über dem Lande zu stehen, Chapi, der starke Stier, der Gottesstrom. Zählst du die Tage der Winterzeit, da der Strom klein ist und das Land trocken liegt, so sind's zweiundsiebzig, und die Zweiundsiebzig sind's, die mit Set, dem tückischen Esel, verschworen waren und in die Lade brachten den König. Aber aus dem Unteren geht er hervor zu seiner Stunde, der Wachsende, Schwellende, Schwemmende, der Sichvermehrende, der Herr des Brotes, der alle guten Dinge zeugt und alles leben läßt, mit Namen ›Ernährer des Landes‹. Ochsen schlachten sie ihm und Rinder, aber da siehst du, daß Gott und Schlachtopfer eines sind; denn er selbst ist ein Rind und ein Stier vor ihnen auf Erden und in seinem Hause: Chapi, der Schwarze, mit dem Mondeszeichen an seiner Flanke. Stirbt er aber, so wird er mit Balsam bewahrt und gewickelt und beigestellt und ist Usar-Chapi genannt.«

»Siehe da!« sagte Joseph. »Hat er's auch durchgesetzt, wie Chnemhotpe und Rechmerê, daß er Usir wird in seinem Tode?«

»Ich glaube, du spöttelst?« fragte der Alte. »Ich sehe dich wenig in der flimmernden Nacht, hör' ich dich aber, so ist mir ganz ähnlich, als spötteltest du. Ich sage dir, spöttle nicht in dem Lande, dahin ich dich führen will, weil ich ohnehin dorthin reise, und überhebe dich nicht tröpfisch vor den Meinungen seiner Kinder, weil du's besser zu wissen meinst mit deinem Adōn, sondern schicke dich fromm in seine Bräuche, sonst wirst du anlaufen heftiglich. Ich habe dich etwas belehrt und eingeweiht und ein paar Reden mit dir gewechselt diesen Abend zu meiner Zerstreuung, um die Zeit hinzubringen; denn ich bin schon betagt, und zuweilen flieht mich der Schlaf. Einen anderen Grund hatte ich nicht, mit dir zu reden. Du darfst gute Nacht sagen jetzt, daß ich zu schlafen versuche. Aber sieh auf die Ausdrucksform!«

»Befohlen ist gleichwie ausgeführt«, erwiderte Joseph. »Wie aber wollte ich wohl spötteln, da doch mein Herr mich so gütig eingeweiht diesen Abend, damit ich bestehe und nicht anlaufe im Ägyptenland, und hat den Abgestraften Dinge gelehrt, von denen ich Pöbelknabe mir nie etwas träumen lassen, so neu sind sie mir und sind nicht allgemeinverständlich. Wüßte ich, wie ich dir danken könnte, so tät' ich's. Da ich's aber nicht weiß, will ich doch heute noch etwas für dich, meinen Wohltäter, tun, was ich nicht tun wollte, und dir eine Frage beantworten, vor der ich beiseite wich, da du sie stelltest. Ich will dir meinen Namen nennen.«

»Willst du das?« fragte der Alte. »Tu's oder tu's lieber nicht; ich bin nicht in dich gedrungen deswegen, denn ich bin alt und bedächtig und weiß lieber gar nicht, welche Bewandtnis es mit dir hat, weil ich besorgen muß, mich darein zu verstricken und des Unrechts schuldig zu werden durch Wissen.«

»Nicht im mindesten«, erwiderte Joseph. »Du läufst keine solche Gefahr. Sondern du mußt den Sklaven doch wenigstens nennen können, wenn du ihn weitervergibst an dieses Segenshaus in der Amunsstadt.«

»Wie heißt du also?«

»Usarsiph«, antwortete Joseph.

Der Alte schwieg. Obgleich nicht mehr als ein Respektsraum war zwischen ihnen, gewahrten sie einander doch nur noch wie Schatten.

»Es ist gut, Usarsiph«, sprach der Alte nach einer Weile. »Du hast mir deinen Namen genannt. Nimm Urlaub jetzt, denn mit Erstehen der Sonne wollen wir weiterziehen.«

»Lebe wohl«, grüßte Joseph im Dunkeln. »Möge die Nacht dich in sanften Armen wiegen und dein Haupt entschlummern an ihrer Brust, friedesüß, wie dein Kinderhaupt einst am Herzen der Mutter!«

Die Anfechtung

Da nun Joseph dem Ismaeliter seinen Totennamen genannt und ihm angezeigt hatte, wie er geheißen sein wollte in Ägyptenland, zogen diese Leute weiter hinab, einige Tage, mehrere und viele, mit unbeschreiblicher Gemächlichkeit und voller Gleichmut gegen die Zeit, die eines Tages, das wußten sie, wenn man nur etwas dazutäte, mit dem Raume schon würde fertig geworden sein und dies am sichersten besorgte, wenn man sich überhaupt nicht um sie kümmerte, sondern es ihr überließ, Fortschritte, von denen der einzelne nichts ausmachte, unter der Hand zu großen Summen auflaufen zu lassen, indem man sich beim Dahinleben nur leidlich in Zielrichtung hielt.

Die Richtung war durch das Meer gegeben, das zur Rechten ihres sandigen Pfades unter dem zu heiligen Fernen absinkenden Himmel sich ewig erstreckte, bald ruhend in silbrig überglitzerter Bläue, bald anrennend in stierstarken, schaumlodernden Wogen gegen das vielgewohnte Gestade. Die Sonne ging darin unter, die wandelnd-unwandelbare, das Gottesauge, in reiner Einsamkeit oft, glutklare Rundscheibe, die eintauchend einen flimmernden Steg über die unendlichen Wasser zum Strande und zu den anbetend Entlangziehenden hinüberwarf, oft auch inmitten ausgebreiteter Festlichkeiten in Gold und Rosenschein, welche die Seele in himmlischen Überzeugungen wunderbar anschaulich bestärkten, oder in trübe glühenden Dünsten und Tinten, die eine schwermütig drohende Stimmung der Gottheit beklemmend anzeigen. Der Aufgang dagegen geschah nicht aus offenem Gesichtskreise, sondern hinter Höhen und sie übersteigenden Bergen, die andererseits, zur Linken der Reisenden, die Aussicht begrenzten; und auch dort, im näheren Landesinnern, wo bestellte Felder sich ausbreiteten, Brunnen im wellenförmigen Gelände gebaut waren und Fruchtgärten die gestuften Höhen schmückten – auch dort, vom Meere abseits und ein Halbhundert Ellen über seinem Spiegel, zogen sie oft: zwischen Dörfern, die Burgstädten zinsten, welche ein Fürstenbund einte, – und Gaza im Süden, Chazati, die starke Feste, war Haupt des Bundes.

Sie lagen auf Hügelkuppen, weiß und umringt, unter Palmen, die Mutterstädte, die Zuflucht der Landbewohner, die Burgen der Sarnim, und wie auf der Flur vor den Dörfern, so schlugen die Midianiter auf den Torplätzen der menschenreichen und tempelhütenden Großstätten ihren Handel auf, anbietend den Leuten von Ekron, von Jabne, von Asdod ihre transjordanischen Kramwaren. Joseph machte den Schreiber dabei. Er saß und verzeichnete pinselnd die Einzelgeschäfte, die man mit feilschenden Dagonskindern, mit Fischern, Bootsleuten, Handwerkern und kupferbeschienten Soldkriegern der Stadtherren abschloß, – Usarsiph, der schriftkundige Jungsklave, seinem guten Herrn zu Gefallen. Das Herz schlug dem Verkauften höher von Tag zu Tag, man mag wohl denken, warum. Er war nicht geschaffen, im sinnlich Andringenden unwissend aufzugehen, ohne sich von seinem Ort und seiner Lage zu anderen Orten eine verständig abgezogene Vorstellung zu machen. Er wußte, daß er im Begriffe war, mit vielen Aufenthalten und saumselig verschleppenden Ruheständen, in anderem Lande, einige Feldstrecken weiter nach Abend, denselben Weg, den er zu seinen Brüdern fahrend auf Hulda, der Armen, bewältigt, in umgekehrter Richtung, der Heimat zu, wenn auch an der Heimat vorbei, wieder zurückzulegen, und daß bald der Punkt erreicht sein mußte, wo er ihn zurückgelegt haben und nur noch um einen seitlichen Abstand, der nicht mehr ausmachte als etwa die Hälfte der Fahrt zu den Brüdern, vom Vaterherde entfernt sein würde. Bei Asdod ungefähr, dem Hause Dagons, des Fischgottes, dem man hier diente, einer betriebsamen Siedlung, zwei Stunden vom Meere gelegen, zu dem eine von Geschrei erfüllte, mit Menschen, Ochsenkarren und Pferdegespannen bedeckte Hafenstraße hinabführte: an diesem Orte etwa war es so weit; denn Joseph verstand, daß der Küstenlauf gegen Gaza hinab mehr und mehr westlich abschweifte, so daß der Abstand vom östlich-inneren Bergland sich täglich vergrößerte, zu schweigen davon, daß die Höhe von Hebron bald mittäglich unterschritten sein würde.

Deswegen schlug sein Herz so ängstlich-versuchungsvoll in dieser Gegend und auf dem zögernden Weiterzuge nach Askaluna, der Felsenfeste. Sein Geist beherrschte die Landesgestalt: Sephela, die Niederung, gleichlaufend der Meeresküste, war es, in der sie zogen; die Bergketten aber, die östlich dareinschauten und zu denen gedankenvoll die spähenden Rahelsaugen gingen, bildeten die zweite, höhere, taldurchfurchte Stufe Philisterlandes, und immer steiler erhob sich dahinter gen Morgen die Welt ins Übermeerische, Rauhere, Harte, zu Triften, welche die Palme der Ebenen mied, und krautwürzigen Hochweiden, bevölkert mit Schafen, mit Jaakobsschafen ... Wie spielte dies doch! Dort oben saß Jaakob, verzweifelt, von Tränen zermürbt, in furchtbarem Gottesleide, das blutige Zeichen von Josephs Tod und Zerrissensein in armen Händen, – hier unten aber, zu seinen Füßen, von einer Stadt der Philister zur anderen, zog Joseph, der Gestohlene, stumm, ohne sich's merken zu lassen, mit fremden Männern an seinem Sitze vorüber, hinab gen Scheol, ins Diensthaus des Todes! Wie nahe lag da der Gedanke der Flucht! Wie jückte und zerrte der Antrieb dazu ihm in den Gliedern und regte ihm gärend die Gedanken zu halben und in der Einbildung schon ungestüm verwirklichten Entschlüssen auf – besonders am Abend, wenn er seinem

Käufer, dem Alten, den Gute-Nacht-Gruß gesprochen hatte; denn das mußte er täglich tun: es gehörte zu seinen Obliegenheiten, dem Ismaeliter am Tagesende in ausgesuchten Abwandlungen, die immer neu sein mußten, weil sonst der Alte sagte, das kenne er schon, eine glückselige Nacht zu wünschen. Besonders im Dunkeln also, wenn man vor einem Dorf, einer Stadt der Philister lagerte und Schlaf die Mitreisenden hielt, packte es den Verschleppten wohl und wollte ihn hinreißen, die nächtigen Fruchthöhen hinan und weiter über Kuppen und Waldschluchten, acht Meilen und Feldstrecken weit, mehr konnte es wohl nicht sein, und Joseph würde kletternd den Weg schon finden – ins Bergland hinauf, in Jaakobs Arme, dem Vater die Tränen zu trocknen mit dem Worte »Hier bin ich« und wieder sein Liebling zu sein.

Machte er's aber wahr und suchte das Weite? Nein doch, man weiß ja, daß er's nicht tat. Er überlegte es sich, wenn auch das eine und andere Mal erst im letzten Augenblick, verwarf die Lockung, stand ab vom Plane und blieb, wo er war. Das war ja übrigens auch im Augenblick das bequemste, denn die Flucht auf eigene Hand beschloß große Fährlichkeiten in sich: er hätte verschmachten können, unter Räuber und Mörder fallen, von wilden Tieren gefressen werden. Und doch hieße es, seine Entsagung verkleinern, wenn man sie nur auf die Regel zurückführen wollte, daß Nichttun dank natürlicher Trägheit in den Entschlüssen des Menschen leicht das Übergewicht vor dem Tun gewinnt. Fälle fanden sich, in denen Joseph ein leibliches Tun verweigerte, das bedeutend süßer gewesen wäre als wildes Entweichen über die Berge. Nein, der Verzicht, der jetzt sowohl wie in dem Lebensfall, den wir vorschauend im Sinne haben, am Ende der stürmischen Anfechtung stand, entsprang einer dem Joseph ganz besonders eigenen Art der Überlegung, die in Worten etwa gelautet hätte: »Wie könnte ich wohl solche Narrheit tun und wider Gott sündigen?« Anders gesagt, es stand dort die Einsicht in die töricht-sündliche Fehlerhaftigkeit des Fluchtgedankens, die klare und intelligente Wahrnehmung, daß es ein täppischer Mißgriff gewesen wäre, Gottes Pläne durch Ausreißen stören zu wollen. Denn Joseph war von der Gewißheit durchdrungen, daß er nicht umsonst hinweggerafft worden war, daß vielmehr der Planende, der ihn aus dem Alten gerissen und ihn ins Neue dahinführte, es zukünftig vorhabe mit ihm auf eine oder die andere Weise; und wider diesen Stachel zu löken, der Heimsuchung zu entlaufen, wäre Sünde und großer Fehler gewesen – was nämlich eins war in Josephs Augen. Die Auffassung der Sünde als Fehlers und Lebensmißgriffes, als eines tölpelhaften Verstoßes wider die Gottesklugheit war ihm recht angeboren, und seine Erfahrungen hatten ihn außerordentlich darin bestärkt. Er hatte Fehler genug begangen – im Loche war er's gewahr geworden. Da er aber dem Loche entronnen war und offenbar planmäßig hinweggeführt wurde, so konnten die bis dahin begangenen Fehler allenfalls als im Plane gelegen, als zweckgemäß also und in aller Blindheit gottgelenkt gelten. Weiteres aber der Art, wie nun etwa gar das Ausreißen, würde in ausgemacht närrischem Grade vom Übel sein; es würde buchstäblich bedeuten, klüger sein wollen als Gott, – was nach Josephs gescheiter Einsicht ganz einfach der Gipfel der Dummheit war.

Des Vaters Liebling wieder? Nein, immer noch, – aber in neuem, von jeher ersehntem, erträumtem Sinn. Eine neue, höhere Lieblingsschaft und Erwählung war es, in der es nun, nach der Grube, zu leben galt, im bitter duftenden Schmuck der Entrafftheit, der aufgespart war den Aufgesparten und vorbehalten den Vorbehaltenen. Den zerrissenen Kranz, den Schmuck des Ganzopfers, er trug ihn neu – nicht mehr in vorträumendem Spiel, sondern in Wahrheit, das hieß: im Geiste, – und um törichten Fleischestriebes willen sollte er sich seiner begeben? So albern und jeder Gottesklugheit bar war

Joseph nicht – im letzten Augenblick nicht so dumm, die Vorteile seines Zustandes zu verscherzen. Kannte er das Fest, oder kannte er es nicht, in allen seinen Stunden? Das Mittel der Gegenwart und des Festes – war er es, oder war es nicht? Den Kranz im Haar, sollte er vom Feste laufen, um wieder ein Hirte des Viehs zu sein mit seinen Brüdern? Die Anfechtung war stark nur im Fleische, im Geiste aber sehr leicht. Joseph bestand sie. Weiter zog er mit seinen Käufern, an Jaakob vorbei und aus seiner Nähe – Usarsiph, der Schilfbürtige, Joseph-em-heb, ägyptisch zu reden, was nämlich sagen will: »Joseph im Feste«.

Ein Wiedersehen

Siebzehn Tage? Nein, das war eine Reise von sieben mal siebenzehn – nicht nachgezählt, aber im Sinne sehr großer Langwierigkeit zu verstehen; und man unterschied auf die Dauer nicht, wieviel davon der Saumseligkeit der Midianiter zur Last fiel und wieviel auf Rechnung des zu durchmessenden Raumes kam. Sie zogen durch rege bewohntes, fruchtbares Land, bekränzt mit Olivenhainen, mit Palmen, Walnuß- und Feigenbäumen bestanden, mit Korn bestellt, bewässert aus tiefen Brunnen, an denen Kamele mit Ochsen gingen. Kleine Festungen der Könige lagen zuweilen im offenen Felde, Halteplätze genannt, mit Mauern und Streittürmen, auf deren Zinnen Bogenschützen standen und aus deren Toren Wagenkämpfer ihre prustenden Gespanne hervorlenkten; und selbst mit den Kriegern der Könige scheuten die Ismaeliter sich nicht in Handelsverkehr zu treten. Ortschaften, Höfe und Migdalsiedelungen luden überall zum Verweilen ein, und sie verweilten wochenweise, es kam ihnen nicht darauf an. Bis sie dahin kamen, wo der niedrige Küstensaum zur jäh aufragenden Felsenwand aufstieg, auf deren Gipfel Askalun lag, neigte sich schon der Sommer.

Heilig und stark war Askalun. Die Quadern seiner Ringmauern, die im Halbkreise zum Meere hinabliefen und den Hafen umfaßten, schienen von Riesen gestemmt, sein Dagonshaus war vierschrötig und höfereich, sehr lieblich sein Hain und der Teich seines Haines, von Fischen voll, und seine Astarothwohnung rühmte sich, älter zu sein als irgendein Weihtum der Baalat. Eine würzige Sorte von kleinen Zwiebeln wuchs hier wild unter Palmen im Sande. Derketo schenkte sie, Askaluns Herrin, und andernorts konnte man sie verkaufen. Der Alte ließ sie in Säckchen sammeln und schrieb in ägyptischen Lettern darauf: »Feinste Askalunzwiebeln.«

Von da gelangten sie nach Gaza, genannt Chazati, durch knorrige Ölwälder, in deren Schatten viele Herden weideten, und waren somit wahrhaftig sehr weit gekommen. Fast schon in ägyptischer Sphäre befanden sie sich daselbst; denn wenn ehemals Pharao von unten hervorgebrochen war mit Wagen und Fußvolk, um durch die elenden Länder Zahi, Amor und Retenu vorzustoßen bis ans Ende der Welt, damit man ihn riesengroß übers Gefüge der Tempelmauern hin abbilden könne in tiefen Linien, wie er die Schöpfe von fünf Barbaren auf einmal mit der Linken gepackt hielt und mit der Rechten die Keule über den heilig Verblüfften schwang, – so war immer Gaza die erste Etappe des Unternehmens gewesen. Auch sah man viele Ägypter in Gaza's scharf riechenden Gassen. Joseph betrachtete sie genau. Sie waren breitschultrig, weiß gekleidet und hochnäsig. Vorzüglicher Wein wuchs hier wohlfeil an der Küste und tief ins Land hinein, wo es nach Berscheba ging. Der Alte ertauschte zahlreiche Krüge davon, daß es Last genug war für zwei Kamele, und schrieb auf die Krüge: »Achtmal guter Wein von Chazati.«

Wie weit sie aber gelangt sein mochten, indem sie die Stätte Gaza, stark an Mauern, erreichten – der Reise übelster Teil, gegen den die verweilende Fahrt durch Philisterland nur ein

Kinderspiel und eine Lustbarkeit gewesen, stand ihnen noch
bevor; denn hinter Gaza im Mittag, wo ein sandiger Weg, der
Küste gleichlaufend, hinabführte gegen den Bach Ägyptens,
wurde, das wußten die Ismaeliter, die mehrmals diese Strecken
durchzogen hatten, die Welt unwirtlich zum äußersten, und
vor den nahrhaften Fluren, in denen der Nil sich zerteilte, tat
tieftraurige Unterwelt, greuliches Gebreite sich auf, neun Tage
weit, verflucht und gefährlich, die leidige Wüste, in der es kein
Säumen gab, sondern die es so rasch wie nur tunlich zu durchschreiten und hinter sich zu legen galt, so daß Gaza die letzte
Ruhestatt war, bevor man nach Mizraim käme. Darum hatte
der Alte, Josephs Herr, es nicht eilig, hier fortzukommen, da
man es, wie er sagte, mit dem Fortkommen nur allzu lange
würde eilig haben, sondern hielt sich zu Gaza eine ganze Reihe
von Tagen, zumal man zur Wüstenfahrt ernste Vorkehrungen
treffen, sich mit Wasser versehen, einen besonderen Führer und
Wegeöffner annehmen mußte und sich eigentlich auch mit
Waffen gegen schweifendes Gesindel und räuberische Sandbewohner hätte versehen müssen, worauf aber unser Alter verzichtete: erstens, weil er's in seiner Weisheit für unnütz erachtete, denn entweder, sagte er, entgehe man glücklich den Wüst-
lingen – dann brauche man keine Waffen –, oder sie ereilten
einen unglücklicherweise, – dann könne man noch so viele
erlegen, es blieben immer genug, einen nackt auszurauben.
Der Kaufmann, sagte er, müsse sich auf sein Glück verlassen,
nicht auf Speere und Flitzbogen, das sei seine Sache nicht.

Zweitens aber hatte der Führer, den er am Torplatz gemietet,
dort, wo solche Männer sich den Reisenden anboten, ihn wegen
der Schweifenden nachdrücklich beruhigt und ihn versichert,
unter seinem Geleit bedürfe es schlechterdings keiner Waffen,
er sei ein Geleitsmann von Perfektion und öffne die allersi-
chersten Wege durchs Greuliche, weshalb es geradezu lächerlich sein würde, sich seiner zu versichern und außerdem noch

Waffen zu schleppen. Wie erstaunte Joseph, ja, wie erschrak er und freute sich auch wieder, ungläubigen Sinnes, als er in dem Mietling, der in der Frühe des Aufbruchs zu der kleinen Karawane stieß und sich an ihre Spitze setzte, den verdrießlich-hilfreichen Jüngling erkannte, der ihn vor kurzem und vor so vielen Dingen von Schekem nach Dotan geführt!

Er war's ohne allen Zweifel, obgleich der Wüstenmantel, den er trug, ihn gegen damals veränderte. Der kleine Kopf und geblähte Hals, der rote Mund und das fruchtrunde Kinn, besonders aber die Mattheit des Blicks und die eigentümlich gezierte Haltung waren unverkennbar, und der verdutzte Joseph meinte denn auch, einen Wink aufzufangen, den der Führer, ein Auge bei sonst unbewegter Miene kurz zudrückend, an ihn richtete und das auf ihre alte Bekanntschaft zugleich anspielte und sie unter Diskretion stellte. Das beruhigte den Joseph sehr; denn diese Bekanntschaft führte weiter in sein Vorleben zurück, als er das Auge der Ismaeliter dringen zu lassen wünschte, und er durfte das Blinzeln dahin verstehen, daß der Mann dies begriffe.

Dennoch verlangte es ihn sehr, ein Wort mit dem Menschen zu wechseln, und als der Reisetrupp unterm Gesange der Treiber und dem Klange der Glocke des Leitkamels das grüne Land hinter sich gelassen und vor ihnen die Dürre sich auftat, bat Joseph den Alten, hinter dem er ritt, den Führer noch einmal und für alle Fälle befragen zu dürfen, ob er seiner Sache auch völlig sicher sei.

»Fürchtest du dich?« fragte der Kaufmann.

»Es ist wegen aller«, erwiderte Joseph. »Ich aber reise zum erstenmal ins Verfluchte, und so sind die Tränen mir nah.«

»Befrage ihn denn.«

Also lenkte Joseph sein Tier zum Leittiere vorn und sagte zum Führer:

»Ich bin der Mund des Herrn. Ob du der Wege auch sicher bist, will er wissen.«

Der Jüngling sah ihn nach alter Art über die Schulter mit mangelhaft geöffneten Augen an.

»Du hättest ihn aus Erfahrung beruhigen können«, antwortete er.

»Still!« flüsterte Joseph. »Wie kommst du hierher?«

»Und du?« war die Antwort.

»Nun, ja. Kein Wort zu den Ismaeliten, daß ich zu meinen Brüdern fuhr!« flüsterte Joseph.

»Unbesorgt!« gab jener ebenso leise zurück; und damit hatte es sein Bewenden für diesmal.

Als sie aber tiefer ins Wüste vorgedrungen waren, einen Tag und noch einen – die Sonne war trübe untergegangen hinter toten Bergketten, und Heere von Wolken, grau in der Mitte und an den Rändern abendlich entzündet, bedeckten den Himmel über einer wachsgelben Sandebene, auf der weit hinaus kleine Hügelkissen, buschig von Dürrgras, verstreut waren –, fand sich noch einmal Gelegenheit, ohne Aufsehen mit dem Menschen zu reden. Denn von den Reisenden lagerten einige um eines der Graskissen, auf dem sie der plötzlich einfallenden Kälte wegen ein Reisigfeuer entfacht hatten; und da unter ihnen der Führer war, der übrigens weder mit Herren noch Knechten viel Gemeinschaft hielt, gesprächigen Austausch verschmähte und nur mit dem Alten sich sachlich von Tag zu Tag über Weg und Steg beriet: so gesellte Joseph, nachdem er seinen Dienst getan und dem Herrn glückseligen Schlummer gewünscht hatte, sich zu der Gruppe, ließ sich neben dem Führer nieder und wartete, bis das einsilbige Geplauder der Reisenden verstummte und dösender Halbschlaf sie zusehends umfing. Dann stieß er den Nachbarn ein wenig an und sagte:

»Hör, du, es ist mir leid, daß ich damals mein Wort nicht halten konnte und dich im Stich lassen mußte, da du wartetest.«

Der Mensch sah ihn nur eben matt über die Schulter an und blickte gleich wieder ins Glimmende.

»So, konntest du nicht?« antwortete er. »Nun, laß dir sagen, ein so treuloser Bursche wie du ist mir in aller Welt noch nicht vorgekommen. Läßt mich sitzen als Eselswächter sieben Halljahre lang, wenn es nach ihm gegangen wäre, und kommt nicht wieder, wie er's versprochen. Ich wundere mich, daß ich überhaupt noch mit dir rede, ich wundere mich tatsächlich über mich selbst.«

»Aber ich entschuldige mich ja, wie du hörst«, murmelte Joseph, »und bin wahrhaftig entschuldigt, du weißt das nicht. Es ist anders abgelaufen, als ich vermeinte, und ist gegangen, wie ich's nicht vermutete. Ich konnte nicht wiederkehren zu dir, so fest ich's vorhatte.«

»Ja, ja, ja. Geschwätz, leere Ausreden. Sieben Halljahre Gottes hätte ich sitzen können und deiner warten ...«

»Aber du hast doch nicht sieben Halljahre für mich gesessen, sondern bist deiner Wege gegangen, als du einsahest, daß ich ausbleiben mußte. Übertreibe auch nicht die Last, die ich dir ungern bereitet! Sage mir lieber, was aus Hulda geworden ist nach meinem Weggang!«

»Hulda? Wer ist Hulda?«

»›Wer‹ ist ein wenig zuviel gefragt«, sagte Joseph. »Ich frage dich nach Hulda, der Eselin, die uns trug, meinem weißen Reiseeselchen aus Vaters Stall.«

»Eselchen, Eselchen, weiß Reiseeselchen!« äffte der Führer ihm leise nach. »Du hast eine Art, von dem Deinen zu reden, so zärtlich, daß man daraus auf deine Eigenliebe schließen mag. Solche Leute verhalten sich dann dermaßen treulos ...«

»Nicht doch«, leugnete Joseph. »Ich spreche nicht zärtlich von Hulda um meinetwillen, sondern um ihretwillen, denn sie war ein so freundlich behutsam Tier, vom Vater mir anvertraut, und wenn ich an ihre Stirnmähne denke, wie sie ihr kraus zu den Augen wuchs, so wird mir das Herz weich. Ich habe nicht aufgehört, mich um sie zu sorgen, seit ich von dir schied, und nachgefragt ihrem Lose sogar noch in Augenblicken und langen Stunden, die für mich selber nicht arm an Schrecken waren. Du mußt wissen, daß, seit ich nach Schekem kam, der Unstern mich nicht verlassen hat und schwere Drangsal mein Teil geworden ist.«

»Nicht möglich«, sagte der Mann, »und nicht zu glauben! Drangsal? Da steht mir der Verstand still, und ich bin fest überzeugt, nicht recht gehört zu haben. Du gingst doch zu deinen Brüdern? Die Menschen und du, ihr lächelt einander doch unausgesetzt, weil du hübsch und schön bist wie Schnitzbilder und obendrein noch das liebe Leben hast? Woher sollen da Unstern und schwere Drangsal kommen? Das frage ich mich ohne jedwedes Ergebnis.«

»Es ist jedenfalls so«, erwiderte Joseph. »Und keinen Augenblick, sage ich dir, habe ich bei alldem ganz aufgehört, mich ums Los der armen Hulda zu sorgen.«

»Nun«, sagte der Führer, – »nun gut.« Und Joseph erkannte die sonderbare Bewegung der Augäpfel wieder, die er schon früher an jenem beobachtet, dies schnell schielende Herumrollen im Kreise. »Gut also, Jungsklave Usarsiph, du sprichst, und ich höre. Man sollte zwar denken, es sei recht müßig, auch noch eines Esels zu gedenken bei diesen Weitläufigkeiten, denn was für eine Rolle spielt da schon ein solcher, und was ist vergleichsweise an ihm gelegen? Aber ich halte für möglich, daß dir dein Sorgen soll angerechnet und löblich verzeichnet sein, daß du des Geschöpfes gedachtest in eigenen Nöten.«

»Was ist also aus ihr geworden?«

»Aus dem Geschöpf? Hm, etwas empfindlich ist es ja für unsereinen, daß er zuerst ganz unnütz den Eselswächter spielen und dann auch noch Rechenschaft ablegen soll übers Verfallene. Man wüßte gern, wie man eigentlich dazu kommt.

Aber du kannst ruhig sein. Meine letzten Eindrücke gingen dahin, daß es mit der Fessel der Eselin nicht so schlimm stand, wie wir im ersten Schrecken vermeinten. Scheinbar war sie geknickt und nicht gebrochen, – das heißt: scheinbar gebrochen und eigentlich nur geknickt, versteh mich recht. Ich hatte beim Warten auf dich ja nur allzuviel Zeit, des Eselsfußes zu pflegen, und als ich zum Schluß die Geduld verlor, war auch deine Hulda schon wieder so weit, daß sie traben konnte, wenn auch vorwiegend nur auf drei Beinen. Ich selbst bin auf ihr nach Dotan geritten und habe sie da untergebracht in einem Hause, dem ich schon öfters Dienste erweisen konnte zu seinem und meinem Vorteil, dem ersten des Ortes, einem Ackerbürger gehörig, wo sie's so gut haben wird wie in deines Vaters, des sogenannten Israel, Stall.«

»Wirklich?« rief Joseph leise und froh. »Wer hätte das gedacht! Sie ist also erstanden und konnte traben, und du hast für sie gesorgt, daß sie es gut hat?«

»Sehr gut«, bestätigte der andere. »Sie kann von Glück sagen, daß ich sie angebracht habe im Hause des Ackerbürgers, und ist ihr Los gnädig gefallen.«

»Das heißt«, sagte Joseph, »du hast sie veräußert in Dotan. Und der Erlös?«

»Fragst du nach dem Erlöse?«

»Ja, hiermit.«

»Ich habe mich damit bezahlt gemacht für meine Führer- und Wächterdienste.«

»Ach so. Nun, ich will nicht nach seiner Höhe fragen. Und der Behang an eßbaren Schätzen, den Hulda trug?«

»Ist es wirklich wahr, daß du der Schluckereien gedenkst in diesen Weitläufigkeiten, und findest du, daß vergleichsweise an ihnen gelegen ist?«

»Nicht viel, aber sie waren vorhanden.«

»Auch an ihnen hab' ich mich schadlos gehalten.«

»Nun«, sagte Joseph, »du hattest ja rechtzeitig begonnen, dich schadlos zu halten hinter meinem Rücken, wobei ich auf gewisse Mengen von Zwiebeln und Preßobst ziele. Aber laß gut sein, vielleicht war es fromm gemeint, und überall will ich mich an die guten Seiten halten, die du aufweisest. Daß du Hulda wieder auf die Beine gebracht und sie satt gemacht hast im Lande, das rechne ich dir wahrhaftig zu Danke an und dank' es dem Glücke, daß ich dir unversehens wieder begegnet bin, um es zu erfahren.«

»Ja, da muß ich dich Beutel voll Wind nun wieder in die Wege leiten, daß du an dein Ziel kommst«, entgegnete der Mann. »Ob es einem so recht gemäß ist und zu Gesichte steht, danach fragt man sich wohl unter der Hand einmal nebenbei, aber vergebens, denn sonst fragt niemand danach.«

»Bist du schon wieder verdrießlich«, erwiderte Joseph, »gleich wie in der Nacht auf dem Wege nach Dotan, da du mir freiwillig halfest, die Brüder zu finden, und tatest's in Mißmut? Nun, diesmal hab' ich mir keinen Vorwurf zu machen, daß ich dich behellige, denn du hast dich den Ismaelitern verdungen, sie durch diese Wüste zu führen, und ich laufe nur zufällig mit unter dabei.«

»Das kommt auf eins hinaus – dich oder die Ismaeliter.«

»Sage das den Ismaelitern nicht, denn sie halten auf ihre Würde und Selbstherrlichkeit und hören's nicht gern, daß sie gewissermaßen nur reisen, damit ich dahin komme, wo Gott mich haben will.«

Der Führer schwieg und senkte das Kinn in den Schal. Ließ er nach seiner Art die Augen rundum rollen dabei? Wohl möglich, doch hinderte Dunkelheit, es recht zu erkennen.

»Wer hörte gerne«, sagte er mit einer gewissen Überwindung, »daß er ein Werkzeug ist? Insonderheit, wer hörte es gern von einem Grünschnabel? Von deiner Seite, Jungsklave Usarsiph, ist es ja unverschämt, ist aber andererseits eben das, was ich sage, daß es nämlich auf eines hinauskommt und allenfalls auch wohl die Ismaeliter es sein mögen, die hier mit unterlaufen, also daß doch wieder du es bist, dem ich die Wege zu öffnen habe – mir soll es recht sein! Auch einen Brunnen habe ich unterdessen zu bewachen gehabt, vom Esel jetzt nicht zu reden.«

»Einen Brunnen?«

»Jederzeit hatte ich mit solcher Rolle zu rechnen, wenn's auf den Brunnen nun einmal ankam. Es war die leerste Höhle, die mir je vorgekommen, sie konnte nicht leerer sein, und schon mehr lächerlich war es, wie leer sie war, – beurteile danach die Würde und Zukömmlichkeit meiner Rolle. Übrigens war es vielleicht gerade die Leere, auf die es ankam bei dieser Grube.«

»War der Stein abgewälzt?«

»Natürlich, ich saß ja darauf, und ich blieb sitzen, so gern auch der Mann wollte, daß ich verschwände.«

»Welcher Mann?«

»Nun der, der heimlich zur Höhle kam in seiner Torheit. Ein Mann von ragendem Menschenleib, mit Beinen wie Tempelsäulen, aber mit einer dünnen Stimme in diesem Gehäuse.«

»Ruben!« rief Joseph und vergaß fast der Vorsicht.

»Nenne ihn, wie du willst, es war ein törichter Menschenturm. Kam da gerückt mit seinem Gestricke und seinem Leibrock vor eine so exemplarisch leere Grube ...«

»Er wollte mich retten!« erkannte Joseph.

»Meinetwegen«, sagte der Führer und gähnte frauenhaft, die Hand in gezierter Haltung vorm Munde und mit einem feinen kleinen Seufzer. »Auch er spielte seine Rolle«, setzte er schon undeutlich hinzu, denn er schob Kinn und Mund tiefer in den Schal und schien entschlummern zu wollen. Joseph hörte ihn noch Abgerissenes murmeln, mißmutigen Sinnes, wie etwa:

»Nicht ernst zu nehmen ... Bloß Scherz und Anspielung ... Grünschnabel ... Erwartung ...«

Brauchbareres war nicht mehr aus ihm herauszubringen, und auch bei weiterer Wüstenfahrt kam Joseph nicht mehr ins Gespräch mit dem Führer und Wächter.

Die Feste Zel

Tag für Tag zogen sie geduldig durchs Leidige, der Glocke des Leittieres nach, von Brunnenstation zu Brunnenstation, bis es neun Tage waren und sie sich glücklich priesen. Der Führer hatte sich nicht fälschlich empfohlen, er verstand seine Sache. Selbst dann verlor er den Weg nicht und kam von der Straße nicht ab, wenn es durch wirres Gebirge ging, das kein rechtes war, sondern ein Gerümpel graulicher Sandsteinblöcke von fratzenhafter Gestalt und getürmter Massen, schwarz schimmernd, nicht wie Gestein, sondern dem Erze gleich, so daß sie in düsterem Glanze einer ragenden Stadt aus Eisen glichen. Selbst dann nicht, wenn tagelang von Weg und Steg im oberirdischen Sinn und Verstand überhaupt nicht die Rede sein konnte, sondern die Welt zum verdammten Meeresgrund wurde und sie mit Unabsehbarkeit ängstigend einschloß, leichenfarbenen Sandes voll bis zum hitzfahlen Himmelsrande hinaus: und sie zogen über Dünenkuppen, deren Rücken vom Winde in widriger Zierlichkeit gewellt und gefältet erschien, während darunter über der Ebene die Heißluft flimmernd spielte, als sei sie nahe daran, sich zu entzünden und zum tanzenden Feuer zu werden, und emporgehobener Sand wirbelig darin kreiselte, so daß die Männer vor so tückischer Todesfröhlichkeit die Häupter verhüllten und lieber nicht hinsahen, sondern blindlings zuritten, daß sie durchs Scheußliche kämen.

Bleiches Gebein lag öfters am Wege, der Rippenkorb, der Schenkelknochen eines Kamels, und eines Menschen Gliedmaße ragte vertrocknet aus dem wächsernen Staube. Sie sa-

hen's blinzelnd und unterhielten die Hoffnung. Zwei halbe
Tage lang, von Mittag bis Abend, zog eine Feuersäule vor ihnen
her und schien sie zu führen. Sie kannten die Natur des Phä-
nomens, ohne deshalb ihr Verhalten dazu nur von dieser seiner
natürlichen Seite bestimmen zu lassen. Es waren, wie sie wußten, laufende Staubwirbel, die die Sonne feurig durchleuchtete.
Dennoch sprachen sie bedeutsam geehrt zueinander: »Eine
Feuersäule zieht uns voran.« Wenn das Zeichen plötzlich vor
ihren Augen zusammensänke, würde das furchtbar sein; denn
mit höchster Wahrscheinlichkeit würde ein Staub-Abubu dann
nachfolgen. Aber die Säule brach nicht zusammen, sondern
wechselte nur koboldhaft ihre Gestalt und verflatterte allmählich im nördlichen Ostwind. Dieser blieb ihnen treu die neun
Tage hindurch; ihr Glück fesselte den Südlichen, daß er ihre
Schläuche nicht dörren und ihnen das Lebenswasser nicht auf-
zehren konnte. Am neunten aber waren sie bereits aus aller
Gefahr, entronnen den Greueln der Öde, und konnten sich
glücklich preisen; denn diese Strecke der Wüstenstraße war
schon besetzt und gesichert von der Sorge Ägyptens, das ein gut
Stück ins Elende hinaus auf Schritt und Tritt seinen Zugang
schützend beaufsichtigte mit Bastionen, Brustwerken und
Wachttürmen bei den Brunnen, wo kleine Kriegsscharen von
nubischen Bogenschützen mit Straußenfedern im Haar und
libyschen Beilträgern unter ägyptischen Hauptleuten eingesetzt waren, die die Heranziehenden unwirsch anriefen und
dienstlich nach ihrem Woher und Wohin verhörten.

Der Alte hatte eine heitere und kluge Art, mit dem Kriegsvolk zu reden, die Unschuld seiner Absichten außer Zweifel zu
stellen und mit kleinen Geschenken aus seinem Kram, Mes-
sern, Lampen und Askalunzwiebeln, ihr Wohlwollen zu gewinnen. So kam man umständlich, doch fröhlich von Wache zu
Wache, denn mit den Schutzleuten Witze zu tauschen war viel
besser, als durch die eiserne Stadt zu ziehen und über den

bleichen Meeresgrund. Aber die Reisenden wußten wohl, daß mit der Zurücklegung dieser Stationen nur Vorläufiges getan war und die krittligste Prüfung ihrer Unschuld und Ungefährlichkeit für die Sicherheit der Gesittung ihnen noch bevorstand: bei der gewaltigen und unausweichlichen Sperre nämlich, die der Alte »die Herrschermauer« nannte und die da aufgerichtet war schon vor alters durch die Landenge zwischen den Bitterseen gegen Schosuwildlinge und Staubbewohner, die etwa ihr Vieh auf Pharao's Fluren zu treiben gedachten.

Von einer Anhöhe, wo sie bei sinkender Sonne hielten, überblickten sie diese drohenden Vorkehrungen und Werke ängstlich-hoffärtiger Abwehr, die dem Alten schon mehrmals in freundlicher Redseligkeit, kommend und wieder abziehend, zu überwinden gelungen war, weshalb er sie denn auch nicht allzusehr fürchtete, sondern sie den Seinen mit ruhiger Hand zu weisen vermochte: einen langen Mauerzug, zackig von Zinnen, von Türmen unterbrochen und hinlaufend hinter Kanälen, die eine Kette kleiner und größerer Seen miteinander verbanden. Etwa inmitten des Zuges ging eine Brücke über das Wasser, aber eben hier, zu beiden Seiten des Überganges, ward die Vorkehrung vollends gewaltig; denn umschlossen von eigenen Ringmauern stiegen schwere Kastelle und Festungsbauten dort auf, zweistöckig, massig und hoch, deren Wände und Vorsprünge in ausgeklügelt geknickter Linie sich zu den Brustwehren erhoben, um sie sturmfester zu machen, starrend von vierkantigen Zinnentürmen, Basteien, Toren des Ausfalls und Wehrbalkonen auf allen Seiten und mit vergitterten Fenstern in den schmaleren Aufgebäuden. Das war die Festung Zel, die Brustwehr und ängstlich-mächtige Vorkehrung des feinen, glücklichen und verletzlichen Ägyptenlandes gegen Wüste, Räuberei und östliches Elend, – der Alte nannte sie den Seinen bei Namen und fürchtete sich nicht vor ihr, sprach aber doch so viel davon, wie leicht es seiner vollendeten Unschuld fallen müsse und werde, durchs Hindernis zu schlüpfen, wie schon mehrmals, daß man den Eindruck hatte, er rede sich Mut zu.

»Habe ich nicht den Brief des Handelsfreundes zu Gilead überm Jordan«, sagte er, »an den Handelsfreund in Djanet, das man auch Zo'an nennt und das sieben Jahre nach Hebron erbaut wurde? Wohl, ich habe ihn, und ihr werdet sehen, er öffnet uns Tür und Tor. Nur darauf kommt es an, daß man Geschriebenes vorweisen kann und die Leute Ägyptens wieder etwas zu schreiben haben und können's irgendwohin schicken, daß es geschrieben werde abermals und diene der Buchführung. Freilich, ohne Schriftliches kommst du nicht durch; kannst du aber eine Scherbe vorweisen oder eine Rolle und Urkunde, so hellen sie sich auf. Denn sie sagen wohl, Amun sei ihnen der Höchste oder Usir, der Sitz des Auges; aber ich kenne sie besser, im Grunde ist's Tut, der Schreiber. Glaubt mir, kommt nur Hor-waz, der jugendliche Schreiboffizier, auf die Mauer, der mir wie ein Freund ist von früher her, und ich kann mit ihm reden, so hat's keine Schwierigkeit, und wir schlüpfen durch. Sind wir aber erst drinnen, so prüft niemand mehr unsere Unschuld, und wir ziehen freihin durch alle Gaue den Strom hinauf, so weit wir wollen. Laßt uns hier Hütten bauen und die Nacht verbringen, denn heute kommt mein Freund Hor-waz nicht mehr auf die Mauer. Morgen aber, ehe wir hintreten und Durchlaß begehren bei der Feste Zel, müssen wir uns mit Wasser waschen und die Wüste stäuben von unseren Kleidern, müssen sie aus den Ohren wischen und hervorkratzen unter den Nägeln, daß wir ihnen wie Menschen erscheinen und nicht wie Sandhasen; auch süßes Öl müßt ihr Jungen ins Haar gießen, etwas Augenschminke verstreichen und euch lekker machen; denn es ist ihnen ein Mißtrauen das Elend und ein Greuel die Unkultur.«

So der Alte, und sie taten nach seinen Worten, blieben die Nacht daselbst und machten sich schön am Morgen, so gut es gelingen wollte nach so langer Fahrt durchs Greuliche. Über diesen Vorbereitungen aber gab es ein Befremden und eine Überraschung: Der Führer, den der Alte zu Gaza gedungen und der sie sicher geführt hatte, fand sich in einem gewissen Augenblick nicht mehr unter ihnen, ohne daß jemand mit Bestimmtheit zu sagen gewußt hätte, wann er sich abwesend gemacht hatte: ob schon in der Nacht oder während sie sich verschönten für Zel. Genug, als man sich zufällig nach ihm umsah, war er nicht mehr vorhanden, wohl aber das Kamel mit der Glocke, auf dem er geritten, und seinen Lohn hatte der Mann beim Alten nicht eingehoben.

Es war kein Gegenstand des Jammers, sondern nur des Kopfschüttelns, denn sie bedurften des Führers nicht mehr, und ein kühler wortkarger Gefährte war der Mann auch gewesen. Sie wunderten sich eine Weile, und des Alten Zufriedenheit über die gemachte Einsparung erlitt eine leichte Beeinträchtigung durch die Undurchsichtigkeit des Vorkommnisses und die Unruhe, die ein nicht bereinigtes Geschäft hinterläßt. Er nahm übrigens an, daß der Mann sich irgendwann schon noch wieder einfinden werde, um zu dem Seinen zu kommen. Joseph wollte für möglich halten, daß er unterderhand vielleicht schon zu Mehrerem als dem Seinen gekommen sei, und regte eine Überprüfung der Warenbestände an; doch setzte das Ergebnis der Untersuchung ihn ins Unrecht. Er war es, der sich am meisten wunderte, nämlich über die Unfolgerechtheit im Charakter seines Bekannten und über eine Gleichgültigkeit in Dingen des Erwerbes, die mit sonst bekundeter Habsucht schwer vereinbar schien. Für freiwillig geleistete Freundschaftsdienste machte er sich übermäßig bezahlt und ließ, wie es wenigstens aussah, das ordentlich Ausbedungene achtlos dahinfahren. Über diese Unstimmigkeiten aber ließ sich mit den Ismaelitern nicht reden, und Dinge, die nicht zu Worte kommen, sind bald vergessen. Alle hatten sie an anderes zu denken als an den schrulligen

Führer; denn da sie sich die Ohren gewischt und Augenschminke verstrichen hatten, schritten sie vor gegen die Wasser und gegen die Herrschermauer und kamen um Mittag vor Zel, die Brückenfeste.

Ach, sie war schrecklicher noch nahebei als in der Ferne, zwiefach und unberennbar für die Gewalt mit ihren geknickten Mauern, Türmen und Wehrsöllern, rings die Zinnen besetzt von Kriegern der Höhe, gekleidet in Kampfhemden und Pelzschilde auf den Rücken; die standen, die Fäuste um ihre Lanzen und das Kinn auf den Fäusten, und blickten den sich Nähernden so entgegen, recht von oben herab. Offiziere in halblangen Perücken und weißen Hemden sah man, Lederlätze vorn am Schurz und ein Stöckchen in der Hand, sich hinter ihnen hin und her bewegen. Diese kümmerten sich nicht um die Heranziehenden; aber vordere Posten hoben die Arme, machten auch wohl die Hände hohl um den Mund, indes ihnen die Lanze im Arme lag, und riefen ihnen zu:

»Zurück! Umkehr! Feste Zel! Kein Durchlaß! Es wird geworfen!«

»Laßt sie«, sagte der Alte. »Nur ruhig Blut. Das ist kaum halb so schlimm gemeint, wie sie tun. Geben wir alle Friedenszeichen, indes wir langsam, doch unbeirrt vorrücken. Habe ich nicht den Brief des Handelsfreundes? Wir kommen schon durch.«

Demgemäß rückten sie geradezu vor die Schartenmauer, mitten davor, wo das Tor war und dahinter das große Tor, aus Erz, das zur Brücke führte, und gaben Friedenszeichen. Über dem Mauertor leuchtete in tiefen Linien und bunt ausgemalt mit feurigen Farben die riesige Figur eines nackthalsigen Geiers mit gebreiteten Fittichen, einen Balkenring in den Fängen, und rechts und links davon sprangen aus dem Ziegelgefüge ein Paar steinerner Brillenschlangen auf Sockeln, vier Schuh hoch, mit geblähten Köpfen auf ihren Bäuchen stehend, hervor, gräßlich zu sehen, das Zeichen der Abwehr.

»Umkehr!« riefen die Mauerwachen über dem Außentor und über dem Geierbilde. »Feste Zel! Zurück, ihr Sandhasen, ins Elend! Hier ist kein Durchlaß!«

»Ihr irrt euch, Krieger Ägyptens«, antwortete ihnen der Alte aus der Gruppe der Seinen, von seinem Kamele aus. »Gerade hier ist der Durchlaß und sonst nirgends. Denn wo sollte er sonst wohl sein in der Landesenge? Wir sind kundige Leute, die sich nicht vor die falsche Schmiede begeben, sondern ganz genau wissen, wo's durchgeht ins Land, denn wir zogen schon manches Mal über die Brücke hier, hin und wieder zurück.«

»Ja, zurück!« schrien die oben. »Immer zurück und nichts als zurück mit euch in die Wüste, das ist das Wort! Es wird kein Gesindel ins Land gelassen!«

»Wem sagt ihr das?« erwiderte der Alte. »Mir, dem es nicht nur wohlbekannt ist, sondern der es auch ausdrücklich gutheißt? Hasse ich doch Gesindel und Sandhasen so brünstig wie ihr und lobe euch höchlich, daß ihr sie hindert, das Land zu schänden. Seht uns aber nur recht an und prüft unsere Mienen. Sehen wir aus uns heraus wie schweifende Räuber und Sinaipöbel? Weckt unsere Ansicht wohl die Vermutung, daß wir das Land auskundschaften wollen zu bösem Zweck? Oder wo sind unsere Herden, die wir auf Pharao's Triften zu treiben gedächten? Nichts von alldem kommt hier auch nur flüchtig in Frage. Minäer sind wir von Ma'on, reisende Kaufleute, besonders ehrenwert nach unserer Gesinnung, und führen reizende Waren des Auslandes, die wir euch wohl unterbreiten möchten, und wollen sie verhandeln im Austausch unter den Kindern Keme's, daß wir dagegen die Gaben des Jeôr, der da Chapi genannt ist, führen bis ans Ende der Welt. Denn es ist die Zeit des Verkehrs und der Wechselgeschenke, und wir Reisenden sind ihre Diener und Priester.«

»Saubere Priester! Staubige Priester! Alles gelogen!« riefen die Soldaten herunter.

Aber der Alte verlor nicht den Mut deswegen, sondern schüttelte nur nachsichtig das Haupt.

»Als ob ich's nicht kennte«, sagte er nebenhin zu den Seinen. »Grundsätzlich immer machen sie's so und machen Schwierigkeiten für alle Fälle, daß man sich lieber trolle. Aber noch nie bin ich umgekehrt und will durchkommen auch diesmal. – Hört, Kämpfer Pharao's«, sprach er wieder hinauf, »ihr Rotbraunen, Wackeren! Vorzugsweise gern rede ich hier mit euch, denn ihr seid lustig. Mit wem ich aber eigentlich reden möchte, das ist der jugendliche Truppenvorsteher Hor-waz, der mich einließ das vorige Mal. Ruft ihn doch, seid so gut, auf die Mauer! Ich will ihm den Brief vorweisen, den ich führe, nach Zo'an. Einen Brief!« wiederholte er. »Geschriebenes! Tut! Djehuti, der Pavian!« Lächelnd rief er es ihnen zu, wie man Leuten, in denen man nicht sowohl Einzelpersonen als Vertreter einer bestimmten, der Welt im großen vertrauten Nationalität erblickt, den Namen der volkstümlichen Liebhaberei halb neckend, halb schmeichelnd zu hören gibt, deren Gedenken sich sprichwörtlich-sagenhafter Weise für jedermann mit der Vorstellung dieses Volkstumes scherzhaft verbindet. Sie lachten denn auch, wenn auch vielleicht nur über das stehende Vorurteil der Fremden, nach dem jeder Ägypter durchaus aufs Schreiben und auf Geschriebenes sollte versessen sein, waren aber zugleich wohl beeindruckt von der Vertrautheit des Alten mit dem Namen eines ihrer Anführer; denn sie besprachen sich untereinander und gaben den Ismaeliten dann den Bescheid herunter, der Truppenvorsteher Hor-waz sei verreist, er weile dienstlich in der Stadt Sent und werde nicht vor drei Tagen zurückkommen.

»Wie schlimm!« sagte der Alte. »Wie ungeschickt trifft sich doch das, ihr Krieger Ägyptens! Drei schwarze Tage, drei Neumondtage ohne Hor-waz, unsern Freund! Da heißt es warten. Wir warten hier, liebe Bewaffnete, auf seine Wiederkunft. Ruft ihn nur, wenn's euch gefällig ist, gleich auf die Mauer, wenn er zurück ist von Sent, mit dem Bedeuten, die wohlbekannten Minäer von Ma'on seien zur Stelle und führten Geschriebenes!«

Sie schlugen wirklich im Sande vor Zel, der Festung, ihre Hütten auf und blieben drei Tage in Erwartung des Leutnants, ein gutes Einvernehmen unterhaltend mit den Leuten der Mauer, die verschiedentlich zu ihnen herauskamen, ihre Waren zu sehen und Handel mit ihnen zu treiben. Auch Zuzug erhielten sie noch von einer anderen Reisegesellschaft, welche von Süden her, vom Sinai wohl, die Bitterseen entlang gezogen kam und ebenfalls in Ägyptenland eintreten wollte, recht abgerissenes Volk übrigens und von Gesittung wenig beleckt. Sie warteten mit den Ismaelitern, und als die Stunde kam und Hor-waz zurückgekehrt war, wurden alle Einreiselustigen von den Soldaten durchs Mauertor in den Hof eingelassen, der vor dem Brückentor lag, wo sie abermals ein paar Stunden zu warten hatten, bis der jugendliche Vorsteher auf dünnen Beinen die Freitreppe heruntergesprungen kam und auf ihren unteren Stufen stehenblieb. Zwei Mann begleiteten ihn, von denen der eine sein Schreibzeug, der andere eine Standarte mit Widderkopf trug. Hor-waz winkte die Bittsteller heran.

Sein Haupt war mit einer in der Stirne gerade abgeschnittenen hellbraunen Perücke bedeckt, die spiegelnd glatt war bis zu den Ohren, von da an aber plötzlich aus kleinen Löckchen bestand und ihm auf die Schultern fiel. Zu seinem Schuppenwams, auf dem als Auszeichnung eine Fliege in Bronze hing, paßte wenig die zarte Fältelung des blütenweißen Leinenkleides mit kurzen Ärmeln, das darunter hervorkam, und der ebenfalls fein plissierte Schurz, der ihm schräg in die Kniekehlen ging. Sie grüßten ihn angelegentlich; aber so elend sie sein mochten in seinen Augen, erwiderte er den Gruß doch fast höflicher noch, als sie ihn boten, ja mit närrischer Artigkeit, indem er katzbuckelnd den Rücken rundete, aber den Kopf mit süßlichem Lächeln zurückwarf, gleichsam mit spitz gerundeten Lippen die Lüfte küßte, und den sehr schlanken, am Handgelenk mit einer Spange geschmückten braunen Arm aus dem Plisseeärmel gegen sie aufhob. Freilich geschah das rasch und geläufig, so daß nur für Augenblicksdauer eine schwierig-graziöse und übertrieben ausdrucksvolle Mimik sich entfaltete, die sogleich wieder verschwunden war; und man erkannte wohl – besonders Joseph sah es ein –, daß es nicht ihnen, sondern der Hochgesittung zu Ehren und aus Selbstachtung geschah. – Hor-waz hatte ein ältliches Kindergesicht, kurz, mit Stumpfnase, kosmetisch verlängerten Augen und auffallend scharfen Furchen zu seiten des immer etwas gespitzten und lächelnden Mundes.

»Wer ist da?« fragte er rasch auf ägyptisch. »Männer des Elends in so großer Zahl, die die Länder betreten wollen?« – Mit dem Worte »Elend« wollte er nicht gerade schelten; er meinte einfach das Ausland damit. In die »große Zahl« aber bezog er beide Gruppen von Reisenden ein, die er nicht unterschied, die Midianiter mit Joseph sowohl wie die Sinaileute, die sich vor ihm sogar zu Boden geworfen hatten.

»Es sind euer zu viele«, fuhr er tadelnd fort. »Täglich kommen welche von da- oder dorther, sei es vom Gotteslande oder vom Gebirge Schu, und wollen das Land betreten, oder, wenn täglich zuviel gesagt ist, denn also fast täglich. Noch vorgestern habe ich welche durchgelassen vom Lande Upi und vom Berge User, da sie Briefe führten. Ich bin ein Schreiber der großen Tore, der über die Angelegenheiten der Länder Bericht erstattet, gut und schön für den, der es sieht. Meine Verantwortlichkeit ist erheblich. Woher kommt ihr, und was wollt ihr? Führt ihr Gutes im Schilde oder weniger Gutes oder sogar ganz Böses, so daß man euch entweder zurücktreiben oder lieber gleich in Leichenfarbe versetzen muß? Kommt ihr von Kadesch und Tubichi oder von der Stadt Cher? Euer Erster soll sprechen!

Wenn ihr vom Hafen Sur kommt, so ist mir dieser elende Platz bekannt, dem das Wasser in Booten zugeführt wird. Überhaupt kennen wir die Fremdländer genau, denn wir haben sie unterworfen und nehmen ihren Tribut ... Vor allem, wißt ihr zu leben? Ich meine: habt ihr zu essen und könnt so oder so für euch aufkommen, daß ihr nicht dem Staate zur Last fällt oder zu stehlen gezwungen seid? Ist aber ersteres der Fall, wo ist dann euer Ausweis darüber und das schriftliche Unterpfand, daß ihr zu leben wißt? Habt ihr Briefe an einen Bürger der Länder? Dann her damit. Sonst aber gibt's nichts als Umkehr.«

Klug und sanftmütig näherte sich ihm der Alte. »Du bist hier wie Pharao«, sagte er, »und wenn ich nicht erschrecke vor dem Einfluß, den du übst, und mich nicht stammelnd verwirre angesichts deiner Entscheidungsmacht, so nur, weil ich nicht zum erstenmal vor dir stehe und schon deine Güte erfahren habe, weiser Leutenant!« Und er erinnerte ihn: Dann und dann ungefähr sei es gewesen, vor zwei Jahren vielleicht oder vieren, daß er, der minäische Kaufmann, zum letztenmal hier durchgezogen und zum ersten von dem Truppenvorsteher Hor-waz abgefertigt worden sei, auf Grund der Reinheit seiner Absichten. Halb und halb schien sich Hor-waz denn auch zu entsinnen: an das Bärtchen und den schiefen Kopf dieses Alten, der das Ägyptische sprach wie ein Mensch; und so hörte er's wohlwollend an, wie jener die gestellten Fragen beantwortete: daß er nicht nur nichts Böses im Schilde führe, sondern nicht einmal weniger Gutes, vielmehr ausschließlich das Beste; daß er über den Jordan gekommen sei auf Handelsfahrten, durchs Land Peleschet und durch die Wüste und nebst den Seinen ausgezeichnet zu leben und für sich aufzukommen wisse, wofür der kostbare Warenbestand auf dem Rücken seiner lastbaren Tiere zeuge. Was aber seine Verbindungen im Lande betreffe, so sei hier ein Brief – und er entrollte dem Vorsteher das Stück polierter Ziegenhaut, auf das der Handelsfreund zu

Gilead in kanaanäischem Duktus einige Sätze der Empfehlung an den Handelsfreund zu Djanet im Delta geschrieben hatte.

Hor-wazens schlanke Finger – und zwar die seiner beiden Hände – streckten sich mit einer Gebärde zarten Empfangens nach dem Schriftstück aus. Er konnte sich nur schlecht daraus vernehmen; so viel aber sah er an seinem eigenhändigen Visum in einer Ecke, daß ihm diese Haut schon einmal vorgelegen hatte.

»Du bringst mir immer denselben Brief, altes Freundchen«, sagte er. »Das geht nicht, du kommst damit auf die Dauer nicht durch. Dies Krickel-Krackel will ich nun nicht mehr sehen, es ist ja veraltet, du mußt einmal etwas Neues beschaffen.«

Dagegen brachte der Alte vor, daß seine Verbindungen sich nicht auf den Mann in Djanet beschränkten. Vielmehr erstreckten sie sich, sagte er, bis nach Theben selbst, Wêse, die Amunsstadt, wohin er hinaufzuziehen gedenke vor ein Haus der Ehre und Auszeichnung, mit dessen Vorsteher namens Mont-kaw, Sohn des Achmose, er seit zahllosen Jahren in genauer Bekanntschaft lebe, da er ihn oft schon mit ausländischen Waren habe bedienen dürfen. Das Haus aber gehöre einem Großen über den Großen, Peteprê, dem Wedelträger zur Rechten. – Diese Erwähnung einer noch so mittelbaren Beziehung zum Hofe machte sichtbarlichen Eindruck auf den jungen Offizier.

»Beim Leben des Königs!« sagte er. »Danach wärest du nicht der erste beste, und falls dein Asiatenmund nicht lügt, so würde das freilich die Sache ändern. Hast du nichts Geschriebenes über deine Bekanntschaft mit diesem Mont-kaw, dem Sohne des Achmose, der über dem Hause dieses Wedelträgers ist? Gar nichts? Sehr schade, denn das würde deinen Fall nicht wenig vereinfacht haben. Immerhin, du weißt mir diese Namen zu nennen, und dein friedsames Gesicht stellt deinen Worten eine annehmbare Bescheinigung der Glaubwürdigkeit aus.«

Er winkte nach seinem Schreibzeug, und der Gehilfe beeilte sich, ihm die Holztafel, auf deren glatter Gipsfläche der Vorsteher unreine Notizen zu machen pflegte, sowie die gespitzte Binse zu überreichen. Hor-waz tauchte sie in einen Tintennapf der Palette, die der Soldat neben ihn hielt, verspritzte spendend ein paar Tropfen, führte die Schreibhand in weitem Bogen zur Fläche und schrieb, indem er sich das Personale des Alten wiederholen ließ. Er schrieb im Stehen neben der Standarte, die Tafel im Arm, in delikater Vorwärtsneigung, gespitzten Mundes, fein blinzelnd, liebevoll, selbstgefällig und mit offenkundigem Genuß. »Ziehen durch!« erklärte er dann, gab Tafel und Feder zurück, grüßte abermals in seiner närrisch verfeinerten Art und sprang die Treppe wieder hinauf, über die er gekommen war. Der wildbärtige Sinai-Scheich, der die ganze Zeit auf dem Angesichte verharrt hatte, war überhaupt nicht zur Rede gestellt worden. Ihn und die Seinen hatte Hor-waz dem Anhang des Alten mit zugerechnet, so daß sehr unvollständige Angaben, auf schönes Papier übertragen, an die Ämter nach Theben hinauf gelangen würden. Deswegen aber würde Ägypten nicht zu beweinen sein und das Land nicht in Unordnung geraten. Den Ismaelitern auf jeden Fall war die Hauptsache, daß unter den Händen der Soldaten von Zel die erzenen Flügel des Tores sich auftaten, das die Schiffbrücke freigab, darüber sie hinziehen konnten mit Tier und Pack und eintreten in die Fluren des Chapi.

Als ihr Geringster, von niemandem angesehen und mit keinem Namen genannt in Hor-wazens Amtsprotokoll, kam Joseph, Jaakobs Sohn, nach Ägyptenland.

ZWEITES HAUPTSTÜCK:
DER EINTRITT IN SCHEOL

Joseph erblickt das Land Gosen
und kommt nach Per-Sopd

Was sah er zuerst davon? Das wissen wir mit Bestimmtheit; die Umstände lehren es. Der Weg, den die Ismaeliter ihn führten, war ihnen in mehr als einem Sinn vorgeschrieben; auch durch die geographischen Verhältnisse war er es, und es ist so sicher wie wenig bedacht, daß der erste Landstrich Ägyptens, den Joseph durchzog, ein Gebiet war, das seine Namhaftigkeit, um nicht zu sagen seinen Ruhm, nicht der Rolle verdankt, die es in der Geschichte Ägyptens, sondern derjenigen, die es in der Geschichte Josephs und der Seinen gespielt hat. Es war die Landschaft Gosen.

Sie hieß auch Gosem oder Goschen, wie man nun wollte und wie dem Manne der Mund stand, und gehörte zum Gau Arabia, dem zwanzigsten des Landes Uto's, der Schlange, nämlich Unterägyptens. Im östlichen Teile des Deltas lag sie, weshalb denn eben Joseph mit seinen Führern in sie eintrat, sobald er die salzigen Binnenwasser und Grenzbefestigungen im Rücken gelassen, und ein Großes und Merkwürdiges war es durchaus nicht mit ihr, – Joseph fand nicht, daß die Gefahr, vor den andringenden Wundern Mizraims den Kopf zu verlieren und unförderlicher Blödigkeit zu verfallen, vorläufig sehr drohend sei.

Wildgänse zogen unter einem trüben, sacht regnerischen Himmel über das einförmige, von Gräben und Deichen durchzogene Marschenland dahin, aus dem hie und da ein Schlehen- oder Maulbeerfeigenbaum sich einzeln hervortat. Stelzvögel, Störche und Ibisse standen im Röhricht verschlammter Wasserläufe, denen man auf Dämmen folgte. Unter den Fächern von Dum-Palmen spiegelten Dörfer sich mit den Lehmkegeln ihrer Vorratshäuser in grünlichen Ententeichen – nicht anders zu sehen als Dörfer der Heimat und gerade kein Augenlohn für eine Reise von mehr als sieben mal siebzehn Tagen. Schlichtes Erdenland war es, was Joseph sah, ohne verwirrende Eigenschaften, und nicht einmal die »Kornkammer« schon, als die man Keme wohl dachte; denn das hier war bloßes Gras- und Weideland weit und breit, wenn auch feucht und fett allerdings, – der Hirtensohn sah es mit Anteil. Auch weidete manche Herde darüber hin, Rindvieh, weiß und rot gefleckt, hornlos oder die Hörner leierförmig emporgestellt, aber auch Schafe; und ihre Hirten hockten mit schakalohrigen Hunden unter Papierschilfmatten, die sie gegen den Nieselregen über ihre Stäbe gespannt hatten.

Das Vieh, belehrte der Alte die Seinen, war größtenteils nicht von hier. Gutsherren und Vorsteher der Tempelställe nämlich schickten von weither stromaufwärts, wo es nur Ackerland gäbe und die Rinder im Kleefeld weiden müßten, ihre Herden jahreszeitweise hierher in die Marschen des Nördlich-Unteren, daß sie des Krauts der guten Wiesen genössen, welche so fett waren dank dem schiffbaren Süßwassergraben und Hauptkanal, an dem sie eben dahinschritten und der sie geradehin nach Per-Sopd, der urheiligen Stadt des Gaues, leitete. Denn dort zweigte der Graben ab vom Deltaarme des Chapi und verband den Strom mit den Bitterseen. Diese aber waren sogar wiederum, wußte der Alte, durch einen Kanal mit dem Meere der Roten Erde, kurz gesagt: mit dem Roten Meere verbunden, so daß es dahin vom Nil ununterbrochen durchgehe und man von der Amunsstadt geradeswegs bis zum Weihrauchlande Punt segeln mochte, wie es die Schiffe Hatschepsuts gewagt hatten, des Weibes, das einst Pharao gewesen und den Bart des Osiris getragen.

Davon plauderte der Alte nach überliefertem Wissen, in seiner weisen, behaglichen Art. Joseph aber lauschte ihm schlecht und hatte nicht Ohr für die Taten Hatschepsuts, der Frau, deren Beschaffenheit geändert worden war durch die Königswürde und die den Kinnbart getragen. Heißt es zuviel erzählen, wenn man in seine Geschichte einträgt, daß schon damals seine Gedanken eine luftige Brücke schlugen zwischen den blanken Wiesen hier und der Sippe daheim, dem Vater und Benjamin, dem Kleinen? Bestimmt nicht, – mochte sein Denken auch nicht von der Art des unsrigen sein, sondern um ein paar Traummotive spielen, die gleichsam die musikalische Substanz seines geistigen Lebens bildeten. Eines davon klang hier an, das mit denen der »Entrückung« und der »Erhöhung« von Anfang an innig zusammengehangen hatte: das Motiv des »Nachkommenlassens«. Ein weiteres setzte sich dagegen im Spiel seiner Gedanken: das Motiv von Jaakobs Abscheu gegen das Land der Entrückung; und er versöhnte sie zu Fug und Einklang, indem er sich sagte, daß dies friedlich ursprüngliche Weideland hier zwar schon Ägyptenland sei, aber noch nicht das rechte in voller Anstößigkeit, und daß es Jaakob, dem Herdenkönig, den zu Hause das Land kaum tragen wollte, zusagen könnte. Er betrachtete die Herden, die die Gutsherren des Oberlandes hierher sandten des guten Krautes wegen, und lebhaft empfand er, wie sehr noch und wie vor allem das Entrückungsmotiv der Ergänzung bedürfe durch das der Erhöhung, ehe das Vieh der Herren vom oberen Stromlauf anderem Vieh das Feld räumen würde im Lande Gosen, kurz, ehe das »Nachkommenlassen« an der Reihe sein würde. Aufs neue erwog er die Meinung und bestärkte sich kräftig in ihr, daß, gehe man schon gen Westen, man wenigstens der Erste werden müsse der Dortigen. –

Vorderhand zog er mit seinen Käufern am lehmigen, flachen, manchmal von dünn aufgeschossenen Palmen gesäumten Ufer dahin des Segenskanals, auf dessen glatter Fläche eine Bootsflottille mit überhohen Segeln an schwanken Masten langsam ihnen entgegen nach Osten glitt. So fortschreitend, war Per-Sopdu, die heilige Stadt, nicht zu verfehlen, welche sich, da sie sie erreichten, als eng verbaut, unverhältnismäßig hoch ummauert und sehr arm an Leben erwies. Denn der dort eingesetzte Ackerrichter und »Geheimwisser der königlichen Befehle«, der den gut syrischen Titel »Rabisu« führte, bildete nebst seinen Beamten und der geschorenen Priesterschaft des Gaugottes Sopd, mit dem Beinamen »Der die Sinaibewohner schlägt«, beinahe die ganze Einwohnerschaft; und in der übrigen überwogen geradezu die bunte asiatische Tracht und die Sprache Amors und Zahi's das weiße Kleid der Ägypter und ihre Rede. Dermaßen roch es nach Nelkenköpfen oder Gewürznägeln in der Enge Per-Sopds, daß es nur anfangs angenehm war, dann aber peinlich wurde; denn dies war die Lieblingswürze Sopdu's in seinem Hause, die man jedem ihm darzubringenden Opfer überreichlich beitat, – eines Gottes, so uralt, daß seine eigenen Pfleger und Propheten, die ein Luchsfell auf dem Rücken trugen und mit niedergeschlagenen Augen gingen, nicht mehr mit Bestimmtheit zu sagen wußten, ob sein Kopf eigentlich der eines Schweines oder eines Nilpferdes sei.

Er war ein beiseite gedrängter, undeutlich gewordener und, nach Seelenstimmung und Redeweise seiner Priester zu urteilen, ziemlich verbitterter Gott und hatte auch schon lange die Sinaibewohner nicht mehr geschlagen. Sein nur handhohes Bild stand im letzten Hintergrunde seines uralt klotzigen Tempels, dessen Höfe und Vorhallen mit überaus klotzigen Sitzbildern des Pharao's der Urzeit geschmückt waren, der das Haus erbaut hatte. Vergoldete, bunt bewimpelte Flaggenstangen in den Nischen seines vordersten Torbaues mit den fliehenden, bildbedeckten Wänden versuchten vergebens, dem Hause Sopds einen Anschein von Fröhlichkeit zu verleihen. Es war wenig dotiert, die um den Hauptof gelagerten Vorrats- und Schatzkammern standen leer, und nicht viel Volks machte

Sopdu, dem Herrn, seine darbringende Aufwartung: eben nur die ägyptische Bewohnerschaft der Stadt, aber von auswärts niemand; denn kein allgemein gültiges Fest zog heilig erregte Massen stromabwärts in die bröckelnden Mauern Per-Sopds.

Den Ismaeliten, welche aus händlerischer Verbindlichkeit ein paar Blumensträuße, die im offenen Vorhof zu kaufen waren, und eine mit Nelkenköpfen gespickte Ente auf dem Gabentisch in gedrungener Halle niederlegten, kündeten die Priester mit den spiegelnden Schädeln, den langen Nägeln und den immer über die Augen gesenkten Lidern in schleppendem Tonfall von der schwermütigen Lage ihres uralten Herrn und seiner Stadt. Sie klagten die Zeitläufte an, die große Ungerechtigkeit mit sich gebracht und alle Gewichte der Macht, des Glanzes und Vorranges in eine Schale der Länderwaage gehäuft hätten, nämlich in die südlich-obere, seitdem Wêse so groß geworden, – während sie ursprünglich die nördlich-untere, das Land der Mündungen, heilig beschwert hätten, was eben der Gerechtigkeit entsprochen. Denn in gerechten Urzeiten, die Mempi als Königsstadt hätten glänzen sehen, sei das Deltagebiet das eigentliche und wahre Ägyptenland gewesen, während man die oberen Strecken, Theben mit eingeschlossen, beinahe dem elenden Kusch und den Negerländern beigerechnet habe. Arm an Bildung und geistlichem Licht sowohl wie an Schönheit des Lebens sei damals der Süden gewesen, und vom uralten Norden hier seien diese Güter ergangen und befruchtend stromaufwärts gedrungen; hier seien die Quellen von Wissen, Gesittung und Wohlfahrt und hier die ehrwürdig-ältesten Götter des Landes geboren, wie namentlich Sopd, der Herr des Ostens in seiner Kapelle, den eine falsche Verlagerung der Gewichte nun so ganz in den Schatten gedrängt habe. Denn der thebanische Amun droben, nahe den Negerländern, werfe sich heutzutage zum Richter auf über das, was als ägyptisch zu gelten habe und was nicht, – so gewiß sei es ihm, daß sein Name gleichgälte dem Namen Ägyptens und dieser dem seinen. Noch vor kurzem, erzählten die bitteren Hausbetreter, hätten Leute des Westens, die den Libyern nahewohnten, zu Amun geschickt und ihm vorgestellt, es schiene ihnen, sie selbst seien Libyer und keine Ägypter; denn außerhalb des Deltas wohnten sie und stimmten in nichts mit den Kindern Ägyptenlands überein, weder im Dienst der Götter noch sonst: Sie liebten, so hätten sie sagen lassen, das Kuhfleisch und wollten Freiheit haben, Kuhfleisch zu essen so gut wie die Libyer, von deren Art sie seien. Aber Amun habe ihnen geantwortet und sie verwiesen, es könne die Rede nicht sein von Kuhfleisch, denn Ägypten sei alles Land, das der Nil befruchte stromab und stromauf, und alle seien Ägypter, die diesseits der Elefantenstadt wohnten und aus dem Flusse tränken.

So Amuns Spruch, und die Priester Sopdu's, des Herrn, hoben die Hände mit den langen Nägeln, um den Ismaelitern seine Anmaßlichkeit begreiflich zu machen. Warum denn diesseits von Jeb und dem ersten Katarakt? fragten sie höhnisch. Weil Theben gerade noch diesseits davon liege? Man sehe die Weitherzigkeit dieses Gottes! Wenn Sopd, ihr Herr, hier unten im Norden, im ersten und eigentlichen Ägyptenland, erklären würde, ägyptisch sei alles, was aus dem Strome trinke, so würde das freilich hoch- und weitherzig zu nennen sein. Wenn aber Amun es sage, ein Gott, der, vorsichtig gesprochen, in dem Verdachte stehe, nubischer Herkunft und ursprünglich ein Gott des elenden Kusch zu sein, und der nur durch die eigenmächtige Selbstgleichsetzung mit Atum-Rê völkische Urtümlichkeit zu erzielen gewußt habe, – so sei die Weitherzigkeit nicht ganz vollwertig und mit Hochherzigkeit keineswegs zu verwechseln ...

Kurzum, die eifersüchtige Kränkung der Sopd-Propheten durch den Wandel der Zeiten und den Vorglanz des Südens war offenkundig, und die Ismaeliter, der Alte voran, ehrten diese

Empfindlichkeit und pflichteten ihr händlerisch bei; sie erhöhten auch noch ihre Darbringung durch einige Brote und Krüge Biers und erwiesen dem beiseite gedrängten Sopd alle Aufmerksamkeit, ehe sie weiterzogen nach Per-Bastet, das ganz in der Nähe war.

Die Katzenstadt

Hier nun roch es so eindringlich nach Katzenkraut, daß es dem nicht daran gewöhnten Fremden fast übel davon wurde. Denn der Geruch ist jedem Wesen zuwider, nur nicht dem heiligen Tier der Bastet, nämlich der Katze, die ihn, wie man weiß, sogar gierig bevorzugt. Zahlreiche Beispiele dieses Tiers wurden in Bastets Heiligtum, dem gewaltigen Kernstück der Stadt, gehalten, schwarze, weiße und bunte, wo sie mit der zähen und lautlosen Anmut ihrer Art auf den Mauern und in den Höfen zwischen den Andächtigen umherstrichen; und man schmeichelte ihnen mit dem eklen Gewächs. Da aber auch überall sonst in Per-Bastet, in allen Häusern, die Katze gepflegt wurde, so war der Baldrianschmack wahrhaftig derart, daß er sich allem beimischte, die Speisen würzte und sich auf lange Zeit in die Gewandstücke setzte, woran denn die Reisenden noch in On und Mempi erkannt wurden, denn die Leute sagten dort lachend zu ihnen: »Merklich kommt ihr aus Per-Bastet!«

Übrigens galt das Lachen nicht dem Geruche allein, sondern der Katzenstadt selbst und den Gedanken, die sich an sie knüpften und die lustig waren. Denn Per-Bastet, ganz im Gegensatz zu Per-Sopd, das es an Größe und Menschenmenge auch weit übertraf, war eine Stadt von lustigem Ruf und Ansehen, obgleich sie so tief im altertümlichen Delta lag, – aber eben von altertümlicher, derber Lustigkeit, über die ganz Ägypten das Lachen ankam beim bloßen Gedenken. Diese Stadt nämlich verfügte, anders als das Haus des Sopd, über ein allgemein gültiges Fest, zu dem, wie die Bewohner sich rühmten,

»Millionen«, das hieß ganz gewiß Zehntausende von Leuten stromabwärts auf dem Land- oder Wasserwege daherreisten, schon im voraus sehr aufgeräumt, denn die Weiber zumal, ausgerüstet mit Klappern, sollten sich schelmisch dabei benehmen und von den Verdecken der Schiffe stark altertümliche Schimpfworte und Gebärden zu den Ortschaften hinübersenden, an denen sie vorbeikamen. Aber auch die Männer waren sehr fröhlich, pfiffen, sangen und klatschten; und sie alle, die da gezogen kamen, hielten große, drangvolle Volkszusammenkünfte in Per-Bastet, wo sie in Zelten kampierten: ein Fest von drei Tagen, mit Opfern, Tänzen und Mummenschänzen, mit Jahrmarkt, dumpfem Getrommel, Märchenerzählern, Gaukeleien, Schlangenbeschwörern und so viel Traubenwein, wie in Per-Bastet das ganze übrige Jahr hindurch nicht verbraucht wurde, so daß, wie es hieß, die Menge sich in echt altertümlicher Verfassung befand und sich zeitweise sogar selber geißelte oder sich vielmehr schmerzhaft mit einer Art von stachligen Knüppeln schlug, unter allgemeinem Geschrei, das mit dem alten Bastet-Feste untrennbar verbunden und eben der Anlaß und Gegenstand des lachenden Gedenkens war; denn es lautete dem Geschreie der Katzen gleich, wenn sie nächtlich der Kater besucht.

Hiervon denn erzählten die Einwohner den Fremden und rühmten sich des bereichernden Zulaufs, dessen sie sich bei sonst ruhiger Lebensweise einmal im Jahre erfreuten. Der Alte bedauerte aus geschäftlichen Gründen, daß er nicht zu diesem Feste zurechtgekommen sei, welches aber in eine andere Jahreszeit fiel. Sein Jungsklave Usarsiph hörte den Beschreibungen mit scheinbar achtungsvollen Augen zu, nickte höflich dabei und dachte an Jaakob. An ihn dachte er und an den tempellosen Gott seiner Väter, wenn er von der aufgehöhten Stadt, in deren mittlerer Tiefe zwei baumbeschattete Wasserarme die heilige Halbinsel umfingen, in die Wohnung der Göttin herniederblickte, wie sie in ragender Mauerumfriedung, das Hauptgebäude geborgen in einem Hain alter Sykomoren, mit ihren sinnbildstarrenden Pylonen, ihren überzelteten Höfen und bunten Hallen, deren Säulenköpfe die offenen und die geschlossenen Blütendolden des Byblusschilfs nachahmten, weitläufig dalag, zugänglich auf der mit Steinen gepflasterten Allee von Osten her, die auch ihn mit den Ismaelitern hierhergeführt hatte; oder wenn er sich drunten an Ort und Stelle in den Sälen erging und die gegrabenen Schildereien der Wände in tiefrot und himmelblau betrachtete: wie Pharao räucherte vor der Kätzin und unter zauberklaren Inschriften aus Vögeln, Augen, Pfeilern, Käfern und Mündern braunrote Gottheiten, geschwänzt, im Lendentuch, angetan mit leuchtenden Armringen und Halskrägen, hohe Kronen auf den Tierköpfen und den Kreuzring des Lebenszeichens in Händen, freundschaftlich die Schulter ihres irdischen Sohnes berührten.

Joseph sah an dem allen hinauf, klein im Riesigen, mit jungen, doch ruhigen Augen. Denn jung stand er gegen das Altersgewaltige; aber ein Wissensgefühl, daß er nicht jung nur den eigenen Jahren nach ihm entgegenstehe, sondern in weiterem Sinne noch, steifte ihm den Rücken vor dem Erdrückenden, und wenn er des altertümlichen Nachtgeschreis gedachte, mit dem das Volk im Feste die Höfe der Bastet erfüllte, so zuckte er die Achseln.

Das lehrhafte On

Wie genau wir den Weg kennen, den der Entraffte dahingeführt wurde! – hinab oder hinauf, wie man es nehmen und nennen will. Denn wie so vieles hier ihn verwirren wollte, so war's eine Wirrnis auch mit dem »Hinauf« und »Hinab«: Von der Heimat aus war es wohl mit ihm, wie schon mit Abram, gen Ägypten »hinabgegangen«, in Ägypten nun aber ging es »hinauf«, nämlich dem Lauf des Stromes entgegen, welcher von Süden kam, also daß man im Lande gen Mittag nicht länger »hinabzog«, sondern »hinauf«. Das war, als sei's auf Verwirrung angelegt wie im Spiel, wenn man den um die Augen Verbundenen ein paarmal um sich selber dreht, damit er nicht mehr wisse, wie ihm der Kopf steht und wo vorn und hinten. – Mit der Zeit aber, der Jahreszeit nämlich und dem Kalender, stimmte es auch nicht hier unten.

Es war im achtundzwanzigsten Jahr der Regierung Pharao's, nach unserer Ausdrucksweise Mitte Dezember. Die Leute von Keme sagten, man schreibe den »ersten Monat der Überschwemmung«, Thot genannt, wie Joseph mit Vergnügen erfuhr, oder Djehuti, wie sie den Namen des mondfreundlichen Affen sprachen. Die Angabe aber stimmte mit den natürlichen Umständen nicht überein: Das hiesige Jahr lag mit der Wirklichkeit fast immer in Widerstreit; es wandelte, und nur von Zeit zu Zeit, in ungeheueren Abständen, fiel sein Neujahrstag einmal wieder mit dem tatsächlich-eigentlichen zusammen, an dem der Hundsstern wieder am Morgenhimmel erschien und die Wasser zu schwellen begannen. Gemeinhin herrschte konfuse Unstimmigkeit zwischen dem gedachten Jahr und den Gezeiten der Natur, und so konnte praktisch auch jetzt nicht davon die Rede sein, daß man sich am Anfang der Überschwemmung befunden hätte: Bereits hatte der Strom sich so verringert, daß er fast wieder im alten Bett ging; das Land war hervorgekommen, die Aussaat vielfach geschehen, das Wachstum im Gange, – denn dermaßen saumselig war die Reise der Ismaeliter gewesen hier herab, daß, seitdem Joseph in die Grube gefahren, um Sommerssonnenwende, ein halber Jahreslauf hingegangen war.

Etwas verwirrt also in Dingen der Zeit und des Raumes, zog er in seinen Stationen dahin ... In welchen Stationen? Wir wissen es genau; die Umstände lehren es. Denn seine Führer, die Ismaeliter, die sich Zeit ließen auch jetzt und sich nach alter

Gewohnheit um die Zeit überhaupt nicht kümmerten, sondern nur achtgaben, daß sie in der Saumseligkeit leidlich Zielrichtung hielten, zogen mit ihm entlang dem Stromarme von Per-Bastet nach Süden gegen den Punkt, wo sich der Arm mit dem Strom vereinigte, an der Spitze des Dreiecks der Mündungen. So kamen sie denn nach dem goldenen On, da es dort an der Spitze gelegen war, einer allerseltsamsten Stadt, der größten, die Joseph bis dahin gesehen, vorwiegend aus Gold gebaut, wie dem Geblendeten schien, dem Hause der Sonne; aber von dort würden sie eines Tages nach Mempi gelangen, auch Menfe genannt, der ureinstigen Königsstadt, deren Tote der Wasserfahrt nicht bedurften, da sie schon selber am westlichen Ufer lag. Das war es, was sie im voraus von Mempi wußten. Ihr Reiseplan aber war, von dort an nicht länger zu Lande zu reisen, sondern ein Schiff zu chartern und auf dem Wasserwege No-Amun, Pharao's Stadt, zu gewinnen. So hatte der Alte sich's ausgesonnen, nach dessen Kopf alles ging, und demgemäß schritten sie vorderhand unter schacherndem Verweilen am Ufer des Jeor hin, hier »Chapi« geheißen, der bräunlich in seinem Bette ging und nur noch hie und da in verlorenen Tümpeln auf den Fluren stand, die zu grünen begannen, so weit beiderseits zwischen Wüste und Wüste das Fruchtland reichte.

Wo die Ufer steil waren, schöpften Männer an Brunnengerüsten mit Lederbeuteln, denen ein Lehmklumpen am andern Ende des Wiegebalkens als Gegengewicht diente, das schlammige Zeugungswasser aus dem Fluß und gossen's in Rinnen, daß es in die unteren Gräben laufe und sie Korn hätten, wenn Pharao's Schreiber kämen, es einzuziehen. Denn hier war das ägyptische Diensthaus, das Jaakob mißbilligte, und die einnehmenden Staatsschreiber waren von nubischen Exekutoren begleitet, die Palmruten trugen.

Die Ismaeliter handelten unter den Fronbauern in den Dörfern ihre Lampen und Harze in Halskrägen, Kopfstützen und jene Leinwand um, die die Weiber der Bauern aus dem Flachs der Felder webten und die von den Steuerschreibern eingezogen wurde, – redeten mit den Leuten und sahen Ägyptenland. Joseph sah es und nahm seine Lebensluft auf im Handeln und Wandeln, die eigentümlich genug war, stark und fast beißend nach dem Schmack ihrer Würze in Glaube, Sitte und Form; aber man muß nicht denken, daß es ganz Neues, Wildes und Fremdes war, was er da mit Geist und Sinnen erprobte. Sein Vaterland, wenn man das Jordangebiet und seine Gebirge nebst dem Bergland, darin er aufgewachsen war, als eine vaterländische Einheit betrachten will, war, als das Zwischen- und Durchgangsland, als das es geschaffen worden, von Süden her, von ägyptischer Art und Gesittung, ebensowohl wie vom östlichen Herrschaftsgebiete Babels bestimmt; Feldzüge Pharao's waren darüber hingegangen und hatten Besatzungen, Statthalter, Baulichkeiten zurückgelassen. Joseph hatte Ägypter gesehen und ihre Tracht; der Anblick ägyptischer Tempel war ihm nicht fremd; und alles in allem war er nicht nur das Kind seiner Berge, sondern das einer größeren Raumeseinheit, des mittelländischen Morgenlandes, worin nichts ihn ganz toll und unvertraut anmuten konnte, überdies aber ein Kind seiner Zeit, der versunkenen, in der er wandelte und in die wir zu ihm hinabgefahren sind, wie Ischtar zum Sohne fuhr. Auch die Zeit, zusammen mit dem Raum, schuf Einheit und Gemeinsamkeit des Aspektes der Welt und der Geistesform; das eigentlich Neue, dessen Joseph auf Reisen gewahr wurde, war wohl gar dies, daß er und seine Art nicht allein auf der Welt, nicht ganz unvergleichlich waren; daß viel vom Sinnen und Trachten der Väter, ihrer sorgenden Gottesausschau und inständigen Spekulation nicht so sehr ihre unterscheidende Vorzugssache gewesen war, als es der Zeit und dem Raum, dem Gebiet der Gemeinsamkeit angehörte – vorbehaltlich bedeutender Unterschiede natürlich in Segen und Wohlgeschick seiner Ausübung.

Wenn etwa Abram so lange und angelegentlich mit Malchisedek über den Grad von Einerleiheit verhandelt hatte, der zwischen El eljon, dem sichemitischen Bundesbaal, und seinem eigenen Adōn bestehen mochte, so war das eine sehr zeit- und weltläufige Unterhaltung gewesen, und zwar nach ihrem Problem sowohl wie auch in bezug auf die Wichtigkeit, die man ihm beimaß, die Anteilnahme, die man ihm öffentlich entgegenbrachte. So hatten, gerade um die Zeit, als Joseph nach Ägypten kam, die Priester von On, der Stadt Atum-Rê-Horachte's, des Sonnenherrn, das Verhältnis ihres heiliges Stieres Merwer zu dem Horizontbewohner dogmatisch als »lebende Wiederholung« bestimmt, – eine Formel, in der die Gedanken des Nebeneinander und der Einheit gleichermaßen zu ihrem Rechte kamen, weshalb sie auch ganz Ägypten lebhaft beschäftigte und selbst bei Hofe großen Eindruck gemacht hatte. Alle Welt sprach davon, das kleine Volk sowohl wie die Vornehmen, und die Ismaeliter konnten nicht für fünf Deben Ladanum verhandeln gegen entsprechend viel Bier oder eine gute Rindshaut, ohne daß in dem einleitenden und umrahmenden Gespräch der Geschäftspartner die ausgezeichnete neue Bestimmung des Verhältnisses Merwers zu Atum-Rê berührte und den Eindruck zu erfahren wünschte, den sie auf die Fremden mache. Er konnte, wenn nicht auf ihren Beifall, so jedenfalls auf ihr Interesse rechnen; denn sie kamen zwar weither, aber doch aus demselben Raum, und vor allem war es die gemeinsame Zeit, die sie der Neuigkeit mit einer gewissen Aufregung lauschen ließ. –

On also, das Sonnenhaus, nämlich das Haus dessen, der Chepre am Morgen ist, Rê an seinem Mittag und Atum am Abend, der die Augen öffnet, und es entsteht das Licht, der die Augen schließt, und es entsteht das Dunkel, – dessen, der Eset, seiner Tochter, seinen Namen genannt hatte: On in Ägypterland, tausendjährig an seiner Stätte, lag auf dem Wege der Ismaeliter gen Süden, überfunkelt von der vergoldeten Vierkantspitze des riesigen, gleißend polierten Granitobelisken, welcher auf ausladendem Unterbau zu Häupten des großen Sonnentempels stand, dort, wo lotusbekränzte Weinkrüge, Kuchen, Honigschalen, Vögel und jederlei Feldfrucht den Alabastertisch Rê-Horachte's bedeckten und Hausbetreter in gestärkt vorstehenden Schurzen, geschwänzte Pantherfelle auf dem Rücken, vor jenem Rinde Weihrauch verbrannten: Merwer, dem Großen Stier, der lebendigen Wiederholung des Gottes, mit einem Nacken aus Erz gleich hinter den Leierhörnern und machtvoll baumelnden Hoden. Es war nun allerdings eine Stadt, wie Joseph sie nie gesehen, anders nicht nur als die Städte der Welt, sondern anders auch als sonst die Städte Ägyptens, und ihr Tempel selbst, neben dem hochgebordet, aus vergoldeten Ziegeln gebaut, das Sonnenschiff lag, war völlig anders von Grundriß und Ansehen als andere ägyptische Tempel. Die ganze Stadt gleißte und blitzte von Sonnengold, dergestalt, daß alle ihre Einwohner entzündlich tränende Augen davon hatten und Fremde meist Kapuzen und Mäntel über den Kopf zogen gegen den Glast. Die Dächer ihrer Ringmauern waren aus Gold, goldene Strahlen zuckten und sprühten überall von den Spitzen der phallischen Sonnenspieße, mit denen sie gespickt – den goldenen Sonnenmalen in Tiergestalt, all diesen Löwen, Sphinxen, Böcken, Stieren, Adlern, Falken und Sperbern, von denen sie voll war; und nicht genug, daß jedes ihrer Nilziegelhäuser, auch das ärmste noch, mit einem vergoldeten Sonnenzeichen, einer Flügelscheibe, einem Hakenrad oder Wagen, einem Auge, einer Axt oder einem Skarabäus glänzte, auf seinem Dache etwas wie einen goldenen Ball oder Apfel trug, – so war dies auch bei den Wohnstätten, Speichern und Bansen der umliegenden Dörfer im Weichbilde Ons der Fall: auch von ihnen ließ jedes ein solches Emblem, einen kupfernen Schild, eine Schlangenspirale, einen goldenen Hirtenstab oder Becher den Schein des Gestirnes widerblitzen; denn Sonnengebiet war hier und Bannmeile des Blinzelns.

Eine Stadt zum Blinzeln war On, das tausendjährige, nach seinem äußeren Augenschein. Es war aber auch eine solche nach seiner inneren Eigenart und von Geistes wegen. Urweise Lehrhaftigkeit war hier zu Hause, die auch der Fremde gleich zu spüren bekam – durch die Poren, wie man wohl sagt, trat sie in ihn ein. Es war aber eine Lehrhaftigkeit, die Messung betreffend und das Gefüge genau und rein im dreifachen Raum gedachter Körper und der sie bestimmenden Flächen, wie sie in gleichen Winkeln sich abgrenzen, in reinen Kanten aneinanderstoßen, in einem Punkte, der keinerlei Ausdehnung mehr hat und keinen Raum einnimmt, obgleich er vorhanden ist, zusammenlaufen – und dergleichen Heiligkeit mehr. Diese zu On waltende Anteilnahme an gedankenreiner Figur, der Sinn für das Raumlehrhafte, der diese sehr alte Stadt auszeichnete und offenbar mit ihrem Ortskult, dem Dienst des Tagesgestirnes, zusammenhing, bekundete sich schon in ihrer baulichen Anordnung. Denn gerade an dem Spitzenpunkt des triangulären Gebietes der auseinandergehenden Strommündungen gelegen, bildete sie selbst mit ihren Häusern und Gassen ein gleichschenkliges Dreieck, dessen Spitze – gedachterweise, aber so ziemlich auch in Wirklichkeit – mit der Spitze des Deltalandes zusammenfiel; und an dem Spitzenpunkt stieg denn auch auf einem gewaltigen Rhombus von Unterbau aus feuerfarbenem Granit der vierflächige, hoch oben, wo seine Kanten zur Spitze zusammenliefen, mit Gold bedeckte Obelisk empor, der täglich den ersten Morgenstrahl aufglimmend empfing und in seiner steinernen Hofumfriedung den Abschluß der ganzen, schon mitten im Stadtdreieck beginnenden Tempelanlage bildete.

Hier, vor dem beflaggten Tempeltor, welches in Gänge führte, die mit den lieblichsten Schildereien der Vorkommnisse und Geschenke aller drei Jahreszeiten ausgemalt waren, lag ein offener Platz, mit Bäumen bepflanzt, wo die Ismaeliter beinahe den ganzen Tag verbrachten; denn es war der Ort der Zusammenkunft und des Tauschmarktes für die blinzelnden Leute von On wie auch für Fremde. Und auf den Markt kamen auch Diener des Gottes heraus, tränenäugig vom vielen In-die-Sonne-Sehen, mit spiegelnden Köpfen und angetan nur mit dem knappen Schurze der Urzeit nebst einer Priesterbinde, mischten sich unter das Volk und hatten nichts gegen ein Gespräch mit solchen, die sich nach ihrer Weisheit erkundigen wollten. Dazu, wie es schien, waren sie geradezu von oben her angehalten und warteten nur darauf, befragt zu werden, um für ihren ehrwürdigen Kult und die urwissenschaftlichen Überlieferungen ihres Hauses zu zeugen. Unser Alter, Josephs Herr, machte denn auch mehrfach von der stillschweigend, aber deutlich erteilten Erlaubnis Gebrauch und unterhielt sich mit den Sonnengelehrten auf dem Platz, wobei Joseph zuhörte.

Gottesdenkertum und die Gabe der Glaubensgesetzgebung waren, so sagten sie, erblich in ihrer Körperschaft. Heiliger Scharfsinn war ihr Besitztum von alters. Sie, nämlich ihre Vorfahren im Dienst, hatten zuerst die Zeit geteilt und gemessen und den Kalender verfaßt, was so gut wie der lehrende Sinn für reine Figur mit dem Wesen des Gottes zusammenhing, durch dessen Augenaufschlag es Tag wurde. Denn vordem hatten die Menschen in blinder Zeitlosigkeit, maßlos und unaufmerksam dahingelebt; Er aber, der die Stunden machte – da entstanden die Tage –, hatte ihnen durch seine Gelehrten die Augen geöffnet. Daß sie, ihre Vorgänger nämlich, die Sonnenuhr erfunden hatten, verstand sich von selbst. Von dem Meßgerät für die Nachtstunden, der Wasseruhr, stand dies weniger fest; aber wahrscheinlich gemacht wurde es dadurch, daß der krokodilgestaltige Wassergott Sobk von Ombo, wie so manche andere Verehrungsgestalt, genau ins tränende Auge gefaßt, nur Rê mit anderem Namen war und des zum Zeichen die schlangenbewaffnete Scheibe führte.

Übrigens war diese Zusammenschau ihrer, der Spiegelköpfe, Werk und Lehrbehauptung; sie waren nach ihrer eigenen Aussage sehr stark im Zusammenschauen und darin, alle möglichen Gau- und Ortsbeschirmer dem Atum-Rê-Horachte von On gleich zu achten, der seinerseits schon eine Zusammenschau und Sternbildfigur ursprünglich eigenständiger Numina war. Aus mehrerem eins zu machen, war ihr Vorzugsbetreiben, ja, wenn man sie hörte, gab es im Grunde nur zwei große Götter: einen der Lebenden, das war Hor im Lichtberge, Atum-Rê; und einen Totenherrn, Usir, das thronende Auge. Das Auge aber war auch Atum-Rê, nämlich das Sonnenrund, und so ergab sich bei zugespitztem Denken, daß Usir der Herr der Nachtbarke war, in welche, wie jedermann wußte, Rê nach Untergang umstieg, um von Westen nach Osten zu fahren und den Unteren zu leuchten. Mit andern Worten: auch diese beiden großen Götter waren genau genommen ein und derselbe. Wenn aber der Scharfsinn solcher Zusammenschau zu bewundern war, so war es nicht minder die Kunst der Lehrer, niemanden dabei zu kränken und ungeachtet ihres identifizierenden Betreibens die tatsächliche Vielheit der Götter Ägyptens unangetastet zu lassen.

Das gelang ihnen vermittels der Wissenschaft vom Dreieck. Ob ihre Zuhörer, fragten die Lehrer von On, sich allenfalls auf die Natur dieses herrlichen Zeichens verständen? Seiner Spannseite, sagten sie, entsprächen die vielnamig-vielgestaltigen Gottheiten, die das Volk anrufe und deren in den Städten der Länder die Priester pflegten. Darüber aber erhöben sich die zusammenstrebenden Schenkelseiten der schönen Figur, und der so eigentümliche Raum, den sie begrenzten, mochte der

»Raum der Zusammenschau« genannt sein, ausgezeichnet durch die Eigenschaft, daß er sich ständig verengere und die etwa durch ihn gelegten weiteren Grundseiten immer kürzer und kürzer würden, bis sie nur noch eine äußerst geringe Ausdehnung hätten und schließlich gar keine mehr. Denn die Schenkel träfen einander in einem Punkt, und dieser Schluß- und Schnittpunkt, unterhalb dessen alle Breiten des Sinnbildes gleichseitig bestehen blieben, sei der Herr ihres Tempels, sei Atum-Rê.

So weit die Theorie des Dreiecks, der schönen Figur der Zusammenschau. Die Atumsdiener taten sich nicht wenig zugute darauf. Sie hätten Schule damit gemacht, sagten sie; überall werde neuerdings zusammengeschaut und gleichgesetzt, aber eben doch nur auf schülerhafte und linkische Weise, nicht in dem rechten Geist, nämlich ohne Geist und statt dessen vielmehr mit gewalttätiger Plumpheit. Amun, der Rinderreiche, zum Beispiel, zu Theben in Oberägypten, habe sich durch seine Propheten dem Rê gleichsetzen lassen und wolle nun Amun-Rê genannt sein in seiner Kapelle – gut, aber es geschehe nicht im Geiste des Dreiecks und der Versöhnung, es geschehe vielmehr in dem Sinn, als ob Amun den Rê besiegt und verzehrt und sich einverleibt habe, als ob Rê, sozusagen, ihm seinen Namen habe nennen müssen, – eine brutale Handhabung der Lehre, eine engstirnige Anmaßung, dem Sinne des Dreiecks gerade entgegen. Atum-Rê für sein Teil hieß nicht umsonst der Horizontbewohner; sein Horizont war weit und vielumfassend, und vielumfassend war der Dreiecksraum seiner Zusammenschau. Ja, er war weltweit, und weltfreundlich der Sinn dieses uralten und längst zu heiterer Milde gereiften Gottes. Er erkenne sich wieder, sagten die Glatzköpfigen, nicht nur in den wechselnden Formen seiner selbst, denen das Volk diene in den Gauen und Städten von Keme, nein, er sei auch heiter geneigt, sich mit den Sonnengottheiten der anderen Völker in ein weltläufig-ausschauendes Einvernehmen zu setzen – ganz im Gegensatze zu dem jungen Amun in Theben, dem jede spekulative Anlage fehle und dessen Horizont in der Tat so eng sei, daß er nicht nur nichts kenne und wisse als Ägyptenland, sondern auch hier wieder, statt gelten zu lassen, nichts könne als verzehren und einverleiben, indem er sozusagen nicht über seine eigene Nase hinaussehe.

Doch wollten sie, sagten die Plieräugigen, beim Widerspruch gegen den jungen Amun zu Theben nicht stehenbleiben; denn nicht der Widerspruch sei ihres Gottes Natur und Sache, sondern das verbindliche Einvernehmen. Das Fremde liebe er wie sich selbst, darum sprächen auch sie, seine Diener, so gern mit ihnen, den Fremden, nämlich dem Alten und seinen Gesellen. Welchen Göttern sie auch dienten und mit welchen Namen sie sie nennten: getrost und ohne Verrat an jenen könnten sie sich dem Alabastertische Horachte's nahen und nach ihrem Vermögen einige Tauben, Brote, Früchte und Blumen dort niederlegen. Ein Blick in das mildlächelnde Angesicht des Vater-Oberpriesters, der, ein goldenes Käppchen auf der von weißem Haar umwehten Glatze, das weiße Gewand weit um sich her geordnet, in einem goldenen Stuhl am Fuße des großen Obelisken sitze, eine geflügelte Sonnenscheibe in seinem Rücken, und heiterer Güte voll die Darbringungen überwache, – ein jeder solcher Blick werde sie lehren, daß zugleich mit dem Atum-Rê auch ihre heimischen Götter die Gaben empfingen und auch diesen damit Genüge geschehe im Sinne des Dreiecks.

Und die Sonnendiener umarmten und küßten den Alten und die Seinen, auch Joseph mit eingeschlossen, einen nach dem anderen im Namen des Vater-Großpropheten, worauf sie sich anderen Marktbesuchern zuwandten, um weiter noch Propaganda zu machen für Atum-Rê, den Herrn des weiten Horizontes. Die Ismaeliter aber schieden, sehr angenehm berührt, von On an der Spitze des Dreiecks, indem sie ihre Schritte tiefer hinab- oder hinauflenkten in Ägyptenland.

Joseph bei den Pyramiden

Der Nil flutete langsamen Ganges zwischen seinen flachen, schilfigen Ufern, aber noch mancher Palmenschaft stand in spiegelnden Resten seiner rückgängigen Ergießung, und während viele mit Weizen oder Gerste bestellte Ackerparzellen der Segenszone zwischen Wüste und Wüste schon grünten, wurden auf anderen Rinder und Schafe von braunen, weißgeschürzten Stockträgern über die Flur getrieben, daß sie die Saat in den feuchtweichen Boden träten. Geier und weiße Falken schwebten äugend unter dem sonnig gewordenen Himmel und stießen gegen Dorfsiedelungen hinab, die, überragt von den Wedelkronen der Dattelbäume, mit den pylonenhaft fliehenden Schlammziegelmauern ihrer mistgedeckten Häuser an Bewässerungskanälen lagen, – geprägt von dem grundeigentümlichen, alles durchdringenden, Mensch und Ding in seinem Bilde bestimmenden Formen- und Gottesgeist Ägyptenlandes, den Joseph in der Heimat nur aus dem und jenem Bauwerk, einzelnen, hinübergreifenden Lebenserscheinungen erspürt hatte und der ihn nun in waltender Eigenständigkeit ansprach aus dem Größten und Kleinsten.

An den Landungsplätzen der Dörfer spielten nackte Kinder unter schlachtbarem Federvieh, dort, wo aus Stangen und Zweigwerk Schattendächer errichtet waren und von notwendigen Wegen heimkehrende Leute aus ihren auf dem Kanale herangestakten, hinten hochaufgeschwungenen Schilfnachen traten. Denn wie der segelreiche Strom das Land von Norden nach Mittag in zwei Teile schied, so gingen auch in die Quere, zwischen Abend und Morgen, überall feuchtende und ein oasenhaft fächerschattendes Grünen zeugende Wasserläufe dadurch hin und zerlegten's in Inseln; die Wege aber waren Dämme, auf denen man hinzog zwischen Graben, Feldbecken und Hain, und so zogen die Ismaeliter gen Süden unter allerlei Leuten des Landes, Eselreitern, Lastkarren, mit Rindern und Maultieren bespannt, und zu Fuß gehenden Schurzträgern, die an Nackenstangen Enten und Fische zu Markte brachten, – mageres, rötliches Volk ohne Bäuche, mit ebenen Schultern, harmlos gelaunt, zum Lachen geneigt, alle mit dünnknochig vorgebauten Untergesichtern, breitspitzen Näschen und kindlichen Backen, eine Schilfblüte im Mund, hinterm Ohr oder hinter den oft gewaschenen, schräg übergeschlagenen Schurz gesteckt, der hinten höher reichte als vorn, das glattfallende Haar über der Stirn und unter den Ohrläppchen gerade abgeschnitten. Dem Joseph gefielen die Wegtreter; für Totenländler und Scheolsvolk waren sie lustig zu sehen und lachten den chabirischen Dromedarreitern Grüße zu, die Späße waren, denn Fremdes war ihnen drollig. Insgeheim versuchte er seine Zunge an ihrer Sprache und übte sich hörend, daß er bald flink und bequem möchte reden mit ihnen in landläufigen Anspielungen.

Hier war Ägyptenland enge, der Fruchtstreifen schmal. Zur Linken im Morgen ging, nahe herantretend, arabisches Wüstengebirge nach Süden, und libysche Sandberge taten's im Westen, deren Todesöde sich trügerisch-purpurlieblich verklärte, wenn die Sonne hinter sie sank. Dort aber, vor dieser Kette, dem Grünenden nah, am Rande der Wüste, sahen die Reisenden, geradeausblickend, ein anderes Gebirge von Sonderart sich erheben, – ebenmäßig-figürlich gestaltet, aus Dreiecksflächen, deren reine Kanten in riesiger Schräge zu Spitzenpunkten zusammenliefen. Es war aber nicht erschaffenes Gebirge, was sie da sahen, sondern gemachtes; es waren die großen Austritte, von denen die Welt wußte und die der Alte dem Joseph angezeigt auf der Reise, die Grabmäler Chufu's, Chefrens und anderer Könige der Vorzeit, errichtet von hunderttausend Hustenden unter der Geißel in jahrzehntelanger Fron und heiliger Schinderei aus Millionen tonnenschwerer Bauklötze, die sie jenseits in den arabischen Brüchen gemetzt und zum Flusse geschleppt, hinübergeschifft und ächzend weitergeschlittet bis zum libyschen Rande, wo sie sie mit Hebezeugen unglaublich gehißt und zu Bergeshöhe emporgespitzt hatten, fallend und sterbend mit hängender Zunge im Wüstenbrand vor übernatürlicher Anstrengung, auf daß Gottkönig Chufu tief innen darunter ruhe, durch ein Kämmerlein abgesperrt vom ewigen Gewicht sieben Millionen Tonnen schwerer Steine, ein Mimosenzweiglein auf seinem Herzen.

Es war nicht Menschenwerk, was die Kinder Keme's da aufgerichtet, und dennoch das Werk derselben Leutchen, die auf den Dammwegen trabten und stapften, ihrer blutenden Hände, mageren Muskeln und hustenden Lungen – abgewonnen dem Menschlichen, wenngleich übers Menschliche gehend, weil Chufu Gottkönig war, der Sohn der Sonne. Die Sonne aber, die das Bauvolk schlug und fraß, mochte zufrieden sein mit dem übermenschlichen Menschenwerk, Rahotep, die zufriedene Sonne; denn in schriftbildhafter Beziehung zu ihr standen die großen Austritte und Auferstehungen in ihrer gedankenreinen Figur, Grab- und Sonnenmale auf einmal; und ihre ungeheueren Dreiecksflächen, schimmernd poliert von den Basen bis zum gemeinsamen Spitzenpunkt, waren frommgenau den vier Himmelsgegenden zugewandt.

Joseph blickte mit großen Augen hinaus zu dem stereometrischen Grabesgebirge, aufgeschuftet im ägyptischen Diensthause, das Jaakob mißbilligte, und hörte dabei dem Geplauder des Alten zu, der sich in Geschichten von König Chufu erging, wie das Volk sie sich heute von ihm, dem übermenschlichen Bauherrn, erzählte, düsteren Anekdoten, für ein schlimmes Gedenken zeugend, das Keme's Leute über tausend Jahre und mehr hinweg dem Schrecklichen bewahrten, der ihnen das Unmögliche abgewonnen. Denn er sollte ein böser Gott gewesen sein, der um seinetwillen alle Tempel geschlossen habe, daß niemand ihm die Zeit stehle mit Opfern. Danach aber habe er alles Volk ohne Ausnahme in die Fron gespannt zum Bau seines Wundergrabes und keinem durch dreißig Jahre auch nur ein Stündchen gegönnt zum eigenen Leben. Zehn Jahre nämlich hätten sie schleppen und metzen müssen und zweimal zehn Jahre bauen, unter Hergabe aller Kräfte, die sie besaßen, und einiger darüber hinaus. Denn wenn man alle ihre Kräfte zusammenrechnete, so waren es nicht ganz genug gewesen, diese Pyramide damit zu bauen. Der Überschuß, der noch nötig gewesen, war ihnen aus König Chufu's Gottheit gekommen, aber es war nicht dankenswert gewesen. Große Schätze habe der Bau gekostet, und da der Majestät dieses Gottes die Schätze ausgegangen seien, habe er seine eigene Tochter im Palaste bloßgestellt und jedem zahlenden Manne preisgegeben, daß sie den Bauschatz auffülle mit ihrem Hurenlohn.

So das Volk nach den Worten des Alten, und leicht möglich, daß es zu einem Großteil Mären und Irrtümer waren, die es sich tausend Jahre nach Chufu's Tode von ihm erzählte. Aber so viel ging daraus hervor, daß es dem Seligen nur schreckhaften Dank dafür wußte, daß er ihm das Über-Äußerste abgepreßt und es zum Unmöglichen angehalten hatte.

Da die Reisenden näher kamen, zog sich das Spitzgebirge auseinander im Sande, und man sah die Schadhaftigkeit seiner Dreiecksflächen, deren polierte Deckplatten zu bröckeln begannen. Öde war zwischen den Riesenmalen, wie sie dort einzeln und allzu massig, als daß die Zeit mehr als ihre Oberfläche hätte benagen können, auf dem klippigen Sandgeschiebe der Wüstenplatte standen. Sie allein maßen sich siegreich mit der furchtbaren Zeitmasse ihres Alters, unter der längst alles vergangen und vergraben war, was die Räume zwischen ihren ungeheuren Figuren einstmals in frommer Pracht gefüllt und geteilt hatte. Von den Totentempeln, die an ihren Schrägen gelehnt hatten und in denen der Dienst der zur Sonne Verstorbenen »für ewig« gestiftet worden; von den gedeckten, bildstarrenden Gängen, die dorthin geführt, und den breitständigen Torbauten, die östlich am Rande des Grünen den Eingang zu den Schlußwegen ins Zauberreich der Unsterblichkeit gebildet hatten, sah Joseph nichts mehr an seinem Tage und wußte nicht einmal, daß sein Nichtssehen ein Nichtmehrsehen, ein Sehen der Vernichtung war. Er war wohl früh daran nach seiner Stellung zu uns, aber ein grüner Spätling in anders gerichtetem Vergleich, und sein Blick stieß gegen die kahl überdauernde Riesenmathematik, dies Großgerümpel des Todes, wie ein Fuß stößt nach Plunder. Behüt' es, daß nicht Staunen und Ehrfurcht ebenfalls ihn berührt hätten im Anblick der Dreiecksdome; aber die furchtbare Dauer, mit der sie, verlassen von ihrer Zeit, übrig hereinstanden in Gottes Gegenwart, verlieh ihnen etwas Greuliches unter anderem und Verfluchtes in seinen Augen, und er gedachte des Turmes.

Auch das Geheimnis im Kopftuch, Hor-em-achet, die große Sphinx, lag hier irgendwo überständig und unvermittelt im Sande, stark schon wieder verweht und bedeckt von diesem, obgleich doch der letzte Vorgänger Pharao's erst, Tutmose der Vierte, sie daraus befreit und errettet hatte, gehorsam gegen den Verheißungstraum eines Mittagsschlafes. Schon ging der Sand dem ungeheuren Wesen, das immer dagelegen hatte, so daß kein Mensch zu sagen vermochte, wann und wie es sich aus dem Felsen hervorgetan, wieder schräg bis zur Brust hinauf und bedeckte die eine seiner Tatzen, deren andere, noch frei, allein so groß war wie drei Häuser. An dieser Bergesbrust hatte der Königssohn, püppchenklein gegen das maßlose Gott-Tier, geschlummert, indes die Diener in einiger Entfernung den Jagdwagen gehütet hatten und hoch über dem Menschlein das

Rätselhaupt mit dem starren Nackenschutz, der ewigen Stirn, der zerfressenen Nase, die ihm etwas Ausgelassenes verlieh, dem Felsengewölb seiner Oberlippe, dem breiten Munde darunter, den eine Art ruhig-wilden und sinnlichen Lächelns zu formen schien, aus hell-offenen Augen, intelligent und berauscht vom tiefen Zeitentrunke, gen Osten geblickt hatte wie eh und je.

So lag sie auch jetzt, die unvordenkliche Chimäre, in einer Gegenwart, deren Abstand und Unterschied von der damaligen in ihren Augen zweifellos nichtig war, und blickte in wilder und sinnlicher Unveränderlichkeit hoch hinweg gen Aufgang über die winzige Gruppe der Käufer Josephs. Ein Tafelstein, übermannshoch, beschrieben, lehnte an ihrer Brust, und da die Minäer ihn lasen, war's ihnen wie Wohltat und Herzensstärkung. Denn festen Zeitgrund bot dieser späte Stein; wie eine schmale Plattform war er, der Halt dem Fuße gewährte über dem Abgrund: der Denkstein war es, den Pharao Tutmose hier aufgerichtet, seinem Traum zum Gedächtnis und der Entlastung des Gottes vom Sande. Der Alte las den Seinen den Text und die Kunde: wie der Prinz im Schatten des Monstrums vom Schlafe sei übermannt worden, zur Stunde, da die Sonne am höchsten steht, und er im Traum die Majestät dieses herrlichen Gottes erblickt habe, Harmachis-Chepere-Atum-Rê's, seines Vaters, der väterlich zu ihm gesprochen und ihn seinen lieben Sohn genannt habe. »Es ist schon eine lange Zeit an Jahren«, habe er gesagt, »daß mein Antlitz auf dich gerichtet ist und mein Herz desgleichen. Ich will dir, Tutmose, die Königsherrschaft geben, die Kronen der beiden Länder sollst du tragen auf dem Throne Gebs, und dir soll die Erde nach ihrer Länge und Breite gehören nebst allem, was des Allherrn Strahlenauge bescheint. Die Schätze Ägyptens und die großen Tribute der Völker sollen dir beschieden sein. Unterdessen aber bedrängt mich Anbetungswürdigen der Sand der Wüste, auf der ich stehe.

761

Mein berechtigter Wunsch ergibt sich aus dieser Beschwerde. Ich zweifle nicht, daß du ihm nachkommen wirst, sobald du kannst. Denn ich weiß, du bist mein Sohn und mein Retter. Ich aber will mit dir sein.« Da Tutmose erwacht sei, hieß es, habe er noch die Worte dieses Gottes gewußt und sie bei sich bewahrt bis zur Stunde seiner Erhöhung. Und in der Stunde noch sei sein Befehl ergangen, daß man sofort den Sand beseitige, der dem Harmachis, der großen Sphinx, zur Last falle bei Mempi in der Wüste.

Also die Kunde. Und Joseph, der zuhörte, wie der Alte, sein Herr, sie ablas, hütete sich wohl, auch nur ein Wörtchen daran zu knüpfen; denn er gedachte der Mahnung des Alten, seine Zunge zu wahren in Ägyptenland, und wollte beweisen, daß man notfalls auch solche Gedanken verschweigen könne, wie er sie hegte. Im stillen aber ärgerte er sich um Jaakobs willen an diesem Verheißungstraum und fand ihn aus solchem Ärger sehr trocken und mager. Pharao, fand er, machte allzuviel Aufhebens davon mit seinem Denkstein. Was war ihm schließlich verheißen worden? Nichts anderes, als was ohnehin von Geburt schon seine Bestimmung gewesen war, nämlich zu seiner Stunde König zu werden über die beiden Länder. In dieser bestimmten Aussicht hatte der Gott ihn bestätigt, falls nämlich Pharao sein Bild vor dem Sande errette, der es bedrängte. Da sah man, wie läppisch es war, sich ein Bild zu machen. Das Bild kam in Sandesnot und der Gott in die Lage, zu betteln: »Rette mich, Sohn!« und einen Bund einzugehen, darin er gegen klägliche Wohltat das ohnehin Wahrscheinliche verhieß. Es war recht abgeschmackt. Da war es ein anderer Bund gewesen, ein feinerer, den Gott der Herr geschlossen hatte mit den Vätern: auch aus Bedürftigkeit, aber aus beiderseitiger; daß sie einander erretteten aus dem Sande der Wüste und heilig würden der eine im andern! Übrigens war der Königssohn König geworden zu seiner Stunde, aber den Gott deckte der Wüstensand schon wieder weitgehend zu. Für so vorübergehende Erleichterung war wohl nur eine überflüssige Verheißung als Gegengabe am Platze gewesen, dachte Joseph und äußerte es auch unter vier Augen gegen Kedma, den Sohn des Alten, der sich verwunderte über so viel Krittlertum.

Aber mochte Joseph auch kritteln und spötteln zu Ehren Jaakobs, so hatte der Anblick der Sphinx ihm doch auf die oder jene Weise mehr Eindruck gemacht als alles, was er bis dahin gesehen von Ägyptenland, und seinem jungen Blut eine Unruhe zugefügt, gegen die der Spott nicht aufkommen wollte und die ihn nicht schlafen ließ. Es war nämlich die Nacht eingefallen, während sie bei den großen Dingen der Wüste verweilten; und so schlugen sie hier ihre Hütten auf, daß sie schliefen und am Morgen weiter hinaufzögen gen Menfe. Joseph aber, der schon in der Hütte gelegen bei Kedma, seinem Schlafkumpan, wandelte noch einmal hinaus unter den Sternen, während im Weiten die Schakale heulten, und trat vor das Riesen-Idol, es recht und auf eigene Hand, ganz allein, ohne Zeugen, nochmals zu betrachten im Schimmer der Nacht und seine Ungeheuerlichkeit zu befragen.

Denn ungeheuerlich war es, das Untier der Zeiten im felsigen Königskopftuch, nicht nur seiner Größe nach und selbst nicht nur nach der Dunkelheit seines Ursprunges. Wie lautete sein Rätsel? Es lautete überhaupt nicht. Im Schweigen bestand es, in diesem ruhig-trunkenen Schweigen, mit dem das Unwesen hell und wüst über den Fragend-Befragten dahinblickte – mit seiner unvorhandenen Nase, die wirkte, als trage einer die Kalotte schief auf dem Ohr. Ja, wär' es ein Rätsel gewesen wie das des guten Alten vom Grundstück des Nachbarn Dagantakala – und wären seine Zahlen auch noch so verdeckt und versteckt gewesen, so hätte man hin und her schieben mögen das Unbekannte und abwiegen die Verhältnisse, daß man nicht nur die Lösung hätte finden, sondern auch noch plaudernd hätte sein Spiel damit treiben mögen im Übermut. Dies Rätsel aber war lauter Schweigen; sein war der Übermut, nach seiner Nase zu urteilen; und hatte es einen Menschenkopf, so war es doch nichts für einen solchen, und mochte er noch so helle sein.

Zum Beispiel ... von welcher Beschaffenheit war es – Mann oder Weib? Die Leute hier nannten es »Hor im Lichtberge« und hielten es für ein Bild des Sonnenherrn, wie auch Tutmose kürzlich getan. Doch war das eine neuzeitliche Auslegung, die nicht immer gegolten, und wenn's auch der Sonnenherr war, der sich kundtat im lagernden Bilde – was sagte das aus über des Bildes Beschaffenheit? Verdeckt und versteckt war diese, da es lagerte. Falls es aufstand, würde es dann majestätisch baumelnde Hoden haben wie Merwer zu On – oder sich von weiblicher Bildung erweisen, als Löwenjungfrau? Darauf gab es keine Antwort. Denn hatte es sich einst auch selbst hervorgetan aus dem Steine, so hatte es sich gemacht, wie die Künstler ihre Schau- und Trugbilder machten, oder eigentlich darstellten und nicht machten, so daß nicht da war, was nicht zu sehen war; und ließe man hundert Steinmetzen kommen, das Unwesen mit Hammer und Meißel nach seiner Beschaffenheit zu befragen, so hätte es keine.

Es war eine Sphinx, das hieß ein Rätsel und ein Geheimnis – und zwar ein wildes, mit Löwenpranken, lüstern nach jungem Blut, gefährlich dem Gotteskinde und eine Nachstellung dem Sprößlinge der Verheißung. Ach über des Königssohnes Denktafel! An dieser Felsenbrust, zwischen den Tatzen des Drachenweibes, träumte man keine Verheißungsträume – sehr magere höchstens kamen zustande! Es hatte nichts mit Verheißung zu schaffen, wie es da grausam offenäugig, mit zeitzerfressener Nase, gelagert in wüster Unwandelbarkeit zu seinem Strome hinüberblickte, und nicht von solcher Beschaffenheit war sein drohendes Rätsel. Es dauerte trunken hinaus in die Zukunft, doch diese Zukunft war wild und tot, denn eben nur Dauer war sie und falsche Ewigkeit, bar der Gewärtigung.

Joseph stand und versuchte sein Herz an der üppig lächelnden Majestät der Dauer. Er stand ganz nahe ... Würde das Unwesen nicht seine Tatze vom Sande heben und ihn, den Knaben, an seine Brust reißen? Er wappnete sein Herz und gedachte Jaakobs. Neugierssympathie ist ein lockersitzendes Kraut, nur ein Jungentriumph der Freiheit. Aug' in Auge mit dem Verpönten, spürt man, wes Geistes Kind man ist, und hält's mit dem Vater.

Lange stand Joseph unter den Sternen vorm Riesenrätsel, auf ein Bein gestützt, den Ellenbogen in einer Hand und das Kinn in der anderen. Wie er dann wieder bei Kedma lag in der Hütte, träumte ihm von der Sphinx, daß sie zu ihm sagte: »Ich liebe dich. Tu dich zu mir und nenne mir deinen Namen, von welcher Beschaffenheit ich nun auch sei!« Aber er antwortete: »Wie sollte ich ein solches Übel tun und wider Gott sündigen?«

Das Haus des Gewickelten

Sie waren am westlichen Ufer hingezogen, dem rechten, wie ihre Gesichter standen, und das rechte war's allerdings. Denn sie brauchten nicht über das Wasser zu setzen, um Mempi, das große, zu erreichen, welches vielmehr schon selber im Westen lag, – der riesigste Menschenpferch, der Rahels Erstem bis dahin vor Augen gekommen, überragt von Höhen, in denen man Steine schlug und in denen die Stadt ihre Toten barg.

Schwindelnd alt war Mempi und ehrwürdig also, sofern das zusammenfällt. Der am Beginn des Gedenkens und der Geschlechterfolge der Könige stand, Meni, der Urkönig, hatte die Stätte befestigt, zu bannen das zum Reiche gezwungene Niederland; und auch das Haus des Ptach, mächtig, aus ewigen Steinen erbaut, war Urkönig Meni's Werk und stand hier also viel länger schon als draußen die Pyramiden, seit Tagen, hinter die kein Mensch zu blicken vermochte.

Aber nicht wie dort, in starrendem Schweigen, bot sich in Mempi's Bild das Uralte den Sinnen dar, sondern als wimmelndes Leben und geweckteste Gegenwart, als eine Stadt, darinnen mehr als hunderttausend Menschen und die aus verschieden benannten Quartieren sich ungeheuer zusammensetzte – mit einem Gewirr hügelauf, hügelab sich windender Enggassen, in denen es kochte und roch von handelndem, wandelndem, sich plackendem und schwatzendem Kleinvolk und die vertieft waren gegen die Mitte, wo Abwasser in der Rinne lief. Lachende Viertel der Reichen gab es da, wo schöntürige Villen, heiter gesondert, in lieblichen Gärten lagen, und grünende, wimpelüberwehte Tempelbezirke, wo zierbunte Hochhallen sich in heiligen Teichen spiegelten. Es gab fünfzig Ellen breite Sphinxalleen und baumbepflanzte Ehrenstraßen, auf denen die Wagen der Großen dahinrollten, feurige Rosse davor, mit Federbüschen gekrönt, und atemstoßende Läufer voran, die riefen: »Abrek!«, »Nimm zu dir dein Herz!«, »Gib Obacht!«

Ja, »Abrek!« Das mochte auch Joseph wohl zu sich sagen und sein Herz in Gewahrsam nehmen, daß es nicht unförderlicher Blödigkeit verfalle vor so viel Lebenserlesenheit. Denn dies war Mempi oder Menfe, wie die Leute hier sagten, indem sie keck den Namen zusammenzogen aus »Men-nefru-Mirê«, »Es bleibt die Schönheit Mirê's« – des Königs nämlich vom sechsten Geschlecht, der einst die Tempelfeste des Anfangs erweitert hatte um sein Königsquartier und nahehin auch seine Pyramide gebaut hatte, worin seine Schönheit bleiben sollte. Das Grab war es eigentlich gewesen, das »Men-nefru-Mirê« geheißen hatte, und endlich hatte die ganze zusammenwachsende Stadt sich mit dem Begräbnisnamen genannt: Menfe, die Waage der Länder, die königliche Grabesstadt.

Wie seltsam, daß Menfe's Name ein keck zusammengezogener Grabesname war! Den Joseph beschäftigte es sehr. Gewiß hatten die Leutchen der Rinnsteingassen ihn sich so lässig zurechtgemacht und mundgerecht hergerichtet, das rippenmagere Volk der Massenquartiere, in deren einem auch die Herberge der Ismaeliter gelegen war: eine von allerlei Menschengeblüt, syrischem, libyschem, nubischem, mitannischem und sogar kretischem, vollgestopfte Karawanserei, deren kotiger Ziegelhof von Tiergeblök und dem Gequarr und Geklimper blinder Bettelmusikanten erfüllt war. Wandelte Joseph daraus hervor, so ging es zu wie in den Städten der Heimat auch, nur in vergrößertem Maßstabe und auf ägyptisch. Zu beiden Seiten des Abwassers schabten Barbiere ihre Kunden, und Schuster zogen mit den Zähnen den Riemen an. Es formten Töpfer mit geübten und erdigen Händen das rasch umgetriebene Hohlgefäß, indem sie Chnum, dem Schöpfer, dem ziegenköpfigen Herrn der Drehscheibe, Lieder sangen; Sargtischler dächselten an menschenförmigen Schreinen mit Kinnbärten, und Betrunkene torkelten, verhöhnt von Buben, denen die Kinderlocke noch überm Ohr hing, aus lärmenden Bierhäusern. Wieviel Volk! Sie trugen alle denselben Leinenschurz und denselben Haarschnitt; dieselben waagerechten Schultern und dünnen Arme hatten sie alle und zogen alle auf ein und dieselbe naive und unverschämte Weise die Brauen hoch. Sie waren sehr zahlreich und spöttisch gelaunt auf Grund ihrer gleichförmigen Menge. Es sah ihnen ähnlich, daß sie die Todesumständlichkeit fidel zu »Menfe« vereinfacht hatten, und in Josephs Brust erneuerten sich bei dem Namen vertraute Empfindungen, wie er sie einst erprobt, wenn er vom heimischen Hügel auf Hebron, die Stadt, und auf die zwiefache Höhle, das Erbbegräbnis der Ahnen, hinabgeblickt und Frömmigkeit, deren Quelle der Tod ist, sich in seinem Herzen vermischt hatte mit der Sympathie, die der Anblick der bevölkerten Stadt darin erregte. Das war eine feine und liebliche Vermischung, ihm eigentümlich gemäß und in geheimer Entsprechung stehend zu dem doppelten Segen, als dessen Kind er sich fühlte – und auch zum Witz als Sendboten hin und her zwischen diesem und jenem. Als solch ein Witz denn erschien ihm der volkstümliche Name der Grabes-Großstadt, und sein Herz neigte sich denen zu, die ihn zusammengezogen, den Rippenmageren zu seiten der Abwässer, so daß er sich's angelegen sein ließ, mit ihnen zu schwatzen in ihren Worten, zu lachen mit ihnen und ebenso unverschämt wie sie die Brauen emporzuziehen, was ihm nicht schwerfiel.

Übrigens spürte er wohl, und es sagte ihm in der Seele zu, daß ihre Spottlust nicht nur daher kam, daß sie so viele waren, und sich nicht nur nach außen richtete, ins andere, sondern über sich selber machten die Leute von Menfe sich lustig um dessentwillen, was ihre Stadt einst gewesen und was sie längst nicht mehr war. Ihr Witz war die Form, die in der großen Stadt jene Grämlichkeit annahm, die aus den Worten der Leute Per-Sopds und seiner bitteren Hausbetreter geklungen hatte, – die Seelenstimmung überholten Altertums, die hier zur Lustigmacherei wurde und zum mokanten Zweifel an aller Welt und sich selber. Denn so war es: Als Königsstadt hatte Menfe, die Waage der Länder, dick an Mauern, dereinst zur Zeit der Pyramidenerbauer gethront. Von Theben aber im oberen Süden, das niemand gekannt hatte, als Menfe schon weltberufen gewesen war seit unendlichen Jahren, – von dort war nach Fluchzeiten der Wirrnis und Fremdherrschaft die neue Zeit, die Befreiung und Wiedervereinigung ausgegangen durch das jetzt herrschende Sonnengeschlecht, und Wêse trug nun die Doppelkrone und führte das Szepter, Menfe aber, ob auch wimmelnd volkreich und groß nach wie vor, war eine gewesene Königin, das Grab seiner Größe, eine Weltstadt mit schnoddrig abgekürztem Todesnamen.

Nicht so zu verstehen, daß Ptach, der Herr in seiner Kapelle, ein beiseite gedrängter und verarmter Gott gewesen wäre wie Sopdu im Osten. Nein, groß war sein Name über die Gaue hin und schwer an Stiftungen, Ländereien und Viehbestand der

Menschengestaltige, das sprang in die Augen angesichts der Schatzhäuser, Speicher, Ställe und Scheunen, die der Komplex seines Hauses umfaßte. Herr Ptach, den niemand sah – denn auch wenn er Prozession hielt in seiner Barke und bei einer anderen hier ansässigen Gottheit Besuch ablegte, war sein Standbildchen hinter goldenen Vorhängen verborgen, und nur die Priester, die seinen Dienst taten, kannten sein Angesicht –, wohnte in seinem Hause zusammen mit seinem Weibe, Sachmet oder die Mächtige genannt, die an den Tempelwänden mit einem Löwenkopf dargestellt war und den Krieg lieben sollte, und ihrer beider Sohn Nefertêm, schön schon dem Namen nach, doch undeutlicher als Ptach, der Menschengestaltige, und Sachmet, die Grimmige. Er war der Sohn, mehr wußte man nicht, und Joseph konnte nichts weiter erfragen. Allenfalls dies wußte man noch von Nefertêm, dem Sohne, daß er eine Lotusblume auf dem Kopfe trage, ja, einige hielten dafür, er selbst im ganzen sei überhaupt nichts anderes als eine blaue Wasserrose. Die Unwissenheit über ihn aber hinderte nicht, daß der Sohn die allerbeliebteste Person der Dreiheit von Menfe war, und da soviel feststand, daß der himmelblaue Lotus seine Vorzugsblume und geradezu der Ausdruck seines Wesens war, so war seine Wohnung immerfort reichlich mit Sträußen der schönen Pflanze begabt, und auch die Ismaeliter ließen es sich nicht nehmen, ihm blauen Lotus zuzutragen und händlerisch seiner Volkstümlichkeit zu huldigen.

Noch nie war Joseph, der Entführte, so sehr im Verbotenen gewandelt wie hier, sofern das Verbot seiner Überlieferung lautete: »Du sollst dir kein Bild machen.« Nicht umsonst nämlich war Ptach der Gott, welcher Kunstwerke schuf, der Schutzherr der Bildmetzen und Handwerker, von dem es hieß, daß seines Herzens Pläne verwirklicht und seine Gedanken ausgeführt würden. Ptachs große Wohnung war lauter Bild; voll von Figur waren sein Haus und seines Hauses Höfe. Gehauen aus dem Härtesten, oder aus Kalk- und Sandstein, Holz und Kupfer, bevölkerten die Gedanken Ptachs seine Hallen, deren Säulen sich von mühlsteinförmigen Basen elefantenhaft, mit glimmenden Schildereien bedeckt, von Schilfbündelknäufen gekrönt, zum staubig vergoldeten Gebälk erhoben. Überall standen, schritten und saßen die Werke, zu zweien und dreien, umschlungen, auf Thronbänken, an denen in viel kleinerem Maßstabe ihre Kinder zu sehen waren, oder allein: Königsbilder mit Mützenkrone und Krummstab, das gefältete Vorderblatt des Schurzes vorm Schoß ausgebreitet, oder im Kopftuch, vor dessen über die Schultern fallenden Flügeln ihre Ohren abstanden, mit vornehm verschlossener Miene und zarter Brust, die Hände flach auf den Oberschenkeln ausgestreckt, – breitschultrig-schmalhüftige Herrscher der Urzeit, geführt von Göttinnen, die linkische Fingerchen um die muskulösen Oberarme des Schützlings legten, während ein Falke in seinem Nakken die Flügel spreitete. König Mirê, der die Stadt groß gemacht, schritt aus am Stabe in Kupfergestalt, sein unverhältnismäßig kleines Söhnchen zur Seite, fleischig von Nase und Lippen, und versäumte es, wie die anderen auch, die nachzuziehende Sohle vom Grund zu erheben: auf beiden Sohlen ging er, im Gehen stehend und gehend im Stehen. Sie traten auf starken Beinen, erhobenen Hauptes, von Steinpilastern hinweg, die sich an der Rückseite ihrer Piedestale erhoben, und ließen von rechtwinkligen Schultern die Arme hängen, kurze, walzenförmige Zapfen in den geschlossenen Fäusten. Sie saßen als Schreiber mit untergeschlagenen Schenkeln und tätigen Händen und blickten über die im Schoße ausgebreitete Arbeit hin mit klugen Augen auf den Beschauer. Sie waren bemalt, wie sie da mit geschlossenen Knien nebeneinander saßen, Mann und Frau, in den natürlichsten Farben der Haut, des Haares und der Gewandstücke, so daß sie wie lebende Tote waren und starres Leben. Des öfteren hatten Ptachs Künstler ihnen Augen gemacht, höchst schreckhaft – nicht aus dem Stoffe ihrer Gestalten, sondern besonders in die Höhlen gefügt: ein schwarzes Steinchen im Glasfluß als Sehloch, aber in diesem wieder ein Silberstiftchen, das als Lichtblitzlein darin auflebte und die weiten Augen der Bilder im Hinausschauen greulich erglimmen ließ, also daß man sich nicht zu retten wußte vor dem Andrang ihrer zuckenden Blicke und das Gesicht in den Händen verbarg.

Das waren Ptachs starre Gedanken, die mit ihm, der Löwenmutter und dem Lotussohne sein Haus bewohnten. Er selbst, der Menschengestaltige, war an den lückenlos überzauberten Wänden hundertmal dargestellt in seinem Kapellenschrein: von Menschengestalt allerdings, aber sonderbar puppenhaft und von gleichsam abstrakter Form, in einbeiniger Seitenansicht mit langem Auge, den Kopf mit einer eng anliegenden Kappe bedeckt, am Kinn den künstlich befestigten Keil eines Königsbartes. Unausgebildet auf eine seltsame Art und allgemein umrissen wie seine Fäuste, die den Stab der Macht vor ihn hinhielten, war seine ganze Gestalt; sie schien in einem Futteral, einem engen, entformenden Überzuge zu stecken, schien, offengestanden, gewickelt und balsamiert ... Was war es mit Ptach, dem Herrn, und wie stand es mit ihm? Verdiente die uralte Großstadt ihren Grabesnamen nicht nur um der Pyramide willen, nach der sie hieß, und nicht nur ihrer Gewesenheit halber, sondern besonders noch und eigentlich erst als Haus ihres Herrn? Es war dem Joseph bekannt gewesen, wohin es mit ihm ging, als seine Käufer ihn hinabführten nach Ägypten, dem Land der Mißbilligung Jaakobs. Auch anerkannte er völlig, daß er seinem eigenen Zustand zufolge hierher gehörte und daß das Verbotene ihm nicht verboten, sondern ihm sinnreich angemessen sei. Hatte er sich nicht unterwegs schon beizeiten einen Namen gegeben, der ihn als Einheimisch-Zugehörigen kennzeichnen sollte? Und doch hatte er seine neue Umgebung unausgesetzt auf dem Strich im Sinne des Vaters, und immerfort jückte es ihn, die Landeskinder mit Fragen zu versuchen darüber, wie es stehe mit ihren Göttern und mit Ägyptenland selbst, daß sie es verrieten, ihm, der es wußte, und auch sich selbst, da sie's nicht recht zu wissen schienen.

So war es mit Bäckermeister Bata von Menfe, den sie beim Apis-Opfer trafen im Tempel des Ptach.

Wer nämlich außer dem Unförmigen selbst, der Löwin, dem undeutlichen Sohn und den starren Gedanken dort wohnte, das war Chapi, der große Stier, die »lebende Wiederholung« des Herrn, erzeugt von einem Lichtstrahl des Himmels in einer Kuh, die nachher nie wieder gebar; und ebenso gewaltig baumelten seine Hoden wie diejenigen Merwers zu On. Er wohnte hinter Bronzetüren im Hintergrunde eines himmeloffenen Säulenhofs mit Tafelfüllungen von herrlicher Steinarbeit zwischen den Säulen, in deren halber Höhe ihre feinen Gesimse liefen; und auf des Hofes Fliesen stand in dichtem Gedränge das Volk, wenn Chapi aus dem Lampendämmer seines Kapellenstalles von den Pflegern einige Schritte hervorgeführt wurde, daß es leben sähe den Gott und man ihm Opfer brächte.

Joseph schaute mit seinen Besitzern einer solchen Verehrung zu: Es war ein merkwürdiger Greuel und lustig übrigens auch dank der guten Laune der Menfe-Leute, Männer und Frauen mit strampelnden Kindern – dieser volksfestlich belebten Menge, die in Erwartung des Gottes schwatzend und lachend Sykomorenfeigen und Zwiebeln »küßte«, wie sie für »essen« sagten, sich das Wasser der Melonenscheiben, in die sie bissen, von den Mundwinkeln träufeln ließ und mit den Händlern schacherte, die zu seiten des Hofes Weihbrote, Opfergeflügel, Bier, Räucherwerk, Honig und Blumen feilboten.

Ein wanstiger Mann in Bastsandalen stand bei den Ismaeliten, und da die Menge sie preßte, sprachen sie miteinander. Er trug einen knielangen Schurzrock aus derbem Leinen, mit dreieckigem Überfall, und hatte um Rumpf und Arme allerlei Bänder gewunden, in die er fromme Knoten geknüpft. Sein Haar lag kurz und glatt am runden Schädel, und seine glasig gewölbten Augäpfel traten gutmütigen Ausdrucks noch mehr hervor, wenn er den wohlgeformten, rasierten Mund laufen ließ in der Rede. Er hatte den Alten und die Seinen längere Zeit von der Seite gemustert, bevor er sie ansprach und sie nach ihrem Woher und Wohin befragte, neugierig auf ihre Fremdheit. Er selbst war Bäcker, wie er erklärte, das hieß: er buk nicht mit eigenen Händen und steckte den Kopf nicht in den Ofen. Er beschäftigte ein halbes Dutzend Gesellen und Austräger, die seine sehr guten Kipfel und Kringel in Körben auf ihren Köpfen durch die Stadt trugen; und wehe ihnen, wenn sie nicht acht gaben und es versäumten, mit dem Arm über der Ware zu wedeln, so daß die Vögel des Himmels darauf niederstießen und aus dem Korbe stahlen! Der Brotträger, dem solches geschah, erhielt eine »Belehrung«, wie Bäckermeister Bata sich ausdrückte. So war sein Name. Auch einiges Feld besaß er vor der Stadt, dessen Korn er verbuk. Aber es war nicht genug, denn sein Betrieb war bedeutend, und er mußte hinzukaufen. Heut sei er ausgegangen, den Gott zu sehen, was zuträglich sei insofern, als es nicht zuträglich sei, es zu unterlassen. Sein Weib unterdessen besuche die Große Mutter im Eset-Hause und bringe ihr Blumen, denn ihr sei sie besonders anhänglich, während er, Bata, mehr Befriedigung an dieser Stelle finde. Und ihrerseits bereisten sie also in Geschäftsinteressen die Länder? fragte der Bäcker.

So sei es, versetzte der Alte. Und sie seien sozusagen am Ziele, indem sie zu Menfe seien, mächtig an Toren, reich an Wohnungen und ewigen Baulichkeiten, und könnten nun ebensogut wieder umkehren.

Recht sehr verbunden, sagte der Meister. Sie könnten, aber

sie würden wohl nicht; denn wie alle Welt würden sie doch wohl dies alte Nest nur als eine Stufe betrachten, darauf sie den Fuß setzten, um aufzusteigen in die Pracht Amuns. Sie würden die ersten sein, die's anders machten und deren Wanderziel nicht Weset sei, das nagelneue, Pharao's Stadt (er lebe, sei heil und gesund!), wo die Menschen und Schätze zusammenströmten und für das Menfe's verwitterter Name eben gut genug sei, in Titeln zu prunken von Pharao's Höflingen und Großeunuchen, wie denn des Gottes Oberbäcker, der Aufsicht übe über die Palastbäckerei, »Fürst von Menfe« heiße – nicht ganz mit Unrecht, das müsse man einräumen; denn so viel sei richtig, daß man zu Menfe schon feine Kuchen in Kuh- und Schnekkengestalt in die Häuser getragen habe, als die Amunsleute sich noch begnügt hätten, angeröstetes Korn zu verschlingen.

Der Alte erwiderte eben: Nun ja, auch auf Weset würden sie wohl noch, nach vorwiegendem Verweilen zu Menfe, einen Blick werfen, um zu sehen, wie weit es unterdessen nachgerückt sei in Dingen der Lebensverfeinerung und des entwickelten Gebäckes, – da öffnete sich unter Paukenschlägen das hintere Tor, und man führte den Gott in den Hof, nur einige Schritte weit vor die offenen Flügel, – die Aufregung der Menge war groß. Man schrie: »Chapi! Chapi!«, indem man auf einem Beine hüpfte, und wem das Gedränge es erlaubte, der warf sich aufs Angesicht, die Erde zu küssen. Man sah viele gekrümmte Wirbelsäulen, und die Luft war erfüllt vom kehligen Gefauch des Lautes, mit dem der hundertfach hervorgestoßene Gottesname begann. Es war zugleich der Name des Stromes, der das Land geschaffen hatte und es erhielt. Es war der Name des Sonnenstieres, der Inbegriff aller Fruchtbarkeitsmächte, von denen diese Leute sich abhängig wußten, der Name des Bestehens von Land und Menschen, der Name des Lebens. Sie waren tief ergriffen, ein so leichtes und schwatzhaftes Volk sie sein mochten, denn ihre Andacht setzte sich aus aller Hoffnung und Ängstlichkeit zusammen, womit das genau bedingte Dasein die Brust erfüllt. Sie gedachten der Überschwemmung, die nicht eine Elle zu hoch oder zu niedrig sein durfte, wenn das Leben Bestand haben sollte; der Tüchtigkeit ihrer Weiber und der Gesundheit ihrer Kinder; ihres eigenen Leibes und seiner der Anfälligkeit preisgegebenen Funktionen, die Lust und Behagen gewährten, wenn's glatt mit ihnen vonstatten ging, jedoch arge Qual bereiteten, wenn sie versagten, und die es durch Zauber gegen Zauber zu sichern galt; der Feinde des Landes im Süden, Osten und Westen; Pharao's, den sie den »starken Stier« nannten ebenfalls und den sie im Palaste zu Theben ebenso sorgfältig gehegt und aufbewahrt wußten wie Chapi hier, da er sie schützte und in seiner übergänglichen Person die Verbindung herstellte zwischen ihnen und dem, worauf alles ankam. »Chapi! Chapi!« riefen sie in ängstlichem Jubel, bedrängt vom Gefühl des knapp bedingten, gefährdeten Lebens, und starrten hoffnungsvoll auf die vierkantige Stirn, die eisernen Hörner, die gedrungene, ohne Einbuchtung vom Rücken zum Schädel verlaufende Nackenlinie des Gott-Tieres und seinen Geschlechtsapparat, dies Unterpfand der Fruchtbarkeit. »Sicherheit!« meinten sie mit dem Ruf. »Schutz und Bestand!«, »Hoch Ägyptenland!«

Ungeheuer schön war Ptachs lebende Wiederholung, – nun ja, wenn die Kundigsten in jahrelanger Umschau den schönsten Stier zwischen den Mündungssümpfen und der Elefanteninsel aussuchten – der sollte wohl schön sein! Er war schwarz; und prächtig, um nicht zu sagen göttlich, stand zu seiner Schwärze die scharlachne Schabracke, die er auf dem Rücken trug. Zwei kahlköpfige Pfleger in Schurzen aus gefältetem Goldstoff, die vorn den Nabel frei ließen und hinten bis zur halben Höhe des Rückens reichten, hielten ihn beiderseits an vergoldeten Stricken, und der zur Rechten hob ein wenig die Decke vor den Augen des Volkes, um ihm den weißen Flecken an Chapi's Flanke zu zeigen, in dem man das Abbild der Mondsichel zu erkennen hatte. Ein Priester, dem ein Leopardenfell mitsamt den Tatzen und dem Schwanze im Rücken hing, erniedrigte die Stirn und streckte dann, ein Bein vor das andre gestellt, den gestielten Räuchernapf gegen den Bullen aus, der mit gesenktem Kopfe witternd die dicken und feuchten, vom Würzrauch gekitzelten Nüstern blähte. Er nieste wuchtig, und das verdoppelte die dringlichen Zurufe des Volkes und seine Freudensprünge auf einem Bein. Kauernde Harfenisten, die mit zum Himmel gewandten Gesichtern Hymnen sangen, während hinter ihnen andere Sänger mit ihren Händen den Takt klatschten, begleiteten die Räucherhandlung. Auch kamen Frauen zum Vorschein, Tempelmädchen mit offenem Haar, nackt immer die eine und nur mit einem Gürtelbande oberhalb der ausladenden Hüften angetan, in einem langen, schleierfeinen Gewande die zweite, das vorne offen stand und ebenfalls ihre ganze Jugend erblicken ließ. Im Tanz die Szene umschreitend, schüttelten sie Sistren und Tamburine über ihren Köpfen und hoben das gerade ausgestreckte Bein erstaunlich hoch aus der Hüfte. Ein Vorlesepriester, zu Füßen des Stieres sitzend, der Menge zugewandt, begann mit wiegendem Kopfe aus seiner Buchrolle einen Text zu psalmodieren, in dessen wiederkehrende Worte das Volk einfiel: »Chapi ist Ptach. Chapi ist Rê. Chapi ist Hor, der Eset Sohn!« Danach wurde unter Federfächern ein offenbar hochgestellter Hausbetreter in langem und weitem Batistschurz mit Achselbändern herangeleitet, kahlköpfig und stolz, eine goldene Schüssel mit Wurzeln und Kräutern in Händen, die er alsbald in einer Art von kunstfertigem Kriechen, das eine Bein weit hinter sich gespreizt, das andere Knie bei aufgestellten Zehen so weit wie möglich unter sich gezogen, mit beiden Armen dem Gotte spendend entgegenschob.

Chapi kümmerte sich nicht darum. Gewöhnt an all diese

ihm gewidmeten Umständlichkeiten, an ein Dasein feierlicher Langenweile, das dank einer bestimmten Körperbeschaffenheit sein melancholisches Teil geworden war, blickte er, breitbeinig dastehend, aus seinen kleinen, blutbedrängten Bullenaugen mit schwerem Lauern über den Darbringenden hinweg auf das Volk, das hüpfend und springend, die eine Hand auf der Brust, die andere ihm entgegengestreckt, seinen heiligen Namen rief. Sie waren so froh, ihn mit goldenen Seilen gehalten zu sehen und ihn im sicheren Gewahrsam des Tempels zu wissen, eingeengt von dienenden Wächtern. Er war ihr Gott und ihr Gefangener. Seiner Gefangenschaft und der Sicherheit, die sie ihnen gewährleistete, jauchzten sie eigentlich zu und machten Freudensprünge deswegen; und vielleicht blickte er darum so lauernd und böse auf sie, weil er begriff, daß sie es aller Ehrenumständlichkeiten ungeachtet keineswegs so sehr gut mit ihm meinten.

Bäckermeister Bata machte seiner Leibesschwere wegen keine Freudensprünge, aber dem Vorlesepriester respondierte auch er mit kräftiger Stimme und grüßte den Gott verschiedentlich durch Prostration und Handaufhebung, sichtlich erbaut von seinem Anblick.

»Es tut sehr gut, ihn zu sehen«, erklärte er seinen Nachbarn. »Es stärkt die Lebensgeister und wirkt wiederherstellend auf die Zuversicht. Meine Erfahrung ist, daß ich den ganzen Tag nichts mehr zu essen brauche, wenn ich Chapi gesehen, denn es ist wie eine starke Mahlzeit Rindfleisches in meinen Gliedern, ich bin schläfrig und satt hinterdrein, ich tue einen Schlaf und erwache wie neugeboren. Er ist ein sehr großer Gott, die lebende Wiederholung des Ptach. Ihr müßt wissen, daß sein Grab auf ihn wartet im Westen, denn Befehl ist ergangen, daß er im Tode gesalzen und gewickelt werde nach oberstem Kostenanschlag, mit guten Harzen und Binden von Königsleinen, und in der Totenstadt beigesetzt werde den Bräuchen gemäß im ewigen Hause der Gottestiere. Man hat es befohlen«, sagte er, »und so geschieht es. Schon zwei Usar-Chapi's ruhen in steinernen Laden im ewigen Hause des Westens.«

Der Alte streifte Joseph mit einem Blick, den dieser als Ermutigung zu einer Frage nahm, daß er den Mann versuche. »Lasse doch«, bat er, »diesen Mann dir erklären, warum er sagt, daß den Usar-Chapi sein ewiges Haus im Westen erwarte, da es doch gar nicht der Westen ist, wo es wartet, sondern Menfe, die Stadt der Lebenden, selber am westlichen Ufer liegt und kein Toter über das Wasser fährt.«

»Dieser Jüngling«, wandte der Alte sich an den Bäcker, »fragt so und so. Magst du's beantworten?«

»Wie man redet, sprach ich«, erwiderte der Ägypter, »und bedachte es nicht einmal. Denn wir reden alle so und überlegen's nicht weiter. Der Westen, das ist der Westen, nämlich die Totenstadt nach unserer Sprache. Aber wahr ist es, die Toten von Menfe reisen nicht über den Fluß wie anderwärts, sondern die Stadt der Lebenden liegt im Westen schon ebenfalls. Nach der Vernunft hat dein Jüngling recht mit seinem Bedenken. Aber nach der Redeweise sagte ich's richtig.«

»Frage ihn doch noch dies«, sagte Joseph. »Wenn Chapi, der schöne Stier, der lebende Ptach ist für die Lebenden, was ist dann Ptach in seiner Kapelle?«

»Ptach ist groß«, antwortete der Bäcker.

»Sage ihm doch, daß ich daran nicht zweifle«, versetzte Joseph. »Aber Chapi heißt Usar-Chapi, wenn er verstorben ist, und hinwiederum Ptach in seiner Barke ist Usir und heißt menschengestaltig, weil er die Gestalt hat der Laden mit Kinnbart, an denen die Schreiner dächseln, und scheint gewickelt. Was ist er also?«

»Gib deinem Jüngling zu verstehen«, sagte der Bäcker zum Alten, »daß der Priester täglich hereintritt zu Ptach und ihm den Mund öffnet mit dem dazu kräftigen Werkzeug, daß er trinken und essen möge, und erneuert ihm täglich auf seinen Wangen die Schminke des Lebens. Das ist der Dienst und die Pflege.«

»Danach nun lasse ich höflich fragen«, erwiderte Joseph, »wie man's wohl hält mit dem Toten vor seinem Grabe, wenn Anup hinter ihm steht, und worin wohl etwa der Dienst bestehen mag, den der Priester übt an der Mumie?«

»Das weiß er nicht einmal?« antwortete der Bäcker. »Man sieht wohl, daß er ein Sandbewohner ist, wildfremd und erst kürzlich im Lande. Der Dienst, so laß ich ihm sagen, besteht in der sogenannten Mundöffnung vor allem, die wir so nennen, weil der Priester dabei mit einem geeigneten Stabe den Mund öffnet dem Toten, daß er wieder essen und trinken und die Nähropfer genießen möge, die man ihm darbringt. Dazu kommt, daß der Totenpriester, zum Zeichen der Wiederbelebung nach Usirs Beispiel, der Mumie blühende Schminke auftut, trostreich zu sehen für die Klagenden.«

»Ich höre mit Dank«, sagte Joseph. »Darin besteht also der Unterschied zwischen dem Dienst der Götter und dem der Toten. Frage Herrn Bata doch jetzt, womit man baut in Ägyptenland.«

»Dein Jüngling«, antwortete der Bäcker, »ist zierlich, doch etwas stupide. Mit Nilziegeln baut man für die Lebenden. Die Wohnungen der Toten dagegen sowie die Tempel sind aus ewigen Steinen.«

»Mit vielem Dank«, sagte Joseph, »höre ich das. Gilt aber von zwei Dingen das gleiche, so sind sie gleich, und ungestraft mag man die Dinge vertauschen. Die Gräber Ägyptens sind Tempel, die Tempel aber –«

»– sind Gotteshäuser«, ergänzte der Bäcker.

»Du sagst es. Die Toten Ägyptens sind Götter, und euere Götter, was sind sie?«

»Die Götter sind groß«, erwiderte Bata, der Bäcker. »Ich spüre es an der Sattheit und Müdigkeit, die mich beschleicht nach Chapi's Anblick. Ich will nach Hause gehen und mich zum Schlaf der Neugeburt niederlegen. Auch mein Weib wird unterdessen zurück sein vom Mutterdienste. Seid gesund, ihr Fremden! Freut euch und reiset in Frieden!«

So ging er. Der Alte aber sagte zu Joseph:

»Der Mann war gottesmüde, und du hättest ihn nicht mit quengelnden Fragen bedrängen sollen durch mich.«

»Muß sich doch aber«, rechtfertigte sich dieser, »dein Knecht nach allem wohl erkundigen, damit er sich in das Leben Ägyptens finde, wo du ihn lassen willst und soll seines Bleibens sein hier auf die Dauer. Fremd und neuartig genug ist alles hier für den Knaben. Denn die Kinder Ägyptens beten in Gräbern an, ob sie sie nun Tempel heißen oder ewige Wohnungen; wir aber zu Hause tun es nach Väter Brauch unter grünen Bäumen. Ist es nicht zum Sinnen und Lachen mit diesen Kindern? Da heißt ihnen Chapi nun die lebende Form des Ptach, und eine solche, meine ich, kann Ptach wohl brauchen, da er selber offenkundig gewickelt ist und ist eine Leiche. Sie aber ruhen nicht, bis sie auch die lebende Form gewickelt haben und haben einen Usir ebenfalls aus ihr gemacht und eine Gottesmumie, eher ist's ihnen nicht recht. Ich aber habe was übrig für Menfe, dessen Tote nicht übers Wasser zu reisen brauchen, weil's schon selber im Westen liegt, – diese große Stadt, so voller Menschen, die bequem seinen Grabesnamen zusammenziehen. Es ist schade, daß das Segenshaus, vor das du mich bringen willst, Peteprê's Haus, des Wedelträgers, nicht zu Menfe liegt, denn es könnte mir passen unter den Städten Ägyptens.«

»Viel zu unreif bist du«, erwiderte ihm der Alte, »um zu unterscheiden, was dir frommt. Ich aber weiß es und wende dir's zu wie ein Vater; denn ein solcher bin ich dir wohl, wenn wir setzen, daß deine Mutter die Grube ist. Morgen mit dem frühesten gehn wir zu Schiffe und schiffen neun Tage lang durch Ägyptenland den Strom hinauf gegen Mittag, daß wir unseren Fuß setzen auf die schimmernde Uferlände von Weset-per-Amun, der Königsstadt.«

DRITTES HAUPTSTÜCK: DIE ANKUNFT

Stromfahrt

»Glänzend durch Schnelligkeit« hieß das Schiff, das die Ismaeliter am Platze der Anpflockung mit ihren Tieren über eine Laufplanke beschritten, nachdem sie sich in den Handelsbuden, die hier aufgeschlagen waren, mit Mundvorrat für neun Tage versehen hatten. Dies war sein Name, der zu beiden Seiten seines mit dem Kopfe einer Gans geschmückten Vorderteils geschrieben stand, – ein von dem Prahlsinn Ägyptenlandes geprägter Name, denn es war der plumpste Lastkahn, der überhaupt an Menfe's Pflockplatz zu finden war, sehr bauchig gebaut, damit er mehr Laderaum gewänne, mit hölzernen Bordgittern, einer Kajüte, die nur aus einem gewölbten, vorne offenen Mattenzelt bestand, und einem einzigen, aber sehr schweren Steuerruder, das steil an einem am Hinterteil aufgerichteten Pfahl befestigt war.

Der Bootsherr hieß Thot-nofer, ein Mann aus dem Norden, mit Ohrringen und weißem Haar auf Kopf und Brust, dessen Bekanntschaft der Alte in der Herberge gemacht hatte und mit dem er wegen eines billigen Fahrgeldes einig geworden war. Thot-nofers Schiff hatte Bauholz, je einen Posten Königsleinen und gemeines Leinen, Papyrus, Rindshäute, Schiffstaue, zwanzig Sack Linsen und dreißig Faß Dörrfisch geladen. Außerdem hatte »Glänzend durch Schnelligkeit« die Bildnisstatue eines reichen Bürgers von Theben an Bord, die ganz vorn an der Spitze in einer Umhüllung aus Latten und Sackleinen stand. Sie war für das »Gute Haus«, das hieß: das Grab des Auftraggebers im Westen des Stromes, bestimmt, wo sie, aus einer Scheintür tretend, ihre, des Bewohners, ewige Habe und die gemalten Darstellungen seines gewohnten Lebens an den Wänden betrachten sollte. Die Augen, mit denen sie das tun würde, waren ihr noch nicht eingesetzt, sie war auch noch nicht mit den Farben des Lebens getönt, und es fehlte der Stock, der durch die Faust gehen sollte, die sie neben der schräg vorstehenden Vorderfläche ihres Schurzes ausstreckte. Aber ihr Vorbild hatte Wert darauf gelegt, daß sein Doppelkinn und seine dicken Beine wenigstens im Rohen unter den Augen Ptachs und von der Hand seiner Künstler ausgeführt würden; das Letzte mochte dann in einer Werkstatt der Totenstadt Thebens daran geschehen.

Um Mittag täuten die Bootsleute das Schiff vom Pflocke los und zogen das braune, geflickte Segel auf, das sich sofort mit dem kräftig von Norden gehenden Winde füllte. Der Steuermann, auf der hintern Schnabelschräge des Schiffes sitzend, fing an, mit dem herabhängenden Hebelholz das Ruder zu bewegen, ein Mann prüfte vom vorderen Ganskopf mit einer Stange das Fahrwasser, während Thot-nofer, der Schiffsherr, um die Götter einer glücklichen Fahrt günstig zu stimmen, vor der Kajüte einiges von dem Harze verbrannte, das die Ismaeliter in Zahlung gegeben; und so trieb die Barke, die Joseph trug, vorn und hinten hoch aufgeschwungen und nur mit der Mitte des Kiels das Wasser schneidend, auf den Strom hinaus, wobei der Alte, der mit den Seinen auf dem hinter der Kajüte gestapelten Bauholz saß, sich in Betrachtungen über die Weisheit des Lebens erging, in welchem fast immer die Vorteile und Nachteile dergestalt einander ausglichen und aufhöben, daß die mittlere Vollkommenheit eines Nichtallzugut und Nichtallzuschlecht sich herstelle. So denn fahre man jetzt stromauf, dem Wasser entgegen, dafür aber stehe der Wind von Norden, wie er's fast immer tue, und drücke hilfreich ins Segel, so daß Hemmung und Antrieb sich zu maßvollem Fortschritt ergänzten. Gehe es aber stromab, so sei das zwar lustig, weil man sich treiben lassen könne: nur daß dabei gar leicht die Bewegung verwildere, das Schiff sich quer lege und man zu ermüdender

Ruder- und Steuertätigkeit angehalten sei, damit es nicht drunter und drüber gehe mit solcher Fahrt. So würden immer des Lebens Vorteile durch Nachteile eingedämmt und die Nachteile durch Vorteile wettgemacht, also daß rein rechnerisch das Ergebnis null und nichts sei, praktisch aber die Weisheit des Ausgleichs und der mittleren Vollkommenheit, angesichts deren weder Jubel noch Fluch am Platze sei, sondern Zufriedenheit. Denn das Vollkommene bestehe nicht in der einseitigen Häufung der Vorteile, wobei andererseits durch lauter Nachteile das Leben unmöglich würde. Sondern es bestehe in der beiderseitigen Aufhebung von Vorteil und Nachteil zum Nichts, das da heiße Zufriedenheit.

So der Alte mit aufgehobenem Finger und schiefem Kopf, und gelösten Mundes hörten die Seinen ihm zu, tauschten auch störrig-beschämte Blicke untereinander dabei, wie gewöhnliche Leute es machen, denen man Höheres bietet, und hätten es lieber nicht anhören müssen. Aber auch Joseph achtete schlecht auf des Alten Abgezogenheiten, denn ihn freute die neue Erfahrung der Wasserfahrt, der frische Wind, das melodische Glucksen der Wellen am Buge, das sanft schaukelnde Hingleiten auf dem geräumigen Strom, dessen Flut ihnen glitzernd entgegensprang, wie einst dem Eliezer die Erde entgegengesprungen war auf seiner Reise. Immer wechselten die heiteren, fruchtbaren und heiligen Bilder der Ufer; Säulenhallen säumten sie häufig, und zuweilen waren das Haine von Palmen, die sie geleiteten, ebenso oft aber steinerne Gänge aus Menschenhand, zu den Tempeln der Städte gehörig. Dörfer zogen vorbei mit hohen Taubenschlägen, grünendes Fruchtland und wieder bunte städtische Pracht mit goldblitzenden Sonnennadeln, bewimpelten Toren und Paaren von Riesen, welche, die Hände auf ihren Knien, am Ufer saßen und in erhabener Starre über Strom und Land hin ins Wüste blickten. Nahe war das alles zuzeiten und dann wieder weit entrückt, –

wenn sie nämlich in Stromes Mitte fuhren, dessen Wasser sich manchmal seeartig weiteten oder in Windungen gingen, hinter denen sich neue Bilder Ägyptens verbargen und auftaten. Aber wie sehr unterhaltend war auch das Leben der heiligen Straße selbst, des großen Reiseweges Ägyptenlandes, wie vieler Schiffe Segel, grobe und kostbare, schwellte der Wind – und wie viele Ruder stemmten sich in seine Flut! Voll von Menschenstimmen war die hellhörige Luft über den Wassern, von Schiffergrüßen und -späßen, von den warnenden Rufen der Stangenmänner am Schnabel vor Strudeln und Bänken, den gesungenen Weisungen der Schiffer auf den Kajütendächern an Segler und Steuerer. Gemeine Kähne gleich dem Thot-nofers gab es die Menge, aber auch feine und schlanke Barken kamen daher, überholten »Glänzend durch Schnelligkeit« oder begegneten ihm: blau bemalt, mit niedrigem Mast und breitem, taubenweißem Segel, das sich in gefälligem Schwunge blähte, mit Steven in Lotusform und zierlichen Pavillons statt der Kajütenverschläge. Es gab Tempelbarken mit Purpursegeln und großen Gemälden am Buge; hochnoble Reiseschiffe der Mächtigen, zwölf Ruderer an jeder Seite, bebaut mit säulentorigen Lusthäusern, auf deren Dach das Gepäck und der Wagen des Herrn verstaut waren und zwischen deren prunkenden Teppichwänden der Vornehme saß, die Hände im Schoß, in Schönheit und Reichtum gleichsam erstarrt und weder rechts noch links blickend. Ein Leichenzug begegnete ihnen auch, drei Schiffe hintereinander, zusammengetäut, auf deren letztem, einem weißen Kahn ohne Segel und Ruder, der bunte Osiris, den Kopf voran, unter Jammernden auf einem löwenfüßigen Schragen lag.

Ja, viel gab es zu sehen, am Ufer wie auf dem Strome, und Joseph, dem Verkauften, dem zum erstenmal eine Wasserfahrt lachte und nun gleich eine solche, vergingen die Tage gleich Stunden. Wie gewohnt sollte ihm diese Art des Reisens werden und wie geläufig gerade die Strecke hier zwischen Amuns Haus und dem grabeswitzigen Menfe! Ganz wie die Hochnoblen in ihren Teppichkapellen, so sollte er selber dasitzen dereinst, nach dem Ratschluß, in der würdigen Unbeweglichkeit, die er würde erlernen müssen, weil das Volk sie von Göttern und Großen erwartete. Denn so klug sollte er sich halten und so viel Geschicklichkeit bewähren in der Behandlung Gottes, daß er der Erste ward unter den Westlichen und dasitzen mochte, ohne rechts oder links zu blicken. Dies war ihm aufgespart. Vorderhand blickte er noch rechts und links, soviel er nur konnte, um das Land und des Landes Leben in Geist und Sinne aufzunehmen, immer darauf bedacht, daß seine Neugier nicht ausarte in Verwirrung und unförderliche Blödigkeit, sondern sich vorbehaltvoll und munter halte zu Ehren der Väter.

So wurden aus Abend und Morgen die Tage und mehrten sich. Menfe lag zurück nebst dem Tage, an dem sie von dort gesegelt. Wenn die Sonne sank, die Wüste draußen sich violett färbte und der arabische Himmel zur Linken den überschwenglichen Orangeschein des libyschen zur Rechten sanfter zurückspiegelte, so pflockten sie an, wo es sich traf, und schliefen, um morgens weiter zu fahren. Der Wind blieb ihnen fast immer günstig, mit Ausnahme der Tage, da er sich legte. Dann mußten sie rudern, wobei der verkäufliche Usarsiph und die jüngeren Ismaeliter halfen, denn sehr viel Mannschaft hatte die Barke nicht, und kamen in Rückstand, was dem Thot-nofer peinlich war von wegen der pünktlich abzuliefernden Grabesstatue. Doch war die Versäumnis nicht schwer, da an anderen Tagen die Leinwand desto voller war und Vorteil und Nachteil sich zur Zufriedenheit aufhoben; und an dem neunten Abend sahen sie zackige Anhöhen sich in der Ferne durchsichtig rosinfarben und wunderlieblich gebärden wie roter Korundstein, obgleich sie, wie jedermann wußte, so todesdürr und verflucht waren wie alle Berge Ägyptens. Diese anerkannte der Schiffsherr sowohl wie der Alte als Amuns Berge, die Höhen von No; und als sie geschlafen hatten und wieder segelten und vor Ungeduld auch noch ruderten außerdem, da ging es an, da blitzte es auf vor ihnen von Gold und schimmerte fein von Farben des Regenbogens, und sie zogen in die Stadt Pharao's ein, die ungeheuer namhafte, noch auf ihrem Schiff und bevor sie an Land gegangen: denn der Fluß wurde zur Ehrenstraße und ging hin in einer Flucht himmlischer Bauten, umgrünt von Gartenwonne, zwischen Tempeln und Palästen rechts und links am Ufer des Lebens sowohl wie an dem des Todes, zwischen Papyruskolonnaden und Lotusbündelkolonnaden, zwischen Obelisken mit Goldspitzen, Kolossalstatuen, Tortürmen, zu denen Sphinxalleen vom Ufer führten und deren Türflügel und Flaggenstangen mit Gold überzogen waren: davon kam das Blitzen, welches die Augen zu blinzeln zwang, so daß vor ihnen die Farben von Bild und Schrift an den Baulichkeiten, das Zimtrot, der Pflaumenpurpur, das Emeraldgrün, Ockergelb und Lasurblau, zu einem wirren Tintenmeere verschwammen.

»Das ist Epet-Esowet, die große Wohnung Amuns«, sagte der Alte zu Joseph, indem er ihn mit dem Finger bedeutete. »Die hat einen Saal, fünfzig Ellen breit, mit zweiundfünfzig Säulen und Pfeilern, die Zeltpfählen gleichen, und ist der Saal, wenn's dir recht ist, mit Silber gepflastert.«

»Gewiß ist mir's recht«, antwortete Joseph. »Ich wußte ja, daß Amun ein sehr reicher Gott ist.«

»Das da sind die göttlichen Werften«, sagte der Alte wieder, auf Hafenbecken und Trockendocks zur Linken weisend, wo zahlreiche Schurzträger, Zimmerleute des Gottes, mit Bohren, Hämmern und Pichen um Schiffsgerippe beschäftigt waren. »Das ist Pharao's Totentempel und das da das Haus seines Lebens«, sprach er und deutete da- und dorthin nach Westen ins Land hinaus auf Baukomplexe von teils gewaltiger, teils lieblicher Pracht. »Das ist Amuns Südliches Frauenhaus«, sagte er und ging wieder zum anderen Ufer über, auf gestreckte Tempelanlagen unmittelbar am Flusse den Finger richtend, deren grell besonnte Front an den Vorbauten von scharfen Winkelschatten geschnitten war und bei denen es von sich rührenden, sichtlich noch in Bautätigkeit begriffenen Menschen wimmelte. »Siehst du diese Schönheit? Siehst du die Stätte des Geheimnisses der königlichen Empfängnis? Bemerkst du, wie Pharao vor den Saal und den Hof noch eine Halle baut, höher an Säulen als alles? Mein Freund, das ist Nowet-Amun, die Stolze, die uns erscheint! Fällt dir die Widder-Straße wohl auf, die dort über Land vom Südlichen Frauenhause zur Großen Wohnung führt? Fünftausend Ellen ist die lang, mußt du wissen, mit lauter Amuns-Widdern besetzt zur Rechten und Linken, die Pharao's Bild zwischen den Beinen tragen.«

»Es ist mehr als nett«, sagte Joseph.

»Nett?« eiferte sich der Alte. »Worte wählst du mir aus dem Sprachschatz – lächerlich fehlgehende, das muß ich sagen, und befriedigst mich wenig mit deiner Rückäußerung auf die Erscheinung Wesets.«

»Ich sagte ja ›mehr‹ als nett«, erwiderte Joseph. »Beliebig mehr. Wo ist aber das Haus des Wedelträgers, vor das du mich bringen willst? Kannst du mir's weisen?«

»Nein, das unterscheidet man nicht von hier«, versetzte der Alte. »Dort, gegen die östliche Wüste, wo die Stadt nicht mehr dicht ist, sondern sich in Gärten und Villen der Herren löst, da ist's gelegen.«

»Und wirst du mich heute noch vor das Haus bringen?«

»Du kannst es wohl gar nicht erwarten, daß ich dich hinbringe und dich verkaufe? Weißt du denn, ob der Meier des Hauses dich nimmt und mir genug für dich bietet, daß ich auf meine Kosten komme und einen kleinen, gerechten Nutzen noch dabei einstreiche? Es ist manchen Mondwechsel her, daß ich dich aus dem Brunnen entband, deiner Mutter, und manche Tagereise, daß du mir Fladen bäckst und neue Worte hebst aus dem Sprachschatz, mir gute Nacht zu sagen. Leicht mag es also sein, daß die Zeit dir lang geworden und du es leid bist mit uns und nach neuem Dienste verlangst. Aber ebenso gut könnte die Menge der Tage Gewöhnung bei dir gezeitigt haben und daß dir's schwer würde, dich vom alten Minäer aus Ma'on zu trennen, deinem Entbinder, und du die Stunde erwarten könntest, da er davonzieht und dich in den Händen der Fremden läßt. Das sind die zwei Möglichkeiten, die sich aus der Menge gemeinsamer Wandertage ergeben.«

»Der letzteren«, sagte Joseph, »ganz überwiegend der letzteren gehört die Wirklichkeit. Gewißlich, ich habe nicht Eile, mich von dir, meinem Erlöser, zu trennen. Ich habe nur Eile, dahin zu gelangen, wo Gott mich haben will.«

»Gedulde dich«, entgegnete der Alte. »Wir landen an und unterziehen uns den Schereien, die die Kinder Ägyptens den Ankommenden auferlegen und die lange währen. Danach ziehen wir hin, wo die Stadt dicht ist, in eine Herberge, die ich weiß, und übernachten. Morgen aber bringe ich dich vor das Segenshaus und biete dich feil dem Meier Mont-kaw, meinem Freunde.«

Unter solchen Reden langten sie an im Hafen, oder vielmehr am Platze der Anpflockung, zu dem sie von Stromesmitte herüberkreuzten, während Thot-nofer, der Schiffsmann, zum Dank für die glücklich vollbrachte Reise neuerdings vor der Kajüte Balsam verbrannte; und war die Ankunft so umständlich-langwierig und mit so zeitraubenden Schereien verknüpft, wie nur je eine solche zu Schiffe es irgendwo war oder ist. Denn sie gerieten in den Trubel und das Geschrei der Lände und des Wassers davor, wo viele Schiffe, einheimische und fremde, sich drängten, die schon angepflockt waren oder nach Anpflockung verlangten, um ihre Taue zu schleudern, wenn ein Pflock für sie frei war; und »Glänzend durch Schnelligkeit« wurde von Hafenwächtern und Zollschreibern geentert, die Protokolle über Mann und Maus und jederlei Stückgut aufzunehmen begannen, während am Ufer die Dienstleute des Mannes, der seine Gestalt bestellt hatte, mit gereckten Armen nach der Figur schrien, auf die sie schon lange gewartet hatten, und ebendort viele Händler, die den Ankommenden Sandalen, Mützen und Honigkuchen verkaufen wollten, ihre Stimmen erhoben, in die sich das Geblök von Herden mischte, die nebenan ausgeladen wurden, und die Musik von Gauklern, die am Kai sich auffallend zu machen suchten. Es war ein sehr großer Wirrwarr, und Joseph und seine Gefährten saßen still und betreten am Hinterteil ihres Schiffes auf dem Bauholz und warteten des Augenblicks, da sie von Bord gehen und die Herberge aufsuchen könnten, was aber noch ferne war. Denn auch der Alte mußte heran vor die Zöllner, sich selbst und all das Seine zu Protokoll geben und Hafengebühren erlegen von seinem Kram. Er wußte sie wohl zu nehmen und weise Menschlichkeit herzustellen statt der Amtlichkeit zwischen sich und ihnen, so daß sie lachten und es gegen kleine Geschenke nicht allzu genau nahmen mit der Landung der Wanderhändler; und ein paar Stunden, nachdem man das Tau geworfen, konnten Josephs Käufer ihre Kamele über die Laufplanke führen und sich, sehr unbeachtet von einer Menge, die jederlei Haut und Kleid gewohnt war, ihren Weg bahnen durch den gemischten Tumult des Hafenquartiers.

Joseph zieht durch Wêse

Die Stadt, deren Namen später die Griechen, um ihn sich bequem und heimatlich zu machen, »Thebai« sprachen, befand sich, als Joseph dort landete und lebte, noch keineswegs auf der Höhe ihres Ruhmes, obgleich sie bereits so berühmt war, wie es aus der Art des Ismaeliters, von ihr zu reden, und aus den Empfindungen hervorging, die Joseph überkamen, als er erfuhr, daß sie sein Ziel sei. Seit langem, aus dunklen und schmalen Tagen des Ursprungs her, war sie im Zunehmen und auf dem Wege zu voller Schönheit; aber noch manches fehlte bis zu dem Punkte, wo ihre Herrlichkeit nicht mehr zu wachsen vermochte, unmöglich ferner zu steigern war, sondern vollendet stehenblieb und eines der sieben Weltwunder darstellte: im Ganzen sowohl wie auch bereits, und zwar hauptsächlich, durch einen ihrer Teile – die beispiellose Prunksäulenhalle ungeheuren Umfanges, die ein späterer Pharao mit Namen Ra-messu oder »Die Sonne hat ihn erzeugt« dem Bautenkomplex des großen Amuntempels im Norden mit einem Kostenaufwand hinzufügte, der dem erreichten Höchstmaß der Schwere dieses Gottes entsprach. Von dieser also sahen Josephs Augen so wenig, wie sie von den Vergangenheiten in der Umgebung der Pyramiden gesehen hatten, nur eben aus entgegengesetztem Grunde: weil sie nämlich noch nicht Gegenwart gewonnen und niemand Mut hatte, sie sich einzubilden. Denn damit dies möglich würde, mußte erst noch manches errichtet werden, was dann durch die hieran schon gewöhnte und zunehmend ungenügsame Einbildungskraft des Menschen überboten werden konnte: zum Beispiel der silbergepflasterte Festsaal zu Epet-Esowet, den der Alte kannte und dessen zweiundfünfzig Säulen Zeltpfählen glichen, erbaut von dem dritten Vorgänger des gegenwärtigen Gottes; oder die Halle, die dieser selbst eben jetzt, wie Joseph gesehen hatte, dem Südlichen Frauenhause Amuns, dem schönen Tempel am Fluß, das schon Vorhandene überbietend, anbauen ließ. Diese Schönheit mußte erst eingebildet und in dem Glauben ausgeführt sein, sie sei das Äußerste, damit des Menschen Ungenügsamkeit darauf fußen und zu seiner Zeit sich das eigentlich Äußerste, die volle, nicht weiter zu steigernde Schönheit, nämlich das Weltwunder des Ramses-Saales einbilden und sie verwirklichen mochte.

Obgleich nun also dieses zu Josephs und unserer Zeit noch nicht gegenwärtig, sondern sozusagen noch unterwegs war, nahm Wêse, auch Nowet-Amun genannt, die Hauptstadt am Nilstrom, auch auf dieser Stufe schon alle Welt bis fern hinaus und soweit sie sich nur selber bekannt war, im höchsten Grade Wunder, und sogar übertrieben war dies Geschrei: eine Ruhmesübereinkunft, wie die Menschen sie lieben und auf der sie vom Hörensagen mit einmütigem Eigensinn und geradezu von Schicklichkeits wegen bestehen, so daß überall derjenige sehr sonderbar angeschaut worden wäre und sich gewissermaßen außerhalb der Menschheit gestellt hätte, der öffentlich hätte bezweifeln wollen, daß No in Ägypterland über die Maßen groß und schön, der Inbegriff baulicher Herrlichkeit und einfach ein Traum von einer Stadt sei. Uns, die wir zu ihr hinabgelangt sind – »hinab« im räumlichen Sinn, nämlich mit Joseph den Strom hinauf, »hinab« auch im zeitlichen Sinn, nämlich in die Vergangenheit, wo sie in vergleichsweise mäßiger Tiefe immer noch lärmt, brodelt, strahlt und ihre Tempel in den unbeweglichen Spiegeln heiliger Seen klar-genau sich abbilden läßt, – uns ergeht es notwendig mit ihr ein wenig so, wie es uns mit Joseph selbst, dem von Sang und Sage ebenfalls idealisch Beschrienen, erging, als wir am Brunnen seiner zuerst in Wirklichkeit ansichtig wurden: wir führten seine angeblich unsinnige Schönheit auf das Menschenmaß seiner Gegenwart zurück, wobei der gewinnenden und vom Gerüchte ganz unnötig aufgedonnerten Anmut immer genug übrigblieb.

So auch mit No, der himmlischen Stadt. Sie war nicht aus himmlischem Stoffe erbaut, sondern aus gestrichenen, mit Stroh untermischten Ziegeln wie irgendeine andere auch, und ihre Gassen waren, wie Joseph zu seiner Beruhigung feststellte, so eng, krumm, schmutzig und übelriechend, wie die Gassen menschlicher Siedelungen, großer und kleiner, unter diesem Himmelsstrich es jederzeit waren und sein werden, – wenigstens in den ausgedehnten Quartieren des armen Volkes waren sie so, welches an Zahl die freilich locker und lieblich wohnenden Reichen, wie üblich, bei weitem übertraf. Wenn man draußen in der Welt, auf den Inseln des Meeres und an noch ferneren Küsten, sagte und sang, daß zu Wêse »die Häuser reich seien an Schätzen«, so traf das, von den Tempeln abgesehen, wo man das Gold allerdings mit Scheffeln maß, nur für sehr wenige Häuser zu, die Pharao reich gemacht hatte; die große Mehrzahl barg durchaus keine Schätze, sondern war so arm wie die Leute der Inseln und ferneren Küsten, die sich in dem Sagenglanz von Wêse's Reichtum sonnten.

No's Größe angehend, so galt sie für ungeheuer und war es auch, mit der Einschränkung, daß »ungeheuer« kein selbstgenügsam-eindeutiger, sondern ein bezüglicher und schon da oder auch erst dort anzusetzender Begriff ist, bei dem es auf die persönlichen und allgemeinen Begriffe entscheidend ankommt. Um das Hauptmerkmal der Größe Wêse's aber in den Augen der Welt stand es geradezu mißverständlich: nämlich um seine »Hunderttorigkeit«. Ägyptens Stadt habe hundert Tore, hieß es auf Zypern-Alaschia, in Kreta und weiterhin. »Die Hunderttorige« nannte man sie dort in mythischer Bewunderung und fügte hinzu, daß aus jedem dieser hundert Tore zweihundert Mann mit Rossen und Geschirr zum Streite auszuziehen vermöchten. Man sieht wohl: diese Schwätzer dachten an eine Ringmauer solchen Umfanges, daß sie nicht durch vier oder fünf, sondern durch hundert Stadttore unterbrochen sein konnte, – eine kindliche Vorstellung, nur möglich, wenn man Wêse nie mit Augen gesehen hatte und es allein aus der Sage, vom Hörenschwätzen kannte. Die Idee der Vieltorigkeit verband sich in gewissem Sinne zu Recht mit derjenigen der Amunsstadt; sie hatte in der Tat viele »Tore«, aber das waren nicht Mauer- und Ausfalltore, sondern es waren die lustiggewaltigen, in den Farben ihrer zauberdichten Inschriften und kolorierten Tief-Reliefschildereien erstrahlenden, von bunten Wimpelbändern an vergoldeten Flaggenstangen überflatterten Pylonbauten, mit denen die Träger der Doppelkrone nach und nach, im Zuge der Jubiläen und großen Umläufe, die Heiligtümer der Götter geschmückt und ausgestaltet hatten. Ihrer waren denn wirklich eine Menge, wenn auch bis zum Tage von Wêse's voller und unübertrefflicher Schönheit immer noch welche hinzukamen. »Hundert« waren es weder jetzt noch später. Aber hundert ist nur eine runde Zahl und will auch in unserem Munde oft nicht mehr besagen als einfach »sehr viele«. Amuns Große Wohnung im Norden, Epet-Esowet, schloß schon damals allein sechs oder sieben dieser »Tore« in sich und die kleineren Tempel in seiner Nähe, die Häuser des Chonsu, der Mut, des Mont, des Min, der nilpferdgestaltigen Epet wiederum eine Anzahl. Der andere Großtempel am Fluß, Amuns Südliches Frauenhaus genannt, oder auch einfach »der Harem«, wies weitere Turmtore auf, und aber andere gehörten zu den kleineren Wohnungen hier nicht besonders beheimateter, doch immerhin ansässiger und mit Nahrung versehener Gottheiten, den Häusern des Usir und der Eset, des Ptach von Menfe, des Thot und anderer mehr.

Diese Tempelbezirke, umfriedet mit ihren Gärten, Hainen und Seen, bildeten den Kern der Stadt, sie waren im Grunde diese selbst, und was profan an ihr war und Menschenbehausung, füllte die Räume zwischen ihnen; es erstreckte sich namentlich von dem südlichen Hafenviertel und Amuns Frauenhaus gegen den Tempelkomplex im Nordosten, der Länge nach durchzogen von des Gottes großer Feststraße, der Widder-Sphinxallee, auf die der Alte den Joseph schon vom Schiffe aus hingewiesen hatte. Das war eine stattliche Strecke, fünftausend Ellen lang, und da die Prozessionsstraße nordöstlich landeinwärts vom Nile abwich und die Wohnstadt den sich verbreiternden Raum zwischen ihr und dem Flusse ausfüllte und auf der anderen Seite landeinwärts gegen die östliche Wüste reichte, wo sie weitläufig wurde und sich in die Gärten und Villen der Vornehmen löste (dort »waren reich die Häuser an Schätzen«) – so war sie in der Tat sehr groß, sogar ungeheuer, wenn man wollte: mehr als hunderttausend Menschen, sagte man, wohnten darin; und wenn die Zahl hundert für die Tore eine poetische Abrundung nach oben war, so bedeutete die hohe Ziffer hunderttausend, den Volksreichtum Wêse's betreffend, zweifellos eine solche nach unten: es waren, wenn wir unserem schätzenden Überblick und demjenigen Josephs trauen dürfen, der Einwohner nicht nur »mehr«, sondern viel mehr, sehr möglicherweise geradezu doppelt und dreimal soviel, besonders und sicherlich, wenn man die Zahl der Bewohner der Totenstadt drüben im Westen, jenseits des Flusses, geheißen »Gegenüber ihrem Herrn«, mit einbezog – natürlich nicht der Toten, sondern der Lebenden, die dort von ernsten Berufes wegen wohnten, weil sie zum Dienste der Abgeschiedenen, die über das Wasser gefahren waren, in irgendeiner handwerklichen oder kultischen Beziehung standen. All diese also mit ihren Wohnungen bildeten dort drüben eine Stadt für sich, die, zu Wêse's Ganzem geschlagen, dieses überaus groß machte. Pharao selbst gehörte zu ihnen; er wohnte nicht in der Stadt der Lebenden, er wohnte im Westen draußen: am Rande der Wüste und unter ihren roten Felsen, dort lag sein Palast in luftiger Zierlichkeit und lagen die Wonnegärten seines Palastes mit ihrem See und Lustgewässer, das früher nicht vorhanden gewesen.

Eine sehr große Stadt also – und groß nicht nur nach ihrer Ausdehnung und Menschenzahl, sondern groß erst recht durch die Spannung ihres inneren Lebens, ihre Gemischtheit und rassenbunte Jahrmarktslustigkeit, groß als Kernpunkt und Fokus der Welt. Sie selbst hielt sich für deren Nabel – eine übermütige Annahme in den Augen Josephs, aber strittig auch sonst. Schließlich gab es noch Babel am verkehrt fließenden Euphrat, wo man im Gegenteil fand, der Strom Ägyptens fließe verkehrt und nicht zweifeln wollte, daß um Bab-ilu herum die übrige Welt in bewunderndem Kreise geordnet sei, obgleich man auch dort in baulicher Hinsicht damals noch nicht zu voller Schönheit gediehen war. Nicht umsonst aber liebte man in Josephs Heimat von der Amunsstadt zu sagen, daß »Nubier und Ägypter ohne Zahl ihre Stärke seien und Leute von Punt und Libyer ihre Helferschaft bildeten«. Schon bei seinem ersten Durchzuge mit den Ismaelitern von der Uferlände zur Herberge, die tief im Inneren der Engstadt lag, empfing Joseph hundert Eindrücke, die diese Sangesaussage bestätigten. Ihn selbst und die Seinen sah niemand an, da Fremdheit hier alltäglich und die seine nicht wunderlich-kraß genug war, um Aufmerksamkeit zu erregen. Desto ungestörter mochte er schauen, und höchstens die Besorgnis, der Andrang von so viel großer Welt möchte seinen geistlichen Stolz verwirren und ihn der Zaghaftigkeit anheimgeben, legte seinen Augen einige Zurückhaltung auf.

Was sah er nicht alles auf dem Wege vom Hafen zur Herberge! Welche Warenschätze quollen aus den Gewölben, und wie wimmelte und wallte es in den Gassen von den Arten und Schlägen der Adamskinder! Die Einwohnerschaft von Wêse schien vollzählig auf den Beinen zu sein und sich auf der irgendwie notwendigen Wanderung von einem Ende der Stadt zum anderen sowie in umgekehrter Richtung zu befinden, und unter das ursässige Volk mischten sich die Menschentypen und Trachten der vier Weltgegenden. Gleich an der Lände hatte es einen Auflauf gegeben, der einer Gruppe ebenholzschwarzer Mohren mit unglaublich gepolsterten Lippenbergen und Straußenfedern auf den Köpfen gegolten hatte: Männern und tieräugigen Weibern mit Brüsten wie Schläuchen und lächerlichen Kindern in Körben auf den Rücken. Sie führten scheußlich miauende Panther sowie Paviane, die auf vier Händen schritten, an Ketten; eine Giraffe, vorn hoch wie ein Baum und hinten nur wie ein Pferd, ragte unter ihnen, Windhunde waren auch dabei, und unter goldenen Tüchern trugen die Mohren Gegenstände, deren Wert einer solchen Umhüllung zweifellos entsprach – aus Gold vermutlich und Elfenbein. Es war, wie Joseph erfuhr, der Tribut tragenden Abordnungen eine aus dem Lande Kusch, mittäglich-jenseits des Landes Wewet, weit stromaufwärts, aber nur eine ganz kleine, unpflichtige und zwischeneinfallende, gesandt vom Vorsteher der südlichen Länder, Vizekönig und Fürst von Kusch, um das Herz Pharao's zu erfreuen und es überraschend für ihn, den Fürsten, einzunehmen, damit Seine Majestät nicht auf den Gedanken komme, ihn abzuberufen und ihn durch einen der Herren seiner Umgebung zu ersetzen, die ihm wegen des kostbaren Postens in den Ohren lagen und im Morgengemach Hechelreden gegen seinen Inhaber vorbrachten. Das Sonderbare war, daß das Hafenvolk, welches die Gesandtschaft begaffte, die Straßenbuben, die sich über den palmenlangen Hals der Giraffe lustig machten, diese Hintergründe des Schauspieles, die Besorgnis des Vizekönigs und die Hechelreden im Morgengemach, ganz genau kannten und sich vor Josephs und der Ismaeliter Ohren in lauten und kritischen Redensarten darüber ergingen. Es war schade für sie, dachte Joseph, daß ihre Lust an der bunten Erscheinung durch ein so kaltes Wissen der Reinheit und Einfalt verlustig ging. Vielleicht aber auch empfing sie dadurch gar noch eine besondere Würze, und er für sein Teil fing, was sie redeten, mit Vergnügen auf, weil er es als förderlich erachtete, von den inneren Geheimnissen und Vertraulichkeiten dieser Welt, wie daß der Prinz von Kusch um sein Amt zitterte, die Höflinge ihn hechelten und Pharao sich gern überraschen ließ, unterderhand etwas in Erfahrung zu bringen; denn das stärkte das Selbstgefühl und wappnete gegen die Blödigkeit.

Behütet und gelenkt von ägyptischen Beamten, wurden die Neger über den Fluß gebootet, daß sie vor Pharao stünden: Joseph sah es noch; und einzelne von ihrer Haut sah er auch sonst auf seinem Wege. Aber er sah Häute in allen Abschattungen vom Obsidian-Schwarz über viele Stufen von Braun und Gelb bis zum Käseweiß, er sah sogar gelbes Haar und azurfarbene Augen, Gesichter und Kleider von jedem Schnitt, er sah die Menschheit. Das kam, weil die Schiffe der Fremdländer, mit denen Pharao Handel trieb, sehr vielfach nicht in den Häfen des Mündungsgebietes haltmachten, sondern lieber gleich vor dem Nordwind den Strom hinauf und hierher fuhren, um ihre Frachten, Tribute und Tauschwaren an Ort und Stelle zu löschen, wo doch alles zusammenkam, nämlich in Pharao's Schatzhaus, der damit Amun und seine Freunde reich machte, so daß jener seine Ansprüche in baulicher Hinsicht steigern und das Vorhandene überbieten mochte, diese ihr Leben aufs letzte zu verfeinern in die Lage kamen, welches auf diese Weise an Ausgesuchtheit sich äußerst zuspitzte und vor Feinheit sogar ins Närrische verfiel.

So erklärte es der Alte dem Joseph, und darum sah dieser außer den Kusch-Mohren unter den Leuten Wêse's: Bedus aus dem Gotteslande vorm Roten Meer; hellgesichtige Libyer von den Oasen der westlichen Wüste in bunten Wirkröcken und geflochtenen, starr vom Kopfe stehenden Zöpfen; Amu-Leute und Asiaten gleich ihm, in farbiger Wolle, mit den Bärten und Nasen der Heimat; chattische Männer von jenseits des Amanusgebirges in Haarbeuteln und engen Hemden; Mitanni-Händler in der würdig-überfallreichen und befransten Tracht Babels; Kauf- und Seeleute von den Inseln und von Mykene in weißer Wolle, deren Falten erfreulich fielen, erzene Ringe an dem Arm, den sie nicht im Gewand verbargen, – und dies alles, obgleich der Alte aus Bescheidenheit seinen kleinen Zug möglichst armselig-völkstümliche Wege führte und die edlen Straßen vermied, um nicht ihre Schönheit zu verletzen. Ganz unverletzt aber konnte er sie doch nicht lassen: die schöne Straße des Chonsu, die der Feststraße des Gottes gleichlief, die »Straße des Sohnes«, wie man sie hieß, denn der mondverbundene Chons war des Amun Sohn und der Mut, seiner Baalat, er war, was Nefertêm, der blaue Lotus, zu Menfe war, und bildete mit den großen Eltern die Dreiheit von Weset, – seine Straße also, eine Hauptader und rechte Abrek-Avenue, wo man immerfort gut tat, sein Herz fest zu sich zu nehmen – diese mußten die Ismaeliter notgedrungen betreten und eine Strecke weit verfolgen auf die Gefahr hin, ihrer Schönheit verwiesen zu werden; und Joseph sah Paläste wie den der Verwaltung der Schatzhäuser und Kornspeicher und den Palast der ausländischen Prinzen, in welchem die Söhne syrischer Stadtfürsten erzogen wurden, wunderbare und weitläufige Gebäude aus Ziegeln und Edelhölzern, glänzend an Farben. Er sah Wagen vorüberrollen, völlig mit gehämmertem Golde bedeckt, in denen Stolze standen und die Geißel über den Rücken augenrollend dahinstürmender Rosse schwangen. Die Rosse aber schnoben Feurigkeit, sie schleuderten Schaum von den Mäulern, ihre Beine waren wie die von Rehen, und ihre an den Hals gedrückten Köpfe waren mit Straußenfedern gekrönt. Er sah Sänften dahinziehen, an Stangen auf den Schultern getragen in behutsam federndem Geschwindschritt von hohen Jünglingen in Goldschurzen. Geschnitzt waren die Stuhlbahnen, vergoldet und behängt, und Männer saßen darin mit verborgenen Händen, das lackierte Haar aus der Stirn in den Nacken gestrichen, ein Bärtchen am Kinn, durch hohe Stellung zur Unbeweglichkeit verpflichtet und mit gesenkten Wimpern, einen großen Windschutzkasten aus Rohr und bemaltem Stoffe im Rücken. Wer sollte wohl einstmals auch so sitzen und vor sein Haus getragen werden, das Pharao reich gemacht? Das liegt in der Zukunft, und diese Feststunde der Erzählung ist noch nicht gekommen, obgleich sie an ihrem Ort schon vorhanden und jedem bekannt ist. Gegenwärtig sah Joseph nur, was er einst sein sollte, blickte darauf mit Augen, so groß und fremd wie diejenigen, die auf ihm ruhen oder sich vor ihm verkriechen würden, dem Fremden und Großen, – Jungsklave Osarsiph, des Brunnens Sohn, gestohlen und verkauft hier hinab, im armen Kapuzenhemd und mit schmutzigen Füßen, der an die Wand gedrückt wurde, als lanzenstachlichte Kriegsmacht plötzlich mit Zinkengeschmetter die »Straße des Sohnes« dahergeeilt kam in hellen, genauen Scharen, mit Schilden, Bogen und Keulen. Er hielt die grimmig Gleichmäßigen für Pharao's Waffenvolk; an den Standarten jedoch und den Zeichen der Schilde erkannte der Alte, daß es Truppen des Gottes waren, Tempelmilitär, Amuns Stärke. Wie, dachte Joseph, hatte Amun Heerscharen und Feldhaufen wie Pharao? Es gefiel ihm nicht, und zwar nicht nur, weil die Rotte ihn an die Wand gedrückt hatte. Eine Eifersucht regte sich in ihm um Pharao's willen und von wegen der Frage, wer hier der Höchste sei. Die Nähe von Amuns Stolz und Ruhm bedrückte ihn ohnedies, das Vorhandensein eines anderen Höchsten, Pharao's nämlich, schien ihm ein wohltätig Gegengewicht, und daß der Götze es diesem auf seinem eigenen Felde gleichtat und Kriegsvolk hielt, mutete ihn ärgerlich an; ja, er glaubte zu erraten, daß es auch Pharao ärgerte, und schlug sich auf dessen Seite gegen den Anmaßenden.

Bald also verließen sie wieder die Straße des Sohnes, um sie nicht lange zu verunzieren, zogen weiter im Engen und Geringen und kamen zur Herberge, genannt »Sipparer Hof«, weil ihr Herr und Wirtsmann ein Chaldäer aus Sippar am Euphrat war und vorzugsweise chaldäische Leute, wenn auch sonst noch allerlei Volk, bei ihm herbergten. Hof aber hieß sie, weil sie wirklich fast nichts war als ein Brunnenhof, ebenso voll von Schmutz, Lärm und Gerüchen, von Tiergeblök, Menschenzank und Gauklergequarr wie der Fremdenhof zu Menfe; und noch diesen Abend gleich schlug der Alte dort einen kleinen Tauschhandel auf, der Zulauf hatte. Da sie aber geschlafen hatten unter ihren Mänteln, wobei immer einer von ihnen, außer dem Alten, der die ganze Nacht schlafen durfte, die Augen offen halten und Wache stehen mußte, daß sie nicht bestohlen würden an Kram und Schätzen von seiten der Gemischten, und hatten nach langem Anstehen am Brunnen sich waschen können, auch ein chaldäisch Morgenmus zu sich genommen, das hier gereicht wurde, einen Mehlbrei, mit Sesam bereitet, genannt »Pappasu«, da sprach der Alte und sah den Joseph nicht an dabei:

»Nun denn, meine Freunde, du, Mibsam, mein Eidam, Epher, mein Neffe, und ihr, Kedar und Kedma, meine Söhne! Wir wollen hinziehen mit unseren Gütern und Angeboten gegen Aufgang von hier und gegen die Wüste, wo die Stadt sich herrschaftlich löst. Dort weiß ich Kundschaft und hochbedürftige Abnehmer, die ich erbötig hoffe, von dem Unsrigen dies und das in ihre Vorratskammern zu kaufen und es uns so zu bezahlen, daß wir nicht eben nur auf unsere Kosten kommen, sondern noch einen gerechten Vorteil dabei einstreichen und uns bereichern, gehorsam unserer Händlerrolle auf Erden. Legt also den Tieren die Waren auf und sattelt mir meines, daß ich euch führe!«

So geschah es, und zogen aus vom »Sipparer Hof« nach Osten gegen die Gärten der Reichen. Vorn führte Joseph das Dromedar des Alten an langem Zügel.

Joseph kommt vor Petepre's Haus

Gegen die Wüste zogen sie und die glühenden Hügel der Wüste, wo Rê am Morgen erschien und wo es also ins Gottesland ging, vor dem Meere der Roten Erde. Auf einem geebneten Wege zogen sie, ganz wie sie eingezogen waren in Dotans Tal, nur daß jetzt nicht der wulstlippige Knabe, der Jupa hieß, sondern Joseph das Tier des Alten führte. Da kamen sie an eine Ringmauer mit fliehenden Wänden, lang und viel umfassend, aus deren innerem Bereiche schöne Bäume ragten, Sykomoren, Dornakazien, Dattel-, Feigen- und Granatbäume, außerdem die Oberteile lichtweißer und farbig bemalter Baulichkeiten. Joseph blickte darauf hin und dann zu seinem Herrn empor, um an seinen Mienen zu erkennen, ob dies das Haus des Wedelträgers sei, denn ein Segenshaus war es offenbar. Aber der Alte sah schiefköpfig geradeaus, indes sie die Mauer entlangzogen, und ließ sich nichts merken, bis sich die Mauer zu einem Torbau erhob und einem gedeckten Torwege; da hielt er an.

Im Schatten des Torweges war eine Ziegelbank, darauf saßen Burschen in Schurzen, vier oder fünf, und spielten ein Spiel mit den Händen.

Der Alte sah ihnen vom Tier herab eine Weile zu, bis sie anfingen, sich um ihn zu kümmern, die Hände sinken ließen, verstummten und ihn alle mit hochgezogenen Brauen spöttisch-verwundert ansahen, um ihn in Verlegenheit zu bringen.

»Seid gesund«, sprach der Alte.

»Freue dich«, antworteten sie achselzuckend.

»Was mag es für ein Spiel gewesen sein«, fragte er, »worin ihr euch um meiner Ankunft willen unterbrachet?«

Sie sahen einander an und lachten abwechselnd.

»Um deiner Ankunft willen?« wiederholte einer. »Wir haben uns aus Unmut unterbrochen, weil du andauernd Maulaffen feilhieltest.«

»Mußt du deine Kenntnisse aufbessern, alter Wüstenhase«, rief ein anderer, »genau hier und sonst nirgends, daß du uns nach unserem Spiele fragst?«

»Ich halte manches feil«, erwiderte der Alte, »nur Maulaffen nicht, so reich vervollständigt auch sonst meine Lasten sind, denn ich kenne die Ware nicht, entnehme aber aus eurem

Unmut, daß ihr Überfluß daran habt. Daher denn auch wohl euer Trachten nach Zeitvertreib, das ihr, wenn ich nicht irre, in dem lustigen Spiele ›Wieviel Finger‹ befriedigtet.«

»Nun also«, sagten sie.

»Ich fragte nur nebenbei und einleitend«, fuhr er fort. »Dies sind hier also Haus und Garten des edlen Peteprê, Wedelträgers zur Rechten?«

»Woher weißt du denn das?« fragten sie.

»Meine Erinnerung lehrt es mich«, antwortete er, »und eure Antwort bestätigt es mir. Ihr aber seid, wie es scheint, zu Wächtern eingesetzt an des heiligen Mannes Tor und zu Meldeläufern, wenn vertrauter Besuch sich zeigt?«

»Ihr seid uns vertraute Besucher!« sagte der eine. »Nämlich Schnapper und Buschklepper der Wildnis. Ich danke.«

»Junger Torwart und Meldeläufer«, erwiderte der Alte, »du täuschest dich, und deine Weltkenntnis ist unreif wie grüne Feigen. Wir sind keine Schnapper und Strauchdiebe, sondern hassen solche und sind in der Ordnung das genaue Gegenteil von ihnen. Denn Wanderhändler sind wir, die hin und her handeln zwischen den Reichen und schöne Verbindungen pflegen, so daß wir wohl aufgenommen sind, wie überall, so auch hier und in diesem vielbedürftigen Hause. Nur für den Augenblick sind wir's noch nicht, durch Schuld deiner Herbheit. Aber ich rate dir, werde nicht schuldig vor Mont-kaw, deinem Vorsteher, der über dem Hause ist und mich seinen Freund nennt und schätzt meine Schätze! Sondern erfülle deinen Stand, der dir verliehen ist in der Ordnung, und laufe, dem Meier zu melden, die vertrauten Reisehändler aus Ma'on und von Mosar, kurzum die midianitischen Kaufleute, seien wieder einmal zur Stelle mit guten Dingen für des Hauses Kammern und Scheuern.«

Die Torhüter hatten Blicke gewechselt, als er den Namen des Vorstehers zu nennen gewußt hatte. Nun sagte der, zu dem er gesprochen, ein Pausback mit engen Äuglein:

»Wie soll ich dich ihm wohl melden? Bedenke das, Alter, und zieh deines Weges! Kann ich zu ihm gelaufen kommen und melden: Die Midianiter von Mosar sind da, darum hab' ich das Tor verlassen, wo um Mittag der Herr einfährt, und störe dich? Er wird mich ja einen Hundesohn nennen und mich beim Ohre nehmen. Er rechnet ab in der Bäckerei und bespricht sich mit dem Schreiber des Schenktisches. Er hat mehr zu tun als mit dir zu krämern um deinen Kram. Darum zieh!«

»Es ist schade um dich, junger Wächter«, sagte der Alte, »daß du dich zum Hindernis machst zwischen mir und meinem langjährigen Freunde Mont-kaw und legst dich mittenein wie ein Fluß voller Krokodile und wie ein Berg von unbesiegbarer Schroffheit. Heißt du nicht Scheschi?«

»Ha, ha, Scheschi!« rief der Torhüter. »Teti heiße ich!«

»Das meinte ich«, versetzte der Alte. »Es liegt nur an meiner Aussprache und daran, daß mir Altem die Zähne schon fehlen, wenn ich's anders sagte. Also Tschetschi (ei, es gelingt mir nicht besser), laß mich doch sehen, ob nicht eine trockene Furt durch den Fluß führt und vielleicht ein Ringelpfad um die Schroffen des Berges. Du hast mich versehentlich einen Schnapphahn genannt, hier aber«, sagte er und griff in sein Gewand, »ist in Wirklichkeit so ein Ding und ein hübsches, das dir gehört, wenn du springen und melden willst und Mont-kaw zur Stelle bringen. Da, hole es dir aus meiner Hand! Es ist nur ein kleines Beispiel meiner Schätze. Sieh, die Schale ist aus härtestem Holz, schön gebeizt, und hat einen Schlitz. Daraus biegst du die diamantscharf schneidende Klinge hervor, und siehe, das Messer steht fest. Drückst du aber die Klinge zum Griffe nieder, so schnappt sie ein in ihr Bette, eh du zu Ende gedrückt, und ruht versichert in ihrer Scheide, daß du das Ding im Schurze verbirgst. Nun also?«

Der junge Mensch kam heran und prüfte das Schnappmesser.

»Nicht dumm«, sagte er. »Ist es meins?«, und er steckte es ein. »Vom Lande Mosar?« fragte er. »Und aus Ma'on? Midianitische Händler? Wartet ein Weilchen!«

Und er ging hinein durch das Tor.

Der Alte sah ihm mit lächelndem Kopfschütteln nach.

»Wir haben die Feste Zel bezwungen«, sagte er, »und sind fertig geworden mit Pharao's Grenzwachen und Truppenschreibern. Wir werden wohl durchdringen hier zu meinem Freunde Mont-kaw.«

Und er ließ ein Schnalzen hören, das für sein Tier das Zeichen war, sich zu legen, damit er abstiege, wobei ihm Joseph behilflich war. Auch seine anderen Reiter gingen nieder; und sie warteten.

Nach einer Weile kam Teti wieder und sagte:

»Eintreten sollt ihr in den Hof. Der Vorsteher will kommen.«

»Gut«, erwiderte der Alte, »wenn er Wert darauf legt, uns zu sehen, so wollen wir uns Zeit lassen und ihm willfahren, obgleich wir noch weitermüssen.«

Und von dem jungen Wächter geführt, zogen sie durch den gedeckten Torweg, wo es hallte, in den Hof ein, der ganz mit gestampftem Lehme bedeckt war, die Gesichter den offenstehenden und von schattenden Palmbäumen flankierten Torflügeln des inneren, aus Ziegeln erbauten und mit Scharten versehenen Mauervierecks zugewandt, aus welchem, mit übermaltem Säulenportal, schönen Gesimsen und dreieckigen, nach Westen offenen Windkaminen auf dem Dache, das Herrenhaus sich erhob.

Es lag in der Mitte des Grundstücks, an zwei Seiten, der westlichen und mittäglichen, umfaßt von den grünen Gründen eines Gartens. Der Hof war geräumig, und zwischen den Gebäuden, die, ohne Ummauerung, in dem mitternächtlichen Teile des Anwesens, die Stirn gegen Süden gewandt, standen, waren reichliche Freiheiten. Das bedeutendste davon erstreckte sich zur Rechten der Einziehenden, lang, licht und zierlich, von Wächtern bewacht, und durch seine Tür gingen Dienerinnen mit Fruchtschalen und hohen Kannen aus und ein. Andere Frauen saßen auf des Hauses Dach, spannen und sangen. Weiter zurück nach Westen und gegen die Nordmauer war wieder ein Haus, von dem es dampfte und vor dem Leute bei Braukesseln und Kornmühlen beschäftigt waren. Noch ein Haus war abermals weiterhin gegen Westen hinter dem Baumgarten, und Handwerker waren tätig davor. Dahinter, im nordwestlichen Winkel der Ringmauer, lagen Viehställe und Kornspeicher mit Leitern.

Ein Segensanwesen ohne Zweifel. Joseph überflog es mit raschen Augen, die überall hinzudringen suchten, aber sich's recht zu eigen zu machen war ihm jetzt nicht gegönnt, denn er mußte helfen bei dem, was sein Herr sogleich nach ihrem Einzuge ins Werk setzte: nämlich die Lasten von den Kamelen zu nehmen und auf dem Lehmestrich des Hofes zwischen Torweg und Herrenhaus den Laden aufzuschlagen und auszubreiten die Angebote, damit der Verwalter, oder wer handelslustig wäre unter den Seinen, einen lockenden Überblick habe über den Kram der Ismaeliter.

Die Zwerge

Wirklich war dieser bald von viel neugierigem Hofvolk umstanden, das die Ankunft der Asiaten beobachtet hatte und in dem Vorkommnis, an dem übrigens nichts Rares war, eine willkommene Ablenkung von seiner Arbeit oder auch vom bloßen Lungern erblickte. Es kamen nubische Wächter vom Frauenhause und Dienerinnen, deren Weibesgestalt nach Landesbrauch klar und anschaulich durch den überfeinen Batist ihrer Gewandung schien; Gesinde vom Haupthause, je nach der Stufe, die sie auf der dienstbaren Rangstaffel einnahmen, nur mit dem kurzen Schurz oder noch mit dem längeren darüber und mit dem kurzärmeligen Oberkleide angetan; Leute vom Küchenhause, etwas Halbgerupftes in Händen, Stallknechte, Handwerker vom Dienerhause und Gartenpfleger: diese alle kamen heran, schauten und schwatzten, beugten sich zu den Waren nieder, nahmen dies und das in die Hand und erkundigten sich nach dem Tauschwerte, ausgedrückt in Silber- und Kupfergewichten. Auch zwei Kleinwüchsige fanden sich ein, Zwergmänner: gleich ein Paar solcher schloß der Hausstand des Wedelträgers ein; aber wiewohl beide nicht mehr als drei Schuh hoch waren, wiesen sie große Unterschiede des Betragens auf, denn der eine war ein Matz, der andere würdigen Wesens. Dieser kam zuerst, vom Haupthause her; auf Beinchen, die gegen den Oberkörper noch wiederum verkümmert erschienen, kam er bemüht verständigen Ganges heran, in aufrechter, sogar etwas hintübergelehnter Haltung, angelegentlich um sich blickend und in raschem Takt mit den Stummelärmchen rudernd, wobei er die Handflächen nach hinten kehrte. Er trug einen gestärkten Schurz, der in schräger Dreiecksfläche vor ihm dahinstand. Sein hinten ausladender Kopf war groß im Verhältnis, mit kurzem Haar bedeckt, das in die Stirn und die Schläfen wuchs, seine Nase stark und seine Miene gleichmütig, ja bestimmt.

»Bist du der Führer des Handelszuges?« fragte er, vor den Alten tretend, der sich neben den Waren auf seine Fersen niedergelassen hatte, was dem Däumling sichtlich willkommen war, da er so einigermaßen von gleich zu gleich mit ihm reden mochte. Seine Stimme war dumpf, er drückte sie möglichst tief hinab, wobei er das Kinn auf die Brust senkte und die Unterlippe einwärts über die Zähne zog. »Wer hat euch eingelassen? Die Außenwächter? Mit Erlaubnis des Vorstehers? Dann ist es gut. Ihr könnt bleiben und seiner warten, obgleich es ungewiß ist, wann er Zeit für euch findet. Führt ihr nützliche Dinge, schöne Dinge? Es ist wohl mehr Trödel? Oder sind auch höherwertige Objekte darunter, ernsthafte, schickliche und gediegene? Ich sehe Balsame, ich sehe Stöcke. Einen Stock könnte ich persönlich wohl brauchen, wenn er aus härtestem Holz und nach seiner Ausstattung für voll zu nehmen ist. Vor allem: habt ihr Leibesschmuck, Ketten, Halskrägen, Ringe? Ich bin der Pfleger der herrschaftlichen Kleider und des Geschmeides, der Vorsteher des Ankleidezimmers. Dûdu ist mein Name. Auch meinem Weibe könnte ich mit einem soliden Schmuckstücke eine Freude bereiten, Zeset, meiner Frau, zum Dank ihrer Mutterschaft. Seid ihr in dieser Richtung versehen? Ich sehe Glasfluß, ich sehe Tand. Worauf es mir ankäme, das wäre Gold, Elektron, es wären gute Steine, Blaustein, Kornalin, Bergkristall...«

Während dies Männlein dergestalt redete und forderte, kam aus der Richtung des Harems, wo es wohl vor den Damen Possen getrieben hatte, das andre gesprungen: Verspätet, so schien es, war ihm der Zwischenfall zu Ohren gekommen, und voll kindischen Eifers sputete es sich, dabei zu sein – laufend, so schnell seine dicken Beinchen es trugen, und dann und wann den Lauf auf ihnen beiden unterbrechend, um bloß auf einem zu hüpfen, wobei es mit dünner und scharfer Stimme, in einer Art von Freudenkrampf, kurzatmig hervorstieß:

»Was ist? Was ist? Was kommt vor in der Welt? Ein Auflauf, ein groß Getümmel? Was gibt es zu schauen? Was gibt's zu bestaunen auf unserem Hof? Handelsmänner – gar wilde Männer – Männer des Sandes? Da fürchtet der Zwerg sich, da ist er voll Neubegier, hopp, hopp, da kommt er zur Stelle gerannt...«

Mit der einen Hand hielt er eine rostfarbene Meerkatze auf seiner Schulter fest, die vorgestreckten Halses mit grell und schreckhaft aufgerissenen Augen von ihrem Sitze hinausstarrte. Die Kleidung dieses Wichtels war insofern lächerlich, als sie in einer Art von Festtracht bestand, die närrischerweise seine alltägliche zu sein schien, weshalb denn auch die feine Preßfältelung seines bis über die Waden reichenden Schurzleins mit dem fransenbesetzten Überfall sowie das durchsichtige Kamisölchen mit den ebenfalls plissierten Ärmeln zerknittert und unfrisch waren. Um die embryonischen Handgelenke trug er goldene Spiralringe, um das Hälschen einen zerzausten Blumenkranz, in den mehrere andere eingehängt waren, welche um seine Schultern herumstanden, und oben auf der braunen Lockenperücke aus Wolle, die sein Köpfchen bedeckte, einen Salbkegel, der aber nicht wirklich aus schmelzendem Duftfett, sondern nur aus einem mit Wohlgeruch getränkten Filzzylinder bestand. Anders als bei dem zuerst gekommenen war das Gesicht dieses Zwerges kindlich-greis, kleinfaltig, verhutzelt und alraunenhaft.

Während die Umstehenden Dûdu, den Kleiderwart, anständig begrüßt hatten, nahmen sie die Ankunft seines Schicksalsgenossen und Bruders im Untermaß mit Heiterkeit auf. »Wezir!« riefen sie (das war wohl sein Spottname). »Bes-em-heb!« (Das war der Name eines vom Auslande eingeführten komischen Zwerggottes, verbunden mit der Bezeichnung »im Feste«, womit man auf die ewige Gala des Männchens anspielte.) »Willst du kaufen, Bes-em-heb? Wie er die Beine unter die Arme nimmt! Lauf, Schepses-Bes!« (das hieß »herrlicher Bes«, »Pracht-Bes«). »Laufe und kaufe, doch erst verschnaufe! Kauf dir eine Sandale, Wezir, und mach Rinderbeinchen darunter, dann hast du ein Bett, darin du dich ausstrecken kannst, aber einen Tritt mußt du ansetzen zum Einsteigen!«

So riefen sie ihm zu, und anlangend erwiderte er asthmatisch, mit seiner Grillenstimme, die wie aus einiger Ferne kam:

»Versucht ihr's mit Witzen, ihr Ausgedehnten? Und gelingt es euch schon recht leidlich damit nach euerer Meinung? Der Wezir aber muß gähnen dabei – huh, huh –, denn ihn dünkt langweilig euer Witz, wie's die Welt tut, auf die ein Gott ihn gesetzt hat und in der alles für Riesen gemacht ist, die Waren, der Witz und die Weile. Denn wäre die Welt nach seinem Maße gemacht und ihm zur Heimat, so wäre sie kurzweilig auch, und man müßte nicht gähnen. Hurtige Jährlein und Doppelstündlein gäbe es dann und flinke Nachtwachen. Pick, pick, pick eilte das Herz, und flugs wär' es abgelaufen, so daß geschwinde wechselten die Geschlechter der Menschen – kaum hätte eines Frist, einen guten Spaß zu machen auf Erden, so wär's schon dahin und ein anderes am Lichte. Lustig wäre das kleine Leben. So aber ist der Zwerg gesetzt ins Ausgedehnte und muß gähnen. Ich will eure ungeschlachten Waren nicht kaufen, und euren vierschrötigen Witz nehm' ich auch nicht geschenkt. Ich will nur sehen, was es Neues gibt in der Riesenweile auf unserem Hof – fremde Männer, Männer des Elends, Sandmänner und wilde Nomaden, in Kleidern, wie der Mensch sie nicht trägt ... Pfui!« unterbrach er plötzlich sein Zirpen, und sein Gnomengesicht zog sich in knittrigem Ärger zusammen. Er hatte Dûdu bemerkt, seinen Mitzwerg, der vor dem sitzenden Alten stand und Vollwertiges forderte, indem er mit den Stummelärmchen gestikulierte.

»Pfui!« sagte der sogenannte Wezir. »Da ist der Gevatter, der Ehrenwerte! Muß mir der Kerl aufstoßen, da ich meine Neubegier stillen will – wie unangenehm! Schon steht er da, der Herr Kleiderbewahrer, ist mir zuvorgekommen und führt dumpfe Rede, höchst achtbar zu hören... Guten Morgen, Herr Dûdu!« zirpte er, indem er, der Knirps, sich neben den anderen stellte. »Recht guten Vormittag, Euer Stattlichkeit, und jederlei Hochachtung vor Eurer kernhaften Person! Darf man sich allenfalls nach dem Befinden Frau Zesets erkundigen, die den Arm um Euch schlingt, sowie nach dem der überragenden Sprossen, Esesi und Ebebi, der Herzigen –?«

Sehr abschätzig wandte Dûdu den Kopf nach ihm über die

Schulter, ohne ihn scheinbar recht mit dem Blicke zu finden, vielmehr ließ er seine Augen irgendwohin vor den Füßen des anderen zu Boden gehen.

»Du Maus«, sagte er, indem er den Kopf gleichsam über ihn schüttelte und die Unterlippe einzog, so daß die obere darüber stand wie ein Dach. »Was krabbelst und pfeifst du? Ich achte dich nicht mehr als einen Taschenkrebs oder als eine taube Nuß, aus der nur ein Dämpflein stäubt, so achte ich dich. Wie magst du nach meinem Weibe Zeset fragen und verbirgst auch noch heimlichen Spott in deiner Erkundigung nach ihr und nach meinen aufstrebenden Kindern, Esesi und Ebebi? Sie kommt dir nicht zu, die Nachforschung, weil sie nicht deine Sache ist, dir auch nicht ziemt, gebührt oder ansteht, du Wurstl und Bruchstück ...«

»Sehe doch einer an!« erwiderte der, den sie »Schepses-Bes« gerufen hatten, und sein Mienchen zerknitterte sich noch mehr. »Willst du dich über mich erheben, wer weiß wie hoch, und läßt deine Stimme wie aus einer Tonne kommen vor Ehrpußlichkeit, da du doch selbst über keinen Maulwurfshügel gucken kannst und bist deiner Brut nicht gewachsen, geschweige denn der, die den Arm um dich schlingt? Ein Zwerg bist du immerdar, vom Zwergengeschlechte, so achtbar du dich gebärdest, und verweisest es mir als Ungebühr, dich höflich nach deiner Familie zu fragen, weil's mir nicht zieme. Ei, aber dir ziemt es wohl und steht dir recht zu Figur, unter den Ausgewachsenen den Eheherrn und Nestvater zu spielen, und beweibst dich mit einer Vollwüchsigen und verleugnest die kleine Art ...«

Das Hofvolk lachte laut über die zankenden Männlein, deren wechselseitige Abneigung ihnen allen eine vertraute Quelle der Lustbarkeit zu sein schien, und trieb sie mit Dreinrufen recht zum Keifen an: »Gib's ihm, Wezir!« – »Tränk es ihm ein, Dûdu, Gatte der Zeset!« – Aber der, den sie »Bes-em-heb« gerufen hatten, hörte zu zanken auf und zeigte sich plötzlich unbeteiligt am Streite. Es war so, daß er neben dem Verhaßten stand und dieser vor dem sitzenden Alten. Aber neben diesem stand Joseph, so daß Bes sich dem Sohne der Rahel gegenüber befand; und da er seiner gewahr wurde, ließ er die Rede fallen und betrachtete ihn unverwandt, indes sein ältliches Heinzelgesicht, das eben noch voll kleinen Ärgers gewesen, sich glättete und einen Ausdruck selbstvergessenen Forschens gewann. Der Mund blieb ihm offen, und wo die Brauen hätten sein sollen (aber er hatte keine), die Gegenden standen ihm hoch in der Stirne. Dieser Art sah er zu dem jungen Chabiren empor, und übrigens tat das Äffchen auf seiner Schulter es ihm gleich im gefesselten Schauen: weit vorgeschobenen Halses, mit weit und grell aufgerissenen Augen, starrte auch dieses hinauf in das Gesicht des Abramsenkels.

Joseph ließ sich die Prüfung gefallen. Lächelnd erwiderte er den Aufblick des Gnomen, und so verharrten sie, während der ernsthafte Zwerg, Dûdu, seine fordernde Rede gegen den Alten fortführte und auch die Aufmerksamkeit der anderen Hofleute den fremden Männern und Waren wieder zugewandt war.

Endlich sagte das Männchen mit seinem sonderbar fernklingenden Stimmchen und deutete sich mit dem Zwergenfinger auf die Brust:

»Se'ench-Wen-nofre-Neteruhotpe-em-per-Amun.«

»Wie meint Ihr?« fragte Joseph ...

Der Zwerg ließ seinen Spruch noch einmal hören, indem er fortfuhr sich vor die Brust zu weisen. »Name!« erklärte er. »Des Kleinen Name. Nicht Wezir. Nicht Schepses-Bes. Se'ench-Wennofre ...« Und er wisperte die Phrase zum drittenmal, seinen Vollnamen, ebenso lang und prächtig, wie er selber nichtig war von Person. Sein Sinn war: »Es erhalte das gütige Wesen« (nämlich Osiris) »den Götterliebling« (oder den Gottlieb) »im Hause des Amun am Leben«; und Joseph verstand es auch.

»Ein schöner Name!« sagte er.

»Ja, schön, doch nicht wahr«, raunte der Kleine von fern. »Ich nicht wohlgefällig, ich nicht Gottlieb, ich nur ein Lurch. Du wohlgefällig, du Neteruhotpe, so ist's schön und wahr.«

»Woher wißt Ihr denn das?« fragte Joseph lächelnd.

»Sehen!« kam es wie von unter der Erde. »Deutlich sehen!« Und er führte das Fingerchen an seine Augen. »Klug«, setzte er hinzu. »Klein und klug. Du nicht von den Kleinen, aber auch klug. Gut, schön und klug. Gehörst du jenem?« Und er deutete auf den Alten, der mit Dûdu verhandelte.

»Ich gehöre ihm«, sagte Joseph.

»Von Kindesbeinen?«

»Ich wurde ihm geboren.«

»So ist er dein Vater?«

»Ein Vater ist er mir.«

»Wie heißest du?«

Joseph antwortete nicht sogleich. Er schickte der Antwort ein Lächeln voran.

»Osarsiph«, sagte er.

Der Zwerg blinzelte. Er bedachte den Namen.

»Bist du vom Schilfe gebürtig?« fragte er. »Bist du ein Usir in den Binsen? Hat dich die herumirrende Mutter im Feuchten gefunden?«

Joseph schwieg. Der Kleine fuhr fort zu blinzeln.

»Mont-kaw kommt!« hieß es da unter den Hofleuten, und sie fingen an, sich von hier zu verdrücken, damit Der über dem Hause sie nicht beim Gaffen und Feiern beträfe. Man sah ihn, wenn man zwischen Herren- und Frauenhaus hindurch in die Gegend des Hofes blickte, die vor den im nordwestlichen Winkel des Anwesens gelegenen Baulichkeiten offenlag: Dort ging und stand er, ein älterer, schön weiß gekleideter Mann, begleitet von einigen Schreibsklaven, die sich um ihn bückten und, Rohrfedern hinter den Ohren, seine Worte auf ihre Tafeln schrieben.

Er näherte sich. Das Hofvolk hatte sich zerstreut. Der Alte war aufgestanden. Doch unter diesen Bewegungen vernahm Joseph das gleichsam von unter dem Boden heraufwispernde Stimmchen:

»Bleib bei uns, junger Sandmann!«

Mont-kaw

Der Vorsteher war vor das offene Tor in der Zinnenmauer des Haupthauses gelangt. Diesem halb schon zugewandt, blickte er über die Schulter nach der Gruppe der Fremden, dem aufgeschlagenen Warenlager.

»Was ist das?« fragte er ziemlich unwirsch. »Was für Männer?«

Wie es schien, hatte er die erstattete Meldung über anderen Geschäften vergessen, und wenig halfen die Reverenzen, in denen der Alte sich aus dem Abstande gegen ihn erging. Ein Schreiber erinnerte ihn, indem er auf seine Tafel deutete, auf der er offenbar den Zwischenfall schon verzeichnet hatte.

»Ja, so, die Reisehändler aus Ma'on oder von Mosar«, sagte der Hausmeier. »Gut, gut, aber ich habe keinen Mangel, außer an Zeit, und die haben sie nicht zu verkaufen!« Und er ging auf den Alten zu, der ihm geschäftig entgegenkam. »Nun, Alter, wie geht's, nachdem sich die Tage vervielfacht?« fragte Mont-kaw. »Sieht man dich auch einmal wieder vorm Hause mit deinem Kram, daß du uns damit bemogelst?«

Sie lachten. Beide hatten in ihren Mündern nur noch die unteren Eckzähne, die einsam wie Pfosten ragten. Der Vorsteher war ein kräftig untersetzter Mann von fünfzig, mit ausdrucksvollem Haupt und dem entschiedenen Gebahren, das seine Stellung mit sich brachte, gemildert durch Wohlwollen. Sehr stark ausgebildete Tränensäcke waren unter seinen Augen und bedrängten sie von unten, so daß sie verschwollen und klein, fast als Schlitzaugen erschienen, von starken und noch ganz schwarzen Brauen überspannt. Tiefe Furchen gingen von seiner wohlgeformten, wenn auch breitgelagerten Nase zum Munde hinab, zu seiten der gewölbten und, wie die Wangen, glänzend rasierten Oberlippe, die sie stark aus dem Antlitz hervorhoben. Am Kinn saß ein grau gesprenkelter Knebelbart. Das Haar war schon weit von der Stirn und über den Schädel zurückgewichen, aber am Hinterhaupt von dichter Masse und stand ihm fächerförmig hinter den Ohren, die Goldringe trugen. Etwas erbschlau Bäuerliches und wieder humoristisch Schiffsmannsmäßiges war in Mont-kaws Physiognomie, deren dunkel rotbraune Tönung kräftig gegen das Blütenweiß seiner Kleidung abstach – dieses unnachahmlichen ägyptischen Leinens, das sich so köstlich fälteln ließ, wie das unter dem Nabel ansetzende und auseinanderstrebend weit herabhängende, aber nicht ganz bis zum Saume reichende Vorderblatt seines fußlangen Schurzrockes gefältelt war. Auch die weiten halblangen Ärmel des in den Schurz geschobenen Leibstückes waren in feine Querfalten gepreßt. Die muskulösen Formen seines Oberkörpers schimmerten mitsamt der Leibesbehaarung durch den Batist.

Zu ihm und dem Alten hatte Dûdu, der Zwerg, sich gesellt; denn die beiden Unterwüchsigen hatten sich die Freiheit genommen, zu bleiben. Mit den Stummeln rudernd war Dûdu wichtig herangekommen.

»Ich fürchte, Vorsteher, du vergeudest deine Zeit an diese Leute«, sagte er mit ebenbürtigem Gehaben, wenn auch sehr von unten. »Ich habe das Ausgebreitete überprüft. Ich sehe Plunder, ich sehe Tand. Was fehlt, ist das Höherwertige und Ernstzunehmende, das sich schickte für des sehr Erhabenen Hof und Haus. Du wirst dir kaum seinen Dank erwerben, indem du etwas erwirbst von diesem Bettel.«

Der Alte war betrübt. Mimisch gab er zu verstehen, daß es

ihm leid sei um die freundschaftliche und vielversprechende Heiterkeit, die des Vorstehers Begrüßungsworte erregt hatten und die durch Dûdu's Strenge zerstört worden war.

»Aber ich habe schätzbare Schätze!« sagte er. »Schätzbar, mag sein, nicht für euch Hochbeamtete oder gar für den Herrn, ich will's nicht gesagt haben. Aber wieviel Dienervolk ist nicht auf dem Hof, als da sind Bäcker, Bratköche, Gartenbewässerer, Läufer, Wächter und Wandsteher – zahlreich wie der Sand, wiewohl immer so viele noch nicht, daß ihrer genug oder gar zu viele wären für einen so Großen wie Gnaden Peteprê, Pharao's Freund, und man sie nicht immer noch vermehren könnte um einen oder den anderen Wohlschaffenen und Gewandten, sei es ein Inländer oder Ausländer, wenn er nur brauchig ist. Aber was schweife ich ab und plaudere, statt nur einfach zu sagen: für die Vielen und ihren Bedarf kommst du auf als ihr Haupt, großer Meier, und dir dabei zur Hand zu gehen, ist des alten Minäers Sache, des Wanderhändlers, mit seinen vielbeförderten Schätzen. Sieh diese irdenen Lampen an, schön bemalt, von Gilead überm Jordan – sie kosten mich wenig, sollt' ich sie also hoch veranschlagen vor dir, meinem Gönner? Nimm einige davon geschenkt und laß mich deine Huld dafür sehen, so bin ich reich! Andererseits diese Krüklein mit Augenschminke nebst Zänglein und Löffeln aus Kuhhorn – ihr Wert ist nennenswert, ihr Preis aber nicht. Hier sind Hacken, ein unentbehrliches Werkzeug: ich gebe das Stück für zwei Töpfe Honig. Kostbarer schon ist dieser Säckchen Inhalt, denn es sind Askalunzwiebeln darin, von Askaluna, selten und schwer zu gewinnen, die alle Speisen würzen mit säuerlichstem Wohlgeschmack. Aber der Wein dieser Krüge ist achtmal guter Wein von Chazati im Land der Fenechier, wie es geschrieben steht. Siehe, ich staffele meine Angebote, ich steige vom Minderen zum Vorzüglichen auf und von ihm zum Erlesenen, das ist meine überlegte Gepflogenheit. Denn die Balsame hier und Weihrauchharze, der Bocksdorngummi, das bräunliche Labdanum, sie sind der Stolz meines Handels und sind meines Hauses erklärte Leibartikel. Wir sind berühmt dafür in der Welt und beschrien zwischen den Strömen, daß wir in Schwitzwaren stärker sind als irgendein Kaufmann, sei es ein ziehender oder sitzender, ein Mann des Gewölbes. ›Das sind die Ismaeliter von Midian‹, heißt es von uns, ›die tragen Würze, Balsam und Myrrhe von Gilead hinab gen Ägypten.‹ So ist es im Munde der Leute – gerade als ob wir nicht noch ganz anderes trügen und führten, wie es sich trifft und findet, Totes und Lebendes, das Geschaffene oder auch wohl das Geschöpf, also daß wir die Männer sind, ein Haus nicht nur zu versorgen, sondern auch zu vermehren. Aber ich schweige.«

»Was, du schweigst?« verwunderte sich der Verwalter. »Bist du krank? Wenn du schweigst, so kenn' ich dich nicht, sondern nur, wenn dir die Rede in sanftem Schwatz überm Bärtchen hervorgeht – ich hab's noch im Ohre vom vorigen Male und erkenn' dich dran wieder.«

»Ist nicht«, versetzte der Alte, »die Rede des Menschen Ehre? Wer seine Worte wohl zu setzen weiß und hat Ausdrucksform, dem nicken Götter und Menschen Beifall, und er findet geneigte Ohren. Aber dein Diener ist wenig gesegnet mit Ausdrucksform und nicht Herr des Sprachschatzes, ich sage es offen, also daß er durch Beharrlichkeit der Rede ersetzen muß und ihren Dauerfluß, was ihr abgeht an schöner Gewähltheit. Denn der Handelsmann muß in der Rede wohl fertig sein, und seine Zunge muß wissen sich einzuschmeicheln beim Kunden, sonst gewinnt er sein Leben nicht und bringt nicht an den Mann seine Siebensachen ...«

»Sechse«, hörte man da das wispernde Stimmchen des Wichtels Gottlieb wie von fern, obgleich er ganz nahe stand, »sechs Sachen, Alter, hast du angeboten: Lampen, Salbe, Hacken, Zwiebeln, Myrrhen und Wein. Wo ist die siebente?«

Der Ismaeliter legte die Linke als Muschel ans Ohr und die Rechte suchend über die Augen.

»Welches war«, fragte er, »die Anmerkung dieses mittelgroßen, festlich gekleideten Herrn?«

Von den Seinen einer verdeutlichte ihm den Einwurf.

»Ei«, erwiderte er darauf, »auch die siebente findet sich wohl noch unter alldem, was wir über die Myrrhen hinaus, die im Munde der Leute sind, hinab gen Ägypten geführt haben, und auch für sie will ich meine Zunge wohl laufen lassen, mit Beharrlichkeit, wenn schon nicht mit Gewähltheit, daß ich die Ware an den Mann bringe und an das Haus und die Ismaeliter aus Midian sich einen Namen machen um dessentwillen, was alles sie gen Ägypten tragen und führen.«

»Seid so gut!« sagte da aber der Vorsteher. »Meint ihr, ich kann hier stehen und euch schwatzen hören die Tage des Rê? Er ist schon fast in seinem Mittag, erbarmt euch! Jeden Augenblick kann der Herr heimkehren aus dem Westen und wieder da sein aus dem Palaste. Soll ich's dem Gesinde anheimgeben und mich weiter nicht danach umtun, ob alles seine Richtigkeit habe im Speisegemach mit den gebratenen Enten, den Kuchen, den Blumen und der Herr sein Mahl finde, wie er's gewohnt ist, nebst der Herrin und den heiligen Eltern vom Oberstock? Macht fort oder macht euch fort! Ich muß ins Haus. Alter, ich kann dich schlecht brauchen mit deinen Siebensachen, sehr schlecht, um offen zu sein –«

»Denn sie sind eines Bettlers Bettel«, flocht Dûdu, der Ehezwerg, ein.

Der Verwalter blickte flüchtig auf den Gestrengen hinab.

»Du aber brauchst Honig, wie mir schien«, sagte er zum Alten. »Also, ich gebe dir ein paar Töpfe von unserem gegen zwei solche Hacken, um dich nicht zu kränken noch deine Götter. Gib mir ferner fünf Sack von den Würzzwiebeln da, in des Verborgenen Namen, und fünf Gemäße von deinem Fenechierwein, im Namen der Mutter und des Sohnes! ... Wie berechnest du das? Aber nenne nicht erst den dreifachen Preis, als Umstandskrämer, daß wir uns niederlassen und feilschen, sondern höchstens den doppelten, daß wir rascher auf den gerechten kommen und ich kann ins Haus. Ich gebe dir Schreibpapier dafür im Truck und von dem Leinen des Hauses. Wenn du willst, kannst du auch Bier und Brote haben. Nur mach, daß ich fortkomme!«

»Du bist bedient«, sagte der Alte, indem er die Handwaage vom Gürtel löste. »Du bist auf Wink und Wort sofort und sonder Anstand bedient von deinem Diener. Was sage ich: sonder Anstand! Mit Anstand natürlich, doch sonder Anständé! Müßte ich nicht leben, die Sachen wären dein ohne Preis. So aber mache ich dir einen, daß ich zwar knapp lebe, aber mich gerade noch deinen Diensten erhalte, denn das ist die Hauptsache. – Heda!« sagte er über die Schulter gegen Joseph hin. »Nimm die Warenliste, die du gemacht hast, die Dinge schwarz, Gewicht und Menge aber in Rot! Nimm und lies uns das Gewicht der Askalotten sowie des Weines, das ihr Preis ist, aber rechne ihn stehenden Fußes und aus dem Stegreif in des Landes Wertmaße um, in Deben und Lot, daß wir wissen, was die Sachen wert sind in Pfunden Kupfers und uns der hohe Meier für ebensoviel Kupfer vom Leinen und Schreibpapiere des Hauses spende! Ich aber will dir, mein Gönner, wenn du willst, die Güter noch einmal darwägen zur Probe und Prüfung.«

Joseph hielt die Rolle schon in Bereitschaft und trat damit vor, indem er sie entrollte. Neben ihm hielt sich Meister Gottlieb, der zwar bei weitem nicht in das Register zu blicken vermochte, aber aufmerksam zu den entrollenden Händen hinaufsah.

»Befiehlt mein Herr, daß sein Sklave den doppelten Preis nennt oder den gerechten?« fragte Joseph bescheiden.

»Den gerechten, versteht sich; was faselst du?« schalt der Alte.

»Aber der hohe Meier hat verordnet, daß du den doppelten nennst«, erwiderte Joseph mit dem anmutigsten Ernst. »Nenne ich nun den gerechten, so möchte er ihn für den doppelten halten und dir nur die Hälfte bieten – wie willst du dann leben? Besser wäre es, er hielte vielleicht den doppelten für den gerechten, und wenn er ihn auch noch etwas drückte, so lebtest du nicht allzu knapp.«

»He, he«, machte der Alte. »He, he«, wiederholte er und sah den Verwalter an, wie der das fände. Die Schreibdiener, mit den Binsen hinter den Ohren, lachten. Das Heinzel Gottlieb schlug sich sogar mit dem Händchen aufs Bein, das er emporzog, indem er auf dem anderen hüpfte. Sein Alraunengesicht war in tausend Fältchen zwergischen Vergnügens zerknittert. Dûdu freilich, sein Bruder im Untermaß, schob das Dach seiner Lippe nur noch würdiger vor und schüttelte das Haupt.

Was Mont-kaw betraf, so hatte er den klugen jungen Registerträger, dem er bisher begreiflicherweise noch keine Aufmerksamkeit geschenkt, mit einer Verwunderung ins Auge gefaßt, die sich rasch zur Betroffenheit verstärkte und schon nach kurzer Dauer eine vom Namen der Verwunderung nur wenig verschiedene, aber ungleich tiefer lautende Bezeichnung verdient hätte. Es ist möglich – wir wollen nur eine Vermutung blicken lassen, keine Behauptung wagen –, daß in diesem Augenblick, an dem vieles hing, der planende Gott seiner Väter ein übriges für Joseph tat und ein Licht auf ihn fallen ließ, geeignet, im Herzen des Anschauenden das Zweckdienliche hervorzurufen. Derjenige, von dem die Rede ist, hat uns Gesicht, Gehör und alle Sinne zwar zu unserer eigenen Lebenslust frei vermacht; mit dem Reservate jedoch, sich ihrer auch wohl als Mittel und Eingangspforten seiner Absichten und zur Beeinflussung unseres Gemütes im Sinne mehr oder weniger weittragender Anschläge zu bedienen – daher unser Anheimgeben, das wir aber zurückzuziehen bereit sind, wenn seine Übernatürlichkeit dieser natürlichen Geschichte nicht angemessen erscheinen sollte.

Natürliche und nüchterne Deutungen sind hier besonders am Platze, denn Mont-kaw selbst war ein nüchterner und natürlicher Mann und dazu einer Welt angehörig, die schon weitab lag von solchen, denen die Vorstellung, unverhofft, am hellen Tage und sozusagen auf der Straße einem Gotte zu begegnen, etwas ganz Geläufiges gewesen war. Näher als die unsrige stand seine Welt immerhin solchen Möglichkeiten und Gewärtigungen, mochten sie sich auch schon ins nur noch Halb und Halbe, nicht mehr ganz Eindeutige, Eigentliche und Wörtliche zurückgezogen haben. Es geschah, daß er den Sohn der Rahel erblickte und sah, daß er schön war. Die Idee des Schönen aber, die sich ihm gesichtsweise aufdrängte und sein Bewußtsein mit Beschlag belegte, hing denkgesetzlich für ihn mit der Vorstellung des Mondes zusammen, der seinerseits das Gestirn Djehuti's von Chmunu, die Himmelserscheinung Thots, des Meisters von Maß und Ordnung, des Weisen, des Zauberers und des Schreibers war. Nun stand da Joseph vor ihm, eine Schriftrolle in der Hand, und sprach für einen Sklaven, auch selbst für einen Schreibersklaven, recht schalkhaft spitzfindige und kluge Worte – das fügte sich beunruhigend in die Gedankenverbindung. Der junge Bedu und Asiat hatte keinen Ibiskopf auf den Schultern und war also selbstverständlich ein Mensch, kein Gott, nicht Thot von Chmunu. Aber er hatte gedanklich mit ihm zu tun und erschien zweideutig, wie gewisse Worte es sind, zum Beispiel das Eigenschaftswort »göttlich«: diese Ableitung, die gegen das hehre Hauptwort, von dem sie stammt, zwar auch eine gewisse Abschwächung bedeutet, nicht seine ganze Wirklichkeit und Majestät beinhalten, sondern nur daran erinnern will und sich auf diese Weise halb im Uneigentlichen und Übertragenen hält, aber, schwankenden Sinnes, auch wieder Eigentlichkeit beansprucht, insofern »göttlich« das Wahrnehmbar-Eigenschaftliche, die Erscheinungsform also des Gottes besagt.

Dergleichen Zweideutigkeiten ereigneten sich in dem Hausvorsteher Mont-kaw während seines ersten Blickes auf Joseph und erregten seine Aufmerksamkeit. Es war etwas Wiederkehrendes, was sich da abspielte. Schon in anderen hatte es sich so oder ähnlich ereignet und sollte in wieder anderen sich ereignen. Man muß nicht glauben, daß es den Betroffenen sehr heftig bewegte. Was er dabei empfand, war nicht wesentlich mehr, als was wir in den Ausruf »Teufel auch!« zusammenfassen würden. Er sagte das nicht. Er fragte:

»Was ist denn das?«

»Was« sagte er aus Geringschätzung und Vorsicht und erleichterte damit dem Alten die Antwort.

»Das«, entgegnete dieser schmunzelnd, »ist die Siebente Sache.«

»Es ist eine wilde Gewohnheit«, versetzte der Ägypter, »in Rätseln zu reden.«

»Liebt mein Gönner die Rätsel nicht?« erwiderte der Alte. »Schade darum! Ich wüßte solcher noch mehr. Aber dies ist ganz einfach: Man hat mich bedeutet, meiner Sachen und Angebote seien nur sechs gewesen und nicht sieben, wie ich mich wohl gerühmt hätte und wie es auch schöner ist. Nun, dieses Stück Sklave hier, der mein Register führt, ist die siebente, ein kenanitischer Jüngling, den ich nebst meinen vielberufenen Myrrhen herab nach Ägypten geführt habe und der mir feil ist. Nicht unbedingt ist er es mir und nicht, weil er mir nicht taugte. Er kann backen und schreiben und hat einen hellen Kopf. Doch für ein wertes Haus, ein Haus wie deines, kurzum: für dich ist er mir feil, wenn du ihn mir vergüten willst, daß ich auch nur knapp das Leben habe. Denn ich gönne ihm eine gute Unterkunft.«

»Wir sind komplett!« erklärte der Vorsteher kopfschüttelnd

mit einer gewissen Hast. Denn er war nicht fürs Zweideutige weder im üblen, noch sogar auch im höheren Sinne und sprach wie ein praktischer Mann, der den ihm unterstellten Geschäftsbereich, nüchtern wie er ist, gegen das Eindringen des Ordnungswidrigen und Höheren, des »Göttlichen« sozusagen, in Schutz zu nehmen wünscht.

»Bei uns gibt es keine Vakanz«, sagte er, »und das Haus ist vollzählig. Wir brauchen keinen Bäcker noch einen Schreiber noch helle Köpfe, denn mein Kopf ist hell genug für das Haus, um es in Ordnung zu halten. Nimm deine siebente Sache wieder mit auf den Weg und laß sie dir frommen!«

»Denn ein Bettel ist sie und ein Bettler und eines Bettlers Bettel!« setzte Dûdu, Gatte der Zeset, gravitätisch hinzu. Aber ein anderes Stimmchen antwortete seiner dumpfen: das Grillenstimmchen Gottliebs, des Närrchens, das wisperte:

»Die siebente Sache ist die beste. Erwirb sie, Mont-kaw!«

Der Alte fing wieder an:

»Je heller der eigene Kopf, desto ärgerlicher die Dunkelheit der anderen, denn er leidet Ungeduld um ihretwillen. Ein heller Oberkopf braucht helle Unterköpfe. Diesen Diener habe ich deinem Hause schon zugedacht, als noch große Mengen Raum und Zeit lagen zwischen mir und dir, und ihn vor dein Haus herabgeführt, um dir ein Vorzugs- und Freundesangebot mit dem Stücke zu machen. Denn der Jüngling ist hell und beredt, daß es eine Annehmlichkeit ist, und hebt dir Zierlichkeiten aus dem Sprachschatz, daß es dich kitzelt. Dreihundertsechzigmal im Jahr sagt er dir in verschiedener Ausdrucksform gute Nacht und weiß auch noch für die fünf Übertage was Neues. Sagt er aber nur zweimal dasselbe, so magst du ihn mir zurückgeben gegen Erstattung der Kaufsumme.«

»Höre, Alter!« erwiderte der Vorsteher. »Alles gut. Aber da wir von Ungeduld sprechen – mit meiner Geduld bin ich nun so ziemlich am Rande. Ich finde mich gutmütig bereit, dir ein paar Kinkerlitzen abzunehmen von deinem Kram, die ich gar nicht benötige, nur, um deine Götter nicht vor den Kopf zu stoßen und um endlich ins Haus zu können, – und sogleich willst du mir einen Gutenachtsage-Sklaven aufschwatzen und tust, als sei er dem Hause des Peteprê bestimmt seit der Gründung des Landes.«

Hier ließ Dûdu, der Kleiderwart, von unten ein sehr vollwertiges Spottgelächter hören, welches »Hoho!« lautete; und der Vorsteher warf einen raschen, ärgerlichen Blick zu ihm hinab.

»Woher hast du es denn, dein Stück Wohlredenheit?« fuhr er fort und streckte gleichzeitig, ohne hinzusehen, die Hand nach der Schreibrolle aus, die Joseph, herantretend, ihm artig überreichte. Mont-kaw rollte sie auf und hielt sie sich in großer Entfernung vor die Augen, da er schon stark übersichtig war. Unterdessen erwiderte der Alte:

»Es ist, wie ich sagte. Schade darum, daß mein Gönner die Rätsel nicht liebt. Ich wüßte ihm eines zur Antwort, woher ich den Knaben habe.«

»Ein Rätsel?« wiederholte der Vorsteher zerstreut, denn er betrachtete das Register.

»Rate es, wenn's gefällig ist!« sagte der Alte. »Was ist das? ›Eine dürre Mutter gebar ihn mir.‹ Kannst du das lösen?«

»Schrieb er das also?« fragte Mont-kaw in Betrachtung. »Hm – tritt zurück du! Es ist mit Frömmigkeit und Genuß vollzogen und mit Schmucksinn verrichtet, das will ich nicht abstreiten. Es könnte wohl ein Stück Wand zieren und taugte zur Inschrift. Ob es außerdem Hand und Fuß hat, kann ich nicht wissen, denn es ist Kauderwelsch. – Dürr?« fragte er, denn mit halbem Ohr hatte er des Alten Worte gehört. »Dürre Mutter? Was redest du? Ein Weib ist dürr, oder es gebiert. Was soll ich mit beiden auf einmal?«

»Es ist ein Rätsel, Herr«, erläuterte der Alte. »Ich war so frei, die Antwort in das Gewand eines Scherzrätsels zu kleiden. Gefällt es dir, so gebe ich die Lösung. Weit von hier stieß ich auf einen dürren Brunnen, woraus es wimmerte. Da zog ich diesen zu Tage, der drei Tage im Bauche gewesen war, und gab ihm Milch ein. So ward mir der Brunnen zu einer Mutter und war dürr.«

»Nun«, sagte der Vorsteher, »es geht an mit deinem Rätsel. Aus vollem Halse lachen kann man nicht wohl darüber. Wenn man lächelt, so ist es schon pure Höflichkeit.«

»Vielleicht«, versetzte der Alte still-empfindlich, »würdest du es scherzhafter finden, wenn du es selbst gelöst hättest.«

»Löse du mir«, gab der Meier zurück, »ein anderes Rätsel, das viel schwieriger ist, nämlich daß und warum ich noch immer hier stehe und mit dir schwatze! Löse es mir besser, als du das deine gelöst hast, denn meines Wissens gibt es keine Unholde, die in Brunnen zeugen, so daß diese gebären. Wie kam also das Kind in den Bauch und der Sklave in den Brunnen?«

»Harte Herren und Vorbesitzer, von denen ich ihn kaufte«, sagte der Alte, »hatten ihn hineingeworfen um vergleichsweise geringer Fehler willen, die seinen Sachwert nicht mindern, denn nur auf Weisheitsdinge bezogen sie sich und feine Unterscheidungen, wie die zwischen ›Aufdaß‹ und ›Sodaß‹ – es ist nicht der Rede wert. Ich aber erstand ihn, weil ich's hier gleich zwischen den schätzenden Fingern hatte, daß der Bursche fein ist nach Faser und Maser, der Dunkelheit seiner Herkunft ungeachtet. Auch hat er seine Fehler bereut im Brunnen, und hat die Strafe ihn derart davon gesäubert, daß er mir ein vollwertiger Diener war und kann nicht nur reden und schreiben, sondern auch Fladen auf Steinen rösten von ungewöhnlichem Wohlgeschmack. Man soll das Seine nicht rühmen und es den andern anheimgeben, es außergewöhnlich zu nennen; aber für den Verstand und die Anstelligkeit dieses durch harte Strafe Gesäuberten gibt es im Sprachschatze nur dieses Wort: sie sind außergewöhnlich. Und da nun einmal dein Auge auf ihn gefallen ist und ich dir eine Sühne schulde für meine Torheit, dich mit Rätseln zu plagen, so nimm ihn zum Geschenk von mir für Peteprê und sein Haus, über das du gesetzt bist! Weiß ich doch wohl, daß du auf ein Gegengeschenk für mich denken wirst aus den Reichtümern Peteprês, auf daß und so daß ich lebe und auch zukünftig dein Haus versorgen kann und es sogar vermehren.«

Der Vorsteher sah Joseph an.

»Ist es wahr«, fragte er mit angemessener Barschheit, »daß du beredt bist und ergötzliche Sprüche zu sagen weißt?«

Jaakobs Sohn nahm all sein Ägyptisch zusammen.

»Dieners Rede ist keine Rede«, antwortete er mit einem Wort des Volkes. »Daß der Geringe verstumme, wenn Große sich besprechen, ist der Anfang jeder Buchrolle. Auch ist mein Name, mit dem ich mich nenne, ein Name des Schweigens.«

»Wieso! Wie heißt du denn?«

Joseph zögerte. Dann schlug er die Augen auf.

»Osarsiph«, sagte er.

»Osarsiph?« wiederholte Mont-kaw. »Den Namen kenne ich nicht. Er ist zwar nicht fremd, und man kann ihn verstehen, da der von Abôdu darin vorkommt, der Herr des ewigen Schweigens. Doch ist er auch wieder nicht landesbräuchlich, und man heißt nicht so in Ägypten, weder jetzt, noch tat man es unter früheren Königen. Hast du nun aber auch einen Schweigenamen, Osarsiph, so sagte doch dein Herr, daß du angenehme Wünsche sprechen kannst und weißt verschiedentlich gute Nacht zu sagen am Tagesende. Nun, auch ich gehe schlafen heute Abend und kauere mich auf mein Bett im Sondergemach des Vertrauens. Wie sagst du zu mir?«

»Ruhe sanft«, antwortete Joseph mit Innigkeit, »nach des Tages Mühsal! Mögen deine Sohlen, die versengt sind von der Glut seines Pfades, selig hinwandeln auf den Moosen des Friedens und deine ermattete Zunge geletzt werden von den murmelnden Quellen der Nacht!«

»Na, das ist ja allerdings rührend«, sagte der Vorsteher und bekam Tränen in die Augen. Er nickte dem Alten zu, der ebenfalls nickte und sich schmunzelnd die Hände rieb. »Wenn man Plage hat in der Welt, wie ich, und fühlt sich zuweilen auch nicht ganz extra, weil einen die Niere drückt, dann rührt einen das geradezu. Können wir denn«, wandte er sich zurück an seine Schreiber, »im Namen des Set einen Jungsklaven brauchen – allenfalls einen Lampenanzünder oder Bodenbesprenger? Was meinst du, Cha'ma't?« sagte er zu einem Langen mit vorfallenden Schultern und mehreren Rohren hinter jedem Ohr. »Brauchen wir einen?«

Die Schreiber gebärdeten sich unentschieden und bezweifelten das Ja und das Nein, indem sie die Münder vorschoben, die Köpfe zwischen die Schultern zogen und mit den Händen halbhoch in die Luft fuhren.

»Was ist ›brauchen‹?« antwortete der Cha'ma't genannte. »Ist ›brauchen‹: ›ermangeln und nicht missen können‹ – dann nicht. Zu brauchen aber ist auch das Entbehrliche. Es käme auf den Preis an fürs Angebot. Will dir der Wilde einen Schreibsklaven verkaufen, so verjage ihn, denn Schreiber sind wir genug und brauchen weder einen, noch können wir einen brauchen. Bietet er dir aber einen Niedrigen für die Hunde oder das Badezimmer, so laß ihn seinen Preis dafür machen.«

»Also, Alter«, sagte der Vorsteher, »beeile dich! Was willst du haben für deinen Brunnensohn?«

»Er ist der Deine!« erwiderte der Ismaelit. »Da wir überhaupt auf ihn zu sprechen gekommen und du fragst mich nach ihm, gehört er schon dir. Wahrlich, es schickt sich nicht, daß ich den Wert des Gegengeschenkes bestimme, das du mir, wie es scheint, zu reichen beabsichtigst. Aber da du befiehlst – der Pavian sitzt neben der Waage! Wer da Maß und Gewicht verletzt, wird überführt durch die Macht des Mondes! Zweihundert Deben Kupfers, so muß man den Wert des Dieners schätzen nach seinen außergewöhnlichen Eigenschaften. Die Zwiebelchen aber und den Wein von Chazati bekommst du in einem damit als Dreingabe und Zuwaage der Freundschaft.«

Der Preis war gepfeffert, zumal da der Alte sehr recht getan, den wildwüchsigen Askalotten und dem stark populären Fenechierwein den Charakter der Zuwaage zu geben und eigentlich die ganze Forderung auf den Jungsklaven Osarsiph zu rechnen war, – eine dreiste Bewertung, selbst zugegeben, daß von den Siebensachen der Reisehändler, die berühmten Myrrhen nicht ausgenommen, nur diese eine den Transport nach Ägypten lohnte, ja, dann selbst, wenn man die Dinge unter dem Gesichtswinkel betrachtet, daß der ganze Handel der Ismaeliter nur eine Zugabe war und ihr alleiniger Lebenssinn darin bestand, daß sie den Knaben Joseph hinab nach Ägypten brächten, damit sich die Pläne erfüllten. Man wagt nicht zu unterstellen, daß irgendein Anflug der Ahnung solcher Bewandtnis die Seele des alten Minäers berührt hatte; dem Vorsteher Mont-kaw jedenfalls lag solche Auffassung weltenfern, und es ist anzunehmen, daß er selbst gegen die Überforderung protestiert haben würde, wenn nicht Ehren-Dûdu, der Kleinmann, sich eingemischt hätte und ihm zuvorgekommen wäre. Vollwertig ging ihm die Verwahrung unterm Dache der Oberlippe hervor, und seine Händchen am Ende der Stummelarme gestikulierten vor seiner Brust.

»Das ist lächerlich!« sagte er. »Das ist hochgradig und unleidlich lächerlich, Vorsteher; wende dich zornig ab! Es ist unverschämt von diesem alten Gaudiebe, dir von Freundschaft zu reden, als ob es dergleichen geben könnte zwischen dir: einem ägyptischen Manne, der da den Gütern vorsteht eines Großen, und ihm, dem Wilden des Sandes! Mit seinem Handel aber ist es ein Leim und ist ein Falleisen, denn soviel wie zweihundert Kupferdeben will er dir abnehmen für den Tölpel hier« – und er fuhr mit dem flachen Händchen zu Joseph hinauf, neben dem er Posto gefaßt hatte –, »für solche Rotznase der Wüste und für eine verdächtige Bettelware. Denn das Stück ist mir äußerst verdächtig und kann zwar süßes Geschwätz geben von Moosen und Murmelquellen, aber wer weiß, um welcher untilgbarer Laster willen in Wahrheit er mit der Grube Bekanntschaft gemacht hat, aus der ihn der alte Schelm will gezogen haben. Meine Rede aber ist, daß du den Gimpel nicht kaufen sollst, und mein Rat, daß ich dir abrate, ihn zu erwerben für Peteprê, denn er wird dir's nicht danken.«

So Dûdu, der Vorsteher der Schmuckkästen. Aber nach seiner Stimme vernahm man ein Stimmchen wie das einer Grille aus dem Grase: die Stimme Gottliebchens im Festkleide, des »Wezirs«, der an Josephs anderer Seite stand – sie beide hatten ihn in die Mitte genommen.

»Kaufe, Mont-kaw!« wisperte er und stand auf den Zehen. »Kaufe den Sandknaben! Von allen Siebensachen kaufe nur ihn allein, denn er ist die beste! Traue dem Kleinen, der sieht! Gut, schön und klug ist der Osarsiph. Gesegnet ist er und wird dem Hause ein Segen sein. Nimm feinen Rat!«

»Nimm keinen unterwertigen Rat, sondern gediegenen!« rief der andre dagegen. »Wie will dieser Hutzel dir wohl gediegenen Rat erteilen, da er selbst nicht gediegen ist und nicht für voll zu nehmen, sondern eine Nuß voller Wind? Hat er doch kein Schwergewicht in der Welt und kein Bürgertum, sondern treibt obenauf wie ein Kork, der Springer und Juxer, – wie will er da vollgültig raten und urteilen in Dingen der Welt, über Waren und Menschen und Menschenware?«

»Ach, du ehrpußlichter Gauch, du ganz biderber!« schrie Bes-em-heb, und sein Gnomengesicht war in tausend Runzeln der Wut zerknittert. »Wie willst denn urteilen du und im geringsten noch feinen Rat geben, abtrünniger Wicht? Hast die kleine Weisheit vertan, da du verleugnet dein Zwergentum und dich mit einer Ausgedehnten beweibt, auch lattenlange Kinder ins Leben gesetzt, Esesi genannt und Ebebi, und spielst den Würdebold. Bist zwar ein Zwerg geblieben nach deiner Statur und siehst nicht über den Grenzstein des Feldes. Aber deine Dummheit ist vollwüchsig und gänzlich verplumpt dein Urteil über Waren und Menschen und Menschenware...«

Es war kaum zu glauben, wie sehr den Dûdu diese Vorwürfe erbitterten und diese Kennzeichnung seines Geisteszustandes ihn in Wut versetzte. Er wurde käsefarben in seinem Gesicht, das Dach seiner Oberlippe bebte, und er stieß giftige Gegenreden hervor über Gottliebs Windigkeit und Mangel an Vollwert, die dieser mit Bosheiten über den Verlust aller feineren Intelligenz zugunsten der Ehrpußlichkeit heimzuzahlen nicht faul war; und so zankten und keiften die Männlein, ihre Hände auf den Knien, zu beiden Seiten Josephs und um ihn herum aufeinander hin, wie um einen Baum, der sie trennte und voreinander schützte; und die Versammelten alle, Ägypter und Ismaeliter, der Vorsteher mit eingeschlossen, lachten herzlich über den Kleinkrieg da unten; – doch kam plötzlich alles zum Stehen.

Potiphar

Auf der Straße nämlich, von fern, ward Geräusch laut und schwoll: Pferdegetrappel, Räderrollen, auch das Dappeln laufender Menschenfüße sowie vielstimmige Rufe zur Achtsamkeit; und das näherte sich in großer Schnelle, war schon gleich vor dem Tor.

»Da haben wir's«, sagte Mont-kaw. »Der Herr. Und die Ordnung im Speisegemach? Große Dreiheit von Theben, für lauter Possen hab' ich die Zeit vertan! Still, ihr Untervolk, oder es gibt Ledernes! Cha'ma't, mache den Handel fertig, ich muß mit dem Herrn ins Haus! Nimm die Waren für einen vernünftigen

Preis! Sei gesund, Alter! Komm einmal wieder vors Haus in fünf oder sieben Jahren!«

Und er wandte sich eilig. Die Torwächter der Ziegelbank schrien in den Hof hinein. Von verschiedenen Seiten kamen Dienstleute gelaufen, die auf ihren Stirnen die Einfahrt des Gebieters zu säumen wünschten. Und schon rasselte auch der Wagen und widerhallte der Trapp der Läufer im steinernen Torbau: Peteprê fuhr herein, keuchende Warnrufer voran, keuchende Fächerträger daneben und hinterdrein, zwei schimmernde, schön geschirrte, mit Straußenfedern geschmückte Braune von übermütigem Gehaben vor der kleinen zweirädrigen Karosse, einer Art von Galanteriegefährt mit leicht geschwungenem Geländer: – nur eben zu zweien mit seinem Lenker mochte er darin stehen –, doch stand dieser müßig und schien nur ehrenhalber dabei, denn Pharao's Freund fuhr selbst, man sah es ihm an der Miene und am Schmucke an, daß es der Herr war, der da Zügel und Geißel führte: ein überaus großer und dicker Mann mit kleinem Munde, wie Joseph in großem Zuge bemerkte; doch war seine Aufmerksamkeit hauptsächlich von dem Feuerwerk in Anspruch genommen, das die in die Radspeichen des Wagens eingelassenen bunten Steine, in der Sonne umlaufend, verursachten – ein Schauspiel farbig sich drehenden Gefunkels, das Joseph Benjamin, dem Kleinen, gegönnt hätte und dessen Schönheit sich, wenn auch nicht so umgetrieben, an Peteprê's Person wiederholte: an seinem Halskragen nämlich, einem prächtigen Stück Kunstgewerbe, bestehend aus zahllosen, länglichen und reihenweise mit den Schmalseiten aneinander gesetzten Email- und Edelsteinplättchen von jederlei Kolorit, welche ebenfalls in dem gewaltigen Weißlichte, das der gipfelnde Gott auf Weset und diesen Ort herniederprallen ließ, einen prasselnden Farbenbrand von Geglitzer zeitigten.

Die Rippen der Läufer flogen. Das geputzte Gespann stand

stampfend, augenrollend und schnaubend, und ein Diener, der ihm in die Zügel gegriffen, klopfte ihm unter guten Reden die schweißigen Hälse. Gerade zwischen der Gruppe der Handelsleute und dem Tore der Ringmauer des Haupthauses, bei den Palmbäumen, hielt der Wagen, und vor dem Tore hatte Montkaw sich zur Begrüßung aufgestellt und trat nun, lächelnd gebückt, mit beglückten Gebärden und vor Bewunderung sogar den Kopf schüttelnd heran, um dem Herrn die Hand zum Aussteigen zu bieten. Peteprê gab Zügel und Geißel dem Wagenlenker, worauf er nur noch einen kurzen, aus Rohr und vergoldetem Leder gemachten Stab, der sich vorne rollenartig verdickte, eine Art von verfeinerter Keule, in seiner kleinen Hand behielt. »Mit Wein waschen, gut zudecken, herumführen!« sagte er mit feiner Stimme, indem er dies elegante, zum leichten Zeichen der Befehlshaberschaft gewordene Überbleibsel einer wilden Waffe gegen die Pferde hob, wies die erbötige Hand zurück und sprang selbständig, lebhaft in seiner Schwere, vom Korbe, obgleich er geruhig hätte hinabsteigen können.

Joseph sah und hörte ihn vorzüglich, besonders, da der Wagen langsam gegen die Ställe hin weiterfuhr und den Ismaeliten den Blick auf den Herrn und den Hausmeister, die dem Gespanne nachblickten, freigab. Der Würdenträger war vielleicht vierzig Jahre alt, oder fünfunddreißig, und wirklich von Turmesgröße – Joseph mußte an Ruben denken angesichts dieser Säulenbeine, sich abzeichnend unter dem Königsleinen des nicht ganz knöchellangen Gewandes, das auch die Falten und hängenden Bänder des Schurzes durchblicken ließ; doch war diese Leibesmassigkeit ganz anderer Art als die des heldischen Bruders: sehr fett nämlich überall, besonders aber in Gegend der Brust, die doppelhügelig unter dem zarten Batiste des Obergewandes vorsprang und beim unnötig unternehmenden Absprung vom Wagen nicht wenig geschwappt hatte. Ganz klein war der Kopf, im Verhältnis zu dieser Höhe und

Fülle, und edel gebildet, mit kurzem Haar, kurzer, fein gebogener Nase, zierlichem Munde, einem angenehm vorspringenden Kinn und lang bewimperten, stolz verschleiert blickenden Augen.

Mit dem Verwalter im Schatten der Palmen stehend, folgte er wohlgefällig den im Schritt sich entfernenden Hengsten mit seinen Blicken.

»Sie sind äußerst feurig«, hörte man ihn sagen. »Weser-Min noch mehr als Wepwawet. Sie waren ungezogen, sie wollten mir durchgehen. Ich aber bin fertig mit ihnen geworden.«

»Nur du wirst das«, antwortete Mont-kaw. »Es ist erstaunlich. Dein Lenker Neternacht würde nicht wagen, es mit ihnen aufzunehmen. Keiner vom Hause würde das wagen, so toll sind die Syrer. Sie haben Feuer in ihren Adern anstatt des Blutes. Es sind keine Pferde, es sind Dämonen. Du aber bezwingst sie. Sie spüren die Hand des Herrn, da beugt sich ihr Mutwille, und gebändigt laufen sie dir im Geschirr. Du aber, nach dem siegreichen Kampfe mit ihrer Wildheit, bist nicht etwa ermüdet, sondern springst, mein Herr, aus deinem Wagen wie ein kühner Knabe!«

Peteprê lächelte flüchtig mit den vertieften Winkeln seines kleinen Mundes.

»Ich beabsichtige«, sagte er, »diesen Nachmittag noch dem Sebek zu huldigen und auf Wasserjagd zu gehen. Triff die Vorkehrungen und wecke mich rechtzeitig, wenn ich schlafen sollte. Es sollen Wurfhölzer im Kahne sein und Speere zum Fischestechen. Aber auch für Harpunen sorge, denn man hat mir gemeldet, daß ein Flußpferd von großer Stärke sich in den toten Arm verirrt hat, wo ich jage, und um dieses vor allem ist mir's zu tun; ich will es erlegen.«

»Die Gebieterin«, erwiderte der Vorsteher mit niedergeschlagenen Augen, »Mut-em-enet, wird zittern, wenn sie es hört. Laß dich erbitten, das Flußpferd wenigstens nicht eigenhändig anzugehen, sondern diese Gefahr und Beschwerde den Dienern zu überlassen! Die Herrin ...«

»Das freut mich nicht«, antwortete Peteprê. »Ich werfe selbst.«

»Aber die Herrin wird zittern!«

»Sie zittere! – Es hat doch«, fragte er, indem er sich dem Verwalter mit plötzlicher Bewegung zuwandte, »gute Ordnung im Hause? Kein Mißgeschick oder Zwischenfall? Nichts? Was sind das für Leute? Gut, Wanderhändler. Die Herrin ist heiter? Die hohen Eltern im Oberstock sind gesund?«

»Ordnung und Wohlsein sind vollkommen«, gab Mont-kaw zur Antwort. »Die holdselige Herrin hat sich am späteren Morgen zu Besuch tragen lassen bei Renenutet, der Gemahlin des Ober-Rindervorstehers des Amun, um sich mit ihr im Gottesgesange zu üben. Sie ist zurückgekehrt und hat Tepem'anch, dem Schreiber des Hauses der Abgeschlossenen, befohlen, Märchen vorzulesen, wobei sie die Geneigtheit hatte, die Süßigkeiten zu küssen, die dein Knecht ihr darbieten ließ. Was die allerwürdigsten Eltern betrifft, im Oberstock, so geruhten sie, über den Fluß zu setzen und im Totentempel des mit der Sonne vereinigten Gottesvaters, Tutmose's, zu opfern. Aus dem Westen zurückgekehrt, haben die hohen Geschwister, Huij und Tuij, die Zeit verbracht, indem sie sehr friedlich und heilig Hand in Hand im Lusthäuschen am Teich deines Gartens saßen und die Stunde deiner Heimkehr erwarteten, auf daß das Hauptmahl gereicht werde.«

»Du kannst auch sie«, sagte der Hausherr, »unterrichten und es einfließen lassen unterderhand, daß ich noch heute das Flußpferd angehen will: Sie dürfen es wissen.«

»Nur leider«, erwiderte der Verwalter, »werden sie deswegen in große Ängstlichkeit verfallen.«

»Das macht nichts«, erklärte Peteprê. – »Man hat hier«, setzte er hinzu, »wie es scheint, nach Gefallen gelebt diesen Vormittag, indes ich Ärger hatte bei Hofe und Verdruß im Palaste Merima't.«

»Du hattest –?« fragte Mont-kaw bestürzt. »Wie ist das möglich, da doch der gute Gott im Palaste ...«

»Man ist Truppenoberst«, hörte man den Herrn noch im Sichwegwenden sagen – und er zuckte die massigen Schultern dabei –, »und Oberster der Scharfrichter, oder man ist es nicht. Ist man's aber nur ... und es gibt da so einen ...« Seine Worte verloren sich. Mit dem Hausmeier, der, lauschend und antwortend gegen ihn geneigt, sich etwas hinter ihm hielt, schritt er zwischen handerhebenden Dienern hin durch das Tor und gegen sein Haus. Joseph aber hatte »Potiphar« gesehen, wie er bei sich selbst den Namen zu sprechen pflegte, den Großen Ägyptens, an den er verkauft wurde.

Joseph wird zum andern Mal verkauft und wirft sich aufs Angesicht

Denn das geschah nun. Chamat, der lange Schreiber, tätigte im Namen des Vorstehers mit dem Alten das Geschäft, in Gegenwart der Zwerge. Aber Joseph hatte kaum acht darauf, wie es zuging und wie hoch er's im Preise brachte, so umfangen war er von Nachdenklichkeit und so beschäftigt mit seinen ersten Eindrücken von der Person seines neuen Besitzers. Sein Glitzerkragen nebst Lobgold und seine überfette, doch stolze Gestalt; sein Absprung vom Wagen und die Schmeicheleien, die Mont-kaw ihm über seine Kraft und Kühnheit als Pferdebändiger gesagt; sein Vorhaben, eigenhändig das wilde Flußpferd zu bekämpfen, unbekümmert darum, ob Mut-em-enet, seine Gemahlin, und Huij und Tuij, seine Eltern, deswegen zitterten (wobei das Wort »Unbekümmertheit« sein Verhalten noch nicht einmal erschöpfend zu kennzeichnen schien); sein rasches Fragen andererseits nach der ungestörten Ordnung im

Hause und der Heiterkeit der Herrin; sogar noch die bruchstückhaften Andeutungen über erlittenen Verdruß bei Hofe, die im Weggehen von seinen Lippen gefallen waren: – all dies gab dem Sohne Jaakobs aufs angelegentlichste zu denken, zu prüfen, zu raten, er arbeitete im stillen daran, es zu ergründen, zu deuten und zu ergänzen, wie jemand, der sich so schnell wie möglich zum geistigen Herrn der Umstände und Gegebenheiten zu machen sucht, in die er von ungefähr versetzt worden und mit denen er zu rechnen hat.

Ob er, so gingen seine Gedanken, eines Tages neben »Potiphar« im Wagen stehen würde als sein Rosselenker? Ob er ihn auf die Lustjagd im toten Nilarm begleiten würde? Tatsächlich, man glaube es oder nicht, sann er schon zu dieser Stunde, kaum vors Haus gebracht und nach erstem aufmerksam-raschen Überblick über Dinge und Menschen, darauf, wie er wohl, früher oder später, doch ehetunlichst, an die Seite des Herrn gelangen könne, des Höchsten in diesem Kreise, wenn auch des Höchsten nicht in Ägyptenland, – und aus dem Zusatz erhellt, daß die unabsehbaren Schwierigkeiten, die vor dem ersten, nur allzu fernen Ziele lagen, ihn schon damals nicht hinderten, entlegenerer noch zu gedenken, die Verbindung mit noch endgültigeren Verkörperungen des Höchsten sich vorschweben zu lassen.

So war es; wir kennen ihn. Hätte er es bei weniger Anspruch gebracht im Lande, wohin er's brachte? Er war in der Unterwelt, zu welcher der Brunnen der Eingang gewesen, – nicht Joseph mehr: Usarsiph; und daß er der Letzte war von den Unteren, das durfte nicht lange währen. Rasch flog sein Blick hin über Gunst und Ungunst. Mont-kaw war gut. Er hatte Tränen in die Augen bekommen beim sanften Gruß, weil er sich öfters nicht extra fühlte. Auch Gottlieb, das Närrchen, war gut und offenbar beseelt und bestellt, ihm zu helfen. Dûdu war ein Feind – solange er's blieb; vielleicht war ihm beizukommen. Die Schreiber hatten Eifersucht an den Tag gelegt, weil er auch einer war: dies Mißgefühl war schonend in acht zu nehmen. So wog er die nächsten Aussichten ab, – und fehlerhaft wäre es, deswegen mit ihm zu rechten und ihn einen niedrig Bestrebten zu nennen. Das war Joseph nicht, und nicht so sind seine Gedanken richtig beurteilt. Er dachte und sann nach höherer Pflicht. Gott hatte seinem Leben, das töricht gewesen war, ein Ende gemacht und ihn auferstehen lassen zu einem neuen. Er hatte ihn vermittelst der Ismaeliter in dieses Land geführt. Er hatte dabei, wie bei jedem Dinge, zweifellos Großes vor. Er tat kein Ding, das nicht Großes nach sich zog, und es galt, ihm dabei getreulich zur Hand zu gehen mit allen empfangenen Geisteskräften, statt etwa durch träge Unbestrebtheit seine Absichten lahm zu legen. Gott hatte ihm Träume gesandt, die der Träumer hätte für sich behalten sollen: den von den Garben, den von den Sternen; und solche Träume waren nicht sowohl eine Verheißung als eine Weisung. Sie sollten sich so oder so erfüllen; auf welche Weise, das wußte nur Gott, aber die Entrückung in dieses Land war der Anfang davon. Von selbst indessen würden sie es nicht tun, – man mußte nachhelfen. Der stillen Vermutung oder Überzeugung gemäß zu leben, daß Gott es einzigartig mit einem vorhat, ist keine niedrige Bestrebtheit, und nicht Ehrgeiz ist das gerechte Wort dafür; denn es ist Ehrgeiz für Gott, und der verdient frömmere Namen.

Kaum acht hatte also Joseph auf den Verlauf seiner zweiten Verhandlung und kümmerte sich fast nicht darum, welchen Preis er erzielte, – so sehr war er beschäftigt, seine Eindrücke zu verarbeiten und sich im Geiste zum Herrn der Umstände zu machen. Der lange Chamat mit den Rohren hinter dem Ohr, die er erstaunlich balancierte, denn sie saßen wie angeleimt, und kein einziges fiel herunter, so sehr er zappelte beim Feilschen. Zähe ritt er auf seiner Unterscheidung herum zwischen »brauchen« und »allenfalls brauchen können«, um damit den Preis zu drücken, während der Alte dagegen sein altes und starkes Beweismittel ins Feld führte: der Wert des Gegengeschenkes müsse ausreichen, ihn leben zu lassen, damit er auch ferner dem Hause dienen könne; und er wußte diese Notwendigkeit als so selbstverständlich hinzustellen, daß der Schreiber, zu seinem Nachteil, gar nicht auf den Gedanken kam, sie zu bestreiten. Unterstützt wurde der eine durch Dûdu, den Kleiderkämmerer, der sowohl das »brauchen« wie das »brauchen können« in Abrede stellte, und zwar für alle drei Waren: die Zwiebeln, den Wein und den Sklaven; der andere durch Schepses-Bes, der zirpend seinen Zwergenscharfblick geltend machte und den Osarsiph unbedingt und ohne geiziges Gefackel zum erstgeforderten Preis erstanden wissen wollte. Und erst spät und nur ganz vorübergehend mischte auch der Umstrittene selbst sich ein, indem er einwarf, einhundertfünfzig Deben erachte er als zu wenig für ihn, und auf einhundertsechzig wenigstens möge man sich doch einigen. Er tat es aus Ehrgeiz für Gott – aufgeregt verwiesen freilich vom Schreiber Chamat, der es als völlig unstatthaft hinstellte, daß der Handelsgegenstand sich in die Erörterung seines Preises mische; und so schwieg er denn wieder und ließ es gehen.

Schließlich sah er einen gefleckten jungen Stier auftreten, den Chamat aus dem Stalle hatte heranführen lassen; und es war sonderbar, Wert und Schätzbarkeit seiner selbst so außen in Tiergestalt sich gegenüber zu sehen – sonderbar, wenn auch nicht kränkend hierzulande, wo die meisten Götter sich in Tieren wiedererkannten und die Vereinbarkeit der Einerleiheit und des Nebeneinander so viel gedankliche Pflege genoß.

Übrigens blieb es nicht bei dem jungen Stier; sein Wert war noch nicht einerlei mit demjenigen Josephs, denn über hundertundzwanzig Deben weigerte sich der Alte bei seiner Einschätzung hinauszugehen, und verschiedene Güter noch: ein Panzer aus Rindshaut, mehrere Ballen Schreibpapiers und gemeinen Leinens, ein paar Weinschläuche aus Pantherfell, ein Posten Natron zum Einsalzen von Leichen, ein Gebinde Angelhaken und einige Handbesen mußten noch bei ihm niedergelegt werden, damit die vom Pavian bewachte Waage in heiligem Gleichstande schwebte, und zwar mehr nach Übereinkunft und Augenmaß als rein rechnerisch; denn auf ein zahlenmäßiges Aufgehen des Handels verzichtete man schließlich nach langem Streit um das einzelne und beschied sich beiderseits bei dem Gefühle, nicht allzu sehr betrogen zu sein. Ein Kupfergewicht zwischen einhundertfünfzig und -sechzig Deben, das mochte der obschwebende Tauschwert sein, und dafür ward Rahels Sohn nebst seinen Zutaten dem Peteprê zu eigen, einem Großen Ägyptens.

Es war getan. Die Ismaeliter von Midian hatten ihren Lebenszweck erfüllt, sie hatten abgeliefert, was nach Ägypten hinunterzuführen sie ausersehen gewesen, sie mochten weiterziehen und in der Welt verschwinden – es bedurfte ihrer nicht mehr. Ihr Selbstbewußtsein war übrigens unbeeinträchtigt durch diese Sachlage, sie nahmen sich so wichtig wie eh und je, da sie wieder aufpackten, und kamen sich keineswegs überflüssig vor. Und hatte nicht des guten Alten Wunsch und väterlicher Antrieb, für den Findling zu sorgen und ihn unterzubringen im besten Haus, das er kannte, sein volles Eigengewicht an Würde in der moralischen Welt, mochte, anders gesehen, seine Laune auch nur ein Mittel und Werkzeug und ein Vehikel zu Zielen sein, die er nicht ahnte? Auffallend genug, daß er überhaupt den Joseph weiter verkaufte, als müsse es so sein, – mit einem Nutzen, der ihn, wie er sagte, »am Leben ließ« und sein Händlergewissen leidlich beschwichtigte. Aber um des Nutzens willen tat er es offenbar nicht und hätte, wenn wir recht sehen, den

Brunnensohn recht gern behalten, um sich von ihm gute Nacht sagen und Röstfladen backen zu lassen. Nicht aus Eigennutz handelte er, so sehr er sein Interesse wenigstens kaufmännisch zu wahren bemüht war. Aber was heißt denn auch »Eigennutz«? Es trieb ihn, für Joseph zu sorgen und ihn gut unterzubringen im Leben, und mit der Befriedigung dieses Wunsches diente er gleichfalls und immer noch seinem Eigennutz, woher nun auch dieser überwiegende Wunsch mochte in ihn gelegt sein.

Auch war Joseph ganz der Jüngling, die Freiheitswürde zu achten, die das Notwendige menschlich beseelt; und als der Alte nach geschlossenem Handel zu ihm sprach: »Nun siehe, Heda, oder Usarsiph, wie du dich nennst, du bist nicht mehr mein, du bist dieses Hauses, und was ich ersonnen, das habe ich wahr gemacht« – da bezeigte er ihm alle Erkenntlichkeit, die ihm zukam, küßte wiederholt den Saum seines Gewandes und nannte ihn seinen Heiland.

»Lebe wohl, mein Sohn«, sagte der Alte, »und halte dich würdig der Wohltat! Übe Klugheit und Zuvorkommenheit gegen jedermann und gebiete deiner Zunge, wenn es sie jückt, sich krittlerisch zu betätigen und sich an mißliebigen Unterscheidungen zu versuchen, wie der zwischen dem Ehrwürdigen und dem Überständigen, – damit bringt man sich in die Grube! Deinem Munde ist Süßigkeit gegeben, und weißt lieblich gute Nacht zu sagen und anderes mehr – halte dich daran und erfreue die Menschen, statt sie in Widerwillen zu stürzen durch Krittlertum, denn es tut nicht gut. Kurz, lebe wohl! Daß du die Fehler vermeiden mögest, mit denen du dein Leben in die Grube gebracht: sträflich Vertrauen und blinde Zumutung, dessentwegen brauche ich dich wohl nicht zu ermahnen, denn in dieser Hinsicht, denke ich, bist du gewitzigt. Ich habe nicht geforscht, wie es sich des näheren damit verhielt, und nicht versucht, in deine Bewandtnisse zu dringen, denn es genügt mir, zu wissen, daß viel Geheimnis sich in der geräuschvollen Welt verbirgt, und meine Erfahrung lehrt mich, das Verschiedenste für möglich zu halten. Wäre es so, wie deine Sitten und Gaben mich manchmal vermuten lassen, daß deine Bewandtnisse schön waren und du dich salbtest mit Freudenöl, ehe du eingingest in den Leib des Brunnens, nun, so ist dir ein Förderseil zugeworfen und eine Glücksaussicht gegeben, daß du dich wieder erhebest ins Gemäßere dadurch, daß ich dich in dies Haus verkaufte. Lebe wohl, zum drittenmal! Denn zweimal sagte ich's schon, und was man dreimal sagt, ist kräftig. Alt bin ich und weiß nicht, ob ich dich wiedersehe. Dein Gott Adōn, welcher, soviel ich weiß, der untergehenden Sonne gleichkommt, behüte und bewahre deine Schritte, daß sie nicht straucheln. Und sei gesegnet!«

Joseph kniete zu Boden hin vor diesem Vater und küßte noch einmal den Saum seines Kleides, indes der Alte die Hand auf sein Haupt legte. Auch von Mibsam, dem Eidam, verabschiedete der Verkaufte sich dann und dankte ihm, daß er ihn aus der Grube gefördert; ferner von Epher, dem Neffen, und von Kedar und Kedma, den Söhnen des Alten, wie auch, in lässigeren Formen, von Ba'almahar, dem Packknechte, und Jupa, dem wulstlippigen Knaben, der Josephs tierischen Gegenwert, den jungen Stier, am Stricke hielt. Und dann zogen die Ismaeliter davon über den Hof und durch den hallenden Torweg hinweg, wie sie gekommen waren, nur ohne Joseph, der stand und ihnen nachschaute, nicht ohne ein Weh und Zagen in der Herzgrube ob dieses Scheidens und all des Neuen und Ungewissen wegen, das ihn erwartete.

Da sie entschwunden waren und er sich umsah, ward er gewahr, daß alle Ägypter ihrer Wege gegangen waren und er sich allein befand oder fast allein; denn wer bei ihm geblieben war, das war nur Se'ench-Wen-nofre-Neteruhotpe-em-per-Amun, Gottlieb, der Spottwezir, der neben ihm stand, seine rote Meerkatze auf der Schulter, und mit knittrigem Lächeln zu ihm emporblickte.

»Was tu' ich nun, und wohin wende ich mich?« fragte Joseph.

Der Zwerg antwortete nicht. Er nickte nur zu ihm hinauf und fuhr fort, sich zu freuen. Plötzlich aber wandte er zusammenschreckend den Kopf und wisperte:

»Wirf dich aufs Angesicht!«

Zugleich tat er selber nach diesem Geheiß und preßte die Stirn an den Erdboden, ein bäuchlings zusammengekauertes Häufchen, mit dem Tier obenauf; denn dieses hatte die jähe Bewegung geschickt pariert und sich nur von der Schulter des Herrchens zum Rücken bequemt, wo es nun aufgestellten Schwanzes hockte und mit seinen von stehendem Schrecken erweiterten Augen dorthin starrte, wohin zu blicken auch Joseph sich nicht nehmen ließ; denn er folgte wohl Gottliebs Beispiel, hielt aber in der Erniedrigung die Stirne frei zwischen den auf den Ellenbogen erhobenen Händen, um zu sehen, wovor oder vor wem er Andacht bekundete.

Ein Zug ging vom Frauenhause schräg über den Hof gegen das Herrenhaus: fünf Diener in Schurzen und knappen Leinenkappen voran, fünf Dienerinnen mit offenem Haar hinterdrein, aber inmitten über ihnen, auf den nackten Schultern nubischer Knechte schwebend, mit gekreuzten Füßen hingelehnt in den Kissen einer Art von vergoldeter Stuhlbahre, die rachenoffene Tierköpfe schmückten, eine Dame Ägyptens, hoch gepflegt, blitzenden Schmuck in den Pudellocken, Gold auf dem Halse, beringt die Finger und Lilienarme, deren einen sie – es war ein sehr weißer und wonniger Arm – zur Seite der Trage lässig herniederhängen ließ, – und Joseph sah unter dem Geschmeidekranz ihres Hauptes ihr persönlich-besonderes, dem Modesiegel zum Trotze ganz einmaliges und vereinzeltes Profil mit den kosmetisch gegen die Schläfen verlängerten Augen, der eingedrückten Nase, den schattigen Gruben der Wangen, dem zugleich schmalen und weichen, zwischen vertieften Winkeln sich schlängelnden Munde.

Das war Mut-em-enet, des Hauses Herrin, die sich zur Mahlzeit begab, Peteprê's Ehegemahl, eine verhängnisvolle Person. ₅

VIERTES HAUPTSTÜCK: DER HÖCHSTE

Wie lange Joseph bei Potiphar blieb

Es war ein Mann, der hatte eine störrige Kuh, die das Joch nicht tragen wollte, da es den Acker zu pflügen galt, sondern es immer abwarf vom Nacken. Nahm der Mann ihr das Kalb weg und brachte es auf den Acker, der gepflügt werden sollte. Wie nun die Kuh das Blöken ihres Kindes vernahm, ließ sie sich treiben dorthin, wo das Kalb war, und trug das Joch.

Das Kalb ist auf dem Acker, der Mann hat es hingebracht, aber es blökt nicht, es verhält sich totenstill, indem es erste Umschau hält auf dem fremden Acker, den es für einen Totenacker erachtet. Es fühlt, daß es zu früh wäre, seine Stimme hören zu lassen; aber es hat durchaus eine Idee von des Mannes Zwecken und langfristigen Anschlägen, dies Kalb Jehosiph oder Osarsiph. Wie es den Mann kennt, mutmaßt es ohne weiteres und ist sich träumerisch im klaren darüber, daß seine Entrückung auf diesen Acker, gegen den man sich zu Hause so störrig verhält, kein zusammenhangsloses Ungefähr bedeutet, sondern daß sie einem Plane angehört, worin das eine das andere nach sich zieht. Das Thema des »Nachsichziehens« und des »Nachkommenlassens« ist eins von denen, die sich in seiner intelligenten und träumerischen Seele, in welcher sozusagen, wie das vorkommt, Sonne und Mond zugleich am Himmel stehen, musikalisch gegeneinander setzen, und der Leitgedanke vom Monde, der schimmernd den Weg der Sterngötter, seiner Brüder, bahnt, ist auch im Spiel. Joseph, das Kalb, – hat er nicht schon von sich aus und auf eigene Hand, wenn auch im Einklange mit des Mannes Ratschlüssen, angesichts der blanken Wiesen des Landstriches Gosem sich seine Gedanken gemacht? Verfrühte und weit vorausspielende Gedanken, seiner eigenen Einsicht nach, die vorderhand stumm bleiben müssen.

Denn vieles muß sich erfüllen, ehe sie ihrerseits Erfüllbarkeit gewinnen, und mit der Entrückung allein ist es nicht getan; ein anderes noch muß hinzutreten, dem die stillste Gewärtigung und kindlich geheimste Zuversicht gilt, von dem aber nicht einmal zu vermuten ist, wie es wohl etwa wird sich auf den Weg zu bringen und vonstatten zu gehen wissen. Das steht bei dem Mann, der das Kalb auf den Acker versetzt, das steht bei Gott. –

Nein, uneingedenk des erstarrten Alten daheim war Joseph nicht; sein Schweigen, das Schweigen so vieler Jahre, darf keinen Augenblick zu so vorwurfsvoller Meinung verführen – am wenigsten zu dem Zeitpunkt, an dem wir halten und von dem wir mit Empfindungen erzählen, die aufs Haar seinen eigenen gleichen, – es sind die seinen. Wenn uns nämlich zumute ist, als wären wir bis zu diesem Punkt unserer Geschichte schon einmal gediehen und hätten das alles schon einmal erzählt; wenn die besondere Empfindung des Wiedererkennens, des »Schongesehen« und »Schongeträumt« uns bedeutend anrührt und uns auffordert, ihr nachzuhängen: – so ist das genau dieselbe Erfahrung, die unseren Helden damals erfüllte: eine Übereinstimmung, mit der es wohl seine Ordnung hat. Das, was wir in unserer Sprache seine Vaterbindung zu nennen versucht sind, eine Bindung, desto tiefer und inniger, als sie kraft einer weitgehenden Gleichsetzung und Verwechselung zugleich Gottesbindung war, bewährte sich außerordentlich stark gerade jetzt, – und wie hätte sie sich nicht in ihm bewähren sollen, da sie sich mit ihm, an ihm und außer ihm bewährte? Was er erlebte, war Imitation und Nachfolge; in leichter Abwandlung hatte sein Vater es ihm einst vorerlebt. Und geheimnisvoll ist es, zuzusehen, wie im Phänomen der Nachfolge Willentliches sich mit Führung vermischt, so daß ununterscheidbar wird, wer eigentlich nachahmt und es auf Wiederholung des Vorgelebten anlegt: die Person oder das Schicksal. Inneres spiegelt sich ins Äußere hinaus und versachlicht sich scheinbar ungewollt zum

Geschehnis, das in der Person gebunden und mit ihr eins war schon immer. Denn wir wandeln in Spuren, und alles Leben ist Ausfüllung mythischer Formen mit Gegenwart.

Joseph spielte mit allerlei Nachfolge und fromm verblendenden Selbstverwechselungen, mit denen er Eindruck zu machen und für die er die Menschen wenigstens augenblicksweis zu gewinnen wußte. Jetzt aber erfüllte und beschäftigte ihn ganz die Wiederkehr des Väterlichen und dessen Auferstehung in ihm: Er war Jaakob, der Vater, eingetreten ins Labansreich, gestohlen zur Unterwelt, unmöglich geworden zu Hause, flüchtig vor Bruderhaß, vor des Roten schnaubendem Eifer auf Segen und Erstgeburt, – zehnfach wandelte Esau diesmal, das war eine Abwandlung, und auch Laban sah etwas anders aus in dieser Gegenwart: auf feuerwerkenden Rädern und in Königsleinen gekleidet war er dahergekommen, Potiphar, der Rossebändiger, dick, fett und kühn, daß man um ihn zittere. Aber er war es, das litt keinen Zweifel, mochte das Leben auch mit immer neuen Formen des Gleichen spielen. Wieder, nach der Verkündigung des »Einst«, war Abrams Same fremd in einem Lande, das nicht ihm gehörte, und Joseph würde dem Laban dienen, der in der Wiederkehr einen Namen Ägyptens trug und hochtrabend »Geschenk der Sonne« hieß, – wie lange denn wird er ihm dienen?

Wir haben so gefragt in der Gegenwart Jaakobs und die Frage nach dem Verstande bereinigt. Wir fragen wieder so im Falle des Sohnes, entschlossen, auch diesmal alles endgültig richtigzustellen und das Träumerische im Wirklichen zu befestigen. Das verwirklichende Bedenken der Zeit- und Altersfrage ist im Fall der Geschichte Josephs stets sehr lässig gewesen. Die obenhin träumende Phantasie schreibt einer Gestalt jene Unveränderlichkeit und zeitliche Unberührtheit zu, die sie in Jaakobs Augen gewonnen hatte, da er ihn für tot und zerrissen hielt, und die tatsächlich nur der Tod verleiht. Der nach des Vaters

Meinung verewigte Knabe aber lebte und nahm zu an Jahren, und es gilt, sich klar zu machen, daß der Joseph, vor dessen Stuhle eines Tages die bedürftigen Brüder standen und sich neigten, ein vierzigjähriger Mann war, den nicht nur Würde, Rang und Kleid, sondern auch die Veränderungen, welche die Zeit an seiner Person hervorgebracht, den Bittstellern unkenntlich machten.

Dreiundzwanzig Jahre waren damals verflossen, seit die Esau-Brüder ihn nach Ägypten verkauft hatten, – fast so viele, wie Jaakob alles in allem verbrachte im Lande »Nimmerwiederkehr«; und auch das Land, in dem Abrams Same dieses Mal fremd war, mochte so heißen, ja mit mehr Recht noch als jenes, denn nicht vierzehn und sechs und fünf Jahre blieb Joseph dort, oder sieben, dreizehn und fünf, sondern tatsächlich sein Leben lang, und erst im Tode kehrte er heim. Völlig undeutlich aber ist und wird wenig bedacht, wie seine Unterweltsjahre sich auf die doch so deutlich sich voneinander abhebenden Epochen seines gesegneten Lebens verteilten – namentlich auf die ersten, entscheidenden, die seines Aufenthaltes in Potiphars Haus und die der Grube, in die er aufs neue geriet.

Es sind dreizehn zusammen, die auf diese beiden Abschnitte fallen, ebenso viele, wie Jaakob brauchte, um seine zwölf mesopotamischen Kinder aufzureihen, – nämlich gesetzt, daß Joseph dreißig Jahre zählte, als ihm das Haupt erhoben und er der Erste wurde der Unteren. Wohlgemerkt, es steht nirgends geschrieben, daß er damals so alt war – oder doch nicht dort, wo es stehen müßte, um maßgebend zu sein. Und doch ist es ein allgemein angenommenes Faktum, ein Axiom, das keines Beweises bedarf, sondern für sich selber spricht und gleichsam, wie die Sonne, mit der eigenen Mutter sich selbst erzeugt, mit dem klarsten Anspruch auf einfaches »Sich so verhalten«. Denn es ist immer so. Dreißig Jahre sind das richtige Alter zum Beschreiten der Lebensstufe, die Joseph damals beschritt; mit dreißig Jahren tritt man hervor aus Dunkel und Wüste der Vorbereitungszeit ins wirkende Leben; es ist der Zeitpunkt der Sichtbarwerdung und der Erfüllung. Dreizehn Jahre also vergingen von des Siebzehnjährigen Eintritt in Ägyptenland, bis daß er vor Pharao stand, das ist sicher. Wie viele aber kommen davon auf den Lebensabschnitt in Potiphars Haus, und wie viele, folglich, auf die Grube? Die befestigte Überlieferung läßt es im ungewissen; wenig besagende Wendungen sind alles, was ihr zur Klärung der Zeitverhältnisse innerhalb unserer Geschichte abzugewinnen ist. Welche denn sollen wir ihr verleihen? Welche Anordnung der Jahresgruppen werden wir darin treffen?

Die Frage scheint unschicklich. Kennen wir unsere Geschichte, oder kennen wir sie nicht? Ist es gehörig und dem Wesen der Erzählung gemäß, daß der Erzähler ihre Daten und Fakten nach irgendwelchen Überlegungen und Deduktionen öffentlich errechnet? Sollte der Erzähler anders vorhanden sein denn als anonyme Quelle der erzählten oder eigentlich sich selber erzählenden Geschichte, in welcher alles durch sich selbst ist, so und nicht anders, zweifellos und sicher? Der Erzähler, wird man finden, soll in der Geschichte sein, eins mit ihr und nicht außer ihr, sie errechnend und beweisend. – Wie aber ist es mit Gott, den Abram hervordachte und erkannte? Er ist im Feuer, aber er ist nicht das Feuer. Er ist also zugleich in ihm und außer ihm. Es ist freilich zweierlei: ein Ding sein und es betrachten. Und doch gibt es Ebenen und Sphären, wo beides auf einmal statthat: der Erzähler ist zwar in der Geschichte, aber er ist nicht die Geschichte; er ist ihr Raum, aber sie nicht der seine, sondern er ist auch außer ihr, und durch eine Wendung seines Wesens setzt er sich in die Lage, sie zu erörtern. Niemals sind wir darauf ausgegangen, die Täuschung zu erwecken, wir seien der Urquell der Geschichte Josephs. Bevor man sie erzählen konnte, geschah sie; sie quoll aus demselben

Born, aus dem alles Geschehen quillt, und erzählte geschehend sich selbst. Seitdem ist sie in der Welt; jeder kennt sie oder glaubt sie zu kennen, denn oft genug ist das nur ein unverbindliches und ohne viel Rechenschaft obenhin träumendes Ungefähr von Kenntnis. Hundertmal ist sie erzählt worden und durch hundert Mittel der Erzählung gegangen. Hier nun und heute geht sie durch eines, worin sie gleichsam Selbstbesinnung gewinnt und sich erinnert, wie es denn eigentlich im Genauen und Wirklichen einst mit ihr gewesen, also, daß sie zugleich quillt und sich erörtert.

Sie erörtert zum Beispiel, wie sich die dreizehn Jahre gliederten, die von Josephs Verkauf bis zu seiner Haupterhebung verstrichen. So viel nämlich ist ja gewiß, daß auch der Joseph schon, der ins Gefängnis kam, bei weitem nicht mehr der Knabe war, den die Ismaeliter vor Peteprê's Haus brachten; daß vielmehr der weitaus größte Teil der dreizehn Jahre auf seinen Aufenthalt in diesem Hause entfiel. Wir könnten peremptorisch aufstellen, es sei so gewesen; aber wir lassen uns mit Vergnügen herbei, zu fragen, wie es denn anders hätte sein können. Joseph war, gesellschaftlich gesehen, eine vollkommene Null, als er mit siebzehn oder knapp achtzehn Jahren bei dem Ägypter eintrat, und zu der Laufbahn, die er in seinem Hause zurücklegte, gehört die Zeit, die er tatsächlich dort zubrachte. Nicht am zweiten oder dritten Tage setzte »Potiphar« den chabirischen Sklaven über all sein Eigen und ließ es unter Josephs Händen. Es dauerte seine Zeit, bis er seiner auch nur gewahr wurde – er und andere Personen, die für den Ausgang dieser bedeutenden Lebensepisode entscheidend waren. Außerdem aber mußte jene steil aufstrebende Laufbahn im Wirtschaftlich-Verwalterischen sich notwendig über Jahre erstrecken, um zu der Vorschule zu werden, als die sie gedacht war: eines Hausmeiertums größten Maßstabes nämlich, das ihr folgte.

Mit einem Worte: Zehn Jahre lang blieb Joseph bei Potiphar und wurde ein Siebenundzwanzigjähriger darüber, ein ebräischer »Mann«, wie es von ihm heißt, der von gewisser Seite wohl gelegentlich ein »ebräischer Knecht« genannt wird, was aber krankhaft-verzweiflungsvollen Akzent trägt, da er praktisch damals schon lange kein »Knecht« mehr war. Der Punkt, an dem er, nach Stellung und Ansehen, aufhörte, es zu sein, ist mit Genauigkeit nicht zu erkennen und zu bestimmen – heute so wenig, wie er es jemals wurde. Im Grunde nämlich und rein rechtlich gedacht blieb Joseph immer ein »Knecht«, ein Sklave, blieb es bis in sein höchstes Herrentum hinein und bis an sein Lebensende. Denn wir lesen wohl, daß er verkauft und wieder verkauft worden sei; aber von seiner Freilassung oder Auslösung lesen wir nirgends. Seine außerordentliche Laufbahn ging stillschweigend über das rechtliche Faktum seines Sklaventums hinweg, und keiner fragte nach seiner jähen Erhöhung mehr danach. Aber auch in Petepre's Hause schon blieb er ein Knecht in des Wortes niedrigem Sinn nicht lange, und keineswegs nahm sein Segensaufstieg in den Eliezer-Rang eines Hausvogtes die sämtlichen Potiphar-Jahre in Anspruch. Es waren sieben, die dazu genügten, das ist *eine* Gewißheit; und eine weitere ist, daß erst der Rest des Dezenniums von den Wirren beherrscht und überschattet war, die durch die Gefühle einer unglücklichen Frau erzeugt wurden und die Beendigung dieses Abschnittes herbeiführten. Die Überlieferung verfehlt nicht, wenigstens mit einer allgemeinen und ungefähren Zeitbestimmung zu verstehen zu geben, daß diese Wirren nicht etwa gleich oder sehr bald nach Josephs Eintritt ins Haus begannen, nicht schon mit seinem Aufstieg zusammenliefen, sondern erst einsetzten, nachdem dieser seine Höhe erreicht hatte. »Nach dieser Geschichte«, heißt es, hätten sie begonnen: nach der Geschichte nämlich von Josephs Eroberung des höchsten Vertrauens; so daß also jene unselige Leidenschaft nur über drei Jahre – lange genug für die Beteiligten! – sich hinziehend zu denken ist, bis sie in der Katastrophe untergeht.

Das Ergebnis einer solchen Selbstprüfung der Geschichte besteht die Gegenprobe. Wenn, ihm zufolge, auf die Potiphar-Episode zehn Lebensjahre Josephs zu rechnen sind, so kommen auf den ihr folgenden Abschnitt, das Gefängnis, deren drei. Nicht mehr und nicht weniger; und wirklich sind selten auf überzeugendere Weise Wahrheit und Wahrscheinlichkeit zusammengefallen als in dieser Tatsache. Was könnte einleuchtender und richtiger sein, als daß Joseph, entsprechend den drei Tagen, die er zu Dotan im Grabe verbrachte, drei Jahre lang und weder kürzer noch länger in diesem Loche lag? Man kann so weit gehen, zu behaupten, daß er selbst dies von vornherein vermutet, ja gewußt und nach allem, was er als ordnungsschön, sinnvoll und richtig ansah, gar keine andere Möglichkeit auch nur in Betracht gezogen habe, – bestätigt hierin von einem dem reinen Erfordernis gefügigen Schicksal.

Drei Jahre – nicht genug, daß es so war: es konnte auch gar nicht anders sein. Und die Überlieferung bestimmt mit einer Zeitangabe von ungewöhnlicher Genauigkeit im näheren, wie diese dreie sich einteilten; sie hält fest, daß Josephs berühmte Erlebnisse mit dem Oberbäcker und dem Obermundschenk, seinen vornehmen Mitgefangenen, denen er aufzuwarten hatte, schon in das erste davon fielen. »Nach zweien Jahren«, heißt es, habe Pharao geträumt und Joseph ihm seine Träume gedeutet. Zwei Jahre wonach? Man könnte darüber streiten. Es könnte sagen wollen: zwei Jahre, nachdem Pharao eben Pharao geworden war, das heißt nach der Thronbesteigung desjenigen Pharao, dem die rätselhaften Träume zuteil wurden. Oder es könnte bedeuten: zwei Jahre, nachdem Joseph den Herren ihre Träume gedeutet hatte und der Oberbäcker, wie man weiß, erwürgt worden war. Der Streit aber wäre unnütz, denn in beiderlei Beziehung trifft die Aussage zu. Ja, zwei Jahre nach den Geschehnissen mit den inkriminierten Höflingen träumte Pharao; und er tat es zugleich zwei Jahre, nachdem er Pharao geworden, denn während des Aufenthaltes Josephs im Gefängnis, und zwar am Ende des ersten Jahres, geschah es, daß Amenhotep, seines Namens der Dritte, sich mit der Sonne vereinigte und sein Sohn, der Träumer, die Doppelkrone aufs Haupt setzte.

Da sehe man, wie kein Falsch ist an der Geschichte, wie alles stimmt mit den zehn und drei Jahren, bis Joseph dreißig war, und alles rein genau im Wahren und Richtigen harmonisch aufgeht!

Im Lande der Enkel

Das Spiel des Lebens, sofern es die Beziehungen der Menschen untereinander betrifft und die vollständige Ahnungslosigkeit ebendieser Menschen hinsichtlich der Zukunft ihrer Beziehungen, welche bei erstem Blickewechsel nicht dünner, leichter, weitläufiger, fremder und gleichgültiger sein könnten und eines unvorstellbaren Tages den Charakter brennender Verschlingung und furchtbarer Atemnähe anzunehmen bestimmt sind, – dies Spiel und diese Ahnungslosigkeit mögen dem vorwissenden Betrachter wohl zum Gegenstande kopfschüttelnden Nachsinnens werden.

Da kauerte Joseph nun bäuchlings, in Knielage, neben dem Zwerge Gottlieb, genannt Schepses-Bes, auf des Hofes Estrich und blickte aus Neugier zwischen seinen Händen auf die kostbare, durch und durch unbekannte Erscheinung, die wenige Schritte von ihm entfernt auf goldenem Löwenlager vorüberschwebte, – dieses Stück unterweltlicher Hochzivilisation, das ihm keine anderen Empfindungen erregte als die einer stark mit kritischer Ablehnung versetzten Ehrfurcht und keinen anderen Gedanken als etwa: »Holla! Das muß die Herrin sein! Potiphars Weib, die um ihn zittern soll. Gehört sie zu den

Guten oder den Bösen? Ihr Aussehen läßt das unentschieden. Eine sehr große Dame Ägyptens. Der Vater würde sie mißbilligen. Ich bin lässiger im Urteil, aber einschüchtern laß ich mich auch nicht ...« Das war alles. Auf ihrer Seite war es noch weniger. Sie wandte im Vorüberschweben einen Augenblick den geschmückten Kopf nach der Seite der Anbetenden. Sie sah sie und sah sie nicht – ein so mattes und blindes Drüberhinblicken war das. Den Heinzel erkannte sie wahrscheinlich, da sie ihn kannte, und es mochte sein, daß für eine Sekunde die Andeutung eines Lächelns in ihre ausgepinselten Emailleaugen trat und ganz leicht die Winkel ihres Schlängelmundes vertiefte – man hätte auch das bestreiten können. Den anderen kannte sie nicht, legte sich aber kaum Rechenschaft davon ab. Er fiel etwas aus dem Rahmen durch den verwaschenen ismaelitischen Kapuzenmantel, den er immer noch trug, und auch seine Haartracht war noch unangepaßt. Sah sie es? Allenfalls. Aber bis zu Bereichen der Rechenschaft drang die Wahrnehmung nicht vor in ihrem stolzen Bewußtsein. Gehörte er nicht hierher, so mochten die Götter wissen, wie er hierherkam, – es genügte vollkommen, wenn sie es wußten; sie, Mut-em-enet, Eni genannt, war sich zu kostbar, darüber nachzudenken. Sah sie, wie hübsch und schön er war? Aber was sollen die Fragen! Ihr Sehen war kein Sehen; sie kam nicht darauf, es war ihr verhüllt, daß hier ein Anlaß war, die Augen zu brauchen. Keinen von beiden berührte der blasseste Schatten und Anflug einer Vermutung, wohin es binnen einiger Jahre mit ihnen kommen und was zwischen ihnen sich abspielen sollte. Daß dieses unbekannte Häuflein Verehrung dort drüben eines Tages ihr Ein und Alles, ihre Wonne und Wut, ihr krankhaft ausschließlicher Gedanke sein werde, der ihr den Sinn zerstören, sie Wahnsinnstaten begehen lassen, die ganze Fassung, Würde und Ordnung ihres Lebens vernichten würde, – der Frau kam es nicht bei. Welches Weinen sie ihm bereiten, in welche äußerste Gefahr seine Gottesbrautschaft und der Kranz seines Hauptes durch sie geraten und daß es ihrer Narrheit um ein Haar gelingen würde, ihn mit Gott auseinanderzubringen, – der Träumer ließ sich's nicht träumen, obgleich der vom Lager hängende Lilienarm ihn hätte bedenklich stimmen dürfen. Dem Betrachter, der die Geschichte kennt in allen ihren Stunden, sei es verziehen, wenn er bei der Unwissenheit derer, die in der Geschichte sind und nicht auch außer ihr, einen Augenblick mit Kopfschütteln verweilt.

Er nimmt sogleich den Vorwitz zurück, mit dem er den Vorhang der Zukunft lüftete, und hält sich an die regierende Feststunde. Sie umfaßt sieben Jahre, die Jahre des anfänglich so unwahrscheinlichen Aufstieges Josephs in Peteprê's Haus von dem Augenblick an, wo, nach Vorüberschweben der Herrin, das Närrchen Bes-em-heb auf dem Hofe ihm zuwisperte:

»Wir müssen dich scheren und einkleiden, daß du wie alle bist –«

– und ihn zu den Badern des Dienerhauses hinüberführte, die ihm, mit dem Kleinen scherzend, das Haar nach ägyptischer Weise stutzten, so daß er aussah wie die Wegetreter der Dämme; und von da in die Gewandkammer und ins Schurzmagazin desselben Gebäudes, wo ein Schreiber ihm aus den Beständen ägyptische Kleider verabfolgte, Peteprê's Liefertracht für Arbeit und Feierzeit, so daß er vollends einem Jünglinge Keme's glich und vielleicht schon damals die Brüder ihn auf den ersten Blick nicht erkannt haben würden –

– diese sieben Umläufe, die eine Nachahmung und eine Wiederkehr väterlicher Jahre im Leben des Sohnes waren und der Zeitspanne entsprachen, in welcher Jaakob aus einem flüchtigen Bettler zum Schwerbesitzer und unentbehrlichen Teilhaber an Labans durch Segenskraft aufstrotzender Wirtschaft geworden war. Nun war es für Joseph die Stunde, sich unentbehrlich zu machen, – wie geschah es denn, und wie machte er's? Fand er Wasser gleich Jaakob? Das war vollkommen überflüssig. Es gab Wasser die Hülle und Fülle bei Peteprê, denn nicht allein der Lotusteich im Lustgärtchen war vorhanden, sondern auch zwischen den Pflanzungen des Baum- und des Gemüsegartens noch waren viereckige Becken eingesenkt, die keine Verbindung mit dem Ernährer hatten und dennoch den Garten ernährten, da sie voll Grundwassers waren. An Wasser war keine Not; und wenn auch Potiphars Haus nach seinem inneren Leben kein Segenshaus war – im Gegenteil, es zeigte sich bald, daß es in aller Würde ein närrisches und peinliches Haus war, worin viel Kummer spukte –, so strotzte es doch von wirtschaftlichem Wohlstande ohnehin; sich darin zum »Mehrer« zu machen, war schwer und fast überflüssig; genug, wenn der Besitzer eines Tages zu der Überzeugung kam, unter dieses jungen Ausländers Händen sei all das Seine am besten aufgehoben und er brauche sich, wenn dieser walte, um gar nichts zu kümmern noch irgendeines Dinges sich selber anzunehmen – wie es seinem hohen Range zukam und wie er's gewohnt war. In der Erzeugung eines umfassenden Vertrauens also bewährte sich hier vor allem die Segenskraft; und der natürliche Abscheu davor, ein solches Vertrauen in irgendeinem Punkt – und nun gar dem allerheikelsten – zu täuschen, sollte seinem Träger zu einer mächtigen Hilfe werden, das Zerwürfnis mit Gott zu vermeiden.

Ja, Labanszeit war es, die nun anbrach für Joseph, und doch war alles ganz anders als im Fleischesfalle des Vaters, und anders fügten sich für den Nachfolger die Dinge. Denn Wiederkehr ist Abwandlung, und wie im Guckrohr ein immer gleicher Bestand an farbigen Splittern in immer wechselnde Schauordnungen fällt, so bringt das spielende Leben aus dem Selben und Gleichen das immer Neue hervor, die Sohnes-Sternfigur aus denselben Teilchen, aus welchen der Lebensstern des Vaters sich bildete. Die Guckunterhaltung ist lehrreich; denn in wie andere Ordnungen werden dem Sohne die Splitter und Steinchen sich fügen, die Jaakobs Lebensschaubild ergaben, – um wieviel reicher, verwickelter, aber auch schlimmer werden sie fallen! Er ist ein späterer, heiklerer »Fall«, dieser Joseph, ein Sohnesfall, leichter und witziger wohl als der des Vaters, aber auch schwieriger, schmerzlicher, interessanter, und kaum sind die einfachen Gründungen und Muster des väterlichen Vor-Lebens wiederzuerkennen in der Gestalt, worin sie wiederkehren in seinem. Was wird zum Beispiel darin aus dem Rahel-Gedanken und -Vorbild werden, der holden und klassischen Lebens-Grundfigur, – welch eine vertrackte und lebensgefährliche Arabeske! – Man sieht wohl: was sich da vorbereitet, was schon vorhanden ist, weil es sich abgespielt hat, als die Geschichte sich selber erzählte, und was nur, nach wieder eingeschaltetem Gesetze der Zeit und des Nacheinander, noch nicht wieder an der Reihe ist, – es zieht uns mächtig-unheimlich an; unsere Neugier danach, eine eigentümliche Art der Neugier, die alles schon weiß und nicht sowohl der Erfahrung als der Mitteilung gilt, ist lebhaft, und immer wieder versucht uns der Vorwitz, der herrschenden Feststunde voranzuschweifen. So geht es, wenn der Doppelsinn des »Einst« seinen Zauber übt; wenn die Zukunft Vergangenheit ist, alles längst sich abgespielt hat und nur wieder sich abspielen soll in genauer Gegenwart!

Was wir tun können, um unserer Ungeduld etwas die Zügel zu lockern, ist, den Begriff der Gegenwart aus dem Engsten ein wenig zu erweitern und größere Mengen von Nacheinander zur Einheit und einer frei bewirtschafteten Gleichzeitigkeit zusammenzuziehen. Zu einer solchen Umschau eignet sich die Jahresgruppe recht wohl, die Joseph zu Petepre's Leibdiener und dann zu seinem Oberverwalter machte; ja, sie verlangt danach, und zwar, weil Umstände, die sehr zu seinem Erfolge beitrugen (obgleich man glauben sollte, daß sie ihn hätten hemmen müssen) und ihre Wirkungen über dies ganze Zeitgebiet, ja noch weiterhin, ausdehnten, auch gleich im Anfang schon eine bestimmende Rolle spielten, so daß man vom Anfange nicht sprechen kann, ohne diese atmosphärisch alles durchdringenden Verhältnisse überhaupt zur Sprache zu bringen.

Das Wort, nachdem es die Tatsache von Josephs anderem Verkaufe erhärtet, hält vor allem Weiteren fest, daß Joseph »in seines Herrn, des Ägypters, Hause war«. Nun freilich, dort war er. Wo denn sonst? Er war verkauft in das Haus, und in dem Hause war er, – das Wort scheint da das ohnehin Feststehende zu erhärten und sich müßig zu wiederholen. Es will jedoch richtig gelesen sein. Die Aussage, daß Joseph in Potiphars Hause »war«, will uns belehren, daß er dort blieb, was mit dem Vorigen keineswegs schon erhärtet, sondern eine betonenswerte Neuigkeit ist. Joseph blieb, nachdem er gekauft worden, in Petepré's Hause selbst, das heißt: er entging, nach Gottes Willen, der nur allzu naheliegenden Gefahr, zur Fron auf des Ägypters Ländereien hinausgeschickt zu werden, wo er hätte am Tage vor Hitze verschmachten, nachts aber vor Frost hätte beben und unter der Fuchtel eines wenig gesitteten Vogtes in Dunkel und Dürftigkeit, unerkannt, ungefördert seine Tage hätte beschließen mögen.

Dies Schwert schwebte über ihm, und wir haben zu bewundern, daß es nicht auf ihn niederfiel. Es saß lose genug. Joseph war ein nach Ägypten verkaufter Ausländer, ein Asiatensohn, ein Amu-Knabe, ein Chabire oder Ebräer, und der Verachtung, der er als solcher in diesem dünkelhaftesten aller erschaffenen Länder grundsätzlich anheimgegeben war, muß man ins Auge sehen, bevor man dazu übergeht, ihre Abschwächung, ja Aufhebung durch entgegenstehende Einflüsse zu erläutern. Daß es den Meier Mont-kaw einige Sekunden lang angefochten hatte, den Joseph halb und halb für einen Gott zu halten, beweist nicht, daß er ihn, vor allem einmal, *mehr* als halb und halb für einen Menschen hielt. Offen gestanden tat er das eigentlich nicht. Der Bürger von Keme, dessen Ahnen aus den Wellen des heiligen Stromes getrunken hatten und in dessen unvergleichlichem, mit Bauwerk, urübermachter Schrift und Figur vollgestopftem Heimatlande der Sonnenherr in Person einst König gewesen war, nannte sich selbst zu ausdrücklich »Mensch«, als daß genau genommen für Nicht-Ägypter, Kuschneger etwa, libysche Zopfträger und asiatische Lausebärte, von dieser Einschätzung viel übriggeblieben wäre. Der Begriff der Unreinheit und des Greuels war keine Erfindung des Abramssamens und mitnichten vorbehalten den Kindern Sems. Einiges war ihnen und den Leuten Ägyptens gemeinsam ein Greuel: zum Beispiel das Schwein. Außerdem aber waren diesen die Ebräer selber ein solcher, und zwar in dem Grade, daß es ihnen gegen Würde und frommen Anstand ging, mit solchen Leuten das Brot zu essen, – das verstieß gegen ihre Speisesitten, und einige zwanzig Jahre nach dem Zeitpunkt, an dem wir halten, als Joseph mit Erlaubnis Gottes in allen seinen Gewohnheiten und seinem ganzen Gebaren nach völlig zum Ägypter geworden war und gewisse Barbaren bei sich zu Tische sah, da ließ er selbst sich und seiner ägyptischen Umgebung besonders auftragen und jenen besonders, um das Gesicht zu wahren und sich nicht zu verunreinigen vor seinem Gesinde.

So stand es, grundsätzlich, mit Amu- und Charu-Leuten in Ägyptenland; so stand es mit Joseph selbst, als er dort ankam. Daß er im Hause blieb und nicht auf dem Felde verkümmern mußte, ist ein Wunder – oder es ist doch zum verwundern; denn ein Wunder Gottes im vollen Sinne des Wortes war es nicht, sondern viel Menschlich-Landläufiges, Modisch-Geschmacksmäßiges war dabei im Spiel – kurz, jene Einflüsse, von denen wir sagten, daß sie dem Grundsätzlichen entgegengestanden seien und es abgeschwächt, ja aufgehoben hätten. Übrigens machte dieses sich geltend, zum Beispiel durch Dûdu, den Gatten der Zeset: er vertrat es; er wollte und beantragte, daß Joseph zur Feldfron hinausgeschafft werde. Denn er war nicht nur ein Mann – oder Männlein – des Vollwertes und der Gediegenheit, sondern auch ein Anhänger und Verteidiger des heilig Althergebrachten und der Überlieferungsstrenge, ein grundsatzfrommer Zwerg; und er war damit ein Parteigänger, er hielt es mit einer Gesinnungsschule und -richtung, welche, aus allerlei sittlich-staatlich-glaubensmäßigen Willensmeinungen zur natürlichen und streitbaren Einheit verbunden, überall im Lande ihre Stellungen gegen andere, weniger eingeschränkte und altertumstreue zu behaupten hatte und auf Peteprê's Anwesen ihren Stützpunkt hauptsächlich im Frauenhause besaß, genauer: in den Eigengemächern Mut-em-enets, der Herrin, wo ein Mann aus und ein ging, dessen starre Person mit Recht als der Mittel- und Sammelpunkt dieser Strebungen galt: der erste Prophet des Amun, Beknechons.

Von diesem später. Joseph hörte von ihm und sah ihn erst nach einiger Zeit, wie er denn in die Verhältnisse, die wir hier andeuten, nur allmählich Einblick gewann. Aber er hätte weniger aufmerksam sein müssen und weniger rasch im Überblick über Gunst und Ungunst, um nicht sehr bald, eigentlich schon beim ersten Schwatz und Austausch mit des Hauses übriger Dienerschaft, etwas und sogar das Wesentliche davon loszuhaben. Seine Art dabei war, so zu tun, als ob er alles im voraus schon loshabe und mit den inneren Geheimnissen und Vertraulichkeiten des Landes Bescheid wisse wie einer. In seinem den Ohren der Leute noch etwas drollig lautenden, in der Wortfindung aber sehr umsichtigen und aufgeweckten Ägyptisch, das ihnen sichtlich Vergnügen machte, weshalb er sich nicht sonderlich beeilte, es regelmäßiger zu gestalten, erzählte er etwa von den »Gummiessern« – so sagte er kundig; es war ein beliebter Spottname für nubische Mohren –, die er hatte zur

Audienz über den Strom befördern sehen, und fügte hinzu, die Hechelreden der neidischen Herren im Morgengemach würden nun wohl fürs erste nichts ausrichten können gegen den Fürsten-Statthalter von Kusch, da dieser das Herz Pharao's durch den überraschenden Tribut zu erfreuen und jenen das Wasser abzugraben gewußt habe. Darüber lachten sie mehr, als wenn er ihnen Neuigkeiten erzählt hätte, denn gerade der oft wiederholte und allen vertraute Klatsch war ihnen behaglich; und wie sie sich über seine fremdartige Sprechweise erheiterten, ja sie gewissermaßen bewunderten und auf die kenanitischen Worte lauschten, die er aushilfsweise in seine Rede flocht, das steckte ihm gleich ein Licht auf über Gunst und Ungunst.

Sie taten es nämlich selbst, so gut sie konnten. Sie versuchten selber, ausländische Brocken, akkadisch-babylonische sowohl wie solche aus Josephs Sprachsphäre, in ihre Rede zu mischen; und dieser empfand sogleich, noch bevor er es bestätigt fand, daß sie es darin den vornehmen Leuten gleichzutun suchten, daß aber auch diese wieder die Narretei nicht aus eigenem Antriebe übten, sondern eine noch höhere Gegend, den Hof, dabei nachahmten. Joseph begriff diese Abhängigkeiten, wie gesagt, bevor er sie erprobte. Es war wirklich so, er stellte es mit heimlichem Lächeln fest: Dies Völkchen, das sich doch Grenzenloses darauf einbildete, mit Nilwasser aufgezogen und dem Lande der Menschen, dem einzig wahren Geburtslande der Götter angehörig zu sein; das den geringsten Zweifel an der urgesetzten und überhaupt nicht zu erörternden Überlegenheit seiner Gesittung über die ganze ringsum gelagerte Welt nicht mit Zorn, sondern nur mit Lachen beantwortet hätte und bis zum Halse angefüllt war mit dem Kriegsruhm seiner Könige, dieser Achmose, Tutmose und Amenhotep, welche den Erdkreis bis zum verkehrtgehenden Euphrat erobert und ihre Grenzsteine bis zum nördlichsten Retenu und bis zu den südlichsten Wüsten- und Bogenvölkern vorgeschoben hatten, –

dies seiner Sache so sichere Völkchen also war zugleich schwach und kindisch genug, ihn unverhohlen darum zu beneiden, daß das Kanaanäische seine Muttersprache war, ja, ihm seine natürliche Geläufigkeit darin, unwillkürlich und gegen alle bessere Vernunft, als ein geistiges Verdienst anzurechnen.

Warum? Weil das Kanaanäische fein war. Und warum fein? Weil es ausländisch und fremd war. Aber mit dem Ausländischen war es doch ein Elend und Minderwert? Das wohl, aber es war trotzdem fein, und diese unfolgerichtige Schätzung beruhte ihrer eigenen Meinung nach nicht auf kindischer Schwäche, sondern auf Freigeisterei – Joseph spürte es. Er war der erste in der Welt, der es zu spüren bekam, denn zum erstenmal war die Erscheinung in der Welt. Es war die Freigeisterei von Leuten, die das elende Ausland nicht selbst besiegt und unterworfen hatten, sondern das durch Frühere hatten besorgen lassen und sich nun erlaubten, es fein zu finden. Die Großen gaben das Beispiel, – Petepre's, des Wedelträgers, Haus machte dem Joseph das deutlich, denn je besser er Einblick darein gewann, desto mehr überzeugte er sich, daß seine Schätze zum größten Teil Hafengüter, das heißt: eingeführte Fremderzeugnisse waren, und zwar ganz vorwiegend solche aus Josephs weiterer und engerer Heimat, aus Syrien und Kanaan. Das war ihm schmeichelhaft, zugleich damit, daß es ihn schwachköpfig anmutete; denn auf seiner gemächlichen Durchreise vom Mündungsgebiet bis zum Hause des Amun hatte es ihm nicht an Gelegenheit gefehlt, der schönen und eigengeprägten Gewerbstüchtigkeit der Länder Pharao's gewahr zu werden. Die Pferde Potiphars, seines Käufers, waren syrisches Blut – nun ja, man bezog diese Tiere am besten von dort oder von Babelland her; die ägyptische Zucht war wenig bedeutend. Aber seine Wagen ebenfalls, gerade auch der mit dem Edelsteinfeuerwerk an den Speichen, waren ein solcher Import, und daß er sein Vieh aus Amoriterland kommen ließ, war angesichts des liebenswerten einheimischen Rinderschlages mit den Leierhörnern, der sanftäugigen Hathorkühe, der starken Stiere, aus denen Merwer und Chapi erlesen wurden, nicht anders denn als modische Verschrobenheit zu beurteilen. Pharao's Freund ging an einem eingelegten Spazierstock aus Syrien, und das Bier, der Wein, die er trank, waren von dort. »Vom Hafen« waren auch die Krüge, darin man ihm diese Getränke bot, und die Waffen und Musikinstrumente, die seine Zimmer schmückten. Das Gold der fast mannshohen Prunkgefäße, die sowohl in der nördlichen wie der westlichen Säulenhalle des Hauses in ausgemalten Nischen und auch im Speisezimmer zu beiden Seiten der Estrade standen, stammte zweifellos aus nubischen Gruben, aber hergestellt waren die Vasen in Damask und Sidon, und in dem schöntürigen Gästeempfangs- und Bankettzimmer, das dem Familienspeisegemach vorgelagert und gleich vom Flure aus zu betreten war, zeigte man dem Joseph andere Krüge, etwas exzentrisch von Form und Bemalung, die nirgendwoher stammten denn aus Edomland, dem Ziegengebirge, und ihm wie ein Gruß waren von Esau, seinem fremden Oheim, den man hier offenbar ebenfalls fein fand.

Auch die Götter Emors und Kanaans, Baal und Astarte, fand man sehr fein: Joseph merkte es gleich an der Art, wie Potiphars Dienstleute, die annahmen, daß es die seinen wären, sich nach ihnen erkundigten und ihm Komplimente über sie machten. Das wirkte darum so sehr als schwächliche Starkgeisterei, weil doch die Beziehungen und Machtverhältnisse zwischen den Völkern und Ländern sich für das allgemeine Denken und Vorstellen in den Göttern verkörperten und nur der Ausdruck ihres persönlichen Lebens waren. Freilich, was war hier die Sache selbst, und was war ihr Bild? Welches die Wirklichkeit, und welches ihre Umschreibung? War es nur Redeweise, zu sagen, Amun habe die Götter Asiens besiegt und sich tributpflichtig gemacht, während eigentlich Pharao die Könige Kanaans sich unterworfen hatte? Oder war eben dies nur der uneigentlich-irdische Ausdruck für jenes? Joseph wußte wohl, daß das nicht zu unterscheiden war. Sache und Bild, das Eigentliche und Uneigentliche, bildeten eine untrennbar verschränkte Einerleiheit. Eben darum aber gaben die Leute Mizraims den Amun nicht nur dann gewissermaßen preis, wenn sie Baal und Ascherat fein fanden, sondern auch dann schon, wenn sie verbalhornte Worte der Kinder Sems in ihrer Götter Sprache mischten und statt »Schreiber« – »seper« oder statt »Fluß« – »nehel« sagten, weil es in Kanaan »sofer« und »nahal« hieß. Es war tatsächlich Freigeisterei, was diesen Sitten, Launen und Moden zum Grunde lag, und zwar Freigeisterei gegen den ägyptischen Amun. Sie bewirkte, daß es mit der grundsätzlichen Verabscheuung des Semitisch-Asiatischen nicht mehr so weit her war; und beim Überschlagen von Gunst und Ungunst verbuchte Joseph das auf seiten der Gunst.

Er nahm da von schwebenden Meinungsverschiedenheiten, Strömungen und Gegenströmungen Notiz, mit denen er, wie gesagt, erst in dem Grade besser vertraut wurde, als er in das Leben des Landes hineinwuchs. Da Potiphar ein Hofmann war, von den Freunden Pharao's einer, so lag die Vermutung nahe, daß die Quelle der locker auslandsfreundlichen, dem Amun aufsässigen Gesinnung, die seine Gewohnheiten durchblicken ließen, drüben im Westen, jenseits des »nehel«, im Großen Hause gelegen war. Hatte das, überlegte Joseph, möglicherweise mit Amuns Heerscharen und Feldhaufen zu tun, der lanzenstachlichten Tempelmacht, die ihn auf der »Straße des Sohnes« an die Wand gedrückt hatte? Mit Pharao's Unmut darüber, daß Amun, der allzu schwere Staatsgott, auf seinem eigenen Gebiete, dem streitbaren, mit ihm in Wettbewerb trat?

Sonderbar weitläufige Zusammenhänge! Pharao's Verstimmung über Amuns oder seines Tempels anmaßende Stärke war vielleicht die letzte Ursache davon, daß Joseph nicht aufs Feld

kam, sondern bleiben durfte im Hause seines Herrn und mit
dem Felde erst zu vorgeschrittener Stunde, nicht als Fronender,
sondern als Aufseher und Verwalter zu tun bekam. Diese Beziehung, die ihn zum stillen Nutznießer fern-erhabener Regungen machte, erfreute den Jungsklaven Osarsiph und verband ihn über das Mittel seines hohen Herrn hinweg mit dem
Höchsten. Aber es erfreute ihn noch mehr und Allgemeineres,
was ihn anwehte aus der Welt, in die er verpflanzt worden, und
was er beim Spüren nach Gunst und Ungunst erschnupperte
mit seiner hübschen, wenn auch etwas zu dicknüstrigen Nase;
ein Element, vertraut seinem Wesen, darin er sich wohl fühlte
wie der Fisch im Wasser. Es war Spätheit, das Schon fernab sein
einer Gesellschaft von Enkeln und Erben von den Gründungen
und Mustern der Väter, deren Siege sie in den Stand gesetzt
hatten, das Besiegte fein zu finden. Das sprach den Joseph an,
weil er selbst schon spät daran war nach Zeit und Seele, ein
Sohnes- und Enkelfall, leicht, witzig, schwierig und interessant. Darum war ihm hier gleich als wie dem Fisch im Wasser,
und gute Hoffnung erfüllte ihn, daß er es mit Gottes Hilfe und
ihm zu Ehren weit bringen werde in Pharao's Unterland.

Der Höfling

Dûdu also, der Ehezwerg, handelte altertumstreu und als Parteigänger des Guten-Alten, er handelte geradezu in Amuns
Namen, indem er Mont-kaw, mit tiefer Stimme und eifrigen
Gebärden seiner Stummelärmchen an ihm hinaufredend, ermahnte, den jüngst erstandenen chabirischen Knecht der Feldfron zu überantworten, weil er von den Feinden der Götter
stamme und nicht auf den Hof gehöre. Aber der Hausmeier
wollte sich anfangs gar nicht erinnern, wovon überhaupt die
Rede sei und wen der Zwerg meine – ein Amu-Sklave? Von
Minäern gekauft? Namens Osarsiph? Ach so! Und nachdem er

dem Mahner durch seine Vergeßlichkeit ein Beispiel des Gleichmutes und der Nichtachtung gegeben, womit diese Sache passenderweise zu betrachten sei, drückte er ihm seine Verwunderung darüber aus, daß er, der Kleiderbewahrer, ihr nicht nur Gedanken, sondern sogar Worte widme. Es sei wegen des Anstandes, antwortete Dûdu. Den Menschenkindern des Hofs sei es ein Abscheu, mit so einem das Brot zu essen. Aber der Vorsteher leugnete, daß die gar so zimperlich seien, und erwähnte einer babylonischen Dienerin, die im Hause der Abgeschlossenen beschäftigt sei, Ischtar-ummi, mit der die Weiber und Frauen sich recht gut verträgen. – Amun! sagte der Vorsteher der Schmuckkästen. Er nannte den Namen des erhaltenden Gottes und blickte eindringlich, ja nicht ohne Drohung zu Mont-kaw empor. Es sei Amuns wegen, sagte er. – »Amun ist groß«, erwiderte der Verwalter, ohne ein Achselzucken ganz zu verbergen. »Ich werde übrigens«, setzte er hinzu, »den Gekauften möglicherweise aufs Feld schicken. Vielleicht verschicke ich ihn, vielleicht auch nicht, doch wenn ich's tue, dann nur, wenn ich gerade selbst daran denke. Ich liebe es nicht, daß man einen Strick wirft nach meinen Gedanken und führt sie am Gängelbande.«

Mit einem Worte, er ließ den Gatten der Zeset ablaufen mit seiner Mahnung – zum Teil gewiß, weil er ihn nicht recht leiden konnte, und zwar aus Gründen und Hintergründen. Der Grund für seine Abneigung war die überhebliche Gediegenheit des Zwerges, die ihn ärgerte; der Hintergrund aber seine große und wahre Diener-Ergebenheit für Peteprê, seinen Herrn, in welcher eben er sich durch diese Überheblichkeit gekränkt und geärgert fand. Das wird noch verständlich werden. Doch war der Widerwille gegen Dûdu's kernige Person nicht der einzige Beweggrund für Mont-kaws Harthörigkeit. Das Närrchen Gottlieb nämlich, das er recht wohl leiden konnte, weniger um seiner selbst willen als in Umkehrung seiner Beziehungen zu

Dûdu, – diesen hatte er geradeso abfahren lassen, als er sich schon vorher, in entgegengesetztem Sinne, wegen Josephs an ihn gewandt hatte. Schön, gut und klug, hatte er gewispert, sei der junge Sandmann und sei ein Götterliebling; er, Gottlieb, der zwar so heiße, es aber nicht sei, habe es mit unverdorbenem Zwergenscharfblick erkannt, und der Verwalter möge doch dafür sorgen, daß dem Osarsiph, sei es im inneren oder äußeren Dienst, eine Beschäftigung angewiesen werde, in der seine Tugenden sich bewähren könnten. Aber auch hier schon hatte der Meier sich anfangs überhaupt nicht erinnern wollen und sich dann, verdrießlich, geweigert, der Frage nachzuhängen, wie der gleichgültig-überflüssige Gelegenheits- und Gefälligkeitskauf dem Hause nutzbar zu machen sei. Das habe doch wahrlich keine Eile, und er, Mont-kaw, habe an andres zu denken.

Das ließ sich sagen und hören; für einen überlasteten Mann, den überdies zuweilen die Niere drückte, war es eine ganz geziemende Antwort, und Gottlieb mußte vor ihr verstummen. In Wirklichkeit wollte der Vorsteher darum von Joseph nichts wissen und tat nicht nur vor anderen, sondern auch vor sich selber so, als habe er ihn vergessen, weil er sich der zweideutigen Gedanken oder Eindrücke schämte, die ihn, den nüchternen Mann, beim ersten Gewahrwerden des Verkäuflichen angewandelt hatten, dergestalt, daß er ihn halb und halb für einen Gott, den Herrn des weißen Affen, gehalten hatte. Dessen also schämte er sich und wollte weder daran erinnert sein noch Anregungen entgegennehmen, deren Befolgung in seinen eigenen Augen irgendwelcher Nachgiebigkeit gegen diese Eindrücke geähnelt hätte. Er weigerte sich sowohl, den Gekauften in die Feldfron zu schicken, wie auch, auf seine Verwendung im Hause bedacht zu sein, weil er sich überhaupt nicht und in keinem Sinne um ihn zu kümmern und völlig die Hand von ihm zu lassen wünschte. Er merkte nicht, der Gute, und verhehlte es vor sich selbst, daß er gerade mit dieser Enthaltsamkeit seinen ersten Eindrücken Rechnung trug. Sie entsprang der Scheu; sie entsprang, unter uns gesagt, dem Gefühl, das auf dem Grunde der Welt liegt und also auch auf dem Grunde von Mont-kaws Seele lag: der Erwartung.

So also kam es, daß Joseph, ägyptisch zugestutzt und eingekleidet wie er war, Wochen und Monde lang unbeschäftigt oder, was dasselbe sagen will, einmal da, einmal dort, heute so, morgen so, notweise und sporadisch und nur ganz leicht und niedrig beschäftigt auf Peteprê's Hof umherlungerte, was übrigens nicht weiter auffiel, da es bei dem Reichtum des Segenshauses der Lungerer und Herumsteher viele gab. Auch war es ihm in gewissem Sinne lieb und recht, daß man sich nicht um ihn kümmerte, das heißt: nicht vorzeitig und ehe denn daß man es ernstlich und ehrenvoll tun würde. Worauf es ihm ankam, war, seine Laufbahn nicht falsch und schief zu beginnen, indem man ihn etwa zu einem Handwerk heranzöge unter den Werkenden des Hauses und ihn in solch eine dunkle Tätigkeit einschlösse für immer. Er hütete sich davor und wußte sich unsichtbar zu machen im rechten Augenblick. Er saß wohl und schwatzte mit den Torhütern auf der Ziegelbank, indem er Asiatisches einmischte, das ihnen zu lachen gab. Aber er mied die Bäckerei, weil dort so kostbare Brötchen gebacken wurden, daß er mit seinen außergewöhnlich guten Röstfladen keinen Staat hätte machen können, und ließ sich tunlichst nicht blikken weder bei den Sandalenmachern noch bei den Papierklebern, den Flechtern bunter Palmbastmatten, den Tischlern und Töpfern. Eine innere Stimme lehrte ihn, daß es nicht klug sein würde, unter ihnen den Ungelernten und den linkischen Anfänger zu spielen, mit Rücksicht aufs Spätere.

Dagegen durfte er ein- und das anderemal in der Wäscherei und bei den Kornspeichern eine Liste oder Rechnung anfertigen, wozu seine Kenntnis der Landesschrift bald genügte. In zügiger Führung setzte er den Vermerk darunter: »Geschrieben hat es der Jungsklave Osarsiph, vom Auslande, für Peteprê, seinen großen Herrn, ach, möge der Verborgene seine Lebenszeit lang machen!, und für Mont-kaw, den Vorsteher aller Dinge, hochgeschickt in seinem Amt, dem zehntausend Lebensjahre hinaus über sein Schicksalsende von Amun erfleht seien, an dem und dem Tage des dritten Monats der Jahreszeit Achet, das ist der Überschwemmung.« So abtrünnig-landesüblich drückte er sich aus vor Gott bei seinen Segnungen, in der bestimmten und offenbar gerechtfertigten Zuversicht, daß dieser es ihm um seiner Lage und um der Notwendigkeit willen, sich beliebt zu machen, nicht verargen werde. Mont-kaw sah solche Listen und Unterfertigungen das eine und andere Mal, sagte aber kein Wort dazu.

Das Brot aß Joseph mit Potiphars Leuten im Dienerhause und trank sein Bier mit ihnen, indes sie schwatzten. Bald brachte er es so weit wie jene, und noch weiter, im Schwatzen; denn nach der Seite des Sprachlichen, nicht der des Handlichen, gingen seine Anlagen. Er hörte ihnen das Landläufige ab und nahm ihren Mund an, um vorerst mit ihnen zu schwatzen und ihnen später zu befehlen. Er lernte sagen: »So wahr der König lebt!« und »Bei Chnum, dem Großen, dem Herrn von Jeb!« Er lernte sagen: »Ich bin in der größten Freude der Erde« oder: »Er ist in den Zimmern unterhalb der Zimmer«, nämlich im Erdgeschoß, oder von einem zornigen Aufseher: »Er wurde wie ein oberägyptischer Leopard.« Er gewöhnte sich, wenn er ihnen etwas erzählte, dem hinweisenden Fürwort nach Landesbrauch große Vorliebe zu erweisen und immerfort so zu reden: »Und als wir vor diese unbezwingliche Feste kamen, sagte dieser gute Alte zu diesem Offizier: ›Sieh diesen Brief!‹ Als aber dieser junge Befehlshaber diesen Brief erblickte, sprach er: ›Bei Amun, diese Ausländer ziehen durch.‹« – So gefiel es ihnen.

An Festtagen, von denen jeder Monat etliche brachte, nach dem Kalender sowohl wie nach der wirklichen Jahreszeit, zum

Beispiel: wenn Pharao zur Eröffnung der Ernte einen Schnitt in die Ähren tat, oder am Tage der Thronbesteigung und der Vereinigung beider Länder oder an dem Tage, da man den Pfeiler des Usir aufrichtete unter Sistrengeklirr und Maskenspielen, zu schweigen von den Mondtagen und den großen Tagen der Trinität, des Vaters, der Mutter und des Sohnes – an solchen Tagen gab es geröstete Gänse und Rindskeulen im Dienerhause; aber dem Joseph trug Gottlieb, sein unterwüchsiger Gönner, außerdem allerlei Gutes und Süßes zu, das er im Frauenhause für ihn beiseite gebracht: Trauben und Feigen, Kuchen in Gestalt liegender Kühe und Früchte in Honig, indem er wisperte:

»Nimm, junger Sandmann, es ist besser als Lauch zum Brote, und der Kleine nahm es für dich vom Tische der Abgeschlossenen, nachdem sie gegessen. Denn ohnehin werden sie allzu vollbeleibt vom Naschen und Prepeln und sind schnatternde Stopfgänse allzumal, vor denen ich tanze. Nimm sie hinauf zu dir, die Zehrung, die dir der Zwerg bringt, und laß sie dir schmecken, denn die anderen haben nicht solche.«

»Und gedenkt Mont-kaw meiner noch nicht, daß er mich fördere?« fragte dann Joseph wohl, nachdem er dem Darbringenden gedankt.

»Noch nicht so recht«, antwortete Gottliebchen kopfschüttelnd. »Er ist schläfrig und taub deinethalben und mag nicht gemahnt sein. Aber der Kleine betreibt und steuert es schon, daß dein Schiff vor den Wind kommt, laß ihn walten und wirken! Er sinnt darauf, daß der Osarsiph vor Peteprê stehe, es wird geschehen.«

Joseph hatte ihn nämlich dringlich gebeten, es doch einzurichten, daß er auf irgendeine Weise einmal vor Potiphar zu stehen komme; aber das war wirklich fast untunlich, und nur schritt- und versuchsweise konnte der Hilfsbereite dabei zu Werke gehen. Die Dienste, die zu der Person des Herrn auch nur in weitläufigen Beziehungen standen, und nun gar die Kammer- und Leibdienste, waren in allzu festen und eifersüchtigen Händen. Es war mißglückt, daß Joseph etwa zur Pferdewartung, zum Füttern, Striegeln, Auf- und Anschirren der Syrer wäre zugelassen worden – keine Rede davon. Vorführen hätte er das Gespann darum noch immer nicht dürfen, nicht einmal dem Lenker Neternacht, geschweige dem Herrn. Eine Stufe allenfalls dahin wär's gewesen, nur war sie nicht zugänglich. Nein, vorderhand war es sein Teil noch nicht, mit dem Herrn zu sprechen, sondern nur, seine Diener über ihn sprechen zu hören, sie über ihn und über die Bewandtnisse des Hauses im ganzen auszuforschen, in das er verkauft war, und ihnen beim dienstlichen Umgang mit dem Gebieter, wo es anging, recht eindringlich zuzusehen: Vor allem dem Hausmeier Mont-kaw, wie schon anfangs gleich, am Mittag des Verkaufes.

Es war jedesmal wieder dasselbe wie damals, er sah es und hörte es: Mont-kaw schmeichelte dem Herrn, er ging ihm, hätte man sagen mögen, um den Bart, wenn diese Redewendung bei einem ägyptischen Manne, rein vom Barte, am Platze gewesen wäre; er redete ihm zu – das mochte der treffendere Ausdruck sein –, er brachte sein Leben in Worte, pries dessen Reichtumsglanz und hohe Würde, hielt ihm bestätigend und bewundernd die kühne Mannhaftigkeit seiner Führung als Jäger und Rossebändiger vor, die alle Welt um ihn zittern mache, – und dies alles tat er, wie Joseph mit Sicherheit zu erkennen meinte, nicht, um sich einzuschmeicheln, nicht um seiner selbst, sondern um des Herrn willen, keineswegs also aus Bedientenhaftigkeit und Speichelleckerei – denn Mont-kaw schien ein biederer Mann, weder grausam nach unten noch kriecherisch nach oben –, sondern, wenn hier von Liebedienerei die Rede sein sollte, so war das Wort nach seinem untadeligen Grundsinne zu nehmen und einfach so zu verstehen, daß der

Vorsteher seinen Herrn liebte und in aufrichtiger Dienertreue mit jenen schmeichelhaften Vorhaltungen seiner Seele behilflich zu sein wünschte. Dies also war Josephs Eindruck, der durch das zarte, zugleich melancholische und triumphierende Lächeln bekräftigt wurde, mit welchem Pharao's Freund, dieser turmhohe und doch dem Ruben so unähnliche Mann, solche Liebesdienste entgegennahm; und je besser er sich mit der Zeit die Bewandtnisse des Hauses zu eigen machte, desto deutlicher wurde dem Joseph, daß das Verhältnis Mont-kaws zu seinem Gebieter nur eine Abwandlung war des wechselseitigen Verhaltens aller Hausgenossen untereinander. Sie alle waren sehr würdevoll und brachten einander viel Ehrfurcht, Zartheit und schmeichelhaft schonende Rücksicht entgegen, eine stützende Höflichkeit etwas gespannter und überbesorgter Art: so Potiphar seiner Gemahlin, der Herrin Mut-em-enet, und sie ihm; so die »heiligen Eltern im Oberstock« ihrem Sohne, dem Peteprê, und er ihnen; so wiederum diese ihrer Söhnin, der Mut, und sie ihnen. Es war, als stehe ihrer aller Würde, die doch durch die äußeren Umstände so sehr begünstigt schien und auch das Benehmen ihrer aller durchaus beherrschte, da sie in ihrem Bewußtsein stark sein mochte – dennoch nicht auf den festesten Füßen und etwas sei hohl und scheinhaft daran, weshalb es das Grundbestreben aller sei, sich gegenseitig durch zarteste Höflichkeit und liebende Ehrerbietung in ihrem Würdegefühl zu befestigen und zu bestärken. Wenn etwas närrisch und peinlich war in diesem Segenshause, – hier lag es, und spukte ein Kummer darin, – hier deutete er sich an. Er nannte nicht seinen Namen, doch Joseph meinte ihn zu vernehmen. Ihm war, als lautete er: Hohle Würde.

Peteprê besaß viele Titel und Ehren; Pharao hatte ihm hoch das Haupt erhoben und ihm mehrfach vom Erscheinungsfenster herab, in Anwesenheit der königlichen Familie und alles Hofvolkes, Lobgold zugeworfen, wobei das Gesinde Beifall gejauchzt und zeremonielle Freudensprünge vollführt hatte. Im Dienerhause erzählten sie es dem Joseph. Der Herr hieß Wedelträger zur Rechten und Freund des Königs. Seine Hoffnung, eines Tages »Einziger Freund des Königs« zu heißen (wovon es nur wenige gab), war begründet. Er war Vorsteher der Palasttruppen, Oberster der Scharfrichter und Befehlshaber der königlichen Gefängnisse – das heißt: er hieß so, es waren Hofämter, die er bekleidete, und leere oder fast leere Gnadentitel, die er da trug. In Wirklichkeit – so hörte es Joseph von den Dienern – befehligte ein rauher Soldat und Oberst-Hauptmann die Leibwache und war Herr der Exekutionen, ein Großoffizier namens Haremheb, oder Hor-em-heb, der dem höfischen Titularkommandanten und Ehrenvorsteher des Strafhauses wohl einige Rechenschaft schuldete, aber auch dies nur der Form halber; und mochte es auch für den fetten Ruben-Turm mit der zarten Stimme und dem melancholischen Lächeln ein Glück sein, daß er nicht selbst den Leuten mit fünfhundert Stockschlägen den Rücken zermalmen und sie, wie man sagte, »ins Haus der Marter und Hinrichtung eintreten lassen« mußte, um sie »in Leichenfarbe zu versetzen«, weil es wenig schicklich für ihn und bestimmt nicht nach seinem Geschmack gewesen wäre, so verstand Joseph doch nun, daß seinem Herrn aus solchem Verhältnis häufiger Ärger und manche vergoldete Demütigung erwachsen mußte.

So war es: Potiphars Offiziers- und Kommandantentum, sinnbildlich ausgedrückt durch die verfeinerte und schwache, in die Abbildung einer Pinienfrucht auslaufende Keule in seiner kleinen Rechten, war eine Ehrenfiktion, bei deren Aufrechterhaltung in seinem Selbstbewußtsein nicht nur der treue Mont-kaw, sondern alle Welt und alle äußeren Umstände ihn stündlich unterstützten, die er aber dennoch insgeheim und ohne es selbst zu wissen als das empfinden mochte, was sie war, nämlich als Unwirklichkeit und hohlen Schein. Wie aber die

Zierkeule das Sinnbild war seiner hohlen Würden, so – schien es dem Joseph – mochte das Gleichnis weiterreichen, tiefer hinab zu den Wurzeln, wo es sich nicht mehr um Dienstlich-Berufliches, sondern um eine natürlich-menschliche Würde handelte; es mochte die Hohlheit der Ämter wiederum ein Gleichnis sein für diejenige einer wurzelhafteren Würde.

Joseph besaß außerpersönliche Erinnerungen daran, wie wenig die Ehrenannahmen der Sitte, die gesellschaftliche Übereinkunft, auszurichten vermögen gegen das dunkle und schweigende Ehrgewissen der Tiefe, das sich nicht betrügen läßt von den hellen Fiktionen des Tages. Er dachte an seine Mutter – ja, sonderbar genug, indem er den Bewandtnissen des ägyptischen Mannes Petepré, seines Käufers und Herrn, nachspürte und nachdachte, schlugen seine Gedanken den Bogen zu Rahel, der Lieblichen, und zu ihrer Verwirrung, von der er wußte, weil sie ein Kapitel war seiner Überlieferung und Vorgeschichte und weil Jaakob so manches Mal gekündet und erzählt hatte von jener Zeit, da Rahel, die Bereitwillige, ihm unfruchtbar gewesen war nach Gottes Ratschluß und Bilha hatte für sich lassen eintreten müssen, daß sie gebäre auf Rahels Schoß. Joseph glaubte das wirre Lächeln mit Augen zu sehen, das damals auf dem Antlitz der von Gott Verschmähten gelegen hatte, – dies Lächeln des Stolzes auf eine Mutterwürde, die eine Ehrenannahme der Menschen war, nicht Wirklichkeit und ohne Halt in Rahels Fleisch und Blut, halb Glück, halb Betrug, notdürftig gestützt durch die Sitte, im Grunde aber hohl und abscheulich. Er nahm diese Erinnerung zu Hilfe bei Erforschung der Bewandtnisse seines Herrn, beim Nachdenken über den Widerspruch von Fleischesgewissen und Ehrenbehelf der Sitte. Ohne Zweifel waren die Stärkungen, Tröstungen, Entschädigungen der gedanklichen Übereinkunft in Potiphars Fall weit stärker und ausgiebiger als im Falle von Rahels unterstellter Mutterschaft. Sein Reichtum, der ganze Würdenglanz seines edelstein- und straußenfederbuschgeschmückten Lebens, der gewohnte Anblick niederfallender Sklaven, schätzevoller Wohn- und Gastgemächer, strotzender Speicher und Vorratskammern und seines Frauenhauses, voll von zwitscherndem, kakelndem, lügendem und naschendem Zubehör eines Gebieterlebens, worunter die lilienarmige Mut-em-enet die Erste und Rechte war, – dies alles kam der Aufrechterhaltung seines Würdebewußtseins zustatten. Und doch mußte er dort unten, wo Rahel sich des stillen Greuels geschämt hatte, wohl heimlich wissen, daß er nicht in Wirklichkeit Truppenoberst war, sondern nur dem Titel nach, da Mont-kaw es für nötig hielt, ihm zu »schmeicheln«.

Er war ein Höfling, ein Kämmerer und Königsdiener, ein sehr hochgestellter und mit Ehren und Gütern überschütteter, aber ein Höfling ganz und gar; und dieses Wort hatte einen hämischen Nebensinn, oder vielmehr: es deckte zwei verwandte Begriffe, die darin zu einem verschmolzen; es war ein Wort, das heute nicht mehr – oder nicht mehr allein – in seiner ursprünglichen Bedeutung gebraucht wurde, sondern in übertragener, außerdem aber auch seinen eigentlichen Sinn bewahrte, so daß es auf eine ehrenvoll-hämische und heilige Weise doppelsinnig war und auf doppelte Weise zur Schmeichelei Anlaß gab: von wegen seiner Würde und seiner Unwürde. Ein Gespräch, das Joseph belauschte – und zwar keineswegs listigerweise, sondern ganz offen und in dienstlicher Eigenschaft, gab ihm manchen Aufschluß über diese Bewandtnisse.

Der Auftrag

Es war neunzig Tage oder hundert nach seinem Eintritt ins Haus der Ehre und Auszeichnung, daß dem Joseph durch Se'ench-Wen-nofre-Neteruhotpe-em-per-Amun, den Zwerg, ein glückhafter und einfach auszuführender, wenn auch etwas beschwerlich-schmerzlicher Auftrag zuteil wurde. Er machte eben wieder einmal, wohl oder übel und in stiller Erwartung seiner Stunde, den Lungerer und Herumsteher auf Potiphars Hof, als der Kleine in seiner zerknitterten Festtracht, den Salbkegel aus Filz auf dem Kopfe, gelaufen kam und ihm wispernd verkündete, er habe etwas für ihn, eine Glückssache, gut und schön zu hören, eine förderliche Gelegenheit. Von Mont-kaw habe er's ihm erwirkt, welcher nicht nein und nicht ja gesagt habe, er lasse es zu. Nein, nicht vor Peteprê solle Joseph stehen, das noch nicht. »Höre aber, Osarsiph, was du sollst und was dir blüht durch des Zwerges Betreiben, der es für dich ausgewirkt, indem er dein gedachte: Heut um die vierte Stunde über Mittag, wenn sie vom Mahle geruht haben, werden die heiligen Eltern vom Oberstock ins Lusttempelchen eintreten des schönen Gartens, daß sie dort sitzen, geschützt vor Sonne und Wind, und sich der Kühlung des Wassers sowie des Friedens ihres Alters erfreuen. Sie lieben es dort zu sitzen Hand in Hand auf zwei Stühlen, und niemand ist um sie in diesen Stunden ihres Friedens, ausgenommen ein Stummer Diener, der kniet in der Ecke und hält eine Schüssel mit Labsal, davon sie sich erquicken, wenn sie erschöpft sind vom friedlichen Sitzen. Der Stumme Diener sollst du sein, Mont-kaw hat's befohlen oder doch nicht verboten, und sollst die Schüssel halten. Nur darfst du dich nicht rühren, indes du kniest und hältst, und nicht einmal mit den Augen blinzeln, sonst störst du ihren Frieden und nimmst dir allzuviel Gegenwart heraus. Sondern mußt ganz und gar ein Stummer Diener sein und wie eine Figur des Ptach, so sind sie's gewohnt. Nur wenn sie Zeichen von Erschöpfung geben, die hohen Geschwister, dann mußt du dich flink in Bewegung setzen, ohne aufzustehen, und mußt ihnen so gewandt du nur kannst das Labsal heranbringen, ohne auf deinen Knien zu stolpern noch Unheil anzurichten mit deiner Tracht. Haben sie sich aber erquickt, so mußt du ebenso leise und flink wieder rückwärts knien in deinen Winkel und den Leib anhalten, daß du nicht schnaufst und eine unschickliche Gegenwart gewinnst, sondern sofort wieder ganz ein Stummer Diener bist. Wirst du das können?«

»Gewiß doch!« antwortete Joseph. »Danke, Gottliebchen, das will ich schon machen, ganz wie du's gesagt hast, und will sogar die Augen starr machen wie aus Glas, daß ich ganz einer Kunstfigur gleiche und nicht mehr Gegenwart habe, als mein Leib Raum einnimmt in der Luft – so sachlich will ich mich halten. Meine Ohren aber sollen still offen sein, ohne daß sie's merken, die heiligen Geschwister, wenn sie sich unterreden vor mir, daß die inneren Bewandtnisse des Hauses mir ihren Namen nennen und ich Herr über sie werde in meinem Geist.«

»Schon gut«, erwiderte der Zwerg. »Aber stelle es dir nicht zu leicht vor, das lange Verweilen als Stummer Diener und Ptachfigur und dies hin und her eilen auf den Knien mit dem Labsal in Händen. Es wäre gut, wenn du es vorher etwas übtest für dich allein. Das Labsal läßt du dir ausfolgen vom Schreiber des Schenktisches, nicht im Küchenhause, sondern in der Vorratskammer des Hauses des Herrn, dort hält man's bereit. Gehe ein durch das Haustor in die Vorhalle und wende dich linkshin, wo die Treppe ist und wo es ins Sondergemach des Vertrauens geht, das Bettzimmer Mont-kaws. Geh schräge hindurch und öffne die Tür zur Rechten, so tut sich dir eine lange Kammer auf oder ein Gang, voll von Vorräten des Speisezimmers, so daß du erkennst, es ist die Vorratskammer. Dort findest du den Schreiber, der dir das Notwendige einhändigt, und trägst es mit Andacht durch den Garten und vors Häuschen, eine Zeit vor der Zeit, daß du beileibe schon da bist, wenn die Heiligen eintreten. Da kniest du nieder im Winkel und lauschest. Hörst du sie aber kommen, so rührst du kein Wimperchen mehr und atmest nur heimlich, bis daß sie Erschöpfung an den Tag legen. Weißt du den Dienst nun?«

»Vollkommen«, antwortete Joseph. »Es war eines Mannes Weib, das ward zur Salzsäule, weil es sich umsah nach der Stätte des Verderbens. So will ich werden in meiner Ecke und mit meiner Schüssel.«

»Die Geschichte kenne ich nicht«, sagte Neteruhotpe.

»Ich will sie dir bei Gelegenheit erzählen«, erwiderte Joseph.

»Tu das, Osarsiph«, raunte der Kleine, »zum Dank, daß ich dir den Dienst ausgewirkt habe als Stummer Diener! Erzähle mir auch einmal wieder die Geschichte von der Schlange im Baum und wie der Unangenehme den Angenehmen erschlug und die vom Kistenschiff des vorschauenden Mannes! Auch die Geschichte vom verwehrten Opfer des Knaben hörte ich gern noch einmal, sowie die von dem Glatten, den die Mutter rauh machte mit Fellen und der im Dunkeln die Unrechte erkannte!«

»Ja«, sagte Joseph, »unsere Geschichten lassen sich hören. Jetzt aber will ich den flinken Knielauf vorwärts und rückwärts üben und nach dem Schatten sehen der Uhr, daß ich beizeiten mich schmuck mache zum Dienst und mir aus der Vorratskammer das Labsal hole, und will es alles machen, wie du gesagt hast.«

So tat er, und als er meinte, er könne den Kunstlauf, salbte und schnatzte er sich, legte seine Feierkleider an, den unteren Schurz und den oberen, längeren, der jenen durchscheinen ließ, schob das Hemdjäckchen hinein, das aus etwas dunklerem Leinen war, ungebleicht, und versäumte nicht, sich um Stirn und Brust herum mit Blumen zu kränzen für den Ehrendienst, zu dem er erlesen. Dann sah er nach der Sonnenuhr, die auf der Hoffreiheit zwischen Herrenhaus, Dienerhaus, Küchenhaus und Frauenhaus stand, und trat ein durch die Ringmauer und das Haustor in Potiphars Vorhalle, die sieben Türen hatte aus rotem Holz mit edlem und breitem Schmuckwerk darüber. Rundsäulen trugen sie, ebenfalls rot und aus Holz, schimmernd poliert, mit steinernen Basen und grünen Häuptern; der Fußboden aber der Halle stellte den Himmel der Sternbilder dar, hundertfältig von Figur: den Löwen, das Nilpferd, Skorpion, Schlange, Steinbock und Stier sah man da im Kreise unter allerlei Götter- und Königsgestalt, dazu den Widder, den Affen und den gekrönten Falken.

Über den Fußboden ging Joseph schräge hin, und unter der Treppe, die zu den Zimmern über den Zimmern führte, trat er ein durch die Tür ins Sondergemach des Vertrauens, wo Der über dem Hause, Mont-kaw, sich abends zur Ruhe kauerte. Joseph, der mit dem Gesinde im Dienerhause irgendwo auf der Matte des Bodens in seinem Mantel schlief, sah sich um im Sondergemach mit der zierlichen, fellbedeckten Bettstatt auf Tierfüßen, deren Kopfbrett die Bilder schlummerbeschützender Gottheiten, des krummen Bes und Epets, des schwangeren Nilpferdes, zeigten, mit den Truhen, dem steinernen Waschgerät, dem Kohlenbecken, dem Lampenständer, und dachte bei sich, daß man hoch aufsteigen müsse im Vertrauen, um es in Ägyptenland zu solcher Sonderbehaglichkeit zu bringen. Darum sah er zu, daß er weiterkäme zu seinem Dienst, und kam in den langen Vorratsgang, so schmal, daß er keine Säulen und Stützen brauchte, welcher bis an die westliche Rückseite des Hauses durchlief, so daß nicht nur das Gästeempfangs- und das Speisezimmer daran stießen, sondern auch noch die dritte, westliche Säulenhalle; denn außer dieser und der Vorhalle im Osten gab es noch eine im Norden, – so reichlich und überflüssig war Peteprê's Haus gebaut. Der Kammergang aber war, wie es der Zwerg verkündet hatte, voll von Gerüsten, Borten und Fächern mit Vorräten und Geschirr des Speisezimmers: Früchten, Broten, Kuchen, Gewürzbüchsen, Schüsseln, Bierschläuchen, langhalsigen Weinkrügen in schönen Gestellen und Blumen dazu, sie zu bekränzen; und es war Chamat, der lange Schreiber, den Joseph hier traf: Rohre hinter den Ohren, zählte und griffelte er in der Kammer.

»Nun, du Grünhorn und Stutzer vom Sande?« sagte er zu Joseph. »Wie hast du dich herausgeputzt? Es gefällt dir wohl im Lande der Menschen und bei den Göttern? Ja, du darfst den heiligen Eltern aufwarten, ich hab's schon gehört – hier stehst du auf meiner Tafel. Wahrscheinlich ist's Schepses-Bes, der dir das verschafft hat; denn im Grunde, wie kommst du dazu? Er aber wollte dich gleich gekauft wissen und hat auch noch aufgeschraubt deinen Preis bis ins Lächerliche. Denn bist wohl du einen Ochsen wert, du Kalb?«

Sieh lieber beizeiten nach deinen Worten, dachte Joseph bei sich, denn ich werde bestimmt noch über dich gesetzt sein hier im Hause.

Laut sagte er:

»Sei so gut, Zögling des Bücherhauses, Cha'ma't, der du lesen, schreiben und zaubern kannst, und gib diesem geringen Bittsteller das Labsal für Huij und Tuij, die verehrten Greise, daß ich es ihnen bereithalte als Stummer Diener für die Stunde ihrer Erschöpfung.«

»Das muß ich wohl tun«, erwiderte der Schreiber, »da du auf der Tafel stehst und der Narr hat es durchgesetzt. Meiner Voraussicht nach wirst du den Heiligen den Trank über die Füße schütten, und dann wirst du abgeführt, um deinesteils Labsal zu empfangen, bis du erschöpft bist und der, der es dir erteilt.«

»Ich sehe gottlob ganz andres voraus«, antwortete Joseph.

»So, tust du das?« fragte der lange Chamat und blinzelte. »Bitte schön, es steht schließlich bei dir. Die Labung ist schon zur Hand und ist aufgeschrieben: die silberne Schüssel, das goldene Kännchen mit Granatapfelblut, die goldenen Becherchen dazu und fünf Muscheln des Meeres mit Trauben, Feigen, Datteln, Dumfrüchten und Mandelküchlein. Du wirst ja wohl nicht naschen oder gar stehlen?«

Joseph sah ihn an.

»So, das wirst du also nicht«, sagte Chamat in etlicher Verwirrung. »Desto besser für dich. Ich fragte nur so, obgleich ich mir gleich dachte, daß du nicht Nase und Ohren abgeschnitten haben magst, und auch außerdem ist's wohl nicht deine Gewohnheit. Es ist nur«, fuhr er fort, da Joseph schwieg, »weil doch bekannt ist immerhin, daß deine Vorbesitzer sich entschließen mußten, dir die Brunnenstrafe angedeihen zu lassen um gewisser Fehle willen, die ich nicht kenne, – sie mögen ja gering gewesen sein und sich nicht auf Mein und Dein, sondern nur auf Weisheitsdinge bezogen haben, ich kann es nicht wissen. Auch hört man ja, daß die Strafe dich gründlich davon gesäubert habe, so daß ich also meine Frage nur allgemeiner Vorsicht halber zu stellen für richtig fand...«

Was rede ich eigentlich, dachte er bei sich, und lasse meinen Mund in Windungen laufen? Ich wundere mich über mich selbst, habe aber sonderbarerweise den Herzenswunsch, weiterzureden und noch allerlei zu sagen, was mir nicht dringlich sein sollte, es aber gleichwohl ist.

»Mein Amt gebot mir«, sagte er, »zu fragen, wie ich fragte; es ist meine Pflicht, mich der Ehrlichkeit eines Dieners zu versichern, den ich nicht kenne, und ich kann nicht umhin, es zu tun um meiner selbst willen, denn an mir bleibt es hängen, wenn etwas abhanden kommt vom Geschirr. Dich aber kenne ich nicht, denn deine Herkunft ist dunkel, insofern es dunkel ist in einem Brunnen. Dahinter mag sie ja heller sein, aber der Name, mit dem man dich nennt – Osarsiph, heißt du nicht so? –, scheint anzudeuten in seiner dritten Silbe, daß du ein Findling bist aus dem Schilfe und bist vielleicht in einem Binsenkörbchen umhergetrieben, bis dich ein Wasserschöpfer herauszog, – dergleichen kommt immer einmal wieder vor in der Welt. Übrigens ist ja möglich, daß dein Name auf etwas anderes zielt, ich laß es dahinstehn. Jedenfalls hab' ich gefragt, wie ich gefragt habe, nach meiner Pflicht, oder wenn nicht gerade unbedingt nach meiner Pflicht, so doch nach der Üblichkeit und der Redeweise. Es ist die Redeweise so und die Übereinkunft unter den Menschen, daß man zu einem Jungsklaven spricht, wie ich sprach, und nennt ihn im üblichen Tone ein Kalb. Ich wollte nicht sagen, daß du eigentlich und nach der Wirklichkeit ein Kalb bist, – wie sollte auch das wohl sein. Sondern ich redete bloß wie alle und nach der Übereinkunft. Auch ist es gar nicht meine Voraussicht und meine Erwartung, daß du den Heiligen wirst den Granatsaft über die Füße schütten; ich sagte es nur um der üblichen Grobheit willen und log gewissermaßen. Ist es nicht sonderbar in der Welt, daß der Mensch meistens gar nicht das Eigene sagt, sondern das, wovon er glaubt, daß andere es sagen würden, und spricht nach dem Bandmuster?«

»Geschirr und Reste des Labsals«, sagte Joseph, »bringe ich dir zurück nach getanem Dienst.«

»Gut, Osarsiph. Du kannst gleich durch diese Tür hinausgehen am Ende der Kammer und brauchst nicht wieder den Weg zu nehmen durchs Sondergemach des Vertrauens. Hier kommst du sogleich vor die Ringmauer und vor das Pförtchen der Ringmauer. Da gehe hindurch, so bist du schon unter Bäumen und Blumen und siehst den Teich, und es lacht dir entgegen das Gartenhäuschen.«

Joseph ging hinaus.

»Na«, dachte der zurückbleibende Chamat, »ich habe geschwätzt, daß Gott erbarm'! Was dieser Asiat von mir denken mag, ist unerfindlich. Hätte ich nur geredet wie ein anderer und nach dem Bandmuster, statt daß mir auf einmal zumute war, ich müsse was ganz eigentümlich Wahrhaftiges sagen, und habe gekohlt ganz wider Willen, daß mir nachträglich die Wangen warm werden davon! Zum Erdferkel! Wenn er mir wieder vor Augen kommt, will ich grob mit ihm sein nach voller Üblichkeit!«

Huij und Tuij

Unterdessen trat Joseph durch das Pförtchen der Ringmauer in Potiphars Garten hinaus und fand sich unter den schönsten Sykomoren, Dattel- und Dumpalmen, Feigen-, Granat- und Perseabäumen, die in Reihen auf grüner Grasnarbe standen, und Wege aus rotem Sande gingen hindurch. Zwischen den Bäumen halb versteckt, lag auf einer kleinen Aufschüttung mit Rampe das zierlich buntbemalte Lusthäuschen und blickte auf das viereckige, von Papierschilf umstandene Teichbassin, auf dessen grünlichem Spiegel schöngefiederte Enten schwammen. Zwischen Lotusrosen lag dort ein leichter Kahn.

Joseph erstieg, das Labsal in Händen, die Stufen zum Kiosk. Er kannte die Anlage, die sehr herrschaftlich war. Über den Teich hinweg sah man von hier auf die Platanenallee, die zu dem doppelt getürmten Tore führte, welches sich in der südlichen Außenmauer öffnete und von dieser Seite unmittelbaren Zutritt zu Potiphars Segensanwesen gewährte. Der Baumgarten, mit seinen kleinen Becken voll Grundwassers, setzte sich auch vom Ostrande des Teiches noch fort, und dann kam ein Weingarten. Liebliche Blumenfelder gab es auch: zu seiten der Platanenallee und um das Lusthäuschen herum. Das Heranbringen der schönen Fruchterde für all dies Sprießen im ursprünglich Dürren mußte den Kindern des ägyptischen Diensthauses viel sauren Schweiß gekostet haben.

Das Häuschen, gegen den Teich ganz offen, von weißen, rotkannelierten Säulchen flankiert, war wohleingerichtet und ein feiner, heimlicher Aufenthalt, geschaffen sowohl für einsame Betrachtung und den geschützten Einzelgenuß der Gartenschönheit wie auch für intime Geselligkeit oder doch ein Zusammensein zu zweien, wie ein Brettspiel andeutete, das seitwärts auf einer Platte stand. Lustige und natürliche Malereien bedeckten die Wände, aufgetragen auf ihren weißen

Grund, blumig-schmuckhaft zum Teil und reizende Nachahmungen von Spann- und Hängegewinden aus Kornblumen, gelben Perseablüten, Weinlaub, rotem Mohn und den weißen Blütenblättern des Lotus, teils auch szenischer Art und auch dann von dem heitersten Leben; denn man sah eine Eselherde, aus der man es iahen zu hören meinte, einen Fries fettbrüstiger Gänse, eine grünblickende Katze im Schilf, stolzierende Kraniche in feiner Rostfarbe, Leute, die schlachteten und Rindskeulen und Geflügel im Opferzuge trugen, und andere Augenweide mehr. Das alles war vorzüglich gemacht, aus einem frohen, geistreichen und zärtlich spöttischen Verhältnis des Machers zu seinem Gegenstande, mit kecker und dennoch fromm gebundener Hand, wahrhaftig in dem Grade, daß es einen ankam, lachend auszurufen: »Ja, ja, ach ja, die herrliche Katze, der dünkelnde Kranich!«, und dennoch in eine strengere zugleich und lustigere Sphäre, eine Art von Himmelreich des hochtragenden Geschmacks emporverklärt, für das Joseph, dessen Augen darüber hingingen, den Namen nicht wußte, auf das er sich aber sehr wohl verstand. Es war Kultur, was auf ihn herniederlächelte, und Abrams später Enkel, der Jaakobsjüngste, etwas verweltlicht wie er war, geneigt zur Neugierssympathie und zu Jungentriumphen der Freiheit, hatte seine Freude daran mit heimlichem Rückblick auf den allzu geistlichen Vater, der all diese Bildmacherei mißbilligt hätte. Es ist höchlich hübsch, dachte er, laß das gut sein, alter Israel, und schilt es nicht, was die Kinder Keme's da weltlich vermocht in lächelnder Anspannung und hochwandelnd im Geschmack, denn es könnte sein, daß es selbst Gott gefällt! Siehe, ich bin gut Freund damit und finde es reizend, vorbehaltlich des stillen Bewußtseins in meinem Blut, daß es das Eigentlichste und Wichtigste wohl nicht sein mag: was da ist, in den Himmel des feinen Geschmacks zu tragen, sondern daß dringlich notwendiger ist die Gottessorge ums Zukünftige.

Also jener bei sich. Auch die Einrichtung des Häuschens war himmlisch geschmackvoll: das elegant gestreckte Ruhebett aus Schwarzholz und Elfenbein, auf seinen Löwenfüßen, mit Daunenkissen belegt und Fellen vom Panther und Luchs; die breiten Armsessel mit Rückenlehnen in kunstreicher Preßarbeit des vergoldeten Leders, schwellende Fußschemel davor und staffiert mit gestickten Kissen; die bronzierten Räucherständer, auf denen Köstliches schwelte. War aber das Innere hier eine wohnliche Zuflucht und Häuslichkeit, so war es zugleich auch eine Andachtsstätte und Kapelle; denn kleine silberne Teraphim, Götterkronen auf den Häuptchen, standen nebst dargebrachten Blumensträußen auf einer Bankempore des Hintergrundes, und allerlei Kultgerät zeigte an, daß man ihnen diente.

So kniete denn Joseph hin, um in Bereitschaft zu sein, in den Winkel beim Eingang, indem er vorläufig noch das Labsal vor sich auf die Matte stellte, um seiner Arme zu schonen. Nicht lange aber, so nahm er es eilig auf und machte sich unbeweglich, denn Huij und Tuij kamen auf Schnabelsandalen durch den Garten geschlurft, an je einem Arme gestützt von einem dienenden Kinde, zwei kleinen Mädchen mit dünnen Stengelärmchen und töricht offenen Mündern. Denn solche nur wollten und duldeten die greisen Geschwister zu ihrer Wartung, und von ihnen ließen sie sich die Rampe emporstützen und ins Häuschen hinein. Huij war der Bruder und Tuij die Schwester.

»Vor die Herrschaften zuerst«, verlangte der alte Huij mit heiserer Stimme, »daß wir uns bücken!«

»Recht so, recht so«, bestätigte die alte Tuij, die ein großes, ovales Gesicht von heller Farbe hatte. »Vor die Silbernen zuallererst, daß wir ihre Erlaubnis erflehen, bevor wir's gut haben auf den Stühlen, im Frieden der Lusthütte!«

Und sie ließen sich von den Kindlichen vor die Teraphim stützen, wo sie die welken Hände erhoben und die Rücken krümmten, die ohnedies schon krumm waren; denn ihrer beider Wirbelsäulen hatte das Alter verbogen und bucklig eingezogen. Auch wackelte Huij, der Bruder, stark mit dem Kopf, sowohl vor- und rückwärts wie manchmal auch seitlich. Tuij war im Nacken noch fest. Dagegen hatte sie eigentümlich verborgene Faltaugen, ein Paar blinder Ritzen nur, die weder Farbe noch Blick erkennen ließen, und ein unbewegliches Lächeln hielt ihr großes Gesicht in Bann.

Nachdem die Eltern angebetet, führten die Dünnarmigen sie zu den beiden Armsesseln, die gegen den Vordergrund des Häuschens für sie bereit standen, und ließen die Seufzenden behutsam darauf nieder, nahmen auch ihre Füße und setzten sie auf die mit goldenen Schnüren eingefaßten Fußkissen.

»Ach ja, ach ja, ach ja, ja, ja, ja!« sagte Huij wieder mit heiserem Flüstern, denn eine andere Stimme hatte er nicht. »Geht nun, dienende Kindlein, ihr habt uns versorgt nach euerer Pflicht, die Beinchen stehen, die Glieder ruhen, und alles ist recht. Laßt gut sein, laßt gut sein, ich sitze. Sitzest du auch, Tuij, mein Bettgeschwister? Dann ist es recht, und ihr, geht fort bis auf weiteres und verzieht euch, denn wir wollen für uns sein und ganz allein der schönen Stunde genießen des Vorabends und Nachmittags überm Schilf und Ententeich und überm Baumwege hin bis zu den Türmen des Tors in der sichernden Mauer. Ganz ungestört und von niemandem gesehen wollen wir sitzen und ohne Lauscher die traulichen Worte des Alters tauschen!«

Dabei kniete Joseph mit seinem Geschirr schräg nahe vor ihnen in der Ecke. Aber er wußte wohl, daß er nur ein Stummer Diener war, von nicht mehr als dinglicher Gegenwart, und blickte mit gläsernen Augen dicht an den Köpfen der Alten vorbei.

»Tut also, Mädchen, folget dem milden Befehl!« sagte Tuij, die im Gegensatz zu der Heiserkeit ihres Ehebruders eine recht weiche und volle Stimme hatte. »Geht und haltet euch gerade so fern und nahe, daß ihr allenfalls unser Händeklatschen vernehmen mögt, womit wir euch rufen. Denn sollte uns eine Schwäche befallen oder überraschend der Tod uns antreten, so werden wir in die Hände klatschen, zum Zeichen, daß ihr uns beistehen sollt und gegebenen Falles die Seelenvögel aus unseren Münden sollt entflattern lassen.«

Die kleinen Mädchen fielen nieder und gingen. Huij und Tuij saßen nebeneinander auf ihren Stühlen, die beringten Greisenhände auf den inneren Armlehnen vereinigt. Sie trugen ihr eisgraues Haar, von der Farbe sehr unrein angelaufenen Silbers, der eine ganz wie der andere: in dünnen Strähnen fiel es beiden von den gelichteten Scheiteln über die Ohren nicht ganz bis zu den Schultern hinab, nur daß bei Tuij, der Schwester, der Versuch war gemacht worden, je zwei oder drei dieser Strähnen unten zusammenzudrehen, um eine Art von Fransenbesatz zu schaffen, was aber bei der Dünne des Haars nur schlecht noch hatte gelingen können. Huij war statt dessen mit einem ebenfalls trüb-silbernen Bärtchen an der Unterseite des Kinns versehen. Auch trug er goldene Ohrringe, die durch das Haar drangen, während Tuijs alter Kopf mit einem breiten Stirnband in schwarz und weißer Emaille bekränzt war, Blütenblätter darstellend, – ein kunstreich gearbeitetes Schmuckwerk, dem man ein minder hinfälliges Haupt zum Träger gewünscht hätte. Denn wir hegen eine Eifersucht auf schöne Dinge im Namen der frischen Jugend und gönnen sie heimlich dem Haupte nicht, das mehr schon ein Schädel ist.

Auch sonst war Petepré's Mutter sehr vornehm gekleidet: Ihr blütenweißes Gewand, in seinem oberen Teil gleich einem Pilgerkragen geschnitten, war in der Taille mit einem kostbar buntfarbig gestickten Bande gegürtet, dessen Enden, leierförmig ausgebogen, fast bis zu ihren Füßen hinabfielen, und ein breites Kollier aus ebensolchem schwarz-weißen Glasfluß wie dem des Kopfschmucks bedeckte ihre vergreiste Brust. In der Linken trug sie ein Lotussträußchen, das sie hinüber an das Gesicht des Bruders führte.

»Da, alter Schatz!« sprach sie. »Berieche mit deiner Nase die heiligen Blüten, die Schönheit des Sumpfes! Erquicke dich nach dem ermüdenden Wege vom Oberstock zu diesem Friedensort an ihrem Duft von Anis!«

»Dank, Zwillingsbraut!« sagte heiser der alte Huij, der ganz in ein großes Manteltuch aus feiner weißer Wolle gehüllt war. »Es ist genug, laß gut sein, ich habe gerochen und bin erquickt. Dein Wohl!« sagte er, indem er sich steif-alt-edelmännisch verbeugte.

»Das deine!« erwiderte sie. Dann saßen sie eine Weile schweigend und blinzelten in die Gartenschönheit, die lichte Perspektive von Ententeich, Baumgang, Blumenfeldern und Tortürmen hinaus. Übrigens blinzelte er greisenhafter als sie, mit erloschenen und mühsamen Augen, und kaute seine entzahnten Kiefer, so daß das Bärtchen am unteren Kinn in gleichmäßiger Bewegung auf und nieder ging.

Tuij übte solches Gemummel nicht. Ihr großes, zur Seite geneigtes Gesicht hielt sich ruhig, und die Blindritzen ihrer Augen schienen teilzuhaben an seinem stehenden Lächeln. Sie war wohl gewohnt, des Gatten Geist zu ermuntern und ihn zum Bewußtsein der Umstände anzuhalten, denn sie sagte:

»Ach ja, mein Fröschchen, da sitzen wir und haben es gut mit Erlaubnis der Silbernen. Die jugendzarten Dinger haben uns Ehrwürdige versorgen müssen in den Kissen der schönen Stühle und sind davongeschlichen, daß wir für uns zu zweien allein sind wie das Gottespaar im Leibe der Mutter. Nur daß es nicht finster ist in unserer Höhle, sondern daß wir uns an ihrer Artigkeit weiden mögen, den schmucken Bilderchen, den wohlgestalten Beweglichkeiten. Siehe, man hat unsere Füße auf betreßte Weichschemel gestellt, zum Lohne, daß sie so lang schon auf Erden pilgern, immer zu vieren. Schlagen wir aber von diesen unsere Augen auf, so breitet überm Eingang der Höhle das schöne Sonnenrund seine bunten Flügel aus, mit Blähschlangen bewehrt, Hor, der Herr des Lotus, der dunkeln Umarmung Sohn. Eine gestaltete Alabasterlampe des Steinmetzen Mer-em-opet hat man zur Linken gestellt auf ihre Unterbank, und in dem Winkel zur Rechten kniet uns der Stumme Diener, kleine Annehmlichkeiten auf seinen Händen, die uns bereit sind, wenn's uns gelüstet. Gelüstet's dich etwa schon, meine Rohrdommel?«

Furchtbar heiser erwiderte ihr Bruder:

»Mich gelüstet's schon, liebe Erdmaus, aber ich argwöhne, daß es nur Geist und Gaumen sind, die es verlangt, nicht aber der Magen, welcher sich übel dawidersetzen und sich in mir aufheben möchte zu kaltem Schweiße und Todesängsten, wenn ich's ihm unzeitig zuführte. Besser wär' es, wir warteten, bis wir erschöpft sind vom Sitzen und der Aufbesserung wahrhaft bedürftig.«

»Recht so, mein Dotterblümchen«, antwortete sie, und nach der seinen klang ihre Stimme sehr weich und voll. »Mäßige dich, so ist's weiser, du lebst noch lange, und es läuft der Stumme Diener uns nicht davon mit seinen Erquickungen. Sieh, er ist jung und hübsch. Er ist ebenso ausgesucht hübsch wie alle Dinge, die man uns heiligen Alten vor Augen führt. Er ist mit Blumen bekränzt wie ein Weinkrug; Blüten der Bäume sind es, Blüten des Schilfs und Blumen der Beete. Seine netten schwarzen Augen sehen an deinem Ohre vorbei, sie sehen nicht auf den Ort, wo wir sitzen, sondern in der Häuslichkeit Hintergrund, und so sehen sie in die Zukunft. Verstehst du mein Wortspiel?«

»Das ist leicht zu verstehen«, krächzte der alte Huij mit Anstrengung. »Denn deine Worte spielen auf die Bestimmung der Zierhütte an, daß man auch eine Zeit und Weile lang die

Toten des Hauses darin aufbewahrt und stellt sie hinter uns vor den Silbernen auf in ihren Bildschreinen, auf schönen Schragen, wenn sie ausgeweidet sind und mit Narden und Binden gefüllt von den Ärzten und Wickelbadern, ehe denn daß man sie aufs Schiff bringt und flußaufwärts nach Abôdu geleitet, wo er selber begraben liegt, und ihnen eine sehr schöne Beisetzung bereitet nach der Art dieser, die für den Chapi vollzogen wird und den Merwer und für Pharao, und sie verschließt in dem guten und ewigen Hause und seinen Pfeilerzimmern, wo ihnen ihr Leben in seinen Farben von allen Wänden lacht.«

»Richtig, mein Sumpfbiber«, erwiderte Tuij. »Klaren Geistes hast du das Spiel und Ziel meiner Worte erfaßt, wie auch ich stets im Nu erfasse, worauf du zielst, und redetest du noch so verblümt, denn wir sind sehr aufeinander eingespielt als alte Ehegeschwister, die alle Spiele des Lebens zusammen spielten, zuerst die der Kindheit und die der Mannbarkeit später, – nicht schamloserweise redet dein altes Blindmäuschen so, sondern im Sinn der Vertraulichkeit und weil wir im Häuschen allein sind.«

»Nun ja, nun ja«, sagte der alte Huij entschuldigend. »Es war das Leben, das Leben zu zweien von Anfang bis zu Ende. Wir waren viel in der Welt und unter den Leuten der Welt, denn wir sind edel gezeugt und nahe dem Throne. Aber im Grunde waren wir immer zu zweien im Häuschen allein, dem Häuschen unserer Geschwisterschaft, gleichwie in diesem hier: erst in der Mutterhöhle, im Gehäuse der Kindheit sodann und im dunkeln Gemache der Ehe. Nun sitzen wir Greise im beschaulichen Zierhüttlein unseres Alters, leicht gebaut für den Tag, eine flüchtige Berge. Aber ewiger Schutz ist dem heiligen Pärchen bereitet in der Pfeilerhöhle des Westens, die uns endgültig umhegen wird durch unzählige Jubiläen, und von den umnachteten Wänden lächeln die Träume des Lebens.«

»Stimmt, guter Löffelreiher!« versetzte Tuij. »Aber ist's nicht sonderlich, daß wir zu dieser Stunde noch auf unseren Stühlen sitzen im Vordergrunde des Tempelchens und reden, – aber über ein Kleines sollen wir im Hintergrund ruhn auf den Löwenschragen, in unseren Hüllen, mit hochragenden Füßen, und haben unsre Gesichter außen noch einmal mit Gottesbärten am Kinn: der Usir Huij, der Usir Tuij, und über uns beugt sich Anup mit spitzen Ohren?«

»Es ist wahrscheinlich sehr sonderlich«, krächzte Huij. »Nur vermag ich's mir nicht so klarzumachen und scheue die Anstrengung, denn mein Kopf ist müde, du dagegen bist noch so kräftig in deinen Gedanken, und dein Nacken ist noch so fest. Das ist mir bedenklich, denn es möchte sein, daß du in deiner Frische nicht mit mir abschiedest und bliebest auf deinem Stuhl, indes ich liege, und ließest mich allein ziehen den engen Pfad.«

»Da sei nur zuversichtlich, mein Steinkauz!« antwortete sie. »Es läßt dein Blindmäuschen dich nicht allein ziehen, und solltest du verseufzen vor demselben, so nimmt es eine Gabe Labkraut in seinen Leib, die das Leben gerinnen macht, und wir bleiben zu zweien. Ich muß unbedingt bei dir sein nach dem Tode, daß ich dir auf die Gründe und auf die Gedanken helfe zu unserer Rechtfertigung und Erläuterung, wenn es Gericht gibt.«

»Wird es Gericht geben?« fragte unruhig Huij.

»Man muß damit rechnen«, antwortete sie. »Es ist die Lehre. Aber es ist ungewiß, ob ihr noch volle Gültigkeit zukommt. Es gibt Lehren, die wie verlassene Häuser sind; sie stehen aufrecht und dauern, aber niemand wohnt mehr darin. Ich habe mit Beknechons, dem Großen Propheten des Amun, darüber gesprochen und ihn befragt, wie es sei mit der Halle der Rechtsgöttinnen, mit der Waage des Herzens und mit dem Verhör vor dem Angesichte des Westlichen, zu dessen Seiten die zweiundvierzig gräßlich Benannten sitzen. Beknechons hat mir nicht deutlich geredet. Die Lehre sei aufrecht, hat er deiner Maulwürfin geantwortet. Alles sei ewig aufrecht in Ägyptenland, das Alte gleichwie das Neue, daneben Errichtete, daß das Land dicht voll sei von Bild, Bau und Lehre, Totem und Lebendem, und man dazwischen wandle in Züchten. Denn das Tote sei desto heiliger nur, weil es tot sei, die Mumie der Wahrheit, und ewiglich zu bewahren dem Volke, wenn's auch verlassen sei vom Geiste der neu Unterrichteten. So sagte Beknechons, der Weise. Aber er ist des Amun starker Diener und eifrig für seinen Gott. Der untere König, der den Krummstab hält und den Wedel, kümmert ihn weniger, und wenig kümmern ihn dieses großen Gottes Geschichten und Lehren. Daß er sie ein verlassen Bauwerk nennt und gewickelte Wahrheit, macht's noch nicht sicher, daß wir nicht hintreten müssen, wie das Volk es glaubt, und unsere Unschuld erläutern, auch unsere Herzen müssen wägen lassen auf der Waage, bevor Thot uns freischreibt von den zweiundvierzig Sünden und der Sohn unsere Hände nimmt und uns zuführt dem Vater. Man muß damit rechnen. Darum muß deine Käuzin unbedingt an deiner Seite sein, gleichwie im Leben, so auch im Tode, daß sie das Wort ergreift vor dem Thronenden im Saal und den gräßlich Benannten und unser Tun erläutert, falls dir die Gründe abhanden gekommen und die Rechtfertigung dir nicht einfallen will im entscheidenden Augenblick. Denn mein Fledermäuserich ist zuweilen schon etwas dämmrig im Kopf.«

»Sage das nicht!« brachte Huij äußerst heiser hervor. »Denn bin ich dämmrig und müde, so bin ich's nur vom langen und schwierigen Nachsinnen über die Gründe und die Erläuterung; aber wovon er dämmrig ist, davon mag auch der Dämmrige reden. War nicht ich es, der uns drauf brachte und entzündete im heilig Dunklen den Gedanken des Opfers und der Versöhnung? Das kannst du nicht leugnen, denn natürlich war ich's, weil ich der Mann bin und der Zeugende von uns Geschwistern, – zwar ein Dunkelmann als dein Ehebruder im heiligen Hohlgemach unserer Paarung, aber der Mann eben doch, dem es einfiel, und entzündete im altheiligen Gehäuse den Einfall der Abschlagszahlung ans heilig Neue.«

»Leugne ich's denn?« erwiderte Tuij. »Nein, das leugnet dein altes Gespons ja gar nicht, daß es ihr Dunkelmann war, der's aufs Tapet brachte und zu unterscheiden begann zwischen dem Heiligen und dem Herrlichen, nämlich dem Weltneuen, das vielleicht an der Tagesordnung sei und worauf es möglicherweise hinauswolle mit uns, also daß man ihm vorsichtshalber müsse eine Darbringung leisten, es zu versöhnen. Denn deine Mäusin sah's nicht«, fügte sie bei, indem sie auf eine blinde Art ihr großes Gesicht mit den Faltaugen hin und her bewegte, »und war beruhigt im Heilig-Alten, unfähig, was zu begreifen von neuer Tagesordnung.«

»Nicht doch«, widersprach Huij ihr krächzend, »du begriffst es recht wohl, als ich's aufs Tapet brachte, denn gelehrig bist du aufs höchste, wenn auch nicht anschlägig; aber den Anschlag des Bruders und seine Beklemmung von wegen der Tagesordnung und des Äons hast du sehr wohl begriffen, – wie hättest du sonst gewilligt ins Opfer und in den Abschlag? Wenn ich aber sage ›gewilligt‹, ist's wohl noch gar nicht genug; denn mir ist ganz, als hätte ich dich nur die Sorge gelehrt um den Äon und die Tagesordnung, auf den Einfall aber, daß wir den Dunkelsohn unserer heiligen Ehe dem Herrlich-Neuen weihen wollten und ihn entziehen dem Alten, wärst du von dir aus gekommen zuallererst.«

»Nein, du bist gut –!« sagte die Alte und zierte sich. »Ein durchtriebener Wachtelkönig bist du mir, denn nun soll ich es wohl gar gewesen sein, die's aufs Tapet brachte, und willst es am Ende auf mich schieben vorm unteren König und vor den gräßlich Benannten! Du Ausgepichter! Wo ich's doch höchstens nur verstanden und empfangen habe von dir, nachdem du

Mann es mir eingegeben, gerade wie ich den Hor, unser Dunkelsöhnchen, Peteprê, den Höfling, von dir empfing, den wir zum Lichtsohn gemacht und haben ihn dem Herrlichen geweiht nach einer Eingebung, die von dir kam und die ich nur hegte und heckte und an den Tag gebar als Eset-Mutter. Nun aber, da es die Rechtfertigung gilt und sich vorm Richter vielleicht herausstellen mag, daß wir linkisch gehandelt und einen Schnitzer begangen, möchtest du Schlingel es nicht gewesen sein und willst etwa wahrhaben, daß ich's gezeugt und geboren ganz allein und auf eigene Hand!«

»Ei, Unsinn doch!« krächzte er ärgerlich. »Es ist nur gut, daß wir allein sind im Gehäuse und niemand den Mißverstand hört, den du kakelst. Denn ich hab' es ja selber wahrhaben wollen, daß ich der Mann war und den Einfall entzündete im Dunkeln, du aber unterstellst und schiebst mir's unter, als ob ich meinte, es könnten Zeugung und Geburt sich verschränken und eines sein, wie es allenfalls in den Sümpfen ist und in der Schwärze des Flußschlamms, wo sich der brodelnde Mutterstoff selber umarmt und befruchtet im Dunkeln, aber doch nicht in der höheren Welt, wo der Mann anständig die Männin besucht.«

Er hustete stimmlos und kaute die Kiefer. Sein Kopf wackelte stark.

»Ob es nicht«, sagte er, »liebe Unke, der Augenblick wäre, den Stummen Diener in Bewegung zu setzen, daß er uns Labung heranbringe? Denn mir scheint, dein Grünfrosch ist schon stark erschöpft von diesen Gedanken, und seine Kräfte sind aufgezehrt von der Mühe, sich die Beweggründe gegenwärtig zu machen und klarzustellen die Rechtfertigung.«

Joseph, unentwegt und sachlich an ihnen vorbeiblickend, machte sich schon bereit zum flinken Knielauf; doch ging es vorüber, denn Huij fuhr fort:

»Aber ich glaube, es ist die Erregung durch diese Mühe und

nicht wahre Erschöpfung, was mich aufs Labsal verfallen läßt, und der erregte Magen möchte es von sich stoßen. Es gibt nichts Erregenderes in der Welt als die Gedankensorge um die Tagesordnung und um den Äon, sie ist das Allerwichtigste, und höchstens daß der Mensch esse, das steht noch voran. Erst muß er essen und satt werden, das ist wahr, aber sobald er satt ist und dieser Sorge ledig, tritt die Gedankensorge ihn an ums Heilige und ob's auch noch heilig ist und nicht schon verhaßt, weil angebrochen ein neuer Äon und man sich sputen muß, aufs Laufende zu kommen der neu ausgerufenen Tagesordnung und sich mit ihr zu versöhnen durch irgendein Weihopfer, um nicht zu verkommen. Da wir aber reich sind und vornehm, wir Ehegeschwister, und selbstverständlich aufs feinste zu essen haben, so gibt es nichts Wichtigeres für uns und nichts Erregenderes als diese Sache, und wackelt deinem alten Lurch schon lange der Kopf von dieser Erregung, in der man sehr leicht einen linkischen Schnitzer begehen mag, nur um es recht zu machen und sich zu versöhnen ...«

»Sei ruhig, mein Pinguin«, sagte Tuij, »und verkürze dein Leben nicht ohne Not durch so viel Erregung! Wenn es Gericht gibt und die Lehre hat Gültigkeit, so will ich schon reden und das Wort führen für uns beide und werde geläufig erläutern die Sühnetat, daß die Götter und gräßlich Benannten es verstehen und es den zweiundvierzig Untaten nicht zuzählen, sondern Thot schreibt uns frei.«

»Ja, das wird gut sein«, erwiderte Huij, »daß du sprichst, denn du hast's gegenwärtiger und bist nicht so übererregt davon, weil du's von mir hast und hast's nur empfangen und verstanden, da redet sich's besser. Ich, der Erzeuger, könnte mich leicht verwirren vor Übererregung und in ein Stammeln geraten vor diesen Richtern, so daß wir verspielten. Du sollst unsere Zunge sein für uns beide; denn die Zunge, wie du wohl weißt, im schlüpfrigen Dunkel der Höhle hat Zwienatur und steht für beide Geschlechter, wie der Sumpf und der brodelnde Schlamm, der sich selber umarmt, ehe daß in der höheren Ordnung der Mann die Männin besucht.«

»Du aber pflegtest mich anständig zu besuchen, der Mann die Männin«, sagte sie und bewegte faltblind und zierlich verschämt ihr großes Gesicht hin und her. »Lange und oft mußtest du's tun, ehe Segen einfiel und die Schwester dir ehelich fruchtbar wurde. Denn in aller Lebensfrühe hatten die Eltern uns weihlich verbunden, aber viele Umläufe währte es, wohl zwanzig, bis fruchtbar wurde unsere Geschwisterschaft und wir zeugten. Da brachte ich dir Peteprê, den Höfling, unsern Hor, den schönen Lotus, Pharao's Freund, in dessen Oberstock wir heiligen Alten nun die späten Tage verbringen.«

»Wohl wahr, wohl wahr«, bestätigte Huij. »So trug sich's zu, wie du sagst, mit Anstand und sogar Heiligkeit, und war doch ein Haken dabei für das stillste Vermuten und für die heimliche Sorge, die acht hat auf den Äon und auf dem Laufenden bleiben möchte der Tagesordnung. Denn wir zeugten wohl, Mann und Männin, mit höherem Anstand, aber wir taten's in der Dunkelkammer unsrer Geschwisterschaft, und die Umarmung von Bruder und Schwester – sage, ist sie nicht noch eine Selbstumarmung der Tiefe und nahe noch dem Zeugewerk brodelnden Mutterstoffes, verhaßt dem Lichte und den Mächten neuerer Tagesordnung?«

»Ja, so gabst du mir's ein als Gatte«, sagte sie, »und ich nahm mir's zu Herzen und trug dir's wohl etwas nach, daß du unser schönes Ehetum ein Gebrodel heißen mochtest, wo es doch fromm und ehrbar war bis zur Heiligkeit, im Einklang mit vornehmster Sitte und Göttern und Menschen ein Wohlgefallen. Gibt es denn wohl etwas Frömmeres als die Nachahmung der Götter? Sie aber zeugen alle im eigenen Blut und sind ehelich beigetan der Mutter und Schwester. Es steht geschrieben: ›Ich bin Amun, der seine Mutter geschwängert hat.‹ So aber lautet's, weil jeden Morgen die himmlische Nut den Strahlenden gebiert, aber am Mittag, zum Mann geworden, zeugt er sich selber mit seiner Mutter wieder, den neuen Gott. Ist nicht Eset dem Usir Schwester, Mutter und Gattin zugleich? Schon im voraus und vor der Geburt im Gehäuse des Mutterschoßes umfingen einander ehelich die hohen Geschwister, wo's freilich so finster und schlüpfrig war wie im Hause der Zunge und wie in Sumpfestiefe. Aber heilig ist das Dunkel und hochansehnlich im Urteil der Menschen die Ehe nach diesem Vorbild.«

»Das sagst du wohl und sagst es mit Recht«, versetzte er mühsam-heiser. »Aber im Dunkeln umarmten einander auch die falschen Geschwister, Usir und Nebthot, und es war ein arges Versehen. So rächte sich das Licht, das herrliche, dem verhaßt ist das Mutterdunkel.«

»Ja, so sprichst und sprachst du als Mann und Herr«, entgegnete sie, »und bist natürlich fürs Herrliche, aber ich Mutterfrau bin mehr fürs Heilige und fürs Altfromme, darum betrübten mich deine Aspekte. Wir sind edle Leute, wir Alten, und nahe dem Thron. Aber die Große Gemahlin, war sie nicht Pharao's Schwester meist, nach göttlichem Vorbild, und dem Gotte vorbestimmt zur Gattin eben als Schwester? Er, dessen Name ein Segen ist, Men-cheper-Rê-Tutmose, – wen hätte er umfangen sollen als Gottesmutter, wenn nicht Hatschepsut, die heilige Schwester? Sie war ihm zur Männin geboren, und waren ein göttlich Fleisch. Mann und Männin sollen ein Fleisch sein, und sind sie's von vornherein gleich, so ist ihre Ehe der Anstand selbst und kein Gebrodel. So bin ich dir geboren im Bunde und zum Bunde, und haben uns die edlen Eltern einander vorbestimmt vom Tage unsrer Geburt, weil sie wohl annahmen, daß schon in der Höhle einander umfangen habe das Götterpärchen.«

»Davon weiß ich nichts und kann mich durchaus nicht erinnern«, erwiderte heiser der Alte. »Ebensogut könnten wir uns gestritten haben in der Höhle und einander Tritte versetzt, das wüßte ich auch nicht, denn man hat kein Gedenken an diese Stufe. Auch draußen haben wir uns manchmal gestritten, wie du wohl weißt, wenn auch natürlich nicht nach einander getreten, denn wir waren edel erzogen und hochansehnlich, ein Wohlgefallen den Menschen, und lebten glücklich, im Einklang mit vornehmster Sitte. Und du, meine Blindmaus, warst vollkommen zufrieden in deiner Seele, gleich einer heiligen Kuh mit zufriedenem Antlitz, besonders seit du mir fruchtbar geworden mit Peteprê, unserm Hor, du Schwester, Gattin und Mutter.«

»So war es«, nickte sie wehmütig. »Heilig zufrieden war ich, ich Blindmaus und fromme Kuh, im Gehäus unseres Glückes.«

»Ich aber war Manns genug«, fuhr er fort, »in meines Geistes starken Tagen und hinlänglich verwandt nach meinem Geschlechte dem Herrlichen in der Welt, daß mich nicht befrieden wollte das Heilig-Alte. Denn ich hatte satt zu essen und dachte. Ja, ich erinnere mich, es lichtet sich meine Dämmrigkeit, und diesen Augenblick könnt' ich's in Worte fassen vorm Totengericht. Denn wir lebten dem Muster nach von Göttern und Königen, ganz im Einklang mit frommer Sitte und zum Wohlgefallen der Menschen. Und doch war ein Stachel in mir, dem Manne, und eine Sorge von wegen der Rache des Lichtes. Denn herrlich ist das Licht, nämlich männlich, und verhaßt ist ihm das Gebrodel des Mutterdunkels, dem unser Zeugen noch nahe war und hing noch an seiner Nabelschnur. Siehe, man muß sie durchschneiden, die Nabelschnur, daß sich das Kalb von der Mutterkuh löse und werde zum Stiere des Lichtes! Welche Lehren noch gültig, und ob's überhaupt Gericht gibt nach unserm Verseufzen, das ist das Wichtige gar nicht. Wichtig ist einzig die Frage nach dem Äon und ob denn die Gedanken, nach denen wir leben, noch auf der Tagesordnung. Das ist allein von Belang, nächst der Sättigung. Nun aber ist's in die Welt gekommen, mir ahnte es lange schon, daß das Männische die Nabelschnur zerreißen will zwischen ihm und der Kuh und sich setzen will als Herr über den Mutterstoff auf den Thron der Welt, daß es die Tagesordnung des Lichts begründe.«

»Ja, so lehrtest du mich's«, erwiderte Tuij. »Und wie zufrieden ich war in der heiligen Höhle, so nahm ich's mir doch zu Herzen und trug es für dich. Denn das Weib liebt den Mann, und so liebt und empfängt es auch seine Gedanken, ob's gleich die ihren nicht sind. Dem Heiligen gehört das Weib, um des Mannes und Herrn willen aber liebt es das Herrliche. Und so kamen wir auf das Opfer und auf die Versöhnung.«

»Auf diesem Wege«, stimmte der Alte ihr bei. »Heute vermöcht' ich es klar zu erläutern vorm unteren König. Unseren Hor, den wir gezeugt als Usir- und Eset-Geschwister im finsteren Grunde, ihn wollten wir entziehen dem dunklen Bereich und ihn dem Reineren weihen. Das war die Abschlagszahlung ans neue Alter, auf die wir uns einigten. Und fragten nach seiner Meinung nicht, sondern taten mit ihm, wie wir taten, und vielleicht war's ein Schnitzer, aber ein gut gemeinter.«

»War es einer«, entgegnete sie, »so haften wir beide für ihn, denn gemeinsam heckten wir's aus, so zu tun, mit dem Dunkelsöhnchen; aber du hattest deine Gedanken dabei und ich die meinen. Denn für mein mütterlich Teil dachte ich nicht so sehr an das Licht dabei und seine Begütigung als an unseres Sohnes Größe und Ehre auf Erden: Einen Höfling und Kämmerer wollte ich machen aus ihm durch diese Zubereitung und einen Königsämtling, daß er zum Titelobersten vorbestimmt wäre durch seine Verfassung und Pharao Lobgold und Gunst ausschütte über den Dienstgeweihten. Das waren, offen gestanden, meine Gedanken, die mich versöhnten mit der Versöhnung, denn sie wurde mir schwer.«

»Es war nur in der Ordnung«, sagte er, »daß du meine Eingebung trugst auf deine Art und von dir aus das Deine hinzutatest, so daß unsere Tat daraus wurde, die wir liebevoll taten am Söhnchen, da es noch keine Meinung hatte. Auch nahm ich die Vorteile gern in Kauf, die dem Weihknaben erflossen aus solcher Zubereitung nach deinen Weibesgedanken; aber meine waren Mannesgedanken und zum Lichte gewandt.«

»Ach, altes Brüderchen«, sagte sie, »die Vorteile, die ihm erflossen, die sind, so meine ich, nur allzu notwendig, daß wir darauf verweisen mögen nicht nur bei der Herzensprobe im unteren Saal, sondern auch vor ihm selbst, unserm Sohne. Denn so zärtlich ehrerbietig er sich beträgt gegen uns Würdige, und wie hoch und teuer er auch die edlen Erzeuger hält in seinem Hause, so meine ich doch und fürcht' es zuweilen zu lesen in seinen heimlichen Mienen, daß er im verborgenen ein wenig verstimmt ist gegen uns beide, weil wir ihn zustutzten zum Hofherrn, ohne nach seiner Meinung zu fragen und über seinen Kopf hinweg, da er sich nicht verwahren konnte.«

»Das wäre«, ereiferte sich der heisere Huij, »daß er heimlich murrte wider die heiligen Eltern im Oberstock! Denn er soll sie mit dem Äon versöhnen und mit der Tagesordnung als Weihesohn, das ist seine Aufgabe, und hat die schmeichelhaftesten Vorteile davon, die alles gutmachen, so soll er kein Maul ziehen. Ich will's auch nicht glauben, daß er ein Maul zieht, und gar wider uns, denn er ist Mann von Natur und von Geistes wegen und also dem Herrlichen verwandt, so daß ich nicht zweifeln will, er billige der Eltern Versöhnungstat und trage mit Stolz seine Verfassung.«

»Wohl, wohl«, nickte sie. »Und doch bist du selber nicht sicher, mein Alter, ob nicht der Schnitt, mit dem wir zerschnitten die Nabelschnur zwischen ihm und dem Mutterdunkel, ein Schnitzer war allenfalls. Denn ist wohl dadurch zum Sonnenstiere geworden der Weihesohn? Nein, sondern ist nur ein Höfling des Lichtes.«

»Sprich du mir nicht meine Skrupel nach!« verwies er sie heiser, »denn sie sind zweiter Ordnung. Der Skrupel oberster, das ist die Sorge um den Äon und die Tagesordnung und um das versöhnende Zugeständnis. Daß es nicht ganz rein aufgeht und etwas linkisch ausfallen mag in seiner Gutgemeintheit, das liegt im Wesen des Zugeständnisses.«

»Wohl, wohl«, sagte sie wieder. »Und schmeichelhafteste Tröstungen genießt er unzweifelhaft, unser Hor, und Überentschädigungen stattlichster Art als Sonnenkämmerer und Ehrenämtling des Herrlichen, das ist keine Frage. Aber da ist auch noch Eni, unser Schnürchen, Mut-em-enet, die Schöne, des Hauses Erste, Peteprê's Ehegemahl. Auch um ihretwillen mache ich Mutterfrau mir zuweilen Gedanken, denn so liebreich und fromm sie sich hält gegen uns Heilige, so argwöhne ich doch, daß auch sie auf dem untersten Grund ihrer Seele eine leichte Verstimmung hegt und einen heimlichen Vorwurf gegen die Eltern, weil wir den Sohn zum Hofherrn machten und er ihr ein rechter Truppenoberst nicht ist, sondern nur nach dem Titel. Glaube mir, sie ist Weibs genug, unsere Eni, um insgeheim ein wenig zu schmollen deswegen, und ich bin es genug, ihr den Verdruß aus der Miene zu lesen, wenn sie sie nicht bewacht.«

»Geh!« antwortete Huij. »Das wäre der Undank selbst, wenn sie dergleichen Verdrossenheit verbärge in ihrem geheiligten Busen! Denn es sind ihrer der Tröstungen und Über-Tröstungen ja ebenso viele und mehr noch als Petreprê's, und ich will's nicht glauben, daß sie der Neidwurm plagt ums Irdische, da sie im Göttlichen wandelt und Nebenfrau Amuns heißt vom Hause der Gottesgattin in Theben! Ist es nichts, oder ist's eine Kleinigkeit, Hathor zu sein, des Rê Gemahlin, und mit den andern vom Orden vor Amun zu tanzen im Kleide der Göttin, das eng den Gliedern anliegt, und vor ihm zu singen zur Handpauke, die Goldhaube auf dem Kopf mit den Hörnern darauf und der Sonnenscheibe dazwischen? Das ist weder nichts noch ist's ein Geringes, sondern ist eine Über-Tröstung der allerherrlichsten Art, die ihr zuteil ward als unseres Sohnes, des Hofherrn, Ehrenweibe, und es wußten die Ihren wohl, was sie taten, als sie sie ihm zur Ehe gaben als Erste und Rechte, schon da beide noch Kinder waren und noch gar keine Fleischesehe hätte statthaben können zwischen ihnen: so war es weise, denn eine Ehrenehe war es und blieb es.«

»Ja, ja«, erwiderte Tuij, »die blieb es notwendigerweise. Und ist doch, wenn ich's als Weib bedenke, ein hartes Ding darum, zwar glänzend von Ehren am Tageslicht, aber ein Harm bei der Nacht. Mut ist sie genannt, unsere Söhnin, Mut im Wüstental, und hat einen Urmutternamen. Aber Mutter kann und darf sie nicht werden von wegen der Hofämtlichkeit unseres Sohnes, und ich fürchte, sie trägt es uns heimlich nach und verbirgt eine Übelnahme hinter der Zartheit, die sie uns widmet.«

»Sie soll keine Gans sein«, schalt Huij, »und nicht der wasserschwangeren Erde Vogel! Das laß ich ihr sagen, der Schnur, von meiner Seite, wenn sie schmollt! Es ist nicht schön, daß du ihr das Wort redest als Mutterweib auf Kosten des Sohnes, ich hör' es nicht gerne. Ihm trittst du zu nahe damit, unserm Hor, überdies aber auch dem weiblichen Wesen, dem du das Wort zu reden gedenkst, und setzest es herab in der Welt, so, als wär' es beim besten Willen in keinem anderen Bilde zu sehen als in dem der hochträchtigen Nilpferdkuh. Du bist freilich nur eine Blindmaus nach deiner Natur, und den Gedanken des neuen Äons und der Abschlagszahlung hab' ich dir eingeflößt von Mannes wegen. Und doch hättest du ihn gar nicht zu empfangen vermocht und zu verstehen und hättest dich nicht zu der Sühnetat verstanden an unserem Söhnchen, wenn gar kein Weg ginge vom Weibeswesen zum Herrlichen, Reineren und keinerlei Anteil ihm zukäme an diesem! Ist denn notwendig immer nur die schwarzschwangere Erde sein Bild und Teil? Keineswegs; sondern auch als mondkeusche Priesterin wohl mag das Weib erscheinen in voller Würde. Ich laß ihr sagen, deiner Eni: sie soll keine Gans sein! Zu den ersten Frauen der Länder zählt sie als unseres Sohnes Erste und Rechte, und seiner Größe dankt sie's, daß sie Freundin der Königin heißt, Teje's, des Gottesweibes, und selber ein Gottesweib ist von Amuns Südlichem Frauenhause und vom Hathoren-Orden, welchem Beknechons', des Großen Propheten, Ehegemahlin vorsteht als Oberin und erste Haremsfrau. So weit geht die geistliche Übertröstung, daß sie kurzweg eine Göttin ist mit Hörnern und Sonnenbild und eine weiße Mondnonne nach ihrem heiligen Stande. Schickt es sich dazu nicht trefflich, daß ihre irdische Ehe ein Ehrenschein und ihr Gatte hienieden ein Sühnesohn und ein Höfling des Lichtes? Unübertrefflich sogar schickt sich das nach meiner Meinung, und was ich ihr sagen lasse für den Fall, daß sie's an Verstand fehlen läßt für diese Schicklichkeit, das weißt du!«

Aber Tuij entgegnete kopfschüttelnd:

»Ich kann's ihr nicht ausrichten, mein Alter, denn keinerlei Anlaß gibt sie der Schwieger zu solcher Ermahnung und würde, wie man zu sagen pflegt, aus den Wolken fallen, wenn ich nach deinem Auftrage täte und führe sie an mit dem Gänsenamen. Sie ist ja stolz, unsre Eni, stolz wie Peteprê, ihr Gemahl, unser Sohn, und wissen beide nichts als ihren Tagesstolz, Mondnonne und Sonnenkämmerer. Leben sie nicht glücklich und hochansehnlich vorm Angesichte des Tages, im Einklang mit vornehmster Sitte, und sind ein Wohlgefallen den Menschen? Was sollten sie wissen als ihren Stolz? Und wüßten sie auch noch anderes, sie würden's nicht einräumen und ihrer Seele nicht zugestehen, sondern immer nur alle Ehre dem Stolze geben. Wie soll ich die Schnur eine Gans heißen von dir aus, da sie keine ist, sondern weiß sich hochmutsvoll als Aufgesparte des Gottes, und duftet all ihr Wesen so herb wie das Laub der

Myrte? Wenn ich von Harm rede und Übelnahme, so habe ich nicht den Tag im Sinn und die Ehrenordnung des Tages, sondern die stille Nacht und das schweigende Mutterdunkel, in das man nicht hineinschelten kann mit dem Gänsenamen. Hast du aber die Rache des Lichtes gefürchtet ob unserer Dunkelehe, so fürchte ich Frau zuweilen die Rache des Mutterdunkels.«

Hier begann Huij zu kichern, worüber Joseph sich leicht entsetzte, so daß er etwas zusammenfuhr mit seinem Labsal und für einen Augenblick der Sachlichkeit verlustig ging als Stummer Diener. Rasch zog er seinen Blick aus dem Hintergrunde der Hütte und richtete ihn auf die Alten, um zu erforschen, ob sie seiner Schreckensregung innegeworden; doch waren sie's nicht; ganz verloren an ihr Gespräch über die gemeinsame Tat, achteten sie seiner so wenig wie der gestalteten Alabasterlampe des Steinmetzen Mer-em-opet, die im Raume sein Gegenstück bildete. Darum rückte er seine Augen wieder beiseite, daß sie an Huij's Ohre vorbei gläsern in den Hintergrund gingen. Aber den Atem verschlug es ihm immer noch etwas, nach allem, was er hier schon vernommen, den alten Huij nun auch noch greisenhaft kichern zu hören, – es dünkte ihn unheimlich.

»Hi, hi«, machte Huij. »Keine Furcht, das Dunkel ist stumm und weiß nicht einmal von seiner Verstimmung. Söhnchen und Schnur sind stolz und wissen nichts von Groll und Schmoll gegen die Elterlein, die es taten und es ihnen anrichteten dazumal und zum Barch das Eberlein machten, da es noch keine Meinung hatte, sondern nur zappelte und sich nicht verwahren konnte. Hi, hi, hi, keine Furcht! Sicher gebannt ins Dunkel sind Groll und Schmoll, und spitzen sie auch ein wenig hervor ans Licht, so wären sie doch noch einmal gebannt in fromme Sittsamkeit und in zärtliche Ehrerweisung vor uns Lieben, die wir hoch und heilig gehalten sind im Oberstock, ob wir den

Kinderlein gleich einstmals ein Schnippchen schlugen zu unserer Versöhnung! Hi, hi, hi, zweimal gebannt, doppelt versichert, zwiefach versiegelt, nichts zu machen gegen die wohligen Elterlein – ist es nicht listig und lebensdrollig?«

Tuij hatte sich anfangs stutzig beunruhigt gezeigt durch des Ehebruders Gebaren, ließ sich aber durch seine Worte dafür gewinnen und kicherte ebenfalls, die Faltaugen zu blinden Ritzen verkniffen. Die Hände über den Mägen gefaltet, die Schultern vorgebogen, die alten Köpfe dazwischengezogen, saß das Pärchen auf seinen Prunkstühlen und gluckste in sich hinein.

»Ja, hihihi, du hast recht«, gluckste Tuij. »Deine Blindmaus versteht diese Lebensdrolligkeit, daß wir den Kinderlein ein Schnippchen schlugen, aber die Übelnahme ist doppelt gebannt und versiegelt und kann uns nichts anhaben. Das ist recht listig und wohlig. Und ich bin froh, daß mein Maulwurf heiter ist und der Sorge vergaß ums Verhör im unteren Saal. Macht sich nicht aber nun vielleicht doch Erschöpfung bemerkbar in deiner Natur, und soll ich dem Stummen Diener winken, daß er uns Labsal heranbringe?«

»Keine Spur!« erwiderte Huij. »Nicht eine Spur von Erschöpftheit deutet sich auch nur an in meiner Verfassung. Sondern diese ist geradezu frisch belebt vom Plauderstündchen. Laß uns die Eßlust sparen bis zur Stunde des Abendmahls, wenn im Speisegemach die Heilige Sippe zusammentritt und einander die Lotussträußchen zum Riechen hinhält in zarter Schonung. Hihi! Vorerst wollen wir den Dienenden klatschen, daß sie uns etwas im Baumgarten herumstützen, denn mir ist nach Bewegung zu Sinn in meinen belebten Gliedern.«

Und er klatschte. Die kleinen Mädchen kamen gelaufen, die Münder offen in eifriger Torheit, liehen den Alten die Stengelärmchen und stützten sie die Rampe hinab und davon.

Joseph setzte hochaufatmend seine Tracht auf den Boden.

Die Arme waren ihm fast so krampfig lahm wie damals, als die Ismaeliter ihn aus dem Brunnen gezogen.

»Das sind mir Narren vor dem Herrn,« dachte er, »diese heiligen Elterlein! Und Einblicke habe ich gewonnen in dieses Segenshauses peinliche Hinterbewandtnisse, daß Gott erbarm'! Da sieht man, daß es vor Narrheit nicht schützt und nicht vor den ärgsten Schnitzern, im Himmel des hochtragenden Geschmacks zu wohnen. Dem Vater müßte ich erzählen von der Heiden Gottesdummheit. Armer Potiphar!«

Und er legte sich erst einmal auf die Matte hier, um, ehe er dem Chamat das Labsal zurückbrächte, die schmerzenden Glieder auszuruhen vom Dienste als Stummer Diener.

Joseph erwägt diese Dinge

Er war bestürzt und bewegt von dem dienstlich Erlauschten, und vielfach beschäftigte es damals seine Gedanken. Sein Widerwille gegen die heiligen Elterlein war lebhaft, und nur von kluger Höflichkeit und Ehrerweisung würde er versiegelt und in Bann gehalten sein, keineswegs aber vom Dunkel des Unwissens, denn weder seinem Ärger über die unverantwortliche Gottesdummheit der Alten noch seinem Abscheu vor dem Behagen, mit dem sie sich gegen Vorwürfe würdig gesichert wußten, gebrach es im geringsten an Klarheit über sich selbst.

Doch auch der belehrende Einschlag, den seine in versachlichtem Zustande gemachten Erfahrungen für ihn, den Abramsenkel, besaßen, entging ihm nicht, und er wäre nicht Joseph gewesen ohne die Bereitwilligkeit, sich davon fördern zu lassen. Was er gehört, war danach angetan, seinen Gesichtskreis zu erweitern und ihm eine Warnung zu sein, in der engsten geistigen Heimat, der Väterwelt und ihrer Gottesmühe, deren Sprößling und Zögling er war, etwas allzu Einzig-Einmaliges und Unvergleichliches zu erblicken. Nicht Jaakob allein sorgte sich in der Welt. Das geschah überall unter den Menschen, und überall gab es den Gram, ob man sich denn auch noch auf den Herrn verstehe und auf die Zeiten, – mochte er auch zu den linkischsten Auskünften führen da und dort, und mochte freilich Jaakobs Erbgedanke des Herrn ihm die feinsten und angreifendsten Prüfungsmittel bieten für die sorgende Frage nach dem Abstand, in den etwa Brauch und Sitte vom Willen und Wachstum ebendieses Herrn geraten sein mochten.

Immerhin, wie nahe lag auch hier beständig das Fehlerhafte! Man brauchte gar nicht an den am Ursprunge sitzengebliebenen Laban und an sein Söhnchen in der Kruke zu denken. Da hatte es einfach an jeder Aufgewecktheit gefehlt für das Problem, wie weit etwa schon der Brauch zum Greuel geworden. Aber die entwickelte Empfindlichkeit gerade für solche Veränderungen, – wie so leicht führte sie irre! Hatten nicht Jaakobs schwermütige Bedenken in Sachen des Festes ihn in Versuchung gebracht, das Fest und seine Bräuche überhaupt zu zerstören um seiner Wurzeln willen, die wohl sich nähren mochten im unteren Unflat? Um Schonung hatte der Sohn ihn bitten müssen fürs Fest der Verschonung, den schattenspendenden Wipfelbaum, der mit dem Herrn hinausgekommen war über die kotige Wurzel, aber dorren mußte, wenn man sie ausrodete. Joseph war für Verschonung, er war nicht fürs Ausroden. Er sah in Gott, der schließlich auch nicht immer gewesen, der er war, einen Gott des Verschonens und des Vorübergehens, der nicht einmal im Falle der Flut bis zum Letzten und an die Wurzel der Menschheit gegangen war, sondern in einem Gescheiten den Gedanken des Rettungskastens erweckt hatte. Gescheitheit und Verschonung, das schienen dem Joseph geschwisterliche Gedanken, die ihr Kleid trugen im Austausch und wohl gar einen gemeinsamen Namen trugen: den Namen der Güte. Gott hatte den Abram versucht, ihm den Sohn zu bringen, dann aber hatte er ihn nicht genommen, sondern lehrhafterweise den Widder untergeschoben. Die Überlieferung dieser Leute hier, so hoch sie wandelten im Himmelreich des Geschmacks, ermangelte leider so gescheiter Geschichten, – es war ihnen manches nachzusehen, so widrig sie waren mit ihrem Gekicher über das schnitzerhafte Schnippchen, das sie den Kindern geschlagen. Auch ihnen war Weisung geworden vom Vatergeist, in Gestalt eines unsicher umgehenden und selber noch gar sehr im Dunkelreich wesenden Seelengerüchtes, daß es hinauswolle mit uns übers Alt-Heilige und über Brauch und Stufe ins Lichtere, und sie hatten die Opfer-Zumutung vernommen. Aber wie sehr, wie labanmäßig waren sie im Alten verharrt, gerade indem sie dem Weltneuen ein Zugeständnis zu machen versuchten! Denn kein Widder war ihnen erschienen, den Gottverlassenen, daß sie ihn zum Hammel des Lichtes machten, sondern hatten Potiphar, das zappelnde Söhnchen, dazu gemacht.

Das mochte man wohl eine gottverlassene Handlungsweise nennen und es kennzeichnen als närrische Ungeschicklichkeit einer Weihung ans Herrliche und Weltneue! Denn die Annäherung an das Vatergeistige, dachte Joseph, geschah nicht durch Ausrottung, und groß war der Unterschied zwischen der Vollkommenheit des Zwiegeschlechtlichen und der Abwesenheit des Geschlechtes im Höflingstum. Die Mannweiblichkeit, die beide Geschlechtsmächte in sich vereinigte, war göttlich wie des Niles Gestalt mit einer Weibesbrust und einer des Mannes und wie der Mond, der Weib war der Sonne, aber männlich der Erde, der er mit seinem Samenstrahl den Stier zeugte in der Kuh; und sie verhielt sich nach Josephs Rechnung zum Höflingstum wie zwei zu null.

Armer Potiphar! Er war eine Null in aller Pracht seiner feurigen Wagenräder und all seiner Größe unter den Großen Ägyptens. Der Jungsklave Usarsiph hatte eine Null zum Herrn, einen Rubenturm ohne Kraft und Fehlbarkeit, ein schnitzerhaftes Opfer, nicht verwehrt und nicht angenommen, ein Weder-Noch von ungöttlicher Außermenschlichkeit, sehr stolz und würdevoll am hellen Tag seiner Ehren, doch seiner verstümperten Nullheit bewußt in der Nacht seines Wesens und äußerst bedürftig der Würdenstütze und Schmeichelei, die alle Umstände und besonders noch die Dienertreue Mont-kaws ihm zukommen ließen.

Im Licht des Vernommenen faßte Joseph diese schmeichelnde Dienertreue aufs neue ins Auge und zögerte nicht, sie nachahmenswert zu finden. Es ist so: Auf Grund seiner Einsichtnahmen als Stummer Diener beschloß er, seinem ägyptischen Herrn, sobald und soweit er nur Gelegenheit dazu haben würde, ebenfalls »behilflich« zu sein, nach dem Muster Mont-kaws und, wie er nicht zweifelte, feiner und mehr zu Danke dem Herrn als jener. Denn auf diese Weise am besten, sagte er sich, würde er einem anderen Herrn, dem Höchsten, »behilflich« sein bei seinem, des Jungsklaven Osarsiph, Fortkommen in der Welt, darein er verpflanzt.

Es ist an dieser Stelle, zur Steuer der Wahrheit, der Vorwurf kalter Spekulation von ihm abzuwehren, den vorschnelle Sittenrichterei nicht verfehlen wird zu erheben. Nicht so einfach lagen die Dinge dem moralischen Spruche bereit. Denn auch Mont-kaw, des Hauses ältesten Knecht, hatte Joseph ja längst ins Auge gefaßt und zu erkennen gemeint, daß er ein braver Mann sei, dessen Liebedienerei vor dem Herrn einen besseren Namen verdiente als diesen: den Namen des Liebesdienstes nämlich; und daraus wieder folgerte er, daß Petaprê, der Titeloberst, solcher Dienerliebe wohl wert und würdig sein mußte, – ein Schluß, den Josephs eigene Eindrücke von der Person des Herrn bestätigten. Dieser Große Ägyptens war ein edler und würdiger Mann von zarter Seele und gütig nach Josephs Bedünken; denn daß er es darauf anlegte, die Leute um ihn zittern zu lassen, mußte man seiner Verfassung als Opfer geistlicher

Unbelehrtheit zugutehalten: Das Recht auf einige Bosheit, fand Joseph, war ihm wohl zuzubilligen.

Man sieht: vor sich selbst zuerst und in den eigenen Gedanken diente Joseph dem Potiphar, verteidigte ihn und suchte ihm behilflich zu sein, nicht erst im Umgang mit ihm. Vor allem war der Ägypter *sein* Herr, dem er verkauft war, der Höchste in nächster Runde; und die Idee des Herrn und Höchsten schloß für Joseph von Natur und von Alters ein Element liebesdienstlicher Schonung ein, das sich als übertragbar vom Oberen auf das Untere, gewissermaßen als anwendbar aufs Irdische und auf den Fall der nächsten Runde erwies. Man verstehe das nur! Der Gedanke des Herrn und Höchsten schuf bereits eine Einheitsordnung, die eine gewisse Verwechslung und Gleichsetzung des Oberen mit dem Unteren begünstigte. Was diese Neigung verstärkte, war das Konzept der »Behilflichkeit« und die Erwägung, daß Joseph dem planenden Herrn der Träume am besten behilflich sein würde, indem er, nach dem Muster Mont-kaws, Peteprê, dem Herrn, »behilflich« war. Aber noch mehr kam hinzu, sein Verhältnis zum Herrn des Himmels in einem gewissen Grade auf das zum Herrn der Feuerräder abfärben zu lassen. Er hatte das schwermütige, stolze und heimlich dankbare Lächeln gesehen, mit dem Potiphar die Schmeicheleien des Hausmeisters beantwortet hatte, – die bedürftige Einsamkeit, die sich darin malte. Es mag kindisch zu sagen sein, aber Joseph fand eine zu ähnlichem Mitgefühl auffordernde Verwandtschaft zwischen der einsamen Außerweltlichkeit des Vätergottes und der stolzen, mit Lobgold behangenen Außermenschlichkeit des verstümperten Rubenturmes. Ja, auch Gott, der Herr, war einsam in seiner Größe, und Joseph hatte es im Blut und Gedächtnis, wie sehr das Alleinsein des weib- und kinderlosen Gottes beitrug zur Erklärung seiner großen Eifersucht auf den mit den Menschen geschlossenen Bund.

Er erinnerte sich der ganz besonderen Wohltat, die einem Einsamen schonende Dienertreue – des ganz besonderen Schmerzes, den einem solchen die Untreue bereitet. Er übersah natürlich nicht, daß Gott nur darum nichts mit Zeugung und Tod zu schaffen hatte nach seiner Beschaffenheit, weil er Baal und Baalat war in einem und auf einmal; der gewaltige Unterschied zwischen zwei und null entging ihm nicht einen Augenblick. Dennoch verhelfen wir nur dem stillen Tatbestande zum Worte, indem wir sagen, daß gewisse Mitgefühle und Schonungen ihm träumerisch in eins zusammenliefen, also daß er beschloß, Menschentreue zu halten der bedürftigen Null, wie er sie der hochbedürftigen Zwei zu halten gewohnt war.

Joseph redet vor Potiphar

Und somit kommen wir zu jener ausschlaggebenden ersten Begegnung und Unterhaltung Josephs mit Potiphar, im Baumgarten, deren in keiner der mannigfachen Darstellungen dieser Geschichte, weder den morgen- noch den abendländischen, auch nur gedacht wird und von der weder die prosaischen noch die in Versen abgefaßten etwas zu melden wissen – so wenig wie von zahlreichen anderen Einzelheiten, Genauigkeiten und sichernden Begründungen, die zutage zu fördern und den schönen Wissenschaften einzuverleiben unsere Version und Fassung sich rühmen darf.

Es steht fest, daß es wiederum Bes-em-heb, der Spottwezir, war, dem Joseph das längst ersehnte und in der Tat für alle Zukunft entscheidende Zusammentreffen mittelbar zu danken hatte, wenn der Zwerg es auch nicht geradezu veranstalten, sondern nur die Vorbedingungen dazu schaffen konnte. Diese bestanden darin, daß der überflüssig da und dort sich umtuende Jungsklave Osarsiph eines schönen Tages zum Gärtner gesetzt wurde in Potiphars Garten – nicht zum Obergärtner, versteht sich: der Obergärtner war ein gewisser Chun-Anup, Sohn des Dedi, auch Glutbauch genannt, aus dem Grunde, weil er einen auffallend sonnenroten Bauch hatte, der dem sinkenden Gestirne gleich über den unterhalb des Nabels befestigten Schurz hing, – ein Mann von den Jahren Mont-kaws, aber geringer von Klasse, wenn auch würdig fußend in dem Fach und Geschäft, dessen er Meister: ein Kenner und Vorsteher der Pflanzen und ihres Lebens, nicht nur sofern es der Zier und dem Wirtschaftsnutzen diente, sondern zugleich in Ansehung ihrer Gift- und Segenskräfte, also daß er dem Hause nicht nur Gärtner, Förster und Besteller der Blumentische war, sondern auch Apotheker und säftekundiger Salbader, Herr der Absude, Auszüge, Salben, Klistiere, Brechmittel und Kataplasmen, die er Menschen und Tieren in Krankheitsfällen bereitete, aber von jenen freilich nur Dienenden; denn der Herrschaft half ein strenger berufener Arzt vom Tempel des Gottes zum Leben oder zum Tode. – Auch die Glatze Chun-Anups war rot, da er die Kappe verschmähte, und hinterm Ohr pflegte er eine Lotusblüte zu tragen wie ein Schreiber die Binse. Auch hingen ihm stets allerlei Kräuterbüschel oder Proben von Wurzel- und Schößlingswerk aus dem Schurz hervor, im Vorübergehen abgeschnitten mit einer Gartenscheere, die zusammen mit einem Grabstichel und einer kleinen Säge an seiner Lende klapperte. Das Gesicht des untersetzten Mannes war kräftig gefärbt und mit nicht unfreundlichem Ausdruck in sich zusammengezogen: knollig von Nase und mit einem Munde, der sich in eigentümlicher Entstellung, man wußte nicht recht, ob verdrießlicher- oder behaglicherweise, gegen dieselbe emporhob, war es mit unregelmäßig wachsenden und nie geschorenen Barthaaren besetzt, die gleich Wurzelfasern daran hingen und die tellurische, wenn auch augenzwinkernd in Sonnenröte getauchte Prägung von Glutbauchs Antlitz verstärkten. Der kurze, erdig-zinnoberrote Finger, womit er das untergebene Völkchen, war es nicht fleißig, bedrohte, hatte viel von einer eben ausgezogenen Rübe.

Den Obergärtner also war Gottliebchen angegangen von wegen des ausländischen Käuflings, der, wie er ihm zuwisperte, in Dingen der Erde und ihrer Gaben von Kind auf und Grund aus geschickt und bewandert sei, da er, bevor er veräußert worden, in seiner Heimat, dem elenden Retenu, seines Vaters Ölhain betreut und sich aus Liebe zur Frucht mit seinen Gesellen überworfen habe, welche sie mit Steinwürfen gepflückt und unfein gepreßt hätten. Auch habe er ihm, dem Zwerge, glaubhaft zu machen gewußt, daß er einen Zauber ererbt oder einen sogenannten Segen empfangen habe, nämlich einen doppelten: oben vom Himmel herab und aus der Tiefe, die unten liegt. Das sei doch genau das, was ein Gärtner brauche, und Chun-Anup möge den Burschen, der müßig gehe zum Schaden der Wirtschaft, doch einstellen unter die Seinen; die kleine Weisheit rate es ihm, der nachzuhandeln niemanden noch gereut habe.

So sprach der Wezir, weil er Josephs Wunsch, vor dem Herrn zu stehen, im Herzen trug und wohl wußte, daß die Beschäftigung im Garten weitaus die besten Glücksaussichten auf seine Erfüllung bot. Denn wie irgendein Großer Ägyptens liebte der Wedelträger seinen bewässerten Park, dessen gleichen er im Leben nach dem Leben ganz ebenso wieder zu besitzen und zu genießen hoffte, ruhte und erging sich zu verschiedenen Tageszeiten darin, stand auch wohl und sprach mit den Pflegern, wenn die Laune ihn ankam: nicht nur mit Glutbauch, dem Vorsteher, sondern auch mit den werkenden Leuten, den Hakkern und Wasserschöpfern; und darauf eben baute der Zwerg seinen Plan, der vollkommen gelang.

Wirklich wurde Joseph vom Glutbauch eingesetzt zur Gartenpflege; und zwar war es der Baumgarten, wo er Arbeit erhielt, – noch genauer der Palmengarten, welcher im Süden des

Haupthauses östlich an den Ententeich stieß und noch weiter gen Osten und gegen den Hofplatz hin in den Weingarten überging. Aber der Palmenhain selber schon war ein Weingarten, denn überall zwischen seinen hochgefiederten Säulen rankten sich Rebengehänge, die nur hie und da offen gelassen waren, so daß freie Wege durch das Wäldchen dahinführten. Diese Vereinigung der Fruchtbarkeiten – denn das Gerank war von Trauben voll, und die Fiederpalmen trugen Datteln, mehrere hundert Liter alljährlich – war paradiesisch und dem Auge erfreulich, so daß nicht wundernehmen kann, daß Peteprê an seinem Palmengarten mit den da und dort eingesenkten Bewässerungsbecken besonders hing und sich öfters sogar ein Ruhebett dort aufschlagen ließ, um im Schatten der leise rauschenden Kronenschöpfe seinem Vorleser zuzuhören oder einen Bericht der Schreiber entgegenzunehmen.

Hier also ward dem Sohne Jaakobs Beschäftigung zugewiesen, und es war eine, die ihm auf nachdenklich-schmerzliche Art ein teures und schrecklich verlorenes Besitztum seines vorigen Lebens in die Erinnerung zurückrief: den Schleier, das bunte Kleid, sein und seiner Mutter Kuttônet passîm. Unter seinen Bildstickereien war eine gewesen, die ihm schon bei erster Besichtigung, in Jaakobs Zelt, als das Brautgewand schimmernd zwischen des Vaters Armen hing, auffallend gewesen war: Einen heiligen Baum hatte sie dargestellt, zu dessen Seiten zwei bärtige Engel einander gegenübergestanden und ihn zur Befruchtung mit dem Zapfen der männlichen Blüte berührt hatten. Josephs Arbeit nun war die jener Genien. Die Dattelpalme ist ein zweihäusiger Baum, und die Bestäubung ihrer fruchtbaren Exemplare mit dem Samenstaube derjenigen, die keine Blüten mit Griffel und Narbe, sondern nur solche mit Staubgefäßen tragen, ist des Windes Sache. Doch hat diesem der Mensch von jeher das Geschäft auch wohl abgenommen und künstliche Befruchtung ausgeübt, nämlich so, daß er eigenhändig die abgeschnittenen Blütenstände eines unfruchtbaren Baumes mit denen fruchtbarer in Berührung brachte und sie besamte. Dies eben hatte man die Geister des Schleiers am heiligen Baum vollziehen sehen, und ebendies bekam Joseph zu tun; Glutbauch, des Dedi Sohn, Potiphars Obergärtner, trug es ihm auf.

Er betraute ihn damit um seiner Jugend willen und von wegen der Gelenkigkeit seiner Jahre; denn es ist mühselig und bedarf des Klettermutes und der Freiheit von Schwindel, um des Windes Amt zu versorgen. Mit Hilfe eines besonderen Polsterstrickes, der zugleich um den eigenen Leib und um den der Palme geschlungen ist, muß der Mensch mit einem Holzgefäß oder Körbchen unter Benutzung von Blätterstümpfen oder anderen Vorsprüngen und Anhaltspunkten, wie sie der Schuppenstamm eben bietet, sich in die Krone des staubblütentragenden Baumes emporarbeiten, indem er immer, mit der Bewegung eines Wagenlenkers, der den Pferden die Zügel schießen läßt, das Seil auf beiden Seiten um so viel in die Höhe wirft, wie er gestiegen ist, muß, oben angelangt, die Rispen abschneiden und mit Behutsamkeit im Behälter sammeln, dann wieder hinabgleiten, dann auf dieselbe Weise an dem Stamm eines fruchtbaren Baumes und wieder eines und abermals eines anderen hinaufgehen und dort überall die samentragenden Rispen »reiten lassen«, das heißt: sie in die fruchtknotentragenden Blütenstände hineinhängen, damit diese empfangen und bald hellgelbe Dattelfrüchte ansetzen, die man schon pflücken und essen kann, wenn auch erst die von den Hitzemonaten Paophi und Hathyr gezeitigten die rechten und guten sind.

Mit seinem erdig-roten Rübenfinger wies Chun-Anup dem Joseph unter den Palmen die staubblütentragenden, von denen es nur wenige gab; denn eine solche mag wohl dreißig fruchtbare bestäuben. Er gab ihm den Strick, der beste Landesware war, kein Hanfseil, sondern aus Schilffasern gemacht, vorzüglich geweicht, geklopft und geschmeidigt, und überwachte das erstemal selbst die Umstrickung; denn er war verantwortlich und wollte nicht, daß der Neuling vom Baum falle und sein Eingeweide ausschütte, so daß der Herr um den Kaufwert komme. Danach, als er gesehen, daß der Bursche geschickt war und kaum der Einspannung bedurft hätte, sondern durch die Behendigkeit, mit der er ins Gefieder des Baumes emporgelangte, ein Eichkätzchen hätte beschämen können und auch sonst das Geschäft mit Sorglichkeit und Verstand erfüllte, überließ er ihn sich selbst und versprach ihm weitere Anstellung im Garten, daß er mit der Zeit ein rechter Gärtner werde, wenn sich zeige, daß er des Auftrages hier sich erfolgreich entledige und bald und reichlich die Früchte ansetzten an den fruchtbaren Bäumen.

Joseph, ehrgeizig für Gott wie er war, fand überdies viel Gefallen an dem kecken und sinnigen Werk und betrieb es, um dem Obergärtner durch so rasche wie vollkommene Arbeit Eindruck zu machen, so daß er stutzen sollte – eine Bewegung, die Joseph bei allen Menschen hervorzurufen trachtete –, mit großem Eifer, einen Tag und noch einen zweiten bis in den Abend hinein, also daß er noch um Sonnenuntergang, da im Westen hinter dem Lotusteich, der Stadt und dem Nile das täglich überschöne Gepränge von Karmesin und Tulpenrot sich entfaltete und der Garten von anderen Bestellern sich schon geleert hatte, allein bei seinen Bäumen oder eigentlich in ihnen verweilte und die Reste des schnell schwindenden Lichtes benützte, um »reiten zu lassen«. Er saß behutsam handelnd im Gewipfel eines Hochschäftig-Schwanken, der fruchtbar war, als er unter sich ein Trippeln und Wispern vernahm und hinabblickend das Zwerglein Gottlieb erkannte, das, klein in der Tiefe wie ein Pilz, mit beiden Ärmchen zu ihm hinaufwinkte, darauf aus seinen Händchen eine Muschel vorm Munde

machte und aus Leibeskräften flüsterte: »Osarsiph! er kommt!«
– Dann war er gleich wieder verschwunden.

Joseph beeilte sich, seine zarte Hantierung im Stich zu lassen, und fuhr mehr, denn daß er gestiegen wäre, vom Baum herunter, um, unten angelangt, zu gewahren, daß wirklich, vom Teiche her, auf dem Pfade, den die Weinreben offen ließen, Potiphar, der Herr, mit kleinem Gefolge zwischen den Palmen herankam, – hochwandelnd und weiß unterm Himmelsrot, begleitet vom Meier Mont-kaw, an seiner Seite fast und nur ein wenig schräg hinter ihm; ferner von Dûdu, dem Vorsteher der Schmuckkästen, zwei Schreibern des Hauses und Bes-em-heb, dem Verkünder, der auf Schleichwegen schon wieder zu jenen gestoßen war. Siehe da, dachte Joseph, den Blick auf den Herrn gerichtet, er geht im Garten, da der Tag kühl worden. Und als die Gruppe noch näher herangekommen, warf er sich nieder am Fuße des Baumes und barg die Stirn am Boden, die Handflächen allein gegen die Nahenden aufgehoben.

Peteprê, auf das gekrümmte Rückgrat zur Seite seines Pfades hinabblickend, blieb stehen, und mit ihm tat es seine Begleitung.

»Auf deine Füße«, sagte er kurz, aber sanft; und Joseph kam mit einer einzigen raschen Bewegung diesem Befehle nach. Er stand, hart am Schafte der Palme, in bescheidenster Haltung, die Hände am Halse gekreuzt, den Kopf geneigt. Sein Herz war überaus wach und bereit. Es war an dem: er stand vor Potiphar. Potiphar war stehengeblieben. Nicht allzubald durfte er wieder von der Stelle gehen. Worauf alles ankam, war, daß er stutzte. Welche Frage würde er stellen? Hoffentlich eine, die eine stutzenswerte Antwort ermöglichte. Joseph wartete mit niedergeschlagenen Augen.

»Bist du vom Hause?« hörte er vor sich die zarte Stimme sich knapp erkundigen.

Nun, das bot vorläufig geringe Möglichkeiten. Höchstens

durch die Gesittung des Wie, kaum auch durch das Was war der Erwiderung ein Gepräge zu geben, das, wenn nicht stutzen, so doch gelinde aufhorchen ließ und vor allem einmal das eine verhinderte, daß der Verhörende gleich weiterging. Joseph murmelte:

»Mein großer Herr weiß alles. Der letzte und niedrigste seiner Sklaven ist dieser hier. Der letzte und niedrigste seiner Diener ist glücklich zu preisen.«

Mäßig! dachte er. Er wird doch wohl nicht gleich weitergehen? Nein, erst wird er fragen, warum ich noch hier bin. In hübschem Stil muß ich ihm darauf antworten.

»Du bist von den Gärtnern?« hörte er nach kurzem Schweigen die milde Stimme über sich. Er entgegnete:

»Alles weiß und sieht mein Herr, wie Rê, der ihn schenkte. Von seinen Gärtnern der unterste.«

Darauf die Stimme:

»Aber was hältst du dich noch im Garten um die Stunde des Scheidens, da deine Gesellen schon den Abend feiern und ihr Brot essen?«

Joseph senkte den Kopf noch tiefer über die Hände.

»Der du den Heerscharen Pharao's vorstehst, mein Herr, du größter unter den Großen der Länder!« sprach er betend. »Du gleichst dem Rê, der über den Himmel fährt in seiner Barke mitsamt seinem Gefolge. Ägyptens Steuer bist du, und des Reiches Boot fährt nach deinem Willen. Du bist der nächste nach Thot, der da richtet ohn' Unterschied. Schutzdamm der Armen, dein Erbarmen komme über mich wie die Sättigung, die den Hunger stillt. Wie ein Kleid, das das Nacktsein endet, komme über mich dein Vergeben dafür, daß ich mich bei der Arbeit versäumte an deinen Bäumen bis zur Stunde, da du im Garten gehst, und dir ein Anstoß wurde auf deinem Pfade!«

Stillschweigen. Es mochte sein, daß Peteprê nach seinen Begleitern sah aus Anlaß dieser gepflegten Bittrede, die mit etwas sandigem Akzente noch, aber gewandt und eben, formelhaft zwar, aber nicht ohne innigen Ausdruck gesprochen worden war. Joseph sah nicht, ob jener die Seinen ansähe, aber er hoffte es und wartete. Wenn man genau hinhörte, war es erkennbar, daß Pharao's Freund leise lächelte, als er erwiderte:

»Nicht Eifer im Amt und überstündiger Fleiß im Dienste des Hauses rufen den Zorn des Herrn hervor. Nimm Atem! Du bist also beflissen in deinem Geschäft und liebst dein Handwerk?«

Hier hielt Joseph es für angebracht, Haupt und Augen zu erheben. Rahels Augen, schwarz und tief wie sie waren, begegneten in beträchtlicher Höhe rehbraunen, sanften und etwas traurigen Augen, die, lang bewimpert, in stolzer Verschleierung, aber mit gütigem Forschen, in jene blickten. Potiphar stand vor ihm, groß, fett und aufs zarteste gekleidet, die Hand auf der Stützscheibe seines hohen Wandelstabes, die oben, ein Stück unter dem kristallenen Endknaufe, saß, in der anderen Pinienkeule und Fliegenwedel. Die bunte Fayence seines Halskragens ahmte Blumen nach. Gamaschen aus Leder schützten seine Schienbeine. Aus Leder ebenfalls, Bast und Bronze waren die Schuhe, auf denen er stand und deren Stangen ihm zwischen der großen und zweiten Zehe hindurchliefen. Sein zierlich geschnittener Kopf, in dessen Stirn vom Scheitel herab eine frische Lotusblüte hing, war lauschend gegen Joseph geneigt.

»Wie sollte ich des Gärtners Amt nicht lieben«, antwortete dieser, »und nicht darin eifrig sein, mein großer Herr, da es ja wohlgefällig ist Göttern und Menschen und das Geschäft der Hacke dem des Pfluges voransteht an Schönheit sowie vielen anderen noch, wenn nicht den meisten? Denn es ehrt seinen Mann, und Erwählte übten es aus in der Vorzeit. War nicht Ischullânu eines großen Gottes Gärtner, und blickte nicht Sins Tochter selbst freundlich auf ihn, da er ihr täglich Sträuße brachte und ließ ihren Tisch erstrahlen? Ich weiß von einem Kinde, das sie aussetzten in einem Schilfkorbe, aber der Strom trug ihn zu Akki, dem Wasserschöpfer, der lehrte den Knaben die feine Kunst des Gartens, und Scharuk-inu, dem Gärtner, gab Ischtar ihre Liebe und gab ihm das Reich. Noch einen großen König weiß ich, Urra-imitti von Isin, der tauschte im Scherze die Rolle mit Ellil-bani, seinem Gärtner, und setzte ihn auf seinen Thron. Aber siehe, Ellil-bani blieb sitzen daselbst und ward König, er selber.«

»Schau, schau!« sagte Peteprê und blickte wieder lächelnd auf den Vorsteher Mont-kaw, der mit verlegener Miene den Kopf schüttelte. Auch die Schreiber gleich ihm, aber besonders Dûdu, der Zwerg, schüttelten ihre Köpfe, und nur Gottliebchen-Schepses-Bes nickte knittrigen Beifall mit dem seinen.

»Woher weißt du denn alle diese Geschichten? Bist du von Karduniasch?« fragte der Höfling auf akkadisch, denn Babylonien war es, was er mit jenem Namen gemeint hatte.

»Dort gebar mich die Mutter«, antwortete Joseph ebenfalls in der Sprache Babels. »Aber in Zahi-Land, in der Täler Kanaans einem, wuchs auf, der dir angehört, bei seines Vaters Herden.«

»Ah?« ließ Potiphar flüchtig vernehmen. Es machte ihm Spaß, sich babylonisch zu unterhalten, und ein gewisser poetischer Tonfall der Antwort, etwas unbestimmt Anspielungshaftes, das namentlich in der Wendung »bei seines Vaters Herden« gelegen hatte, fesselte ihn – und genierte ihn zugleich. Eine vornehme Ängstlichkeit, durch seine Fragen allzuviel Intimität herauszufordern und zu vernehmen, was ihn nichts anging, kreuzte sich in ihm mit schon geweckter Neugier und Aufmerksamkeit, mit dem Wunsche, aus diesem Munde ein Mehreres zu vernehmen.

»Du sprichst aber«, sagte er, »die Sprache des Königs Kadaschmancharbe nicht schlecht.« Und ins Ägyptische zurückfallend: »Wer lehrte dich die Mären?«

»Ich las sie, Herr, mit meines Vaters Ältestem Knechte.«

»Wie, du kannst lesen?« fragte Peteprê, froh, daß er sich

hierüber verwundern konnte; denn von dem Vater, und daß er einen Ältesten Knecht, also überhaupt Knechte hatte, wollte er nichts wissen.

Joseph beugte den Kopf mehr, als daß er ihn neigte, nämlich so, als bekenne er sich schuldig.

»Und schreiben?«

Der Kopf ging noch tiefer.

»Welche Arbeit war es«, fragte Potiphar nach einem Augenblick des Zögerns, »bei der du dich versäumtest?«

»Ich ließ Blüten reiten, mein Herr.«

»Ah? – Ist das ein männlicher Baum oder ein weiblicher, der hinter dir?«

»Es ist ein fruchtbarer, Herr, er wird tragen. Ob aber ein solcher weiblich zu nennen sei oder männlich, das ist nicht ausgemacht, und verschiedentlich meinen es damit die Menschen. In Ägyptenland gibt man den fruchtbaren den männlichen Namen. Aber mit Leuten sprach ich von den Inseln des Meeres, Alaschia und Kreta, die hießen weiblich die früchtetragenden und männlich die unfruchtbaren, die nur den Staub führen und sind hagestolz.«

»Ein fruchtbarer also«, sagte der Truppenoberst kurz. »Und wie alt ist der Baum?« fragte er, da ein Gespräch wie dieses nur den Zweck haben konnte, die fachlichen Kenntnisse des Angeredeten zu prüfen.

»Seit zehn Jahren blüht er, o Herr«, antwortete Joseph lächelnd, mit einer gewissen Begeisterung, die ihm teils von Herzen kam (denn er hatte viel Sinn für die Bäume), teils auch ihm nützlich erschien. »Und siebzehn sind es, daß man den Schößling setzte. In zwei Jahren oder dreien wird er ein Vollträger sein – oder sie – und auf der Höhe seiner Ergiebigkeit. Aber schon jetzt trägt er dir an die zweihundert Hin der besten Früchte im Jahr, von wundersamer Schönheit und Größe, an Farbe dem Bernstein gleich, gesetzt nämlich, daß man's dem

Winde nicht überläßt, sondern mit Menschenhand sorgt für des Baumes Bestäubung. Das ist ein herrlicher Baum unter den deinen«, sagte er mit sich entfesselndem Eifer und legte die Hand an des Stammes schlanken Säulenschaft, »männlich im Stolz seiner ragenden Kraft, so daß man's mit den Leuten Ägyptens zu halten geneigt ist und ihrer Art der Benennung; und weiblich wieder in seiner spendenden Fülle, so daß man den Leuten des Meeres beipflichten möchte und ihrer Redeweise. Kurz gesagt, ist das ein göttlicher Baum, wenn du deinem Diener gestatten willst, in diesem Wort zu vereinigen, was da geschieden ist in der Völker Mund.«

»Sieh da«, sagte Peteprê mit lauschender Ironie, »vom Göttlichen weißt du mir auch zu melden? Du betest wohl Bäume an von Hause aus?«

»Nein, Herr. Allenfalls unter Bäumen, doch nicht die Bäume. Fromm gesinnt sind wir freilich den Bäumen, denn etwas Heiliges ist es um sie, und man sagt, daß sie älter seien als selbst die Erde. Es hörte dein Sklave vom Baume des Lebens, in dem die Kraft gewesen sei, alles hervorzubringen, was ist. Soll man aber die alles hervorbringende Kraft männlich nennen oder weiblich? Ptachs Künstler zu Menfe und die Bildmeister Pharao's hier, die da fruchtbar sind an Gestalt und die Welt erfüllen mit schöner Figur: ist die Kraft männlich zu heißen oder weiblich, zeugend oder gebärend, aus der sie's vollbringen? Das ist nicht auszumachen, denn von beiderlei Art ist diese Kraft, und ein zwitterblütiger Baum muß wohl der Baum des Lebens gewesen sein, zwiegeschlechtig, wie meistens die Bäume es sind und wie Chepre es ist, der Sonnenkäfer, der sich selber erzeugt. Siehe, die Welt ist zerrissen im Geschlecht, also daß wir reden von männlich und weiblich und sind nicht einmal einig im Unterscheiden, da ja die Völker streiten, ob der fruchtende Baum männlich zu nennen ist oder der hagestolze. Aber der Welt Grund und des Lebens Baum sind weder männlich noch weiblich, sondern beides in einem. Was heißt aber beides in einem? Es heißt keines von beidem. Jungfräulich sind sie, wie die bärtige Göttin, und sind Vater und Mutter zugleich dem Entstandenen, denn erhaben sind sie übers Geschlecht, und nichts zu schaffen hat ihre spendende Tugend mit der Zerrissenheit.«

Potiphar schwieg, die Turmesgestalt gestützt auf seinen schönen Stab, und blickte zu Boden hin vor die Füße des Prüflings. Er spürte eine Wärme im Angesicht, in der Brust und in allen seinen Gliedern, eine leichte Erregung, die ihn an diese Stelle fesselte und nicht wollte, daß er sich weiterhöbe, obgleich er, der Weltgewandte, nicht wußte, wie dieses Gespräch weiterzuleiten sei. Aus vornehmer Scheu hatte er nicht geglaubt, von den persönlichen Verhältnissen des Sklaven noch mehr vernehmen zu dürfen; nun schien ihm aus anderer Scheu, auch in der Richtung, die sie statt dessen genommen, die Unterhaltung verbaut. Er hätte weitergehen können und den jungen Fremdling an seinem Baume stehenlassen; das aber mochte und durfte er nicht. Er zögerte, und in sein Zögern drang die ehrbare Stimme Dûdu's, des Unterwüchsigen, des Gatten der Zeset, der zu mahnen für gut fand:

»Wie wäre es, großer Herr, wenn du den Gang wieder aufnähmest und lenktest deine Schritte zum Hause? Die Feuer des Himmels wollen schon blasser werden, und jeden Augenblick kann's kalt einfallen von der Wüste her, also daß du den Nasenfluß davontragen könntest, denn du bist ohne Mantel.«

Zu Dûdu's Ärger hörte der Wedelträger ihn gar nicht. Die Wärme in seinem Haupt verschloß ihm die Ohren gegen des Zwerges verständige Worte. Er sagte:

»Ein nachdenklicher Gärtner scheinst du mir, Jüngling von Kanaan.« Und indem er sich an ein Wort hielt, das ihm klanglich und sachlich Eindruck gemacht hatte, fragte er: »Waren sie zahlreich – deines Vaters Herden?«

»Sehr zahlreich, Herr. Kaum wollte das Land sie tragen.«

»So war dein Vater ein sorgloser Mann?«

»Außer der Gottessorge, Herr, kannte er keine.«

»Was ist die Gottessorge?«

»Die ist verbreitet in aller Welt, o Herr. Mit mehr oder weniger Segen und Wohlgeschick wird sie betreut von den Menschen. Aber den Meinigen war sie auferlegt von langer Hand her besonders, also, daß man meinen Vater, den Herdenkönig, wohl auch einen Gottesfürsten hieß.«

»Sogar einen König und Fürsten nennst du ihn! Verlebtest du also denn die Tage der Kindheit in so großem Wohlsein?«

»Dein Knecht«, erwiderte Joseph, »mag wohl sagen, daß er sich salbte mit Freudenöl die Tage der Kindheit hin und lebte in schönem Range. Denn der Vater liebte ihn mehr als seine Gesellen und machte ihn reich mit seiner Liebe Geschenken. So schenkte er ihm ein heilig Kleid, worein allerlei Lichter verwoben waren und hohe Zeichen, – ein Truggewand war es und ein Kleid der Vertauschung, vermacht von seiten der Mutter, und er trug es statt ihrer. Aber zerrissen wurde es ihm vom Zahn des Neides.«

Potiphar hatte nicht den Eindruck, daß der da log. Das ins Vergangene schauende Auge des Jünglings, die Innigkeit seiner Rede sprachen dagegen. Eine gewisse schwebende Verschwommenheit seiner Ausdrucksweise mochte auf Rechnung seiner Fremdheit zu setzen sein, und sie barg überdies einen Kern von Genauigkeit, der nicht trügen konnte:

»Wie gerietest du denn –«, forschte der Würdenträger. Er wollte sich zart ausdrücken und fragte: »Wie aber wurde aus deiner Vergangenheit deine Gegenwart?«

»Ich starb den Tod meines Lebens«, antwortete Joseph, »und ein neues ward mir zuteil in deinen Diensten, o Herr. Was soll ich dein Ohr bemühen mit den Umständen meiner Geschichte und mit meines Laufes Stationen? Einen Weh-Froh-Menschen muß ich mich nennen. Denn der Beschenkte wurde getrieben in Wüste und Elend, gestohlen wurde er und verkauft. Er trank sich satt im Leid nach dem Glücke, Weh war seine Nahrung. Denn seine Brüder sandten ihm nach ihren Haß und legten Fangstricke seinen Schritten. Sie gruben ein Grab vor seinen Füßen und stießen sein Leben in die Grube, daß ihm zur Wohnung wurde die Finsternis.«

»Sprichst du von dir?«

»Vom Letzten der Deinen, Herr. Drei Tage lag er gefesselt im Unteren, so daß er wahrlich schon übel roch; denn besudelt hatte er sich wie ein Schaf mit seinem eigenen Unrat. Da kamen Fahrende und milde Seelen, die hoben ihn heraus in der Güte ihres Herzens und entbanden ihn dem Schlunde. Sie stillten mit Milch den Neugeborenen und gaben ein Kleid seiner Nacktheit. Danach aber brachten sie ihn herab vor dein Haus, o Akki, großer Wasserschöpfer, und du machtest ihn zu deinem Gärtner in der Güte deines Herzens und zum Helfer des Windes bei deinen Bäumen, also daß seine Neugeburt so wundersam zu nennen ist wie seine erste.«

»Wie seine erste?«

»Vergangen und versprochen, Herr, hat sich dein Diener in der Verwirrung. Mein Mund wollte nicht sagen, was er sagte.«

»Du sagtest aber, deine Geburt sei wundersam gewesen.«

»Es entschlüpfte mir, großer Herr, da ich vor dir rede. Sie war jungfräulich.«

»Wie kann das sein?«

»Lieblich war meine Mutter«, sagte Joseph, »von Hathor geprägt mit dem Kusse der Lieblichkeit. Aber ihr Leib war verschlossen durch viele Jahre hin, also daß sie verzagte an ihrer Mutterschaft und von den Menschen keiner sich noch einer Frucht versah ihrer Lieblichkeit. Nach zwölf Jahren aber empfing sie und gebar unter übernatürlichen Schmerzen, da im Osten das Himmelszeichen heraufkam der Jungfrau.«

»Nennst du das eine jungfräuliche Geburt?«

»Nein, Herr, wenn es dir mißfällt.«

»Man kann nicht sagen, daß diese Mutter jungfräulich gebar, nur weil es im Zeichen der Jungfrau geschah.«

»Nicht darum allein, o Herr. Man muß die weiteren Umstände mit in Betracht ziehen, das Gepräge der Lieblichkeit und daß durch so lange Jahre verschlossen gewesen war der Leib der Gottesmagd. Dies alles zusammen mit dem Zeichen macht's aus.«

»Aber es gibt keine jungfräuliche Geburt.«

»Nein, Herr, da du es sagst.«

»Oder gibt es sie deiner Meinung nach?«

»Viel tausendmal, Herr!« sprach Joseph freudig. »Viel tausendmal gibt es sie in der Welt, die zerrissen ist im Geschlecht, und ist das All von Zeugung und Niederkunft voll, die übers Geschlecht erhaben. Segnet nicht ein Mondesstrahl den Leib der rindernden Kuh, die den Chapi gebiert? Lehrt uns nicht alte Kunde, daß die Biene aus den Blättern der Bäume geschaffen worden? Da hast du wieder die Bäume, deines Dieners Pfleglinge, und ihr Geheimnis, darin die Schöpfung ihr Spiel treibt mit dem Geschlechte, legt es zusammen in eins und verteilt's unter sie je nach Laune, und ist's einmal so damit bestellt und ein andermal anders, also daß niemand Ordnung und Namen weiß ihres Geschlechtes oder ob's überhaupt eines ist und die Völker sich streiten. Denn öfters geschieht es ja gar nicht durch das Geschlecht, daß sie sich fortpflanzen, sondern außerhalb seiner, – durch Bestäubung nicht und Empfängnis, sondern durch Ableger und Ausläufer oder daß man sie steckt, und der Gärtner setzt Schößlinge ein, aber nicht Kerne, des Palmbaums, damit er weiß, ob er einen fruchtbaren zieht oder hagestolzen. Pflanzen sie sich aber fort im Geschlecht, so sind manchmal Staub und Empfängnis zusammengetan in ihren Blüten und manchmal verteilt auf die Blüten desselbigen Baumes, manches Mal aber auch auf verschiedene Bäume des Gartens, die fruchtbaren und unfruchtbaren, und des Windes Geschäft ist's, den Samen zu tragen von der Blüte des Staubes zu der der Empfängnis. Ist das aber so recht noch, wenn man's bedenkt, ein Zeugen und ein Empfangen im Geschlecht? Ist nicht, was der Wind tut, schon dem Zeugen verwandt des Mondstrahles in der Kuh, ein Mittelding oder Übergang bereits zu höherer Zeugung und zur jungfräulichen Empfängnis?«

»Nicht der Wind ist's, der zeugt«, sagte Potiphar.

»Sage das nicht, o Herr, in deiner Größe! Oftmals, so hörte ich, befruchtet des Zephyrs süßer Hauch die Vögel, ehe noch die Hegzeit sich naht. Denn es ist ein Hauch Gottes Geist, und der Wind ist Geist, und wie Ptachs Bildmeister die Welt erfüllen mit schöner Figur, ohne daß jemand zu unterscheiden wüßte, ob männlich ihr Tun zu nennen sei oder weiblich, weil's nämlich beides ist und keins von beidem, das heißt jungfräulich-fruchtbar, – also ist die Welt von Befruchtung voll und Hervorbringung ohne Geschlecht und von Zeugung des Geisteshauchs. Vater und Schöpfer der Welt ist Gott und aller entstandenen Dinge, nicht weil sie durch Samen hervorgebracht werden, sondern es legte der Unerzeugte durch andere Kraft in den Stoff eine fruchtbare Ursache, welche ihn wandelt und ändert ins Mannigfache. Denn in Gottes Gedanken waren die vielgestaltigen Dinge zuerst, und das Wort, getragen vom Geisteshauch, ist ihr Erzeuger.«

Es war eine kuriose Szene, nicht dagewesen bisher in Haus und Hof des Ägypters. An seinem Stabe stand Potiphar und lauschte. In seinen feinen Zügen kämpfte die duldsame Ironie, die er schicklicherweise hineinzulegen suchte, mit einem Wohlgefallen, stark genug, daß man es Freude, ja Glück hätte nennen können, – so stark in der Tat, daß von einem Kampf mit dem Spotte kaum noch die Rede sein konnte, sondern sichtbarlich für das dankbare Wohlgefallen der Sieg entschieden war. – Bei ihm hielt sich Mont-kaw, der Knebelbart, des Hauses

Meier, und blickte mit seinen kleinen tränensackunterhangenen Augen, die sich gerötet hatten, verblüfft, ungläubig, dankbar und mit einer Anerkennung, welche schon mehr der Bewunderung glich, in das redende Gesicht seines Käuflings, – dieses Knaben, der etwas tat, was zu tun ihn selbst, den Vorsteher, Dienertreue, die Liebe zum edlen Herrn, gelehrt hatte, der es aber auf viel höhere, zartere und wirksamere Weise tat. – Da war ferner, hinter diesen, Dûdu, Gatte der Zeset, aufs würdigste verärgert darüber, daß der Herr seinem Mahnworte taub gewesen, und durch die Aufmerksamkeit, die dieser dem Jungsklaven schenkte, gehindert, eine neue Unterbrechung zu wagen und eine Unterhaltung zu beenden, bei welcher der Laffe offenbar sehr günstig abschnitt – und zwar zu seiner, des Ehezwerges, Verkürzung. Denn ihm war ganz, als ob des Sklaven unverschämte und gar nicht statthafte Reden, die der Herr trank wie Lebenswasser, in etwas seiner, des Zwerges, Würde Abbruch täten und zu entwerten geeignet seien, was den gediegenen Stolz seines Lebens und sein Übergewicht über gewisse kleine sowie gewisse große Leute ausmachte. – Die Kleinen angehend, so war da außerdem noch Gottliebchen, das Alräunchen, knittrig entzückt über seines Schützlings Erfolg, geschwellt von Genugtuung darüber, wie dieser den Augenblick zu nutzen verstand, beweisend, daß er mit Fug und Recht ihn herbeigesehnt. – Dazu standen die beiden Schreiber da, denen so etwas auch noch nicht vorgekommen und denen durch das beflissene Studium der Mienen des Herrn und des Vorstehers sowie auch durch eigene Eindrücke das Lachen vergangen war. An seinem Baume aber vor dieser Gruppe von Zuhörern stand Joseph lächelnden Mundes und perorierte zauberhaft. Längst hatte er die sklavische Haltung gelöst, die ihn anfänglich gebunden, und stand da in angenehmer Freiheit, mit rednerisch einnehmenden Gebärden die Worte begleitend, die ihm flüssig und ungesucht, in heiterem Ernst von den

Lippen gingen, auf höhere Empfängnis bezüglich und Zeugung des Geisteshauchs. Nicht anders stand er da im dämmernden Säulenbau dieses Baumgartens als im Tempel ein begeistertes Kind, in dem Gott sich verherrlicht und ihm die Zunge löst, daß es kündet und lehrt zum Staunen der Lehrer.

»Gott ist nur einmal«, so fuhr er freudig fort, »aber des Göttlichen ist viel in der Welt und der spendenden Tugend, die weder männlich noch weiblich, sondern erhaben ist übers Geschlecht und hat nichts zu schaffen mit der Zerrissenheit. Laß mich singen mit flinker Zunge, o Herr, da ich vor dir stehe, von solcher Tugend! Denn meine Augen wurden aufgetan im Traum, und sah eines gesegneten Hauses Wesen und ein Gehöfte der Wohlfahrt in fernem Lande, Häuser, Speicher, Gärten, Felder und Werkereien, Menschen und Vieh ohne Zahl. Emsigkeit waltete da und Gelingen, Aussaat und Ernte geschahen, es feierten nicht die Ölmühlen, aus den Kufen der Kelterer strömte der Wein, fette Milch aus den Eutern und aus den Waben das süße Gold. Aber durch wen regte sich dieses alles in seiner Ordnung, geschah und gedieh? Ei, von wegen des Herrn an der Spitze, dem es zu eigen! Denn am Wink seiner Augen hing alles, und wie er den Odem einzog und ausgab, danach ging's vonstatten. Sprach er zu einem: ›Gehe!‹, so ging er, zu einem anderen: ›Tu das!‹, so tat er's. Ohne ihn aber hätte nichts gelebt, sondern wäre verdorrt und gestorben. Von seiner Fülle nährte sich alles Gesinde und pries seinen Namen. Vater und Mutter zugleich war er dem Haus und der Wirtschaft, denn der Blick seines Auges war wie der Mondesstrahl, der da schwängert die Kuh, daß sie den Gott gebiert, seines Wortes Hauch wie der Wind, der den Fruchtstaub trägt von Baum zu Baum, und aus dem Schoß seiner Gegenwart quoll all Beginnen und Gedeihen wie aus den Waben das Honiggold. Also träumte mir von spendender Tugend, fern von hier, daß ich erführe, es gebe Zeugung und Fruchtbarkeit, die nicht irdisch ist nach Art und Geschlecht und nicht vom Fleische, sondern göttlich und geistig. Siehe, da streiten die Völker, ob der fruchtende Baum männlich zu nennen sei oder der stäubende, und sind sich in der Rede nicht einig. Warum aber sind sie's nicht? Weil das Wort Geist ist, und weil strittig werden die Dinge im Geiste. Ich sah einen Menschen – greulich war der dir, o Herr, von Körperpracht und schrecklich von Kraft des Fleisches, ein Recke und Enakssohn, und seine Seele war rindsledern. Er zog aus gegen den Löwen und schlug den Wildstier, das Krokodil und das Nashorn und brachte sie alle zur Strecke. Fragte man ihn aber: ›Hast du keine Furcht?‹, so antwortete er: ›Was ist das, die Furcht?‹ Denn er kannte sie nicht. Aber ein ander Menschenkind sah ich in der Welt, das war zart in der Seele, wie er's am Fleische war, und fürchtete sich. Da nahm er Schild und Spieß und sprach: ›Komm an, meine Furcht!‹ Und schlug den Löwen, den Wildstier, das Krokodil und das Nashorn. Wolltest du, Herr, nun prüfen deinen Knecht, und es fiele dir ein, ihn zu fragen, welchem von diesen beiden der Mannesname gebühre vor dem anderen, – vielleicht, daß Gott mir die Antwort gäbe.«

Potiphar stand an seinem hohen Spazierstabe, ein wenig vornübergeneigt, eine angenehme Wärme in Haupt und Gliedern. Ein solches Wohlgefühl, hieß es, hatten Leute empfunden, zu denen in der Gestalt eines Wanderers oder Bettlers oder irgendeines Verwandten oder Bekannten ein Gott sich gesellt, um Zwiesprache mit ihnen zu halten. Sie hatten ihn, sagte man, daran erkannt oder doch einen glücklichen Verdacht daraus geschöpft. Das eigentümliche Wohlgefühl, das sie durchströmte, war diesen Leuten ein Merkmal gewesen, daß derjenige, der mit ihnen sprach, zwar ein Wanderer oder Bettler oder der und der Bekannte oder Verwandte sei und daß sie dieser Wirklichkeit gesunden Sinnes Rechnung zu tragen und sich ihr gemäß zu benehmen hätten, aber – eben in Anbetracht des auffallenden Wohlgefühls – unter Berücksichtigung gleichzeitig darüber hinausgehender Möglichkeiten. Gleichzeitigkeit ist die Natur und Seinsart aller Dinge, ineinander vermummt erscheinen die Wirklichkeiten, und nicht weniger ist der Bettler ein Bettler, weil möglicherweise ein Gott sich in ihn verstellt. Ist nicht der Strom ein Gott, von Stiergestalt oder auch von der eines bekränzten Mannweibes mit doppelartiger Brust, hat er das Land nicht geschaffen, und nährt er es nicht? Das hindert nicht ein sachliches Verhalten zu seinem Wasser, nüchtern gleich diesem: man trinkt's, man befährt es, man wäscht sein Leinen darin, und nur das Wohlgefühl, das man empfindet beim Trinken und Baden, mag einer Mahnung an höhere Gesichtspunkte gleichkommen. Zwischen Irdischem und Himmlischem ist die Grenze fließend, und nur ruhen zu lassen brauchst du dein Auge auf einer Erscheinung, damit es sich breche ins Doppelsichtige. Auch gibt es Zwischen- und Vorstufen des Göttlichen, Andeutungen, Halbheiten, Übergänge. In dem, was der Jüngling am Baum über sein Vorleben ausgesagt, war mehreres Vertraute, schelmisch Erinnernde und Anmahnende gewesen, das in gewissem Grade als literarische Reminiszenz anzusehen sein mochte, wovon aber schwer zu sagen war, wieweit es auf willkürlicher Anordnung und Angleichung beruhen und wieweit im Sachlichen begründet sein mochte: Züge, die das Leben ins Göttliche übergehender, heilbringender, tröstender und errettender Wohltätergestalten kennzeichneten. Der junge Gärtner kannte diese Züge; er hatte sie sich geistig zu eigen gemacht und seine persönlichen Lebensangaben damit in Einklang zu setzen gewußt. Das konnte ein Werk seines zitierenden Witzes sein; daß aber auch die Dinge selbst und von sich aus ihm mindestens dabei zu Hilfe gekommen waren, dafür sprach Potiphars auffallendes Wohlgefühl. Er sagte:

»Geprüft, mein Freund, habe ich dich schon, und du hast die Prüfung nicht übel bestanden. Von einer jungfräulichen Geburt kann aber nicht wohl die Rede sein«, setzte er freundlich belehrend und ermahnend hinzu, »nur weil die Geburt im Zeichen der Jungfrau steht. Merke dir das.« Er sagte es aus gesundem Sinn für die praktisch ihm zugewandte Seite der Wirklichkeit und gleichsam, um den Gott nicht merken zu lassen, daß er ihn erkannte. »Feiere nun«, sagte er, »den Abend mit deinen Gesellen und nimm bei neuer Sonne den Dienst wieder auf an meinen Bäumen.« Damit wandte er sich geröteten Angesichts und lächelnd zum Gehen, brachte aber nach zwei Schritten die Seinen, die ihm auf den Fersen folgen wollten, noch einmal zum Stehen, indem er wieder haltmachte und, um nicht die Schritte zurücktun zu müssen, Joseph vor sich hinwinkte.

»Wie heißt du?« fragte er. Denn so zu fragen hatte er vergessen.

Nicht ohne jene Pause voranzuschicken, die nicht gut dem Nachdenken gelten konnte, antwortete dieser mit ernstem Aufblick:

»Osarsiph.«

»Gut«, erwiderte der Wedelträger rasch und kurz und nahm beschleunigt seinen Gang wieder auf. Beschleunigt waren auch seine Worte, als er (das Zwerglein Gottlieb hörte es und gab noch in der Stunde dem Joseph Nachricht davon) im Gehen zu Mont-kaw, seinem Hausmeier, sagte:

»Das ist ein ausnehmend kluger Diener, den ich da prüfte. Ich glaube wohl, daß der Baumdienst bei ihm in guten Händen ist. Sehr lange aber, dünkt mich, wird man ihn nicht festhalten dürfen bei diesem Geschäft.«

»Du hast gesprochen«, antwortete Mont-kaw und wußte, was er zu tun hatte.

Joseph schließt einen Bund

Nicht umsonst haben wir dieses Gespräch, dessen sonst nirgends gedacht ist, Wort für Wort, ganz wie es sich fügte und nach allen seinen Windungen und Wendungen hier aufgeführt. Denn Josephs berühmte Laufbahn in Potiphars Haus nahm von ihm seinen Ausgang; daß der Ägypter ihn zu seinem Leibdiener machte und ihn in der Folge über all sein Eigen setzte, um es unter seinen Händen zu lassen, schrieb sich von dieser Begegnung her: wie ein schnelles Tier hat der Bericht davon uns mitten hineingetragen in die sieben Jahre, die Jaakobs Sohn zu neuer Lebenshöhe vor neuem Todessturz führten. Denn er hatte bewiesen bei dieser Prüfung, daß er begriff, worauf es in dem peinlichen Segenshause ankomme, darein er verkauft: nämlich einander schmeichelhaft behilflich zu sein und mit schonender Liebesdienstlichkeit seine hohe Würde zu stützen. Und nicht nur daß er dies begreife, hatte er dabei bewiesen, sondern auch, daß er das Erforderliche besser und geschickter auszuüben vermöge als irgend jemand.

Dies war namentlich die Erfahrung Mont-kaws, welcher sich in seinem dienertreuen Bemühen um die Seele des edlen Herrn durch die unglaubliche Geschicklichkeit Josephs im behilflichen Schmeicheln so sehr übertrumpft fand – ohne Eifersucht und mit Freuden, wie wir zu Ehren seiner Biederkeit und des bedeutsamen Unterschiedes zwischen Liebesdienst und Liebedienerei ausdrücklich hinzufügen. Tatsächlich hätte es des herrschaftlichen Befehlswinkes gar nicht bedurft, um den Vorsteher zu bestimmen, seinen Käufling nach dem Auftritt im Baumgarten sofort aus dem Dunkel des untersten Dienerstandes zu ziehen und ihm hellere Möglichkeiten der Bewährung zu eröffnen. Wissen wir doch längst, daß, was ihn bisher davon abgehalten hatte, nichts als schamhafte Scheu gewesen war vor dem, was ihn beim ersten Anblick des Rollenträgers heimlich angewandelt hatte und was den Regungen Potiphars selbst beim Gespräch mit dem Gartensklaven so sehr verwandt gewesen war.

Darum ließ er unter der nächsten Sonne schon, kaum daß Joseph nach dem Morgenmus seinen Dienst als Untergeselle Chun-Anups und Helfer des Windes wieder aufgenommen, den Ebräer vor sich kommen und kündigte ihm in betreff seiner Verwendung einschneidende Änderungen an, die er als überfällig hinzustellen für gut fand und deren Verschleppung er dem Joseph gewissermaßen zum Vorwurf machte. Wie die Menschen doch sind, und wie sie die Dinge glauben drehen zu müssen! Er spielte geradezu den Unwirschen und verkündigte dem Beorderten sein Glück in der sonderbaren Form, daß er so tat, als sei durch dessen Schuld ein unhaltbarer Zustand ganz ungehörig in die Länge gezogen worden.

Es war in dem Hofrevier zwischen Diener-, Küchen- und Frauenhaus, nahe den Ställen, daß er ihn empfing.

»Da bist du ja!« sagte er zu dem Grüßenden. »Nur gut, daß du wenigstens kommst, wenn man dich ruft. Denkst du, es kann immer so weitergehen und du kannst dich in den Bäumen herumtreiben bis zum Ende der Tage? Da denkst du fehl, das laß dir gesagt sein! Jetzt ziehen wir der Laute andere Saiten auf, und die Bummelei hat ein Ende. Du kommst in den inneren Dienst, ohne Federlesen. Du sollst der Herrschaft aufwarten im Speisegemach, sollst Schüsseln reichen und hinter dem Stuhle stehen von Pharao's Freund. Man hat nicht vor, dich viel zu fragen, ob es dir recht ist. Lange genug hast du Allotria getrieben und dich den höheren Pflichten entzogen. Wie siehst du aus? Voll von Baumschorf und Staub des Gartens die Haut und das Leinzeug! Geh und säubere dich! Laß dir den Silberschurz der Darreichenden geben auf der Kammer und von den Blumengärtnern einen anständigen Kranz fürs Haar – oder wie dachtest du sonst zu stehen hinter Peteprê's Stuhl?«

»Ich gedachte nicht, dort zu stehen«, erwiderte Joseph stille.

»Ja, es geht nicht nach deinen Gedanken. Mach dich ferner gefaßt: nach der Mahlzeit sollst du zur Probe dem Herrn vorlesen, bevor er schläft, in der Säulenhalle des Nordens, wo's kühle ist, aus den Buchrollen. Wirst du das wohl erträglich machen?«

»Thot wird mir helfen«, war Joseph so frei zu antworten, im Vertrauen auf das schonende Vorübergehen dessen, der ihn nach Ägypten entrückt, und nach dem Grundsatze: »Ländlich, sittlich.« »Wer aber durfte vorlesen dem Herrn bis jetzt?« setzte er hinzu.

»Wer bis jetzt? Amenemuje war es, der Zögling des Bücherhauses. Was fragst du?«

»Weil ich um des Verborgenen willen niemandem ins Feld treten möchte«, sagte Joseph, »und möchte keines Mannes Grenzstein verletzen, indem ich ihn des Amtes beraube, das seine Ehre ist.«

Mont-kaw war sehr angenehm berührt von dieser unerwarteten Bedenklichkeit. Er hatte seit gestern – wenn erst seit gestern – durchaus eine Ahnung davon, daß Befähigung und Berufung dieses jungen Menschen zum Wettbewerb um Ämter in diesem Hause weiter reichten, als ihm selbst bewußt sein mochte, weiter als bis zu Amenemuje's, des Vorlesers, Amt und Person – viel weiter sogar; und darum tat dieser Zartsinn ihm wohl, ungeachtet, daß er zu den Ruben-Menschen gehörte, die das Glück und die Würde ihrer Seele darin finden, »gerecht und billig« zu sein, anders gesagt: darin, daß sie ihre Pläne, selbst im Sinne der eigenen Abdankung, freudig mit denen höherer Mächte vereinigen. Nach dieser Freude und Würde trachtete Mont-kaw von Natur, vielleicht, weil er nicht recht gesund war und öfters die Niere ihn drückte. Dennoch, so wiederholen wir, war Josephs Sorge ihm angenehm. Was er sagte, war:

»Mir scheint, du bist rücksichtsvoll über deine Verhältnisse.

Laß Amenemuje's Ehre und Verwendung seine und meine Sorge sein! Auch wächst solche Rücksicht mit dem Vorwitz auf einem Holz. Du hörst den Befehl.«

»Hat es der sehr Erhabene befohlen?«

»Was der Vorsteher befiehlt, ist befohlen. Und was befahl ich dir diesen Augenblick?«

»Zu gehen und mich zu reinigen.«

»So tu's!«

Joseph neigte sich und schritt rückwärts.

»Osarsiph!« sagte der Meier mit sanfterer Stimme, und der Gerufene näherte sich wieder.

Mont-kaw legte ihm die Hand auf die Schulter.

»Liebst du den Herrn?« fragte er, und seine kleinen Augen mit den dicken Tränensäcken darunter blickten mit eindringlich-schmerzlichem Forschen in Josephs Miene.

Sonderbar bewegende, erinnerungsvolle Frage, dem Joseph vertraut von Kindesbeinen! So hatte Jaakob gefragt, wenn er den Liebling an seine Knie gezogen, und ebenso schmerzlich forschend hatten seine braunen Augen mit den zarten Drüsenschwellungen darunter in des Kindes Miene geblickt. Unwillkürlich antwortete der Verkaufte mit der Formel, die in diesem immer wiederkehrenden Falle am Platze gewesen war und deren Gegebenheit ihrem inneren Leben keinen Abbruch getan hatte:

»Von ganzer Seele, von ganzem Herzen und ganzem Gemüte.«

Der Vorsteher nickte genau so befriedigt, wie Jaakob es einst getan hatte.

»So ist es recht«, sagte er. »Er ist gut und groß. Du hast löblich vor ihm gesprochen gestern im Dattelgarten und wie nicht jeder es könnte. Ich sah wohl, daß du mehr kannst, als gute Nacht sagen. Es liefen dir Fehler unter wie der, daß du jungfräulich nanntest eine Geburt, nur weil sie im Zeichen der

Jungfrau geschehen, – nun, das hält man deiner Jugend zugute. Die Götter gaben dir feine Gedanken und lösten dir die Zunge, sie auszusprechen, daß sie sich fügen und schmiegen als wie im Reigen. Der Herr hatte Wohlgefallen daran, und du sollst hinter seinem Stuhle stehen. Aber auch mit mir sollst du sein als mein Lehrling und Junggeselle, wenn ich durch die Wirtschaft gehe, daß du dich umtust in Haus, Hof und Feld und Einblick gewinnst in die Betriebe und in die Bestände und erwirbst eine Übersicht, also daß du mir allenfalls mit der Zeit zum Gehilfen erwächst, denn ich habe viel Plage in der Welt und fühle mich öfters auch nicht ganz extra. Bist du's zufrieden?«

»Wenn ich bestimmt niemandem ins Feld trete hinterm Stuhl des Herrn und an deiner Seite«, sagte Joseph, »so will ich's gewiß mit allem Dank zufrieden sein, wenn auch nicht ohne ein leises Zagen. Denn heimlich gestanden, wer bin ich, und was kann ich? Mein Vater, der Herdenkönig, ließ mich wohl etwas schreiben lernen und reden, sonst aber durfte ich mich einfach salben mit Freudenöl und kann kein Handwerk, weder schustern noch kleben noch töpfern. Wie soll ich mich denn ermutigen, daß ich unter denen wandle, die sitzen und können das Ihre, der eine dies, der andere das, ich aber vermesse mich der Über- und Aufsicht?«

»Meinst du, ich kann schustern und kleben?« erwidrte Mont-kaw. »Ich kann auch nicht töpfern noch Stühle und Särge machen, das ist nicht nötig, und niemand verlangt es von mir, am wenigsten die, die es können. Denn von anderer Geburt bin ich als sie und aus anderem Holz und habe einen allgemeinen Kopf, darum bin ich Vorsteher geworden. Die Werkenden in den Betrieben fragen dich nicht, was du kannst, sondern wer du bist, denn ein ander Können ist es, das damit verbunden, und zur Aufsicht ist es geschaffen. Wer da reden kann vor dem Herrn wie du, und wem sich derart die feinen Gedanken fügen nebst ihren Worten, der soll nicht gebückt sitzen übers einzelne, sondern soll zwischendurch wandeln an meiner Seite. Denn im Worte und nicht in der Hand ist Herrschaft und Überblick. Hast du daran was auszustellen und etwas zu krittlen an meinem Dafürhalten?«

»Nein, großer Meier. Mit vielem Dank bin ich einverstanden.«

»Das, Osarsiph, ist das Wort! Und ein Wort soll es sein zwischen mir und dir, dem Alten und dem Jungen, daß wir einverstanden sein wollen im Dienst und in der Liebe des Herrn, Petepré's, des Edlen, Pharao's Truppenobersten, und wollen einen Bund machen um seines Dienstes willen, der eine mit dem anderen, den wir halten wollen ein jeder bis an sein Ende, so daß auch der Tod des Älteren diesen Bund nicht lösen soll, sondern weiterhalten soll ihn der andere über dessen Grabe gleich dem Sohne und Nachfolger, der seinen Vater schützt und rechtfertigt, dadurch, daß er schützt und rechtfertigt den edlen Herrn im Bund mit dem Toten. Kannst du das sehen, und leuchtet dir's ein? Oder kommt es dir grillenhaft vor und bizarr?«

»Nicht im geringsten, mein Vater und Vorsteher«, antwortete Joseph. »Deine Worte sind ganz nach meinem Sinn und Verstand, denn von langer Hand her verstehe ich mich auf solchen Bund, den man macht mit dem Herrn sowohl wie auch untereinander zum Dienst seiner Liebe, und wüßte nicht, was mir geläufiger wäre und von geringerer Bizarrerie in meinen Augen. Bei meines Vaters Haupt und Pharao's Leben: ich bin der Deine.«

Der ihn gekauft, hatte noch immer die Hand auf seiner Schulter und nahm nun mit der andern die seine.

»Gut«, sagte er, »Osarsiph, gut. Geh denn und reinige dich zum Leib- und Lesedienste des Herrn. Wenn er dich aber entläßt, so komm zu mir, daß ich dich einführe in des Hauses Wirtschaft und dich lehre den Überblick!«

FÜNFTES HAUPTSTÜCK: DER GESEGNETE

Joseph tut Leib- und Lesedienst

Kennt man das Lächeln und Augenniederschlagen unterer Leute, wenn einem aus ihrer Mitte, von dem sie's am wenigsten gedacht, mit scheinbarer Ungerechtigkeit das Haupt erhoben wird, ohne daß sie's begreifen, und wird abberufen zu Höherem? Dies Lächeln, einander Ansehen und Niedersehen, betreten, boshaft, neidisch und auch wieder nachsichtig, ja halb entzückt einwilligend in die Laune des Glücks und der Oberen, nahm Joseph in jener Zeit alle Tage wahr: zuerst gleich damals im Garten, als es hieß, Mont-kaw wolle ihn sehen – gerade ihn unter allen, den Kletterjungen und Baumbestäuber –, und dann immer wieder. Denn nun ging es an, und das Haupt wurde ihm erhoben auf mehrfache Weise: daß er Potiphars nächster Diener ward und dieser danach allmählich sein ganzes Haus unter des Ebräers Hände tat, wie die Geschichte es aufstellt, das war schon alles vorbereitet und keimweise enthalten in den Worten Mont-kaws und in dem Bunde, den er mit Joseph geschlossen, und war fix und fertig darin wie der langsam und jahrweise wachsende Baum es ist in dem Keime, so daß es nur Zeit brauchte, sich zu entfalten und zu erfüllen.

Joseph also bekam den Silberschurz und den Blumenkranz, welche die Liefertracht der Darreichenden ausmachten im Speisegemach und in denen er, wie kaum gesagt zu werden brauchte, überaus günstig aussah. Denn so mußten diejenigen aussehen, die dem Peteprê und den Seinen beim Speisen aufwarten durften; aber dieser Sohn einer Lieblichen stach noch durch höheren Schimmer, der nicht rein leiblich war, sondern worin Geistiges und Körperliches sich vermählten und einander erhoben, unter ihnen hervor.

Er ward angestellt hinter Peteprê's Stuhl auf der Estrade, oder vielmehr zuerst bei der steinernen Plattform an der entgegengesetzten Schmalseite, wo auch die Wand mit steinernen Platten belegt war und ein Krug und Becher aus Erz ihren Platz hatten. Denn wenn die erlauchte Familie eintrat zur Mahlzeit, sei es von der Nordhalle her oder der westlichen, so mußte ihr auf dieser Erhöhung, zu der eine Stufe führte, Wasser über die Hände gegossen sein; und Josephs Teil war es, das Wasser über Potiphars kleine und weiße, mit Siegel- und Käferringen geschmückten Hände zu gießen und ihm das wohlriechende Tuch zum Trocknen zu reichen. Während aber der Herr sich trocknete, mußte er sachten Fußes über die Matten und bunten Wirkläufer des Saales hin zum erhöhten Tritt gegenüber eilen, wo die Sessel der Herrschaft waren, der heiligen Eltern vom Oberstock sowie ihres Sohnes und Mut-em-enets, der Herrin. Hinter Potiphars Stuhl mußte er treten, den Herrn dort erwarten und ihn bedienen mit dem, was andere Silbergeschürzte ihm zureichten. Denn Joseph lief weiter nicht hin und her, die Dinge zu holen und wegzutragen, sondern andere gaben sie ihm, und er bot sie Pharao's Freunde, so daß dieser alles, was er wählte und aß, aus seinen Händen nahm.

Das Speisegemach war hoch und licht, obgleich der Tag nicht unmittelbar, sondern nur von den anstoßenden Räumen her, besonders der westlichen Außenhalle, durch die sieben Türen hereinfiel, die es hatte, und durch die Fenster darüber, die schöndurchbrochene Steinplatten waren. Aber die Wände waren sehr weiß und verstärkten den Tag, von gemalten Friesen umlaufen unter der ebenfalls weißen und von himmelblauem Gebälk durchzogenen Decke, an welches die bunten Häupter der hölzernen, blau bemalten, auf weißen Rundbasen stehenden Säulen des Saales stießen. Die himmelblauen Holzsäulen waren eine schöne Zierde, und zierlich und schön, voll heiteren Schmuckes und Überflusses war alles in Potiphars täglichem Eßzimmer: die Sitze der Herrschaft aus Ebenholz und Elfenbein, geschmückt mit Löwenköpfen und mit gestickten Daunenkissen belegt, die edlen Lampenträger und Dreifüße zum Räuchern an den Wänden, die Standschalen, Salburnen und breitgehenkelten, blumenumwundenen Weinkrüge in ihren Gestellen und was sonst an Gerät und Zubehör vornehmer Bedienung in der Halle erglänzte. In ihrer Mitte stand eine umfängliche Anrichte, hochauf bedeckt, wie Amuns Opfertisch, mit Speisen, von denen die verbindenden Diener den unmittelbar aufwartenden zureichten und deren es viel zu viele waren, als daß sie von den vier Erhabenen auf der Estrade nur annähernd hätten verzehrt werden können: mit Röstgänsen, Bratenten und Rindskeulen, Gemüsen, Kuchen und Broten, mit Gurken, Melonen und syrischem Obst in üppiger Schaustellung. Ein kostbarer Tafelaufsatz aus Gold tat sich inmitten der Eßwaren hervor, ein Neujahrsgeschenk Pharao's an Peteprê, darstellend ein Tempelhaus unter fremden Bäumen, in deren Zweigen Affen kletterten.

Gedämpftheit herrschte im Saal, wenn Peteprê und die Seinen zu Tische saßen. Die bloßen Sohlen der Dienenden blieben unhörbar auf den Belagen, und das Gespräch der Herrschaft war spärlich und leise vor wechselseitiger Ehrfurcht. Schonend beugten sie sich gegeneinander, gaben der eine dem andern in den Pausen des Speisens die Lotusblüte zu riechen, führten sich auch wohl wechselseitig einen Leckerbissen zum Munde, und die zarte Behutsamkeit eines jeden gegen den anderen war beängstigend. Die Sessel waren paarweise aufgestellt, mit einigem Freiraum dazwischen. Peteprê saß an der Seite derer, die ihn geboren, und Mut, die Herrin, neben dem alten Huij. Nicht immer war diese anzusehen, wie sie dem Joseph auf dem Hofe zuerst erschienen, da sie vorüberschwebte, mit goldbestäubten Pudellocken, die ihr eigen Haar waren. Oft trug sie eine bis weit über die Schultern herabhängende Kunstperücke, blau, blond oder braun, in ganz kleinen Löckchen gearbeitet, mit Drehfransen unten besetzt und gekrönt mit einem anliegenden Kranzgeschmeide. Die Haartour, halb einem sphynxhaften Kopftuch gleich, war herzförmig ausgebuchtet über der weißen Stirne, und ein paar Strähnen oder Quasten, mit deren einer die Frau zuweilen spielte, hingen beiderseits an den Wangen davon herunter, noch eigens das eigentümliche Antlitz einfassend, in welchem die Augen sich mit dem Munde stritten; denn jene waren streng, finster und langsam beweglich, dieser aber geschlängelt und seltsam vertieft in den Winkeln. Die bloßen und weißen, wie von Ptachs Künstlern gemeißelten und polierten, man konnte wohl sagen: göttlichen Arme, mit denen die Herrin beim Speisen hantierte, waren nahebei nicht weniger bemerkenswert als von ferne gesehen.

Pharao's Freund aß viel mit seinem zierlichen Munde, von allem Angebotenen, denn einen Fleischesturm hatte er zu unterhalten. Auch mußte man ihm mehrmals bei jeder Mahlzeit aus der langhalsigen Kanne den Becher füllen, denn der Wein erwärmte ihm wohl das Gefühl seiner selbst und ließ ihn glauben, daß er trotz jenem Hor-em-heb ein rechter und wirklicher Truppenoberst sei. Die Herrin dagegen, von einer zieren und auch sehr gezierten Leibsklavin umschwebt, an der es wie Spinnweb so dünn herunterfloß, worunter sie (daß nur Jaakob, der Vater, es nicht gesehen hätte!) so gut wie nackend war, – Mut-em-enet also bewies wenig Eßlust, also daß sie nur zu kommen schien, weil's einmal Sitte und Zeremonie war: sie nahm eine Bratente, biß einmal obenhin in ihre Brust, ohne den Mund viel zu öffnen, und warf sie ins Becken. – Nun gar die heiligen Eltern, denen die törichten kleinen Mädchen aufwarteten (denn sie ertrugen und duldeten keine erwachsene Bedienung) – diese quengelten und mängelten nur so herum und saßen ebenfalls nur aus Kultur zu Tische, da sie mit zwei oder drei Bissen von irgendeinem Gemüse oder Backwerk genug hatten und namentlich der alte Huij immer besorgen mußte, daß sich gegen Weiteres sein Magen aufheben möchte zu kaltem Schweiß. – Manchmal saß Bes-em-heb, Gottlieb, der ledige Zwerg, auf dem Stufentritt zur Estrade, knabbernd zu Füßen der Herrschaft, obgleich er eigentlich seine Mahlzeiten an einer Art von Marschallstafel nahm, an der auch Mont-kaw selbst, Dûdu, der Vorsteher der Schmuckkästen, Glutbauch, der Obergärtner, und ein paar Schreiber, kurz, die gehobene Dienerschaft des Hauses, und bald auch Joseph, genannt Osarsiph, der chabirische Leibsklave, sich sättigten; – oder der Spottwezir führte in seinem Knitterstaat um die große Anrichte herum schnurrige Tänze auf. In einem entfernten Winkel kauerte meistens ein alter Harfenspieler, der mit dürren Krummfingern sacht in die Saiten griff und undeutliche Murmellieder sprach. Er war blind, wie es sich für einen Sänger gehörte, und konnte auch etwas weissagen, obwohl nur stockend und ungenau.

So ging es zu bei Peteprê's täglichen Mahlzeiten. Oft war der Kämmerer im Palaste Merima't jenseits des Stromes, bei Pharao, oder er begleitete den Gott auf der königlichen Barke nilauf- oder abwärts zur Besichtigung von Steinbrüchen, Bergwerken und Land- oder Wasserbauten. In solchen Tagen entfiel der Speisedienst, und leer lag der blaue Saal. War aber der Herr zugegen und die Mittagsmahlzeit unter vielen Bekundungen gegenseitigen Zartgefühls beschlossen, worauf die heiligen Eltern sich wieder hinaufstützen ließen in den Oberstock und ihre Schwieger, die Mondnonne, sich entweder in das Ruhegemach begab, das im Haupthause ihr gehörte und von dem Schlafzimmer ihres Gemahls durch die große Nord-Säulenhalle getrennt war, oder zwischen Vorantritt und Gefolge auf ihrer Löwentrage ins Haus der Abgeschlossenen zurückkehrte, – so mußte Joseph dem Potiphar in eine der anstoßenden Hallen folgen, luftige Räume mit gemalten Nischen an ihren drei Wänden und offen vorn zwischen leichten Pfeilern: jene nördliche, breit vorgelagert dem Speise- und dem Empfangszimmer, oder die westliche, die noch schöner war, weil sie auf den Garten, die Bäume des Gartens und das erhöhte Lusthäuschen blickte. Dagegen hatte die andere den Vorteil, daß der Herr von dort den Wirtschaftshof, die Speicher und Ställe überblicken konnte. Auch war sie kühler.

Hier wie dort gab es viele herrliche Gegenstände, die Joseph mit dem Gemisch aus Bewunderung und zweifelndem Spott betrachtete, womit er die Hochgesittung Ägyptenlandes ins Auge faßte: Geschenke von Pharao's Huld an seinen Kämmerer und Titelobersten, von denen das goldene Wunderwerk im Speisezimmer ein Beispiel war und die auf Truhen und Wandborte verteilt und an den Wänden aufgehängt waren, – kleine Statuen, in Silber und Gold ausgeführt oder aus Ebenholz und Elfenbein, welche alle den königlichen Spender, Neb-ma-rê-Amenhotpe, einen fetten und untersetzten Mann, in unterschiedlichen Ornaten, Kronen und Haartrachten zeigten; erzene Sphynxe, die ebenfalls den Kopf des Gottes trugen; allerlei Kunstwerke in Tiergestalt, wie etwa eine laufende Elefantenherde, hockende Paviane oder eine Gazelle mit Blumen im Maul; kostbare Gefäße, Spiegel, Wedel und Peitschen; vor allem aber Waffen, Kriegswaffen in großer Zahl und von allen Arten: Beile, Dolche und Schuppenpanzer, Schilde, mit Fellen bespannt, Bogen und bronzene Sichelschwerter; und man wunderte sich, wie doch Pharao, der zwar der Nachfolger großer Eroberer, aber für seine Person kein Mann der Schlachten mehr, sondern ein ewig planender Bauherr und reicher Friedensfürst war, seinen Höfling dermaßen mit Kriegsgerät hatte überschütten mögen – diesen Rubenturm, dessen Verfassung auch nicht darauf gerichtet schien, unter den Gummiessern und Sandbewohnern Blutbäder anzurichten.

Schöne und bildlich ausgestattete Bücherschreine waren auch unter den Einrichtungsgegenständen der Hallen, und während Potiphar seine Fleischesmasse auf einem Edelbettchen ausstreckte, das, zierlich schon an sich selbst, unter ihm noch gebrechlicher wirkte, trat Joseph vor solchen Behälter hin, um Vorschläge zu machen von wegen der Lesung: ob er die Abenteuer des Schiffbrüchigen entrollen sollte auf der Insel der Ungeheuer; die Geschichte von König Chufu und jenem Dedi, der einen abgehauenen Kopf wieder aufsetzen konnte; die wahre und zutreffende Geschichte von der Eroberung der Stadt Joppe dadurch, daß Thuti, der große Offizier Seiner Majestät Men-cheper-Rê-Tutmose's des Dritten, fünfhundert Krieger in Säcken und Körben hatte hineinbringen lassen; das Märchen vom Königskind, dem die Hathoren geweissagt hatten, es werde durch ein Krokodil, eine Schlange oder einen Hund zu Tode kommen – oder was sonst. Die Auswahl war bedeutend. Peteprê besaß eine schöne und vielseitige Bücherei, die sich auf die Schreine der beiden Hallen verteilte und sich teils aus unterhaltenden Einbildungen und scherzhaften Fabeln zusammensetzte, gleich dem »Kampf der Katzen und Gänse«, teils aus dialektisch anregenden Schriften von der Art des streitbaren und scharfen Briefwechsels zwischen den Schreibern Hori und Amenemone, aus religiösen und magischen Texten und Weisheitstraktaten in dunkler und künstlicher Sprache, Königsverzeichnissen von den Zeiten der Götter an bis zu denen der fremden Hirtenkönige mit Angabe der Regierungszeit eines jeden Sonnensohnes und Annalen geschichtlicher Denkwürdigkeiten einschließlich außerordentlicher Steuererhebungen und wichtiger Jubiläen. Es fehlte nicht das »Buch vom Atmen«, das Buch »Vom Durchschreiten der Ewigkeit«, das Buch »Es blühe der Name« und eine gelehrte Ortskunde des Jenseits.

Potiphar kannte das alles genau. Wenn er lauschte, so war es, um das Bekannte wiederzuhören, wie man Musik wiederhört. Solches Verhalten zu dem Gebotenen lag um so näher, als es bei der großen Mehrzahl dieser Schriftwerke aufs Sachliche und auf die Fabel fast gar nicht ankam, sondern alles Schwergewicht auf den Reizen des Stils, der Seltenheit und Eleganz der Redeformen lag. Joseph, seine Füße unter sich gezogen oder an einer Art von liturgischem Lesekatheder stehend, trug ausgezeichnet vor: fließend, exakt, scheinbar ohne Anspruch, mit mäßiger Dramatik und so natürlicher Beherrschung des Wortes, daß das Schwierigste, Schriftlichste auf seinen Lippen das Gepräge improvisatorischer Leichtigkeit und einer plauderhaften Mundgerechtheit gewann. Er las sich buchstäblich in das Herz seines Zuhörers hinein, und zu näherem Verständnis seines nur der Tatsache nach bekannten Aufstieges in des Ägypters Gunst sind diese Lesestunden keineswegs außer acht zu lassen.

Oft übrigens entschlummerte Potiphar bald überm Lauschen, eingelullt von der spröden, doch angenehmen Stimme, die so eben und klug zu ihm sprach. Oft auch wieder mischte er sich wachsam in die Lektüre ein, verbesserte Josephs Aussprache, machte sich selbst und den Vorleser auf den Kunstwert einer rhetorischen Floskel aufmerksam oder übte literarische Kritik an dem Vernommenen, dessen Meinung er, wenn sie dunkel war, auch wohl mit Joseph erörterte, höchst angetan von des Jünglings Scharfsinn und exegetischer Anlage. Eine persönliche und gefühlsmäßige Neigung für bestimmte Erzeugnisse der schönen Kunst trat mit der Zeit bei dem Herrn hervor: zum Beispiel die Vorliebe für das »Lied des Lebensmüden zum Lob des Todes«, das er sich, wie die Tage von Josephs Lesedienst sich mehrten, oft und immer wieder von diesem vorsprechen ließ und worin der Tod mit vielen guten und zärtlichen Dingen sehnsüchtig-gleichmäßigen Tonfalls verglichen wurde: mit der Genesung nach schwerer Krankheit, dem Duft von Myrrhen und Lotusblumen, dem Sitzen unterm Schutzsegel an windigem Tage, einem kühlen Trunk am Gestade, einem »Wege im Regen«, der Heimkehr eines Matrosen im Kriegsschiff, dem Wiedersehen mit Haus und Herd nach vielen Jahren der Gefangenschaft und anderen Wünschbarkeiten mehr. So wie dies alles, sagte der Dichter, stehe vor ihm der Tod; und Potiphar lauschte seinen von Josephs sorgfältig formenden Lippen kommenden Worten, wie man einer Musik lauscht, die man genauestens kennt.

Ein anderes Literaturstück, das ihn fesselte und öfters vor ihm gesprochen sein mußte, war die finstere und schauderhafte Prophezeiung einreißender Unordnung in den beiden Ländern und wilder Herrschaftslosigkeit in ihrem Endgefolge, einer greulichen Umkehrung aller Dinge, also daß die Reichen arm und die Armen reich sein würden, welcher Zustand mit der Verödung der Tempel, der völligen Vernachlässigung jedes Gottesdienstes Hand in Hand gehen sollte. Warum Peteprê diese Aufzeichnung eigentlich so gern hörte, blieb ungewiß; vielleicht nur des Schauders wegen, der angenehm sein mochte, insofern vorläufig noch die Reichen reich und die Armen arm waren und es auch bleiben würden, wenn man Unordnung vermied und der Götter Opfergut speiste. Er äußerte sich nicht darüber, so wenig, wie er je über das »Lied des Lebensmüden« etwas anmerkte, und auch über die sogenannten »Erfreuenden Lieder«, als welches Honigworte und Liebesklagen waren, beobachtete er Schweigen. Diese Romanzen drückten die Leiden und Freuden der vernarrten kleinen Vogelstellerin aus, die nach dem Jüngling girrt und so dringlich wünscht, seine Hausfrau zu sein, damit immerdar sein Arm auf dem ihren liege. Komme er nicht zu ihr bei der Nacht, so klagte sie in honigsüßer Sprache, so werde sie wie eine sein, die im Grabe liegt, denn er sei Gesundheit und Leben. Aber es war ein Mißverständnis, denn auch jener für sein Teil legte sich in seinem Schlafzimmer nieder und machte die Kunst der Ärzte zuschanden mit seiner Krankheit, die Liebe war. Dann aber fand sie ihn auf seinem Lager, und nicht länger kränkten sie einander das

Herz, sondern machten einander zu den ersten Leuten der Welt, Hand in Hand wandelnd mit heißen Wangen im Blumengarten ihres Glücks. Von Zeit zu Zeit einmal ließ Peteprê sich das Gegirre lesen. Sein Gesicht war unbeweglich dabei, seine Augen, langsam im Raum hin und her gehend, zeigten ein aufmerksam-kaltes Lauschen, und niemals äußerte er Geschmack oder Mißfallen an den Liedern.

Wohl aber fragte er einmal, als die Tage zahlreich geworden waren, den Joseph, wie diesem die »Erfreuenden« zusagten, und das war das erstemal, daß Herr und Diener das Gebiet jenes Prüfungsgesprächs im Palmengarten schwebenden Fußes wieder streiften.

»Recht gut«, sagte Potiphar, »und gleichsam mit dem Munde der Vogelfängerin und ihres Knaben sprichst du mir ihre Lieder. Sie gefallen dir wohl vor anderen?«

»Mein Bestreben«, antwortete Joseph, »deine Zufriedenheit zu erwerben, mein großer Herr, ist bei allen Gegenständen das nämliche.«

»Das mag sein. Aber einem solchen Bestreben, denke ich mir, wird aus dem Geiste und Herzen des Lesenden eine mehr oder weniger wirksame Unterstützung zuteil. Die Gegenstände stehen uns näher oder ferner. Ich will nicht sagen, daß du das Buch besser liest als anderes. Das braucht nicht zu hindern, daß du es lieber als anderes liest.«

»Vor dir«, sagte Joseph, »vor dir, mein Herr, lese ich gern, das eine wie das andere.«

»Ja, gut. Allein ich möchte dein Urteil hören. Du findest die Lieder schön?«

Es war eine abgebrühte und hochmütig prüfende Miene, die Joseph hier aufsetzte.

»Recht schön«, sagte er mit gerümpften Lippen. »Schön allenfalls und in Honig getaucht nach allen ihren Worten. Etwas zu einfältig indessen vielleicht; eine Spur zu sehr.«

»Einfältig? Aber das Werk der Schrift, welches das Einfältige vollkommen aussagt und meisterhaft darstellt das Musterhafte, wie es immer ist zwischen den Menschenkindern, das wird durch unzählige Jubiläen bestehen. Deine Jahre berufen dich, zu beurteilen, ob diese Reden das Musterhafte musterhaft wiedergeben.«

»Es mutet mich an«, erwiderte Joseph mit Abstand, »als ob die Worte dieser Netzestellerin und des bettlägrigen Jünglings das Musterhaft-Einfältige wohl recht zutreffend mitteilten und haltbar befestigten.«

»Mutet's dich nur so an?« fragte der Wedelträger. »Ich rechnete auf deine Erfahrung. Du bist jung und bist schön von Angesicht. Aber du sprichst, als wärest du niemals, für dein Teil, mit so einer Netzestellerin im Blumengarten gewandelt.«

»Jugend und Schönheit«, versetzte Joseph, »mögen auch wohl einen strengeren Schmuck bedeuten als den, womit jener Garten die Menschenkinder kränzt. Dein Sklave, Herr, weiß ein Immergrün, das ein Gleichnis der Jugend und Schönheit ist und ein Opferschmuck auch zugleich. Wer es trägt, der ist aufgespart, und wen es schmückt, der ist vorbehalten.«

»Du sprichst von der Myrte?«

»Von ihr. Die Meinen und ich, wir nennen sie wohl das Kräutlein Rührmichnichtan.«

»Trägst du dies Kräutlein?«

»Mein Same und Geschlecht, wir tragen es. Unser Gott hat sich uns verlobt und ist uns ein Blutsbräutigam voller Eifer, denn er ist einsam und brennt auf Treue. Wir aber sind wie eine Braut seiner Treue, geweiht und aufgespart.«

»Wie, ihr alle?«

»Grundsätzlich alle, mein Herr. Aber unter den Häuptern und Gottesfreunden unseres Geschlechts pflegt Gott sich einen auszuersehen, der ihm verlobt sei noch besonders im Schmukke geweihter Jugend. Dem Vater wird's zugemutet, daß er den

Sohn darbringe als Ganzopfer. Kann er's, so tut er's. Kann er's nicht, so wird's ihm getan.«

»Ich kann nicht gut davon hören«, sagte Potiphar, sich auf seinem Lager hin und her wendend, »daß einem etwas getan wird, was er nicht will und nicht kann. Sprich, Osarsiph, von etwas anderm!«

»Ich kann es gleich abmildern, das Gesagte«, versetzte Joseph, »denn einige Nachsicht und Erbittlichkeit walten wohl ob beim Ganzopfer. Da's nämlich geboten ist, ist's auch verwehrt und zur Sünde gesetzt, also daß das Blut eines Tieres eintreten soll für das Blut des Sohnes.«

»Was für ein Wort brauchtest du da? Gesetzt – wozu?«

»Zur Sünde, mein großer Herr. Zur Sünde gesetzt.«

»Was ist das – die Sünde?«

»Ebendies, mein Gebieter: Was gefordert ist und doch verwehrt, geboten, aber verflucht. Wir wissen's so gut wie allein in der Welt, was die Sünde ist.«

»Das muß ein beschwerlich Wissen sein, Osarsiph, und scheint mir ein leidvoller Widerspruch.«

»Gott leidet auch um unserer Sünde willen, und wir leiden mit ihm.«

»Und wäre«, fragte Potiphar, »wie ich anfange zu vermuten, auch wohl das Wandeln im Garten der Netzstellerin nach euerem Sinn eine Sünde?«

»Es hat einen starken Einschlag davon, mein Herr. Wenn du mich fragst – entschieden, ja. Ich kann nicht sagen, daß wir es sonderlich lieben, obgleich wir solche Lieder wie die ›Erfreuenden‹ zur Not wohl auch noch zustande brächten. Der Garten da – nicht daß er uns Scheolsland wäre geradezu, ich will nicht zu weit gehen. Er ist uns kein Greuel, doch eine Scheu und ein dämonisch Bereich, ein Spielraum verfluchten Gebotes, von Gottes Eifersucht voll. Zwei Tiere liegen davor: ›Scham‹ heißt das eine, das andere ›Schuld‹. Und noch ein drittes blickt aus den Zweigen, des Name ist Spottgelächter.«

»Nach alldem«, sagte Peteprê, »fange ich an zu verstehen, warum du die ›Erfreuenden Lieder‹ einfältig heißt. Dennoch kann ich nicht ganz umhin, zu denken, daß es sonderbar steht und lebensgefährlich um ein Geschlecht, dem das Musterhaft-Einfältige eine Sünde ist und ein Spottgelächter.«

»Es hat seine Geschichte bei uns, mein Herr, es steht an seinem Platze in der Zeit und in den Geschichten. Das Musterhafte ist zuerst, und dann geht's mehrfältig zu. Es war ein Mann und Gottesfreund, der hing einer Lieblichen an so stark, wie er Gott anhing, und war eine musterhafte Einfalt mit dieser Vätergeschichte. Gott aber nahm sie ihm im Eifer und tauchte sie in den Tod, daraus sie dem Vater hervorging in anderer Beschaffenheit, nämlich als Jüngling-Sohn, in dem er nun liebte die Liebliche. Also hatte der Tod aus der Geliebten den Sohn gemacht, in dem sie lebte und der ein Jüngling war nur kraft des Todes. Aber die Liebe des Vaters zu ihm war eine durch das Todesbad gewandelte Liebe, – Liebe, nicht mehr in Lebens-, sondern in Todesgestalt. Da sieht mein Herr, daß es schon mehrfältiger zuging in der Geschichte auf allen Seiten und weniger mustergültig.«

»Der Jüngling-Sohn«, sagte Potiphar lächelnd, »war wohl derselbe, von dem du zu weitgehenderweise sagtest, seine Geburt sei jungfräulich gewesen, nur weil sie im Zeichen der Jungfrau geschah?«

»Vielleicht bist du, Herr, in deiner Güte geneigt«, erwiderte Joseph, »nach dem Gesagten den Vorwurf zu mildern oder ihn gnädig aufzuheben sogar – wer weiß? Denn da der Sohn ein Jüngling nur ist durch den Tod, die Mutter in Todesgestalt, und ist, wie's geschrieben steht, am Abend ein Weib, am Morgen aber ein Mann, – kann da nicht, wenn du's erwägst, von Jungfräulichkeit mit allerlei Fug die Rede sein? Gott hat erwählt meinen Stamm, und alle tragen den Opferschmuck der Verlobten. Aber der eine trägt ihn noch einmal und ist vorbehalten dem Eifer.«

»Lassen wir's«, sagte der Kämmerer, »auf sich beruhen, mein Freund. Wir sind weit abgekommen im Plaudern vom Einfältigen aufs Mehrfältige. Wenn du drum bittest und einkommst, so will ich den Vorwurf wohl mildern, ja ihn zurückziehen bis auf ein Restchen. Lies mir nun etwas anderes! Lies mir die Nachtfahrt der Sonne durch die zwölf Häuser der Unterwelt – das hörte ich lange nicht, obgleich einige sehr schöne Sprüche und erlesene Worte darin eingefaßt sind nach meiner Erinnerung.«

Und Joseph las die Unterweltsreise der Sonne mit großem Geschmack, so daß Potiphar unterhalten war: das Wort ist am Platze, denn unterhalten wurde durch des Lesenden Stimme und durch das Vorzügliche, dem er sie lieh, das Wohlgefühl, mit dem das vorige Gespräch den Zuhörer erfüllt hatte, – unterhalten, wie man die Flamme des Opfersteins unterhält, indem man sie speist von unten und Gutes hineinstreut von oben, – dies Wohlgefühl, das der ebräische Sklave dem Freunde Pharao's immer aufs neue zu erregen wußte und das dem Vertrauen gleichkam, sei es dem in die eigene Person oder in die des Dieners. Auf das Vertrauen kommt's an, das Potiphar faßte zu Joseph in doppelter Hinsicht, und auf das Wachstum dieses Vertrauens, und es ist darum, daß wir auch dieses Zwiegespräch wenigstens noch, dessen in früheren Fassungen der Geschichte so wenig gedacht ist wie der Prüfung im Palmengarten, hier genau wiederhergestellt haben.

Wir können nicht alle Unterhaltungen anführen, in denen das Wohlgefühl dieses Vertrauens Nahrung erhielt und zu dem Grade unbedingter Vorliebe erstarkte, die Josephs Glück machte. Genug, daß wir mit einigen treffenden Beispielen seine Methode kennzeichnen, dem Herrn zu »schmeicheln« und ihm dienend »behilflich zu sein« gemäß dem Bunde, den er mit dem guten Mont-kaw geschlossen um Potiphars willen. Ja, ohne Furcht vor der Kälte, die davon ausgehen mag, können wir das Wort »Methode« hier einsetzen, da wir ja wissen, daß Berechnung und Herzlichkeit in Josephs Kunst, den Herrn zu behandeln, auf vollkommen verwandte Art ineinander liefen wie in seinem Verhältnis zu höheren Einsamkeiten. Kann denn auch, fragen wir außerdem, Herzlichkeit je ohne Rechenkunst und kluge Technik auskommen, wenn es ihre Verwirklichung gilt – beispielsweise in der Erzeugung vertrauenden Wohlgefühls? Selten ist Vertrauen unter den Menschen; aber bei Herren von Potiphars Fleischesbeschaffenheit, Titel-Herren mit einer Titel-Herrin an ihrer Seite, bildet ein allgemeines und unbestimmt eiferndes Mißtrauen gegen alle, denen nicht wie ihnen geschehen, sogar alles Lebens Grund, daher denn nichts so geeignet ist, sie mit dem ungewohnten und darum desto beglückenderen Gefühl des Vertrauens zu beschenken, wie die Entdeckung, daß einer aus der beeiferten Gesamtheit ein strenges Grün im Haare trägt, welches seine Person des üblichen beunruhigenden Charakters tröstlich entkleidet. Es war Berechnung, es war Methode, daß Joseph dem Potiphar diese Entdeckung gewährte. Wer aber meint, er müsse Anstoß nehmen daran, möge von dem Vorteil Gebrauch machen, daß er die Geschichte, die wir erzählen, schon kennt, und sich vorausschauend erinnern, daß Joseph das so erzeugte Vertrauen nicht etwa täuschte, sondern ihm im Sturm der Versuchung wahrhaftige Treue hielt, dem Bunde gemäß, den er mit Mont-kaw bei Jaakobs Haupt und nebenbei noch bei Pharao's Leben geschlossen.

Joseph wächst wie an einer Quelle

Mit dem Vorsteher also, den er schon »Vater« nannte, ging er, wenn er vom Leibdienste frei war, unterm Lächeln und Augenniederschlagen der Leute durch die Wirtschaft als sein Lehrling und Junggeselle und erlernte den Überblick. Meist waren noch andere Hausbeamte in des Meiers Gefolge, wie Chamat, der

Schreiber des Schenktisches, und ein gewisser Meng-pa-Rê, der Schreiber der Ställe und Zwinger. Aber das waren mittlere Leute, die froh waren, wenn sie dem engen Kreis und Sonderbereich ihres Geschäftes nach mäßigem Anspruch gerecht wurden, Mensch, Tier, Gerät und schriftliche Rechnung in Ordnung hielten zu des Meiers Zufriedenheit und es auf Weiteres und Höheres, wozu ein allgemeiner Kopf gehört, gar nicht anlegten noch sich innerlich scharf dazu machten, – schlaffe Seelen, die am liebsten nur aufschrieben, was man ihnen in die Binse diktierte, und überhaupt nicht auf den Gedanken kamen, sie könnten zu Überblick und Herrschaft geboren sein, was sie ebendarum denn auch nicht waren. Man muß nur auf den Gedanken kommen, daß Gott es besonders mit einem vorhat und daß man ihm helfen muß: dann spannt sich die Seele, und der Verstand ermannt sich, die Dinge unter sich zu bringen und sich zum Herrn aufzuwerfen über sie, wären sie selbst so vielfältig, wie Peteprê's Segenshausstand es war zu Wêse in Oberägypten.

Denn vielfältig war der, und von dem Zwiefachen, daß Joseph dem Potiphar ein tröstlich-unentbehrlicher Leibdiener wurde und daß dann dieser sein ganzes Haus unter seine Hände gab, war dieses Zweite der ungleich schwieriger zu erfüllende Teil. Mont-kaw, unter dessen Händen Joseph das Hauswesen antraf, hatte wohl recht zu sagen, daß er Plage habe in der Welt: Selbst bei sehr gutem allgemeinen Kopf war es für einen Mann, der sich ohnehin oft von der Niere her nicht ganz extra fühlt, der Plackerei ein wenig viel, und nachträglich kann man es wohl verstehen, daß Mont-kaw die gute Gelegenheit, eine junge Hilfskraft an sich zu ziehen und sie sich zum Stellvertreter heranzubilden, gern ergriff, da er sich gewiß im stillen schon längst danach umgesehen hatte.

Peteprê, Pharao's Freund, der Vorsteher der Palasttruppen und Oberster der Scharfrichter (seinem Titel nach), war ein sehr reicher Mann – in viel größerem Stile reich, als Jaakob es war zu Hebron, und wurde noch zusehends immer reicher; denn nicht nur, daß er als Höfling hoch bezahlt und außerdem königlich beschenkt war, sondern auch sein Wirtschaftswesen, das ebenfalls nur zum Teil sein Erbe, zum größeren aber, besonders in Ansehung des Landbesitzes, ein Gnadengeschenk des Gottes war und in das jene Bezüge beständig hineinflossen und es speisten, – auch dieses also trug und heckte ihm ausgiebig; er aber kannte es nicht anders, als daß er sich durchaus duldend dabei verhielt, ausschließlich der Unterhaltung seiner Leibesmasse durch Essen, derjenigen seines Mannesbewußtseins durch die Jagd in den Sümpfen und derjenigen seines Geistes durch die Bücher oblag und alles übrige unter den Händen des Verwalters ließ, in dessen Abrechnungen er, wenn jener ihn ehrerbietig zwang, sie zu prüfen, nur gleichgültig hineinblinzelte, indem er sagte:

»Gut, gut, Mont-kaw, mein Alter, es ist schon gut. Ich weiß, du liebst mich und machst deine Sache so gut du kannst, was viel sagen will, denn du kannst es gut. Stimmt das hier mit dem Weizen und Spelt? Natürlich stimmt es, ich sehe schon. Ich bin überzeugt, daß du treu bist wie Gold und mir ergeben mit Leib und Seele. Könnte es denn auch anders sein? Das könnte es gar nicht in Ansehung deiner Natur und in Ansehung der großen Abscheulichkeit, die es bedeutete, mir zu nahe zu treten. Aus Liebe zu mir machst du meine Angelegenheiten zu den deinen, – gut, ich lasse sie dir um deiner Liebe willen, du wirst dich nicht selbst verkürzen durch Nachlässigkeit oder Schlimmeres, in eigener Sache. Außerdem sähe es der Verborgene, und du hättest später nur Qual davon. Was du mir vorlegst, stimmt. Nimm es wieder mit, ich danke dir sehr. Du hast kein Weib mehr und keine Kinder – für wen solltest du mich benachteiligen? Für dich? Du bist ja nicht recht gesund – zwar stark und haarig von Körper, aber von innen her etwas wurmig, so daß du oft gelblich aussiehst, die Hautsäcke unter deinen Augen sich vergrößern und du wahrscheinlich nicht sehr alt werden wirst. Was sollte dir also daran liegen, deine Liebe zu mir zu bezwingen und mich zu verkürzen? Übrigens wünsche ich von Herzen, daß du alt wirst in meinen Diensten, denn ich wüßte nicht, wem ich vertrauen könnte wie dir. Wie ist Chun-Anup, der Salbader, zufrieden mit deinem Befinden? Gibt er dir ordentliche und taugliche Kräuter und Wurzeln? Ich verstehe nichts davon, ich bin gesund, obgleich nicht so haarig. Wenn er dir aber nichts Rechtes weiß und du schwerer kränkelst, werden wir zum Tempel schicken und einen Arzt berufen. Denn obgleich du dienenden Standes bist und eigentlich der Glutbauch für dich zuständig ist im Falle der Krankheit, so bist du mir teuer genug, daß ich dir einen gelehrten Arzt bestelle, vom Bücherhause, wenn dein Leib dessen bedarf. Nichts zu danken, mein Freund, ich tue es um deiner Liebe willen und weil deine Rechnungen so sichtbarlich stimmen. Hier, nimm sie wieder mit und halte es in allem ganz wie bisher!«

So Potiphar bei solchen Gelegenheiten zu seinem Hausvorsteher. Denn er nahm sich keiner Sache an: aus feiner Vornehmheit, aus der Uneigentlichkeit seines Wesens, die ihn die praktischen Wirklichkeiten des Lebens scheuen ließ, und aus Vertrauen in die Liebe und Fürsorge der anderen für ihn, den heiligen Fleischesturm. Daß er recht hatte mit diesem und Mont-kaw ihm wirklich in liebender Dienertreue ergeben war und ihn durch Umsicht und uneigennützigste Genauigkeit immer reicher machte, ist eine Sache für sich. Aber wie, wenn es anders gewesen wäre und der alleinherrschende Hauswart ihn ausgeplündert hätte, so daß er in Armut gefallen wäre mitsamt den Seinen? Dann hätte er es sich selber zuzuschreiben gehabt, und nicht hätte man ihm den Vorwurf träger Vertrauensseligkeit ersparen können. Allzusehr pochte und baute Potiphar auf die zärtliche und tiefgerührte Ergebenheit, die jedermann seiner heiklen und heiligen Verfassung als Sonnenhöfling entgegenbringen mußte, – dies Urteil zu fällen, können wir uns schon an dieser Stelle nicht enthalten.

So nahm er sich keines Dinges an, als daß er aß und trank; Mont-kaw aber hatte desto mehr Plackerei in der Welt, als seine eigenen Geschäfte neben denen des Gebieters herliefen und sich mit ihnen verwoben. Denn was er zum Lohn seiner Dienste aus der Wirtschaft bezog: Korn, Brote, Bier, Gänse, Leinen und Leder, das konnte er für sein Teil natürlich nicht aufessen und verbrauchen, sondern mußte es zu Markte bringen und gegen Dauerwerte eintauschen, die seine feste Habe vermehrten. Und so war es auch im großen mit den herrschaftlichen Gütern, den eigen-erzeugten und denen, die von außen dazukamen.

Der Wedelträger stand hoch auf der Liste von Pharao's Zuwendungen, und reichlich strömten die Belohnungen und Über-Tröstungen für sein uneigentlich-tituläres Dasein. Der gute Gott zahlte ihm alljährlich eine bedeutende Menge an Gold, Silber und Kupfer, an Kleidern, Garn, Weihrauch, Wachs, Honig, Öl, Wein, Gemüse, Korn und Flachs, an Vögeln der Vogelfänger, Rindern und Gänsen, ja auch an Lehnstühlen, Truhen, Spiegeln, Wagen und ganzen hölzernen Schiffen. Dies alles wurde nur zu einem Teil für den Bedarf des Hauses gebraucht, und nicht anders war es mit dem, was die eigene Wirtschaft hervorbrachte, Handwerksgütern und Früchten des Feldes und Gartens. Zum großen Teil wurde es verhandelt, auf Schiffen flußaufwärts und -abwärts den Märkten zugeführt und Kaufleuten gegen andere Waren sowie geformte und ungeformte Metallwerte überlassen, die Potiphars Schatzkammer füllten. Dies Handelsgeschäft, das mit der eigentlichen, hervorbringenden und verzehrenden Wirtschaft verquickt war, ergab viele rechnerische Buchungen und forderte scharfen Überblick.

Es war den Werkenden und Dienenden die Verpflegung bereitzustellen und nach Rationen zu bestimmen: das Brot, das Bier und der Brei aus Gerste und Linsen für den Alltag, die Gänse für Festtage. Die Sonderwirtschaft des Frauenhauses war da und stellte Tag für Tag ihre Ansprüche in Hinsicht auf Belieferung und Verrechnung. Den Handarbeitern, den Bäckern, Sandalenmachern, Papyrusklebern, Bierbrauern, Mattenflechtern, Tischlern und Töpfern, den Weberinnen und Spinnerinnen waren die Rohstoffe zuzumessen und ihre Produkte teils für den täglichen Bedarf zu verteilen, teils in die Vorratskammern zu leiten oder nach außen zu bringen gleich den Erzeugnissen der Nutzbäume und Gemüsepflanzungen des Gartens. Potiphars Tierbestand war zu besorgen und zu ergänzen: die Pferde, die ihn zogen, die Hunde und Katzen, mit denen er jagen ging, – große und wilde Hunde für die Jagd in der Wüste und ebenfalls sehr große, schon jaguarähnliche Katzen, die ihn auf die Geflügeljagd ins Sumpfige begleiteten. Auch Rinder gab es einige auf dem Hofe selbst; aber der Großteil von Potiphars Viehherde war draußen auf dem Felde zu finden, nämlich auf einer Insel mitten im Fluß, etwas stromaufwärts gegen Dendera zu und das Haus der Hathor gelegen, die Pharao ihm aus Liebe geschenkt hatte: fünfhundert Ruten Ackers groß, von denen jede ihm zwanzig Sack Weizen und Gerste und vierzig Korb Zwiebeln, Knoblauch, Melonen, Artischocken und Flaschenkürbisse brachte: man überschlage, was das ausmacht auf fünfhundert Ruten und was solche Einkünfte für Sorgen verursachen! Zwar war ein Landverwalter da, geschickt in seinem Amt, der Schreiber der Ernte und Vorsteher der Gerste, der den Scheffel überlaufen ließ, der den Weizen vermaß für seinen Herrn. So selbstgefällig, im Stil einer Grabschrift, drückte der Mann sich aus über sich selbst; doch letzter Verlaß war darum durchaus nicht auf ihn; am Meier Mont-kaw blieb alles hängen, durch seine Hände gingen schließlich die Rechnungen über Aussaat und Ernte so gut wie die über die

Ölmühlen, die Weinkelter, das Groß- und Kleinvieh, kurz über alles, was solch ein Segenshaus hervorbringt, verzehrt, aus- und einführt, und auch auf dem Felde draußen mußte er letztlich selbst nach dem Rechten sehen, da der, dem alles gehörte, Potiphar, der Höfling, nicht gewohnt war, nach irgendeinem Dinge zu sehen noch sich eines anzunehmen in seiner zarten Uneigentlichkeit.

So ward es gefügt, daß Joseph zur rechten Zeit und unter den rechten Umständen dennoch aufs Feld kam – und gottlob nicht zur unrechten und unter den unrechten. Denn er kam dorthin nicht als Fronender, wie es gewesen wäre, wenn Dûdu's, des Ehezwerges, erhaltende Weltanschauung sich durchgesetzt und man den Sandknaben sogleich dorthin verschickt hätte, ehe er vor Potiphar hatte reden dürfen, sondern als Begleiter und Junggeselle des Vorstehers und als Lehrling des Überblicks kam er hinaus, mit Schreibtafel und Binsen; auf einer Segelbarke mit Ruderern fuhr er im Gefolge Mont-kaws stromabwärts nach Potiphars Korninsel, wobei der Meier ganz ebenso feierlich unbeweglich zwischen den Teppichwänden seiner Kapelle saß wie die reisenden Großen, die Joseph auf seiner ersten Stromfahrt hatte vorbeigleiten sehen, und er selbst saß hinter ihm mit anderen Schreibern. Die aber, die ihnen begegneten, kannten die Barke wohl und sprachen untereinander:

»Da reist Mont-kaw, des Peteprê Hausbewahrer, und begibt sich zu einer Inspektion, wie man sieht. Wer aber ist der, der durch fremdartige Jugendschönheit hervorsticht unter seinen Begleitern?«

Dann stiegen sie aus und gingen über die Fruchtinsel, inspizierten Aussaat oder Ernte, ließen sich das Vieh vortreiben und machten scharfe Augen zum Schrecken dessen, der »den Scheffel überlaufen ließ«; und dieser verwunderte sich über den Jüngling, dem der Vorsteher alles zeigte, ja, dem er es seinerseits gewissermaßen vorführte, und bückte sich vorsorglich vor ihm. Joseph aber, im Gedanken daran, wie leicht jener sein Fronvogt und Fuchtelmeister hätte werden können, wenn er zur Unzeit aufs Feld gekommen wäre, sagte wohl unter der Hand zu ihm:

»Daß du den Scheffel nicht etwa zu deinen eigenen Gunsten überlaufen läßt, Mann! Wir merkten es gleich, und du kämst in die Asche!«

Dies »In-die-Asche-Kommen« war eine Redensart von zu Hause, hier gar nicht üblich. Aber desto mehr erschrak der Schreiber der Ernte davor. –

Wenn Joseph daheim auf dem Hof mit Mont-kaw zwischen den Tischen der Handwerker hindurchging, ihre Arbeit musterte und aufmerksam sowohl den Rapporten lauschte, die der Hausvorsteher von den Vorarbeitern und Ressortschreibern entgegennahm, wie auch den Erläuterungen, die jener ihm dazu gab, so beglückwünschte er sich, daß es ihm gelungen war, sein Ansehen unter den Werkenden zu schonen, und es vermieden hatte, seine Ungelerntheit vor ihnen bloßzustellen; sie hätten es sonst schwerer gehabt, einen allgemeinen Kopf in ihm zu erblicken, geschaffen zur Über- und Aufsicht. Wie schwer ist es aber, aus sich zu machen, wozu man geschaffen ist, und sich auf die Höhe zu bringen von Gottes Absichten mit uns, mögen diese sogar auch nur mittlerer Art sein; die Absichten Gottes mit Joseph aber waren sehr groß, und er mußte nachkommen. Viel saß er damals und arbeitete Rechnungen durch der Haushaltung und Wirtschaft, indem er, Zahlen und Aufstellungen vor Augen, seinen geistigen Blick auf die Wirklichkeit gerichtet hielt, von denen sie abgezogen waren. Auch mit Mont-kaw, seinem Vater, arbeitete er zusammen im Sondergemach des Vertrauens, und dieser verwunderte sich ob der Raschheit und Eindringlichkeit seines Verstandes, dieses Vermögen eines so schönen Kopfes, die Dinge und Verhältnisse zu ergreifen und zu verknüpfen, ja, noch freihändig Vorschläge zu ihrer Verbesserung zu machen. Denn da man große Mengen von Sykomorenfeigen, die der Garten lieferte, in die Stadt, namentlich aber in die westliche Totenstadt verkaufte, wo man die Früchte für die Opfertische der Totentempel und als Grabbeigabe und Zehrung für die Verstorbenen massenweise benötigte, so verfiel Joseph darauf, von den Töpfern des Hauses in Ton gearbeitete Modelle und Nachahmungen der Frucht herstellen zu lassen, die in natürlichen Farben bemalt wurden und in den Gräbern ihren Zweck ebenso gut erfüllten wie die natürlichen Früchte. Ja, da dieser Zweck magisch war, erfüllten sie ihn als magische Andeutungen sogar noch besser, so daß drüben bald große Nachfrage nach den Zauberfeigen war, die den Erzeuger wenig kosteten und sich in beliebiger Masse herstellen ließen, also daß dieser Zweig von Potiphars Hausindustrie bald in Blüte kam, zahlreiche Werkleute beschäftigte und zur Bereicherung des Herrn zwar im Verhältnis zum ganzen kaum erheblich, dennoch aber in unverächtlichem Maße beitrug.

Meier Mont-kaw dankte es seinem Gehilfen, daß er so den Bund zu halten wußte, den sie eines Tages von wegen des edlen Herrn geschlossen, und nicht selten, wenn er das helle Streben des Jünglings und das Ingenium beobachtete, mit dem er das Vielfältige seinem Geist unterwarf, erneuerten sich ihm die eigentümlich wankenden Gefühle, die ihn einst, als jener zuerst, die Buchrolle in Händen, vor ihm stand, so zweideutig bewegt hatten.

Auch auf Handelsfahrten schickte er, zu seiner eigenen Entlastung, den jungen Eleven bald und auf die Märkte mit Waren: flußabwärts sowohl, gegen Abôdu hin, die Ruhestätte des Zerrissenen, ja, bis nach Menfe, wie auch aufwärts gegen Süden zur Elefanteninsel, so daß Joseph Herr der Barke war oder auch mehrerer, die Petepre's Güter führten: Bier, Wein, Gemüse, Felle, Leinen, irden Geschirr und Öl des Rizinusstrauchs, zum

Brennen wie auch das feine zur inneren Glättung, so daß binnen kurzem die Begegnenden sprachen:

»Da segelt Mont-kaws Gehilfe, vom Hause Peteprê's, ein asiatischer Jüngling, schön von Gesicht und geschickt von Benehmen, und führt Güter zu Markt, denn der Meier vertraut ihm, und das nicht mit Unrecht, denn er hat einen Zauber in seinen Augen und spricht dir die Sprache der Menschen besser als ich und du, so daß er für seine Waren einzunehmen weiß, indem er für sich einnimmt, und Preise erzielt, erfreulich für Pharao's Freund.«

So etwa die Schiffer des Nehel im Vorüberfahren. Und es traf zu, was sie sagten; denn Segen war bei Josephs Tun, er wußte reizend umzugehen mit den Käufern der Märkte in Dörfern und Städten, und seine Ausdrucksform war eine Wonne für jedermann, also daß man sich zu ihm drängte und seinen Produkten und er dem Vorsteher Erlöse heimbrachte, günstiger, als dieser selbst wohl erzielt hätte oder sonst irgendein Sachwalter. Und doch durfte Mont-kaw den Joseph nicht häufig auf Reisen schicken, und schleunig mußte dieser immer zurück sein von solchen Fahrten; denn Peteprê sah es höchst ungern, wenn dieser Diener fehlte im Speisegemach, wenn er es nicht war, der ihm das Wasser über die Hände goß und ihm die Speisen, die Trinkschale reichte, und wenn er seiner entbehren mußte zur Schlummerlektüre nach vollbrachter Tafel. Ja, nur wenn man bedenkt, daß der Leib- und Lesedienst bei Potiphar immer herlief neben der vielfachen Aufgabe, den Überblick zu erlernen über sein Hauswesen, ermißt man die Strenge der Ansprüche ganz, die zu jener Zeit an Josephs Kopf und seine Spannkraft gestellt wurden. Doch war er jung und voller Lust und Entschlossenheit, sich auf die Höhe zu bringen von Gottes Absichten. Der Letzte von denen hier unten war er bereits nicht mehr; schon mancher fing an, sich vor ihm zu bücken. Aber noch ganz anders mußte es kommen, er war von Gottes wegen durchdrungen davon, und nicht nur einige sollten sich vor ihm bücken, sondern alle, mit Ausnahme von einem, nämlich dem Höchsten, welchem allein er dienen durfte, das war nun einmal des Abramsenkels fixe und unerörtert die Richtung seines Lebens bestimmende Überzeugung. Wie es geschehen und dahin kommen würde, wußte er nicht und konnte sich kein Bild davon machen; es galt aber, willig und mutig den Weg zu gehen, den Gott unter seine Füße getan, so weit zu sehen, wie dem Menschen auf seinem Wege zu sehen gegeben ist, und nicht zu zagen, wenn der Weg steil war, denn eben das deutete auf ein hohes Ziel.

So ließ er sich's nicht verdrießen, die Wirtschaft und das Geschäft mehr und mehr seinem Kopfe zu unterwerfen, indem er sich als Gehilfe von Tag zu Tag unentbehrlicher zu machen suchte dem Mont-kaw, und auch noch außerdem den Bund zu halten, den er mit dem Meier geschlossen in betreff Potiphars, des guten Herrn, des Höchsten im nächsten Kreise, sich ihm zu widmen als Leib- und Seelendiener und sich in seinem Vertrauen zu befestigen auf die Art, wie er's bei den Bäumen und im Gespräch über den Garten der Netzestellerin getan. Viel Geist und Kunst gehörte dazu, so zu tun und dem Herrn behilflich zu sein in seiner Tiefe, ihm das Gefühl seiner selbst zu erwärmen, besser als der Wein es vermochte bei Tische. Und wär' es nur das gewesen! Aber um sich wahrhaft ein Bild zu machen von dem, was alles Jaakobs Sohn zu besorgen hatte, indem er zugleich Gehilfe dem Hausmeier war und behilflich dem Herrn, muß man mit einstellen, daß er auch noch jeden Abend dem Mont-kaw gute Nacht sagen mußte, und zwar immer mit anderen Worten, die aus dem Sprachschatz gehoben sein wollten; denn dessentwegen war er ja ursprünglich gekauft worden, und Mont-kaw war beim erstenmal, als es zur Probe geschah, zu angenehm berührt gewesen, als daß er in der Folge auf das Vergnügen hätte verzichten mögen. Auch war er ein schlechter Schläfer, die Säcke, die unter seinen Augen hingen und sie verkleinerten, bezeugten es. Schwer fand sein beanspruchter Kopf aus dem geschäftigen Tage zur Ruhe hinüber; auch die Niere, mit der es bei ihm nicht ganz extra stand, mocht' es ihm wohl erschweren, den guten Weg zu finden, und so konnte er milde Wünsche und wohllautende Einflüsterungen dieses Sinnes am Tagesende wohl brauchen. Darum durfte Joseph es nie versäumen, vor ihn hinzutreten vor Nacht und ihm etwas Stillendes ins Ohr zu träufeln, was auch, unter allem andern und nebenhin, bei Tage ein wenig bedacht und zubereitet sein mußte; denn es sollte Ausdrucksform haben.

»Sei gegrüßt, mein Vater, zur Nacht!« sagte er wohl mit erhobenen Händen. »Siehe, der Tag ist ausgelebt, er hat seine Augen zugetan, müd seiner selbst, und über alle Welt kam die Stille. Horch, wie wundersam! Da ist ein Stampfen noch aus dem Stall, und ein Hund gibt Laut, aber dann ist das Schweigen nur desto tiefer; besänftigend dringt es dem Menschen auch in die Seele ein, ihn schläfert's, und über Hof und Stadt, Fruchtland und Wüste gehen die wachsamen Lampen Gottes auf. Die Völker freuen sich, daß es Abend ward zur rechten Zeit, da sie müde wurden, und daß morgen der Tag seine Augen wieder aufschlagen wird, wenn sie gelabt sind. Wahrlich, die Einrichtungen Gottes sind dankenswert! Denn es bilde der Mensch sich nur ein, es gäbe die Nacht nicht, und die glühende Straße der Mühsal erstreckte sich vor ihm ungeteilt, in greller Einförmigkeit unabsehbar dahin. Wär' es nicht zum Entsetzen und zum Verzagen? Aber Gott hat die Tage gemacht und einem jeden sein Ziel gesetzt, das wir mit Sicherheit erreichen zu seiner Stunde: der Hain der Nacht ist es, der uns lädt zu heiliger Rast, und mit gebreiteten Armen, rückwärts sinkenden Hauptes, mit offenen Lippen und selig brechenden Augen gehen wir in seinen köstlichen Schatten ein. Denke doch nicht, lieber Herr, auf deinem Bett, daß du ruhen *mußt*! Denke vielmehr, daß du ruhen *darfst*, und versteh es als große Gunst, so wird dir Friede werden! Strecke dich, mein Vater, denn hin, und der süße Schlaf senke sich auf dich, über dich, fülle die Seele ganz dir mit wonniger Ruh', daß gelöst du von Plack und Plage atmest ihm an der göttlichen Brust!«

»Dank, Osarsiph«, sagte der Meier dann, und wie damals schon, als Joseph ihm am hellen Tage zuerst gute Nacht gewünscht, waren die Augen ihm etwas feucht. »Ruhe wohl auch du! Gestern hast du vielleicht noch eine Spur harmonischer geredet, aber auch heute war's tröstlich und dem Mohne verwandt, so daß ich wohl glaube, es wird mir helfen gegen die Wachheit. Sonderlich deine Unterscheidung, daß ich schlafen darf und nicht muß, hat mir zugesagt; ich nehme mir vor, dran zu denken, es wird mir ein Anhalt sein. Wie machst du es nur, daß die Worte dir fallen zum Zauberspruch und es lautet wie ›Auf dich, über dich, fülle die Seele ganz –‹? Das kannst du wohl selber nicht sagen. Und so, gute Nacht denn, mein Sohn!«

Amun blickt scheel auf Joseph

So war es, viele und vielfältige Zumutungen wurden damals an Joseph gestellt, und nicht genug damit, daß er sie erfüllte, so mußte er auch noch Sorge tragen, daß man ihm sein Glück verzieh; denn das Lächeln und Augenniederschlagen, womit die Menschen einen Aufstieg wie den seinen begleiten, birgt viel Böses in sich, das es mit Klugheit, Schonung und zarter Kunst nach rechts und links zu begütigen gilt: eine Zumutung mehr an die Umsicht und Wachsamkeit, die zum übrigen kommt. Daß einer, der wächst wie an einer Quelle, gleich Joseph, nicht sollte dem oder jenem ins Feld treten und manches Mannes Grenzstein verletzen, ist ganz unmöglich; er kann's nicht vermeiden, weil die Verkürzung anderer mit seinem Dasein unweigerlich verbunden ist, und ein gut Teil seines Verstandes muß immerfort daran gewandt sein, die Überschatteten und Untertretenen mit seiner Existenz zu versöhnen. Der Joseph von vor der Grube hatte des Sinnes und Feingefühls für solche Wahrheiten entbehrt; die Meinung, daß alle Leute ihn mehr liebten als sich selbst, hatte ihn unempfindlich dagegen gemacht. Im Tode und als Osarsiph war er gescheiter geworden, oder klüger, wenn man will, denn Gescheitheit schützt, wie gerade Josephs Frühleben zeigt, vor Torheit nicht; und die zarte Bedenklichkeit, die er im Gespräch mit Mont-kaw wegen seines Vorgängers im Leseamt, Amenemuje, an den Tag gelegt, war in erster Linie auf den Meier selbst berechnet gewesen, in dem Bewußtsein, daß sie ihn angenehm berühren werde, gesetzt auch, daß er ein zu freudiger Abdankung veranlagter Mann war. Aber auch hinsichtlich Amenemuje's tat er sein Bestes, ging hin zu ihm und sprach zu ihm so höflich und bescheiden, daß dieser Schreiber am Ende ganz gewonnen war und aufrichtig gern seine Absetzung vom Leseamt in den Kauf nahm, um dessentwillen, daß sein Nachfolger so reizend zu ihm gewesen war. Denn Joseph faßte es, die Hände auf der Brust, in bewegliche Worte, wie in der Seele peinlich der Beschluß und die heilige Laune des Herrn ihm sei, zu deren Herbeiführung er wissentlich gar nichts getan, wofür der beste Beweis seine Überzeugung sei, daß Amenemuje, der Zögling des Bücherhauses, viel besser lese als er, schon weil er ein Sohn der schwarzen Erde sei, er, Osarsiph, aber ein radebrechender Asiat. Aber es sei nun einmal so gekommen, daß er im Garten vor dem Herrn habe sprechen müssen, wobei er ihm in seiner Verlegenheit allerlei von Bäumen, Bienen und Vögeln erzählt habe, was er zufällig wisse, und das habe fast unbegreiflicherweise dem Herrn so unverhältnismäßig zugesagt, daß er mit dem raschen Sinne der Großen und Mächtigen jenen Entschluß gefaßt habe, – nicht zu seinem Besten, wie er nun selbst wohl einsehen müsse. Denn öfters und immer wieder halte er ihm, Joseph, den Amenemuje als Beispiel vor und spreche: »So und so las und betonte das Amenemuje, mein früherer Vorleser, so mußt du es auch lesen, wenn du Gnade finden willst bei mir; denn verwöhnt bin ich von früher her.« Dann versuche er, Joseph, es auch so zu machen, also daß er Leben und Atem eigentlich nur von jenem, seinem Vorgänger habe. Der Herr aber widerrufe nur darum nicht seinen Befehl, weil ja die Großen nie zugeben wollten und dürften, daß sie zu schnell und sich selber zum Schaden befohlen. Darum suche er, Joseph, ihn in seiner heimlichen Reue zu trösten, indem er täglich zu ihm spreche: »Du mußt, o Herr, dem Amenemuje zwei Festkleider schenken und ihm außerdem den guten Posten zuerteilen als Schreiber der Süßigkeiten und Lustbarkeiten im Hause der Abgeschlossenen, so wird es dir leichter sein, und mir gleichfalls, um seinetwillen.«

Das alles war natürlich Balsam für Amenemuje. Er hatte gar nicht gewußt, daß er ein so guter Vorleser gewesen, da meistens der Herr bald eingeschlafen war, nachdem er den Mund aufgetan; und da er sich sagte, daß er habe verabschiedet werden müssen, um es zu erfahren, so mußte er mit dem Abschied wohl einverstanden sein. Auch taten ihm seines Nachfolgers Gewissensbisse und die uneingestandene Reue des Herrn in der Seele wohl; und da er tatsächlich die beiden Festkleider erhielt, dazu auch zum Vorsteher der Lustbarkeiten in Peteprê's Frauenhause, was ein sehr guter Posten war, bestellt wurde, zum Zeichen, daß Joseph wirklich beim Herrn für ihn gesprochen hatte, so trug er keinerlei Bosheit gegen den Kenaniter, sondern war guter Dinge für ihn und fand, daß er sich allerliebst gegen ihn benommen habe.

Dem Joseph freilich machte es gar nichts aus, anderen gute Posten zu verschaffen, da er selber mit Gott aufs Ganze ging und sich, wenn auch von weitem noch, auf den allgemeinen Überblick einrichtete an der Seite Mont-kaws. Mit demjenigen

Hausbeamten, der Peteprê sonst auf die Geflügeljagd und zum Fischestechen begleitet hatte, einem gewissen Merab, machte er es geradeso. Denn auch zu diesen männlichen Vergnügungen nahm Potiphar jetzt seinen Günstling, den Osarsiph, mit als Geselle, und nicht mehr den Merab, was eigentlich gleich einem Stachel hätte sein müssen, und zwar einem giftigen, getrieben in Merabs Fleisch. Aber Joseph nahm dem Stachel Gift und Schärfe, indem er zu Merab sprach wie zu Amenemuje und ihm gleichfalls ein Ehrengeschenk sowie einen guten Ersatzposten, nämlich den als Vorsteher der Bierbrauerei, verschaffte, so daß er ihn sich, statt zum Feinde, geradezu zum Freunde machte und Merab vor allen Leuten von ihm sagte: »Er ist zwar vom elenden Retenu und von den Wandervölkern der Wüste, aber ein eleganter Bursch ist er doch, das muß man ihm lassen, und hat allerliebste Lebensart. Bei allen Dreien! er macht noch Fehler beim Reden der Menschensprache, und doch ist's so und nicht anders, daß, muß man vor ihm zurücktreten, es einen noch freut, es zu tun, und einem beim Zurücktreten die Augen leuchten. Wolle mir keiner erklären, warum dem so ist, denn man kann's nicht und redet nur schief dran vorbei; aber die Augen leuchten.«

So jener Merab, ein gewöhnlicher ägyptischer Mann; und es war Se'ench-Wen-nofre und so weiter, das Zwerglein Gottlieb, welches den Joseph wispernd davon verständigte, daß der Verabschiedete so unter den Leuten gesprochen habe. »Nun, dann ist es ja gut«, antwortete Joseph. Aber er wußte wohl, daß nicht jeder so redete; über den kindlichen Wahn, daß alle ihn mehr lieben müßten als sich selbst, war er hinweg und verstand sehr genau, daß sein Aufstieg im Hause Potiphars, ärgerlich für manchen schon an und für sich, durch den Umstand seines Ausländertums, und daß er ein »Sandbewohner« und von den Ibrim war, noch eine besondere, zur größten Taktentfaltung auffordernde Anstößigkeit gewann. Wir sind hier wieder bei jenen inneren Gegensätzen und Parteiungen, die das Land der Enkel beherrschten und zwischen denen Josephs Laufbahn daselbst sich vollzog; bei den gewissen frommen und patriotischen Grundsätzlichkeiten, die dieser Laufbahn entgegenstanden und fast bewirkt hätten, daß er zur Unzeit aufs Feld hinausgekommen wäre, – und ebenso gewissen anderen, die man freigeistig-duldsam oder auch modisch und schwächlich nennen mochte und die sein Aufkommen begünstigten. Diese letzteren waren Mont-kaws, des Hauptvorstehers, Sache, einfach darum, weil sie die Sache Peteprê's, seines Herrn, des großen Höflings, waren. Warum aber seine? Natürlich weil sie bei Hofe galten; weil man sich dort ärgerte an der lastenden Schwere und Tempelmacht Amuns, welcher die Verkörperung patriotisch bewahrender Sittenstrenge war im späten Lande, und weil die Großen des Hofs darum einem anderen Gotteskult zuneigten und Vorschub leisteten, – man vermutet schon, welchem. Es war der Dienst Atum-Rê's zu On an der Spitze des Dreiecks, dieses sehr alten und milden Gottes, welchem Amun sich gleichgesetzt hatte, nicht auf verbindliche, sondern auf gewalttätige Weise, so daß er Amun-Rê hieß, der Reichs- und Sonnengott. Sie waren beide die Sonne in ihrer Barke, Rê und Amun, aber in wie ungleichem Sinn waren sie es und auf wie verschiedene Weise! An Ort und Stelle hatte Joseph Proben bekommen, im Gespräch mit den triefäugigen Priestern Horachte's, von dieses Gottes beweglichem und heiter-lehrhaftem Sonnensinn; er wußte von seiner Ausdehnungslust und von seiner Neigung, sich in Beziehung und in ein weltläufiges Einvernehmen zu setzen mit allen möglichen Sonnengöttern der Völker, mit Asiens Sonnenjünglingen, die wie ein Bräutigam hervorgingen aus ihrer Kammer, wie ein froher Held liefen den Weg und um die Klage war in ihrem Untergange, Klage von Frauen. Rê, wie es schien, wollte, wie Abraham seinerzeit zwischen Malchisedeks El eljon und seinem Gott, keinen großen

Unterschied mehr wahrhaben zwischen sich und ihnen. Er hieß Atum in seinem Untergange, darin er sehr schön und beklagenswert war; aber neuerdings hatte er sich aus beweglicher Spekulation durch seine lehrhaften Propheten einen ähnlich lautenden Namen für sein ganzes und allgemeines Sonnentum, nicht nur für den Untergang, sondern für Morgen, Mittag und Abend zugelegt: Er nannte sich Atōn – mit eigentümlichem Anklang, der niemandem entging. Denn er näherte damit seinen Namen dem Namen des vom Eber zerrissenen Jünglings an, um den die Flöte klagte in Asiens Hainen und Schluchten.

So ausländisch angehaucht, beweglich und weltfreundlich-allgemein von Neigung war der Sonnensinn Rê-Horachte's, und bei Hof galt er viel; die Gelehrten Pharao's kannten nichts Besseres, als sich denkerisch an ihm zu versuchen. Amun-Rê dagegen zu Karnak, Pharao's Vater in seinem gewaltigen und schätzereichen Haus, war von allem, was Atum-Rê war, das Gegenteil. Er war starr und streng, ein verbietender Feind jeder ins Allgemeine ausschauenden Spekulation, unhold dem Ausland und unbeweglich beim nicht zu erörternden Völkerbrauch, beim heilig Angestammten verharrend – und dieses alles, obgleich er viel jünger war als der zu On, also, daß hier das Uralte sich als beweglich und weltfroh, das Neuere aber sich als unbeugsam bewahrend erwies, eine konfuse Stellung der Umstände.

Wie aber Amun zu Karnak scheel blickte auf die Geschätztheit Atum-Rê-Horachte's bei Hofe, so fühlte Joseph wohl, daß er auch scheel blicke auf ihn, den ausländischen Leib- und Lesediener des Höflings; und beim Überschlagen von Gunst und Ungunst hatte er's bald herausgehabt, daß der Sonnensinn Rê's ihm günstig war, derjenige Amuns aber ungünstig und daß diese Ungunst große Taktentfaltung erforderte.

Die ihm nächste Verkörperung des Amun-Sinnes war Dûdu,

der Würdebold, der Vorsteher der Schmuckkästen. Daß dieser ihn nicht mehr liebte als sich selbst, sondern bedeutend weniger, war von Anbeginn nur zu klar gewesen; und es ist nicht zu sagen, welche Mühe sich Jaakobs Sohn all diese Zeit hin, ja, durch Jahre mit dem gediegenen Zwerge gab, wie er durch die sorgfältigste Artigkeit nicht nur gegen ihn selbst, sondern auch gegen die, die den Arm um ihn schlang, sein Weib Zeset, die im Frauenhause eine gehobene Stellung einnahm, und gegen seine langen, aber garstigen Kinder, Esesi und Ebebi, ihn zu versöhnen und zu gewinnen suchte und es peinlich vermied, im mindesten seine Grenzsteine zu verletzen. Wer zweifelt denn, daß es ihm, wie er dank gewissen erwärmenden Hilfeleistungen mit Potiphar stand, ein leichtes gewesen wäre, Dûdu zur Seite zu drängen und sich selbst zum Kleidervorsteher ernennen zu lassen? Der Herr wünschte sich ja nichts Besseres, als ihn mehr und mehr in seinen persönlichen Dienst zu ziehen, und es ist so gut wie gewiß, daß er ihm den Posten des Obergarderobiers ganz ungebeten und von sich aus geradezu anbot, besonders da er den überheblichen Ehezwerg, wie Joseph wohl bemerkte und wie er es schon aus des treuen Meiers Abneigung gegen jenen geschlossen hatte, nicht ausstehen konnte. Aber so strikt wie unterwürfig lehnte Joseph das Anerbieten ab, erstens, weil er sich wegen der Erwerbung des Überblicks keine neuen Kammer- und Leibpflichten aufladen durfte, und dann, wie er betonte, weil er sich nicht überwinden konnte und wollte, dem würdigen Kleinmann ins Feld zu treten.

Meint ihr aber, der Zwerg hätte es ihm gedankt? Durchaus nicht – in dieser Beziehung hatte Joseph sich falschen Hoffnungen hingegeben. Die Feindseligkeit, die Dûdu ihm vom ersten Tage, nein, von der ersten Stunde an erwiesen, indem er bereits seinen Ankauf gleich zu hintertreiben versucht hatte, war durch keine Schonung und Höflichkeit zu überwinden oder nur abzumildern; und wem es um die Einsicht in die

Untergründe und Bewegkräfte dieser ganzen Geschichte zu tun ist, wird zur Erklärung einer so zähen Abneigung nicht bei dem Widerwillen des ägyptischen Parteimannes gegen die Begünstigung eines Ausländers und sein Wachstum im Hause stehenbleiben. Vielmehr sind hier ganz gewiß die eigentümlichen Zaubermittel mit heranzuziehen, kraft deren Joseph dem Herrn »behilflich« zu sein und ihn für sich einzunehmen wußte und von denen Dûdu Proben hatte. Sie waren ihm äußerst mißliebig gewesen, weil er sich durch sie in seinem Vollwerte und in Vorzügen beeinträchtigt fand, die den Stolz und das Gediegenheitsbewußtsein seines unterwüchsigen Lebens ausmachten.

Joseph ahnte das auch. Er verhehlte sich nicht, daß er durch sein Perorieren im Dattelgarten den einen in denselben geheimen Seelentiefen verletzt hatte, wo ihm dem anderen wohlzutun gelungen war, und daß er dem Ehezwerg, in gewisser Weise, ohne es zu wollen, also dennoch ins Feld getreten war. Ebendeshalb bot er so große Zartheit auf gegen Dûdu's Weib und Ehebrut. Aber es half nichts, dieser bewies ihm, von unten herauf, Abgunst, wie er nur konnte, und besonders durch die würdig-altsittenstrenge Betonung von Josephs Unreinheit als chabirischen Fremdlings gelang ihm dies. Denn bei Tische, wenn die höheren Diener des Hauses und unter ihnen Joseph mit dem Meier Mont-kaw das Brot aßen, hielt er, indem er seine Oberlippe über der eingezogenen unteren ein würdiges Dach bilden ließ, unerbittlich darauf, daß den Ägyptern besonders aufgetragen werde und dem Ebräer besonders, ja, wenn der Verwalter und die anderen es nach dem Sonnensinne Atum-Rê's nicht so genau damit nehmen wollten, so rückte er amunfromm-kundgebungsstreng weitab von dem Greuel, spie auch wohl nach den vier Himmelsgegenden und führte im Kreise um sich herum allerlei exorzisierende und die Besudelung absühnende Zaubereien aus, welchen die Beflissenheit, den Joseph zu kränken, überdeutlich abzumerken war.

Wäre es nur das gewesen! Aber Joseph erfuhr sehr bald, daß Ehren-Dûdu geradezu gegen ihn arbeite und ihn aus dem Hause zu drängen suche, – durch sein Freundchen Gottlieb wiederum, den Bes im Feste, erfuhr er es brühwarm und haarklein; denn dieser war dank seiner Winzigkeit zum Spähen und Horchen außerordentlich geschickt, zur heimlichen Gegenwart wie geschaffen, dort, wo es etwas zu lauschen gab, und Herr von Verstecken, die als solche auch nur in Betracht zu ziehen den Ausgewachsenen nicht einmal in den Sinn kam. Dûdu, vom Zwergengeschlechte ebenfalls und wesensgleich ihm in den Maßen der kleinen Welt, hätte sich weniger grob und wehrlos erweisen sollen als sie. Aber es mochte schon zutreffen, was Gottliebchen wahrhaben wollte, daß jener durch sein Ehebündnis mit der Welt der Ausgedehnten sich mancher Feinheit des kleinen Lebens begeben hatte und wohl schon kraft der Gediegenheit, die ihn zu solchem Bündnis befähigte, der Zwergenfeinheit nur unvollkommen teilhaftig war. Genug, er ließ sich beschleichen und unvermerkt ausspionieren vom verachteten Brüderchen, und dieses kannte bald die Wege, die Dûdu ging, um Josephs Wachstum zu hindern: sie führten ins Haus der Abgeschlossenen, sie führten zu Mut-em-enet, Potiphars Titelgemahlin; was aber der Zwerg vor ihr redete, das beredete sie wiederum, sei es in seiner Gegenwart oder unter vier Augen, mit einem Gewaltigen, der aus und ein ging in Peteprê's Frauenhaus und ihren Eigengemächern: mit Beknechons, dem Ersten Propheten des Amun.

Man weiß es schon aus der Unterredung von Potiphars argen Elterlein, in welchem nahen Verhältnis Josephs Herrin zum Tempel des schweren Reichsgottes, Amun-Rê's Hause, stand. Sie gehörte, wie zahlreiche Frauen ihrer Gesellschaftsklasse, wie zum Beispiel auch ihre Freundin Renenutet, die Frau des Ober-Rindervorstehers des Amun, dem vornehmen Hathoren-Orden an, dessen Schutzherrin Pharao's Große Gemahlin und dessen

Oberin jeweilig die Gattin des Ober-Hausbetreters des Gottes zu Karnak, zur Zeit also des frommen Beknechons, war. Sein Mittelpunkt und geistiges Heim war der schöne Tempel am Fluß, »Amuns Südliches Frauenhaus« oder »der Harem« geheißen, den die erstaunliche Widder-Allee mit der Großen Wohnung zu Karnak verband und den Pharao eben um eine alles überhöhende Säulenhalle zu erweitern im Begriffe war; und »Haremsfrauen des Amun« war denn auch die feierbräuchliche Bezeichnung der Ordensmitglieder, womit übereinstimmte, daß ihre Oberschwester, des Hohenpriesters Gattin, den Titel der »Ersten der Haremsfrauen« führte. Warum denn aber hießen diese Damen »Hathoren«, da doch Amun-Rê's große Gemahlin Mut oder »Mutter« genannt war und Hathor, die Kuhäugige, schön von Antlitz, vielmehr zu Rê-Atum, dem Herrn von On, als seine Herrin gehörte? Ja, das waren die Feinheiten und staatsklugen Gleichsetzungen Ägyptenlandes! Denn da es dem Amun politisch beliebte, sich dem Atum-Rê gleichzusetzen, so setzte auch Mut, die Mutter des Sohnes, sich der bezwingenden Hathor gleich, und Amuns irdische Haremsfrauen, die Damen der hohen Gesellschaft Thebens, taten dasselbe: eine jede von ihnen war Hathor, die Liebesherrin, in Person, wenn sie in der Maske der Sonnengemahlin, in ihrem engen Kleid, die Kuhhörner auf der Goldhaube und die Gestirnscheibe dazwischen, an großen Festen für Amun musizierten, tanzten und so gut sangen, wie Damen der Gesellschaft eben zu singen vermögen; denn nicht nach dem Wohllaut ihrer Stimmen wurden sie ausgewählt, sondern nach Reichtum und Vornehmheit. Mut-em-enet aber, Potiphars Hausherrin, sang sehr schön und unterwies auch andere, wie jene Rindervorsteherin Renenutet, im schönen Singen, galt überhaupt viel im Frauenhaus Gottes, also daß ihr Platz im Orden fast an der Seite der Oberin war; und deren Gemahl, Beknechons eben, der Große Prophet des Amun, ging bei ihr ein und aus als Freund und frommer Vertrauter.

Beknechons

Joseph kannte diesen Gestrengen längst von Ansehen; er hatte ihn wiederholt im Hof und vorm Frauenhaus zu Besuch erscheinen sehen und sich in Pharao's Seele hinein an dem Staat und Aufwand geärgert, in dem er daherkam: Gottesmilitär mit Speeren und Keulen eilte seinem Tragstuhl voran, der an langen Stangen auf den Schultern von viermal vier spiegelköpfigen Tempeldienern schwebte; eine weitere Heerschar folgte der Sänfte, Straußenfächer wurden ihr zu den Seiten getragen, als wie der Barke Amuns selbst auf dem Festwege, und vor dem vorderen Haufen liefen noch Stockträger, welche vormeldend den Hof mit ihrem anspruchsvoll aufgeregten Geschrei erfüllten, auf daß man zusammenlaufe und Der über dem Hause, wenn nicht gar Peteprê selbst, den großen Gast an der Schwelle empfange. Potiphar pflegte sich verleugnen zu lassen bei solchen Gelegenheiten, aber Mont-kaw war unweigerlich zur Stelle, und hinter ihm war es auch Joseph schon mehrmals gewesen, aufmerksam diesen sehr Großen ins Auge fassend, weil er in ihm die höchste und fernste Verkörperung des feindlichen Sonnensinns zu erblicken hatte, von dem Dûdu die nächste und kleinste war.

Beknechons war hochgewachsen und trug sich außerdem noch sehr stolz und strack aus den Rippen emporgereckt, die Schultern zurückgenommen, das Kinn erhoben. Sein eiförmiger Kopf mit dem niemals bedeckten, glattrasierten Schädel war bedeutend und nach seinem Ausdruck gänzlich bestimmt durch ein tief und scharf eingeschnittenes Zeichen zwischen seinen Augen, das immer da war und an Strenge nichts einbüßte, wenn der Mann lächelte, was herablassenderweise und zum Lohne besonderer Unterwürfigkeit immerhin vorkam. Des Oberpriesters sorgfältig vom Bart gereinigtes, gemeißeltebenmäßiges und unbewegtes Gesicht mit den hochsitzenden

Wangenknochen und den wie das Augenzeichen sehr stark eingeschriebenen Furchen um Nüstern und Mund hatte eine Art, über Menschen und Dinge hinwegzublicken, die mehr als hochmütig war, denn sie kam der Ablehnung alles gegenwärtigen Weltwesens gleich, einer Verneinung und Verurteilung des gesamten Lebensfortganges seit Jahrhunderten oder auch Jahrtausenden, wie denn auch seine Kleidung zwar kostbar und fein, aber altfränkisch war und sich nach Priesterweise von der Mode um ganze Epochen zurückhielt: man sah deutlich, daß er unter seinem unter den Achseln ansetzenden und bis zu den Füßen hinabfallenden Obergewand einen Lendenschurz trug, so einfach, eng und kurz, wie er unter den ersten Dynastien des Alten Reiches geschnitten gewesen war; und in noch fernere und also wohl frömmere Zeiten wies das geistliche Leopardenfell zurück, das er um die Schultern geschlungen trug, nämlich so, daß der Kopf und die Vordertatzen der Katze ihm im Rücken hingen und die Hinterpranken sich über seiner Brust kreuzten, auf welcher noch andere Abzeichen seiner Würde: eine blaue Binde, ein verwickelt geformter Goldschmuck mit Widderköpfen, zu sehen waren.

Das Leopardenfell war bei Licht besehen eine Anmaßung, denn es gehörte zum Ornat des Ersten Propheten des Atum-Rê zu On und kam den Dienern des Amun nicht zu. Beknechons aber war ganz der Mann, selbst zu bestimmen, was ihm zukam, und niemand, auch Joseph nicht, verkannte, warum er das Ur-Kleid der Menschen, das heilige Tierfell, trug: Er wollte damit bekunden, daß Atum-Rê aufgegangen sei in Amun, daß er nur eine Erscheinungsform war des Großen zu Theben, ihm untertan gewissermaßen, und nicht nur gewissermaßen. Denn Amun, das heißt: Beknechons hatte es erreicht, daß Rê's Oberprophet zu On das Amt eines zweiten Priesters des Amun zu Theben ehrenhalber hatte annehmen müssen, so daß des Großpriesters Oberhoheit über ihn und dessen Anspruch auf seine Abzeichen hierorts am Tage war. Doch auch zu On selbst, am Sitze des Rê, hatte der Vorrang Geltung. Denn nicht nur, daß Beknechons sich »Vorsteher der Priester aller Götter von Theben« nannte – auch den Titel des »Vorstehers der Priester aller Götter von Ober- und Unterägypten« hatte er angenommen und war also auch im Hause des Atum-Rê der Über-Erste: Wie hätte er da das Leopardenfell nicht sollen tragen dürfen? Nicht ohne Schrecken konnte man den Mann betrachten, im Gedanken daran, was er alles vorstellte; und Joseph war ins Leben und Treiben Ägyptenlandes schon hinlänglich hineingewachsen, daß das Herz ihm klopfte vor Bedenklichkeit, wie Pharao den Gewaltigen noch immer feister und stolzer machte durch unendliche Zuwendungen an Gütern und Schätzen, in der gemütvollen Vorstellung, daß es sein Vater Amun sei, dem er so Gutes tue, und daß er's also sich selber tue. Joseph, für den Amun-Rê nur ein Götze war, wie andere mehr, wenn er sich's auch nicht merken ließ – teils ein Schafbock in seiner Kammer, teils ein Puppenbild in seinem Kapellenschrein, das man in einer Prunkbarke auf dem Jeor spazierenfuhr, weil man es nun einmal nicht besser wußte: Joseph unterschied hier freier und schärfer als Pharao; er fand es nicht gut und nicht klug, daß dieser seinen vermeintlichen Vater nur immer noch feister machte, und so war es schon höhere Sorge, mit der er den Großen Amuns im Frauenhause verschwinden sah, und ging staatsklug hinaus über die um sein eigenes Wohl, obgleich ihm bekannt war, daß dieses dort drinnen auf fragwürdige Weise in Rede stand.

Er wußte von Gottliebchen, seinem frühesten Gönner in Potiphars Haus, daß Dûdu schon mehrmals vor Mut, der Herrin, geredet und Klage geführt hatte seinetwegen: in unwahrscheinlichen Verstecken hatte der Kleine den Unterredungen beigewohnt und wispernd dem Joseph alles so haarklein zugetragen, daß dieser mit Augen sah, wie der Kleiderbewahrer im gestärkten Schurz vor der Gebieterin stand, das Dach seiner Oberlippe würdevoll über die untere schob und sich mit seinen Stummelärmchen entrüstet gebärdete, indem er mit möglichst tiefer Stimme zur Herrin emporredete über den Anstoß und über das Ärgernis. Der Sklave Osarsiph, wie er sich undeutlicher- und wahrscheinlich willkürlicherweise nenne, hatte er geredet, der Chabirengauch, der Laffe des Elends, – es sei eine Schande mit seinem Wachstum dahier und ein Krebsschaden mit der Gunst, die er im Hause genieße, – unzweifelhaft sehe der Verborgene es böse an. Gleich viel zu teuer, gegen seinen, des Zwerges, gediegenen Rat, für hundertundsechzig Deben, sei er gekauft worden von minderen Wanderkrämern der Wüste, die ihn gestohlen hätten aus einem Brunnen und Strafloch, und sei eingestellt worden in Petrepê's Haus auf Betreiben der tauben Nuß, des ledigen Possenreißers Schepses-Bes. Statt aber daß man den Fremdtölpel aufs Feld geschickt hätte zur Fron, wie achtbare Leute es dem Meier geraten, habe dieser ihn müßig gehen lassen auf dem Hof, ihm dann aber gestattet, im Dattelgarten zu reden vor Petepré, was sich der Galgenstrick zunutze gemacht habe auf eine Weise, die schamlos zu nennen nicht etwa streng, sondern zu milde sei. Denn er habe dem Herrn in den Ohren gelegen mit ränkevoller Rabulisterei, die ein Schimpf Amuns gewesen sei und eine Lästerung aller höchsten Sonnenkraft; aber dem heiligen Gebieter habe er damit den Sinn benommen und ihn sträflich behext, so daß dieser ihn zu seinem Aufwärter und Vorleser erhoben habe, während inzwischen Mont-kaw ihn halte wie seinen Sohn, richtiger aber noch wie einen Sohn des Hauses, der die Wirtschaft erlerne, als ob sie sein Erbe sei, und Miene mache, den Vize-Vorsteher zu spielen – der räudige Asiat in einem ägyptischen Hause! Er, Dûdu, erlaube sich unterwürfigst, die Herrin hinzuweisen auf diesen Greuel, über den der Verborgene leicht ergrimmen und den verderbten Freisinn rächen könnte an denen, die ihn begingen und die ihn duldeten.

»Was antwortete die Herrin?« hatte Joseph auf diese Wiedergabe gefragt. »Sage es mir genau, Gottliebchen, und wiederhole mir tunlichst ihre eigenen Worte!«

»Ihre Worte«, hatte der Kleine geantwortet, »waren die folgenden. ›Während Ihr redetet, Vorsteher der Schmuckkästen‹, sagte sie, ›habe ich darüber nachgedacht, wen Ihr eigentlich meintet und was für einen Fremdsklaven Ihr allenfalls im Sinne hättet bei Eurer Beschwerde, denn ich kam nicht darauf und forschte vergebens in meiner Erinnerung nach dem Betreffenden. Ihr könnt nicht fordern, daß ich des Hauses ganzes Gesinde im Kopfe habe und gleich im Bilde bin, wenn Ihr nur hindeutet auf irgendeinen davon. Da Ihr mir aber Zeit ließet, ist mir die Vermutung aufgestiegen, daß Ihr einen Diener meint, noch jung an Jahren, der seit einigem Peteprê, meinem Gemahl, den Becher füllt bei der Mahlzeit. An diesen Silberschurz kann ich mich, wenn ich meine Gedanken zwinge, allerdings dunkel erinnern.‹«

»Dunkel?« hatte Joseph nicht ohne Enttäuschung erwidert. »Wie kann ich wohl gar so dunkel sein unsrer Herrin, da ich alle Tage so nahe vor ihr und dem Herrn bin bei Tische und ihr auch sonst die Gnade nicht ganz entgangen sein kann, die ich vor ihm und Mont-kaw gefunden? Des wundere ich mich doch, daß sie so lange und angestrengt bei sich forschen mußte, eh sie vermutete, wen der boshafte Dûdu meinte. Was sagte sie noch?«

»Sie sagte«, hatte der Zwerg seinen Bericht weiter fortgesetzt, »sie sagte: ›Warum tut Ihr mir's aber an und erzählt mir dies, Kleiderbewahrer? Ihr beschwört ja Amuns Zorn über mich herauf. Denn Ihr sagt selbst, daß er ergrimmen wird über die, die den Anstoß dulden. Weiß ich aber nichts, so dulde ich nichts, und so hättet Ihr's lassen sollen und meiner schonen, statt mich wissend zu machen, so daß ich Gefahr laufe.‹«

Über diese Worte hatte Joseph gelacht und ihnen großen

Beifall gegeben. »Was für eine vorzügliche Antwort und welch ein kluger Verweis! Sage mir noch mehr von der Herrin, kleiner Bes! Wiederhole mir alles genau, denn hoffentlich hast du gut achtgegeben!«

»Es war der boshafte Dûdu«, hatte Gottlieb erwidert, »welcher noch mehr sagte. Denn er rechtfertigte sich und sprach: ›Ich habe der Herrin den Greuel verkündet, nicht, daß sie ihn duldet, sondern daß sie ihn abstellt, und habe ihr aus Liebe eine Gelegenheit verschafft, Amun einen Dienst zu erweisen, indem sie beim Herrn dahin spricht, daß der unreine Knecht aus dem Hause komme und werde, da er einmal gekauft ist, der Feldfron überantwortet, wie es sich gehört, statt daß er sich hier zum Meister macht und sich frech über des Landes Kinder setzt.‹«

»Sehr häßlich«, hatte Joseph gesagt. »Eine gehässige, schlimme Rede! Aber die Herrin, was antwortete nun wieder sie darauf?«

»Sie antwortete«, hatte Gottlieb gemeldet: »›Ach, ernsthafter Zwerg, es trifft sich nur selten, daß es der Herrin gegönnt ist, mit dem Herrn vertraulich zu sprechen, bedenke des Hauses Förmlichkeit und denke nicht, daß es stehe und gehe zwischen ihm und mir wie etwa zwischen dir und der, die den Arm um dich schlingt, Frau Zeset, die dir vertraut ist. Die kommt wohl zu dir schlicht und beherzt und spricht zu dir, ihrem Gatten, von allem, was sie angeht und dich, und mag dich auch wohl bestimmen zu dem und jenem. Denn sie ist Mutter und gebar dir zwei ansehnliche Kinder, Esesi und Ebebi, so bist du dem Weibe zu Dank verbunden und hast allen Grund, der fruchtbar Verdienten dein Ohr zu leihen und ihrer Wünsche zu achten und Mahnungen. Was aber bin ich dem Herrn, und welchen Anlaß hat er, auf mich zu hören? Groß ist sein Eigensinn, wie du weißt, und stolz und taub seine Laune; so bin ich ohnmächtig vor ihm mit meinen Erinnerungen.‹«

Geschwiegen hatte da Joseph und in Gedanken über das

Freundchen hinweggeblickt, das sorgenvoll sein knittriges Gesicht ins Händchen gestützt hatte.

»Nun, und der Kleiderwart daraufhin?« hatte Jaakobs Sohn nach einer Weile geforscht. »Gab er wohl eine Antwort und ließ sich noch weiter aus in der Sache?«

Aber das hatte der Kleine verneint. Dûdu sei auf diese Antwort würdig verstummt; die Herrin dagegen habe hinzugefügt, mit dem Vater Oberpriester wolle sie ehestens reden über die Sache. Denn da Peteprê den Fremdsklaven erhoben habe, nachdem dieser vor ihm über Sonnendinge geredet, sehe man wohl, daß Glaubenspolitisches hier im Spiele wäre, und das gehe Beknechons an, den Großen Amuns, ihren Freund und Beichtiger: Er müsse es wissen, und in sein Vaterherz wolle sie ausschütten zu ihrer Erleichterung, was Dûdu ihr über den Anstoß zu wissen gegeben.

So weit die Nachrichten des Heinzels. Aber Joseph erinnerte sich später, wie Bes-em-heb damals noch länger bei ihm gesessen hatte, in seinem komischen Putz, den Salbkegel auf der Perücke, das Kinn im Händchen und grämlich blinzelnd.

»Was blinzelst du, Gottlieb in Amuns Haus«, hatte er gefragt, »und grübelst noch nach über diese Dinge?«

Der aber hatte mit seinem Grillenstimmchen geantwortet:

»Ach, Osarsiph, der Kleine sinnt darüber nach, wie es nicht gut ist, daß der böse Gevatter von dir redet vor Mut, der Herrin, – wie so gar nicht und keineswegs gut!«

»Natürlich«, hatte Joseph erwidert. »Was sagst du mir das? Das weiß ich doch selbst, daß es nicht gut ist und sogar gefährlich. Aber siehe, ich nehme es heiter auf, denn ich vertraue auf Gott. Hat nicht die Herrin selber gestanden, daß sie nicht allzuviel vermag über Peteprê? Es genügt durchaus nicht ein Wörtchen und Wink von ihr, um mich in die Feldfron zu bringen, da sei nur ruhig!«

»Wie soll ich ruhig sein«, hatte Bes gewispert, »da es doch

gefährlich ist noch anders herum und auf anderem Wege, daß der Gevatter die Herrin gemahnt und ihre Dunkelheit aufhellet deinetwegen.«

»Das verstehe, wer kann!« hatte Joseph darauf gerufen, »denn ich verstehe es nicht, und dunkel ist mir dein kleines Gefasel. Gefährlich noch anders herum und von anderer Seite? Was wisperst du da für Dunkelheiten?«

»Ich wispere, wispere meine Angst und Ahnung«, hatte Gottliebchen sich wieder vernehmen lassen, »und raune dir kleine Sorgenweisheit, die dir noch nicht beikommen will, dem Ausgedehnten. Denn der Gevatter will's böse machen, aber es könnte sein, daß er's gut machte wider Willen, nur allzu gut, also daß es schon wieder böse wäre, viel böser noch, als er's zu machen gedachte.«

»Nun, Männlein, nimm mir's nicht übel, aber was keinen Verstand hat, kann der Mensch nicht verstehen. Böse, gut, allzu gut, noch viel böser? Das ist ja Zwergenkrimskrams und kleinliches Kauderwelsch, ich kann beim besten Willen nichts damit anfangen!«

»Warum hat sich aber dein Angesicht rötlich getrübt, Osarsiph, und bist unwirsch wie schon vorhin, als ich dir meldete, du seiest dunkel gewesen der Herrin? Die kleine Weisheit wünschte, du bliebest ihr dunkel immerdar, denn es ist gefährlich, zweimal gefährlich, gefährlicher als die Gefahr, daß der verfluchte Gevatter ihr Augen macht aus seiner Bosheit. Ach«, hatte der Kleine gesagt und sich in seine Ärmchen verkrochen, »der Zwerg fürchtet sich sehr und entsetzt sich vorm Feinde, dem Stier, dessen feuriger Atem die Flur verheert!«

»Welche Flur aber?« hatte Joseph mit betonter Verständnislosigkeit gefragt. »Und was für ein Feuerstier? Du bist heute nicht ganz bei Troste, so kann auch ich dich nicht trösten. Laß dir einen stillenden Wurzelsaft einmischen vom Glutbauch, der dir den Sinn kühlt. Ich gehe an mein Geschäft. Kann ich's ändern, daß Dûdu wider mich klagt bei der Herrin, so gefährlich es sein mag? Du aber siehst mein Gottvertrauen und brauchst dich nicht dergestalt zu gebärden. Gib nur weiter fein acht und laß dir womöglich kein Wort entgehen von dem, was Dûdu spricht vor der Herrin, noch namentlich, was sie ihm antwortet, daß du mir's haargenau meldest. Denn daß ich Bescheid weiß, ist wichtig.«

So also war damals (und Joseph gedachte es später) das Gespräch gegangen, bei dem Gottliebchen sich so sonderbar ängstlich benommen. War es aber wirklich nur Gottvertrauen und gar nichts weiter, was Joseph die Nachricht von Dûdu's Schritten verhältnismäßig so heiter aufnehmen ließ?

Bis dahin war er der Gebieterin, wenn nicht gerade Luft, so doch eine bewandtnislose Figur, ein Stück im Raum gewesen, wie als Stummer Diener für Huij und Tuij. Dûdu, der es böse zu machen gedachte, hatte darin nun jedenfalls einmal eine Änderung hervorgebracht. Wenn jetzt bei Tafel im Saal, während Joseph dem Herrn die Speisen reichte und ihm den Becher füllte, ihr Blick auf ihn traf, so war es nicht aus bloßem Zufall und wie ein Blick eine Sache trifft, sondern sie sah persönlich nach ihm wie nach einer Erscheinung mit Hintergründen und Bezüglichkeiten, die, sei es im Freundlichen oder Ärgerlichen, Anlaß zum Nachdenken gibt. Mit einem Wort, diese große Dame Ägyptens, seine Herrin, beachtete ihn seit kurzem. Sie tat es, versteht sich, auf sehr matte und flüchtige Art; daß ihre Augen auf ihm geruht hätten, wäre zuviel gesagt gewesen. Aber sie kamen für der Weile Dauer, die man etwa einen Augenblick nennt, das eine und andere Mal forschend zu ihm hinüber – in dem Gedanken wohl und zur Erinnerung, daß sie vorhabe, mit Beknechons zu reden von wegen seiner; und Joseph nahm hinter seinen Wimpern von diesen Augenblicken Notiz: es entging ihm, bei aller Aufmerksamkeit, die er Peteprê's Dienst zuzuwenden hatte, nicht einer davon, wenn er es auch nur ein-

oder zweimal vorkommen ließ, daß der Augenblick zweiseitig wurde und ihrer Augen Blicke, der Herrin und des Dieners, von ungefähr offen einander trafen – matt, stolz und mit Strenge aushaltend der ihre, ehrfürchtig erschrocken der seine und unterm Lidschlage schleunigst in Demut vergehend.

Dergleichen ereignete sich, seit Dûdu mit der Herrin gesprochen hatte. Vorher hatte es sich nicht ereignet, und unter uns gesagt war es dem Joseph nicht vollständig unlieb. Gewissermaßen sah er einen Fortschritt darin und war versucht, Dûdu, dem Widersacher, dankbar zu sein für seinen Hinweis. Auch war ihm, als er das nächste Mal den Beknechons ins Frauenhaus eintreten sah, der Gedanke nicht unangenehm, daß wahrscheinlich von ihm und seinem Wachstum die Rede sein werde; eine gewisse Genugtuung, ja Freude war ebenfalls mit diesem Gedanken verknüpft – soviel Bedenklichkeit und Sorge er auch enthielt.

Wie denn die Rede gegangen war, erfuhr er ebenfalls wieder vom Spottwezir, der es verstanden hatte, in irgendeiner Falte und Spalte ihr heimlich zu folgen: Erst hatten Priester und Ordensfrau über gottesdienstliche und gesellschaftspersönliche Dinge mehreres ausgetauscht, – sie hatten »Zunge gemacht«, wie die Kinder Keme's mit einer Redensart, die eigentlich babylonisch war, es nannten, mit anderen Worten: einigen hauptstädtischen Klatsch gepflogen; und als dann auf Peteprê und sein Haus die Rede gekommen war, hatte die Herrin wirklich dem geistlichen Freund Dûdu's Klage vorgetragen und ihm von der häuslichen Ungebühr mit dem Ebräersklaven berichtet, welchem der Höfling und sein Oberverwalter so große und aufsehenerregende Gunst und Förderung zuwandten. Kopfnickend hatte Beknechons die Aussage entgegengenommen, so, als bestätige sie seine allgemeinen trüben Erwartungen und füge sich nur zu gut in das Sittenbild einer Zeit, die an Gottesfurcht so viel eingebüßt hatte gegen jene Epochen, in denen man den Schurz so eng und kurz geschnitten hatte, wie er, Beknechons, ihn trug. Ein schweres Merkmal, ohne Zweifel, so hatte er geäußert. Das sei der Geist der Lockerung und der Mißachtung urfrommer Volkesordnung, welcher, fein zwar und heiter am Anfang, dann aber ins Wüste und Wilde sich notwendig verlierend, die heiligsten Bande zerrütte und die Länder entnerve, so daß kein Schrecken mehr sei vor ihrem Zepter an den Küsten und das Reich verfalle. Und Amuns Erster war nach Gottliebchens Bericht vom Thema gleich abgekommen, indem er ins Große ging und staatskluge Fragen der Herrschaft und Machtbewahrung, mit den Händen in mehrere Himmelsgegenden weisend, ausgreifend erörterte: Vom Mitannikönig Tuschratta hatte er gesprochen, der behindert sein müsse in seiner Ausbreitung durch Schubbilulima, Großkönig des Chattireiches in Mitternacht, aber nicht allzu erfolgreich auch wieder dürfe der ihn behindern. Denn wenn das kriegsfreudige Cheta Mitanni gänzlich unter seine Botmäßigkeit bringe und sich nach Süden ergieße, werde es dem syrischen Besitzstande Pharao's, den Erwerbungen Men-cheper-Rê-Tutmose's, des Eroberers, gefährlich werden, da es ohnehin eines Tages, unter Umgehung Mitannis, das Land Amki am Meere, zwischen dem Amanus- und dem Zederngebirge, überfluten möge, wenn seine wilden Götter es dazu antrieben. Dem stehe freilich im Brettspiel der Welt die Figur Abd-aschirtu's, des Amoriters, entgegen, welcher, Pharao's Vasall, das Land zwischen Amki und Chanigalbat beherrsche und dazu da sei, der Ausbreitung Schubbilulima's gen Mittag einen Damm zu setzen. Das aber werde der Amoriter nur so lange tun, als der Schrecken Pharao's in seinem Herzen größer sei als die Furcht Chatti's – sonst werde er sich unfehlbar mit diesem verständigen und Amun verraten. Denn Verräter seien sie alle, die tributpflichtigen Könige der syrischen Eroberung, sobald nur der Schrecken sich lockere, auf welchen denn alles ankomme, nicht zuletzt bei den Bedu's und Wandervölkern der Steppe, die ins Fruchtland fielen und Pharao's Städte verwüsteten ohne den Schrecken. Kurzum, der Sorgen gebe es viele, welche Ägyptenland mahnten, sich nervig zu halten und mannstüchtig, vorausgesetzt, daß es seinem Zepter den Schrecken zu wahren wünsche und den Kronen das Reich. Darum aber müsse es volksfromm und sittenstreng sein wie vor alters.

»Ein gewaltiger Mann«, meinte Joseph nach Anhörung dieser Rede. »Dafür, daß er des Gottes ist und ein Blankschädel vor dem Herrn, der da ein guter Vater sein soll den Seinen und die Hand reichen den Strauchelnden, – dafür hat er viel Sinn übrig fürs Irdische und für staatskluge Bewandtnisse, das muß man bewundern. Unter uns gesagt, Gottliebchen, er sollte des Reiches Sorge und die um den Schrecken der Völker Pharao überlassen im Palast, der dafür verordnet und eingesetzt ist an seiner Stätte; denn so ist's zweifelsohne gehalten worden zwischen Tempel und Palast in den Tagen, die er lobt vor den heutigen. Unsere Herrin aber, sagte sie nichts mehr auf seine Worte?«

»Ich hörte«, sagte der Zwerg, »wie sie darauf antwortete und sprach: ›Ach, mein Vater, ist es nicht so: Als Ägyptenland fromm und volkszüchtig war in seinen Bräuchen, da war es klein und arm, und weder gen Mittag über die Stromschnellen ins Negerland noch gegen Morgen bis vor den Verkehrtfließenden waren seine Grenzsteine so weit gesetzt unter zinsende Völker. Aus der Armut aber ist Reichtum geworden und aus der Enge das Reich. Nun wimmeln die Länder und Wêse, die Große, von Fremden, die Schätze strömen, und alles ist neu worden. Freut dich aber das Neue nicht auch, das aus dem Alten kam und sein Lohn ist? Reichlich opfert Pharao vom Zinse der Völker dem Amun, seinem Vater, also daß der Gott bauen kann nach seiner Lust und anschwillt wie der Strom im Frühjahr, wenn er schon hoch am Pegel steht. Muß also mein Vater den Gang der Dinge nicht gutheißen seit frommer Frühzeit?‹«

»Vollkommen wahr«, hatte nach Gottliebs Bericht Beknechons hierauf zur Antwort gegeben, »sehr zutreffend spricht meine Tochter zur Frage der Länder, wie sie sich stellt. Denn also stellt sie sich: Das gute Alte trug in sich das Neue, nämlich das Reich und den Reichtum, als seinen Lohn; aber der Lohn, nämlich das Reich und der Reichtum, dieser trägt in sich die Lockerung sowie die Entnervung und den Verlust. Was ist da zu tun, daß nicht der Lohn zum Fluche werde – und nicht das Gute sich endlich mit Bösem lohne? Das ist die Fragestellung, und der Herr von Karnak, Amun, des Reiches Gottes, beantwortet sie so: Herr werden muß das Alte im Neuen und gesetzt werden das Nervig-Volkszüchtige über das Reich, daß es der Lockerung steure und nicht um den Lohn komme, der sein ist. Denn nicht den Söhnen des Neuen, sondern den Söhnen des Alten gebührt das Reich und kommen die Kronen zu, die weiße, die rote, die blaue und dazu die Götterkrone!«

»Stark«, sagte Joseph, nachdem er das vernommen. »Eine starke, eindeutige Rede, Gottliebchen, hast du da angehört dank deiner Kleinheit. Ich bin erschrocken darüber, wenn auch nicht überrascht, denn im Grunde hat mir's immer geahnt, daß Amun es also meine in seinem Herzen, schon seit ich zuerst seine Feldhaufen sah auf der Straße des Sohnes. Da hatte nun unsere Herrin nur ein wenig von mir gesprochen, und gleich ging Beknechons dermaßen ins Große, daß sie meiner wohl ganz darüber vergaßen. Kamen sie denn, soviel du hörtest, überhaupt noch einmal auf mich zurück?«

Nur ganz zuletzt, berichtete Schepses-Bes, hätten sie das getan, und Amuns Erster habe beim Abschiede zugesagt, den Peteprê ehetunlichst einmal ins Gebet zu nehmen und ihm den Fall des begünstigten Fremdsklaven bedenklich zu machen in Hinsicht aufs volkszüchtig Alte.

»Da muß ich wohl zittern«, sagte Joseph, »und sehr befürchten, daß Amun meinem Wachstum ein Ende macht, denn wenn er wider mich ist, wie will ich leben? Es ist schlimm, Gottliebchen, denn wenn ich jetzt noch in die Feldfron komme, nachdem der Schreiber der Ernte sich schon vor mir gebückt, so wird das ärger sein, als wäre ich gleich dahin gekommen, und ich könnte vor Hitze verschmachten am Tage und vor Frost beben bei Nacht. Glaubst du aber, daß es dem Amun gegeben sein wird, so mit mir zu verfahren?«

»So dumm bin ich nicht«, wisperte Gottliebchen da. »Ich bin doch kein Ehezwerg, daß ich vertan hätte die kleine Weisheit. Zwar bin ich aufgewachsen – wenn ich mich so ausdrücken darf – in der Furcht Amuns. Aber ich habe es längst heraus, daß mit dir, Osarsiph, ein Gott ist, stärker als Amun und klüger als er, und nimmermehr glaube ich, daß er dich in seine Hände geben und Dem in der Kapelle erlauben wird, deinem Wachstum ein Ziel zu setzen, das nicht er ihm gesetzt.«

»Also sei munter, Bes-em-heb«, rief Joseph, indem er den Kleinen mit Schonung auf die Schulter schlug, um ihn nicht zu beschädigen, »und guter Dinge um meinetwillen! Schließlich habe auch ich das Ohr des Herrn und kann ihm dies und das bedenklich machen unter vier Augen, was bedenklich vielleicht auch ist für Pharao, seinen Herrn. So wird er hören uns beide, Beknechons und mich. Der Hohepriester wird ihm von einem Sklaven sprechen und der Sklave von einem Gott: wir werden sehen, wem er sein Ohr neigen wird mit mehr Angelegentlichkeit – versteh mich recht, nicht wem, will ich sagen, sondern welchem Gegenstand. Du aber bleib achtsam, mein Freund, und weislich gegenwärtig für mich in Spalten und Falten, wenn Dûdu aufs neue klagt vor der Herrin, daß ich seine Worte höre und ihre!«

So geschah es. Denn es ist ausgemacht, daß es bei *einer* Klage nicht blieb des Kleiderbewahrers vor Mut-em-enet, sondern daß Dûdu nicht locker ließ und auf die krasse Begünstigung des Fremdlings vom Strafloch immer von Zeit zu Zeit vor der

Herrin beschwerdeführend zurückkam. Gottliebchen war dabei auf seinem Posten, trug es dem Joseph zu und verständigte ihn treulich von Dûdu's Schritten. Wäre er aber auch weniger wachsam gewesen, so hätte Joseph es doch erfahren, wann immer der Ehezwerg wieder einmal Klage geführt hatte ob seines Wachstums; denn dann gab es Augenblicke im Speisesaal. Ja, wenn solche schon viele Tage sich nicht mehr ereignet hatten, so daß Joseph schon traurig war, so ließ ihre Wiederkehr und daß die Frau aufs neue mit strengem Forschen, wie nach einer Person und nicht wie nach einer Sache, zu ihm herüberblickte, ihn klar erkennen, daß Dûdu neuerdings vor ihr geklagt hatte, und er sprach bei sich: »Er hat sie erinnert. Wie gefährlich ist das!« Er meinte damit aber auch: »Wie erfreulich ist das!« und dankte es Dûdu gewissermaßen, daß er die Herrin erinnert hatte.

Joseph wird zusehends zum Ägypter

Nicht mehr sichtbar dem Vaterauge, aber an seinem Orte sehr lebhaft vorhanden und bei sich selbst, schaute und regte sich Joseph denn also in den ägyptischen Tag hinein, – rasch eingespannt in strenge Ansprüche, da er doch als Knabe im ersten Leben gar keine Pflicht und Anstrengung gekannt, sondern es ganz beliebig getrieben hatte, – tätig bemüht nunmehr, um sich auf die Höhe zu bringen von Gottes Absichten, den Kopf voll von Zahlen, Dingen und Werten, geschäftlichen Sachlichkeiten, versponnen außerdem in ein Netz menschlich-heikler und immerfort aufmerksam zu betreuender Beziehungsprobleme, dessen Fäden zu Potiphar liefen, zum guten Mont-kaw, zu des Hauses Zwergen, zu Gott weiß wem noch in und auch außer dem Hause, lauter Lebendigkeiten, von denen man an seiner früheren Stätte, dort, wo Jaakob war und die Brüder waren, gar keine Ahnung noch Vorstellung hatte.

Das war weit weg, weiter als siebzehn Tage weit und weiter

noch, als Isaak und Rebekka von Jaakob entfernt gewesen waren, während er in den mesopotamischen Tag hinein schaute und lebte. Damals hatten auch sie nichts gewußt und sich kein Bild gemacht von den Lebendigkeiten und Beziehungsproblemen um den Sohn, und er war weit entfremdet gewesen ihrem Tage. Wo man ist, da ist die Welt – ein enger Kreis zum Leben, Erfahren und Wirken; das übrige ist Nebel. Zwar haben immer die Menschen getrachtet, ihren Lebenspunkt einmal zu verlegen, den gewohnten in den Nebel sinken zu lassen und in einen anderen Tag zu schauen. Auch der Naphtalitrieb war stark unter ihnen, in den Nebel zu laufen und seinen Bewohnern, die nur das Ihre wußten, das Hiesige zu melden, dagegen aus ihrem Tage einiges Wissenswerte nach Hause zurückzubringen. Kurzum, es gab den Verkehr und den Austausch. Auch zwischen den weit entlegenen Stätten der Jaakobsleute einerseits und Potiphars andererseits gab es dergleichen schon längst und seit je. War doch der Ur-Wanderer schon, gewohnt, seinen Gesichtskreis zu wechseln, im Land des Schlammes gewesen, wenn auch nicht so weit unten, wie Joseph nun war, und hatte doch seine Eheschwester, Josephs »Urgroßmutter«, zeitweise sogar dem Frauenhaus Pharao's angehört, der damals noch nicht zu Wêse, sondern weiter oben, der Jaakobssphäre näher, in seinem Horizonte geglänzt hatte. Stets hatte es Beziehungen gegeben zwischen dieser Sphäre und der, die nun Joseph einschloß, denn hatte nicht der dunkelschöne Ismael eine Tochter des Schlammes zum Weibe genommen, welcher Vermischung die Ismaeliter ihr Dasein verdankten, die halbe Ägypter waren, berufen und ausersehen, den Joseph hinabzubringen? Wie sie, handelten viele hin und her zwischen den Strömen, und geschürzte Boten gingen in der Welt herum, Ziegelsteinbriefe in ihren Gewandfalten, seit tausend Jahren und länger schon. Hatte es aber dies Naphtaliwesen so früh schon gegeben, wie üblich, geläufig und dicht ausgebildet war es erst jetzt, zu Josephs Zeit, wo das Land seines zweiten Lebens und seiner Entrückung schon ein ausgesprochenes Land der Enkel war, – nicht mehr recht volkszüchtig in sich gekehrt und eigenfromm, wie Amun es immer noch haben wollte, sondern weltgewohnt-weltlustig und dermaßen sittenlocker bereits, daß es für einen aufgelesenen Asiatenjungen nur einer gewissen Durchtriebenheit im Gutenachtsagen und in der Kunst bedurfte, aus null zwei zu machen, um eines ägyptischen Großen Leibdiener und was nicht noch alles zu werden!

O nein, an Kommunikationsmöglichkeiten fehlte es nicht zwischen den Stätten Jaakobs und seines Lieblings; aber dieser, an dem es gewesen wäre, Gebrauch davon zu machen (denn er kannte des Vaters Stätte, nicht aber dieser die seine), und dem das ein leichtes gewesen wäre, da er, als eines großen Hausmeiers rechte Hand und hochgeschult schon im Überblick, auch die Gelegenheiten der Benachrichtigung klar überblickte, – er tat es nicht, tat es durch viele Jahre nicht, aus Gründen, für die wir uns längst schon einsichtig gemacht haben und von denen fast keiner außen bleibt, wenn man sie auf den einen Namen bringt: auf den der Erwartung. Das Kalb blökte nicht, es verhielt sich totenstill und ließ die Kuh nicht wissen, auf welchen Acker der Mann es gebracht, indem es, zweifellos mit des Mannes Zustimmung, auch ihr die Erwartung zumutete, so schwer sie ihr fallen mochte, denn notgedrungen hielt die Kuh ihr Kalb für tot und zerrissen.

Wunderlich und gewissermaßen verwirrend ist das zu denken, daß Jaakob, der Alte dort hinten im Nebel, den Sohn während all der Zeit für tot hielt, – verwirrend, insofern man sich einerseits für ihn freuen möchte, weil er sich täuschte, und es andererseits einen auch wieder jammert eben um dieser Täuschung willen. Denn der Tod des Geliebten hat bekanntlich auch seine Vorteile für den, der liebt, mögen sie auch etwas hohler und öder Natur sein; und so kommt, wenn man's recht besieht, ein doppeltes Erbarmen zustande mit dem büßenden Alten daheim, weil er nämlich den Joseph für tot hielt und der es nicht einmal war. Das Vaterherz wiegte sich seinetwegen – mit tausend Schmerzen, aber auch zu seinem sanften Trost – in Todessicherheit; es wähnte ihn bewahrt und geborgen im Tode, unveränderlich, unverletzlich, der Fürsorge nicht mehr bedürftig, stehend verewigt als der siebzehnjährige Knabe, der abgeritten war auf der weißen Hulda: ein völliger Irrtum, sowohl was die Schmerzen wie namentlich auch was die allmählich das Übergewicht gewinnende Trostessicherheit betrifft. Denn unterdessen lebte Joseph und war bloß allen Lebensfährnissen. Entrafft, war er doch nicht der Zeit enthoben und blieb nicht siebzehn, sondern wuchs und reifte an seinem Ort, wurde neunzehn und zwanzig und einundzwanzig, immer noch Joseph, gewiß, aber schon hätte der Vater ihn nicht recht wiedererkannt, nicht auf den ersten Blick. Der Stoff seines Lebens wechselte, indem er freilich sein wohlgelungenes Formgepräge bewahrte; er reifte und wurde ein wenig breiter und fester, weniger ein Knaben-Jüngling, schon mehr ein Jüngling-Mann. Einige Jahre noch, und von dem Stoffe des Joseph, den Jaakob-Rebekka zum Abschied umarmte, wird gar nichts mehr übrig sein – so wenig, wie wenn der Tod sein Fleisch aufgelöst hätte; nur daß, da nicht der Tod ihn veränderte, sondern das Leben, die Joseph-Form einigermaßen erhalten blieb. Sie tat es weniger treu und genau, als der bewahrende Tod sie im Geiste erhalten hätte und als er es, täuschungsweise, in Jaakobs Geist wirklich tat. Es bleibt aber bedenklich genug, daß, in Ansehung von Stoff und Form, der Unterschied, ob uns der Tod eine Gestalt aus den Augen nimmt oder das Leben, nicht gar so erheblich ist, wie der Mensch es wohl wahrhaben möchte.

Es kam aber hinzu, daß Josephs Leben den Stoff, mit dem es im Wechsel und unter den Veränderungen des Reifens seine Form erhielt, aus ganz anderer Sphäre zog, als er es unter Jaakobs Augen getan hätte, und daß dadurch auch das Formgepräge berührt wurde. Die Lüfte und Säfte Ägyptens nährten ihn, er aß Keme's Speise, das Wasser des Landes tränkte und schwellte die Zellen seines Körpers, und seine Sonne durchstrahlte sie; er kleidete sich in die Leinwand seines Flachses, wandelte auf seinem Boden, der seine alten Kräfte und stillen Formgesinnungen in ihn hinaufsandte, nahm lebendig Tag für Tag mit den Augen die von Menschenhand dargestellten Verwirklichungen und Ausprägungen dieser still entschiedenen und alles bindenden Grundgesinnung auf und sprach die Sprache des Landes, die seine Zunge, seine Lippen und Kiefer anders stellte, als sie gestellt gewesen waren, so daß bald schon Jaakob, der Vater, zu ihm gesagt haben würde: »Damu, mein Reis, was ist mit deinem Munde? Ich kenne ihn nicht mehr.«

Kurzum, Joseph wurde zusehends zum Ägypter nach Physiognomie und Gebärde, und das ging rasch, leicht und unmerklich bei ihm, denn er war weltkindlich-schmiegsam von Geist und Stoff, auch sehr jung noch und weich, als er ins Land kam, und desto williger und bequemer vollzog sich die Einformung seiner Person in den Landesstil, als erstens, körperlich, Gott wußte woher, sein Habitus immer schon eine gewisse verwandte Annäherung an den ägyptischen gezeigt hatte, mit schlanken Gliedern und waagrechten Schultern, und zweitens, seelisch betrachtet, die Lebenslage als mitlebend sich einfügender Fremdling unter »Landeskindern« ihm nicht neu, sondern altvertraut und nach seiner Überlieferung war: auch daheim schon hatten er und die Seinen, die Abramsleute, immer als »gerim« und Gäste unter den Kindern des Landes gewohnt, angepaßt wohl, verbunden und eingesessen von langer Hand, aber mit innerem Vorbehalt und einem abgerückt-sachlichen Blick auf die greulich-gemütlichen Baalsbräuche der rechten Kanaanskinder. So nun auch Joseph wieder in Ägyptenland; und bequem gingen seiner Weltkindlichkeit Vorbehalt und

Anpassung zusammen, denn es war jener, der ihm diese erleichterte und ihr den Stachel der Untreue nahm gegen Ihn, Elohim, der ihn in dieses Land gebracht und auf dessen Dispens und schonendes Vorübergehen vertrauensvoll zu rechnen war, wenn Joseph es in allen Stücken ägyptisch trieb und äußerlich ganz zum Kinde des Chapi und Untertan Pharao's wurde – vorbehaltlich nur immer des stillen Vorbehaltes. So war es ein eigen Ding um seine Weltkindlichkeit; denn sie war es wohl, die ihn heiter angepaßt wandeln ließ unter den Leuten Ägyptens und ihm erlaubte, gut Freund zu sein mit ihrer schönen Kultur; dann aber, im stillen und anders herum, waren wieder sie die Weltkinder, denen er mit wohlwollender Nachsicht und abgerückten Blickes zusah, in der geistlichen Ironie seines Blutes gegen die zierlichen Greuel ihrer Volksbräuche.

Das ägyptische Jahr ergriff ihn und führte ihn mit sich im Kreise herum mit den Gezeiten seiner Natur und dem in sich laufenden Rundreigen seiner Feste, als dessen Anfang man dies oder jenes ansehen mochte: das Neujahrsfest zu Beginn der Überschwemmung, das ein unglaublich tumult- und hoffnungsreicher Tag war – verhängnisvoll bedeutsam übrigens für Joseph, wie sich zeigen wird –, oder den wiederkehrenden Tag der Thronbesteigung Pharao's, an welchem ebenfalls alle jubelnden Volkshoffnungen sich jährlich erneuerten, die an den Urtag selbst, den Beginn der neuen Herrschaft und Zeit, geknüpft gewesen waren: daß nämlich nun das Recht das Unrecht vertreiben und man in Lachen und Staunen leben werde – oder welche Gedächtnis- und Tagesfeier nun immer; denn es war ein Rundlauf der Wiederkehr.

Eingetreten war Joseph in Ägyptens Natur zur Zeit der Verringerung des Stromes, da das Land hervorgekommen und schon die Aussaat geschehen war. Da war er verkauft worden; und dann trieb er weiter ins Jahr hinein und mit dem Jahre herum: die Erntezeit kam, die dem Namen nach bis in den flammenden Sommer und bis in Wochen dauerte, die wir Juni nennen, wo denn der kleingewordene Strom zum andächtigen Jubel alles Volks wieder zu steigen begann und langsam aus seinen Ufern trat, genau beobachtet und gemessen von den Beamten Pharao's, denn von erster und letzter Wichtigkeit war es, daß der Strom richtig kam, zu wild nicht und nicht zu schwach, weil's davon abhing, ob die Kinder Keme's zu essen hätten und es ein ergiebiges Steuerjahr würde, daß Pharao bauen könnte. Sechs Wochen stieg er und stieg, der Ernährer, ganz stille und Zoll für Zoll, bei Tag und auch bei Nacht, wenn die Menschen schliefen und schlafend an ihn glaubten. Dann aber, um die Zeit der flammendsten Sonne, wenn wir die zweite Hälfte Juli geschrieben hätten und die Kinder Ägyptens vom Monde Paophi sprachen, dem zweiten ihres Jahres und ihrer ersten Jahreszeit, die sie Achet nannten, schwoll er erst mächtig, trat weithin beiderseits über die Äcker und bedeckte das Land – dies sonderbare und einmalig bedingte Land, das in der Welt seinesgleichen nicht hatte und das nun also zu Josephs anfänglichem Staunen und Lachen in einen einzigen heiligen See verwandelt war, aus welchem jedoch, ihrer Hochgelegenheit halber, die Städte und Dörfer, durch gangbare Dämme verbunden, als Inseln hervorragten. So stand der Gott und ließ sein Fett sinken und seinen Nährschlamm auf die Äcker vier Wochen lang, bis in die Jahreszeit Peret, die zweite, die Winterzeit: da begann er zu schwinden und wieder in sich zurückzugehen – »die Wasser verliefen sich«, wie Joseph, tief gemahnt, für sein Teil diesen Vorgang bezeichnete, also daß sie unterm Mond unseres Januar schon wieder im alten Bette gingen, worin sie aber immer noch weiter schwanden und abnahmen bis in den Sommer; und zweiundsiebzig Tage waren es, die Tage der zweiundsiebzig Verschwörer, die Tage der Wintertrockenheit, in denen der Gott schwand und starb, bis zu dem Tage, da Pharao's Stromwarte verkündeten, daß er wieder zu wachsen beginne und ein neues Segensjahr seinen Anfang nahm, mäßig bis üppig, jedenfalls aber, verhüt' es Amun, ohne Hungersnot und schlimmere Steuerausfälle für Pharao, so daß er gar am Ende nicht hätte bauen können.

Das war schnell herum, fand Joseph, von Neujahr zu Neujahr oder von dem Jahresaugenblick an, da er ins Land eingetreten war, bis wieder zum selben – schnell herum, wie er's nun rechnete und wo er den Anfang setzte, durch die drei Jahreszeiten Überschwemmung, Aussaat und Ernte, mit den vier Monaten einer jeden im Schmuck ihrer Feste, an denen er weltkindlich teilnahm im Vertrauen auf höhere Indulgenz und mit Vorbehalt; aber daran teilnehmen und gute Miene dazu machen mußte er schon darum, weil die Götzenfeste vielfach mit dem Wirtschaftsleben verquickt waren und er in Peteprê's Diensten und als Geschäftsstatthalter Mont-kaws die Messen und Märkte nicht hätte meiden können, die mit den heiligen Veranstaltungen verbunden waren, weil überall der Handel aus dem Boden schießt, wo Menschen zahlreich zusammenströmen. In den Vorhöfen von Thebens Tempeln gab es Markt und Geschäft immerfort, des laufenden Opferbetriebes wegen; aber viele Wallfahrtsorte wurden gezählt stromauf und stromab, wohin von überallher das Volk in hellen Scharen strömte, wenn da oder dort ein Gott im Feste war, sein Haus schmückte, sich orakelgesprächig zeigte und zugleich mit geistlicher Labung drängelnde Massenbelustigung, Rummel und Meßverkehr verhieß. Nicht Bastet allein, die Kätzin im Delta drunten, hatte ihr Fest, von dem Joseph gleich so Ausgelassenes sich hatte erzählen lassen. Zum Bock von Mendes oder Djedet, wie Keme's Kinder sagten, nicht weit von dort, ging jedes Jahr von nah und fern ein ganz ähnlicher Volksausflug, noch fröhlicher sogar als der nach Per Bastet, weil Bindidi, der Bock, derb und geil wie er war, dem Volkesgemüte noch näher stand als die Kätzin und sich in seinem Feste öffentlich mit einer Jungfrau des Landes vermischte. Doch können wir mit Bestimmtheit versichern, daß Joseph, der auch zur Bocksmesse geschäftlich hinabfuhr, sich nach dieser Handlung nicht umsah, sondern einzig darauf bedacht war, als seines Meiers Vertrauensmann, sein Papier, Geschirr und Gemüse unter die Leute zu bringen.

Es gab vieles im Lande und in des Landes Bräuchen, seinen Festbräuchen namentlich – denn das Fest ist recht die Hochstunde des Brauches, wo er obenauf kommt und Selbstverherrlichung treibt –, wonach er sich, bei aller Weltkindlichkeit, im Gedanken an Jaakob nicht umsah oder was er doch nur sehr kühl abgerückten Blickes betrachtete. So liebte er die Liebe der Landeskinder zum Trunke nicht: schon die Erinnerung an Noah hinderte ihn an solcher Sympathie, ferner das nüchternbesinnliche Vatervorbild in seiner Seele sowie die eigene Natur, die zwar hell und lustig war, aber die taumelnde Trübung verabscheute. Die Kinder Keme's dagegen kannten nichts Besseres, denn daß sie sich recht betränken, mit Bier oder Wein, bei jeder Gelegenheit, so Männer wie Weiber. Bei Festlichkeiten erhielten sie alle reichlich Wein, so daß sie mit Kindern und Weibern vier Tage lang trinken konnten und unterdessen zu gar nichts taugten. Aber es gab noch besondere Trinktage wie das große Bierfest zu Ehren der alten Geschichte, da Hathor, die Mächtige, die löwenköpfige Sachmet, unter den Menschen gewütet hatte, sie zu vernichten, und an der völligen Austilgung unseres Geschlechtes nur dadurch gehindert worden war, daß Rê sie durch eine sehr schöne List betrunken machte mit gerötetem Blutbier. Daher tranken die Kinder Ägyptens an dem Tage Bier in ganz unzuträglichen Mengen: dunkles Bier, ein Bier namens Ches, das sehr stark war, Bier mit Honig, Bier aus dem Hafen und im Lande Gebrautes – am meisten in der Stadt Dendera, dem Sitze Hathors, wohin man zu diesem Zweck wallfahrtete und die geradezu »Sitz der Trunkenheit« hieß als Haus der Herrin der Trunkenheit.

Danach sah Joseph sich nicht viel um und trank nur andeutungsweise und aus Höflichkeit ein wenig mit, soweit das Geschäft und die Anpassung es eben verlangten. Auch manche Volksbräuche, die beim großen Feste Usirs, des Herrn der Toten, um die Zeit des kürzesten Tages, wenn die Sonne starb, sich hervortaten, betrachtete er um Jaakobs willen sehr abgerückt, obgleich er diesem Fest und seinen Spielen und Vorstellungen mit neigungsvoller Aufmerksamkeit folgte. Denn es kehrten darin die Leidenstage des zerrissenen und begrabenen Gottes wieder, der erstanden war, und wurden von Priestern und Volk in sehr schönen Maskenspielen vergegenwärtigt, nach ihren Schrecknissen sowohl wie nach ihrem Erstehungsjubel, bei welchem alles Volk vor Freuden auf einem Beine sprang und bei dem übrigens viel bodenständige Narretei und niemandem recht mehr erklärliches Altertumswesen mit unterlief, als da waren: sehr harte Prügeleien zwischen verschiedenen Gruppen von Menschen, von denen die einen »die Leute der Stadt Pe«, die anderen »die Leute der Stadt Dep« – niemand wußte mehr, was das für Städte waren – vergegenwärtigten, oder daß eine Eselherde mit großem Hohngeschrei und unter ebenfalls sehr harten Stockschlägen rund um die Stadt getrieben wurde. Das war in gewissem Sinne ein Widerspruch, daß sie die Kreatur, die als Sinnbild phallischer Körigkeit galt, mit Hohn und Prügeln traktierten, denn andererseits war das Fest des toten und begrabenen Gottes auch wieder die Heiligung starrender Mannesbereitschaft, die Usirs Mumienwickel zerriß, so daß Eset als Geierweibchen den rächenden Sohn von ihm empfing, und in den Dörfern trugen in diesen Jahrestagen die Weiber lobpreisend das Mannsbild, ellenlang, in Prozessionen herum und bewegten's an Stricken. So widersprachen im Feste Verhöhnung und Prügel der Lobpreisung, und zwar aus dem deutlichen Grunde, weil die starrende Zeugung wohl einerseits eine Sache des lieben Lebens und fruchtenden Fortbestandes war, doch andererseits, und dies namentlich, eine solche des Todes. Denn Usir war tot, wenn die Geierin mit ihm zeugte; die Götter wurden zeugungsstarr alle im Tode, und hier lag, still unter uns gesprochen, der Grund, weshalb Joseph bei aller persönlichen Sympathie für das Fest Usirs, des Zerrissenen, sich nach manchen dabei gepflogenen Bräuchen nicht umsah und sich abgerückt dazu verhielt in seinem Innern. Was für ein Grund? Ja, es ist zart und schwierig davon zu reden, wenn der eine es weiß und der andere es noch nicht sieht, – was übrigens um so verzeihlicher ist, als Joseph selbst es kaum sah und sich nur halbwegs und dreiviertels im dunkeln Rechenschaft davon ablegte. Eine leise und fast nicht gewußte Gewissensfurcht war da rege, von wegen Untreue nämlich, der Untreue gegen den »Herrn« – versetzte man nun dieses Wortes Begriff auf diese oder auf jene Stufe. Man darf nicht vergessen, daß er sich für tot und dem Totenreich angehörig betrachtete, darin er wuchs, und muß des Namens gedenken, den er in sinniger Anmaßung dort angenommen. Nicht einmal so groß war die Anmaßung, da Mizraims Kinder es längst durchgesetzt hatten, daß jeder von ihnen, auch der Geringste, zum Usir wurde, wenn er starb, und seinen Namen mit dem des Zerstückelten verband, wie Chapi, der Stier, zum Serapis wurde im Tode, also daß die Verbindung sagen wollte: »Zum Gotte verstorben sein« oder »Wie Gott sein«. Dies aber eben, »Gott sein« und »tot«, brachte den Gedanken des wickelzerreißenden Zeugungsstandes hervor; und Josephs halb unbewußte Gewissensfurcht hing mit der heimlichen Einsicht zusammen, daß gewisse von Dûdu veranlaßte Augenblicke, die damals ängstlich-erfreulich in sein Leben hineinzuspielen begannen, von weitem bereits mit göttlicher Todesstarre und also mit Untreue gefährlich zu tun hatten.

Nun ist es heraus und mit möglichster Schonung in Worte gebracht, weshalb Joseph sich nach den Volksbräuchen des

Usirfestes, nach den Prozessionen der Dorfweiber weder, noch nach den geprügelten Eseln, viel umsehen wollte. Sonst aber sah er sich wohl um in Stadt und Land im festgeschmückten Rundlauf des ägyptischen Jahres. Das eine und andere Mal, wie die Jahre liefen, sah er sogar Pharao ... denn es kam vor, daß der Gott erschien: nicht nur am »Erscheinungsfenster«, wenn er Lobgold hinabwarf auf Beglückte in Gegenwart Auserwählter, sondern daß er glänzend hervortrat aus dem Horizont seines Palastes und in voller Pracht über allem Volke erstrahlte, welches einhellig dabei vor Freuden auf einem Bein herumsprang, wie es Vorschrift war und auch den Landeskindern von Herzen kam. Pharao war dick und untersetzt, so bemerkte Joseph, die Farbe seines Antlitzes war nicht die beste, wenigstens nicht, als Rahels Sohn zum zweiten- oder drittenmal seiner ansichtig wurde, und sein Gesichtsausdruck erinnerte sehr an denjenigen Mont-kaws, wenn ihn die Niere drückte.

Wirklich begann Amenhotpe der Dritte, Neb-ma-rê, in den Jahren, die Joseph in Potiphars Hause verbrachte und groß darin wurde, zu kränkeln und zeigte nach dem Urteil der heilkundigen Priester vom Tempel und Zauberer vom Bücherhause in seinem körperlichen Verhalten eine wachsende Neigung, sich wieder mit der Sonne zu vereinigen. Dieser Neigung zu steuern waren die Heilpropheten auf keine Weise in der Lage, weil ihr allzuviel natürliche Berechtigung innewohnte. Der göttliche Sohn Tutmose's des Vierten und der mitannischen Mutemweje beging, als Joseph zum zweitenmal den ägyptischen Jahreskreis durchlief, sein Regierungsjubiläum, Hebsed genannt, das heißt: Dreißig Jahre waren es damals, daß er unter unzähligen Förmlichkeiten, welche sich am Tage der großen Wiederkehr genauestens wiederholten, die Doppelkrone aufs Haupt gesetzt hatte.

Ein prachtvolles, von Kriegen so gut wie freies Herrscherleben, mit hieratischem Pomp und Landessorgen wie mit gol-

denen Mänteln beladen, durchsetzt mit Jagdfreuden, zu deren
Gedächtnis er Käfersteine hatte ausgeben lassen, und in erfüll-
ter Baulust prangend, lag hinter ihm, und seine Natur war im
Abbau begriffen, wie diejenige Josephs im Zunehmen war:
Früher hatte die Majestät dieses Gottes nur öfters am Zahn-
wurm laboriert, ein Leiden, das sie durch das gewohnheits-
mäßige Knabbern balsamischen Zuckerwerks beförderte, so
daß sie nicht selten Audienzen und Staatsempfänge im Thronsaal mit einer dicken Backe hatte zelebrieren müssen. Seit dem
Hebsed aber (bei dem Joseph den Ausfahrenden erblickte) waren die Leibesbeschwerden von anderen, tiefer verborgenen
Organen her gekommen: Pharao's Herz wankte zuweilen oder
paukte in viel zu zahlreichen Schlägen gegen die Brust, so daß
ihr der Atem verging; seine Ausscheidungen führten Stoffe, die
der Körper hätte halten sollen, aber nicht halten mochte, da er
an seinem Abbau arbeitete; und noch später war es nicht mehr
nur die Backe, die dick und geschwollen war, sondern es waren
der Bauch und die Beine. Damals geschah es, daß des Gottes
ferner, in seiner Sphäre gleichfalls für göttlich geltender Mit-
bruder und Korrespondent, König Tuschratta von Mitanniland, Sohn des Schutarna, Vaters der Mutemweje, die Amenhotep seine Mutter nannte, – daß also sein Schwager vom Euphrat (denn von Schutarna hatte er die Prinzessin Giluchipa als
Nebengemahlin in sein Frauenhaus empfangen) ihm ein heil-
bringendes Ischtarbild, unter sicherster Bedeckung, von seiner
entlegenen Hauptstadt nach Theben sandte, da er von Pharao's
Leibesbeschwerden gehört und selbst bei leichteren Zufällen
mit dem Segensbild gute Erfahrungen gemacht hatte. Die ganze Hauptstadt, ja ganz Ober- und Unterägypten von den Ne-
gergrenzen bis hinab zum Meere sprach von der Ankunft dieser
Sendung im Palaste Merimat, und auch im Hause Potiphars
war mehrere Tage lang fast ausschließlich davon die Rede. Es
steht aber fest, daß die Ischtar des Weges sich als unfähig oder

unwillig erwies, der Atemnot und den Schwellungen Pharao's eine mehr als nur ganz vorübergehende Abminderung zu bringen, zur Genugtuung seiner einheimischen Zauberer, deren Heilgifte auch nichts Wesentliches ausrichteten, einfach weil die Neigung zur Wiedervereinigung mit der Sonne stärker als alles war und sich langsam-unaufhaltsam durchsetzte.

Joseph sah Pharao beim Hebsed, als ganz Weset auf den Beinen war, um des Gottes Ausfahrt zu schauen, die zu den feierlichen Handlungen und Förmlichkeiten gehörte, welche den ganzen Jubeltag erfüllten. Sie vollzogen sich, all diese Investituren, Thronersteigungen, Hauptbekrönungen, von Priestern in Göttermasken vorgenommenen Reinigungsbäder, Beräucherungen und ursinnbildlichen Hantierungen, zumeist im Inneren des Palastes, vor den Augen allein der Großen des Hofes und Landes, während draußen das Volk sich bei Trunk und Tänzen der Vorstellung hingab, daß mit diesem Tage die Zeit sich von Grund auf erneuere und eine Ära des Segens, des Rechtes, des Friedens, des Lachens und allgemeiner Brüderlichkeit mit ihm ihren Anfang nehme. Diese frohe Überzeugung war schon mit dem Originaltage des Thronwechsels selbst, vor einem Menschenalter, inbrünstig verbunden gewesen und hatte sich alljährlich am wiederkehrenden Tage in etwas abgeschwächter und flüchtigerer Form erneuert. Am Hebsed aber erstand sie in voller Frische und Festeskraft in allen Herzen, Triumph des Glaubens über jede Erfahrung, Kult einer Gewärtigung, die keine Erfahrung ausreißen kann aus dem Menschengemüt, weil sie ihm eingepflanzt worden ist von höherer Hand. – Die Ausfahrt Pharao's aber, um Mittag, wenn er sich zum Hause Amuns begab, ihm zu opfern, war öffentlicher Schaugegenstand, und viel Volks, darunter auch Joseph, erwartete sie im Westen, vorm Tor des Palastes selbst, während andere Massen den Weg umdrängten, den am anderen Ufer der königliche Zug durch die Stadt nehmen würde, den großen Prospekt der Widdersphinxe zumal, die Feststraße Amuns.

Der königliche Palast, Pharao's Großes Haus, nach welchem eben Pharao seinen Namen hatte, denn Pharao, das hieß »Großes Haus«, wenn auch im Munde der Kinder Ägyptens das Wort sich etwas anders ausnahm und sich von »Pharao« auf ähnliche Weise unterschied wie »Peteprê« von »Potiphar«: der Palast also lag am Rande der Wüste zu Füßen der farbig leuchtenden thebanischen Felsenhöhen, inmitten einer weitläufigen Ringmauer mit behüteten Toren, welche die schönen Gärten des Gottes mit umfaßten wie auch den unter Blumen und Fremdbäumen lachenden See, den Amenhoteps Wort hauptsächlich zur Lust Teje's, der Großen Gemahlin, im Osten der Gärten hatte erglänzen lassen.

Das hälsereckende Volk draußen sah nicht viel von Merimats lichter Pracht: Es sah Palastwachen vor den Toren, mit keilförmigen Lederblättern vor dem Schurz und Federn auf den Sturmhauben, es sah besonntes Blätterwerk im immer wehenden Winde glitzern, sah zierliche Dächer auf buntem Gedrechsel schweben, an goldenen Masten vielfarbig lange Wimpelbänder flattern und witterte syrische Düfte, die den Beeten des unsichtbaren Gartens entstiegen und besonders gut mit der Idee von Pharao's Göttlichkeit übereinstimmten, da süßer Wohlgeruch das Göttliche meistens begleitet. Dann aber erfüllte sich die Gewärtigung der lustig-gierigen Schwätzer, Schmatzer und Staubschlucker vor dem Tor, und es geschah, als Rê's Barke genau ihren Höchstpunkt erreicht hatte, daß ein Ruf erscholl, die Schildwachen an dem Tor ihre Speere hoben und die Bronzeflügel zwischen den Wimpelmasten sich auftaten, freigebend den Blick auf den mit blauem Sande bestreuten Sphinxweg, der durch den Garten ging und auf dem Pharao's Wagenzug hervorbrach durchs Haupttor, in die weichende, stiebende, vor Spaß und Schrecken schreiende Menge hinein. Denn es fuhren Stockträger in sie, den Wagen und Rossen die Wege zu öffnen unter durchdringenden Rufen:

»Pharao! Pharao! Herz zu dir! Köpfe weg! Ausfahrt! Raum, Raum, Raum für die Ausfahrt!« Und die taumelnde Menge, geteilt, hüpfte auf einem Bein, daß sie in Wellen wogte wie das Meer im Sturm, reckte die mageren Arme in Ägyptens Sonne, warf begeisterte Kußhände; die Weiber aber ließen ihre greinenden Bälger in den Lüften zappeln oder hoben, die Köpfe zurückgeworfen, darbringend mit beiden Händen ihre Brüste auf, während ihrer aller Gejauchz und sehnlicher Zuruf die Luft erfüllte: »Pharao! Pharao! Starker Stier deiner Mutter! Hoch an Federn! Lebe Millionen Jahre! Lebe in alle Ewigkeit! Liebe uns! Segne uns! Wir lieben und segnen dich ungestüm! Goldener Falke! Hor! Hor! Rê bist du in deinen Gliedern! Chepre in seiner wahren Gestalt! Hebsed! Hebsed! Wende der Zeit! Ende der Mühsal! Aufgang des Glücks!«

Solch ein Volksjubel ist sehr erschütternd und greift ans Herz, auch dem nicht ganz Zugehörigen, innerlich Abgerückten. Joseph jauchzte ein wenig mit und hüpfte auch etwas nach Art der Landeskinder, hauptsächlich aber schaute er, still ergriffen. Was ihn aber ergriff und sein Schauen so angelegentlich machte, war, daß er den Höchsten erblickte, Pharao, der aus seinem Palast hervorging wie der Mond inmitten der Sterne, und daß, einem alten, in ihm leicht weltkindlich abgearteten Vermächtnis gemäß, dem Höchsten sein Herz entgegenschlug, dem allein der Mensch dienen soll. Viel noch hatte gefehlt, daß er vorm Nächsthöchsten, Potiphar, hatte stehen dürfen, als sein Sinnen schon, wie wir zu bemerken hatten, auf noch letztgültigere, unbedingtere Verkörperungen dieser Idee gerichtet gewesen war. Jetzt werden wir sehen, daß sein Vorwitz sogar dabei nicht stehenblieb.

Pharao's Anblick war wunderbar. Sein Wagen war pures Gold und nichts andres, – er war golden nach seinen Rädern, seinen Wänden und seiner Deichsel und mit getriebenen Bildern bedeckt, die man aber nicht zu unterscheiden vermochte nach dem, was sie darstellten, denn im Prall der Mittagssonne blendete und blitzte der Wagen so gewaltig, daß die Augen es kaum ertrugen; und da seine Räder, wie auch die Hufe der Rosse davor, dichte Staubwolken aufwirbelten, die die Räder umhüllten, so war es, als ob Pharao in Rauch und Feuersgluten daherkäme, schrecklich und herrlich anzusehen. Man erwartete unbedingt, daß auch die Rosse vorm Wagen, Pharao's »Großes erstes Gespann«, wie die Leute sagten, Feuer aus ihren Nüstern blasen würden, so tänzerisch wild traten die muskelblanken Hengste daher im Schmuck ihres Gezäumes, mit goldenen Brustschildern, darin sie zogen, und goldenen Löwenköpfen auf den Häuptern, von denen bunte Federn hochaufstanden und nickten. Pharao lenkte selbst; er stand allein im feurigen Wolkenwagen und führte mit der Linken die Zügel, indes er sich mit der Rechten Geißel und Krummstab, den schwarz und weißen, auf eine bestimmte stehend-heilige Weise gleich unterm Geschmeidekragen des Halses schräg vor die Brust hielt. Pharao war schon ziemlich greis, man sah es an seinem Munde, der einfiel, an dem mühsamen Blick seiner Augen und an seinem Rücken, der unter dem lotusweißen Linnen des Obergewandes etwas gekrümmt erschien. Seine Backenknochen standen mager vor, und es sah aus, als hätte er etwas Röte darauf getan. Wieviel verwickeltes Schutzwerk an bunten, verschiedentlich geknüpften und geschlungenen Bändern und starren Emblemen hing ihm unterm Kleid von der Hüfte herab! Sein Haupt bedeckte bis hinter die Ohren und bis in den Nacken die blaue Tiare, mit gelben Sternen besetzt. An ihrer Stirnseite aber, über Pharao's Nase, stand aufgerichtet und in Emaillefarben schimmernd die giftige Blähschlange, der Abwehrzauber des Rê.

So fuhr der König von Ober- und Unterägypten, ohne nach rechts oder links zu blicken, vorüber vor Josephs Augen. Hochwedel von Straußenfedern schwankten über ihm, Krieger der

Leibwache, Schildträger und Bogenvolk, Ägypter, Asiaten und Neger, eilten unter Standarten zu seiten seiner Räder, und Offiziere folgten in Wagen, deren Körbe mit Purpurleder bezogen waren. Dann aber schrie alles Volk wieder betend auf, denn nach diesen kam wieder ein Einzelwagen, dessen Räder golden im Staube gingen, und es stand ein Knabe darin, acht- oder neunjährig, unter Straußenfächern auch er und selber lenkend mit schwachen, beringten Armen. Sein Gesicht war lang und bläßlich, mit vollen, himbeerroten Lippen in dieser Blässe, die den schreienden Menschen verzagt und liebreich zulächelten, und schlecht aufgetanen Augen, deren Verschleierung Stolz oder Trauer bedeuten konnte. Das war Amenhotep, der göttliche Same und Folgeprinz, Erbe der Throne und Kronen, wenn Der vor ihm je beschließen würde, sich wieder mit der Sonne zu vereinigen, Pharao's einziger Sohn, ein Kind seines Alters, sein Joseph. Der kindlich magere Oberkörper dieses Umschrienen war bloß bis auf die Armringe, den glimmenden Blütenkragen des Halses. Sein Schurzgewand aus gefältetem Goldstoff aber ging ihm hoch am Rücken hinauf und zu den Waden hinab, während er vorn, wo der goldbefranste Durchzug überhing, tief unter den Nabel ausbog und den Trommelbauch freiließ eines Negerkindes. Ein Kopftuch, aus Goldstoff ebenfalls und glatt der Stirn anliegend, wo wie beim Vater die Natter stand, umhüllte das Haupt des Knaben, im Nacken zu einem Haarbeutel gebunden, und übers eine Ohr hing ihm in Form eines breiten Fransenbandes die Kinderlocke der Königssöhne.

Das Volk schrie aus vollem Halse zu ihm, der schon gezeugten, doch noch nicht aufgegangenen Sonne, der Sonne unter dem Ost-Horizont, der Sonne von morgen. »Friede des Amun!« schrie es. »Lang lebe Gottes Sohn! Wie so schön erscheinst du im Lichtorte des Himmels! Du Knabe Hor in der Locke! Du Falke zauberreich! Beschützer des Vaters, beschütze uns!« – Es hatte noch viel zu schreien und zu beten, denn nach der Rotte, die hinter der Sonne des nächsten Tages hereilte, kam wieder ein hochbeschirmter Feuerwagen, worin, hinter ihrem über das Geländer gebeugten Lenker, Teje stand, die Gottesgattin, Pharao's Große Gemahlin, die Herrin der Länder. Die war klein und dunkel von Antlitz; ihre langgemalten Augen blitzten, ihr zierlich-festes Götternäschen bog sich entschlossen, und ihr aufgeworfener Mund lächelte satt. Etwas so Schönes wie ihren Kopfputz gab es auf Erden nicht, denn es war die Geierhaube, der ganze Vogel, aus Gold gemacht, dessen Leib ihr mit vorgestrecktem Kopfe den Scheitel deckte, indes die Schwingen in wundervoller Arbeit über Wangen und Schultern hinabgingen. Auf den Rücken des Vogels aber war noch ein Reif geschmiedet, von dem ein Paar hoher und starrer Federn stiegen, die Haube zur Götterkrone steigernd; und vorn an der Stirn stand der Frau außer dem nackten Raubschädel des Geiers mit krummem Schnabel zum Überfluß auch wieder noch der giftgeblähte Uräus. Es war der großen Zeichen und göttlichen Merkmale übergenug, es war zuviel, daß das Volk nicht in Verzückung geraten und besinnungslos hätte schreien sollen: »Eset! Eset! Mut, Himmlische Mutterkuh! Gottesgebärerin! Die du den Palast mit Liebe füllst, süße Hathor, erbarme dich unser!« Auch zu den Königstöchtern schrie es, die umschlungen hinter dem tiefgebückt die Rosse antreibenden Lenker im Wagen standen, und noch bei den Hofdamen tat es so, die auch zu Paaren fuhren, den Ehrenwedel im Arm, sowie bei den Großen der Nähe und der Vertrautheit, den wirklichen und einzigen Freunden Pharao's, den Betretern des Morgengemaches, die folgten. So ging der Hebsedzug vom Hause Merimat über Land durch die Menge zum Strom, wo die bunten Barken lagen, Pharao's himmlische Barke zumal, »Stern beider Länder« geheißen, daß der Gott und die Gebärerin und der Same und aller Hofstaat hinübersetzten und am Ostufer mit anderen Gespannen durch die Stadt der Lebendigen zögen, wo in den Gassen und auf den Dächern auch alles schrie, – zum Hause Amuns und zur großen Räucherung.

Also hatte Joseph »Pharao« gesehen, wie er einst, der Verkäufliche, »Potiphar« zuerst erblickt auf dem Hofe des Segenshauses, den Höchsten des nächsten Umkreises, und sich bedacht hatte, wie er wohl ehetunlichst an seine Seite gelangen könnte. Da war er nun, dank kluger Gesprächigkeit; aber die Geschichte wollte wissen, daß er schon damals die Verbindung mit ferneren und endgültigeren Erscheinungen des Höchsten heimlich sich vorgesetzt habe, und dann traute sie seinem Mutwillen sogar ein noch weitergehendes Trachten zu. Wie denn aber das? Gibt es etwa ein Höheres noch als das Höchste? Allerdings; wenn einem der Sinn für die Zukunft im Blute liegt, nämlich das Höchste von morgen. Joseph hatte im Jubel der Menge, an dem er sich mit gewisser Zurückhaltung beteiligte, Pharao auf seinem Feuerwagen angelegentlich genug ins Auge gefaßt. Und doch war seine innerste und letzte Neugier und Anteilnahme nicht bei dem alten Gott gewesen, sondern bei dem, der nach ihm kam, dem Lockenknaben mit den kränklich lächelnden Lippen, Pharao's Joseph, der Folgesonne. Ihm sah er nach, seinem schmalen Rücken und goldenen Haarbeutel, wie er mit schwachen, beringten Armen dahinlenkte; ihn sah er in seiner Seele noch, und nicht Pharao, als alles vorüber war und die Menge zum Nile drängte; um den Kleinen, Kommenden war es seinen Gedanken zu tun, und es mochte wohl sein, daß er darin mit den Kindern Ägyptens übereingestimmt hatte, die auch beim Anblick des jungen Horus inständiger noch geschrien und gebetet hatten, als da Pharao selbst vorüberfuhr. Denn Zukunft ist Hoffnung, und aus Güte ward dem Menschen die Zeit gegeben, daß er in der Erwartung lebe. Mußte Joseph denn nicht auch noch kräftig wachsen an seinem Ort, ehe daß der Gedanke, vor dem Höchsten zu stehen und gar an seiner Seite, die geringste und allgemeinste Aussicht auf Erfüllung gewinnen würde? So hatte es schon guten Fug, daß sein Schauen beim Hebsedfeste hinaustrachtete übers Gegenwärtig-Höchste, ins Zukünftige und zur noch nicht aufgegangenen Sonne.

Bericht von Mont-kaws bescheidenem Sterben

Siebenmal hatte das ägyptische Jahr den Joseph mit sich im Kreise herumgeführt, vierundachtzigmal das Gestirn, das er liebte und dem er verwandt war, alle seine Zustände durchlaufen, und von dem Stoffe des Jaakobssohnes, worin der Vater ihn sorgend und segnend entlassen, war nun im Lebenswechsel wirklich gar nichts mehr übrig; er trug, sozusagen, einen ganz neuen Leibrock, mit dem Gott sein Leben überkleidet hatte und an dem keine Faser mehr von dem alten war, den der Siebzehnjährige getragen: einen aus ägyptischen Zutaten gewobenen, darin Jaakob ihn nur noch mit Unglauben erkannt hätte, – schon hätte der Sohn ihm sagen und ihn versichern müssen: Joseph bin ich. Sieben Jahre waren ihm vergangen in Schlafen und Wachen, in Denken, Fühlen, Tun und Geschehen, wie Tage vergehen, das heißt: weder schnell noch langsam, sondern vergangen waren sie eben, und seines Alters war er nun vierundzwanzig, ein Jüngling-Mann, sehr schön von Gestalt und von Angesicht, der Sohn einer Lieblichen, ein Kind der Liebe. Gewichtiger und entschiedener war sein Gebaren geworden in der Gewohnheit der Geschäfte und volltönender die einst spröde Knabenstimme, wenn er hindurchgehend zwischen den Werkenden und dem Gesinde des Hauses als Herr des Überblicks ihnen seine Weisungen gab oder die Mont-kaws überlieferte als des Vorstehers Stellvertreter und oberster Mund. Denn das war er nun schon seit Jahr und Tag, und auch sein Auge, sein Ohr oder seinen rechten Arm hätte man ihn nennen können. Die Leute des Hauses aber nannten ihn einfach den »Mund«, denn das ist ägyptische Art und Ausdrucksweise, eines Herrn Bevollmächtigten, durch den die Befehle gehen, so zu nennen, und im Falle Josephs wurde ihnen die Gewohnheit aufgefrischt durch den Doppelsinn, den hier der Name gewann; denn der Jüngling sprach wie ein Gott, was höchst wünschenswert, ja ein Lachen und Hochgenuß ist bei den Kindern Ägyptens, und sie wußten wohl, daß er durch schöne und kluge Rede, wie sie sie nicht fertiggebracht hätten, seinen Weg gemacht oder ihn sich bereitet hatte beim Herrn und beim Meier Mont-kaw.

Dieser vertraute ihm nachgerade in allen Stücken, in Verwaltung, Verrechnung, Aufsicht und Geschäft, und wenn es in der Überlieferung heißt, Potiphar habe all sein Haus unter Josephs Hände getan und sich keines Dinges mehr angenommen, außer daß er aß und trank, so war das eigentlich und zuletzt eine Übertragung: vom Herrn auf den Meier und von diesem auf den Käufling, mit dem er einen Bund geschlossen zum Liebesdienste des Herrn; und Herr und Haus konnten froh sein, daß Joseph es war und kein anderer, bei dem diese Übertragung endete und der schließlich in Wahrheit die Wirtschaft versah, denn er versah sie mit hochgewandter Treue um des Herrn und seiner weittragenden Pläne willen und sann auf den Vorteil des Hauses Tag und Nacht, so daß er es, ganz den Worten des alten Ismaeliters und seinem eigenen Namen gemäß, nicht nur versorgte, sondern auch mehrte.

Warum Mont-kaw gegen das Ende dieses Zeitabschnittes hin, der sieben Jahre, den Joseph mehr und mehr und dann zur Gänze mit der Aufsicht des Hauses betraute und sich am Ende von allen Geschäften zurückzog ins Sondergemach des Vertrauens – davon sogleich, nur wenig weiter unten. Vorher ist zu sagen, daß es dem boshaften Dûdu bei aller Bemühung nicht gelang, dem Joseph den Weg zu verlegen, den er glückhaft ging und der ihn, noch ehe sieben Jahre verflossen waren, wie über alles Gesinde des Hauses, so auch über den Rang und das Ansehen von Potiphars kleinwüchsigem Schmuckbewahrer weit hinausgeführt hatte. Dûdu's Kammeramt war zwar aller Ehren wert, wie es denn gewiß schon um seiner Ehren, Gediegenheit und zwergigen Vollwertigkeit willen dem Männlein zugefallen war, und hielt ihn in der persönlichen Nähe des Herrn, so daß seiner Natur nach die Gelegenheit zu vertraulicher Einflußnahme, bedrohlich für Joseph, damit hätte verbunden sein sollen. Aber Potiphar mochte den Ehezwerg nicht leiden; seine Würde und Wichtigkeit war ihm in der Seele zuwider, und ohne sich für berechtigt zu erachten, ihn seines Amtes zu berauben, hielt er ihn sich tunlichst vom Leibe, indem er zum Dienste des Morgengemachs und Ankleidezimmers geringere Mittelspersonen zwischen seine Person und den Kleiderbewahrer einschob, welchem er nur eben die Oberaufsicht über den Schmuck, die Gewänder, Amulette und Ehrenzeichen anheimgab, ohne ihn öfter und länger, als unbedingt notwendig, vor sein Angesicht zu lassen, also daß Dûdu vor ihm nicht recht zu Worte kam, auch zu dem vorstelligen Worte nicht, das er so gern gegen den Fremdling und das Ärgernis seines Wachstums im Hause gesprochen hätte.

Wäre es ihm aber auch durch die Umstände gewährt gewesen, so hätte er's doch nicht zu sprechen gewagt – nicht vor dem Gebieter selbst. Denn er kannte wohl den Widerwillen, den dieser ihm, dem ernsthaften Zwerge, entgegenbrachte, nämlich um heimlicher Überheblichkeit willen, welche er vor sich selbst gar nicht in Abrede stellen konnte und wollte, sowie von wegen seiner Parteigängerei für Amuns höchste Sonnenkraft, und mußte befürchten, daß sein Wort ohnmächtig sein würde vor Peteprê. Hatte er, Dûdu, Gatte der Zeset, es nötig, sich einer solchen Erfahrung auszusetzen? Nein, er zog es vor, mittelbare Wege zu gehen: den über die Herrin, vor der er öfters klagte und die ihn zum wenigsten achtungsvoll anhörte; den über

Beknechons, den starken Amunsmann, den er scharf machen konnte, wenn er jene besuchte, gegen die altertumswidrige Begünstigung des Chabiren; und auch Zeset, sein vollwüchsiges Weib, die Dienst tat bei Mut-em-enet, stellte er an, daß sie auf sie einwirke im Sinne seiner Gehässigkeit.

Doch auch der Tüchtige kann erfolglos sein – man setze nur etwa, Frau Zeset hätte ihrem Gatten nicht Frucht gebracht, so hat man die Einbildung eines Beispiels dafür. So war hier Dûdu erfolglos in seinem Betreiben; es wollte dem Guten nicht fruchten. Zwar steht gesichert fest, daß Amuns Erster, Beknechons, eines Tages bei Hofe, im Vorsaal Pharao's, den Peteprê von wegen des Ärgernisses, das die Frommen seines Hauses zu erleiden hätten durch eines Unreinen Wachstum, in eine Art von diplomatischem Gebet nahm, ihm deswegen väterlich-höfliche Vorhaltungen machte. Aber der Wedelträger verstand nicht, erinnerte sich kaum, blinzelte, schien zerstreut, und Beknechons war infolge seiner großen Anlage gar nicht fähig, länger als einen Augenblick am Einzelnen, Kleinen, Häuslichen zu haften: alsbald ging er ins Gewaltige, fing an, in die vier Himmelsgegenden zu weisen, von staatsklugen Fragen der Machtbewahrung zu reden, indem er auf die Fremdkönige Tuschratta, Schubbilulima und Abd-aschirtu kam, und so zerflatterte das Gespräch ins Große. – Mut aber, die Herrin, hatte sich gar nicht erst überwunden, in dieser Sache an ihren Gemahl das Wort zu richten, weil sie seinen tauben Eigensinn kannte, auch nicht gewohnt war, Sachliches mit ihm zu bereden, sondern nur, überbesorgte Zartheiten mit ihm zu tauschen, und es ihr nicht gefiel, irgendeine Forderung an ihn zu stellen. Dies waren die zureichenden Gründe für ihr stummes Gewährenlassen. In unseren Augen aber ist es zugleich ein Zeichen, daß noch zu jener Zeit, das heißt noch gegen Ende der sieben Jahre, Josephs Gegenwart die Frau im Gleichmut ließ und daß ihr an seiner Entfernung von Haus und Hof damals

noch nichts gelegen war. Der Zeitpunkt, zu wünschen, daß er
versetzt und ihr aus den Augen getan werde, sollte noch kommen für des Ägypters Weib, nämlich zugleich mit der Furcht
vor sich selbst, die jetzt ihr Stolz noch nicht kannte. Und noch
ein andres Zugleich sollte damit sich wunderlich herstellen:
Zugleich damit, daß die Herrin erkannte, daß es besser für sie
wäre, sie sähe Joseph nicht mehr, und sich nun in der Tat bei
Peteprê für seine Ausschließung verwandte – schien es, daß
Dûdu sich zu dem Chabiren bekehrt habe und sein Anhänger
geworden sei; denn er fing an, ihm schön zu tun und gegen ihn
den Dienstwilligen zu spielen, dermaßen, daß ein Rollentausch
zwischen Zwerg und Herrin sich ereignet und diese den Haß
übernommen zu haben schien, indes jener den Jüngling vor ihr
rühmte und pries. Beides war völlig scheinbar. Denn in dem
Augenblick, da die Herrin wünschen wollte, Joseph wäre nicht
mehr da, konnte sie es in Wahrheit schon nicht mehr und
betrog sich selbst, indem sie danach zu streben schien. Dûdu
aber, der davon recht wohl einen Dunst hatte, meinte es tükkisch und hoffte nur, dem Sohne Jaakobs besser schaden zu
können, indem er sich zu seinem Gesellen machte.

Von dem allen sofort, nur ein kleines Stück weiter unten. Das
Geschehen aber, das diese Veränderungen zeitigte oder sie jedenfalls im Gefolge hatte, war die leidige Todeskrankheit
Mont-kaws, des Meiers und Josephs Bundesgenossen im Liebesdienste des Herrn, – leidig für ihn, leidig für Joseph, der
herzlich an ihm hing und sich aus seinem Leiden und Sterben
fast ein Gewissen machte, und leidig für jede Anteilnahme an
dem einfachen, aber ahnungsvollen Mann, möge sie auch mit
der Einsicht in die planmäßige Notwendigkeit seines Hintritts
verbunden sein. Denn darin, daß Joseph in ein Haus gebracht
wurde, dessen Vorsteher ein Kind des Todes war, ist entschieden etwas Planmäßiges zu erblicken, und gewissermaßen war
des Vorstehers Sterben ein Opfertod. Ein Glück nur, daß er ein

Mann war, der in seiner Seele zur Abdankung neigte, eine Bereitschaft, die wir anderswo auf sein altes Nierenleiden zurückführen wollten. Es ist aber ebenso gut möglich, daß dieses nur die körperliche Fassung der seelischen Neigung war, dasselbe wie sie, unterschieden von ihr nur wie das Wort vom Gedanken und wie das Bildzeichen vom Wort, so daß im Lebensbuche des Vorstehers eine Niere die Hieroglyphe für »Abdankung« gewesen wäre.

Was kümmert uns Mont-kaw? Was sprechen wir mit einer gewissen Rührung von ihm, ohne viel mehr von ihm aussagen zu können, als daß er ein wissentlich schlichter, das ist: bescheidener, und ein redlicher, das ist: ein zugleich praktischer und gemütvoller Mann war – ein Mensch, der damals auf Erden und im Lande Keme wandelte, spät oder früh, wie man es nimmt, zu der Zeit, da das vielfach gebärende Leben gerade ihn hervorgebracht, aber so früh immerhin bei aller Späte, daß seine Mumie längst nach ihren kleinsten Teilen in alle Winde und ins Allgemeine zerstäubt ist? Ein nüchterner Erdensohn war er, der sich nicht einbildete, besser zu sein als das Leben, und vom Gewagten und Höheren im Grunde nichts wissen wollte – nicht aber aus Niedrigkeit, sondern aus Bescheidenheit und obgleich er im Still-Geheimen höheren Einflüsterungen sehr wohl zugänglich war, was ihn ja eben in den Stand setzte, eine Rolle, und eine nicht ganz unbedeutende, in Josephs Leben zu spielen, wobei er sich im Grunde ganz ähnlich benahm, wie eines Tages der große Ruben getan hatte: bildlich gesprochen trat auch Mont-kaw drei Schritte zurück vor Joseph mit gesenktem Haupt und wandte sich danach von ihm hinweg. – Zu einer gemessenen Anteilnahme an seiner Person verpflichtet diese vom Schicksal ihm übertragene Rolle uns ohne weiteres. Aber rein von uns aus und von der Verpflichtung ganz abgesehen, haben wir Blick und Sinn für die einfache und doch feinsinnige, von einer anspruchslosen Melancholie umflossene Lebensgestalt des Mannes, die wir hier kraft einer sympathisch-geistigen Ansprache, welche er Zauber genannt haben würde, aus ihrer jahrtausendelangen Verflüchtigung noch einmal wiederherstellen.

Mont-kaw war der Sohn eines mittleren Beamten vom Schatzhause des Montu-Tempels zu Karnak. Früh, schon mit fünf Jahren, weihte sein Vater, Achmose mit Namen, ihn dem Thot und gab ihn in das der Tempelverwaltung angegliederte Haus des Unterrichts, in welchem bei strenger Zucht, karger Kost und reichlichen Prügeln (denn es galt der Satz, daß der Zögling die Ohren auf seinem Rücken habe, und daß er höre, wenn man ihn schlage) der Beamtennachwuchs Montu's, des falkenköpfigen Kriegsgottes, herangezogen wurde. Nicht dies allein übrigens war der Zweck der Schule, die, von Kindern verschiedener Herkunft, vornehmer und geringer, besucht, allgemein die Grundlagen literarischer Bildung, die Gottesworte, nämlich die Schrift, die Kunst der Binse und eines lieblichen Stils übermittelte und sowohl die Voraussetzungen für die Laufbahn des Amtsschreibers wie für die des Gelehrten schuf.

Was Achmose's Sohn betraf, so wollte er kein Gelehrter werden: nicht weil er zu dumm dafür gewesen wäre, sondern aus Bescheidenheit und weil er von Anfang mit aller Entschiedenheit sich im Mäßig-Anständigen zu halten entschlossen war und um keinen Preis hoch hinauswollte. Daß er nicht, wie sein Vater, die Tage seines Lebens als Aktenschreiber in Montu's Amtsstuben verbrachte, sondern Hausvorsteher eines Großen wurde – sogar dies schon geschah fast gegen seinen Willen; denn seine Lehrer und Vorgesetzten empfahlen ihn dort und brachten ihn auf den schönen Posten ohne sein Zutun, bewogen von der Achtung, die seine Gaben zusammen mit seiner Zurückhaltung ihnen einflößten. Von Prügeln bekam er im Unterrichtshause nur das Unvermeidlichste, was jedenfalls auch auf den Besten entfiel, damit er höre; denn er bewies seinen allgemeinen Kopf durch die Raschheit, mit der er des Affen hohes Geschenk, die Schrift, sich zu eigen machte, die kluge Sauberkeit, mit der er das ihm Vorgelegte, diese Anstandsregeln und stilbildenden Musterbriefe, diese aus alten Jahrhunderten stammenden Unterweisungen, Lehrgedichte, Mahnreden und Lobpreisungen des Schreiberstandes, langzeilig in seine Schulrollen übertrug, indem er zugleich schon die Rückseiten mit Rechnungen über entgegengenommene und eingelagerte Kornsäcke und Vormerkungen zu Geschäftsbriefen versah, denn fast von Anfang an wurde er auch zu praktischen Arbeiten in der Verwaltung verwendet – mehr nach eigenem Willen als nach dem seines Vaters, der gern etwas Höheres, als er selbst war, einen Gottespropheten, Zauberer oder Sternbeschauer, aus ihm gemacht hätte, während Mont-kaw schon als Knabe bescheiden entschieden sich der geschäftlichen Praxis des Lebens bereitstellte.

Es ist etwas Eigentümliches um diese Art von eingeborener Resignation, die sich als redliche Tüchtigkeit äußert und auch als ruhige Duldsamkeit gegen Unbilden des Lebens, um derentwillen ein anderer die Götter mit zeternden Vorwürfen überschütten würde. Mont-kaw heiratete ziemlich frühzeitig die Tochter eines Amtskollegen seines Vaters, der er sein Herz geschenkt hatte. Aber sein Weib starb, da sie zum erstenmal kreißte, und mit ihr das Kind. Mont-kaw beweinte sie bitterlich, wunderte sich aber nicht allzusehr über den Schlag und fuchtelte nicht viel vor den Göttern herum, weil es so gegangen war. Er versuchte es mit dem Familienglück nicht wieder, sondern blieb Witwer und allein. Eine Schwester von ihm war mit einem Gewölbebesitzer zu Theben vermählt; sie besuchte er zuweilen bei Mußezeit, von der er sich niemals viel nahm. Er arbeitete nach vollendeter Ausbildung anfänglich in der Verwaltung des Montu-Tempels, wurde später Hausvorsteher des

Ersten Propheten dieses Gottes und gelangte dann an die Spitze des schönen Hauses Peteprê's, des Höflings, wo er schon zehn Jahre lang mit jovialer, aber fester Autorität seines Amtes waltete, als die Ismaeliter ihm den überlegenen Helfer im Liebesdienste des zarten Herrn und zugleich seinen Nachfolger zuführten.

Daß Joseph zu seinem Nachfolger ersehen sei, hatte er früh geahnt, denn überhaupt war er bei aller geflissentlichen Schlichtheit ein ahnungsvoller Mann, und man kann sagen, daß diese Schlichtheit selbst, die Neigung zur Selbsteinschränkung und zum Verzicht, ein Produkt der Ahnung war: derjenigen der Krankheit nämlich, die in seinem kräftigen Leibe schlummerte und ohne deren den Lebensmut zwar still herabsetzende, aber das Gemüt verfeinernde Wirkung er kaum der delikaten Eindrücke fähig gewesen wäre, die er bei Josephs erstem Anblick gewonnen hatte. Um diese Zeit kannte er schon seinen schwachen Punkt, da Glutbauch, der Salbader, ihm auf Grund eines gewissen dumpfen Druckes, den der Meier öfters im Rücken und in der linken Lende spürte, herumziehender Schmerzen in der Herzgegend, häufiger Schwindelgefühle, stockender Verdauung, mangelnden Schlafes und übermäßigen Harndranges auf den Kopf zugesagt hatte, daß er an wurmiger Niere leide.

Dies Übel ist oft versteckt und schleichend seinem Wesen nach, faßt Wurzeln zuweilen schon in sehr früher Lebenszeit und läßt Zwischenperioden anscheinender Gesundheit, in denen es sich die Miene gibt, zum Stillstande, ja zur Heilung gekommen zu sein, um dann wieder Merkmale seines Fortschreitens hervorzubringen. Im zwölften Jahre seines Alters hatte Mont-kaw, wie er sich erinnerte, schon einmal blutigen Harn gelassen, aber nur einmal, und dann viele Jahre nie wieder, so daß das erschreckende und zeichenhafte Vorkommnis in Vergessenheit geraten war. Erst als er zwanzig war, trat es wieder auf, zusammen mit den oben vermerkten Beschwerden, unter denen Schwindel und Kopfschmerz sich zu galligem Erbrechen steigerten. Auch das ging vorüber; seitdem aber hatte er, ruhig und tüchtig, sein Leben im Kampf mit der intermittierenden, oft Monate, ja Jahre lang ihn scheinbar frei lassenden, dann wieder mit größerer oder minderer Heftigkeit von ihm Besitz ergreifenden Krankheit zu führen. Die Bescheidenheit, die sie erzeugte, artete öfters in eine tiefe Mattigkeit, Unlust und Niedergeschlagenheit des Körpers und der Seele aus, gegen welche Mont-kaw seine tägliche Arbeitsleistung in stillem Heldentum durchzusetzen gewohnt war und die von Heilkundigen oder solchen, die es sein wollten, mit Aderlässen bekämpft wurden. Da übrigens sein Appetit zufriedenstellend, seine Zunge rein, seine Hautausdünstung ungehindert und sein Puls von ziemlich regelrechter Frequenz war, so hielten diese Behandelnden ihn auch dann noch nicht für ernstlich berührt, als eines Tages seine Fußknöchel bleiche Schwellungen aufwiesen, welche bei Einstich eine wässerige Flüssigkeit entleerten. Ja, da diese Entleerungen eine offenkundige Entlastung seiner Gefäße und eine Ermutigung seines Herzens mit sich brachten, so begrüßte man die Erscheinung sogar als günstig, weil in ihr die Krankheit nach außen trete und zum Abfluß gelange.

Man muß sagen, daß er das Jahrzehnt bis zu Josephs Eintritt ins Haus, mit Hilfe Glutbauchs und seiner Gartenmedizin, recht leidlich verbracht hatte, wenn auch die selten unterbrochene Aufrechterhaltung seiner Leistungsfähigkeit als Wirtschaftshaupt mehr seiner bescheidenen Willenskraft, welche das langsam fortschwärende Übel im Zaume hielt, als der volkstümlichen Kunst Glutbauchs zuzuschreiben gewesen sein mochte. Den ersten wirklich schweren Anfall, mit solchem Ödem der Hände und Beine, daß er sie umwickeln mußte, wild pochendem Kopfschmerz, sehr stürmischen Umkehrungen des Magens und sogar Umnebelung der Augen, hatte er fast unmittelbar nach dem Ankauf Josephs zu überwinden; ja, dieser Ausbruch war während seiner Verhandlungen mit dem alten Ismaeliter und der Prüfung der Kaufware schon im Anzuge gewesen. So wenigstens geht unsere Mutmaßung; denn uns will scheinen, als ob seine empfindlichen Ahnungen beim Anblicke Josephs und die besondere Rührung, mit der des Sklaven Probe-Gutenacht-Gruß es ihm angetan hatte, schon Boten des Anfalls und Merkmale einer krankhaft erhöhten Empfänglichkeit gewesen seien. Aber auch die andere ärztliche Auffassung ist möglich, daß umgekehrt jener allzu linde Friedensgruß eine gewisse Erweichung seiner Natur und ihrer Widerstandskraft gegen das immer sie belagernde Übel erzeugt hatte, – und wirklich neigen wir zu der Befürchtung, daß Josephs allabendliche Gutenacht-Sprüche, so wohltuend sie dem Meier eingingen, seinem unbewußt mit der Krankheit im Kampfe liegenden Lebensbehauptungswillen keineswegs besonders zuträglich waren.

Auch daß Mont-kaw sich anfangs um Joseph so gar nicht kümmerte, ist großenteils auf den Leidensanfall von damals, der seine Initiative lähmte, zurückzuführen. Er ging, wie mancher spätere, schwächere oder ebenso starke, vorüber dank Chun-Anups Aderlässen, Blutegeln, Phantasiemixturen pflanzlicher wie tierischer Herkunft und Lendenumschlägen mit alten Schriftstücken, die er in warmem Öl erweichte. Genesung oder Scheingenesung trat wieder ein und beherrschte große Zeiträume von des Vorstehers weiterem Leben, auch während Joseph im Hause war und zu seinem ersten Gehilfen und obersten Munde heranwuchs. Im siebenten Jahre jedoch von Josephs Anwesenheit zog sich Mont-kaw beim Leichenbegängnis eines Verwandten – seines Schwagers, des Gewölbebesitzers, nämlich, der das Zeitliche gesegnet hatte – eine Erkältung zu, die dem Verderben Tür und Tor öffnete und ihn sofort aus dem Sattel hob.

Allezeit war dieses Sichanstecken am Tode, das sogenannte »Mitgenommenwerden« von einem, dem man in zugiger Friedhofshalle die letzte Ehre erweist, etwas sehr Häufiges, damals so gut wie heute. Es war Sommer und sehr heiß, dabei aber, wie so oft in Ägyptenland, recht windig, – eine gefährliche Verbindung, da der fächelnde Wind die Verdunstung der Hauttranspiration zu fortwährend jäher Abkühlung beschleunigt. Mit Geschäften überhäuft, hatte der Meier sich im Hause versäumt und sah sich in Gefahr, zu den Feierlichkeiten zu spät zu kommen. Er mußte eilen, er schwitzte, und schon bei der Überfahrt über den Strom gen Westen, im Gefolge der Leichenbarke, fror den nicht warm genug Gekleideten bedenklich. Der Aufenthalt nachher vor dem kleinen Felsengrabe, das der Gewölbebesitzer, nun Usir, sich erspart hatte und vor dessen bescheidenem Portal ein Priester in der Hundsmaske Anups die Mumie aufrecht hielt, während ein anderer mit dem mystischen Kalbsfuß die Zeremonie der Mundöffnung an ihr vornahm und die kleine Gruppe der Leidtragenden, die Hände auf den mit Asche bestreuten Köpfen, dem Zauberakt zusah, war wegen des gesteinskalten Zuges und Höhlenhauches, der dort ging, auch nicht besonders zuträglich. Mont-kaw kam mit einem Schnupfen und einem Blasenkatarrh nach Hause; am nächsten Tage schon klagte er vor Joseph, wie es ihm so seltsam schwerfalle, seine Arme und Beine zu bewegen; eine Art von Betäubung zwang ihn, von häuslicher Tätigkeit abzustehen und sich zu Bette zu legen, und als der Obergärtner ihm gegen die unerträglichen, mit Erbrechen und halber Erblindung einhergehenden Kopfschmerzen Blutegel an die Schläfe setzte, bekam er einen apoplektischen Anfall.

Joseph erschrak sehr, als er Gottes Absichten erkannte. Menschliche Vorkehrungen dagegen zu treffen, bedeutete, so entschied er bei sich, keinen sündlichen Versuch, den planenden Willen zu durchkreuzen, sondern hieß nur, ihn auf eine notwendige Probe stellen. Darum bestimmte er Potiphar sofort, zum Hause Amuns zu schicken und einen gelehrten Arzt zu bestellen, vor dem Glutbauch, gekränkt zwar, doch auch erleichtert von einer Verantwortung, deren Schwere zu erkennen er wissend genug war, zurückzutreten hatte.

Der Heilkundige vom Bücherhause verwarf denn auch das meiste von Glutbauchs Vorkehrungen, wobei aber der Unterschied zwischen seinen und des Gärtners Verordnungen in den Augen aller Welt und auch in den seinen nicht so sehr medizinischer als gesellschaftlicher Art war: diese waren fürs Volk, wo sie recht Gutes ausrichten mochten, jene für die oberen Schichten, die man eleganter kurierte. So verwarf der Tempelweise die ölerweichten alten Schriftstücke, mit denen sein Vorgänger Bauch und Lenden des Heimgesuchten bedeckt hatte, und verlangte Umschläge von Leinsamen auf guten Handtüchern. Er rümpfte auch die Nase über Glutbauchs populäre Allheilrezepte, die einst von den Göttern selbst für Rê, als er alt und krank wurde, erfunden worden sein sollten und sich aus vierzehn bis siebenunddreißig Widrigkeiten, als da waren: Eidechsenblut, zerstoßene Schweinszähne, Feuchtigkeit aus den Ohren desselben Tiers, Milch einer Wöchnerin, vielerlei Kot, auch dem von Antilopen, Igeln und Fliegen, Menschenharn und dergleichen mehr, zusammensetzten, außerdem aber auch Dinge enthielten, die der Gelehrte ebenfalls dem Meier verabfolgte, nur ohne die Widrigkeiten, nämlich Honig und Wachs, ferner Bilsenkraut, geringe Gaben von Mohnsaft, Bitterrinde, Bärentraube, Natron und Brechwurz. Das Zerkauen von Beeren der Rizinusstaude mit Bier, auf das der Gärtner viel hielt, hatte auch des Arztes Zustimmung; ebenso die Zuführung einer harzreichen Wurzel, die stark abführend wirkte. Dagegen erklärte er die drastischen Aderlässe, die Glutbauch beinahe jeden Tag praktiziert hatte, weil nur durch sie dem qualvollen Klopfen im Kopfe und der Verdunkelung der Augen zu steuern war, für abwegig und wollte sie zum mindesten mit Zurückhaltung geübt wissen; denn bei dem blassen Aussehen des Kranken, so lehrte er, werde die zeitliche Erleichterung mit dem Verlust an nährenden und das Leben anreizenden Blutbestandteilen zu hoch bezahlt.

Hier handelte es sich wohl um ein unlösliches Dilemma; denn offenbar war es gerade das an nützlichen Stoffen verarmte und statt ihrer falsche führende, aber auch wieder unentbehrliche Blut, das, indem es schleichende Entzündungen erzeugte, den Körper mit wechselnden und auch zugleich auftretenden Krankheiten überschwemmte, die alle in ihm, mittelbar aber, wie beide Ärzte wußten, in der von jeher ihren Dienst nur schlecht verrichtenden Niere ihre Quelle hatten. So erlitt Mont-kaw – unbeschadet der Namen, mit denen seine Pfleger diese argen Erscheinungen benannten, und der Auffassung, die sie davon hegten – nach- und nebeneinander eine Brust- und Bauchfell-, eine Herzbeutel- und Lungenentzündung; und dazu kamen noch schwere Hirnsymptome, als da waren: Erbrechen, Blindheit, Kongestionen und Gliederkrämpfe. Kurzum, der Tod fiel ihn von allen Seiten und mit allen Waffen an, und es kam einem Wunder gleich, daß er ihm, von seinem Bettlägrigwerden an, noch wochenlang Widerstand leistete und die Einzelkrankheiten zum Teil noch wieder überwand. Er war ein kräftiger Kranker; aber so gut er sich hielt und sein Leben verteidigte – durchaus sollte er sterben.

Dies war es, was Joseph früh erkannte, während Chun-Anup und der Amunsgelehrte dem Meier noch aufzuhelfen hofften, und er nahm es sich sehr zu Herzen: nicht nur aus Anhänglichkeit für den biederen Mann, der ihm Gutes getan und für dessen Schicksalsmischung er viel übrig hatte, weil auch sie die eines »Weh-Froh-Menschen« war, die Gilgameschmischung, begünstigt und geschlagen zugleich, – sondern auch und besonders, weil er sich ein Gewissen machte aus seinem Leiden und Sterben; denn dieses war offenbar eine Veranstaltung zu seinen und seines Wachstums Gunsten und der arme Montkaw ein Opfer der Pläne Gottes: er ward aus dem Wege geräumt, das war klar und deutlich, und Joseph hätte Lust gehabt, zum Herrn der Pläne zu sprechen: »Was du da anstellst, Herr, ist ausschließlich nach deinem Sinn und nicht nach dem meinen. Nachdrücklich muß ich erklären: ich will nichts damit zu schaffen haben, und daß es für mich geschieht, soll hoffentlich nicht heißen, daß ich schuld daran bin – in Demut möcht' ich's mir ausgebeten haben!« – Aber das half nichts, er machte sich doch ein Gewissen aus des Freundes Opfertod und sah wohl, daß, wenn hier überall von Schuld die Rede sein konnte, sie auf ihn, den Nutznießer, kam, denn Gott kannte keine Schuld. Das ist es eben, dachte er bei sich, daß Gott alles tut, uns aber das Gewissen davon gegeben hat, und daß wir schuldig werden vor ihm, weil wir's für ihn werden. Der Mensch trägt Gottes Schuld, und es wäre nicht mehr als billig, wenn Gott sich eines Tages entschlösse, unsere Schuld zu tragen. Wie er das anfangen wird, der Heilig-Schuldfremde, ist ungewiß. Meiner Ansicht nach müßte er geradezu Mensch werden zu diesem Zweck.

Er kam nicht von des Opfers Leidensbette durch die vier oder fünf Wochen hin, in denen es sich des vielfältig andringenden Todes noch erwehrte, – ein solches Gewissen machte er sich aus seinem Leiden. Hingebungsvoll pflegte er den Heimgesuchten bei Tag und Nacht, aufopfernd, wie man sagt und hier mit Recht gesagt haben würde, denn um ein Gegenopfer handelte sich's, und Joseph trieb es bis zum Verzicht auf den eigenen Schlaf und zur Abmagerung des eigenen Leibes. Er schlug sein Bett bei dem Kranken auf im Sondergemach des Vertrauens und tat ihm stündlich, was er vermochte: machte ihm die Kompressen warm, gab ihm Arznei ein, rieb ihm Mixturen in die Haut, ließ ihn nach Vorschrift des Gottesdoktors den

Dampf zerriebener Pflanzen einatmen, die er auf Steinen erhitzt hatte, und hielt ihm die Glieder, wenn er Krampfanfälle bekam; denn unter solchen litt der Arme während der letzten Tage sehr heftig, so daß er aufschrie unter dem brutalen Zugriff des Todes, welcher es nicht erwarten zu können schien, daß er sich ihm ergäbe, und gröblich Hand an ihn legte. Besonders wenn Mont-kaw einschlafen wollte, fuhr jener darein und jagte mit Krämpfen den müden Leib fast vom Bette empor, als wollte er sagen: »Was, schlafen willst du? Auf, auf, und stirb!« Da waren denn Josephs stillende Gutenacht-Sprüche mehr als jemals am Platze, und er übte sie kunstreich, indem er lispelnd-besprechend dem Meier eingab, nun werde er gewiß den Pfad ins Land des Trostes, wonach er sich sehne, finden und ungestört hinschreiten, ohne daß Arm und Bein seiner Linken, die er ihm sorglich mit Leinenstreifen befestigt, ihn mit Schmerzensschreck zurückreißen würden an den Tag seiner Leiden.

Das war schon recht und half in gewissen Grenzen. Aber Joseph erschrak selbst, da er zu bemerken glaubte, daß seine Friedenslockreden am Ende nur zu gut halfen und der Meier, der durch so viele Jahre nicht gut geschlafen hatte, nun gar der Schlafsucht zuzuneigen begann, in Giftbenommenheit sich verlieren wollte, so daß der gute Pfad zu einem bösen wurde und zu besorgen stand, der Wanderer möchte die Rückkehr vergessen. So mußte denn Joseph es anders anfassen und, statt ihm Lullelieder zu dichten, den Freund dahier zu fesseln suchen, indem er ihm mit Geschichten und Schnurren die Lebensgeister unterhielt, aus dem weitläufig-tiefzurückreichenden Historien- und Anekdotenvorrat nämlich, über den er dank Jaakobs und Eliezers Unterweisungen von klein auf verfügte. Denn immer hatte der Vorsteher gern von des Käuflings erstem Leben gehört, von seiner Kindheit im Lande Kanaan, der lieblichen Mutter, die am Wege gestorben war, und des Vaters groß-selbstherrlicher Zärtlichkeit, die ihr gegolten und dann dem Sohne, so daß sie eins waren im Feierkleid dieser Liebe. Auch vom wilden Neide der Brüder hatte er schon vernommen sowie von der Schuld sträflichen Vertrauens und blinder Zumutung, die Joseph kindisch auf sich geladen, von der Zerreißung und vom Brunnen. Im übrigen hatte der Vorsteher, so gut wie Potiphar und jedermann hier im Hause, in Josephs Vergangenheit und Jugendland stets etwas sehr Fernes und Staubig-Dürftiges gesehen, dem man sich begreiflicherweise rasch entfremdete, wenn man durch Schicksalsfügung zu den Menschen und ins Land der Götter versetzt worden war; und so hatte er sich so wenig wie alle anderen darüber gewundert, noch Anstoß daran genommen, daß der ägyptische Joseph auf jeden Versuch verzichtete, die Verbindung mit der barbarischen Welt seiner Kindheit wieder aufzunehmen. Von den Geschichten dieser Welt aber hatte Mont-kaw immer gern gehört, und während seiner letzten Krankheit war es ihm die liebste und linderndste Zerstreuung, mit gefalteten Händen zu liegen und seinem jungen Pfleger zu lauschen, wie dieser die Sippschaftserinnerungen anmutig-spannend und feierlich-lustig zum besten gab, vom Rauhen und Glatten kündete und wie sie einander schon im Bauche gestoßen; vom Fest des Segensbetrugs und des Glatten Wanderung in die Unterwelt; vom bösen Ohm und seinen Kindern, die er vertauscht in der Hochzeitsnacht, und wie der feine Schalk dem plumpen das Seine abgewonnen mit Pfiffen kluger Natursympathie. Vertauschung hier und da, Vertauschung der Erstgeburt und des Segens, der Bräute und der Besitztümer. Vertauschung des Sohnes auf dem Schlachtopfertisch mit dem Tiere, des Tieres mit dem ähnelnden Sohn, da er blökend verschied. So viel Vertauschung und Täuschung tat es dem Hörer mit reizender Unterhaltung an und fesselte ihn; denn was ist reizender als die Täuschung? Auch spielte ein Ab- und Widerschein hin und her zwischen dem Erzählten und dem Erzähler: Täuschungslicht und -reiz fiel auf ihn von den Geschichten, die er kündete, und er selbst auch wieder von sich aus verlieh ihnen davon aus der eigenen Person, die das Liebes-Schleierkleid getragen im Austausche mit der Mutter und der in den Augen Mont-kaws immer etwas freundlich und schalkhaft Vexatorisches angehaftet hatte, das den Sinn beschäftigte – von dem Augenblick an, da er zuerst mit der Schriftrolle vor ihm gestanden und lächelnd dazu verleitet hatte, ihn mit dem Ibisköpfigen zu verwechseln.

Sehen konnte Mont-kaw fast gar nicht mehr und nicht mehr die Zahl der Finger nennen, die man ihm vor Augen hielt. Aber noch konnte er lauschen und sich von den fremden, seltsamen Geschichten, die an seinem Bette so klug erklangen, den komatösen Schlummer vertreiben lassen, zu dem sein Gifte führendes Blut ihn verlocken wollte: Vom immer vorhandenen Eliezer vernahm er, der mit seinem Herrn die Könige von Osten geschlagen und dem die Erde entgegengesprungen war auf der Brautfahrt für das verwehrte Opfer. Von der Brunnenjungfrau, die vom Kamele gesprungen war und sich verschleiert hatte angesichts dessen, dem sie gefreit worden. Von dem wildschönen Wüstenbruder, der den geprellten Rotpelz hatte bereden wollen, den Vater zu schlachten und aufzuessen. Vom Urwanderer, dem Vater aller, und dem, was ihm mit seiner Eheschwester dereinst hier in Ägyptenland zugestoßen war. Von seinem Bruder Lot, den Engeln vor dessen Tür sowie der außerordentlichen Unverschämtheit der Sodomiter. Von dem Schwefelregen, der Salzfigur und davon, wie es die um die Menschheit besorgten Töchter Lots gemacht. Vom Nimrod zu Sinear und dem Turm der Vermessenheit. Von Noah, dem zweiten Ersten, dem Erzgescheiten, und seinem Kasten. Von dem Ersten selbst, aus Erde gemacht im Garten des Ostens, der Männin aus seiner Rippe und von der Schlange. Aus diesem Erbschatze der wunderlichsten Geschichten spendete Joseph, am Bette des Todkranken sitzend, beredt und witzig, zur Beschwichtigung seines Gewissens und um jenen noch etwas dahier zu fesseln. Mont-kaw aber fing schließlich selber zu reden an, vom epischen Geiste ergriffen, ließ sich hochstützen in den Kissen und legte mit vom nahenden Tode erregter Miene tastend die Hand auf Joseph, als sei er Jizchak im Zelt, der die Söhne befühlte.

»Laß mich sehen mit sehenden Händen«, sprach er, das Gesicht zur Decke gerichtet, »ob du Osarsiph seiest, mein Sohn, den ich segnen will vor meinem Ende, mächtig gestärkt zum Segen von den Geschichten, womit du mich reichlich gespeist! Ja, du bist's, ich seh' und erkenne dich wohl nach Art der Blinden, und kein Zweifel kann sich hier einschleichen noch eine Täuschung, denn ich habe nur einen Sohn, den ich segnen kann, das bist du, Osarsiph, den ich liebgewonnen im Lauf der Jahre an Stelle des Kleinen, den die Mutter mit sich dahinnahm in ihren Nöten, worin er erstickte, denn sie war zu eng gebaut. Am Wege? Nein, in ihrer Kammer zu Hause starb sie am Kinde, und ich wage nicht, ihre Qualen übernatürlich zu nennen, aber gräßlich waren sie und grausam, daß ich aufs Angesicht fiel und die Götter um ihren Tod bat, den sie gewährten. Auch den des Knaben gewährten sie, obgleich ich sie nicht darum gebeten. Aber was sollte mir auch das Kind ohne sie? ›Ölbaum‹ hieß sie, die Tochter Kegboi's, des Schatzbeamten. Beket war sie genannt, und ich habe mich nicht erkühnt, sie zu lieben, wie der Gesegnete sich herausnahm, die Seine zu lieben, jene Liebliche von Naharin, deine Mutter, – ich maßte es mir nicht an. Aber lieblich war auch sie, unvergeßlich lieblich im Schmuck ihrer Seidenwimpern, die sie über die Augen senkte, wenn ich ihr Worte des Herzens sagte, Worte der Lieder, deren ich mich nie zu vermessen gedacht, die aber meine Worte wurden um diese Zeit, diese schöne Zeit. Ja, wir hatten einander lieb, ihrer Enggebautheit ungeachtet, und als sie starb mit dem Kinde, weinte ich viele Nächte um sie, bis mir die Zeit und die Arbeit die

Augen trockneten, – sie trockneten sie aus, und ich weinte auch nachts nicht mehr, aber die Dickheiten unter ihnen, und daß sie so klein waren, das rührt, glaube ich, von jenen vielen Nächten her, – ich weiß es nicht sicher, mag es so sein, mag es nicht so sein, da ich sterbe und meine Augen vergehen, die um Beket geweint, wird es ganz gleich sein in der Welt, wie es sich einst damit verhalten. Aber mein Herz stand leer und war öde, seit meine Augen getrocknet waren; es war auch klein und eng worden, wie meine Augen, und mutlos, weil es so fehlgeliebt hatte, so daß nur der Verzicht noch darin Raum zu haben schien. Aber etwas muß doch das Herz hegen außer dem Verzicht und will einer Sorge schlagen, zarter als Vorteil und Arbeitsnutzen. Peteprê's Hausvogt war ich und Ältester Knecht und kannte nichts als seines Hauses Blüte und schönes Gedeihen. Denn wer verzichtet hat, taugt zur Dienstschaft. Siehe, das war ein Ding zum Hegen für mein verkleinertes Herz: Dienstschaft und zarte Behilflichkeit für Peteprê, meinen Herrn. Denn ist auch einer bedürftiger des Liebesdienstes als er? Er nimmt sich keiner Sache an, denn er ist fremd allen Sachen und nicht geschaffen für das Geschäft. Fremd, zart und stolz ist er, der Titelämtling, vor allem Menschengeschäft, daß es einen sorgend erbarmt um seinetwillen, denn er ist gut. Ist er nicht zu mir gekommen und hat mich besucht in meiner Krankheit? Hierher an mein Bett hat er sich bemüht, während du bei den Geschäften warst, um sich nach mir umzutun, dem kranken Manne, in der Güte seines Herzens, ob man ihm schon anmerkte, daß er fremd und scheu auch vor der Krankheit stand, denn er ist nie krank, wiewohl sich der Mensch besinnen würde, ihn gesund zu nennen oder zu glauben, daß er sterben wird, – ich kann es kaum glauben, denn man muß gesund sein, um krank zu werden, und leben, um zu sterben. Mindert das aber die Sorge um ihn und die Notwendigkeit, seiner zarten Würde behilflich zu sein? Eher im Gegenteil! Diese Sorge hegte mein

Herz über den Vorteil hinaus und den Arbeitsnutzen und ließ sich angelegen sein diesen Liebesdienst, daß ich seiner Würde behilflich war und ihm nach dem Stolze redete, so gut ich es nur verstand und vermochte. Du aber, Osarsiph, weißt es ganz unvergleichlich besser zu machen, da deinem Geiste die Götter Feinheiten verliehen haben und höhere Anmutigkeiten, deren der meine ermangelt, sei es, weil er zu stumpf dafür ist und trocken, sei es, weil er sich des Höheren nur nicht vermaß und es sich nicht getraute. Darum habe ich einen Bund mit dir errichtet um dieses Dienstes willen, den du halten sollst, wenn ich nun sterbe und nicht mehr bin; und wenn ich dich segnen soll und dir mein Amt vermachen als Meier des Hauses, so mußt du mir angeloben auf meinem Sterbebett, daß du nicht nur das Haus bewahren willst und die Geschäfte für unsern Herrn nach deinem besten Witz und Geschäftsverstand, sondern auch treulich halten willst unseren zarteren Bund, dadurch, daß du Liebesdienst versiehst an Petepre's Seele und seine Würde schützest und rechtfertigst mit all deiner Kunst – geschweige denn, daß du ihr, der beängstigend heiklen, jemals zu nahe trätest und ließest dich gar versuchen, sie zuschanden zu machen mit Wort oder Tat. Sagst du mir's heilig zu, mein Sohn Osarsiph?«

»Heilig und gern«, erwiderte Joseph auf diese Sterberede. »Sei deswegen unbesorgt, mein Vater! Ich gelobe dir, seiner Seele behilflich zu sein mit schonender Dienertreue nach unserem Bunde und Menschentreue zu halten seiner Bedürftigkeit, und will deiner gedenken, wenn je die Versuchung mich anfechten sollte, ihm den besonderen Schmerz zu bereiten, den Untreue zufügt dem Einsamen – verlaß dich darauf!«

»Das beruhigt mich sehr«, sagte Mont-kaw, »obgleich das Gefühl des Todes mich stark erregt, was es nicht tun sollte; denn nichts ist gewöhnlicher als der Tod, und nun gar der meine – eines so einfachen Mannes, der immer entschieden das

Höhere mied: so sterbe ich auch keinen höheren Tod und will kein Aufhebens davon machen, so wenig, wie ich welches gemacht habe von meiner Liebe zum Ölbäumchen, noch mich erkühnte, ihre Kindesqualen übernatürlich zu nennen. Aber segnen will ich dich doch, Osarsiph, an Sohnes Statt, nicht ohne Feierlichkeit, denn feierlich ist der Segen, nicht ich bin's, darum neige dich unter des Blinden Hand! Haus und Hof vermache ich dir, meinem wahrhaften Sohn und Folger im Meieramt Peteprê's, des großen Höflings, meines Herrn, und danke ab zu deinen Gunsten, was meiner Seele ein großes Vergnügen ist, – ja, diese Freude bringt mir den Tod, daß ich abdanken kann, und freudig bin ich von ihm erregt, wie ich merke, nicht anders. Daß ich dir aber alles lasse, das geschieht nach dem Willen des Herrn, der unter seinen Dienern mit dem Finger auf dich deutet und dich statt meiner als seinen Vorsteher bezeichnet nach meinem Tode. Denn als er mich letzthin besuchte in der Güte seines Herzens und mich ratlos betrachtete, habe ich's mit ihm abgeredet und mir von ihm ausgebeten, daß er auf dich allein seinen Finger lenke und dich aufrufe bei Namen, wenn ich vergöttlicht bin, damit ich getröstet dahingehen könne von wegen des Hauses und aller Geschäfte. ›Ja‹, sprach er, ›schon gut, Mont-kaw, mein Alter, es ist schon gut. Auf ihn will ich deuten, wenn du wirklich verscheiden solltest, was mir recht leid täte, – ohne Wanken auf ihn und keinen anderen, das ist ausgemacht, und soll's nur einer mit Dreinreden probieren, er wird gewahr werden, daß mein Wille erzen ist und gleich schwarzem Granit aus den Brüchen von Rehenu. Er selbst hat es gesagt, daß von dieser Art mein Wille ist, und ich mußte ihm zustimmen. Er erregt mir das Wohlgefühl des Vertrauens, mehr noch, als sogar du es getan hast zu deinen Lebzeiten, und oft habe ich zu bemerken geglaubt, daß ein Gott mit ihm ist oder mehrere, die alles, was er zu tun hat, in seiner Hand gelingen lassen. Auch wird er mich eher noch weniger hintergehen als du in deiner Redlichkeit, denn er weiß von Hause aus, was die Sünde ist, und trägt so etwas wie einen Opferschmuck im Haar, der ihn gegen die Sünde feit. Kurzum, es bleibt dabei, Osarsiph soll nach dir über dem Hause sein und sich aller Dinge annehmen, um die ich mich unmöglich bekümmern kann. Auf ihn deutet mein Finger.‹ – Das waren die Worte des Herrn – genau hab' ich sie bei mir verwahrt. So segne ich dich denn nur, nachdem schon er dich gesegnet, denn macht man's je anders? Man segnet immer nur den Gesegneten und beglückwünscht den Glücklichen. Auch jener Blinde im Zelt segnete den Glatten nur, weil er gesegnet war und nicht der Rauhe. Man kann nicht mehr tun. Sei also gesegnet, wie du es bist! Du hast frohen Mut und vermissest dich keck alles Höheren, nimmst dir heraus, deiner Mutter Qualen übernatürlich und deine Geburt jungfräulich zu nennen aus immerhin anfechtbarem Grunde: das sind die Zeichen des Segens, den ich nicht hatte und also auch nicht vergeben kann, aber segnend beglückwünschen kann ich dich dazu, da ich sterbe. Neige tiefer dein Haupt unter meine Hand, mein Sohn, das Haupt des Hochstrebenden unter die Hand des Bescheidenen. Dir vermache ich Haus, Hof und Feld im Namen Petepré's, für den ich's verwaltete; ihr Fett gebe ich dir und ihre Reichlichkeit, daß du vorstehen sollst den Werkereien, den Vorräten in ihren Kammern, den Früchten des Gartens, dem Groß- und Kleinvieh sowie dem Feldbau der Insel, der Verrechnung und jeglichem Handel, und setze dich ein über Aussaat und Ernte, Küche und Keller, den Tisch des Herrn, die Dürfte des Frauenhauses, die Ölmühlen, die Weinkelter und alles Gesinde. Ich habe hoffentlich nichts vergessen. Vergiß aber du, Osarsiph, auch meiner nicht, wenn ich nun vergöttlicht bin und gleich dem Osiris. Sei mein Hor, der den Vater schützt und rechtfertigt, laß meine Grabschrift nicht unleserlich werden und unterhalte mein Leben! Sprich, willst du Sorge tragen, daß Meister Min-neb-mat, der Wickelbader, und seine Gesellen aus mir eine sehr schöne Mumie machen, nicht schwarz, sondern schön gelb, wofür ich alles Nötige hinterlegt habe, nicht daß sie's selber verzehren, sondern mich salzen mit gutem Natron und feine Balsame verwenden zu meiner Verewigung, Styrax, Wacholderholz, Zedernharz aus dem Hafen, Mastix vom süßen Pistazienstrauch und zarte Binden nahe dem Körper? Willst du achthaben, mein Sohn, daß meine ewige Hülle schön bemalt sei und innen mit Schutzsprüchen bedeckt ohne Lücke und Durchlaß? Versprichst du mir, Sorge zu tragen, daß Imhôtep, der Totenpriester im Westen, die Stiftung, die ich bei ihm errichtet für meine Opferspeisen an Brot, Bier, Öl und Weihrauch, nicht unter seine Kinder verteilt, sondern daß sie bei einem bleibe und dein Vater ewig versorgt sei mit Speise und Trank an den Festtagen? Es ist lieb und gut, daß du mir alles dies mit andächtiger Stimme versprichst, denn der Tod ist gewöhnlich, aber mit großen Sorgen verbunden, und der Mensch muß sich sichern nach vielen Seiten. Stelle auch eine kleine Küche in meine Kammer, daß das Gesinde Stierschenkel darin für mich brate! Gib einen Gänsebraten aus Alabaster dazu, die Holzgestalt eines Weinkruges, und von deinen tönernen Sykomorenfeigen gib mir auch reichlich hinein! Ich höre es gern, wie du mir das mit frommen Worten beruhigend zusagst. Stell ein Schiffchen, mit Ruderern besetzt, neben meinen Sarg für alle Fälle und laß sonst noch einige Schurzknechtchen bei mir drinnen sein, daß sie sich für mich melden, wenn der Westliche mich aufruft zur Arbeit auf seinem fruchtbaren Acker, denn ich hatte einen allgemeinen Kopf, der zur Übersicht taugte, kann aber selber Pflug und Sichel nicht führen. Oh, wieviel Vorsorge verlangt der Tod! Habe ich auch nichts vergessen? Versprich mir, daß du auch an das denken wirst, was ich vergaß, zum Beispiel, du mögest ein Auge darauf haben, daß sie mir an die Stelle des Herzens den schönen Käfer aus Jaspis legen, den Peteprê mir schenkte in der Güte seines Herzens und auf dem geschrieben steht, daß mein Herz auf der Waage nicht möge als Zeuge aufstehen gegen mich! Er liegt in der Truhe gleich rechts im Kästchen aus Taxusholz, zusammen mit meinen beiden Halskrägen, die ich dir vererbe. – Genug damit, ich schließe meine Sterbereden. An alles kann man doch nicht denken, und viel Unruhe bleibt zurück, die der Tod selber mit sich bringt und nur scheinbar die Notwendigkeit, vorzusorgen. Selbst die Frage und Ungewißheit, wie wir leben werden nach unserem Verscheiden, ist mehr ein Vorwand der Todesunruhe und die Gestalt, die sie annimmt in unsern Gedanken, aber meine Gedanken sind's nun einmal, Gedanken der Unruhe. Werde ich auf den Bäumen sitzen als Vogel unter den Vögeln? Werde ich dies und das sein dürfen nach Belieben: ein Reiher im Sumpf, ein Skarabäus, der seine Kugel rollt, ein Lotuskelch auf dem Wasser? Werde ich in meiner Kammer leben und mich der Opfer erfreuen aus meiner Stiftung? Oder werde ich dort sein, wohin Rê leuchtet bei Nacht und wo alles ganz sein wird wie hier, so Himmel wie Erde, Strom, Feld und Haus, und ich werde wieder Peteprê's Ältester Knecht sein, wie ich's gewohnt bin? Ich hörte es so und so und noch anders und alles auf einmal, und steht wohl eines fürs andere dabei und alles für unsere Unruhe, die aber geht unter im Rauschen des Schlafes, der nach mir ruft. Bette mich wieder hinab, mein Sohn, denn ich bin von Kräften und habe an den Segen und die Sorgen mein Letztes gewandt. Ich will mich dem Schlafe geben, der berauschend in meinem Haupte rauscht, aber bevor ich mich ihm überlasse, wüßte ich freilich rasch noch gern, ob ich auch das Ölbäumchen, das mir zugrunde ging, wieder antreffen werde am Nile des Westens. Ach, voran sollte jetzt die Sorge mir stehen, daß nicht wieder im letzten Augenblick, wenn ich entschlummern will, der Krampf mich zurückreißt. Sage mir gute Nacht, mein Sohn, wie du's verstehst, halte mir Arm und Bein und beschwöre den Krampf mit stillenden Worten! Walte noch einmal deines feinen Amtes – zum letztenmal! Und nicht zum letzten; denn wenn am Nil der Verklärten alles ganz ist wie hier, dann wirst wohl auch du, Osarsiph, wieder an meiner Seite sein als mein Junggeselle und mir den Abendsegen sprechen, lieblich abgewandelt nach deiner Gabe für jede Nacht. Denn du bist gesegnet und magst Segen verspenden, während ich dich nur zu beglückwünschen – – Ich kann nicht mehr sprechen, mein Freund! Mit meinen Sterbereden ist's aus. Aber glaube nicht, daß ich dich nicht noch höre!«

Josephs Rechte lag auf den bleichen Händen des Abscheidenden, und mit der Linken hielt er ihm befestigend den Schenkel.

»Friede sei mit dir!« sprach er. »Ruhe selig, mein Vater, zur Nacht! Siehe, ich wache und sorge für deine Glieder, während du völlig sorglos den Pfad des Trostes dahinziehen magst und dich um nichts mehr zu kümmern brauchst, denke doch nur und sei heiter: um gar nichts mehr! Um deine Glieder nicht, noch um die Geschäfte des Hauses, noch um dich selbst und was aus dir werden soll und wie es sein mag mit dem Leben nach diesem Leben, – das ist es ja eben, daß alles dies und das Ganze nicht deine Sache und Sorge ist und keinerlei Unruhe dich deswegen zu plagen braucht, sondern du's alles sein lassen kannst, wie es ist, denn irgendwie muß es ja sein, da es ist, und sich so oder so verhalten, es ist dafür bestens gesorgt, du aber hast ausgesorgt und kannst dich einfach betten ins Vorgesorgte. Ist das nicht herrlich bequem und beruhigend? Ist's nicht mit Müssen und Dürfen heut wie nur jemals, wenn dir mein Abendsegen empfahl, doch ja nicht zu denken, du müßtest ruhen, sondern du dürftest? Siehe, du darfst! Aus ist's mit Plack und Plage und jeglicher Lästigkeit. Keine Leibesnot mehr, kein würgender Zudrang noch Krampfesschrecken. Nicht ekle Arznei, noch brennende Auflagen, noch schröpfende Ringelwürmer im Nacken. Auf tut sich die Kerkergrube deiner Belästigung. Du wandelst hinaus und schlenderst heil und ledig dahin die Pfade des Trostes, die tiefer ins Tröstliche führen mit jedem Schritt. Denn anfangs ziehst du durch Gründe noch, die du schon kennst, jene, die dich allabendlich aufnahmen durch meines Segens Vermittlung, und noch ist einige Schwere und Atemlast mit dir, ohne daß du's recht weißt, vom Körper her, den ich hier halte mit meinen Händen. Bald aber – du achtest des Schrittes nicht, der dich hinüberführt – nehmen Auen dich auf der völligen Leichtigkeit, wo auch von ferne nicht und auf das unbewußteste eine Mühsal von hier aus mehr an dir hängt und zieht, und allsogleich bist du jeglicher Sorge und Zweifelsnot ebenfalls ledig, wie es sei und sich etwa verhalte mit dir und was aus dir werden solle, und du staunst, wie du dich jemals mit solchen Bedenklichkeiten hast plagen mögen, denn alles ist, wie es ist, und verhält sich aufs allernatürlichste, richtigste, beste, in glücklichster Übereinstimmung mit sich selbst und mit dir, der du Mont-kaw bist in alle Ewigkeit. Denn was ist, das ist, und was war, das wird sein. Zweifeltest du in der Schwere, ob du dein Ölbäumchen finden würdest in drüberen Gefilden? Du wirst lachen über dein Zagen, denn siehe, sie ist bei dir, – und wie sollte sie nicht, da sie dein ist? Und auch ich werde bei dir sein, Osarsiph, der verstorbene Joseph, wie ich für dich heiße, – die Ismaeliter werden mich dir bringen. Immer wirst du über den Hof kommen mit deinem Knebelbart, deinen Ohrringen und mit den Tränensäcken unter deinen Augen, die dir mutmaßlich geblieben sind von den Nächten her, die du heimlich-bescheiden um Beket verweint hast, das Ölbäumchen, und wirst fragen: ›Was ist das? Was für Männer?‹ und reden: ›Seid so gut! Meint ihr, ich kann euch schwatzen hören die Tage des Rê?‹ Denn da du Mont-kaw bist, wirst du nicht aus der Rolle fallen und dir vor den Leuten das Ansehen geben, als glaubtest du wirklich, daß ich nichts anderes sei als

Osarsiph, der verkäufliche Fremdsklave, da du doch heimlich wissen wirst in bescheidener Ahnung, schon vom vorigen Mal, wer ich bin und welchen Bogen ich hinziehe, daß ich den Weg der Götter, meiner Brüder, bahne. Fahr wohl denn, mein Vater und Vorsteher! Im Lichte und in der Leichtigkeit sehen wir beide uns wieder.«

Hier tat Joseph seinen Mund zu und hörte auf, gute Nacht zu sagen, denn er sah, daß des Meiers Rippen und Bauch stille standen und daß er schon unmerklich war aus den Gründen hinausgelangt in die Auen. Er nahm eine Feder, die er ihm öfters vor Augen gehalten, ob er sie noch sähe, und legte sie auf seine Lippen. Aber sie regte sich nicht mehr. Die Augen brauchte er ihm nicht zu schließen, da er sie friedlich schon selber zugetan hatte im Vorschlummer.

Die Leichenärzte kamen und salzten und würzten den Leib Mont-kaws vierzig Tage lang, da war er fertig gewickelt und in eine Lade getan, in die er genauestens paßte nach seiner Größe, und durfte, ein bunter Osiris, noch einige Tage im Hintergrunde des Gartenhäuschens vor den silbernen Herrschaften stehen. Danach mußte er noch eine Schiffsreise tun, stromabwärts, nach Abôdu's heiligem Grabe, um dem westlichen Herrn Besuch abzulegen, bevor er die ersparte Felsenkammer beziehen konnte, in Thebens Bergen, mit mittlerem Gepränge.

Joseph aber gedachte dieses Vaters nie, ohne daß die Augen ihm feucht wurden. Sie glichen dann täuschend den Augen Rahels, wenn sie in Tränen der Ungeduld gestanden hatten zur Zeit, da Jaakob und sie aufeinander warteten.

SECHSTES HAUPTSTÜCK: DIE BERÜHRTE

Das Wort der Verkennung

Und es begab sich nach dieser Geschichte, daß seines Herrn Weib ihre Augen auf Joseph warf und sprach –

Die ganze Welt weiß, was Mut-em-enet, Potiphars Titelgemahlin, gesprochen haben soll, da sie ihre Augen auf Joseph, ihres Gatten jungen Hausvorsteher, »geworfen«, und wir wollen und dürfen nicht in Abrede stellen, daß sie eines Tages, schließlich, in äußerster Verwirrung, im höchsten Fieber der Verzweiflung, tatsächlich so sprach, ja, daß sie sich wirklich dabei genau der furchtbar geraden und unumwundenen Formel bediente, welche die Überlieferung ihr in den Mund legt, und zwar so unvermittelt, als ob es sich dabei um einen der Frau sehr naheliegenden und sie gar nichts kostenden Antrag von liederlicher Direktheit gehandelt hätte und nicht vielmehr um einen späten Schrei aus letzter Seelen- und Fleischesnot. Offen gestanden, erschrecken wir vor der abkürzenden Kargheit einer Berichterstattung, welche der bitteren Minuziosität des Lebens so wenig gerecht wird wie die unserer Unterlage, und haben selten lebhafter das Unrecht empfunden, welches Abstutzung und Lakonismus der Wahrheit zufügen, als an dieser Stelle. Man meine doch nicht, daß wir stumpf seien gegen den schwebenden Tadel, der, ausgesprochen oder nicht, nur etwa aus Höflichkeit verschwiegen, sich gegen diesen unseren ganzen Vortrag, unsere Auseinandersetzung mit der Geschichte richtet, dahingehend, in der Bündigkeit, worin sie an ihrem Ur-Orte erscheine, sei sie gar nicht zu übertreffen und unser ganzes, nun schon so lang hinlaufendes Unternehmen verlorene Müh'. Seit wann aber, darf man fragen, nimmt ein Kommentar den Wettstreit mit seinem Texte auf? Und dann: Kommt nicht der Erörterung des »Wie« so viel Lebenswürde und -wichtigkeit zu wie der Überlieferung des »Daß«? Ja, erfüllt sich das Leben nicht recht erst im »Wie«? Es ist daran zu erinnern, was schon früher bedacht wurde, daß, bevor die Geschichte erstmals erzählt wurde, sie sich selber erzählt hat – und zwar mit einer Genauigkeit, deren allein das Leben Meister ist und die zu erreichen für den Erzähler gar keine Hoffnung und Aussicht besteht. Nur ihr sich anzunähern vermag er, indem er dem Wie des Lebens treulicher dient, als der Lapidargeist des Daß zu tun sich herbeiließ. Wenn aber je die kommentatorische Treulichkeit sich rechtfertigte, so hier in Sachen von Potiphars Weib und dessen, was sie der Überlieferung nach so geradehin gesagt haben soll.

Das Bild, das man sich danach von Josephs Herrin zu machen gezwungen oder doch fast unwiderstehlich versucht ist und das, so fürchten wir, tatsächlich weite Kreise der Welt sich von ihr machen, ist so irrtümlich, daß man sich, indem man es auf dem Wege der Treulichkeit richtig stellt, ein wahres Verdienst um den Urtext erwirbt – verstehe man unter diesem nun das Erstgeschriebene oder, richtiger, das sich selbst erzählende Leben. Dieses Trugbild lüsterner Hemmungslosigkeit und schamentblößten Verführertums stimmt mit dem, was wir, zusammen mit Joseph, im Gartengehäuse aus dem Munde der immerhin ehrwürdigen alten Tuij über die Söhnin vernommen haben und worin sich uns schon ein wenig genaueres Leben auftat, jedenfalls schlecht überein. »Stolz« nannte Petep-rê's Mutter sie, indem sie es für unmöglich erklärte, sie anzufahren mit dem Gänsenamen; hochmutsvoll nannte sie sie, eine Mondnonne und Aufgesparte, deren Wesen so herb dufte wie das Laub der Myrte. Spricht eine solche, wie die Überlieferung sie sprechen läßt? Dennoch, sie sprach so, sprach sogar wörtlich und wiederholt so, als ihr Stolz durch die Leidenschaft völlig gebrochen war, – wir bestätigten es schon. Aber die Überlieferung versäumt hinzuzufügen, wieviel Zeit verging, während der sie sich eher die Zunge abgebissen hätte, denn daß sie so gesprochen hätte. Sie versäumt zu sagen, daß sie sich in der Einsamkeit tatsächlich, wörtlich und körperlich in die Zunge biß, ehe sie zum erstenmal, vor Schmerzen lispelnd, das Wort über die Lippen brachte, das sie auf immer zu einer Verführerin stempelt. Zur Verführerin? Eine Frau, über die es kommt wie über sie, wird selbstverständlich zur Verführerin – das Verführerische ist die Außenseite und physiognomische Erscheinung ihrer Heimsuchung; die Natur ist es, die ihre Augen schimmern läßt, süßer, als die künstlichen Eintröpfelungen, die die Kunst der Toilette sie lehrte, es bewirken mögen; die das Rot ihrer Lippen lockender erhöht als Rötelschminke und ihr dieselben zum seelenvoll-vieldeutigen Lächeln schwellt; die sie anhält, sich mit unschuldig-ausgepichter Berechnung zu kleiden und zu schmücken, ihre Bewegungen zweckhaft verholdseligt, ihrem ganzen Körper, soweit seine gegebene Beschaffenheit es nur irgend zuläßt und wirklich zuweilen ein Stück darüber hinaus, das Gepräge der Wonneverheißung aufdrückt. Dies alles will von vornherein und im Grunde gar nichts anderes bedeuten und besagen, als was Josephs Herrin schließlich zu ihm sagte. Aber ist die, der es von innen her geschieht, dafür verantwortlich zu machen? Veranstaltet sie's wohl aus Teufelei? Weiß sie auch nur davon – nämlich anders als durch ihr folterndes Leiden, das sich darin reizend nach außen schlägt? Kurzum, wenn sie verführerisch gemacht wird, ist sie darum eine Verführerin?

Vor allem werden Art und Form der Verführung durch die Geburt und Erziehung der Berührten manche Abwandlung erfahren. Gegen die Annahme, daß Mut-em-enet, familiär Eni oder auch Enti geheißen, sich im Stande der Berührtheit wie eine Metze benommen hätte, spricht schon ihre Kinderstube, die nicht adelig genug zu denken ist. Was dem redlichen Montkaw recht war, muß der Frau, die auf Josephs Schicksal denn doch noch einen ganz anderen Einfluß übte als jener, billig sein: nämlich, daß man von ihrer Herkunft das Nötigste mitteilt.

Es wird niemanden überraschen, zu hören, daß die Gemahlin Peteprê's, des Wedelträgers, keines Bierwirtes oder Steineschleppers Tochter war. Sie stammte aus nicht mehr und nicht weniger als altem gaufürstlichem Geblüt, wenn es auch schon lange her war, daß ihre Vorfahren als patriarchalische Kleinkönige und Besitzer ausgebreiteten Grundes in einem Gau Mittelägyptens gesessen hatten. Damals hatten fremde Herrscher, von asiatischem Hirtengeblüt, im Norden des Landes wohnend, Rê's Doppelkrone getragen, und Wêse's Fürsten, im Süden, waren durch Jahrhunderte den Eindringlingen untertan gewesen. Aber Gewaltige waren ihnen erstanden, Sekenjenrê und sein Sohn Kemose, die sich gegen die Hirtenkönige erhoben und sie zäh bestritten hatten, wobei deren fremdes Geblüt ihrem eigenen Ehrgeiz ein wirksam aufrufendes Kriegsmittel gewesen war. Ja, Kemose's kühner Bruder, Achmose, hatte den festen Königssitz der Ausländer, Auaris, berannt und erobert und sie vollends aus dem Lande verjagt, dieses insofern befreiend, als er es für sich selbst und sein Haus zu eigen nahm und an die Stelle fremder Herrschaft die eigene setzte. Nicht alle Gauherren des Landes hatten im Helden Achmose sogleich den Befreier erkennen und seine Herrschaft mit Freiheit gleichsetzen wollen, wie es seine Gewohnheit war. Manche von ihnen hatten es, sie mußten wohl wissen, warum, eher mit den Fremdlingen in Auaris gehalten, indem sie es vorgezogen haben würden, ihre Vasallen zu bleiben, statt von einem der Ihren befreit zu werden. Ja, noch nach der völligen Vertreibung ihrer langjährigen Oberherren hatten einzelne dieser zur Freiheit nicht willigen Gaukönige gegen den Befreier gemeutert und, wie es in den Urkunden hieß, »die Rebellen gegen ihn gesammelt«, so daß er sie erst noch in offener Feldschlacht hatte besiegen müssen, ehe die Freiheit hergestellt war. Daß diese Aufsässigen ihres Grundbesitzes verlustig gegangen waren, verstand sich von selbst. Aber auch sonst war es die Art der thebanischen Landesbefreier, das, was sie den Fremden genommen, für sich zu behalten, also daß damals ein Prozeß sich einleitete, der zur Zeit unserer Geschichte zwar weit vorgeschritten, aber noch nicht abgeschlossen war, sondern sich in ihrem Verlauf erst vollenden sollte; nämlich die Enteignung des alteingesessenen Gauadels von seinem Grundbesitz und die Einziehung der Güter zugunsten der thebanischen Krone, welche immer mehr zur Alleinbesitzerin alles Landes wurde und es gegen Zins verpachtete oder an Tempel und Günstlinge verschenkte, wie Pharao dem Petheprê jene Fruchtinsel im Strom zum Geschenk gemacht hatte. Aber die alten Gaufürstengeschlechter wandelten sich in einen Beamten- und Schwertadel, der Pharao Gefolgschaft leistete und Vorsteherposten in seinem Heere oder seiner Verwaltung bekleidete.

So auch Muts Sippe und adliges Geschlecht. Die Herrin Josephs stammte in gerader Linie von jenem Gaufürsten namens Teti-'an ab, der seinerzeit »die Rebellen gesammelt« und in der Schlacht hatte besiegt werden müssen, ehe er sich als befreit bekannte. Aber Pharao trug das Teti-'ans Enkeln und Urenkeln nicht nach. Das Geschlecht war groß und vornehm geblieben, es stellte dem Staate Truppenbefehlshaber, Kabinettsvorsteher und Schatzhaushüter, dem Hofe Truchsesse, Erste Wagenlenker und Vorsteher des königlichen Badezimmers, ja, einigen aus seinem Schoße blieb sogar der alte gaufürstliche Name erhalten, wenn sie nämlich Verwaltungshäupter großer Städte waren, wie Menfe oder Tine. So bekleidete Eni's Vater, Mai-Sachme, das hohe Amt eines Stadtfürsten von Wêse – eines von zweien; denn es gab einen für die Stadt der Lebenden und einen für die Totenstadt im Westen, und Mai-Sachme war Fürst der Weststadt. Als solcher lebte er, mit Joseph zu reden, in schönem

Range und konnte sich unbedingt mit Freudenöl salben, – er und die Seinen konnten das, auch Enti, sein schöngliedriges Kind, wenn sie auch keine grundbesitzende Gauprinzessin mehr, sondern eines neuzeitlichen Angestellten Tochter war. Recht wohl kann man aus dem, was ihre stadtfürstlichen Eltern über sie beschlossen, die Veränderungen ablesen, die sich seit den Tagen der Väter in der Denkungsart des Geschlechtes vollzogen hatten. Denn indem sie um freilich großer höfischer Vorteile willen ihr geliebtes Kind schon in zartem Alter Peteprê, dem zum Titelämtling zubereiteten Sohn Huijs und Tuijs, zum Weibe gaben, bewiesen sie klärlich, daß in ihnen der Fruchtbarkeitssinn ihrer bodensässig-erdverbundenen Vorfahren schon viel neuzeitliche Abschwächung erfahren hatte.

Mut war ein Kind zu der Zeit, da man auf ähnliche Art über sie verfügte, wie Potiphars spekulierende Erzeuger über das zappelnde Söhnchen verfügt hatten, indem sie es zum Höfling des Lichtes weihten. Die Ansprüche ihres Geschlechtes, über die man dabei hinwegging, diese Ansprüche, deren Bilder die wassergeschwärzte Erde und das Mond-Ei, der Ursprung alles stofflichen Lebens, sind, schlummerten stumm und keimhaft in ihr, unbewußt ihrer selbst und ohne gegen die liebevoll-lebenswidrige Verfügung den leisesten Widerspruch zu erheben. Sie war leicht, lustig, ungetrübt, frei. Sie war wie eine Wasserblüte, die auf dem Spiegel schwimmend unter den Küssen der Sonne lächelt, unberührt von dem Wissen, daß ihr langer Stengel im dunklen Schlamme der Tiefe wurzelt. Der Widerstreit zwischen ihren Augen und ihrem Munde hatte damals noch keineswegs bestanden; kindlich nichtssagende Harmonie vielmehr hatte zwischen beiden geherrscht, da ihr kecker Klein-Mädchen-Blick von verdunkelnder Strenge noch nichts gekannt hatte, die besondere Schlängelbildung des Mundes aber, mit den vertieften Winkeln, viel weniger ausgeprägt gewesen war. Die Veruneinigung beider hatte sich erst im

Lauf ihrer Lebensjahre als Mondnonne und Ehrengemahlin des Sonnenkämmerers allmählich hergestellt, zum Zeichen offenbar, daß der Mund ein den unteren Mächten verbundeneres und verwandteres Gebilde und Werkzeug ist als das Auge.

Was ihren Körper betraf, so kannte ihn jedermann nach seinem Wuchs und allen seinen Schönheiten, da die »gewebte Luft«, die hauchzart-seidigen Luxusgespinste, die sie trug, ihn nach Landessitte in jeder Linie zum allgemeinen Besten gaben. Man darf sagen, daß er nach seinem Wesensausdruck mit dem Munde mehr übereinstimmte als mit dem Auge; sein Ehrenstand hatte nicht seine Blüte gehemmt und nicht sein Schwellen gefesselt, – es war, mit seinen kleinen und festen Brüsten, dem feinen Nacken und Rücken, den zärtlichen Schultern und vollendeten Bildwerk-Armen, den edel hochstämmigen Beinen, deren obere Linien in der prangenden Hüft- und Gesäßpartie weiblichst ausschwangen, der anerkannt trefflichste Frauenleib weit und breit: Wêse kannte keinen lobenswerteren, und wie die Menschen waren, es stiegen ihnen bei seinem Anblick uralt-liebliche Traumbilder auf, Bilder des Anfangs und Vor-Anfangs, Bilder, die mit dem Mond-Ei des Ursprungs zu tun hatten: das Bild einer herrlichen Jungfrau, welche im Grunde – so recht im feuchten Grunde – die Liebesgans selber war in Jungfrauengestalt und in deren Schoß mit schlagend gespreizten Schwingen ein Prachtexemplar von Schwan sich schmiegte, ein zärtlich gewaltiger, schneeig gefiederter Gott, flatternd verliebtes Werk an der ehrenvoll Überraschten verrichtend, daß sie das Ei gebäre ...

Wahrhaftig, solche Frühbilder beleuchteten sich im Inneren von Wêse's Leuten, wo sie im Dunkel gelegen hatten, beim Anblick von Mut-em-enets durchscheinender Gestalt, obgleich sie den mondkeuschen Ehrenstand kannten, in dem die Frau lebte und der ihr an den streng blickenden Augen abzulesen war. Sie wußten, daß diese Augen maßgeblicher Zeugnis ablegten von ihrem Wesen und Wandel als der allenfalls andres besagende Mund, der wohl gewährend hätte hinablächeln können auf des Schwanes königliche Geschäftigkeit; es war ihnen bekannt, daß dieser Leib seine höchsten Augenblicke, Genugtuungen und Erfüllungen keineswegs im Empfangen solcher Besuche, sondern einzig nur dann erlebte, wenn er an hohen Tagen, die Klapper schüttelnd, im Kulttanze sich aufreckte vor Amun-Rê. Kurzum, sie sagten ihr nichts nach; es war unter ihnen kein boshaft Gerücht und Geblinzel, das diese Frau betroffen und nach ihrem Munde gelautet, ihre Augen aber der Lüge geziehen hätte. Sie hechelten scharfmäulig andere durch, die eigentlicher vermählt waren als Teti-'ans Enkelin und es dennoch kunterbunt treiben sollten im Sittenpunkt, auch Ordensdamen, auch Haremsfrauen des Gottes, auch Renenutet zum Beispiel, des Rindervorstehers Gemahlin, – man wußte was über sie, was Amuns Rindervorsteher nicht wußte oder nicht wissen wollte, man wußte mehreres und witzelte genußreich hinter ihrer Sänfte und ihrem Wagen her, wie auch hinter anderen. Von Petepre's Erster und sozusagen Rechter aber wußte man nichts in Theben und war auch überzeugt, daß es nichts zu wissen gab. Man achtete sie für eine Heilige, für eine Vorbehaltene und Aufgesparte, in Petepre's Haus und Hofe wie außerhalb, und das wollte etwas heißen bei so viel eingefleischter Lust und Liebe zum Witzeln.

Wie immer der Hörerkreis darüber denken möge – wir erachten es nicht für unsere Aufgabe, den Lebensgewohnheiten von Mizraims und im besonderen von No-Amuns Frauen- und Damenwelt nachzuspüren: Gewohnheiten, über die wir vor längerem den alten Jaakob Feierlich-Krasses haben aussagen hören. Seine Weltkundigkeit entbehrte nicht eines pathetisch-mythisierenden Einschlages, den man gut tut, in Abzug zu bringen, um nicht zu Übertreibungen zu gelangen. Aber ganz ohne Beziehung zur Wirklichkeit waren seine hohen Worte natürlich nicht. Unter Leuten, die für die Sünde weder Wort noch Verstand haben und die in Kleidern herumgehen aus gewebter Luft, Leuten, deren Tier- und Todesandacht überdies eine gewisse Fleischlichkeit der Gesinnung bedingt und befördert, ist von vornherein, noch vor aller Erfahrung und Nachweislichkeit, jene Unbedenklichkeit der Sitten wahrscheinlich, die Jaakob in dichterisch auftragenden Worten gemalt hatte. Die Erfahrung entsprach denn auch der Wahrscheinlichkeit, – mit mehr logischer Befriedigung als Bosheit stellen wir es fest. Es hieße Schnüffelei treiben, den Frauen Wêse's diese Stimmigkeit im einzelnen nachzurechnen. Hier ist nicht viel abzustreiten und viel zu verzeihen. Wir brauchten nur den Blick zwischen Renenutet, der Rindervorsteherin, und einem bestimmten, recht schmucken Unterbefehlshaber der königlichen Leibwache, ja außerdem noch zwischen derselben hochgestellten Dame und einem jungen blankköpfigen Hausbetreter vom Chonsu-Tempel hin und her gehen zu lassen, um auf Verhältnisse hinzudeuten, die Jaakobs bildliche Kennzeichnungen weitgehend rechtfertigen. Es ist nicht unsere Sache, sittenrichterlich den Stab zu brechen über Wêse – solche große Stadt, darinnen mehr als hunderttausend Menschen. Was nicht zu halten und retten ist, geben wir preis. Für eine aber legen wir die Hand ins Feuer und sind bereit, für die Untadeligkeit ihres Wandels bis zu einem gewissen Zeitpunkt, wo dieser Wandel allerdings durch Göttergewalt in ein mänadenhaftes Straucheln geriet, unser ganzes Erzähleransehen aufs Spiel zu setzen: Das ist die Tochter Mai-Sachme's, des Gaufürsten, Mut-em-enet, das Weib Potiphars. Daß sie eine Metzennatur gewesen sein sollte, der das ihr zugeschriebene Antragswort sozusagen immer auf den Lippen geschwebt und sich leicht und frech davon gelöst hätte, ist eine so verfälschende Vorstellung, daß uns an ihrer Zerstörung um der Wahrheit willen alles gelegen sein muß. Als sie das Wort schließlich mit zerbissener Zunge flüsterte, kannte sie sich selbst nicht mehr; sie war weit außer sich, aufgelöst von Leiden, ein Opfer der geißelschwingenden Rachlust unterer Mächte, denen sie durch ihren Mund verschuldet war, während ihr Auge ihnen kühle Geringschätzung bieten zu dürfen geglaubt hatte.

Die Öffnung der Augen

Es ist bekannt, daß Mut nach gutgemeinter elterlicher Übereinkunft dem Sohne Huijs und Tuijs schon im zarten Kindesalter verlobt und vermählt wurde, was um der inneren Folge willen wieder erinnert zu werden verdient, daß sie an die formelle Natur ihres Eheverhältnisses von jeher gewöhnt war und der Augenblick, der ihr Stoffliches hätte lehren können, etwas daran zu vermissen, in fließendem Dunkel lag. Es ist nicht müßig, das zu bemerken: Dem Namen nach war ihre Jungfrauenschaft schon vor der Zeit aufgehoben worden – und dabei war es geblieben. Kaum wirklich schon eine Jungfrau, eher noch halbwüchsig, fand sie sich als verwöhntes Oberhaupt eines vornehmen Frauenhauses, Gebieterin jeder Üppigkeit, auf Händen getragen von der wilden Unterwürfigkeit nackter Mohrenmädchen und zärtlich katzbuckelnder Verschnittener, die Erste und Rechte unter fünfzehn anderen im Luxus dahinvegetierenden Landesschönheiten von sehr unterschiedlicher Herkunft, die selber alle zusammen einen bloßen und leeren Luxus, ein Ehren- und Schauzubehör des Segenshauses, den ungenießbaren Liebesstaat eines Hofämtlings bildeten. Königin dieser Träumenden und Schnatternden, die an ihren Brauen hingen, in Melancholie versanken, wenn sie traurig war, in befreites Gekakel ausbrachen, wenn sie sich heiter zeigte, und übrigens hirnloserweise sich wegen kleiner, nichtssagender Gunsterweisungen Petreprê's, des Herrn, verzankten, wenn dieser, während Konfekt und Ambraschnaps gereicht wurde, in ihrer Mitte mit Mut-em-enet eine Ehrenpartie auf dem Spielbrett vollzog: Stern des Harems also, war sie zugleich das weibliche Haupt des Gesamthauses, Potiphars Gemahlin im engeren und höheren Sinn als jene Kebsen, die Herrin schlechthin, welche unter Umständen die Mutter seiner Kinder gewesen wäre, in des Anwesens Hauptgebäude nach Gefallen ein eigenes Gemach bewohnte (es war das östlich der Nordsäulenhalle gelegene, so daß diese, wo Joseph Lesedienst zu verrichten pflegte, die Zimmer der Gatten voneinander trennte); – die ferner bei den durch Tanz- und Musikdarbietungen verschönten Gastereien, welche Potiphar, Pharao's Freund, der oberen Gesellschaft Thebens in seinem Hause gab, die Wirtin und Hausfrau machte und mit ihm solche Feste in anderen Herrschaftshäusern, vor allem bei Hofe, besuchte.

Ihr Leben war angespannt und mit eleganten Pflichten dicht besetzt, – müßigen Pflichten, wenn man so will, aber die zehren nicht minder auf als bedeutende. Man weiß es aus allen Zivilisationen, wie sehr die Anforderungen des Gesellschaftslebens, der bloßen Kultur und ihrer überwuchernden Einzelheiten die Lebenskräfte vornehmer Frauen mit Beschlag belegen, so daß es überm Um und An der Form zum Eigentlichen, dem Leben der Seele und Sinne, wohl niemals kommen mag und eine kühle Leere des Herzens, entbehrungslos, soweit das Bewußtsein reicht, zur nicht einmal traurig zu nennenden Daseinsgewohnheit wird. In allen Zeiten und Zonen hat es dies Vorkommnis temperaturloser weiblicher Weltlichkeit gegeben, und man kann so weit gehen, zu sagen, daß es wenig dabei zur Sache tut, ob der Gemahl, an dessen Seite ein solches Groß-Damen-Leben verbracht wird, ein Truppenoberst wirklichen Sinnes oder nur nach dem Hoftitel ist. Das Ritual des Toilettentisches etwa bleibt gleich anspruchsvoll, ob es nun darauf abzielt, eines Gatten Begehren lebendig zu erhalten, oder ob es als Zweck seiner selbst, rein um der sozialen Pflicht willen geübt wird.

Mut, wie jede ihrer Standesgenossinnen, widmete ihm täglich ganze Stundenfolgen. Bei seinem Vollzuge: der peinlich entwickelten Pflege ihrer emaillehaft schimmernden Finger- und Fußnägel; den Duftbädern, Enthaarungspraktiken, Salbungen und Knetungen, denen sie die Wohlgestalt ihres Körpers unterwarf; den heiklen Ausmalungen und Träufelungen, deren Gegenstand ihre ohnehin schönen, in der Iris metallblauen und in mancherlei Winken und Blinken geübten, durch die Hohe Schule der Schminktafel, des nachziehenden Spitzpinsels und blickversüßender Mittel aber zu wahren Kleinodien und Geschmeidestücken erhobenen Augen waren; dem Dienst ihrer Haare, der eigenen sowohl, die ein halbkurzes Gedränge glanzschwarzer und gern mit Blau- oder Goldpuder bestäubter Locken waren, sowie der verschieden gefärbten, in Zöpfen, Flechten, Tressen und befransten Perlengehängen gestalteten Perücken – hierbei wie bei der zartfingrigen Verpassung der blütenhaften Gewänder mit ihren gestickten und leierförmig gebügelten Hüftschärpenbändern und kleinlich gefältelten Schulterüberfällen, der Auswahl des auf Knien dargebotenen Schmuckes für Haupt, Brust und Arme: bei alledem hatten die nackten Mohrenmädchen, Friseur-Eunuchen und Schneiderzofen nichts zu lachen, und auch Mut lachte niemals dabei, denn eine Unachtsamkeit, ein leichtes Versäumnis in Dingen dieser Kultur hätte das Gerede der schönen Welt, einen Bosheitsskandal bei Hofe hervorgerufen.

Es waren dann die Besuche bei gleichlebenden Freundinnen, zu denen sie sich tragen ließ oder die sie bei sich empfing. Es war der Dienst im Palaste Merimat, bei Teje, dem Gottesweibe, zu deren Ehrenstaat Mut gehörte, – sie trug den Wedel so gut wie Peteprê, ihr Gemahl, und war gehalten, an den nächtlichen Wasserfesten teilzunehmen, die Amuns Empfängerin auf dem durch Pharao's Wort hervorgerufenen Kunstsee des königlichen Gartens veranstaltete und deren Schönheit in die sprühenden Tinten jüngst erfundener Buntfeuerfackeln getaucht war. Es waren ferner – der Name der Gottesgebärerin bringt uns darauf zurück – die vielerwähnten, fromm-bedeutenden Ehren-Obliegenheiten, in denen das Gesellschaftlich-Elegante ins Geistlich-Priesterliche überging und die wie keine anderen den hochmütig-strengen Ausdruck ihrer Augen bestimmten: die Pflichten also, die ihr aus ihrer Eigenschaft als Mitglied des Hathoren-Ordens und Haremsfrau Amuns, als Trägerin der Kuhhörner mit der Sonnenscheibe dazwischen, kurzum, als zeitweilige Göttin erwuchsen. Es ist sonderbar zu sagen, inwiefern diese Seite und Funktion von Eni's Leben dazu beitrug, die Weltkälte der großen Dame zu erhöhen und ihr das Herz leer zu halten von weicheren Träumen. Sie tat es im Zusammenhang mit der Titelhaftigkeit ihrer Ehe, – mit der sie an sich selbst gar keinen notwendigen Zusammenhang hatte. Amuns Frauenhaus war nicht im geringsten ein Haus der Unberührten. Enthaltsamkeit des Fleisches war dem Gottescharakter der Großen Mutter fern, die sich in Mut und ihren Genossinnen festlicherweise verkörperte. Die Königin, Gottes Beischläferin und Gebärerin der Folgesonne, war Schutzherrin des Ordens. Seine Oberin war, wie schon da und dort erwähnt, eine Ehefrau, die Gattin von Amuns gewichtigem Groß-Propheten, und ganz überwiegend aus Ehefrauen, gleich Renenutet, der Gattin des Rindervorstehers (von ihrem weiteren Verhalten zu schweigen), setzte er sich zusammen. Nur insofern, in Wahrheit, hatte Muts Tempelamt mit ihrer Ehe zu tun, als sie das eine der anderen gesellschaftlich verdankte. Sie aber tat in ihrem Inneren auf eigene Hand das, was Huij, der Heisere, im Gespräch mit seiner greisen Bettschwester getan hatte: sie setzte ihr Priesterinnentum zu der Besonderheit ihrer Ehe in Beziehung, sie fand, ohne es geradezu in Worte zu fassen, Mittel und Wege, zum Ausdruck zu bringen, daß sie es als sehr passend, ja als das eigentlich Rechte für eine Nebenfrau des Gottes erachte, wenn ihr irdischer Gemahl wie Peteprê beschaffen sei; sie wußte diese ihre Auffassung der Gesellschaft einzugeben und mitzuteilen, so daß rückwirkend diese ihr bei ihrer Aufrechterhaltung behilflich war und ihre Stellung im Kreis der Hathoren im Lichte der Gotteskeuschheit und Aufgespartheit sah, woraus viel mehr noch als aus Muts schöner Stimme und Tanzkunst sich die Vorzüglichkeit dieser Stellung, der hohen Oberin fast zur Seite, stillschweigend ergab. Das war das Werk ihres Gedankenwillens, der Gestalt annahm in der Welt und ihr die Über-Tröstungen schuf, nach denen es sie aus stummen Tiefen verlangte.

Eine Nymphe? Ein lockeres Frauenzimmer? Es ist wahrhaft zum Lachen. Eine elegante Heilige war Mut-em-enet, eine weltkühle Mondnonne, deren Lebenskräfte teils von einer anspruchsvollen Zivilisation verzehrt wurden, teils sozusagen Tempelgut waren und in geistlichem Stolze aufgingen. So hatte sie gelebt als Potiphars Erste und Rechte, hochgepflegt, auf Händen getragen, in ihrem Selbstgenügen bekräftigt durch allseitig-kniefällige Verehrung, von Wünschen aus jener Sphäre, die sich in ihrem Schlängelmund manifestierte, von Gänsewünschen, um es kurz und schlagend zu sagen, nicht einmal im Traume berührt. Denn es ist falsch, den Traum für Wild- und Freigebiet zu erachten, worin das tags Verpönte zu wuchernder Schadloshaltung sich beliebig hervortun dürfte. Was gründlich unbekannt ist der Wachheit und rein davon ausgesperrt, das kennt auch der Traum nicht. Die Grenze zwischen beiden Gebieten ist fließend und durchlässig; *ein* Seelenraum ist es, durch den sie unsicher läuft, und daß er für das Gewissen, den Stolz unteilbar ist, bewies die Verwirrung, bewiesen die Scham und die Panik, die Mut nicht erst beim Erwachen, sondern sogleich schon im Traume befielen, als sie zum erstenmal nächtens von Joseph träumte.

Wann geschah das? Man zählt die Lebensjahre nur lässig bei

ihr zu Hause, und weitgehend abhängig von den Gewohnheiten der Welt unserer Erzählung, lassen auch wir uns mit beiläufigen Schätzungen genügen. Eni stand sicher um mehrere Jahre hinter ihrem Gemahl zurück, den man bei Josephs Ankauf als einen Mann Ende Dreißig kennengelernt hat und der unterdessen um rund sieben Jahre zugenommen hatte. Sie war also nicht etwa Mitte Vierzig, wie er, es fehlte viel daran; aber eine reife Frau war sie immerhin, dem Joseph an Jahren unleugbar voran – um wie viele, das auszuklügeln spüren wir Abneigung, und zwar aus moralischem Respekt vor einer hohen, weibliche Altersunterschiede fast einebnenden kosmetischen Kultur, deren Ergebnissen, sinnengültig wie sie sind, eine höhere Wahrheit zukommt als denen des Rechenstiftes. Seit Joseph die Herrin zuerst auf goldner Trage hatte vorüberschweben sehen, hatte er sich – und zwar im Sinne weiblicher Anteilnahme gesprochen – zu seinem Vorteil verändert, nicht aber sie, wenigstens für den nicht, der sie ununterbrochen seither gesehen. Wehe den Salbsklavinnen und Massage-Verschnittenen, wenn diese Jahre gegen ihren Wuchs etwas auszurichten vermocht hätten! Aber auch ihr Gesicht, das mit seiner Sattelnase und den eigentümlichen Schattenklüften der Wangen niemals eigentlich schön gewesen war, behauptete dieselbe Schwebe zwischen Übereinkunft und Naturlaune, Modeprägung und unregelmäßigem Reiz, in der es sich damals befunden; der leise beunruhigende Widerspruch aber zwischen Augen und Schlängelmund hatte sich in diesen Jahren noch deutlich verstärkt, und geneigt, im Beunruhigenden das Schöne zu sehen – es gibt diese Neigung –, konnte man sogar finden, daß sie unterdessen schöner geworden sei.

Andererseits war Josephs Schönheit zu dieser Frist dem Stadium vormännlicher Jugendanmut entwachsen, auf der wir sie seinerzeit zu würdigen hatten. Er war bei vierundzwanzig Jahren noch immer und erst recht zum Gaffen schön, aber seine

Schönheit war über den Doppelreiz jener Frühe hinausgereift, sie bewahrte wohl ihre allgemein gewinnende Wirkung, hatte aber ihre Gefühlswirksamkeit viel entschiedener in einer Richtung, nämlich in der auf den weiblichen Sinn gesammelt. Dabei hatte sie sich, indem sie männlicher wurde, sogar veredelt. Sein Gesicht war die anmutig verfängliche Beduinenbubenphysiognomie von ehedem nicht mehr; es bewahrte Spuren davon, besonders wenn er, obgleich nichts weniger als kurzsichtig, die Rahelaugen nach Art der Mutter auf eine gewisse schleiernde Weise schmal zusammenzog, war aber voller, ernster, auch dunkler von Oberägyptens Sonne, dabei in den Zügen regelmäßiger, vornehmer geworden. Von den Veränderungen, die sich an seiner Figur und, ein Erzeugnis nicht nur der Jahre, sondern auch der Aufgaben, in die er hineingewachsen, in seinen Bewegungen, dem Klang seiner Stimme vollzogen hatten, wurde schon beiläufig Notiz genommen. Dazu aber kam, als Werk der Landeskultur, eine Verfeinerung seines Äußeren, die nicht außer acht gelassen werden darf, wenn seine damalige Erscheinung richtig vor Augen stehen soll. Man muß ihn sich in der weißen Linnentracht eines Ägypters gehobeneren Standes denken, bei der die Unterkleidung durch die obere schimmerte und deren weite und kurze Ärmel die an den Handgelenken mit Emailleringen geschmückten Unterarme frei ließen; den Kopf bedeckt bei strengeren Gelegenheiten – denn bei bequemeren zeigte er sein eigenes glattes Haar – mit einer leichten Kunstperücke, welche, die Mitte haltend zwischen Kopftuch und Haartour, aus bester Schafwolle, dem oberen Kopf in sehr feinen und gleichlaufend dichten Strähnen, ähnlich gerippter Seide, anlag und so auch in den Nacken reichte, aber von einer bestimmten, schräg laufenden Linie an die Faktur wechselte und in kleinen und ebenmäßigen, wie Dachziegel sich ineinander schiebenden Löckchen auf die Schultern hinabfiel; um den Hals noch außer dem bunten

Kragen eine aus Rohr und Gold gefertigte Flachkette, an der ein schützender Skarabäus hing; die Miene ein wenig ins hieratisch Bildmäßige verfremdet durch Künstlichkeiten, die er anpassungswillig in seine Morgentoilette aufgenommen hatte, eine ebenmäßig nachziehende Verstärkung der Brauen, eine lineare Verlängerung der oberen Augenlider gegen die Schläfen hin: so ging er, wohl einen langen Stab vor sich hinsetzend, als des Vorstehers oberster Mund durch die Wirtschaft, so fuhr er zu Markte, so stand er bei Tafel, den Dienern winkend, hinter Peteprê's Stuhl, – so sah ihn die Herrin, im Saal oder wenn er im Frauenhause erschien und etwa vor sie selber trat, um irgendeiner Verordnung wegen in unterwürfiger Haltung und Sprache vor ihr zu reden, – erst so sah sie ihn überhaupt; denn vorher, als nichtigen Käufling und noch zu Zeiten, da er dem Potiphar schon das Herz zu erwärmen gewußt, hatte sie ihn überhaupt nicht gesehen, ja, als er im Hause schon wuchs wie an einer Quelle, waren immer noch Dûdu's klagende Hinweise nötig gewesen, um ihr für seine Person die Augen zu öffnen.

Dabei war selbst diese Augenöffnung, vollzogen durch den Kalbsfuß der Zunge Dûdu's, noch weit entfernt von Vollständigkeit: strenge Neugier allein war der Sinn ihres Ausschauens nach dem Sklaven, von dessen anstößigem Wachstum im Hause sie hatte hören müssen. Das Gefährliche (wie man sich ausdrücken muß, wenn einem an ihrem Stolz, ihrer Ruhe gelegen ist) war nur, daß es eben Joseph war, auf den dabei ihre Augen trafen, dessen Augen den ihren sekundenweise dabei begegneten, – ein wirklich schwerwiegender Umstand, der dem kleinen Bes auf Grund seiner Zwergenweisheit sofort die Angst und Ahnung eingeflößt hatte, daß der boshafte Dûdu hier etwas anrichte, was über seine Bosheit hinausging, und daß die Augenöffnung eine verderbliche Vollständigkeit gewinnen möchte. Eingeborene Schreckensfremdheit gegen Mächte, die er im

Bilde des feuerschnaubenden Stieres sah, machte ihn empfänglich für solche Ahnungen. Joseph aber, aus sträflichem Leichtsinn – wir sind nicht willens, ihn in diesem Punkte zu schonen – hatte ihn nicht verstehen wollen und getan, als fasele der Wezir, ungeachtet, daß er im Grunde eines Sinnes mit dem Wispernden war. Denn auch er legte weniger Wert und Gewicht darauf, welchen Sinn die Augenblicke im Saale hatten, als vielmehr darauf, daß sie überhaupt stattfanden, und tat sich in seinem Herzen ein ganz Törichtes darauf zugute, daß er kein Stück im Raum mehr war für die Herrin, sondern daß sie persönlichen Blick für ihn hatte, wenn auch zornigen Blick. – Und unsere Eni?

Nun, diese war auch nicht klüger. Auch sie hätte den Zwerg nicht verstehen wollen. Daß sie mit Zorn und Strenge nach Joseph schaute, dünkte sie hinlängliche Entschuldigung dafür, daß sie überhaupt nach ihm schaute, – ein völliger Irrtum von Anfang an, verzeihlich, bevor sie wußte, wen sie sah, wenn sie sah, dann aber ein in immer wachsendem Maße freiwilliger und sträflicher Irrtum. Die Unglückliche wollte nicht bemerken, daß von der »strengen Neugier«, mit der sie nach ihres Gatten Leibdiener ausschaute, die Strenge allmählich abfiel und auch die übrigbleibende Neugier bald schon anderen, selig-unseligeren Namen verdiente. Sie bildete sich ein, an dem Gegenstand der Beschwerden Dûdu's, dem Ärgernis von Josephs Wachstum, sachlich starken Anteil zu nehmen; sie fühlte sich berechtigt und verpflichtet zu solcher Anteilnahme durch ihre religiöse oder, was dasselbe war, politische Stellung und Parteizugehörigkeit, durch ihre Verbundenheit mit Amun, der das Überhandnehmen eines chabirischen Sklaven im Hause als beleidigend empfinden und eine Nachgiebigkeit gegen Atum-Rê's asiatische Neigungen darin erblicken mußte. Die Schwere des Ärgernisses mußte herhalten, das Vergnügen zu rechtfertigen, das ihr die Beschäftigung damit gewährte und das sie

Sorge und Eifer nannte. Die Fähigkeit des Menschen zum Selbstbetrug ist erstaunlich. Wenn Mut, von gesellschaftlichen Pflichten für eine kurze Sommer- oder längere Winterstunde frei, sich am Rande des viereckigen Wasserbeckens mit Buntfischlein und schwimmenden Lotuskelchen, welches in den Estrich der offenen Pfeilerhalle des Frauenhauses eingelassen war, auf ihrem Ruhebett ausstreckte, um nachzudenken, während an der Rückwand der Halle eine kleine Nubierin mit stark gefetteter Lockenfrisur kauerte, die die Gedanken der Herrin mit zartem Saitenspiel zu begleiten hatte, – so war sie überzeugt von ihrer Absicht, bei sich die Frage zu erörtern, wie trotz dem Eigensinn ihres Gatten und der abschweifenden Großartigkeit des Beknechons dem Übel zu steuern sei, daß ein Sklave von Zahi-Land, von den Ibrim einer, dermaßen im Hause wachse, und wegen der Wichtigkeit der Sache wunderte sie sich nicht darüber, daß sie sich auf das Nachdenken darüber freute, – während sie es doch beinahe schon wußte, daß diese Freude von gar nichts anderem herrührte, als daß sie vorhatte, an Joseph zu denken. Wenn nicht das Erbarmen es hinderte, könnte man ärgerlich werden über so viel Verblendung. Es fiel der Frau auch nicht auf, daß sie angefangen hatte, sich auf die Mahlzeiten zu freuen, bei denen sie Joseph sehen würde. Sie wähnte, daß diese Freude den strafenden Blicken gelte, die sie ihm zu senden beabsichtigte. Es ist kläglich, aber sie merkte nicht, daß ihr Schlängelmund verloren lächelte, wenn sie daran dachte, wie sein Blick in erschrockener Demut unterm Lidschlag verging, da er der Strenge des ihren begegnete. Wenn nur zugleich ihre Brauen zusammengezogen waren vor Unmut über des Hauses Ärgernis, so meinte sie, genüge das. Hätte kleine Weisheit sie ängstlich gewarnt vor dem Feuerstier und sie aufmerksam machen wollen, daß ihr Lebensbau, künstlich wie er war, ins Wanken geraten sei und über den Haufen zu stürzen drohe, so hätte rasch vielleicht auch ihr Gesicht sich rötlich getrübt, aber sie würde das, hätte man es ihr vorgehalten, für den Ausdruck des Unwillens über ein so konfuses Gefasel erklärt haben und sich nicht genug tun können in Betonungen heiter-heuchlerisch-übertriebener Verständnislosigkeit für solche Besorgnisse. Wer soll mit diesen unnatürlich dick aufgetragenen Akzenten betrogen werden? Der Warner? Ach, sie sollen dazu dienen, den Weg der Abenteuer zu decken, den es die liebe Seele um jeden Preis zu gehen verlangt. Sich ein X für ein U zu machen, bis es zu spät ist, darauf kommt's an. Gestört, geweckt, zu sich selbst gerufen zu werden, ehe es zu spät ist, das ist die »Gefahr«, die damit in bejammernswerter Schläue abgewehrt werden soll. Bejammernswert? Der Menschenfreund sehe zu, daß er nicht durch schlecht angebrachtes Mitleid in ein komisches Licht gerate. Seine gutgläubige Annahme, dem Menschen sei es im tiefsten Grunde um Ruhe, um Frieden, um die Bewahrung seines doch oft mit so viel Kunst und Sorgfalt errichteten und gesicherten Lebensgebäudes vor Erschütterungen oder gar vor dem Zusammenbruch zu tun, ist, gelinde gesagt, unbewiesen. Erfahrungen, die man nicht vereinzelt nennen kann, sprechen dafür, daß er es vielmehr geradeswegs auf seine Seligkeit und sein Verderben abgesehen hat und es niemandem auch nur im geringsten dankt, der ihn davon zurückhalten will. In diesem Fall – bitte sehr!

Enti angehend, so hat der Menschenfreund nicht ohne Bitterkeit festzustellen, daß es ihr spielend gelang, über den Augenblick hinwegzukommen, in dem es noch nicht zu spät und sie noch nicht verloren war. Eine selig-entsetzliche Ahnung davon, daß sie es sei, vermittelte ihr schon der vorläufig erwähnte Traum, den sie von Joseph träumte: und nun freilich fuhr's ihr in die Glieder. Nun freilich fiel ihr ein, daß sie ein vernunftbegabtes Wesen sei, und nun handelte sie danach: das heißt, sie ahmte sozusagen ein vernunftbegabtes Wesen nach und handelte mechanisch *wie* ein solches, nicht aber eigentlich *als* ein solches. Sie tat Schritte, denen sie Erfolg in Wahrheit bereits nicht mehr wünschen konnte, – eine wirre und unwürdige Art von Schritten, vor denen der Menschenfreund am liebsten das Haupt verhüllte, wenn er nicht eben sorgen müßte, sein Erbarmen schlecht anzubringen.

Träume in Worte zu fassen und zu erzählen, ist darum fast untunlich, weil auf die sagbare Substanz eines Traumes sehr wenig, nahezu alles dagegen auf sein Aroma und Fluidum ankommt, den unerzählbaren Sinn und Geist von Grauen oder Beglückung – oder auch beidem –, womit er durchtränkt ist und mit dem er oft die Seele des Träumenden noch lange nachwirkend erfüllt. In unserer Geschichte spielen Träume eine entscheidende Rolle: ihr Held träumte groß und kindisch, und andere Personen darin werden träumen. Aber in welche Verlegenheit stürzte sie alle die Aufgabe, anderen ihr inneres Erlebnis auch nur annähernd mitzuteilen, wie unbefriedigend für sie selbst verlief jedesmal der Versuch! Man braucht nur an Josephs Traum von Sonne, Mond und Sternen und daran zu denken, wie hilflos abgerissen der Träumer damit herausrückte. Wir wären also entschuldigt, wenn es uns nicht gelingen sollte, durch die Erzählung von Mut-em-enets Traum den Eindruck ganz begreiflich zu machen, den sie, die Träumende, durch ihn empfing und den sie daraus davontrug. Auf jeden Fall haben wir schon zu oft auf ihn angespielt, als daß wir jetzt noch damit zurückhalten dürften.

Ihr träumte also, sie säße zu Tisch im Saal der blauen Säulen, auf der Estrade, in ihrem Schemelstuhl zur Seite des alten Huij, und nähme das Mahl in der schonenden Stille, die immer herrschte bei der Prozedur. Doch war die Stille besonders schonend und tief diesmal, da die vier Speisenden nicht nur sich jedes Wortes enthielten, sondern auch ihr Hantieren beim Essen lautlos zu halten bestrebt waren, also daß man in der Stille die durcheinander gehenden Atemzüge der tätigen Dienerschaft deutlich vernahm, und zwar so deutlich, daß zu vermuten war, man würde sie auch bei minder schonender Stille unterschieden haben, denn sie waren schon mehr ein Keuchen. Dieses hastig-leise Gekeuch war beunruhigend, und vielleicht weil Mut darauf horchte, vielleicht auch aus einem anderen Grunde noch gab sie auf das Tun ihrer Hände nicht hinlänglich acht und tat sich ein Leides. Denn sie war im Begriffe, mit einem scharf geschliffenen Bronzemesserchen einen Granatapfel zu zerteilen, und aus Zerstreutheit glitt ihr die Schärfe aus und fuhr ihr in die Hand, ziemlich tief ins Weiche hinein, zwischen dem Daumen und den vier Fingern, so daß es blutete. Es war eine ausgiebige Blutung, von Rubinröte wie der Saft des Granatapfels, und mit Scham und Kummer sah sie sie quellen. Ja, sie schämte sich sehr ihres Blutes, so schön rubinrot es war, wohl auch weil sie sofort und unvermeidlicherweise ihr blütenweißes Gewand damit befleckte, aber auch sonst noch und von der Befleckung abgesehen schämte sie sich über Gebühr und suchte ihr Bluten auf alle Weise vor denen im Saal zu verbergen und zu verhüllen: mit Erfolg, wie es schien oder scheinen sollte; denn alle gaben sich beflissen die Miene – und zwar auf mehr oder weniger natürliche und glaubhafte Weise –, als hätten sie von Muts Mißgeschick nichts bemerkt, und niemand kümmerte sich um ihre Not, was die Verwundete nun doch wieder vergrämte. Aufzeigen wollte sie nicht, daß sie blute, nämlich aus Scham; aber daß niemand es sehen wollte, keiner den Finger zu ihrer Hilfe rührte und alle wie auf Verabredung sie ganz sich selbst überließen, empörte sie wahrlich im Herzensgrund. Ihre Bedienerin, die Gezierte im Spinneweb, beugte sich angelegentlich über Muts einsäuliges Speisetischchen, als gebe es dort sehr dringlich etwas zu ordnen. Der alte Huij, zu ihrer Seite, prepelte zahnlos und kopfwackelnd an einer Rolle weingetränkter Ringkuchen, aufgereiht an einem vergoldeten Schenkelknochen, den er mit der Greisenhand an einem Ende hielt, und tat, als sei er gänzlich vom Prepeln in Anspruch genommen. Peteprê, der Herr, hielt seinen Becher hinter sich über die Schulter, damit sein syrischer Mundschenk und Leibsklave ihn wieder fülle. Und seine Mutter, die alte Tuij, nickte der Ratlosen sogar mit ihren Blindritzen im großen weißen Gesicht ermunternd zu, wobei ungewiß blieb, wie sie es meinte und ob sie der Bedrängnis Eni's achthabe oder nicht. Diese aber, in ihrem Traum, blutete schamhaft weiter und färbte ihr Kleid, still erbittert über die allgemeine Gleichgültigkeit und dazu noch mit davon unabhängigem Kummer, der ihrem hochroten Blute selber galt. Denn das immerfort sikkernde und quellende reute sie unbeschreiblich; schade, so schade war es ihr drum und ein tiefer, unsäglicher Jammer der Seele, nicht um sich selbst und ihr Ungemach, sondern ums liebe Blut, daß es ihr so dahinfloß, und sie schluchzte kurz auf ohne Tränen vor Trauer. Da fiel ihr ein, daß sie über diesem Leid ihre Pflicht versäume, strafend auszuschauen, um Amuns willen, nach des Hauses Ärgernis, dem kenanitischen Sklaven, der darin wuchs wider alle Gebühr; und sie verfinsterte ihre Brauen und blickte streng hinüber zu dem Gemeinten hinter Peteprê's Stuhl, dem Jünglinge Osarsiph. Dieser aber, als fühle er sich durch ihr strenges Blicken gerufen, verließ den Platz seines Amtes und kam, und näherte sich ihr. Und war ihr nahe, und seine Nähe war ihr sehr spürbar. Aber genähert hat er sich ihr, um ihr das Blut zu stillen. Denn er nahm ihre verletzte Hand und führte sie an seinen Mund, so daß die vier Finger an seiner einen Wange lagen und der Daumen an seiner anderen, aber die Wunde an seinen Lippen. Darüber stand ihr das Blut still vor Entzücken und war gestillt. Im Saale aber ging's widrig und ängstlich zu, während ihr dieses Heil geschah. Die Dienenden, so viele ihrer waren, liefen gleichwie verstört, auf leisen Sohlen zwar, doch im Chore keuchend durcheinander; Peteprê, der

Herr, hatte sein Haupt verhüllt, und den Gebeugten, Verdeckten betastete mit beiden gespreizten Händen seine Gebärerin, indem sie verzweifelt das emporgewandte Blindgesicht über ihm hin und her bewegte. Den alten Tuij aber sah Eni aufrecht stehen und ihr drohen mit seinem goldenen, von Kuchen leergeprepelten Schenkelknochen, während sein Mund überm trüben Bärtchen sich auf- und zutat in lautloser Schmährede. Die Götter wußten, was sein zahnloser Mund mit der innen arbeitenden Zunge da Grausiges formte, aber es mochte zuletzt wohl eines Sinnes sein mit dem, was die durcheinander laufenden Diener keuchten. Denn aus ihrem Atemchor löste sich flüsternde Lautgestalt, also: »Dem Feuer, dem Flusse, den Hunden, dem Krokodil«, und dies immer wieder. Eni hatte den schrecklichen Flüsterchor noch deutlich im Ohr, als sie dem Traume enttauchte, kalt vor Grauen und heiß gleich wieder danach vor Wonne des Heils, wissend, daß sie der Schlag der Lebensrute getroffen hatte.

Die Gatten

Nach dieser Augenöffnung beschloß Mut, sich wie ein vernunftbegabtes Wesen zu benehmen und einen Schritt zu tun, der sich sehen lassen konnte vor dem Stuhl der Vernunft, da er klar und unbestreitbar darauf abzielte, daß Joseph ihr aus den Augen komme. Sie wurde nach besten Kräften vorstellig bei Peteprê, ihrem Gemahl, wegen seines Dieners Entfernung.

Sie hatte den Tag nach der Nacht des Traumes in Einsamkeit verbracht, zurückgezogen von ihren Schwestern und ohne Besuch zu empfangen. Am Wasserbecken ihres Hofs hatte sie gesessen und über die flitzenden Fischlein hin geblickt, »sich festsehend«, wie man es nennt, wenn der Blick sich starr in der Luft verliert und ohne Objekt in sich selber verschwimmt. Dabei aber, mitten aus schwimmender Starre, hatten ihre Augen sich plötzlich schreckhaft erweitert, sich äußerst weit aufgerissen wie im Entsetzen, doch ohne sich aus dem Nichts zu lösen, während zugleich ihr Mund sich aufgetan und rasch die Luft in die Kehle gezogen hatte. Dann wieder waren ihre Augen zur Ruhe zurückgekehrt aus der Schreckenserweiterung, unwissentlich aber hatte ihr Mund bei sich vertiefenden Winkeln zu lächeln begonnen und unbewacht unter den sinnenden Augen dahingelächelt minutenlang, bis sie's gewahr ward und aufschreckend die Hand auf die vagabundierenden Lippen preßte, den Daumen an einer Wange und drüben die andern vier Finger. »Ihr Götter!« hatte sie dabei gemurmelt. Dann hatte alles von vorn begonnen, das Traumstarren, das Luftschnappen, das bewußtlose Sichverlächeln und die erschrockene Entdeckung desselben, bis Eni kurz und gut beschlossen hatte, allem ein Ende zu machen.

Gegen Sonnenuntergang hatte sie feststellen lassen, daß Peteprê, der Herr, im Hause war, und die Mägde geheißen, sie zum Besuche bei ihm zu schmücken.

Der Höfling hielt sich in der Westhalle seines Hauses auf, deren Ausblick auf den Baumgarten und die Flanke des Lusttempelchens auf seinem Hügel ging. Abendröte, zwischen den leichten und bunten Pfeilern der Außenseite einfallend, begann den Raum zu füllen und tönte die eigentlich blassen Farben der Malereien satter, die von lässiger Künstlerhand auf den Stucküberzug des Fußbodens, der Wände und der Decke waren geworfen worden, flatternde Vögel schildernd überm Sumpf, springende Kälber, Teiche mit Enten, eine Rinderherde, die von Hirten durch die Furt eines Flusses getrieben wurde, beobachtet von einem aus dem Wasser schauenden Krokodil. Die Fresken der Rückwand, zwischen den Türen, welche die Halle mit dem Speisezimmer verbanden, stellten sogar den Hausherrn selber dar, wie er leibte und lebte, und ahmten seine Heimkehr nach nebst der Beflissenheit der Diener, alles nach seiner Gewohnheit vor ihm zu bereiten. Glasige Kacheleinlagen umrahmten die Türen, bunt beschrieben in Blau, Rot und Grün auf kamelfarbenem Grund in Bilderschrift mit Sprüchen guter alter Autoren und Worten aus Götterhymnen. Eine Art von Empore oder Terrasse mit Schemelstufe und ein Stück an der Wand hinaufreichender Rücklehne zog sich hier zwischen den Türen hin, aus Lehm, mit weißem Stuck überzogen und an den Vorderflächen farbig beschriftet. Sie diente als Podium für abzustellende Dinge, Kunstwerke, jene Geschenke, von denen die Hallen Peteprê's voll waren, aber auch als Sitzbank; und so saß er denn jetzt auch, der Würdenträger, in der Mitte ihrer Länge auf einem Kissen, die Füße zusammengestellt auf dem Stufenschemel, neben sich nach beiden Seiten hin aufgereiht solche schönen Gegenstände wie Tiere, Götterbilder und Königssphinxe aus Gold, Malachit und Elfenbein, in seinem Rücken die Eulen, Falken, Enten, gezackten Wasserlinien und anderen Sinnbilder der Inschriften. Er hatte es sich bequem gemacht, indem er sich der Kleider bis auf den Schurz aus starkem weißen Leinen, knielang, mit breitem gestärkten Durchziehband, entledigt hatte. (Sein Obergewand, sein Stock und seine daran befestigten Sandalen lagen auf einem löwenfüßigen Lehnsessel neben einer der Türen.) Doch gestattete er seiner Haltung keine lasse Bequemlichkeit, sondern saß aufrecht durchaus, die kleinen Hände, fast winzig in der Tat gegen die Massigkeit des Körpers, vor sich im Schoße ausgestreckt, sehr gerade getragen den ebenfalls im Verhältnis so zierlichen Kopf mit dem vornehm gebogenen Näschen, dem feingeschnittenen Mund, und blickte, ein fettes, doch nobles und würdig gesammeltes Sitzbild, die gewaltigen Unterschenkel gleichstehend wie Säulen, die Arme wie die einer dicken Frau, die Brüste gepolstert vortretend, aus sanften, langbewimperten braunen Augen vor sich hin durch die Halle in den sich rötenden Abend hinaus. Bei aller Beleibtheit hatte er keinen Bauch. Er war sogar eher schmal um die Hüften. Doch fiel sein Nabel auf, der außergewöhnlich groß und waagerecht in die Länge gezogen war, so daß er mundartig wirkte.

Schon lange saß Peteprê so in würdiger Regungslosigkeit, einem durch Haltung geadelten Nichtstun. In seinem Grabe, das auf ihn wartete, würde eine lebensgroße Nachahmung seiner Person, etwa in einer Scheintür stehend, im Dunkel mit derselben unbeweglichen Ruhe, die er hier übte, aus braunen Glasaugen auf sein ewiges Hauswesen, das mitgegebene und das Zaubers halber an die Wand gemalte, blicken – in Ewigkeit. Die Standfigur würde einerlei sein mit ihm, – er nahm die Identität vorweg, indem er saß und sich ewig machte. In seinem Rücken und an dem Schemel seiner Füße redeten die rot-blaugrünen Bildinschriften ihren Sinn; zu seinen Seiten reihten sich die Geschenke Pharao's; vollendet der Formgesinnung Ägyptens gemäß waren die bemalten Pfeiler seiner Halle, zwischen denen hindurch er in den Abend schaute. Umgebender Besitz begünstigt die Unbeweglichkeit. Man läßt ihn beharren in seiner Schönheit und beharrt, die Glieder geordnet, in seiner Mitte. Auch kommt Beweglichkeit eher den zeugend gegen die Welt Geöffneten zu, die säen und ausgeben und sterbend sich in ihrem Samen zerlösen, – nicht einem gleich Peteprê Beschaffenen in der Geschlossenheit seines Daseins. Ebenmäßig in sich versammelt saß er, ohne Ausgang zur Welt und unzugänglich dem Tode der Zeugung, ewig, ein Gott in seiner Kapelle.

Ein schwarzer Schatten glitt seitlich der Richtung seines Blickes lautlos zwischen den Pfeilern herein, nur Umriß und Dunkelheit vor dem Abendrot, schon tief geduckt im Erscheinen, und blieb stumm, die Stirn zwischen den Händen am Boden. Er wandte langsam die Augäpfel dorthin: es war eines von Muts nackten Mohrenmädchen, ein Tierchen. Er besann sich blinzelnd. Dann hob er leicht, nur aus dem Gelenk, eine Hand vom Knie und befahl:

»Sprich.«

Sie riß die Stirn vom Estrich, rollte die Augen und stieß mit der heiseren Stimme der Wildnis die Antwort hervor:

»Die Herrin ist nahe dem Herrn und wünschte ihm näher zu sein.«

Er besann sich noch einmal. Dann erwiderte er:

»Gewährt.«

Rückwärts entschwand das Tierchen über die Schwelle. Peteprê saß, die Brauen emporgezogen. Nur wenige Augenblicke, und Mut-em-enet stand an derselben Stelle, wo die Sklavin gekauert hatte. Mit anliegenden Ellbogen streckte sie beide Handflächen gegen ihn aus wie zu einer Darbringung. Er sah, daß sie dicht gekleidet war. Über dem engen, knöchellangen Unterkleide trug sie ein zweites, mantelartig weites und ganz in Preßfalten gelegtes Obergewand. Ihre schattigen Wangen waren von einem dunkelblauen Perückentuch eingerahmt, das ihr auf die Schultern und in den Nacken fiel und von einem gestickten Schleifenbande umfaßt war. Auf ihrem Scheitel stand ein Salbkegel, der durchlöchert und durch den der Stengel eines Lotus gezogen war. In einigem Abstande bog sich dieser über die Rundung ihres Kopfes, während die Blüte über der Stirn schwebte. Dunkel blitzten die Steine ihres Kragenschmuckes und ihrer Armbänder.

Auch Peteprê hob grüßend die kleinen Hände gegen sie und führte den Rücken der einen zum Kuß an die Lippen.

»Blume der Länder!« sagte er im Ton der Überraschung. »Schöngesichtige, die einen Platz hat im Hause des Amun! Einzig Hübsche mit reinen Händen, wenn sie das Sistrum trägt, und mit beliebter Stimme, wenn sie singt!« Er behielt den Ton freudigen Erstaunens bei, während er diese Formeln rasch aufsagte. »Die du das Haus mit Schönheit füllst, Anmutige, der alles huldigt, Vertraute der Königin – du weißt in meinem Herzen zu lesen, denn du erfüllst seine Wünsche, ehe sie laut worden, du erfüllst sie, indem du kommst. – Hier ist ein Kissen«, sagte er trockneren Tones, indem er ein solches hinter seinem Rücken hervorzog und es ihr auf der Schemelstufe bei seinen Füßen zurechtlegte. »Wollten die Götter«, setzte er hinzu, die höfische Rede wieder aufnehmend, »du kämest mit einem Wunsche, du selbst, daß ich ihn dir, je größer er wäre, mit desto größerer Freude erfüllte!«

Er hatte Grund zur Neugier. Dieser Besuch war etwas ganz Ungewöhnliches und beunruhigte ihn, da er aus der gewohnten schonenden Ordnung fiel. Er vermutete ein Anliegen und empfand eine gewisse ängstliche Freude darüber. Doch sprach sie vorläufig nur schöne Worte.

»Welcher Wunsch könnte mir übrigbleiben als deiner Schwester, mein Herr und Freund?« sagte sie mit ihrer weichen Stimme, der man die Sangesübung anmerkte, einem wohllautenden Alt. »Ich habe nur Atem durch dich, aber dank deiner Größe ist mir alles erfüllt. Habe ich einen Platz im Tempel, so ist es, weil du hervorragst unter des Landes Zierden. Heiße ich Freundin der Königin, so darum allein, weil du Pharao's Freund bist und ganz vergoldet von Sonnengunst nach deiner Erscheinung. Ohne dich wäre ich dunkel. Als die Deine habe ich Licht die Fülle.«

»Es wäre wohl unnütz, dir zu widersprechen, da dies einmal deine Auffassung ist«, sagte er lächelnd. »Wenigstens wollen wir sorgen, daß nicht auf der Stelle zuschanden werde, was du von Fülle des Lichtes sagst.« Er klatschte in die Hände. »Mach hell!« befahl er dem vom Speisezimmer her sich zeigenden Schurzdiener. Eni erhob Einspruch und bat:

»Aber laß doch, mein Gatte! Es dämmert kaum. Du saßest und freutest dich am schönen Licht der Stunde. Du wirst mich Reue lehren, daß ich dich störte.«

»Nein, ich beharre auf meiner Weisung«, erwiderte er. »Nimm es meinethalben als Bestätigung dessen, was man mir tadelnd nachsagt: daß mein Wille wie schwarzer Granit sei vom Tale Rehenu. Ich kann's nicht ändern und bin zu alt, mich zu bessern. Aber das wäre und fehlte noch, daß ich die Liebste und Rechte, die den geheimsten Wunsch meines Herzens errät und mich besucht, in Dunkel und Dämmer empfinge! Ist's nicht ein Fest für mich, daß du kommst, und läßt man unbeleuchtet ein Fest? Alle vier!« sagte er zu den beiden Feuer tragenden Dienern, die sich sputeten, die in den Winkeln der Halle auf Säulenfüßen stehenden fünflampigen Kandelaber anzuzünden. »Laßt hoch aufflammen, ihr!«

»Was du willst, geschieht«, sagte sie gleichsam bewundernd und zuckte ergeben die Achseln. »Wahrlich, ich kenne die Festigkeit deiner Entschlüsse und will den Tadel Sache der Männer sein lassen, die sich dran stoßen. Frauen können schwerlich umhin, Unbeugsamkeit am Manne zu schätzen. Soll ich sagen, warum?«

»Ich hörte es gern.«

»Weil erst sie der gewährenden Nachgiebigkeit Wert verleiht und sie zu einem Geschenke macht, auf das wir stolz sein dürfen, wenn wir's empfangen.«

»Allerliebst«, sagte er und blinzelte teils vor der Helligkeit, in der nun die Halle lag (denn die Dochte der zwanzig Lampen staken in einem wachsigen Fett, das sie in breiter Flamme lodern ließ und den Flammen große Grellheit verlieh, so daß es von Weißlicht und Abendrot wie von Milch und Blut wogte in der Halle), teils vor Nachdenklichkeit über den Lehrsinn ihrer Worte. Entschieden hat sie ein Anliegen, dachte er, und kein kleines; sie würde sonst nicht solche Anstalten machen. Es ist ganz gegen ihre Art, denn sie weiß, wie sehr es mir, dem besonderen und heiligen Manne, darauf ankommt, in Ruhe gelassen zu werden und mich keines Dinges annehmen zu müssen. Auch ist sie gewöhnlich zu stolz, mir irgend etwas anzusinnen, und so begegnen sich ihr Hochmut und meine

Bequemlichkeit in ehelicher Übereinstimmung. Dennoch müßte es gut und erhebend sein, ihr ein Liebes zu tun, indem ich mich ihr mächtig erwiese. Ich bin ängstlich-begierig, zu hören, was sie will. Das beste wäre, es schiene ihr nur groß, wäre es aber nicht für mich, so daß ich sie ohne erhebliche Kosten für meine Bequemlichkeit erfreuen könnte. Siehe, es besteht ein gewisser Widerspruch in meiner Brust zwischen meiner berechtigten Selbstsucht, die aus meiner Besonderheit und Heiligkeit erfließt, so daß ich es als ganz besonders häßlich empfinde, wenn jemand mir zu nahe tritt oder nur meine Ruhe beeinträchtigt, und meinem Verlangen andererseits, mich dieser Frau da lieb und mächtig zu erweisen. Sie ist schön in dem dichten Gewande, das sie vor mir trägt aus demselben Grunde, weshalb ich es hell machen lasse in der Halle, – schön mit ihren Edelsteinaugen und Schattenwangen. Ich liebe sie, soweit meine berechtigte Selbstsucht es zuläßt; hier aber liegt erst der eigentliche Widerspruch, denn ich hasse sie auch, hasse sie unausgesetzt etwas um des Anspruches willen, den sie selbstverständlich nicht an mich stellt, der aber in unserem Verhältnis allgemein beschlossen ist. Aber ich hasse sie nicht gern, sondern wollte, daß ich sie lieben könnte ohne Haß. Gäbe sie mir nun gute Gelegenheit, mich ihr lieb und mächtig zu erweisen, so wäre doch einmal der Haß von meiner Liebe genommen, und ich wäre glücklich. Darum bin ich recht neugierig auf das, was sie will, wenn auch ängstlich zugleich von wegen meiner Bequemlichkeit.

So dachte Peteprê bei seinem Blinzeln, während die Feuersklaven die Lampen erlodern ließen und sich danach in leiser Hast, ihre Brände in den gekreuzten Armen, zurückzogen.

»Du gestattest also, daß ich mich zu dir niederlasse?« hörte er Eni mit Lächeln fragen, und aus seinen Gedanken auffahrend beugte er sich unter Versicherungen seiner Freude noch einmal zu dem Kissen nieder, es ihr zurechtzurücken. Sie setzte sich zu seinen Füßen auf die beschriftete Stufe.

»Im Grunde«, sagte sie, »geschieht es zu selten, daß man eine solche Stunde feiert und einander seine Gegenwart schenkt nur eben um das Geschenkes willen, ganz ohne Zweck und Ziel, und ein wenig Zunge macht über dies und das, gleichgültig was, ohne Gegenstand, – denn eine Notdurft ist es um den Gegenstand und um die gegenständliche Rede, aber ein heiterer Überfluß ist's um die gegenstandslose. Meinst du nicht auch?«

Er hielt die gewaltigen Frauenarme auf der Rücklehne der Bank-Empore ausgebreitet und nickte Zustimmung. Dabei dachte er: Selten geschieht es? Nie geschieht es, denn wir Glieder der edlen und heiligen Familie, Eltern und Ehekinder, leben gesondert in unseren Hausbezirken und meiden einander zu zarter Schonung, außer wenn wir das Brot essen; und wenn es heute geschieht, so muß wohl ein Gegenstand und eine Notdurft dahinter sein, deren ich mit unruhiger Neugier gewärtig bin. Wär' ich's mit Unrecht? Käme wirklich die Frau nur, daß wir unsere Gegenwart tauschen, hätte ein Herzensverlangen sie angewandelt nach solcher Stunde? Ich weiß nicht, was ich wünschen soll, denn ich wünschte wohl, sie hätte ein meiner Bequemlichkeit nicht allzu nahetretendes Anliegen; aber daß sie nur käme um meiner Gegenwart willen, das wünschte ich fast noch mehr. – Dies denkend sagte er:

»Ganz pflichte ich dir bei. Es ist Sache der Armen und Geringen, daß ihnen die Rede zur kärglichen Verständigung diene über ihre Notdurft. Dagegen ist unser Teil, der Reichen und Edlen, der schöne Überfluß, wie überhaupt, so auch in der Rede unseres Mundes, denn Schönheit und Überfluß sind eins. Wunderlich genug ist es mit Sinn und Würde der Worte zuweilen, wenn sie sich aus eigenschaftlicher Mattigkeit erheben zum Stolz ihrer Wesenheit. Meint nicht dies Urteil: ›überflüssig‹ einen achselzuckenden Tadel und matte Geringschätzung? Dann aber steht auf das Wort und legt Königtum um sein

Haupt und ist kein Urteil mehr, sondern die Schönheit selber nach ihrem Wesen und Namen und heißt ›Überfluß‹. Solche Geheimnisse der Worte betrachte ich öfters, wenn ich allein sitze, und unterhalte damit meinen Geist auf schöne, unnötige Weise.«

»Ich weiß es Dank meinem Herrn, daß er mich daran teilnehmen läßt«, erwiderte sie. »Dein Geist ist hell wie die Lampen, die du erlodern lässest zu unserer Begegnung. Wärst du nicht Pharao's Kämmerer, du könntest leicht auch von den Gottesgelehrten einer sein, die in den Höfen der Tempel wandeln und den Worten der Weisheit nachhängen.«

»Wohl möglich«, sagte er. »Der Mensch könnte vieles sein außer dem, was zu sein oder darzustellen ihm aufgetragen. Oft kommt es ihn wie Verwunderung an über das Possenspiel, gerade diesen Auftrag durchführen zu müssen, und es wird ihm eng und heiß hinter der Maske des Lebens, wie es dem Priester im Feste eng werden mag unter der Gottesmaske. Rede ich dir verständlich?«

»Allenfalls.«

»Wahrscheinlich nicht so ganz«, vermutete er. »Wahrscheinlich versteht ihr Frauen euch weniger auf diese Bedrängnis, aus dem Grunde, weil euch das Allgemeinere gegönnt ist durch Güte der Großen Mutter und ihr mehr Frau sein dürft und Abbild der Mutter als die und die Frau, dergestalt, daß du nicht so sehr Mut-em-enet wärest, wie ich Peteprê zu sein gehalten bin vom strengeren Vatergeist. Kannst du mir beipflichten?«

»Es ist so überaus hell im Saal«, sagte sie mit gesenktem Haupt, »von den Flammen, die lodern nach deinem Manneswillen. Solchen Gedanken, scheint mir, wäre besser bei minderem Lichte zu folgen; im Dämmer, glaube ich, fiel' es mir leichter, mich in diese Weisheit zu vertiefen, daß ich mehr Frau sein darf und Abbild der Mutter als eben nur Mut-em-enet.«

»Verzeih!« beeilte er sich zu erwidern. »Es war eine Ungeschicklichkeit von meiner Seite, daß ich unser zierlich unnützliches Gespräch, das von keinem Ziel und Gegenstand weiß, der Beleuchtung nicht besser anpaßte. Ich werde ihm sofort eine Wendung geben, daß es dem Lichte besser entspricht, welches ich dieser freudigen Stunde für angemessen erachtete. Nichts könnte mir leichter fallen. Denn ich mache einen Übergang und bringe die Rede von den Dingen des Geistes und der inneren Natur auf die Dinge der greifbaren Welt, die im Lichte der Faßlichkeit liegt. Ich weiß schon, wie ich den Übergang gewinne. Laß mich nur im Vorübergehen noch mein Vergnügen haben an diesem hübschen Geheimnis, daß die Welt der greifbaren Dinge auch die der Faßlichkeit ist. Denn was man greifen kann mit der Hand, das faßt bequem auch der Geist von Frauen, Kindern und Volk, während das Ungreifbare nur faßbar ist dem strengeren Vatergeist. Fassen, das ist der Bild- und Geistesname fürs Greifen, aber auch dieses wieder wird wohl zum Bilde im Austausch, und von einem leicht faßlichen Geistesding sagen wir gern, es sei mit Händen zu greifen.«

»Höchst anmutig sind deine Beobachtungen und unnützen Gedanken«, sagte sie, »mein Gemahl, und es ist unbeschreiblich, wie du mich ehelich damit erquickst. Glaube doch ja nicht, daß ich's so eilig habe, von den ungreifbaren Dingen auf die faßlichen zu kommen. Im Gegenteil, ich verharre gern mit dir noch dabei und lauschte deinem Überfluß, indem ich dir Widerpart böte nach Maßgabe meines Frauen- und Kindersinnes. Ich meinte nichts, als daß es sich über die Dinge der inneren Natur bei minder flammendem Licht vertiefter plaudern ließe.«

Er schwieg verstimmt.

»Die Herrin dieses Hauses«, sagte er dann mit tadelndem Kopfschütteln, »kommt immer aufs gleiche zurück und auf den Punkt, in dem es nicht ganz nach ihrem Willen ging, sondern nach einem stärkeren. Das ist wenig schön und wird nicht schöner dadurch, daß es allgemeine Frauenart ist, über solchen Punkt nicht hinwegzukommen, sondern immer wieder darauf sticheln und darin stochern zu müssen. Erlaube mir den Verweis, daß unsere Eni wenigstens in dieser Hinsicht versuchen sollte, mehr Mut, die besondere Frau, als Frau im allgemeinen zu sein.«

»Ich höre und bereue«, murmelte sie.

»Wenn wir einander Vorhaltungen machen wollten«, fuhr er fort, indem er weiter noch seiner Verstimmung Ausdruck gab, »über unsere beiderseitigen Maßnahmen und Entschließungen, wie leicht könnt' ich es da bedauernd anmerken und darauf sticheln, daß du, meine Freundin, zu dieser Besuchsstunde in einem Mantelkleide voll dichten Gefältels erscheinst, da es doch Wunsch und Freude des Freundes ist, den Linien deines Schwanenleibes folgen zu können durchs freundliche Gewebe.«

»Wahrhaftig, weh mir!« sagte sie und senkte errötend den Kopf. »Mir wäre besser, zu sterben, als zu erfahren, daß mir ein Fehler untergelaufen ist bei meiner Gewandung zum Besuche des Herrn, meines Freundes. Ich schwöre dir, daß ich glaubte, mit diesem Kleide meiner Schönheit aufs bestmögliche vor dir zu dienen. Es ist kostbarer und mit mehr Mühe hergestellt als die meisten der meinen. Die Schneidersklavin Cheti hat es gefertigt, ohne Schlaf in ihre Augen kommen zu lassen, und wir teilten uns in die Sorge, ich möchte Gnade darin finden vor dir; aber geteilte Sorge ist nicht halbe Sorge!«

»Laß, meine Teure!« antwortete er. »Laß gut sein! Ich sagte nicht, daß ich tadeln und sticheln wollte, sondern daß ich's auch tun könnte gegebenen Falles, wenn du es tun wolltest. Ich nehme jedoch nicht an, daß du diese Absicht hegst. Fahren wir aber leichthin fort in unserem gegenstandslosen Gespräch, als hätte sich nie durch Schuld des einen oder des anderen ein Mißklang darin eingeschlichen. Denn ich mache nun meinen

Übergang zu den Dingen der greifbaren Welt, indem ich Selbstzufriedenheit darüber äußere, daß mein Lebensauftrag das Gepräge zwecklosen Überflusses trägt und nicht der Notdurft. Königlich nannte ich den Überfluß, und so ist er denn auch am Hofe zu Hause und im Palaste Merimat: nämlich als Zierlichkeit, Form ohne Gegenstand und elegante Schnörkelrede, mit der man den Gott begrüßt. Diese alle sind Höflings Sache, und insofern kann man sagen, daß den Hofmann die Lebensmaske weniger drückt als den Unhöfischen, den das Gegenständliche einengt, und daß er näher den Frauen steht, weil ihm das Allgemeinere gegönnt ist. Es ist wahr, ich gehöre nicht zu den Räten, denen Pharao ihre Meinung abfragt wegen der Bohrung eines Brunnens an der Wüstenstraße zum Meer, der Aufrichtung eines Denkmals wegen oder mit wieviel Mann eine Last Goldstaub zu sichern sei aus den Bergwerken des elenden Kusch, und es mag sein, daß es wohl einmal meiner Selbstzufriedenheit Abtrag tat und ich mich ärgerte an dem Manne Hor-em-heb, der die Haustruppen befehligt und dem Geschäftsbereich vorsteht eines Obersten der Scharfrichter, fast ohne mich zu fragen, der ich dieser Ämter Titel trage. Doch überwand ich jedesmal rasch solche Anfechtung minderer Laune. Unterscheide ich mich doch von Hor-em-heb wie der Inhaber des Ehrenwedels sich von dem notwendigen, aber geringen Mann unterscheidet, der wirklich den Wedel über Pharao hält, wenn er ausfährt. Dergleichen ist unter mir. Aber an mir ist es, vor Pharao zu stehen in seinem Morgensaal mit den anderen Titelträgern und Hochgewürdigten des Hofes und der Majestät dieses Gottes die Begrüßungshymne zu sprechen ›Du gleichst dem Rê‹ mit beliebter Stimme und mich in völlig schmuckhaften Schnörkeln zu ergehen wie beispielsweise: ›Eine Waage ist deine Zunge, o Neb-ma-rê, und deine Lippen sind genauer als das Zünglein an der Waage des Thot‹, oder sie solcher Überwahrheiten zu versichern wie etwa: ›Wenn du zum

Wasser sprichst: Komm auf den Berg!, so kommt der Ozean hervor, gleich nachdem du gesprochen.‹ In dieser schönen und gegenstandslosen Art, fern von Notdurft. Denn reine Förmlichkeit ist meine Sache und Zier ohne Zweck, die da das Königliche ist am Königtum. So viel zur Steuer meiner Selbstzufriedenheit.«

»Es trifft sich herrlich«, erwiderte sie, »wenn zugleich mit dieser auch die Wahrheit Steuer empfängt, wie es zweifellos der Fall ist in deinen Worten, mein Gatte. Nur will mir scheinen, daß Hofzier und Schnörkelrede im Morgensaal dazu dienen, des Gottes gegenständliche Sorgen, wie Brunnen, Bauwerk und Goldgeschäft, mit Ehre und Scheu zu umkleiden um ihrer Landeswichtigkeit willen, und daß die Fürsorge um diese Sachen das eigentlich Königliche ist am Königtum.«

Auf diese Worte hielt Peteprê sich wieder einmal eine Weile verschlossenen Mundes zurück von jeder Erwiderung, indem er mit dem gestickten Durchziehband seines Schurzes spielte.

»Ich müßte lügen«, sagte er schließlich mit leichtem Seufzen, »wenn ich behaupten wollte, du bötest mir, meine Liebe, mit unübertrefflicher Geschicklichkeit Widerpart bei unserm Geplauder. Da habe ich nun, nicht ohne Kunst, den Übergang gemacht zu weltlich-faßbaren Dingen, indem ich die Rede auf Pharao brachte und auf den Hof. Statt aber den Ball aufzufangen und mich etwa zu fragen, wen von uns Pharao wohl heut nach der Morgen-Cour beim Hinausgehen aus dem Saale des Baldachins zum zufälligen Beweise seiner Gunst am Ohrläppchen gezupft hat, schweifst du zur Seite ab ins Verdrießliche und stellst Betrachtungen an über Wüstenbrunnen und Bergwerke, von denen du doch, unter uns gesagt, liebe Freundin, notwendigerweise noch weniger verstehst als ich selbst.«

»Du hast recht«, erwiderte sie und schüttelte den Kopf über ihren Fehler. »Vergib mir! Meine Neugier, zu hören, wen Pharao heute gezupft hat, war nur zu groß. So verbarg ich sie hinter anderer, abwegiger Rede. Versteh mich recht: Ich gedachte die Erkundigung zu verzögern, denn die Verzögerung scheint mir ein schöner und wichtiger Bestandteil des Ziergesprächs. Wer wird denn auch mit der Tür ins Haus fallen und so geradehin merken lassen, um was es ihm geht? Da du mir aber die Frage schon freigibst: Warst du es nicht etwa selbst, mein Gatte, den der Gott beim Hinausgehen berührte?«

»Nein«, sagte Peteprê, »ich war es nicht. Ich war es öfters schon, aber ich war es heute nicht. Was du aber äußertest, kam heraus – ich weiß nicht, wie. Es kam heraus, als neigtest du der Meinung zu, daß Hor-em-heb, der handelnde Truppenoberst, größer sei als ich bei Hofe und in den Ländern...«

»Um des Verborgenen willen, mein Ehefreund!« sprach sie erschrocken und legte die beringte Hand auf sein Knie, wo er sie betrachtete, als habe sich ein Vogel dort niedergelassen. »Ich müßte kopfkrank sein und sinneszerrüttet ohne Hoffnung auf Besserung, wenn ich auch nur einen Augenblick...«

»Es kam tatsächlich so heraus«, wiederholte er mit bedauerndem Achselzucken, »wenn auch wahrscheinlich gegen deine Absicht. Es wäre ungefähr, wie wenn du meintest – welches Beispiel soll ich dir geben? Wie wenn du meintest, ein Bäcker aus Pharao's Hofbäckerei, der wirklich das Brot bäckt für den Gott und sein Haus und den Kopf in den Ofen steckt, sei größer als der große Vorsteher des königlichen Backhauses, Pharao's Oberbäcker, des Titels ›Fürst von Menfe‹. Oder es wäre, als meintest du, ich, der ich mich selbstverständlich keines Dinges annehme, sei hier im Hause geringer als Mont-kaw, mein Meier, oder vielmehr, als sein jugendlicher Mund, der Syrer Osarsiph, der der Wirtschaft vorsteht. Das sind schlagende Vergleiche...«

Mut war zusammengezuckt.

»Sie schlagen und treffen mich, daß ich darunter zucke«, sagte sie. »Du siehst es und wirst es großmütig bei der Strafe bewenden lassen. Ich erkenne nun, wie sehr ich unser Gespräch verwirrt habe mit meinem Hang zur Verzögerung. Stille aber meine Neugier, die sich verbergen wollte, stille sie, wie man Blut stillt, und laß mich wissen, wer heute im Thronsaal die Liebkosung empfangen hat!«

»Es war Nofer-rohu, der Oberste der Salben vom Schatzhause des Königs«, antwortete er.

»Dieser Fürst also!« sagte sie. »Hat man ihn umringt?«

»Man hat ihn der Hofsitte gemäß umringt und beglückwünscht«, erwiderte er. »Er steht augenblicklich sehr im Vordergrunde der Aufmerksamkeit, und es wäre wichtig, daß man ihn auf unserem Gastmahl sähe, das wir im nächsten Mondviertel geben wollen. Von entschiedener Bedeutung wäre es für den Glanz des Mahles und für den meines Hauses.«

»Zweifellos!« bestätigte sie. »Du mußt ihn dazu einladen mit einem sehr schönen Schreiben, das er wirklich gern liest wegen der Anreden, die du ihm darin geben mußt wie etwa ›Geliebter seines Herrn!‹, ›Belohnter und Eingeweihter seines Herrn!‹, und mußt es ihm nebst einem Geschenke in sein Haus schicken durch ausgesuchte Diener. Es ist höchst unwahrscheinlich, daß Nofer-rohu dir dann eine Absage erteilt.«

»Ich glaube es selbst«, sagte Peteprê. »Auch das Geschenk muß natürlich ausgesucht sein. Ich will allerlei vor mich bringen lassen, mich darunter umzusehen, und noch heute abend diesen Brief ausfertigen mit Anreden, die er wirklich gerne liest. Du mußt wissen, mein Kind«, fuhr er fort, »daß ich dieses Festgelage außerordentlich schön gestalten will, so daß man in der Stadt davon sprechen und das Gerücht davon sogar auf andere Städte, auch entlegenere, überspringen soll: mit einigen siebzig Gästen und reich an Salben, Blumen, Musikanten, Speisen und Wein. Ich habe eine sehr hübsche Mahn-Mumie erworben, die wir diesmal wollen dabei herumtragen lassen, ein gutes Stück von anderthalb Ellen; ich zeige es dir, wenn du es im voraus betrachten magst: der Sarg ist golden, der Tote aber aus Ebenholz, und das ›Feiere den Tag!‹ steht ihm auf der Stirn geschrieben. Hast du von den babylonischen Tänzerinnen gehört?«

»Von welchen, mein Gemahl?«

»Es ist eine reisende Truppe solcher Ausländerinnen in der Stadt. Ich habe ihnen Geschenke anbieten lassen, damit sie sich bei meinem Festgelage sehen lassen. Nach allem, was man mir meldet, sollen sie von fremdartiger Schönheit sein und ihre Vorführungen mit Schellen und tönernen Handpauken begleiten. Man sagt, sie verfügten über neue und feierliche Gebärden und hätten eine Art von Grimm in den Augen beim Tanzen sowohl wie in der Zärtlichkeit. Ich verspreche mir ein Aufsehen und einen Erfolg für sie und mein Fest bei unserer Gesellschaft.«

Eni schien nachdenklich; sie hielt die Augen gesenkt.

»Denkst du«, fragte sie nach einem Stillschweigen, »auch Amuns Ersten, Beknechons, zu deinem Feste zu laden?«

»Unzweifelhaft und unumgänglich«, antwortete er. »Beknechons? Das ist selbstverständlich. Was fragst du?«

»Seine Gegenwart scheint dir wichtig zu sein?«

»Wie denn nicht wichtig? Beknechons ist groß.«

»Wichtiger als die der Mädchen von Babel?«

»Vor was für Vergleiche und Wahlfragen stellst du mich, meine Liebe?«

»Es wird sich nicht vereinigen lassen, mein Gatte. Ich mache dich aufmerksam, daß du wirst wählen müssen. Läßt du die Babelmädchen vor Amuns Oberstem tanzen auf deinem Fest, so könnte es sein, daß der fremdartige Grimm ihrer Augen dem Grimm nicht gleichkäme in Beknechons' Herzen und daß er aufstände und seinen Dienern riefe und das Haus verließe.«

»Unmöglich!«

»Sogar wahrscheinlich, mein Freund. Er wird nicht dulden, daß man den Verborgenen kränke vor seinen Augen.«

»Durch einen Tanz von Tänzerinnen?«

»Von ausländischen Tänzerinnen, – da doch Ägypten reich ist an Anmut und selber die Fremdländer damit beschickt.«

»Desto eher kann es sich seinerseits den Reiz gönnen des Neuen und Seltenen.«

»Das ist nicht die Meinung des ernsten Beknechons. Sein Widerwille gegen das Ausland ist unverbrüchlich.«

»Aber deine Meinung ist es, so hoffe ich.«

»Meine Meinung ist die meines Herrn und Freundes«, sagte sie, »denn wie kann diese wider unserer Götter Ehre sein.«

»Der Götter Ehre, der Götter Ehre«, wiederholte er, indem er die Schultern rückte und rührte. »Ich muß gestehen, daß leider meine Seelenstimmung sich zu trüben beginnt bei deinem Gespräch, obgleich nicht dies der Sinn und Zweck eines zierhaften Zungemachens sein kann.«

»Ich müßte verzagen«, antwortete sie, »wenn das das Ergebnis meiner Fürsorge wäre eben für deine Seele. Denn wie würde es stehen um ihre Stimmung, wenn Beknechons im Zorn seinen Dienern riefe und dein Fest verließe, daß beide Länder sprächen von diesem Stirnschlage?«

»Er wird so klein nicht sein, um sich zu erbittern um einer eleganten Zerstreuung willen, und nicht so kühn, dem Freunde Pharao's solchen Stirnschlag zu versetzen.«

»Er ist groß genug, daß auch aus kleinem Anlaß seine Gedanken ins Große gehen, und er wird Pharao's Freund vor die Stirn stoßen, ehe daß er es Pharao täte, nämlich zum warnenden Zeichen für diesen. Amun haßt die Lockerung durch das Fremde, das die Bande zerrüttet, und die Mißachtung urfrommer Volksordnung, weil sie die Länder entnervt und das Reich des Zepters beraubt. Das ist Amuns Haß, wir wissen es beide, und das nervig Volkszüchtige ist seines Willens Meinung, daß es herrsche in Keme wie vor alters und seine Kinder im Vaterländischen wandeln. Aber du weißt es wie ich, daß dort« – und

Mut-em-enet wies gegen Untergang, in die Himmelsrichtung des Nils und seines Jenseits, wo der Palast stand –, »daß dort drüben ein anderer Sonnensinn herrscht und locker beliebt ist unter Pharao's Denkern, – der Sinn Ons an der Spitze des Dreiecks, Atum-Rê's beweglicher Sinn, geneigt zu Ausdehnung und Einvernehmen, den sie Atōn nennen, ich weiß nicht mit welchem entnervenden Anklang. Soll nicht Beknechons sich ärgern in Amun, daß sein leiblicher Sohn der Lockerkeit Vorschub leistet und seinen versuchenden Denkern gestattet, des Reiches Volksmark zu weichen durch tändelndes Fremdtum? Pharao kann er nicht schelten. Aber er wird ihn schelten in dir und eine Kundgebung veranstalten für Amun, indem er sich erzürnt wie ein oberägyptischer Leopard, wenn er die Babelmädchen erblickt, und wird aufspringen und seinen Dienern rufen.«

»Ich höre dich reden«, versetzte er, »meine Liebe, wie einen Plappervogel von Punt mit gelöster Zunge, der's oft gehört hat und nachkakelt, was nicht auf seinem Acker gewachsen. Volksmark und Väterbrauch und lockerndes Fremdtum – es ist ja des Beknechons unerfreuliche Wörterliste, die du mir hersagst zur merklichen Trübung meiner Seelenstimmung, denn es eröffnete mir dein Kommen die Aussicht auf ein trauliches Plaudern mit dir und nicht mit ihm.«

»Ich erinnere dich«, antwortete sie, »an seine Gedanken, die du kennst, um deine Seele, mein Gatte, vor schwerer Mißhelligkeit zu bewahren. Ich sage nicht, daß Beknechons' Gedanken meine Gedanken sind.«

»Sie sind es aber«, erwiderte er. »Ich höre ihn, da du sprichst, aber es ist nicht wahr, daß du mir seine Gedanken sagst wie etwas Fremdes, daran du nicht teilhast, sondern du hast sie zu deinen gemacht und bist gegen mich eines Sinnes mit ihm, dem Kahlkopf, das ist das Häßliche an deinem Verhalten. Weiß ich nicht, daß er aus und ein bei dir geht und dich besucht jedes

Viertel oder noch öfter? Zu meinem stillen Verdruß geschieht es, denn er ist nicht mein Freund, und ich mag ihn nicht leiden mit seiner störrigen Wörterliste. Nach einem milden, feinen und läßlichen Sonnensinn verlangt meine Natur und Seelenstimmung, darum bin ich Atum-Rê's, des verbindlichen Gottes, in meinem Herzen, vor allem aber, weil ich Pharao's bin und sein Höfling, denn er läßt seine Denker sich denkend versuchen an dieses herrlichen Gottes mild-weltläufigem Sonnensinn. Du aber, mein Ehegemahl und meine Schwester vor Göttern und Menschen, wie verhältst du dich in diesen Verhältnissen? Statt es mit mir zu halten, nämlich mit Pharao und seines Hofes Denkgesinnung, hältst du's mit Amun, dem Unbeweglichen, Erzstirnigen, schlägst dich zu seiner Partei gegen mich und steckst unter einer Decke mit des unverbindlichen Gottes oberstem Kahlkopf, ohne zu bedenken, wie besonders häßlich es ist, mir zu nahe zu treten und mir Abtrünnigkeit zu erweisen.«

»Du brauchst Gleichnisse, mein Herr«, sagte sie mit kleiner, vom Zorn bedrängter Stimme, »die des Geschmacks ermangeln, was zu verwundern ist bei deiner Lektüre. Denn es ist ohne Geschmack oder von sehr schlechtem, zu sagen, ich steckte unter einer Decke mit dem Propheten und beginge Abtrünnigkeit dadurch an dir. Das ist ein hinkendes Gleichnis, muß ich dir bemerken, von ungewöhnlicher Schiefheit. Pharao ist Amuns Sohn nach der Väter Lehre und des Volkes urfrommem Glauben, darum würdest du nicht die Höflingspflicht verletzen, keineswegs, wenn du Amuns heiligem Sonnensinn Rechnung trügest, solltest du ihn auch störrig finden, und ihm das geringfügige Opfer brächtest von deiner und deiner Gäste Neugier auf einen Tanz von elender Feierlichkeit. So viel von dir. Ich aber bin Amuns ganz und gar mit all meiner Ehre und Frömmigkeit, denn ich bin seines Tempels Braut und von seinem Frauenhause, Hathor bin ich und tanze vor ihm im Kleide der Göttin, das ist all meine Ehre und Lust, und weiter habe ich keine, meines Lebens Ein und Alles ist dieser Ehrenstand, – du aber zankst mit mir, weil ich Treue halte dem Herrn, meinem Gott und überirdischen Gatten, und brauchst Gleichnisse gegen mich von himmelschreiender Schiefheit.« Und sie nahm von ihrem Faltengewande und verhüllte, sich niederbeugend, ihr Antlitz damit.

Der Truppenoberst war mehr als peinlich berührt. Es grauste ihm sogar und wurde ihm kalt am Leibe, weil unterste, schonend verschwiegene Dinge schrecklich und lebenzerstörend zur Sprache zu kommen drohten. Die Arme noch immer gespreizt auf dem Bankgesimse, lehnte er sich erstarrend weiter zurück von ihr und blickte entsetzt und schuldhaft verwirrt auf die Weinende. Was geschieht? dachte er. Das ist abenteuerlich und unerhört, und meine Ruhe ist in höchster Gefahr. Ich bin zu weit gegangen. Ich habe meine berechtigte Selbstsucht ins Feld geführt, aber sie hat sie aus dem Felde geschlagen mit ihrer eigenen – und zwar nicht nur für das Gespräch, sondern auch für mein Herz, das geschlagen ist von ihren Worten und worin Erbarmen und Kummer sich mischen mit dem Schrecken von ihren Tränen. Ja, ich liebe sie; ihre Tränen, die mir schrecklich sind, lassen es mich fühlen, und auch sie möchte ich's fühlen lassen mit dem, was ich sage. Und indem er die Arme von dem Gesimse löste und sich über sie beugte, ohne sie freilich zu berühren, sagte er nicht ohne Schmerzlichkeit:

»Du siehst wohl, liebe Blume, denn aus deinen eigenen Worten erhellt es, daß du nicht zu mir sprachst, um mich an Beknechons', des Propheten, störrige Gedanken zu gemahnen, ohne daß du sie teiltest, sondern in der Tat sind's die deinen auch, und dein Herz ist von seiner Partei wider mich, denn unumwunden und gerade hinein in mein Angesicht verkündest du mir: ›Ich bin Amuns ganz und gar.‹ Brauchte ich also mein Gleichnis so fälschlich, und kann ich für seinen Geschmack, daß er bitter ist für mich, deinen Gatten?«

Sie zog das Kleid vom Gesicht und sah ihn an.

»Hegst du Eifer auf Gott, den Verborgenen?« fragte sie verzerrten Mundes. Ihre Juwelenaugen, in denen Hohn und Tränen sich mischten, waren dicht vor den seinen und blinkten böse hinein, so daß er erschrak und sich rasch aus der Neigung erhob. Ich muß zurückweichen, dachte er. Ich bin zu weit gegangen und muß einen oder den anderen Schritt zurücke tun um meiner Ruhe und des Friedens des Hauses willen, die sich unvermutet in grausiger Gefahr zu befinden scheinen. Wie konnte es nur geschehen, daß ich sie plötzlich so bedroht finden muß und daß es auf einmal so schrecklich aussieht in den Augen der Frau? Alles schien gut und gesichert im gleichen. Und er erinnerte sich an so manche Heimkehr von außen, wenn er vom Hofe gekommen war oder von einer Reise und seine erste Frage an den ihn grüßenden Meier immer gelautet hatte: »Steht alles wohl? Ist heiter die Herrin?« Denn eine geheime Besorgnis um des Hauses Ruhe, Würde und Sicherheit, ein dunkles Bewußtsein, daß sie auf schwachen, gefährdeten Füßen ständen, war immer auf seines Herzens Grund gewesen, und er ward es gewahr beim Blick in Eni's böse weinende Augen, daß es dort immer gewesen war und daß seine stillen Befürchtungen entsetzlicherweise sich irgendwie zu erfüllen drohten.

»Nein«, sagte er, »das sei fern, und was du fragst und sagst, daß ich Eifer hegen könnte auf Amun, den Herrn, das weise ich von der Hand. Ich weiß wohl den Unterschied zu machen zwischen dem, was du dem Verborgenen, und dem, was du dem Gatten schuldest, und da ich den Eindruck gewann, daß die bildliche Rede, die ich für deinen vertraulichen Umgang mit dem edlen Beknechons brauchte, dir gewissermaßen mißfällt; da ich ferner immer bereit bin und nach Gelegenheiten ausschaue, dir Freude zu bereiten, so will ich dir dieses Vergnügen machen, daß ich das Gleichnis zurücknehme von der

Decke und es nicht gebraucht haben will, also daß es ausgelöscht sein soll von der Tafel meiner Worte. Bist du's zufrieden?«

Mut ließ die Tränen in ihren Augen stehen und von selber trocknen, als wüßte sie nichts von ihnen. Ihr Gatte hatte Dankbarkeit erwartet für seinen Verzicht, doch zeigte sie keine.

»Das ist das wenigste«, sagte sie kopfschüttelnd.

Sie sieht mich klein und in Angst um des Hauses Ruhe, dachte er, und nutzt es aus so gründlich wie möglich nach Frauenart. Sie ist mehr Frau im allgemeinen, als sie besonders die eine und meine ist, und es ist nicht verwunderlich, wenn auch ein wenig peinlich immer, das allgemein und gewöhnlich Weibliche an dem eigenen Weibe einfältig-schlau sich bewähren zu sehen. Fast kläglich und lächerlich ist es um dies Ding und übt einen ärgerlichen Reiz auf den Geist, es unwillkürlich wahrzunehmen und bei sich zu verzeichnen, wie einer nach eigenem Kopf und eigener Schläue zu handeln und sich zu verhalten wähnt und nicht merkt, daß er nur das beschämend Gesetzmäßige wiederholt. Aber was nützt mir das jetzt? Es ist etwas zum Denken und nicht zum Sagen. Zu sagen ist meinetwegen denn also das Folgende. Und er erwiderte fortfahrend:

»Das wenigste überhaupt wohl nicht, aber das wenigste in der Tat von dem, was ich sagen wollte. Denn ich gedachte nicht dabei stehenzubleiben, sondern dein Vergnügen weiter noch zu erhöhen durch die Eröffnung, daß ich von dem Gedanken, die Tänzerinnen von Babel für mein Fest zu gewinnen, im Lauf unserer Unterhaltung zurückgekommen bin. Es ist mein Wunsch nicht, einen hoch- und dir nahestehenden Mann in Urteilen zu kränken, die man für Vorurteile erachten mag, ohne sie damit aus der Welt zu schaffen. Mein Fest wird glänzend sein ohne die Zugereisten.«

»Auch das ist das wenigste, Peteprê«, sagte sie und nannte ihn bei Namen, wodurch er sich zu neu beunruhigter Aufmerksamkeit angehalten fühlte.

»Wie meinst du?« fragte er. »Das wenigste immer noch? Wovon denn das wenigste?«

»Vom Wünschbaren. Von dem zu Fordernden«, antwortete sie nach einem Aufatmen. »Es sollte, es muß anders werden im Hause hier, mein Gemahl, damit es kein Haus des Anstoßes sei für die Frommen, sondern des Beispiels. Du bist der Herr seiner Hallen, und wer beugte sich nicht deiner Herrschaft? Wer gönnte deiner Seele nicht die Mild- und Feinheiten eines verbindlichen Sonnensinnes, nach dem du lebst und der deine Gewohnheiten erfüllt? Ich begreife wohl, daß man nicht auf einmal das Reich wollen kann und das nervige Altertum, denn aus diesem kam jenes in der Zeit, und anders lebt sich's im Reich und im Reichtum als in urfrommer Volksordnung. Du sollst nicht sagen, daß ich mich auf die Zeit nicht verstehe und auf den Wechsel des Lebens. Aber sein Maß hat alles und muß es haben, und ein Rest heiliger Väterzucht, die Reich und Reichtum erschuf, muß am Leben bleiben in ihnen und immer in Ehrfurcht stehen, damit sie nicht schändlich verwesen und den Ländern das Zepter entwunden werde. Leugnest du diese Wahrheit, oder leugnen sie Pharao's Denker, die sich denkend versuchen an Atum-Rê's beweglichem Sonnensinn?«

»Die Wahrheit«, erwiderte der Wedelträger, »leugnet man nicht, und es könnte sein, daß sie einem lieber wäre als selbst das Zepter. Du sprichst vom Schicksal. Wir sind Kinder der Zeit, und immer noch besser, so meine ich, ziemt sich's für uns, nach ihrer Wahrheit zu leben, aus der wir geboren, als zu versuchen, es nach einer unvordenklichen zu tun und die nervigen Altertumsbolde zu spielen, indem wir unsere Seele verleugnen. Pharao hat viele Soldtruppen, asiatische, libysche, nubische und sogar einheimische. Sie mögen das Zepter hüten, solange das Schicksal es ihnen erlaubt. Wir aber wollen aufrichtig leben.«

»Aufrichtigkeit«, sagte sie, »ist bequem und also nicht edel. Was würde aus den Menschen, wenn jeder nur aufrichtig sein und für sein natürlich Gelüst die Würde der Wahrheit wollte in Anspruch nehmen, unwillig ganz und gar, sich zu verbessern und zu bezwingen? Aufrichtig ist auch der Dieb, der Trunkenbold, der sich in der Gosse wälzt, und der Ehebrecher. Werden wir's ihnen aber hingehen lassen, wenn sie sich auf ihre Wahrheit berufen? Du willst wahrhaftig leben, mein Gatte, als Kind deiner Zeit und nicht nach dem Altertum. Aber wildes Altertum ist dort, wo jeder nach seines Triebes Wahrheit lebt, und Beschränkung des einzelnen von wegen höherer Angelegentlichkeit fordert die entwickelte Zeit.«

»Worin verlangst du, daß ich mich verbessere?« fragte er bangend.

»In nichts, mein Gemahl. Du bist unveränderlich, und es fällt mir nicht ein, daß ich an deinem heilig reglosen Beharren rüttelte in dir selbst. Es sei auch fern von mir, dir einen Vorwurf daraus zu machen, daß du dich keiner Sache annimmst in Haus und Hof noch sonst irgendeiner in der Welt, außer daß du issest und trinkst; denn wenn es nicht nach deiner Natur wäre, so wäre es immer noch nach deinem Stande. Deiner Diener Hände tun das Deine für dich, wie sie es tun werden im Grabe. Deine Sache ist einzig, die Diener zu bestellen und nicht einmal dies, sondern nur, *den* zu bestellen, der die Diener bestellt, deinen Stellvertreter, daß er das Haus führe nach deinem Sinn, das Haus eines Großen Ägyptens. Nur dies liegt dir auf, eine Sache von vornehmster Leichtigkeit, aber sie ist die Hauptsache. Daß du sie nicht verfehlst und nicht falsch deutest mit deinem Finger, darauf kommt alles an.«

»Seit Umläufen«, sagte er, »die ich nicht zähle, ist Mont-kaw meines Hauses Meier, eine biedere Seele, die mich liebt, wie es sich gehört, und volles Gefühl dafür besitzt, wie häßlich es wäre, mich zu kränken. Er hat mich, soviel seinen Rechnungen anzusehen war, kaum jemals ernstlich betrogen und das Haus in schönem Stile geführt, wie es mir genehm war. Hatte er das Mißgeschick, sich deine Unzufriedenheit zuzuziehen?«

Sie lächelte geringschätzig über sein Ausweichen.

»Du weißt«, antwortete sie, »so gut wie ich und ganz Wêse, daß Mont-kaw an wurmiger Niere dahinsiecht und sich seit einigem schon der Dinge so wenig annimmt wie du. An seiner Statt waltet ein anderer, den sie seinen Mund nennen und dessen Wachstum in diesen Rang man nie hätte für möglich halten sollen. Noch nicht genug damit, heißt es auch, daß ebender sogenannte Mund nach des Mont-kaw voraussichtlichem Verbleichen gänzlich und endgültig an seine Stelle treten und all das Deine in seine Hände getan werden solle. Du rühmst deinem Meier treues Gefühl nach für deine Würde. Erlaube mir zu gestehen, daß ich in seinen Handlungen dieses Gefühl vergebens suche.«

»Du denkst an Osarsiph?«

Sie senkte das Gesicht.

»Es ist eine sonderbare Ausdrucksweise«, sagte sie, »daß ich an ihn denke. Wollte der Verborgene, es gäbe ihn nicht daß man nicht an ihn denken könnte, statt daß man es nun durch Schuld deines Vorstehers beschämenderweise zu tun gezwungen ist. Denn der Nierenkranke hat den, den du nanntest, als Knaben von ziehenden Krämern gekauft, und statt ihn zu halten nach seiner Niedrigkeit und seinem Elendsgeblüt, hat er ihn groß herangezogen und überhandnehmen lassen im Hause, hat alles Gesinde ihm unterstellt, so deines wie meines, und es dahin gebracht, daß du, mein Herr, mit einer Geläufigkeit von dem Sklaven sprichst, die mich schmählich berührt und gegen die mein Gemüt sich empört. Denn wenn du nachdächtest und sagtest: ›Ich merke, du meinst den Syrer da, vom elenden Retenu, den ebräischen Knecht‹, so wär' es natürlich und nach der Sache. Wohin es aber gekommen ist, zeigt mir deine Redeweise, die lautet, als wär' er dein Vetter, – nennst ihn vertraulich bei Namen und fragst mich: ›Denkst du an Osarsiph?‹«

Da hatte auch sie den Namen ausgesprochen, mit einer Überwindung, die sie heimlich beseligte und die zu üben sie sich gesehnt hatte. Sie stieß die mystischen Silben, in denen Tod und Vergöttlichung anklangen und die für sie alle Süßigkeit des Verhängnisses bargen, mit einem Schluchzen hervor, in das sie Empörung zu legen suchte, und zog wie vorhin ihr Gewand vor die Augen.

Wieder erschrak Potiphar aufrichtig.

»Was ist, was ist, meine Gute?« sprach er, die Hände über sie breitend. »Tränen aufs neue? Laß mich verstehen, warum! Ich nannte den Diener, wie er sich und wie jeder ihn nennt. Ist nicht der Name die kürzeste Art, sich über eine Person zu verständigen? Ich sehe, meine Vermutung war richtig. Der kenanitische Jüngling liegt dir im Sinn, der mir als Mundschenk und Vorleser dient, und zwar, ich leugne es nicht, zu meiner stillen Zufriedenheit. Sollte das nicht ein Grund für dich sein, über ihn milde zu denken? Ich habe keinen Teil an seiner Erwerbung. Mont-kaw, der Vollmacht hat, Diener einzustellen und zu entlassen, kaufte ihn vor Jahren von ehrbaren Händlern. Dann aber fügte es sich, daß ich ihn prüfte im Gespräch, da er Blüten reiten ließ in meinem Garten, und ihn auffallend angenehm erfand, von den Göttern begabt mit wohltuenden Gaben des Körpers und Geistes, und zwar in bemerkenswerter Verschränkung. Denn seine Schönheit erscheint als die natürliche Veranschaulichung der Anmut seines Verstandes, diese aber, hinwiederum, als eine andere, unsichtbare Äußerungsform des Sichtbaren, wofür du, wie ich hoffe, mir das Urteil ›bemerkenswert‹ nachsehen wirst, denn es ist angebracht. Auch ist seine Herkunft durchaus nicht die erste beste, denn wenn man will, kann man seine Geburt sogar jungfräulich nennen, jedenfalls aber steht fest, daß sein Erzeuger eine Art von Herdenkönig und Gottesfürst war und daß der Knabe in schönem Range lebte, als ein Beschenkter, indem er aufwuchs bei seines Vaters Herden. Freilich wurde dann allerlei Weh seine Nahrung, und es gab Leute, die mit Erfolg seinen Schritten Fangstricke legten. Aber auch seine Leidensgeschichte ist bemerkenswert; sie hat Geist und Witz oder, wie man zu sagen pflegt, Hand und Fuß, und eine ähnliche Verschränkung waltet darin wie die, die sein günstiges Äußeres und seinen Verstand als ein und dieselbe Sache erscheinen läßt: denn sie hat zwar ihre eigene Wirklichkeit für sich selbst, scheint aber außerdem auf ein höher Vorgeschriebenes Bezug zu nehmen und sich damit ins Einvernehmen zu setzen, so daß du das eine schwerlich vom anderen unterscheidest, eines sich in dem andern spiegelt und alles in allem eine anziehende Zweideutigkeit um den Jüngling ist. Da man nun sah, daß er die Prüfung vor mir nicht übel bestand, gab man ihn mir zum Mundschenk und Vorleser, ohne mein Zutun, aus Liebe zu mir, wie es begreiflich, und ich gestehe, daß er mir unentbehrlich geworden ist in diesen Eigenschaften. Wiederum aber, ganz ohne mein Zutun, ist er zum Überblick aufgewachsen über die Geschäfte des Hauswesens, wobei sich buchstäblich gezeigt hat, daß zu allem, was er tut, der Verborgene Glück gibt durch ihn, – ich kann es nicht anders sagen. Da er nun aber unentbehrlich geworden mir und dem Hause, – was willst du, daß ich mit ihm mache?«

In der Tat, was war da noch zu wollen und zu machen, nachdem er ausgesprochen? Befriedigt sah er sich um und mit einem Lächeln nach dem, was er gesagt hatte. Er hatte sich stark gesichert, stark vorgebaut und die drohende Forderung im voraus zu einer Ungeheuerlichkeit gestempelt, zu einem Verstoß gegen die Liebe zu ihm, der denn doch wohl nicht denkbar war. Er vermutete nicht, daß die Frau dieser Bedeutung seiner

Worte als Schutzwehr und Bollwerk kaum geachtet, sondern sie heimlich eingeschlürft hatte wie Honigwein, daß sie sich, immer noch in ihr Gewand gebückt, in tiefer, begieriger Spannung nichts von dem hatte entgehen lassen, was er zum Lobe Josephs gesagt. Das minderte sehr die verwarnende Wirkung ab, die den Worten zugedacht war, und es hinderte seltsamerweise nicht, daß Mut dem sittlich-vernünftigen Vorsatz, mit dem sie gekommen war, in aller Redlichkeit treu blieb. Sie richtete sich auf und sagte:

»Ich nehme an, mein Gemahl, daß du zugunsten des Knechtes das Äußerste vorgebracht hast, was nur mit einigem Fug dazu zu sagen. Nun denn, es genügt nicht, es ist hinfällig vor den Göttern Ägyptens, und was du mich hören zu lassen die Güte hattest von dieser und jener Verschränkung in deines Dieners Person und anziehenden Zweideutigkeiten, das kommt nicht auf gegen das Wünschbare und gegen die Forderung, die Amun eindeutig zu stellen hat durch meinen Mund. Denn auch ich bin ein Mund, nicht nur jener da, den du unentbehrlich nennst dir und dem Hause – mit offenkundigem Unbedacht; denn wie sollte ein aufgelesener Fremdling unentbehrlich sein im Lande der Menschen und in Petepre's Haus, das ein Segenshaus war, ehe denn dieser Käufling darin zu wachsen begann? Nie hätte geschehen dürfen, daß er darin wuchs. War denn der Knabe gekauft, aufs Feld gehörte er und in die Fron, statt daß man ihn auf dem Hofe hielt und ihm gar deinen Becher vertraute sowie dein Ohr in der Bücherhalle, um einnehmender Gaben willen. Die Gaben sind nicht der Mensch; von ihnen muß man ihn unterscheiden. Desto schlimmer nur, wenn ein Niedriger Gaben hat, daß sie am Ende gar seine natürliche Niedrigkeit könnten vergessen lassen. Wo sind die Gaben, die die Erhöhung des Niedrigen rechtfertigten? Das hätte Mont-kaw sich fragen sollen, dein Meier, der ohne dein Zutun, wie ich höre, den Niedrigen wachsen ließ und ließ ihn ins Kraut schießen in deinem Hause zum Gram aller Frommen. Wirst du ihm gestatten, daß er noch im Tode den Göttern trotzt und mit dem Finger deutet auf den Chabiren als auf seinen Nachfolger, indem er dein Haus schändet vor aller Welt und dein landstämmiges Ingesinde erniedrigt unter die Hand des Niedrigen zu ihrem Zähneknirschen?«

»Meine Gute«, sagte der Kämmerer, »wie du dich täuschest! Du bist nicht wohlunterrichtet, nach deinen Worten zu urteilen, denn es ist nicht die Rede von Zähneknirschen. Mein Hausvolk liebt den Osarsiph von oben bis unten, vom Schreiber des Schenktisches bis zum Hundejungen und bis zur letzten von deinen Mägden und schämt sich im mindesten nicht, ihm zu gehorchen. Ich weiß nicht, woher dir die Kunde kommt, daß hier im Hause geknirscht wird ob seiner Größe, denn das ist ganz fälschlich gekündet. Vielmehr im Gegenteil suchen sie alle nach seinen Augen und wetteifern froh, unter ihnen das Ihre zu tun, wenn er zwischen ihnen hindurchgeht, und hängen freundlich an seinen Lippen, wenn er sie anweist. Ja, diejenigen sogar, die seinetwegen beiseitetreten mußten von ihren Ämtern, weil er sie antrat, sogar diese blicken nicht schief auf ihn, sondern gerade und voll, denn seine Gaben sind unwiderstehlich. Nämlich warum? Weil es sich ganz und gar nicht mit ihnen verhält, wie du sprachst, und du vorzüglich in diesem Punkt dich als falsch unterrichtet erweist. Denn keineswegs ist es so, daß sie ein verwirrendes Anhängsel bildeten an seiner Person und wären von ihr zu unterscheiden. Sondern ununterscheidbar eins sind sie mit ihr und sind die Gaben eines Gesegneten, so daß man sagen möchte, er verdiene sie, wenn das nicht schon wieder eine unzulässige Trennung bedeutete von Person und Gabe und wenn bei natürlichen Gaben von Verdienst überhaupt die Rede sein könnte. So aber kommt es, daß auf den Land- und den Wasserwegen die Leute ihn schon von weitem erkennen, sich anstoßen und erfreut untereinander sagen: ›Da zieht Osarsiph, des Peteprê Leibdiener, der Mund Mont-kaws, ein vorzüglicher Jüngling, der zieht in seines Herrn Geschäften, die er günstig abwickeln wird nach seiner Art.‹ Ferner ist es so, daß, wenn die Männer ihn voll und gerade ansehen, die Weiber es schief und aus dem Winkel tun, was meines Wissens bei ihnen ein ebenso gutes Zeichen ist wie jenes bei jenen. Und wenn er sich in der Stadt zeigt und ihren Gassen, bei den Gewölben, so, höre ich, kommt es meistens vor, daß die Jungfrauen Mauern und Dächer besteigen und goldene Ringe auf ihn werfen von ihren Fingern, um seine Blicke auf sich zu lenken. Aber sie lenken sie nicht.«

Eni lauschte mit unbeschreiblichem Entzücken. Wie die Verherrlichung Josephs, die Schilderung seiner Beliebtheit, sie berauschte, ist nicht zu sagen; die Freude lief ihr ein übers andere Mal wie ein Feuerstrom durch die Adern, hob ihr den Busen auf, ließ sie in kurzen Stößen und drangvoll eratmen gleichwie im Schluchzen, machte ihr rote Ohren und war mit Mühe und Not von ihren Lippen fernzuhalten, daß diese wenigstens nicht selig lächelten bei dem, was sie hörte. Der Menschenfreund kann nicht genug den Kopf schütteln über so viel Widersinn. Der Preis Josephs mußte die Frau in ihrer Schwäche für den Fremdsklaven, wenn man so reden darf, bestärken, mußte diese Schwäche vor ihrem Stolze rechtfertigen, sie tiefer hineinstürzen, sie untauglicher machen, den Vorsatz auszuführen, mit dem sie gekommen war, nämlich ihr Leben zu retten. War das ein Grund zur Freude? – Zur Freude nicht, aber zur Wonne, ein Unterschied, in den der Menschenfreund sich kopfschüttelnd finden muß. Übrigens litt sie auch, wie es sich gehört. Die Nachricht vom schiefen Lugen der Weiber, und daß sie Ringe auf Joseph würfen, erfüllte sie mit zehrender Eifersucht, bestätigte sie wiederum in ihrer Schwäche und flößte ihr zugleich verzweifelten Haß ein auf diejenigen, die diese Schwäche teilten. Daß diese die Blicke des Beworfenen nicht auf sich zu lenken vermocht hatten, tröstete sie etwas und half ihr, sich weiterhin noch nach Art eines vernunftbegabten Wesens zu gebärden. Sie sagte:

»Laß mich übergehen, mein Freund, daß es wenig zart von dir ist, mich von dem schlechten Benehmen der Jungfrauen Wêse's zu unterhalten, gleichviel wieviel Wahrheit an diesen Gerüchten sein mag, die vielleicht nur von ihrem eitlen Helden selbst oder von solchen, die er durch Versprechungen auf seine Seite gebracht hat, zu seiner Beräucherung ausgesprengt werden.« – Es kostete sie weniger, so von dem schon rettungslos Geliebten zu reden, als man glauben sollte. Sie tat es völlig mechanisch, indem sie gleichsam eine Person reden ließ, die nicht sie selber war, und ihre Sangesstimme nahm einen hohlen Klang dabei an, der der Starrheit ihrer Züge, der Leere ihres Blickes entsprach und sich als Lügenklang gar nicht verleugnen wollte. – »Die Hauptsache ist«, fuhr sie auf diese Weise fort, »daß dein Vorwurf, ich sei über die Angelegenheiten des Hauses falsch unterrichtet, von mir ab- und zurückprallt, so daß dir besser wäre, du hättest ihn nicht erhoben. Deine Gewohnheit, dich keines Dinges anzunehmen, sondern auf alle mit fremden und fernen Augen zu blicken, sollte dich einen oder den anderen Zweifel setzen lassen in dein Wissen um das, was rings um dich vorgeht. Die Wahrheit ist, daß das Überhandnehmen des Knechtes unter den Deinen einen Gegenstand heftigen Ingrimms und verbreiteten Mißmutes bildet. Der Vorsteher deiner Schmuckkästen, Dûdu, hat mehr als einmal, ja oftmals in dieser Angelegenheit vor mir geredet und bittere Klage geführt über die Kränkung der Frommen durch des Unreinen Herrschaft…«

»Nun«, lachte Peteprê, »da hast du dir einen stattlichen Eideshelfer ausgesucht, liebe Blume, einen gewichtigen, nimm's mir nicht übel! Dieser Dûdu ist ja ein Knirps, ein Zaunkönig und Gernegroß, das Viertel eines Menschen ist der ja und ein spaßhaft verminderter Tropf; wie sollte in aller Welt wohl sein Wort ins Gewicht fallen in dieser oder sonst einer Sache!«

»Das Maß seiner Person«, erwiderte sie, »steht hier nicht in Rede. Wenn sein Wort so verächtlich wäre und so gewichtlos sein Urteil, wie hättest du ihn zu deinem Kleiderbewahrer gemacht?«

»Das war doch mehr Scherz«, sagte Peteprê, »und nur Lachens halber gibt man Hofzwergen ein schönes Amt. Sein Brüderchen, den anderen Pojazz, schelten sie gar Wezir, was doch auch nicht sonderlich ernst zu nehmen.«

»Ich brauche dich auf den Unterschied gar nicht aufmerksam zu machen«, versetzte sie. »Du kennst ihn gut genug und willst ihn nur diesen Augenblick eben nicht wahrhaben. Es ist eher traurig, daß ich deine treuesten und würdigsten Diener in Schutz nehmen muß gegen deinen Undank. Herr Dûdu ist ungeachtet seiner etwas verminderten Statur ein würdiger, ernsthafter und gediegener Mann, der den Namen eines Pojazz in nichts verdient und dessen Wort und Urteil in Dingen des Hauses und seiner Ehre durchaus ins Gewicht fällt.«

»Er reicht mir bis dahin«, bemerkte der Truppenoberst, indem er mit der Handschneide eine Linie an seinem Schienbein bezeichnete.

Mut schwieg eine Weile.

»Du mußt bedenken«, sagte sie dann mit Sammlung, »daß du besonders hoch und turmartig gewachsen bist, mein Gemahl, so daß dir Dûdu's Gestalt wohl nichtiger erscheinen mag als anderen, zum Beispiel der Zeset, seinem Weibe, meiner Dienerin, und seinen Kindern, die gleichfalls von landläufiger Größe sind und in liebender Ehrfurcht aufblicken zu dem Erzeuger.«

»Ha, ha, aufblicken!«

»Ich brauche das Wort mit Bedacht, in höherem, liedhaftem Sinn.«

»Sogar liedhaft also schon«, spottete Peteprê, »drückst du dich aus über deinen Dûdu. Ich glaube, du beklagtest dich über schlechte Unterhaltung von meiner Seite. Ich mache dich aufmerksam, daß du mich schon geraume Zeit von einem aufgeblasenen Narren unterhältst.«

»Wir können den Gegenstand ebenso gut verlassen«, sagte sie fügsam, »wenn er dir peinlich ist. Ich bedarf des Mannes nicht, auf den unser Gespräch fiel, daß er der Bitte beistehe, dreimal gerechtfertigt in sich selbst, die ich an dich richten muß, noch ist dir sein ehrenwertes Zeugnis vonnöten, um zu begreifen, daß du sie mir gewähren mußt.«

»Du hast eine Bitte an mich?« fragte er. Also doch, dachte er nicht ohne Bitterkeit. Es trifft zu, daß sie eines mehr oder weniger beschwerlichen Anliegens wegen kam. Die Hoffnung, es möchte rein nur um meiner Gegenwart willen geschehen sein, fällt als irrtümlich dahin. Sehr wohl gesinnt bin ich demgemäß von vornherein diesem Anliegen nicht. – Er fragte:

»Und welche Bitte?«

»Diese, mein Gatte: Daß du den Fremdsklaven, dessen Namen ich nicht wiederhole, von Haus und Hof entfernst, darin er durch falsche Gunst und sträfliche Lässigkeit ins Kraut schießen durfte und es zu einem Hause des Anstoßes gemacht hat, statt des Beispiels.«

»Osarsiph? Von Haus und Hof? Wo denkst du hin!«

»Ich denke zum Guten und Rechten, mein Gemahl. An deines Hauses Ehre denke ich, an die Götter Ägyptens und daran, was du ihnen schuldest, – nicht ihnen nur, sondern dir selbst und mir, deiner Eheschwester, die das Sistrum vor Amun rührt im Schmucke der Mutter, geweiht und aufgespart. Ich denke an diese Dinge und bin über allen Zweifel gewiß, daß ich auch dich nur daran zu mahnen brauche, damit deine Gedanken sich völlig mit den meinen vereinigen und du mir ungesäumt meine Bitte erfüllst.«

»Indem ich den Osarsiph ... Meine Gute, das kann nicht sein, schlag dir das aus dem Sinn, es ist unsinnig gebeten und ganz und gar grillenhaft, ich kann den Gedanken gar nicht unter meine Gedanken einlassen, er ist fremd unter ihnen, und in größtem Unwillen erheben sie alle sich gegen ihn.«

Da haben wir's, dachte er ärgerlichst bestürzt. Das ist also das Anliegen, um dessentwillen sie zu mir eintrat zu dieser Stunde, scheinbar nur, um Zunge mit mir zu machen im Ziergespräch. Ich sah es kommen und kam doch meinerseits bis zuletzt nicht darauf, so sehr ist es meiner berechtigten Selbstsucht zuwider und leider sehr weit entfernt davon, nur ihr groß zu erscheinen, es aber für mich nicht zu sein; denn umgekehrt, unglücklicherweise, dünkt es sie offenbar klein und leicht zu gewähren, ist aber mir unbequem bis zum Äußersten. Nicht umsonst verspürte ich gleich schon einige Sorge von wegen meiner Bequemlichkeit. Wie schade aber, daß sie mir keine Möglichkeit bietet, sie zu erfreuen, denn ich hasse sie ungern.

»Dein Vorurteil, Blümchen«, sagte er, »gegen die Person dieses Jünglings, das dich eine solche Fehlbitte tun läßt bei mir, ist wahrhaft beklagenswert. Offenbar weißt du von ihm nur aus allerlei Fluchworten und Lästerreden, die Mißwüchsige vor dich gebracht haben um seinetwillen, nicht aber aus eigener Kenntnis seiner bevorzugten Art, die ihn, so jung er ist, meiner Meinung nach sogar zu Höherem noch könnte tauglich machen als zum Vorsteher meiner Güter. Nenne ihn einen Barbaren und Sklaven – nach dem Buchstaben tust du's mit Recht, aber ist dir das Recht genug, wenn's nicht dazu ein Recht ist im Geiste? Ist es wohl Landessitte und echte Art, den Mann danach zu schätzen, ob er frei oder unfrei, einheimisch oder fremd, und nicht vielmehr danach, ob dunkel sein Geist und ohne Schule oder erleuchtet vom Wort und geadelt von seinen Zauberkräften? Was ist die Übung und welches der Väterbrauch hierzulande in dieser Beziehung? Dieser aber führt reine und heitere

Rede, wohlgewählt und in reizendem Tonfall, schreibt eine schmuckhafte Hand und liest dir die Bücher, als spräche er selbst, von sich aus, getrieben vom Geiste, so daß all ihr Witz und Weisheit von ihm zu kommen und ihm zu gehören scheint und du dich wunderst. Was ich wünschte, das wäre, du nähmest Kenntnis von seinen Eigenschaften, ließest dich huldreich ein mit ihm und gewännest seine Freundschaft, die dir viel zukömmlicher wäre als die des hoffärtigen Kielkropfes ...«

»Ich will nicht Kenntnis von ihm nehmen noch mich mit ihm einlassen«, sagte sie starr. »Ich sehe, daß ich im Irrtum war, da ich meinte, du hättest den Knecht schon zu Ende gerühmt. Du hattest noch etwas hinzuzufügen. Nun aber warte ich auf das Wort deiner Gewährung für meine heilig berechtigte Bitte.«

»Ein solches Wort«, erwiderte er, »steht mir nicht zu Gebote infolge der Irrtumsgeborenheit deiner Bitte. Sie geht fehl und ist unerfüllbar in mehr als einem Betracht, – die Frage ist nur, ob ich dir's klarmachen kann; kann ich's nicht, so wird sie, glaube mir, deshalb nicht erfüllbarer. Ich sagte dir schon, daß Osarsiph nicht der erste beste ist. Er mehrt das Haus und ist ihm ein kostbarer Diener, – wer überwände sich wohl, ihn daraus zu vertreiben? Am Hause wär's törichter Raub und grobes Unrecht an ihm, der frei von Fehl und ein Jüngling verfeinerter Art, so daß ihm aufzusagen und ihn so mir nichts, dir nichts des Hofs zu verweisen ein Geschäft von seltener Unbehaglichkeit wäre, zu dem niemand sich leicht bereit fände.«

»Du fürchtest den Sklaven?«

»Ich fürchte die Götter, die mit ihm sind, indem sie alles in seinen Händen gelingen lassen und ihn angenehm machen vor aller Welt, – welche es sind, entzieht sich meiner Beurteilung, aber kräftig machen sie sich geltend in ihm, das ist sicher. Schnell würden dir solche Gedanken vergehen, wie daß man ihn in die Grube des Frondienstes werfen sollte oder ihn schnöde weiterverkaufen, wenn du es nur nicht verweigern wolltest, ihn besser zu kennen. Alsbald nämlich, ich bin dessen sicher, würdest du Anteil an ihm nehmen und würde dein Herz sich erweichen gegen den Jüngling, denn mehr als einen Berührungspunkt gibt es zwischen deinem Leben und seinem, und wenn ich es liebe, ihn um mich zu haben, so, laß dir vertrauen, geschieht es, weil er mich oftmals an dich erinnert...«

»Peteprê!«

»Ich sage, was ich sage, und denke, was keineswegs sinnlos ist. Bist du nicht geweiht und aufgespart dem Gotte, vor dem du tanzest als sein heilig Nebengemahl, und trägst du nicht mit Stolz vor den Menschen den Opferschmuck deiner Geweihtheit? Nun, auch der Jüngling, ich habe es von ihm selbst, trägt so einen Schmuck, unsichtbar wie der deine, – man hat sich, wie es scheint, eine Art von Immergrün darunter vorzustellen, das ein Zeichen geweihter Jugend ist und der Vorbehaltenheit, wie es in seinem allerdings krausen Namen zum Ausdruck gelangt, denn sie nennen es das Kräutlein Rührmichnichtan. So hörte ich's von ihm, nicht ohne Staunen, denn er bekannte mir Neues. Ich wußte wohl von den Göttern Asiens, Attis und Aschrat und den Baalen des Wachstums. Er und die Seinen aber sind unter einem Gott, den ich nicht kannte und dessen Eifer mich überraschte. Denn der Einsame brennt auf Treue und hat sich ihnen verlobt als Blutsbräutigam, – es ist eigentümlich genug. Grundsätzlich tragen sie alle das Kraut und sind aufgespart ihrem Gotte gleich einer Braut. Aber unter ihnen erliest er sich noch einen besonders als Ganzopfer, daß er ausdrücklich den Schmuck trage geweihter Jugend und sei dem Eifrigen aufgespart. Und, denke dir, so einer ist Osarsiph! Sie wissen, sagte er, etwas, was sie die Sünde nennen und den Garten der Sünde, und haben sich auch noch Tiere ersonnen, die aus den Zweigen des Gartens lugen und die man sich wohl nicht häßlich genug vorstellen kann: drei an der Zahl, mit Namen ›Scham‹, ›Schuld‹ und ›Spottgelächter‹. Nun frage ich dich aber zweierlei: Kann man sich einen besseren Diener und Hausmeister wünschen als einen, der zur Treue geboren ist und von Hause aus die Sünde fürchtet wie dieser? Und ferner: Sagte ich zuviel, als ich von Berührungspunkten sprach zwischen dir und dem Jüngling?«

Ach, wie erschrak Mut-em-enet bei diesen Worten! Hatte es sie zehrend geschmerzt, von den Jungfrauen zu hören, die mit Ringen nach Joseph warfen, so war das nichts gewesen, ja etwas wie ein Vergnügen im Vergleich mit dem kalten Schwerte, das sie durchfuhr, als sie die Gründe vernahm, aus denen die Töchter der Stadt seine Augen nicht auf sich zu lenken vermocht hatten. Eine furchtbare Angst, der Ahnung gleich, was alles sie würde um ihn zu leiden haben, überkam sie, und bleicher Gram malte sich offen in ihrem aufwärts gewandten Gesicht. Man mache nur den Versuch, sich in ihre Lage zu versetzen, die zu allem übrigen sogar der Lächerlichkeit nicht entbehrte! Um was kämpfte sie hier und rang mit Potiphars Starrsinn, wenn er die Wahrheit sprach? Wenn der augenöffnende Heilstraum, den sie geträumt und der sie hierher getrieben, gelogen hatte? Wenn derjenige, vor dem sie ihr Leben und das ihres Herrn, des Titelobersten, zu erretten sich abmühte, ein Ganzopfer war, versprochen, beeifert und vorenthalten? In welche Verirrung hatte sie gefürchtet, sich zu verirren? Sie hatte nicht die Kraft und glaubte es sich nicht gönnen zu dürfen, mit der Hand ihre Augen zu verdecken, die, ins Leere starrend, die drei Tiere des Gartens zu schauen meinten: Scham, Schuld und Spottgelächter, von denen das letztere gleich einer Hyäne wieherte. Es war unerträglich. Fort, fort, dachte sie überstürzt, nur fort nun erst recht mit ihm, von dem mir Heilsträume lügen, die schändlich und aberschändlich sind, da ich vergebens, ach, ganz vergebens auch noch, auf ihn den Ring meines Fingers würfe! Ja, ich kämpfe recht und muß weiter kämpfen, gerade nun erst, wenn dem so ist! Glaube ich's aber, und hoffe ich nicht vielmehr insgeheim mit triumphierender Zuversicht, daß mein Heilsverlangen sich stärker erweisen wird als seine Verlobtheit, daß es sie überwinden und er meinem Blicke folgen wird, um mir das Blut zu stillen? Hoffe und fürchte ich das nicht mit einer Kraft, die ich im Grunde für unwiderstehlich halte? Nun denn, so ist's am Tage noch einmal und immer noch, daß er mir aus den Augen und aus dem Hause muß um meines Lebens willen. Da sitzt mein Gatte mit feisten Armen, ein Turm; Dûdu, der zeugende Zwerg, reicht ihm nur bis zum Schienbein. Er ist Truppenoberst. Von ihm und seinem Gewähren habe ich Heil zu erwarten und Rettung, von ihm allein! – Und es war wie ein Zurückflüchten zu dem trägen Gemahl, der der nächste war, daß sie die Kraft ihres Heilsverlangens an ihm erprobe, als sie das Wort wieder aufnahm und ihm mit klingender, singender Stimme zur Antwort gab:

»Laß mich nicht eingehen auf deine Rede und dir nicht streitend erwidern darauf, mein Freund, um sie zu widerlegen. Es wäre müßig. Was du mir sagst, taugt nicht zum Gegenstande des Streitens, ja, du brauchtest es gar nicht zu sagen, sondern statt dessen nur einzusetzen: ›Ich will nicht.‹ Alles dies ist nichts als Kleid und Gleichnis deiner Unbeugsamkeit, und nur die erzene Festigkeit deiner Beschlüsse, dein graniterner Wille treten mir eindrucksvoll daraus entgegen. Sollte ich die wohl bestreiten in zänkischem, nichts vermögendem Wortstreit, da ich sie doch liebe und zärtlich bestaune nach Weibesart? Nun aber bin ich des anderen gewärtig, was wenig oder nichts wäre ohne jenes, aus ihm aber herrlichen Preis gewinnt: Ich warte auf deine gewährende Nachgiebigkeit. In dieser Stunde, die nicht wie andere Stunden ist, dieser Stunde zu zweien, voll von Gewärtigung, in der ich zu dir kam, dich zu bitten, wird dein Manneswille sich zu mir neigen und meinem Wunsche Genüge tun, sprechend: ›Vom Hause sei dieser Anstoß genommen, und Osarsiph sei entamtet, verstoßen und fortverkauft.‹ Vernehm' ich es, mein Herr und Gatte?«

»Du hörtest ja, daß du das nicht von mir vernehmen kannst, meine Gute, beim besten Willen nicht, dich zu erfreuen. Ich kann den Osarsiph nicht verstoßen und fortverkaufen, ich kann es nicht wollen, der Wille dazu steht mir nicht zu Gebote.«

»Du kannst es nicht wollen? So wäre dein Wille dein Herr, nicht aber du Herr deines Willens?«

»Mein Kind, das sind Haarspaltereien. Ist denn ein Unterschied zwischen mir und meinem Willen, daß der eine Herr wäre, der andere Diener und einer den anderen meisterte? Meistere du einmal deinen Willen und wolle, was dir gänzlich zuwider und geradezu greulich ist!«

»Ich bin bereit dazu«, sagte sie und warf den Kopf zurück, »wenn es Höheres gilt, die Ehre, den Stolz und das Reich.«

»Nichts davon steht hier in Frage«, erwiderte er, »oder vielmehr, was in Frage steht allerdings, das ist die Ehre gesunder Vernunft, der Stolz der Klugheit und das Reich der Billigkeit.«

»Denke an sie nicht, Peteprê!« bat sie mit läutender Stimme. »Denke der Stunde, der ganz vereinzelten, und ihrer Gewärtigung, da ich zu dir kam außer der Ordnung und entgegen deiner Bequemlichkeit! Siehe, ich schlinge die Arme um deine Knie und bitte dich: Tu mir Genüge mit deiner Macht, mein Gatte, dies eine Mal, und laß mich fortgehen getröstet!«

»So angenehm es mir ist«, erwiderte er, »deine Arme, die schön sind, um meine Knie zu fühlen, kann ich dir unmöglich willfahren, und es hat mit der Sanftheit deiner Arme zu tun, daß mein Vorwurf nur sanft ist, den ich dir deswegen machen muß, daß du meiner Ruhe so wenig schonst und nach meinem Wohlsein überhaupt nicht mehr fragen zu wollen scheinst. Aber obgleich du nicht fragst, will ich dir deswegen einige

Auskunft geben, unter vier Augen, in dieser vereinzelten Stunde. Wisse denn«, sagte er gewissermaßen geheimnisvoll, »daß ich auf Osarsiphs Gegenwart halten muß – nicht nur des Hauses wegen, das er mir mehrt, oder weil mir der Jüngling die Bücher der Weisen zu Danke liest wie kein anderer. Sondern er ist für mein Wohlsein aus einem anderen Grunde noch überaus wichtig. Sage ich, daß er mir das Wohlgefühl des Vertrauens erregt, so erschöpfe ich's nicht; ich meine ein Unentbehrlicheres. Reich ist sein Geist an Erfindung des Wohltuenden dieser und jener Art; aber die Hauptsache bleibt, daß er mir Rede weiß täglich und stündlich, mich selbst betreffend, die mich mir selber in schönem Lichte zeigt, in göttlichem Lichte, und mir das Herz mit Stärkung füllt in Ansehung meiner, so daß ich mich fühle …«

»Laß mich ringen mit ihm«, sagte sie, indem sie seine Knie fester umschlang, »und ihn aus dem Felde schlagen vor dir, der nur mit Redewendungen dir Stärkung einzuflößen versteht und das Gefühl deiner selbst! Ich kann es besser. Ich gebe dir Gelegenheit, dein Herz zu stärken in der Tat, durch dich selbst, aus eigener Macht, indem du die Gewärtigung dieser Stunde erfüllst und den Knecht der Wüste zurückgibst. Denn wie sehr wirst du dich, mein Gatte, erst fühlen, wenn du mir Genüge getan und ich von dir gehe getröstet!«

»Meinst du?« fragte er blinzelnd. »So höre! Ich will befehlen, daß, wenn mein Meier Mont-kaw nun verscheidet (denn er ist nahe daran), Osarsiph nicht dem Hause vorstehe in seiner Nachfolge, sondern ein anderer, Chamat etwa, der Schreiber des Schenktisches. Osarsiph aber bleibe im Hause.«

Sie schüttelte das Haupt.

»Damit ist mir nicht gedient, mein Freund, und also auch deiner Stärkung nicht und dem Gefühl deiner selbst. Denn nur zur Hälfte oder geringeren Teiles noch wäre damit mein Wunsch gestillt und Genüge geschehn der Gewärtigung. Osarsiph muß aus dem Hause.«

»Dann«, sagte er rasch, »wenn dir das nicht genügt, ziehe ich auch mein Angebot wieder ein, und der Jüngling kommt an die Spitze.«

Sie löste die Arme.

»Ich hörte dein letztes Wort?«

»Ein anderes steht mir, leider, nicht zu Gebote.«

»So will ich gehen«, hauchte sie und stand auf.

»Das mußt du wohl«, sagte er. »Es war alles in allem doch eine liebliche Stunde. Ich werde dir ein Geschenk nachsenden, dich zu erfreuen, eine Salbschale aus Elefantenbein, die Fische, Mäuse und Augen darstellt in ihrem Schnitzwerk.«

Sie wandte ihm den Rücken und schritt gegen die Pfeilerbögen. Dort stand sie einen Augenblick still, von ihrem Kleide einige Falten in der Hand, die sie gegen eine der gebrechlichen Säulen stützte, die Stirn an die Hand gelehnt, das Gesicht in den Falten verborgen. Niemand hat hinter diese Falten geschaut und in Muts verborgenes Antlitz. –

Dann klatschte sie in die Hände und trat hinaus.

Dreifacher Austausch

Nach Aufzeichnung dieses Gespräches nun sind wir in der Geschichte so weit hinabgelangt, daß wir an dem Punkt weiter oben wieder anknüpfen mögen, wo auf die seltsame Sternfigur, zu der im Schüttelspiel des Lebens die Umstände hier zusammenfielen, vorschauend-vorläufig hingewiesen wurde. Denn es hieß dort: um dieselbe Zeit, als die Herrin scheinbar ernstliche Anstrengungen gemacht habe, Joseph aus Potiphars Haus zu entfernen, was bis dahin doch Dûdu's, des Ehezwerges, Betreiben gewesen, habe dieser, der Kleiderbewahrer, angefangen, dem Joseph süße Worte zu geben und seinen ergebenen Freund zu spielen, nicht nur vor ihm selbst, sondern auch vor der Herrin, der er ihn auf alle Weise gerühmt und gepriesen habe. Genau so war es; wir haben dort oben kein Wort zuviel gesagt. Es kam aber daher, daß Dûdu begriff und gewahr wurde, wie es um Mut-em-enet stand und woher ihr Bestreben kam, sich den Jüngling Osarsiph aus den Augen zu schaffen: Er entdeckte es kraft des sonnenhaften Vermögens, dessen sein Unterwuchs gewürdigt war und das er, je überraschender es diesem anstand, desto angelegentlicher ehrte und kultivierte, so daß er in der Tat auf diesem Gebiet als gewitzter Sachkenner und Experte gelten konnte, feinfühlig-spürnäsig in Hinsicht auf alle Vorgänge in dieser Sphäre, – wieviel ihm sonst auch an Zwergenwitz und -weisheit gerade durch die gewichtige Gabe mochte entgangen sein.

Nicht lange also, so war er klug daraus geworden, was er mit seinen patriotischen Klagen über Josephs Wachstum bei der Herrin angerichtet oder zum mindesten befördert hatte, – sogar bedeutend früher als sie selber wurde er stutzend klug daraus; denn anfänglich kam ihre stolze Unwissenheit, die noch nicht an Vorsichtsmaßnahmen dachte, ihm zu Hilfe dabei, später aber, als auch ihr die Augen geöffnet waren, die allgemeine Unfähigkeit der Ergriffenen und Betörten, vor den Menschen ein Hehl aus ihrem Zustand zu machen. So erkannte Dûdu, daß die Herrin in vollem Zuge war, sich unaufhaltsam, elendiglich und mit dem ganzen Ernst ihrer Natur in den ausländischen Leib- und Lesediener ihres Gemahls zu verlieben, und er rieb sich die Hände darob. Es war nicht erwartet und vorgesehen von seiner Seite, aber es konnte, so fand er, dem Hergelaufenen zu einer tieferen Grube werden als jede, die man ihm sonst hätte graben können; und so entschloß sich denn Dûdu von heut auf morgen zu einer Rolle, die nach ihm öfters gespielt worden ist, die aber auch er, schon spät daran immerhin in der Menschenzeit, wohl kaum zum ersten Male spielte, sondern bei deren Betreuung und Erfüllung er mutmaßlich, so wenig berichtet wir über seine Vorgänger sind, in tief ausgetretenen Spuren wandelte: als arger Gönner und Postillon verderblicher Wechselneigung begann der Zwerg hin und her zu gehen zwischen Joseph und Mut-em-enet.

Vor ihr veränderte er geschickt seine Rede in dem Maße, wie er, zuerst vermutungsweise und dann mit Gewißheit, ihr Herz erkannte. Denn sie ließ ihn zu sich kommen in der Sache, um derentwillen er sonst sich zu ihr gedrängt hatte, um zu klagen, und begann von sich aus mit ihm über das Ärgernis zu sprechen, was er anfangs als Zeichen nahm, daß er sie seinem Haß gewonnen und sie lebhaft gemacht habe im Dienst desselben. Bald aber verstand er sie witternd besser, denn ihre Redeweise wollte ihm seltsam scheinen.

»Vorsteher«, sagte sie (zu seiner Freude nannte sie ihn einfach so, obgleich er nur ein Unterverwalter, nämlich der Kleider und Schmuckkästen war), »Vorsteher, ich habe Euch vor mich gerufen durch einen der Türhüter des Frauenhauses, zu dem ich eine Nubierin sandte, weil ich vergebens wartete, daß Ihr von selbst erschient zur notwendigen Fortsetzung unserer Beratungen in jener Angelegenheit, die ich so nenne, weil sie Euch angelegen ist, und auf die Ihr meine Aufmerksamkeit lenktet. Ich muß Euch gelinde Vorwürfe machen, schonend in Hinsicht auf Eure Verdienste einerseits und Euer Zwergentum andererseits, daß Ihr nicht von selbst und aus eigenem Antriebe Euch wieder einfandet zu diesem Ende, sondern mich qualvoll warten ließet; denn Warten ist ganz allgemein eine große Qual, dazu unwürdig einer Frau meines Ranges und dadurch noch qualvoller. Daß mir diese Sache im Herzen brennt, nämlich die jenes ausländischen Jünglings, dessen Namen ich mir notgedrungen habe merken müssen, da er ja, wie ich höre, Meier des Hauses geworden ist statt des Osiris Mont-kaw und zur Wonne euer aller oder doch der meisten von euch als Herr des Überblicks durch die Betriebe geht in seiner Schönheit, – daß mir, so sage ich, diese Schande und Scham im Herzen brennt, sollte dir lieb sein, Zwerg, da du selbst mir sie ja erregt hast mit deinen Klagen und hast mir den Sinn geweckt für das Ärgernis, vor dem ich sonst vielleicht Frieden gehabt hätte, da es mir nun vor den Augen steht Tag und Nacht. Du aber, nachdem du mir die Sache angelegen gemacht, kommst nicht von selber zu mir, um mit mir davon zu sprechen, wie es doch nötig ist, sondern läßt mich allein mit meinem Gram, so daß ich endlich nach dir schicken und dich befehlsweise vor mein Angesicht bestellen muß zur Erörterung des leidig Anhängigen, denn nichts ist peinlicher, als allein gelassen zu werden in einer solchen Sache. Das sollte Er selber wissen, Freund, denn was will Er wohl ausrichten allein und ohne die Herrin als Bundesgenossin gegen den Verhaßten, der ja auf alle Weise so sehr im Vorteil gegen ihn ist, daß man deinen Haß auf ihn, Gewandhüter, geradezu ohnmächtig nennen kann, so sehr ich ihn billige. In der Gunst des Herrn, der dich nicht leiden kann, sitzt jener unerschütterlich, da er sich ihm teuer zu machen gewußt hat durch Witz und Zauber und weil seine Götter alles in seinen Händen gelingen lassen. Wie vermögen sie das? Ich halte seine Götter nicht für so stark, zumal nicht hier in den Ländern, wo sie fremd sind und unverehrt, daß sie auszurichten vermöchten, was ihm auszurichten gelang, seit er bei uns eintrat. In ihm selbst müssen die Gaben sein, die ihm dazu verhalfen, denn ohne solche wächst und gedeiht man nicht vom niedersten Käufling zum Aufseher aller Dinge und Folgemeier, und es ist klar, daß du, Zwerg, ihm in Dingen der Klugheit ebensowenig das Wasser reichst wie in denen der Außengunst, da ja seine Bildung und Manier aller Welt ungemein einzuleuchten scheint, so wenig du und ich das wohl auch zu begreifen vermögen. Alle lieben sie ihn und suchen seine Augen, nicht nur das Gesinde des Hauses, sondern auch das Volk auf den Land- und den Wasserwegen wie in der Stadt, ja, mir ward hinterbracht, daß bei seinem Erscheinen dort allerlei Weiber auf die

Dächer steigen, um nach ihm zu gaffen und gar die Ringe ihrer Finger auf ihn zu werfen zum Zeichen der Lüsternheit. Dies ist nun der Gipfel des Greuels, und besonders deswegen war ich ungeduldig, mit Euch zu sprechen, Vorsteher, und Euren Rat zu hören, wie solcher Schamlosigkeit zu steuern sei, oder umgekehrt Euch meinen Rat wissen zu lassen. Denn diese Nacht, da mich der Schlaf floh, habe ich bei mir erwogen, ob man ihm nicht, wenn er sich zur Stadt begibt, Bogenschützen zuteilen sollte, die ihn begleiten und den so sich benehmenden Weibern Pfeile ins Gesicht schießen müßten, ausdrücklich gerade in das Gesicht hin – und bin zu dem Ergebnis gelangt, daß man allerdings und unbedingt so handeln und diese Maßregel treffen sollte; und da du nun endlich gekommen bist, beauftrage ich dich, die Anweisung dazu sofort ergehen zu lassen auf meine Verantwortung, wenn auch ohne mich gleich zu nennen, sondern du magst tun, als sei der Rat und Einfall deinem eigenen Kopfe entsprungen, und dich damit schmücken. Höchstens ihm allein, dem Osarsiph, magst du sagen, daß ich, die Herrin, es so gewollt, daß man den Weibern ins Gesicht schieße, und magst hören, was er etwa darauf zurückgibt oder wie er sich äußert zu meiner Maßnahme; danach aber sollst du es vor mich bringen, was er gesagt hat, und zwar von selbst und sofort, ohne daß ich dir erst Befehl schicken muß, zu erscheinen, nachdem ich die Qual des Wartens erduldet und den Kummer, in einer so schwierigen Sache allein gelassen zu werden. Denn es scheint leider, daß er, Kleiderwart, lässig geworden ist in dieser Angelegenheit, während ich mich mühe in Amun. Wie Seine Würden Beknechons und du es wolltet, habe ich meines Gatten Knie umschlungen, Petepre's, des Truppenobersten, und mit ihm gerungen die halbe Nacht um die Beendigung dieses Ärgernisses, indem ich seiner Bequemlichkeit lästig fiel bis zur Erniedrigung meiner selbst, bin aber gescheitert an seinem granitenen Willen und ging fort ungetröstet und allein. Nach ihm aber, Zwerg, muß ich Boten über Boten schicken, daß er nur kommt und mir beisteht, dadurch zum Beispiel, daß er mir dies und das von dem schändlichen Jüngling, dem Unkraut des Hauses, berichtet und seinem Gehaben: ob er sich spreizt in seiner neu erlisteten Würde, und welche Worte er braucht über Hausgenossen und Herrschaft, zum Exempel auch über mich, die Herrin, und wie er sich beiläufig über mich ausdrückt in seinen Reden. Wenn ich ihm begegnen soll und sein Wachstum bekämpfen, so muß ich ihn kennen und wissen, wie er meiner gedenkt in der Rede. Deine Saumseligkeit aber läßt mich unberichtet darüber, statt daß du rege wärest und anschlägig und ihn etwa bestimmtest, sich mir zu nähern zur Aufwartung und meine Gnade zu suchen, damit ich ihn genauer prüfte und den Zauber erspähte, womit er die Menschen betört und sie auf seine Seite zieht; denn es ist ein Geheimnis darum, und der Grund seiner Siege ist unerfindlich. Oder vermögt Ihr, Schmuckputzer, zu sehen und zu sagen, was man an ihm findet? Gerade um dies mit Euch, dem erfahrenen Mann, zu erörtern, habe ich nach Euch geschickt und hätte Euch die Frage früher schon vorgelegt, wenn du früher gekommen wärst, Zwerg. Ist er etwa so außerordentlich von Wuchs und Gestalt? Keineswegs, er ist aufgebaut wie sehr viele, einfach nach dem Mannesmaß, nicht so klein wie du, natürlich, aber bei weitem auch wieder so reckenhaft nicht wie Peteprê, mein Gemahl. Man könnte sagen, seine Größe sei gerade recht, aber sagt man denn damit etwas Bestürzendes? Oder ist er so stark, daß er fünf Scheffel Saatkorn oder mehr aus dem Speicher tragen könnte und die Männer davon beeindruckt, die Weiber aber entzückt davon sein müßten? Auch nicht, seine Körperkräfte sind durchaus gemäßigt, eben nur wieder gerade recht, und wenn er den Arm biegt, so strotzt ihm das Manneszeichen des Muskels nicht roh und prahlerisch davon auf, sondern tut sich auf eine geschmackvoll mäßige Art hervor, die man menschlich nennen könnte, aber auch göttlich ... Ach, Freund, so ist es. Aber wie tausendfach kommt es vor in der Welt, und wie wenig rechtfertigt es also seine Siege! Zwar sind es Haupt und Antlitz, die der Gestalt erst Sinn und Wert verleihen, und man mag um der Billigkeit willen einräumen, daß seine Augen schön sind unter ihren Bögen und in ihrer Nacht, schön sowohl, wenn sie groß und offen blicken, wie auch, falls es ihm beliebt, sie auf eine bestimmte, Euch zweifellos bekannte Art, die man schleierhaft listig und träumerisch nennen könnte, zusammenzuziehen. Was aber ist es mit seinem Munde, und wie soll man verstehen, daß er es den Menschen damit antut und sie ihn, wie ich höre, geradezu den Mund nennen, des Hauses Obersten Mund? Das ist nicht zu verstehen, und hier ist ein Rätsel, das man ergründen müßte, denn seine Lippen sind ja eher zu wulstig, und das Lächeln, mit dem sie sich zu schmücken wissen, so daß ihm die Zähne dazwischen glitzern, erklärt nur zum kleinsten Teil eure Betörung, selbst wenn man die geschickten Worte hinzunimmt, die darauf ihren Sitz haben. Ich neige der Ansicht zu, daß das Geheimnis seines Zaubers in erster Linie das seines Mundes ist und daß man es diesem ablauschen müßte, um den Verwegenen desto sicherer im eigenen Netze zu fangen. Wenn meine Diener mich nicht verraten und mich nicht qualvoll warten lassen auf ihren Beistand, will ich's wohl auf mich nehmen, ihm auf die Schliche zu kommen und ihn zu Fall zu bringen. Widersteht er mir aber, dann wisse, Zwerg, daß ich den Bogenschützen befehlen werde, ihre Waffen umzukehren und ihre Pfeile in sein, des Verdammten, Gesicht zu schießen, in die Nacht seiner Augen hinein und in seines Mundes verderbliche Wonne!«

So seltsamen Worten der Herrin lauschte Dûdu in Würden, das Dach seiner Oberlippe vorgeschoben über die untere, das hohle Händchen hinter der Ohrmuschel, zum Zeichen seiner Aufmerksamkeit, die ungeheuchelt war; und seine Beschlagenheit auf zeugerischem Gebiet setzte ihn in den Stand, sie zu deuten. Da er aber ihr Herz erkannte, veränderte er seine Rede gegen sie, nicht allzu jäh, sondern allmählich, indem er von einem Ton in den anderen schlüpfte, heute anders von Joseph sprach als gestern, sich aber dabei aufs Gestrige berief, als habe es ebenso günstig gelautet (während es allerdings schon eines etwas milderen Sinnes, aber doch noch eines viel schmählicheren gewesen war), und überhaupt alles bisher über den jungen Hausmeier Gesagte in sein Gegenteil, Galle in Honigseim zu verkehren bestrebt war. Jeden Nüchternen hätte eine so grobe Fälschung angewidert und in Harnisch gejagt wegen der Geringschätzung des menschlichen Verstandes, die sich dreist darin kundgab. Aber den Dûdu lehrte der Geist der Zeugung, was alles man Leuten im Zustande Mut-em-enets zumuten dürfe, und ungescheut mutete er es ihr zu, – die denn auch schon viel zu benommen und hochverdummt im Kopfe war von dem, was in ihr braute, als daß sie Anstoß hätte nehmen mögen an so viel Frechheit, ja, sogar noch dankbar war sie dem Zwerge für seine Wendigkeit.

»Edelste Frau«, sprach er, »wenn dein Ergebenster gestern nicht vor dir erschien, um das Laufende und das Anhängige mit dir zu erörtern (denn ehegestern war ich zur Stelle, wie du dich gleich erinnern wirst, wenn ich dich gemahne, und nur der heilige Eifer, mit dem auch du diese Sache verfolgst, vergrößert dir die Spanne meines Fernbleibens), – so einzig darum, weil die Geschäfte meines Kammeramtes mich dringlich beanspruchten, ohne doch auch nur vorübergehend meine Gedanken der Angelegenheit abwendig machen zu können, die dir – und darum auch mir – nahe am Herzen liegt und die Osarsiph, den Neumeier, betrifft. Meine Obliegenheiten als Großgarderobier sind mir, was du nicht schelten wirst, lieb und teuer, sie sind mir ans Herz gewachsen, wie Pflichten und Bürden es tun, die anfangs nur eben solche waren und die uns je länger, je mehr zum Gegenstande der Herzensneigung werden. So auch mir das Geschäft und die ernste Betreibung, wegen der mit dir Rats zu pflegen dein Unterwürfigster öfters den Vorzug hat. Wie wohl auch sollte man eine Sorge nicht unentbehrlich ins Herz schließen, wegen welcher man, Herrin, mit dir täglich oder fast täglich Rede und Antwort wechseln darf, gerufen und ungerufen? Und wie könnte es fehlen, daß man die Dankbarkeit für diesen Hochgenuß auch auf den Gegenstand der Sorge überträgt und auch ihn mit ins Herz schließt schon um dessentwillen, daß es ihm vergönnt war, zum Gegenstand deiner Sorge aufzusteigen? Das ist anders nicht möglich, und zum Glück darf dein Knecht sich erinnern, daß er des Gegenstandes, nämlich der fraglichen Person, niemals anders gedacht hat als eines, der deines Gedenkens würdig. Es geschieht Dûdun Weh und Unrecht, wenn man vermeint, er habe sich vom schönen Dienst des Ankleidezimmers nur eine Stunde hindern lassen, unter der Hand auch die Sache zu besinnen und zu betreiben, an der teilzunehmen seine Frau ihm vergönnt. Denn man soll das eine tun und das andre nicht lassen, das war mein Leitsatz von je, war es in irdischen wie auch in göttlichen Dingen. Ein großer Gott ist Amun, er könnte nicht größer sein. Soll man aber darum anderen Göttern des Landes Ehre und Kost verweigern, solchen zumal, die ihm nahe verwandt sind bis zur Einerleiheit und ihm ihren Namen genannt haben wie Atum-Rê-Horachte zu On in Unterägypten? Schon als ich das letztemal vor der Erlauchten zu reden begnadet war, habe ich mich darüber auszudrücken versucht, wenn auch wohl noch mit linkischem Mißlingen, welch ein großer, weiser und milder Gott dieser ist, ausgezeichnet durch Erfindungen wie die Uhr und den Zeitweiser durchs Jahr, ohne die wir wie Tiere wären? Von Jugend auf habe ich mich leise gefragt und frage mich neuerdings laut, wie wohl Amun in seiner Kapelle es uns übel vermerken sollte, wenn wir den milden und großzügigen Gedanken dieses so majestätischen Wesens, mit dessen Namen er den seinen vereinigt hat, Rechnung tragen in unserm Herzen. Ist nicht Seine Würden Beknechons Erster Prophet sowohl des einen wie des andern? Wenn meine Herrin vor Amun die hell klingende Klapper rührt als seine Nebengemahlin im schönen Fest, so heißt sie nicht Mut mehr, wie alle Tage, sondern Hathōr, die da ist Atum-Rê's heilige Eheschwester mit Scheibe und Hörnern und nicht des Amun. Dies erwägend, hat dein Getreuester niemals abgelassen, jene Herzensangelegenheit zu betreiben und sich dem blühenden Jüngling zu nähern, Asiens Sprossen, der unter uns zum Jungmeier aufgestiegen und zum Gegenstand deiner Sorge, um ihn recht zu ergründen, daß ich diesmal besser und zutreffender über ihn zu reden vermöchte vor dir, als es mir letztesmal bei allem Bemühen noch gelingen wollte. Alles in allem fand ich ihn reizend – in den Grenzen, die die Naturordnung hier dem Beifall zieht eines Mannes, wie ich es bin. Anders steht es mit den Frauenzimmern auf den Dächern und Mauern, aber ich fand, daß unser Jüngling wenig oder gar nichts gegen ihre Beschießung würde einzuwenden haben, und in diesem Betracht scheint kein Grund vorzuliegen zur Umkehrung der Waffen. Denn ich hörte ihn sagen von ungefähr, eine nur habe das Recht, nach ihm zu schauen und ihn ins Auge zu fassen, wobei er mich ansah überaus nächtig unter den Bögen hervor, groß und glänzend zuerst, danach aber schleierhaft-listig nach seiner interessanten Art. Wenn in dieser Bemerkung ein Fingerzeig zu finden ist für die Art, wie er deiner gedenkt, so ließ ich mir doch an ihm nicht genügen; und da ich gewohnt bin, die Menschen einzuschätzen und zu beurteilen je nach ihrem Verhalten zu dir, so wußte ich das Gespräch auf den Liebreiz der Frauen zu bringen und legte ihm männlich die Frage vor, welche er wohl für die schönste erachte, die ihm begegnet. ›Mut-em-enet, unsere Herrin‹, sprach er da, ›ist die Schönste hier und in weitestem Umkreise. Denn ginge man auch über sieben Berge, so fände man keine Liebreizendere.« Und dabei trat eine Atum-Röte in sein Angesicht, die ich nur derjenigen vergleichen kann, die augenblicklich das deine färbt, aus Freude, wie ich mir schmeichle, über die rege Anschlägigkeit deines Ergebensten in dieser Herzenssache. Denn nicht genug damit, so bin ich auch deinem Wunsche zuvorgekommen, der Neumeier möge dir öfters aufwarten und sich deiner Prüfung gestellen, daß du ihm auf den Zauber kommst und das Geheimnis seines Mundes ergründest, wozu ich von Natur wegen mich unberufen fühle. Dringlich habe ich ihn ermahnt und seiner Zaghaftigkeit zugeredet, sich dir, o Frau, zu nahen, je fleißiger desto besser, und mit seinem Munde die Erde vor dir zu küssen, welche es dulde. Hierauf verstummte er mir. Aber die Atum-Röte, die unterdessen aus seinem Antlitz schon gewichen war, stieg sehr schnell aufs neue darein empor, und ich nahm sie als Merkmal seines Bangens, sich dir zu verraten und dir sein Geheimnis preiszugeben. Dennoch halte ich mich überzeugt, daß er meiner Weisung folgen wird. Zwar hat er mich, mit welchen Mitteln nun immer, überwachsen in diesem Hause und ist an der Spitze; aber ich bin der Ältere nach meinen Jahren und meiner Eingesessenheit und rede frisch und frank mit solchem Jüngling als der plane Mann, der ich bin und als der ich mich meiner Dame zu Gnaden empfehle.«

Damit verbeugte sich Dûdu höchst anständig, indem er die Stummelärmchen gerade von seinen Schultern herabhängen ließ, machte kehrt und ging knappen Trittes zu Joseph, den er mit den Worten begrüßte:

»Meine Verehrung, du Mund des Hauses!«

»Ei, Dûdu«, antwortete Joseph, »kommst du zu mir und bringst mir deine geschätzte Verehrung dar? Wie geht das zu? Denn noch kürzlich wolltest du nicht mit mir essen und ließest durchblicken in Wort und Tat, du seiest mir nicht sonderlich grün?«

»Grün?« fragte Zesets Gatte zurückgelegten Kopfes zu ihm empor. »Ich war dir grüner von je als mancher, der dir besonders grün getan haben mag in sieben Jahren, aber ich ließ es mir nicht so merken. Ich bin ein spröder, bedächtiger Mann, der seine Gunst und Ergebenheit nicht jedem gleich um den Hals hängt um seiner schönen Augen willen, sondern sich prüfend zurückhält und sein Zutrauen reifen läßt wohl sieben Jahre lang. Ist's aber einmal herangereift, dann ist dafür auch auf meine Treue der letzte Verlaß, und der Erprobte mag sie erproben.«

»Sehr schön«, erwiderte Joseph. »Es soll mir lieb sein, deine Neigung gewonnen zu haben, ohne daß ich mich ihretwegen in große Unkosten gestürzt hätte.«

»Unkosten oder nicht«, versetzte der Kleine mit unterdrücktem Ärger, »jedenfalls magst du fortan auf meinen Diensteifer bauen, welcher in erster Linie den Göttern gilt, die sichtbarlich mit dir sind. Ein frommer Mann bin ich, der die Stellungnahme der Götter achtet und eines Mannes Tugend nach seinem Glücke schätzt. Die Gunst der Götter ist überzeugend. Wer wäre so hartnäckig, ihr auf die Dauer die eigene Meinung entgegenzustellen? So dumm und verstockt ist Dûdu nicht, und darum bin ich der Deine geworden mit Haut und Haaren.«

»Das höre ich gern«, sagte Joseph, »und beglückwünsche dich zu deiner Gottesklugheit. Danach nun aber können wir einander wohl Urlaub geben, denn die Geschäfte rufen.«

»Mein Eindruck ist«, beharrte Dûdu, »daß der Herr Jungmeier meine Eröffnung, die einem Anerbieten gleichkommt, nach Wert und Bedeutung noch nicht ganz zu schätzen weiß. Du würdest dich sonst nicht schon hinwegheben wollen zu den Geschäften, ehe du Sinn und Tragweite meines Antrages recht erforscht und dich ganz unterrichtet über die Vorteile, die er dir bietet. Denn du magst mir vertrauen und dich meiner Treue und Anschlägigkeit bedienen in allen Stücken: wie in

Dingen des Hauswesens, also auch in Hinsicht deiner Person und ihrer Glückseligkeit, und magst auf Dûdu's, des Weltmannes, gründliche Erfahrung bauen im Begehen von Nebenwegen wie in allen Sparten der Kundschafterei, des verdeckten Aushorchertums, der Botengängerei, Zuträgerei und des höheren Meldewesens, nicht zu gedenken einer Verschwiegenheit, wie sie an Feinheit und Unverbrüchlichkeit auf Erden wohl nicht ihresgleichen hat. Ich hoffe, daß deine Augen sich zu öffnen anfangen für die Bedeutung meiner Offerte.«

»Sie waren niemals blind dafür«, versicherte Joseph. »Du mißverstehst mich gar sehr, wenn du glaubst, daß ich das Schwergewicht deiner Freundschaft verkennte.«

»Deine Worte befriedigen mich«, sagte der Zwerg, »doch nicht so sehr der Ton, in dem du sie vorbringst. Täuscht mich mein Ohr nicht, so spricht eine gewisse Steifheit daraus und eine Zurückhaltung, welche in meinen Augen einem verflossenen Zeitabschnitt angehört und für die kein Raum mehr sein sollte zwischen dir und mir, da ich sie für mein Teil so gänzlich habe dahinfahren lassen. Sie müßte mich schmerzen von deiner Seite als kränkende Ungerechtigkeit, denn du hast geradeso lange Zeit gehabt, dein Zutrauen reifen zu lassen zu mir, wie dem Wachstum des meinen gegönnt war zu dir, nämlich sieben Jahre. Vertrauen gegen Vertrauen. Ich sehe wohl, ich muß ein übriges tun und dich in das meine ziehen noch tiefer, damit auch du ohne spröden Vorbehalt mich aufnimmst in das deine. So wisse denn, Osarsiph«, sagte er und dämpfte die Stimme, »daß mein Entschluß, dich zu lieben und mich deinem Dienst zu ergeben mit ganzer Person, nicht ganz allein meiner Gottesfurcht entsprungen ist. Es fiel dabei außerdem, und zwar, daß ich es nur gestehe, entscheidend, der Wunsch und die Weisung einer irdischen, wenn auch den Göttern sehr nahestehenden Person ins Gewicht –« Er blinzelte nur noch.

»Nun, welcher denn?« konnte Joseph zu fragen sich nicht enthalten.

»Du fragst?« erwiderte Dûdu. »Gut denn, mit meiner Antwort eben ziehe ich dich ins zarteste Vertrauen, damit du's erwiderst.« Er stellte sich auf die Zehenspitzen, legte das Händchen an seinen Mund und flüsterte:

»Es war die Herrin.«

»Die Herrin?!« gab Joseph allzu schnell und ebenso leise zurück und beugte sich zu dem Aufstrebenden nieder. Es war leider so: der Zwerg hatte das Wort zu sprechen gewußt, das seinen Unterredner sofort in hastiger Neugier an dem Gespräch beteiligte. Josephs Herz, das Jaakob daheim für längst geborgen im Tode hielt, das aber hier in Ägyptenland seinen Gang weitergegangen und den Fährnissen des Lebens ausgesetzt geblieben war, stockte ihm in der Brust – in Selbstvergessenheit stand es still einen Augenblick, um dann, nach des Herzens uralter Gepflogenheit, mit desto schnelleren Schlägen nachzuholen, was es versäumt.

Er richtete sich übrigens gleich wieder auf und befahl:

»Tu deine Hand vom Munde! Du magst leise reden, aber die hohle Hand nimm hinweg!«

Dies sagte er, damit niemand sähe, daß er mit dem Ehezwerge Geheimnisse habe, – bereit immerhin, solche mit ihm zu haben, voll Widerwillen aber gegen des Geheimnisses äußere Gebärde.

Dûdu gehorchte.

»Es war Mut, unsre Frau«, bestätigte er, »die Erste und Rechte. Sie ließ mich vor sich kommen um deinetwillen und sprach mich mit den Worten an: ›Herr Vorsteher‹ – (Verzeih, der Vorsteher hier bist du nach Mont-kaws Vergöttlichung und hast das Sondergemach des Vertrauens bezogen, da ich es nach wie vor nur in einem würdig beschränkten Sinne bin. Doch ist es die Art und schöne Flatterie der Herrin, dermaßen zu mir zu reden.) ›Herr Vorsteher‹, sprach sie, ›um auf den Jüngling Osarsiph zurückzukommen, den Neumeier des Hauses, über den wir schon manchmal unsere Gedanken tauschten, so scheint mir der Augenblick gekommen, daß Ihr die männliche Sprödigkeit und prüfende Zurückhaltung, die Ihr ihm gegenüber durch einige Jahre, etwa sieben mögen es sein, habt walten lassen, nun doch endlich fahren lasset und Euch frischweg seinem Dienste ergebt, wie zu tun Ihr im Grund Eures Herzens ja längst schon wünschet. Ich habe die Bedenken, die Ihr hie und da gegen sein unaufhaltsames Wachstum im Hause glaubtet vor mich bringen zu sollen, wohl geprüft, sie aber nunmehr endgültig verworfen um seiner offenkundigen Tugend willen, und dies um so lieber und leichter, als Ihr selbst Eure Einwände mit der Zeit immer zögernder vorbrachtet und matter und kaum noch verbergen konntet und wolltet, daß längst schon die Liebe zu ihm in Eurem Busen zu grünen begonnen hat. Ihr sollt Euch länger – ich will es so – keinen Zwang mehr auferlegen, sondern ihm dienen grünen und treuen Herzens, das ist eine Herzenssache mir selbst, der Herrin. Denn daß die besten Diener des Hauses einander wahrhaft grün sind und einen Bund machen zu seiner Wohlfahrt, das muß mir am Herzen liegen wie weniges. Einen solchen Bund sollt Ihr, Dûdu, mit dem Jungmeier machen und sollt als erfahrener Mann seiner Jugend ein Beistand, Ratgeber, Bote und Wegweiser sein – es ist mir Herzenssache. Denn er ist zwar klug, und was er tut, da geben meistens die Götter Glück zu durch ihn; in manchen Stücken ist aber seine Jugend ihm eben doch ein Hemmnis und Fährnis. Vom Fährnis zuerst zu reden, so ist seine Jugend mit beträchtlicher Schönheit verbunden, welche sowohl in seinem richtigen Wuchs wie in seinen schleierhaften Augen und seinem voll ausgebildeten Munde beschlossen ist, so daß man wohl über sieben Berge steigen könnte, ohne auf einen Jüngling von ähnlich gutem Aussehen zu stoßen. Was ich Euch anbefehle, ist, ihn mit Eurer Person gegen unleidliche Neugier zu decken und ihm für Stadtgänge notfalls einen Schutztrupp von Pfeilschützen beizugeben, die auf zudringliche Wurfgeschosse von Dächern und Mauern mit einem Pfeilregen erwidern sollen zu seiner Entfährdung. Um aber dann auch gleich aufs Hemmnis zu kommen, so scheint es, daß seine Jugend ihn in einzelnen Hinsichten noch allzu scheu und zaghaft macht, so daß ich Eueren Auftrag auch darauf ausdehnen will, daß Ihr ihm behilflich seid, solchen Kleinmut zu überwinden. Allzu selten oder fast nie zum Beispiel getraut er sich, vor mich, die Herrin, zu treten und mit mir das Gespräch zu pflegen zur Erörterung des Laufenden und des Anhängigen. Das misse ich ungern, denn keineswegs bin ich wie Peteprê, mein Gemahl, der sich grundsätzlich keines Dinges annimmt, sondern sehr gern nähme ich teil als Herrin an den Wirtschaftsbelangen und habe es immer beklagt, daß Mont-kaw, der vergöttlichte Meier, sei es aus fälschlicher Ehrfurcht oder aus Herrschsucht, mich so ganz davon ausschloß. In diesem Punkt habe ich mir einigen Vorteil versprochen für mich vom Wechsel im Oberamt, sehe mich aber bis jetzt in dieser Hoffnung getäuscht und befehle Euch, Freund, den feinen Vermittler zu machen zwischen mir und dem Jungmeier und ihn zu bestimmen, daß er seine Jünglingsscheu überwinde und sich mir öfters nahe zur Unterhaltung über dieses und jenes. Und magst dies geradezu als Hauptzweck und -ziel des Bundes betrachten, den du mit ihm machen sollst, wie auch ich, Mut-em-enet, einen solchen errichte mit dir. Denn ich nehme dich in Pflicht um seinetwillen, was man wohl einen Bund nennen kann zu dritt zwischen dir, mir und ihm.‹ – Das sind die Worte«, schloß Dûdu, »mit denen die Herrin mich ansprach und mit deren Wiedergabe ich dich, junger Meier, ins zarteste Vertrauen gezogen, damit du's erwiderst. Denn du wirst nun wohl besser verstehen, was es auf sich hat mit meiner Offerte, laut der ich mich blindlings deinem Dienste ergeben will und jederlei verschwiegene Nebenwege für dich hin und her zu gehen bereit bin um des dreifachen Bundes willen.«

»Schon gut«, erwiderte Joseph gedämpft und mit erzwungener Ruhe. »Ich habe dich angehört, Vorsteher der Schmuckkästen, aus Achtung der Herrin, die aus dir sprach, wie ich wenigstens glauben soll, und auch aus Achtung vor dir, dem geschliffenen Weltmann, hinter dem zurückzustehen an Glätte und Kälte mir nicht geziemen würde. Siehe, ich glaube nicht sehr daran, daß du mir neuerdings grün und zugetan sein willst, – für Weltkunst halt' ich das, offen gesagt, und geriebenen Lug, du wirst es nicht übelnehmen. Und auch ich, Freund, liebe Euch nicht ohne Maß, es hält sich mit meiner Schwärmerei für Eure Person, ich kann wohl sagen: sie ist mir eher zuwider. Aber es ist mein Wille, Euch zu beweisen, daß ich nicht weniger weltmännisch meiner Empfindungen Herr bin als ihr und fähig, aus kalter Klugheit gar keine Rücksicht auf sie zu nehmen. Ein Mann wie ich kann nicht immer nur gerade Wege gehen; auch krumme darf er von Fall zu Fall nicht scheuen. Und nicht nur Biedermänner taugen einem solchen zu Freunden, sondern auch geschliffener Spitzel und Zubläser muß er sich weltlich kalt zu bedienen wissen. Darum hüte ich mich, Euren Antrag abzuweisen, Meister Dûdu, und nehme Euch bereitwillig in Pflicht und Dienst. Von einem Bunde laßt uns nicht reden; das Wort behagt mir nicht zwischen Euch und mir, selbst wenn die Herrin mitzuhalten gemeint sein sollte. Aber was Ihr mir zuzublasen wißt aus Haus und Stadt, das blaset mir immer zu, ich will es zu nutzen suchen.«

»Wenn du nur meiner Treue vertraust«, versetzte der Mißwüchsige, »so soll es mir gleich sein, ob du sie für weltlich hältst oder herzlich. Der Liebe brauche ich nicht in der Welt; ich habe ihrer daheim von seiten der Zeset, meines Weibes, und meiner gelungenen Kinder Esesi und Ebebi. Doch hat die herrliche Herrin mir den Bund mit dir, und daß ich deiner Jugend Beistand, Ratgeber, Bote und Wegweiser sein soll, zur Herzenssache gemacht, – und daß ich deiner Jugend Beistand, Ratgeber,

Bote und Wegweiser sein soll, daran halte ich mich für mein
Teil – und will zufrieden sein, wenn du nur auf mich baust, sei's
nun mit dem Herzen oder dem Weltverstand. Vergiß nicht, was
ich dir zublies vom Verlangen der Herrin, von dir in die Hausgeschäfte vertraulicher eingeweiht zu werden als von Montkaw und öfters mit ihr des Gesprächs zu pflegen! Hast du mir
darauf wohl eine Botschaft zu geben, zurück auf den Weg?«

»Nicht daß ich gleich wüßte«, erwiderte Joseph. »Laß dir
genügen, daß du dich der deinen entledigst, und mir überlaß es,
ihr Rechnung zu tragen.«

»Ganz wie du willst. Ich kann aber«, sagte der Zwerg, »meine
treue Zubläserei noch ergänzen. Denn die Herrin ließ fallen, sie
wolle sich heute um Untergang zur Beruhigung ihres schönen
Gemütes im Garten bewegen und sich die Aufschüttung hinaufbewegen ins lauschige Gartenhäuschen, um ihren Gedanken dort Stelldichein zu geben. Wem's etwa um eine Unterhaltung mit ihr zu tun sei und um das Vorbringen von Bitte
und Nachricht, der möge die nicht alltägliche Gunst sich zunutze machen und sich einstellen ebenfalls im leichten Häuschen zur Audienz.«

Dies log Herr Dûdu einfach in seinen Hals. Die Herrin hatte
nichts dergleichen geäußert. Er wollte sie aber, wenn Joseph
ihm auf den Leim ging, in Fortsetzung seiner Lüge von jenem
aus in das Häuschen laden und so eine Heimlichkeit einfädeln.
Auch ging er von seinem Vorhaben nicht ab, obgleich der Versuchte ihm kaum die Hand dazu bot.

Joseph nämlich quittierte nur trocken das Zugeblasene,
ohne sich über den Gebrauch, den er davon zu machen gedachte, verbindlich zu äußern, und wandte dem Schmuckintendanten den Rücken. Sein Herz aber klopfte, wenn auch nicht
mehr so rasch wie vorhin (da es das Versäumnis eines Augenblicks längst wieder eingebracht hatte), so doch in sehr starken
Schlägen, und die Geschichte will und kann nicht verhehlen

oder verleugnen, daß er sich freute bis zum Entzücken über das von der Herrin Vernommene, insgleichen darüber, was um die Stunde des Untergangs zu unternehmen ihm freistand. Wie dringlich die Stimme war seiner Brust, die ihm wispernd abmahnte, sich einzustellen, das läßt sich denken; und niemanden wird es überraschen, zu hören, daß sogleich dies Gewisper auch außer und neben ihm war als vertraute Grillenstimme. Denn da er von Dûdu's Gespräch weggehend das Haus aufsuchte, um sich zu besinnen im Sondergemach des Vertrauens, war es Se'ench-Wen-nofre, und so weiter, Gottliebchen-Schepses-Bes war es, das Alräunchen im Knitterstaat, das mit ihm hereinschlüpfte und zu ihm emporraunte:

»Tu's, Osarsiph, nicht, was der böse Gevatter dir riet, tu's nimmer und niemals!«

»Wie, Freundchen, bist du zur Stelle?« fragte Joseph etwas betreten. Und fragte ihn dann, in welcher Falte und Spalte er denn wieder gesteckt habe, daß er wissen wolle, was Dûdu geraten.

»In keiner«, versetzte das Männlein. »Aber von weitem sah ich mit meiner Augen Zwergenschärfe, wie du dem andern die hohle Hand am Munde verbotest, doch erst nachdem du dich hastig niedergebeugt zu seinen Verhohlenheiten. Da wußte die kleine Weisheit, wes Name er dir genannt.«

»Ein Tausendsassa bist du, ein richtiger!« erwiderte Joseph. »Und nun bist du wohl eingeschlüpft, um mich zu beglückwünschen zu einer so schönen Wendung, daß die Herrin selber den Feind, der mich lange vor ihr verklagt, zu mir entsendet mit dem unmißverständlichen Bedeuten, daß ich nun endlich dennoch Gnade gefunden vor ihr und sie die Geschäfte mit mir zu bereden begehre? Gestehe nur, daß das eine herrliche Wendung ist, und freue dich mit mir, daß es mir freisteht, mich heute um Untergang zur Audienz einzustellen im Gartenhäuschen, denn ich freue mich unbändig darüber! Ich sage übrigens nicht, daß ich vorhabe, mich einzustellen – es fehlt viel, daß ich dazu entschlossen wäre. Allein, daß es mir freisteht und ich die Wahl habe, ob ich's tun oder lassen will, das freut mich ausnehmend, und dazu sollst du, Däumling, mir Glück wünschen!«

»Ach, Osarsiph«, seufzte der Kleine, »wolltest du's lassen, so wärest du der Wahl nicht so froh, und deine Freude ist der kleinen Weisheit ein Wink, daß du eher gewillt bist, dich einzustellen! Soll der Zwerg dich wohl dazu beglückwünschen?«

»Besonders kleines Gefasel ist es«, schalt Joseph, »und ein undienliches Gezirp, womit du mich da regalierst. Willst du's des Menschen Sohn nicht gönnen, daß er sich seines freien Willens freue, zumal in einer Sache, in der er nie gedacht hätte, sich seiner freuen zu dürfen? Erinnere dich mit mir und denke zurück in der Zeit bis zu dem Tag und der Stunde, da der Herr mich gekauft hatte durch den Vergöttlichten und dieser durch Chamat, den Schreiber, von meinem Brunnenvater, dem Alten aus Midian, und wir waren allein geblieben auf dem Hof: ich, du und dein Affentier, weißt du wohl noch? Da wiesest du den Verwirrten: ›Wirf dich zu Boden!‹, und auf den Schultern der Gummiesser zog hoch und erhaben die fremde Herrin vorüber des Hauses, das mich gekauft, und ließ ihren Lilienarm von der Trage hängen, wie ich sah zwischen meinen Händen. Blind vor Geringschätzung blickte sie auf mich wie auf eine Sache, und der Knabe blickte auf sie wie auf eine Göttin, blind vor Ehrfurcht. Dann aber hat Gott es gewollt und veranstaltet, daß ich in diesem Hause wuchs wie an einer Quelle durch sieben Jahre und kam auf gegen alles Gesinde, bis ich die Erbfolge antrat des Nierenkranken und an der Spitze war. So verherrlichte sich in mir der Herr, mein Gott. Nur eine Trübnis war in der Scheibe meines Glückes und schlackicht sein Erz in der einzigen Hinsicht: die Herrin war wider mich mit Ehren Beknechons, dem Amunsmann, und Dûdu, dem Ehekrüppel, und ich war schon froh, wenn sie mir finstere Blicke gab – immer noch besser als gar keine. Nun sieh aber an: Ist es nicht meines Glückes reine Vollendung, und ist's nicht schlackenfrei nun erst ganz, da ihre Blicke sich erhellt haben gegen mich und sie mich ihrer jungen Gnade bedeuten läßt sowie ihres Begehrens, Geschäftliches mit mir zu bereden in Sonderaudienz? Wer hätte gedacht zu der Stunde, da du dem Knaben zuwispertest: ›Wirf dich zu Boden!‹, daß er eines Tages freie Wahl haben werde, sich dazu einzustellen oder auch nicht? Halt es mir nur zugute, Freund, daß ich mich darüber freue!«

»Ach, Osarsiph, freue dich, nachdem du beschlossen hast, zu meiden das Stelldichein – vorher nicht!«

»Du fängst jede Rede mit ›Ach!‹ an, Hutzelchen, statt sie mit ›Oh!‹ anzufangen und mit Wunderjubel. Was bläst du Trübsal, fängst Grillen und suchst dir Sorgen? Ich sagte dir ja, daß ich eher geneigt bin, mich nicht einzustellen im Häuschen. Nur ist es damit auch wieder so eine Sache. Denn schließlich ist es die Herrin, die mich hat bedeuten lassen – man könnte auch sagen: erstlich ist sie's, so wichtig ist dieser Umstand. Weltklugheit geziemt einem Manne wie mir und kühl berechnender Sinn. Ein solcher muß auf seinen Vorteil bedacht sein und darf sich nicht kleinlich scheuen, die Gelegenheit beim Schopf zu ergreifen, die sich bietet, ihn zu verstärken. Bedenke wohl, wie sehr ein Bund mit der Herrin und ein nahes Verhältnis zu ihr meiner Stellung im Hause zustatten käme als schätzbarer Rückhalt! Sodann aber: Sage mir doch, wer ich bin, daß ich Wunsch und Weisung der Herrin beurteilen sollte mit Ja und Nein und mich darüber erheben mit eigenem Ratschluß? Zwar bin ich über dem Hause, doch hörig dem Hause, sein Käufling und Knecht. Sie aber ist hier die Erste und Rechte, des Hauses Frau, und Gehorsam schulde ich dieser. Es gibt niemanden, unter den Lebenden nicht noch unter den Toten, der's tadeln könnte, wenn ich blind und dienertreu ihr Geheiß erfüllte, ja, wohl gar den Tadel zöge ich mir zu der Lebenden und Toten, hielte ich's anders. Denn zu früh wäre ich offenbar zum Befehlshaber aufgerückt, hätt' ich's noch nicht einmal zum Gehorchen gebracht. Darum fange ich an, mich zu fragen, ob du nicht recht hattest, Beslein, mit deiner Bemängelung meiner Freude an freier Wahl. Denn vielleicht ist mir solche gar nicht gelassen, und einstellen muß ich mich ganz unbedingt?«

»Ach, Osarsiph«, raschelte das Stimmchen, »wie soll ich nicht ach sagen, ach und weh, da ich dich reden höre und Larifari machen mit deiner Zunge! Gut, schön und klug warst du, als du zu uns kamst als Siebente Sache und ich für deinen Kauf einstand gegen den bösen Gevatter, weil die kleine Weisheit, die ungetrübte, auf den ersten Blick deinen Wert und Segen erkannte. Schön bist du noch und gut im Grunde, doch von dem dritten, da laß mich schweigen! Ist's nicht ein Jammer, dich anzuhören, wenn man an früher denkt? Klug warst du bis dato, von echter, untrüglicher Klugheit, und frei geradehin gingen deine Gedanken, erhobenen Hauptes und lustig, dienstbar allein deinem Geiste. Kaum aber hat vom Atem des Feuerstiers, vor dem sich der Kleine entsetzt wie vor nichts in der Welt, ein Hauch dein Antlitz gestreift, da bist du schon dumm, daß Gott erbarm', dumm wie ein Esel, daß man dich prügeln möchte rund um die Stadt, und deine Gedanken gehen auf allen vieren und lassen die Zunge hängen, dienstbar nicht mehr deinem Geist, sondern dem bösen Hange. Ach, ach, wie schimpflich! Luftdrusch und Winkelzüge und falsche Folge, darauf allein sind sie aus, die erniedrigten, daß sie nur deinen Geist betrügen in Hangesfron. Und gar den Kleinen noch willst du betrügen, da du ihm schmeichelst in kläglicher Schlauheit, er hätte wohl recht gehabt, deine Freude zu tadeln an freier Wahl, weil du letztlich gar keine hättest, – als ob nicht eben dabei deine Freude erst recht begönne! Ach, ach, wie aus der Maßen beschämend und elend ist das!« Und Gottliebchen fing bitterlich an zu weinen, die Händchen vorm Runzelgesicht.

»Nun, Haulemännchen, nun, nun«, sagte Joseph betroffen. »So tröste dich doch und weine nicht mehr! Es erbarmt einen Menschen ja und geht einem nahe, dich so verzagt zu sehen, und das nur um etwas falscher Folge willen, die einem allenfalls untergelaufen im Reden! Du magst es leicht haben, stets rechte Folge zu halten und rein nach dem Geiste zu denken; mußt aber auch gut sein und dich nicht gar so erbärmlich schämen für den Beirrbaren, dem's wohl einmal das Konzept verdirbt.«

»Das ist deine Güte nun wieder«, sagte der Kleine noch schluchzend und trocknete die Augen mit dem knittrigen Batist seines Festgewandes, »die sich meiner Zwergentränen erbarmt. Ach, daß du dich, Lieber, deiner selbst erbarmtest und aus allen Kräften die Klugheit am Zipfel hieltest, daß sie dir nicht entfliehe zu der Frist, wo sie dir am allernötigsten! Sieh, ich hab's kommen sehen von Anfang an, wenn du mich auch nicht verstehen wolltest und dich verdummtest gegen mein ängstliches Wispern, – kommen sehen, daß viel Schlimmeres noch als das Schlimme aus des argen Gevatters Klagen erwachsen könne vor Mut, der Herrin, und Gefährlicheres als die Gefahr! Denn er gedachte es bös zu machen, machte es aber so bös, wie er selbst nicht gedacht, und öffnete der Armen verderblich die Augen für dich, meinen Schönen und Guten! Du aber, willst du auch jetzt noch die deinen verschließen vor der Grube, die tiefer ist als die erste, worein die neidischen Brüder dich stießen, nachdem sie dir Kranz und Schleier zerrissen, wie du mir oftmals erzählt? Es wird dich kein Ismaeliter von Midian aus dieser Grube ziehen, die der widrige Ehegevatter dir aushob, da er der Herrin Augen machte für dich! Nun macht sie dir Augen, die Heilige, und auch du machst ihr welche, und in dem schreckhaften Augenspiel ist der Feuerstier, der die Fluren verheert, und nachher ist nichts als Asche und Finsternis!«

»Schreckhaft bist du von Natur, armes Männchen«, erwiderte Joseph ihm, »und quälst dein Seelchen mit Zwergengesichten! Sage doch gleich einmal, was du dir für Schwachheiten einbildest von wegen der Herrin, nur weil sie meiner gewahr geworden! Als ich ein Bürschchen war, dünkelte mich's, jeder, der mich nur ansähe, müsse mich gleich mehr lieben als sich selbst – ein solcher Grünschnabel war ich. Das hat mich in die Grube gebracht, aber über die Grube bin ich hinaus und über die Torheit. Unterdessen scheint sie auf dich gekommen von wegen meiner, und bildest dir Schwachheiten ein. Die Herrin hat mir noch keine anderen Augen gemacht als gestrenge, und ich ihr keine, als solche der Ehrfurcht. Wenn sie mir Rechenschaft abverlangt über das Hausgeschäft und mich prüfen will, – soll ich's ihr deuten nach dem Dünkel, den du für mich hegst? Der aber ist mir nicht schmeichelhaft, denn es dünkt dich ja wohl von mir, daß ich der Herrin nur dürfte den kleinen Finger reichen und wäre gleich gar verloren. Ich aber bin nicht so furchtsam in meiner Sache und meine nicht, alsobald ein Kind der Grube zu sein. Wenn ich nun Lust hätte, es aufzunehmen mit deinem Feuerstier, meinst du, ich wäre so ganz ohne Rüstzeug, ihm zu begegnen und ihn bei den Hörnern zu packen? Große Schwachheit, wahrhaftig, bildest du dir für mich ein! Geh zum Tanz und Spaß vor den Frauen und sei getrost! Ich werde mich wahrscheinlich nicht einstellen im Häuschen zur Audienz. Aber ich muß nun allein, als ein Vollwüchsiger, diese Dinge besinnen und auf einen Ausgleich denken: wie ich die eine Klugheit mit der andern verbinde, und zwar die Herrin nicht vor den Kopf stoße, aber auch nicht verderbliche Untreue übe weder an Lebenden noch an Toten noch an ... Aber das verstehst du nicht, Knirps, denn euch Kindern hier ist das Dritte im Zweiten. Euere Toten sind Götter, und eure Götter sind Tote, und ihr wißt nicht, was das ist: der lebendige Gott.«

So Joseph zum Hutzel, recht hochgemut. Aber wußte er nicht, daß er selber tot und vergöttlicht war, Osarsiph, der verstorbene Joseph? Dies zu besinnen wollte er, offen gestanden, allein sein und ungestört – dies und die unverbrüchlich gedankenweis damit verbundene Gottesstarre, die bereit stand dem Geierweibchen.

In Schlangennot

Wie geringfügig ist, verglichen mit der Zeitentiefe der Welt, der Vergangenheitsdurchblick unseres eigenen Lebens! Und doch verliert sich unser auf das Einzelpersönliche und Intime eingestelltes Auge ebenso träumerisch-schwimmend in seinen Frühen und Fernen wie das großartiger gerichtete in denen des Menschheitslebens – gerührt von der Wahrnehmung einer Einheit, die sich in diesem wiederholt. So wenig wie der Mensch selbst vermögen wir bis zum Beginn unserer Tage, zu unserer Geburt, oder gar noch weiter zurückzudringen: sie liegt im Dunkel vorm ersten Morgengrauen des Bewußtseins und der Erinnerung – im kleinen Durchblick so wie im großen. Aber beim Beginn unseres geistigen Handelns gleich, da wir in das Kulturleben eintraten, wie einst die Menschheit es tat, unseren ersten zarten Beitrag dazu formend und spendend, stoßen wir auf eine Anteilnahme und Vorliebe, die uns jene Einheit – und daß es immer dasselbe ist – zu heiterem Staunen empfinden und erkennen läßt: Es ist die Idee der Heimsuchung, des Einbruchs trunken zerstörender und vernichtender Mächte in ein gefaßtes und mit allen seinen Hoffnungen auf Würde und ein bedingtes Glück der Fassung verschworenes Leben. Das Lied vom errungenen, scheinbar gesicherten Frieden und des den treuen Kunstbau lachend hinfegenden Lebens, von Meisterschaft und Überwältigung, vom Kommen des fremden Gottes war im Anfang, wie es in der Mitte war. Und in einer Lebensspäte, die sich im menschheitlich Frühen sympathisch ergeht, finden wir uns zum Zeichen der Einheit abermals zu jener alten Teilnahme angehalten.

Denn auch Mut-em-enet, Potiphars Weib, mit beliebter Stimme, wenn sie sang, auch diese Frühe und Ferne, die aus der Nähe zu sehen der Geist der Erzählung uns freundlich vergönnt, war eine Heimgesuchte und Überwältigte, ein mänadisches Opfer des fremden Gottes, und nicht schlecht wurde der künstliche Bau ihres Lebens über den Haufen geworfen von Mächten des Untergrundes, deren sie unbekannterweise geglaubt hatte spotten zu dürfen – da doch sie es waren, die aller Tröstungen und Übertröstungen spotteten. Der alte Huij hatte gut fordern gehabt, sie möge keine Gans sein und nicht der schwarz-wasserschwangeren Erde Vogel, der nach Beschattung und Begattung durch Schwanenkraft schnattert in feuchter Tiefe, sondern mondkeusche Priesterin, wie es denn doch nicht minder weiblich sei. Er selbst hatte im sumpfigen Geschwisterdunkel gelebt und aus ungeschickter Gewissensregung vor einem geahnten Weltneuen den Sohn zum Höfling des Lichtes verstümpert, ihn ungefragt zur menschlichen Null entlehrt und ihn so der Frau mit dem Urmutternamen zum Ehegestrengen gegeben: nun mochten sie zusehen, wie sie einander die Würde stützten mit zarter Schonung. Es ist unnütz zu leugnen, daß die Menschenwürde sich in den beiden geschlechtlichen Abwandlungen des Männlichen und Weiblichen verwirklicht, so daß man, wenn man keines von beidem darstellt, zugleich auch außerhalb des Menschlichen steht – und woher soll da die Menschenwürde kommen! Die Stützungsversuche, die ihr gelten, sind freilich darum höchst achtbar, weil es sich dabei um Geistiges und also – es sei ehrenhalber zugegeben – doch auch immerhin und unbezweifelt um etwas vorzüglich Menschliches handelt. Die Wahrheit jedoch, bitter wie sie sei, verlangt das Eingeständnis, daß alles Geistig-Gedankliche nur schlecht, nur mühsam und kaum je auf die Dauer aufkommt gegen das Ewig-Natürliche. Wie wenig die Ehrenannahmen der Sitte, die gesellschaftlichen Übereinkünfte auszurichten vermögen gegen das tiefe, dunkle und schweigende Gewissen des Fleisches; wie schwerlich sich dieses vom Geiste und vom Gedanken betrügen läßt, das mußten wir schon in Frühzeiten der Geschichte, anläßlich von Rahels Verwirrung, erfahren. Mut aber, ihre gaufürstliche Schwester hier unten, stand durch ihre Verbundenheit mit dem Sonnenkämmerer ebenso außerhalb des Weiblich-Menschlichen wie er außerhalb des Männlich-Menschlichen; sie führte innerhalb ihres Geschlechts ein ebenso hohles und fleischlich-ehrloses Dasein wie er in dem seinen; und die Gottesehre, mit der sie das dunkle Wissen hiervon auszugleichen und mehr als auszugleichen gedachte, war ein ebenso geistig-gebrechliches Ding wie die Genugtuungen und Über-Genugtuungen, die ihr feister Gemahl sich durch sein forsches Gebaren als Rossebändiger und Nilpferdjäger mit einer Tapferkeit erzwang, die Joseph ihm in kluger Schmeichelei als das eigentlich Männliche hinzustellen gewußt hatte, obgleich sie an Geflissentlichkeit krankte und Peteprê sich in Wüste und Sumpf im Grunde beständig nach der Beschaulichkeit seiner Bücherhalle sehnte – nach dem Geistigen in seiner Reinheit also, anstatt in seiner Angewandtheit.

Aber es ist hier nicht von Potiphar die Rede, sondern von seiner Eni, dem Gottesweibe, und von der Wahlklemme zwischen Geistes- und Fleischesehre, in die sie sich ängstigend versetzt fand. Zwei schwarze Augen von ferner Herkunft, die Augen einer Lieblichen und allzu üppig Geliebten, hatten es ihr angetan, und ihre Ergriffenheit von ihnen war der Sache nach nichts als die im letzten oder vorletzten Augenblick ausbrechende Angst, ihre Fleischesehre, ihr weibliches Menschentum zu retten oder vielmehr zu gewinnen, was aber hieß, ihre Geistes- und Gottesehre, alles Hochgedankliche, worauf sich so lange ihr Dasein gegründet hatte, hinopfernd preiszugeben.

Halten wir indessen hier inne, und bedenken wir die Sache

recht! Bedenken wir sie mit ihr, die mit wachsender Qual und Lust Tag und Nacht daran dachte! War die Wahlklemme echt, und enthert, entheiligt jemals das Opfer? Das war die Frage. Ist Geweihtheit der Keuschheit gleich? Ja und nein; denn im Stande der Brautschaft heben gewisse Gegensätze sich auf, und der Schleier, dieses Zeichen der Liebesgöttin, ist das Zeichen der Keuschheit zugleich und ihres Opfers, das Zeichen der Nonne und auch der Buhldirne. Die Zeit und ihr Tempelgeist kannten die Geweihte und Makellose, die Kedescha, die eine »Bestrikkende« war, will sagen eine Hurerin auf der Straße. Ihrer war der Schleier; und »makellos« waren diese Kadischtu, wie das Tier es ist, das eben seiner Makellosigkeit wegen zum Gottesopfer bestimmt ist im Feste. Geweiht? Es fragt sich, wem und wozu. Ist man der Ischtar geweiht, so ist die Keuschheit nur ein Stadium des Opfers und ein Schleier, der bestimmt ist, zerrissen zu werden.

Wir haben hier die Gedanken der ringend Verliebten mitgedacht, und hätte das Zwerglein Gottlieb, fremd dem Geschlecht und ihm ängstlich feind wie es war, sie belauscht, so hätte es wohl geweint ob der kläglichen Schlauheit dieser dem Hange und nicht dem Geiste dienstbaren Gedanken. Es hatte leicht weinen, denn es war nur ein Lurch und ein tanzendes Närrchen und wußte von Menschenwürde nichts. Der Herrin Mut aber ging es um ihre Fleischesehre, und so war sie auf Gedanken angewiesen, in denen diese sich möglichst mit ihrer Gottesehre versöhnte. So gebührte ihr Nachsicht und Sympathie, auch wenn es etwas zweckhaft dabei zuging; denn selten sind Gedanken um ihrer selbst willen da. Auch hatte sie es ausnehmend schwer mit den ihren; denn ihr Erwachen zur Weibschaft aus priesterlich-damenhaftem Schlaf der Sinne glich jenem ur- und vorbildlichen nicht des Königskindes, dessen Kindheitsfrieden durch den Anblick himmelsfürstlicher Majestät zur Qual und Lust verzehrender Liebe aufgerufen ward. Sie hatte nicht das allerdings verhängnisvolle Glück, sich so herrlich weit über ihrem Stande zu verlieben (wobei man am Ende die oberste Eifersucht und selbst die Verwandlung in eine Kuh mit in den Kauf nehmen mag), sondern das Unglück, es – nach ihren Begriffen – weit unter ihrem Stande zu tun und durch einen Sklaven und Niemandssohn, eine gekaufte Menschensache von asiatischem Hausdiener, die Leidenschaft zu erfahren. Das setzte ihrem Damenstolze bitterer zu, als die Geschichte je bisher zu berichten gewußt hat. Es hinderte sie lange, sich ihr Gefühl einzugestehen, und als sie so weit war, es zu tun, mischte es in das Glück, das die Liebe immer bereitet, ein Element der Erniedrigung, das aus Gründen unterster Grausamkeit das Verlangen so furchtbar zu stacheln vermag. Die Zweckgedanken, mit denen sie die Demütigung ins Richtige einzuordnen suchte, kreisten um die Erwägung, daß die Kedescha und Kultdirne sich auch nicht den Liebhaber aussuchen konnte, sondern daß jedem, der ihr den Gotteslohn in den Schoß warf, ihr Schoß gehörte. Aber wie unrichtig war es mit dieser Richtigkeit, und welche Gewalt fügte sie sich zu, indem sie eine so duldende Rolle als die ihre betrachtete! Denn der wählende, werbende, unternehmende Teil war ja sie, wenn sie auch ihre Liebeswahl nicht ganz selbständig, sondern gelenkt von Dûdu's Klagereden getroffen hatte, – war es sowohl nach ihren überlegenen Jahren als auch nach ihrer Stellung als Herrin, welche sich bei diesem Verhältnis selbstverständlich im Stande des Liebesangriffs und der Herausforderung befand, da es denn gerade noch gefehlt hätte, daß von dem Sklaven Wunsch und erster Wille hätten ausgehen und er von sich aus die Augen hätte zu ihr erheben sollen, so daß sie die Folgende, die Gehorchende und ihr Gefühl nur die demütige Antwort auf das seine gewesen wäre! So nie und nimmer! Durchaus wollte ihr Stolz in diesem Handel die sozusagen männliche Rolle für sie in Anspruch nehmen, – was doch im Tiefsten wieder nicht recht gelingen wollte. Denn wie man die Dinge mochte zu zwingen suchen, so war doch er immer, der junge Knecht, wissentlich-willkürlich oder nicht, kraft seiner selbst und seines Daseins der Erwecker ihrer Weibschaft aus versiegelndem Schlaf und hatte sich damit, wenn auch ohne Wissen und Willen, zum Herrn ihres Herrinnentums gemacht, so daß ihre Gedanken ihm dienten und ihre Hoffnungen an seinen Augen hingen, bangend, er möchte merken, daß sie ihm Weib zu sein wünschte, und zitternd zugleich, er möchte ihre uneingestehbaren Wünsche doch ja erwidern. Es war eine mit Süßigkeit schrecklich durchtränkte Demütigung alles in allem. Damit es aber weniger eine solche sei und auch weil der Liebestrieb, der von Wert und Würdigkeit in Wahrheit doch gar nicht bestimmt wird, immer auf Wertgerechtigkeit brennt und darauf, sich über die Würdigkeit seines Gegenstandes das Erdenklichste vorzumachen: so suchte sie den Knecht, dem sie Liebesherrin sein wollte, auch wieder aus seiner Knechtschaft zu erheben, führte bei sich seinen Anstand, seine Klugheit, seine Stellung im Hause gegen seine Niedrigkeit ins Feld und suchte sich, übrigens nach Anleitung Dûdu's, sogar mit der Religion zu helfen, indem sie sich zugunsten ihrer Neigung, »in Hangesfron«, wie der Spottwezir gesagt haben würde, gegen den volksstrengen Amun, ihren bisherigen Herrn, auf Atum-Rê von On, den milde-ausdehnungsfreundlichen und den Fremdländern holden, berief und auf diese Weise den Hof, die Königsmacht selbst hinter ihre Liebe brachte, was für ihr klüglerisches Gewissen noch den Vorzug hatte, daß sie sich damit ihrem Gatten, Pharao's Freund, dem Hofmanne, geistlich näherte und ihn, den zu hintergehen sie immer brennender wünschte, in gewissem Sinn zum Parteigänger ihrer Lust gewann ...

So rang und kämpfte Mut-em-enet in der Umstrickung ihrer Begierde gleichwie in den Leibesschlingen einer gottgesandten Schlange, die sie umwand und ihr den Atem abpreßte, so daß er keuchend ging. Bedenkt man, daß sie allein und ohne Beistand zu kämpfen hatte und sich außer dem Dûdu, mit dem es aber bei halben und uneingeständlichen Worten blieb, niemandem mitteilen konnte – wenigstens anfangs nicht (denn später büßte sie alle Hemmungen ein und machte ihre ganze Umgebung zu Teilnehmern ihrer Raserei); bedenkt man ferner, daß sie mit ihrer Blutsnot an einen Beeiferten geriet, der höhere Rücksichten zu nehmen hatte und ein Kraut der Treue und des Hochmuts, mit einem Worte: der Erwähltheit im Haare trug, also daß er ihrer Versuchung nicht erliegen wollte und durfte; nimmt man dann gar noch hinzu, daß diese Qual drei Jahre dauerte, vom siebenten bis zum zehnten des Aufenthalts Josephs in Potiphars Haus, und auch dann nicht gestillt, sondern nur getötet wurde, – so wird man zugeben, daß »Potiphars Weib«, die schamlose Verführerin und Lockspeise des Bösen nach dem Volksmunde, es recht schwer hatte mit ihrem Schicksal, und ihr wenigstens die Sympathie widmen, die aus der Einsicht erwächst, daß die Werkzeuge der Prüfung ihre Strafe in sich tragen und durch sich selber davon schon mehr dahinhaben, als sie in Anbetracht der Notwendigkeit ihrer Funktion verdienen.

Das erste Jahr

Drei Jahre: Im ersten suchte sie, ihm ihre Liebe zu verhelen, im zweiten gab sie sie ihm zu erkennen, im dritten trug sie sie ihm an.

Drei Jahre: und mußte oder durfte ihn täglich sehen, denn sie lebten einander nahe als Hausgenossen auf Potiphars Hof, was tägliche Nahrung bedeutete der Narrheit und große Gunst für sie, aber zugleich große Qual. Denn mit Müssen und Dürfen verhält sich's in der Liebe nicht ebenso sanft wie beim Schlummer, auch wie beim letzten nicht, wo Joseph in stillenden Reden das Dürfen fürs Müssen gesetzt hatte zur Befriedung

Mont-kaws. Es ist vielmehr ein verschlungener Widerstreit voller Pein und Verworrenheit, welcher auf eine erwünscht-verwünschte Weise die Seele spaltet, dergestalt, daß der Liebende dem Sehen-Müssen ebenso herzlich flucht, wie er es als ein selig Dürfen segnet und, je heftiger er unter den Folgen des letzten Mals leidet, desto sehnlicher nach der nächsten Gelegenheit trachtet, durch Sehen seine Sucht anzufeuern – und zwar gerade dann, wenn diese etwa gar im Begriffe war, nachzulassen, worüber sich dankbar zu freuen der Kranke vernünftigen Grund hätte. Denn tatsächlich kommt es ja vor, daß ein dem Glanze des Gegenstandes irgendwie abträgliches Wiedersehen mit diesem eine gewisse Enttäuschung, Ernüchterung und Abkühlung mit sich bringt, und desto willkommener sollte sie dem Liebenden sein, als durch das Abnehmen der eigenen Verliebtheit, vermöge größerer Geistesfreiheit, die Fähigkeit wächst, zu erobern und dem anderen das zuzufügen, was man selber leidet. Worauf es ankäme, wäre, seiner Leidenschaft Herr und Meister zu sein, nicht aber ihr Opfer; weil nämlich die Möglichkeit, den anderen zu gewinnen, erheblich zunimmt durch Nachlassen des eigenen Gefühls. Davon aber will der Liebende nichts wissen, und die Vorteile wiederkehrender Gesundheit, Frische und Keckheit, welche doch Vorteile sind sogar in bezug auf das Ziel, neben dem er kein höheres kennt, achtet er für nichts gegen die Einbuße, die er durch die Abkühlung seines Gefühls zu erleiden meint. Diese überliefert ihn einem Zustand der Öde und Leere, wie ihn dem Rauschsüchtigen der Entzug der Droge verursachen mag, und aus allen Kräften ist er darauf aus, durch neu entflammende Eindrücke die vorige Verfassung wieder herzustellen.

So steht es mit Müssen und Dürfen in Dingen der Liebesnarrheit, die unter allen Narrheiten die größte ist, so daß man das Wesen der Narrheit und das Verhältnis ihres Opfers zu ihr am besten daran erkennen mag. Denn der Ergriffene, wie sehr

er unter seiner Passion auch seufzen möge, ist doch nicht nur
außerstande, sie nicht zu wollen, sondern auch nicht einmal
fähig, zu wünschen, daß er dazu imstande wäre. Er weiß wohl,
daß er bei dauerndem Nicht-mehr-Sehen binnen einer Frist,
die vielleicht sogar beschämend kurz wäre, seiner Leidenschaft
ledig würde; aber gerade dies, das Vergessen, verabscheut er
über alles – wie ja jeder Abschiedsschmerz auf der geheimen
Voraussicht unvermeidlichen Vergessens beruht, über das
man, nachdem es eingetreten, keinen Schmerz mehr wird empfinden können und das man also im voraus beweint. Niemand
sah Mut-em-enets Antlitz, als sie es, nach vergeblichem Ringen
mit Peteprê, ihrem Gatten, um die Entfernung Josephs, an den
Pfeiler gelehnt, in den Falten ihres Kleides verbarg. Aber viel, ja
alles hat die Vermutung für sich, daß dieses Antlitz in der
Verborgenheit vor Freude strahlte, weil sie den Erwecker auch
weiterhin würde dürfen sehen müssen und ihn nicht würde
müssen vergessen dürfen.

Gerade ihr mußte daran alles gelegen sein, und besonders
heftig war ihr Abscheu vor Trennung und notwendig daraus
folgendem Vergessen, vor dem Absterben der Leidenschaft,
weil Frauen ihrer Altersreife, deren Blut spät erwacht ist und
ohne den außerordentlichen Anlaß vielleicht nie erwacht wäre,
mit mehr als gewöhnlicher Inbrunst ihrem Gefühl, dem ersten
und letzten, sich hingeben und lieber stürben als ihre frühere
Ruhe, die sie nun Öde nennen, wieder gegen dies neue, in
Leiden selige Leben einzutauschen. Es ist um so höher zu veranschlagen, daß die ernste Mut um der Vernunft willen ihr
Äußerstes getan hatte, um bei dem trägen Gemahl die Besei-
tigung des Sehnsuchtsbildes durchzusetzen: Sie hätte ihm,
wäre seiner Natur die Liebestat zu entreißen gewesen, ihr Gefühl zum Opfer gebracht. Aber ihn zu bewegen und zu erwek-
ken war eben nicht möglich, da er ein ausgemachter Titeloberst
war; und, um der Wahrheit das Letzte zu geben, so hatte Eni das

insgeheim auch im voraus gewußt und in Rechnung gestellt, also daß ihr ehrliches Ringen mit dem Gemahl eigentlich eine Veranstaltung gewesen war, durch sein Versagen ihrer Leidenschaft und allem ihr eingeborenen Verhängnis Freiheit zu gewinnen.

Für frei in der Tat durfte sie sich nach der ehelichen Begegnung in der Abendhalle erachten; und wenn sie so lange danach noch ihrem Verlangen Zügel anlegte, so war das viel mehr eine Sache des Stolzes als der Pflicht. Die Haltung etwa, in der sie am Tage der drei Unterredungen, um Untergang, dem Joseph im Garten, zu Füßen des Lusttempelchens, entgegentrat, war von vollendeter Hoheit und hätte von Schwäche und Zärtlichkeit nur für das allergeschärfteste Auge momentweise etwas durchschimmern lassen. – Dûdu nämlich hatte damals sein Heimlichkeitsplänchen sehr klüglich und tückisch ausgeführt, war von Joseph zurück zur Herrin spaziert und hatte sie benachrichtigt, daß der Neumeier, freudig bereit, ihr über die Hausgeschäfte Rechenschaft zu geben, großen Wert darauf lege, dies ungestört, unter vier Augen, zu tun, an welchem Ort und zu welcher Stunde immer es ihr gefallen werde. Außerdem habe derselbe die Absicht kundgetan, heute, zur Zeit der Abendröte, das Tempelhäuschen des Gartens aufzusuchen, um seine Inneneinrichtung und die Wandmalereien auf ihre Wohlerhaltenheit hin zu inspizieren. Dûdu hatte diese zweite Nachricht unabhängig von der ersten vorgebracht, nachdem er zwischendurch ganz andres gesagt und indem er es auf eine feine Art der Herrin überließ, das eine mit dem anderen zu verknüpfen. Aber all seine Ausgepichtheit hatte nicht gehindert, daß die Zettelung für diesmal nur halb gelang, da beide Teile es bei halben Schritten bewenden ließen: Joseph nämlich hatte zwischen den Fällen seiner freien Wahl etwas Mittleres ausfindig gemacht und gewählt, indem er, ohne das Lusthäuschen zu besuchen, nur zu dessen Füßen im Garten herumgegangen war, um, wie er auf jeden Fall einmal wieder hätte tun können, ja müssen, nachzusehen, ob mit den Bäumen und Blumenrabatten alles in schöner Ordnung sei; und Mut, die Herrin, war ebenfalls nicht gelaunt gewesen, sich die Aufschüttung hinaufzubewegen, hatte aber keinen Grund gesehen, sich durch irgendwelche Zwergennachrichten, die flüchtig ihr Ohr gestreift hatten, in der, wie sie sich bestimmt erinnerte, von früh an gehegten Absicht beirren zu lassen, heute um die Stunde des Scheidens sich kurze Zeit in Petepre's Garten zu ergehen, um die schönen Feuer des Himmels sich im Ententeich spiegeln zu sehen, und zwar nach gewohnter Art in Begleitung zweier Jungfern, die ihr auf dem Fuße folgten.

So waren damals Jungmeier und Herrin auf dem roten Sande des Wandelganges einander begegnet, und ihre Begegnung hatte sich abgespielt wie folgt.

Joseph, der Frauen ansichtig geworden, zeigte ein heiliges Erschrecken, formte mit dem Munde ein ehrfürchtiges »Oh!« und fing an, mit erhobenen Händen, in Beugung und mit leicht federnden Knien rückwärts zu gehen. Mut ihrerseits bildete ein flüchtiges, leicht lächelndes, unbestimmt überraschtes und fragendes »Ah?« mit ihrem Schlängelmund, über welchem die Augen streng, ja finster blieben, ließ ihn, selbst noch weitergehend, ein paar seiner zeremoniellen Rückwärtsschritte machen und winkte ihm dann mit einer kleinen, zu Boden weisenden Handbewegung, stehenzubleiben. Auch sie machte halt, und hinter ihr taten es die dunkelhäutigen Ehrenmädchen, deren lang gepinselte Augen voll Freude standen, wie die eines jeden vom Hausgesinde, der Joseph erblickte, und aus deren schwarzem und wolligem, unten in Fransen gedrehtem Haar die großen Emaillescheiben ihres Ohrschmuckes blickten.

Ein Wiedersehen, das einem der beiden einander Gegenüberstehenden ernüchternde Enttäuschung hätte zufügen können, war es nicht. Das Licht fiel schräg, farbig und kleidsam, es tauchte die Gartenszene von Kiosk und Schilfteich in Tinten von satter Buntheit, leuchtete das Mennigrot des Weges feurig an, ließ die Blumen erglühen, das regsame Blattwerk der Bäume lieblich schimmern und gab den Augen der Menschen einen Spiegelschein ganz wie der Wasserfläche des Teichs, auf dem die in- und ausländischen Enten gleich himmlischen und nicht gleich natürlichen Enten waren und wie gemalt und lackiert. Himmlisch und wie gemalt, gereinigt von Notdurft und Unzulänglichkeit, nahmen sich in diesem Licht auch die Menschen aus, ihre ganzen Personen, nicht nur ihre schimmernden Augen; sie glichen Göttern und Grabfiguren, geschminkt und geschmeichelt von Lichtesgnaden, und mochten ihre Freude haben der eine am Anblick des anderen, wie sie mit Spiegelaugen aus schön getönten Gesichtern aufeinander blickten.

Mut war beseligt, denjenigen, von dem sie wußte, daß sie ihn liebte, so vollkommen zu sehen; denn die Verliebtheit ist nach Rechtfertigung immer begierig, von zuckender Empfindlichkeit für jeden Nachteil, den das Bild des Geliebten erfährt, triumphierend dankbar für jede Begünstigung der Illusion; und ist ihr seine Herrlichkeit, über der sie um ihrer Ehre willen wacht, auch ein großer Schmerz, weil sie allen gehört, allen augenscheinlich ist und die Nebenbuhlerschaft der ganzen Welt immerfort zu höchster Unruhe befürchten läßt, – so ist solcher Schmerz ihr doch über alles teuer, und sie drückt den schneidenden fest ans Herz, auf nichts weniger bedacht, als daß seine Schärfe durch eine Verdunkelung und Beeinträchtigung des Bildes gestumpft werden möchte. Auch durfte Eni von Josephs Verschönung mit großer Freude auf ihre eigene schließen und hoffen, daß auch sie ihm herrlich erscheine, mochte es sich damit bei nüchtern-senkrechterem Licht auch nicht mehr ganz wie in erster Jugend verhalten. Wußte sie nicht, daß der lange und offene Mantel aus weißer Wolle, den sie (denn es ging gegen den Winter) mit einer Agraffe über dem breiten Halsschmuck geschlossen um die Schultern trug, ihre Erscheinung majestätisch erhöhte und daß ihre Brüste jugendstarr gegen den Batist des eng geschnittenen, über den Füßen mit rotem Glasfluß gesäumten Kleides drängten? Sieh es, Osarsiph! Es lief in Spangenbändern über die Schultern, dies Kleid, und wie sehr war sie sich bewußt, daß es nicht nur ihre gepflegten und gleichsam gemeißelten Arme ganz freiließ, sondern auch die Hochgestalt ihrer wunderbaren Beine vollkommen zu unterscheiden gestattete! War das nicht Grund genug, in der Liebe den Kopf hoch zu tragen? Sie tat es. Sie tat vor Stolz, als falle es ihr schwer, die Lider zu heben, und als müsse sie also das Haupt zurücklegen, um unter ihnen hervorzusehen. Sie wußte mit Bangen, daß ihr Gesicht, eingerahmt dieses Mal von einem goldbraunen Haartuch mit breiter und steinbunter, nicht ganz um den Kopf greifender Stirnspange, nicht mehr das jüngste und dazu mit seinen Schattenwangen, der Sattelnase, dem winkeltiefen Munde sehr einmalig-willkürlich war. Allein der Gedanke, wie kostbar in der Elfenbeinblässe dieses Gesichtes die gemalten Geschmeideaugen sich ausnehmen mußten, ließ sie mit Bestimmtheit hoffen, daß es der Wirkung der Arme, Beine und Brüste nicht geradezu im Wege sein werde.

Ihrer Schönheit mit Stolz und Bangen eingedenk, blickte sie auf die seine – auf die des Rahelssohnes in ihrer ägyptischen Zustutzung, die übrigens bei aller Hochgesittung von gartenmäßiger Bequemlichkeit war. Denn zwar war sein Kopf sehr sorgfältig hergerichtet, und besonders adrett wirkte es, wie neben seinem kleinen Ohr unter dem seidig schwarzgerippten Kopftuch, welches zum Zeichen, daß es eine Haartour vorstellte, unten in Lockenwerk überging, ein Eckchen der weißen Leinenkappe hervorschaute, die er reinlicherweise darunter trug. Aber außer der Perücke und einer Emaillegarnitur von Halskragen und Armringen nebst jener flachen Brustkette aus

Rohr und Gold mit dem Skarabäus daran trug er nur einen allerdings höchst elegant geschnittenen, knielangen Doppelschurz um die schmalen Hüften, gegen dessen Blütenweiße die durch das schräge Licht ins Bronzene vertiefte Hautfarbe seines geschmückten Oberkörpers sehr anmutig abstach: dieses so durchaus richtig gebildeten, zart-kräftigen Jünglingskörpers, welcher, luftkühl und farbig angeleuchtet, nicht der Fleischeswelt, sondern der reineren Welt von Ptachs ausgeführten Gedanken anzugehören schien, – geistbetont durch das klug blickende Haupt, dem er zugehörte und mit dem er die für ihn selbst wie für jede Anschauung beglückende Einheit von Schönheit und Weisheit verwirklichte.

Aus dem stolz-bangenden Gefühl ihrer selbst sah Potiphars Weib zu ihm hinüber, in seine dunklen und, im Vergleich mit den ihren, großen Züge, in die freundliche Nacht von Rahels Augen, deren Blickkraft im Sohne durch Verstandesnachdruck männlich erhöht war; sie sah zugleich den goldenen Erzschimmer seiner Schultern, den schlanken Arm, in dessen Hand er den Wandelstab hielt und durch dessen Biegung der Muskel mäßig-menschlich hervortrat, – und eine mütterlich bewundernde Zärtlichkeit, innigst gerührt, zur verzweifelten Begeisterung angefacht von Weibesnot, ließ sie aufschluchzen aus ihrer tiefsten Tiefe, so überrumpelnd und heftig, daß ihr die Brust unterm spannenden Feingewebe sichtbarlich bebte und nur die Hoffnung blieb, ihre herrinnenhafte Haltung möge dies Schluchzen so unwahrscheinlich gemacht haben, daß er es trotz aller Sichtlichkeit nicht hatte für wahr nehmen können.

Unter diesen Umständen sollte sie reden, und sie tat es mit einer Überwindung, die sie beschämte, weil so viel Heldenmut dazu gehörte.

»Sehr zur Unzeit, wie ich sehen muß«, sagte sie mit kühler Stimme, »gehen müßige Frauen auf diesem Wege dahin, da sie dabei die amtlichen Schritte hemmen dessen, der über dem Hause ist.«

»Über dem Hause«, antwortete er sofort, »bist nur du, Gebieterin, denn du stehst darüber als Morgen- und Abendstern, den sie Ischtar nannten in meiner Mutter Land. Der ist wohl müßig auch, wie das Göttliche eben, in dessen Ruheschein wir Rackernden aufblicken zu unserer Labung.«

Sie dankte mit einer Handbewegung und einem Lächeln nachsichtigen Einverständnisses. Sie war entzückt und beleidigt zugleich von der verwöhnten Art, in der er beim Kompliment sogleich von seiner hier völlig unbekannten Mutter gesprochen, und dazu nagend eifersüchtig auf diese Mutter, die ihn geboren, gehegt, seine Schritte gelenkt, ihn bei Namen gerufen, ihm das Haar aus der Stirn gestrichen und ihn geküßt hatte in reiner Liebesbefugnis.

»Wir treten beiseite«, sagte sie, »ich und die Dienerinnen, die mich, wie immer, so auch heute begleiten, daß wir den Vorsteher nicht aufhalten, der sich ohne Zweifel vor Dunkelheit überzeugen will, ob Petepré's Gartenland in genauem Stande sei, und will vielleicht gar auch das Häuschen der Aufschüttung besichtigen.«

»Garten und Gartentempel«, erwiderte Joseph, »gehen mich wenig an, solange ich vor meiner Herrin stehe.«

»Mir scheint, sie sollten dich jederzeit angehen und sich deiner Fürsorge erfreuen vor aller Wirtschaft«, versetzte sie (und wie erschreckend süß und abenteuerlich war ihr schon dies allein, daß sie zu ihm sprach, ›mir‹ und ›dich‹ sagte, ›du‹ und ›ich‹ - über die zwei Schritte Raumes hinweg, die ihre Körper voneinander trennten, den Beziehung, Vereinigung schaffenden Hauch der anredenden Sprache aussandte); »denn es ist ja bekannt, daß sie der Ursprung sind deines Glückes. Ich hörte sagen, im Häuschen habest du erstmals Dienst tun dürfen als Stummer Diener, und im Baumgarten sei Petepré's Auge auf dich gefallen zuerst, als du Blüten reiten ließest.«

»So war es«, lachte er, und sein Lachen schnitt ihr ins Herz wie ein Leichtsinn. – »Ganz wie du sagst, so war es, gnädige Frau! Ich tat Windesamt bei Peteprê's Palmen nach des Salbaders Weisung, den sie nennen, ich weiß nicht wie oder mag es nicht wiederholen vor dir, denn es ist ein lächerlich volkstümlicher Name und nichts für dein Herrinnenohr...« Sie sah den Scherzenden an, ohne zu lächeln. Daß er offenbar nicht ahnte, wie wenig ihr nach Scherz zumute war und warum so wenig, war gut und notwendig über alles, doch auch sehr schmerzhaft. Mochte er ihren scherzabwehrenden Ernst als Rest ihrer Gegnerschaft deuten gegen sein Wachstum; aber gewahren sollte er ihn. – »Nach Weisung des Gärtners«, sagte er, »half ich damals dem Winde im Garten hier, da kam Pharao's Freund und hieß mich reden, und da ich Glück hatte vor ihm, nahm vieles seinen Ausgang von dieser Stunde.«

»Die Menschen«, fügte sie hinzu, »lebten und starben zu deinen Gunsten.«

»Alles tut der Verborgene«, erwiderte er, indem er sich einer Bezeichnung des Höchsten bediente, mit der er nicht anstieß. »Verherrlicht sei sein Name! Oft aber frage ich mich, ob mir nicht über Gebühr geschah durch seinen Vorschub, und mir bangt insgeheim meiner Jugend wegen, der ein solches Amt auferlegt wurde, daß ich wandle als Vorsteher und Ältester Knecht dieses Hauses und kann nicht viel über zwanzig sein. Offen rede ich so vor dir, große Herrin, obgleich nicht nur du mich vernimmst und bist, versteht sich, nicht allein in den Garten gekommen, sondern begleitet von Ehrenjungfrauen nach deinem Range. Diese hören mich auch und vernehmen nun wohl oder übel, wie der Verwalter sich seiner Jugend anklagt und Zweifel äußert an seiner Reife für solchen Oberdienst. Mögen sie nur! Ich muß ihre Gegenwart in den Kauf nehmen, und nicht darf sie mir das Vertrauen schmälern zu dir, Gebieterin meines Hauptes und Herzens, meiner Hände und Füße.«

Seine Vorteile hat es doch, in einen Niederen verliebt zu sein, der uns unterworfen ist, denn ihn nötigt sein Stand zu einer Redeweise, die uns beglückt, so wenig er sich dabei denken möge.

»Das versteht sich allerdings«, antwortete sie und hielt sich noch herrinnenhafter, »daß ich nicht unbegleitet lustwandle, – es kann das nicht vorkommen. Sprich aber ohne Sorge, dir eine Blöße zu geben vor Hezes und Me'et, meinen Zofen, denn ihre Ohren sind meine Ohren – was wolltest du sagen?«

»Nur dies, Herrin: Zahlreicher sind meine Befugnisse als meine Jahre, und nicht hätte dein Knecht sich wundern dürfen, ja hätte es gut heißen müssen billigerweise, wenn nicht nur Wohlgefallen, sondern auch Unwillen allenfalls und einiger Widerspruch hier im Hause seinen hurtigen Aufstieg begleitet hätten zum Meieramt. Ich hatte einen Vater, der mich aufzog in der Güte seines Herzens, den Usir Mont-kaw, und wollte doch der Verborgene, er lebte noch, denn viel wohler war meiner Jugend und konnte von Glück sagen, da ich noch sein Mund war und seine rechte Hand, als da er die geheimen Tore betreten hat an den prächtigen Stätten der Herren der Ewigkeit und ich allein bin mit mehr Pflichten und Sorgen, als meine Jahre zählen, und habe niemanden in der Welt, daß ich ihn zu Rate zöge in meiner Unreife und er mir die Bürde tragen hülfe, die mich zu Boden beugt. Peteprê, unser großer Herr, er lebe, sei heil und gesund, aber es ist allgemein bekannt, daß er sich keiner Sache annimmt, außer daß er ißt und trinkt und kühn das Nilpferd besteht, und wenn ich zu ihm komme mit den Rechnungen und mit den Buchungen, so spricht er wohl: ›Gut, gut, Osarsiph, mein Freund, es ist schon gut. Deine Schriften scheinen mir stimmig, soviel ich sehe, und ich nehme an, daß du nicht vorhast, mich zu verkürzen, denn du weißt, was die Sünde ist, und hast ein Gefühl dafür, wie besonders häßlich es wäre, mich zu beeinträchtigen. Darum, so ennuyiere mich nur nicht erst!‹ So unser Herr in seiner Größe. Segen über sein Haupt!« – Er suchte nach einem Lächeln in ihrem Gesicht nach dieser Kopie. Es war ein ganz kleiner Verrat, den er da, wenn auch in aller Liebe und Ehrfurcht, übte, ein leiser Versuch, sich mit ihr über den Kopf des Herrn hinweg in scherzhaftes Einvernehmen zu setzen. Er meinte, so weit gehen zu dürfen, ohne Raub zu begehen am Bunde. Er meinte noch lange, bis da und dahin dürfe er ohne Gefahr schon noch gehen. Das Lächeln des Einverständnisses blieb übrigens aus. Das war ihm lieb und eine kleine Beschämung zugleich. Er fuhr fort:

»Ich aber bin jugendlich allein mit so vielen Fragen und Verantwortlichkeiten, die sich aufwerfen in Dingen der Erzeugung und des Handels, der Mehrung und schon der Erhaltung. Wie du mich eben hier kommen sahst, große Frau, war mein Kopf voll von Sorgen der Saatzeit. Denn der Strom geht zurück, und das schöne Trauerfest nähert sich, da wir die Erde hacken und den Gott begraben ins Dunkel und pflügen Gerste und Weizen. Da ist die Frage nun die und geht deinem Knecht im Kopfe herum als Anschlag der Neuerung, ob wir nicht auf Potiphars Äckern, nämlich der Insel im Fluß, viel mehr Durrakorn bauen sollten anstatt der Gerste, als wie bis jetzt: ich meine die Mohrenhirse, das Negerkorn, ich meine das weiße; denn braune Durra haben wir schon reichlich gebaut zum Viehfutter, und sie sättigt die Rosse und schlägt an den Rindern, aber die Frage der Neuerung ist, ob wir uns nicht in erhöhtem Maß auf die weiße verlegen sollten und große Flächen damit bestellen zur Menschenbeköstigung, daß das Hofvolk sich von der guten Brotfrucht nähre, statt mit Gersten- und Linsenbrei, und sich dienlich erkräftige. Denn überaus mehlreich ist der Kern ihrer Spelzen, und das Fett der Erde ist bei ihrer Frucht, so daß die Arbeiter weniger davon brauchen denn von Gerste und Linsen und wir sie sättigen schneller und besser. Wie das mir im Kopfe herumgeht, kann ich nicht sagen, und da ich dich kommen sah, Herrin, im Abendgarten mit deiner Begleitung, dachte ich in meiner Seele und sprach zu mir wie zu einem anderen: ›Siehe, du bist allein in deiner Unreife mit den Sorgen des Hauses und hast niemanden, mit dem du sie teilen könntest, denn der Herr nimmt sich keines Dinges an. Dort aber schreitet die Herrin heran in ihrer Schönheit, gefolgt von zwei Zofen, wie ihr Rang es gebeut. Vertraue doch ihr dich an und besprich dich mit ihr von wegen der Neuerung und in Sachen der Durrahirse, so wirst du ihre Meinung erforschen, und beistehen wird ihr schöner Rat deiner Jugend!‹«

Eni errötete teils vor Freude, teils vor Verlegenheit, denn sie wußte gar nichts vom Negerkorn und war ohne Rat, ob man gut täte, mehr davon anzubauen. Sie sagte in einiger Verwirrung:

»Die Frage ist der Erörterung wert, das liegt auf der Hand. Ich will sie besinnen. Ist denn der Boden der Insel der Neuerung günstig?«

»Wie gewiegt meine Frau sich erkundigt«, erwiderte Joseph, »und wie sie sogleich den hüpfenden Punkt zu berühren weiß bei jeglicher Sache! Der Boden ist gründig genug, und dennoch muß man sein Herz befestigen gegen anfänglichen Fehlschlag. Denn die Feldleute wissen die weiße noch nicht recht zu bauen zur Menschennahrung, sondern nur die braune, bei der's bloß um Futtergewinnung geht. Was glaubt meine Herrin wohl, was es kostet, bis man das Volk so weit hat, daß es den Boden so fein bestellt mit der Hacke, wie es die weiße Durra erheischt, oder bis es begriffen hat, daß sie kein Unkraut erträgt wie die braune. Kümmert es sich um die Wurzelschößlinge nicht, so geht's übel aus, und es gibt Futter, doch keine Nahrung.«

»Es mag wohl schwer sein mit dem vernunftlosen Volk«, sagte sie und wurde rot und blaß vor Unruhe, weil sie von den Dingen nichts wußte und in höchster Verlegenheit war um eine sachliche Antwort, da sie doch gewollt hatte, daß er mit ihr die Wirtschaft berede. Das Gewissen schlug ihr in tiefer Scham vor dem Diener, und äußerst erniedrigt kam sie sich vor, weil er ihr von rechten und ehrlichen Dingen sprach wie der Erstellung von Menschennahrung, sie aber dabei nichts anderes wußte und wollte als, daß sie in ihn verliebt war und seiner begehrte.

»Wohl schwer«, wiederholte sie mit verhohlenem Beben. »Aber sie sagen ja alle, daß du die Leute zu gutem Dienst zu verhalten weißt und zu genauer Pflicht. So wird es dir mutmaßlich gelingen, sie anzulernen auch für diese Neuerung.«

Sein Blick lehrte sie, daß er ihr Geschwätz nicht gehört hatte, und sie war dessen froh, ob es sie zugleich auch schrecklich beleidigte. Er stand da in wirklicher wirtschaftlicher Versonnenheit.

»Die Rispen des Kornes«, sagte er, »sind sehr fest und biegsam. Man kann gute Bürsten und Besen draus machen und hat so immer noch etwas zu Hausnutz und Handel, wenn eine Ernte mißlingt.«

Sie schwieg in Schmerz und Kränkung, weil sie merkte, daß er gar nicht mehr an sie dachte und mit sich selber von Besen sprach, die freilich ehrenhafter waren als ihre Liebe. Er aber merkte wenigstens, daß sie schwieg, erschrak und sagte mit jenem Lächeln, das jeden gewann:

»Vergib, Herrin, die niedrige Unterhaltung, mit der ich dich sträflich ennuyiere! Es ist nur wegen meines unreifen Alleinseins mit den Verantwortlichkeiten und weil's mich so sehr versuchte, mit dir zu raten.«

»Nichts zu vergeben«, antwortete sie. »Die Sache ist wichtig, und die Möglichkeit, Besen zu schaffen, mindert das Wagnis. Das war meine Überlegung sogleich, als du mir von der Neuerung sprachst, und ich will mich der Sache weiter annehmen in meinen Gedanken.«

Sie konnte nicht ruhig auf ihren Füßen stehen, so trieb es sie fort von hier, aus seiner Nähe, die ihr doch über alles teuer war. Das ist ein alter Widerstreit der Verliebten: Suchen und Flucht der Nähe. Uralt ist auch die Lügenrede von ehrlichen Dingen mit unehrlichen Augen, die sich suchen und fliehen, und mit verzerrtem Munde. Die Furcht, er möchte wissen, daß sie bei Korn und Besen nur eines im Sinne hatte: wie sie ihm könnte die Hand an die Stirne legen und ihn küssen in begehrender Mütterlichkeit; der schreckhafte Wunsch zugleich, er möchte es wissen und sie nicht verachten deswegen, sondern ihn teilen, den Wunsch; dies und ihre große Unsicherheit in Dingen von Futter und Nahrung, die nun einmal den Gegenstand des Gespräches bildeten, das für sie nur ein Liebes- und Lügengespräch war (aber wie soll man lügen, wenn man das Vorgewendete, den Scheingegenstand, nicht beherrscht und hilflos darin herumzustümpern verurteilt ist!) – all dieses beschämte und entnervte sie unbeschreiblich, machte ihr heiß und kalt und jagte sie in panische Flucht.

Ihre zuckenden Füße wollten fort, während ihr Herz am Platze haftete – nach uralter Verworrenheit der Verliebten. Sie zog den Mantel fester um die Schultern zusammen und sprach mit gewürgter Stimme:

»Wir müssen's fortsetzen, Vorsteher, zu anderer Stunde und an anderem Ort. Der Abend sinkt, und mir schien soeben, als ob ich leicht gebebt hätte vor Frische.« (Sie neigte wirklich zu einem fliegenden Beben, konnte nicht hoffen, es ganz zu verbergen, und mußte trachten, es mit äußeren Gründen zu rechtfertigen.) »Du hast mein Versprechen, daß ich mit mir zu Rate gehen will wegen der Neuerung, und ich gewähre dir's, daß du der Herrin nächstens die Sache vorträgst aufs neue, wenn du dich allzu allein damit fühlen solltest in deiner Jugend...« Dies letzte Wort hätte sie nicht zu sagen versuchen sollen; es erstickte ihr in der Kehle, denn nur von ihm noch war mit diesem Worte die Rede und von nichts anderem; es war ein gleichsinnig-stärkeres Wort für jenes »Du«, von dem das Lügengespräch durchzogen gewesen war und das seine Wahrheit ausgemacht hatte, das Wort seines Zaubers, das Wort ihres mütterlichen Verlangens, beladen mit Zärtlichkeit und Schmerz, so daß es sie überwältigte und in Flüstern erstarb. »Sei heil«, flüsterte sie noch und flüchtete vorwärts, ihren Mädchen voran, an dem ehrfürchtig Grüßenden vorbei, mit nachgiebigen Knien.

Nicht genug wundern kann man sich über die Liebesschwäche und sich über ihre Seltsamkeit nicht genug aufhalten, wenn man sie nicht als abgeschmackte Alltäglichkeit, sondern als die Neuigkeit, Erst- und Einmaligkeit, die sie bis auf den heutigen Tag jedesmal wieder ist, frisch ins Auge faßt. Eine so große Dame, vornehm, überlegen, hochmütig und weltgewandt, kühl eingeschlossen bisher in das Ichgefühl ihres Gottesdünkels, – und nun auf einmal dem Du verfallen, einem von ihrem Standpunkt gesehen ausgemacht unwürdigen Du, aber ihm verfallen bereits in solcher Schwäche und bis zu solcher Auflösung ihres Herrinnentums, daß sie es schon kaum noch zustande brachte, wenigstens die Rolle festzuhalten der Liebesherrin und der herausfordernden Unternehmerin des Gefühls, sondern sich bereits Sklavin wußte des Sklaven-Du, da sie von ihm hinwegfloh mit mürben Knien, blind, bebend, mit flatternden Gedanken, flatternde Worte murmelnd, ohne Bedacht auf die Zofen, die sie doch mit Bedacht und aus Stolz zum Stelldichein mitgenommen:

»Verloren, verloren, verraten, verraten, ich bin verloren, ich habe mich ihm verraten, er hat alles gemerkt, die Lüge meiner Augen, meine zappelnden Füße und daß ich bebte, er hat alles gesehn, er verachtet mich, es ist aus, ich muß sterben. Mehr Durra sollte man bauen, die Wurzelschößlinge schneiden, die Rispen sind gut für Besen. Was hab' ich erwidert? Verräterisches Gestammel, er hat meiner gelacht, entsetzlich, ich muß mich töten. War ich wenigstens schön? Wenn ich schön war im

Licht, mag alles nur halb so schlimm sein, und ich muß mich nicht töten. Das goldene Erz seiner Schultern ... O Amun in deiner Kapelle! ›Gebieterin meines Hauptes und Herzens, meiner Hände und Füße‹ ... O Osarsiph! Sprich nicht so zu mir mit deinem Mund, indes du dich lustig machst in deinem Herzen über mein Stammeln und über die Mürbheit meiner Knie! Ich hoffe, ich hoffe ... ob auch alles verloren ist und ich sterben muß nach diesem Unglück, so hoffe ich doch und verzweifle nicht, denn nicht alles ist Ungunst, es gibt auch Gunst, sehr viel Gunst sogar, da ich dir Herrin bin, Knabe, und du zu mir sprechen mußt, so süß, wie du tatest: ›Gebieterin meines Hauptes und Herzens‹, und ist nur Rededienst und leere Höflichkeit. Aber Worte sind stark, nicht ungestraft spricht man Worte, sie lassen eine Spur im Gemüt, gesprochen ohne Gefühl, sprechen sie zum Gefühle doch des, der sie spricht, lügst du mit ihnen, ihr Zauber verändert dich etwas nach ihrem Sinn, daß sie nicht ganz mehr Lüge sind, da du sie gesprochen. Das ist sehr günstig und hoffnungsreich, denn die Bestellung deines Gemütes, Knechtlein, durch die Worte, die du sagen mußt mir, deiner Herrin, macht einen guten Boden, gründig und fein, für die Saat meiner Schönheit, wenn ich das Glück habe, dir schön zu erscheinen im Lichte, und aus dem Knechtsgefühl deiner Worte zusammen mit meiner Schönheit wird mir Heil und Wonne werden von dir, denn eine Anbetung wird daraus keimen, die nur der Ermutigung harren wird, um zur Begierde zu werden, denn so ist es, Knäblein, Anbetung, die sich ermutigt sieht, wird zur Begierde ... Oh, ich verderbtes Weib! Pfui über meine Schlangengedanken! Pfui über mein Haupt und Herz! Osarsiph, vergib mir, mein junger Herr und Erlöser, meines Lebens Morgen- und Abendstern! Wie mußte es heute so fehlschlagen durch Schuld meiner zappelnden Füße, daß alles verloren scheint? Doch werde ich mich noch nicht töten und noch nicht nach einer Giftnatter schicken, daß ich sie mir an den

Busen lege, denn viel Hoffnung und Gunst ist übrig. Morgen, morgen und alle Tage! Er bleibt bei uns, er bleibt über dem Hause, Peteprê schlug es mir ab, daß man ihn verkaufe, immer muß ich ihn sehen, jeder Tag steigt herauf mit Hoffnung und Gunst.›Wir müssen's fortsetzen, Vorsteher, ein andermal. Ich will die Sache bedenken und gewähre dir neuen Vortrag für nächstens.‹ Das war gut, es hieß vorsorgen fürs nächste Mal. Ei ja, so besonnen warst du doch, Eni, in allem Wahnsinn, daß du für Anknüpfung sorgtest! Er muß wiederkommen, und ist er säumig aus Scheu, so schicke ich Dûdu, den Zwerg, zu ihm, ihn zu mahnen. Wie will ich dann alles verbessern, was heute mißlungen, und ihm begegnen in ruhiger Gnade bei völlig gelassenen Füßen, indem ich nur leise, ganz wann mir's gefällt, ein wenig Ermutigung durchblicken lasse für seine Anbetung. Vielleicht auch, daß er mir weniger schön erscheint, dies baldige nächste Mal, so daß sich abkühlt mein Herz gegen ihn und ich lächeln und scherzen kann freien Geistes und ihn für mich entflammen, während ich gar nichts leide?... Nein, ach nein, Osarsiph, so soll's nicht sein, es sind Schlangengedanken, und gern will ich leiden um dich, mein Herr und mein Heil, denn wie eines erstgeborenen Stieres ist deine Herrlichkeit...«

Diese Flatterrede, von welcher Hezes und Me'et, die Zofen, mit Staunen einzelnes auffingen, war nur eine von vielen, von hundert solchen, die Mut, der Herrin, in dem Jahre entflohen, während dessen sie dem Joseph ihre Liebe noch zu verhehlen suchte; und auch das Zwiegespräch, das ihm voranging, über das Mohrenkorn, steht für sehr zahlreiche seinesgleichen, gepflogen zu verschiedenen Tageszeiten und an verschiedenen Orten: im Garten wie jenes, im Brunnenhofe des Frauenhauses, im Tempelchen droben sogar, wohin aber Eni nie unbegleitet kam, wie auch Joseph wohl einen oder zwei Schreiber mit sich führte, die ihm Papierrollen, vorzulegende Rechnungen, Pläne und Ausweise nachtrugen. Denn immer war zwischen ihnen von Wirtschaftlichem die Rede, von Verpflegung, Feldbau, Handel und Handwerksbetrieb, worüber der Jungmeier der Herrin Rechenschaft ablegte, worin er sie unterwies oder wozu er sich ihres Rates bedürftig zeigte: Dies war nun einmal der Lügengegenstand ihrer Gespräche, und es ist anzuerkennen – wenn auch mit einem etwas fraglichen Lächeln anzuerkennen –, daß Joseph Wert darauf legte und sich bemühte, aus dem Vorgeschützten Eigentliches zu machen, ernstlich die Frau mit diesen Sachlichkeiten zu befassen und ihre redliche Anteilnahme, wenn auch allenfalls auf Grund ihrer Neigung für seine Person, dafür zu gewinnen.

Das war eine Art von Heilsplan: Jung-Joseph gefiel sich in des Erziehers Rolle. Seine Meinung war (wie er meinte), daß er die Gedanken der Gebieterin wollte vom Persönlichen aufs Gegenständliche ablenken, von seinen Augen auf seine Sorgen, und sie dadurch kühlen, ernüchtern und heilen, also daß er zwar Ehre, Vorteil und schönes Vergnügen ihres Umganges und ihrer Gnade gewann, ohne doch die Gefahr der Grube zu laufen, mit der das angstvolle Gottliebchen drohte. Man kann nicht umhin, eine gewisse Überheblichkeit in diesem pädagogischen Heilsplan des jugendlichen Meiers zu finden, mit dem er die Seele seiner Gebieterin, einer Frau wie Mut-em-enet, zu gängeln gedachte. Die Grubengefahr ernstlich zu bannen, wäre der unvergleichlich sicherere Weg gewesen, die Herrin zu meiden und ihr den Blick zu versagen, anstatt erzieherische Zusammenkünfte mit ihr zu halten. Daß Jaakobs Sohn diesen den Vorzug gab, weckt den Verdacht, daß es mit dem Heilsplane ein Larifari war und daß seine Idee, aus dem Vorgeschützten das ehrenhaft Eigentliche zu machen, selbst eine Vorschützung war seiner nicht mehr dem puren Geist, sondern dem Hange dienstbaren Gedanken.

Dies war jedenfalls der Verdacht oder vielmehr die kleine und scharfe Weisheitserkenntnis Gottliebchens, des Gnomen;

und er machte vor Joseph kein Hehl aus ihr, sondern flehte ihn beinahe täglich mit gerungenen Händchen an, doch nicht zu Luftdrusch und Winkelzügen sich zu erniedrigen, sondern so klug zu sein wie gut und schön und den Atem des alles verheerenden Feuerstieres zu fliehen. Umsonst, sein vollwüchsiger Freund, der Jungmeier, wußte es besser. Denn wer mit Recht gewohnt war, auf seinen Verstand zu vertrauen, dem wird, wenn dieser sich trübt, das gewohnte Vertrauen zu einer großen Gefahr.

Auch Dûdu, der kernhafte Zwerg, spielte unterdessen seine Rolle, wie sie im Buche steht: die Rolle des arglistigen Meldegängers und auf Verderben spekulierenden Zubläsers, der hin und her geht zwischen zweien, die sündigen möchten, hier blinzelt und winkt, dort zwinkert und deutet, sich zu dir stellt, das Maul verschiebt und, ohne die Lippen zu öffnen, aus dem Mundwinkel einen Beutel macht, woraus er entnervende Kuppelbotschaft schüttet. Er spielte die Rolle, ohne seine Vorgänger und Nachfahren in ihr zu kennen, sozusagen als erster und einziger, wofür jeder in jeder Lebensrolle sich halten möchte, gleichsam nach eigener Erfindung und auf eigenste Hand, – dennoch aber mit jener Würde und Sicherheit, die dem gerade obenauf gekommenen und am Lichte agierenden Spieler nicht seine vermeintliche Erstmaligkeit und Einzigkeit verleiht, sondern die er im Gegenteil aus dem tieferen Bewußtsein schöpft, etwas Gegründet-Rechtmäßiges wieder vorzustellen und sich, wie widerwärtig auch immer, so doch in seiner Art musterhaft zu benehmen.

Damals ging er noch nicht den Seitenweg, der auch dazu gehört und der abzweigend von dem fleißig hin und her begangenen an einen dritten Ort führte, nämlich zu Potiphar, dem zarten Herrn, daß er's ihm stecke und ihm Verdächtiges ins Ohr träufle von wegen gewisser Zusammenkünfte. Das sollte noch kommen, und für den Augenblick schien ihm zum

1149

Begehen auch dieses ausgetretenen Weges der Fall noch nicht reif. Es wollte ihm nicht gefallen, daß, entgegen aller Gelegenheitsmacherei, deren er sich befleißigte, und allen halbgefälschten Bestellungen, die er an beiden Enden des Weges aus
5 dem Beutel seines Mundwinkels schüttete, Jungmeier und Herrin fast niemals allein, sondern so gut wie ohne Ausnahme unter Ehrenbedeckung miteinander sprachen; und was sie miteinander sprachen, mißfiel ihm auch: Der erzieherische Heilsplan Josephs war gar nicht nach seinem Sinn und ärgerte
10 ihn, obgleich er so gut wie sein reines Vetterchen ein dem Hange dienstbares Larifari darin erkannte. Der ökonomische Austausch schien ihm eine wunschgemäße Entwicklung der Dinge zu verzögern, und er besorgte auch wohl, Josephs Methode möchte Erfolg haben und wirklich die Gedanken der
15 Herrin gereinigt und versachlicht werden durch sie, so daß sie vom Eigentlichen abkämen. Denn auch zu ihm, dem Biederen, sprach sie nun öfters von Dingen der Wirtschaft, von Erzeugung und Handel, Ölpreisen und Wachspreisen, Rationen und Magazinierung; und wenn es auch seinem Sonnenwitz nicht
20 entging, daß sie damit nur ihre Gedanken umhüllte und heimlich mit alldem von Joseph sprach, der sie's gelehrt, so verdroß es ihn doch, und hin und her gehend schüttete er beiderseits seine aufmunternden Bestellungen aus, dahingehend am einen Ende: der jugendliche Vorsteher sei oft gar betrübt, weil er,
25 begnadet, nach des Tages Mühsal oder zwischenein mit der Herrin zu sein und die Seele in ihrer Schönheit zu baden, auch wieder nur vom leidigen Hausgeschäft mit ihr reden dürfe, anstatt Erquicklich-Näherliegendes ziemlich zur Sprache zu bringen. Am andern Ende: die Herrin beklage es und habe ihm,
30 Dûdu, befohlen, dem Jungmeier Kunde zu geben von ihrer Bitterkeit darüber, daß jener die Gunst der Audienzen so mangelhaft wahrnehme und immer nur von der Ökonomie vor ihr rede, nicht aber auch endlich einmal auf sich selber komme,

um ihren geneigten Wissensdurst zu stillen über seine Person und sein Vorleben, seine elende Heimat, seine Mutter und darüber, wie es allenfalls mit seiner jungfräulichen Geburt und seiner Höllenfahrt und Auferstehung zugegangen sei. Von solchen Dingen zu hören, sagte er, sei für eine Dame wie Mut-em-enet selbstverständlich pikanter als Vorträge über Papierkleberei und Webstuhlbelieferung, und wenn der Vorsteher Fortschritte machen wolle bei Mut, der Herrin, Fortschritte gegen ein höchstes Ziel, höher und herrlicher als alle Ziele, die er je im Hause erreicht, so möge er sich ein Herz fassen zu minder lederner Redeweise.

»Laß er das meine Sache sein, so Ziele wie Mittel«, antwortete Joseph ihm unfreundlich. »Du könntest auch vorneheraus sprechen, statt aus der Seitentasche; ich seh' es mit Widerwillen und wünschte, daß du deinerseits dich mehr ans Sachliche hieltest, Gatte der Zeset. Vergiß nicht, daß es weltlich steht zwischen dir und mir und nicht herzlich! Trage mir zu immerhin, was du auffängst in Haus und Stadt. Zu Freundesratschlägen hab' ich dich nicht ermutigt.«

»Bei meiner Kinder Häuptern!« schwor Dûdu. »Ich habe dir unserm Bunde gemäß hinterbracht, was ich auffing von bitteren Seufzern der Herrin über die Ledernheit deines Vortrags. Nicht Dûdu ist's, der da rät, sondern sie und ihr Seufzen nach etlicher Pikanterie.«

Das war aber mehr als zur Hälfte gelogen, denn auf seine Vorhaltung: wenn sie dem Jungmeier auf den Zauber kommen und ihn zu Falle bringen wolle, müsse sie ihm näher an die Person rücken, statt ihm zu erlauben, sich hinter sein Amt und Geschäft zu verschanzen, hatte sie dem Mahner zur Antwort gegeben:

»Es tut mir wohl und beruhigt mir etwas die Seele, von dem zu hören, was er tut, wenn ich ihn nicht sehe.«

Eine recht kennzeichnende Antwort, auch rührend, wenn

man will, weil sie den Neid des liebenden Weibes auf das Ausgefülltsein des männlichen Daseins enthüllt, die Eifersucht des nichts als empfindenden Wesens auf die Sachgehalte, die den Raum des geliebten Lebens zu so großem Teile in Anspruch nehmen und ihr das Leidend-Müßige eines nur der Empfindung gewidmeten Lebens zu fühlen geben. Das Streben der Frau nach Teilnehmung an solchen Inhalten entspringt allgemein aus dieser Eifersucht, auch wenn sie nicht praktisch-ökonomischer, sondern geistiger Art sind.

Mut also, der Herrin, »tat es wohl«, sich von Joseph in die Materie einführen zu lassen, unter dem Anschein sogar und der Vorspiegelung, daß er sich, seiner Jugend wegen, von ihr darüber beraten zu lassen wünschte. Und wie gleichgültig ist es ja auch, wovon die Worte des Geliebten handeln, da es seine Stimme ist, die ihren Leib bildet, da seine Lippen sie formen, sein schöner Blick sie deutend begleitet und seine Gesamtnähe auch die kältest-trockensten noch durchwärmt und tränkt, wie Sonne und Wasser das Erdreich wärmen und tränken. So wird jedes Gespräch zum Liebesgespräche, – und in eigentlicher Reinheit könnte ein solches ja auch gar nicht geführt werden, weil es dann aus den Silben »ich« und »du« bestehen und an übergroßer Monotonie zugrunde gehen müßte, weshalb notwendig immer von anderen Dingen aushilfsweise dabei die Rede sein muß. Dazu aber, wie es aus ihrer treuherzigen Antwort hervorging, schätzte Eni den Gesprächsstoff hoch, weil er ihrer Seele Nahrung war an öden, der Hoffnung entkleideten und traurig entspannten Tagen, wenn Joseph geschäftlich stromab oder -aufwärts verreist war und weder bei Tafel sich »Augenblicke« ereignen konnten noch sie seines Besuches im Frauenhause oder sonst einer Begegnung in wünschendem Bangen gewärtig sein mußte und durfte. Dann zehrte sie von jenem Stoff, hielt ihn in ihrem Herzen hoch und tat sich viel Tröstliches zugute darauf, zu wissen, in welcher Angelegenheit der Geliebte abwesend war in der und der Stadt und ihren Dörfern, auf dieser Messe und jenem Markt, in ihrem Weibeselend müßiger Empfindung wenigstens die Sachgehalte nennen zu können, die seine männlichen Tage füllten. Auch konnte sie nicht umhin, sich des Wissens zu rühmen vor ihren Nebenfrauen sowohl, den gackernden, wie vorm Mädchenstaat und vor Dûdu, wenn er ihr aufwartete.

»Der Jungmeier«, sagte sie, »ist hinab auf dem Wasserwege nach Necheb, der Stadt, wo Nechbet im Feste ist, mit zwei Schleppkähnen voll Dûm- und Balanitfrüchten, Feigen und Zwiebeln, Knoblauch, Melonen, Aggur-Gurken und Rizinussamen, die er verhandeln will unter den Schwingen der Göttin gegen Holz und Sandalenleder, weil Peteprê ihrer bedarf für die Werkstätten. Der Vorsteher hat im Einvernehmen mit mir einen Augenblick gewählt für diese Verschiffung, wo das Gemüse hoch notiert von wegen der Nachfrage, Leder und Holz aber nicht so sehr hoch.«

Und ihre Stimme war eigentümlich klingend und schwingend bei diesen Worten, so daß Dûdu das Händchen zum Schallfang höhlte an seinem Kopf und bei sich bedachte, ob er nicht bald den Zweigweg würde einschlagen können zu Potiphar, daß er's ihm steckte. –

Was sollen wir noch viel erzählen von diesem Jahr, da Mut dem Joseph ihre Verliebtheit noch aus Stolz und Scham zu verhehlen bemüht war und sie auch der Außenwelt noch verbarg oder zu verbergen wähnte? Der Kampf gegen ihr Gefühl für den Sklaven, der Kampf also mit sich selbst, eine Weile heftig geführt, war schon vorüber und zugunsten des Gefühles selig-unselig entschieden. Nur um die Geheimhaltung ihrer Ergriffenheit vor den Menschen und vor dem Geliebten kämpfte sie noch; in ihrer Seele aber gab sie sich dem wundervoll Neuen desto rückhaltloser und entzückter, man möchte sagen: desto einfältiger hin, je unbekannter es ihr, der eleganten Heiligen und weltkühlen Mondnonne, bis dahin geblieben war, je länger es gedauert hatte, bis sie diese Berührung und Erweckung erfahren, und mit je tieferer Entfremdung sie sich der vormaligen, von Leidenschaft noch nicht gesegneten Zeiten erinnerte, in deren Dürre und Starre sie sich kaum noch zurückzuversetzen wußte und in die zurückversetzt zu werden sie aus allen Kräften ihres aus dem Schlummer gerufenen Weibtumes verabscheute. Die berückende Steigerung, die ein Leben wie das ihre durch die Fülle der Liebe erfährt, ist so bekannt wie unsäglich; die Dankbarkeit aber für diesen Segen an Lust und Qual sucht ein Ziel und findet es wieder nur in demjenigen, von dem alles ausgeht oder auszugehen scheint. Was Wunder also, daß die Erfülltheit von ihm, um die Dankbarkeit noch vermehrt, zur Vergötterung wird? Wir konnten mehrmals beobachten, daß Joseph in kurzen schwankenden Augenblicken anderen Leuten halb und halb, oder etwas mehr als halb und halb, als Gott erschien. Aber waren diese Anwandlungen und Versuchungen »Vergötterung« zu nennen gewesen? Welche Entschlossenheit, welche tätige Begeisterung liegt in dem Wort, wie die Logik der Liebe es versteht! Eine Logik, kühn und sonderbar genug. Wer solches an meinem Leben getan, so lautet sie, wer dem ehemals toten diese Gluten und Fröste, dies Jauchzen und diese Tränen geschenkt, der muß ein Gott sein, es ist nicht anders möglich. Aber jener hat gar nichts getan, und alles kommt aus der Ergriffenen selbst. Nur kann sie's nicht glauben, sondern macht aus ihrem Enthusiasmus unter Dankgebeten die Göttlichkeit des anderen. »O Himmelstage des lebendigen Fühlens! ... Du hast mein Leben reich gemacht – es blüht!« Das war so ein Dankgebet Mut-em-enets, oder das Bruchstück eines solchen, gerichtet an Joseph, kniefällig zu Füßen ihres Ruhebettes gestammelt unter Wonnezähren, da niemand sie sah. Warum aber, wenn ihr Leben so sehr in Reichtum und Blüte stand, warum war sie dann mehr als einmal drauf und dran, die Nubierin nach der Giftnatter zu schicken, daß sie sie sich an den Busen lege; ja, warum hatte sie den Auftrag einmal tatsächlich schon erteilt, so daß die Viper bereits in einem Schilfkörbchen zur Stelle gewesen und Mut erst im letzten Augenblick noch einmal von ihrem Vorhaben abgekommen war? Nun, weil sie der Meinung war, bei der letzten Begegnung alles verdorben und nicht nur häßlich ausgesehen, sondern dem Geliebten auch, statt ihm mit ruhiger Gnade zu begegnen, ihre Liebe – die Liebe einer Alten und Häßlichen – durch Blick und Beben verraten zu haben, wonach es für sie nur noch den Tod gab: zur Strafe für sich und ihn, der aus ihrem Tode das Geheimnis ersehen mochte, für dessen schlechte Verwahrung sie sich ihn gab!

Wirre, blühende Logik der Liebe. Man kennt das alles, und kaum lohnt es, davon zu erzählen, da es uralt ist, auch zu den Zeiten von Potiphars Weib schon längst uralt war und nur demjenigen höchst neu erscheint, der, wie sie, gerade daran ist, es als erster und einziger überwältigt zu erfahren. Sie flüsterte: »O horch, Musik! ... An meinem Ohr weht wonnevoll ein Schauer hin von Klang.« Man kennt auch das. Es sind die Gehörstäuschungen empfindlicher Ekstase, die Verliebten wie Gottverzückten wohl hie und da zustoßen und kennzeichnend sind für die nahe Verwandtschaft und Unabgegrenztheit ihrer Zustände, bei denen hier Göttliches, dort aber viel Menschliches sich einmischt. – Man kennt auch, und es erübrigt sich völlig, ausführlich darüber zu sein, jene Fiebernächte der Liebe, die eine Folge von lauter kurzen Träumen sind, in welchen immer der andere da ist und sich kalt und verdachtvoll zeigt, sich verächtlich abwendet, – eine Kette unseliger und vernichtender, aber von der entschlummerten Seele unermüdlich wieder aufgenommener Begegnungen mit seinem Bilde, fortwährend unterbrochen von jähem und nach Luft ringendem Erwachen, Aufrichten, Lichtschlagen: »Ihr Götter, ihr Götter, wie ist es möglich! Wie ist so viel Qual möglich!...« Flucht sie ihm aber, dem Urheber solcher Nächte? Keineswegs. Was sie ihm, wenn der Morgen sie von der Folter gebunden, erschöpft auf dem Rande ihres Bettes, zuflüstert von ihrem Orte zu seinem, das lautet:

»Ich danke dir, mein Heil! mein Glück! mein Stern!«

Der Menschenfreund schüttelt das Haupt ob solcher Rückäußerung auf entsetzliches Leiden; er findet sich beirrt und halb lächerlich gemacht durch sie in seinem Erbarmen. Wo aber die Urheberschaft einer Qual nicht als menschlich, sondern als göttlich verstanden wird, da ist diese Art der Rückäußerung möglich und natürlich. – Und warum wird sie so verstanden? – Weil sie eine Urheberschaft besonderer Art ist, die sich auf das Ich und das Du verteilt, zwar an dieses gebunden erscheint, aber zugleich ihren Ort in jenem hat: sie besteht in der Vereinigung und Verschränkung eines Außen und eines Innen, eines Bildes und einer Seele – in einer Vermählung also, aus der tatsächlich schon Götter hervorgegangen sind und deren Manifestationen nicht sinnloserweise als göttlich angesprochen werden. Ein Wesen, das wir für große Qualen, die es uns zufügt, segnen, muß wohl ein Gott sein und kein Mensch, denn sonst müßten wir ihm fluchen. Eine gewisse Schlüssigkeit ist dem nicht abzusprechen. Ein Wesen, von dem Glück und Elend unserer Tage in einem Umfange abhängig sind, wie es in der Liebe der Fall, rückt in die Ordnung der Götter, das ist klar; denn Abhängigkeit war immer und bleibt die Quelle des Gottgefühls. Hat aber je schon einer seinem Gotte geflucht? – Wohl möglich, daß er's versuchte. Dann aber nahm der Fluch sich aus und lautete wörtlich wie oben.

Dies zur Verständigung des Menschenfreundes, wenn auch nicht zu seiner Befriedigung. Hatte übrigens nicht unsere Eni noch besondere Ursache, aus dem Geliebten einen Gott zu machen? – Allerdings hatte sie die: insofern nämlich in seiner

Vergöttlichung die Erniedrigungsgefühle sich aufhoben, die sonst von ihrer Schwäche für den Fremdsklaven untrennbar gewesen wären und mit denen sie lange im Kampf gelegen. Ein niedergestiegener, ein Gott in Knechtsgestalt, nur kenntlich an seiner unverhehlbaren Schönheit und dem goldenen Erz seiner Schultern, – sie fand das vor von irgendwoher in ihrer Gedankenwelt, sie fand es glücklicherweise vor, denn es war die Erklärung und Rechtfertigung ihrer Ergriffenheit. Die Hoffnung aber auf Erfüllung des Heilstraumes, der ihr die Augen geöffnet und in welchem ihr jener das Blut gestillt hatte, – diese Hoffnung zog ihre Nahrung aus einem ferneren Bilde und weiterer Kunde, die sie ebenfalls, wer weiß woher, in sich vorfand: dem Bild und der Kunde von der Beschattung Sterblicher durch den Gott. Es mag wohl sein, daß in der Exzentrizität dieser Vorstellung und in dem Zurückgreifen auf sie etwas von der Angst sich verbarg, die des Gatten Eröffnungen über Josephs Geweihtheit und Aufgespartheit, den Schmuck seines Hauptes ihr eingeflößt hatten.

Das zweite Jahr

Als nun das zweite Jahr gekommen war, lockerte sich etwas in der Seele Mut-em-enets und gab nach, so daß sie anfing, dem Joseph ihre Liebe zu erkennen zu geben. Sie konnte nicht länger anders; sie liebte ihn gar zu sehr. Gleichzeitig begann sie auch, infolge derselben Lockerung, einzelne Personen ihrer Umgebung in ihre Ergriffenheit geständnisweise einzuweihen – nicht gerade den Dûdu, denn das war erstens bei seiner Sonnengewitztheit längst nicht mehr nötig, wie sie im Grunde wohl wußte, und zweitens wäre es auch, trotz der Lockerung, ihrem Stolze zuwider gewesen, sich ihm zu bekennen; vielmehr blieb zwischen ihnen die Übereinkunft bewahrt, daß es sich darum handle, dem anstößigen Fremdsklaven auf den Zauber zu kommen, um ihn »zu Falle zu bringen«; – die Redewendung war feststehend und büßte in beider Munde an Zweideutigkeit ein, von Tage zu Tage. Zwei Frauen aber aus ihrer Nähe, die sie plötzlich, und zwar jede für sich, zu ihren Vertrauten machte, obgleich sie bisher niemals Vertraute gehabt hatte, und die davon nicht wenig gehoben waren – dem Kebsweibe Meh-en-Wesecht, einer Kleinen, Munteren mit offenem Haar und in durchsichtigem Hemd, und einer alten Gummiesserin, Kammersklavin vom Dienste der Schminktiegel, Tabubu mit Namen, greis das Haar, schwarz die Haut und die Brüste wie Schläuche –, diesen beiden also eröffnete Eni flüsternd ihr Herz, nachdem sie es durch ihr Benehmen darauf angelegt hatte, daß sie sie schmeichelnd befragten: Sie seufzte und lächelte so lange in zur Schau gestellter Versonnenheit, indem sie die Rede verweigerte, bis diese Weiber, die eine am Wasserbecken des Hofes, die andere am Putztisch, mit Bitten in sie drangen, ihnen doch den Grund ihrer Gemütsaffektion zu vertrauen, worauf sie sich noch vielfach zierte und wand, dann aber, von einem Schauder durchbebt, den ebenfalls Erschauernden die Beichte ihrer Berührtheit mit trunkener Zunge ins Ohr raunte.

Obgleich sie wohl vorher schon sich auf dies und das einen Reim gemacht, schlugen sie die Hände zusammen, bedeckten die Gesichter damit, küßten ihr die ihren sowie auch die Füße und stimmten beide ein unterdrücktes Glucksen und Girren an, worin festliche Aufregung, Rührung und zärtliche Besorgnis sich mischten, ungefähr als habe Mut ihnen mitgeteilt, daß sie guter Hoffnung sei. So, in der Tat, nahmen die Frauen diese sensationelle Frauensache auf, die große Nachricht, daß Mut, die Herrin, sich in Liebesumständen befinde. Eine Art von Geschäftigkeit ergriff sie beide, sie plapperten tröstend und beglückwünschend auf die Gesegnete ein, streichelten ihren Leib, wie als sei er zum Gefäße kostbar-gefährlichen Inhalts geworden, und gaben auf alle Weise ihr schreckhaftes Entzükken zu erkennen über diese Wende und große Abwechselung, den Anbruch einer weiblichen Jubelzeit voller Heimlichkeit, süßen Betruges und intriganter Steigerung des Alltags. Die schwarze Tabubu, die sich auf allerlei arge Künste der Negerländer und die Beschwörung unerlaubter und namenloser Gottheiten verstand, wollte sogleich zu zaubern anfangen, um den Jüngling künstlich zu kirren und ihn als wonnige Beute zu den Füßen der Herrin niederzuwerfen. Aber damals wies die Tochter Mai-Sachme's, des Gaufürsten, das noch mit einem Abscheu von sich, in welchem nicht nur eine höhere Gesittungsstufe als die der Kuschitin, sondern auch der Anstand ihres Gefühls, so schwer bedenklich es immer sein mochte, sich überlegen kundtaten. – Die Kebse Meh, ihrerseits dagegen, dachte gar nicht an Zaubermittel, weil sie solche im mindesten nicht für nötig hielt und die Sache, abgesehen von ihrer Gefährlichkeit, für höchst einfach ansah.

»Selige«, sagte sie, »was gibt es zu seufzen? Ist nicht der Schöne des Hauses Käufling und Sklave, wenn auch an der Spitze desselben, und dein höriges Eigentum von Anfang an? Wenn du ihn magst, so brauchst du doch nur mit der Braue zu winken, und zur höchsten Ehre wird er sich's anrechnen, seine Füße mit deinen zusammenzutun und sein Haupt mit dem deinen, so daß du es gut hast!«

»Um des Verborgenen willen, Meh!« flüsterte Mut, sich verhüllend. »Sprich nicht gar so unmittelbar, denn du weißt nicht, was du sagst, und es sprengt mir die Seele!«

Sie glaubte dem dummen Ding nicht zürnen zu dürfen, weil sie sie mit einer Art von Neid rein und frei wußte von Liebe und süchtiger Schuld und ihr das Recht beimaß des guten Gewissens, vergnügt von Füßen und Häuptern zu reden, wenn es sie auch unerträglich verwirrte. Darum fuhr sie fort:

»Man sieht wohl, du warst niemals in solchen Umständen, Kind, und nie hat es dich ereilt und ergriffen, sondern hast immer nur genascht und geschnattert mit den Schwestern in Peteprê's Frauenhaus. Du würdest sonst nicht von meiner Braue sagen, daß ich ihm einfach damit winken könnte, sondern wissen, daß durch meine Berührtheit sein Sklaventum und mein Herrinnentum gänzlich aufgehoben sind, wenn nicht verkehrt in ihr Gegenteil, so daß ich vielmehr an seinen herrlich gezeichneten Brauen hänge, ob es glatt und freundlich ist zwischen ihnen oder ob sie sich beirrt und argwöhnisch verfinstern gegen mich Bebende. Siehe, du bist nicht besser denn Tabubu in ihrem Tiefstand, die mir ansinnt, Negerzauber mit ihr zu üben, daß mir der Jüngling verfiele und des Zaubers leibliche Beute würde, er wüßte nicht wie. Schämt euch, ihr Unwissenden, die ihr mir ein Schwert ins Herz stoßt mit eueren Ratschlägen und dreht's in der Wunde um! Denn ihr redet und ratet, als sei er ein Körper und nicht auch Seele und Geist in einem damit, – davor aber ist Brauenbefehl nicht besser als kirrender Zauber, denn beide haben Gewalt nur über den Körper und führten mir diesen nur zu, eine warme Leiche. War er mir jemals hörig und zu Befehl meiner Braue, – durch meine Ergriffenheit ist ihm die Freiheit geschenkt, die volle, törichte Meh, und meines Herrinnentumes ward ich selig verlustig durch sie und trage sein Joch, abhängig in Freud und Qual von der Freiheit seiner lebendigen Seele. Dies ist die Wahrheit, und ich leide genug darunter, daß sie nicht am Tage ist, sondern daß er am Tage fälschlicherweise noch immer der Knecht ist und ich ihm gebiete. Denn wenn er mich Herrin nennt seines Hauptes und Herzens, seiner Hände und Füße, so weiß ich nicht, ob er's als Diener sagt, nach der Redensart, oder vielleicht als lebendige Seele. Ich hoffe das letztere, verzage aber zugleich auch wieder daran. Gib mir acht! Wenn nur sein Mund wäre, so ließe sich hören allenfalls und zur Not, was ihr sagt von Befehlswink und Zauber, denn körperlich ist der Mund. Aber da sind seine Augen in ihrer schönen Nacht, von Freiheit und Seele voll, ach, und ich fürchte die Freiheit darin noch auf besondere Weise, insofern sie nämlich Freiheit ist von der Sucht, die mich Verlorene in trüben Banden hält, und ein lustiger Spott darüber, – nicht geradezu über mich, das nicht, aber über die Sucht, so daß es mich beschämt und vernichtet, da doch die Bewunderung seiner Freiheit nur meine Sucht noch erhöht und mich mit desto trüberen Banden umschlingt. Verstehst du das, Meh? Und nicht genug damit, muß ich auch noch den Zorn seiner Augen fürchten und ihre Verwerfung, weil, was ich für ihn trage, Trug und Verrat ist an Peteprê, dem Höfling, der sein Herr ist und meiner, und dem er in Treuen das Wohlgefühl des Vertrauens erweckt, – ich aber will ihm ansinnen, den Herrn zu erniedrigen mit mir an meinem Herzen! Dies alles droht mir von seinen Augen, und da siehst du, daß ich es nicht nur mit seinem Munde zu tun habe und daß er nicht nur ein Körper ist! Denn ein solcher ist nicht hineingestellt in Bewandtnisse und Verkettungen, die ihn bedingen wie auch unser Verhältnis zu ihm und es erschwierigen, indem sie es mit Rücksichten und Folgen beladen und eine Sache der Satzung, der Ehre und des Sittengebots daraus machen und unserm Verlangen die Flügel beschneiden, so daß es am Boden hockt. Wieviel hab' ich nachgesonnen, Meh, über diese Dinge bei Tag und Nacht! Denn ein Körper ist frei und allein, des Bezuges bar, und nur Körper sollten sein für die Liebe, daß sie frei schwebten und einsam im leeren Raum und einander umarmten ohne Rücksicht und Folge, Mund an Mund und bei geschlossenen Augen. Das wäre die Seligkeit – und eine Seligkeit doch, die ich verwerfe. Denn kann ich wohl wünschen, daß der Geliebte nur ein bewandtnisloser Leib wäre, eine Leiche und keine Person? Das kann ich nicht, denn ich liebe nicht bloß seinen Mund, ich liebe auch seine Augen, sie sogar über alles, und aus diesem Grunde sind euere Ratschläge mir zuwider, Tabubu's und deiner, mit Ungeduld weis' ich sie von mir.«

»Das verstehe ich nicht«, sagte die Nebenfrau Meh, »wie heiklig du die Dinge betrachtest. Ich meinte, da du ihn magst, so käme es schlechthin drauf an, daß ihr eure Füße und Häupter zusammentätet, damit du es gut hättest.«

Als ob das nicht am Ende auch das Sehnsuchtsziel Mut-em-enets, der schönen Mutemône, gewesen wäre! Der Gedanke, daß ihre Füße, die trippeln mußten, wenn sie mit Joseph war, an die seinen geschmiegt sollten ruhen dürfen, – gerade diese Vorstellung erschütterte und begeisterte sie sogar bis auf den Grund, und daß Meh-en-Wesecht ihr so geradehin Worte geliehen hatte, ohne sich allerdings auch nur entfernt soviel dabei zu denken wie Mut, das beförderte jene Lockerung in ihrem Inneren, von der ihre Mitteilsamkeit an die Frauen schon ein Zeichen gewesen war, und sie fing an, den Jungmeier ihrer Schwäche und Verfallenheit zu bedeuten in Tat und Wort.

Die Taten angehend, so waren es Deuthandlungen von kindlicher und im Grunde rührender Art, Aufmerksamkeiten der Herrin für den Knecht, zu deren stark aufgetragener Symbolik das rechte Gesicht zu machen für diesen nicht leicht war. Eines Tages zum Beispiel – und öfters nach diesem ersten Mal – empfing sie ihn zur Wirtschaftsaudienz in asiatischer Tracht, einem reichen Gewande, zu dem sie sich die Stoffe in der Stadt der Lebenden im Handelsgewölbe eines bärtigen Syrers hatte erstehen lassen und das die Schneidersklavin Cheti ihr emsig gefertigt hatte. Es war bunt wie nie ein ägyptisch Kleid, sah aus, als ob zwei gestickte Wolltücher, ein blaues und ein rotes, ineinandergewunden seien, und war zu den Stickereien noch an allen Säumen mit farbigen Borten besetzt, sehr üppig und ausländisch. Schulterklappen, ganz echt nach dem Stile, bedeckten die Achseln, und über den ebenfalls bunt gestickten Kopfbund, Sânîp geheißen im Heimatgebiet dieser Mode, hatte Eni das obligate Schleiertuch geworfen, das bis zu den Hüften und tiefer fiel. So angetan, blickte sie dem Joseph mit vom

Bleiglanz zugleich und von ängstlich-schelmischer Erwartung vergrößerten Augen entgegen.

»Wie fremd und herrlich du mir erscheinst, hohe Herrin«, sagte er mit betretenem Lächeln, denn er deutete sich's.

»Fremd?« fragte sie ebenfalls lächelnd, gezwungen, zärtlich und wirr. »Eher vertraut, denke ich, und im Bilde der Töchter deines Landes sollte ich dir erscheinen in dem Kleid, das ich zur Abwechslung heut einmal anlegte, – wenn es das ist, worauf du zielst.«

»Vertraut«, sagte er mit niedergeschlagenen Augen, »ist mir wohl das Kleid und der Schnitt des Kleides, aber fremd noch ein wenig an dir.«

»Du findest nicht, daß es mir läßt und mir vorteilhaft ansteht?« fragte sie mit zagender Herausforderung.

»Der Stoff«, antwortete er gehalten, »müßte erst noch gewoben und das Kleid erst geschnitten werden, das nicht, und wär's ein härener Sack, deiner Schönheit dienen müßte, Gebieterin.«

»Ei, wenn's ganz gleich ist und ist einerlei, was ich trage«, versetzte sie, »so war es verlorene Müh mit diesem Gewande. Ich legte es aber an zu Ehren deines Besuches und um dir zu erwidern. Denn du, Jüngling von Retenu, trägst dich ägyptisch bei uns, indem du dich artig erweist unserer Sitte. Da gedachte ich, nicht zurückzustehen für mein Teil und dir in deiner Mütter Tracht zu begegnen im Austausch. So haben wir die Kleider getauscht, festlicherweise. Denn etwas Gottesfestliches ist es um solchen Tausch von alters, wenn sich in Weibertracht ergehen die Männer und im Kleide des Mannes das Weib und die Unterschiede dahinfallen.«

»Laß mich dazu anmerken«, erwiderte er, »daß solch ein Brauch und Dienst mich nicht sonderlich anheimelt. Denn es liegt etwas Taumelhaftes darin und ein Dahinfall der Gottesbesonnenheit, der meine Väter nicht freuen wollte.«

»So hab' ich's verfehlt«, sagte sie. »Was bringst du Neues vom Hause?«

Sie war tief gekränkt, weil er nicht zu verstehen schien (er verstand es übrigens), welches Opfer sie ihm und ihrem Gefühle brachte, indem sie, das Amunskind, Nebenfrau des Gewaltigen und Parteigängerin seiner Strenge, der Ausländerei huldigte in ihrem Kleide, weil der Geliebte ein Ausländer war. Süß war ihr das Opfer gewesen und dünkte sie eine Seligkeit, sich ihrer Staatsgesinnung zu entäußern um seinetwillen; und sehr unglücklich war sie nun, weil er's so matt aufgenommen. Ein andermal war sie glücklicher, obgleich die Deuthandlung sogar von noch größerer Selbstentäußerung zeugte.

Ihr Wohngemach, die Vorzugsstätte ihrer Zurückgezogenheit im Frauenhause, war eine gegen die Wüste gelegene kleine Halle, die man so nennen konnte, weil ihre hölzern gerahmte Türe breit offen und der Aussichtsraum von zwei Pfeilern unterbrochen war, die schlichte Rundhäupter und viereckige Tragflächen unterm Gesimse hatten, doch basenlos auf der Schwelle standen. Der Blick ging auf einen Hof, mit niedrigen weißen Baulichkeiten zur Rechten, unter deren flachen Dächern Wohnungen der Nebenfrauen lagen und an die eine höhere Architektur, pylonartig, mit Säulen stieß. Eine Lehmmauer, schulterhoch, lief quer dahinter hin, so daß man draußen kein Land, sondern nur Himmel sah. Das Sälchen war fein und einfach, nicht sonderlich hoch; schwarz lagen die langen Schatten der Pfeiler auf seinem Estrich; Wände und Decken zeigten schlichten zitronenfarbenen Bewurf, und nur unter dieser lief ein in blassen Farben gemaltes Schmuckband hin. Es stand nicht viel mehr in dem Raum als ein zierliches Ruhebett in seinem Hintergrunde mit Kissen darauf und Fellen davor. Hier wartete Mut-em-enet oft auf Joseph.

Er pflegte auf dem Hof zu erscheinen und die Handflächen gegen das Gemach und die dort ruhende Frau zu erheben, die

Rechnungsrollen unter den einen Arm geklemmt. Dann gewährte sie's ihm, daß er eintrete und vor ihr redete; an einem Tage aber entdeckte er gleich, daß etwas verändert war im Salon, was ihre Blicke meinten, die ihm mit ebenso froh befangenem Ausdruck entgegengingen wie damals, als sie das syrische Kleid getragen; doch stellte er sich, als sähe er nichts, grüßte sie mit gewählten Worten und fing schon von den Geschäften zu reden an, bis sie ihn mahnte:

»Sieh dich um, Osarsiph! Was siehst du Neues bei mir?«

Neu mochte sie es wohl nennen, was man bei ihr sah. Kaum sollte man's glauben: auf einem gewirkbedeckten Altartisch an der Rückwand des Zimmers stand in offenem Kapellenschrein eine vergoldete Statuette des Atum-Rê!

Der Herr des Horizontes war gar nicht zu verkennen: er sah aus wie sein Schriftzeichen; mit hochgezogenen Knien saß er auf einem kleinen, viereckigen Postament, den Falkenkopf auf den Schultern, die längliche Sonnenscheibe zum Überfluß noch oben darauf, aus welcher vorne der Blähkopf und hinten der Ringelschwanz des Uräus hervorkam. Auf einem Dreifuß zur Seite des Altars lagen gestielte Räucherpfannen, auch Werkzeug zum Feuerschlagen und Kügelchen des Wohlgeruchs in einer Schale.

Erstaunlich und fast unglaublich! Sehr rührend dabei und kindlich kühn als Mittel und Redeweise für das Ausdrucksverlangen ihres Herzens! Die Herrin Mut vom Frauenhause des Rinderreichen, Sängerin ihm, dem widderstirnigen Reichsgott, und heilige Tänzerin; seines staatsklugen Ober-Blankschädels Vertraute; Parteigängerin seines volksfromm-erhaltenden Sonnensinnes, – sie hatte dem Herrn des weiten Horizontes, an dem Pharao's Denker sich denkend versuchten, dem weltläufig-verbindlich ausblickenden und fremdfreundlichen Bruder asiatischer Sonnenherren, dem Rê-Horachte-Atôn von On an der Spitze des Dreiecks, in ihrem eigensten Bereich eine Stätte errichtet! So drückte ihre Liebe sich aus, in diese Sprache flüchtete sie, – die Sprache des Raumes und der Zeit, die ihnen beiden, der Ägypterin und dem ebräischen Knaben, gemeinsam waren. Wie hätte er sie nicht verstehen sollen? Er hatte schon längst verstanden, und man muß ihm Ergriffenheit nachrühmen in diesem Augenblick: was er empfand, war eine mit Schrecken und Sorge gemischte Freude. Diese ließ ihn das Haupt senken.

»Ich sehe deine Andacht, Gebieterin«, sagte er leise. »In etwas erschreckt sie mich. Denn wie, wenn Beknechons, der Große, dich heimsuchte und sähe, was ich sehe?«

»Ich fürchte Beknechons nicht«, antwortete sie mit bebendem Triumph. »Pharao ist größer!«

»Er lebe, sei heil und gesund«, murmelte er mechanisch. »Du aber«, setzte er wieder sehr leise hinzu, »bist dem Herrn von Epet-Esowet zu eigen.«

»Pharao ist sein leiblicher Sohn«, erwiderte sie so rasch, daß man sah: sie war vorbereitet. »Dem Gott, den er liebt, und den zu ergründen er seinen Weisen befiehlt, werde auch ich wohl dienen dürfen. Wo wäre ein älterer, größerer in den Ländern? Er ist wie Amun, und Amun ist wie er. Amun hat sich mit seinem Namen genannt und gesprochen: ›Wer mir dient, dient dem Rê.‹ So dien' ich dem Amun auch, wenn ich diesem diene!«

»Wie du meinst«, antwortete er leise.

»Wir wollen ihm räuchern«, sagte sie, »bevor wir die Geschäfte des Hauses bedenken.«

Und sie nahm ihn bei der Hand und führte ihn vor das Bild, zu dem Dreifuß mit den Opfergeräten.

»Lege Weihrauch ein«, befahl sie (sie sagte »senter neter« in der Sprache Ägyptens, das ist: »der göttliche Geruch«), »und brenne an, wenn du die Güte haben willst!« Aber er zögerte.

»Es ist nicht gut für mich, Herrin«, sagte er, »einem Bilde zu räuchern. Es ist ein Verbot unter den Meinen.«

Da sah sie ihn an, stumm, mit so unverhohlenem Schmerz, daß er wieder erschrak, und in ihrem Blick stand geschrieben: »Du willst nicht mit mir räuchern dem, der mir erlaubt, dich zu lieben?«

Er gedachte aber Ons an der Spitze, der milden Lehren seiner Lehrer und des Vaters-Großpropheten daselbst, dessen Lächeln besagen wollte, daß, wer dem Horachte opfere, es zugleich seinem eigenen Gotte tue im Sinne des Dreiecks. Darum antwortete er auf ihren Blick:

»Ich will dir gerne der Beisteher sein, will einlegen und anbrennen und dir ministrieren beim Opfer.«

Und er legte von den Pillen aus Terebinthenharz in die Pfanne, schlug Feuer und brannte an und gab ihr den Stiel, daß sie räuchere. Und während sie den Würzrauch aufsteigen ließ vor Atums Nase, hob er die Hände und diente dem Duldsamen mit Vorbehalt, indem er auf schonendes Vorübergehen vertraute. Eni's Brust aber ging hoch von dieser Deuthandlung bei dem ganzen häuslichen Vortrag, der nachfolgte. –

Solcher Art waren die Taten, mit denen sie ihm ihr Verlangen gestand; aber auch der Worte entschlug sich die Arme nicht länger. Ja, ihre Sucht, den Geliebten ebendas wissen zu lassen, was sie ihm lange auf Tod und Leben zu verbergen gesucht hatte, war nach erfolgter Lockerung übermächtig; und da sie überdies von dem hin und her gehenden Dûdu beständig dahin beraten und dazu angefeuert wurde, die Unterhaltung vom Gegenständlichen weg aufs Persönliche zu bringen, damit sie dem Bösewicht auf die Schliche käme und ihn »zu Falle brächte«, – so zerrte sie immerdar mit fiebernden Händen an der hauswirtschaftlichen Hülle des Gesprächs, seinem Feigenschurz, um es davon zu entkleiden und es auf die Wahrheit und Nacktheit des Du und Ich zurückzuführen, – ohne zu ahnen, welche abschreckenden Gedankenverbindungen sich für Joseph an die Idee der »Entblößung« knüpften: kanaanitische

Gedankenverbindungen voller Warnung vor Unerlaubtem und jederlei trunkener Schamlosigkeit, zurückgehend bis zu dem Orte des Anfangs, wo es zur durchdringenden Begegnung von Nacktheit und Erkenntnis gekommen und die Unterscheidung von Gut und Böse aus dieser Durchdringung entsprungen war. Mut, solcher Überlieferung fremd und bei allem Sinn für Ehre und Schande ganz ohne tieferes Verständnis für die Idee der Sünde, von der sogar die Wortchiffer ihrem Vokabulare fehlte, vor allen Dingen nicht im mindesten gewohnt, diese Idee gerade mit der der Nacktheit zu verbinden, konnte nicht wissen, welchen vorpersönlich-blutsüberkommenen Baalsschrecken die Entblößung des Gesprächs in ihrem Jüngling aufregte. Sooft er diesem das sachliche Gewand wieder vortun wollte, zog sie es ihm ab und nötigte ihn, statt von den Dingen der Wirtschaft, von sich selbst, seinem Leben und Vorleben zu sprechen, befragte ihn nach seiner Mutter, deren er schon früher vor ihr gedacht, vernahm von ihrer sprichwörtlichen Lieblichkeit und hatte von da nur einen Schritt zu seinem persönlichen Erbgut an Hübschheit und Schönheit, das mit lächelnden Worten erst zu erwähnen, dann aber mit tiefer und inniger lautenden zu rühmen und leidenschaftlich anzusprechen sie sich nicht mehr versagte.

»Selten«, sagte sie, in einem breiten Armstuhl lehnend, der auf dem Schwanzende eines Löwenfelles stand, während der Kopf des Beutetieres dem Joseph mit klaffendem Rachen zu Füßen lag, – »selten«, antwortete sie auf seine vorangegangene Aussage, die eigenen Füße in erzwungener Ruhe auf dem Polsterschemel gekreuzt, »sehr selten geschieht es, daß man von einer Person erzählen hört und ihre Beschreibung empfängt, während zugleich das erläuternde Bild der Beschreibung sie uns gegenwärtig veranschaulicht. Es ist eigentümlich, ja wundersam für mich, die Augen jener Lieblichen, des Mutterschafs, in ihrer freundlichen Nacht, unter denen der Mann aus Westen, dein Vater, Tränen der Ungeduld wegküßte in langer Wartezeit, auf mich gerichtet zu sehen, da ich von ihnen höre; denn nicht umsonst sagtest du, daß du der Erharrten gleichst in dem Grade, daß sie in dir lebte nach ihrem Tode und dein Vater euch in Verwechselung liebte, Mutter und Sohn. Du siehst mich ja mit ihren Augen an, Osarsiph, während du sie mir als überaus schön beschreibst. Ich aber wußte so lange nicht, woher du diese Augen hast, die dir nach allem, was ich höre, die Herzen der Menschen gewinnen auf den Land- und Wasserwegen; sie waren bisher, wenn ich mich so ausdrücken darf, eine abgerissene Erscheinung. Es ist aber willkommen und angenehm, um nicht zu sagen tröstlich, vertraut zu werden mit der Herkunft und Geschichte einer Erscheinung, die zu unserer Seele spricht.«

Man darf sich über das Bedrückende solcher Rede nicht wundern. Verliebtheit ist eine Krankheit, wenn auch nur eine solche von der Art der Schwangerschaft und der Geburtswehen, also eine sozusagen gesunde Krankheit, dabei aber, wie jene, keineswegs ohne Gefahr. Der Sinn der Frau war benommen, und obgleich sie sich als gebildete Ägypterin klar, ja literarisch und in ihrer Art vernünftig ausdrückte, so war doch ihr Unterscheidungsvermögen für das Erträgliche und Unerträgliche stark herabgesetzt und umnebelt. Was erschwerend oder eigentlich entschuldigend hinzukam, war ihre Unumschränktheit als Herrin, welche durchaus gewohnt war, zu sagen, was sie wollte, in der Sicherheit, was zu äußern sie Lust habe, könne von Natur niemals gegen Adel und guten Geschmack verstoßen, – worauf in gesunden Tagen wohl auch wirklich Verlaß gewesen war. Nun aber versäumte sie es, ihren Zustand, der ihr ganz neu war, in Rechnung zu stellen, und unterwarf auch ihn ihrer gewohnten Unumschränktheit im Reden, wobei nur Mißliches herauskommen konnte. Auch ist kein Zweifel, daß Joseph es als mißlich, ja als verletzend empfand, nicht nur der

Blöße wegen, die sie sich damit gab, sondern für sich selbst empfand er's als Kränkung. Dabei war noch das wenigste, daß er seinen erzieherischen Heilsplan, versinnbildlicht in den Rechnungsrollen, die er unterm Arme trug, mehr und mehr scheitern sah. Das eigentlich Verstimmende für ihn war eben die stolze Unumschränktheit, mit der sie die Redefreiheit der Herrin auch auf die neuen Verhältnisse anwandte und ihm verfängliche Artigkeiten über seine Augen sagte, wie der Liebhaber sie seinem Fräulein sagt. Man muß bedenken, daß in der weiblichen Abwandlung des Wortes »Herr« – daß also im Namen der »Herrin« das ursprünglich männliche Element immer gebietend erhalten bleibt. Eine Herrin, das ist, körperlich gesehen, ein Herr in Weibesgestalt, geistig gesehen aber ein Weib von herrenhaftem Gepräge, also daß eine gewisse Doppeltheit, in der sogar die Idee des Männlichen vorwiegt, dem Herrinnennamen niemals fehlen kann. Andererseits ist Schönheit eine leidend weibliche Eigenschaft, insofern sie Sehnsucht erregt und die männlich-tätigen Motive der Bewunderung, des Begehrens und der Werbung in die Brust dessen verlegt, der sie schaut, so daß auch sie, auf umgekehrtem Wege, jene Doppelnatur, und zwar unter Vorherrschaft des Weiblichen, zu erzeugen vermag. Nun war Joseph gewiß auf dem Gebiet des Doppelten nicht schlecht zu Hause. Er trug es durchaus im Geiste, daß sich in der Person der Ischtar eine Jungfrau und ein Jüngling vereinigten und daß in dem, der den Schleier tauschte mit ihr, in Tammuz, dem Schäfer, dem Bruder, Sohne und Gatten, dieselbe Erscheinung sich wiederholte, so daß sie eigentlich zusammen vier ausmachten. Gingen aber diese Erinnerungen ins Ferne und Fremde, und waren sie nur noch ein Spiel, so lehrten die Tatsachen von Josephs eigenster Sphäre und Wirklichkeit ebendasselbe. Israel, des Vaters geistlicher Name in seinem erweiterten Verstande, war jungfräulich ebenfalls in doppeltem Sinn, verlobt dem Herrn, seinem Gott, als Braut und als Bräutigam, ein Mann und ein Weib. Und er selbst, der Einsame, Eifrige? War er nicht Vater und Mutter der Welt auf einmal, doppelgesichtig, ein Mann nach seinem dem Tageslicht zugekehrten Antlitz, ein Weib aber dem anderen nach, das ins Dunkel blickte? Ja, war nicht diese Zweiheit von Gottes Natur das Erstgegebene, durch das der geschlechtliche Doppelsinn des Verhältnisses Israels zu ihm und besonders noch das persönliche Josephs, das stark bräutlich, stark weiblich war, erst bestimmt wurde?

Schon recht, schon wahr. Aber dem aufmerksamen Leser wird nicht entgangen sein, daß sich in Josephs Selbstgefühl seit einigem gewisse Veränderungen vollzogen hatten, die es ihm unbehaglich machten, als Gegenstand der Bewunderung, des Begehrens und der Werbung einer Herrin herzuhalten, die ihm Komplimente machte wie der Mann einem Fräulein. Das paßte ihm nicht, und die natürliche Vermännlichung, die nicht nur das Ergebnis seiner fünfundzwanzig Jahre, sondern auch seiner amtlichen Stellung und des Erfolges war, mit dem er ein schönes Stück des ägyptischen Wirtschaftslebens seiner Übersicht und Kontrolle unterworfen hatte, erklärt sehr leicht, warum es ihm nicht mehr passen wollte. Aber zu leicht erklärt, ist nicht ganz erklärt; es gab der Gründe noch mehr für sein Mißbehagen: Gründe einer Vermännlichung des Knaben Joseph, deren Gedankenbild die Erweckung des toten Osiris durch das über ihm schwebende Geierweibchen war, das den Horus von ihm empfing. Muß man auf die starke Übereinstimmung dieses Bildes mit den wirklichen Umständen hinweisen, – mit dem Umstand zum Beispiel, daß auch Mut, wenn sie vor Amun tanzte als Nebenfrau Gottes, die Geierhaube trug? Es ist kein Zweifel: sie selbst, die Berührte, war die Ursache einer Vermännlichung, welche Begehren und Werbung für sich selber in Anspruch zu nehmen begann und es als unschicklich empfand, herrinnenhafte Komplimente entgegenzunehmen.

Darum sah Joseph in solchen Fällen die Frau nur schweigend an mit seinen gelobten Augen und wandte sie dann den Rollen in seinem Arme zu, indem er sich gestattete, anzufragen, ob man nicht, nach der persönlichen Abschweifung, zur Beratung der Geschäfte zurückkehren wolle. Mut aber, bestärkt in ihrer Abneigung dagegen durch Dûdu, den Antreiber, überhörte es und folgte weiter dem Wunsche, ihm ihre Liebe bekanntzugeben. Wir sprechen hier nicht von einem einzelnen Auftritt, sondern von zahlreichen, untereinander sehr ähnlichen Vorkommnissen des zweiten Liebesjahrs. Benommen und unumschränkt, sagte sie ihm Entzücktes nicht nur über seine Augen, sondern auch über seinen Wuchs, seine Stimme, sein Haar, indem sie dabei von seiner Mutter, der Lieblichen, ausging und sich über den verwandelnden Erbgang wunderte, durch welchen Vorzüge, die dort weibliches Form- und Baugepräge getragen hätten, in männlicher Gestalt und Klangfarbe auf den Sohn gekommen seien. – Was sollte er machen? Man muß anerkennen, daß er lieb und gut zu ihr war und ihr gütlich zuredete; und zwar sehen wir ihn zu besonnenen Hinweisen seine Zuflucht nehmen auf die schlechte Beschaffenheit dessen, was sie bewunderte, um sie zu ernüchtern.

»Laß doch, Herrin«, sprach er, »und rede nicht so! Diese Hervorbildungen, denen du Beachtung gönnst und Betrachtung, – was ist es weiter damit? Im Grunde ein Jammer! Man tut wirklich gut, sich daran zu erinnern – sich und auch den, der ihnen etwa lächelt –, was jeder ohnedies weiß, aber zu vergessen geneigt ist aus Schwachheit: aus wie minderem Stoffe das alles besteht, sofern es besteht, aber es ist ja unbeständig, daß Gott erbarm'! Bedenke doch, daß diese Haare kläglich ausfallen werden über ein kleines und diese jetzt weißen Zähne auch. Diese Augen sind nur ein Gallert aus Blut und Wasser, sie sollen dahinrinnen, so, wie der ganze übrige Schein bestimmt ist, zu schrumpfen und schnöde zunichte zu werden. Sieh, ich erachte es für anständig, diese Vernunftüberlegung nicht ganz für mich zu behalten, sondern sie auch dir zur Verfügung zu stellen, falls du glauben solltest, sie könnte dir nützlich sein.«

Aber das glaubte sie nicht, und ganz untauglich machte ihre Verfassung sie zum Gegenstand der Erziehung. Nicht daß sie ihm gezürnt hätte wegen der Bußvermahnung: sie war viel zu froh, daß nicht von Mohrenhirse und solchen beklemmenden Ehrenhaftigkeiten die Rede war, sondern das Gespräch sich auf einem Gebiet bewegte, auf dem sie sich weiblich zuständig fühlte, so daß es ihre Füße nicht ankam, zu fliehen.

»Wie wunderlich du sprichst, Osarsiph«, entgegnete sie ihm, und ihre Lippen liebkosten den Namen. »Grausam und falsch ist deine Rede, – falsch vor Grausamkeit nämlich; denn wenn sie auch wahr ist und unbestreitbar nach ihrem Vernunftgehalt, – so hält sie doch für Herz und Gemüt nicht im mindesten stand und ist für diese wahrhaftig nicht besser als eine klingende Schelle. Denn weit gefehlt, daß die Vergänglichkeit des Stoffes ein Grund weniger wäre für sie, die Form zu bewundern, ist sie sogar einer mehr, weil sie in unsre Bewunderung eine Rührung mischt, deren diejenige ganz entbehrt, die wir der stofflich beständigen Schönheit widmen aus Erz und Stein. Unvergleichlich blühender ist unsere Neigung zu der schönen Lebensgestalt denn zu der Dauerschönheit der Bilder aus den Werkstätten des Ptach, und wie willst du das Herz wohl lehren, daß der Stoff des Lebens geringer und schnöder sei als der Dauerstoff seiner Nachbilder? Nie und nimmer lernt das ein Herz und nimmt es nicht an. Denn die Dauer ist tot, und nur Totes dauert. Mögen Ptachs emsige Schüler den Bildern auch Blitze ins Auge fügen, daß sie zu schauen scheinen: sie sehen dich nicht, nur du siehst sie, sie erwidern dir nicht mit ihrem Dasein als ein Du, das ein Ich ist und deinesgleichen. Rührend aber ist nur die Schönheit von unseresgleichen. Wer wäre auch wohl versucht, einer Dauerfigur aus der Werkstatt die Hand auf die Stirn zu legen und sie zu küssen auf ihren Mund? Da siehst du denn, wieviel blühender und gerührter die Neigung ist zur allerdings vergänglichen Lebensgestalt! – Vergänglichkeit! Warum und zu welchem Ende sprichst du mir, Osarsiph, von ihr und mahnst mich mit ihrem Namen? Trägt man die Mumie um den Saal zur Mahnung, das Fest zu beenden, weil alles vergänglich ist? Nein, ganz im Gegenteil! Denn auf ihrer Stirn steht geschrieben: ›Feiere den Tag!‹«

Gut und wirklich vorzüglich geantwortet – nämlich in seiner Art, in der Art der Benommenheit, welcher die aus gesunden Tagen mitgebrachte Gescheitheit zum bestechenden Kleide dienen muß. Joseph seufzte nur und sagte nichts mehr dawider. Er fand, daß er das Seine getan habe, und unterließ es, auf der tieferen Greuelhaftigkeit alles Fleisches unter der Oberfläche weiter zu bestehen – in der Erkenntnis, daß die Benommenheit darüber hinweggehe und daß »Herz und Gemüt« nun einmal nichts davon wissen wollten. Er hatte mehr zu tun, als der Frau klarzumachen, daß entweder das Leben Betrug sei, wie bei den Bildern der Werkstätten, oder die Schönheit, wie beim verweslichen Menschenkind, und daß jene Wahrheit, in welcher Leben und Schönheit solide und ohne Täuschung eines sind, einer anderen Ordnung angehöre, auf die allein man gut tue, den Sinn zu richten. Zum Beispiel hatte er seine liebe Not, die Geschenke abzuwehren, mit denen sie ihn neuestens überschütten wollte – aus einem urtümlichen und jederzeit regen Drange der Liebenden, wurzelnd im Gefühle der Abhängigkeit von dem Wesen, das man sich zum Gotte gesetzt, im Instinkt der Opferdarbringung, der schmückenden Verherrlichung und werbender Bestechung. Das ist nicht alles. Das Liebesgeschenk dient auch dem Zweck der Besitzergreifung und der Beschlagnahme, es dient dazu, dies Wesen gegen die übrige Welt mit einem Schutzzeichen der Hörigkeit auszumerken, es einzukleiden in die Livrei der Nicht-mehr-Verfügbarkeit.

Trägst du meine Gabe, so bist du mein. Das vorzüglichste Liebesgeschenk ist der Ring: wer ihn gibt, weiß wohl, was er will, und wer ihn nimmt, sollte auch wissen, wie ihm geschieht und daß jeder Ring das sichtbare Glied einer unsichtbaren Kette ist. So schenkte Eni dem Joseph, angeblich zum Dank seiner Verdienste und dafür, daß er sie in die Geschäfte einweihte, mit benommener Miene einen höchst kostbaren Ring mit geschnittenem Käfer, dazu im Lauf der Zeit noch andre Kleinodien wie goldene Pulsspangen und steinbunte Halskrägen, ja ganze Feierkleider vornehmer Arbeit: das heißt, sie wollte ihm all dies »schenken« und versuchte jeweilen, es ihm mit unschuldigen Worten aufzudrängen. Er aber, nachdem er eins oder das andere ehrerbietig genommen, weigerte sich des übrigen, mit zarten und bittenden Worten zuerst, dann auch mit kürzer angebundenen. Und diese waren es, die ihn seiner Lage gewahr werden ließen, so daß er sie wiedererkannte.

Als er nämlich zur Abwehr eines angesonnenen Feierkleides recht kurz zu ihr sagte: »Mein Gewand und mein Hemd genügen mir«, – da erkannte er klar, was gespielt wurde. Er hatte unversehens geantwortet wie Gilgamesch, als Ischtar ihn bestürmte, seiner Schönheit wegen, und ihn anging: »Wohlan, Gilgamesch, gatten sollst du dich mir, deine Frucht mir schenken!« – wobei sie ihm ihrerseits vieler Geschenke Pracht für den Fall der Gewährung in Aussicht gestellt hatte. Ein solches Wiedererkennen ist sowohl beruhigend wie erschreckend. »Da ist es wieder!« sagt sich der Mensch und empfindet das Gegründet-Seiende, das mythisch Geschützte und mehr als Wirkliche, nämlich Wahre dessen, was geschieht, was eine Beruhigung bedeutet. Doch auch ein Erschrecken durchfährt ihn, sich in ein Fest- und Maskenspiel, die Vergegenwärtigung einer so und so verlaufenden Göttergeschichte, die abgespielt wird, mimend hineingestellt zu finden, und es ist ihm als wie im Traum. So, so, dachte Joseph, indem er die arme Mut betrachtete. Anu's verbuhlte Tochter bist du in deiner Wahrheit und weißt es am Ende selber nicht. Ich werde dich schelten und dir deine vielen Geliebten vorhalten, die du schlugst mit deiner Liebe und verwandeltest den einen in eine Fledermaus, den anderen in einen bunten Vogel, den dritten in einen wilden Hund, so daß ihn, den Hirten der Herde, die eigenen Hirtenknaben verjagten und die Hunde sein Fell bissen.»Mir würde wie ihnen geschehen, gibt das Spiel mir zu sagen auf. Warum sagte Gilgamesch so und beleidigte dich, so daß du zu Anu ranntest in deiner Wut und ihn bestimmtest, den feuerschnaubenden Himmelsstier zu senden wider den Unfolgsamen? Ich weiß nun, warum, denn in ihm verstehe ich mich, wie ich ihn verstehe durch mich. Aus Mißbehagen über deine herrinnenhaften Komplimente sprach er so und kehrte die Jungfrau heraus vor dir, indem er sich mit Keuschheit gürtete gegen dein Werben und Schenken, Ischtar im Barte!« –

Von Josephs Keuschheit

Indem wir Joseph, den Steineleser, solcherart seine Gedanken mit denen des Vorgängers vereinigen sehen, gibt er uns das Stichwort zu einer Zerlegung, die zugleich Aufrechnung und Zusammenfassung ist und die wir in der Überzeugung, sie den schönen Wissenschaften schuldig zu sein, am besten hier einstellen: das Stichwort der »Keuschheit«. Dieses Gedankending ist mit Josephs Gestalt durch die Jahrtausende unweigerlich verbunden, es liefert das klassisch-unzertrennliche Beiwort zu seinem Namen; »der keusche Joseph« oder sogar, ins Symbolisch-Gattungsmäßige übertragen, »*ein* keuscher Joseph«, das ist die zimperlich-anmutige Formel, unter der sein Andenken in einer von seinen Lebenstagen durch so tiefe Klüfte getrennten Menschheit fortlebt; und bei der genauen und zuverlässigen Wiederherstellung seiner Geschichte würden wir nicht glauben, ganz das Unsere getan zu haben, wir hätten denn an gehörigem Ort die zerstreut angedeuteten Motive und Wesensbestandteile dieser vielbeschriebenen Keuschheit, bunt und kraus wie sie sind, gesammelt und sie dem Betrachter, der aus begreiflichem Mitgefühl für Mut-em-enets Leiden sich an Josephs Hartnäckigkeit ärgern sollte, zu möglichstem Eindruck übersichtlich gemacht.

Es bedarf keines Wortes: der Name der Keuschheit kann nimmermehr statthaben, wo es an fähiger Freiheit fehlt, bei Titelobersten also und verstümperten Sonnenkämmerern. Daß Joseph ein unverkürzter und lebendiger Mensch war, ist selbstverständliche Voraussetzung. Wir wissen ja übrigens, daß er in reiferen Jahren unter königlichem Protektorat eine ägyptische Heirat einging, aus der ihm zwei Kinder, die Knaben Ephraim und Menasse, erwuchsen (sie werden schon noch vorgeführt werden). Er hielt sich also als Mann nicht mehr keusch, sondern nur seine Jugend hindurch, von deren Idee ihm die der Keuschheit auf eine besondere Weise unzertrennlich war. Es ist deutlich, daß er seine Jungfräulichkeit (man spricht davon ja auch wohl bei Jungmännern) nur so lange hütete, als auf ihrer Hingabe das Tonzeichen des Verbotenen, der Versuchung und des Falles lag. Später, als es damit sozusagen nichts mehr auf sich hatte, ließ er die Keuschheit unbedenklich fahren, so daß also das klassische Beiwort nicht lebenslang, sondern nur zeitweise auf ihn zutrifft.

Abzuwehren bleibt etwa noch der Mißverstand, es sei seine Jugendkeuschheit die eines Gimpels vom Lande und hölzernen Dummkopfs in Liebesdingen gewesen, – die Sache linkischer Dämlichkeit, deren Vorstellung ein unternehmendes Temperament gar leicht mit der der »Keuschheit« verbindet. Daß Jaakobs Sorgenliebling in pikanter Hinsicht ein Dämelack und toter Hund gewesen sei, ist eine Annahme, die sich schlecht mit dem Bilde vertrüge, das uns an allem Anfang zuerst von ihm vor die Seele trat und das wir mit den bemühten Augen des Vaters betrachteten: wie nämlich der Siebzehnjährige am Brunnen mit dem schönen Monde tändelte und sich schön vor ihm machte. Seine berühmte Keuschheit war tatsächlich so weit entfernt, ein Erzeugnis der Unbegabtheit zu sein, daß sie vielmehr im geraden Gegenteil auf einer Gesamtdurchdringung der Welt und seines Wechselverhältnisses zu ihr mit Liebesgeist beruhte, einer Allverliebtheit, die ihre umfassende Bezeichnung darum so ganz verdiente, weil sie an den Grenzen des Irdischen nicht haltmachte, sondern als Arom, zarter Einschlag, heikle Bedeutung, verschwiegener Untergrund in durchaus jeder Beziehung, auch der schauerlich-heiligsten, gegenwärtig war. Daß sie es war, eben daraus ging die Keuschheit hervor.

Wir haben uns in Frühzeiten an dem Phänomen der lebendigen Eifersucht Gottes versucht aus Anlaß der unzweideutig leidenschaftlichen Heimsuchungen, mit denen der ehemalige Wüstendämon noch bei weit vorgeschrittener Wechselheiligung im Bunde mit dem Menschengeist die Gegenstände zügelloser Gefühlsüppigkeit und der Abgötterei verfolgte, wovon Rahel ein Lied zu singen wußte. Wir sagten damals voraus, daß Joseph, ihr Reis, sich auf diese Lebendigkeit Gottes sogar besser verstehen und ihr geschmeidiger werde Rechnung zu tragen wissen als Jaakob, sein gefühlvoller Erzeuger. Nun denn, seine Keuschheit war vor allem einmal der Ausdruck dieses Verständnisses und Bedachtes. Natürlich hatte er begriffen, daß sein Leiden und Sterben – was immer sonst noch Weittragendes damit bezweckt sein mochte – die Strafe gewesen war für Jaakobs stolzes Gefühl, die Nachahmung einer majestätischen Erwählungslust, die nicht geduldet worden war, – eine höchste Eifersuchtshandlung, die sich gegen den armen Alten gerichtet hatte. Insofern galt Josephs Heimsuchung nur dem Vater und war nichts als die Fortsetzung derjenigen Rahels, die allzusehr zu lieben Jaakob nicht aufgehört hatte, nämlich im Sohne. Aber Eifersucht hat doppelten Sinn, zweifache Möglichkeit des Bezuges. Man kann auf einen Gegenstand eifersüchtig sein, weil ein anderer, dessen ganzes Gefühl man beansprucht, ihn allzusehr liebt; oder man kann diesen Gegenstand beeifern, weil man selber ihn ungeheuer erwählt hat und sein ganzes Gefühl für sich selber begehrt. Eine dritte Möglichkeit ist, daß dies beides zusammentrifft und sich zur vollkommenen Eifersucht vereinigt, – und Joseph tat grundsätzlich nicht so unrecht, in seinem Falle Vollkommenheit zu unterstellen. Nach seiner Meinung war er zerrissen und entrückt worden nicht nur und nicht einmal in erster Linie zur Züchtigung Jaakobs – oder doch vorwiegend *darum* zum Zweck dieser Züchtigung, weil er selbst ein Gegenstand übergewaltiger Erwählungslust, großmächtigen Begehrens und eifersüchtiger Vorbehaltenheit war: und zwar in einem Sinn, über den Jaakob wohl manches sorgend vermutete, der aber seinem eigenen gesetzten und zu solcher Verschmitztheit noch nicht heraufgestuften Vätersinn ferne lag. Wir rechnen durchaus damit, daß auch ein neuzeitliches Empfinden durch Ideen wie diese, durch eine solche Betontheit des Verhältnisses zwischen Schöpfer und Geschöpf schwer verwirrt und verletzt werden mag; denn sie ist uns so wenig gemäß wie gesetzter Vätervernunft. Aber sie hat ihren Ort in der Zeit und Entwicklung, und seelenwissenschaftlich ist kein Zweifel, daß mehr als einem überlieferten, im Schutz einer Wolke sich abspielenden befruchtenden Zwiegespräch zwischen dem Nichtanschaubaren (welchen Namen Er nun immer trug) und seinem Schüler und Liebling ein Charakter ungeheurer Pikanterie zukam, der Josephs Auffassung der Dinge grundsätzlich rechtfertigt und ihre Wahrscheinlichkeit nur noch von seiner persönlichen Würdigkeit abhängen läßt, über die wir nicht rechten wollen.

»Ich halte mich rein«, hatte Benjamin, der Kleine, einst im

Adonisgarten aus dem Munde des bewunderten Bruders vernommen, und es hatte sich sowohl auf die Reinheit seines Gesichtes vom Barte bezogen, der die besondere Schönheit seiner siebzehn Jahre aufgehoben hätte, wie auch auf sein Verhältnis zur Außenwelt, welches ebendas einer vom Dämeligen weit entfernten Enthaltsamkeit gewesen und geblieben war. Sie bedeutete nichts weiter als Vorsicht, Gottesklugheit, heilige Rücksichtnahme, in welcher das Erlebnis furchtbarer Vergewaltigung mit der Zerreißung von Kranz und Schleier ihn nur höchlich hatte bestärken können; und man muß sich überzeugen, daß der mit ihr verbundene Hochmut alle entbehrende Düsterkeit von ihr entfernte. Es ist nicht die Rede von finster-mühseliger Kasteiung, in deren hagerem Bilde ein neuzeitlicher Sinn die Keuschheit fast unvermeidlich erblickt. Daß es eine heitere, ja übermütige Keuschheit gebe, wird dieser Sinn am Ende einräumen müssen; und wenn schon eine gewisse helle und kecke Geistigkeit den Joseph für diese stimmte, so tat die Seligkeit frommen Brautschaftsdünkels ein übriges, ihm leicht zu machen, was anderen grimmige Beschwer bedeutet. Aus Muts, der Herrin, Munde war im Gespräch mit der Ehrenkebse Meh-en-Wesecht ein klagend Wort gefallen von Spottlust, die sie in des Jungmeiers Augen gefunden haben wollte, – von Spott über die trüben Bande der Sucht, beschämend für die Süchtige. Das war eine recht gute Beobachtung; denn wirklich war von den drei Tieren, die nach Josephs Angabe den Garten der Netzestellerin bewachten: »Scham«, »Schuld« und »Spottgelächter«, dieses letztere ihm am vertrautesten: aber nicht auf leidende Weise, als Opfer des Tieres, wie es eigentlich gemeint war, sondern er selbst lachte Spott, und nichts anderes fanden die Weiber der Dächer und Mauern in seinen Augen, wenn sie nach ihm spähten. Ein solches Verhalten zur Sphäre verliebter Wollust kommt unstreitig vor; das Bewußtsein höherer Bindung und Liebeserlesenheit vermag sie zu zeitigen. Wer aber

Überheblichkeit gegen das Menschliche darin erblicken und es sträflich finden will, die Leidenschaft im komischen Lichte zu sehen, der wisse, daß unsere Erzählung sich Stunden nähert, wo dem Joseph das Lachen verging, und daß die zweite Katastrophe seines Lebens, die Wiederkehr seines Unterganges, durch ebendie Macht herbeigeführt wurde, der er aus Jugendstolz den Tribut verweigern zu sollen geglaubt hatte. –

Dies war der erste Grund, weshalb Joseph sich der Lust verweigerte von Potiphars Weib: Er war gottverlobt, er übte kluge Rücksicht, er trug dem besonderen Schmerze Rechnung, den Treulosigkeit zufügt dem Einsamen. Das zweite Motiv war eng mit diesem ersten verbunden, es war nur das Spiegelbild davon und sozusagen dasselbe in irdisch-verbürgerlichter Form: Es war die im Bunde mit dem gen Westen gegangenen Mont-kaw befestigte Treue zu Potiphar, dem heiklen Herrn, dem Höchsten im nächsten Kreise.

Die Gleichsetzung und spielerische Verwechslung des überhaupt Höchsten mit dem vergleichsweise und an seinem Orte Höchsten, die sich im Kopfe des Abramsenkels vollzog, kann nicht verfehlen, den neuzeitlichen Sinn absurd zu berühren und ihn sogar kraß anzumuten. Sie ist gleichwohl anzunehmen und einzusehen, wenn man wissen will, wie es in diesem frühen (wenn auch wieder schon späten) Kopfe aussah, der seine Gedanken mit derselben Vernunftwürde, Ruhe und Selbstverständlichkeit dachte wie wir die unsrigen. Es ist nicht anders, als daß die feiste, doch edle Person des Sonnenämtlings und Titelgatten der Mut in ihrer melancholischen Selbstsucht diesem träumerischen Kopf als die untere Entsprechung und fleischliche Wiederholung des weib- und kinderlosen, einsam-eifersüchtigen Gottes seiner Väter erschien, der schonende Menschentreue zu halten er, in verspieltem Zugleich und nicht ohne Einschlag verwandter Nützlichkeitsspekulation, aufs ernstlichste entschlossen war. Nimmt man das heilige Gelöbnis hinzu, das er dem Mont-kaw in dessen Sterbestunde getan: die zarte Würde des Herrn zu stützen nach bester Kunst und sie nicht zuschanden werden zu lassen, so wird man desto besser verstehen, daß ihm die kaum noch verschwiegenen Wünsche der armen Mut als züngelnde Versuchung erscheinen mußten, zu erfahren, was Gut und Böse sei, und Adams Torheit zu wiederholen. – Das war das zweite.

Fürs dritte genügt das Wort, daß seine erweckte Männlichkeit nicht wollte ins leidend Weibliche herabgesetzt sein durch einer Herrin männisches Werben, nicht Ziel, sondern Pfeil sein wollte der Lust, – so ist man verständigt. Und leicht fügt das vierte sich an, da es gleichfalls den Stolz betrifft, aber den geistlichen.

Es graute dem Joseph vor dem, was Mut, das ägyptische Weib, in seinen Augen verkörperte und womit sein Blut zu vermischen ein erbstolzes Reinheitsgebot ihn warnte: die Greisheit des Landes, in das er verkauft worden, die Dauer, welche verheißungslos, in wüster Unwandelbarkeit, hinausstarrte in eine Zukunft, wild, tot und bar der Gewärtigung, doch Miene machte, die Pranke zu heben und das ratend vor ihr stehende Kind der Verheißung an ihre Brust zu reißen, damit es ihr seinen Namen nenne, von welcher Beschaffenheit sie nun auch war. Denn das verheißungslos Greise, das war das Geile zugleich, nach jungem Blute lüstern, nach solchem zumal, das jung nicht nur seinen Jahren nach war, sondern besonders noch nach seiner Erwähltheit zur Zukunft. Dieser Vornehmheit hatte Joseph im Grunde niemals vergessen, seit er, ein Niemand und Nichts, ein Sklavenjunge des Elends, ins Land gekommen war, und bei allem gefälligen Weltsinn, der ihm angeboren und mit dem er sich unter den Kindern des Schlammes umgetan, bei denen er's weit zu bringen gedachte, hatte er Abstand gewahrt und innersten Vorbehalt, wohl wissend, daß er im Letzten sich nicht gemein machen dürfe mit dem Verpönten, wohl spürend, kam es aufs Letzte, wes Geistes Kind er war und welchen Vaters Sohn.

Der Vater! Das war das fünfte – wenn's nicht das erste war und alles beherrschte. Er wußte nicht, der geschlagene Alte, der in trauriger Gewöhnung das Kind für geborgen hielt im Tode, – wußte nicht, wo es, bekleidet schon mit einem ganz fremden Leibrock, lebte und wandelte. Erführe er's, – er würde auf den Rücken fallen und erstarren vor Kummer, das war gewiß. Wenn Joseph ans dritte dachte von den drei Denkbildern: Entrückung, Erhöhung und Nachkommen lassen, so verhehlte er sich nie, welche Widerstände da würden zu überwinden sein in Jaakob; denn er kannte das pathetische Vorurteil des Würdevollen gegen »Mizraim«, seinen väterlich-kindlichen Abscheu vor Hagars Land, dem äffischen Ägypterlande. Wortdeuterisch ganz falsch leitete der Gute den Namen Keme, der sich auf die schwarze Fruchterde bezog, von Cham ab, dem Vaterschänder und Schamentblößten, und hegte von der greulichen Narrheit der Landeskinder in Dingen von Zucht und Sitte gar überschwengliche Vorstellungen, die Joseph stets im Verdachte der Einseitigkeit gehabt und die er als sagenhaft zu belächeln gelernt hatte, seit er hier wandelte; denn dieser Kinder Wollust war nicht ärger als anderer Leute Wollust, und woher denn auch hätten die seufzend steuernden Robot-Bäuerlein und amtlich befeuchtelten Wasserschöpfer dahier, die Joseph seit neun Jahren kannte, den Übermut nehmen sollen, es sonderlich sodomitisch zu treiben? Kurzum, der Alte bildete sich feierliche Schwachheiten ein von wegen der Aufführung der Leute Ägyptens – als lebten sie, daß es den Gottessöhnen hätte müssen buhlerisch in die Glieder fahren.

Dennoch war Joseph der letzte, sich den Wahrheitskern zu verbergen von Jaakobs sittlicher Absage an das Land der Tier- und Leichenanbeter, und manches fromme und krasse Wort ging ihm zu dieser Frist im Kopfe herum, das der besorgte Alte zu ihm gesprochen von Leuten, die nach Belieben ihre Betten zusammenstellten mit denen der Nachbarn und die Weiber austauschten; von Frauen, die über den Markt gingen und einen Jüngling sahen, der ihrer Lust behagte: da legten sie sich zu ihm schlankerhand und ohne Begriff der Sünde. Die Sphäre, welcher der Vater diese bedenklichen Bilder entnahm, war dem Joseph bekannt: Es war die Sphäre Kanaans und der greulichen Wallungen seines Dienstes, zuwider der Gottesvernunft, die Sphäre der Molech-Narrheit, des Singtanzes, der Preisgabe und des Aulasaukaula, wo man den Fruchtbarkeitsgötzen vor- und nachhurte in festlicher Vermischungswut. Joseph, Jaakobs Sohn, wollte den Baalen nicht nachhuren: das war von sieben Gründen der fünfte, weshalb er sich vorenthielt. Der sechste ist gleich bei der Hand; nur schickt es sich doch um des Mitgefühls willen, im Vorübergehn auf das traurige Verhängnis hinzuweisen, mit dem das Liebessehnen der armen Mut geschlagen war: daß nämlich derjenige, an den sie ihre späte Hoffnung gehängt, dieselbe in solchem Lichte sah, sie von Vaters wegen so mythisch mißverstand und in den Ruf ihrer Zärtlichkeit so wüst Versucherisches hineinhören mußte, wovon so gut wie gar nichts darin war; denn Eni's Herzensschwäche für Joseph hatte mit Baalsnarrheit und Aulasaukaula wenig zu tun, sie war ein tiefer und redlicher Schmerz um seine Schönheit und Jugend, ein inniges Begehren, so anständig und unanständig wie eine andere und nicht verhurter, als Liebe es eben ist. Wenn sie ausartete später und um den Verstand kam, so war nur der Kummer daran schuld über die siebenfach begründete Vorbehaltenheit, auf die sie stieß. Das Unglück wollte, daß über ihre Liebe nicht das entschied, was sie war, sondern was sie für Joseph bedeutete, und das war sechstens der »Bund mit Scheol«.

Man muß das recht verstehen. In Josephs geistig-grundsätzlicher Betrachtungsweise eines Falles, in dem er sich klug und rücksichtsvoll zu benehmen, sich nichts zu vergeben und nichts zu verderben wünschte, gesellte sich zu der feindlich-versucherischen Idee der lallenden Baalsnarrheit, die kanaanitisch war, als größte Erschwerung noch etwas sonderlich Ägyptisches: die Andacht zum Tode und zu Toten nämlich, die nichts anderes war als die hiesige Form der Baalshurerei und als deren Darstellerin, zu Muts Unglück, ihm die werbende Herrin erschien. Man kann sich die Ur-Warnung, das anfangsgründliche Nein, das für Joseph über der Misch-Idee von Tod und Ausschweifung, der Idee des Bundes mit dem Unteren und den Unteren hing, nicht schwer genug vorstellen: gegen dies Verbot zu verstoßen, zu »sündigen« hier, sich fehlerhaft zu benehmen in diesem unheimlichen Punkt, hieß tatsächlich alles verderben. Als Eingeweihte und mit den Dingen Verbundene suchen wir euch Fernerstehende für sein Denken zu gewinnen, welches mitsamt den ernsten Hemmungen, die es ihm schuf, einer späteren Vernunft wohl schrullenhaft erscheinen mag. Und doch war es die Vernunft selbst, die väterlich geläuterte, die sich darin der Versuchung schamloser Unvernunft entgegenstellte. Durchaus nicht, daß Joseph ohne Sinn und Verständnis gewesen wäre fürs Unvernünftige; die Sorge des Alten zu Hause wußte es besser. Muß man sich aber nicht auf die Sünde verstehen, um sündigen zu können? Zum Sündigen gehört Geist; ja, recht betrachtet, ist aller Geist nichts anderes als Sinn für die Sünde.

Der Gott der Väter Josephs war ein geistiger Gott, zum mindesten nach seinem Werdensziel, um dessentwillen er seinen Bund mit den Menschen geschlossen; und nie hatte er, in der Vereinigung seines Heiligungswillens mit dem des Menschen, etwas zu schaffen gehabt mit dem Unteren und dem Tode, mit irgendwelcher im Fruchtbarkeitsdunkel hausenden Unvernunft. Im Menschen war er sich dessen bewußt geworden, daß dergleichen ihm greulich war, wie seinerseits jener sich dessen war bewußt worden in ihm. Bei seinen Gute-Nacht-Sprüchen für den verscheidenden Mont-kaw hatte Joseph sich wohl stillend eingelassen auf seine Sterbesorgen und tröstlich mit ihm erörtert, wie es sein werde nach diesem Leben und wie sie wollten wieder und immer beisammen sein, weil sie zusammengehörten durch die Geschichten. Aber das war freundliches Zugeständnis gewesen an des Menschen Unruhe, eine mildtätige Freigeisterei, mit der er für den Augenblick abgesehen hatte vom eigentlich Gesetzten: der strengen und strikten Absage an jederlei Jenseits-Ausschau, die das Mittel der Väter gewesen war und ihres in ihnen heilig werdenden Gottes, sich schärfstens abzusetzen durch solche Satzung von den Leichengöttern der Nachbarschaft in ihren Tempelgräbern und in ihrer Todesstarre. Denn nur durch Vergleichung unterscheidet man sich und erfährt, was man ist, um ganz zu werden, der man sein soll. So war die besagte und besungene Keuschheit Josephs, des zukünftigen Gatten und Vaters, keine grundsätzlich-geißlerische Verneinung des Liebes- und Zeugungsgebietes, die schlecht übereingestimmt hätte mit der Verheißung an Urvater, sein Same solle zahlreich sein wie das Staubkorn der Erde; sondern sie war nur das Erbgebot seines Blutes, diesem Gebiete die Gottesvernunft zu wahren und ihm die gehörnte Narrheit, das Aulasaukaula, fernzuhalten, das für ihn mit dem Totendienst eine untrennbare seelisch-logische Einheit bildete. Muts Unglück aber war, daß er in ihrem Werben die Versuchung durch diesen Komplex von Tod und Unzucht, die Versuchung Scheols erblickte, der zu erliegen eine alles verderbende Entblößung bedeutet hätte.

Da haben wir den siebenten und letzten Grund, – den letzten auch in der Meinung, daß er alle übrigen in sich zusammenfaßte und alle im Grunde auf diese Scheu hinausliefen: Es war die »Entblößung«. Das Motiv klang schon an, als Mut das Gespräch vom Feigenschurz sachlichen Vorwandes hatte entkleiden wollen, aber wir haben es hier nach der feierlichen Vielfalt seiner Sinnbezüge und seinen weitzielenden Konsequenzen noch einmal ins Auge zu fassen.

Seltsam genug ergeht es dem Sinn eines Wortes, seinem Begriff, wenn er verschiedentlich im Geiste sich bricht, wie die Einheit des Lichts von der Wolke zerlegt wird in die Farben des Bogens. Dann genügt es wahrhaftig, daß eine dieser Brechungen unglücklicherweise ins Gedenken des Übels gerät und zum Fluche wird, damit solch ein Wort in allen seinen Bedeutungen dem Verruf verfalle und ein Greuel werde in jedem Sinn, nur noch tauglich, Greuliches zu bezeichnen, und verurteilt, als Name für alle möglichen Greuel herzuhalten, – gerade als ob, weil Rot eine üble Farbe ist, die Farbe der Wüste, die Farbe des Mordsterns, es fluchhaft getan sei um die heitere Unschuld des ganzen, unzersplitterten Himmelslichtes. Dem Gedanken der Blöße und der Entblößung hatte ursprünglich an Unschuld und Heiterkeit nichts gemangelt; es war ihm von Röte und Fluch nichts anzumerken gewesen. Seit der verdammten Geschichte aber mit Noah im Zelt, mit Cham und Kenaan, seinem üblen Söhnchen, hatte er, sozusagen, einen Knacks abbekommen für immer, war rot und anrüchig geworden in dieser Brechung und damit errötet über und über: es war nun überhaupt nichts mehr damit anzufangen, als daß man Greuliches mit seinem Namen bezeichnete, wie auch alles Greuliche, oder beinahe alles, von sich aus nach diesem Namen rief und sich in ihm erkannte. Am Verhalten Jaakobs, des Besorgten, damals, am Brunnen – neun Jahre ist es nun fast schon her –, als er dem Sohne mit Strenge die Nacktheit verwiesen hatte, mit der dieser dem schönen Monde hatte antworten wollen, – an diesem Verhalten war die leidige Verfinsterung einer Idee, die an und für sich so vergnügt war wie die Nacktheit eines Jungen am Brunnen, gut zu studieren gewesen. Entblößung im einfachen und wirklichen körperlichen Sinn war zunächst einmal völlig bedenkenfrei und so neutral wie das Himmelslicht; erst in übertragener Bedeutung, als Baalsnarrheit und als das tödlich blutssündliche Anschauen eines Nahverwandten, errötete der Begriff. Nun aber war es so, daß aus der Übertragenheit die Röte zurückschlug aufs Unschuldig-Eigentliche und dieses im Hin und Her der Wechselbeleuchtung schließlich so rot machte, daß es zum Namen werden konnte für jederlei Blutssünde, sowohl die vollzogene wie auch schon die nur in Blick und Wunsch verwirklichte, so daß denn schließlich alles Verwehrte und Fluchbedachte auf dem Felde der Sinnenlust und Fleischesvermischung, darunter aber besonders – und zwar wohl wiederum im Gedanken an Noahs Schändung – der Sohneseinbruch ins väterlich Vorbehaltene, »Entblößung« hieß. Und nicht genug damit, ereignete sich hier eine neue Gleichsetzung und namentliche Zusammenziehung, indem der Ruben-Fehltritt, des väterlichen Bettes Verletzung durch den Sohn, anfing, fürs Ganze zu stehen und alles Unerlaubte in Blickesberührung, Wunsch und Tat nicht weit davon war, der Empfindung und selbst dem Namen nach für Vaterschändung zu gelten.

So sah es aus in Josephs Kopf – man muß es hinnehmen. Was zu tun die Sphinx des Totenlandes ihm ansann, das erschien ihm als Vaterentblößung, – und war es das nicht, wenn man bedenkt, wie Arges dem Alten daheim das Schlammland bedeutete und wie sorgenvoll es ihn entsetzt hätte, zu erfahren, daß sein Kind, statt ewig geborgen zu sein, in solcher Versuchung wandelte? Unter seinen Augen, die Joseph auf sich ruhen fühlte, braun, sorgengespannt, mit den drüsenzarten Mattheiten darunter, sollte er Entblößung begehen und sich plump vergessen, wie Ruben getan, so daß der Segen von ihm genommen war für sein Dahinschießen? Der hing über Joseph seitdem, und plump dahinschießend sollte er ihn verscherzen, indem er mit dem zweideutigen Tatzentier scherzte, wie Ruben einst mit Bilha gescherzt? Wer wundert sich, daß seine innere Antwort auf diese Frage lautete: »Um gar keinen Preis!« Wer, sagen wir, wollte sich darob verwundern, wenn er in Anschlag bringt, wie sehr zusammengesetzt und mit Identifikationen beladen der Vater-Gedanke und also auch der der Vaterkränkung dem Joseph sich darstellte? Kann selbst der Lebhafteste und in Liebesdingen Entgegenkommendste eine »Keuschheit« fabelhaft finden, die in dem durch die einfachste Gottesvorsicht gebotenen Entschluß bestand, den gröbsten und zukunftsschädlichsten Fehler zu meiden, der überhaupt zu begehen war? –

Das waren die sieben Gründe, aus denen Joseph dem Blutsrufe seiner Herrin nicht folgen wollte, um keinen Preis. Wir haben sie beisammen nach ihrer Zahl und Wuchtigkeit und überblicken sie mit einer gewissen Beruhigung, die gleichwohl, der Feststunde nach, die wir gegenwärtig begehen, noch keineswegs am Platze ist, da Joseph noch in voller Versuchung schwebt und es, als die Geschichte ursprünglich sich selber erzählte, zu dieser Stunde durchaus noch nicht feststand, ob er heil daraus würde hervorgehen können. Es ging gerade eben noch gut mit ihm, mit einem blauen Auge kam er davon, – wir wissen es. Aber warum wagte er sich denn so weit vor? Warum setzte er sich hinweg über die wispernden Warnungen des reinen Freundchens, das die Grube schon für ihn klaffen sah, und hielt Gemeinschaft mit dem phallischen Däumling, der betörende Kuppelrede vor ihm hinschüttete aus dem Seitenbeutel? Mit einem Wort: warum mied er bei alledem die Herrin nicht lieber, sondern ließ es kommen mit ihm und ihr, wohin es bekanntlich kam? – Ja, das war Liebäugelei mit der Welt und Neugierssympathie mit dem Verbotenen; es war dazu eine gewisse Gedankenverfallenheit an seinen Todesnamen und an den göttlichen Zustand, den er in sich begriff; es war auch etwas von selbstsicherem Übermut, die Zuversicht, er könne es weit treiben mit der Gefahr, – zurück, im Notfall, könne er immer noch; es war, als löblichere Kehrseite davon, auch wohl der Wille zur Zumutung, der Ehrgeiz, es sich hart ankommen zu lassen, sich nicht zu schonen und es aufs Äußerste zu treiben, um desto siegreicher aus der Versuchung hervorzugehen, – ein Virtuosenstück der Tugend zu vollbringen und teurer zu sein dem Vatergeist als nach vorsichtig leichterer Prüfung ... Vielleicht war es gar das heimliche Wissen um seine Bahn und ihre Krümmung, die Ahnung, daß sie sich wieder einmal vollenden wollte im kleineren Umlauf und es ein anderes Mal mit ihm sollte in die Grube gehen, die nicht zu vermeiden war, wenn sich erfüllen sollte, was vorgeschrieben stand im Buch der Pläne.

SIEBENTES HAUPTSTÜCK: DIE GRUBE

Süße Billetts

Wir sehen und sagten, daß Potiphars Weib im dritten Jahre ihrer Berührtheit, dem zehnten von Josephs Aufenthalt im Hause des Kämmerers, begann, dem Sohne Jaakobs ihre Liebe anzutragen, und zwar mit wachsendem Ungestüm. Im Grunde ist zwischen dem »Zu-erkennen-geben« des zweiten und dem »Antragen« des dritten Jahres der Unterschied nicht so groß; dieses war eigentlich schon in jenem enthalten, die Grenze zwischen dem einen und andern ist fließend. Aber vorhanden ist sie, und sie zu überschreiten, von bloßer Huldigung und begehrenden Blicken, die freilich auch schon Werbung bedeutet hatten, zur wirklichen Aufforderung überzugehen, kostete die Frau fast so viel Selbstüberwindung, wie es sie gekostet hätte, ihre Schwäche zu überwinden und der Lust auf den Knecht zu entsagen, – aber eben doch wohl etwas weniger; denn sonst hätte sie dieser anderen Selbstüberwindung offenbar den Vorzug geben müssen.

Sie tat es nicht; lieber, denn daß sie ihre Liebe überwunden hätte, überwand sie ihren Stolz und ihre Scham, was schwer genug war, aber doch etwas leichter, – eine Spur leichter auch darum schon, weil sie bei dieser Überwindung nicht ganz allein war, wie sie es bei der ihrer Begierde gewesen wäre, sondern Hilfe fand bei Dûdu, dem Zeugezwerge, der hin und her gehend zwischen ihr und dem Sohne Jaakobs, als erster und einziger seiner Meinung nach und mit vieler Würde, die Rolle des argen Gönners, Ratgebers und Botschafters spielte und beiderseits mit vollen Backen ins Feuer blies. Denn daß es hier nachgerade zwei Feuer gab und nicht nur eines; daß Josephs pädagogischer Heilsplan, mit dem er es begründen wollte, daß er die Herrin nicht mied, sondern fast täglich vor ihr stand, ein

Larifari war und eine ausgemachte Eselei, da er sich in Wahrheit, wissentlich oder nicht, längst bereits in wickelzerreißendem Gotteszustande befand, das begriff Dûdu natürlich nicht schlechter als das zitternde Gottliebchen; denn auf diesem Feld war sein Witz und Sachverstand dem des Vetterchens nicht nur gewachsen, sondern auch überlegen.

»Jungmeier«, sagte er an diesem Ende des Weges, »du hast bis jetzt dein Glück zu machen gewußt, das muß dir der Neid lassen, den ich nicht kenne. Du hast untertreten, die über dir waren, trotz deiner zweifellos anständigen, aber bescheidenen Herkunft. Du schläfst im Sondergemach des Vertrauens, und die Bezüge, deren der Usir Mont-kaw sich einstmals erfreute, an Korn, Broten, Bier, Gänsen, Leinen und Leder, du bist es nun, der sich ihrer erfreut. Du bringst sie zu Markte, da du sie unmöglich verzehren kannst, du mehrst deine Habe und scheinst ein gemachter Mann. Aber wie gemacht, so zerstört, und wie gewonnen, so zerronnen, heißt es oft in der Welt, wenn der Mann sein Glück nicht zu halten und zu befestigen weiß und nicht versteht, es zu untermauern mit unerschütterlichen Fundamenten, daß es ewig dauere wie ein Totentempel. Öfters geschieht es wohl in der Wiederkehr, daß dem Glück eines solchen nur etwas noch fehlt zu seiner Bekrönung, Vollendung und ewigen Unerschütterlichkeit, und er brauchte nur die Hand danach auszustrecken, um es zu fassen. Aber sei es aus Scheu und Stutzigkeit, sei es aus Lässigkeit oder gar Dünkel unterläßt es der Tor, wickelt die Hand ins Gewand und streckt sie störrig ums Leben nicht aus nach dem letzten Glück, sondern versäumt's, verschmäht es und schlägt's in den Wind. Und die Folge? Die trübselige Folge ist, daß sein ganzes Glück und all sein Gewinn dahinfällt und ebenerdig geschleift wird, so daß man seine Stätte nicht mehr erkennt um der einen Verschmähung willen. Denn durch diese verdarb er's mit Mächten, die sich seinem Glücke gesellen wollten und ihm als Letztes und Höchstes ihre schöne Gunst hinzuzufügen gedachten, daß es ewig dauere, die aber, verschmäht und beleidigt, sich erzürnen wie das Meer, so daß ihre Blicke Feuersflammen schießen und ihr Herz einen Sandsturm hervorbringt wie das Gebirge des Ostens, indem sie sich nicht nur abwenden von dem Glücke des Mannes, sondern sich gegen es wenden voller Wut und es bis zum Grunde zerstören, was zu vollbringen sie gar nichts kostet. Ich zweifle nicht, daß du erkennst, wie sehr es mir, dem Ehrenmann, um dein Glück zu tun ist, – allerdings nicht nur um das deine, sondern auch und ebensosehr um das der Person, auf die meine Worte, wie ich hoffe: unmißverständlich, anspielen. Aber das ist dasselbe: Ihr Glück ist deines und deines – ihres; diese Vereinigung ist eine glückselige Wahrheit schon längst, und es handelt sich nur noch darum, sie in Wirklichkeit wollustvoll zu vollziehen. Denn wenn ich bedenke und meiner Seele einbilde, welche Wollust dir diese Vereinigung gewähren müssen wird, so schwindelt selbst mir, dem stämmigen Manne. Ich spreche nicht von der fleischlichen, erstens aus Keuschheit und zweitens, weil sie selbstverständlich sehr groß sein wird infolge der Seidenhaut und der köstlichen Gliederung der Betreffenden. Wovon ich rede, das ist die Wollust der Seele, durch welche jene andere ins Ungemessene wird emporgetrieben werden müssen und die in dem Gedanken bestehen wird, daß du, von gewiß ehrenwerter, aber doch ganz bescheidener und fremder Herkunft wie du bist, die schönste und edelste Frau beider Länder in deine Arme schließen und ihr höchste Seufzer entlocken wirst um deinetwillen, gleichsam zum Zeichen, daß du, der Jüngling des Sandes und Elends, dir Ägyptenland unterworfen hast, welches unter dir seufzet. Und womit bezahlst du diese doppelte Wonne, von welcher immer die eine die andere ins völlig Unerhörte wird emporstacheln müssen? Du bezahlst sie nicht, du wirst dafür belohnt – und zwar durch die nicht mehr zu erschütternde Verewigung deines

Glückes, indem du dich wahrhaft zum Herrn und Gebieter aufschwingst dieses Hauses. Denn wer die Herrin besitzt«, sagte Dûdu, »der ist in Wahrheit der Herr.« Und er hob die Stummelärmchen gleichwie vor Potiphar und warf dem Erdboden eine Kußhand zu, um anzudeuten, daß er ihn schon im voraus küsse vor Joseph.

Dieser hatte die ausgepichte und höchst gemeine Kuppelrede zwar widerwillig angehört, aber er hatte sie angehört, so daß ihm der Hochmut nicht recht zu Gesichte stand, womit er antwortete:

»Es wäre mir lieb, Zwerg, wenn du nicht so viel wolltest von dir aus reden und mir auf eigene Hand deine wunderlichen Ideen entwickeln, die nicht viel zur Sache tun, sondern dich an deinen Stand hieltest als Botengänger und Meldemund. Hast du mir was zu eröffnen und zu überliefern von höherer Seite, so tu's. Wo nicht, so wäre mir's lieber, du trolltest dich.«

»Würde ich mich«, versetzte Dûdu, »doch strafbar machen, wenn ich mich vorzeitig trollte und ehe ich mich meiner Botschaft entledigt. Denn ich habe dir etwas zu überbringen und zu überhändigen. Die Botschaft aus eigenem ein wenig zu verbrämen, zu verzieren und zu erläutern, wird dem höheren Boten und Meldegänger ja wohl vergönnt sein.«

»Was ist's?« fragte Joseph.

Und der Gnom reichte ihm etwas hinauf, ein Papyrusbillett, einen Schmalzettel, ganz niedrig und lang, darauf Mut, die Herrin, einige Worte gepinselt hatte ...

Denn am anderen Ende des Weges hatte der Tückebold so gesprochen:

»In deine Seele hinein, große Herrin, ist deinem treuesten Knecht (womit ich mich selber meine) das Zeitmaß verdrießlich, in dem die Dinge und Angelegenheiten sich vorwärtsbewegen und von der Stelle kommen, denn zähflüssig ist es und stockend. Das kneipt dem Genannten das Innere mit Ärger und

Kummer um deinetwillen, denn deine Schönheit könnte darunter leiden. Nicht, daß ich sie etwa schon leiden sähe, – die Götter seien davor, sie prangt im höchsten Bluste und hat wahrhaftig allerlei zuzusetzen, so daß sie sich sogar ein gut Stück mindern könnte und ginge immer noch strahlend übers Gemein-Menschliche hinaus. So weit – so gut! Aber wenn nicht deine Schönheit, so leidet doch deine Ehre – und damit die meine auch – unter den Verhältnissen und unter der Sachlage, daß du nämlich mit dem Jüngling über dem Hause, der sich Usarsiph nennt, den ich aber ›Nefernefru‹ nennen möchte, denn ›der Schönste der Schönen‹ ist er allerdings... Nicht wahr, der Name gefällt dir? Ich habe ihn ersonnen für ihn zu deinem Gebrauch – oder eigentlich nicht ersonnen, sondern erhorcht und aufgegriffen, daß ich ihn dir zur Verfügung stellte; denn vielfach wird jener so geheißen im Hause wie auf den Land- und Wasserwegen und in der Stadt, ja, auch die Weiber auf den Dächern und Mauern bezeichnen ihn vorzugsweise so, gegen deren Gebaren leider noch immer nichts Ernstliches unternommen werden konnte... Aber laß mich fortfahren in meiner wohlüberlegten Rede! Denn es wurmt deinen Ergebensten bis in die Leber hinein um deiner Ehre willen, daß du mit diesem Nefernefru so langsam nur dich deinem Ziele näherst, welches bekanntlich darin besteht, daß du ihm auf den Zauber kommst und ihn zu Falle bringst und er dir seinen Namen nennt. Zwar hab' ich's veranstaltet und durchgesetzt bei dir und ihm, daß Herrin und Knecht nicht länger mit Schreiber- und Zofenbedeckung einander nahen, sondern ohne Zwang und lästige Förmlichkeit zu zwei Mündern und vier Augen konversieren, wo es sich trifft. Das verbessert die Aussichten, nämlich darauf, daß er dir endlich in stillster und süßester Stunde seinen Namen nennt und du erstirbst vor Lust des Triumphes über ihn, den Schlimmen, und über alle, die sein Mund und Auge berückt. Denn du wirst seinen Mund versiegeln auf eine Weise, daß ihm die gewinnende Rede vergeht, und wirst machen, daß sein alle bezauberndes Auge sich bricht in der Wonne der Niederlage. Aber die Schwierigkeit ist, daß der Knabe sich sperrt gegen die Niederlage mit dir und nicht zu Falle kommen will durch dich, seine Herrin, was ganz einfach ein Aufruhr ist in meinen Augen und eine Art von Verschämtheit, die als Unverschämtheit zu brandmarken Dûdu sich nicht besinnt. Denn wie?! Denn was?! Du wünschest ihn zu besiegen und rufst ihn zur Niederlage, du, das Kind Amuns, des Südlichen Frauenhauses Blüte, er aber, der chabirische Amu, der Fremdsklave und Sohn des Tiefstandes, er leistet dir Widerspan, will nicht, wie du willst, und verbirgt sich vor dir hinter Schnack und Zahlen der Wirtschaft? Das ist nicht zu dulden. Es ist Aufsässigkeit und freche Ungebühr der Götter Asiens, der tributpflichtigen, gegen Amun, den Herrn, in seiner Kapelle. So hat das Ärgernis des Hauses sein Angesicht gewandelt und seinen Gehalt, der anfangs nur in dem Wachstum des Sklaven bestand hier im Hause. Nun aber ist offener Aufruhr daraus geworden der Götter Asiens, die Amun den schuldigen Tribut nicht entrichten wollen, zahlbar in Gestalt der Niederlage dieses Jünglings vor dir, dem Amunskinde. Dahin mußte es kommen. Ich habe beizeiten gewarnt. Aber auch dich, große Frau, kann der Gerechte nicht ganz rein waschen und weiß machen von Schuld an diesem Greuel, daß dermaßen die Handlung stockt und kommt nicht von der Stelle. Denn du treibst sie nicht vorwärts und gewährst es in magdhaftem Zartsinn dem Jüngling, daß er sein Spiel treibt mit Amun, dem König der Götter, vermittelst Finten und Ausflüchten, und bietet ihm Widerspan von Mond zu Mond. Das ist ja schauderhaft. Aber eben auf deine Magdschaft ist es zurückzuführen, der es an Fülle der Forschheit gebricht in diesen Dingen und an reifer Erfahrung. Verzeih dem gediegenen Diener die Anmerkung, denn wahrlich, woher sollte dir das Vermißte auch kommen? Was du tun solltest, das ist, daß du den Ausweichenden ohne Federlesens gestellig machtest und fordertest ihn geradezu zum Tribut und zur Niederlage auf, daß er dir nicht entschlüpfen kann. Magst du's nicht mündlich tun aus Magdhaftigkeit, ei, so gibt's doch den Weg der Schriftlichkeit und des süßen Billetts, das er verstehen muß, wenn er's liest, ob er will oder nicht, des Inhalts etwa: ›Willst du mich heut überwinden im Brettspiel? Laß uns auf dem Brette das Spiel zu zweien machen!‹ Dergleichen heißt sich ein süßes Billett, worin forsche Reife in magdlicher Verblümtheit zu reden und deutlich zu werden weiß. Laß mich dir Schreibzeug unterbreiten, und du schreibst es nach meiner Angabe, daß ich's ihm zustelle und endlich die Handlung vorankomme zu Amuns Ehre!«

So Dûdu hier, der tüchtige Zwerg. Und wirklich hatte Eni in ihrer Benommenheit und aus magdlicher Unterwürfigkeit vor der Autorität des Spännigen auf diesem Gebiet den Zettel nach seiner Weisung ausgefertigt, so daß Joseph ihn nun las und nicht die Atum-Röte verbergen konnte, die ihm dabei ins Gesicht stieg, so daß er vor Ärger über diesen Reflex den Briefträger unsanft davonjagte, ohne Dank. Aber trotz allem angstvollen Gewisper, womit man ihm von anderer Seite anlag, der verfänglichen Herausforderung doch ja nicht zu folgen, folgte er ihr dennoch und spielte mit der Herrin im Pfeilersalon unter dem Bilde Rê-Horachte's auf dem Brette das Spiel zu zweien, wobei er einmal sie ins »Wasser« drängte und einmal sich von ihr dahinein drängen ließ, so daß Sieg und Niederlage einander aufhoben und das Ergebnis des Treffens als Null zu bezeichnen war – zu Dûdu's Enttäuschung, der immer die Handlung noch stocken sah.

Darum tat er ein übriges und ging aufs Ganze, veranstaltete es und brachte es fertig, daß er abermals aus der Seitentasche zu Joseph sprechen konnte:

»Zu überhändigen hab' ich dir etwas von besonderer Seite.«

»Was ist's?« fragte Joseph.

Da reichte der Zwerg ihm einen Schmalzettel hinauf, von dem man wohl sagen kann, daß er mit einem verzweifelten Ruck die Handlung vorwärtsbrachte, indem er nämlich das Wort, das wir ein Wort der Verkennung nannten, weil es nicht das Wort einer Dirne, sondern einer Überwältigten war, schon bar und unmißdeutbar enthielt, – wenn auch in der Umschreibung, welche die Schriftlichkeit allen Dingen zuteil werden läßt: die ägyptische Schrift zumal, deren die Briefstellerin sich natürlich bedient hatte und die in der zierhaften Gedrängtheit ihres die Vokale stumm anheimstellenden Zeichenwerks, mit ihren überall eingestreuten, die Begriffsklasse der konsonantisch knapp beschworenen Schälle an die Hand gebenden Deutbildern, immer etwas vom Zauber-Rebus, von blumiger Halbverhehlung und witzig logogryphischer Maskerade behält, so daß sie zur Abfassung süßer Billetts in der Tat wie geschaffen ist und das Unumwundenste ein sinnig-geistreiches Ansehen darin gewinnt. Die entscheidende Stelle von Mut-em-inets Mitteilung, das, was wir ihre Pointe nennen würden, bestand aus drei Lautzeichen, denen einige andere, ebenso hübsche vorangingen und an die sich das schnell umrissene Deutbild eines löwenköpfigen Ruhebettes schloß, auf welchem eine Mumie lag. Das Rebus sah aus wie folgt:

und besagte »liegen« oder auch »schlafen«. Denn das ist nur ein Wort in Keme's Sprache; »liegen« und »schlafen«, das ist dasselbe in seiner Schrift; und die ganze Zeile des Schmalzettels, unterfertigt mit dem Bildzeichen eines Geiers, was »Mut« bedeutete, lautete klar und unumwunden: »Komm, daß wir uns eine Stunde des Schlafens machen.«

Was für ein Dokument! Goldes wert, höchst ehrwürdig und

ergreifend, wenn auch mißlich, bedrückend und schlimm von Natur. Wir haben hier in seiner Urform, in originaler Fassung und derjenigen Prägung, welche die Sprache Ägyptens ihm verlieh, das Wort verlangenden Antrages, das Potiphars Weib der Überlieferung zufolge an Joseph richtete – erstmals in dieser schriftlichen Gestalt an ihn richtete, vermocht dazu von Dûdu, dem Zeugezwerg, der es ihr aus der Maultasche vorgesagt. Wenn aber wir schon bewegt sind bei seinem Anblick, wie sehr fuhr es dem Joseph erst in die Glieder, da er's entzifferte! Bleich und erschrocken ließ er das Papier verschwinden in seiner Hand und jagte den Dûdu mit dem umgekehrten Fliegenwedel davon. Aber die Botschaft, das süße Ansinnen, den begehrend-verheißenden Lockruf der Liebesherrin hatte er dahin, und wiewohl er ehrlicherweise kaum noch überrascht davon sein konnte, erschütterte es ihn doch mächtig und arbeitete dermaßen in seinem Blut, daß man für die Widerstandskraft der sieben Gegengründe fürchten müßte, wenn man, in der gegenwärtigen Feststunde der Geschichte ganz befangen, ihren Ausgang nicht kennte. Joseph aber, dem sie geschah, als sie sich ursprünglich selber erzählte, lebte wirklich ganz in der gegenwärtigen Stunde des Festes, vermochte nicht, über sie hinauszusehen, und durfte des Ausganges keineswegs sicher sein. Die Geschichte war in der Schwebe an dem Punkt, wo wir halten, und in dem Augenblick, der über sie entschied, sollte es an einem Haare hängen, daß die sieben Gründe tatsächlich zuschanden würden und Joseph der Sünde verfiel, – es hätte ebensogut schief wie just noch gerade gehen können. Gewiß, Joseph wußte sich entschlossen, den großen Fehler nicht zu begehen und es um keinen Preis mit Gott zu verderben. Aber der Hutzel Gottlieb hatte schon recht gehabt, wenn er in des Freundes Gefallen an der Wahlfreiheit zwischen Gut und Böse, die ihm gegeben war, etwas wie ein Gefallen am Bösen selbst, nicht nur an der Freiheit dazu, hatte erkennen wollen; vor allem aber schließt eine solche nicht eingestandene, nur als Vergnügen an freier Wahlherrlichkeit verstandene Neigung zum Bösen die andere ein, sich über das Böse ein X für ein U zu machen und aus getrübter Vernunft wohl gar das Gute darin zu vermuten. Gott meinte es so vortrefflich mit Joseph, – war er überhaupt gesonnen, ihm die stolze und süße Lust, die sich ihm darbot, die vielleicht Er ihm darbot, zu mißgönnen? War diese Lust nicht vielleicht das geplante Mittel der Erhöhung, in deren Gewärtigung der Entrückte lebte und die durch seinen Aufstieg im Hause so weit vorangediehen war, daß nun die Herrin ihre Augen auf ihn geworfen hatte und ihm mit ihrem süßen Namen den Namen ganz Ägyptenlandes zu nennen, ihn sozusagen zum Herrn der Welt zu machen begehrte? Welcher Jüngling, dem sich die Geliebte schenkt, setzte dieses nicht gleich mit seiner Erhöhung zum Herrn der Welt? Und war es nicht eben dies, ihn zum Weltherrn zu machen, was Gott vorhatte mit Joseph?

Man sieht, welchen Anfechtungen seine denn doch auch nicht mehr ganz klare Vernunft ausgesetzt war. Gut und Böse waren im vollen Begriff, ihm durcheinanderzugeraten; es gab Augenblicke, wo er versucht war, dem Bösen die Deutung des Guten zu geben, und wenn auch das Deutzeichen hinter »liegen« kraft seiner Mumiengestalt danach angetan war, ihm Augen dafür zu machen, welchem Reich die Versuchung entstieg und daß, ihr zu erliegen, ein unverzeihlicher Stirnschlag für Den sein würde, der kein Mumiengott verheißungsloser Dauer, sondern ein Gott der Zukunft war, – so hatte Joseph doch allen Grund, der Kraft der sieben Gründe und dem Verlaufe künftiger Feststunden zu mißtrauen und dem Freundchen sein Ohr zu leihen, das ihn wispernd beschwor, er möge nicht mehr zur Herrin gehen, auch keine Schmalzettel mehr annehmen vom bösen Gevatter und den Feuerstier fürchten, der schon nahe daran sei, in ein Aschenfeld zu verwandeln mit seinem Gebläse die ganze lachende Flur. Unstreitig war es leichter gesagt als getan für Joseph, die Herrin zu meiden, denn sie war die Herrin, und wenn sie rief, so mußte er kommen. Aber wie gern hält doch auch der Mensch sich den Wahlfall des Bösen offen, labt sich an seiner Freiheit dazu und spielt mit dem Feuer, sei's aus vertrauender Tapferkeit, die sich vermißt, den Stier bei den Hörnern zu nehmen, sei es aus Leichtsinn und heimlicher Lust – wer will das unterscheiden!

Die schmerzliche Zunge
(Spiel und Nachspiel)

Es kam die Nacht des dritten Jahres, wo Mut-em-inet, Potiphars Weib, sich in die Zunge biß, weil es sie übermächtig verlangte, ihres Ehrengemahls jungem Hausmeier das zu sagen, was sie ihm rebusweise bereits geschrieben hatte, und sie zugleich doch auch wieder aus Stolz und Scham es ihrer Zunge verwehren wollte, so zu ihm zu sprechen und dem Sklaven ihr Blut anzutragen, daß er es ihr stille. Denn dieser Widerstreit lag in ihrer Rolle als Herrin, daß es ihr einesteils fürchterlich war, so zu sprechen und ihm ihr Fleisch und Blut anzutragen gegen seines, aber andernteils ihre Sache war und ihr zukam als männischer und sozusagen bärtiger Liebesunternehmerin. Darum biß sie sich in die Zunge bei Nacht von oben und unten, so daß sie fast durchbiß und am nächsten Tag vor schmerzhafter Behinderung lispelte wie ein kleines Kind.

Während einiger Tage nach überreichtem Billett hatte sie Joseph nicht sehen wollen und ihm ihr Antlitz verweigert, weil sie nicht in das seine zu blicken wagte, nachdem sie ihn schriftlich zur Niederlage aufgefordert. Allein ebendie Entbehrung seiner Nähe machte sie reif, ihm das in Zauberschrift schon Gesagte mit eigenem Munde zu sagen; das Verlangen nach seiner Gegenwart nahm die Gestalt an des Verlangens, ihm das

Wort zu sagen, das zu sprechen ihm, dem Liebesknechte, verwehrt war, so daß, wenn sie je erfahren wollte, ob es ihm aus der Seele gesprochen war, nichts übrigblieb, als daß sie selbst, die Herrin, es sprach und ihm ihr Fleisch und Blut antrug in der innigen Hoffnung, seinen eigenen geheimen Wünschen damit zu begegnen und ihm das Wort vom Munde zu nehmen. Ihre Herrinnenrolle verdammte sie zur Schamlosigkeit; aber sie hatte sich für dieselbe nachts im voraus bestraft, indem sie sich in die Zunge gebissen, so daß sie nun das Notwendige immerhin sagen mochte, so gut es nach der Strafe noch gehen wollte, nämlich lispelnd nach Kinderart, was auch eine Zuflucht war, insofern es dem Äußersten einen Ausdruck von Unschuld und Hilflosigkeit lieh und rührend machte das Krasse.

Sie hatte den Joseph zur Wirtschaftsaudienz und nachfolgendem Brettspiel befehlen lassen durch Dûdu und empfing ihn im Atum-Salon um die Tageszeit, da der Jungmeier den Lesedienst in Potiphars Halle vollendet hatte, eine Stunde nach Tische. Sie kam zu ihm herein aus dem Zimmer, wo sie schlief, und da sie vor ihn trat, machte er, wohl zum erstenmal, oder zum erstenmal mit Bewußtsein, die Wahrnehmung, die auch wir dieser Stunde vorbehalten haben, nämlich daß sie sich sehr verändert hatte in der Zeit ihrer Berührtheit und also, wie man folgern muß, durch ihre Berührtheit.

Es war eine eigentümliche Veränderung, bei deren Kennzeichnung und Beschreibung man Gefahr läuft, zu befremden oder unverstanden zu bleiben, und die dem Joseph, seit sie ihm offenbar geworden, viel Stoff zur Verwunderung und einem vertieften Nachsinnen gab. Denn tief ist das Leben nicht nur im Geiste, nein, auch im Fleische. Nicht daß die Frau gealtert wäre in dieser Zeit; das hatte die Liebe verhindert. War sie schöner geworden? Ja und nein. Eher nein. Sogar entschieden nein, – wenn man unter Schönheit das rein Bewundernswerte und beglückend Vollkommene versteht, ein Bild der Herrlichkeit, das in die Arme zu schließen wohl himmlisch sein müßte, das aber danach nicht ruft, weit eher sich dem Gedanken daran entzieht, weil es sich an den hellsten Sinn, das Auge, wendet, nicht aber an Mund und Hand, – sofern es sich überhaupt wendet an irgend etwas. In aller Sinnenfülle behält Schönheit dann etwas Abstraktes und Geistiges: sie behauptet Eigenständigkeit und das Vorsein der Idee vor der Erscheinung; sie ist nicht Erzeugnis und Werkzeug ihres Geschlechtes, sondern umgekehrt dieses ihr Stoff und Mittel. Weibliche Schönheit – das kann die Schönheit sein, verkörpert im Weiblichen, das Weibliche als Ausdrucksmittel des Schönen. Wie aber, wenn das Verhältnis von Geist und Stoff sich umkehrt und man statt von weiblicher Schönheit besser von schöner Weiblichkeit redete, weil nämlich das Weibliche zum Anfangsgrunde und Hauptgedanken geworden und die Schönheit zu ihrem Attribute, statt daß das Weibliche das Attribut des Schönen wäre? Wie, fragen wir, wenn das Geschlecht die Schönheit als Stoff behandelt, indem es sich darin verkörpert, so daß denn also die Schönheit als Ausdrucksmittel des Weiblichen dient und wirkt? – Es ist klar, daß das eine ganz andere Art von Schönheit ergibt als die oben gefeierte, – eine bedenkliche, ja unheimliche, die sich sogar dem Häßlichen nähern mag und dabei schlimmerweise die Anziehung und Gefühlswirksamkeit des Schönen ausübt, nämlich kraft des Geschlechtes, das sich an ihre Stelle setzt, für sie eintritt und ihren Namen an sich reißt. Es ist also keine geistig ehrsame Schönheit mehr, geoffenbart im Weiblichen, sondern eine Schönheit, in der sich das Weibliche offenbart, ein Ausbruch des Geschlechts, eine Hexenschönheit.

Dies allerdings erschreckende Wort hat sich als unentbehrlich erwiesen zur Kennzeichnung der Veränderung, die sich seit Jahr und Tag mit Mut-em-enets Körper zugetragen. Es war eine

Veränderung, rührend und erregend zugleich, schlimm und ergreifend, eine Veränderung ins Hexenhafte. Versteht sich, man muß bei der inneren Verwirklichung dieses Wortes die Vorstellung des Vettelmäßigen fernhalten, – man muß sie, wiederholen wir, fernhalten, indem man dennoch gut tut, sie nicht vollkommen auszuschalten. Eine Hexe ist gewiß nicht notwendig eine Vettel. Und doch ist auch bei der reizendsten Hexe ein leicht vettelhafter Einschlag festzustellen, – er gehört unvermeidlich zum Bilde. Der neue Körper der Mut war ein Hexen-, Geschlechts- und Liebeskörper und also von fern auch etwas vettelhaft, obgleich dies Element sich höchstens in einem Aufeinanderstoßen von Üppigkeit und Magerkeit der Glieder manifestierte. Eine Vettel reinsten Wassers war etwa die schwarze Tabubu, Vorsteherin der Schminktöpfe, mit Brüsten, die Schläuchen glichen. Muts Busen seinerseits, sonst zierlich-jungfräulich, hatte sich kraft ihrer Ergriffenheit sehr stark und prangend entfaltet, er bildete sehr große Liebesfrüchte, deren strotzendem Vordrang ein Etwas von Vettelhaftigkeit einzig und allein durch den Gegensatz zukam, in welchem die Magerkeit, ja Dürre der gebrechlichen Schulterblätter dazu stand. Die Schultern selbst erschienen zart, schmal, ja kindlich-rührend, und die Arme daran hatten an Fülle stark eingebüßt, sie waren fast dünn geworden. Ganz anders stand es mit den Schenkeln, die, wiederum in einem, man möchte sagen, unerlaubten Gegensatz zu den oberen Extremitäten, sich über Gebühr stark und blühend entwickelt hatten, dergestalt, daß die Einbildung, sie schmiegten sich an einen Besenstiel, über welchen gebückt, mit schwachen Ärmchen sich an ihn klammernd, die Frau bei dürrem Rücken und strotzenden Brüsten zu Berge ritt, – daß, sagen wir, diese Einbildung nicht nur nahelag, sondern sich unabweisbar aufdrängte. Dabei nämlich noch kam ihr das vom schwarzen Pudelhaar umlockte Antlitz zu Hilfe, dies sattelnasige, schattenwangige Antlitz, worin ein

Widerspruch, für den erst hier der rechte Name gefunden werden konnte, schon lange geherrscht, aber erst jetzt seine höchste Ausprägung gewonnen hatte: der durchaus hexenhafte Widerspruch zwischen dem strengen, ja drohend finsteren Ausdruck der Augen und der gewagten Schlängelei des winkeltiefen Mundes, – dieser ergreifende Widerspruch, der, auf seinen Gipfel gekommen, dem Gesicht die krankhaft maskenartige Spannung verlieh, welche wahrscheinlich durch den in der zerbissenen Zunge brennenden Schmerz verstärkt wurde. Unter den Gründen aber, weshalb sie sich dort hineingebissen, war tatsächlich auch der gewesen, daß sie wußte, sie würde lispeln müssen danach wie ein unschuldig Kind, und dieses Kinderlispeln würde vielleicht die ihr sehr wohlbekannte Hexenhaftigkeit ihres neuen Körpers beschönigen und verhüllen.

Die Beklommenheit läßt sich denken, die der Urheber dieser Veränderung bei ihrem Anblick empfand. Damals zuerst stieg ein Begreifen ihm auf, wie leichtsinnig er gehandelt, indem er das Flehen des reinen Freundchens in den Wind geschlagen und die Herrin nicht lieber gemieden, sondern es dahin hatte kommen lassen, daß sie aus einer Schwanenjungfrau zur Hexe geworden war. Die Albernheit seines pädagogischen Heilsplanes kam ihm zum Bewußtsein, und zum ersten Male mochte ihm dämmern, daß sein Verhalten in dieser Sache des neuen Lebens dem einstigen gegen die Brüder an Straffälligkeit nicht nachstand. Diese Einsicht, die aus Ahnung zu voller Erkenntnis reifen sollte, erklärt manches Spätere.

Vorderhand verbargen sein schlechtes Gewissen und seine erregte Rührung über die Verwandlung der Herrin zur Liebesvettel sich hinter der besonderen Ehrerbietung, ja Anbetung, mit der er sie begrüßte und vor ihr sprach, indem er wohl oder übel den sträflich albernen Heilsplan weiterverfolgte und ihr an Hand von mitgebrachten Rechnungsrollen über Verbrauch und Belieferung des Frauenhauses mit den und den Lebens-

und Genußmitteln, auch über Entlassungen und Neueinstellungen unter der Dienerschaft einiges vortrug. Dies verhinderte, daß er das wunde Gebrechen ihrer Zunge gleich bemerkte; denn sie hörte ihm nur zu mit ihrer überspannten Miene und äußerte sich fast nicht. Da sie sich aber zum Brettspiel setzten, zu seiten des schön geschnitzten Spieltischchens, aufs Ruhebett aus Ebenholz und Elfenbein sie, er auf ein rinderbeiniges Taburett, die Steine aufstellten, die die Gestalt liegender Löwen hatten, und sich über das Spiel verständigten, konnte es nicht länger fehlen, daß er, zu verstärkter Beklommenheit, ihres Lallens gewahr wurde; und nachdem er es ein paarmal wahrgenommen und nicht länger zweifeln konnte, erlaubte er sich die zarte Anfrage und sprach:

»Wie ist mir, Herrin, und wie kann das sein? Mir scheint, du lallst ein klein wenig beim Reden?«

Und mußte zur Antwort vernehmen, daß die Frau »Merzen« leide an ihrer »Tunge«; sie habe sich weh detan in der Nacht und sich in die Tunge debissen, der Vorteher solle nicht acht darauf deben!

So sprach sie, – wir geben die wehen Ausfälle und Kindlichkeiten ihrer Redeweise in unserer Sprache wieder, statt in der ihren, aber entsprechend ließ sie sich in dieser vernehmen; und Joseph, tief erschrocken, nahm die Hände vom Spiel und wollte keinen Stein mehr anrühren, ehe sie sich gepflegt und einen Balsam in den Mund genommen hätte, den anzurühren Chun-Anup, dem Salbader, sofort befohlen sein sollte. Sie aber wollte davon nichts wissen und warf ihm spottend vor, daß er Ausflüchte suche und sich drücken wolle von der Partie, die nach der Eröffnung schon sehr mißlich für ihn stehe, so daß er ins Wasser gedrängt werden werde und darum sein Heil im Abbruch des Spiels und beim Apotheker suche. Kurzum, sie hielt ihn auf seinem Sessel fest mit wunder Kinderrede und beklemmender Neckerei, denn unwillkürlich paßte sie der Hilflosigkeit ihrer Zunge auch ihre Ausdrucksweise an und sprach in jeder Beziehung wie ein Kleines, indem sie auch ihrer gespannten Leidensmiene einen Ausdruck törichter Lieblichkeit zu geben versuchte. Wir ahmen nicht weiter nach, wie sie von Piel und Teinen und Auschfüchten stammelte, denn es könnte scheinen, als wollten wir sie verhöhnen, da sie doch den Tod im Herzen hatte und im Begriffe war, all ihren Stolz und geistige Ehre hinzuwerfen aus übermächtigem Verlangen, ihres Fleisches Ehre dafür zu gewinnen in Erfüllung des Heilstraumes, den sie geträumt.

Demjenigen, der ihr dieses Verlangen eingeflößt, war es ebenfalls tödlich ums Herz, und das mit Recht. Er wagte nicht aufzublicken vom Brett und zerrte die Lippe, denn sein Gewissen sprach gegen ihn. Trotzdem spielte er verständig, er konnte nicht anders, und es wäre schwer zu sagen gewesen, ob sein Verstand ihn meisterte oder er seinen Verstand. Auch sie zog ihre Steine, hob sie und setzte sie, aber auf so zerrüttete Weise, daß sie nicht nur bald ohne Ausweg und über und über geschlagen war, sondern es nicht einmal merkte und ins Unsinnige weitersprang, bis seine Reglosigkeit sie zur Besinnung rief und sie mit überspanntem Lächeln auf den Wirrwarr ihres Ruins hinabstarrte. Er wollte dem krankhaften Augenblick vernünftig gesetzte und höfliche Rede leihen, in dem Wahn, ihn damit heilen, ordnen und retten zu können; darum sagte er mäßig:

»Wir müssen's, Herrin, noch einmal beginnen, jetzt oder ein andermal, denn dieser Gang schlug uns fehl, gewiß weil ich linkisch eröffnete, und kann keines mehr weiter, wie du wohl siehst: du nicht, weil ich nicht, und ich nicht, weil du, – von beiden Seiten ist verspielt dieses Spiel, so daß man sich füglich der Rede müßigt von Sieg oder Niederlage, denn beider Spieler ist beides …«

Dies letzte sagte er stockend bereits und ohne Ton, nur weil er im Zuge war, und nicht mehr, weil er noch hoffen konnte, die Lage zu retten und zu besprechen, denn unterdessen schon war es geschehen und ihr Haupt und Gesicht waren auf seinem Arm, der am Rande des Spieles lag, niedergebrochen, so daß ihr mit Gold- und Silberpuder bestäubtes Haar die ruhenden Löwen verschob auf dem Brett und der heiße Hauch ihres Fiebergestammels und verlorenen Gelispels seinen Arm beschlug, das wir aus Ehrfurcht vor ihrer Not nicht nachahmen in seiner kranken Kindlichkeit, das aber seinem Sinn und Unsinn nach lautete wie:

»Ja, ja, nicht weiter, wir können nicht weiter, verspielt ist das Spiel, und uns bleibt nichts als die Niederlage zu zweien, Osarsiph, du schöner Gott aus der Ferne, mein Schwan und Stier, mein heiß und hoch und ewig Geliebter, daß wir zusammen ersterben und untergehn in die Nacht verzweifelter Seligkeit! Sag, sage doch und sprich frei, da du mein Antlitz nicht siehst, weil es auf deinem Arme liegt, endlich auf deinem Arm, und meine verlorenen Lippen dein Fleisch und Blut streifen, indem sie dich bitten und zu dir beten, daß du mir freihin gestehst, ohne meine Augen zu sehen, ob du denn nicht mein süßes Billett bekommen hast, das ich dir schrieb, bevor ich mich in die Zunge biß, um dir nicht zu sagen, was ich dir schrieb und was ich dir dennoch sagen muß, weil ich dir Herrin bin und es an mir ist, das Wort zu sprechen, das du nicht sagen darfst und darfst dich seiner aus längst schon nichtigem Grund nicht erkühnen. Ich aber weiß nicht, wie gern du's sagtest, das ist mein Herzeleid, denn wenn ich wüßte, du sagtest es dringend gern, wenn du dürftest, dann so nähm' ich dir selig das Wort vom Munde und spräche es aus als Herrin, wenn auch nur lispelnd und flüsternd, das Antlitz verborgen auf deinem Arm. Sag, empfingst du vom Zwerge mein Blatt, darauf ich's gemalt, und hast du's gelesen? Warst du erfreut, meine Zeichen zu sehn, und schlug dir wohl all dein Blut als Welle des Glücks an den Strand deiner Seele? Liebst du mich, Osarsiph, Gott in Knechtsgestalt, mein himmlischer Falke, wie ich dich liebe, schon lange, schon lange in Wonne und Qual, und brennt dir das Blut nach meinem, wie es mir brennt nach dir, so daß ich das Briefchen malen mußte nach langem Kampf, von deinen goldenen Schultern berückt und davon, daß alle dich lieben, von deinem Gottesblick aber vor allem, unter welchem mein Leib sich veränderte und meine Brüste wuchsen zu Liebesfrüchten? *Schlafe – bei – mir!* Schenke, schenke mir deine Jugend und Herrlichkeit, und ich will dir schenken an Wonne, was du dir nicht träumen läßt, ich weiß, was ich sage! Laß uns unsere Häupter und Füße zusammentun, daß wir es gut haben überschwenglich und ineinander ersterben, denn ich ertrag' es nicht länger, daß wir da und dort leben als Zweie!«

So die Frau, völlig hingerissen; und wir haben nicht nachgeahmt, wie ihr Gebet sich in Wirklichkeit ausnahm durch das Gelispel ihrer zerspaltenen Zunge, wobei jede Silbe ihr schneidend wehe tat, und doch lispelte sie dies alles in einem Zuge auf seinem Arm, denn Frauen ertragen viel Schmerzen. Das aber soll man wissen, sich einbilden und fortan für immer festhalten, daß sie das Wort der Verkennung, das Lapidarwort der Überlieferung nicht heilen Mundes und wie ein Erwachsener sprach, sondern unter Schmerzensschnitten und in der Sprache der kleinen Kinder, so daß sie lallte: »Slafe bei mir!« Denn darum hatte sie ihre Zunge so zugerichtet, daß es so sei.

Und Joseph? Er saß und überflog die sieben Gründe, überflog sie vorwärts und rückwärts. Daß nicht sein Blut in breiter Welle an den Strand seiner Seele geschlagen wäre, wollen wir nicht behaupten, aber die Gegengründe waren zu siebenen und hielten stand. Zum Lobe sei es ihm angerechnet, daß er nicht hart auf sie pochte und den Verachtungsvollen spielte gegen die Hexe, weil sie ihn versuchte, sich mit Gott zu überwerfen, sondern mild und gut zu ihr war und sie in liebreicher

Ehrfurcht zu trösten suchte, obgleich darin, wie jeder Einsichtige zugeben wird, eine große Gefahr für ihn lag; denn wo ist des Tröstens ein Ende in solchem Fall? Nicht einmal seinen Arm entzog er ihr rauh, ungeachtet der feuchten Hitze des Gelispels und der damit verbundenen Lippenstöße, die darauf niedergingen, sondern ließ ihn gefaßt, wo er war, bis sie ausgestammelt, und sogar etwas länger noch, während er sagte:

»Herrin, um Gott, was tut dein Angesicht da, und was sprichst du im Wundfieber, – komm zu dir selbst, ich bitte dich, du vergissest ja dich und mich! Vor allem – deine Stube ist offen, bedenke das, man könnte uns sehen, sei es ein Zwerg oder ein Vollwüchsiger, und ausspähen, wo du dein Haupt hast, – verzeih, ich darf das nicht dulden, ich muß dir jetzt, wenn du erlaubst, meinen Arm entziehen und zusehen, daß nicht von draußen...«

Er tat, wie er sagte. Sie aber, mit Heftigkeit, erhob sich ebenfalls von der Stelle, wo sein Arm nicht mehr war, und hoch aufgerichtet, mit blitzenden Augen und plötzlich volltönender Stimme, rief sie Worte, die ihn hätten lehren können, mit wem er's zu tun und wessen er sich allenfalls von ihr zu versehen hatte, die noch soeben gebetet wie eine Gebrochene, nun aber die Klaue zu heben schien wie ein Löwenweib und für den Augenblick auch gar nicht mehr lispelte; denn wenn sie wollte und die Schmerzen ertrug, so konnte sie schon ihre Zunge zum Rechten zwingen, und so rief sie mit wilder Genauigkeit:

»Laß doch offen die Halle und offen den Blick für die ganze Welt auf mich und dich, den ich liebe! Fürchtest du dich? Ich fürchte nicht Götter, noch Zwerge, noch Menschen, daß sie mich sehen mit dir und unsre Gemeinschaft bespähen. Mögen sie, mögen sie kommen zu Hauf und uns sehen! Wie einen Plunder werfe ich ihnen meine Scheu und Schämigkeit vor die Füße, denn nichts anderes sind mir diese: ein Plunder und armer Quark gegen das zwischen mir und dir und gegen meiner Seele weltvergessene Not! Mich fürchten? Ich allein bin fürchterlich in meiner Liebe! Isis bin ich, und wer uns zusieht, nach dem werde ich mich umwenden von dir und ihm einen so fürchterlichen Blick zuwerfen, daß er Todes verbleicht auf der Stelle!«

So Mut als Löwin, gänzlich uneingedenk ihrer Wunde und der Schmerzensschnitte, die jedes gewaltsame Wort ihr verursachte. Er aber zog die Gehänge vor die Räume zwischen den Pfeilern und sagte:

»Laß mich Besonnenheit üben für dich, da mir gegeben ist, vorauszusehen, was da würde, wenn man uns ausspähte, und mir heilig sein muß, was du hinwerfen willst der Welt, die es nicht wert ist, und nicht einmal wert ist sie, zu sterben am Zorn deines Blickes.«

Als er aber nach der Verhüllung wieder zu ihr trat im Schatten des Zimmers, war sie schon keine Löwin mehr, sondern wieder das Lispelkind und dabei schlau wie die Schlange, drehte es ihm um, was er getan, und stammelte liebreizend:

»Hast du uns eingesperrt, du Böser, und uns in Schatten gehüllt vor der Welt, daß sie mich nicht mehr schützen kann vor deiner Argheit? Ach, Osarsiph, wie arg bist du, daß du mir's antatest so namenlos und hast mir Leib und Seele verändert, daß ich mich selbst nicht mehr kenne! Was würde wohl deine Mutter sagen, wüßte sie, was du den Menschen antust und treibst es mit ihnen, daß sie sich selber nicht kennen? Wäre auch wohl mein Sohn so schön und böse, und muß ich ihn in dir erblicken, meinen schönen, bösen Sohn, den Sonnenknaben, den ich gebar und der am Mittag Haupt und Füße zusammentut mit seiner Mutter, sich selbst mit ihr zu erzeugen aufs neue? Osarsiph, liebst du mich wie am Himmel, so auch auf Erden? Malte ich auch deine Seele ab, da ich den Zettel malte, den ich dir schickte, und erschauertest du bis in dein Innerstes, als du ihn lasest, wie ich in unendlicher Lust und Scham erschauerte, als ich ihn schrieb? Wenn du mich betörst mit deinem Mund und mich Herrin nennst deines Hauptes und Herzens, – wie ist's gemeint? Sagst du mir's, weil sich's gehört, oder im Sinne der Inbrunst? Gesteh mir's im Schatten! Nach so vielen Nächten der Zweifelsqual, in denen ich einsam lag ohne dich und mein Blut ohne Rat nach dir schrie, mußt du mich heilen, mein Heil, und mich erlösen, indem du mir einbekennst, daß du die Sprache der schönen Lüge sprachst, um mir damit die Wahrheit zu sagen, daß du mich liebst!«

Joseph: »Edelste Frau, nicht so ... Ja, so, wie du sagst, nur schone dich, wenn ich glauben soll, daß du mir Gnade trägst, – schone dich und mich, wenn ich bitten darf, denn es schneidet mir unerträglich ins Herz, wie du die wunde Zunge zu Worten zwingst, statt sie im Balsam ruhen zu lassen, – zu grausamen Worten! Wie sollte ich dich nicht lieben, dich, meine Herrin? Kniefällig liebe ich dich und bitte dich auf meinen Knien, daß du die Liebe, die ich dir trage, nicht grausam ergründen wollest nach ihrer Demut und Inbrunst, ihrer Frommheit und Süßigkeit, sondern sie gnädig auf sich beruhen läßt in ihren Bestandteilen, welche ein zartes und kostbares Ganzes bilden, das nicht verdient, geschieden und aufgedröselt zu werden in ergründender Grausamkeit, denn es ist schade darum! Nein, gedulde dich noch und laß mich dir sagen ... Hörst du doch sonst gern zu, wenn ich rede vor dir in einer oder der anderen Sache, so höre mich gütig an auch in dieser! Denn ein guter Knecht liebt seinen Herrn, wenn er nur irgend edel, das ist in der Ordnung. Wandelt sich aber nun der Name des Herrn in den der Herrin und einer lieben Frau, so dringt Süßigkeit in ihn ein und holde Inbrunst von wegen der Wandlung, und auch die Liebe des Knechtes durchdringt diese Holdheit, – Demut und Süßigkeit ist sie, nämlich anbetende Zärtlichkeit, die da heißt ›Inbrunst‹, und Fluch des Herzens über den Grausamen, der ihr zu nahe tritt mit dröselnder Forschung und bösem Blick des Auges, – es soll ihm nicht frommen! Nenne ich dich Gebieterin meines Hauptes und Herzens, so allerdings, weil's die Sitte will und weil sich's so gehört, nach der Formel. Aber wie süß mir die Formel ist, und wie sich's glücklich trifft für mein Haupt und Herz, daß es sich also gehört, das ist eine Sache feiner Verschwiegenheit und ist das Geheimnis. Ist es wohl gnädig und irgend weise von dir, daß du mich unverschwiegen befragst, wie ich's meine, und mir zur Antwort nur die Wahl läßt zwischen Lüge und Sünde? Das ist eine falsche und grausame Wahl, ich will sie nicht kennen! Und um was ich dich bitte auf meinen Knien, das ist, du wollest Güte und Gnade erweisen dem Leben des Herzens!«

Die Frau: »Oh, Osarsiph, du bist schrecklich in deiner redenden Schönheit, die dich den Menschen göttlich erscheinen läßt und sie dir alle gefügig macht, mich aber in Verzweiflung stürzt durch ihre Gewandtheit! Eine schreckliche Gottheit ist das, die Gewandtheit, des Witzes Kind und der Schönheit, – für das schwermütig liebende Herz ein tödlich Entzücken! Unverschwiegen schiltst du mein inniges Fragen, aber wie unverschwiegen bist du in deinem beredten Erwidern, – da doch das Schöne schweigen sollte und ums Herzens willen nicht reden – Stillschweigen sollte ums Schöne sein wie ums heilige Grab zu Abôdu, denn wie der Tod will die Liebe schweigen, ja, im Schweigen sind sie einander gleich, und Reden verletzt sie. Kluge Schonung forderst du für das Leben des Herzens und scheinst von seiner Partei gegen mich und mein dröselndes Forschen. Aber das heißt die Welt verkehren, denn ich bin's gerade in meiner Not, die für dies Leben kämpft, indem ich's dringend erforsche! Was soll ich anders tun, Geliebter, und wie mir helfen? Herrin bin ich dir, meinem Herrn und Heiland, nach dem ich brenne, und kann dein Herz nicht schonen noch deine Liebe auf sich beruhen lassen, weil's schade um sie. Angehen muß ich sie mit ergründender Grausamkeit, wie der bärtige Mann die zarte Jungfrau angeht, die sich nicht kennt, und muß ihrer Demut die Inbrunst entreißen und ihrer Frommheit die Lust, daß sie sich ihrer selbst erkühnt und den Gedanken zu fassen vermag, daß du nahe bei mir schläfst, denn darin ist alles Heil der Welt begriffen, daß du das tust mit mir, eine Frage ist es der Seligkeit oder der Höllenqual. Es ist eine Höllenqual für mich worden, daß unsre Glieder getrennt sind da und dort, und wenn du nur von deinen Knien sprichst, auf denen du mich bittest, ich weiß nicht um was, so faßt mich eine unsägliche Eifersucht an um deiner Knie willen, daß sie dein sind und nicht auch mein, und müssen nahe bei mir sein, daß du bei mir schläfst, oder ich komme um und verderbe!«

Joseph: »Liebes Kind, das kann nicht sein, besinne dich doch, wenn dein Knecht bitten darf, und verbohre dich nicht in diese Idee, denn sie ist ernstlich vom Übel! Du legst ein übertrieben Gewicht, ein krankhaftes, auf dies Tun, daß Staub beim Staube sei, denn es wäre zwar lieblich im Augenblick, daß es aber die bösen Folgen und alle Reue aufwöge, die danach kämen, das scheint dir nur wahnweise so vor der Tat, bei fieberndem Urteil. Siehe, es ist nicht gut, und kann niemandem wohl dabei sein, wie du mich angehst bärtigerweise und freist als Herrin um meiner Liebe Lust; es ist etwas von Greuel darin und paßt nicht in unsere Tage. Denn mit meiner Knechtschaft ist es so weit nicht her, und ich kann den Gedanken, den du mir nahelegst, sehr wohl von mir selbst aus fassen – nur zu wohl, ich versichere dich, doch dürfen wir ihn eben nicht tätigen, aus mehr als einem Grunde nicht, aus viel mehr als einem, aus einem ganzen Haufen davon, dem Sternhaufen gleich im Bilde des Stieres. Versteh mich recht – ich darf in den lieblichen Apfel nicht beißen, den du mir reichst, daß wir Missetat essen und alles verderben. Darum rede ich und bin unverschwiegen, sieh es mir gütig nach, mein Kind; denn da ich nicht mit dir schweigen darf, so muß ich reden und Worte des Trostes erlesen, da mir an deiner Tröstung, teure Herrin, alles gelegen.«

Die Frau: »Zu spät, Osarsiph, es ist schon zu spät für dich und uns beide! Du kannst nicht mehr zurück, und ich kann's auch nicht, wir sind schon verschmolzen. Hast du nicht schon die Stube verhängt für uns und uns eingeschlossen zusammen im Schatten gegen die Welt, so daß wir ein Paar sind? Sagst du nicht schon ›wir‹ und ›uns‹, ›man könnte uns sehen‹ und ziehst dich und mich zusammen zu süßer Einheit in diesen köstlichen Wörtchen, die die Chiffer sind für alle Wonne, die ich dir nahelege und die schon in ihnen vollendet ist, so daß die Tätigung gar nichts Neues mehr schafft, nachdem das Wir gesprochen, denn das Geheimnis haben wir doch schon vor der Welt miteinander und sind zu zweien abseits von ihr mit unserem Geheimnis, also daß gar nichts übrigbleibt, als es zu tätigen...«

Joseph: »Nein, höre, Kind, das ist nicht gerecht, und du tust den Dingen Gewalt an, ich muß widersprechen! Wie, deine Selbstvergessenheit zwingt mich, die Stube zu schließen, um deiner Ehre willen, damit man nicht vom Hofe sehe, wo du dein Haupt hast, – und nun wendest du's so, daß schon alles gleich sei und sei schon so gut wie geschehen, weil wir bereits das Geheimnis hätten und müßten uns absperren? Das ist höchst ungerecht, denn ich habe gar kein Geheimnis, ich schirme nur deines: nur in dieser Bedeutung kann die Rede sein von ›wir‹ und ›uns‹, und ist gar nichts damit geschehen, wie denn auch künftig nichts geschehen darf um eines ganzen Sternhaufens willen von Gründen.«

Die Frau: »Osarsiph, holder Lügner! Du willst unsre Gemeinschaft nicht wahrhaben und unser Geheimnis, wo du mir eben noch selbst gestandest, was ich dir freiend nahelege, läge dir allzu nahe von dir aus schon? Das nennst du, Böser, kein Geheimnis haben mit mir vor der Welt? Denkst du denn nicht an mich, wie ich an dich denke? Aber wie würdest du erst an mich denken und daran, mir nahe beizuwohnen, wenn du wüßtest, welche Lust dich erwartet in den Armen der Himmelsgöttin, goldener Sonnenknabe! Laß mich es dir verkünden und dir verheißen an deinem Ohr, insgeheim vor der Welt, im tiefen Schatten, was dich erwartet! Denn nie hab' ich geliebt und nie den Mann empfangen in meinem Schoß, habe nie auch nur das Geringste dahingegeben vom Schatz meiner Liebe und Wonne, sondern ganz nur dir ist aufbehalten dieser gesamte Schatz, und sollst überschwenglich reich davon sein, wie du's dir nicht träumen läßt. Horch, was ich flüstere: Für dich, Osarsiph, hat sich mein Körper verändert und verwandelt und ist zum Liebesleibe geworden vom Wirbel bis zur Zehe, also daß du, wenn du mir nahe beiwohnst und mir deine Jugend und Herrlichkeit schenkst, nicht glauben wirst, einem irdischen Weibe nahe zu sein, sondern wirst, auf mein Wort, die Lust der Götter büßen mit der Mutter, Gattin und Schwester, denn siehe, ich bin's! Ich bin das Öl, das nach deinem Salze verlangt, damit die Lampe erlodere im nächtlichen Fest! Ich bin die Flur, die nach dir ruft im Durste, mannheitwälzende Flut, Stier deiner Mutter, daß du schwellend über sie trittst und dich mir vermählst, ehe du mich verlässest, schöner Gott, und deinen Lotoskranz bei mir vergissest im feuchten Grunde! Höre, höre nur, was ich dir flüstere! Denn mit jedem meiner Worte ziehe ich dich tiefer in unser Geheimnis, das wir miteinander haben, und kannst schon längst nicht mehr daraus hervor, im tiefsten Geheimnis sind wir nun doch schon einmal mitsammen, so daß es gar keinen Sinn hat, daß du verweigerst, was ich dir nahelege...«

Joseph: »Doch, liebes Kind! – verzeih, ich nenne dich so, weil wir allerdings nun einmal im Geheimnis sind miteinander durch deine Verstörung, weshalb ich ja eben auch die Stube verschließen mußte, aber das behält seinen guten Sinn, seinen siebenfachen, daß ich dich abschlägig bescheiden muß wegen dessen, was du mir verlockend nahe legst, denn es ist sumpfiger Grund, wohin du mich locken willst und wo allenfalls taubes

Schilf wuchert, aber kein Korn, und willst einen Esel des Ehebruchs aus mir machen, aus dir selbst aber eine schweifende Hündin, – wie soll ich dich da nicht schützen gegen dich selbst, mich aber verwahren gegen die schnöde Verwandlung? Überlegst du, wie uns geschähe, wenn uns unser Verbrechen erfaßte und käme auf unser Haupt? Soll ich's drauf ankommen lassen, daß man dich erwürgt und deinen Liebesleib vorwirft den Hunden oder dir doch die Nase abschneidet? Das ist nicht auszudenken. Des Esels Teil aber wären unzählige Prügel, eintausend Stockschläge für seinen dummen Unanstand, wenn er nicht gar dem Krokodil überlassen würde. Diese Belehrungen drohten uns, wenn unsere Tat sich unser bemächtigte.«

Die Frau: »Ach, feiger Knabe, ließest du dir träumen, welche aufgesammelte Lust dich erwartet nahe bei mir, du dächtest darüber nicht hinaus und lachtest etwaiger Strafen, die, wie immer bemessen, in gar keinem Verhältnis stünden zu dem, was du mit mir genossen!«

»Ja, siehst du«, sagte er, »liebe Freundin, wie dich die Verstörung herabsetzt und dich vorübergehend erniedrigt unter des Menschen Rang; denn sein Vorzug und Ehrenmitgift ist gerade, daß er hinausdenke über den Augenblick und überlege, was danach kommt. Auch fürchte ich gar nicht ...«

Sie standen mitten im verschatteten Zimmer dicht beisammen und redeten gedämpft, aber dringlich aufeinander ein wie Leute, die über etwas sehr Angelegenes debattieren, mit hochgezogenen Brauen und stark bewegten, geröteten Mienen.

»Auch fürchte ich gar nicht«, war er im Zuge zu sagen, »die etwaigen Strafen für dich und mich, sie sind das geringste. Sondern ich fürchte Peteprê, unsern Herrn, ihn selbst und nicht seine Strafen, wie man Gott fürchtet nicht um des Bösen willen, das er einem zu tun vermag, sondern um seiner selbst willen, aus Gottesfurcht. Von ihm hab' ich all mein Licht, und was ich bin im Hause und hierzulande, das dank' ich alles ihm, –

wie sollt' ich mich da noch getrauen, vor ihn zu treten und in sein sanftes Auge zu blicken, selbst wenn ich gar keine Strafe von ihm zu fürchten hätte, nachdem ich dir beigelegen? Hör zu, Eni, und nimm, in Gottes Namen, deinen Verstand zusammen für das, was ich dir sagen will, denn meine Worte werden bestehen bleiben, und wenn unsre Geschichte aufkommt und kommt in der Leute Mund, so wird man sie anführen. Denn alles, was geschieht, kann zur Geschichte werden und zum schönen Gespräch, und leicht kann es sein, daß wir in einer Geschichte sind. Darum hüte auch du dich und hab Erbarmen mit deiner Sage, daß du nicht zur Scheuche werdest in ihr und zur Mutter der Sünde! Vieles und Verwickeltes könnte ich reden, dir damit zu widerstehen und meiner eigenen Lust; aber für der Leute Mund, falls es ihm überantwortet werden sollte, will ich dir das Gültig-Einfältigste sagen, das jedes Kind verstehe, und sage so: *Alles hat mein Herr mir anvertraut und hat nichts so Großes in dem Hause, daß er es mir verhohlen habe, ohne dich, indem du sein Weib bist. Wie sollte ich denn nun ein solch groß Übel tun und wider Gott sündigen?* Dies sind die Worte, die ich zu dir sage für alle Zukunft, entgegen der Lust, die wir aufeinander haben. Denn wir sind nicht allein auf der Welt, daß wir einfach der eine des anderen Fleisch und Blut genössen, sondern da ist auch noch Peteprê, unser großer Herr in seiner Einsamkeit, dem wir nicht, statt Liebesdienst zu versehen an seiner Seele, zu nahe treten dürfen mit solcher Tat, indem wir seine zarte Würde zuschanden machen und brechen den Treubund. Er steht unsrer Wonne im Wege, und damit Punktum.«

»Osarsiph«, flüsterte sie lispelnd nahe bei ihm und rüstete sich, einen Vorschlag zu machen. »Osarsiph, mein Geliebter, der längst mit mir im Geheimnis ist, höre doch und versteh deine Eni recht ... Ich kann ihn doch ...«

Es war der Augenblick, in dem sich erst wahrhaft herausstellte und an den Tag kam, warum und wofür sich Mut-em-enet eigentlich in die Zunge gebissen und welche längst vorbereitete Antwort sie rührend hilflos und schmerzhaft lieblich hatte gestalten wollen durch diese Verwundung: nicht zuerst und zuletzt das Wort des Antrages, – oder, wenn zuerst, so doch nicht zuletzt, denn das Letzte und Eigentliche, wofür sie's getan und sich so zugerichtet hatte, daß sie wie ein Kindchen spräche, das war der Vorschlag zur Güte, den sie ihm diesen Augenblick machte, das schöne Kunstwerk ihrer blauädrigringbunten Hand an seiner Schulter, an die Hand aber die Wange geschmiegt, und lieblich, mit vorgeschobenen Lippen, lallte:

»Is tann ihn doch töten.«

Er prallte zurück, denn es war ihm zu stark in der Niedlichkeit, und er wäre nicht drauf gekommen und hätte es dem Weibe nicht zugetraut, ob er sie gleich schon vorhin als Löwin hatte die Klaue heben sehen und sie hatte schnauben hören: »Fürchterlich bin ich allein!«

»Wir tönnen ihn«, schmeichelte sie, sich dem Weichenden nachschmiegend, »doch umbingen und ausch dem Weg ssaffen, was ist denn dabei, mein Falke? Da ist doch in keiner Hinsicht etwas dabei, denn meinst du, Tabubu schafft mir nicht gleich auf ein Blinzeln 'nen klaren Sud oder ein kristallinisch Rückständlein von heimlichster Kraft, daß ich's dir in die Hand gebe und du schüttest es ihm in den Wein, den er trinkt, um sein Fleisch zu wärmen, trinkt er's aber, so erkaltet er unversehens, und sieht ihm niemand was an dank der Kochkunst der Negerländer, und man schifft ihn gen Westen, so daß er aus der Welt ist und unsrer Wonne nicht mehr im Wege? Laß mich das doch nur machen, Geliebter, und lehn dich nicht auf gegen eine so unschuldige Maßnehmung! Ist denn sein Fleisch nicht tot schon im Leben, und ist's zu etwas nütze, oder wuchert's nicht nur so hin als unnütze Masse? Wie ich sein träges Fleisch hasse, seitdem die Liebe zu dir mir das Herz zerfleischt und mein eigen Fleisch zum Liebesleibe geworden, ich kann's nicht sagen, ich könnt' es nur schreien. Darum, süßer Osarsiph, laß uns ihn kaltmachen, es ist überhaupt nichts dabei. Oder macht's dir was aus, einen hohlen Pluderschwamm mit dem Stocke zu fällen, einen eklen Zunderpilz und Bovisten? Das ist keine Tat, das ist nur ein lässiges Abtun ... Ist er aber in seinem Grabe, und ist das Haus leer von ihm, dann sind wir frei und allein und sind selige Liebesleiber, bewandtnislos und unbedingt, die einander umarmen mögen ganz ohne Rücksicht und Folge, Mund an Mund. Denn du hast ja recht, mein Gottesknabe, zu sagen, daß er unsrer Wonne im Wege ist und wir sie ihm nicht antun dürfen, – ich billige dein Bedenken. Aber eben darum mußt du doch einsehen, daß man ihn kaltmachen muß und ihn aus der Welt schaffen, damit das Bedenken behoben ist und wir ihm nichts mehr antun mit unsrer Umarmung! Vertehst du das nißt, mein Tleiner! Mal es dir doch nur aus, unser Glück, wie es sein wird, wenn gefällt und beseitigt der Schwamm und wir allein im Hause, du aber, in deiner Jugend, bist des Hauses Herr. Du bist es, weil ich die Herrin bin, denn wer bei der Herrin schläft, der ist der Herr. Und wir trinken Wonne bei Nacht, und auch am Tage ruhen wir bei einander auf Purpurpfühlen im Nardendampf, indes bekränzte Mädchen und Knaben vor uns die Saiten schlagen und holde Grimassen vollziehen, wir aber träumen im Schauen und Lauschen von der Nacht, die war, und von der, die sein wird. Denn ich reiche dir den Becher, aus dem wir trinken an ein und demselben Ort seines goldnen Randes, und während wir trinken, verständigen sich unsre Augen über die Lust, die wir kosteten gestern nacht, und über die, die wir planen für heute nacht, und schmiegen unsre Füße zusammen ...«

»Nein, höre einmal, Mut-im-Wüstental!« sagte er hierauf. »Ich muß dich denn doch beschwören ... So sagt man wohl: ›Ich beschwöre dich‹, hier aber gilt's eigentlich, und man muß dich beschwören in Wahrheit, oder vielmehr den Dämon, der aus dir redet und von dem du offenkundig besessen bist, es ist nicht anders! Wenig Erbarmen hast du mit deiner Sage, das muß man gestehen, und machst eine Magd aus dir mit Namen ›Mutter der Sünde‹ für alle Zukunft. So bedenke doch, daß wir vielleicht, ja wahrscheinlich, in einer Geschichte sind, und nimm dich ein wenig zusammen! Auch ich, siehst du wohl, muß mich doch zusammennehmen gegen deinen wonnigen Andrang, wenn es mir auch erleichtert wird durch das Entsetzen, das mir dein besessener Vorschlag erregt, Peteprê zu ermorden, meinen Herrn und deinen Ehrenmann. Das ist ja gräßlich! Es fehlte nur, daß du sagst, wir seien miteinander im Geheimnis deswegen, weil du mich in den Gedanken hineingezogen und es nun leider auch meiner ist. Aber daß es bei dem Gedanken bleibe und daß wir nicht solche Geschichte machen, dafür will ich schon sorgen. Liebe Mut! Die du mir ansinnst, die Lebensweise mit dir hier im Hause, nachdem wir den Herrn daraus weggemordet, damit wir uns aneinander weiden, die will mir gar nicht gefallen. Bilde ich mir's ein, wie ich mit dir hause im Mordhaus als dein Liebessklave und mein Herrentum davon ableite, daß ich bei der Herrin schlafe, so wird mir verächtlich zumute um meinetwillen. Soll ich nicht gar ein Weiberkleid tragen aus Byssus, und du befiehlst mich allnächtlich zur Lust, den abgeleiteten Herrn, der mit dir den Vater gemordet, um mit der Mutter zu schlafen? Denn genau so wäre es mir: Potiphar, mein Herr, ist mir wie ein Vater, und wohnte ich bei dir im Hause des Mordes, so wäre mir's, als tät' ich's mit meiner Mutter. Darum, liebes, gutes Kind, beschwöre ich dich aufs freundlichste, dich doch zu trösten und mir ein so großes Übel nicht anzusinnen!«

»Tor! Kindischer Tor!« antwortete sie mit Sangesstimme. »Wie du mir knäbisch erwiderst in deiner Liebesscheu, die ich brechen muß als werbende Herrin! Mit der Mutter schläft jeder

– weißt du das nicht? Das Weib ist die Mutter der Welt; ihr Sohn ist der Mann, und jeder Mann zeugt in der Mutter – muß ich dir das Anfänglichste sagen? Isis bin ich, die große Mutter, und trage die Geierhaube! Mut ist mein Muttername, und du sollst mir den deinen nennen, holder Sohn, in süßer, zeugender Weltennacht ...«

»Nicht so, nicht so!« sprach Joseph ihr eifrig entgegen. »Es ist nicht richtig, wie du es meinst und verkündigst, – ich muß deine Ansicht verbessern! Der Vater der Welt ist kein Muttersohn, und nicht von einer Herrin wegen ist er der Herr. Ihm gehöre und vor ihm wandle ich, ein Vatersohn, und ein für allemal sage ich dir: ich will nicht dergestalt sündigen wider Gott, den Herrn, dem ich gehöre, daß ich den Vater schände und morde und mit der Mutter ein Paar mache als schamloses Flußpferd. – Mein Kind, damit gehe ich. Liebe Herrin, ich bitte um Urlaub. Ich will dich nicht verlassen in deiner Verstörung, gewiß nicht. Mit Worten will ich dich trösten und dir gut zureden, wie ich nur kann, denn ich bin dir's schuldig. Nun aber muß ich von dir Urlaub nehmen und gehen, daß ich meines Herrn Haus versehe.«

Er ließ sie. Sie rief ihm noch nach:

»Meinst du, du entkommst mir? Glaubst du, wir entrinnen einander? Ich weiß, ich weiß schon von deinem eifernden Gott, dem du verlobt bist und dessen Kranz du trägst! Aber ich fürchte den Fremden nicht und will dir den Kranz schon zerreißen, woraus er auch immer bestehe, dich aber dafür mit Efeu kränzen und Ranken des Weins zum Mutterfest unsrer Liebe! Bleib, Liebling! bleib, Schönster der Schönen, bleib, Osarsiph, bleib!« Und sie fiel hin und weinte.

Er teilte das Gehänge mit seinen Armen und ging schnell seines Wegs. In die Falten des Vorhangs aber, wie er ihn umschlug nach rechts und links im Hinausgehen, war je ein Zwerg gewickelt, der eine Dûdu mit Namen, der andere Gottliebchen-

Schepses-Bes; denn sie hatten sich da zusammengefunden, von beiden Seiten sich anpirschend, und beieinander gestanden am Spalt, auf dem Knie ein Händchen, das andre am Ohr, und emsig gelauscht, der eine aus Bosheit, der andre aus zitternder Furcht, und zwischendurch einander zugeknirscht mit den Zähnen und wechselseitig sich mit den Fäustchen bedroht, daß sie einander wegwiesen von hier, was sie nicht wenig behindert hatte im Lauschen; doch war keiner gewichen.

In Josephs Rücken nun, aus den Falten sich auswickelnd, fuhren sie gegeneinander mit Zischen, die Fäustchen zu den Schläfen erhoben, und zausterten aufeinander los in erstickter Wut, spinnengram wie sie einander waren als Kleinleute beide, und wegen der Verschiedenartigkeit ihrer Natur.

»Was hast du hier zu suchen?« fauchte der eine, Dûdu, Gatte der Zeset, »du Kruppzeug, du Milbe, du minderhaltiger Bützel! Mußt du dich anschleichen zum Spalt, wo ich allein zu schaffen habe nach Pflicht und Recht, und weichst nicht vom Fleck, wie sehr ich dich anweise, daß du dich dünne machst, Kaulkopf und trauriger Pickelhering! Ich will dich verschwarten, daß du auf immer zur Stelle bleibst, du Larve, du Mißbrut, machtloses Ungeziefer! Luschen und laustern muß er dahier, der Schnurrbalg, und Schmiere stehn für seinen Herrn und Großfreund, den Schönfratzen, den Schilfbankert, die Brackware, den er ins Haus gebracht hat, daß er's schimpfiere und überhand darin nehme zur Schmach der Länder, zuletzt aber gar noch zur Zaupe mache die Herrin ...«

»Oh, oh, du Strolch, du Ausbund, böslistiger Unhold!« zirpte der andre, das Frätzchen in tausend Runzeln der Wut zerspalten, das Salbkeglein schief verschoben auf seinem Kopf. »Wer lauscht und lauert denn hier, um auszuspähen, was er teuflisch selbst auf den Weg gebracht mit Zetteln und Zündeln, und weidet sich nun dahier vorm Spalt an der Großleute Qual und lieben Not, daß sie darin verderben mögen nach seinem

Schandplan, – wer denn als du, gräulicher Dünkellapps, Prahlhans und Ritter vom Spieß – ei, ei! ach, ach! – Gartenschreck du und Junker Springhas, Spottfigur, an der alles zwergicht und riesig nur eines, wandelndes Mannswerkzeug, abscheulicher Bettschelm...«

»Warte!« gab jener keifend zurück. »Warte, du Lücke und Loch in der Welt, du Mangel und Ausfall, höchst ungeeigneter Tropf! Kratzest du nicht aus auf der Stelle von hier, wo Dûdu wacht und des Hauses Ehre hütet, so schände ich dich auf dem Platze mit meiner Manneswehr, Lapparsch, elendiger, und sollst meiner gedenken! Was dir aber an Schändung blüht, Gewürm, wenn ich jetzt den Weg gehe zu Peteprê und es ihm stecke, welche Handlungen sich hierorts begeben im Schatten und was für Worte geraunt werden vom Meier zur Herrin in verhängter Stube, das steht auf besonderer Rolle, und bald wirst du's lesen! Denn du hast ihn ins Haus gebracht, den Taugenichts, und nicht geruht mit kleinem Weisheitsgewäsch vorm seligen Meier und ihm deinen Zwergenscharfblick gerühmt für Menschen und Ware und Menschenware, bis er den Lumpen abkaufte den Lumpern gegen mein Mahnen und stellte ihn im Hause ein, damit er die Herrin schimpfiere und Pharao's großen Hemling zum Hahnrei mache. Du bist schuld an der Säuerei, du zuerst, du ursprünglich! Des Krokodils bist du schuldig und sollst ihm aufgetischt sein als Beibissen und Nachschluck, wenn man ihm deinen Busenfreund serviert, verbleut und gebunden.«

»Ach, du Schandzunge«, zeterte Gottliebchen zitternd und ganz zerknittert vor Ingrimm, »du Lottermaul, dem die Worte nicht aus dem Verstande kommen, sondern ihm aufsteigen woanders her und sind geifernder Unflat! Unterstehe dich nur, mich anzurühren und den leisesten Schändungsversuch zu unternehmen an mir armem Hutzel, so wirst du meine Nägelchen in deinem Butzenantlitz spüren und in deinen Augenhöhlen, denn sie sind scharf, und auch dem Reinen sind Waffen gegeben wider den Schächer ... Schuld, ich, der Kleine, an dieser Not und an dem Jammer dort drinnen? Schuld ist die böse Sache, das gierige Leidwesen, worin du stolzierend zu Hause, und hast es teuflisch in Dienst gestellt bei deinem Neid und Haß, daß es Osarsiph, meinem Freund, zur Fallgrube werde. Aber siehst du denn nicht, Mausbock, daß es dir fehlschlug und daß kein Fehl ist an meinem Schönen? Wenn du schon laustern mußtest, hast du nicht unterschieden, daß er standhaft war wie ein Mysterienprüfling und seine Sage hütete wie ein Held? Was hast du überhaupt unterschieden am Spalt, und was kannst du erlauscht haben als Ohrenzeuge, da du doch jeder Zwergenfeinheit verlustig und gänzlich verplumpt dein Sinn auf Grund deines Gockeltums? Ich möchte wissen, was du dem Herrn wirst stecken wollen und können von wegen des Osarsiph, wo doch gewiß deine dumpfen Löffel gar nichts Gescheites errafft haben am Horchposten ...«

»Oho!« schrie Dûdu. »Zesets Gatte nimmt es schon auf mit dir, flauer Wicht, an Feingehör und Spitzohrigkeit, wenn's gar die Sache gilt, in der er zu Hause und von der du den Teufel verstehst, zirpendes Ungenüge! Hat's nicht gegirrt und geflirtet da drinnen, das saubere Pärchen, gebalzt und getänzelt vor Liebeskitzel? Darauf verstehe ich mich und hab's wohl unterschieden, daß er sie ›Liebkind‹ und ›Schätzchen‹ nannte, der Sklave die Herrin, sie aber ihn ›Falke‹ und ›Stier‹ mit süßlichster Stimme und daß sie in allen Einzelheiten verabredeten, wie sie wollten der eine des anderen Fleisch und Blut genießen. Siehst du nun, daß Dûdu seinen Mann steht als Ohrenzeuge? Aber das Kostbarste, was ich abhorchte am Spalt, das ist, daß sie sich verschworen in ihrer Brunst zu Petepré's Tode und haben es ausgemacht, ihn mit einem Stocke zu fällen ...«

»Du lügst! Du lügst! Da siehst du, daß du nur groben Unsinn verstanden hast auf dem Posten und willst Petepré den hellsten Mißverstand hinterbringen über die beiden! Denn Kind und Freundin hat mein Jüngling die Herrin aus eitel Güte und Milde genannt, um sie zu trösten in ihrer Verstörung, und hat's ihr fromm verwiesen und abgeschlagen, auch nur einen Zunderpilz mit dem Stocke zu fällen. Geradezu wundervoll hat er sich gehalten für seine Jahre und bis jetzt nicht den kleinsten Fleck in seine Geschichte kommen lassen bei so viel wonnigem Andrang ...«

»Und darum glaubst du, Gimpel«, fuhr Dûdu ihn an, »ich könnte ihn nicht verklagen und verderben beim Herrn?! Das ist ja gerade die Feinheit und ist mein Trumpf in diesem Spiel, von dem du Puppe den Teufel verstehst, daß gar nichts dran liegt, wie der Lümmel sich hält, ob etwas sittsamer oder verbuhlter, sondern darauf kommt's an, daß die Herrin verschossen und über die Ohren vernarrt in ihn ist und in der Welt nichts Besseres mehr weiß, als mit ihm zu schnäbeln, – das allein schon ist sein Verderben, und gar nicht steht es bei ihm, sich zu retten. Der Sklave, in den sich die Herrin vergafft, ist des Krokodils ohne weiteres und auf jeden Fall, das ist die Finte und ist das Fangeisen. Denn ist er willig, mit ihr zu schnäbeln, so habe ich ihn. Sperrt er sich aber, so stachelt er nur ihren Fimmel und macht's immer schlimmer, so daß er des Krokodils ist so oder so, mindestens aber des Badermessers, das ihm das Schnäbeln versalzt und die Herrin vom Fimmel heilt durch seine Enteignung ...«

»Ach, du Verruchter, du Ungeheuer!« kreischte Gottliebchen. »Man sieht wohl und erfährt's einmal für alle durch deine Person, was Greuliches dabei herauskommt und auf Erden watschelt, wenn vom Zwergengeschlechte einer nicht fromm und fein ist, nach Zwergengebühr, sondern mit Manneswürde begabt, – dann ist er sicher ein solcher Schurke wie du, Widerwart und Kämpe vom Heckbett!«

Worauf ihm Dûdu zurückgab, wenn erst das Badermesser

gewaltet, so werde der Osarsiph ja desto besser zu ihm, der Hohlpuppe, passen. Und so sprangen Gevatter Knirps und Knurps einander noch öfters an mit bitterbösen Repliken, bis um sie das Hofvolk zusammenlief. Da stoben sie auseinander, der eine, um Joseph zu verzeigen beim Herrn, der andere, um ihn zu warnen, daß er sich allenfalls und womöglich noch hüte vor der gähnenden Grube.

Dûdu's Klage

Wie jedermann bekannt, konnte Potiphar, vermuteter Überheblichkeit wegen, den Dûdu nicht leiden, weshalb ja auch der Usir Mont-kaw stets ärgerlich auf den gediegenen kleinen Mann geblickt hatte; und auch erwähnt wurde schon, daß der Höfling sich den Vorsteher seiner Geschmeidekästen möglichst vom Leibe hielt, ihn kaum vor sich ließ und Mittelspersonen einschob zum Kammerdienst zwischen sich und ihn: Ausgewachsene, die erstens ihrer Statur wegen besser dazu taugten, dem Fleischesturm Schmuck und Gewandstücke anzulegen, während Dûdu sich dazu auf eine Leiter hätte stellen müssen, zweitens aber, eben ihrer Vollwüchsigkeit wegen, weniger Gewicht legten auf gewisse natürliche Gaben und Sonnenkräfte und ein geringeres Würdenwesen daraus machten als Dûdu, dem sie zu lebenslanger Überraschung und gewichtig unterscheidendem Stolze gereichten.

Daher wurde es dem Stummel gar nicht leicht, auf dem Seitenwege, den einzuschlagen er nach so fleißigem Hin- und Hergehen zwischen Jungmeier und Herrin endlich für gut fand, zum Ziel zu gelangen, nämlich zum Herrn, um ihm ein Licht aufzustecken: Es gelang ihm durchaus nicht gleich nach jenem Zank mit dem Spottwezir vorm verhängten Salon, und nicht tage-, nein, wochenlang mußte er anstehen, sich vormelden, um Gehör einkommen, – mußte er, der Vorsteher, die

Kammersklaven schmieren oder sie auch bedrohen, er werde ihnen dies und das Schmuck- oder Kleidungsstück einfach nicht ausfolgen und es nicht aus dem Verschlusse lassen, so daß sie beim Herrn in Not und Verdruß geraten müßten, wenn sie ihn nicht wiederholt und dringlich benachrichtigten, daß Dûdu vor ihm reden wolle und müsse in schwerwiegender häuslicher Sache; – ganze Mondviertel lang also mußte er sich solcher Art mühen, bitten, stampfen und intrigieren, ehe er eine Gunst erreichte, auf die er um so heftiger brannte, als er vermeinte, diesmal erreicht und genützt werde sie ihm nie wieder Schwierigkeit machen, weil nämlich ein solcher Dienst, wie er dem Herrn zu leisten vorhatte, ihm dessen Liebe und Gnade eintragen müsse für immer.

Endlich denn hatte der Wackere zwei Badesklaven mit Geschenken zu dem Ende geschmeidig gemacht, daß sie bei jedem Kruge Wassers, den sie dem schnaubenden Herrn über Brust und Rücken gossen, abwechselnd den Spruch sprachen: »Herr, gedenke des Dûdu!« und diese Mahnung auch dann noch wiederholten, als der triefende Fleischesturm aus dem eingelassenen Becken auf die Kalksteinplatten des Fußbodens trat, um sich trocknen zu lassen mit parfümierten Tüchern, – auch dabei noch sprachen sie umschichtig: »Gedenke doch, Herr, des harrenden Dûdu!«, bis er angewidert befahl: »Er komme und rede!« Da machten sie den Knet- und Salbsklaven, die im Schlafzimmer warteten und ebenfalls geschmeidigt waren, ein Zeichen, und diese ließen den Zwerg aus der Westhalle, wo er vor Ungeduld hatte vergehen wollen, ins Zimmer der Bettnische ein: Hoch hob er die flachen Händchen gegen die Knetbank, wo Pharao's Freund sich hinstreckte, um sein Fleisch unter die Hände der Knechte zu geben, und ließ das Zwergenhaupt zwischen den erhobenen Ärmchen demütiglich schräge hängen, einer Silbe gewärtig von Peteprê's Mund oder eines Blicks seines Auges; doch kam weder eins noch das andere, denn der Kämmerer ächzte nur leise unter den mutigen Griffen der Diener, die ihm Schultern, Hüften und Schenkel, die dicken Frauenarme, die fette Brust mit Nardenöl walkten, und wandte sogar noch den kleinen und edlen Kopf, der auf der Masse saß, auf dem Lederkissen zur anderen Seite hinweg von Dûdu's Begrüßung, – höchst kränkend für diesen; doch durfte er sich um seiner hoffnungsreichen Sache willen nicht niederschlagen und sich den Mut nicht rauben lassen.

»Zehntausend Jahre über dein Schicksalsende«, sprach er, »der du an der Spitze der Menschen bist, Kämpfer des Herrschers! Vier Krüge für deine Eingeweide und deiner Dauergestalt einen Sarg aus Alabaster!«

»Danke«, erwiderte Peteprê. Er sagte es auf babylonisch, wie wenn unsereiner »merci« sagte, und setzte hinzu: »Will der da lange reden?«

»Der da« war bitter. Aber Dûdu's Sache war gar zu hoffnungsreich; er ließ den Mut nicht sinken.

»Nicht lange, Herr, unsre Sonne«, gab er zur Antwort. »Vielmehr gedrängt und körnig.«

Und auf ein Zeichen von Peteprê's kleiner Hand stellte er einen Fuß vor, legte die Stummelärmchen auf den Rücken und begann, die Unterlippe eingezogen, die obere würdig als Dach darüber gestellt, seinen Vortrag, von dem er wohl wußte, daß er ihn nicht im Beisein der beiden Salbknechte werde zu Ende führen müssen, sondern daß Peteprê ihnen gar bald von sich aus den Laufpaß geben werde, um ihn insgeheim zu hören.

Wie er seine Rede anlegte, hätte man geschickt nennen können, wäre es nur zartfühlender gewesen. Er begann mit einem Lob auf den Erntegott Min, der an einigen Plätzen als Sonderform höchster Sonnenkraft Verehrung genoß, aber dem Amun-Rê seinen Namen hatte nennen müssen und als Amun-Min oder Min-Amun-Rê eine Person mit ihm ausmachte, also daß Pharao ebenso bequem von »meinem Vater Min« wie von »meinem Vater Amun« sprach: vorzüglich beim Krönungs- und Erntefest, wo denn die Min-Qualität aus Amun hervortrat und er dieser fruchtbare Gott war, der Schutzherr der Wüstenwanderer, hoch an Federn und ragend an Zeugungskraft, die ithyphallische Sonne. Ihn also rief Dûdu an in Würden und berief sich auf ihn, indem er des Herrn Billigung erflehte dafür, daß er als gehobener Hausverwandter und Schreiber der herrschaftlichen Gewandtruhen seinen Diensteifer, seine Sorge fürs häusliche Wesen nicht auf den engeren Pflichtenkreis seines Amtes beschränke, sondern, Gatte und Vater, der er sei, Urheber zweier ebenmäßiger Kinder, so und so genannt, zu denen sich, wenn nicht die Zeichen trögen, und dem Geständnis zufolge, das Frau Zeset an seiner Brust getan, wohl gar bald ein drittes gesellen werde, – sondern daß er also, selbst Mehrer des Hauses und seines Menschenstandes und der Majestät des Min (beziehungsweise dem Amun in seiner Min-Eigenschaft) besonders andächtig verbunden, sein Augenmerk aufs Ganze gerichtet halte, und zwar gerade unter dem Gesichtspunkt menschlicher Fruchtbarkeit und Propagation, wie er denn alles, was unter den Hörigen an Ehe und Ehesegen, an Brautlauf, Schoßsaat und Kindbettereignissen erfreulich vorkomme, unter seine eigenste Obhut, Buchführung und Aufsicht genommen habe, indem er das Hausvolk in diesen Verhältnissen berate, ansporne und ihnen in seiner eigenen Person das Beispiel der Regsamkeit und festen Ordnung gebe. Denn auf das Beispiel von oben, sagte Dûdu, komme hier vieles an, – nicht von ganz oben natürlich, wo man sich begreiflicherweise, wie überhaupt keiner Sache, so auch dieser nicht annehmen könne und möge. Desto wichtiger und notwendiger sei es sogar, daß durch rechtzeitige Vorbeugung alles vermieden werde, was diese übers Beispiel erhabene Spitze in ihrer heiligen Ruhe stören und etwa gar an die Stelle der Würde ihr gerades Gegenteil zu setzen vermöchte. Die Nächst-Oberen aber seien nach seiner, des Zwerges, Meinung verbunden, den Niederen mit gutem Beispiel voranzugehen, und zwar sowohl nach der Seite der Regsamkeit wie der Ordnung. Ob der Redende bis zu diesem Punkt den Beifall des Herrn, unsrer Sonne, habe.

Peteprê zuckte die Achseln und wälzte sich herum auf den Bauch, um den Knetern seine gewaltige Rückseite zur Behandlung darzubieten, hob aber dann das zierliche Haupt und fragte, was das von der Ruhestörung bedeuten solle und die Redensart von der Würde und ihrem Gegenteil.

»Dein Oberknecht kommt sogleich darauf«, erwiderte Dûdu. Und er sprach von dem seligen Meier Mont-kaw, der es mit seiner Lebensführung redlich gemeint und beizeiten ein Beamtenkind heimgeführt habe, auch durch sie zum Vater geworden sei oder es doch geworden wäre, wenn die Dinge nicht einen schiefen Gang genommen hätten und seine Wackerkeit gescheitert wäre am Schicksal, so daß er, verschüchtert, seine Tage als Witmann beschlossen habe, nachdem er immerhin seinen guten Willen gezeigt. So viel von jenem. Nun wolle Dûdu von der schönen Gegenwart reden, schön, insofern der Verblichene einen ebenbürtigen – oder wenn auch nicht ebenbürtigen (da es sich ja um einen Fremdling handle), so doch einen ihm an Geistesgaben nichts nachgebenden Folger gefunden habe und man an der Spitze des Hauses einem Jüngling begegne entschieden bedeutender Art, – etwas ausgefallenen Namens zwar, aber von einnehmender Visage, wohlredend und schlau – kurzum, ein Individuum von einleuchtenden Vorzügen.

»Trottel!« murmelte Peteprê auf seinen verschränkten Armen, denn es kommt uns nichts dümmer vor als Lobsprüche auf einen Gegenstand, dessen wahre Schätzung wir uns ganz allein vorbehalten möchten.

Dûdu überhörte es. Es konnte sein, daß der Herr »Trottel« gesagt hatte, aber er wollte davon nichts wissen, da er Mut und Stimmung hochhalten mußte.

Gar nicht genug, sagte er, könne er die bestechenden und blendenden, ja für manche verwirrenden Eigenschaften des fraglichen Jünglings rühmend hervorheben, denn eben durch sie erst gewänne die Sorge ihr ganzes Gewicht, die sich aufdränge um seinetwillen in Hinsicht auf Ordnung und Wohlfahrt des Hauses, an dessen Spitze er kraft ihrer gelangt sei.

»Was kaudert der da?« sagte Peteprê mit leichter Kopfhebung und -wendung gleichsam zu den Walkenden. »Die Eigenschaften des Vorstehers bedrohen des Hauses Ordnung?«

»Kaudern« war ebenso bitter wie das wiederholte »Der da«. Aber der Zwerg ließ sich nicht beirren.

»Sie brauchten es«, versetzte er, »unter anderen Umständen als den leider bestehenden keineswegs zu tun, sondern könnten dem Hause zu reinem Segen gereichen, wenn ihnen jene Einhegung und gesetzliche Befriedung zuteil würde oder, viel besser, schon früher zuteil geworden wäre, deren solche Eigenschaften – also eine einladende Visage, Schlauheit und Redezauber – bedürfen, sollen sie nicht Unruhe, Gärung, Zerrüttung in ihrem Umkreise verbreiten.« Und Dûdu beklagte es, daß der Jüngling-Hausvorsteher, dessen religiöse Bewandtnisse freilich überhaupt undurchsichtig seien, davon Abstand nehme, der Majestät des Min den schuldigen Tribut zu leisten, daß er in seinem hohen Amte sich unvermählt halte, sich nicht herbeilasse, eine seiner Herkunft entsprechende Bettverbindung – etwa mit der babylonischen Sklavin Ischtar-ummi vom Frauenhause – einzugehen und den Hof mit Kindern zu mehren. Das sei schade und schlimm; es sei bedenklich; es sei gefährlich. Denn nicht allein, daß der Stattlichkeit dadurch Abtrag geschähe, werde auch das obere Beispiel der Regsamkeit und Ordnung damit versäumt, namentlich aber, drittens, entbehrten auf diese Weise jene verführenden Eigenschaften, die niemand dem Jungmeier abstreite, der Einfriedung und wohltuenden Vergleichgültigung, deren sie so sehr bedürften – und schon längst bedurft hätten –, um nicht zündelnd, Köpfe verdrehend, sinnverstörend, kurz: Unheil stiftend in die Runde und nicht nur in die ebene Runde, sondern hoch über sie hinaus ins Erhabene zu wirken.

Pause. Peteprê ließ sich walken und antwortete nicht. Entweder – oder! erklärte Dûdu. Ein Jüngling dieser Art sollte entweder unter die Haube gebracht sein, damit seine Eigenschaften nicht wild und verderblich herumzündeln könnten, sondern im Ehehafen gefriedet und vergleichgültigt seien gegen die Welt – oder aber es wäre besser, man ließe das Schermesser walten und führe mit diesem die heilsame Vergleichgültigung herbei, um höchste Personen vor Ruhestörung und vor der Verkehrung ihrer Ehre und Würde ins Gegenteil zu bewahren.

Wieder ein Stillschweigen. Peteprê drehte sich plötzlich auf den Rücken, so daß die Masseure, die mit diesem beschäftigt gewesen, einen Augenblick ratlos standen, die Hände in der Luft, und hob den Kopf gegen den Zwerg. Er maß ihn von oben bis unten und wieder hinauf, ein kurzer Weg nur für seine Augen, und blickte flüchtig hinüber zu einem Sessel, auf dem seine Kleider, seine Sandalen, sein Wedel und anderes Handgerät lagen. Dann wälzte er sich wieder herum, die Stirn in den Armen.

Ein Ärger, der die Kälte des Grauens hatte, eine Art von empörtem Schrecken über die Bedrohung seiner Ruhe durch den widrigen Dreikäsehoch erfüllte ihn. Offenbar wußte diese eitle Mißgeburt etwas und wollte es ihm beibringen, was, wenn es die Wahrheit war, allerdings auch ihm, Peteprê, zu wissen nottat, was ihn aber wissen zu lassen er gleichwohl als grobe Lieblosigkeit empfand. »Hat's gute Ordnung im Hause? Kein Zwischenfall? Die Herrin ist heiter?« Darum handelte sich's offenbar, und offenbar wollte einer ihm, sogar ungefragt, eine widrige Antwort drauf geben. Er haßte ihn, – vor allem einmal ihn; sonst war er eigentlich niemanden zu hassen bereit, – die Wahrheitsfrage noch ganz dahingestellt. Er sollte nun also die Walkknechte fortschicken und mit dem mannhaften Ehrenwächter da unter vier Augen bleiben, um sich von ihm die Ehre aufhetzen zu lassen, sei es durch Wahres, sei es durch leere Verleumdungen. Die Ehre: man muß nur bedenken, was das ist in dem Zusammenhang, um den es hier zweifellos ging. Es ist die Geschlechtsehre, die Ehre des Ehegockels, welche darin besteht, daß dem Gatten das Eheweib treu sei, zum Zeichen, er sei ein Prachtgockel, der es an nichts fehlen lasse und bei dem sie so schönes Genüge finde, daß sie auf den Gedanken, es mit einem andern zu halten, überhaupt nicht verfalle und keines Dritten Bewerbung für die Bestversehene auch nur eine Versuchung bilde. Geschieht dies dennoch, und treibt sie's mit einem anderen, so ist es das Zeichen des Gegenteils von dem allen: geschlechtliche Entehrung greift Platz, der Ehegockel ist zum Hahnrei, und das heißt: zum Kapaun geworden, ein lächerliches Geweih ist von zarter Hand seinem Haupte aufgesetzt, und um zu retten, was zu retten ist, muß er denjenigen, bei dem die Frau es trefflicher zu haben glaubte, im Zweikampf durchbohren, am besten aber auch gleich jene noch töten, um durch so eindrucksvolle Bluttaten sein Mannheitsansehen in den eigenen Augen und denen der Welt wieder herzustellen.

Die Ehre. Peteprê hatte gar keine Ehre. Sie ging ihm ab im Fleische, er verstand sich nach seiner Verfassung nicht auf dies Gockelgut, und es war ihm entsetzlich, wenn andere, wie offenbar dieser Ehrenknirps, für ihn ein groß Wesen davon machen wollten. Dagegen hatte er ein Herz, und zwar eines, das der Gerechtigkeit, das ist: des Sinnes für das Recht anderer fähig war; ein verletzliches Herz aber auch, das auf die schonende Anhänglichkeit dieser anderen, ja auf ihre Liebe hoffte und unterm Verrate bitter zu leiden geschaffen war. In dieser Redepause, während die Kneter ihre Arbeit an seiner mächtigen

Rückseite wieder aufnahmen und er das Gesicht in den dicken Frauenarmen verborgen hielt, ging ihm in rascher Folge manches durch den Sinn, zwei Personen betreffend, auf deren Liebe und Treue er in der Tat so angelegentlich hoffte, daß man wohl sagen mußte, er liebe sie: es war Mut, sein Ehrenweib, die er freilich auch etwas haßte um des Vorwurfs willen, den sie ihm zwar unmöglich machen konnte und nur durch ihr bloßes Dasein dennoch machte, der er sich aber gleichwohl, nicht nur um seinetwillen, herzlich gern lieb und mächtig erwiesen hätte; und es war Joseph, der wohltuende Jüngling, der ihn sich fühlen zu lassen wußte besser denn Wein und um dessentwillen er sich dem Verlangen der Frau in der Abendhalle zu seinem Bedauern nicht hatte lieb und mächtig erweisen wollen und können. Peteprê war nicht ohne Ahnung davon, was er ihr damals abgeschlagen; unter uns gesagt, war diese Ahnung, daß nämlich die Gründe, aus denen sie die Verstoßung Josephs von ihm verlangte, Vorwände und Einkleidungen gewesen waren und daß sie die Forderung aus Furcht vor sich selbst, um seiner eigenen Ehre willen an ihn gestellt hatte, ihm schon gleich bei jenem ehelichen Zwiegespräch nicht ganz fern gewesen. Da aber die Ehre ihm abging, hatte ihre Furcht ihm weniger gegolten als der Besitz des stärkenden Jünglings. Er hatte diesen ihr vorgezogen und, indem er die Frau sich selber auslieferte, es herausgefordert, daß sie beide einander ihm vorzögen und ihn verrieten.

Er sah das ein. Es tat weh, denn er hatte ein Herz. Aber er sah es ein, denn dies Herz neigte zur Gerechtigkeit, – wenn auch vielleicht nur um der Bequemlichkeit willen und weil Gerechtigkeit von Zorn und Ehrenrachsucht entbindet. Daß sie auch die sicherste Zuflucht der Würde ist, fühlte er wohl. Es schien, der widrige Ehrenwächter da wollte ihm beibringen, daß seine Würde gefährdet sei durch Verrat. Als ob, dachte er, Würde aufhörte, Würde zu sein, wenn sie in Schmerzen ihr Haupt verhüllen mußte vor dem Verrat! Als ob der Verratene nicht würdiger wäre als der Verräter! Ist er's aber nicht, weil er sich schuldig gemacht und den Verrat herausgefordert hat, dann ist immer noch die Gerechtigkeit da, daß sich die Würde darin ihre Schuld und das Recht der anderen zugebe und sich in ihr wieder herstelle.

Nach Gerechtigkeit also trachtete Peteprê, der Eunuch, sofort und im voraus, was immer ihm hier beigebracht werden sollte von ehraufhetzerischer Seite. Gerechtigkeit ist etwas Geistiges im Gegensatz zur Fleischlichkeit der Ehre, und da er dieser ermangelte, wußte er sich auf jene angewiesen. Auf Geistiges hatte er auch gebaut in Sachen der beiden, die ihm, wie der Hetzer und Angeber da ihm ungefragt beibringen zu wollen schien, miteinander die Treue brachen. Starke Sicherungen des Geistes hielten ja, soviel er wußte, ihr Fleisch in Bann, denn Vorbehaltene waren sie beide und im Geiste zusammengehörig: die über-getröstete Frau, Amuns Nebengemahl, seines Tempels Braut, die vor ihm im Engkleide der Göttin tanzte, – und der beeiferte Jüngling mit dem Kranz der Aufgespartheit in seinem Haar, der Knabe Rührmichnichtan. War das Fleisch Herr über sie geworden? Ihm wurde kalt vor Schrecken bei dem Gedanken, denn das Fleisch war sein Feind, so massenweise er davon besaß, und je und je, wenn er bei der Heimkunft gefragt hatte: »Steht alles wohl? Kein Zwischenfall?«, war seine unterschwellige Besorgnis gewesen, das Fleisch möchte unterdessen irgendwie Herr geworden sein über den schonend sichernden, doch unzuverlässigen Geistesbann, in dem das Haus ruhte, und irgendwelche greuliche Verstörung erzeugt haben. Das kalte Grauen aber war mit Ärger gepaart, denn mußte er's wissen, und konnte man ihn nicht trotzdem in Ruhe lassen? Wenn jene beiden Geweihten hinter seinem Rücken vom Fleisch waren überwältigt worden und Heimlichkeiten vor ihm hatten, so lag gerade in der Heimlichkeit, im Betruge, immer noch schonende Liebe genug, die er ihnen zu danken bereit war. Dagegen war er unaussprechlich schlecht zu sprechen auf den Wicht da und Wichtigtuer, der ihm unerbetenes Wissen aufdringen und einen gemeinen Angriff auf seine Ruhe unternehmen wollte als überhebliches Ehrenmännchen.

»Seid ihr bald fertig?« fragte er. Es galt den Walkknechten, die er wegschicken mußte und nicht gern wegschickte, weil die Nötigung dazu von dem petzenden Kujon ausging, aber entfernen mußte er sie. Es waren zwar strohdumme Männer, ja, sie hatten die Dummheit geradezu bewußt in sich großgezogen, damit das Maß derselben recht sprichwörtlich mit ihrem derben Beruf übereinstimme und sie wirklich so dumm seien wie Walkknechte. Aber wenn sie auch bis jetzt bestimmt nichts verstanden hatten und auch künftig nicht leicht etwas verstehen würden, so konnte Peteprê doch nicht umhin, dem schweigenden Verlangen seines Belästigers zu weichen und unter vier Augen mit ihm zu bleiben. Desto schlechter war er auf ihn zu sprechen.

»Ihr geht nicht, bevor ihr fertig seid«, sagte er, »und sputet euch nicht besonders. Aber seid ihr fertig, so gebt mir mein Leintuch und macht allmählich, daß ihr davonkommt.«

Sie hätten nie und nimmer verstanden, daß sie gehen sollten, auch ohne fertig zu sein. Aber da sie tatsächlich fertig waren, so breiteten sie das Leilach über die Fleischesmasse des Herrn bis zum Halse, warfen sich auf die nur zwei Finger breiten Stirnen und trollten sich, die Ellenbogen gespreizt, in einer Art von gleichmäßigem Wackeltrott, der allein schon ihre gewollte und vollständige Dummheit überzeugend veranschaulichte.

»Tritt näher, mein Freund!« sagte der Kämmerer. »Tritt so nahe du willst und es dich gut dünkt für das, was du mich wissen zu lassen wünschest, denn es scheint etwas zu sein, wobei es nicht ratsam wäre für dich, fern von mir zu stehen, so daß du schreien müßtest, – eine Sache vielmehr, die uns einander zu gedämpfter Vertraulichkeit nahebringt, was ich ihr zum Vorzug anrechne, wie immer sie sonst beschaffen sei. Du bist mir ein wertvoller Diener, klein zwar, weit unter Mittelmaß und in diesem Betracht eine närrische Kreatur, hast aber Würde und Schwergewicht und verfügst über Eigenschaften, die es rechtfertigen, daß du über dein Kammeramt hinaus ein Auge hast aufs Ganze des Hauses und dich zum Meister aufwirfst seiner Fruchtbarkeitsordnung. Nicht, daß ich mich erinnerte, dich dazu eingesetzt und dich mit diesem Amte bestallt zu haben – das nicht. Aber ich bestätige dich nachträglich darin, denn ich kann nicht umhin, deinen Beruf dazu anzuerkennen. Wenn ich recht verstand, treiben dich Liebe und Pflicht, mir von dem Gebiet deiner Buchführung und Aufsicht beunruhigende Wahrnehmungen, Vorkommnisse zündelnder Unordnung zu melden?«

»Allerdings!« erwiderte Josephs Widersacher mit Nachdruck auf diese Anrede, deren kränkende Einschläge er um ihres sonst ermutigenden Charakters willen hinunterschluckte. »Sorgende Dienertreue führt mich vor dein Angesicht, um dich, Herr, unsre Sonne, vor einer Gefahr zu warnen, die es ihrer Dringlichkeit wegen wert gewesen wäre, daß du mich meinen Bitten gemäß schon früher vor dich gelassen hättest, denn gar leicht, ja, jeden Augenblick kann es mit der Warnung zu spät werden.«

»Du erschreckst mich.«

»Das tut mir leid. Doch ist's ja auch wieder geradezu meine Absicht, dich zu erschrecken, denn die Gefahr ist überaus drohend, und bei allem Scharfsinn, den ich aufwandte, vermag dein Diener nicht mit Bestimmtheit zu sagen, ob es nicht schon zu spät und deine Schimpfierung nicht bereits eine vollzogene Tatsache ist. In diesem möglichen Fall wäre es nur insoweit noch nicht zu spät, als du noch am Leben bist.«

»Droht mir der Tod?«

»Beides, Schande und Tod.«

»Ich würde das eine willkommen heißen, wenn ich das andere nicht vermeiden könnte«, sagte Peteprê vornehm. »Und woher drohen mir diese schlimmen Dinge?«

»Ich ging«, erwiderte Dûdu, »in der Andeutung der Gefahrenquelle bereits bis zur Unmißverständlichkeit. Nur die Furcht, zu verstehen, würde es erklären, wenn du mich nicht verstanden hättest.«

»In wie übler Lage ich bin«, entgegnete Peteprê, »zeigt mir deine Unverschämtheit. Sie entspricht offenbar meinem Elend, und es bleibt mir nichts übrig, als den Treueifer zu loben, aus dem sie erfließt. Ich gebe zu, daß meine Furcht, zu verstehen, unüberwindlich ist. Hilf mir über sie hinweg, mein Freund, und sage mir die Wahrheit so unumwunden, daß meine Furcht jeder Möglichkeit beraubt ist, sich vor ihr zu verstecken!«

»Gut denn«, erwiderte der Zwerg, indem er, statt des einen, das andere Beinchen vorstellte und die Faust in die Hüfte stemmte. »Deine Lage ist die, daß die ungefriedet wild herumzündelnden Eigenschaften des Jungmeiers Osarsiph im Busen der Herrin Mut-em-enet, deiner Gemahlin, einen Brand entfacht haben und die Flammen schon mit Rauch und Geprassel am Gebälk deiner Ehre lecken, welches nahe daran ist, zusammenzustürzen und auch dein Leben unter sich zu begraben.«

Peteprê zog das Leintuch, das ihn bedeckte, höher hinauf, über Kinn und Mund, bis zur Nase.

»Du willst sagen«, fragte er unter dem Tuch, »daß Herrin und Jungmeier nicht nur ihre Augen aufeinander geworfen haben, sondern mir auch nach dem Leben trachten?«

»Allerdings!« erwiderte der Zwerg und wechselte mit kräftigem Stoße die Hüftfaust. »Das ist die Lage, in die ein Mann geraten ist, der eben noch so groß dastand wie du.«

»Und welchen Beweis«, fragte der Oberst gedämpft, indem er mit dem Munde das Laken bewegte, »hast du für eine so furchtbare Anklage?«

»Meine Wachsamkeit«, gab Dûdu zur Antwort, »meine Augen und Ohren, die Schärfe, welche der Eifer für des Hauses Ehre meiner Beobachtung verlieh, mögen dir Zeugen sein, bedauernswerter Herr, für die leidige und gräßliche Wahrheit meiner Eröffnung. Wer kann sagen, welches von den beiden – denn so muß man nun von diesen dem Range nach so unendlich verschiedenen Personen sprechen: ›Die beiden‹ muß man sagen –, wer von ihnen zuerst seine Augen auf den anderen geworfen? Ihre Augen sind sich begegnet und sind verbrecherisch ineinander gesunken, da hast du's. Wir müssen uns klar darüber sein, großer Herr, daß Mut-im-Wüstental eine betteinsame Frau ist; und was den Meier betrifft, nun, so zündelt er eben herum. Welcher Knecht ließe sich zweimal winken von einer solchen Herrin? Das würde eine Liebe und Treue voraussetzen zum Herrn der Herrin, die sich offenbar nicht im höchsten Meieramt, sondern nur an nächstoberen Vorsteherstellen findet ... Schuld? Was frommte die Nachforschung, wer zuerst seine Augen erhob gegen den anderen und in wessen Sinnen die Untat keimte zuerst? Die Schuld des Meierjünglings besteht nicht erst in dem, was er tat, sondern in seinem Vorhandensein schon besteht sie und seinem So-Vorhandensein hier im Hause, wo seine Eigenschaften frei herumzündeln, gefriedet weder durchs Ehebett noch durch das Schermesser; und wenn die Herrin für den Diener entbrennt, so kommt's auf sein Dasein und auf sein Haupt und ist für seine Schuld dasselbe, als habe er einen unzüchtigen Überfall auf die Reine getan – danach ist er zu behandeln. So aber steht es nun und ist leider an dem: sie sind im üppigsten Einvernehmen. Süße Billetts, die ich selber eingesehen, so daß ich für ihre Schwülheit zeugen kann, nehmen ihren Weg zwischen ihnen. Unter dem Vorwand der Wirtschaftsbesprechung treffen sie einander bald da, bald dort: im Frauensalon, wo die Herrin dem Knechte zulieb ein Bild des Horachte aufgestellt, im Garten und im

Häuschen der Aufschüttung dort, ja selbst im Eigengemach der Herrin in deinem Hause hier, – an all diesen Orten kommt das Pärchen heimlich zusammen, und schon längst ist zwischen ihnen nicht mehr von ehrbaren Dingen die Rede, sondern ist eitel Gezüngel, Gegirr und heißes Gelispel. Wie weit sie allenfalls schon darin gediehen, und ob's schon an dem ist, daß sie bereits der eine des anderen Fleisch und Blut genossen haben, so daß es für die Vorbeugung zu spät wäre und nur noch die Rache bliebe, das kann ich mit voller und unbedingter Gewißheit nicht sagen. Was ich aber auf mein Haupt nehmen kann vor jedem Gott und vor dir, erniedrigter Herr, als gewisse Wahrheit, weil ich's mit eigenem Ohr am Spalte erlauscht, das ist, daß sie sich girrend verabreden, wie sie dich wollen mit Stöcken aufs Haupt schlagen, bis du hin bist, und hier im Hause, daraus sie dich weggemordet, ihrer Lust frönen wollen auf bekränztem Bette als Herr und Herrin.«

Nach diesen Worten zog Peteprê das Leintuch völlig über den Kopf, und war nichts mehr von ihm zu sehen. So blieb er geraume Zeit, so daß dem Dûdu die Weile schon anfing lang zu werden, obgleich er es anfangs gern gesehen, wie der Herr da als unförmige Masse lag, von seiner Schande bedeckt und unter ihr verschwunden. Plötzlich aber schlug jener das Laken bis zu den Hüften zurück und richtete sich halb auf, dem Zwerge zugewandt, das kleine Haupt in die kleine Hand gestützt.

»Ernstlich danken muß ich dir«, sprach er, »Vorsteher meiner Truhen, was du da für mich eruiert« (»eruiert« war ein babylonisches Fremdwort) »zur Rettung meiner Ehre, beziehungsweise zur Feststellung, daß sie bereits verloren und nur noch vielleicht das nackte Leben zu retten ist, – nicht um des Lebens, sondern um der Rache willen, muß ich auf seine Rettung bedacht sein, in deren Dienst es von Stund an schrecklich zu treten hat. Die Gefahr, die ich laufe, ist, daß ich überm Strafgedanken den ebenso wichtigen versäume an Dank und

Lohn, die ich dir schulde für deine Ermittlungen. Meinem Schrecken und Zorn über diese ist das Erstaunen ebenbürtig über die Leistungen deiner Liebe und Treue. Ja, ich gestehe dir meine Überraschung, – die ich mäßigen sollte, ich weiß es wohl; denn wie oft wird uns nicht von unscheinbarer Seite, um die wir uns durch Achtung und Zutrauen nicht gerade verdient gemacht, das Beste zuteil! Dennoch, ich kann mich der ungläubigen Verwunderung nicht erwehren. Du bist ein Mißbild und Kielkropf, ein kauziger Zwergenpojazz, dem sein Kammeramt weit mehr Spaßes halber als im Ernste zuteil wurde, ein Typ, halb lächerlich, halb widerlich, welches beides durch deine Wichtigtuerei nur noch erhöht wird. Grenzt es unter diesen Umständen nicht ans Unglaubliche, oder überschreitet diese Grenze sogar, daß es dir soll gelungen sein, ins Geheimleben der, nächst mir, höchsten Personen des Hauses einzudringen und beispielsweise die Süßen Billetts zu lesen, die deiner Klage zufolge ihren Weg nehmen sollen zwischen Jungmeier und Herrin? Muß oder darf ich an der Existenz dieser Papiere nicht zweifeln, solange es mir ins Bereich des Unglaublichen zu fallen scheint, daß du es fertig gebracht haben solltest, sie einzusehen? Dazu mußtest du ja, mein Lieber, dich ins Vertrauen einschleichen der ausgewählten Vertrauensperson, deren Sache es war, diese Briefe zu tragen, und wie soll mich das in Anbetracht der unleugbaren Garstigkeit deiner Person auch nur einigermaßen wahrscheinlich dünken?«

»Die Furcht«, erwiderte Dûdu, »deine Schande und lamentable Erniedrigung glauben zu müssen, läßt dich, armer Herr, nach Gründen suchen, mir zu mißtrauen. Du nimmst dabei mit sehr schlechten Gründen vorlieb – so groß ist deine schlotternde Furcht vor der Wahrheit, welche dir freilich eine so höhnisch elende Miene zeigt, daß dein Schlottern dadurch begreiflich wird. Erkenne denn, wie hinfällig dein Zweifel ist! Ich brauchte mich nicht ins Vertrauen der ausgewählten Vertrauensperson zu stehlen, welche die üppigen Briefe trug, denn diese ausgewählte Person war ich selbst.«

»Enorm!« sagte Peteprê. »Du hast die Briefe getragen, ein so kleiner und komischer Mann? Mein Respekt vor dir beginnt zusehends zu wachsen, schon bei deiner bloßen Aussage; aber ein gutes Stück muß er noch zunehmen, bevor ich die Aussage auch wirklich glaube. So sehr vertraut dir also die Herrin und auf so befreundetem Fuße stehst du mit ihr, daß sie dir solcherart ihr Glück und ihre Schuld überantwortete?«

»Allerdings!« versetzte Dûdu, indem er kühnlich Standbein und Hüftfaust wechselte. »Und nicht allein, daß sie mir die Briefe zu tragen gab, sondern ich habe sie ihr auch in die Binse diktiert. Denn sie wußte gar nichts von Süßen Billetts und mußte erst von mir, dem Weltmann, über dies zarte Mittel belehrt werden.«

»Wer hätte es gedacht!« wunderte sich der Kämmerer. »Mehr und mehr sehe ich ein, wie sehr ich dich unterschätzt habe, und mein Respekt vor dir ist in raschem, unaufhaltsamem Wachsen begriffen. Du tatest das, nehme ich an, um es aufs Äußerste kommen zu lassen und um zu sehen, wie weit die Herrin es treiben werde in der Schuldhaftigkeit.«

»Das versteht sich«, bestätigte Dûdu. »Aus Liebe und Treue für dich, gedemütigter Herr, handelte ich so. Stünde ich sonst wohl hier und steckte dir's, daß du zur Rache schreitest?«

»Wie gewannst du aber«, wollte Potiphar wissen, »skurril und widerlich wie du zunächst erscheinst, die vertrauliche Freundschaft der Herrin und machtest dich zum Meister ihres Geheimnisses?«

»Das geschah gleichzeitig«, antwortete der Zwerg. »Beides in einem. Denn wie alle Guten grämte und erboste ich mich in Amun über des Fremdlings schlaues Wachstum im Hause und nährte ein Mißtrauen seinetwegen und von wegen der Arglist seines Herzens – nicht zu Unrecht, wie du nun zugeben wirst, da er dich nun erbärmlich betrügt und dein Ehrenbett schändet, so daß er dich, nachdem er Gutes über Gutes von dir empfangen, zum Gespött der Residenz und bald wohl gar beider Länder macht. In meinem Gram und Argwohn also klagte ich vor Mut, deinem Weibe, über das Ärgernis und das Unrecht und wies sie hin auf des Elenden Person, indem ich sie auf ihn aufmerksam machte. Denn sie wollte anfangs nicht wissen, welchen Diener ich meinte. Dann aber ging sie ein auf meine bitteren Klagen in auffallend verzwirbelter Weise, redete seltsam schlüpfrig daher und äußerte sich unter dem Deckmantel der Sorge immer verbuhlter, so daß ich begriff, es lüsterte sie einfach im Schoß nach dem Knecht und war verknallt in ihn wie eine Küchenmagd, – dahin war es mit der Stolzen gekommen durch Schuld seines Vorhandenseins, und wenn nicht ein Mann wie ich sich der Sache annahm und sich ihr klug gesellte, um dann im rechten Augenblick den gemeinen Anschlag auffliegen zu lassen, so war es um deine Ehre geschehen. Darum, wie ich deines Weibes Gedanken so dunkle Wege schleichen sah, schlich ich ihnen nach wie einem Dieb in der Nacht, den man klappen will, wenn er stiehlt, gab es ihr ein mit den Süßen Billetts, um sie zu versuchen und um zu sehen, wie weit es bereits mit ihr gekommen und wessen sie fähig sei – und fand alle meine besorgten Erwartungen übertroffen; denn mit Hilfe des blinden Vertrauens, das sie mir schenkte, weil sie mich, den gewandten Weltmann, ihrer Lust zu dienen bereit glaubte, erkannte ich zu meinem Entsetzen, daß der ruchlos zündelnde Meierjüngling die Edle wahrlich schon zu allem fähig gemacht und daß nicht nur für deine Würde, sondern auch für dein Leben Gefahr in nächstem Verzuge sei.«

»So, so«, sagte Peteprê, »du machtest sie aufmerksam und gabst es ihr ein, ich verstehe. So weit denn also die Herrin! Aber daß du auch das Vertrauen des Meiers solltest gewonnen haben, das will mir angesichts deiner mangelhaften Erscheinung nun einmal nicht beigehen, ich halt' es bis jetzt noch für platterdings unmöglich.«

»Dein Unglaube«, versetzte Dûdu, »geschlagener Herr, sollte vor den Tatsachen die Waffen strecken. Ich halte ihn deiner Furcht vor der Wahrheit zugute, übrigens aber auch deiner heiligen Sonderverfassung, der man, wie du einräumen wirst, dies ganze Unheil zuschreiben muß und die dich außerstand setzt, die Menschen zu erkennen und zu verstehen, wie sehr ihre Meinung über den Mitmenschen und ihre Neigung zu ihm, er sei groß von Statur oder mäßig gebaut, sich nach der Bereitwilligkeit bestimmt, womit er ihren Begierden und Lüsten gefällig ist. Ich brauchte mir nur die Miene dieser Bereitwilligkeit zu geben und ihm auf feine Art meine Dienste anzutragen als weltmännisch verschwiegener Meldegänger zwischen seiner Lust und der unsrer Frau, da hatt' ich den Gimpel schon auf dem Leim und stand auf so zartem Fuße mit ihm, daß er mir nichts mehr verhehlte und ich fortan das hochverbrecherische Spiel des Pärchens nicht nur genauestens zu überwachen und zu verfolgen, sondern es auch mit scheinbarer Gönnerschaft zu befördern und anzufeuern vermochte, damit ich sähe, wie weit sie es trieben und bis zu welchem Punkte der Sträflichkeit sie wohl vorschreiten möchten, um sie dann auf dem äußersten Punkte zu klappen. So ist's die Praxis der Ordnungswächter, darin ich vorbildlich bin. Denn beim geduldigen Nachschleichen gelang es mir auch, die Meinung aufzudecken, die sie miteinander hegen, und den bemerkenswerten Aspekt, der ihrem Spiele zum Grunde liegt: daß nämlich, wer's mit der Herrin hat, der Herr ist. Das ist, mußt du wissen, armer Herr, ihre buhlerisch-mörderische Hypothese, die sie täglich bereden, und aus ihr, ich hab' es aus ihrem Munde, leiten sie das Recht her und den höheren Fug, dich mit dem Stocke zu fällen und aus dem Haus zu räumen, daß sie in dem ausgemordeten ihre Rosenfeste feiern als Herrin und Liebesherr. Da ich sie aber so weit hatte und hatte als ihr Vertrauter dies Äußerste aus ihrem Munde vernommen, da schien die Beule mir reif, hineinzustechen, und ich ging zu dir, dem Geschändeten, dem ich Treue bewahre im Elend, daß ich dir's steckte und wir sie klappen.«

»Das wollen wir«, sagte Peteprê. »Furchtbar wollen wir über sie kommen, – du, lieber Zwerg, und ich, und ihr Verbrechen soll sie erfassen. Was, denkst du wohl, sollen wir anfangen mit ihnen, und welche Strafen scheinen dir schmerzhaft und erbärmlich genug, daß wir sie über sie verhängen?«

»Mein Sinn ist milde«, antwortete Dûdu, »zum mindesten in Ansehung unserer Mut, der schönen Sünderin, denn ihre Betteinsamkeit entschuldigt manches, und bist du auch übel daran durch ihre Verfehlung, so kommt es dir, unter uns gesagt, doch nicht zu, ein großes Geschrei darüber zu machen. Auch ist's, wie ich sagte: Vergafft sich die Herrin in einen Knecht, so hat man sich an den Knecht zu halten, denn er ist schuld durch sein bloßes Vorhandensein an dem Malör und soll es büßen. Aber auch seinetwegen noch bin ich milde gesinnt und fordere nicht einmal, daß man ihn gebunden dem Krokodil überlasse, wie er's verdient hätte durch sein Glück und Malör. Denn nicht so sehr auf Rache sinnt Dûdu, sondern auf sichernde Vorkehrung, die dem Zündeln ein Ende macht, und binden soll man ihn nur, damit das Schermesser walte und man die Gefahr mit der Wurzel ausgrabe, so daß er unmöglich werde bei Mut-em-enet und sein schöner Wuchs keinen Sinn mehr habe in den Augen des Weibes. Ich selbst bin gerne bereit, die befriedende Tat zu vollziehen, wenn man ihn mir vorher gehörig bindet.«

»Ich finde es bieder«, sprach Peteprê, »daß du auch dazu erbötig, nachdem du so vieles schon für mich getan. Meinst du nicht auch, mein Kleiner, daß dadurch in mehr als einem Betracht Gerechtigkeit in der Welt würde hergestellt werden, insofern du nämlich durch diese Vorkehrung in einen Vorteilsstand einrücken würdest vor dem Verkürzten und in einen Vorzug, der dir seltsam Gebautem Genugtuung böte für seinen Wuchs?«

»Das hat sein Zutreffendes«, versetzte Dûdu, »das sich erwähnen läßt nebenbei, ich will's nicht leugnen.« Und dabei verschränkte er die Ärmchen, schob eine Schulter vor, fing an mit dem kühnlich vorangestellten Bein in der Luft zu wippen und schwang in wachsender Lustigkeit, unter flotten Blicken, den Kopf hin und her.

»Was aber dünkt dich ferner«, fuhr Peteprê fort. »An der Spitze des Hauses kann jener doch wohl nicht bleiben, nachdem du's ihm eingetränkt und dies an ihm vorgekehrt?«

»Nein, allerdings«, lachte Dûdu, indem er sich weiter wie oben benahm. »An des Hauses Spitze, daß er allem Gesinde befehle, gehört kein befriedeter Sträfling, sondern ein vollvermögender Mann, tüchtig, den Herrn zu vertreten in jedem Geschäft und für ihn einzustehen in jeder Sache, deren er sich nicht annehmen mag und kann!«

»Und so wüßte ich denn«, ergänzte der Oberst, »auch gleich den befördernden Lohn, womit ich dir Wackerem lohnen und danken kann für treue Spitzeldienste und daß du mir's stecktest, um mich zu erretten vor Schmach und Tod.«

»Hoffentlich!« rief Dûdu in ausartendem Übermut. »Das will ich hoffen, daß du weißt, wohin Dûdu gehört, und dir im klaren bist über Dank und Nachfolge. Denn du sagst nicht zuviel, daß ich dich behütet vor Schmach und Tod und unsere schöne Sünderin dito! Sie möge nur wissen, daß ich sie losgebeten bei dir um ihrer Betteinsamkeit willen und daß ich ihr das Leben geschenkt, so daß sie nur Atem hat durch meine Gunst und Gnade! Denn wenn ich will und sie mir mit Undank erwidert, so kann ich beliebig und jederzeit ihre Schande und ihr Verbrechen ausläuten in Stadt und Land, so daß du doch noch gezwungen bist, sie zu erdrosseln und ihren feinen Leib in

Asche zu legen, zum wenigsten aber, sie um Nase und Ohren verkürzt den Ihren zurückzuschicken. Drum sei sie nur klug, die Schäkerin, die arme Schächerin, und wende ihre Edelsteinaugen von sinnlos gewordener Wohlgestalt auf Dûdu, den sinnreichen Tröster, den Herrn der Herrin, das rüstige Hausmeierlein!«

Unter diesen Worten warf Dûdu immer flottere Blicke nach beiden Seiten ins Leere, wand sich in Schultern und Weichen, tänzelte auf seinen Füßchen und trieb es nicht anders als der Hahn in der Balz auf dem Baum, den es am Kragen hat und der sich blind und taub in selbstbefangenster Lockung dreht. Aber wie diesem erging es ihm auch, den der Jäger anspringt am Boden. Denn plötzlich, mit einem Satz, kam Peteprê, der Herr, unter dem Laken hervor auf seine Füße, ganz nackt, der Fleischesturm mit dem kleinen Haupt, – war mit einem zweiten Satz bei dem Sessel, auf dem seine Sachen lagen, und schwang seine Ehrenkeule. Wir sahen dies schmucke Stück und Kommandozeichen, oder ein ähnliches, schon in seiner Hand: den goldgelederten Rundstab, in einen Pinienzapfen auslaufend, mit goldenem Laube bekränzt, das Sinnbild der Macht und eigentlich auch wohl ein Lebensfetisch und Kultstück für Weiber. Dies schwang der Herr plötzlich und ließ es sausen auf Dûdu's Schultern und Rücken und prügelte damit auf ihn ein, daß dem Zwerge aus anderen Gründen als vordem Hören und Sehen verging und er wie ein Ferkel kreischte.

»Ai, ai!« schrie er, in die Hüfte knickend. »Au weh! Es schmerzt, ich sterbe, ich blute, die Knöchlein brechen, laß Gnade ergehn für den Treuen!« – Doch Gnade erging nicht, denn Peteprê – »Da, da! Da hast du's, Gauch und Schandknirps, Erzkujon, der mir all seine Tücke gestanden!« – trieb ihn mit unerbittlichen Schlägen von Winkel zu Winkel im Bettgemach, bis der Getreue die Türe fand, die Beinchen auf seinen verbeulten Rücken nahm und das Weite gewann.

Die Bedrohung

Die Geschichte berichtet, daß Potiphars Weib »solche Worte« täglich gegen Joseph trieb und ihn ersuchte, daß er nahe bei ihr schliefe. – Er gab ihr also Gelegenheit dazu? Auch nach dem Tage der schmerzlichen Zunge mied er nicht ihre Nähe, sondern kam auch ferner noch an verschiedenen Orten und zu verschiedenen Tageszeiten mit ihr zusammen? – So tat er. Er mußte wohl, denn sie war die Herrin, ein weiblicher Herr, und konnte ihn bestellen und zur Stelle befehlen wie sie wollte. Außerdem aber hatte er's ihr versprochen, daß er sie nicht verlassen wolle in der Verstörung, sondern sie mit Worten trösten, wie er nur könne, weil er ihr's schuldig sei. Er sah dies ein. Schuldbewußtsein band ihn an sie, und er gab zu in seinem Herzen, daß er's frevelhaft dahin hatte kommen lassen, wohin es gekommen, und daß sein Heilsplan ein sträfliches Larifari gewesen war, dessen Folgen es nun zu bestehen und nach Möglichkeit zu beschwichtigen galt, so gefahrvoll und schwierig bis zur Aussichtslosigkeit sich diese Aufgabe auch mochte gestaltet haben. – Darf man es also loben, daß er der Heimgesuchten nicht seinen Anblick entzog, sondern sich »täglich«, oder setzen wir: fast täglich dem Atem des Feuerstiers darbot und fort und fort sich vermaß, einer der stärksten Versuchungen die Stirn zu bieten, die wohl je in der Welt einen Jüngling bestürmt haben? – Allenfalls, bedingtermaßen und zu einem Teil. Unter seinen Beweggründen befanden sich lobenswerte, man kann ihm das zugestehen. Lob verdienten das Schuld- und Schuldigkeitsgefühl, das ihn bewog; dazu die Tapferkeit, die ihn auf Gott und die sieben Gründe vertrauen ließ in dieser Not; auch, wenn man will, noch der Trotz, welcher begonnen hatte, sein Verhalten mit zu bestimmen und von ihm forderte, daß er die Kraft seiner Vernunft mit der Tollheit des Weibes messe: denn sie hatte ihm gedroht und sich anheischig gemacht, daß sie ihm den Kranz schon zerreißen wolle, den er von seines Gottes wegen trage, und ihn dafür mit dem ihren kränzen. Das fand er unverschämt, und wir sagen hier gleich, daß in diesem Sinne noch einiges hinzukam, ihn die Sache nachgerade als eine solche zwischen Gott und den Göttern Ägyptens empfinden zu lassen – ebenso wie ihr mit der Zeit der Ehrgeiz für Amun zu einem Motiv ihres Begehrens wurde oder von anderen gemacht wurde –; und so kann man verstehen, ja es billigen, daß er für unerlaubt hielt, sich zu drücken, und für notwendig, die Sache durchzustehen und es zu Ehren Gottes aufs letzte ankommen zu lassen.

Alles gut. Aber so ganz ungemischt gut doch nicht, denn anderes war dabei, weshalb er ihr folgte, sie traf und zu ihr ging, und was man, wie er auch sehr wohl wußte, nicht loben konnte: Nenne man es Neugier und Leichtsinn, nenne man es die Abneigung, den Wahlfall des Bösen endgültig aufzugeben, den Wunsch, die Wahl zwischen Gut und Böse, wenn auch keineswegs in der Absicht, auf die Seite des Bösen zu fallen, noch eine Weile frei zu haben ... Machte es ihm auch wohl, so ernst und gefährlich die Lage war, Vergnügen, mit der Herrin unter vier Augen auf dem »Mein-Kind«-Fuße zu verkehren, wozu ihre Leidenschaft und Verlorenheit ihn berechtigte? Eine banale Mutmaßung, die aber ganz bestimmt neben frömmeren, tiefer träumerischen Erklärungen seines Verhaltens ihre Berechtigung hat: dem hochverspielten und tief erregenden Gedanken nämlich seiner Verstorbenheit und Vergöttlichung als Usarsiph und des heiligen Bereitschaftsstandes, der dazu gehörte, und über dem freilich auch wieder der Fluch der Eselhaftigkeit schwebte.

Genug denn, er ging zur Herrin. Er hielt bei ihr aus. Er litt es, daß sie solche Worte immerfort gegen ihn trieb und ihm anlag: »Schlafe bei mir!« Er litt es, sagen wir, denn ein Spaß und eine Kleinigkeit war es nicht, bei der furchtbar Begehrenden auszuharren, ihr gütlich zuzureden und seinerseits immer die sieben Gegengründe in voller Kraft sich gegenwärtig zu halten zur Abwehr ihres Verlangens, dem doch aus der eigenen göttlichen Todesverfassung so manches entgegenkam. Wahrlich, man ist geneigt, dem Sohne Jaakobs die weniger löblichen Beweggründe seines Verhaltens nachzusehen, wenn man bedenkt, welche Not er hatte mit der Unseligen, die es täglich dermaßen gegen ihn trieb, daß er augenblicksweise den Gilgamesch verstand, welcher schließlich der Ischtar das ausgerissene Glied des Stieres ins Gesicht geworfen hatte vor Wut und Bedrängnis.

Denn die Frau artete aus und wurde immer weniger wählerisch in ihren Mitteln, ihn zu bestürmen, daß sie Häupter und Füße zusammentäten. Auf den Vorschlag, den Herrn aus dem Hause zu morden, damit sie alsdann als Herrin und Liebesherr in schönen Kleidern und unter Blumen ein Wonneleben darin führen könnten, kam sie allerdings nicht zurück, weil sie wohl sah, daß diese Idee ihm ganz und gar widerwärtig war und fürchten mußte, ihn sich durch ihre Wiederholung unheilbar zu entfremden. Ihr trunken getrübter Zustand hinderte sie denn doch nicht, einzusehen, daß er mit seiner entschiedenen Weigerung, diesem wilden Gedanken näher zu treten, in natürlichem und einleuchtendem Rechte war und sich unbedingt sehen lassen konnte mit der empörten Zurückweisung eines Ansinnens, das zu erneuern bei genesener Zunge, die nicht mehr kindlich lispelte, selbst ihr, der Frau, große Schwierigkeiten gemacht haben würde. Aber mit dem Beweisgrund, es habe gar keinen Sinn, daß er sich ihr versage, das Geheimnis hätten sie doch miteinander und könnten es ebensogut gleich selig vollstrecken, setzte sie ihm wieder und wieder zu, sowie mit der Verheißung unaussprechlicher Wonnen, die er finden werde in ihren Liebesarmen, da sie alles für ihn allein aufgespart habe; und da er auf so süße Werbungen nur immer erklärte: »Mein Kind, wir dürfen nicht«, ging sie dazu über, ihn mit Zweifeln an seiner Männlichkeit zu reizen.

Nicht daß sie dieselben sonderlich ernst nahm – das war nicht gut möglich. Aber ein gewisses formelles und vernünftiges Recht gab ihr sein Verhalten zu solchem Hohne. Joseph konnte mit den sieben Gründen nicht recht herausgehen; das meiste davon wäre ihr unverständlich gewesen; und was er statt dessen vorbrachte, mußte sie hausbacken und schwächlich, ja geradezu als gesuchte Ausrede anmuten. Was sollte ihre Not und Leidenschaft anfangen mit dem Sittenspruch, den er ein für allemal, falls möglicherweise dies Geschehen zu einer Geschichte würde, zur Antwort gegeben haben wollte für der Leute Mund: daß nämlich sein Herr ihm alles anvertraut und ihm nichts verhohlen habe im Hause, ohne sie, indem sie sein Weib sei, und daß er also kein solches Übel tun wolle und mit ihr sündigen? Das war ja fadenscheiniges Zeug, nicht stichhaltig für ihre Not und Leidenschaft, und selbst wenn sie sich in einer Geschichte befanden, so hielt Mut-em-enet sich überzeugt, daß alle Welt es allezeit gerechtfertigt finden werde, wenn solch ein Paar, wie sie und Joseph, ungeachtet des Truppenobersten und Ehrengatten Häupter und Füße zusammentäte, und daß ein jeder daran viel mehr Gefallen finden werde, als an dem Sittenspruch.

Was sagte er sonst? Er sagte etwa:

»Du willst, daß ich zu dir komme bei der Nacht und nahe bei dir schlafe. Aber gerade bei Nacht hat unser Gott, den du nicht kennst, sich meistens den Vätern offenbart. Wollte er sich nun mir offenbaren in der Nacht und fände mich so – was würde aus mir?«

Das war ja kindisch. Oder er sagte:

»Ich fürchte mich wegen Adams, der um so kleiner Sünde willen aus dem Garten vertrieben wurde. Wie würde erst ich bestraft werden?«

Sie dünkte das ebenso armselig, wie wenn er ihr antwortete:

»Du weißt das alles nicht so. Mein Bruder Ruben verlor die Erstgeburt durch sein Dahinschießen, und der Vater gab sie mir. Er würde sie mir wieder nehmen, wenn er hörte, daß du mich zum Esel gemacht.«

Ihr mußte das äußerst schwach, ja klatrig scheinen, und er durfte sich nicht wundern, wenn sie ihm auf so an den Haaren herbeigezogene Entschuldigungen unter Tränen des Schmerzes und der Wut zu verstehen gab, sie fange an, zu glauben, und gar nichts anderes bleibe ihr zu vermuten übrig, als daß der Kranz, den er trage, ganz einfach der Strohkranz der Unfähigkeit sei. Nochmals, es war ihr nicht ernst und konnte ihr nicht wohl ernst sein mit dem, was sie sagte. Es war mehr eine verzweifelte Herausforderung an seine Fleischesehre, und der Blick, mit dem er erwiderte, beschämte und entflammte sie gleicherweise, denn bewegter und deutlicher noch sprach er aus, was Joseph in folgende Worte faßte:

»Meinst du?« sagte er bitter. »Nun, so laß ab! Wäre es aber, wie du zu erraten meinst, so hätte ich's leicht, und die Versuchung wäre nicht wie ein Drache und wie ein brüllender Löwe. Glaube mir, Frau, ich habe wohl schon daran gedacht, dein Leiden und meines zu enden, indem ich die Verfassung annähme, die du mir irrtümlich unterstellst, und es machte wie der Jüngling in einer eurer Geschichten, der es sich mit einem scharfen Blatte des Schwertschilfs zuleide tat und das Beschuldigte in den Fluß warf, den Fischen zum Fraß, um seine Unschuld zu bekunden. Aber nicht so darf ich's halten; die Sünde wäre ebensogroß, als wenn ich erläge, und ich taugte dann auch für Gott nichts mehr. Sondern er will, daß ich bestehe heil und komplett.«

»Entsetzlich!« rief sie. »Osarsiph, wohin dachtest du? Tu's nicht, mein Geliebter, mein Herrlicher, es wäre ein furchtbarer Jammer! Nie meinte ich, was ich sagte! Du liebst mich, du liebst mich, dein strafender Blick verrät es mir und dein frevelhaft Vorhaben! Süßer, o komm und erlöse mich, stille mein rinnendes Blut, um das es so schade!«

Aber er antwortete: »Es darf nicht sein.«

Da wurde sie rasend und fing an, ihn mit Marter und Tod zu bedrohen. So weit war sie, und dies hatten wir bedrückend im Sinn, als wir aussagten, die Mittel, mit denen sie ihm zusetzte, hätten der Wahl mehr und mehr entbehrt. Er erfuhr nun, mit wem er's zu tun und was es auf sich hatte mit ihrem tönenden Rufe: »Fürchterlich bin ich allein in meiner Liebe!« Die Riesenkätzin hob die Pranke, und aufs bedrohlichste reckten sich ihre Krallen aus den Sammetgehäusen, ihn zu zerfleischen. Wenn er ihr nicht zu Willen sei, sagte sie ihm, und ihr seinen Gotteskranz nicht lasse, um den Kranz ihrer Wonne dafür zu empfangen, so müsse und werde sie ihn vernichten. Dringend bitte sie ihn, ihre Worte ernst zu nehmen und nicht für leeren Schall, denn sie sei, wie er sie da sehe, zu allem fähig und zu allem bereit. Sie werde ihn dessen beschuldigen vor Peteprê, was er ihr verweigere, und ihn räuberischen Überfalls zeihen auf ihre Tugend. Anklagen werde sie ihn, ihr Gewalt angetan zu haben und höchste Lust empfinden bei dieser Bezichtigung, auch die Verwüstete und Befleckte zu spielen wissen, daß niemand an ihrer Angabe zweifeln solle. Ihr Wort und Schwur, des möge er sicher sein, werde wohl noch gelten vor seinem in diesem Hause, und kein Leugnen werde ihm helfen. Außerdem sei sie überzeugt, daß er gar nicht leugnen werde, sondern schweigend die Schuld auf sich nehmen; denn daß es mit ihr bis hierhin gekommen und bis zu dieser Verzweiflungswut, daran sei er schuld mit seinen Augen, seinem Munde, seinen goldenen Schultern und seiner Liebesverweigerung und werde einsehen, daß es ganz gleich sei, in welche Beschuldigung man die Schuld kleide, denn jede Beschuldigung werde wahr durch die Wahrheit seiner Schuld, und er müsse bereit sein, den Tod dafür zu erleiden. Es werde aber ein Tod sein, der ihn sein Schweigen denn doch wohl werde bereuen lassen und vielleicht sogar die grausame Liebesverweigerung. Denn Männer wie Peteprê seien besonders erfinderisch in der Rache, und dem Wüstling, der die Herrin übermannt, werde eine Todesart blühen, die an Ausgesuchtheit auch nicht das geringste werde zu wünschen übrig lassen.

Und nun verkündete sie ihm, wie er sterben werde auf Grund ihrer Anklage, – malte es ihm aus mit tönender Sangesstimme zum Teil und teils auch wieder, nahe an seinem Ohr, in einem Raunen, das man für zärtliches Liebesgeflüster hätte halten können:

»Hoffe nicht«, flüsterte sie, »daß man kurzen Prozeß mit dir machen wird, indem man dich vom Felsen stößt, oder dich in die Luft hängt, den Kopf nach unten, so daß dir das Blut alsbald ins Gehirn stürzt und du glimpflich verscheidest. So gnädig wird es nicht abgehen nach den Stockschlägen, womit man dir erst einmal den Rücken zerfleischt nach Peteprê's Spruch. Denn sein Herz wird einen Sandsturm hervorbringen wie das Gebirge des Ostens, wenn ich dich der Gewalttat zeihe, und seine hämische Wut ohne Grenzen sein. Gräßlich ist es, dem Krokodil anheimgegeben zu sein und wehrlos gebunden im Schilfe zu liegen, wenn der Fresser sich gierig naht und sich über dich wälzt mit nassem Bauch, sein Mahl bei den Schenkeln beginnend oder der Schulter, so daß deine wilden Schreie sich mit dem Ächzen seiner Freßlust vermischen, da doch niemand dich Preisgegebenen hört oder hören will. So geschah anderen, man vernahm es, ein oberflächliches Mitleid, ohne viel Rechenschaft, kam einen an, und so mochte es hingehen, da das eigene Fleisch nicht betroffen. Nun aber bist du es und ist dein Fleisch, an das der Fresser sich macht, da oder dort beginnend, – sei's denn in vollem Selbst und enthalte dich des entmenschten Geschreis, das sich deiner Brust entreißt, –

schreie nicht, Geliebter, nach mir, die dich küssen wollte dort, wohinein der Naßbauch die eklen Zähne schlägt! – Aber vielleicht werden die Küsse andere sein. Vielleicht streckt man dich Schönen rücklings auf den Boden hin, hält deine Hände und Füße fest mit ehernen Klammern und häuft brennbare Stoffe auf deinen Leib, die man entzündet, so daß unter Qualen, die keiner nennt, und die nur du allein für dein Teil unter atemlos bettelndem Jammern erfährst, da alle anderen ihnen nur zusehen, bei langsamer Flamme dein Fleisch verkohlt. – So mag es sein, Geliebter, aber vielleicht auch so, daß man dich lebend, zugleich mit zwei großen Hunden, in einer Grube verschließt, bedeckt mit Balken und Erde, und wiederum denkt niemand aus, auch du selbst nicht, solange nicht Wirklichkeit ist das Bevorstehende, was sich dort unter Tag mit der Zeit begeben wird zwischen euch dreien. – Weißt du aber auch von der Hallentür und ihrem Zapfen? Du wirst der Mann sein, auf meine Klage hin, der betet und laute Klageschreie erschallen läßt, weil in seinem Auge der Türzapfen steckt und die Tür sich in seinem Haupte dreht, jedesmal, wenn's dem Rächer hindurchzugehen gefällt. – Dies sind nur einige der Strafen, die dir gewiß sind, wenn ich die Anschuldigung gegen dich ausstoße, wie ich im Fall meiner letzten Verzweiflung zu tun entschlossen bin; du aber wirst dich nicht weiß machen können vor meinem Schwur. Aus Mitleid mit dir selbst, Osarsiph, lasse mir deinen Kranz!«

»Herrin und Freundin«, antwortete er ihr, »du hast recht, ich werde mich nicht weiß machen, wenn es dir gefällt, mich solcher Art anzuschwärzen vor meinem Herrn. Unter den Strafen aber, mit denen du mich bedrohst, wird Petepre wählen müssen; er kann sie nicht alle über mich verhängen, sondern nur eine, was bereits eine Einschränkung bedeutet seiner Rache und meiner Leiden. Doch auch innerhalb dieser Einschränkung wird mein Leiden begrenzt sein durchs Menschenmögliche, und möge man diese Grenze eng nennen oder sehr weit, sie zu überschreiten vermag nicht das Leiden, denn es ist endlich. Lust und Leiden, beides malst du mir unermeßlich, aber du übertreibst, denn ziemlich bald stößt sich beides an den Grenzen des Menschenvermögens. Unermeßlich wäre einzig der Fehler zu nennen, den ich beginge, wenn ich's mit Gott, dem Herrn, verdürbe, den du nicht kennst, so daß du nicht wissen kannst, was das ist, und was es besagen will: Gottverlassenheit. Darum, mein Kind, kann ich dir nicht nach Wunsch gefällig sein.«

»Weh über deine Klugheit!« rief sie mit Sangesstimme. »Wehe darüber! Ich, ich bin nicht klug! Unklug bin ich vor unermeßlichem Verlangen nach deinem Fleisch und Blut, und ich werde tun, was ich sage! Die liebende Isis bin ich, und mein Blick ist Tod. Hüte, hüte dich, Osarsiph!«

Die Damengesellschaft

Ach, sie schien wohl großartig, unsere Mut, wenn sie vor ihm stand und ihn mit Glockenstimme bedrohte. Und dabei war sie schwach und hilflos wie ein Kind, ganz ohne Mitleid mit ihrer Würde und Sage, und hatte nachgerade begonnen, alle Welt in ihre Leidenschaft einzuweihen und in die Not, die sie mit ihrem Jüngling hatte. Es war nun an dem: nicht nur Tabubu, die Gummiesserin, und Meh-en-wesecht, die Kebse, waren eingeweiht nunmehr in ihre Liebe und ihren Jammer, sondern auch Renenutet, die Frau des Oberrindervorstehers des Amun, sowie Neit-em-hêt, die Gattin von Pharao's Oberwäschers, und Achwêre, Gemahlin Kakabu's, des Schreibers der Silberhäuser, vom Silberhause des Königs, kurz, alle Freundinnen, der ganze Hof, die halbe Stadt. Das war ein starkes Zeichen von Ausartung, daß sie es, als das dritte Jahr ihrer Liebe zu Ende ging, ohne Scham und Hemmung allen erzählte und alle Welt rücksichtslos damit befaßte, was sie anfangs so stolz und scheu in ihrem Busen verwahrt hatte, daß sie lieber gestorben wäre, als es dem Geliebten selbst oder sonst irgend jemandem einzugestehen. Ja, nicht nur Dûdu, der würdige Zwerg, artete aus in dieser Geschichte, sondern auch Mut, die Herrin, tat es, und zwar bis zur völligen Auflösung ihrer Fassung, ja, ihrer Gesittung. Sie war eine Heimgesuchte und tief Berührte, gänzlich aus sich herausgetreten, der Welt der Gesittung nicht mehr gehörig und ihren Maßstäben entfremdet, eine starrblickende Bergläuferin, bereit, ihre Brüste wilden Tieren zu bieten, eine wild bekränzte, keuchend jauchzende Thyrsusschwingerin. Wohin kam es nicht schließlich mit ihr? Unter uns und im voraus gesagt sogar dahin, daß sie sich herbeiließ, mit der schwarzen Tabubu zu zaubern. Aber dafür ist dies noch der Ort nicht. Hier sei nur mitleidig staunend ins Auge gefaßt, wie sie ihre Liebe und ihr ungetröstetes Begehren nach allen Seiten ausschwatzte und es nicht bei sich behalten konnte weder vor Hoch noch vor Niedrig, so daß binnen kurzem ihr Leidwesen das Tagesgespräch allen Hausgesindes war und die Köche beim Rühren und Rupfen, die Torhüter auf der Ziegelbank zueinander sagten:

»Die Herrin ist scharf auf den Jungmeier, er aber weigert sich ihrer. Ist das eine Hetz'!«

Denn solche Gestalt nimmt eine solche Sache in den Köpfen und im Munde der Leute an nach dem kläglichen Widerspruch, der besteht zwischen dem heilig-ernsten und schmerzensschönen Bewußtsein blinder Leidenschaft von sich selbst – und ihrem Eindruck auf Nüchterne, denen ihr Unvermögen und mangelnder Wille sich zu verhehlen ein Skandal und Gespött ist wie der Betrunkene auf der Gasse. –

Sämtliche Nacherzählungen unserer Geschichte, mit Ausnahme freilich der uns würdigsten, aber auch kargsten: der Koran sowohl wie die siebzehn persischen Lieder, die von ihr künden, Firdusi's, des Enttäuschten, Gedicht, woran er sein Alter wandte, und Dschami's spät-verfeinerte Fassung, – sie alle und ungezählte Schildereien des Pinsels und Stiftes wissen von der Damengesellschaft, die Potiphars Erste und Rechte um diese Zeit gab, um ihren Freundinnen, den Frauen der hohen Gesellschaft No-Amuns, ihr Leiden bekannt und begreiflich zu machen, das Mitgefühl ihrer Schwestern dafür zu gewinnen und auch ihren Neid. Denn Liebe, so ungetröstet sie sei, ist nicht nur Fluch und Geißel, sondern immer zugleich auch ein großer Schatz, den man ungern verhehlt. Die Lieder gleiten in manchen Irrtum und lassen sich manche abwegige Variante und Ausschmückung zuschulden kommen, worin die süße Schönheit, welcher sie nachhängen, zu Lasten der strengen Wahrheit geht. Den Zwischenfall der Damengesellschaft aber angehend, sind sie im Recht; und weichen sie auch hier wieder um süßen Effektes willen ab von der Form, in der die Geschichte ursprünglich sich selber erzählte, ja, strafen sie sich durch ihre Abweichungen voneinander wechselseitig Lügen, so sind doch nicht ihre Sänger die Erfinder dieses Begebnisses, sondern die Geschichte selbst ist es oder persönlich Potiphars Weib, die arme Eni, die es mit einer Schläue erfand und ins Werk setzte, welche zu ihrer benommenen Verfassung in dem sonderbarsten, aber lebensgerechtesten Widerspruch steht.

Uns, denen der augenöffnende Traum bekannt ist, den Mut-em-enet zu Beginn der drei Liebesjahre träumte, sind die Zusammenhänge zwischen ihm und ihrer Erfindung, ist der Gedankengang, der sie auf das traurig-witzige Mittel brachte, den Freundinnen die Augen zu öffnen, vollkommen deutlich; und die Wirklichkeit des Traumes (dessen Echtheitsmerkmale denn doch wohl in die Augen springen) ist uns der beste Beweis für die Geschichtlichkeit der Damengesellschaft sowie dafür, daß die uns nächste und würdigste Überlieferung einzig aus lapidarer Kargheit darüber schweigt. –

Das Vorspiel zur Damengesellschaft war, daß Mut-em-enet krank wurde. Es war die nach ihrem Bilde wenig genau umrissene Krankheit, in welche die Prinzen und Königstöchter aller Geschichten verfallen, wenn sie trostlos lieben, und die regelmäßig »der Kunst der berühmtesten Ärzte spottet«. Mut verfiel in sie, weil es so im Buche steht, weil es gehörig und fällig war und man dem Gehörigen und Fälligen schwer widersteht; zweitens aber, weil ihr alles daran lag (und auch bei den Prinzen und Königstöchtern sonstiger Geschichten scheint dies durchweg ein Hauptmotiv ihres Siechtums zu sein), Aufsehen zu erregen, die Welt in Aufregung zu versetzen und *befragt* zu werden, – recht dringend, um Lebens und Sterbens willen und allgemein befragt zu werden, denn zu vereinzelten, mehr oder weniger aufrichtig besorgten Fragen hatten die Veränderungen, von denen seit Jahr und Tag ihr Äußeres betroffen worden, schon vorher Anlaß gegeben. Sie wurde krank aus dem dringenden Wunsch, die Welt mit ihrer Heimsuchung, dem Glück und der Qual ihrer Liebe zu Joseph zu beschäftigen, – denn daß es weiter, im Sinne der strengen Wissenschaft, nicht gar viel auf sich hatte mit dieser Krankheit, geht schon daraus hervor, daß, als es dann galt, die Damengesellschaft zu geben, Mut sich sehr wohl von ihrem Lager erheben und die Wirtin machen konnte: kein Wunder übrigens, da diese Veranstaltung gewiß von vornherein mit im Plane der Krankheit gelegen hatte.

Mut also wurde ernstlich, wenn auch unbestimmt krank und bettlägerig. Zwei elegante Ärzte, der Doktor vom Bücherhause des Amun, der schon zum Altmeier Mont-kaw berufen worden, und noch ein anderer Tempelweiser, behandelten sie, ihre Schwestern vom Hause der Abgeschlossenen, Peteprê's Kebsweiber, pflegten sie, und ihre Freundinnen vom Hohen Hathorenorden und von Amuns Südlichem Frauenhause besuchten sie. Es sprachen vor die Damen Renenutet, Neit-em-hêt, Achwêre und viele andere. Es kam auch in ihrer Sänfte

Nes-ba-met, die Ordensoberin, Gemahlin des großen Beknechons, »Vorstehers der Priester aller Götter von Ober- und Unterägypten«. Und alle, einzeln oder zu zweien und dreien am Bett der Berührten sitzend, beklagten und befragten sie in reichlich fließenden Worten, teils aus dem Herzen, teils kaltsinnig, aus bloßer Konvenienz oder sogar schadenfroh.

»Eni mit beliebter Stimme wenn du singst!« sprachen sie. »Um des Verborgenen willen, was ist das mit dir, und was machst du uns, Böse, für Not? So wahr der König lebt, schon seit längerem bist du nicht mehr, die du warst, sondern wir alle, die dich im Herzen tragen, beobachten Zeichen von Ermüdung an dir und Veränderungen, die zwar selbstverständlich nicht vermögend waren, deiner Schönheit Abtrag zu tun, uns alle aber trotzdem in zärtliche Sorge versetzen. Nicht möge ein böser Blick des Auges bei dir sein! Wir alle haben gesehen und es einander unter heißen Tränen mitgeteilt, daß die Ermüdung in Gestalt einer Abmagerung über dich kam, die zwar nicht alle Teile deines Körpers ergriff, – vielmehr sind einige davon voller erblüht, aber andere dafür in der Tat zu mager geworden: deine Wangen zum Beispiel, sie sind gemagert; auch fingen deine Augen an, starr zu blicken, und um deinen berühmten Schlängelmund ließ eine Qual sich nieder. Dies alles sahen wir, deine Herzchen, und besprachen es weinend. Nun aber ist deine Ermüdung auf den Punkt gekommen, daß du dich niederlegst, ohne zu essen und zu trinken, und die Krankheit spottet der Kunst der Ärzte. Wahrhaftig, als wir davon hörten, wußten wir nicht mehr den Ort der Erde, wo wir uns befanden, so groß war unser Schrecken! Wir haben die Weisen vom Bücherhause, Te-Hor und Pete-Bastet, deine Ärzte, mit Fragen bestürmt, und sie antworteten, sie seien mit ihrer Kunst schon fast am Rande und näherten sich der Ratlosigkeit. Nur noch wenige Mittel wüßten sie, die etwa noch Wirkung versprächen, denn aller schon angewandten habe deine Ermüdung gespottet. Es müsse ein großer Kummer sein, der an dir nage und zehre, wie die Maus, die an der Wurzel des Baumes nagt, so daß er kränkelt. In Amuns Namen, Schatz, ist das wahr, und hast du einen nagenden Kummer? Nenne ihn uns, deinen Herzchen, ehe dir der verfluchte ans süße Leben geht!«

»Gesetzt«, antwortete Eni mit schwacher Stimme, »ich hätte einen, – was frommte es mir, ihn euch zu nennen? Ihr Guten und Mitleidigen könntet mich nicht davon erlösen, und wahrscheinlich bleibt gar nichts übrig, als daß ich daran sterbe.«

»So ist es also wahr«, riefen sie, »und es ist wirklich ein solcher Kummer, der dich ermüdet?« Und in den höchsten Tönen verwunderten sich die Damen, wie es möglich sei. Eine Frau wie sie! Zur Creme der Länder gehörig, reich, zauberhaft schön und beneidet unter des Reiches Frauen! Was konnte ihr abgehen? Welchen Wunsch brauchte sie sich zu versagen? Muts Freundinnen verstanden das nicht. Inständig befragten sie sie, teils herzlicherweise, teils nur aus Neugier, Schadenfreude und Liebe zur Aufregung, und lange wich die Ermüdete ihnen aus, verweigerte matt und hoffnungslos jede Auskunft, weil sie ihr doch nicht helfen könnten. Endlich aber – nun gut – erklärte sie, ihnen die Antwort allen zusammen, gemeinsam, geben zu wollen, im Rahmen eines Plauderkränzchens und einer weiblichen Gasterei, zu der sie sie nächstens vollzählig wolle zusammenladen. Denn wenn sie, sei es auch ohne Appetit, ein wenig zu sich nähme, eine Vogelleber und etwas Gemüse, werde sie hoffentlich die Kraft finden, sich vom Lager aufzurichten, zu dem Ziel eben, den Freundinnen die Ursache ihrer Veränderung und Ermüdung zu enthüllen.

Gesagt, getan. Schon im nächsten Mondviertel – man war nur noch eine kurze Spanne vom Neujahrstage und vom großen Opetfeste entfernt, bei welchem im Hause Potiphars so Entscheidendes sich ereignen sollte – lud Eni tatsächlich zu diesem Kränzchen, der viel, aber nicht immer richtig besungenen Damengesellschaft in den Räumen von Peteprê's Frauenhaus ein: einer Nachmittagsveranstaltung in größerem Kreise, die durch die Anwesenheit Nes-ba-mets, der Gemahlin Beknechons' und Ersten der Haremsfrauen, erhöhten Glanz gewann, und bei der es an nichts fehlte, weder an Blumen und Salben, noch an kühlen, zum Teil berauschenden, zum anderen Teil nur erfrischenden Getränken, noch an vielerlei Kuchen, eingelegten Früchten und fadenziehenden Süßigkeiten, ausgespendet von jungen Dienerinnen in lieblich knapper Tracht, mit schwarzen Hängeflechten im Nacken und Schleiern um die Wangen, – einer Nüance, die man noch nicht gesehen, und die viel Beifall fand. Ein reizendes Orchester von Harfenistinnen, Lautespielerinnen und Bläserinnen der Doppelflöte in weiten Hauchgehängen von Kleidern, durch welche man die gewirkten Gürtel ihrer Lenden sah, musizierten im Brunnenhof, wo die große Mehrzahl der Damen in zwanglosen Gruppen, teils zwischen den hochbeladenen Anrichten auf Stühlen und Hockern sitzend, teils auf bunten Matten kniend sich niedergelassen hatte. Doch war auch der bekannte Pfeilersalon, aus welchem übrigens das Bild Atum-Rê's wieder entfernt war, von ihnen besetzt.

Muts Freundinnen waren hold und kunstreich zu sehen: Duftfett schmolz salbend von ihren Scheiteln in ihr breit gelöstes, zu Fransen gedrehtes Haar, durch welches die goldenen Scheiben ihres Ohrschmucks schnitten, von lieblicher Bräune waren ihre Glieder, ihre glänzenden Augen reichten bis zu den Schläfen, ihre Näschen deuteten auf nichts als Hoch- und Übermut, und die Fayence- und Steinmuster ihrer Krägen und Armringe, die Gespinste, die ihre süßen Brüste umspannten, aus Sonnengold, wie es schien, oder Mondschein gewoben, waren von letzter Kultur. Sie rochen an Lotusblüten, reichten einander Näschereien zum Kosten und plauderten mit zwitschernd hohen und tiefer-rauheren Stimmen, wie sie ebenfalls weiblich vorkommen in diesen Breiten, – Nes-ba-met zum Beispiel, des Beknechons Gattin, hatte eine solche Stimme. Vom nahen Opetfest plauderten sie, vom großen Umzuge der heiligen Dreiheit in ihren Barken und ihren Kapellen, zu Land und zu Wasser, von der Gottesbewirtung im Südlichen Frauenhaus, wo sie, die Damen, zu tanzen, zu klappern und zu singen haben würden vor Amun als seine Nebenfrauen mit beliebten Stimmen. Das Thema war wichtig und schön; und dennoch war es nur vorgewendet in dieser Stunde und mußte herhalten zum Zungenspiel, um die Zeit der Erwartung zu füllen, bis Mut-em-enet, die Gastgeberin, ihnen die Antwort erteilen und ihnen aufregenderweise die Ursache ihrer Ermüdung zu wissen geben würde.

Sie saß unter ihnen am Wasserbecken in ihrer Leidensgestalt, lächelte schwach mit dem gequälten Schlängelmunde und wartete ihres Augenblicks. Traumhaft und nach Traumesmuster hatte sie ihre Anstalten getroffen, die Freundinnen zu belehren, und traumhaft war ihre Gewißheit, daß die Veranstaltung werde gelingen müssen. Sie fiel zusammen mit dem Höhepunkt der Bewirtung. Herrliche Früchte standen in blumengeschmückten Körben bereit: duftende Goldkugeln, die erquickenden Saft in Menge unter der filzigen Schale bargen, indische Blutzitronen, Chinaäpfel, höchst selten gereicht; und reizende Messerchen zum Schälen waren nebenher vorbereitet, mit eingelegten Blausteingriffen und hochpolierten Bronzeschneiden, denen die Hausfrau ihre besondere Aufmerksamkeit zugewandt hatte. Denn überaus scharf hatte sie sie wetzen und abziehen lassen – so scharf in der Tat, daß wohl noch nie in der Welt irgendwelche Messerchen es zu solcher Schärfe gebracht hatten. So dünn geschliffen und haarscharf waren die Dinger, daß leicht ein Mann sich den noch so drähtigen Bart hätte damit scheren mögen, – nur gegenwärtigste Achtsamkeit war ihm dabei zu empfehlen, denn vergaß er sich träumend nur einen Augenblick oder erzitterte, so war ihm der lästigste Schaden gewiß. Das war ein Schliff, der diesen Messerchen zuteil geworden, – gefährlich geradezu; man hatte das Gefühl, daß man nur in die Nähe der Schneide zu kommen brauchte mit der Fingerkuppe, und schon sprang das Blut hervor. – War das alles Vorbereitete? Durchaus nicht. Da war noch ein kostbarer Wein aus dem Hafen, kyprisch, von süßem Feuer, zum Nachtisch geeignet, der zu den Apfelsinen gereicht werden sollte; und die schönen Kelche aus gehämmertem Gold und aus zinnglasiertem, bemaltem Ton, die ihn umschließen würden, waren sogar das erste, was auf der Gastgeberin Wink von niedlichen Dienerinnen, welche nichts anhatten als bunte Gürtel um ihre Hüften, im Brunnenhof und im Pfeilersalon ausgeteilt wurde. Wer aber sollte den Inselwein in die Kelche schenken? Auch wieder die Niedlichen? Nein, damit, hatte die Wirtin geurteilt, würde weder solcher Bewirtung, noch den Bewirteten Ehre genug geschehen – anders hatte es Mut verfügt.

Sie winkte wieder, und die goldenen Äpfel, die allerliebsten Messerchen wurden verteilt. Beides erregte entzücktes Gezwitscher: Man pries die Früchte, pries auch das zierliche Handgerät, nämlich seine Zierlichkeit eben, denn seiner Haupteigenschaft war man nicht kundig. Alle begannen sogleich mit dem Schälen, um zu dem süßen Fleisch zu gelangen; doch wurden ihre Augen gar bald vom Geschäfte abgelenkt und emporgezogen.

Abermals hatte Mut-em-enet gewinkt, und wer auf dem Schauplatz erschien, war der Schenke des Weins; es war Joseph. Ja, ihn hatte die Liebende zu diesem Dienste bestellt und es ihm angesonnen als Herrin, selbst den Zypernwein unter den Freundinnen auszuschenken, ohne ihn in die Vorkehrungen einzuweihen, die sie sonst noch dazu getroffen, so daß er nicht wußte, zu welcher Belehrung er dienen sollte. Es hatte sie geschmerzt, das wissen wir wohl, ihn hinters Licht zu führen durch die Verhehlung und zweckhaft sein Bild zu mißbrauchen; aber gar zu sehr war es ihr darum zu tun, die Freundinnen zu belehren und ihnen ihr Herz zu erklären. Darum hatte sie es ihm angesonnen und, da er sich wieder einmal mit aller Rücksicht geweigert, ihr nahe beizuwohnen, zu ihm gesagt:

»Willst du mir dann wenigstens, Osarsiph, den Gefallen tun und übermorgen bei meinem Damenfest selbst den Neunmalguten von Alaschia ausschenken, zum Zeichen seiner Güte, zum Zeichen ferner, daß du mich doch ein wenig liebst und auch zum Zeichen, daß ich etwas gelte in diesem Haus, da Der an seiner Spitze mir aufwartet und meinen Gästen?«

»Selbstverständlich, Herrin«, hatte er geantwortet. »Das tue ich gern und will einschenken mit größtem Vergnügen, wenn es dir so gefällt. Denn mit Leib und Seele bin ich dir zu Diensten und zur Verfügung in jedem Betracht, ausgenommen in dem der Sünde.«

So erschien denn nun Rahels Sohn, des Peteprê Jungmeier, unvermutet unter den schälenden Damen im Hof, in einem Feierkleide, weiß und fein, einen bunten mykenischen Weinkrug in seinem Arm, grüßte, spendete und begann, umherwandelnd die Kelche zu füllen. Alle Damen aber, sowohl die, welche ihn bei Gelegenheit schon gesehen, wie auch die, welche ihn noch nicht kannten, vergaßen bei seinem Anblick nicht nur ihre Hantierung, sondern auch sozusagen sich selbst, indem sie nichts anderes mehr wußten, als auf den Schenken zu schauen, worüber denn die tückischen Messerchen ihr Werk verrichteten und die Damen sich samt und sonders fürchterlich in die Finger schnitten – und zwar ohne des verunreinigenden Malheurs auch nur gleich gewahr zu werden, denn einen Schnitt von so extrem überschärfter Klinge spürt man kaum, zumal in so gründlich abgelenktem Zustande, wie der, worin Eni's Freundinnen sich eben befanden.

Von einigen ist die oft geschilderte Szene als apokryph und

der geschehenen Geschichte nicht zugehörig hingestellt worden. Mit Unrecht; denn sie ist wahr, und jede Wahrscheinlichkeit spricht für sie. Bedenkt man, daß es sich einerseits um den schönsten Jüngling seiner Sphäre, andererseits aber um die schärfsten Messerchen handelte, welche wahrscheinlich die Welt je gesehen, so ist klar, daß der Vorgang gar nicht anders, nämlich nicht unblutiger verlaufen konnte, als er wirklich verlief, und daß die Traumsicherheit, mit der Mut diesen Verlauf berechnet und vorhergesehen hatte, vollauf berechtigt gewesen war. Mit ihrer Leidensmiene, dieser Maske aus Finsternis und Geschlängel, blickte sie auf das angerichtete Unheil, das still sich entwickelnde Blutbad, das vorerst sie ganz allein wahrnahm, da die in lüsterner Hingerissenheit gaffenden Gesichter der Damen dem Jüngling folgten, der sich allmählich gegen den Pfeilersalon entfernte, wo, wie Mut sich mit vollem Recht überzeugt hielt, ganz dasselbe sich abspielen würde. Erst als der Geliebte den Augen entschwunden war, fragte sie boshaft besorgten Tones in die Stille hinein:

»Meine Herzchen, was habt und tut ihr? Ihr vergießt euer Blut!«

Es war ein schreckhafter Anblick. Da die behenden Messerchen bei vielen zolltief geflitzt waren, sickerte das Blut nicht nur, es quoll und strömte; die Händchen mitsamt den goldenen Äpfeln waren ganz überschwemmt und verschmiert von dem roten Naß, es durchtränkte färbend die blütenhaften Stoffe der Kleider im Schoße der Frauen, bildete Lachen darin und troff auf die Füßchen, den Estrich hinab. Welch Jemine, welch Lamentieren, Gekreisch und Augenverdrehen entstand, als sie's durch Mut-em-enets falsch erstaunten Hinweis gewahr wurden! Einige, die kein Blut sehen konnten, besonders ihr eigenes nicht, drohten in Ohnmacht zu fallen und mußten mit Zitweröl und scharfen Fläschchen, womit die Niedlichen zwischen ihnen herumsprangen, zur Not bei Bewußtsein gehalten werden. Überhaupt geschah nun das notwendigste, und auch mit Wasserbecken, Wischtüchern, Essig, Scharpie und in Streifen gerissenem Leinenzeug sprangen die Niedlichen alsbald herum, so daß denn das Kränzchen zu dieser Frist den Anblick eines Lazaretts und Verbandsplatzes bot, hier sowohl wie im Pfeilergemach, wohin Mut-em-enet sich einen Augenblick begab, um festzustellen, daß dort ebenfalls alles im Blute schwamm. Renenutet, die Gattin des Rindervorstehers, gehörte zu den Tiefstverletzten, und vorübergehend mußte man ihr das Händchen geradezu töten, indem man das gelblich erblassende vom allgemeinen Lebensbetriebe gewaltsam abschnürte, um die Blutung zum Stillstand zu bringen. Auch Nes-ba-met, des Beknechons tiefstimmige Gemahlin, hatte sich übel zugerichtet. Ihre Robe war hin, und sie wetterte laut, ungewiß auf wen, während zwei Gürtelmädchen, ein schwarzes und ein weißes, sie tröstend verarzteten.

»Teuerste Oberin und ihr meine Herzchen alle«, sprach Mut-em-enet heuchlerisch, als leidliche Ruhe und Ordnung wieder eingekehrt waren, »wie konnte das zugehen und wie sich ereignen, daß ihr euch solches antatet bei mir und dieser rote Zwischenfall mein Damenfest verunehrt? Fast unerträglich peinlich ist es der Wirtin, daß dies euch in meinem Hause zustoßen mußte, – wie aber war's möglich? Es kommt wohl vor, daß eine oder die andere sich schneidet beim Schälen, – aber alle zugleich und einige bis auf den Knochen? Das ist noch nicht vorgekommen, so weit ich die Welt kenne, und wird wohl ein Einzelfall bleiben in der Gesellschaftsgeschichte der Länder, – man muß es wenigstens hoffen. Aber tröstet mich, meine Süßen, und sagt mir, wie in aller Welt es geschehen konnte!«

»Laß gut sein«, antwortete für die übrigen Frauen Nes-ba-met mit ihrem Baß. »Laß gut sein, Enti, denn gut ist es ja nun so ziemlich, wenn auch der rote Set die Nachmittagskleider hat und einige unter uns noch verfärbt sind vom Aderlaß. Gräme dich nicht! Du hast es gut gemeint, wie wir annehmen, und dein Empfang ist fashionabel in jeder Einzelheit. Aber ein starkes Stück von Unüberlegtheit war es schon, meine Gute, das du dir mitten darin geleistet hast, – ich rede geradeheraus und für alle. Versetze dich doch an unsere Stelle! Du hast uns eingeladen, um uns die Ursache deiner Ermüdung zu enthüllen, welche der Kunst der Ärzte spottet, und läßt uns warten auf die Enthüllung, so daß wir ohnedies schon nervös sind und unsere Neugier verbergen hinter künstlichem Geplausch. Du siehst, ich stelle alles offen der natürlichen Wahrheit gemäß und ohne Zimperlichkeit dar in unser aller Namen. Du läßt uns goldene Äpfel servieren, – sehr gut, sehr rühmlich, auch Pharao hat sie nicht jeden Tag. Aber gerade, da wir sie schälen wollen, verordnest du es, daß in unsern empfindlichen Kreis dieser Schenke tritt – er sei nun, wer er sei, ich nehme an, daß es euer Jungmeier war, den sie ›Nefernefru‹ nennen auf den Land- und Wasserwegen, und beschämend genug ist es ja, daß man als Dame genötigt ist, übereinzustimmen mit den Leuten der Dämme und Kanäle im Urteil und Geschmack, aber hier ist die Rede nicht von Geschmack und Strittigkeit, denn das ist ja ein Himmelsbild von einem Jungen an Haupt und Gliedern, und wo es an und für sich schon einer Chocwirkung gleichkommt, wenn unter soviele bereits nervöse Frauen plötzlich ein Jüngling tritt, und sei er auch weniger reizend, – wie willst du, daß es einem nicht in die Glieder fährt und einem die Augen nicht übergehen, wenn ein solcher Gottesfratz auf der Bildfläche erscheint und neigt seinen Krug über deinen Kelch? Du kannst nicht verlangen, daß man da noch seiner Hantierung gedenkt und seine Finger hütet vor drohendem Ungemach! Wir haben dir Ungelegenheit und viel Scherereien verursacht mit unserem Geblute, aber den Vorwurf, Eni mit beliebter Stimme, kann ich dir nicht ersparen, daß du selber schuld bist an dem Ennui durch deine chochaften Verordnungen.«

»So ist es!« rief Renenutet, die Rindervorsteherin. »Du mußt dir, Liebste, den Vorwurf gefallen lassen, denn einen Possen hast du uns gespielt mit deiner Regie, dessen wir alle gedenken werden, – wenn nicht mit Zorn, so nur darum nicht, weil deine Unberührtheit sich wohl nichts dabei dachte. Aber das ist es eben, Schatz, daß du's an schonender Überlegung gänzlich hast fehlen lassen und dir die Peinlichkeit dieses roten Zwischenfalls selber zuschreiben mußt, wenn du gerecht bist. Ist es nicht klar, daß die aufgesummte Weiblichkeit einer so zahlreichen Damengesellschaft auch wieder auf die weibliche Einzelnatur zurückwirkt und sie zu empfindlichster Höhe emporstimmt? In einen solchen Kreis läßt du unversehens was Männliches treten und in welchem Augenblick? Im Augenblick des Schälens! Meine Gute, wie sollte das wohl unblutig ablaufen, – urteile selbst! Nun aber mußte es auch noch dieser Schenke sein, euer Jungmeier, ein wahrer Gottesfratz! Mir wurde völlig anders bei seinem Anblick – ich sage es, wie es ist und nehme kein Blatt vor den Mund, denn dies ist die Stunde und sind Umstände, wo Herz und Mund einem übergehen und man die Erlaubnis spürt, einmal alles gerade herauszusagen. Ich bin eine Frau, die viel Sinn hat fürs Männliche, und da ihr's ohnedies wißt, so will ich nur einfach erwähnen, daß ich außer meinem Gemahl, dem Rinderdirektor, der in den besten Jahren steht, auch noch jenen Leiboffizier kenne sowie den jungen Betreter von Chonsu's Haus, der auch mein Haus betritt – ihr wißt es ja sowieso. Aber das alles hindert nicht, daß ich mich gegen das Männliche hin allezeit sozusagen auf dem Qui vive befinde und mich leicht davon göttlich anmuten lasse, – besonders aber habe ich eine Schwäche für Schenken. Ein Schenke hat immer was Göttliches oder vom Götterliebling etwas – ich weiß nicht, warum mir so ist – es liegt in seinem Amt und in seiner Gebärde. Nun aber gar dieser Nefertēm und blaue Lotos, der Zuckerjunge mit seinem Kruge – ihr Guten, mit mir wars aus! Mit aller Bestimmtheit glaubte ich einen Gott zu sehen und wußte vor frommem Vergnügen nicht mehr den Ort der Erde, an dem ich mich befand. Ganz Auge war ich, und während ich äugte, säbelte ich mir mit dem Schälmesserchen in Fleisch und Bein und vergoß mein Blut in Strömen, ohne es auch nur zu spüren, so anders war mir geworden. Aber das ist das ganze Unheil noch nicht, denn ich bin sicher: Sobald ich Früchte schälen werde in Zukunft, wird sich vor meiner Seele das Bild deines Schenkenfratzen erneuen, des verwetterten, und wieder werde ich mir ins Gebein säbeln vor Versunkenheit, so daß ich mir überhaupt kein Schalobst mehr werde vorsetzen lassen dürfen, obgleich ich's mit Leidenschaft esse, das hast du angerichtet, Schätzin, mit deiner unbedachten Regie!«

»Ja, ja!« riefen alle Damen, sowohl die des Brunnenhofes als auch die des Pfeilersalons, welche bei Nes-ba-mets und Renenutets Ansprachen herübergekommen waren. »Ja, ja!« riefen sie durcheinander mit hoch und tiefgetönten Stimmen. »So ist es, so war es, die Rednerinnen haben es recht gesagt, fast blutig umgebracht hätten wir alle uns vor jäher Verwirrung durch das Bild dieses Schenken, und statt uns den Grund deiner Ermüdung zu nennen, wozu du uns eingeladen, hast du uns, Eni, diesen Possen gespielt!«

Da aber erhob Mut-em-enet ihre Stimme zu voller Sangeskraft und rief:

»Törinnen!« rief sie. »Nicht nur genannt, – gezeigt habe ich ihn euch, den Grund meiner tödlichen Ermüdung und all meines Elends! So habt doch auch Augen für mich, da ihr ganz Auge waret für ihn! Ihr habt ihn nur einige Pulsschläge lang gesehen und euch ein Leids getan in der Versunkenheit, so daß ihr alle noch blaß seht von der roten Not, in die euch sein Anblick gestürzt. Ich aber muß oder darf ihn sehen täglich und stündlich – was fang' ich an in dieser immerwährenden Not? Ich frage euch: Wo soll ich hin? Denn dieser Knabe, ihr Blinden, die ich sehend machte vergebens, meines Gatten Hausvorsteher und Mundschenk, – er ist meine Not und mein Tod, er hat es mir angetan zum Sterben mit Aug' und Mund, so daß ich, ihr Schwestern, um ihn nur mein rotes Blut verströme in Jammer und sterbe, wenn er mir's nicht stillt. Denn ihr schnittet euch in die Finger nur bei seinem Bilde, mir aber hat die Liebe zu seiner Schönheit das Herz zerschnitten, so daß ich verblute!« – Also sang Mut mit brechender Stimme und fiel krankhaft schluchzend in ihren Sessel.

Man kann sich die frauenfestliche Aufregung denken, in die diese Enthüllung den Chor der Freundinnen versetzte! Ganz ähnlich wie vordem schon Tabubu und Meh-en-wesecht verhielten sie sich zu der großen Neuigkeit, daß Mut sich in Liebesumständen befinde, und trieben es in großem Maßstabe mit der Heimgesuchten, wie jene beiden getan: umringten sie, streichelten sie und redeten in vielstimmigem Rührungsgeplapper zugleich beglückwünschend und bemitleidend auf sie ein. Die Blicke aber, die sie heimlich dabei tauschten, sowie die Worte, die sie einander zuraunten, bekundeten ganz anderes noch als zärtliche Teilnahme: nämlich boshafte Enttäuschung darüber, daß es weiter nichts sei und dieser ganze anspruchsvolle Kummer auf gewöhnliche Verliebtheit hinauslaufe in einen Knecht; stille Mißgunst dazu und allgemeine Eifersucht aufs Männliche, vor allem aber schadenfrohe Genugtuung, daß es Mut, die Stolze und Reine, die mondkeusche Amunsbraut, auf ihre älteren Tage noch so getroffen hatte und hatte sie heimgesucht auf gewöhnlichste Art, daß sie nach einem hübschen Diener schmachten mußte und es nicht einmal für sich zu behalten verstand, sondern hilflos ihre Herabsetzung aufs gewöhnliche Damenmaß allen preisgab und jammerte: »Wo soll ich hin?« Das schmeichelte den Freundinnen, wenn es ihnen auch nicht entging, daß aus der Preisgabe und der öffentlichen Verkündigung immer noch der alte Dünkel sprach, welcher das ganz Gewöhnliche, da es nun auch Muts Fall geworden, als ein Vorkommnis sondergleichen und als welterschütternde Affäre betrachtet wissen wollte, – was die Freundinnen auch wieder ärgerte.

Aber drückte auch alles dieses sich nebenher aus in den Wechselblicken der Damen, so war ihre Festesfreude an der Sensation und dem schönen Gesellschaftsskandal doch groß genug, sie zu wahrer Herzensteilnahme an der Heimsuchung der Schwester zu befähigen und zum weiblichen Mitgefühl, so daß sie sich um sie drängten, sie mit den Armen umfingen, sie tröstend feierten in plapperndem Wortschwall und den Jüngling glücklich priesen, dem es vergönnt gewesen, solche Gefühle im Busen seiner Herrin zu erwecken.

»Ja, süße Eni«, riefen sie, »du hast uns belehrt, und wir verstehen vollkommen, daß es keine Kleinigkeit ist für ein Frauenherz, jeden Tag einen solchen Gottesfratzen müssen sehen zu dürfen, – kein Wunder, daß endlich einmal auch du in Herzensumstände kamst! Der Glückspilz! Was keinem Manne gelungen durch so viele Jahre, das hat er ausgerichtet mit seiner Jugend und hat dir Heiligen den Sinn bewegt! Es ist ihm nicht an der Wiege gesungen worden, aber da zeigt sich des Herzens Vorurteilslosigkeit, es fragt nicht nach Rang und Stand. Er ist keines Gaufürsten Sohn und weder Offizier noch Geheimrat, sondern nur deines Mannes Hausverwalter, aber dir hat er den Sinn erweicht, das ist sein Rang und Titel, und daß er ein Ausländer ist, ein Jüngling von Asien, ein sogenannter Ebräer, das fügt der Sache noch eine pikante Note hinzu, es verleiht ihr Caschet. Wie wohl ist uns, Teuerste, und wie in tiefster Seele sind wir erleichtert, daß es weiter nichts auf sich hat mit deinem Kummer und deiner Ermüdung, als daß dir der Sinn steht nach diesem Schönen! Verzeih, wenn wir aufhören, für dich zu fürchten und anfangen, es für ihn zu tun; denn daß er möchte überschnappen vor Geehrtheit, das ist doch hier wohl der einzige Sorgengrund – sonst scheint die Sache uns einfach.«

»Ach«, schluchzte Mut, »wenn ihr wüßtet! Aber ihr wißt nicht, und ich habe gewußt, daß ihr noch lange nichts wissen und nichts verstehen würdet, auch da ich euch die Augen geöffnet. Denn keine Ahnung habt ihr, wie es mit diesem ist und was es auf sich hat mit dem Eifer des Gottes, dem er gehört und dessen Kranz er trägt, so daß er sich viel zu gut ist, mir, dem ägyptischen Weibe, das Blut zu stillen und seine Seele kein Ohr hat für all mein Rufen! Ach, wieviel besser, ihr Schwestern, doch tätet ihr, euch nicht um ihn zu sorgen von wegen übergroßer Geehrtheit, sondern all eure Sorge auf mich zu versammeln, die ich des Todes bin durch seine Gottessprödigkeit.«

Da bestürmten die Freundinnen sie denn um Näheres und Weiteres in Sachen dieser Sprödigkeit und wollten ihren Ohren nicht trauen, daß der Diener nicht vor Geehrtheit platze, sondern sich der Herrin verweigere. Die Blicke, die sie tauschten, zeigten wohl auch einige Bosheit an im Sinn der Vermutung, daß ihre Eni dem Schönen am Ende zu alt sei und er fromme Flausen mache, weil er keine Lust zu ihr habe; und manche schmeichelte sich, daß er zu ihr wohl mehr Lust haben würde; aber die aufrichtige Entrüstung über des Fremdknechtes Widerspenstigkeit herrschte vor in ihrer Stellungnahme, und Nes-ba-met besonders, die Oberin, griff hier mit Baßstimme ein und erklärte den Fall, von dieser Seite gesehen, für skandalös und unleidlich.

»Als Weib schon«, sagte sie, »Teuerste, bin ich auf deiner Seite und mache deinen Kummer zu meinem. Zudem aber ist nach meiner Ansicht die Sache politisch, eine Tempel- und Reichsangelegenheit, denn in der Weigerung dieses Rotzbuben (verzeih', du liebst ihn, aber ich nenne ihn so aus ehrlichem Zorn, nicht, um dich in deinen Gefühlen zu kränken) – in seiner Sperrigkeit, dir den Tribut seiner Jugend zu zahlen, liegt ohne Zweifel eine geradezu reichsgefährdende Unbotmäßigkeit, die auf dasselbe hinausläuft, als wollte irgendein Stadt-Baal von

Retenu oder Fenechierland sich wider Amun setzen und ihm die schuldige Abgabe verweigern, wogegen selbstverständlich sofort ein Strafzug müßte ausgerüstet werden, selbst wenn seine Kosten den Wert des Tributs überträfen, zur Wahrung von Amuns Ehre. In diesem Licht, meine Liebe, sehe ich deinen Kummer, und kaum nach Hause zurückgekehrt, werde ich mit meinem Gemahl, dem Vorsteher der Priester sämtlicher Götter von Ober- und Unterägypten, den krassen Fall dieses kenanitischen Aufruhrs besprechen und ihn befragen, welche Maßnahmen er für geeignet hält, der Unordnung zu steuern.«

Mit diesem Ergebnis löste, unter stärkstem Geplapper, die so berühmt gewordene und hier endlich nach ihrem wahren und wirklichen Verlauf erzählte Damengesellschaft sich auf, durch welche es Mut-em-enet hauptsächlich fertig brachte, ihre unselige Leidenschaft zum Stadtgespräch zu machen: ein Gelingen, über das sie sich zwischendurch, in lichteren Augenblicken, wohl plötzlich entsetzte, worin sie aber auch wieder, vermöge zunehmender Ausartung, ein trunkenes Genüge fand; denn die meisten Verliebten würden nicht glauben, daß ihrem Gefühl genügend Ehre geschähe, wenn nicht alle Welt, sei es auch selbst unter Spott und Hohn, sich damit beschäftigte: es muß an die große Glocke gehängt sein. Auch machten die Freundinnen ihr nun öfters Krankenvisiten, einzeln oder zu wenigen, um sich nach dem Stand ihres Kummers zu erkundigen, sie zu trösten und ihr Ratschläge zu geben, welche aber an den tatsächlichen, so ganz besonderen Umständen töricht vorbeigingen, so daß die Leidende nur die Achseln zu zucken und zu entgegnen vermochte: »Ach, Kinder, ihr plappert und ratet und versteht überhaupt nichts von diesem Sonderfall«, – worüber Wese's Damen sich nun wieder erbosten und untereinander sprachen: »Wenn sie meint, die Sache sei uns zu hoch, und sei etwas ganz Besonderes damit, das sich unserm Rate entzieht, so soll sie den Mund halten und uns nicht befassen mit ihrer Affäre!«

Wer aber sonst noch persönlich kam und sich zwischen Vorhut und Nachhut herantragen ließ nach Potiphars Frauenhaus, das war der große Beknechons, Amuns Erster, den seine Frau von dieser Geschichte in Kenntnis gesetzt, und der nicht gewillt war, sie auf die leichte Achsel zu nehmen, vielmehr entschlossen, sie im Lichte der größten Interessen zu sehen. Der gewaltige Blankschädel und Gottesstaatsmann in seinem angemaßten Leopardenfell erklärte der Mut, indem er aus den Rippen emporgereckt und mit erhobenem Kinn mit langen Schritten vor ihrem Löwenstuhl hin und her stapfte: Jeder persönliche und bloß moralische Gesichtspunkt habe auszuscheiden bei der Beurteilung dieses Vorkommnisses, welches im Sinne der Sittenregel und der gesellschaftlichen Ordnung freilich zu beklagen sei, aber, einmal eingetreten, nach bedeutenderer Maßgabe zu Ende geführt werden müsse. Als Priester, Seelsorger und Wächter frommer Zucht, nicht zuletzt auch als Freund und höfischer Standesgenosse des guten Peteprê müsse er das Augenmerk tadeln, das Mut diesem Jüngling widme, und den Wünschen entgegen sein, die er ihr errege. Die Widerspenstigkeit aber im Verhalten des Ausländers dazu, seine Weigerung, den Tribut zu entrichten, seien für den Tempel untragbar, welcher darauf dringen müsse, daß diese Sache schnellstens zu Amuns Ehre bereinigt werde. Darum müsse er, Beknechons, ganz ohne Rücksicht auf das persönlich Wünschbare oder Verdammenswerte, Mut, seine Tochter, ermahnen und es ihr gebieterisch abverlangen, daß sie alles, auch das Äußerste, aufbiete, den Störrigen zur Unterwerfung zu bringen, – nicht um ihrer Genugtuung willen, wenn auch eine solche – ohne seine Billigung – für sie dabei abfalle, sondern zu der des Tempels; und nötigenfalls sei der Säumige auf dem Wege zwanglicher Vorführung zur Willfährigkeit anzuhalten.

Daß der Mut diese geistliche Weisung und höhere Ermächtigung zum Fehltritt in der Seele wohltat, daß sie eine Stärkung ihrer Stellung gegenüber dem Geliebten darin zu erblicken vermochte, zeigt mit betrübender Deutlichkeit an, wohin es mit ihr gekommen war, – mit eben der Frau, die noch vor kurzem, in Übereinstimmung mit ihrer Gesittungsstufe, ihr Glück und Wehe abhängig gemacht hatte von der Freiheit seiner lebendigen Seele, und deren Gefühl vor Ratlosigkeit nun schon so tief gesunken war, daß sie an dem Gedanken tempelpolizeilicher Vorführung des heiß Begehrten ein gewisses verzweifeltes und verzerrtes Gefallen fand. Ja, sie war reif, mit Tabubu zu zaubern.

Aber auch dem Joseph blieb die Stellungnahme des Amuntempels in dieser Sache nicht unbekannt; denn keine Falte und Spalte war seinem getreuen Bes-em-hebchen zu schmal gewesen, daß es nicht darin hätte unterkommen mögen, um heimlich dem Besuch des großen Beknechons bei Mut-em-enet anzuwohnen und abzuhören mit zwergenfeinem Ohre, was er ihr vorschrieb, damit er es dem Schützling brühwarm hinterbrächte. Der hörte es und fand sich außerordentlich dadurch in seiner Ansicht bestärkt, daß dies eine Sache und Kraftprobe sei zwischen Amuns Großmacht und Gott dem Herrn, und daß auf keinen Fall und um keinen Preis, wie wenig auch immer diese Notwendigkeit übereinstimmen mochte mit Adams Begehren, der Herr, sein Gott, den Kürzeren dabei ziehen dürfe.

Die Hündin

So geschah es denn, daß Mut-em-inet, die Stolze, im Zuge ihrer Ausartung, verstört von Liebesleid, sich zu einer Handlung herbeiließ, die sie vor kurzem noch so vornehm von sich gewiesen; daß sie auf die Gesittungsstufe Tabubu's, der Kuschitin, herabsank und einwilligte, mit ihr unsaubere Heimlichkeiten zu treiben: nämlich zwecks kirrenden Liebeszaubers einer scheußlichen Gottheit von unten zu opfern, deren Namen sie nicht einmal kannte und auch nicht kennen wollte – Tabubu nannte sie einfach »die Hündin« und das genügte.

Dies Nachtgespenst, eine arge Megäre und Ghule, wie es schien, versprach die Negerin mit ihrer Bannkunst den Wünschen der Herrin Mut geneigt und dienstbar zu machen, und Mut war es schließlich zufrieden – zum Zeichen, daß sie auf des Geliebten Seele verzichtet hatte und froh sein wollte, wenn sie nur seinen Körper, eine warme Leiche also, in Armen halten würde – oder, wenn nicht froh, so doch traurig gesättigt; denn durch Zauberbann und Behexung ist selbstverständlich nur der Körper und Leichnam zu kirren und in jemandes Arme zu liefern, nicht auch die Seele, und ein hoher Grad von Trostlosigkeit ist nötig, um sich mit jenem zu trösten und mit dem Gedanken, daß es bei der Liebessättigung auf den Leib ja vornehmlich ankommt und man der Seele in Gottes Namen immer noch leichter dabei entraten mag, als umgekehrt jenes, möge es auch eine traurige Art von Sättigung sein, die der Leichnam gewährt.

Daß Mut-em-inet schließlich den tiefstehenden Vorschlägen der Gummiesserin zustimmte und sich bereit fand, mit ihr zu hexen, hing übrigens auch mit der Verfassung ihres eigenen Körpers, seiner Hexenhaftigkeit zusammen, deren sie sich, wie wir sahen, durchaus bewußt war, und durch deren auffallende Merkmale sie sich als zunftmäßig geprägt erschien und geradezu aufgefordert fand, solcher Beschaffenheit durch Handlungen Rechnung zu tragen. Man darf nicht vergessen, daß ihr neuer Körper ein Erzeugnis und eine Ausbildung der Liebe war, das heißt: einer leidvoll begehrenden Steigerung von Muts Weiblichkeit; wie denn im allgemeinen das Hexenhafte nichts anderes ist, als übersteigerte und unerlaubt reizend auf die Spitze getriebene Weiblichkeit; woraus denn auch nicht nur folgt, daß Hexerei immer eine vorzüglich, ja ausschließlich weibliche Angelegenheit und Verrichtung war und männliche

Hexenmeister kaum vorkommen – sondern naturgemäß auch noch dies, daß immer die Liebe dabei eine hervorragende Rolle spielte, von jeher im Mittelpunkt alles hexerischen Betreibens stand, und daß der Liebeszauber recht eigentlich als der Inbegriff aller Magie, als ihr natürlicher Vorzugsgegenstand anzusprechen ist.

Der leicht vettelhafte Einschlag in Muts Körperlichkeit, den wir ebenfalls, mit gebotener Zartheit, feststellen mußten, mochte dazu beitragen, daß sie sich gestimmt und gewissermaßen bestimmt fühlte, in die Hexenpraxis einzutreten und Tabubu'n zu erlauben, daß sie die bedenkliche Opfer- und Zauberhandlung für sie ins Werk setzte; denn das Gotteswesen, dem diese gelten sollte, war nach den Angaben der Negerin die Vettelhaftigkeit in Person, eine göttliche Vettel und Vettelgöttin, in welcher man die höhere Zusammenfassung und Verwirklichung aller abstoßenden Vorstellungen zu sehen hatte, die sich mit dem Vettelnamen nur irgend verbinden, ein Scheusal von schmutzigsten Gewohnheiten, die Erzvettel. Solche Gottheiten gibt es und muß es geben, denn die Welt hat Seiten, welche, von Ekel und Blutschmutz starrend und zur Vergöttlichung scheinbar wenig geeignet, dennoch so gut wie die gewinnenderen der ewigen Repräsentation und Vorsteherschaft, der geistigen Verkörperung, sozusagen, oder der persönlichen Vergeistigung bedürfen; und so kommt es, daß Name und Natur des Göttlichen ins Scheusälige eingehen und Hündin und Herrin eins werden, da es sich ja um die Erzhündin handelt, welcher eben als solcher der Herrinnencharakter wesentlich zugehört – wie denn Tabubu auch tatsächlich von dem Inbegriff schmutziger Liederlichkeit, den sie zu Hilfe zu rufen gedachte, als von »der gnädigen Frau Hündin« sprach.

Das schwarze Weib glaubte Mut darauf vorbereiten zu sollen, daß Stil und Eigenart der geplanten Veranstaltung aus den gesellschaftlichen Gewohnheiten der großen Dame herausfallen würden; sie entschuldigte sich im voraus bei ihrer Feinheit deswegen und bat sie, sich für diesmal um der Sache und des Zweckes willen mit dem gemeinen Ton abzufinden, der nun einmal dabei herrschend sein müsse, weil nämlich die »gnädige Frau Hündin« einen anderen nicht kenne und verstehe und ohne Unverschämtheit der Redeweise kein Auskommen mit ihr sei. Es gehe weder sehr sauber zu bei der Handlung, kündigte sie vorbauend an – denn die Ingredienzien seien zum Teil sehr unappetitlich –, noch könne es fehlen, daß geschimpft und geprahlt werde dabei; die Herrin möge gefaßt darauf sein und im gegebenen Augenblick nicht Anstoß daran nehmen oder, wenn sie es täte, es sich doch nicht merken zu lassen; denn dadurch unterscheide sich so ein Zwangsakt eben von dem Gottesdienst, den sie gewohnt sei, daß es gewaltsam, überheblich und schrecklich dabei zugehe: nicht einmal vorsätzlich von seiten des Menschen und nach seinem eigenen Geschmack, sondern es schlage dabei einfach die unverschämte Natur der Angerufenen und zur Gegenwart Gebrachten durch, eben der Herrin-Hündin, deren Dienst nicht anders als unflätig sein könne und deren Erzvetteltum von sich aus die notwendig niedrige Anstandshöhe der Handlung bestimme. Schließlich, meinte Tabubu, komme einem Begängnis, das dem Jünglingszwang gelte und eine bloß körperliche Gefügigmachung zur Liebe bezwecke, ein besonders feiner Ton ja auch nicht zu. –

Mut erbleichte und biß sich auf die Lippen bei diesen Worten, teils vor Gesittungsschrecken, teils auch vor Haß auf die Schlumpe, die ihr selbst den Jünglingszwang an- und aufgedrungen hatte und nun, da sie ihre Beteiligung zugestanden, ihr die Verächtlichkeit eines solchen Entschlusses beleidigend zu bedenken gab. Das ist eine sehr alte Erfahrung des Menschen, daß seine Verführer, nämlich diejenigen, die ihn unter seinen Rang hinabführen, ihn, wenn sie ihn glücklich unten haben, auch noch durch die Schnödigkeit, mit der sie nun plötzlich von der neuen, noch ungewohnten Stufe sprechen, erschrecken und verhöhnen. Der Stolz verlangt dann, daß man sich seine Angst und Verwirrung nicht merken läßt, sondern antwortet: »Möge es hier, wie immer, zugehen – ich wußte, was ich tat, als ich dir zu folgen beschloß.« Und so ungefähr äußerte sich auch Mut, indem sie trotzig zu dem ihr ursprünglich ganz fremden Entschlusse stand, den Geliebten durch Zauber zu kirren.

Sie mußte sich noch einige Tage gedulden: erstens, weil die Schwarzpriesterin Vorbereitungen zu treffen hatte und nicht alle Ingredienzien gleich zur Hand waren, zu welchen nicht nur unheimliche und nicht von heut auf morgen bereitzustellende Dinge, wie das Steuer eines gescheiterten Schiffes, Galgenholz, faulendes Fleisch, diese und jene Gliedmaße eines getöteten Übeltäters gehörten, sondern vor allem auch etwas Haar vom Haupte Josephs, das Tabubu sich erst mit List und Bestechung aus des Hauses Barbierstube verschaffen mußte; zweitens aber, weil man das Rundwerden des Mondes abwarten mußte, um unter der Vollwirkung dieses zweideutigen, in seinem Sonnenverhältnis weiblichen, seiner Erdbeziehung aber männlichen Gestirnes, das kraft dieses Doppelsinns eine gewisse Einheit des Weltalls verbürgt und zum Dolmetsch zwischen Sterblichen und Unsterblichen taugt, desto sicherer und aussichtsreicher zu laborieren. Teilnehmen sollten an dem Gewaltakt außer Tabubu als Opferpriesterin und der Herrin Mut als Klientin noch ein Mohrenmädchen als dienende Person und die Kebse Meh-en-wesecht als Beisitzerin. Zum Schauplatz war das flache Dach des Frauenhauses bestimmt.

Gefürchtet oder ersehnt oder auch furchtsam ersehnt in ungeduldiger Scham – ein jeder Tag kommt einmal heran und wird zum Lebenstage, indem er bringt, was bevorgestanden. So auch der volle Tag von Mut-em-inets hoffnungsreicher Herabwürdigung, da sie aus bitterer Not ihre Stufe verriet und sich aufs Unwürdige einließ. Denn da die Stunden des Tages abgewartet waren, wie vorher die Tage und eine nach der anderen niedergerungen; als die Sonne geschwunden, ihr Nachruhm verblichen war, die Erde sich in Dunkel gehüllt und der Mond in unglaublicher Größe sich über die Wüste erhoben hatte, eintretend mit seinem geliehenen Schein für das stolze Eigenlicht, das geschieden, ablösend den prallen Tag mit dem zweifelhaften Weben seiner bleichen Schmerzensmagie; als er, sich langsam verkleinernd zur Höhe der Welt emporgeschwebt war, das Leben sich zur Ruhe gelegt hatte und auch im Hause Potiphars alles mit hochgezogenen Knien und friedsamen Mienen an den Brüsten des Schlafes sog, – da war es so weit, daß die vier Frauen, die allein wach geblieben waren, und Weiblich-Geheimes vorhatten für diese Nacht, sich auf dem Dache zusammenfinden mochten, wo Tabubu mit ihrer Gehilfin schon alles zum Opfer bereit gemacht hatte.

Mut-em-inet, ihren weißen Mantel um die Schultern und einen brennenden Fackelstock in der Hand, eilte so geschwind die Treppen des Hauses, die, welche vom Brunnenhof zum niedrigen Oberstock, und die engere dann, die zum Dache führte, hinan, daß die Nebenfrau Meh, ebenfalls eine weißleuchtende Fackel tragend, ihr kaum folgen konnte. Schon gleich als sie ihr Bettzimmer verlassen, hatte Eni zu laufen begonnen, den Feuerstab über den Kopf erhoben und diesen zurückgeworfen, mit starren Augen und offenem Munde, indem sie mit der Rechten ihr Kleid raffte.

»Was rennst du, Liebste?« raunte Meh. »Du wirst außer Atem kommen, ich fürchte, du strauchelst, halt ein, geh sorgsam um mit der Flamme!«

Aber Petepré's Erste und Rechte erwiderte abgerissen:

»Rennen muß ich, nur rennen und laufen und atemlos stürmend diese Besteigung vollziehen – hindere mich nicht, der Geist befiehlt es mir, Meh, und so muß es sein, daß wir rennen!«

Dies keuchend mit aufgerissenen Augen schwang sie die Leuchte über dem Kopf, so daß vom gepichten Flachs einiges feurig abstob und die auch ganz atemlose Mitläuferin erschrocken nach dem kreisenden Stiele griff, ihn ihr zu entwinden, was Mut nicht leiden wollte, wodurch die Gefahr sich vergrößerte. Dies war schon auf der Oberstiege zum Dach, und Mut strauchelte wirklich hier infolge des Handgemenges und wäre gestürzt, wenn Meh sie nicht in ihre Arme gefaßt hätte; und so taumelten die Frauen, umschlungen und mit den Leuchten fuchtelnd, durch die schmale Schwellentür oben hinaus auf die nächtige Dachfläche.

Wind empfing sie und die rauhe Stimme der Priesterin, die hier schon regierend das Wort führte. Sie führte es unausgesetzt von da an, ohne zu schweigen, großsprecherisch, eigenmächtig und grob, und in ihr Bramarbasieren mischte sich manchmal aus der gebleichten Wüste des Ostens das Heulen von Schakalen, ja auch von fernher das dumpf schütternde Gebrüll eines schweifenden Löwen. Der Wind wehte von Westen, von der schlafenden Stadt, dem Strome her, in dem silbern zuckend der hohe Mond spielte, vom Totenufer und seinen Bergen. Er verfing sich fauchend in den nach dieser Seite offenen Windkaminen hier oben, bretternen Schirmdächern, bestimmt, kühle Luft in das Haus zu leiten. Auch ein paar kegelförmige Kornbehälter gab es noch auf der Fläche, aber heute noch mehr der Dinge und Vorkehrungen, außer diesen gewöhnlichen: Zubehör der vorhabenden Handlung, darunter solches, um dessentwillen es gut war, daß ein Wind wehte; denn auf Dreifüßen sowohl wie am Boden lagen Stücke bläulich faulenden Fleisches, die stinken wollten und es, wenn der Wind aussetzte, sofort auch taten. Was sonst noch da war und sich vorbereitet fand zur trüben Begehung, hätte ein Blinder erfahren und mit dem innern Auge gesehen, oder ein solcher, der sich nicht umgeblickt und nichts hätte sehen wollen, wie Mut-em-inet, die jetzt und später nur immer mit halb geöffnetem, nach unten gebogenem Munde und aufgesperrten Augen schräg aufwärts ins Leere starrte. Denn Tabubu, schwarz-nackt bis zum Gürtel, um den Kopf graue Zotteln, in welchen der Wind wühlte, gegürtet unter den Vettelbrüsten mit einem Ziegenfell (und so angetan war auch ihre junge Gehilfin), sprach alles aus, was da war, mit beweglichem Klatschmunde, worin zwei Raffzähne einsam standen, und führte es marktschreierisch an nach Namen und Nutzung.

»Da bist du, Weib!« redete sie im Hantieren und Weisen, als ihre Herrin aufs Dach taumelte. »Willkommen Schutzflehende, Verschmähte du, arme Lechzerin, Schale, der sich der Stein versagt, verliebte Trulle, tritt hin zum Herde! Nimm, was man dir darreicht! Nimm Salzkörner in die Hand und häng' dir Lorbeer ans Ohr, dann hocke nieder am Herd, er lodert im Winde aus seinem Loch; zu deinem Frommen lodert er, Jammerbild, daß dir in bestimmten Grenzen geholfen werde!

Ich rede! Ich redete schon hier oben und herrschte als Priesterin, ehe du kamst. Nun rede ich fort, rede laut und gewöhnlich, denn Zimperlichkeit taugt nicht, solange man mit dieser da ringt, unschamhaft muß man die Dinge bei Namen nennen, weshalb ich denn dich auch, Flehende, laut einen Schmachtfetzen nenne und eine verschmähte Urschel. Sitzest du, dein Salz in der Faust und den Lorbeer am Ohr? Hat auch deine Gesellin das ihre und kauert sie bei dir am Altar? Auf denn für uns zum Opferdienst, Priesterin und Ministrantin! Denn gerüstet ist alles zum Mahl, so Schmuck wie tadellose Geschenke.

Wo ist der Tisch? Er ist, wo er ist, gegenüber dem Herde, schicklich geschmückt mit Laub und Zweigen, Efeuzweigen und Blattgetreide, das sie liebt, die Geladene, die schon sich Nähernde – Hülsendunkel, verschließend die mehligen Kerne. Darum kränzt es den Tisch und schmückt die Ständer, auf denen lockend die Zehrung stinkt. – Lehnt das morsche Steuer am Tisch? – Es lehnt. – Und andererseits, was bemerkt man? – Einen Balken bemerkt man dort vom Kreuz, auf das man den Missetäter erhöht, – zu deinen Ehren, du Wüste, die sich gerne an Verworfene klammert, und zu deinem Anreiz lehnt er am Tische. – Aber bietet man dir vom Gehenkten selber nichts zu deinem Pläsier, kein Ohr, keinen Finger? – Weit gefehlt! Zwischen schönen Brocken von Erdpech ziert der faulende Finger den Tisch und das knorplige Ohr vom Haupte des Schurken, wächsern, mit Blutgerinnsel beklebt, nach deinem Gusto so recht und dir, Unholdin, zum Köder. – Aber die Büschel Haars auf dem Gabentisch, glänzend, einander ähnlich von Farbe, die sind nicht vom Schächer, die stammen von anderen Häuptern, fern und nah, doch haben wir hier das Nahe und Ferne hübsch beisammen und duften soll es dir, wenn du helfen willst, du aus der Nacht, die wir rufen! –

Stille denn nun, und niemand soll mucksen! Auf mich geblickt, die ihr am Herde sitzet, und sonst nirgendwohin, denn man weiß nicht, von welcher Seite sie anschleicht! Opferschweigen befehl ich. Lösche auch diese Fackel noch, Dirne! – So recht. – Wo ist das Zweischneidige? – Hier. – Und der Hundeköter? – Er liegt noch am Boden, einer jungen Hyäne ähnlich, die Klauen gefesselt und die Schnauze verbunden, die feuchte, die sich so gern an jederlei Unrat versuchte. – Gib zuerst den Asphalt! In schwärzlichen Brocken wirft ihn die rüstige Priesterin in die Flamme, daß sein bleierner Rauch dir entgegenqualme, dumpf, als Opferruch, Herrin von unten! – Die Trankopfer nun, die Vasen in richtiger Folge: Wasser, Kuhmilch und Bier – ich gieße, ich schütte, ich spende. In der Tränke, der Pfütze, der blasigen Lache stehen nun meine schwarzen Füße, da ich das Hundeopfer vollziehe, ekel genug, doch haben nicht wir Menschen es dir erwählt; wir wissen nur: keins ist dir lieber.

Her mit dem Schnüffler, dem unanständigen Biest, und seine Kehle gespalten! Nunmehr den Bauch geschlitzt und die

Hände getaucht ins heiße Gedärm, das dir entgegendampft in der Kühle der Mondnacht. Blutig verschmiert, mit Kutteln behangen, heb' ich sie auf vor dir, meine Opferhände, denn ich habe sie zu deinem Ebenbilde gemacht. So dich grüßend lad'
5 ich dich fromm und geziemend zum Opfermahl, Vorsteherin alles Nachtvolks! Höflich vorerst noch und feierlich bitten wir dich, an dem Mahl und den tadellosen Geschenken gnädig teilzunehmen. Gefällt dir's, uns zu willfahren? – Sonst, das wisse, macht sich die Priesterin stark gegen dich und rückt dir
10 zuleibe, packt dich kräftiger an zu kundig vermessenem Zwange. Nahe dich! Ob du nun aus einer Schlinge hierher springst – ob, nachdem du ein kreißend Weib bedrückt – oder mit Selbstmörderinnen gekost – blutbeschmutzt dich einstellst, von Leichenstätten herschweifend, wo du gespukt und genagt – ob
15 auch von Dreiwegen durch Unreinlichkeit hierher gezogen, nachdem du dich, kranker Wollust voll, an den Verruchten geklammert. – –

Kenn' ich dich und erkennst du dich wieder in meinen Worten? Treff' ich im Ringen dich besser und näher schon? Merkst
20 du, daß ich wohl Bescheid weiß über dein Treiben, deine unschilderbaren Gewohnheiten, dein unaussprechlich Essen und Trinken und all dein bodenloses Gelüsten? Oder sollen meine Fäuste dich wissender fassen noch und genauer und mein Mund die letzte Schonung hinfahren lassen, namhaft machend
25 dein allerschweinischstes Wesen? – Schreckgestalt schimpf ich dich, Betze und Metze du, eiteräugiger Nachtmahr! Schandmorchel, schmierige Höllenvettel, auf Schindangern heimisch, wo du kriechst und krallst und knabbernd Aasknochen begeiferst. Die du dem Gehenkten die letzte Wollust löst im Ver-
30 recken und feuchten Schoßes mit der Verzweiflung buhlst – schreckhaft dabei, lasterschwach und entnervt, vor jedem Windhauch erbebend, spuksichtig, feig empfindlich für alles Nächtige. – Äußerstes Scheusal! – Kenn' ich dich? Nenn' ich

dich? Hab' ich dich? Weiß ich dich? – Ja, sie ist's! Sie nutzte des Mondes Verdunklung durch einen Wolkenstreif! Ihr Kommen bekräftigt der vor dem Hause mächtig bellende Hund! Die Flamme schlägt lodernd vom Herde! Sieh, einen Krampf erleidet die da, die Gesellin der Flehenden! In welche Richtung dreht sie die Augen? Wohin sich ihr die Augen verdrehen, von dorther naht sich die Göttin!

Herrin, wir grüßen dich. Nimm vorlieb! Wir geben dir's, wie wir es wissen. Hilf, wenn dich das unreine Mahl erfreut und die tadellos üblen Geschenke! Hilf der Lechzerin hier, der Verschmähten! Sie stöhnt eines Jünglings wegen, der nicht wie sie will. Hilf ihr, so gut du's vermagst, du mußt, ich hab' dich im Kreise! Quäl' ihn leiblich heran, den Störrigen, quäl' ihn aufs Lager zu ihr, er wisse nicht, wie, und schmiege ihr seinen Nakken unter die Hände, daß sie doch einmal koste den herben Jünglingsgeruch, nach welchem sie schmachtet!

Jetzt das Abgeschorene, Fratze, rasch! Das Liebesopfer, den Brandzauber vollzieh' ich nun im Angesichte der Göttin. Ach, die schmucken Strähnen, vom fernen Haupt und vom nahen, glanzreich und weich! Abfall der Körper, Beispiel des Stoffes – ich, die Priesterin, verschlinge, verflechte, verknote, vermähle sie in meinen blutigen Opferhänden, vielfach und innig, und so laß ich sie fallen in die Flamme, die sie in raschem Knistern verzehrt... Was entstellt sich schmerzlich-widrig dein Antlitz, Flehende? Ich glaube, dich ekelt das hornige Übelrüchlein des Brandes? Das ist euer Stoff, meine Feine, Dunst des entflammten Körpers – so riecht die Liebe! – Schluß damit!« sagte sie ordinär. »Der Dienst ist bestens verrichtet. Laß ihn dir munden und wohl bekommen, deinen Schönen! Die Herrin-Hündin gesegnet ihn dir dank Tabubu's Künsten, die ihres Lohnes wert sind.«

Die Tiefstehende trat beiseite, legte die Überhebung ab, putzte sich nach der Arbeit mit dem Handrücken die Nase und fuhr dann mit den opferbesudelten Händen in ein Wasserbekken. Der Mond stand klar. Die Kebse Meh war aus ihrer Schreckensohnmacht wieder zu sich gekommen.

»Ist sie noch da?« erkundigte sie sich zitternd ...

»Wer?« fragte Tabubu, die sich die Schwarzhände wusch wie ein Arzt nach dem blutigen Eingriff. »Die Hündin? Sei ruhig, Nebenfrau, die ist schon wieder verduftet. Gern kam sie überhaupt nicht und mußte mir nur gefügig sein, weil ich so unverschämt mit ihr umzuspringen und ihr Wesen gar so treffend im Worte einzuzirken verstehe. Auch kann sie hier nichts anstellen außer dem, was ich ihr zwingend aufgetragen, denn eine Dreiheit von Übel abwehrenden Mitteln ist unter der Schwelle vergraben. Aber dem Auftrag wird sie genügen, das ist keine Frage. Hat sie doch das Opfer genommen, und der Brandzauber der verflochtenen Haare bindet sie auch.«

Hier hörte man Mut-em-inet, die Herrin, tief aufseufzen und sah sie sich erheben vom Herde, wo sie gekauert hatte. Vor dem Hundsluder nahm sie Stellung in ihrem weißen Mantel, den Lorbeer noch neben dem Ohr, die Hände zusammengefügt unter dem aufgehobenen Kinn. Seit sie den Brandgeruch von Josephs mit dem ihren vermischten Haar verspürt, hatten die Winkel ihres halboffenen Maskenmundes sich noch bitterer hinabgesenkt, schwer, als zerrten Gewichte daran, und es war gramvoll zu sehen, wie sie nun mit diesem Munde sprach, die Lippen starr und traurig gegeneinander regend, und mit Sangesstimme die Klage nach oben begann:

»Hört es, reinere Geister, die ich so gerne meiner großen Liebe zu Osarsiph, dem ibrischen Jüngling, hätte lächeln sehen, hört und seht es, wie weh mir ist bei diesem Tiefstand und wie sterbenselend im Herzen bei dem furchtbar schweren Verzicht, zu dem ich mich wohl oder übel entschlossen, weil deiner Herrin, Osarsiph, mein süßer Falke, nichts weiter übrigblieb, dem tief verzweifelten Weibe! Ach, ihr Reineren, wie erdrükkend schwer und schimpflich ist dieser Verzicht und diese Entsagung! Denn ich habe auf seine Seele verzichtet, da ich mich endlich notgedrungen zum kirrenden Zauber verstand, – deiner Seele entsagte ich, Osarsiph, mein Geliebter: wie jammervoll herb ist dieser Verzicht für die Liebe! Auf deine Augen habe ich Verzicht getan, allerschmerzlichst, ich konnte nicht anders, es blieb der Ratlosen keine Wahl. Tot und verschlossen werden mir deine Augen sein in unsrer Umarmung, und nur dein schwellender Mund, allerdings, wird mein sein – vielfach werde ich ihn küssen in erniedrigter Wonne. Denn über alles geht mir deines Mundes Hauch, das ist wahr, aber darüber hinaus noch, über das All noch, Sonnenknabe, wäre mir der Blick deiner Seele gegangen – das ist meine tief aufquellende Klage! Hört sie, reinere Geister! Vom Herde des Negerzaubers sende ich sie aus tiefster Bitternis zu euch empor. Seht es, wie ich, die höhere Frau, unter meinen Stand zu gehen genötigt war in der Liebe, da ich das Glück hingeben mußte für Lust, um doch wenigstens diese zu haben – wenn schon seines Blickes Glück nicht, so doch die Lust seines Mundes! Aber wie weh und übel mir ist bei diesem Verzicht, das laßt des Gaufürsten Tochter nicht verschweigen, Reinere, sondern es laut ausklagen, bevor ich büße die künstlich erzauberte Lust und seelenloser Wonne genieße mit seiner süßen Leiche! Laßt mir die Hoffnung in diesem Tiefstand, ihr Geister, und den allergeheimsten Hintergedanken, daß vielleicht Lust und Glück zuletzt nicht ganz genau möchten zu scheiden und auseinanderzuhalten sein und allenfalls vielleicht aus jener, wenn sie nur tief genug, dieses erblühen möchte, und unter den unwiderstehlichen Küssen der Lust schlüge der tote Knabe die Augen auf, mir den Blick seiner Seele zu schenken, so daß möglicherweise der Zauberbedingung möchte ein Schnippchen geschlagen sein! Diesen stillsten Hinterhalt laßt mir in meiner Erniedrigung, reinere Geister, zu denen ich klage, und mißgönnt mir die Hoffnung nicht auf dies Schnippchen, auf dies kleine Schnippchen nur ...«

Und Mut-em-inet hob die Arme auf und sank unter heftiganhaltendem Schluchzen an den Hals ihrer Gesellin, der Kebse Meh, die sie vom Dache hinunterführte.

Der Neujahrstag

Die Ungeduld des Hörerkreises, zu erfahren, was jeder schon weiß, ist über alledem zweifellos auf ihren Gipfel gekommen. Die Stunde, sie zu befriedigen, ist da, – eine Haupt-Feststunde und ein Wendepunkt der Geschichte, feststehend, seit sie in die Welt kam und zuerst sich selber erzählte: die Stunde und der Tag, wo Joseph, seit drei Jahren Potiphars Hausvorsteher, seit zehn Jahren sein Eigentum, mit knapper Not den gröbsten Fehler vermied, den er hätte begehen können, und aus brennender Versuchung gerade eben noch mit einem blauen Auge davonkam, – wobei freilich sein Leben im kleineren Umlauf sich wieder einmal vollendete und es ein anderes Mal mit ihm in die Grube ging – durch eigene Schuld, wie er wohl erkannte, zur Strafe für ein Verhalten, das in seinem herausfordernden Unbedacht, um nicht zu sagen: seinem Frevelmut demjenigen seines Vorlebens nur zu ähnlich gewesen war.

Seine Schuld gegen die Frau mit seiner früheren gegen die Brüder in Parallele zu stellen, ist sehr berechtigt. Wiederum hatte er es mit seinem Wunsch, die Leute »stutzen« zu machen, zu weit getrieben, wiederum die Wirkungen seiner Liebenswürdigkeit, deren sich zu freuen und die zur größeren Ehre Gottes zu nutzen und zu befördern sein gutes Recht war, leichtsinnig ins Kraut schießen, gefährlich ausarten und sich über den Kopf wachsen lassen: im ersten Leben hatten diese Wirkungen die negative Form des Hasses angenommen, diesmal die übermäßig positive und darum auch wieder verderbliche Form der Liebesleidenschaft. Verblendet hatte er der einen wie der anderen Vorschub geleistet und, verleitet von dem, was in ihm selbst den überhandnehmenden Gefühlen der Frau entgegenkam, auch noch den Erzieher spielen wollen – er, der offenbar selbst noch so sehr der Erziehung bedurfte. Daß dies nach Strafe schrie, ist nicht zu leugnen; wobei man freilich nicht ohne stilles Schmunzeln bemerkt, wie sehr die Züchtigung, die ihn rechtens dafür ereilte, darauf eingerichtet war, ihm zu weiterem Glücke, größer und glänzender als das zerstörte, zu dienen. Was dabei den Sinn erheitert, ist der Einblick in ein oberstes Seelenleben, den der Vorgang gestattet. Die Vermutung ist alt, sie reicht in die Vorspiele und Vorbereitungsstadien der Geschichte zurück, daß die Fehlhaftigkeit des Geschöpfes jedesmal einer spitzigen Genugtuung für jene oberen Kreise gleichkommt, denen der Vorwurf »Was ist der Mensch, daß du sein gedenkst?« von jeher auf den Lippen schwebte, – während sie eine Verlegenheit bedeutet für den Schöpfer, der dann gezwungen ist, dem Reich der Strenge das Seine zu geben und strafende Gerechtigkeit walten zu lassen: spürbar weniger nach eigenem Sinn, als unter einem moralischen Drucke handelnd, dem er sich nicht gut zu entziehen vermag. Sehr anmutig lehrt nun unser Beispiel, wie es die höchste Güte und Neigung versteht, zwar diesem Drucke würdevoll nachzugeben, zugleich aber dem Reich der Pikiertheit und der Strenge auf der Nase zu spielen, indem er die Kunst übt, zu heilen, womit er schlägt, und das Unglück zum Fruchtboden erneuten Glückes zu machen.

Der Tag der Entscheidung und der Wende war der große Festtag von Amun-Rê's Besuch im Südlichen Frauenhause, der Tag des Beginnes der Nilschwelle, der amtliche ägyptische Neujahrstag. Der amtliche, wohlgemerkt; denn der natürliche, der Tag, wo wirklich der heilige Umlauf in sich selbst mündete, der Hundsstern wieder am Morgenhimmel erschien und die

Wasser zu schwellen begannen, war weit entfernt, mit diesem zusammenzufallen: in dieser Beziehung herrschte in Ägyptenland, das sonst die Unordnung so sehr verabscheute, fast immer Unordnung. Es kam wohl vor im Lauf der Zeiten, im Leben der Menschen und Königshäuser, daß der natürliche Neujahrstag einmal mit dem des Kalenders übereinstimmte; dann aber waren eintausendvierhundertsechzig Jahre nötig, damit dieser schöne Fall von Stimmigkeit wieder einträte, und ungefähr achtundvierzig Menschengeschlechter mußten vorüberziehen, denen nicht beschieden war, ihn zu erleben, was sie übrigens gern würden in Kauf genommen haben, wenn sie sonst keine Sorgen gehabt hätten. Auch das Jahrhundert, in dem Joseph sein ägyptisches Leben vollbrachte, war nicht berufen, diese Schönheit, die Einheit von Wirklichkeit und Amtlichkeit, zu schauen, und die Kinder Keme's, die damals unter der Sonne weinten und lachten, wußten es nicht anders, als daß es damit nun einmal nicht stimmte – es war ihnen allen das wenigste. Auch stand es nicht so, daß man sich praktisch geradezu in der Erntejahreszeit Schemu befunden hätte, wenn man den Anfang der Überschwemmungsjahreszeit Achet, den Neujahrstag beging; aber in der Winterjahreszeit Peret, auch Zeit der Aussaat genannt, befand man sich allerdings, und wenn die Kinder Keme's nichts dabei fanden, weil eine Unordnung, mit der es noch tausend Jahre dauern soll, als Ordnung zu gelten hat, so war es dem Joseph, kraft seiner inneren Abgesetztheit gegen die Lebensbräuche Ägyptenlandes, jedesmal etwas lächerlich dabei zu Mute, und er hielt bei dem unnatürlichen Neujahrstag nur mit, wie er mithielt bei allem Leben und Treiben derer hier unten: vorbehaltvoll und mit eben der Nachsicht, deren er sich von oben her für sein weltliches Mittun versichert hielt. Nebenbei gesagt ist es der Anerkennung wert und fast eine Sache zum Wundern, daß jemand bei so viel kritischer Abgerücktheit von der Welt, in die er versetzt ist, unter Kindern, deren ganzes

Gebaren ihm im Grund eine Narrheit ist, dennoch soviel Lebensernst aufbringen mag, um unter ihnen soweit voranzukommen, wie Joseph kam, und so Dankenswertes für sie zu leisten, wie ihm bestimmt war.

Doch ernst zu nehmen für den abgerückten Sinn oder nicht – der Tag der amtlichen Nilschwelle wurde in ganz Ägyptenland, besonders aber nun gar in Nowet-Amun, dem hunderttorigen Wêse, mit einer Festlichkeit begangen, von der man sich nur an Hand unserer größten und trubelreichsten Staats-, Volks- und Vaterlandstage eine Vorstellung macht. Vom frühesten Morgen an war die ganze Stadt auf den Beinen, und ihre riesige Menschenzahl – viel mehr als hunderttausend, bekanntlich – wurde noch gewaltig vermehrt durch den Zudrang stromauf- und -abwärts siedelnder Landleute, die einströmten, um Amuns Großen Tag am Sitze des Reichsgottes mit zu begehen, unter die Städter gemischt mit offenem Munde und auf einem Beine hüpfend zu schauen, was der Staat an majestätischen Schaustellungen bot, deren Herrlichkeit das besteuerte, befuchtelte Fronbäuerlein für die graue Notdurft eines ganzen Jahres entschädigen, es für die Fuchtelnot des neu anbrechenden vaterländisch stärken mußte, – in schwitzendem Drang, die Nasen voll vom Duft verbrannten Fettes und zu Berg gehäufter Blumen, die farbenstrahlenden, alabastergepflasterten, zeltdachüberspannten, von frommen Gesängen durchzogenen Vorhöfe der für den Volkstag mit ungeheuren Mengen von Eßwaren und Getränken verproviantierten Tempel zu füllen, dies eine Mal sich auf Kosten des Gottes, oder eigentlich der Obermächte, die sie das ganze Jahr preßten und schraubten, heute aber in verschwenderischer Güte lächelten, den Bauch voll zu schlagen und sich, wenn auch wider besseres Wissen, in der Vorstellung zu wiegen, nun werde es immer so sein, mit dieser Wende sei Jubel- und Wonnezeit, das goldne Weltalter des Freibiers und der gerösteten Gänse angebrochen, nie wieder werde der Abgabenschreiber, begleitet von Palmruten tragenden Nubiern das Fronbäuerlein heimsuchen, sondern jeden Tag werde es nun leben wie Amun-Rê's Tempel selbst, in welchem man nämlich eine trunkene Frau mit offenen Haaren sah, die ihre Tage in Festen vergeudete, weil sie den König der Götter in sich barg.

In Wahrheit war gegen Untergang ganz Wêse so betrunken, daß es blindlings gröhlte und torkelte und viel Unfug beging. Aber für die schönen Wunder der Frühe und des Vormittags, wenn Pharao auszog, »die Würde seines Vaters zu empfangen«, wie der behördliche Ausdruck lautete, und Amun seinen berühmten Festzug antrat auf dem Nil zum Opet resit, dem Südlichen Frauenhaus – da war die Stadt noch frischäugig und jubelzüchtig, in froher Andacht und frommer Schaulust empfänglich für den sich entfaltenden Staats- und Gottesprunk, welcher bestimmt war, die Herzen ihrer Kinder und Gäste mit einem neuen Vorrat von Alltagsgeduld und stolz verschüchterter Ergebenheit an das Vaterland zu versehen und dies fast ebensogut leistete, wie die beutereiche Heimkehr früherer Könige von nubischen und asiatischen Kriegszügen, deren Siegesszenen in Tiefrelief-Arbeit an den Tempelmauern verewigt waren, und die Ägyptenland groß gemacht hatten, während allerdings die schwere Befeuchtelung der Fronbäuerlein so recht erst damit begonnen hatte.

Pharao zog aus bekrönt und in Handschuhen am hohen Kalendertage, trat glänzend wie die aufgehende Sonne hervor aus seinem Palast und begab sich auf hochschwebendem Tragsessel mit Baldachin, unter Straußenwedeln, gehüllt in schwer duftende Weihrauchwolken, die voranschreitende Räucherer, umgewandt gegen den guten Gott, ihm zuschweben ließen, in das Haus seines Vaters, um dessen Schönheit zu schauen. Die Stimmen der Lesepriester wurden übertönt vom Jubel der hüpfenden Zuschauermenge. Trommler und Zinkenisten lärmten dem Zuge voran, in welchem Trupps von königlichen Verwandten, Würdenträgern, einzigen und wirklichen Freunden sowie Freunden schlechthin des Königs gingen, und dessen Beschluß Soldaten mit Feldzeichen, Wurfhölzern und Streitäxten machten. Die Lebenszeit des Rê dir, Amunsfriede! Wo aber sollte man stehen und Staub schlucken, den Hals sich verrenken, die Augen aufreißen – hier oder lieber zu Karnak bei Amuns wimpelüberflattertem Haus, wohin am Ende doch alles strömte? Denn auch der Gott kam ja heute hervor, verließ die heiligste Dunkelkammer im letzten Hintergrund seines riesigen Grabes, hinter allen Vorhöfen, Höfen und immer stiller und niedriger werdenden Hallen und zog, ein eigentümlich unförmiges Hockepüppchen, durch sie alle, durch immer höhere und farbenvollere Räume, auf seiner widderkopfgeschmückten Barke, heilig versteckt in seiner verschleierten Kapelle, getragen auf langen Schulterstangen von vierundzwanzig Blankschädeln in gestärkten Überschürzen, befächert und beräuchert auch er, dem Sohn ins Lichte und Laute entgegen.

Es war höchst vordringlich, das »Gänsefliegen« zu beobachten, den seit Urzeiten gepflogenen Brauch, der am schönen Ort des Zusammentreffens, auf dem Platz vor dem Tempel nämlich, vollzogen wurde. Wie schön und freudevoll allerdings war dieser Ort! Von goldenen, mit dem Kopfschmuck des Gottes gekrönten Mastbäumen flatterten bunte Flaggen. Berge von Blumen und Früchten häuften sich auf den Opfertischen vor den Schreinen der heiligen Dreiheit, des Vaters, der Mutter und des Sohnes, und Bildsäulen von Pharao's Vorfahren, der Könige von Ober- und Unterägypten, herbeigetragen von der in vier Wachen geteilten Schiffsmannschaft der Sonnenbarke, waren hier aufgerichtet. Auf goldenen Sockeln über das Volk erhöht, die Gesichter nach Ost, West, Mittag und Mitternacht auseinandergewandt, ließen Priester die Wildvögel in die vier Himmelsgegenden fliegen, damit sie den Göttern einer jeden die Nachricht brächten, daß Hor, des Usir und der Eset Sohn, sich die weiße sowohl wie die rote Krone aufs Haupt gesetzt habe. Denn dieser Meldeform hatte der Toderzeugte sich einst bedient, als er den Thron der Länder bestiegen, und durch unzählige Jubiläen hatte man die Handlung im Fest wiederholt, wobei Gelehrte und Volk nach unterschiedlichem Ermessen vielerlei Folgerungen für das gemeine und einzelne Schicksal aus dem Fluge der Boten zogen.

Welche schönen Geheimnisse und Hantierungen übte nicht Pharao nach dem Gänseflug an dieser Stätte! Er opferte vor den Bildern der Urkönige. Mit goldener Sichel schnitt er eine Garbe Spelt, die ein Priester ihm darreichte, und legte die Frucht zu Dank und Bitte vor seinem Vater nieder. Aus langgestielter Pfanne spendete er ihm, während Vorleser und Vorsänger aus ihren Buchrollen psalmodierten, den göttlichen Geruch. Dann setzte die Majestät dieses Gottes sich auf ihren Stuhl und nahm in unbeweglicher Haltung die Segenswünsche des Hofes an, welche in seltene und hohe Worte gekleidet waren und öfters in Gestalt ausgeklügelter Glückwunschbriefe vor sie gebracht wurden, die am Erscheinen verhinderte Chargen zu Verfassern hatten: ein Hochgenuß für alle, die es hörten.

Dies war nur der erste Akt des Festes, das unablässig an Schönheit zunahm. Denn nun ging es zum Nil mit der Heiligen Dreiheit, deren Boote wieder emporschwebten auf den Schultern von je vierundzwanzig Spiegelköpfen; und Pharao ging aus Sohnesbescheidenheit wie ein Mensch zu Fuß hinter dem seines Vaters Amun.

Die ganze Menge warf sich gegen den Fluß, den Zug der drei Gottesgruppen umdrängend, den vorn, gleich hinter den Bläsern und Trommlern, der Erste der Hausbetreter, Beknechons, im Leopardenfell, führte. Gesänge stiegen, es quoll der Weihrauch, die Hochwedel fächelten. Zum Ufer gelangt, nahmen drei Schiffe die heiligen Barken auf, – breit und lang, von strahlender Schönheit eins wie das andere, aber das unbeschreiblichste war Amuns Schiff, aus Zedernholz, das Retenu's Fürsten im Zederngebirge hatten schlagen und selbst – so sagte man – über die Berge ziehen müssen – mit Silber beschlagen, ganz golden der große Thronhimmel in seiner Mitte wie auch die Flaggenmaste und Obelisken davor, geschmückt mit schlangenbewehrten Kronen am Vorder- und Hintersteven und besetzt mit mancherlei Seelenfigürchen und heiligen Bedeutsamkeiten, von denen das Volk die meisten schon lange selbst nicht mehr kannte, noch zu erklären gewußt hatte, so furchtbar alt übermacht waren diese Sinnigkeiten, was aber die Ehrfurcht vor ihnen wie auch die Freude daran nicht abschwächte, sondern verstärkte.

Die Prunkschiffe der Großen Dreiheit waren Schleppkähne, die nicht selbst gerudert, sondern von leichten Galeotten und einer Mannschaft am Ufer in Tau genommen und nilaufwärts zum Südlichen Frauenhause gezogen wurden. Zur Schleppmannschaft zu zählen, war eine große Gunst, aus welcher ein Mann das folgende Jahr hindurch praktische Vorteile zog. Ganz Wêse, ausgenommen Todkranke und völlig Altersgebrechliche (denn die Säuglinge wurden von ihren Müttern auf dem Rücken oder an der Brust getragen) – eine gewaltige Menschenmenge also wälzte sich mit den Schleppern am Ufer hin, den göttlichen Schiffszug begleitend und auch selbst zum Zuge geordnet. Ein hymnensingender Amunsdiener führte sie an; Soldaten des Gottes folgten mit Schild und Wurfkeule; bunt aufgeputzte Neger, von Lachsalven begrüßt, tanzten trommelnd, Fratzen schneidend und allerlei teilweise unflätige Späße treibend hinterdrein (denn sie wußten sich verachtet und benahmen sich närrischer, als es in ihrer Natur lag, um den grotesken Vorstellungen zu schmeicheln, die das Volk von ihnen hegte); musizierende Hausbetreter beiderlei Geschlechts, die Daumenklappern und Sistren rührten, girlandenumwikkelte Opfertiere, Streitwagen, Standartenträger, Lautenspieler, höher graduierte Priester mit Dienerschaft reihten sich an, und singende, im Takt in die Hände klatschende Stadt- und Akkerbürger zogen mit.

So ging es in Freuden und Jubel zum Säulenhause am Fluß, wo die Gottesschiffe anlegten, die heiligen Barken wieder geschultert und in neuer Prozession, beim Klange der Trommeln und Langtrompeten ins herrliche Haus der Geburt getragen wurden, empfangen und eingeholt unter Knixen, Leibeswindungen und Zweiggewedel von Amuns irdischen Nebenfrauen, den Damen vom Hohen Hathorenorden in Dünngewändern, die nun vor dem Hochgemahl (nämlich vor dem gewikkelten Hockepüppchen in seiner verhüllten Kajüte) tanzten, Handpauken schlugen und sangen mit allseits beliebten Stimmen. Es war der große Neujahrsbesuch in Amuns Harem, gefeiert mit reichster Bewirtung, mit gehäuften Darbringungen an Nahrung und Trankspenden, mit unendlichen Ehrungen und sinnschweren, wenn auch großenteils von niemandem mehr verstandenen Förmlichkeiten im Innersten, Inneren und Vor-Inneren des Hauses der Umarmung und Niederkunft, in seinem von bunten Senkreliefs und Schriftgeraune erfüllten Gemächern, seinen rosengranitenen Papyrus-Säulengängen, silberbelegten Zelthallen und volksoffenen Statuenhöfen. Bedenkt man, daß gegen Abend der Gotteszug so glänzend und jubelnd, wie er gekommen, auch wieder zu Wasser und zu Lande nach Karnak zurückkehrte; nimmt man hinzu, daß in allen Tempeln die Schmausereien, der Jahrmarktsbetrieb, die Volksbelustigungen und Theaterspiele, wobei Priester in Maskenköpfen Göttergeschichten zur Darstellung brachten, den ganzen Tag kein Ende nahmen, so macht man sich ein Bild von der Schönheit des Neujahrstages. Am Abend schwamm die Großstadt in Sorglosigkeit und bierseligem Glauben ans goldene Zeitalter. Die göttliche Schleppmannschaft zog bekränzt, mit Öl gesalbt und schwer betrunken durch die Straßen und durfte so ziemlich anstellen, was sie wollte.

Das leere Haus

Es war notwendig, den Verlauf des Opetfestes und des Tages der amtlichen Nilschwelle, wenn auch nur in losestem Umriß, zu schildern, um die Hörerschaft mit dem öffentlichen Rahmen vertraut zu machen, in welchem die Hochstunde unserer Geschichte, der privaten und eigentlichen, sich abspielte. Die großzügigste Kenntnis dieses Rahmens genügt, um zu verstehen, wie sehr in Anspruch genommen Petepê, der Höfling, an diesem Tage war. Befand er sich doch im nächsten Gefolge Seiner Majestät, des Hors im Palaste, der an keinem der Tage und Über-Tage so viele päpstliche Pflichten zu erfüllen hatte, wie heute, – in seinem nächsten, sagen wir, nämlich unter den *einzigen* Freunden des Königs. Denn an diesem Neujahrsmorgen war seine Erhebung in den seltenen Hofrang Wahrheit geworden: unter Anreden, die er wirklich gern gelesen, war die Beförderung erfolgt. – Den ganzen Tag war der Titeloberst außerhalb seines Hauses, das übrigens entleert war, wie alle Häuser der Hauptstadt, von seinen Bewohnern; denn, wie wir hervorhoben, waren überall nur reglose Krüppel und dem Tode ganz Nahe in den Häusern zurückgeblieben. Zu den letzteren rechneten sich die heiligen Eltern im Oberstock, Huij und Tuij: ihr Weg führte unter keinen Umständen mehr weiter als bis zur Aufschüttung des Gartens und zum Lusthäuschen daselbst, ja, auch so weit nur selten noch. Denn daß sie überhaupt noch lebten, grenzte an Unnatur; schon vor zehn Umläufen hatten sie stündlich mit ihrem Verseufzen gerechnet, und nun kröpelten sie immer noch so dahin, Erdmaus und Sumpfbiber, mit ihren Blindritzen sie und er mit seinem Altsilberbärtchen, im Dunkelgehäuse ihrer Geschwisterschaft, sei es, weil überhaupt manche Alten immer weiter leben und den Tod nicht finden, unkräftig, zu sterben; sei es, weil sie sich fürchteten vorm Unteren König und den vierzig gräßlich Benannten von wegen schnitzerhafter Versöhnungstat.

Sie also waren zu Hause geblieben im Oberstock nebst ihrer kindlichen Bedienung, zwei törichten kleinen Mädchen, welche die früheren ersetzt hatten, als diese durch die Zeit zu unzart geworden; und sonst waren Haus und Hof ausgestorben wie alle anderen. – Waren sie das? – Man ist genötigt, die Behauptung ihrer Entleertheit noch um ein Weniges, aber Wichtiges weiter einzuschränken: Auch Mut-em-inet, Potiphars Erste und Rechte, hütete das Haus.

Wie sehr befremdet das den mit dem Tagesrahmen Vertrauten! Sie nahm nicht teil am schönen Dienst ihrer Schwestern, der Amunskebsen. Nicht wiegte sie sich im Tanz, auf dem Haupte Hörner und Sonnenscheibe, im Engkleide Hathors, ließ nicht zum Klange der Silberrassel die beliebte Stimme ertönen. Sie hatte der Oberin abgesagt und sich entschuldigen lassen bei des Ordens hoher Protektorin, Teje, dem Gottesweibe, und zwar mit demselben Zustand, den einst Rahel vorgeschützt hatte, als sie auf den in der Kamelsstreu versteckten Teraphim saß und nicht aufstehen wollte vor Laban: Sie sei unpaß, hatte sie sagen lassen, im diskret zu verstehenden Sinn, unglücklicherweise gerade auf diesen Tag; und die hohen Damen hatten für diese Verhinderung mehr Verständnis gezeigt, als Potiphar, dem sie es auch gesagt, und der sich aus Mangel an Fühlung mit dem Menschlichen ganz ähnlich begriffsstutzig gezeigt hatte, wie seinerzeit Laban, der Plumpe. »Wieso denn unpaß? Hast du Zahnweh oder Vapeurs?« hatte er mit einem töricht medizinischen Ausdruck der vornehmen Gesellschaft für eine launenhafte Verstimmung des Allgemeinbefindens gefragt. Und da sie ihm endlich die Sache nahe genug gelegt, hatte er sie nicht als Hinderungsgrund anerkennen wollen. »Das zählt nicht«, hatte er gesagt, ganz wie Laban, wenn man sich erinnert. »Es ist keine Krankheit, die sich sehen lassen kann und derentwegen man absagt beim Gottesfeste. Halb tot noch würde manch eine sich hinschleppen, um nicht zu fehlen, du aber willst ausbleiben wegen einer solchen Normalität und Richtigkeit.« – »Es muß nichts Unnatürliches sein, mein Freund, mit einem Leiden, damit es uns zusetze«, hatte sie ihm geantwortet – und ihn dann vor die Wahl gestellt, ihr entweder fürs öffentliche Fest oder für die Privatgasterei und engere Geselligkeit Dispens zu geben, womit hier im Hause der Neujahrstag beschlossen und des Kämmerers Ernennung zum »Einzigen Freunde« gefeiert werden sollte. Beides, erklärte sie, sei ihr zu bestehen unmöglich. Gehe sie zum Gottestanz in ihrer Verfassung, so werde sie am Abend eine Gebrochene sein und meiden müssen das Hausvergnügen.

Verdrossen hatte er schließlich eingewilligt, daß sie sich tagsüber schone, um abends die Wirtin zu machen, – verdrossen, weil ahnungsvoll, wir können es mit Bestimmtheit versichern. Es war ihm nicht wohl, es war dem Höfling nicht im geringsten zutraulich zu Sinn bei diesem einsamen Zurückbleiben der Frau in Haus und Hof wegen angeblicher Unmusterntheit; er sah es nicht gern, mit allgemein üblem Vorgefühl sah er es – für seine Ruhe und die Sicherheit des Geistesbannes, in dem das Haus ruhte, und kehrte denn auch früher schon, als es seiner Abendgesellschaft wegen notwendig gewesen wäre, vom Gottesfeste zurück, die gewohnte und zuversichtlich geäußerte, im Grunde aber bange Frage auf den Lippen: »Steht alles wohl im Hause? Die Herrin ist heiter?«, – um denn nun diesmal endlich eine heimlich schon immer gewärtigte, schreckliche Antwort darauf zu erhalten.

Wir greifen vor mit diesen Worten, weil man es, um mit Renenutet, der Rindervorsteherin, zu reden, ja ohnehin schon weiß und von Spannung höchstens in Hinsicht auf nähere Einzelheiten die Rede sein kann. Es wird auch niemandem eine Überraschung bereitet mit der Angabe, daß an Peteprê's Verdrossenheit und Unruhe der Gedanke an Joseph teilhatte, und daß er sich im Zusammenhang mit der Unpäßlichkeit und dem Zurückbleiben seines Weibes innerlich umsah nach ihm und seinem Verbleiben. Das tun auch wir, indem wir uns, nicht ohne Sorge um die Widerstandskraft der sieben Gründe, erkundigen, ob auch er etwa zu Hause geblieben war? –

Er war es nicht; es wäre ganz untunlich für ihn gewesen und hätte zu seinen Gewohnheiten und Grundsätzen in aufsehenerregendem Widerspruch gestanden. Man weiß, wie der ägyptische Joseph, seit zehn Jahren entrückt ins Totenland, ein eingefleischter Ägypter mit seinen siebenundzwanzig – nach seiner bürgerlichen, wenn auch nicht nach seiner geistlichen Person – und schon seit dreien davon mit einem ganz ägyptischen Leibrock bekleidet, so daß die Joseph-Form nunmehr von ägyptischem Stoff bewahrt und bestritten wurde, – man weiß, wie er, angepaßt, wenn auch innerlich abgerückt, ein Kind und Mitbewohner des ägyptischen Jahres, seine schrulligen Bräuche und Götzenfeste freundlich-weltläufig, wenn auch mit Maß und einiger Ironie, mitfeierte im Vertrauen auf das Augenzudrücken des Mannes, der das Kalb auf diesen Acker gebracht. Das Neujahrsfest, der große Amunstag vor allem war solch ein Anlaß zur Leutseligkeit, zum Leben und Lebenlassen; Jaakobs Sohn beging ihn wie irgendeiner hier unten, im Feierkleid unterwegs von morgens an, ja, indem er – andeutungsweise, dem Volksbrauch zu Ehren und um eben dabei zu sein – sogar ein wenig über den Durst trank. Dies aber erst später am Tage, denn anfangs hatte er dienstliche Pflichten. Als Hausmeier eines Groß-Titelträgers nahm er im Gefolg des Gefolges am Königszuge vom westlichen Hause des Horizontes nach Amuns Großer Wohnung teil und fuhr mit im Wasserzuge von dort zum Opettempel. Die Rückreise der göttlichen Familie besaß nicht mehr ganz die Genauigkeit der Fahrt stromaufwärts; man konnte sich allenfalls davon drücken, und Joseph verbrachte den Tag, wie Tausende es taten, als schlendernder Neugieriger und Hospitant bei allerlei Tempelmessen, Opferschmäusen und Gottestheaterspielen – allerdings in dem Gedanken, daß er rechtzeitig vor Abend, eigentlich schon am späteren Nachmittag, vor allem übrigen Gesinde, wieder zu Hause sein müsse, um seiner Pflicht als Wirtschaftshaupt und verantwortlicher Mann des Überblicks zu genügen und sich im langen Anrichteraum (wo er einst vom Schreiber des Schenktisches das Labsal für Huij und Tuij in Empfang genommen) und im Saale der Gästespeisung von der Bereitschaft des Hauses zur Neujahrsgeselligkeit und Beförderungsfeier zu überzeugen.

In seinen Gedanken und Absichten legte er Wert darauf, diese Kontrolle und Nachprüfung allein, ungestört, im noch leeren Hause zu tätigen, bevor noch das ihm unterstellte Personal, Schreiber und Diener, vom Feste heimgekehrt wäre. So, urteilte Joseph, gehöre es sich, und zur Begründung und Stütze seines Entschlusses bewegte er Sittensprüche bei sich, die es eigentlich gar nicht gab, sondern die er selbst zu diesem Zweck erdichtete, indem er aber so tat, als handle es sich um geprägte Volksweisheit, wie zum Beispiel: »Hohe Würde – Goldne Bürde«; »Hast du Ehr', hast du Beschwer«; »Der Letzte zur Schicht – der Erste zur Pflicht« und dergleichen goldene Regel mehr. Daß er sie sich ausdachte und vorsagte, geschah, seit er unterwegs, auf dem Wasserzuge, erfahren hatte, daß seine Herrin ihre Teilnahme am Hathorentanz wegen Unmusternheit abgesagt hatte und allein das Haus hütete, – denn ehe er das gewußt, hatte er der Reimchen nicht gedacht, noch sich eingeredet, daß sie Volksprägungen seien, und nicht war ihm bewußt gewesen, was er nun desto klarer erkannte, daß er laut dieser geflügelten

Weisheit anständigerweise als erster vor allem Dienstvolk ins leere Haus zurückkehren müsse, um nach dem Rechten zu sehen.

Er gebrauchte bei sich diese Redensart: »Nach dem Rechten sehen«, obschon sie ihm etwas ominös vorkam und eine innere Stimme ihm riet, sie als gefährlich zu meiden. Überhaupt machte Joseph als ehrlicher junger Mann sich kein X für ein U darüber, daß mit der Befolgung der alten Lehrreime für ihn eine große, herzaufstörende Gefahr verbunden sei, – herzaufstörend jedoch nicht nur als Gefahr, sondern, freudigerweise, auch als große Gelegenheit. – Als Gelegenheit wozu? – Als Gelegenheit, wisperndes Gottliebchen, eine Sache, die zu einer Ehrensache zwischen Gott und Amun geworden, so oder so endgültig zum Austrag zu bringen, den Stier bei den Hörnern zu nehmen und es in Gottes Namen auf alles ankommen zu lassen. Dazu, zitterndes Freundchen, ist es die große, die herzaufstörende Gelegenheit, und alles übrige ist kleines Gefasel. »Pflegt noch das Volk der Rast – trägt schon der Herr die Last«; mit so körnig-altehrwürdigen Prägungen hält es Jungmeier Joseph, und er wird sich darin weder durch undienliches Zwergengezirp noch durch die verfängliche Hauseinsamkeit seiner Herrin beirren lassen. –

Soviel sollte man abnehmen aus seinen Gedankengängen, daß kein Grund ist, sich seinetwegen in Sicherheit zu wiegen. Kennte man nicht den Ausgang der Geschichte, weil sie sich ihrer Zeit schon geschehend zu Ende erzählt hat und dieses hier nur ihre festliche Wiederholung und Nacherzählung, sozusagen Tempeltheater, ist, so könnten einem vor Besorgnis um ihn die Schweißtropfen auf der Stirne stehen! Was aber heißt »Wiederholung«? Die Wiederholung im Feste ist die Aufhebung des Unterschiedes von »war« und »ist«; und so wenig man, als die Geschichte sich selber erzählte, zu dieser Geschehensstunde darüber beruhigt sein konnte, daß ihr Held mit einem blauen

Auge davonkommen und nicht vielmehr alles verderben werde, indem er es mit Gott verdarb, so wenig ist jetzt und hier vorwitzige Sorglosigkeit am Platze. Die Klage der Frauen, die den schönen Gott in der Höhle begraben, tönt nicht minder schrill, weil die Stunde kommt, da er erstehen wird. Denn für jetzt einmal ist er tot und zerrissen, und einer jeden Feststunde des Geschehens gebührt die volle Ehre und Würde ihrer Gegenwart in Jammer und Jubel, in Jubel und Jammer. Feierte nicht auch Esau seine Ehrenstunde, hochgebläht, und warf die Beine im Schreiten, daß es ein Jammer und Jux war mit seinem Prahlen? Denn daß er schon hätte heulen und weinen sollen, so weit war die Geschichte für ihn noch nicht vorgerückt. So ist sie es auch für uns noch immer nicht weit genug, daß uns bei Josephs Gedankengängen und goldenen Reimchen der Schweiß der Besorgnis nicht sollte perlenweis auf der Stirne stehen.

Ihn uns noch heftiger auszutreiben, genügt ein Blick in Potiphars festverwaistes Haus. Die Frau, die dort einsam zurückgeblieben und deren Teil es ist, die Mutter der Sünde zu spielen, – hält sie nicht in der Feststunde ihrer glühendsten Zuversicht? Glaubt man, daß sie weniger entschlossen ist, als Jaakobs Sohn, es aufs Äußerste ankommen zu lassen, und hat sie nicht allen Anlaß, des bitter-seligen Triumphes ihrer Leidenschaft sicher zu sein, – nicht jederlei Grund zu der düsterinnigen Hoffnung, bald ihren Jüngling in naher Beiwohnung zu umschließen? Nicht nur, daß ihr Verlangen sich ermächtigt weiß von höchster geistlicher Stelle, im Schutze steht von Amuns Ehre und Sonnenmacht, so ist ihm auch Erfüllung verbürgt von unten her, kraft scheußlichen Höllenzwanges, mit dem des Gaufürsten Tochter freilich unter ihren Stand hinabgestiegen, dessen erniedrigenden Bedingungen sie aber im Innersten hofft ein Schnippchen zu schlagen, in der weibesschlauen Erwägung, Körper und Seele seien wohl in der

Liebe nicht so genau auseinander zu halten und in körpersüßer Umschließung werde es ihr schon gelingen, auch noch die Seele ihres Jünglings dazu zu erwerben und zur Lust auch das Glück. Da die Geschichte wieder geschieht in unseren Worten, so ist Potiphars Weib hier und jetzt so gut wie »damals« (welches zum Jetzt geworden) an die Geschehensstunde gebunden und kann nicht das Kommende wissen. Aber daß Joseph zu ihr kommen wird ins leere Haus, das weiß sie – inbrünstig ist sie dessen gewiß. Die Herrin-Hündin wird ihn »herbeiquälen«, – das heißt: er wird unterwegs erfahren, daß Mut nicht am Feste teilnimmt, daß sie allein im stillen Haus zurückgeblieben ist, und der Gedanke wird mächtig und übermächtig in ihm werden, seine Heimkehr auf einen Zeitpunkt zu verlegen, wo dieser bedeutungsvolle und außerordentliche Zustand noch fortbesteht. Und wird es auch nur das Werk der Hündin sein, wenn dieser Gedanke Macht über ihn gewinnt und seine Schritte lenkt, – Joseph, so überlegt die Verlangende, weiß ja nichts von der Hündin und von Tabubu's tiefstehenden Praktiken; er wird glauben, daß der drängende Gedanke, zu Mut ins leere Haus zu gehen, aus ihm selber komme, daß »es« ihn unwiderstehlich dränge, sie in der Einsamkeit aufzusuchen, und wenn er dieser Meinung ist, wenn er den Gedanken für den eigenen hält und überzeugt ist, aus eigenem Antrieb zu handeln, – wird damit die Täuschung nicht schon zur Wahrheit seiner Seele, und wird nicht an diesem Punkte schon der Erzvettel ein Schnippchen geschlagen sein? »Es treibt mich«, sagt wohl der Mensch; aber was ist das für ein »es«, daß er es von sich selbst unterscheide und schiebe die Verantwortung für sein Handeln auf etwas, was nicht er selbst ist? Sehr wohl ist es er selbst! – und »es«, das ist nur er, zusammen mit seinem Verlangen. Ist es etwa zweierlei, zu sagen: »Ich will« oder zu sagen: »In mir will's«? Muß man überhaupt sagen: »Ich will«, um zu tun? Kommt das Tun aus dem Willen, oder zeigt sich nicht vielmehr erst das

Wollen im Tun? Joseph wird kommen, und daran, daß er kommt, wird er erkennen, daß und warum er hat kommen wollen. Kommt er aber, hört er den Ruf der großen Gelegenheit und nimmt er ihn wahr, so ist schon alles entschieden, so hat Mut schon gesiegt und wird ihn mit Efeu kränzen und Ranken des Weins!

So Potiphars Weib in ihren trunken überschärften Gedanken. Ihre Augen sind unnatürlich groß und von ebenfalls übermäßigem Glanz, denn sie hat mit elfenbeinerner Sonde viel Stibiumschminke auf Brauen und Wimpern verstrichen. Sie blicken finster im Glanz und versessen, diese Augen, aber der Mund ist ein unverwandt lächelndes Geschlängel triumphierender Zuversicht. Dabei sind ihre Lippen in kaum merklich saugender und kauender Bewegung, denn sie läßt kleine Kugeln aus zerstampftem Weihrauch, mit Honig vermischt, im Munde zergehen um ihres Atems willen. Sie hat ein Kleid aus dünnstem Königsleinen angetan, das alle ihre leicht hexenhaften Liebesglieder durchscheinen läßt, und aus dessen Falten, wie auch aus ihrem Haar, ein feines Zypressenparfüm schwebt. Ihr Aufenthalt ist das Damenzimmer im Hause des Herrn, jenes ihr dort vorbehaltene Gemach, das mit einer Innenwand an die Vorhalle mit den sieben Türen und dem Sternbilderfußboden stößt, mit der anderen an Peteprê's nördliche Säulenhalle, wo er mit Joseph die Bücher zu lesen pflegt. In einem Winkel berührt sich das Boudoir mit dem Gästeempfangs- und -speisezimmer, das an das Familieneßzimmer stößt, und wo heute abend das Mahl zu Ehren von Peteprê's neuem Hofrange gefeiert werden soll. Mut hält die Tür ihres Zimmers zur Nordhalle geöffnet, und auch eine der beiden Türen, die von dort in den Gästesaal führen, steht offen. In diesen Räumen bewegt sich die zuversichtlich Wartende, deren Einsamkeit im Hause nur von den beiden Alten geteilt wird, die im Oberstock ihrem Verseufzen entgegensehen. Es kommt vor, daß Eni, ihre

Schnur, im Hin- und Hergehen, der heiligen Eltern mit einem Blicke gedenkt, den ihre Edelsteinaugen, finster im übertriebenen Glanze, zur bemalten Decke emporsenden. Oft kehrt sie zurück aus Halle und Saal in das Gedämmer ihres Eigengemaches, worein das Licht durch das durchbrochene Steinwerk hochgelegener Fenster fällt, und streckt sich hin auf dem mit Grünstein überkleideten Ruhebett, indem sie das Gesicht in seinen Kissen verbirgt. Auf den Räucherständern des Zimmers glimmt Zimtholz und Myrrhenharz, und der duftende Dampf ihres Geschweles zieht durch die offenen Türen auch in die Nachtischhalle, den Gästesaal.

Soviel von Mut, der Zauberin.

Den Blick auf Jaakobs verstorbenen Sohn zurückzuwenden, so kam er nach Hause vor allem Ingesinde – man weiß es ja ohnedies. Er kam und mochte daran gewahr werden, daß er hatte kommen wollen, oder daß es ihn getrieben hatte, zu kommen – gleichviel! Die Umstände hatten nicht vermocht, ihn irre zu machen an seiner Pflicht und an dem Dafürhalten, daß es ihm anstehe und seine Sache sei, früher als jedermann sein Vergnügen abzubrechen und seine Aufmerksamkeit dem Hause zuzuwenden, über das er gesetzt war. Immerhin hatte er gezögert und es länger, als man denken sollte, anstehen lassen mit der Erfüllung einer durch soviel Spruchweisheit verbürgten und vorgezeichneten Pflicht. Zwar kam er in das noch leere Haus; aber gar viel fehlte nicht mehr, daß nicht auch bald schon die andern vom Feste heimkehrten, wenigstens soweit sie nicht Stadturlaub hatten auf den Abend, sondern zur Aufwartung gebraucht wurden in Hof und Haus – etwa nur noch eine Winterstunde, oder weniger sogar, fehlte daran, wobei noch in Anschlag zu bringen, daß Winterstunden viel kürzer sind als Stunden des Sommers in diesem Lande.

Ganz anders hatte er den Tag verbracht als die Harrende: in Sonne und Lärm, im bunten Trubel des Götzenfestes. Hinter seinen Wimpern drängten sich die Bilder der Prunkzüge, der Schauspiele, des Volksgewimmels. In seiner Rahelsnase trug er den Geruch der Opferbrände, der Blumen, der Ausdünstung vieler erregter, von Freudensprüngen und Sinnenschmaus erhitzter Menschen. Pauken- und Zinkenlärm, rhythmisches Händeklatschen und das Geschrei brünstiger Hoffnungsseligkeit füllten noch seine Ohren. Er hatte gegessen und getrunken, und ohne seiner Verfassung Übertriebenes nachzusagen, kennzeichnet man sie am besten mit der Feststellung, daß sie die eines Jünglings war, der in einer Gefahr, welche zugleich eine Gelegenheit ist, mehr die Gelegenheit als die Gefahr zu sehen bereit ist. Er hatte einen blauen Lotuskranz auf dem Kopf und noch eine Extrablume im Munde. Aus dem Handgelenk schnellte er sich das weiße Roßhaar seines bunten Fliegenwedels um die Schultern, indem er vor sich hinträllerte: »Macht der Troß sich gute Tage – Wählt der Meister sich die Plage« – in der Meinung, das sei altgeprägtes Volksgut und nur die Tonweise erfinde er sich selber dazu. So langte er an, als der Tag sich neigte, im Eigentum seines Herrn, öffnete sich die Haustür aus gegossener Bronze, überquerte das Sternbildermosaik der Flurhalle und trat ein in den schönen Estradensaal der Geselligkeit, wo im voraus schon alles zierlich und üppig bestellt war zu Petepre's Abendfeier.

Die Vollständigkeit der Vorbereitung zu prüfen, zu sehen, ob nicht der Schreiber des Schenktisches, Chamat, einen Verweis verdiene, war Jungmeier Joseph gekommen. Er ging umher im Pfeilersaal zwischen den Sesseln, den Tischchen, den Weinamphoren in ihren Ständern, den pyramidenförmig mit Früchten und Backwerk beladenen Anrichten. Er sah nach den Lampen, der Tafel mit Kränzen, Blumenkrägen und Eßbukett-Salbbüchsen und klirrte ein wenig auf den Kredenzen mit goldenen Bechern, die er ordnend verrückte. Und da er eine Weile so sich meisterlich umgeschaut und auch wohl einmal oder zweimal geklirrt hatte, schrak er zusammen; denn eine Stimme tönte aus einiger Weite zu ihm herüber, von läutendem Klang, eine Sangesstimme, die seinen Namen rief, den Namen, den er sich zugelegt in diesem Lande:

»Osarsiph!«

Sein ganzes Leben lang vergaß er nicht diesen Augenblick, wie im leeren Haus von fernher dies Namensgeläut an sein Ohr schlug. Er stand, den Wedel unter dem Arm, zwei goldne Becher in Händen, deren Glanz er geprüft und mit denen er allenfalls etwas geklirrt hatte, und lauschte, denn ihm schien daß er meine, er habe nicht recht gehört. Doch schien ihm das wohl nur so, denn er harrte sehr lange aus mit seinen Bechern in lauschender Reglosigkeit, da es sehr lange nicht wieder rufen wollte. Endlich aber läutete es abermals sanghaft durch die Räume:

»Osarsiph!«

»Hier bin ich«, antwortete er. Da aber seine Stimme heiser war und ihm versagte, so räusperte er sich und wiederholte:

»Ich höre!«

Wieder blieb's eine Weile still, während welcher er reglos verharrte. Dann aber sang und klang es herüber:

»Bist also du es, Osarsiph, den ich im Saale höre, und bist du vor allen andern schon heimgekehrt vom Fest in das leere Haus?«

»Du sagst es, Herrin«, erwiderte er, indem er die Becher an ihren Ort stellte und durch die offene Tür in Petepré's Nordhalle trat, um besser ins rechts anstoßende Zimmer reden zu können.

»Ja, so ist es, ich bin schon da, um im Haus nach dem Rechten zu sehen. Übersicht – will viel Verzicht. Gewiß kennst du den Kernspruch, und da mich mein Herr nun einmal übers Haus gesetzt hat und sich um nichts kümmert vor mir als um die Mahlzeit, die er hält, denn vertrauensvoll hat er alles in meine

Hand gegeben, ohne sich etwas vorzubehalten vor mir und wollte buchstäblich nicht größer sein als ich in diesem Hause, – so hab' ich dem Troß noch ein wenig gute Zeit gegönnt, daß sie's auskosten, mir aber fand ich's anständig, Verzicht zu tun auf des Tages restliche Lust, daß ich mich beizeiten im Haus wieder einfände, gemäß dem Satze: ›Gönne der Menge und wähle die Strenge!‹ Übrigens will ich mich nicht loben vor dir, denn nicht gar lange bin ich vor den andern gekommen, und kaum noch der Rede wert ist mein Vorsprung vor ihnen – es ist nicht viel damit anzufangen, und beinahe jeden Augenblick schon können sie einströmen und kann auch Peteprê heimkehren, des Gottes Einziger Freund, dein Gemahl und mein edler Herr –«

»Und nach mir«, klang die Stimme aus dem Dämmergemach, »da du dich umsiehst nach allem im Hause, willst du dich nicht umsehen, Osarsiph, und hörtest doch, daß ich allein zurückblieb und leide? Tritt über die Schwelle zu mir!«

»Gern täte ich das«, erwiderte Joseph, »und machte, Herrin, über die Schwelle Besuch bei dir, wenn nur nicht mehrere Kleinigkeiten im Feiersaal sich noch in völliger Unordnung befänden, die eben geschwind noch mein Augenmerk erheischen –«

Aber die Stimme läutete:

»Tritt herein zu mir! Die Herrin befiehlt es.«

Und Joseph ging über die Schwelle zu ihr hinein.

Das Antlitz des Vaters

Hier schweigt die Geschichte. Das will sagen: Sie schweigt in gegenwärtiger Fassung und Festaufführung, denn als sie im Original geschah und sich selbst erzählte, schwieg sie keineswegs, sondern ging weiter dort drinnen im Dämmergemach als bewegte Wechselrede oder sogar als Zwiegespräch in dem Sinn, daß beide Handelnden zugleich redeten, worüber wir aber den Schleier des Zartgefühls und menschlicher Rücksichtnahme werfen. Damals nämlich begab sie sich auf eigene Hand und ohne Zeugen, während sie sich hier und heute vor einem großen Publikum abspielt, – ein entscheidender Unterschied für das Taktgefühl, wie niemand leugnen wird. Namentlich war es Joseph, der durchaus nicht schwieg und nicht schweigen durfte, sondern in einem Zuge und Atem unglaublich flüssig und gewandt dahinredete, indem er die ganze Anmut und Klugheit seines Geistes gegen das Begehren der Frau ins Feld führte, um es ihr auszureden. Gerade hier aber liegt der Hauptgrund unserer Zurückhaltung. Denn er verwickelte sich dabei in einen Widerspruch – oder vielmehr ein Widerspruch entwickelte sich dabei, höchst bemühend und peinlich ergreifend für das Menschengefühl: der Widerspruch zwischen Geist und Körper. Ja, unter den Erwiderungen des Weibes, den gesprochenen und den stummen, stand sein Fleisch auf gegen seinen Geist, so daß er unter den geläufigsten und gescheitesten Reden zum Esel wurde; und was für ein erschütternder, zu erzählerischer Schonung anhaltender Widerspruch ist das: die redende Weisheit die, schrecklich Lügen gestraft durch das Fleisch, das Bild des Esels bietet!

Für das Weib bedeutete der totengöttliche Zustand, in dem er floh (man weiß ja, daß es ihm zu fliehen gelang), einen besonderen Anlaß zur Verzweiflung und rasender Enttäuschungswut; denn schon hatte ihr Verlangen ihn in Mannesbereitschaft erfunden, und der Jammer- und Jubelruf, unter dem die Verlassene das in ihren Händen gebliebene Gewandstück (man weiß ja, daß er einen Teil seines Kleides zurückließ) im Paroxysmus begeisterten Schmerzes mißhandelte und liebkoste, – dieser einmal übers andere ausgestoßene Ruf der Ägypterin lautete: »Me'eni nachtef!« »Ich habe seine Stärke gesehen!«

Was ihn aber vermochte, sich loszureißen und von ihr hinauszufliehen im letzten, äußersten Augenblick, war dies, daß Joseph das Vaterantlitz sah – alle genaueren Fassungen der Geschichte berichten es, und hier sei es als die Wahrheit bestätigt. Es ist so: Als es, all seiner Redegewandtheit zum Trotz, beinahe schon mit ihm dahingehen wollte, erschien ihm das Bild des Vaters. Also Jaakobs Bild? Gewiß, das seine. Aber es war kein Bild mit geschlossen-persönlichen Zügen, das er da oder dort gesehen hätte im Raum. Er sah es vielmehr in seinem Geiste und mit dem Geiste: Ein Denk- und Mahnbild war es, das Bild des Vaters in weiterem und allgemeinerem Verstande, – Jaakobs Züge vermischten sich darin mit Potiphars Vaterzügen, Mont-kaw, dem bescheiden Verstorbenen, ähnelte es in einem damit, und viel gewaltigere Züge noch trug es alles in allem und über diese Ähnlichkeiten hinaus. Aus Vateraugen, braun und blank, mit Drüsenzartheiten darunter, blickte es in besorgtem Spähen auf Joseph.

Dies rettete ihn; oder vielmehr (wir wollen vernünftig urteilen und nicht einer Geistererscheinung, sondern denn doch ihm selbst das Verdienst an seiner Bewahrung zuschreiben): oder vielmehr, er rettete sich, indem sein Geist das Mahnbild hervorbrachte. Aus einer Lage, die man nur als weit vorgeschritten bezeichnen kann, und die der Niederlage sehr nahe gewesen, riß er sich los – zum unerträglichen Kummer des Weibes, wie man um gerecht verteilten Mitgefühls willen hinzufügen muß –, und es war nur ein Glück, daß seine körperliche Behendigkeit seiner Redegewandtheit gleichkam, denn so vermochte er sich eins, zwei, drei aus seiner Jacke (dem »Mantel«, dem »Obergewande«) zu winden, an der man ihn in verzweifelter Liebesnot festhalten wollte, und, wenn auch in wenig meierlicher Verfassung, das Weite, die Halle, den Gästesaal, die Vordiele dann, zu gewinnen.

Hinter ihm raste die Liebesenttäuschung, halb selig schon –

»Me'eni nachtef!« – doch unerträglich betrogen. Sie stellte Schreckliches an mit dem in ihren Händen gebliebenen, noch heißen Leibstück: Mit Küssen bedeckte sie's, tränkt' es mit Tränen, zerriß es mit Zähnen, trat es unter die Füße, das Verhaßte und Süße, und tat nicht viel anders damit, als die Brüder einst mit dem Schleier des Sohnes zu Dotan im Tal. »Geliebter!« rief sie. »Wohin von mir? Bleib! Oh, seliger Knabe! Oh schändlicher Knecht! Fluch dir! Tod dir! Verrat! Gewalt! Den Wüstling haltet! Den Ehrenmörder! Zu Hilfe mir! Zu Hilfe der Herrin! Ein Unhold kam über mich!«

Da haben wir es. Ihre Gedanken – wenn man von Gedanken reden kann, wo nur ein Wirbel von Wut und Tränen war – lenkten ein in die Anklage, mit der sie den Joseph mehr als einmal bedroht, wenn sie schrecklich wurde in ihrem Verlangen und als Löwin die Tatze gegen ihn hob: die mörderische Anklage, sich ungeheuerlich vergessen zu haben gegen die Herrin. Die wilde Erinnerung stieg auf in dem Weibe, es stürzte sich auf sie, schrie sie aus allen Kräften hinaus, wie ja der Mensch hoffen mag, durch Stimmaufwand dem Unwahren Wahrheit zu verleihen, – und um gerechter Teilnahme willen wollen wir froh sein, daß dem Schmerz der Beleidigten dieser Ausweg sich auftat, ein Ausdruck sich ihm anbot, der, falsch zwar, doch an Schrecklichkeit ihm gemäß, geschaffen war, alle Welt zu entsetzten und Rache schnaubenden Verehrern ihrer Gekränktheit zu machen. Ihre Schreie gellten.

In der Vorhalle waren schon Leute. Die Sonne ging unter, und schon war Peteprê's Personal zum größten Teil vom Fest wieder eingerückt in Hof und Haus. So war es noch gut, daß dem Flüchtigen, bevor er in die Halle hinausgelangte, etwas Raum und Zeit gegeben war, um sich zu sammeln. Die Dienerschaft stand horchend, vom Schreck gebannt, denn die Rufe der Herrin tönten heraus, und obgleich der Jungmeier gezügelten Schrittes aus dem Feiersaal trat und in beherrschter

Haltung durch sie hindurchging, war es so gut wie unmöglich, daß sie seine verringerte Kleidung nicht hätten mit dem Geschrei aus dem Eigengemach in irgendwelchen Zusammenhang bringen sollen. Joseph hatte den Wunsch, sein Zimmer, das »Sondergemach des Vertrauens« zur Rechten zu gewinnen, um sich herzustellen; da aber Dienstleute im Wege standen und außerdem das Verlangen in ihm die Oberhand gewann, aus dem Hause, ins Freie zu kommen, ging er querhin und durch die offene Bronzetür hinaus auf den Hof, wo Heimkehrbewegung herrschte, denn eben langten vor dem Harem die Sänften der Kebsfrauen an, der Schnatternden, die ebenfalls unter der Aufsicht von Schreibern des Hauses der Abgeschlossenen und nubischen Verschnittenen den Schauspielen des Tages hatten zusehen dürfen und nun in ihr Ehrenbauer zurückgebracht wurden.

Wohin wollte der Entkommene mit seinem blauen Auge? Durch den Torweg hinaus, durch den er einst eingezogen war? Aber wohin von da? Das wußte er selber nicht und war froh, noch Hofraum vor sich zu haben, wo er gehen konnte, als ginge er irgendwohin. Er fühlte sich am Kleide gezogen – Gottliebchen war es, das Hutzelmännlein, das gramzerknittert zu ihm emporzirpte: »Verheert die Flur! Versengt vom Stier! Asche! Asche! Ach, Osarsiph!« – Das war ungefähr halbwegs vom Haupthause zum Torbau der Außenmauer. Den Kleinen am Rock wandte Joseph sich um. Die Stimme des Weibes holte ihn ein, der Herrin, die weiß auf der Höhe der Stufen vorm Haustor stand, umdrängt von Leuten, welche ihr nach aus der Halle quollen. Sie streckte den Arm aus gegen ihn, und in des Armes Verlängerung liefen Männer mit ebenfalls ausgestreckten Armen gegen ihn hin. Sie faßten ihn an und führten ihn unter das Hofvolk zurück, das vor dem Hause zusammenlief: Handwerker, Tür- und Torhüter, Leute der Ställe, des Gartens, der Küche und Silberschurze der Tisch-Aufwartung. Den greinenden Däumling zog er am Kleide hinter sich her.

Und Potiphars Weib hielt an die teils hinter ihr, teils vor ihr auf dem Hof versammelte Dienerschaft ihres Ehrengemahls jene bekannte Anrede, die jederzeit die Mißbilligung der Menschheit gefunden hat, und die auch wir, soviel wir sonst für Mut-em-inets Sache und Sage getan, zu tadeln gezwungen sind – nicht wegen der Unwahrheit ihrer Angaben, die als Kleid der Wahrheit hingehen mochte, aber der Demagogie halber, die sie zur Aufreizung nicht verschmähte.

»Ägypter!« rief sie. »Kinder Keme's! Söhne des Stroms und der schwarzen Erde!« – Was sollte das? Es waren gewöhnliche Leute, an die sie sich wandte, und überdies im Augenblick fast alle etwas angetrunken. Ihre Echtbürtigkeit als Kinder des Chapi, soweit sie überhaupt bestand, denn es waren auch Mohren von Kusch und Leute chaldäischen Namens darunter, war ein natürliches Verdienst, für das sie nichts konnten, und das ihnen auch nicht im geringsten zustatten kam, wenn sie's im Hausdienste fehlen ließen: Der Rücken wurde ihnen dann doch mit großen Striemen tüchtig zerschlagen, ganz ungeachtet der Vornehmheit ihrer Geburt. Auf einmal nun ward ihnen diese, die sonst so sehr im Hintergrund stand und für den einzelnen gar keine praktische Lebensgültigkeit hatte, emphatisch-schmeichlerisch ins Bewußtsein gerufen, weil man ihr Ehrgefühl brauchen konnte, das Schnauben ihres Gemeinschaftsstolzes gegen einen, den es zu vernichten galt. Der Aufruf war ihnen sonderbar, aber er verfehlte nicht seine Wirkung auf sie, zumal der Geist des Gerstenbiers ihre Empfänglichkeit hob.

»Ägyptische Brüder!« (Brüder auf einmal! Es ging ihnen durch und durch, sie genossen es sehr.) »Seht ihr mich, eure Herrin und Mutter, Peteprê's Erste und Rechte? Seht ihr mich auf des Hauses Schwelle und kennen wir wohl einander, ihr und ich?« – »Wir« und »einander«! Es ging ihnen glatt ein, die Leutchen hatten es gut heute. – »Kennt ihr aber auch diesen ibrischen Jüngling, halb nackt am großen Kalenderabend, da ihm das Oberkleid fehlt, weil ich's hier in Händen habe ... Kennt ihr ihn wieder, den man euch Landeskindern als Meier gesetzt hat – über das Haus eines Großen der Länder? Seht, aus dem Elend ist er hinab nach Ägypten gekommen, dem schönen Garten des Usir, dem Sessel des Rê, dem Horizonte des guten Geistes. Man hat uns den Fremdling herein ins Haus gebracht« – »uns«! schon wieder! – »damit er sein Spiel mit uns treibe und uns zuschanden mache. Denn dies Gräßliche ist geschehen: Allein saß ich in meiner Kemenate, allein im Haus, denn ich war entschuldigt vor Amun durch Kränklichkeit und hütete einsam das leere Haus. Da machte sich's der Verworfene zunutze und trat bei mir ein, der ibrische Unhold, daß er's triebe mit mir wie er wollte und mich zuschanden mache – schlafen wollte der Knecht bei der Herrin«, schrie sie gellend, »schlafen gewaltsam! Ich aber rief mit lautester Stimme, wie er das tun wollte und wollte es schandbar treiben mit mir nach seiner Knechteslust – ich frage euch, ägyptische Brüder, habt ihr mich rufen hören aus aller Kraft zum Beweis meiner Abwehr und grauenvollen Verteidigung, wie das Gesetz ihn fordert? Ihr habt es gehört! Da aber auch er es hörte, der Wüstling, daß ich ein Geschrei machte und rief, da sank ihm sein Frevelmut, und er rang sich aus seinem Oberkleid, das ich hier als Beweisstück halte, und daran ich ihn halten wollte, damit ihr ihn griffet, und floh unverrichteten Frevels von mir hinaus, also daß ich rein stehe vor euch dank meinem Geschrei. Er aber, der über euch allen und über diesem Hause war, er steht dort als ein Schändling, den seine Tat ergreifen wird, und über den das Gericht kommen soll, sobald der Herr, mein Gemahl, nach Hause kehrt. Legt ihm das Handholz an!«

So Muts nicht nur unwahre, sondern leider auch hetzerische Rede. Und Potiphars Hofvolk stand verblüfft und ratlos, unklar im Kopf schon durchs Freibier der Tempel, aber durch das, was sie hörten, erst recht. Hatten sie's denn nicht so gehört und alle gewußt, daß die Frau auf den schönen Vorsteher fliege, er aber sich ihrer weigere? Und nun stellte sich plötzlich heraus, daß er Hand an die Herrin gelegt und es gewaltsam mit ihr hatte treiben wollen? Da drehte sich ihnen der Kopf, vom Bier und von dieser Geschichte, denn sie gab keinen Gedankenreim, und alle hatten sie für den Jungmeier von Herzen viel übrig. Allerdings, geschrieen hatte die Rechte; sie hatten es alle gehört, und alle kannten sie das Gesetz, daß es der Beweis sei für eines Weibes Unschuld, wenn sie laut rief während eines ehrwidrigen Angriffs. Zudem hielt sie des Meiers Oberkleid in der Hand, das wirklich ganz so aussah, als sei es ihr, als er ausriß, zum Pfande geblieben; er selbst aber stand, den Kopf auf die Brust geneigt, und sagte kein Wort.

»Was zaudert ihr?!« rief eine ehrsam-männliche Stimme, die Stimme Dûdu's, des Kleinherrn, der in gestärkt vorstehendem Festschurz zur Stelle war ... »Hört ihr die Weisung der Herrin nicht, der grauenhaft Beleidigten und fast Schimpfierten, den ibrischen Buben ins Handholz zu tun? Hier ist es, ich habe es mitgebracht. Denn als ich ihre gesetzlichen Schreie vernahm, da wußte ich gleich, woran wir seien und was die Uhr zeige und habe flugs das Holz geholt aus der Peitschenkammer, damit es nicht fehle. Hier! Nicht gegafft und eingespannt die Lotterhände dieses Verruchten, den man einst angekauft wider gediegenen Rat, nach dem hohlsten, und der lange genug den Meister gespielt über uns Echtbürtige! Beim Obelisken! Man wird ihn ins Haus der Marter und Hinrichtung eintreten lassen.«

Es war Dûdu's, des Ehezwergs, gute Stunde, und er ließ sie sich schmecken. Auch fanden sich zwei vom Gesinde, die ihm das Fesselholz aus der Hand nahmen und es unterm Gewimmer des Schepses-Bes, über das man denn doch lachen mußte, dem Joseph anlegten: einen spindelförmigen Klotz mit einer

Ritze darin, den man aufklappen konnte und wieder einschnappen ließ, so daß des Sträflings Hände, eingespannt in den Ritz, sehr eng und hilflos gefangen waren, vom Gewicht des Holzes belastet.

»Werft ihn in den Hundestall!« befahl Mut mit furchtbarem Aufschluchzen. Und dann kauerte sie zu Boden, wo sie stand, vor dem offenen Haustor und legte Josephs Kleid neben sich hin.

»Hier sitze ich«, sprach sie gesanghaft über den dunkelnden Hof hin, »auf des Hauses Schwelle, das klagende Leibstück an meiner Seite. Tretet alle zurück von mir, und daß niemand mir rate, ins Haus zu kehren, etwa meines zarten Kleides wegen, damit ich Verkühlung meide am sinkenden Abend. Ich wäre taub solchen Bitten, denn hier will ich sitzen bei meinem Pfande, bis Peteprê einfährt und ich Sühne empfange für ungeheuerste Kränkung.«

Das Gericht

Die Stunden sind groß, eine jegliche nach ihrem Gepräge, ob stolz oder elend. Als Esau prahlen durfte und durfte die Beine werfen, da ging es freilich hoch her mit ihm, es war seine Ehrenstunde. Aber als er aus dem Zelt stürzte – »Verflucht! Verflucht!« – und hinhockte, um Tränen rollen zu lassen, so groß wie Haselnüsse – war *die* Stunde weniger groß und feierlich für den Behaarten? – Gebt acht! Dies ist Peteprê's peinlichste Feststunde, gewärtigt übrigens jederzeit im Grunde von ihm: auf der Vogel-, der Nilpferd- sowohl wie der Wüstenjagd und auch beim Lesen guter alter Autoren war er stets auf eine solche Stunde unbestimmt gefaßt gewesen, nur unkund ihrer Einzelheiten, die aber weitgehend von ihm abhingen, wenn es so weit war, – und siehe, er gestaltete sie nobel.

Er fuhr ein zwischen Fackeln, kutschiert von seinem Lenker Neternacht, – zeitiger, wie gesagt, als es der Abendgeselligkeit wegen unbedingt notwendig gewesen wäre, auf Grund seiner Ahnungen. Es war eine Heimkehr wie viele andere, bei denen er jedesmal Übles gewärtigt hatte in seinem Herzen, nur daß es diesmal denn also in der Tat so weit war. »Steht alles wohl im Hause? Die Herrin ist heiter?« – Das nun gerade nicht. Die Herrin sitzt tragisch auf deines Hauses Schwelle, und dein wohltuender Mundschenk liegt mit Handholz im Hundestall.

So, so, in dieser Gestalt also verwirklichte es sich. Nehmen wir es denn auf uns! – Daß Mut, sein Weib, irgendwie fürchterlich vor der Haustür saß, hatte er schon von ferne gesehen. Dennoch warf er beim Absteigen von seinem Galanteriegefährt die gewohnten Fragen hin, die aber diesmal unbeantwortet blieben. Die ihm behilflich waren, ließen die Köpfe hängen und schwiegen. So, so, das war ja genau, wie er's immer einmal erwartet hatte, mochten sich andre Einzelheiten der Stunde auch wider Vermuten gestalten. – Wedel und Ehrenkeule in einer Hand, ging er, der zarte Rubenturm, während sein Gespann weggeführt wurde und die Leute Abstand wahrten im fackelerleuchteten Hofraum, die Stufen hinan zu der Kauernden.

»Was soll ich denken, liebe Freundin«, fragte er höflich behutsam, »von diesem Bilde? Du sitzest dünn gewandet an einem solchen Durchgangsort und hast etwas neben dir, worauf ich mich nicht verstehe?«

»So ist es!« antwortete sie. »Du beschreibst es zwar mit matten, unmächtigen Worten, denn viel gewaltiger und entsetzlicher ist dieses Bild, als du, mein Gemahl, es aussagst. Im Wesentlichen aber ist deine Feststellung richtig: Hier sitze ich und habe neben mir, worauf du dich schon gräßlich sollst verstehen lernen.«

»Sei mir behilflich dabei!« erwiderte er.

»Ich sitze hier«, sagte sie, »in Erwartung deines Gerichtes über den schaurigsten Frevel, den diese Länder jemals und wahrscheinlich je die Reiche der Völker gesehen.«

Er machte ein Übel abwehrendes Fingerzeichen und wartete gefaßt.

»Gekommen ist«, sang sie, »der ibrische Knecht, den du bei uns eingeführt hast, und wollte sein Spiel mit mir treiben. Ich habe zu dir gefleht in der Abendhalle und deine Knie umschlungen, daß du den Fremdling, den du hereingebracht, wieder verstießest, denn mir schwante nichts Gutes von ihm. Umsonst, zu teuer war dir der Sklave, und du ließest mich gehen ungetröstet. Nun ist der Verworfene über mich gekommen und wollte mir Lust antun in deinem leeren Hause, wozu er bereits in Mannesbereitschaft war. Du glaubst mir nicht und kannst den Greuel nicht fassen? So sieh dies Zeichen und deute dir's wie du mußt! Stärker denn Wort ist das Zeichen; es ist nicht zu deuten und zu zweifeln daran, denn es spricht die unverbrüchliche Sprache der Dinge. Sieh! Ist dies Kleid deines Sklaven Kleid? Prüfe es wohl, denn gereinigt bin ich vor dir durch dies Zeichen. Da ich schrie unter des Unholds Zudrang, so erschrak er und floh von mir hinaus, ich aber hielt ihn am Kleide, und vor Schreck ließ er's in meiner Hand. Den Beweis seiner Greuelschuld – ich halte ihn dir vor Augen; den Beweis seiner Flucht dazu und den Beweis meines Schreiens. Denn floh er nicht, so hielte ich nicht das Kleid; wenn ich aber nicht schrie, so floh er nicht. Überdies ist all dein Hausvolk mir Zeuge, daß ich geschrieen – frage die Leute!«

Peteprê stand gebeugten Hauptes und schwieg. Dann seufzte er auf und sagte:

»Das ist eine tieftraurige Geschichte.«

»Traurig?« wiederholte sie drohend ...

»Ich sagte: tieftraurig«, erwiderte er. »Sie ist aber sogar entsetzlich, und ich würde mich nach einer noch schwereren Bezeichnung umsehen, wenn ich nicht deinen Worten entnehmen dürfte, daß sie dank deiner Geistesgegenwart und Gesetzeskenntnis noch glimpflich abgelaufen und es zum Äußersten nicht gekommen ist.«

»Für den Schandsklaven suchst du nach keiner Bezeichnung?«

»Er ist ein Schandsklave. Da es sich bei dem Ganzen um sein Benehmen handelt, so galt die Bezeichnung ›tieftraurig‹ natürlich in erster Linie diesem. Und gerade heute Abend, unter so vielen Abenden, muß dies Schrecknis mich treffen – am Abend des schönen Tages meiner Erhebung zum Einzigen Freunde, da ich nach Hause kehre, um Pharao's Liebe und Gnade mit einer kleinen Geselligkeit zu feiern, zu der demnächst die Gäste erscheinen werden. Gib zu, daß das hart ist!«

»Peteprê! Hast du in deinem Leibe das Herz eines Menschen?«

»Warum diese Erkundigung?«

»Weil du in dieser namenlosen Stunde von deinem neuen Hoftitel sprechen magst und davon, wie du ihn feiern willst.«

»Ich tat es doch nur, um die Namenlosigkeit der Stunde in krassen Gegensatz zu bringen zu der Huld des Tages und so ihre Namenlosigkeit nur desto mehr zur Geltung zu bringen. In der Natur des Namenlosen liegt es offenbar, daß man nicht von ihm selber sprechen kann, sondern von anderem sprechen muß, um es zum Ausdruck zu bringen.«

»Nein, Peteprê, du hast kein Menschenherz!«

»Meine Liebe, ich werde dir etwas sagen: Es gibt Umstände, unter denen man einen gewissen Ausfall an Menschenherz geradezu begrüßen darf – im Interesse des Betroffenen sowohl wie auch im Interesse der Umstände, deren Bemeisterung ohne die Einmischung von allzuviel Menschenherz vielleicht viel besser gelingen mag. Was hat nun zu geschehen in dieser tieftraurigen und entsetzlichen Sache, die meinen Ehrentag verunziert? Ohne Säumen ist sie zu begleichen und aus der Welt zu schaffen, denn ich begreife erstens vollkommen, daß du dich von diesem an und für sich unmöglichen Platze nicht erheben willst, eh dir genug geschehen ist für die unsagbare Unannehmlichkeit, die dir begegnet. Zweitens aber muß, bis meine Gäste kommen, was sehr bald sein wird, alles restlos im reinen sein. Ich habe also sofort ein Hausgericht abzuhalten, wobei ich, dem Verborgenen sei Dank, kürzesten Prozeß werde machen können, da dein Wort, meine Freundin, hier einzig Gültigkeit hat und gar kein anderes überhaupt ins Gewicht fällt, so daß schnell das Urteil gesprochen sein wird. – Wo ist Osarsiph?«

»Im Hundestall.«

»Ich dachte es mir. Man bringe ihn vor mich. Man rufe die heiligen Eltern vom Oberstock zum Hausgericht, auch wenn sie schon schlafen! Das Hofvolk versamme sich vor meinem Hohen Stuhl, den ich hier aufgestellt wissen will, wo die Herrin sitzt, daß sie sich erst erhebe, nachdem ich gerichtet!«

Diesen Befehlen wurde eilig genügt, wobei die einzige Schwierigkeit in der anfänglichen Weigerung Huij's und Tuij's, des elterlichen Geschwisterpaares, bestand, am Ort zu erscheinen. Denn sie waren berichtet durch ihre zarte Bedienung von dem Tumult: Mit trichterförmigen Mündern hatten ihnen die Stengelarmigen die Geschehnisse hinterbracht, derengleichen die Alten, gerade wie ihr Sühnesohn, der Höfling des Lichtes, von jeher heimlich gewärtigt hatten; und nun fürchteten sie sich und wollten nicht kommen, weil sie sich von der Untersuchung dieser Dinge einen Vorschmack versprachen des Gerichtes vorm unteren König und sich beide zu schwach im Kopfe wußten, um die Argumente ihrer Rechtfertigung noch zusammenzubringen, so daß sie es über ein »Wir haben es gut gemeint« nicht hinausbringen würden. Darum ließen sie sagen, sie seien nah am Verseufzen und einem Hausgericht nicht mehr gewachsen. Aber ihr Sohn, der Herr, ward zornig, stampfte sogar mit dem Fuße auf und verlangte, daß sie sich unbedingt herstützen ließen, wie sie da seien; denn wenn sie zu verseufzen gedächten, so sei die Stätte, wo Mut, ihre Schnur, klagend und Recht heischend sitze, gerade die passende dafür.

So kamen sie denn herunter vors Tor, auf die pflegenden Kinder gestützt: mit zitterndem Silberbärtchen der alte Huij, furchtbar kopfwackelnd; verzagten Lächelns die Blindritzen im großen weißen Gesicht gleichwie im Suchen hin und her hebend die alte Tuij, und mußten neben Peteprê's Richterstuhl stehen, wobei sie anfangs in großer Aufregung beständig lallten: »Wir haben es gut gemeint!«, sich dann aber beruhigten. Die Herrin Mut saß mit ihrem Pfande und Zeichen neben dem Schemel des Stuhles, hinter welchem ein Mohr in rotem Rock den Hochfächer regte, und Lichtträger hielten sich neben der Gruppe. Aber auch der Hof war von Fackeln erhellt, wo das Dienstvolk, sofern es nicht Festurlaub hatte, beisammenstand; und vornehin vor die Stufen führten sie Joseph im Handholz, nebst Se'ench-Wen-nofre und so weiter, dem Kleinen, der nicht von seinem Schurze wich, wie denn auch Dûdu, in der gewissen Hoffnung, mit seiner guten Stunde werde es immer noch schöner werden, würdig zur Stelle war: die beiden Unterwüchsigen standen zu seiten des Delinquenten.

Peteprê sprach schnell und formelhaft mit seiner feinen Stimme:

»Hier wird Gericht gehalten, aber wir haben Eile. – Dich rufe ich an, Ibisköpfiger, der du das Gesetz der Menschen schriebst, weißer Affe du neben der Waage; dich Herrin Ma'at, die du der Wahrheit vorstehst im Schmuck der Straußenfeder. Die Bittopfer, die wir euch schulden, werden nachträglich vollzogen werden, ich stehe ein dafür, und sie sind so gut wie geleistet. Jetzt drängt die Stunde. Ich spreche Recht über dies Haus, das mein ist und spreche so.«

Er nahm, nachdem er dies mit erhobenen Händen gesagt, eine lässigere Haltung an in einer Ecke des Hohen Stuhles, stützte den Ellbogen auf und bewegte leichthin die kleine Hand über der Lehne, indem er fortfuhr:

»Der dichten Vorkehrungen ungeachtet, die dieses Haus

dem Bösen entgegenstellt, der Undurchlässigkeit seiner übelabwehrenden Sprüche und guten Worte zum Trotz, ist es dem Leidwesen gelungen, darin einzudringen und den schönen Bann des Friedens und zarter Schonung, in dem es ruhte, vorübergehend zu brechen. Tieftraurig und entsetzlich ist das zu nennen, um so mehr, als gerade an dem Tage das Übel ruchbar werden muß, an dem Pharao's Liebe und Huld mich mit dem Rang und herrlichen Titel eines Einzigen Freundes zu schmücken geruhte, und an dem also, so sollte man denken, lauter Artigkeit von seiten der Menschen und wohltuender Glückwunsch, nicht aber das Schrecknis wankender Ordnung mir begegnen dürfte. Sei dem wie immer! Lange schon hat das durch den Schutz gedrungene Leidwesen heimlich an der schönen Ordnung des Hauses genagt, damit sie einstürze und es geschehe wie drohend geschrieben steht, nämlich daß die Reichen arm, die Armen reich und die Tempel verödet seien. Lange schon, sage ich, fraß in der Stille das Übel, verborgen der Mehrzahl, aber nicht verborgen dem Auge des Herrn, welcher Vater und Mutter zugleich ist dem Hause, denn sein Blick ist wie der Mondesstrahl, der da schwängert die Kuh, und seines Wortes Hauch wie der Wind, der den Fruchtstaub trägt von Baum zu Baum zum Zeichen göttlicher Fruchtbarkeit. Da denn aber aus dem Schoß seiner Gegenwart alles Beginnen und Gedeihen quillt wie der Seim aus den Waben, so entgeht seiner Übersicht nichts, und sei es der Mehrzahl noch so verborgen – vor seinem Blicke liegts offen. Das erfahrt aus Anlaß dieser Verstörung! Denn ich kenne recht wohl die Sage, die meinem Namen folgt, nämlich, daß ich mich keiner Sache annehme auf Erden, außer etwa der Mahlzeit, die ich halte. Das aber ist nur ein Geplapper und geht daneben. Alles weiß ich, daß ihr es wißt; und wenn also die Furcht des Herrn und die Scheu vor seinem durchdringenden Auge neu verstärkt aus dieser Verstörung hervorgeht, über die ich richte, so wird man von ihr sagen, daß sie aller Tieftraurigkeit ungeachtet, ihre gute Seite gehabt hat.«

Er führte ein malachitnes Henkelfläschchen mit Wohlgeruch, das er an einem Kettchen über dem Halskragen trug, an seine Nase und fuhr, nachdem er sich daran erquickt, folgendermaßen fort:

»So waren mir die Wege längst bekannt, die das eingedrungene Leidwesen in diesem Hause ging. Aber auch die Wege derer lagen offen vor mir, die es beförderten in überheblicher Tücke und ihm aus Neid und Haß die Wege bereiteten – und nicht nur dies, sondern die ihm sogar erst den Einlaß und Durchschlupf verraten haben ins Haus durch alle guten Sprüche der Abwehr. Diese Verräter stehen vor meinem Stuhl in der zwergischen Person meines ehemaligen Schmuck- und Truhenbewahrers, Dûdu geheißen. Selber hat er mir all seine Bosheit bekennen müssen, wie er dem gierigen Übel Einlaß verschafft und ihm die Wege gewiesen. Ihm falle das Urteil! Ferne sei es von mir, ihn an der Kraft zu büßen, die der Sonnenherr nun einmal seiner Schrumpfgestalt zu vereinen gelaunt war – ich will sie nicht antasten. Man soll dem Verräter die Zunge ausschneiden.«

»– Die halbe Zunge«, verbesserte er sich angewidert und mit der Hand abwinkend, da Dûdu ein lautes Jammergeschrei erhob. »Da ich aber«, setzte er hinzu, »gewohnt bin, meine Steine und Kleider in Zwergenhut zu wissen und nicht wünschbar ist, daß meine Gewohnheiten unter dieser Irrung zu leiden haben, so ernenne ich den anderen Zwerg meines Hauses, Se'ench-Wen-nofre-Neteruhotpe-em-per-Amun, zum Schreiber des Ankleidezimmers, – er möge fortan meine Truhen verwalten!«

Gottliebchen, das Näschen im Knitterantlitz zinnoberfarben verweint um Joseph, tat einen Freudensatz. Die Herrin Mut aber hob das Haupt zu Peteprê's Stuhl und raunte zwischen den Zähnen:

»Was sind das für Urteile, mein Gatte, die du da fällst? Sie betreffen ja nur den Rand der Dinge und sind ganz nebensächlich! Was soll man denken von deinem Richtertum, und wie soll ich mich je von dieser Stätte wieder erheben, wenn du so richtest?«

»Nur Geduld!« erwiderte er ebenso leise, indem er sich vom Stuhle zu ihr hinabbeugte. »Hier wird nach und nach einem jeden sein Recht und sein Spruch, und seine Schuld ereilt den Verbrecher. Sitze nur ruhig! Du wirst dich bald erheben können von hier, so befriedigt, als hättest du selber gerichtet. Denn ich richte für dich, meine Liebe, nur ohne Einmischung von allzuviel Menschenherz – sei froh darüber! Denn wollte dieses das Urteil sprechen in seinem Ungestüm, so möchte es ewiger Reue verfallen.«

Nachdem er diese Worte leise zu ihr hinabgeredet, richtete er sich wieder auf und sprach:

»Nimm deinen Mut zusammen, Osarsiph, mein ehemaliger Jungmeier, denn ich komme nun zu dir, und dein Urteil sollst auch du nun vernehmen, auf das du vielleicht schon lange ängstlich wartest, – zur Verschärfung deiner Strafe verlängerte ich künstlich die Wartezeit. Denn ich gedenke dich rauh anzufassen und dir eine herbe Strafe zuzumuten, – diejenige ungerechnet, die dir aus der eigenen Seele erwächst, da ja drei Tiere häßlichen Namens sich nunmehr an deine Fersen heften: Sie heißen, wenn mir recht ist, ›Scham‹, ›Schuld‹ und ›Spottgelächter‹. Diese machen begreiflicherweise, daß du gesenkten Hauptes und mit zu Boden geschlagenen Augen vor meinem Stuhle stehst, wie ich nicht jetzt erst gewahr werde; denn ich habe dich nicht aus meinem heimlichen Blicke gelassen während der quälenden Wartezeit, die ich dir zumutete. Tief gesenkten Hauptes stehst du im Handholz und schweigst, denn wie solltest du auch wohl nicht schweigen, da du um Rechtfertigung gar nicht gefragt bist und es die Herrin ist, die wider dich zeugt mit ihrem unantastbaren Wort, das allein hier schon die Entscheidung brächte, während doch außerdem noch das Deutzeichen deines Jackenkleides beschämend vorliegt und die unwiderlegliche Sprache der Dinge spricht, indem es von deinem Übermut kündet, der dich schließlich soweit gebracht, daß du dich gegen die Herrin erhobst und, da sie dich zur Rechenschaft ziehen wollte, dein Kleid lassen mußtest in ihrer Hand. Ich frage dich: welchen Sinn hätte es, gegen der Herrin Wort und die eindeutige Sprache der Dinge zu deiner Verteidigung etwas vorzubringen?«

Joseph schwieg und neigte den Kopf noch tiefer.

»Offenbar keinen«, antwortete Peteprê seinerseits. »Du mußt verstummen wie das Lamm, das vor seinem Scherer verstummt, – nichts anderes bleibt dir heute zu tun, so flink und auch angenehm du sonst redetest. Danke aber dem Gott deiner Sippe, jenem Baal oder Adōn, der ja wohl der untergehenden Sonne gleichkommt, daß er dich behütete im Übermut und es nicht zum Äußersten kommen ließ mit deiner Empörung, sondern dich aus dem Kleide stieß, – danke ihm, sage ich, denn du wärest sonst zu dieser Stunde des Krokodils, oder der langsame Feuertod wäre dein Teil, wenn nicht der Zapfen der Hallentür. Von solchen Strafen kann nun freilich die Rede nicht sein: – da du vorm Schlimmsten behütet wurdest, so bin ich nicht in der Lage sie zu verhängen. Zweifle aber nicht, daß ich trotzdem gewillt bin, dich rauh anzufassen und vernimm dein Urteil nach absichtlich verlängerter Wartezeit! Ins Gefängnis werfe ich dich, darin die Gefangenen des Königs liegen, zu Zawi-Rê, der Inselfestung im Fluß; denn nicht mir gehörst du mehr, sondern Pharao und bist Königssklave. Unter die Hand des Kerkermeisters gebe ich dich, eines Mannes, mit dem man nicht spaßt, und von dem anzunehmen ist, daß er sich von deiner scheinbar wohltuenden Art nicht so bald wird bestechen lassen, so daß du es wenigstens anfangs sehr hart haben wirst im Gefängnis. Übrigens werde ich den Amtmann noch besonders über dich unterweisen in einem Brief, den ich ihm mitzuschicken und worin ich dich ihm gebührend zu kennzeichnen gedenke. An diesen Sühneort, wo kein Lachen ist, wirst du morgen zu Schiffe gebracht werden und wirst mein Angesicht nicht mehr sehen, nachdem du eine Reihe freundlicher Jahre lang mir hast nahe sein, mir den Becher füllen und mir die guten Autoren hast lesen dürfen. Das mag wohl schmerzlich für dich sein, und nicht würde ich mich wundern, wenn deine tief gesenkten Augen jetzt voll Tränen stünden. Wie dem auch sei, morgen wirst du an jenen sehr harten Ort gebracht. In den Hundestall brauchst du jetzt nicht zurückzukehren. Diese Strafe hast du schon absolviert, und vielmehr soll es Dûdu sein, der die Nacht dort verbringen möge, bis man ihm morgen die Zunge stutzt. Du dagegen magst wie gewöhnlich schlafen, im Sondergemach des Vertrauens, welches jedoch für diese Nacht den Namen ›Sondergemach der Strafverwahrung‹ annehmen soll. Item, da du im Handholz steckst, so verlangt die Gerechtigkeit, daß man auch Dûdu mit einem solchen versehe, wenn nämlich ein zweites vorhanden ist. Ist aber nur eines da, so soll Dûdu es tragen. – Ich habe gesprochen. Das Hausgericht ist beendet. Ein jeder trete an seinen Posten zum Empfange der Gäste!«

Niemanden wird die Nachricht erstaunen, daß nach Anhörung solcher Richtersprüche alle, die auf dem Hofe waren, auf ihre Stirnen fielen und die Hände erhoben, indem sie den Namen anriefen ihres milden und weisen Gebieters. Auch Joseph fiel dankend nieder, selbst Huij und Tuij verehrten, unterstützt von den Pflegekindern, den Sohn auf dem Angesicht, und fragt ihr nach Mut-em-inet, der Herrin – was sie anging, so machte sie keine Ausnahme: Man sah sie sich hinneigen über den Schemel des Richterstuhles und die Stirn verbergen auf ihres Gatten Füßen.

»Nichts zu danken«, sagte er, »meine Freundin. Es sollte mich freuen, wenn es mir gelungen wäre, dir Genüge zu tun in dieser Heimsuchung und mich dir lieb zu erweisen mit meiner Macht! Wir können nun in den Gästesaal eintreten, daß wir meinen Ehrentag feiern. Denn da du tagsüber klüglich das Haus hütetest, hast du dich geschont für den Abend.«

Also ging es hinab mit Joseph in die Grube und ins Gefängnis zum anderen Mal. Wie er aber wieder emporstieg aus diesem Loche zu höherem Leben, das bilde den Gegenstand künftiger Gesänge.

ENDE DES DRITTEN ROMANS

JOSEPH DER ERNÄHRER

Roman

JOSEPH DER ERNÄHRER

VORSPIEL IN OBEREN RÄNGEN

In oberen Kreisen und Rängen herrschte damals, wie immer bei verwandten Gelegenheiten, spitzig-sanfte Genugtuung und leise tretende Schadenfreude, blickweise ausgetauscht im Begegnen unter züchtig gesenkten Wimpern hervor bei gerundet herabgezogenem Munde. Wieder einmal war ein Maß voll worden, war die Milde erschöpft, Gerechtigkeit fällig gewesen, und sehr wider Wunsch und Plan, unter dem Druck des Reiches der Strenge (vor welchem die Welt allerdings überhaupt nicht bestehen konnte, da man sie doch auf den allzu weichen Grund bloßer Milde und Barmherzigkeit auch nicht hatte bauen können) hatte Man sich in majestätischem Kummer genötigt gesehen, einzuschreiten und aufzuräumen, zu stürzen, zu vernichten und erst einmal wieder einzuebnen – wie zur Zeit der Flut, wie am Tage des Schwefelregens, da der Laugensee die Lasterstädte verschlungen.

Nun, das Gerechtigkeitszugeständnis war nicht dieses Stiles und Umfangs, so grimmen Grades nicht wie zum Zeitpunkt des großen Reueanfalls und der Gesamtersäufung oder auch nur wie dazumal, als zweien von uns, dank dem verworfenen Schönheitssinn der Leute von Sodom, beinahe ein unsagbarer Stadtzoll abgefordert worden wäre. Nicht just die Menschheit kam in den Pfuhl und ins Loch oder eine Gruppe davon, die ihren Weg ins Himmelschreiende verderbt hatte, sondern nur um ein allerdings besonders schmuckes und überhebliches, besonders mit Prädilektion, Angelegentlichkeit und weitläufiger Planung beladenes Einzel-Vorkommnis des Geschlechtes handelte es sich, das Man uns auf die Nase gesetzt – einem grillenhaften Gedankengang zufolge, der in den Zirkeln und Rängen nur zu wohlbekannt war und dort von jeher Bitterkeit erregt hatte, – zusammen mit der nicht ungerechtfertigten

Erwartung, daß sehr bald die Bitterkeit das Teil dessen sein werde, der die kränkende Überlegung anstellte und sie ins Werk setzte. »Die Engel«, so hatte sie gelautet, »sind nach Unserem Bilde geschaffen, jedoch nicht fruchtbar. Die Tiere dagegen, siehe an, sind fruchtbar, doch nicht nach Unserem Gleichnis. Wir wollen den Menschen schaffen, – ein Bild der Engel und doch fruchtbar!«

Absurd. Mehr als überflüssig, nämlich abwegig, schrullenhaft und von Reue und Bitternis trächtig. Wir waren nicht »fruchtbar«, allerdings nicht. Wir waren Kämmerer des Lichtes und stille Höflinge allzumal, und die Geschichte von unserem einstmaligen Eingehen zu den Töchtern der Menschen war haltloser Weltenklatsch. Aber alles in Betracht gezogen, was jener tierische Vorzug, die Qualität der »Fruchtbarkeit« nun an übertierischen und interessanten Nebenbedeutungen in sich schließen mochte, – wir »Unfruchtbaren« tranken jedenfalls nicht Unrecht wie Wasser, und Man würde sehen, wie weit Man kommen würde mit Seinem fruchtbaren Engelsgeschlecht: vielleicht sogar bis zu der Einsicht, daß eine Allmacht von Selbstbeherrschung und weiser Fürsorge für die eigene Kummerlosigkeit es füglich bei unserer ehrbaren Existenz sein ewig Bewenden hätte haben lassen.

Allmacht und Unumschränktheit im Hervorrufen, Ausdenken und durch das bloße »Es werde« ins Dasein Setzen hatten selbstverständlich ihre Gefahren – auch Allweisheit mochte ihnen nicht vollkommen gewachsen sein und nicht unbedingt genügen, Irrtümern und entschiedensten Unnötigkeiten bei Ausübung dieser absoluten Eigenschaften vorzubeugen. Aus purer Unrast, purem Bedürfnis nach Ausübung, dem puren Drange des »Nach diesem auch das noch«, »Nach den Engeln und den Tieren auch noch das Engeltier« verstrickte man sich in Unweisheit, schuf sich das offenkundig Prekäre und in Verlegenheit Setzende, – an welches man dann, eben weil es eine unleugbare Fehlschöpfung war, in ehrwürdigem Eigensinn noch ganz besonders sein Herz hängte und ihm eine alle Himmel verletzende Angelegentlichkeit zuwandte.

War Man denn auch nur von Sich aus und ganz auf eigene Hand auf diese unangenehme Hervorrufung verfallen? In den Kreisen und Ordnungen gingen Vermutungen um, die diese Selbstständigkeit unter und hinter der Hand verneinten, – unbeweisbare, aber durch Wahrscheinlichkeit sehr wohl gestützte Vermutungen, laut deren das Ganze auf eine Anregung des großen Semael zurückging, der damals, nämlich vor seinem leuchtenden Fall, dem Throne noch sehr nahe gestanden hatte. Die Einflüsterung sah ihm durchaus ähnlich – und zwar warum? Weil es ihm darauf angekommen war, das Böse, seinen eigensten Gedanken, den sonst niemand hegte noch kannte, zu verwirklichen und in die Welt zu setzen, und weil die Bereicherung des Weltrepertoriums durch das Böse auf garkeine andere Weise, als eben durch die Erstellung des Menschen zu erzielen gewesen war. Bei den fruchtbaren Tieren konnte vom Bösen, Semaels großem Einfall, mitnichten – und bei uns unfruchtbaren Gottesbildern schon garnicht die Rede sein. Damit es in die Welt käme, war genau das Geschöpf nötig gewesen, das Semael aller Vermutung nach dort in Vorschlag gebracht hatte: ein Gottesgleichnis, das zugleich fruchtbar war, also der Mensch. Dabei mochte es sich übrigens nicht einmal um eine Überlistung der schöpferischen Allmacht gehandelt haben, insofern als Semael, in gewohnter Großartigkeit, die Folge der empfohlenen Creation, das heißt die Entstehung des Bösen, wohl garnicht verschwiegen, sondern sie wild und gerade herausgesagt hatte, allerdings – immer nach der Vermutung der Zirkel – mit dem Hinweis auf den bedeutenden Zuwachs an Lebendigkeit, den das Wesen des Schöpfers dadurch erfahren werde: man brauchte nur an die Ausübung von Gnade und Barmherzigkeit, ans Richten und Rechten, an das Aufkommen von Verdienst und Schuld, von Lohn und Strafe zu denken – oder besser ganz einfach an die Entstehung des *Guten*, die mit der des Bösen verbunden war; da dann jenes tatsächlich im Schoße der Möglichkeiten auf seinen Gegensatz zu warten hatte, ehe es Existenz gewinnen konnte, und überhaupt die Schöpfung wesentlich auf Scheidung beruhte, auch gleich mit der Scheidung von Licht und Finsternis begonnen hatte, sodaß die Allmacht nur folgerichtig handelte, indem sie von dieser recht äußerlichen Scheidung dazu fortschritt, die moralische Welt zu stiften.

Die Meinung, daß dies die Argumente gewesen seien, mit denen der große Semael dem Throne geschmeichelt und mit denen er ihn für seine Ratschläge gewonnen hatte, war weit verbreitet in den Kreisen und Rängen – höchst tückische Ratschläge in der Tat, zum Kichern tückisch und von Fallstrick-Charakter trotz aller wilden Offenheit, welche eben nur das Gewand der List und einer Bosheit gewesen war, für die es in den Rängen an Sympathie nicht gänzlich fehlte. Die Semaelsche Bosheit aber bestand in Folgendem. Wenn die mit der Gabe der Fruchtbarkeit bedachten Tiere nicht nach Gottes Gleichnis geschaffen waren, wir höfischen Gottesbilder waren es genau genommen auch nicht, da uns gottlob nun wieder die Fruchtbarkeit säuberlich abging. Die Eigenschaften, die sich auf jene und uns verteilten, Göttlichkeit und Fruchtbarkeit, im Schöpfer selbst waren sie ursprünglich vereint, und wirklich nach seinem Bilde geschaffen würde nur gerade das Wesen sein, das Semael in Vorschlag brachte, und in dem ebenfalls diese Vereinigung statthatte. Mit diesem Wesen jedoch, dem Menschen eben, kam das Böse in die Welt.

War das nicht ein Witz zum Kichern? Genau das Geschöpf, welches, wenn man wollte, dem Schöpfer am alleränhlichsten war, brachte das Böse mit sich. Gott schuf sich darin, auf Semaels Rat, einen Spiegel, der nicht schmeichelhaft war, nichts weniger als das, und den Er dann auch mehrfach vor Ärger und Verlegenheit kurz und klein zu schlagen sich angeschickt hatte, ohne doch dabei bis zum Letzten zu gehen, – vielleicht, weil Er es nicht über sich gewann, das einmal Aufgerufene wieder ins Nichtsein zu senken und an dem Verfehlten mehr hing, als an dem Gelungenen; vielleicht auch, weil Er nicht zugeben wollte, daß etwas endgültig verfehlt sein könne, was er so weitgehend nach dem eigenen Gleichnis geschaffen; vielleicht endlich, weil ein Spiegel ein Mittel zur Selbsterkenntnis ist und weil Ihm in einem Menschensohn, einem gewissen Abiram oder Abraham, das Bewußtsein jenes zweideutigen Geschöpfes entgegenkommen sollte, ein Mittel zur Selbsterkenntnis Gottes zu sein.

Demnach war der Mensch das Produkt von Gottes Neugier nach Sich selbst, – die Semael klug bei ihm vorausgesetzt und die er mit seinem Ratschlag ausgenutzt hatte. Ärger und Verlegenheit waren die notwendige und dauernde Folge gewesen, – besonders in den garnicht seltenen Fällen, wo das Böse mit kecker Intelligenz und logischer Streitbarkeit verbunden war, wie schon bei Kajin, dem Gründer des Brudermordes, dessen Gespräch mit dem Schöpfer nach der Tat in den Zirkeln ziemlich genau bekannt war und viel kolportiert wurde. Man hatte nicht gerade sehr würdevoll abgeschnitten bei dem Eva-Sohn mit Seiner Frage: »Was hast du getan? Die Stimme deines Bruders schreit zu mir von der Erde, die ihr Maul aufgetan hat, sein Blut zu nehmen von deiner Hand.« Denn Kain hatte geantwortet: »Allerdings habe ich meinen Bruder erschlagen, es ist traurig genug. Wer aber hat mich geschaffen wie ich bin, eifersüchtig bis zu dem Grade, daß sich gegebenen Falles meine Gebärde verstellt und ich nicht mehr weiß, was ich tue? Bist Du etwa kein eifersüchtiger Gott, und hast Du mich nicht nach deinem Bilde erschaffen? Wer hat den bösen Trieb in mich gelegt zu der Tat, die ich unleugbar getan? Du sagst, daß du allein trägst die ganze Welt und willst unsre Sünde nicht tragen?« – Garnicht schlecht. Genau als ob Kain oder Kajin sich vorher von Semael hätte beraten lassen, was aber der hitzige Schlaukopf vielleicht nicht einmal nötig gehabt hatte. Erwiderung wäre schwierig gewesen, und nur Zerschmetterung oder ärgerliche Heiterkeit war übrig geblieben. »Lauf!« hatte es geheißen. »Gehe deiner Wege! Unstet und flüchtig sollst du sein, aber ich will dir ein Zeichen machen, daß du mir gehörst und niemand dich erschlagen darf.« – Kurzum, Kajin war mehr als glimpflich davon gekommen dank seiner Logik; es hatte von Strafe überhaupt nicht die Rede sein können. Selbst mit der Unstetheit und Flüchtigkeit war es nicht ernst gewesen, denn Kain hatte ja im Lande Nod gesiedelt, östlich noch über Eden hinaus, und in aller Ruhe seine Kinder gezeugt, wozu man ihn auch dringend nötig gehabt hatte.

Andere Male, bekanntlich, war gestraft und in majestätischem Kummer über das bloßstellende Benehmen des »ähnlichsten« Geschöpfes fürchterlich eingeschritten worden – wie ja auch belohnt worden war, fürchterlich belohnt, will sagen: übertrieben, ausschweifend und zügellos belohnt – man brauchte nur an Henoch oder Hanok zu denken und die unglaublichen, man mußte hinter der Hand schon sagen: unbeherrschten Belohnungen, die dem Burschen zuteil geworden waren. In den Kreisen herrschte die natürlich mit größter Vorsicht ausgetauschte Meinung vor, daß in Ansehung von Lohn und Strafe dort unten nicht alles mit den rechtesten Dingen zuging, und daß die auf Semaels Rat gestiftete moralische Welt nicht mit dem nötigen Ernst gehandhabt wurde. Es fehlte nicht viel, es fehlte zuweilen überhaupt nichts, daß man in den Kreisen geurteilt hätte, Semael meine es mit der moralischen Welt viel ernster, als Er.

Es war nicht zu verbergen, wenn es auch verborgen und verschleiert werden sollte, daß die Belohnungen, unverhältnismäßig wie sie in manchem Falle waren, als moralische Einkleidungen und Vorwände für Segnungen dienten, die sich in Wahrheit aus primärer Gunst, Prädilektion erklärten und mit der moralischen Welt kaum etwas zu tun hatten. Und die Strafen? – Hier nun, zum Beispiel, in Ägyptenland, wurde gestraft und eingeebnet, – scheinbar ungern und kummervoll, scheinbar der moralischen Welt zu Ehren. Jemand, ein Liebling, ein Dünkelbold, ein Träumer von Träumen, ein Früchtchen vom Stamme dessen, der auf den Gedanken gekommen war, ein Mittel der Selbsterkenntnis zu sein, kam in die Grube, ins Verließ und ins Loch, schon zum zweiten Mal, weil seine Dummheit ins Kraut geschossen war und die Liebe hatte ins Kraut schießen und sich über den Kopf wachsen lassen, wie vordem den Haß; und das war angenehm zu sehen. Aber ließen wir, die Umgebung, uns nicht vielleicht täuschen, wenn wir über diese Art von Schwefelregen Genugtuung empfanden?

Unter uns gesagt: wir ließen uns *nicht* täuschen, im Grunde keinen Augenblick. Wir wußten genau oder vermuteten es doch bis zur Gewißheit, daß hier Strenge gespielt wurde zu Ehren des Reiches der Strenge, daß Man sich aber der Strafe, dieses Zubehörs der moralischen Welt, bediente, um eine Sackgasse zu öffnen, die nur einen unterirdischen Ausgang ins Licht besaß; daß man, mit Verlaub gesagt, die Strafe als Mittel zu weiterer Erhöhung und Begünstigung mißbrauchte. Wenn wir, im Einander Vorüberstreichen, bei still gesenkten Strahlenwimpern, so ausdrucksvoll die gerundeten Mündchen herunterzogen, so geschah es in dieser Einsicht. Die Strafe als Vehikel zu größerer Größe – der allerhöchste Scherz warf ein Licht rückwärts auch auf die Verfehlungen und Frechheiten, die zu der Strafe »gezwungen« hatten und ihr Anlaß gewesen waren, – ein Licht, das nicht gerade das der moralischen Welt war; denn auch diese Verfehlungen und Frechheiten schon, eingegeben von wem nun immer, von Gott weiß, wem, erschienen dann bereits als Mittel und Tragzeuge zu neuer, unbändiger Erhöhung.

Die Zirkel der Umgebung glaubten so ziemlich Bescheid zu wissen in diesen Kunstgriffen, dank einer, wenn auch beschränkten Teilhaberschaft an der Allwissenheit, von der des Respektes wegen freilich nur mit vieler Vorsicht, ja Selbstverleugnung und Verstellung Gebrauch zu machen war. Mit sehr gesenkter Stimme kann und muß hinzugefügt werden, daß sie noch mehr zu wissen glaubten – von Dingen, Schritten, Unternehmungen, Absichten, Umtrieben, Geheimnissen weitläufiger Art, die als Höflingsgerede abzutun verfehlt gewesen wäre, und bei deren Erwähnung sich freilich jede Stimmgebung überhaupt verbot, ja kaum Flüstern am Platze war, sondern nur eine Art der Mitteilung und Besprechung, die eng an Verschwiegenheit grenzte: ein schwaches Regen der Lippen – der leise boshaft verzogenen Lippen. Was waren das für Dinge, Gerüchte und Pläne?

Sie hingen zusammen mit jener eigentümlichen, natürlich nicht kritisierbaren, aber doch auffällig zu nennenden Handhabung von Lohn und Strafe, – mit dem ganzen Komplex von Begünstigung, Vor-Liebe, Auserwählung, der die moralische Welt, diese Konsequenz der Hervorrufung des Bösen und damit des Guten, kurzum der Menschenschöpfung, in Frage stellte. Sie hing ferner zusammen mit der nicht völlig erwiesenen, aber gut gestützten und mit kaum bewegten Lippen herumgetragenen Kunde, daß Semaels Anregung oder Einflüsterung, das »ähnlichste« Geschöpf, nämlich den Menschen, zu schaffen, nicht die letzte gewesen war, die er dem Trone hatte zukommen lassen; daß die Beziehungen zwischen diesem und dem Gestürzten nicht vollkommen aufgehoben oder eines Tages wieder aufgenommen worden waren – es war unbekannt, wie. Es war unbekannt, ob hinter dem Rücken der Umgebung eine Fahrt in den Pfuhl unternommen und dort ein Gedankenaustausch gepflogen worden war, oder ob der Verbannte seinerseits, vielleicht sogar wiederholt, Gelegenheit gefunden hatte, seinen Ort zu verlassen und wieder vor dem Trone zu reden. Jedenfalls war er in der Lage gewesen, seinen witzigen und auf Bloßstellung kalkulierten Ratschlag von damals durch einen neuen zu ergänzen und fortzusetzen, wobei es sich aber wahrscheinlich, nicht anders als damals, nur um die Herausforderung und Anfeuerung schon keimweise vorhandener, aber zögernder Gedanken und Wünsche gehandelt hatte, die nur noch zuredender Nachhilfe bedürftig gewesen sein mochten.

Um recht zu verstehen, was hier unterwegs und im Gange war, muß man sich bestimmter Daten und Nachrichten aus den Voraussetzungen und Vorspielen der hier laufenden Geschichte erinnern. Gemeint ist nichts anderes, als der »Roman der Seele«, der dort mit den dafür zur Verfügung stehenden Worten kurz referiert wurde: der Urmenschenseele, die, wie die ungestalte Materie, eines der anfänglich gesetzten Prinzipien war, und deren »Sündenfall« die bedingende Grundlage für alles erzählbare Geschehen schuf. Von Schöpfung kann hier wohl die Rede sein; denn bestand der Sündenfall nicht darin, daß die Seele, aus einer Art von melancholischer Sinnlichkeit, die bei einem der Hochwelt angehörigen Ur-Prinzip überrascht und erschüttert, sich von der Begierde überwältigen ließ, die formlose und an ihrer Formlosigkeit sogar sehr zähe hängende Materie liebend zu durchdringen, um Formen aus ihr hervorzurufen, an denen sie körperliche Lüste gewinnen könnte? Und war es der Höchste nicht, der ihr bei ihrem weit über ihre Kräfte gehenden Liebesringen zu Hilfe kam und die erzählbare Welt des Geschehens, die Welt der Formen und des Todes schuf? Er tat das aus Mitgefühl für die Nöte seiner abwegigen Mitgegebenheit, – einem Verständnis, das auf eine gewisse konstitutionelle und gefühlsmäßige Verwandtschaft beider schließen läßt – und wo zu schließen ist, da muß man eben schließen, möge der Schluß auch kühn und selbst lästerlich anmuten, da im selben Zuge von Abwegigkeit die Rede ist.

Ist die Idee der Abwegigkeit mit Ihm in Verbindung zu bringen? Nur ein schallendes Nein! kann die Antwort auf eine solche Frage sein, und es wäre die Antwort aller Chöre der Umgebung gewesen – gefolgt allerdings von einem diskreten Herunterziehen der Mündchen. Es ginge zweifellos zu weit und wäre voreilig, die barmherzig-schöpferisch nachhelfende Teilnahme an einer Abwegigkeit selber schon als Abwegigkeit zu deuten. Das wäre darum verfrüht, weil durch die Schöpfung der endlichen Lebens- und Todeswelt der Formen der Würde, Geistigkeit, Majestät, Absolutheit des vor- und außerweltlichen Gottes noch nicht der geringste, oder eben nur ein ganz geringer Abbruch geschah und also von Abwegigkeit im vollen und eigentlichen Sinn des Wortes *bis hierhin* nicht ernstlich gesprochen werden kann. Etwas anderes war es mit den Ideen, Plänen und Wünschen, die *jetzt*, nur erratbarer Weise, in der Luft lagen und den Gegenstand geheimer Zwiesprache mit Semael bildeten, wobei dieser sich wohl die Miene gab, als glaubte er, einen dem Throne ganz neuen Gedanken auf eigene Hand an diesen heranzutragen, während er vermutlich genau wußte, daß Man halb und halb und in der Stille schon mit demselben Gedanken umging. Offenbar rechnete er mit der Universalität des Irrtums, daß, wenn zwei auf denselben Gedanken verfallen, dieser Gedanke gut sein müsse.

Es ist zwecklos, mit der Sache länger hinterm Berge zu halten und scheu darum herumzureden. Was der große Semael, eine Hand am Kinn, die andere perorierend gegen den Thron ausgestreckt, in Vorschlag brachte, war die Verleiblichung des Höchsten in einem noch nicht vorhandenen, aber heranzubildenden Wahlvolk nach dem Muster der anderen magisch-mächtigen und fleischlich-lebensvollen Volks- und Stammesgottheiten dieser Erde. Nicht zufällig fällt hier das Wort »lebensvoll« ein; denn das Hauptargument des Pfuhles war, ganz wie seinerzeit beim Vorschlag der Menschenschöpfung, der

Zuwachs an Lebendigkeit, den der geistige, außer- und überweltliche Gott durch die Befolgung des Ratschlags erfahren werde – nur in einem viel drastischeren und eben fleischlicheren Sinn. Es heißt hier: Das Haupt-Argument; denn der kluge Pfuhl hatte ihrer mehr, und mit mehr oder weniger Recht nahm er an, daß sie alle dort, wo er sie vorbrachte, ohnedies schon heimlich wirksam waren und nur der Befeuerung bedurften.

Der Gemütsbereich, an den sie sich wandten, war der Ehrgeiz, – der notwendig ein Ehrgeiz der Herabsetzung, ein niederwärts gerichteter Ehrgeiz war; denn im obersten Falle, wo jeder Ehrgeiz nach oben undenkbar ist, bleibt nur ein solcher nach unten übrig: ein Ehrgeiz der Angleichung und des Auch-sein-wollens,-was-die-anderen-sind, ein Ehrgeiz nach Aufgabe der Außerordentlichkeit. Hier war es dem Pfuhle ein Leichtes, an ein gewisses Fadheitsgefühl beschämender Abstraktheit und Allgemeinheit zu appellieren, das dem Selbstvergleich des geistig-überweltlichen Weltgottes mit der magischen Sinnlichkeit der Volks- und Stammesgötter unvermeidlich anhängen mußte und eben den Ehrgeiz nach kräftiger Herabsetzung und Beschränkung, nach einer sinnlicheren Würze Seiner Lebensform erweckte. Die etwas dünnlebige Erhabenheit geistiger Allgültigkeit hinzugeben für die blutvoll-fleischliche Existenz als göttlicher Volksleib und zu sein, was die anderen Götter waren, das war das allerhöchste heimliche Trachten und zögernde Erwägen, dem Semael mit listigem Ratschlag entgegenkam – und muß es nicht erlaubt sein, zum Verständnis dieser Anfechtung und der Nachgiebigkeit gegen sie den Roman der Seele, ihr Liebesabenteuer mit der Materie und die »melancholische Sinnlichkeit«, die sie dazu trieb, kurzum ihren *Sündenfall* als Parallele heranzuziehen? Hier gibt es in Wahrheit kaum etwas heranzuziehen: sie drängt sich auf, diese Parallele, besonders durch die mitleidig-schöpferische Beihilfe, die damals der abwegigen Seele gewährt wurde, und aus der sicherlich der große Semael den boshaften Mut zu seinem Ratschlag zog.

Bosheit und der brennende Wunsch, Verlegenheiten zu bereiten, war selbstverständlich die innerste Meinung dieses Ratschlages; denn war schon der Mensch im Allgemeinen und als solcher eine Quelle steter Verlegenheit für den Schöpfer, so mußte die Unzuträglichkeit auf ihren Gipfel kommen durch Seine fleischliche Vereinigung mit einem bestimmten Menschenstamm, durch eine Art von Lebendiger-werden, die auf ein Biologisch-werden hinauslief. Nur zu genau wußte der Pfuhl, daß es mit dem Ehrgeiz nach unten, dem Versuch wie andere Götter, will sagen: ein Stammesgott und Volksleib zu sein, mit der Verbindung von Weltgott und Stammvolk also, nie und nimmer ein gutes Ende nehmen – oder doch nur nach langen Umwegen, Verlegenheiten, Enttäuschungen und Bitternissen ein allenfalls gutes Ende nehmen konnte. Nur zu genau wußte er, was zweifellos auch der Beratene im Voraus wußte, daß nach einer abenteuerlichen Episode biologischer Lebendigkeit als Stammesleib, den zweifelhaften, wenn auch blutvollen Genüssen einer irdisch eingedampften, im Lebensbetrieb eines Volkskörpers wesenden, von magischen Techniken bedienten, gepflegten, angefeuerten und bei Kräften erhaltenen Gottesexistenz mit Notwendigkeit der Welt-Augenblick reuiger Umkehr und Selbstbesinnung, die Absage an solche dynamische Beschränkung, das Sichzurückschwingen des Jenseitigen ins Jenseitige, das Wiederergreifen von Allmacht und geistiger Allgültigkeit erfolgen würde. Was aber Semael – und *er allein* im Herzen hegte, war der Gedanke, daß selbst diese einer Weltwende gleichkommende Umkehr und Heimkehr noch von einer gewissen, der Urbosheit erfreulichen Beschämung begleitet sein mußte.

Zufällig oder nicht zufällig war nämlich der zur Volksverleibung erwählte und herangebildete Stamm von solcher Beschaffenheit, daß, einerseits, der Weltgott, indem er sein Leib und Gott wurde, nicht nur seine Übermacht über die anderen Volksgötter dieser Erde einbüßte und ihnen *gleich* wurde, sondern an Macht und Ehre sogar bedeutend *unter* sie geriet, – woran der Pfuhl seine Freude hatte. Auf der anderen Seite aber vollzog sich die ganze Kondescendenz zum Volksgott, das ganze Experiment biologischen Genußlebens von Anfang an gegen das bessere Wissen, die tiefere Einsicht des erwählten Stammes selbst, und nicht ohne seine intensive geistige Mithilfe wurde die Selbstbesinnung und Umkehr, die Wiederaufrichtung jenseitiger Übermacht über die Götter dieser Welt ermöglicht. Das war es, was Semaels Bosheit kitzelte. Den Gottesleib dieses eigentümlichen Stammes abzugeben, war einerseits kein sonderliches Vergnügen; unter den anderen Volksgöttern war mit ihm, wie man zu sagen pflegt, nicht viel Staat zu machen, Man geriet unvermeidlich dabei ins Hintertreffen. Andererseits aber und im Zusammenhang damit tat sich die allgemeine Eigenschaft des Menschengeschöpfes, ein Instrument zur Selbsterkenntnis Gottes zu sein, bei diesem Stamm in besonderer Zuspitzung hervor. Ein dringlich sorgendes Bemühen um die Feststellung der Natur Gottes war ihm eingeboren; von Anbeginn in ihm lebendig war ein Keim der Einsicht in des Schöpfers Außerweltlichkeit, Allheit und Geistigkeit, also, daß er der Raum der Welt war, aber die Welt nicht sein Raum (ganz ähnlich wie der Erzähler der Raum der Geschichte ist, die Geschichte aber nicht seiner, was für ihn die Möglichkeit bedeutet, sie zu erörtern) –: ein entwicklungsfähiger Keim, der bestimmt war, sich mit der Zeit und unter großen Anstrengungen zur vollen Erkenntnis von Gottes wahrer Natur auszuwachsen. Darf man annehmen, daß gerade darum die »Erwählung« erfolgte? Daß der Ausgang des biologischen Abenteuers dem Beratenen ebenso gut bekannt war, wie dem witzigen

Ratgeber, und daß Er sich also die sogenannte Beschämung und Belehrung selber wissentlich schuf? Vielleicht ist man zu dieser Annahme verpflichtet. In Semaels Augen jedenfalls lag der Witzpunkt des Vorganges darin, daß der erwählte Stamm es insgeheim und keimweise, von Anfang an sozusagen besser wußte, als sein Volksgott, und alle Kräfte seiner reifenden Vernunft daran setzte, Ihm aus seiner unangemessenen Lage wieder ins Jenseitig-Allgültig-Geistige zurückzuhelfen – wobei es des Pfuhles unbewiesene Behauptung bleibt, daß der Rückweg aus dem Sündenfall in den heimischen Ehrenstand eben nur mit dieser angestrengten menschlichen Unterstützung möglich gewesen sei und allein aus eigenen Mitteln niemals gefunden worden wäre. –

Das Vorwissen der Zirkel der Umgebung reichte kaum bis in diese Fernen; nur bis zu den Munkeleien über geheime Zusammenkünfte mit Semael und über deren Gegenstand reichte es, und es reichte hin, den englischen Mißmut über das »ähnlichste« Geschöpf im Allgemeinen zu einer Extra-Gereiztheit gegen den in der Heranbildung begriffenen Wahlstamm sich zuspitzen zu lassen – zu behutsamer Schadenfreude reichte es hin über die kleine Flut und den Schwefelregen, den Man zu Seinem Kummer über ein mit besonderen und weittragenden Absichten ausgestattetes Reis dieses Stammes zu verhängen genötigt gewesen war – in der schlecht verhehlten Absicht freilich, aus der Strafe ein Vehikel zu machen.

Dies alles drückte sich aus in dem Mündchen-herunter-ziehen und in der fast unwahrnehmbaren Kopfbewegung, durch die die Choristen einander mit dem Ohre hinab bedeuteten, wo das Reis, die Arme auf dem Rücken zusammengebunden, in einer geruderten Segelbarke das Wasser Ägyptens hinab ins Gefängnis gebracht wurde.

ERSTES HAUPTSTÜCK: DIE ANDERE GRUBE

Joseph kennt seine Tränen

Auch Joseph gedachte der Flut, nach dem Gesetz der Entsprechung von oben und unten. Die Gedanken begegneten sich oder gingen, wenn man will, in großem Abstande nebeneinander her, – nur daß das Menschenreis hier unten auf den Wellen des Jeôr, unter der geistigen Pressung schwerer Erlebnisse, des Urvorganges und Musters aller Strafheimsuchung mit viel mehr Eindringlichkeit und ideenverknüpfender Energie gedachte, als das leid- und erlebnislose, nur eben zart klatschhafte Geschlecht dort oben je aufgebracht hätte.

Näheres davon sogleich. Der Abgeurteilte lag, recht unbequem, in dem Lattenverschlag, der einem kleineren Lastschiffe aus Akazienholz mit gepichtem Deck als Kajüte und Laderaum diente: einem sogenannten Ochsenboot, auf dessengleichen er wohl selber früher als Eleve des Überblicks und Folge-Meier Waaren des Hauses flußauf- oder abwärts zu Markte gebracht hatte. Bemannt war es mit vier Ruderern, die, wenn der Wind widrig war oder entschlummerte und der schwanke Doppelmast umgelegt war, auf dem Bordgeländer des Vorderstevens stehend, ihre Blätter zu stemmen hatten, einem Steuerruderer achtern und zwei ganz untergeordneten Hausangestellten Peteprê's, die als Bedeckung dienten, aber auch Matrosendienste am Getäu und als Untersucher des Fahrwassers zu versehen hatten. Hinzu als Oberster kam Cha'ma't, der Schreiber des Schenktisches, dem der Befehl über das Schiff und der Transport des Häftlings nach Zawi-Rê, der Inselfestung, anvertraut worden war. Auf seinem Körper trug er den versiegelten Brief, den der Herr wegen seines fehlbaren Hausmeisters an den Amtmann des Gefängnisses, einen Truppenhäuptling und »Befehlsschreiber des siegreichen Heeres« namens Mai-Sachme, gerichtet hatte.

Die Reise war weit und langwierig – Joseph mußte der anderen, frühen gedenken, als er, sieben und drei Jahre war es nun her, zum ersten Mal mit seinem Käufer, dem Alten, dazu mit Mibsam, dessen Eidam, Epher, seinem Neffen und Kedar und Kedma, seinen Söhnen, diese Fluten befahren hatte und in neun Tagen von Menfe, der Stadt des Gewickelten, geschifft war nach No-Amun, der Königsstadt. Aber weit über Menfe, ja über On, das Goldene, und über Per-Bastet, die Katzenstadt, ging es nun zurück und hinab; denn Zawi-Rê, das harte Ziel, war tief im Lande des Set und der roten Krone, will sagen in Unter-Ägypten, im Delta schon, in einem Strom-Arm des Gaues von Mendes, das da heißt Djedet, gelegen, und daß es der greuliche Bocksgau war, wohin man ihn brachte, schuf ihm noch ein eigenes Gefühl von Bedenklichkeit zu der allgemeinen Bedrücktheit und Schwermut, die ihn überschattete und doch auch wieder von einer gehobenen Empfindung des Schicksals und sinnigem Spiel der Gedanken begleitet war. Denn das Spielen konnte Jaakobs Sohn und der Rechten seiner Lebtage nicht lassen, als Mann so wenig, der nun schon die Zahl seiner Jahre auf siebenundzwanzig errechnete, wie als unkluger Knabe. Die liebste und lieblichste Form des Spieles aber war ihm die Anspielung, und wenn es anspielungsreich zuging in seinem aufmerksam überwachten Leben und die Umstände sich durchsichtig erwiesen für höhere Stimmigkeit, so war er schon glücklich, da durchsichtige Umstände ja nie ganz düster sein können.

Düster genug, in der Tat, waren die seinen; voll sinniger Trauer betrachtete er sie, während er mit zusammengebundenen Ellbogen auf seiner Matte im Kajütenverschlage lag, auf dessen Dach der Reise-Proviant der Schiffsmannschaft, Melonen, Maiskolben und Brodte aufgehäuft waren. Seine Lage war die Wiederkehr einer schrecklich-altvertrauten: abermals lag er hilflos in Banden, wie er einst drei greuliche Schwarzmond-Tage lang in runder Tiefe bei den Rasseln und Kellerwürmern des Brunnenloches gelegen und sich wie ein Schaf mit dem eigenen Unrat besudelt hatte; und war sein Zustand auch milder und weniger streng angezogen, als damals, weil die Fesselung sozusagen nur der Form und Gehörigkeit wegen vorgenommen war und man das Stück Wanten-Tau, das dazu gedient, aus Rücksicht und unwillkürlicher Schonung ziemlich locker geschlungen hatte, so war der Sturz doch nicht minder tief und sinnbenehmend, die Lebensveränderung nicht weniger jäh und unglaubwürdig: Das Vatersöhnchen, der Hätschelhans, der sich immer nur gesalbt hatte mit Freudenöl, war damals traktiert worden, wie er's sich nie hatte träumen lassen und nie für möglich gehalten; nun war es der im Totenlande schon sehr hochgestiegene Usarsiph, der an Verfeinerung, liebliche Kultur und Kleider aus gefälteltem Königsleinen gewöhnte Herr des Überblicks und Inhaber des Sondergemachs des Vertrauens, dem also mitgespielt wurde, – auch er war wie vor den Kopf geschlagen.

Keine Rede mehr von gefältelter Feinheit, von modischem Überschurz und kostbarem Ärmel-Mieder (das war ja zum redenden »Beweisstück« geworden) – ein Sklaven-Hüftkleid, nicht anders, als die Schiffsmannschaft es trug, war alles, was man ihm zugestanden. Von Perücken-Eleganz keine Rede mehr, noch gar von Emaille-Kragen, Armringen und Brustkette aus Rohr und Gold. All diese schöne Kultur war zerronnen, und nichts war ihm zu armem Schmucke geblieben, als am Halse das Amulett-Bündelchen an broncierter Schnur, das er im Lande der Väter getragen, und mit dem der Siebzehnjährige in die Grube gefahren war. Das andere war »abgelegt« – Joseph brauchte bei sich dies bedeutende Wort, ein Wort der Anspielung, wie die Sache selbst eine Anspielung und eine Sache trauriger Ordnung und Stimmigkeit war: es wäre ganz falsch gewesen, mit Brust- und Armschmuck zu fahren, wohin er fuhr; denn die Stunde der Entschleierung und des Ablegens der Schmuckstücke war da, die Stunde der Höllenfahrt. Ein Zyklus war umgelaufen, ein häufig vollendeter, kleiner; aber ein größerer, seltener das Gleiche wiederbringender auch: denn in einander, in Mittelpunktsgemeinschaft, gingen die Umläufe. Ein Kleines Jahr lief in sich selbst zurück, ein Sonnenjahr, insofern nämlich, als die schlammabsetzenden Wasser sich wieder einmal verlaufen hatten und (nicht nach dem Kalender, aber in praktischer Wirklichkeit) Zeit der Aussaat war, Zeit von Hacke und Pflug, der Aufreißung des Bodens: Wenn Joseph sich aufhob von seiner Matte, und sich, wie Chamat, sein Wärter, es ihm zuweilen erlauben mußte, die Hände auf dem Rücken, als hielte er sie freiwillig dort, auf dem gepichten Deck in den hellhörig-rufereichen Lüften über dem Strome erging oder dort auf einer Taurolle saß, so sah er, wie die Bauern auf dem Fruchtland der Ufer das ernste, gefährliche, von Vorsichts- und Sühne-Maßregeln umgebene Geschäft des Umbrechens und Säens besorgten, – ein Geschäft der Trauer, denn Saatzeit ist Trauerzeit, Zeit der Bestattung des Korngottes, Usirs Bestattung ins Finstere und nur von ferne Hoffnungsvolle, Zeit des Weinens, – und auch Joseph weinte etwas beim Anblick der kornbestattenden Bäuerlein, denn auch er wurde wieder bestattet ins Finstere und ins nur sehr von ferne Hoffnungsvolle, – zum Zeichen, daß auch ein Großes Jahr sich umgedreht hatte und Wiederholung brachte, Erneuerung des Lebens, die Fahrt in den Abgrund.

Es war der Abgrund, in den der Wahrhafte Sohn steigt, Etura, der unterirdische Schafstall, Aralla, das Reich der Toten. Durch die Brunnengrube war er ins Unterland, ins Land der Todesstarre gelangt; nun ging es auch dort noch wieder ins bôr und ins Gefängnis hinab nach Unter-Ägypten, – tiefer konnt' es nicht gehen. Tage des Dunkelmonds kamen wieder, Groß-Tage, die Jahre sein würden, und während derer die Unterwelt Macht hatte über den Schönen. Er nahm ab und starb; nach dreien Tagen aber würde er wieder emporwachsen. In den Brunnen des Abgrunds hinab sank Attar-Tammuz als Abendstern; aber als Morgenstern, das war gewiß, würde er wieder daraus erstehen. Man nennt das Hoffnung, und die ist ein süßes Geschenk. Und doch hat sie auch wieder etwas Verbotenes, weil sie die Würde des heiligen Augenblicks schmälert und Feststunden des Umlaufs vorwegnimmt, die noch nicht da sind. Ihre Ehre hat jede Stunde, und der lebt nicht recht, der nicht verzweifeln kann. Joseph war dieser Anschauung. Seine Hoffnung war sogar gewissestes Wissen; aber er war ein Kind des Augenblicks und er weinte.

Er kannte seine Thränen. Gilgamesch hatte sie geweint, als er Ischtars Verlangen verschmäht und sie ihm »Weinen bereitet« hatte. Er war recht erschöpft von der Not, durch die er gegangen, durch die Bedrängnis durch das Weib, die schwere Krisis, in der sie gegipfelt, den alles verändernden Lebensumsturz, und während der ersten Tage ging er den Chamat garnicht um die Erlaubnis an, auf Deck im bunten Verkehrstrubel der Reisestraße Ägyptens zu spazieren, sondern lag für sich im Gehäuse auf seiner Matte und verband träumerische Gedanken. Er träumte Tafelverse:

Ischtar, die Rasende, schwang sich zu Anu, dem Götterkönig, forderte Rache. »Den Himmelsstier sollst du schaffen, zerstampfen soll er die Welt, versengen mit dem Feuerhauch seiner Nüstern die Erde, ausdörren und verderben die Flur!«

»Den Himmelsstier will ich schaffen, Herrin Aschirta, denn schwer bist du beleidigt. Aber Spreujahre werden kommen, sieben an der Zahl, Jahre der Hungersnot dank seinem Stampfen und Sengen. Hast du für reichliche Nahrung gesorgt, aufgehäuft Speise, den Jahren des Mangels damit zu begegnen?«

»Vorgesorgt hab ich für Nahrung, aufgehäuft Speise.«
»So will ich schaffen und schicken den Himmelsstier, denn schwer bist du beleidigt, Herrin Aschirta!« –
Sonderbares Gebahren! Wenn Aschera die Erde verderben wollte, um Gilgameschs Sprödigkeit willen und auf den dörrenden Himmelsstier brannte, so hatte es wenig Sinn, Nahrung aufzuhäufen, um den sieben Spreujahren, welche sein Werk sein würden, damit vorzubauen. Genug aber, daß sie's getan und die Frage bejaht hatte, denn auf den Rachestier brannte sie nun einmal; und was Joseph an dem Ganzen gefiel und was ihn beschäftigte, war eben die Vorsorge, welcher die Göttin auch in der Wut noch hatte Rechnung tragen müssen, wenn sie ihren Feuerstier haben wollte. Vorsorge, Vorsicht war eine dem Träumer vertraute und ihm immerdar wichtige Idee, – mochte er sich kindisch auch oft an ihr versündigt haben. Es war zudem beinahe der herrschende Gedanke des Landes, in dem er gewachsen war wie an einer Quelle, Ägyptenlandes, das ein ängstlich Land war, unaufhörlich im Großen und Kleinen bedacht, all seine Schritte und jegliches Tun mit Zauberzeichen und -spruch lückenlos zu sichern gegen lauerndes Übel; und da er nun so lange schon ein Ägypter war und sein Fleisch und Leibrock schon nur noch aus ägyptischem Stoffe bestand, so hatte die Landesidee der Vorsicht und Vorsorge sich tief in seine Seele gesenkt, wo sie aber auf andere Weise schon immer zu Hause gewesen war. Auch in seiner ursprünglich-eigenen Überlieferung hatte sie lange Wurzeln, – wie denn Sünde nahezu eines Sinnes war mit versäumter Vorsicht: Narrheit war sie und lachhaftes Ungeschick in der Behandlung Gottes; Weisheit dagegen, das war Voraussicht und sichernde Vorsorge. Noah-Utnapischtim, hieß er nicht darum der Erzgeschichte, weil er die Flut hatte kommen sehen und ihr vorgebaut, nämlich den Kasten gebaut hatte? Die Arche, die große Lade, der Arôn, worin die Schöpfung die Fluchzeit überstanden, dem

Joseph war sie das Frühbeispiel und Ur-Muster aller Weisheit, das ist: aller wissenden Vorsorge. So aber kamen über Ischtars Erbitterung, über das sengende Trampeltier und die Speise-Aufhäufung, mit der man dem Mangel vorgebaut, seine Gedanken in notwendigem Parallelismus zu oberen Gedankengängen auf die große Flut, und auch der kleinen gedachte er mit Tränen, die über ihn gekommen war, weil er zwar nicht so närrisch gewesen, Gott zu verraten und es gänzlich mit ihm zu verderben, es aber an Vorsicht doch sträflich hatte fehlen lassen.

Wie in der ersten Grube, ein Großjahr früher, bekannte er sich reuig zu seiner Schuld, und es war ihm weh um den Vater, um Jaakob war ihm weh, und er schämte sich bitterlich vor ihm, weil er es fertig gebracht und sich im Land der Entrückung aufs neue in die Grube gebracht hatte. Welche schöne Erhöhung war aus der Entrückung bereits erwachsen, und wie war jene nun, mangelnder Weisheit halber, wieder zerstört und eingeebnet, sodaß das Dritte, nämlich das Nachkommenlassen, unabsehbar vertagt erschien! Redlich zerknirscht war Joseph bei sich selbst in seinem Gemüt und bat um Verzeihung beim »Vater«, dessen Bild ihn im letzten Augenblick vorm Schlimmsten bewahrt. Gegen Cha'ma't aber, den Schreiber des Schenktisches, seinen Wärtel, der sich, teils aus Langerweile, teils um sich an der Herabgesetztheit dessen zu weiden, der ihn vordem im Hause so hoch überwachsen hatte, öfters zu ihm setzte, um mit ihm zu reden, – gegen diesen zeigte er sich sehr hochnäsig und zuversichtlich und ließ ihn von Kleinmut nicht das Leiseste merken. Ja, er vermochte ihn, wie man sehen wird, nur durch die Art, wie er die Dinge hinzustellen wußte, schon nach wenigen Reisetagen dazu, ihm die Fessel abzunehmen und ihn frei umhergehen zu lassen, obgleich er fürchten mußte, sich dadurch eines argen Verstoßes gegen seine Wärtel-Pflichten schuldig zu machen.

»Bei Pharao's Leben!« sagte Chamat, indem er sich im Kajüten-Verschlag neben Josephs Matte setzte, »Ex-Meier, was ist aus dir geworden und wie bist du heruntergekommen unter uns alle, die du so behend überstiegst! Man sollt' es nicht glauben und schüttelt den Kopf bei deinem Anblick. Wie ein libyscher Kriegsgefangener liegst du da, oder wie einer vom elenden Kusch, mit verschnürten Ellenbogen, wo du doch eben noch hoch einherstiegst als Der überm Hause, und bist sozusagen der Fresserin überliefert, dem Hund von Amente. Daß sich Atum erbarme, der Herr von On! Wie hast du dich in die Asche gebracht – daß ich mich euerer Redeweise bediene vom elenden Syrien, die wir unwillkürlich von dir angenommen haben, – beim Chons, wir werden fein nichts mehr annehmen von dir, kein Hund wird von dir ein Stück Brodt mehr nehmen, so liegst du danieder! Und zwar warum? Aus lauter Leichtsinn und Unzucht. Wolltest den Großen spielen in einem solchen Hause und konntest nicht einmal den Gähhunger zähmen deiner Lust – ausgerechnet auf die heilige Herrin hat sich deine Habsucht und Lubrizität geworfen, wo sie doch beinahe wesensgleich mit Hathor ist, – die Unverschämtheit war schon enorm. Nie vergesse ich, wie du dastandest vor dem Herrn beim Hausgericht und ließest den Kopf hängen, weil du nicht das kleinste Wort der Ausrede fandest und dich nicht weiß zu machen wußtest von dieser Schuld – wie solltest du auch, da ja das zerknautschte Leibstück grell gegen dich zeugte, das du in den Händen der Herrin zurückgelassen, als du dich vergebens ihrer hattest bemächtigen und sie bespringen wollen, und hattest es offenbar auch noch höchst ungeschickt angestellt – es ist in jeder Beziehung jammervoll! Weißt du noch, wie du zuerst zu mir kamst in die Speisekammer, um Labsal zu fassen für die Alten vom Oberstock? Da spieltest du gleich den Hochmütigen, als ich dich warnte, den Greisen den Trank nicht über die Füße zu schütten, und beschämtest mich gewissermaßen, indem du tatest, als könne sowas bei dir nicht vorkommen. Na, nun hast du dirselbst was über die Füße geschüttet, daß sie starren und kleben – o mein! Ich wußte doch, daß du auf die Dauer das Servierbrett nicht würdest halten können. Warum aber konntest du's nicht? Von wegen der Barbarei! und weil du eben doch nur ein Sandhase bist mit der Zügellosigkeit des elenden Zahi, ohne das Maß und die Lebensweisheit des Landes der Menschen, und konntest unsere Sittensprüche nicht wahrhaft beherzigen, die da lehren, daß man schon seinen Spaß haben mag in der Welt, aber nicht mit verheirateten Frauen, weil das lebensgefährlich ist. Du aber warfst dich in blinder Gier und sonder Vernunft auf die Herrin selbst und kannst noch froh sein, daß man dich nicht sogleich in Leichenfarbe versetzt hat, – das ist allerdings der einzige Grund, der dir zum Frohsein geblieben ist!«

»Tu' mir die Liebe, Zögling des Bücherhauses, Chamat«, sagte Joseph, »und rede nicht über Dinge, von denen du nichts verstehst! Es ist schrecklich, wenn eine zarte und schwere Sache, die viel zu heikel ist für den großen Haufen, unter die Leute kommt, daß jeder seine Zunge daran wetzt und redet den größten Mist darüber – das ist fast nicht zu ertragen und ist unausstehlich, noch nicht so sehr um der Personen wie um der Sache willen, um die es einfach zu schade ist. Simpel und unfein ist es von dir und zeugt nicht von der Kultur Ägyptens, daß du so vor mir sprichst, – nicht weil ich noch gestern dein Vorsteher war, vor dem du dich bücktest, das lasse ich jetzt bei Seite. Aber bedenken solltest du doch, daß ich in der Sache zwischen mir und der Herrin viel besser Bescheid wissen muß, als du, dem nur das Äußerlichste davon zu Ohren gekommen, – was hältst du mir also Lehrvorträge darüber? Ferner ist's ziemlich lächerlich, daß du einen Gegensatz künstlich errichtest zwischen dem rohen Gähhunger meines Fleisches und dem Maße Ägyptens, – welches doch allerwege in einem schwülen Ruf steht über die Welt hin; und als du von ›bespringen‹ redetest und nahmst keinen Anstand, dies Wort in Bezug auf mich zu benutzen, da dachtest du gewiß vielmehr an den Bock, zu dem wir hinabziehen, und dem sich die Töchter Ägyptens hingeben, wenn er im Feste ist, – das nenne ich Maß und Vernunft, wahrhaftig! Ich will dir etwas sagen: Es könnte sein, daß von mir in Zukunft einmal die Rede sein wird als von Einem, der seine Reinheit bewahrte unter einem Volk, dessen Brunst wie der Esel und Hengste Brunst war, – das ist's, was sein könnte. Es könnte sein, daß die Mägdlein der Welt mich einmal beweinen werden vor ihrer Hochzeit, indem sie mir ihre Locken darbringen und ein Klagelied anstimmen, worin sie meine Jugend beklagen und die Geschichte des Jünglings künden, der zwar standhielt dem fiebernden Drängen der Frau, aber um Ruf und Leben dadurch gebracht wurde. Solche Bräuche um meinetwillen stelle ich mir vor, wenn ich hier liege und alles bedenke. Ermiß danach, wie beschränkt mich deine Auslassungen anmuten müssen über mein Loos und meine Lage! Was bestaunst du, nicht ohne Vergnügen, mein Unglück? Peteprê's Sklave war ich, von ihm gekauft. Nun bin ich Pharao's Sklave, nach seinem Spruch. Da bin ich doch mehr worden, als ich war, und habe zugenommen! Was lachst du so einfältig? Gut denn, hinab geht's mit mir augenblicklich. Aber ist denn das Hinabgehen ohne Ehre und Feierlichkeit, und kommt dir dies Ochsenboot nicht vor, wie Usirs Barke, wenn er niederfährt, den unteren Schafstall zu erleuchten und die Bewohner der Höhlen zu grüßen auf seiner nächtlichen Fahrt? Mir kommt es auffallend so vor, das wisse! Wenn du meinst, ich scheide vom Land der Lebendigen, so magst du recht haben. Aber wer sagt dir, daß meine Nase nicht das Lebenskraut riechen wird und ich nicht morgen über den Weltenrand steigen werde, wie ein Bräutigam hervorgeht aus seiner Kammer, strahlend, daß dich die blöden Augen beißen?«

»Ach, Ex-Meier, ich sehe, derselbe bist du geblieben im

Elend, die Plage ist nur, daß niemand weiß, was das heißt bei dir: derselbe; denn es gleicht den bunten Bällen, die die Tänzerinnen aufgehen lassen aus ihren Händen und wieder fangen, und man unterscheidet sie nicht, sondern in der Luft bilden sie einen blanken Bogen. Woher du die Hoffart nimmst, trotz Loos und Lage, das mögen die Götter wissen, mit denen du umgehst, daß es den Frommen zugleich lächert und schaudert und ihm die Haut graupelig wird, wie die Haut einer Gans. Du entblödest dich nicht, von Bräuten zu faseln, die deinem Andenken ihr Haar weihen werden, wie es doch nur einem Gotte geschieht, und vergleichst diesen Kahn, der doch der Kahn deiner Schande ist, mit Usirs Abendbarke – wollte doch der Verborgene, du verglichest ihn nur mit ihr! Aber du flichtst das Wort auffallend ein – ›auffallend‹ sagst du, gleiche der Kahn jener Barke, und weißt damit in der schlichten Seele den Verdacht zu erregen, daß er's am Ende wirklich sei und du seist möglicherweise wirklich Rê, wenn er Atum heißt und umsteigt in die Barke der Nacht – daher die Graupelhaut. Aber sie kommt nicht nur vom Lächern und Schaudern, sondern auch vom Ärger, das laß dir gesagt sein, vom Unwillen und von der Galle kommt sie auch, und sogar vorwiegend, über deine Anmaßung, und wie du dir's herausnimmst, dich im Höchsten zu spiegeln und dich mit ihm zu verwechseln, sodaß du redest, als wärest du es, und dein Selbst in der Luft damit einen blanken Bogen bildet vor den verärgert blinzelnden Augen. Da könnte doch jeder kommen und es treiben, wie du, aber der Ehrsame tut's nicht, sondern verehrt und betet an. Ich habe mich hier zu dir gesetzt, teils aus Mitleid und teils aus Langerweile, um mich ein wenig mit dir zu unterhalten, aber wenn du mir zu verstehen gibst, du seiest Atum-Rê und Usir, der Große, in seiner Barke, so laß ich dich allein, denn es kommt mir die Galle hoch ob deiner Lästerung.«

»Halt' es damit, wie du mußt, Chamat vom Bücherhause und

von der Speisekammer! Ich habe dich nicht angefleht, dich zu mir zu setzen, denn ich bin ebenso gern allein, vielleicht sogar noch eine Kleinigkeit lieber, und weiß mich schon ohne dich zu unterhalten, wie du ja selber bemerkst, – wenn aber du dich zu unterhalten wüßtest wie ich, so hättest du dich nicht zu mir gesetzt, würdest aber auch nicht so scheel blicken auf die Unterhaltung, die ich mir gönne, und die du mir nicht gönnst. Scheinbar aus Frömmigkeit gönnst du sie mir nicht, aber in Wahrheit eben nur einfach aus Mißgunst, und die Frömmigkeit ist nur das Feigenblatt, das deine Mißgunst sich vortut – verzeih das dir fernliegende Gleichnis! Daß sich der Mensch unterhalte und nicht sein Leben hinbringe wie das dumpfe Vieh, das ist doch schließlich die Hauptsache, und wie hoch er es bringt in der Unterhaltung, darauf kommt's an. Du hast nicht ganz recht, zu sagen, daß doch jeder kommen könnte und es treiben wie ich, denn es könnt' es eben nicht jeder, – nicht weil ihn die Ehrsamkeit hinderte, sondern weil er gänzlich des Anklangs ermangelt ans Höchste und ihm die herzliche Ankindung versagt ist an dieses – nicht gegeben ist's ihm, durch die himmlische Blume zu leben, wie man sagt, daß einer spricht durch die Blume. Ganz was anderes sieht er, mit Recht, im Höchsten, als in sich selbst, und nur mit langweiligem Hallelujah kann er ihm dienen. Hört er aber vertraulichere Lobpreisung, so sieht er grün vor Neid und tritt unter das Bild des Höchsten mit falschen Tränen: ›O, vergieb, mein Allerhöchstes, dem Lästerer!‹ Das ist ja eher ein läppisches Gebahren, Chamat von der Speisekammer, du solltest es nicht so machen. Gib mir lieber mein Mittagbrot, denn die Stunde ist da, und mich hungert.«

»Das muß ich wohl tun, wenn die Stunde da ist«, antwortete der Schreiber. »Verhungern lassen kann ich dich nicht. Ich soll dich lebend abliefern zu Zawi-Rê.«

Da nämlich Joseph gefesselt war an den Ellenbogen und

seine Hände nicht brauchen konnte, mußte Chamat, als sein Wärtel, ihn füttern, es blieb ihm nichts anderes übrig. Eigenhändig mußte er, bei ihm kauernd, ihm das Brot in den Mund stecken und ihm den Becher Biers an die Lippen setzen, und Joseph pflegte seine Bemerkungen daran zu knüpfen bei jeder Mahlzeit.

»Ja, da kauerst du, langer Chamat und atzest mich«, sagte er. »Es ist recht freundlich von dir, wenn du auch eine beschämte Miene dazu machst und es offensichtlich nicht gerne tust. Dies trinke ich auf dein Wohl, kann aber nicht umhin zu denken, wie du heruntergekommen bist, daß du mich tränken und päppeln mußt. Hast du das je gemußt, als ich dein Vorsteher war und du dich vor mir bücktest? Bedienen mußt du mich wie nie zuvor, und also scheint es doch, daß ich mehr worden bin und du weniger. Wir haben da die alte Frage, wer größer und wichtiger ist: der zu Bewachende oder der Wächter. Ohne Zweifel ist es doch jener. Denn wird nicht auch ein König von seinen Knechten behütet, und heißt es nicht von dem Gerechten: ›Es ist Seinen Engeln befohlen, dich zu behüten auf deinen Wegen‹?«

»Ich will dir was sagen«, antwortete Chamat endlich, nach ein paar Tagen, »ich bin es satt, dich satt zu machen, wenn du den Schnabel aufsperrst, wie das Dohlenküken im Nest, denn du sperrst ihn auch sonst noch auf zu ärgerlichen Reden, die mir's noch mehr verleiden. Ich werde dir einfach die Fessel abnehmen, daß du nicht so hilflos bist und ich nicht länger dein Knecht und Engel sein muß, das ist nicht Schreibers Sache. Wenn wir uns deiner Stätte nähern, werde ich sie dir wieder anlegen und dich dem Amtmann dort, Mai-Sachme, dem Truppenhäuptling, in Fesseln überliefern, wie sich's gebührt. Du mußt mir aber schwören, es dem Amtmann nicht anzusagen, daß du zwischendurch ihrer ledig gewesen, und daß ich Milde hab' walten lassen gegen meine Pflicht; sonst komm' ich in die Asche.«

»Im Gegenteil. Ich werde ihm sagen, daß du mir ein grausamer Wärtel warst und mich mit Skorpionen gezüchtigt hast Tag für Tag!«

»Unsinn, das geht nun auch wieder viel zu weit! Du kannst nichts, als den Menschen foppen. Weiß ich doch nicht, was in dem versiegelten Briefe steht, den ich auf meinem Körper trage, und bin ungewiß, wie es gemeint ist mit dir. Das ist eben das Schlimme, daß nie niemand weiß, wie es mit dir gemeint ist! Dem Gefängnisherrn aber sollst du sagen, daß ich dich mit gemessener Härte und menschlicher Unerbittlichkeit behandelt habe.«

»So will ich tun«, sagte Joseph und bekam freie Ellenbogen, bis sie tief hinabgelangt waren ins Land Uto's, der Schlange, und des siebenarmig gespaltenen Stromes, in den Gau von Djedet und nahe an Zawi-Rê, die Inselfestung heran, – da schnürte Chamat sie ihm wieder zusammen.

Der Amtmann über das Gefängnis

Josephs Strafkarzer und zweite Grube, die er nach ungefähr siebzehntägiger Reise erreichte, und darin er nach seiner Stimmigkeitsberechnung drei Jahre verbringen sollte, ehe das Haupt ihm erhoben wurde, war ein Lager freudloser Baulichkeiten, das, unregelmäßig von Form, fast den ganzen Raum der dem mendesischen Nilarm entsteigenden Insel einnahm: eine Ansammlung von kubischen, Höfe und Gänge bildenden Kasernen, Ställen, Magazinhäusern und Kasematten, überragt an einer Ecke von einer Migdol-Zitadelle, in der der Amtmann über den Zwinger, Gefangenenvogt und Besatzungskommandant Mai-Sachme, ein »Schreiber des siegreichen Heeres«, seinen Sitz haben sollte, und mitten drin von dem Pylon eines Wepwawet-Tempels, dessen Flaggenschmuck den einzigen Augentrost in all der Unzier bildete, – umschlossen das Ganze von einer wohl zwanzig Ellen hohen Ringmauer aus ungebrannten Ziegeln mit geknickt vorspringenden Bastionen und rundlich ausladenden Wehr-Balkonen. Lände und Tor-Zugang, hinter dessen Brustwehren Wachen standen, befanden sich irgendwo seitlich, und Cha'ma't, am hohen Buge des Ochsenbootes stehend, schwenkte den Soldaten schon von weitem seinen Brief entgegen, und rief ihnen, unters Tor gelangt, zu, daß er einen Züchtling bringe, den er dem Schar-Hauptmann und Lagerherrn persönlich zu überhändigen habe.

Sold-Jünglinge, nämlich Ne'arin, eine militärische Bezeichnung, die man unselbständigerweise aus dem Semitischen sich zurechtgemacht hatte, Lanzenträger mit herzförmigen Schutzblättern aus Leder vorn am Schurz und Schilde auf dem Rücken, öffneten dem Transport und ließen ihn ein, – dem Joseph war es, als werde er wieder eingelassen mit seinen Käufern, den Ismaelitern, durch das Mauertor der Grenzfeste Zel. Damals war er ein Knabe gewesen, zaghaft vor den Wundern und Greueln Ägyptens. Jetzt war er vertraut mit diesen Wundern und Greueln wie Einer, ein Ägypter mit Haut und Haar, – vorbehaltlich des Vorbehaltes, versteht sich, den er in seinem Inneren gegen die Narrheiten des Landes seiner Entrückung wahrte, und dem Jünglings-Stande schon ein gut Stück ins Männliche entwachsen. Aber am Seile geführt wurde er nun wie Chapi, die lebende Wiederholung des Ptach, in seinem Tempelhofe zu Menfe, ein Gefangener Ägyptenlandes, wie jener Rindsgott; denn Zwei vom Gesinde Peteprê's hielten die Enden seiner Armfessel und führten ihn so vor sich her, hinter Cha'ma't, der unterm Thore einem stocktragenden Unter-Chargierten (er hatte wohl den Befehl zum Einlaß gegeben) Rede stand und von ihm an einen über den Hof kommenden Höheren, der eine Keule trug, verwiesen wurde. Dieser nahm den Brief, versprach, ihn dem Hauptmann bringen zu wollen und hieß sie warten.

So warteten sie denn, unter den neugierigen Blicken der

Soldaten, auf einem kleinen Viereck von Hof, im spärlichen Schatten von zwei oder drei strohigen und nur ganz oben grün beschopften Palmbäumen, deren rötlich kugelige Früchte an ihren Wurzel-Basen herumlagen. Der Sohn Jaakobs war nachdenklich. Er gedachte der Worte Petepré's über den Kerkermeister, unter dessen Hand er ihn geben wolle: daß er ein Mann sei, mit dem man nicht spaße. In begreiflicher Sorge war er gespannt auf den Mann, aber er überlegte, daß der Titel-Oberst ihn wahrscheinlich garnicht kenne und die Eigenschaft seiner Ungespäßigkeit nur aus seinem Amte als Kerkermeister abgeleitet habe, was ein allenfalls wahrscheinlicher, aber nicht notwendiger Schluß war. Seine Besorgnis suchte Beruhigung in dem Gedanken, daß es jedenfalls nun einmal ein Mensch war, mit dem er es zu tun haben würde – und in seinen Augen brachte das eine irgendwie geartete Zugänglichkeit und Umgänglichkeit unter allen Umständen mit sich, also, daß in Gottes Namen mit dem Mann, wie sehr er nun zum Kerkermeister geschaffen sein oder wie hart dies Amt ihn zubereitet haben mochte, auf eine oder die andere Weise und von irgend einer Seite her wohl dennoch zu spaßen sein würde. Auch kannte Joseph seine Kinder Ägyptenlandes, das zwar ein Land der Todesstarre war und der Gottesgräber, auf diesem düsteren Hintergrunde aber doch voll war von Kinderei und Harmlosigkeit, mit welcher sich leben ließ. Ferner war da der Brief, den der Vogt eben las, und in dem Potiphar ihn über des Verstoßenen Person unterwies, zu dem Behuf, sie ihm »gebührend zu kennzeichnen«. Joseph vertraute, daß diese Kennzeichnung nicht allzu greulich ausgefallen sein und nicht geradezu darauf angelegt sein werde, die grimmsten Eigenschaften des Mannes gegen ihn aufzurufen. Sein eigentliches und allgemeinstes Vertrauen aber ging, wie dies bei Segensleuten zu sein pflegt, nicht von ihm hinaus in die Welt, sondern auf ihn selbst zurück und auf die glücklichen Geheimnisse seiner Natur. Nicht daß er noch auf der knabenhaften Stufe blinder Zumutung verharrt wäre, wo er geglaubt hatte, daß alle Menschen ihn mehr lieben müßten, als sich selbst. Was er aber zu glauben fortfuhr, war, daß es ihm gegeben war, Welt und Menschen dazu anzuhalten, ihm ihre beste und lichteste Seite zuzukehren, – was, wie man sieht, ein Vertrauen war, mehr in sich selbst, als in die Welt. Allerdings waren diese beiden, sein Ich und die Welt, nach seiner Einsicht, auf einander zugeordnet und in gewissem Sinne Eines, als daß jene nicht einfach die Welt war, ganz für sich, sondern eben *seine* Welt und dadurch einer Modelung zum Guten und Freundlichen unterlag. Die Umstände waren mächtig; woran aber Joseph glaubte, war ihre Bildsamkeit durch das Persönliche, das Übergewicht der Einzelbestimmung über die allgemein bestimmende Macht der Umstände. Wenn er sich einen Weh-Froh-Menschen nannte, wie Gilgamesch es getan, so in dem Sinne, daß er die frohe Bestimmung seines Wesens zwar anfällig wußte für vieles Weh, andererseits aber an kein Weh glaubte – schwarz und opak genug, daß es sich für sein eigenstes Licht, oder das Licht Gottes in ihm, ganz undurchlässig hätte erweisen sollen.

Dieser Art war Josephs Vertrauen. Schlecht und recht benannt, war es Gottvertrauen, und mit ihm rüstete er sich, das Antlitz Mai-Sachme's, seines Fronvogts, zu schauen, vor das er denn auch mit seinen Wächtern nach nicht allzu langer Weile gestellt wurde, indem man sie nämlich durch einen niedrig gedeckten Gang zum Fuß des Zitadellenturms und vor das Thor dieses Trutzbaues führte, das von anderen Wachen in Buckelhelmen besetzt war, und dessen Gatter sich kurz nach ihrer Annäherung vor der Person des Hauptmanns öffnete.

Er war in Begleitung des Ober-Hausbetreters des Wepwawet, eines hageren Blankschädels, mit dem er dem Brettspiel obgelegen hatte. Er selbst war gedrungen von Gestalt, ein Mann von etwa vierzig Jahren, in einem Panzerkoller, den er wohl erst zu dieser Vorführung angelegt hatte, und auf den kleine metallne Löwenbilder schuppenmäßig aufgenäht waren, mit brauner Perücke, runden braunen Augen unter sehr dichten schwarzen Brauen, kleinem Munde und einem bräunlich geröteten Gesicht, das vom nachwachsenden Barte geschwärzt war, wie seine Unterarme von Haaren. Es war von eigentümlich ruhigem, ja schläfrigem, dabei jedoch klugem Ausdruck, dies Gesicht, und ruhig, ja eintönig schien des Hauptmanns Rede, wie er mit dem Propheten der kriegerischen Gottheit unter dem Tore hervortrat, in einem Gespräch, das offenbar noch den Zügen der Brettpartie galt, auf deren Beendigung die Kömmlinge zu warten gehabt hatten. In der Hand hielt er die erbrochene Briefrolle des Wedelträgers.

Stehen bleibend öffnete er sie aufs neue, um darin nachzulesen, und als er sein Angesicht wieder davon erhob, war es dem Joseph, als sei es mehr als eines Mannes Angesicht, nämlich das Bild düsterer Umstände mit durchschlagendem Gotteslicht und geradezu die Miene selbst, die das Leben dem Weh-Froh-Menschen zeigt; denn seine schwarzen Brauen waren drohend zusammengezogen, und dabei spielte ein Lächeln um seinen kleinen Mund. Doch beseitigte er beides gleich wieder aus seinem Gesicht, Lächeln und Düsternis.

»Du führtest das Schiff, das euch herabbrachte von Wêse?« wandte er sich, rund blickend, unter hochgezogenen Brauen, mit gelassen eintöniger Stimme an Chamat, den Schreiber.

Da dieser bejahte, sah er Joseph an.

»Du bist Peteprê's, des großen Höflings, ehemaliger Hauswart?« fragte er.

»Ich bin's«, antwortete Joseph in aller Einfachheit.

Und doch war das eine etwas starke Antwort. Er hätte antworten können: »Du sagst es«, oder: »Mein Herr weiß die Wahrheit«, oder blumiger: »Maat spricht aus deinem Munde.« Aber »Ich bin's«, gesprochen wohl schlicht, aber mit ernstem

Lächeln, war erstens leicht ungehörig – denn man sprach nicht in der Ich-Form vor Übergeordneten, sondern sagte: »Dein Diener«, oder, ganz wegwerfend: »Der Diener da«; darüber hinaus aber spielte das »Ich« eine alarmierende Rolle darin – im Zusammenhang mit dem »Es«, das den unbestimmten Verdacht erregte, mehr zu beinhalten, als bloß die Hauswartschaft, die nach der Frage zu bestätigen war, also daß Frage und Antwort sich nicht recht zu decken schienen, sondern diese über jene hinausging und man zu der Rückfrage: »Was bist du« oder auch: »Wer bist du?« versucht sein mochte ... Kurzum »Ich bin's« war eine Formel, weither klingend, altvertraut und von populärem Appell, – die Formel des Sich-zu-erkennen-gebens, eines Aktus, ur-beliebt in kündender Erzählung und Götterspiel, mit welchem die Vorstellung eine Reihe gleichartiger Wirkungen und Folgehandlungen, vom Augen-niederschlagen bis zum verdonnerten auf die Kniee stürzen selbsttätig verbindet.

Das ruhige Gesicht Mai-Sachme's, das Gesicht eines Mannes, der nicht zum Erschrecken geneigt schien, zeigte denn auch eine leise Verwirrung oder Verlegenheit, wobei die Spitze seiner kleinen, wohlgebogenen Nase sich weißlich entfärbte.

»So, so, du bist's also«, sagte er, und wenn er im Augenblick nicht mehr ganz genau wußte, was er selbst mit dem »es« eigentlich meinte, so mochte zu dieser träumerischen Vergeßlichkeit beitragen, daß, der da vor ihm stand, der bestaussehende Siebenundzwanzigjährige in beiden Ländern war. Schönheit ist ein eindrucksvolles Gepräge; eine besondere Art leisen Schreckens erregt sie unfehlbar selbst in der ruhigsten Seele, der das Erschrecken sonst fern liegt, und ist danach angetan, den Sinn eines mit ernstem Lächeln gesprochenen »Ich bin's« ins Träumerische zu rücken.

»Du scheinst ein leichtsinniger Vogel zu sein«, fuhr der Hauptmann fort, »aus dem Neste gefallen vor Torheit und

Unbesinnen. Lebtest droben in Pharao's Stadt, wo es hochinteressant ist und du ein Leben hättest haben können gleich einem Fest, das nicht endet, und hast dich um nichts und wieder nichts hierher heruntergebracht ins äußerst Langweilige. Denn hier herrscht die äußerste Langeweile«, sagte er und zog wieder für einen Augenblick drohend die Brauen zusammen, wobei aber, als ob es dazu gehörte, auch das halbe Lächeln wieder um seine Lippen spielte. »Wußtest du nicht«, fuhr er fort, »daß man sich in fremdem Hause nicht nach den Weibern umsehen soll? Hast du die Sprüche des Totenbuches nicht gelesen und nicht die Mahnungen und Meinungen des heiligen Imhotep?«

»Sie sind mir vertraut«, erwiderte Joseph, »denn laut und leise habe ich sie unzählige Male gelesen.«

Aber der Hauptmann, obgleich er Antwort gewollt hatte, hörte nicht hin.

»Das war ein Mann«, sagte er, gegen seinen Begleiter, den Hausbetreter, gewandt, »ein guter Gefährte des Lebens, Imhotep, der Weise! Arzt, Baumeister, Priester und Schreiber, das alles war er, Tut-anch-Djehuti, das lebende Bild des Thot. Ich verehre den Mann, das muß ich sagen, und wenn es mir gegeben wäre, zu erschrecken, – es ist mir aber, vielleicht muß ich sagen: leider, nicht gegeben, ich bin zu ruhig dazu –, so würde ich wahrlich zusammenfahren vor soviel vereinigter Wissenschaft. Schon seit unendlicher Zeit ist er tot, Imhotep, der Göttliche – es gab seinesgleichen eben nur in der Frühzeit und am Morgen der Länder. Ur-König Djoser war sein Gebieter, gewiß hat er ihm sein ewiges Haus, die Stufenpyramide gebaut nahe Menfe, sechs Stockwerke hoch, wohl hundertundzwanzig Ellen, aber der Kalkstein ist schlecht; der unsere drüben im Bruch, worin die Sträflinge werken, ist wenig schlechter; der Meister hatte eben nichts Besseres zur Hand. Das Bauen war aber auch nur ein Neben-Bestandteil seiner Weisheit und

Kunst, er wußte um alle Schlösser und Schlüssel zum Tempel des Thot. Ein Heilkundiger war er zumal und Adept der Natur, ein Kenner des Festen und Flüssigen, von lindernder Hand und allen, die sich wälzen, ein Ruhespender. Denn er selbst muß sehr ruhig gewesen sein und nicht gemacht, zu erschrecken. Dazu aber war er ein Rohr in der Hand Gottes, ein Weisheitsschreiber – dies beides vereint nicht heute ein Arzt und Schreiber ein andermal, sondern dieses in jenem und eines zugleich mit dem anderen, worauf man den Ton legen muß, denn meiner Meinung nach ist es von vorzüglichem Wert. Heilkunde und Schreibtum borgen mit Vorteil ihr Licht voneinander, und gehen sie Hand in Hand, geht jedes besser. Ein Arzt, von Schreibweisheit beseelt, wird ein klügerer Tröster sein den sich Wälzenden; ein Schreiber aber, der sich auf des Körpers Leben und Leiden versteht, auf die Säfte und Kräfte, die Gifte und Gaben, wird viel voraushaben vor dem, der davon nichts weiß. Imhotep, der Weise, war solch ein Arzt und ein solcher Schreiber. Ein göttlicher Mann; man sollte ihm Weihrauch anzünden. Ich glaube auch, ist er erst noch etwas länger tot, so wird man es tun. – Allerdings lebte er auch in Menfe, einer sehr anregenden Stadt.«

»Du darfst dich nicht schämen vor ihm, Hauptmann«, antwortete der Oberpriester, zu dem er geredet hatte. »Denn unbeschadet des Truppendienstes pflegst du der Heilkunde auch, tust wohl denen, die sich winden und wälzen, und schreibst außerdem sehr gewinnend nach Form und Inhalt, indem du all diese Sparten in Ruhe vereinigst.«

»Die Ruhe allein tut's nicht«, erwiderte Mai-Sachme, und die Gelassenheit seines Gesichtes mit den runden, klugen Augen fiel etwas ins Traurige. »Vielleicht wäre mir einmal der Blitz des Erschreckens not. Doch woher sollte der hier wohl kommen? – Und ihr?« sprach er auf einmal mit erhobenen Brauen und kopfschüttelnd zu den beiden Hausklaven Petepré's hinüber, die die Enden von Josephs Fesseln hielten. »Was treibt ihr da? Wollt ihr pflügen mit ihm oder Pferdchen spielen wie kleine Jungen? Euer Vorsteher soll hier wohl Fronarbeit tun, wenn ihm die Glieder verschnürt sind wie einem Schlachtochsen? Bindet ihn los, Dummköpfe! Hier wird hart gearbeitet für Pharao, in dem Steinbruch oder am Neubau, und nicht gefesselt herumgelegen. Was für ein Unverstand! – Diese Leute«, wandte er sich wieder erläuternd an den Gottespfleger, »leben nun einmal in der Vorstellung, daß ein Gefängnis ein Ort ist, wo man in Fesseln herumliegt. Sie nehmen alles wörtlich, das ist ihre Art, und halten sich an die Redensart wie die Kinder. Heißt es von Einem, daß man ihn ins Gefängnis legt, da des Königs Gefangene innen liegen, so glauben sie fest, er plumpse wirklich in irgendein Loch voll gieriger Ratten und Kettengerassel, wo man liegt und dem Rê die Tage stiehlt. Solche Verwechslung von Ausdrucksweise und Wirklichkeit ist meiner Wahrnehmung nach ein Hauptmerkmal der Unbildung und des Tiefstandes. Ich habe sie oft gefunden bei Gummiessern des elenden Kusch und auch bei den Bäuerlein unserer Fluren, doch nicht so wohl in den Städten. Unleugbar ist eine gewisse Poesie bei diesem Wörtlichnehmen der Rede, die Poesie der Einfalt und des Märchens. Es gibt, soviel ich sehe, zwei Arten von Poesie: eine aus Volkseinfalt und eine aus dem Geiste des Schreibtums. Diese ist unzweifelhaft die höhere, aber es ist meine Meinung, daß sie nicht ohne freundlichen Zusammenhang mit jener bestehen kann und sie als Fruchtboden braucht, so wie alle Schönheit des oberen Lebens und die Pracht Pharao's selbst die Krume des breiten, bedürftigen Lebens braucht, um darüber zu blühen und der Welt ein Staunen zu sein.«

»Als Zögling des Bücherhauses«, sagte Cha'ma't, der Schreiber des Schenktisches, der sich unterdessen beeilt hatte, dem Joseph eigenhändig die Ellbogen zu befreien, »habe ich keineswegs Teil an der Verwechslung von Redeweise und Wirklichkeit, und nur der Form wegen, für den Augenblick, glaubte ich dir, Hauptmann, den Häftling in der Fessel überliefern zu sollen. Er selbst mag mir bestätigen, daß ich ihm schon während des größten Teiles der Reise den Strick erspart habe.«

»Das war nicht mehr als verständig gehandelt«, erwiderte Mai-Sachme; »zumal Unterschiede bestehen zwischen den Missetaten und Mord, Diebstahl, Grenzfrevel, Verweigerung der Steuern oder ihr Unterschleif durch den Einnehmer mit anderen Augen zu betrachten sind, als Irrungen, bei denen eine Frau im Spiele ist, und die also eine diskrete Beurteilung erfordern.«

Er rollte den Brief wieder halb auf und blickte hinein.

»Hier handelt es sich«, sagte er, »wie ich sehe, um eine Weibergeschichte, und ich müßte nicht Offizier und ein Zögling der königlichen Stallungen sein, wenn ich einen solchen Handel mit ehrlosen Pöbeltaten wollte zusammenwerfen. Es ist zwar ein Zeichen kindischen Tiefstandes, nicht zwischen Redensart und Wirklichkeit zu unterscheiden und alles wörtlich zu nehmen, aber eine solche Unterscheidung ist dann und wann auch unter Besseren unvermeidlich; denn ob es allerdings auch heißt, daß man sich in fremdem Hause nicht nach den Weibern umsehen soll, weil das gefährlich sei, so tut man es eben doch, weil die Weisheit eines ist und das Leben ein anderes; und gerade die Gefährlichkeit bringt ein Element des Ehrenhaften in die Affaire. Auch gehören zu einem Liebeshandel ja zwei, was immer die Schuldfrage ein wenig undurchsichtig macht, und wenn sie sich nach außen hin auch als klar gelöst darstellt, weil nämlich der eine Teil, natürlich der Mann, die ganze Schuld auf sich nimmt, so mag es auch da wieder ratsam sein, zwischen Redeweise und Wirklichkeit im Stillen zu unterscheiden. Wenn ich von Verführung höre des Weibes durch den Mann, so schmunzle ich vor mich hin, denn es kommt mir drollig vor, und ich denke bei mir: Du große Dreiheit! Weiß man ja doch, wessen Auftrag und Kunst die Verführung war seit den Tagen des Gottes – nicht gerade die von uns Dummköpfen. – Kennst du die Geschichte von den zwei Brüdern?« wandte er sich geradezu an Joseph, mit runden, braunen Augen zu ihm aufblickend, denn er war bedeutend kleiner, als jener, und dicklich. Auch seine dichten Brauen zog er so hoch wie möglich empor, als ob das hülfe, einen Ausgleich zu schaffen.

»Ich kenne sie wohl, mein Hauptmann«, antwortete der Gefragte. »Nicht nur, daß ich sie meinem Herrn, Pharao's Freunde öfters vorlesen mußte – ich hatte sie auch für ihn abzuschreiben in Schönschrift, mit schwarzer und roter Tinte.«

»Die wird noch oft abgeschrieben werden«, sagte der Kommandant; »es ist eine vorzügliche Fiktion und ist ein Muster, nicht nur ihrem Vortrage nach, der überzeugt, obgleich die Geschehnisse bei ruhiger Überlegung teilweise unglaubwürdig sind, wie zum Beispiel der Vorgang, daß die Königin schwanger wird durch einen Splitter, der ihr in den Mund fliegt, vom Holz des Perseabaums, was garzu sehr der ärztlichen Erfahrung widerstreitet, um ohne Weiteres hingenommen zu werden. Trotzdem aber ist die Geschichte musterhaft und gleich einer Gußform des Lebens, so, wenn das Weib des Anup sich an den Jüngling Bata lehnt, da sie ihn stark erfunden, und zu ihm spricht: ›Komm, laß uns eine Weile Freude an einander haben! Ich will dir auch zwei Festkleider machen‹, und wenn Bata dem Bruder zuruft: ›Weh mir, sie hat alles verdreht!‹ und sich vor seinen Augen mit dem Blatte des Schwertschilfs die Mannheit abschneidet und sie den Fischen zum Fraße gibt – das ist ergreifend. Später arten die behaupteten Vorgänge ins Unglaubwürdige aus, aber erhebend ist's doch, wenn Bata sich in den Hapi-Stier verwandelt und spricht: ›Ich werde ein Wunder an Hapi sein, und das ganze Land wird jauchzen über mich‹ und sich zu erkennen gibt und spricht: ›Ich bin Bata! Siehe, ich lebe noch und bin Gottes heiliger Stier.‹ Das sind freilich krause Erfindungen; aber in wie seltsame Gußformen vorschaffender Einbildung ergießt sich nicht manchmal das bewegliche Leben!«

Er schwieg eine Weile und blickte mit seinem ruhigen Angesicht, den kleinen Mund leicht geöffnet, aufmerksam ins Leere. Dann las er wieder ein wenig im Briefe.

»Ihr könnt euch denken, Vater«, sagte er, den Kopf erhebend, zum Blankschädel, »daß ein Zugang wie dieser eine gewissermaßen belebende Abwechslung für mich bedeutet in dem Einerlei dieses festen Platzes, an dem ein schon von Hause aus ruhiger Mann geradezu Gefahr läuft, in Schläfrigkeit zu verfallen. Was gewöhnlich vor mich gebracht wird, entweder schon abgeurteilt oder zu vorläufiger Verwahrung, solange die Wage des Rechts noch schwankt und ihr Prozeß noch anhängig ist, allerlei Gräberdiebe, Buschklepper und Beutelschneider, das ist nicht danach angetan, dieser Gefahr zu steuern. Ein Fall, wo das Vergehen auf dem Gebiete der Liebe liegt, hebt sich entschieden anregend daraus hervor. Denn darüber kann wohl kein Zweifel bestehen, und soviel ich weiß, stimmen auch Fremdvölker der abweichendsten Denkungsart dem zu, daß dieses Gebiet zu den anregendsten, sinnreichsten und geheimnisvollsten unter den Sparten des Menschenlebens gehört. Wer hätte nicht seine überraschenden und des Nachdenkens werten Erfahrungen im Reiche der Hathor? Habe ich euch je von meiner ersten Liebe erzählt, die zugleich meine zweite war?«

»Niemals, Hauptmann«, sagte der Hausbetreter. »Die erste auch schon die zweite? Mich wundert, wie das hat vorkommen können.«

»Oder die zweite noch immer die erste«, versetzte der Kommandant. »Wie ihr wollt. Immer noch oder wiederum oder ewiglich – wer wäre dafür des rechten Wortes sicher? Es kommt auch nicht darauf an.«

Und mit gelassener, ja schläfriger Miene, die Arme verschränkt, wobei er die Briefrolle unter die eine Achsel schob, den Kopf zur Seite geneigt, die starken Brauen über den braunen Kugel-Augen etwas erhoben, die gerundeten Lippen mäßig und ernsthaft bewegend, begann Mai-Sachme vor Joseph und seinen Wächtern, vor dem Wepwawet-Priester und einer Anzahl herumstehender und näher herzugetretener Soldaten im gleichmäßigsten Tonfall zu erzählen:

»Zwölf Jahre war ich alt und ein Zögling des Unterrichtshauses in der Schreiberschule der königlichen Ställe. Ich war eher klein und beleibt, wie ich's auch heute bin, und wie es mein Maß und meine Kondition ist für mein Leben vor und nach dem Tode; aber Herz und Geist waren empfänglich. Da sah ich eines Tages ein Mädchen, wie sie einem Mitschüler, ihrem Bruder, um Mittag sein Brot und Bier brachte; denn seine Mutter war krank. Er hieß Imesib, Sohn des Amenmose, eines Beamten. Seine Schwester aber, die ihm seine Ration brachte, drei Brote und zwei Krug Bier, nannte er Beti, woraus ich vermutungsweise schloß, daß sie Nechbet heiße, was sich bestätigte, als ich Imesib danach fragte. Denn es interessierte mich, weil sie selber mich interessierte und ich die Augen nicht von ihr lassen konnte, solange sie da war: von ihren Flechten nicht, noch von ihren schmalen Augen, noch von ihrem bogenförmigen Munde, besonders aber nicht von ihren Armen, die vom Kleide bar und bloß waren und von schlanker Fülle, genau wie es schön ist – sie machten mir den bedeutendsten Eindruck. Aber ich wußte es tagüber noch nicht, welchen Eindruck ich von Beti empfangen, sondern erst nachts erfuhr ich es, als ich im Schlafsaal unter meinen Genossen lag, meine Kleider und Sandalen neben mir und unterm Kopfe zu seiner Erhebung den Sack mit Schreibzeug und Büchern, wie es Vorschrift war. Denn wir sollten die Bücher auch nicht im Traume vergessen, indem sie uns drückten. Ich aber vergaß sie dennoch, und ganz unabhängig wußte sich mein Träumen von ihrem

Druck zu machen. Ausführlich und mit größter Wahrhaftigkeit träumte mir nämlich, ich sei mit Nechbet, des Amenmose Tochter, verlobt; unsere Väter und Mütter hätten es miteinander abgesprochen, und sie solle demnächst meine Eheschwester und Hausfrau sein, sodaß ihr Arm auf meinem liegen würde. Dessen freute ich mich über die Maßen, wie ich mich noch nie im Leben gefreut. Die Eingeweide hoben sich mir auf vor Freude ob dieser Abmachung, welche dadurch besiegelt wurde, daß unsere Eltern uns aufforderten, unsere Nasen einander nahe zu bringen, was sehr lieblich war. Es hatte aber dieser Traum eine solche Lebhaftigkeit und Natürlichkeit, daß er in dieser Beziehung der Wirklichkeit überhaupt nicht nachstand und mich merkwürdigerweise noch über die Nacht hinaus, nach dem Wecken und Waschen, über seine Nichtigkeit täuschte. Das ist mir weder vor- noch nachher jemals begegnet, daß ein Traum mich im Bann seiner Lebhaftigkeit hielt nach dem Erwachen noch, und daß ich wachend fortfuhr an ihn zu glauben. Noch einige Morgenstunden lang bildete ich mir fest und selig ein, mit dem Mädchen Beti verlobt zu sein, und nur langsam, da ich im Schreibsaale saß und der Lehrer mich zur Ermunterung auf den Rücken schlug, verlor sich das Glück meiner Eingeweide. Den Übergang zur Ernüchterung bildete der Gedanke, daß die Abmachung und die Annäherung unserer Nasen zwar nur ein Traum gewesen sei, daß aber seiner sofortigen Verwirklichung nichts im Wege stünde und ich nur meine Eltern anzugehen brauchte, sich mit Beti's Eltern unseretwegen ins Einvernehmen zu setzen; denn eine Weile noch war mir nicht anders, als ob nach einem solchen Traume dieses Ansinnen etwas ganz Natürliches sei und niemand darüber erstaunt sein könne. Erst danach, ganz allmählich und zu meiner kalten Enttäuschung ernüchterte ich mich zu der Einsicht, daß auch die Verwirklichung dessen, was mir schon so wirklich geschienen hatte, eitel Wahn und der Lage der Dinge nach völlig unmöglich sei. Denn ich war ja nichts als ein Schuljunge, der geklopft wurde wie Papyrus, erst ganz am Anfange meiner Laufbahn als Schreiber und Offizier, dazu klein und dick nach meiner Constitution für dieses und jenes Leben, und meine Verlobung mit Nechbet, die wohl drei Jahre älter war, als ich, und sich jeden Tag einem mich weit überragenden Manne in Amt und Würden vermählen konnte, stellte sich mir bei verfliegendem Traumglück als ein Ding der Lächerlichkeit heraus.«

»Also entsagte ich«, fuhr der Amtmann ruhig zu erzählen fort, »einem Gedanken, der mir nicht gekommen wäre, wenn er sich mir nicht traumweise in schöner Wirklichkeit dargestellt hätte, und tat weiter meinen Lerndienst im Unterrichtshause der Ställe, häufig ermahnt durch Schläge auf den Rücken. Zwanzig Jahre später, als ich schon längst zu einem Befehlsschreiber aufgerückt war des siegreichen Heeres, wurde ich mit drei Gefährten auf eine Reise geschickt nach Syrien, ins elende Cher zur Musterung und Aushebung eines Pferdetributes, der in Lastschiffen sollte hinabgesandt werden in Pharao's Ställe. Da kam ich vom Hafen Chazati nach dem niedergeworfenen Sekmem und nach einer Stadt, die, wenn ich recht erinnere, Per Schean heißt, wo eine Besatzung der Unsrigen lag, deren Oberster uns Landsleuten und Remonte-Schreibern eine Geselligkeit gab und eine Abendfeier mit Wein und Kränzen in seinem schöntürigen Hause. Es waren Ägypter da und Edle der Stadt, so Männer wie Frauen. Da sah ich ein Mädchen, das eine Verwandte dieses ägyptischen Hauses war, vonseiten der Hausfrau, denn ihre Mutter war deren Schwester, und war dorthin zu Besuch gekommen mit Dienern und Dienerinnen von weither aus Ober-Ägypten, wo ihre Eltern lebten, in der Gegend des ersten Kataraktes. Denn ihr Vater war ein sehr reicher Tauschherr von Suênet, der die Waren des elenden Kasi, Elfenbein, Leopardenfelle und Ebenholz auf die Märkte Ägyptens warf. Als ich nun

dieses Mädchen sah, die Tochter des Elfenbeinhändlers, in
ihrer Jugend, da geschah mir zum zweitenmal in meinem
Leben, was mir zuerst soviele Jahre früher im Unterrichtshause
der Knaben geschehen war, nämlich daß ich die Augen nicht
von ihr lassen konnte, weil sie einen ausnehmenden Eindruck
ausübte auf mein Gemüt, und mit erstaunlicher Genauigkeit
kehrte mir der Glücksgeschmack wieder jenes längst verwehten Verlobungstraums, also daß sich mir auf akkurat dieselbe
Weise die Eingeweide aufhoben vor Freude bei ihrem Anblick.
Aber ich scheute mich vor ihr, obgleich ein Soldat sich nicht
scheuen soll, und trug eine längere Zeit sogar Scheu, mich nach
ihr zu erkundigen, nach ihrem Namen und wer sie sei. Als ich
es aber tat, da erfuhr ich, daß sie die Tochter Nechbets sei, der
Tochter des Amenmose, welche ganz kurze Zeit, nachdem ich
sie gesehen und mich ihr im Traume verlobt hatte, die Frau des
Elfenbeinhändlers von Suênet geworden war. Es hatte aber das
Mädchen Nofrurê – so hieß sie – gar keine Ähnlichkeit mit der
Mutter nach ihren Zügen, noch der Farbe ihrer Flechten und
Haut, da sie im Ganzen entschieden dunkler getönt war, als
jene. Höchstens nach der lieblichen Figur glich sie der Nechbet; aber wieviele Jungfrauen haben nicht eine solche Gestalt!
Dennoch erregte ihr Anblick mir sofort dieselben tiefgreifenden Gefühle, die ich damals erprobt und seitdem nicht gekannt hatte, sodaß sich wohl sagen läßt, ich hätte sie schon
geliebt in der Mutter, wie ich die Mutter wiederliebte in ihr.
Sogar halte ich für möglich und erwarte es gewissermaßen, daß,
wenn ich nach abermals zwanzig Jahren durch Zufall der
Tochter Nofrurê's begegne, ohne es zu wissen, unweigerlich
wieder mein Herz ihr zufallen wird, wie schon der Mutter und
Großmutter und wird immer und ewiglich dieselbe Liebe
sein.«

»Das ist wirklich ein merkwürdiges Herzensvorkommnis«,
sagte der Hausbetreter, indem er über die Seltsamkeit, daß der

Hauptmann hier diese Geschichte mit soviel Ruhe und Eintönigkeit zum Besten gab, gleichsam schonend hinwegging. »Wenn aber die Tochter des Elfenbeinhändlers wieder eine Tochter haben sollte, so wäre zu bedauern, daß sie nicht dein Kind wäre, denn wenn auch dein Knabentraum auf dem Büchersack nicht Wirklichkeit gewinnen konnte, so hätte bei Nechbets Wiederkehr oder der Wiederkehr deiner Neigung zu ihr, doch die Wirklichkeit in ihre Rechte treten mögen.«

»Nicht doch«, erwiderte Mai-Sachme kopfschüttelnd. »Ein so reiches und schönes Mädchen und ein Remonte-Schreiber gedrungener Constitution, wie reimte sich das wohl zusammen? Die hat einen Gau-Baron geheiratet oder Einen, der unter Pharao's Füßen steht, einen Vorsteher des Schatzhauses mit einem Kragen Lobgoldes um den Hals, das laßt nur gut sein. Vergeßt auch nicht, daß man zu einem Mädchen, dessen Mutter man schon geliebt hat, gewissermaßen in einem väterlichen Verhältnis steht, sodaß sich der ehelichen Verbindung mit ihr innere Bedenken entgegenstellen. Außerdem wurden Gedanken, wie ihr sie andeutet, bei mir in den Hintergrund gedrängt durch das, was ihr die Merkwürdigkeit des Vorkommnisses nennt. Die Betrachtung dieser Merkwürdigkeit ließ mich nicht zu Entschlüssen kommen, die zur Folge gehabt hätten, daß das Enkelkind meiner ersten Liebe mein eigen Kind geworden wäre. Und wäre das auch unbedingt wünschenswert gewesen? Es hätte mich um die Erwartung gebracht, in der ich nun lebe, daß ich nämlich eines Tages, ohne es zu wissen, der Tochter Nofrurê's und Enkelin Nechbets begegne, und daß auch sie mich wieder so wundersam beeindruckt. So bleibt mir möglicherweise auch für meine älteren Tage noch etwas zu hoffen übrig, während im anderen Falle die Reihe meiner wiederkehrenden Herzenserfahrungen vielleicht vorzeitig abgeschlossen worden wäre.«

»Das mag sein«, stimmte der Gottespfleger zögernd zu. »Das

Wenigste aber, was du tun könntest, ist, daß du die Geschichte von Mutter und Tochter oder deiner Geschichte mit ihnen zu Papier brächtest und ihr mit der Binse eine liebliche Form gäbest zur Bereicherung unseres erfreulichen Schrifttums. Die dritte Erscheinung der Gestalt und deine Liebe zu ihr könntest du meiner Meinung nach aus freier Erfindung gleich hinzufügen und es so darstellen, als ob auch sie sich schon ereignet hätte.«

»Ansätze dazu«, versetzte der Hauptmann gelassenen Mundes, »sind gemacht worden, und daß ich mich im Gespräch so flüssig über das Vorkommnis äußern kann, erklärt sich eben daraus, daß schriftliche Vorarbeiten bereits vorangegangen sind. Die Schwierigkeit besteht nur darin, daß ich, um die Begegnung mit Beti's Enkelin mitaufzunehmen, den Zeitpunkt meines Schreibens ins Zukünftige verlegen und mich dabei in mein höheres Alter versetzen müßte, was eine Anstrengung ist, vor der ich zurückschrecke, obgleich ein Soldat vor keiner Anstrengung zurückschrecken sollte. Hauptsächlich aber zweifle ich, ob ich nicht zu ruhig bin, um der Erzählung die erregenden Wirkungen einzuverleiben, die beispielsweise der musterhaften Geschichte von den Zwei Brüdern eigen sind. Um es aber darauf ankommen zu lassen, den Vorwurf zu verpfuschen, dazu ist er mir allzu teuer. – Augenblicklich«, brach er tadelnd ab, »findet hier übrigens eine Vorführung und Aufnahme statt. Wieviel Lasttiere«, fragte er, indem er sich möglichst von oben herab an Joseph wandte, »braucht man wohl, deiner Meinung nach, um fünfhundert Steinhauern und Schleppern im Bruche nebst ihren Offizieren und Aufsehern die Nahrung zuzuführen?«

»Zwölf Ochsen und fünfzig Esel«, antwortete Joseph, »mögen dafür die rechte Anzahl sein.«

»Allenfalls. Und wieviel Mann würdest du wohl an die Seile beordern, wenn es einen Block von vier Ellen Länge und zwei

Ellen Breite, der eine Elle hoch ist, fünf Meilen weit zum Flusse zu schleppen gilt?«

»Mit den Wegbereitern und den Trägern des Wassers zur Befeuchtung der Straße unter der Schleife und den Trägern des Rundbalkens, den man dann und wann unterlegen muß«, erwiderte Joseph, »würde ich gut und gern hundert Mann dazu anstellen.«

»Warum so viele?«

»Es ist ein beschwerlicher Klotz«, antwortete Joseph, »und wenn man schon nicht Ochsen vorspannen will, sondern Menschen, weil sie billiger sind, so sollte man ihrer eine ausreichende Anzahl dazu befehlen, daß mittenwegs ein Zugtrupp den anderen ablösen kann an den Seilen und man nicht Todesfälle zu verzeichnen hat unter der Mannschaft infolge zurückgetretenen Schweißes, oder doch Etliche sich innerlich überziehen und ihnen der Odem stockt, sodaß man Marode hat, die sich winden und wälzen.«

»Das ist allerdings besser zu vermeiden. Du vergissest aber, daß wir nicht nur die Wahl haben zwischen Ochsen und Menschen, sondern daß uns auch allerlei Barbaren des roten Landes, Libyer, Puntier und syrische Sandbewohner in beliebiger Anzahl zur Verfügung stehen.«

»Der unter deine Hand gegeben ist«, erwiderte Joseph gemessen, »ist selbst solcher Herkunft, nämlich eines Herdenkönigs Kind vom oberen Retenu, wo es Kana'an heißt, und ist nur gestohlen hier hinab nach Ägyptenland.«

»Wozu sagst du mir das? Es steht ja im Brief. Und warum nennst du dich ein Kind statt zu sagen: ein Sohn? Es klingt nach Selbstverzärtelung und Eigenminne und steht einem Abgeurteilten nicht an, auch wenn sein Vergehen nicht ehrrühriger Art ist, sondern auf zartem Gebiete liegt. Du scheinst zu fürchten, daß ich dich, weil du ursprünglich vom elenden Zahi bist, vor die schwersten Klötze spannen werde, bis dir der Schweiß zurücktritt und du eines trockenen Todes stirbst. Das ist ein so vorwitziger wie ungeschickter Versuch, meine Gedanken zu denken. Ich wäre ein schlechter Gefängnis-Amtmann, wenn ich nicht einen Jeden nach seinen Gaben und nach seinen Erfahrungen zu verwenden und anzustellen wüßte. Deine Antworten lassen recht wohl erkennen, daß du einmal über dem Haus eines Großen warst und etwas verstehst von der Industrie. Auch daß du es tunlichst vermeiden möchtest, daß Leute sich überziehen, selbst wenn es nicht Kinder – ich meine: Söhne des Chapi sind und der schwarzen Erde, ist meinen eigenen Wünschen nicht geradezu entgegen und zeugt von ökonomischem Denken. Ich werde dich als Aufseher über eine Schar von Züchtlingen im Bruche beschäftigen oder auch im inneren Dienst und in der Schreiberei; denn gewiß kannst du geschwinder als andere ausrechnen, wieviel Malter Spelt in einem Speicher von der und der Größe Platz haben, oder wieviel Getreide verbraut ist zu der und der Menge Biers und wieviel verbacken zu so und so viel Broten, daß man den Tauschwert von beiden ermittelt, und solche Sachen. – Es wäre recht wünschenswert«, fügte er erläuternd gegen den Öffner von Wepwawets Mund hinzu, »daß mir in diesen Richtungen eine Entlastung zuteil würde, sodaß ich mich nicht jedes Dinges anzunehmen brauchte und mehr Muße gewönne zu meinen Versuchen, das Abenteuer von den drei Liebschaften, die ein und dieselbe sind, auf eine erfreuliche und vielleicht sogar erregende Weise zu Papier zu bringen. – Ihr Leute von Wêse«, sagte er zu Josephs Begleitern, »könnt euch nun trollen und die Rückfahrt antreten gegen den Strom, aber mit Nordwind. Euren Strick nehmt nur auch wieder mit, nebst meinen Empfehlungen an Pharao's Freund, euren Herrn! – Memi!« befahl er schließlich dem Keulenträger, der die Kömmlinge hierher geführt. »Weise diesem Königssklaven, der Fron leisten wird als Verwaltungsgehilfe, ein Gelaß an zum Einzel-Obdach und gieb ihm ein Obergewand und einen Stab in die Hand zum Zeichen der Aufseherschaft. So hoch er schon stand, er hat sich herunterbringen lassen zu uns und wird sich der ehernen Zucht zu fügen haben von Zawi-Rê. Was er aber mitbringt an Hochstand, werden wir unerbittlich ausnutzen, wie wir die Leibeskräfte ausnutzen der Tiefstehenden. Denn nicht ihm gehört es mehr, sondern Pharao. Gib ihm zu essen! – Auf nächstens, mein Vater«, verabschiedete er sich von dem Hausbetreter und wandte sich zurück gegen seinen Turm.

Und dies war Josephs erste Begegnung mit Mai-Sachme, dem Amtmann über das Gefängnis.

Von Güte und Klugheit

Nun seid ihr getröstet, wie Joseph es war, über die Sonderart des Kerkermeisters, unter dessen Hand ihn sein Herr gegeben hatte. Es war ein eigentümlich ansprechend temperierter Mann, in seiner Eintönigkeit, und nicht umsonst hat die alles ableuchtende Erzählung es im Vorigen so wenig eilig gehabt, ihren Lichtkegel von seiner ein für allemal gedrungenen Gestalt wieder wegzuheben, sondern ihn lange genug auf ihr ruhen lassen, daß ihr Muße hattet, euch seine bisher so gut wie unbekannte Menschlichkeit einzuprägen; denn eine nicht unbedeutende Rolle und Dienstverrichtung war ihm, wie ebenfalls nahezu unbekannt, noch vorbehalten in der Geschichte, die sich hier in aller Richtigkeit, so, wie sie sich in Wirklichkeit zugetragen, wieder abspielt. Nachdem nämlich Mai-Sachme einige Jahre über Joseph gestanden als sein Fronvogt, sollte er noch lange Zeit neben ihm stehen an seiner Seite und teilhaben an der Fest-Regie heiterer und großer Ereignisse, zu deren genauer und würdiger Schilderung die Muse uns stärken möge.

Dies eben nur vorläufig. Wenn aber die Überlieferung auf den Amtmann über das Gefängnis dieselbe Formel anwendet, wie auf Potiphar, nämlich, daß er sich »keines Dinges angenommen« habe, sodaß bald alles, was in dem Loche geschah, durch Joseph habe geschehen müssen, so ist das recht zu verstehen und hat eine ganz andere Meinung, als im Falle des Sonnenhöflings und heiligen Fleischesturms, der sich darum keines Dinges annahm, weil er in seiner titulären Uneigentlichkeit außerhalb der Menschheit stand und in der ausgangslosen Geschlossenheit seines Daseins allem Wirklichen fremd war und reine Förmlichkeit seine Sache nannte. Mai-Sachme dagegen war ein durchaus zuständiger Mann, der sich mit Wärme, wenn auch sehr ruhig, einer Menge Dinge, namentlich aber der Menschen annahm; denn er war ein eifriger Arzt, der jeden Tag früh aufstand, um zu besehen, was aus dem After der kranken Soldaten und Züchtlinge abgegangen war, die in dem Revierschuppen gelagert waren; und sein an gesicherter Stelle gelegenes Dienstzimmer im Zitadellenturm von Zawi-Rê, war ein rechtes Laboratorium von Stampf- und Reibegeräten, Herbarien, Phiolen und Salbentiegeln, Schläuchen, Destillierkolben und Verdampfungsbecken, wo der Hauptmann, mit demselben schläfrig-klug blickenden Gesicht, mit dem er bei Josephs Aufnahme die Geschichte von den drei Liebschaften erzählt hatte, zum Teil an der Hand des Buches »Zum Nutzen der Menschen« und anderer Lehrwerke alter Erfahrung, seine Mittel zur Ausschwemmung des Bauches, seine Sude, Pillen und Umschlagbreie gegen Harnverhaltung, Nackengeschwülste, Rückgratversteifung und Hitze des Herzens bereitete, wo er aber auch lesend und denkend solchen allgemeinen, die Einzelfälle überwölbenden Problemen nachsann, wie dem, ob die Zahl der paarweise vom Herzen zu den einzelnen Gliedern des menschlichen Körpers laufenden Gefäße, die so sehr zur Verstopfung, Verhärtung und Entzündung neigten und häufig die Arznei nicht aufnehmen wollten, wirklich nur zweiundzwanzig oder eigentlich, wie er mehr und mehr anzunehmen geneigt war, volle sechsundvierzig betrug; ferner ob die Würmer im Leibe, zu deren Tötung er seine Latwergen ausprobierte, die Ursache bestimmter Krankheiten oder, richtiger betrachtet, ihre Folge seien, insofern, als durch die Verstopfung eines oder mehrerer Gefäße sich eine Geschwulst bilde, der kein Weg zum Abgange sich eröffne, sodaß sie verfaule und sich dabei, wie nicht anders zu erwarten, in Würmer verwandle.

Es war recht gut, daß der Hauptmann sich dieser Dinge annahm, denn obgleich sie seinem Brettspiel-Partner, dem Wepwawet-Priester, amtlich näher gelegen hätten, als ihm, dem Soldaten, so reichten dessen Kenntnisse auf dem Gebiete der Körpernatur doch nicht zu viel mehr, als zur Beschauung und gottgefälligen Schlachtung der Opfertiere, und seine Heilmethoden waren immer allzu einseitig auf Zauberei und Sprüche-Wesen ausgerichtet gewesen, ein zwar notwendiges Element, insofern die Erkrankung eines Organs, sei es der Milz oder des Rückgrats, unstreitig auch darauf zurückzuführen war, daß seine besondere Schutzgottheit diesen Körperteil gern oder ungern verlassen und einem feindlichen Dämon das Feld geräumt hatte, der nun darin sein zerrüttendes Wesen trieb und durch treffende Beschwörung zum Auszuge genötigt werden mußte. Dabei hatte der Hausbetreter mit einer Brillenschlange, die er in einem Korbe aufbewahrte, und die er durch Druck in den Nacken in einen Zauberstab verwandeln konnte, gewisse Erfolge, die auch Mai-Sachme bestimmten, sich das Tier zuweilen von ihm auszuleihen. Im ganzen aber war dieser der erprobten Überzeugung, daß die Magie ganz für sich und in reiner Absonderung selten durchzugreifen vermöge, sondern eines stofflichen Anhaltes profaner Kenntnisse und Mittel bedürfe, um in ihn einzugehen, ihn zu durchdringen und durch ihn zur Wirkung zu gelangen. So hatten gegen das Übermaß der Flöhe, unter dem zu Zawi-Rê jedermann litt, die Sprüche des Gottespflegers niemals oder doch nur so vorübergehend, daß die Erleichterung auch auf Täuschung beruhen konnte, etwas ausgerichtet; und erst als Mai-Sachme, allerdings unter Beigabe von Sprüchen, viel Natronwasser hatte aussprengen und außerdem überall Holzkohle, mit der zerriebenen Pflanze bebet gemischt, hatte streuen lassen, nahm die Plage ab. Er war es auch, der das Belegen der Speisen-Vorräte in den Magazinen mit Katzenfett veranlaßt hatte, nämlich gegen die Mäuse, deren es fast ebenso viele gab, wie Flöhe. Seine ruhige Überlegung war gewesen, daß die Mäuse die Katze selbst zu riechen glauben und, dadurch erschreckt, von den Vorräten ablassen würden, was sich auch bewährte.

Der Revierverschlag der Festung war immer reichlich mit Beschädigten und Kranken belegt, denn die Fron in dem fünf Meilen vom Flusse landeinwärts gelegenen Steinbruch war hart, wie Joseph bald belehrt wurde, da er wiederholt einige Wochen dort draußen zu verbringen und über eine Abteilung von Soldaten und Sträflingen beim Hacken, Sprengen, Behauen und Schleppen die Aufsicht zu üben hatte. Denn die einen hatten es nicht besser als die anderen, und die Besatzung von Zawi-Rê, Landeskinder und Fremdstämmige, wurde, soweit sie nicht eben Wachtdienst tat, auch zu nichts anderem verwendet, als die Sträflinge und spürte den antreibenden Stock dabei, wie sie. Allenfalls wurden Verletzungen, Erschöpfung und das Zurücktreten des Schweißes bei ihnen etwas bereitwilliger anerkannt und ihre Zurückführung ins Festungsspital ein wenig früher verfügt, als bei den Verurteilten, die es bis zum Äußersten, das heißt bis zum Umfallen weiterzutreiben hatten und zwar bis zum dritten Umfallen, denn das erste und zweite Mal galt grundsätzlich als Verstellung.

Übrigens trat in dieser Beziehung unter Josephs Aufseherschaft eine Milderung ein – zuerst nur bei seinem Zuge. Später aber, als sich das Wort erfüllt hatte, daß der Amtmann alle Gefangenen im Gefängnis unter seine Hand befahl und er, wenn er hinauskam in den Bruch, bereits als eine Art von Ober-Inspizient und unmittelbarer Vertreter des Kommandanten erschien, wurde die Milderung allgemein. Denn Joseph gedachte Jaakobs, seines fernen Vaters, dem er gestorben war: wie der das ägyptische Diensthaus immer mißbilligt hatte, und führte ein, daß ein Mann schon nach dem zweiten Umfallen ausgereiht und auf die Insel zurückgebracht wurde; denn daß das erste nur für Verstellung galt, dabei blieb es, es sei denn, daß gleich der Tod eingetreten war.

Der Lazarettschuppen denn also wurde nicht leer von Solchen, die sich wanden und wälzten: sei es, daß ein Mann einen Knochen gebrochen hatte oder »nicht mehr auf seinen Bauch hintersehen konnte«, oder daß sein Leib mit geschwollenen Fliegen- und Mückenstichen bedeckt war wie mit Aussatzbeulen, oder daß ihm der Magen, wenn man den Finger darauf legte, hin und her ging wie das Öl in einem Schlauch, oder daß der Steinstaub eine eitrige Entzündung seiner Augen hervorgerufen hatte; und all dieser Fälle nahm der Hauptmann sich an, indem er vor keinem erschrak und für einen jeden, wenn es nicht der Tod selber war, der ihm entgegentrat, ein Hilfsmittel wußte. Die gebrochenen Knochen schiente er mit Brettchen, der Unfähigkeit des Menschen, auf seinen Bauch hinunterzusehen, suchte er mit Umschlägen von mildem Brei zu steuern, den Stichaussatz bestrich er mit Gänsefett, in das wohltätiges Pflanzenpulver gemischt war, gegen das üble Hin und Her wandern des Magens verordnete er das Zerkauen von Beeren der Rhizinusstaude mit Bier, und für die vielen Augenerkrankungen besaß er eine gute Salbe aus Byblos. Auch einige Zauberei war dabei, zur Unterstützung der Heilmittel und zur Bedrängung des eingeschlüpften Dämons, wohl immer im Spiele; sie bestand aber nicht so sehr in Sprüchen und in der Berührung mit der erstarrten Brillenschlange, als in der persönlichen Ausströmung Mai-Sachme's, die eine Ausströmung der

Ruhe war und sich aufseiten des Kranken in Beruhigung verwandelte, so daß er nicht mehr vor seiner Krankheit erschrak, was nur schädlich war, sondern aufhörte sich zu wälzen und unwillkürlich des Hauptmanns eigenen Gesichtsausdruck annahm: die gerundeten Lippen leicht geöffnet und die Brauen in klugem Gleichmut emporgezogen. So lagen die Kranken und sahen, mit Ruhe ausgestattet, ihrer Genesung oder dem Tode entgegen; denn auch vor diesem lehrte sie Mai-Sachme's Einfluß nicht zu erschrecken, und selbst wenn schon Leichenfarbe eines Mannes Gesicht bedeckte, ahmte er noch, bei befriedeten Händen, die gelassene Miene des Arztes nach und blickte ruhigen Mundes, unter verständig erhobenen Brauen, dem Leben nach dem Leben entgegen.

So war es ein von Ruhe und Nicht-Erschrecken durchdrungenes Lazarett, in dem Joseph dem Amtmann manchmal zur Seite und auch zur Hand ging; denn von der Aufsicht im Bruch rief dieser ihn bald zurück in den inneren Dienst, und die Redeweise, er habe alle Gefangenen des Gefängnisses unter Josephs Hand gegeben, sodaß alles, was da geschah, durch diesen habe geschehen müssen, ist so zu verstehen, daß Potiphars ehemaliger Hausmeier schon bald, etwa ein halbes Jahr nach seiner Einlieferung, wie von selbst und ohne daß eine besondere Ernennung erfolgt wäre, zum Herrn des Überblicks in der Kanzlei und zum Nährvater der ganzen Festung aufwuchs, indem alle Schreibereien und Verrechnungen, deren es, wie überall im Lande, auch hier unendlich viele gab, über die Einkäufe an Korn, Öl, Gerste und Schlachtvieh und ihre Verteilung an die Wacht- und Zucht-Mannschaft, über den Brauerei- und Bäckerei-Betrieb von Zawi-Rê, sogar über die Einnahmen und Ausgaben des Wepwawet-Tempels, über die Ablieferung behauener Steine und so fort, zur Erleichterung derer, die sich bisher dieser Dinge anzunehmen gehabt hatten, durch seine Hände gingen und er einzig dem Platzkommandanten Rechenschaft dafür schuldete, diesem ruhigen Mann, zu dem sein Verhältnis sich von vornherein freundlich angelassen hatte und mit der Zeit das angenehmste wurde.

Denn Mai-Sachme fand das Wort bestätigt, mit dem Joseph ihm geantwortet hatte beim ersten Verhör, das ur-dramatische Wort des Sich-zu-erkennen-gebens, das ihn in seiner Ruhe getroffen und ihn ganz ausnahmsweise, in einem sehr weiten und ungenauen Sinn hatte erschrecken lassen, sodaß er selbst gefühlt hatte, daß er um die Nasenspitze herum etwas blaß geworden war; und für dieses Erschrecken war der Hauptmann demjenigen gewissermaßen dankbar, der ihm dazu verholfen hatte; denn auf ihrem Grunde verlangte seine Ruhe nach dem Erschrecken, dessen seine kluge Bescheidenheit nicht gewürdigt zu sein glaubte, und wartete darauf, wie er auf das Wiedererscheinen des Mädchens Nechbet in ihrer Enkelin und auf sein drittes Ergriffenwerden von ihr wartete. Weit von Sinn und ungenau war auch sein Gefühl für die Wahrheit des Wortes, mit dem Joseph sich ihm zu erkennen gegeben, und was unter dem »es« zu verstehen war in der stets erschreckenden Formel »ich bin's«, das hätte er nicht zu sagen gewußt, gelangte aber nicht einmal zur Wahrnehmung davon, daß er es nicht zu sagen gewußt hätte, da er fern davon war, eine Rechenschaftslegung darüber für notwendig oder wünschbar zu halten. Das ist der Unterschied zwischen seinen Verpflichtungen und unseren. Mai-Sachme, zu seiner frühen, wenn auch wieder schon sehr späten Zeit, war solcher Rechenschaft gänzlich entbunden und durfte sich in aller Ruhe, wenn auch mit angemessenem Erschrecken, darauf beschränken, zu ahnen und zu glauben. Die Ur-Kunde drückt es so aus, daß der Herr seine Huld zu Joseph geneigt *und* ihn Gnade habe finden lassen vor dem Amtmann über das Gefängnis. Dies »und« könnte so ausgelegt werden, als habe die Huld, die Gott dem Sohne Rahels erwies, eben darin bestanden, daß sein Fronherr ein gnädig Herz für ihn faßte. Das hieße Huld und Gnade in kein ganz richtiges Verhältnis setzen. Es war nicht so, daß Gott dem Joseph die Huld erwiesen habe, den Hauptmann günstig für ihn zu stimmen; sondern die Sympathie und das Vertrauen, mit einem Worte: der Glaube, den Josephs Erscheinung und Wandel jenem einflößten, ging vielmehr aus dem untrüglichen Gefühl eines guten Mannes für die göttliche Huld, das heißt: für das Göttliche selbst hervor, das mit diesem Züchtling war, – wie es ja die Art und geradezu das Kennzeichen des guten Menschen ist, das Göttliche mit kluger Andacht wahrzunehmen, ein Sachverhalt, der Güte und Klugheit nahe zusammen führt, ja, eigentlich als dasselbe erscheinen läßt.

Wofür hielt also Mai-Sachme den Joseph? Für etwas Rechtes, für den Rechten, für den Erwarteten; für den Bringer einer neuen Zeit – in dem bescheidenen Sinne zunächst nur, daß dieser aus interessanten Gründen hierher Verbannte dem langweiligen Ort, wo dem Hauptmann seit Jahr und Tag und wer weiß, wie lange noch, Dienst zu tun beschieden war, eine gewisse Unterbrechung der herrschenden Langenweile brachte, daß aber der Befehlshaber von Zawi-Rê die Verwechselung von Redensart und Wirklichkeit so scharf verurteilte und als tiefstehend verwarf, mochte gerade daher kommen, daß er selbst in dieser Verwechselung stark befangen war und, wenn er nicht sehr scharf acht gab, zwischen dem Metaphorischen und Eigentlichen schlecht unterschied. Anders gesagt: Schon leise Andeutungen, Erinnerungen und Hinweise in den Zügen einer Erscheinung genügten ihm, die Fülle und Wirklichkeit des Angedeuteten in ihr zu erblicken, und das war in Josephs Fall die Gestalt des Erwarteten und des Heilbringers, der kommt, um das Alte und Langweilige zu enden und unter dem Jauchzen der Menschheit eine neue Epoche zu setzen. Um diese Gestalt aber, von der Joseph Andeutungen zeigte, webt der Nimbus des Göttlichen – und das ist nun wiederum eine Idee, die die Versuchung in sich trägt, das Metaphorische mit dem Eigentlichen, das Eigenschaftliche mit dem zu verwechseln, wovon die Eigenschaft abgezogen ist. Und ist es eine so irreführende Versuchung? Wo das Göttliche ist, da ist Gott, – da ist, wie Mai-Sachme gesagt haben würde, wenn er überhaupt etwas gesagt und nicht vielmehr nur geahnt und geglaubt hätte, *ein* Gott: in einer Verkleidung allenfalls, die äußerlich und sogar in Gedanken zu respektieren ist, auch wenn die Verkleidung durch ein unwillkürlich bild-hübsches und schönes Aussehen zu einer mangelhaften und sozusagen nicht ganz gelungenen Verkleidung wird. Mai-Sachme hätte kein Kind der Schwarzen Erde sein müssen, um nicht zu wissen, daß es Abbilder Gottes, beseelte Götterbilder gibt, die von den nicht beseelten, leblosen grundsätzlich zu unterscheiden und als lebende Bilder Gottes zu verehren sind, wie Hapi, der Stier von Menfe und wie Pharao selbst im Horizont seines Palastes. Die Vertrautheit mit dieser Tatsache trug nicht wenig dazu bei, die Vermutungen zu bilden, die er über Josephs Natur und Erscheinung hegte, – und wir wissen ja, daß dieser nicht gerade darauf brannte, solchen Vermutungen zu steuern, sondern es im Gegenteil liebte, die Menschen stutzen zu lassen.

Für die Schreibstube und das Archiv war Josephs Erscheinen ein rechter Segen; denn so wenig dem Hauptmann die Nachrede gerecht würde, er habe sich keines Dinges angenommen, – die Ordnung in der Kanzlei, die doch in den Augen der übergeordneten Stellen in Theben so wichtig war, hatte, wie er wohl wußte, unter seinen ruhigen Passionen, der Medizin und der Literatur, tatsächlich zu leiden gehabt, was seinem dienstlichen Ansehen gefährlich gewesen war und ihm gelegentlich schon Briefe so höflich wie unangenehm umschriebenen Verweises aus der Hauptstadt eingetragen hatte. Gerade in dieser Beziehung erwies Joseph sich ihm als der erwartete Kömmling, der Bringer der Wende und der Mann des »Ich bin's«. Er war es, der

1391

Ordnung in die Papiere brachte, der Mai-Sachme's dem Mora- und Kegelspiel sehr ergebene Kanzlisten lehrte, daß die höhere Abgelenktheit des Kommandanten für sie kein Grund sei, die Geschäfte ihrerseits verstauben zu lassen, sondern im Gegenteil einer, sich ihrer desto emsiger anzunehmen, und der dafür sorgte, daß Rechnungslegungen und Rapporte in die Hauptstadt abgingen, die die Oberen wirklich gerne lasen. Sein Aufseher-Stäbchen war in seiner Hand wie eine zum Zauberstab versteifte Kobra-Schlange; denn er brauchte nur einen Speicherkegel damit zu berühren, um sogleich aus freier Hand sagen zu können: »Vierzig Sack Emmer gehen hinein«; und brauchte, wenn es zu bestimmen galt, wieviel Ziegel zum Bau einer Rampe gehörten, den Stab nur an seine Stirn zu führen, um sagen zu können: »Fünftausend Ziegel sind dazu nötig.« Das war das eine Mal richtig gewesen, das andere Mal nicht ganz. Aber daß es einmal so auffallend gestimmt hatte, warf seinen Schimmer noch auf die spätere Ungenauigkeit und ließ sie den Leuten so gut wie richtig vorkommen.

Kurz, Joseph hatte dem Hauptmann nicht gelogen mit seinem »Ich bin's«, und es zeigte sich, daß Wirtschaft und Buchführung auch dadurch nicht zu Schaden kamen, daß Mai-Sachme zum Überfluß seine Gegenwart bei ihm im Turme, in seiner Apothekenstube und Schriftstellerei, häufig in Anspruch nahm. Denn er wollte ihn um sich haben und erörterte nicht nur gern solche Fragen mit ihm, wie die wegen der Zahl der Gefäße und wegen der Würmer, ob sie die Ursache oder die Folge der Krankheit seien, sondern er stellte ihn auch an, ihm das Märchen von den Zwei Brüdern, so wie Joseph es für seinen ehemaligen Herrn getan, auf feinem Papyrus mit schwarzer und roter Tinte luxuriös abzuschreiben, wozu er ihn nicht nur wegen seiner schmuckhaften Handschrift, sondern auch persönlich und seinem Schicksale nach besonders geeignet fand. Denn besonders als ein Züchtling der Liebe war der Gekommene ihm interessant, – welchem Gebiet, das ja auch den Haupt-Tummelplatz alles erfreulichen Schrifttums bildet, der Kommandant eine warme und tiefe, wenn auch ruhige Anteilnahme entgegenbrachte; und wieviel Zeit Jaakobs Sohn um Mai-Sachme's privater Wünsche willen dem Verwaltungsdienst absparen mußte, ohne diesen zu schädigen, ersieht man daraus, daß der Vogt sich Stunden lang mit ihm darüber beriet, wie er es am besten anfange, die Geschichte seiner drei-einigen Liebschaft, die zum Teil noch eine Sache der Erwartung war, auf eine erfreuliche und womöglich sogar erregende, um nicht zu sagen: erschreckende Weise zu Papier zu bringen, wobei die vornehmlichste und viel erörterte Schwierigkeit darin bestand, daß er sie, um das Erwartete vorweg- und mit aufzunehmen, aus dem Geiste eines alten Mannes von mindestens sechzig Jahren würde zu erzählen haben, was wiederum dem gewünschten, aber sowieso schon durch seine natürliche Ruhe gefährdeten Element der Erregung abträglich zu werden drohte.

Daneben aber war Josephs eigenes Abenteuer, das ihn ins Gefängnis gebracht, seine Geschichte mit des Kämmerers Weib, der Gegenstand von Mai-Sachme's belletristischer Sympathie, und Joseph überlieferte sie ihm unter aller Schonung der Heimgesuchten, indem er aber der eigenen Fehler, die er dabei begangen, nicht schonte und sie als entsprechend darstellte den Fehlern, deren er sich vordem gegen seine Brüder und damit gegen seinen Vater, den Herdenkönig, schuldig gemacht, was ihn denn Schritt vor Schritt zurückführte in der Geschichte seiner Jugend und seiner Ursprünge und den klugen runden Augen des Hauptmanns einen fremdartigen und bedeutend verschwimmenden Durchblick gewährte in die Hintergründe der Erscheinung seines Gehilfen, des Sträflings Osarsiph, dessen wunderlichen und offenbar aus Anspielungen gebildeten Namen er sich gefallen ließ und mit der Zartheit des guten Menschen aussprach, obgleich er ihn niemals für des Kömmlings eigentlichen, sondern von vornherein für einen Deck- und Spielnamen und für eine bloße Umschreibung hielt des Wortes »Ich bin's«.

Die Geschichte von Potiphars Weib hätte er gern im Geist des erfreulichen Schrifttums zu Papier gebracht und unterhielt sich oft mit Joseph über die Mittel und Wege, wie es am besten anzustellen sei. Es geschah aber immer, daß er beim Schreiben in die musterhafte Geschichte von den Zwei Brüdern hineingeriet und diese noch einmal schrieb, woran seine Versuche scheiterten.

So vergingen viele Tage nach diesen, und fast schon ein Jahr war herum seit Rahels Erster nach Zawi-Rê gekommen war, als ein Zwischenfall in diesem Gefängnis sich ereignete, der nur eine Teil-Erscheinung war schwerer Ereignisse in der großen Welt und, nicht gleich auf der Stelle, aber etwas späterhin, außerordentliche Veränderungen zeitigen sollte für Joseph und auch für Mai-Sachme, seinen Freund und Fronvogt.

Die Herren

Eines Tages nämlich, als Joseph sich um die gewohnte Frühstunde mit einigen Geschäftspapieren in des Amtmanns Turmwohnung einfand, um sich Entlastung zu holen, wobei es ganz ähnlich zuzugehen pflegte wie zwischen Peteprê und dem Alt-Meier Mont-Kaw und auch gewöhnlich schon alles auf ein »schon gut, schon gut, mein Lieber« hinauslief, sah diesmal Mai-Sachme die Rechnungen garnicht erst an, sondern wies sie von sich mit seiner Hand, und gleich war seinen ausnehmend hoch gezogenen Brauen und seinen weiter als sonst von einander getrennten Rundlippen anzusehen gewesen, daß er von einem besonderen Vorfall eingenommen und in den Grenzen seiner natürlichen Ruhe erregt war.

»Davon ein andermal, Osarsiph«, sagte er in Hinsicht auf die Papiere. »Es ist nicht der Augenblick. Wisse, daß nicht alles in meinem Gefangenenhause ist, wie es gestern und vorgestern war. Es hat sich etwas ereignet und hat stattgefunden vor Tag in aller Stille und unter besonderen, leise überbrachten Befehlen. Lerne von mir, daß eine Einlieferung vorgefallen ist – eine mißliche. Zwei Personen sind eingetroffen bei Nacht und Nebel, zu vorläufiger Verwahrung und Sicherstellung – ungewöhnliche Personen, das heißt: hochstehende Personen, womit ich sagen will: ehemals und eben noch hochstehende Personen, gestürzte und in die Patsche geratene Personen. Du hast einen Fall getan, aber sie taten einen tieferen, da sie viel höher standen. Lerne von mir, was ich dir sage, und frage nach Näherem lieber nicht!«

»Wer sind sie aber?« fragte Joseph trotzdem.

»Sie heißen Mesedsu-Rê und Bin-em-Wêse«, antwortete der Amtmann scheu.

»Nun höre!« rief Joseph. »Was sind denn das für Namen! So heißt man doch nicht!«

Er hatte Grund zum Erstaunen, denn Mesedsu-Rê bedeutete: »Verhaßt dem Sonnengotte« – und »Bin-em-Wêse« hieß »Schlecht in Theben«. Das wären sonderbare Eltern gewesen, die ihren Söhnen solche Namen gegeben hätten.

Der Hauptmann hantierte mit irgendwelchen Dekokten, ohne Joseph anzusehen.

»Ich glaubte«, erwiderte er, »du wüßtest, daß man nicht notwendig heißen muß, wie man sich nennt oder zeitweise genannt wird. Die Umstände formen den Namen. Rê selbst wechselt den seinen nach seinen Zuständen. Wie ich sie nannte, so heißen die Herren in ihren Papieren und in den Befehlen, die mir überhändigt sind um ihretwillen. So heißen sie in den Prozeßakten, die geführt werden in ihrer anhängigen Sache, und vor sich selbst heißen sie so gemäß ihren Umständen. Du wirst es nicht besser wissen wollen.«

Joseph überlegte schnell. Er gedachte der drehenden Sphäre, des Oben, das wiederkommt und wieder aufsteigt im Umschwunge, des Austausches des Gesetzten mit dem Entgegengesetzten, gedachte der Umkehrung. »Verhaßt dem Gotte«, das war gleich Mersu-Rê, »Es liebt ihn der Gott«, und »Bös in Theben« war »Gut in Theben«, Nefer-em-Wêse, gewesen. Er wußte aber durch Potiphars Freundschaft gut genug Bescheid an Pharao's Hof und unter den Freunden des Palastes Merimat, um sich zu erinnern, daß Mersu-Rê und Nefer-em-Wêse die – übrigens von Ehrentiteln ganz zugedeckten – Namen waren von Pharao's oberstem Süßigkeitenbereiter, dem Oberbäcker, des Titels »Fürst von Menfe«, und Seines Vorstehers der Schenktischschreiber, des Obermundschenks, »Gaugraf von Abôdu« geheißen.

»Die wahren Namen«, sagte er, »derer, die da unter deine Hände gegeben sind, die werden wohl lauten: ›Was ißt mein Herr?‹ und ›Was trinkt mein Herr?‹«

»Nun ja, nun ja«, entgegnete der Hauptmann. »Dir braucht man nur einen Zipfel zu reichen, und du hast schon den Mantel ganz – oder glaubst ihn zu haben. Wisse denn, was du weißt, und frage nach Näherem nicht!«

»Was mag geschehen sein?« fragte Joseph trotzdem.

»Laß das!« versetzte Mai-Sachme. »Es heißt«, sagte er, indem er bei Seite sah, »daß man auf Kreidestücke gestoßen ist in Pharao's Brot und hat Fliegen gefunden im Weine des guten Gottes. Daß so etwas hängen bleibt an den Höchst-Verantwortlichen, und daß sie in Untersuchungszustand versetzt werden unter Namen, die solchem Zustand gebühren, das kannst du dir selber sagen.«

»Kreidestücke? Fliegen?« wiederholte Joseph.

»Sie sind vor Tag«, fuhr der Hauptmann fort, »unter starker Bedeckung auf einem Reiseschiffe gebracht worden, das das Zeichen der Verdächtigkeit am Buge und auf dem Segel trug, und sind mir in strenge, wenn auch würdige Verwahrung gegeben worden für die Zeit ihres Prozesses, bis ihre Schuld oder Unschuld ermittelt ist, – eine mißliche, verantwortungsvolle Sache. Ich habe sie im Geierhäuschen untergebracht, du weißt, hier rechts herum an der rückwärtigen Mauer, mit dem klafternden Geier am First, das eben leer stand – leer allerdings, nach ihren Gewohnheiten ist es nicht eingerichtet, sie sitzen dort seit morgens früh bei etwas Bitterbier auf je einem gewöhnlichen Soldatenhocker und weiter bietet das Geierhäuschen keine Bequemlichkeiten. Es ist schwierig mit ihnen, und wie ihre Sache ausgeht, ob man sie bald in Leichenfarbe versetzt oder die Majestät des guten Gottes ihnen etwa wieder das Haupt erhebt, kann niemand sagen. Nach dieser Unsicherheit haben wir sie zu behandeln und ihrem bisherigen Range in gemessenen Grenzen und übrigens nach unserem Vermögen Rechnung zu tragen. Ich will dich ihnen zum Aufwärter setzen, verstehst du, der ein- oder zweimal am Tage bei ihnen zum Rechten sieht und sich, wenn auch mehr der Form wegen, nach ihren Wünschen erkundigt. Solche Herren bedürfen der Form, und wenn man sie nur nach ihren Wünschen *fragt*, so ist ihnen schon wohler, und weniger wichtig ist's dann, ob auch die Wünsche erfüllt werden. Du hast die Umgangsweise und das savoir vivre«, sagte er mit einer akkadischen Lehnphrase, »mit ihnen zu reden und sie nach ihrer Vornehmheit zugleich und nach ihrer Verdächtigkeit zu behandeln. Meine Leutnante hier wären entweder zu grob oder zu unterwürfig mit ihnen. Und doch gilt es, die rechte Mitte zu halten. Eine düster gefärbte Ehrerbietung wäre nach meiner Meinung am Platze.«

»Der Düsternis«, sagte Joseph, »bin ich nicht so recht Herr und Meister. Man könnte die Ehrerbietung vielleicht etwas spöttisch färben.«

»Auch das möchte gut sein«, versetzte der Hauptmann; »denn wenn du sie so nach ihren Wünschen fragst, so merken sie gleich, daß es mehr spaßig gemeint ist, und daß sie's natürlich hier nicht haben können, oder nur andeutungsweise, wie sie's gewöhnt sind. Immerhin können sie auf ihren Soldatenhockern nicht sitzen bleiben im kahlen Häuschen. Man muß ihnen zwei Bettlager mit Kopfstütze hineinstellen und, wenn nicht zwei, so doch einen Armsessel mit Fußkissen, daß sie wenigstens abwechselnd darauf sitzen können. Ferner mußt du ihren Wesir abgeben ›Was ißt mein Herr?‹ und ihren Wesir ›Was trinkt mein Herr?‹ und halb und halb ihre Ansprüche erfüllen. Verlangen sie Gänsebraten, so gib ihnen einmal einen gerösteten Storch. Verlangen sie Kuchen, so gib ihnen gesüßtes Brot. Und fragen sie nach Wein, so laß sie ein wenig Traubenwasser haben. In allen Stücken ist ein mittleres Entgegenkommen zu zeigen und die Andeutung zu pflegen. Gehe gleich zu ihnen und mach ihnen mit irgendwie gefärbter Ehrerbietung deinen Besuch. Von morgen an magst du es je einmal morgens und abends tun.«

»Ich höre und gehorche«, sagte Joseph und begab sich vom Turm hinab gegen die Mauer zum Geierhäuschen.

Die Wachen davor hoben ihre Dolchmesser vor ihm auf und grienten mit ihren Bauerngesichtern, denn sie mochten ihn leiden. Dann schoben sie den schweren Holzriegel von der Türe hinweg, und Joseph trat ein zu den Hofherren, die in dem hohlen Würfel ihres Gehäuses über ihre Mägen gebeugt auf den Hockern saßen und ihre Hände ob ihren Köpfen gefaltet hielten. Er grüßte sie nach verfeinerter Art, nicht ganz so geziert, wie er es einstmals zuerst von Hor-Waz, dem Schreiber der großen Thore, gesehen hatte, aber in modischem Stil, indem er den Arm gegen sie aufhob und lächelnd dem formellen Wunsche Ausdruck gab, sie möchten die Lebenszeit des Rê verbringen.

Sie waren aufgesprungen, sobald sie seiner ansichtig geworden, und überschütteten ihn mit Fragen und Klagen.

»Wer bist du, Jüngling?« riefen sie. »Kommst du im Guten oder im Bösen? Daß du nur kommst! Daß nur überhaupt jemand kommt! Deine Gebärde ist wohlerzogen, sie läßt darauf schließen, daß ein Feingefühl dir innewohnt für die Unmöglichkeit, die Unerträglichkeit, die Unhaltbarkeit unserer Lage! Weißt du, wer wir sind? Hat man dich unterrichtet? Der Fürst von Menfe sind wir, der Gaugraf von Abôdu, Pharao's oberster Süßigkeiten-Inspektor und der, der noch über dem Ersten Schreiber seines Schenktisches ist, Sein General-Kellermeister, der Ihm den Becher reicht bei allergrößten Gelegenheiten, – der Bäcker aller Bäcker, der Erz-Schenk und Herr der Traube im Schmucke des Weinlaubs! Bist du dir darüber klar? Kommst du in diesem Sinne? Machst du dir ein Bild, wie wir gelebt haben – in Gartenhäusern, wo alles mit Blaustein und Grünstein überzogen war, und wo wir auf Daunen schliefen, indessen erlesene Diener uns die Fußsohlen krauten? Was soll aus uns werden in dieser Grube? Man hat uns ins Leere gesetzt, wo wir sitzen seit vor dem Tage hinter Riegeln und niemand sich um uns kümmert! Fluch des Herzens über Zawi-Rê! Nichts, nichts, nichts ist da! Wir haben keinen Spiegel, wir haben kein Schermesser, wir haben kein Schminkkästchen, wir haben kein Badezimmer, wir haben keinen Abtritt, sodaß wir unsere Bedürfnisse an uns halten müssen, die durch die Aufregung sogar noch belebt sind, und Schmerzen leiden – wir, der Erz-Bäcker, der Herr des Weinlaubs! Ist es deiner Seele gegeben, das Himmelschreiende dieses unseres Zustandes zu empfinden? Kommst du, uns zu erlösen und uns das Haupt zu erheben, oder kommst du nur, um zu beobachten, ob unser Elend auch das äußerste ist?«

»Hohe Herren«, antwortete Joseph, »beruhigt euch! Ich komme im Guten, denn ich bin des Hauptmanns Mund und Adlat, von ihm betraut mit dem Überblick. Er hat mich euch zum Diener gesetzt, der nach eueren Befehlen fragt, und da mein Herr ein guter, ruhiger Mann ist, so mögt ihr aus seiner Wahl auf meine eigenen Gesinnungen schließen. Das Haupt erheben kann ich euch nicht; das kann nur Pharao, sobald eure Unschuld geklärt ist, von der ich in Ehrerbietung annehme, daß sie vorhanden ist und also geklärt werden kann –«

Hier unterbrach er seine Rede und wartete etwas. Sie sahen ihm beide ins Angesicht: der Eine mit weinselig in Trauer schwimmenden, aber beherzten Äuglein, der Andere weit aufgerissenen, glasigen Blickes, in welchem Lüge und Angst einander jagten.

Es war nicht so, wie man hätte erwarten sollen, daß der Bäcker ein Mehlsack, der Schenke aber gleich einem Rebstock gewesen wäre. Im Gegenteil war die Behäbigkeit auf seiten des Schenken; er war klein und feist, und feurig gerötet war seine Miene zwischen den Flügeln seines über der Stirne glattgezogenen Kopftuchs, vor welchen seine drallen, mit Steinknöpfen geschmückten Ohren standen. Seinen herausgerundeten Wangen, die jetzt leider von Bartstoppeln starrten, sah man es an, daß sie, geölt und geschabt, recht fröhlich glänzen konnten, – wie denn die gegenwärtige Bestürzung und Trübsal in des Kellermeisters Gesicht den Grundzug von Fröhlichkeit darin nicht gänzlich auszulöschen vermochten. Der Oberbäcker dagegen war lang im Vergleich mit ihm und im Nacken geknickt; sein Antlitz schien fahl, wenn auch vielleicht nur wieder vergleichsweise und auch weil es von einer tiefschwarzen Haartour gerahmt war, woraus die breiten goldenen Ohrringe schauten. Ganz ausgesprochen unterweltliche Züge aber waren nicht zu verkennen in des Bäckers Gesicht: die längliche Nase stand ihm etwas schief, und auch sein Mund war nach einer Seite hin schief verdickt und verlängert; er hing dort mißlich herab, und zwischen den Brauen lagerte dunkel bedrängendes Fluchwesen.

Nun muß man nicht glauben, daß Joseph das unterschiedliche Gepräge der Physiognomieen seiner Pflegebefohlenen mit wohlfeiler Parteinahme für die Serenität der einen und mit ebenso billiger Abneigung gegen die fatale Zeichnung der anderen wahrgenommen hätte. Seine Bildung und Frömmigkeit hielten ihn an, die Merkmale beider Art, die lustigen und die bedenklichen, mit dem gleichen Schicksalsrespekt zu beobachten, ja, sie bestimmten ihn, derjenigen Erscheinung, der die Darstellung unterirdischer Bedenklichkeit übertragen war, sogar noch mehr innere Höflichkeit entgegenzubringen, als dem Mann der Jovialität.

Übrigens waren die schön gepreßten und mit bunten Knotenbändern reichlich versehenen Hofkleider der Herren von der Reise zerdrückt und unsauber; aber ein jeder trug noch die Insignien seines Hoch-Amtes zur Schau: der Schenk einen Halskragen aus goldenem Weinlaub, der Bäcker ein Brustzeichen von goldenen Ähren, die sich in dem Schneidenrund einer Sichel bogen.

»Nicht ich bin's«, wiederholte Joseph, »der euch das Haupt erheben kann, noch ist es der Amtmann. Alles, was wir tun können, ist, das Unbehagen, dem ihr durch eine dunkle Fügung verfallen seid, so gut und schlecht es gehe, ein wenig herabzusetzen, und ihr müßt verstehen, daß damit schon der Anfang gemacht ist gerade dadurch, daß es euch in den ersten Stunden an allem fehlte. Denn fortan soll es euch wenigstens an Einigem nicht mehr fehlen, und das werdet ihr nach der vollkommenen Entbehrung angenehmer empfinden, als alles, was ihr hattet, als ihr euch noch salbtet mit Freudenöl, und was dieser leidige Ort auch niemals gewähren kann. Ihr seht, in wie guter Meinung es geschah, Herr Gaugraf von Abôdu und Fürst von Menfe, daß man euch vorläufig so kurz hielt. Vor Ablauf einer Stunde werden hier zwei, wenn auch einfache, Bettstellen aufgeschlagen sein. Ein Lehnstuhl, zu abwechselndem Gebrauch, soll sich zu den Hockern gesellen. Ein Schabmesser, leider wohl nur aus Stein – ich bitte deswegen im Voraus um Nachsicht – wird zur Verfügung stehen, und eine sehr gute Augenschminke, schwarz, aber ins Grünliche spielend, weiß der Hauptmann selbst zu bereiten und wird euch auf meine Befürwortung gern und ruhig eine Quantität davon abtreten. Was einen Spiegel betrifft, so war es wieder nur wohl gemeint, daß ihr vorerst keinen hattet, denn es ist viel besser, daß ein solcher erst euer gesäubertes Bild aufnimmt und nicht euer gegenwärtiges. Euer Knecht, womit ich mich selber meine, besitzt einen kupfernen, ziemlich klaren und wird ihn euch gern für die Dauer eueres Aufenthaltes, der ja so oder so nur kurz bemessen sein kann, leihweise überlassen. Es wird euch angenehm sein, daß sein Rahmen und Griff von dem Zeichen des Lebens gebildet werden. Ferner mögt ihr euch zur rechten Seite des Häuschens täglich von zwei Wachsoldaten, die ich dazu anstellen werde, mit Wasser baden lassen und zur linken eueren Leibesnöten genügen, was wohl zur Zeit das Vordringlichste ist.«

»Prächtig«, sagte der Mundschenk. »Prächtig für den Augenblick und in Ansehung der Umstände! Jüngling, du kommst wie die Morgenröte nach der Nacht und wie kühlender Schatten nach Sonnengluten. Wohl Dir! Gesundheit! Du sollst leben! Dich grüßt der Herr der Traube! Führ uns zur Linken!«

»Was meintest du aber«, fragte der Bäcker, »mit ›So oder so‹ in Verbindung mit unserem Aufenthalt und mit ›kurz bemessen‹?«

»Ich meinte damit«, antwortete Joseph, »›Jedenfalls‹, ›Unbedingt‹ oder ›Ganz gewiß‹. Etwas derart Zuversichtliches meinte ich damit.«

Und er nahm Urlaub für diesmal von den Herren, indem er sich vor dem Bäcker noch etwas ehrerbietiger verneigte, als vor dem Mundschenk.

Später am Tag kam er wieder, brachte ihnen ein Brettspiel

zur Unterhaltung und erkundigte sich, wie sie gespeist hätten, was sie mehr oder weniger im Sinne von »Ja, nun!« und mit dem Verlangen nach Gänsebraten beantworteten, worauf er ihnen etwas Ähnliches, einen gerösteten Wasservogel, versprach, dazu auch eine Art von Kuchen, wie der leidige Ort ihn eben böte. Ferner sollten sie stundenweise unter Bewachung auf dem Hofe vorm Geierhäuschen nach der Scheibe schießen und Kegel stürzen dürfen, wenn sie beföhlen. Sie dankten ihm sehr, baten ihn auch, dem Hauptmann zu danken für seine milde Veranstaltung, daß sie nach der völligen Kahlheit des Anfangs einige Andeutungen der Bequemlichkeit nun so angenehm empfänden und hielten ihn, da sie gleich großes Vertrauen zu ihm gefaßt hatten, bei sich fest so lange wie möglich mit ihren Reden und Klagen, heute und an den folgenden Tagen, jedesmal, wenn er sich einstellte, nach ihrem Wohlsein und ihren Befehlen zu fragen, – nur daß sie dabei, in aller Redseligkeit, ebensoviel scheue Zurückhaltung und Verschlossenheit über die Gründe ihres Hierseins bewahrten, wie der Amtmann bei seinen ersten Mitteilungen hatte merken lassen.

Hauptsächlich litten sie unter ihren Verbrecher-Namen und konnten ihn nicht genug bitten, doch ja nicht zu glauben, daß dies in irgend einem Sinn ihre wahren Namen seien.

»Es ist sehr zart von dir, Usarsiph, lieber Jüngling«, sagten sie, »daß du uns nicht mit den absurden Namen nennst, die man uns angehängt, und unter denen man uns in diese Verwahrung gelegt. Aber es genügt nicht, daß du sie nicht über die Lippen bringst, sondern auch innerlich und bei dir selbst darfst du uns nicht so nennen und mußt vielmehr überzeugt sein, daß wir so unanständig nicht heißen, sondern ganz gegenteilig. Das wäre uns schon eine große Hilfe, denn es ängstigt uns ohnehin die Gefahr, daß diese verqueren Namen, da sie geschrieben stehen mit unauslöschlicher Tusche in unseren Papieren und in unseren Prozeßakten in der Schrift der Wahrheit, allmählich Wahrheit annehmen und wir so heißen in alle Ewigkeit!«

»Laßt gut sein, hohe Herren«, antwortete Joseph, »das geht vorüber, und es läuft im Grunde auf Schonung hinaus, daß man euch Decknamen verleiht unter diesen vorläufigen Umständen und eure eigentlichen nicht bloßstellt in der Schrift der Wahrheit. So seid ihr's gewissermaßen garnicht, die in den Papieren und in den Anklageschriften stehen, und seid kaum die, die hier sitzen, sondern ›Gottverhaßt‹ und ›Thebens Abhub‹ sind es, die euere Entbehrungen dulden, aber nicht ihr.«

»Ach, wir sind's nun einmal, die sie dulden, wenn auch inkognito«, klagten sie untröstlich dagegen; »und du nennst uns ja auch in deiner Zartheit mit den Behängen von schönen Titeln und Ehrenpreis, womit wir bei Hof überkleidet waren: Erlaucht von Menfe, des Brotes Fürsten, nennst du uns in deiner Artigkeit und des großen Traubenblutkelterers festliche Eminenz. Wisse aber, wenn du es noch nicht weißt, daß man uns all dieser Namen entkleidet hat, bevor man uns in dieses Gewahrsam brachte, und daß wir praktisch so nackend dastehen, wie wenn die Soldaten uns mit Wasser begießen zur Rechten des Häuschens, – nichts ist zur Zeit von uns übrig geblieben als ›Abschaum‹ und ›Gottverhaßt‹, – das ist das Entsetzliche!«

Und sie weinten.

»Wie ist es nur möglich«, fragte Joseph, indem er beiseite sah, wie es der Hauptmann bei seinen scheuen Eröffnungen getan, »wie ist es nur möglich und was in aller Welt mag geschehen sein, daß Pharao wie ein oberägyptischer Leopard und wie das zürnende Meer gegen euch wurde und sein Herz einen Sandsturm hervorbrachte gleich dem Gebirge des Ostens, derart, daß ihr über Nacht aus eueren Ehren fielet und zu uns hinabentrückt wurdet in die Haft der Verdächtigkeit?«

»Fliegen«, schluchzte der Mundschenk.

»Kreidestücke«, sagte der Oberbäcker.

Und dabei sahen sie ebenfalls scheu beiseite, ein jeder in anderer Richtung. Aber es war nicht viel Ausflucht im Häuschen für drei Paar Augen, und so trafen die Blicke sich aus Versehen und fuhren auseinander, um sich, wo sie hinflohen, wieder versehentlich mit anderen zu begegnen, – ein beklemmendes Spiel, welches Joseph durch sein Weggehen beenden wollte, da er sah, daß nichts weiter aus ihnen herauszubekommen war, als »Fliegen« und »Kreidestücke«. Aber sie wollten ihn nicht gehen lassen, sondern hielten ihn fest mit Reden, die ihn von der Unhaltbarkeit des Schuldverdachtes überzeugen sollten, der ihr Teil geworden, und von der Widersinnigkeit dessen, daß sie sollten Mesedsu-Rê und Bin-em-Wêse heißen.

»Nun bitte ich dich, bester Jüngling von Kana'an, lieber Ibrim«, sagte der Mundschenk. »Höre und sieh, wie könnte denn das wohl sein, und wie könnte ich, Gut-und-fröhlich-in-Theben, wohl etwas zu schaffen haben mit solcher Sache? Es ist absurd und widerspricht aller Ordnung; daß es Verleumdung und Mißverstand ist, schreit aus dem Wesen der Dinge hervor. Ich bin der Chef des Lebenslaubes und trage den Rankenstab vor Pharao, wenn er zum Festmahl schreitet, bei dem das Blut des Osiris strömt. Ich bin der Rufer, der Heil und Gesundheit und Prosit ruft, den Stab überm Kopfe schwingend. Ich bin der Mann des Kranzes, des Kranzes ums Haupt, des Kranzes um den schäumenden Becher! Sieh dir meine Backen an, nun wo sie geglättet sind, wenn auch mit billigem Messer! Gleichen sie nicht der prallen Beere, wenn die Sonne den heiligen Saft darin kocht? Ich lebe und lasse leben, indem ich Zum Wohle rufe und Lebe hoch! Sehe ich aus wie Einer, der dem Gotte die Lade vermißt? Habe ich Ähnlichkeit mit dem Esel des Set? Man spannt dieses Tier nicht vor den Pflug mit dem Ochsen, man tut nicht Wolle mit Flachs zusammen im Kleide, der Rebstock trägt keine Feigen, und was nicht paßt, das paßt nun einmal nicht in der Welt! Ich bitte dich, urteile nach deinem gesunden Verstande, der das Gesetzte kennt und das Entgegengesetzte, das Eine und das ganz Andere, das Mögliche und das Unmögliche, – urteile ob ich mitschuldig sein kann an dieser Schuld und teilhaft des Unteilhaftigen!«

»Ich sehe wohl«, sagte danach Fürst Mersu-Rê, der Ober-Bäcker, indem er seitlich blickte, »daß die Worte des Gaugrafen ihren Eindruck auf dich nicht verfehlt haben, Mann von Zahi, begabter Jüngling, denn sie sind zwingend, und dein Urteil wird notwendig zu seinen Gunsten lauten. Darum rufe auch ich nun deine Gerechtigkeit an, überzeugt, daß du nicht hinter dir selbst zurückstehen wirst an Weltvernunft, indem du richtest auch über meinen Fall. Da du einsiehst, daß der Verdacht, unter dem wir Edlen stehen, nicht zu vereinbaren ist mit der Heiligkeit des Erz-Schenken-Amtes, wirst du auch zugeben, daß man ihn ebenso wenig, um nicht zu sagen: erst recht nicht in Einklang bringen kann mit der Heiligkeit des meinen, die womöglich noch größer ist. Sie ist die älteste, früheste, frömmste, – eine höhere gibt es vielleicht, eine tiefere nicht. Es ist ein Ausbund mit ihr, denn ein Ausbund ist es mit jedem Ding, dem das von ihm selbst abgeleitete Eigenschaftswort gebührt: sie ist die heilige und allerheiligste Heiligkeit! Eine Grotte und Kluft ist es mit ihr, in die man Schweine jagt zur Opferung und wirft Fackeln von oben hinein zur Unterhaltung des Urfeuers, das dort brennt zu erwärmend-fruchtbringender Triebkraft. Darum trage ich eine Fackel vor Pharao und schwinge sie nicht überm Kopf, sondern trage sie ernst und priesterlich vor mir her und vor ihm, wenn er zu Tische geht, um das Fleisch des beerdigten Gottes zu essen, welcher der Sichel entgegensprießt von unten hervor aus der eideempfangenden Tiefe.«

Hier erschrak der Bäcker, und seine aufgezerrten Augen gingen mit einem Ruck noch weiter beiseite, so daß sie ganz in den Winkeln standen, das eine im äußeren, das andere im inneren

Winkel. Es kam häufig vor, daß er über seine eigenen Worte erschrak und sie zurückzunehmen oder abzuändern versuchte, sich aber dabei nur noch tiefer hineinredete. Denn nach unten waren seine Worte gerichtet, und er konnte sie nicht herumdrehen.

»Erlaube mir, ich wollte das nicht sagen«, fing er von neuem an. »Ich wollte es so nicht sagen und hoffe dringend, daß du mich nicht mißhörst, kluger Knabe, dessen Weltverstand wir anrufen zugunsten unserer Unschuld. Ich spreche, aber wenn ich meinen Worten nachhorche, so wird mir bange, sie könnten dir klingen, als ob ich gegen meine Verdächtigkeit eine Weihe ins Feld führte, die so groß und tief ist, daß sie gleichsam schon etwas ins Bedenkliche spielt und darum nicht mehr zur Widerlegung der Verdächtigkeit taugt. Ich bitte dich, nimm all deinen Verstand zusammen und verirre dich nicht in die Meinung, daß die Über-Stärke eines Beweises ihn zur Ohnmacht verdamme als Beweis oder gar bewirke, daß er das Gegenteil beweist! Es wäre schrecklich und für die Gesundheit deines Urteils gefährlich, wenn du auf solche Gedanken kämest! Sieh mich an, – wenn auch ich dich nicht ansehe, sondern nach meinen Beweisen blicke. Ich – schuldig? Ich – in eine solche Sache verwickelt? Bin ich nicht der Oberste des Brotes, der Diener der irrenden Mutter, die mit der Fackel die Tochter sucht, der Fruchtbringerin, Allgeberin, der Erwärmenden, Grünenden, die das betäubende Blut zurückwies und dem Mehltrank den Vorzug gab, die den Menschen den Weizensamen und den Samen der Gerste brachte und zuerst mit gebogenem Pfluge die Scholle brach, daß mit milderer Nahrung mildere Sitte daraus hervorging, da vordem die Menschen Schilfknollen fraßen oder auch einer den anderen? Ihr gehöre ich und stehe heilig für sie, die im Wind auf der Tenne Körner und Spreu auseinander worfelt und das Ehrbare vom Unehrbaren sondert, der Gesetzgeberin, welche das Recht stiftet und maßregelt die Willkür. Überlege nun danach verstandesmäßig, ob ich mich eingelassen haben kann auf eine so finstere Sache! Sprich dein Urteil auf Grund dieser Ungereimtheit, welche nicht so sehr darauf beruht, daß die Sache finster ist, denn auch das Recht, gleich dem Brote, ist eine Sache der Finsternis und an den Schoß gebunden, der unten ist, wo die Rachegöttinnen wohnen, also daß man das heilige Gesetz den Hund der Göttin nennen könnte, noch umso eher, als der Hund in der Tat das ihr heilige Tier ist, von woaus gesehen man auch mich, der ihr ebenfalls heilig ist, einen Hund nennen könnte ...«

Hier erschrak er wieder fürchterlich, indem er die Augäpfel in die entgegengesetzten Winkel warf, und versicherte, daß er dies nicht habe sagen oder nicht so habe sagen wollen. Aber Joseph bat sie beschwichtigend alle beide, sie möchten es doch gut sein lassen und sich nicht so in Unkosten stürzen um seinetwillen. Er wisse es zu schätzen, sagte er, und sei geehrt, daß sie ihm ihre Sache vortrügen, oder wenn nicht die Sache, so doch die Gründe, weshalb es nicht ihre Sache gewesen sein könne. Noch weniger aber sei es seine Sache, sich aufzuwerfen zum Richter über sie, sondern nur zu ihrem Aufwärter sei er bestellt, der nach ihren Befehlen frage, wie sie's gewohnt seien. Freilich seien sie überdies gewohnt, daß diese Befehle auch ausgeführt würden, wozu er zu seinem Leidwesen meistens nicht in der Lage sei. Aber wenigstens zur Hälfte hätten sie es auf diese Weise doch, wie sie's gewohnt seien. Und er fragte, ob er das Vergnügen habe, noch irgend einen Befehl der Herren mit auf den Weg zu nehmen?

Nein, sagten sie traurig, sie wüßten nichts; es fielen einem gar keine Befehle mehr ein, wenn man wisse, daß sie doch keine Folgen hätten. Ach, aber warum er schon gehen wolle! Er solle ihnen lieber sagen, wie lange er meine, daß die Untersuchung ihrer Sache sich wohl hinziehen werde, und wie lange sie in diesem Loche würden auszuharren haben.

Er würde es ihnen sofort getreulich sagen, erwiderte er, wenn er es wüßte. Aber er wisse es begreiflicherweise nicht, und nur einen Überschlag der Vermutung könne er machen: zu dem Ende und unverbindlichen Resultat, daß es dreißig und zehn Tage im Ganzen wohl höchstens und mindestens dauern werde, bis ihnen das Los falle.

»Ach, wie lange!« klagte der Mundschenk.

»Ach, wie kurz!« rief der Bäcker, erschrak aber sogleich entsetzlich über seinen Ruf und versicherte, daß er ebenfalls »Wie lang!« habe sagen wollen. Aber der Mundschenk dachte nach und bemerkte, Josephs Überschlag und Kalkulation habe tatsächlich Hand und Fuß; denn über dreißig und sieben und drei Tagen, von ihrer Ankunft gerechnet, sei ja Pharao's schöner Geburtstag, und das sei bekanntlich ein Tag der Gnade und des Gerichtes, an welchem auch ihnen mit vieler Wahrscheinlichkeit der Spruch wohl fallen möge.

»Ich habe es meines Wissens nicht bedacht«, antwortete Joseph, »und meine Kalkulation nicht darauf errichtet, sondern es war nur eben so eine Eingebung. Da sich aber nun herausstellt, daß genau auf diesen Zeitpunkt Pharao's Großer Geburtstag fällt, so seht ihr wohl, daß, was ich sagte, schon anfängt, in Erfüllung zu gehen.«

Vom stechenden Wurm

Damit ging er und schüttelte den Kopf über seine beiden Pflegebefohlenen und über ihre »Sache«, von der ihm schon damals mehr bekannt war, als er sich den Anschein geben durfte. Denn es durfte sich niemand in beiden Ländern den Anschein geben und sich vermessen, mehr davon zu wissen, als den Menschen für zuträglich erachtet wurde; dennoch aber war nicht zu verhindern, daß sich die gefährliche Angelegenheit, so dicht sie von oben her in eine Wolke von Umschreibungen und Vertuschungen, von »Fliegen« und »Kreidestücken« und unkenntlich gemachten Namen wie »Gottverhaßt« und »Wêsets Abhub« gehüllt wurde, sich sehr bald im ganzen Reiche nach seiner Länge und Breite herumsprach und jedermann, mochte er sich auch der vorgeschriebenen Wendungen dafür bedienen, in Kürze Bescheid wußte, was hinter diesen Verkleinerungen und Beschönigungen steckte: eine Geschichte, die bei aller Schaurigkeit der populären Anmutung, um nicht zu sagen eines festlichen Gepräges nicht entbehrte, da sie als die Wiederholung und Wiederkehr, kurzum als das Gegenwärtigwerden eines uralt gegründeten und vertrauten Vorganges erschien.

Gerade herausgesagt hatte man Pharao nach dem Leben getrachtet – und dies obgleich die Tage der Majestät dieses alten Gottes offenkundig ohnedies gezählt waren und, wie ihr wißt, Ihre Neigung, sich wieder mit der Sonne zu vereinigen, weder durch die Verordnungen der Zauberer und Körpergelehrten des Bücherhauses, noch sogar durch die Ischtar des Weges hatte aufgehalten werden können, die Ihr Bruder und Schwäher vom Euphrat, Tuschratta, König über das Land Chanigalbat oder Mitanniland, Ihr sorglicher Weise gesandt hatte. Daß aber das große Haus, Si-Rê, der Sohn der Sonne und Herr der Diademe, Neb-ma-Rê-Amenhotpe alt und krank war und kaum noch Luft bekam, war kein Grund dagegen, daß man ihm etwas antäte, sondern es war, wenn man wollte, ein sehr guter Grund *dafür*, so schaurig natürlich gleichwohl das Unternehmen blieb.

Allbekannt nämlich war, daß ganz ursprünglich Rê selbst, der Sonnengott, König beider Länder, oder vielmehr Herrscher auf Erden und über alle Menschen gewesen war und sie im hehrsten Segensglanze regiert hatte, solange seine Jahre noch jung, vollmännlich und spätmännlich gewesen waren, ja, noch bedeutende Zeitstrecken in sein beginnendes und sich erhöhendes Greisenalter hinein. Erst als er höchst greis geworden war und schmerzliche Beschwerden und Gebrechen des Alters, wenn auch in kostbarer Form, der Majestät dieses Gottes genaht waren, hatte er für gut befunden, der Erde abzudanken und sich ins Obere zurückzuziehen. Denn allmählich waren seine Knochen zu Silber, sein Fleisch zu Gold, seine Haare aber zu echtem Lapislazuli geworden, eine sehr schöne Form der Altersversteifung, die aber trotzdem mit allerlei Pein und Krankheit verbunden gewesen war, gegen welche die Götter selbst tausend Heilmittel auszufinden sich bemüht hatten, allein vergebens, da gegen die Versilberung, Vergoldung und Versteinerung eines so hohen Alters kein Kraut gewachsen ist. Aber selbst unter diesen Umständen noch immer hatte der greise Rê an seiner irdischen Herrschaft festgehalten, obgleich er hätte wahrnehmen müssen, daß diese angesichts seiner Altersschwäche sich zu lockern und Furchtlosigkeit, ja – Frechheit rings um ihn her einzureißen begonnen hatte.

Isis zumal, die Große der Insel, Eset, listenreicher als Millionen Wesen, erachtete damals ihre Stunde für gekommen. Ihr Wissen umfaßte Himmel und Erde, wie dasjenige Rê's selbst, des überalterten Königs. Nur eines wußte sie nicht und gebot zur Beeinträchtigung ihrer Wissensmacht nicht darüber: das war der letzte und geheimste Name des Rê, sein äußerster, durch dessen Kenntnis man Gewalt über ihn gewann. Denn er hatte sehr viele, die der Reihe nach immer geheimer wurden, sich aber doch der Erforschung nicht ganz entzogen. Den allerletzten nur und gewaltigsten gab er überhaupt nicht her, und wem er den hätte nennen müssen, der hätte ihn bezwungen und ewig überschwungen, ihn unter sich gebracht durch höchste Wissensmacht.

Darum erdachte und erschuf Eset einen stechenden Wurm, der Rê ins goldene Fleisch stechen sollte, damit die unleidlichen Schmerzen, die der Stich ihm verursachen würde, und von denen die Schöpferin des Wurmes allein ihn würde befreien können, ihn zwängen, der großen Eset seinen Namen zu nennen. Wie sie's aber erdacht, so ward es vollbracht. Der alte Rê wurde gestochen, und unter des Stiches Qualenzwang blieb ihm nichts übrig, als mit einem seiner verborgenen Namen nach dem anderen herauszurücken, immer hoffend, daß die Göttin sich mit einem der schon sehr verborgenen zufrieden geben werde. Das aber tat sie nicht, sondern beutelte ihn aus bis aufs Letzte, bis er ihr auch den allergeheimsten genannt hatte und ihre Wissensgewalt über ihn vollkommen war. Danach kostete es sie nichts mehr, ihn vom Stiche zu heilen; doch genas er nur kümmerlich, in den Grenzen, in denen ein so greises Wesen noch zu genesen vermag, und wählte bald darauf das himmlische Altenteil. –

Soweit die Ur-Kunde, die jedem Kinde in Keme bekannt war, und die dafür sprach, daß man Pharao etwas antäte, da sein Zustand nachgerade gar zu sehr und bis zur Verwechselung an den jenes müden Gottes erinnerte. Wer sich nun aber den Vorgang von einst besonders und ganz persönlich zu Herzen genommen hatte, war eine gewisse Insassin von Pharao's Frauenhaus gewesen, diesem geschlossenen und wohlbewachten, dem Palaste Merima't in höchster Zierlichkeit angegliederten Pavillon, wohin Pharao sich noch immer manchmal hinübertragen ließ, natürlich nur, um eine oder die andere der dort verwahrten Huldinnen am Kinn zu krauen, sie auch wohl auf dem Brette der dreißig Felder zu überwinden und sich dabei von dem duftigen Corps der Übrigen durch Tanz, Gesang und Saitenspiel erfreuen zu lassen. Öfters sogar vergnügte er sich gerade mit derjenigen auf dem Brette, die die Geschichte von Isis und Rê persönlich nahm und sich dazu hinreißen ließ, sie vergegenwärtigen zu wollen. Keine Erzählung, und sei sie der letzten Einzelheiten dieser Geschichte noch so kundig, wüßte ihren Namen zu nennen. Er ist vertilgt und ausgemeißelt aus aller Überlieferung; die Nacht ewigen Vergessens bedeckt ihn.

Und doch war diese Frau zu Zeiten ein bevorzugter Neben-Liebling Pharao's gewesen und hatte ihm zwölf oder dreizehn Jahre früher, als dieser noch hie und da zu zeugen geruhte, einen Sohn geboren, Noferka-Ptach geheißen, – dieser Name ist erhalten –, der als göttlicher Same eine auserlesene Erziehung genoß, und um dessentwillen sie, der Neben-Liebling, berechtigt war, die Geierhaube zu tragen, – keine ganz so wundervolle wie Teje, die Große Königliche Gemahlin selbst, aber immerhin eine goldene Geierhaube. Dies und ihre Mutterschwäche für Noferka-Ptach, den göttlichen Samen, wurde dem Weibe zum Verhängnis. Denn die Haube verführte sie dazu, sich mit der listenreichen Eset zu verwechseln, und in die dadurch vorgezeichneten Gedankengänge mischte die ehrgeizige Affenliebe für ihr teures Halb-Blütchen sich ein, also daß sie in ihrem engen, aber anschlägigen und von Ur-Kunde verwirrten Hirn beschloß, Pharao vom Wurme stechen zu lassen, einen Palast-Umsturz heraufzubeschwören und statt des ohnedies kränkelnden Horus Amenhotep, der geborenen Folgesonne, ihres eigenen Schoßes Frucht, den Noferka-Ptach, auf den Thron der beiden Länder zu setzen.

Wirklich waren die Vorbereitungen zu dem Schlage, dessen Ziel es war, die Dynastie zu stürzen, eine neue Zeit herbeizuführen und jenen nie zu nennenden Neben-Liebling zur Göttin-Mutter zu erheben, schon sehr weit gediehen gewesen. Pharao's Frauenhaus war seine Brutstätte, aber durch einige Haremsbeamte und Offiziere der Torwache, die nach neuen Dingen begierig gewesen, war die Verbindung hergestellt worden einerseits mit dem Palaste selbst, wo eine Anzahl von Freunden und zwar zum Teil sehr hohe, ein Erster Wagenlenker des Königs, der Verwalter der Obstkammer des Gottes, der Große der Gendarmen, der Vorsteher der Rinderherden, der Oberste der Salben vom Schatzhause des Herrn beider Länder und andere, für das Unternehmen gewonnen wurden – und andrerseits mit der hauptstädtischen Außenwelt, wo durch die Frauen jener Offiziere die männliche Sippschaft von Pharao's Huldinnen ins Einvernehmen gezogen und angehalten wurde, Wêse's Bevölkerung mit bösen Reden aufzubringen gegen den alten Rê, der nur noch aus Gold, Silber und Lapislazuli bestand.

Alles in allem waren es zweiundsiebzig Verschwörer, die insgeheim zu dem Plane standen, eine verheißungsvoll vorgeschriebene Zahl; denn zweiundsiebzig Verschwörer waren es einst gewesen, die mit dem roten Set den Usir in die Lade gelockt hatten, und auch diese wiederum schon hatten gute kosmische Gründe dafür gehabt, an Zahl nicht mehr und nicht weniger zu sein als zweiundsiebzig. Denn soviele Fünferwochen sind es ja, welche die dreihundertsechzig Tage des Jahres machen, ohne die Übertage; und zweiundsiebzig Tage hat das dürre Fünftel des Jahres, wenn der Pegel den tiefsten Stand des Ernährers zeigt und der Gott in sein Grab sinkt. Wo also eine Verschwörung stattfindet in der Welt, da ist es üblich und nötig, daß die Zahl der Verschwörer zweiundsiebzig betrage. Und wenn der Anschlag ein Fehlschlag ist, so kann man sicher sein, daß er, wäre diese Zahl nicht eingehalten worden, noch viel gründlicher fehlgeschlagen wäre.

Der gegenwärtige nun war fehlgeschlagen, obgleich er von bestem Vorbilde eingegeben war und alle Anstalten dazu mit größter Umsicht waren getroffen worden. Dem Obersten der Salben war es sogar gelungen, eine Zauberschrift aus Pharao's Bücherei zu entwenden und nach ihren Angaben gewisse Wachsbildchen herzustellen, die, da und dorthin geschmuggelt, durch die Erzeugung magischer Verwirrung und Verblendung dem Unternehmen zustattenkommen mußten. Beschlossen war, Pharao im Brot oder Wein oder in beiden zugleich zu vergeben und den daraus erwachsenden Wirrwarr zu einem schlagenden Streich im Palaste zu benützen, welcher, verbunden mit einem Aufstande der drübigen Stadt zur Ausrufung der neuen Zeit und zur Erhebung des Bastärdchens Noferka-Ptach auf den Tron der Länder geführt hätte. Und dann war alles aufgeflogen. Sei es, daß einer der zweiundsiebzig sich im letzten Augenblick größeren Vorteil für seine Laufbahn und für die Schönheit der Schildereien in seinem Grabe davon versprochen hatte, wenn er die Treue wählte, oder daß ein polizeilicher Lockvogel sich anfangs gleich in die Beratungen eingeschlängelt hatte: die Liste der Verabredeten, peinlich genug zu lesen, da sich eine Reihe von wirklichen Herzensfreunden des Gottes und Betretern des Morgengemaches darunter befanden, war vor Pharao gekommen – im ganzen richtig, wenn auch von einzelnen Irrtümern und Verwechslungen nicht frei –, und die Gegenhandlungen waren schnell, leise und durchgreifend gewesen. Die Isis des Frauenhauses war geschwind von Eunuchen erwürgt, ihr Söhnchen ins äußerste Nubien versandt worden, und während ein geheimer Ausschuß zur Untersuchung des ganzen Planes und jeder Einzelschuld zusammentrat, waren die Bloßgestellten unter der Gesamtbezeichnung »Abscheu des Landes« und dazu noch unter grausamer Entstellung ihrer Eigennamen in verschiedenen Gewahrsamen verschwunden, wo sie unter ungewohnten Bedingungen ihrem Schicksal entgegenharrten.

So aber waren Pharao's oberster Bäcker und Mundschenk in das Gefängnis geraten, wo Joseph gefangen lag.

Joseph hilft aus als Deuter

Als sie nun schon dreißig und sieben Tage daselbst gesessen hatten und Joseph ihnen wie immer am Morgen aufwartete, um sich zu erkundigen, wie sie geruht hätten, und nach ihren Befehlen zu fragen, fand er die Herren in einer Gemütsverfassung, die zugleich erregt, bedrückt und verärgert zu nennen war. Sie hatten schon angefangen, sich an ihren vereinfachten

Zustand zu gewöhnen und aufgehört zu jammern; denn es ist nicht nötig, daß der Mensch lebe, wie sie gelebt hatten, zwischen Blaustein und Grünstein und mit Dienern zum Krauen der Fußsohlen, sondern mit einem Badeplatz zur Rechten und einem Abtritt zur Linken und etwas Gelegenheit zum Pfeileschießen und Neune stürzen statt der herrschaftlichen Vogeljagd geht es schließlich auch ganz gut. Heute aber zeigten sie sich ausgesprochen rückfällig in der Verwöhntheit und ergingen sich, sobald nur Joseph zu ihnen getreten war, in den alten bitteren Klagen darüber, wie ihnen doch alles und selbst das Notwendigste abgehe, und wie sich ihr Leben dahier, so redlich sie auch sich mit ihm zu befreunden versucht hätten, doch immer wieder als ein Hundeleben herausstelle.

Sie hätten geträumt diese Nacht, sagten sie auf Josephs teilnehmende Frage, beide gleichzeitig, ein jeglicher seinen eigenen Traum; und es seien Träume von der sprechendsten Lebendigkeit gewesen, höchst eindringlich, unvergeßlich und von ganz eigentümlichem Geschmack für die Seele, wahre Sinn-Träume mit dem Zeichen »Versteh' mich recht« an der Stirne, und welche nach Auslegung geradezu schrieen. Zu Hause hätten sie jeder einen eigenen Traumdeuter gehabt, gewiegte Experten für allerlei Ausgeburt der Nacht, mit Augen für jede Einzelheit eines Gesichtes, dem ein Anspruch auf Bedeutung und Vorbedeutung anzumerken gewesen sei, ausgestattet überdies mit den besten Traum-Katalogen und -Kasuistiken babylonischer sowohl wie einheimischer Herkunft, worin sie nur hätten nachzuschlagen brauchen, wenn ihnen selbst die Idee ausgegangen wäre. Notfalls, in schwer zu erschließenden und nicht dagewesenen Fällen, hätten sie, die Herren, ein Consilium von Tempel-Propheten und Schriftgelehrten zusammenrufen können, das mit vereinten Kräften der Sache bestimmt auf den Grund gekommen wäre. Kurzum, in jedem Falle seien sie prompt, zuverlässig und herrschaftlich bedient gewesen. Aber nun und hier?! Da hätten sie nun geträumt, ein jeder seinen besonderen, höchst auffallend betonten und eigentümlich gewürzten Traum, von dem ihm die Seele voll sei, und niemand sei da, in dieser verfluchten Grube, der ihnen die Träume deute und sie bediene, wie sie's gewohnt seien. Das sei eine Entbehrung, weit härter als die von Daunen, Gansbraten und Vogeljagd und lasse sie ihre unleidliche Reduziertheit recht bis zu Tränen empfinden.

Joseph hörte ihnen zu und schob die Lippen ein wenig empor.

»Ihr Herren«, sagte er, »wenn es euch für den Anfang tröstlich sein kann, daß jemand euch eueren Kummer nachfühlt, so seht in mir Einen, der das tut! Überdies aber könnte dem Mangel, der euch bedrückt und beleidigt, allenfalls abzuhelfen sein. Ich bin als euer Diener und Pfleger bestellt und bin sozusagen für alles da, warum nicht auch schließlich für Träume? Ich bin nicht ganz unbewandert auf diesem Gebiet und darf mich einer gewissen Familiarität mit Träumen rühmen – nehmt das Wort nicht für ungut, nehmt es für zutreffend, denn in meiner Familie und Sippe ist allezeit viel und anzüglich geträumt worden. Mein Vater, der Herdenkönig, hatte an bestimmter Stelle, auf Reisen, einen Traum ersten Ranges, der sein ganzes Wesen für immer mit Würde gefärbt hat, und von dem ihn erzählen zu hören ein außerordentliches Vergnügen war. Und ich selbst hatte in meinem Vorleben soviel mit Träumen zu tun, daß ich unter meinen Brüdern sogar einen Necknamen hatte, der auf diese Eigenheit gutmütig anspielte. Ihr habt im Vorliebnehmen so große Übung gewonnen – wie wäre es, wenn ihr mit mir vorlieb nähmet und mir euere Träume erzähltet, daß ich versuche, sie euch zu deuten?«

»Ja, aber!« sagten sie. »Alles gut. Du bist ein freundlicher Jüngling und hast auch eine Art, mit deinen hübschen, ja schönen Augen schleierig in eine Weite zu blicken, da du von Träumen sprichst, daß wir beinahe Vertrauen fassen könnten in deine Fähigkeit uns auszuhelfen. Bei alledem aber ist es doch zweierlei, zu *träumen* und Träume zu *deuten!*«

»Sagt das nicht«, erwiderte er. »Sagt es nicht ohne Weiteres! Mit der Träumerei möchte es wohl ein Rundes und Ganzes sein, worin Traum und Deutung zusammengehören und der Träumer und Deuter nur scheinbar Zweie und unvertauschbar, in Wirklichkeit aber vertauschbar und geradezu Ein und Derselbe sind, denn sie machen zusammen das Ganze aus. Wer da träumt, der deutet auch, und wer da deuten will, der muß geträumt haben. Ihr habt unter sehr üppigen Umständen überflüssiger Geschäftsteilung gelebt, Herr Fürst des Brotes und Excellenz Erzschenk, sodaß ihr träumtet und die Deutung euerer Hauspropheten Sache sein ließet. Im Grunde aber und von Natur ist jedermann seines Traumes Deuter, und nur aus Eleganz läßt er sich mit der Deutung bedienen. Ich will euch das Geheimnis der Träumerei verraten: die Deutung ist früher als der Traum, und wir träumen schon aus der Deutung. Wie käme es auch sonst, daß der Mensch es ganz wohl weiß, wenn der Deuter ihm falsch deutet, und daß er ruft: ›Pack' dich, du Stümper! Ich will einen anderen Deuter haben, der mir Wahrheit deutet!‹ Nun denn, versucht es mit mir, und wenn ich stümpere und euch nicht nach dem eigenen Wissen deute, so jagt mich davon mit Schimpf und Schande!«

»Ich will nicht erzählen«, sagte der Oberbäcker. »Ich bin es besser gewöhnt und ziehe es vor zu darben, wie in allen Stükken, so auch in diesem, ehe daß ich dich Unbestallten zum Deuter nähme!«

»Ich will erzählen!« sagte der Mundschenk. »Denn wahrlich, ich bin so begierig nach Deutung, daß ich mit dem Ersten-Besten vorlieb nehme, besonders wenn er so vielversprechend schleierig zu blicken versteht und einige Familiarität mit Träumen nachweisen kann. Mach dich bereit, Jüngling, zu hören und zu deuten, aber nimm dich zusammen, wie auch ich mich äußerst zusammennehmen muß, um meinem Traume die rechten Worte zu finden und nicht sein Leben zu töten durch meine Erzählung. Denn er war so überaus lebendig und deutlich und von unnachahmlicher Würze, – da man denn leider ja weiß, wie so ein Traum einschnurrt in Worten und nur noch die Mumie und das dürre Wickelbild ist dessen, was er war, als man ihn träumte und als er grünte, blühte und fruchtete wie der Weinstock, der vor mir war in diesem meinem Traum, in dessen Erzählung ich mich damit bereits betreffe. Denn mir war, ich wäre mit Pharao in seinem Weingarten und in der gebogenen Laube seines Weingartens, wo mein Herr ruhte. Und vor mir war ein Weinstock, ich sehe ihn noch, es war ein absonderlicher Weinstock und hatte drei Reben. Versteh' mich: Er grünte und hatte Blätter gleich Menschenhänden, aber wiewohl in der Laube schon alles voll Trauben hing, blühte und fruchtete dieser noch nicht, sondern das geschah erst vor meinen Augen im Traum. Siehe nämlich: er wuchs vor ihnen und begann zu blühen, indem er liebliche Blütenbüschel hervorsandte zwischen seinem Laube, und seine drei Reben trieben Trauben, die reiften zusehends mit Windesschnelle, und ihre purpurnen Beeren wurden prall wie meine Backen und strotzend wie keine sonst rings umher. Da freute ich mich und pflückte von den Trauben mit der Rechten, denn in der Linken hielt ich Pharao's Becher, der halbvoll gekühlten Wassers war. Darein drückte ich mit Gefühl den Saft der Beeren, wobei ich mich, glaub' ich, erinnerte, daß du, Jüngling, uns manchmal ein wenig Rebsaft in Wasser drückst, wenn wir Wein befehlen, und gab den Becher Pharao in seine Hand. Und das war alles«, schloß er kleinlaut, enttäuscht von seinen Worten.

»Es ist nicht wenig«, antwortete Joseph, indem er die Augen öffnete, die er geschlossen gehalten hatte, während er ihm mit geneigtem Ohr lauschte. »Da war der Becher, und war klares

Wasser darin, und du drücktest eigenhändig den Saft der Beeren hinein vom Stock mit den drei Reben und gabst ihn dem Herrn der Kronen. Das war reine Gabe und waren keine Fliegen darin. Soll ich dir deuten?«

»Ja, deute!« rief jener. »Ich kann's kaum erwarten.«

»Dies ist die Deutung«, sprach Joseph. »Drei Ranken, das sind drei Tage. Über drei Tage wirst du das Wasser des Lebens empfangen, und Pharao wird dein Haupt erheben und den Schandnamen von dir nehmen, daß du ›Gerecht in Theben‹ heißest wie zuvor, und wird dich wieder an dein Amt stellen, daß du ihm den Becher in die Hand gebest nach der vorigen Weise, da du sein Schenk warst. Und das ist alles.«

»Vorzüglich«, rief da der Dicke. »Das ist eine liebe, vorzügliche, mustergültige Deutung, ich bin bedient damit wie noch nie im Leben, und du hast, süßer Jüngling, meiner Seele damit einen unnennbaren Dienst erwiesen! Drei Reben – drei Tage! Wie du das so glatthin, du Kluger –! Und ›Ehrlich in Theben‹ wieder und nach der vorigen Weise und wieder Pharao's Freund! Ich danke dir, Liebling, ich danke dir recht, recht sehr.«

Und er saß da und weinte vor Freude.

Joseph aber sprach zu ihm: »Gaugraf von Abôdu, Nefer-em-Wêse! Ich habe dir wahrgesagt nach deinem Traum, – es war leicht geschehen und ist gern geschehen. Ich freue mich, daß ich dir freudige Deutung geben konnte. Bald wirst du umringt werden um deiner Reinigung willen; ich aber hier in der Enge bin der erste Gratulant. Euer Diener und Hofmeister war ich durch siebenunddreißig Tage und will's noch drei Tage sein nach des Hauptmanns Verordnung, indem ich nach eueren Befehlen frage und euch Andeutungen der Bequemlichkeit verschaffe, so gut es die Umstände erlauben. Ich bin zu euch eingetreten morgens und abends ins Geierhäuschen und war euch wie ein Engel Gottes, wenn ich mich so ausdrücken darf, in dessen Brust ihr euer Leid schütten konntet, und der euch tröstete über das Ungewohnte. Nach mir aber habt ihr nicht viel gefragt. Und doch bin ich auch nicht für dieses Loch geboren, noch hab ich's mir zum Aufenthalte gewählt, sondern bin hierher geraten, ich weiß nicht, wie, und eingelegt worden als Königssklave und Sträfling für eine Schuld, die nur eine Verdrehung ist vor Gott. Euch war die Seele zu voll von eigenem Leide, als daß ihr auch noch viel Sinn und Frage hättet haben können für meines. Vergiß mich aber nicht und meine Dienste, Gaugraf-Oberschenk, sondern gedenke meiner, wenn du in der Herrlichkeit sitzest wie zuvor! Erwähne mich vor Pharao und mach ihm bemerklich, daß ich hier sitze aus purer Verdrehung, und bitte für mich, daß er mich gnädig aus diesem Zuchthause führe, wo ich nicht gerne bin. Denn gestohlen, schlechthin gestohlen bin ich worden schon als Knabe aus meiner Heimat hinab nach Ägyptenland und gestohlen hinab in diese Grube – und bin wie der Mond, wenn ein widerwärtiger Geist ihn festhielte auf seiner Bahn, daß er sie nicht glänzend dahinziehen könnte, den Göttern, seinen Brüdern, voran. Willst du das für mich tun, Gaugraf-Oberschenk, und mich dort erwähnen?«

»Aber ja, aber tausendmal ja!« rief der Dicke. »Ich verspreche dir's, daß ich dich erwähnen will bei erster Gelegenheit, wenn ich wieder vor Pharao stehe, und will ihn erinnern jedes folgende Mal, wenn's sein Geist nicht gleich aufnimmt! Das wäre des Erdferkels, wenn ich nicht dein gedenken und dich nicht erwähnen wollte zum Besten, denn ob du gestohlen hast oder gestohlen bist, das ist mir ganz einerlei, erwähnt sollst du sein, erwähnt und begnadigt, du Honigjunge!«

Und er umarmte Joseph und küßte ihn auf den Mund und auf beide Wangen.

»Daß ich auch geträumt habe«, sagte der Lange, »das scheint hier ganz in Vergessenheit geraten zu sein. Ich habe nicht gewußt, Ibrim, daß du ein so geschickter Deuter bist, ich hätte sonst deine Aushilfsdienste nicht von mir gewiesen. Jetzt bin ich geneigt, dir auch meinen Traum zu erzählen, so gut das in Worten geschehen kann, und du sollst ihn mir deuten. Mach dich bereit, zu hören!«

»Ich höre«, antwortete Joseph.

»Was mir träumte«, begann der Bäcker, »war dies und es war das Folgende. Es träumte mir – aber da siehst du, wie spaßhaft es zuging in meinem Traum, denn wie kam ich, der Fürst von Menfe, der seinen Kopf doch wahrhaftig nicht in den Backofen steckt, wie kam ich dazu, daß ich wie ein Bäckerjunge und wie ein Austräger von Kipfeln und Kringeln – genug aber, siehe, ich ging daher in meinem Traum und trug auf meinem Haupte drei Körbe mit Weißgebäck, einen über dem anderen, von der flachen Art und fein in einandergestellt, ein jeder mit allerlei Backwerk belegt aus der Palastbäckerei, und in dem obersten lag frei die gebackene Speise für Pharao, die Waffeln und Bretzeln. Da kamen Vögel geflogen mit Schwingenschwung, die Krallen zurückgelegt im Fluge, mit vorgestreckten Hälsen und Glotzaugen, und krächzten. Und diese Vögel erfrechten sich und stießen hin und fraßen von der Speise auf meinem Kopfe. Ich wollte die freie Hand heben, um damit über den Körben zu wedeln und das Geschmeiß zu verscheuchen, doch gelang es mir nicht, lahm herab hing die Hand. Und sie hackten drein, und war um mich ihr Wehen, das nach Vogel roch mit fauliger Penetranz ...« Hier erschrak der Bäcker nach seiner Art, verfärbte sich und suchte zu lächeln mit seinem mißlichen Mundwinkel. »Das heißt«, sagte er, »du darfst dir die Vögel und ihren Windgeruch noch ihre Schnäbel und Glotzaugen auch wieder nicht allzu garstig vorstellen. Es waren Vögel wie andere mehr, und wenn ich sagte: sie hackten – ich erinnere mich nicht genau, ob ich so sagte, aber es mag sein –, so war das ein etwas lebhaft gewähltes Wort, um dir meinen Traum begreiflich zu machen. Sie pickten, hätte ich sagen sollen. Die Vöglein pickten mir aus dem Korbe, denn sie dachten wohl, ich wollte sie füttern, da ja der oberste Korb auf meinem Haupte nicht zugedeckt war und war kein Tuch darüber gebreitet, – kurz, alles verhielt sich recht natürlich in diesem meinem Traum, mit Ausnahme dessen, daß ich, der Fürst von Menfe, selber die Backwaren auf dem Kopfe trug, und allenfalls noch dessen, daß es mir nicht gelingen wollte, zu wedeln, aber vielleicht wollt' ich's nicht, weil mich die gastenden Vöglein freuten. Und das war alles.«

»Soll ich nun deuten?« fragte Joseph.

»Wie dir's beliebt«, antwortete der Bäcker.

»Drei Körbe«, sprach Joseph, »– das sind drei Tage. In dreien Tagen wird Pharao dich aus diesem Hause führen und wird dir das Haupt erheben, indem er dich ans Holz heftet und an den Pfahl, der da aufrecht steht, und die Vögel des Himmels werden dein Fleisch von dir essen. Und das ist leider alles.«

»Was sagst du da!« rief der Bäcker, saß nieder und verbarg das Gesicht in den Händen, und zwischen seinen beringten Fingern sprangen die Tränen hervor.

Joseph aber tröstete ihn und sprach:

»Weine nicht allzu sehr, Erlaucht-Großbäcker, und zerfließe du auch nicht in Freudentränen, Meister vom Kranze! Sondern nehmt es beide mit Würden wie's nun einmal ist und wie ihr seid und wie euch geschieht! Mit der Welt ist es auch ein Rundes und Ganzes und hat ein Oben und Unten, ein Gut und Böse, aber man soll nicht allzu viel Wesens machen von dieser Zweiheit, denn im Grunde ist Ochs wie Esel und sind vertauschbar und machen zusammen das Ganze aus. Seht's an den Tränen, die ihr beide vergießt, daß der Unterschied zwischen euch Herren nicht gar so groß ist. Du, Eminenz-Prositrufer, überhebe dich nicht, denn nur sozusagen bist du gut, und ich glaube, deine Unschuld besteht darin, daß man garnicht an dich herangetreten ist von wegen des Bösen, weil du eine Plaudertasche bist und man dir nicht traute, sodaß du vom Bösen nichts zu wissen bekamst. Auch wirst du nicht meiner gedenken, wenn du in dein Reich kommst, obgleich du's versprochen hast, ich sage es dir im Voraus. Oder erst sehr spät wirst du's tun, wenn du mit der Nase gestoßen wirst auf mein Andenken. Wenn du dann meiner gedenkst, so denke daran, wie ich's dir im Voraus sagte, daß du nicht meiner gedenken wirst. Du aber, Bäckermeister, verzweifle nicht! Denn ich glaube, du hast dich dem Bösen verschworen, weil du's für ehrwürdig vorgeschrieben hieltest und es mit dem Guten verwechseltest, wie es denn wohl geschehen mag. Siehe, du bist des Gottes, wenn er unten ist, und dein Genoß ist des Gottes, wenn er oben ist. Aber Gottes seid ihr beide, und Haupterhebung ist Haupterhebung, sei's auch am Kreuz- und Querpfahl des Usir, an dem man wohl auch einmal einen Esel erblickt, zum Zeichen, daß Set und Osiris derselbe sind.«

So Jaakobs Sohn zu den Herren. Drei Tage aber, nachdem er ihnen ihre Träume gedeutet, wurden sie abgeholt aus dem Gefängnis, und beiden wurde das Haupt erhoben, dem Schenken in Ehren, dem Bäcker in Schanden, denn er wurde ans Holz geheftet. Der Schenke aber vergaß Josephs vollständig, da er nicht an das Gefängnis denken mochte und also denn auch an jenen nicht.

ZWEITES HAUPTSTÜCK: DIE BERUFUNG

Neb-nef-nezem

Nach diesen Geschichten blieb Joseph noch zwei Jahre im Kerker und in seiner zweiten Grube, damit er das Alter erreichte und dreißig würde, ehe er daraus hervorgezogen wurde in höchster, ja atemloser Eile, da es nun Pharao selbst gewesen war, der geträumt hatte. Denn nach zweien Jahren hatte Pharao einen Traum – er hatte *zwei* Träume; aber da sie im Wesentlichen auf das Gleiche hinausliefen, so kann man auch sagen, Pharao habe *einen* Traum gehabt, das ist gleichviel und ist das Wenigste, – die Hauptsache und das herauszuhebende Moment ist vielmehr, daß, wenn es hier »Pharao« heißt, das Wort nicht mehr – persönlich genommen nicht mehr – dieselbe Meinung hat, wie zu der Zeit, als Bäcker und Mundschenk ihre Wahrträume träumten. Denn Pharao heißt es immer, und immer ist Pharao; zugleich aber kommt und geht er, wie die Sonne immer ist, aber ebenfalls geht und kommt; und inzwischen, das heißt sehr bald, nachdem Josephs Pfleglingen, den beiden Herren, auf gegensätzliche Art das Haupt war erhoben worden, war Pharao eben gegangen und gekommen, – womit wir darauf anspielen, was Joseph alles versäumte, während er im bōr und im Gefängnis lag, oder wovon doch nur ein schwaches Echo zu ihm hinabgelangte: einen Thronwechsel nämlich, den klagevollen Abschied eines Weltentages und den jauchzenden Anbruch neuer Zeit, von der sich die Menschen eine Wendung zum Glücke erwarteten, möge auch die vorige, in den Grenzen des Irdischen, recht glücklich gewesen sein, und der sie zutrauen, daß nun das Recht das Unrecht vertreiben und »der Mond richtig kommen werde« (als ob er nicht schon vorher richtig gekommen wäre), kurz, daß man von nun an in Lachen und Staunen leben werde, – Grund genug für alles Volk, um wochenlang zu springen und zu trinken, nämlich nach einer Trauerfrist in Sack und Asche, die aber keineswegs bloß heuchelndem Anstande, sondern aufrichtigem Kummer über den Hingang der alten Zeit zuzuschreiben ist. Denn der Mensch ist ein konfuses Wesen. –

Soviele Jahre wie sein Erzschenk und der General-Intendant seines Backwesens zu Zawi-Rê Tage verbracht hatten, nämlich vierzig, hatte Amuns Sohn, der Sohn Thutmose's und des mitannischen Königskindes, Neb-ma-rê-Amenhotpe III.-Nimmuria gethront, gebaut und geprunkt, da starb er und vereinigte sich mit der Sonne, nachdem er zuletzt noch die trübe Erfahrung mit den zweiundsiebzig Verschwörern gemacht, die ihn in die Lade hatten locken wollen. Nun kam er ohnedies in die Lade, in eine wundervolle, versteht sich, mit Nägeln aus reinem Gold beschlagene, und kam hinein, gesalzen und asphaltiert, dauerhaft gemacht für die Ewigkeit mit Wacholderholz, Terpentin, Zedernharz, Styrax und Mastix und gewickelt mit vierhundert Ellen Leinwandbinden. Siebzig Tage währte die Zubereitung, bis der Osiris fertig war und auf einem goldenen, von Rindern gezogenen Schlitten, auf welchem das Ruderboot stand, das seinerseits den löwenfüßigen, von einem Baldachin überdachten Schragen trug, unter Vorantritt von Räucherern und Wasserspendern und begleitet von einem dem Anschein nach völlig gebrochenen Gefolge zu seiner zimmerreichen und mit allen Bequemlichkeiten ausgestatteten Ewigen Wohnung im Berge gebracht werden konnte, vor deren Tür ihm ein Gottesdienst gewidmet, nämlich die »Öffnung des Mundes« mit dem Fuße des Horuskalbes an ihm vollzogen wurde.

Die Königin und der Hofstaat wurden nicht mehr in die Viel-Zimmer-Wohnung mit eingemauert, damit sie bei dem Toten verhungerten und vermoderten; die Zeiten, da man dies für notwendig oder nur schicklich gehalten, waren längst vorbei, die Sitte war vergessen und überall abgekommen – warum? Was hatte man dagegen, und weshalb lag es nun jeder Seele fern? Man erging sich sattsam im Urtümlichen und zauberte emsig, stopfte alle Körperöffnungen des hohen Kadavers mit Abwehr-Amuletten voll und hantierte mit dem Kalbsfuß-Instrument nach unverbrüchlicher Umständlichkeit. Aber den Hofstaat mit einzumauern, – nein, nichts davon, das gab es nicht mehr; nicht nur daß man sich dessen weigerte und nicht mehr schön fand, was einmal schön gewesen war, – man wollte nicht einmal mehr wissen, daß man der Sitte je gefrönt und sie schön gefunden hatte, und weder die ehemals Eingesperrten, noch die sie eingesperrt hatten, wandten der Sache auch nur einen Gedanken zu. Offenbar paßte sie nicht mehr in das Licht des gegenwärtigen Tages, nenne man diesen nun spät oder früh, – und das ist sehr merkwürdig. Viele mögen in dem Alt-Schönen selbst, dem Lebendig-mit-Einmauern, das Merkwürdige sehen. Allein viel merkwürdiger ist, daß es eines Tages nach allgemeiner, stillschweigender und sogar gedankenloser Übereinkunft, schlechthin nicht mehr in Betracht kam. –

Die Hofleute saßen, die Köpfe auf ihren Knieen, und alles Volk trauerte. Dann aber erhob sich das Land von der Negergrenze bis zu den Mündungen und von Wüste zu Wüste, um der neuen Zeitrechnung zuzujauchzen, die kein Unrecht mehr kennen und unter welcher der Mond richtig kommen würde; zur jubelnden Begrüßung der Folgesonne erhob es sich, eines lieblich-unschönen Knaben, der, wenn man recht gezählt hatte, erst fünfzehn Jahre alt war, weshalb denn auch Teje, die Göttin-Witwe und Horus-Mutter noch eine Weile die Zügel der Herrschaft statt seiner führen würde, – und zu den großen Festen seiner Inthronisation und Bekrönung mit den Kronen von Ober- und Unterägypten, celebriert in schwerer Ausführlichkeit teils im Palaste des Westens zu Theben, teils, und nach ihren heiligsten Abschnitten, an der Krönungsstätte Per-Mont, wohin sich Jung-Pharao und seine Frau Mutter, groß an Federn, mit Prunkgefolge auf der himmlischen Barke »Stern beider Länder« unter dem Jauchzen der Ufer ein Stückchen stromaufwärts begaben. Als er von dort zurückkehrte, trug er die Titulatur: »Starker Kampfstier, Günstling der beiden Göttinnen, groß an Königtum in Karnak; goldener Falke, der die Kronen erhoben hat zu Per-Mont; König von Ober- und Unterägypten; Nefer-cheperu-Rê-Wanrê, was da heißt: ›Schön an Gestalt ist Er, der einzig und dem er das einzige ist‹; der Sonne Sohn, Amenhotpe; göttlicher Herrscher von Theben, groß an Dauer, lebend in alle Ewigkeit, geliebt von Amun-Rê, dem Herrn des Himmels; Hoherpriester des im Horizont Jubilierenden kraft seines Namens ›Glut, die da ist in Atôn‹«.

So hieß Jung-Pharao nach seiner Krönung, und war dies Gefüge, wie Joseph und Mai-Sachme übereinkamen, das mühsam ausgleichende Ergebnis langer und zäher Verhandlungen zwischen dem Atum-Rê's verbindlichem Sonnensinne zuneigenden Hof und Amuns eifernd lastender Tempelmacht, welche ein paar tiefe Verbeugungen vor dem Herrn des Hergebrachten erzielt hatte, aber nur gegen deutlich durchschimmernde Zugeständnisse an den zu On an der Spitze des Dreiecks, also daß sich der Königsknabe sogar zum Großen des Schauens des Rê-Horachte geweiht, ja, den wider-herkömmlich lehrhaften Namen »Atôn« in das Schleppgewand seiner Titel gewoben hatte ... Seine Mutter, die Göttin-Witwe, nannte ihren Starken Kampfstier, der mit einem solchen nicht die leiseste Ähnlichkeit hatte, kurzweg »Meni«. Das Volk aber hatte, so hörte Joseph, einen anderen Namen für ihn, einen zarten und zärtlichen. »Neb-nef-nezem« hieß es ihn, »Herr des süßen Hauches« – es war nicht mit Bestimmtheit zu sagen, warum. Vielleicht weil bekannt war, daß er die Blumen liebte seines Gartens und gern sein Näschen in ihrem Duft begrub.

Joseph also versäumte diese Dinge und allen damit verbundenen Freudentaumel im Loch, und daß Mai-Sachme's Soldaten sich drei Tage lang betrinken durften, war alles, wodurch die Ereignisse hinabspielten in sein Gefängnis. Er war nicht dabei und sozusagen auf Erden nicht gegenwärtig, als der Tag wechselte, das Morgen zum Heute und damit das Höchste von morgen zum Höchsten von heute wurde. Er wußte nur, daß es geschehen war, und von unten her aus seiner Grube gab er acht auf das Höchste. Er wußte, daß Nebnef-nezems kindliches Ehegeschwister, eine Prinzessin von Mitanniland wiederum, die ihm noch sein Vater brieflich beim König Tuschratta gefreit hatte, gen Westen entschwunden war, kaum daß sie das Land ihrer Bestimmung erreicht hatte, – nun, an solches Entschwinden war Meni, der Starke Kampfstier, gewöhnt. Um ihn herum war immer viel gestorben worden. All seine Geschwister waren gestorben, teils vor seiner Geburt schon, teils da er lebte, darunter ein Bruder, und nur ein spät nachgeborenes Schwesterchen war da, die aber auch eine so starke Neigung gen Westen bekundete, daß man sie kaum zu sehen bekam. Auch sah er selber nicht aus wie Einer, der immer und ewiglich leben sollte, den Sandstein- und Kalkstein-Bildern nach zu urteilen, welche die Jünger des Ptach von ihm verfertigten. Da es aber sehr dringlich war, daß er das Sonnengeschlecht fortpflanze, bevor auch er etwa von dannen ging, war er noch zu Lebzeiten Nebmarê-Amenhoteps wiedervermählt worden: mit einem ägyptischen Edelkinde, Nofertiti geheißen, die nun seine Große Gemahlin und Herrin der beiden Länder geworden war, und der er den strahlenden Zunamen »Nefernefruatôn«, »Schön über alle Schönheit ist der Atôn«, verliehen hatte.

Auch dieses Hochzeitsfest schon, bei dem die Ufer jauchzten, hatte Joseph drunten versäumt, aber er wußte davon und gab acht auf das junge Höchste. Er hörte zum Beispiel von Mai-

Sachme, seinem Hauptmann, der amtlich manches erfuhr, daß Pharao, gleich nachdem er zu Per-Mont die Kronen erhoben, mit Erlaubnis seiner Mutter den Befehl gegeben hatte, in höchster Schnelle den Bau eines Hauses des Rê-Horachte-Atôn zu Karnak zu vollenden, den schon sein gen Westen gegangener Vater in Auftrag gegeben hatte, und vor allen Dingen in den offenen Hof dieses Tempels einen außergewöhnlich riesigen Obelisken aus Quadern auf hohem Unterbau zu errichten, dessen an die Lehrmeinungen von On an der Spitze des Dreiecks sich anschließender Sonnensinn dem Amun offenbar die Stirn bieten sollte. Nicht als ob Amun an und für sich etwas gegen die Nachbarschaft anderer Götter gehabt hätte. Rings um seine Größe herum gab es zu Karnak ja viele Häuser und Schreine: für Ptach, den Gewickelten, für Min, den Starrenden, für Montu, den Falken, und manchen anderen; und Amun duldete ihren Dienst nicht nur mit Wohlwollen in seiner Nähe, sondern die Vielheit der Götter Ägyptens war seinem bewahrenden Sinn geradezu wert und wichtig, – unter der Voraussetzung natürlich, daß Er, der Schwere, König über alle war, der König der Götter, und daß sie ihm von Zeit zu Zeit aufwarteten, wogegen er sogar bereit war, ihnen bei schicklicher Gelegenheit einen Gegenbesuch abzustatten. Von Aufwartung aber konnte hier nicht die Rede sein, da kein Bild vorhanden sein würde in dem befohlenen Groß-Schrein und Sonnenhause, außer dem Obelisken, der anmaßend hoch zu werden drohte und so tat, als lebte man noch zur Zeit der Pyramiden-Erbauer, wo Amun klein und Rê sehr groß gewesen war in seinen Lichtorten, und als hätte nicht Amun seitdem den Rê in sich aufgenommen, sodaß er Amun-Rê geworden war, der Reichsgott und König der Götter, unter denen Rê-Atum nebenher, für sein Teil und auf seine Art, allenfalls fortbestehen mochte oder vielmehr, bewahrender Weise, sogar fortbestehen *sollte*, – aber nicht in anmaßendem Sinn und nicht indem er als ein neuer Gott, genannt Atôn, ein denkerisches Aufhebens von sich machte, wie es nur Amun-Rê selber zukam, oder richtiger, auch ihm nicht, da denken überhaupt unangebracht war und bei der Tatsache seinen Stillstand zu nehmen hatte, daß eben Amun der König war über die hergebrachte Vielheit der Götter Ägyptens.

Bei Hofe aber war schon unter König Nebmarê modischer Weise viel gedacht und ins Blaue spekuliert worden, und das schien jetzt Überhand nehmen zu sollen. Jung-Pharao hatte einen Erlaß herausgegeben und in Steine zum Gedenken der Obeliskenerrichtung graben lassen, der ein Zeugnis klügelnder Bemühtheit war, das Wesen der Sonnengottheit auf eine neue und wider-herkömmliche Weise, und zwar mit soviel Schärfe, daß ihr Gewundenheit nicht erspart blieb, zu bestimmen. »Es lebt«, lautete diese Bestimmung, »Rê-Hor der beiden Lichtorte und frohlockt im Lichtorte in seinem Namen ›Schu‹, welches ist der Atôn.« –

Das war dunkel, obgleich es von Helligkeit handelte und sehr hell zu sein wünschte. Es war kompliziert, obgleich es auf Vereinfachung und Vereinheitlichung ausging. Rê-Horachte, ein Gott unter den Göttern Ägyptens, war dreifach von Gestalt: tierisch, menschlich und himmlisch. Sein Bild war eines Menschen Bild mit einem Falkenkopf, auf dem die Sonnenscheibe stand. Aber auch als Himmelsgestirn war er dreifach: in seiner Geburt aus der Nacht, im Zenith seiner Männlichkeit und im westlichen Tode. Er lebte ein Leben der Geburt, des Sterbens und der Wieder-Erzeugung, ein in den Tod blickendes Leben. Wer aber Ohren hatte, zu hören, und Augen, die Schrift der Steine zu lesen, der verstand, daß Pharao's lehrhafte Botschaft das Leben des Gottes nicht so aufgefaßt wissen wollte, nicht als ein Kommen und Gehen, ein Werden, Vergehen und Wiederwerden, nicht als ein auf den Tod abgestelltes und darum phallisches Leben, ja überhaupt nicht als Leben, insofern Leben stets auf den Tod abgestellt ist, sondern als reines Sein, als die wechsellose, keinem Auf und Ab unterworfene Quelle des Lichts, aus deren Bild der Mensch und der Vogel hinkünftig entfielen, sodaß nur die pure, lebenstrahlende Sonnenscheibe übrig blieb, mit Namen Atôn.

Dies wurde verstanden oder auch nicht verstanden, auf jeden Fall aber aufgeregt besprochen in Stadt und Land, von Solchen, bei denen die Voraussetzungen vorhanden waren, sich darüber zu äußern, und von Solchen, bei denen diese Voraussetzungen vollkommen fehlten, sodaß sie nur schwätzten. Geschwätzt wurde davon bis in Josephs Grube hinein; sogar Mai-Sachme's Soldaten beschwatzten es und die Sträflinge im Bruch, sobald sie Atem hatten, und soviel verstanden alle, daß es dem Amun-Rê ein Ärgernis war, wie auch der große Obelisk, den man ihm vor die Nase setzte, und weitergehende Verfügungen Pharao's, die mit der denkerischen Namensbestimmung verbunden waren und wirklich sehr weit gingen. So sollte das Revier, worin das neue Sonnenhaus aufwuchs, den Namen »Glanz des großen Atôn« führen; ja, es ging das Gerücht, Theben selbst, Wêset, die Amunsstadt, sollte von nun an »Stadt des Glanzes Atôns« geheißen sein, worüber des Schwätzens kein Ende war. Die Sterbenden selbst in Mai-Sachme's Lazarettschuppen kamen mit letzter Kraft darauf zu sprechen, – von denen, die nur an Stich-Aussatz und Augenkrätze litten, garnicht zu reden, sodaß des Hauptmanns Ruhe-System in ernstliche Gefahr geriet.

Der Herr des süßen Hauches, so schien es, konnte sich nicht genug tun und betrieb seine Sache, das heißt: die Sache seines lehrhaft geliebten Gottes, also den Bau des Tempels, mit einer Hast und Dringlichkeit, daß alle Steinmetzen von Jebu, der Elephanteninsel, bis zum Delta hinab in Bewegung gesetzt wurden. Und doch war diese umfassende Geschäftigkeit nicht genug, dem Hause Atôns die Bauart zukommen zu lassen, die

Ewigen Wohnungen gebührte. Pharao hatte es so eilig, und so getrieben war er von Ungeduld, daß er auf die Verwendung jener sorgfältig zu behauenden und schwer heranzuschaffenden Groß-Blöcke verzichtete, mit denen man Gottesgräber baute, und Befehl gab, den Tempel des wechsellosen Lichtes aus kleinen Steinen, die man einander zuwerfen konnte, aufzuführen, sodaß dann viel Mörtel und Steinkitt heranmußte, um die Wände für die bemalten Tief-Schildereien zu glätten, von denen sie glänzen sollten. Darüber spöttelte Amun, wie man allgemein hörte.

Die Ereignisse also spielten hinab zu dem ungegenwärtigen Sohne Jaakobs schon dadurch, daß auch Mai-Sachme's Fron-Bruch von Pharao's hastigem Bauen stärkstens beansprucht war, und Joseph mußte viel dort sein mit dem Aufseherstab, um acht zu geben, daß Hacke und Sprengbolzen ohn' Unterlaß gehandhabt wurden, damit der Amtmann keine unangenehm verblümten Briefe von den Ämtern erhalte. Im Übrigen führte jener sein erträgliches Straf-Leben weiter zu Zawi-Rê an des ruhigen Hauptmanns Seite, und eintönig war es, wie dessen Redeweise, doch von Erwartung gespeist. Denn viel gab es zu erwarten, Näheres und Ferneres, – zunächst das Nähere. Die Zeit verging ihm, wie sie eben vergeht, auf die bekannte Weise, die man weder als schnell noch langsam bezeichnen kann; denn sie vergeht langsam, besonders wenn man in der Erwartung lebt, und sieht man hin, so ist sie sehr schnell vergangen. Er lebte dort, bis er, übrigens ohne recht acht darauf zu geben, dreißig geworden war. Da kam der Tag der Atemlosigkeit und des Flügelboten, ein Tag, der Mai-Sachme fast das Erschrecken gelehrt hätte, wäre er nicht schon immer besonderer Dinge für Joseph gewärtig gewesen.

Der Eilbote

Eine Barke traf ein mit geschwungenem Lotos-Steven und Purpur-Segel, – sie flog heran, leicht wie sie war, getrieben von fünf Ruderern an jeder Seite, gezeichnet mit dem Zeichen des Königtumes, ein Eilboot aus Pharao's Eigen-Flotille. Es legte an mit Eleganz an der Lände von Zawi-Rê, und ein Mann hüpfte hervor, ein junger, leicht ebenfalls, schlank wie die Eilbarke, die ihn getragen, mit magerem Gesicht und mit langen, sehnigen Beinen. Seine Brust ging rasch unter dem Linnen, er war atemlos oder schien es zu sein, will sagen: er tat so, alsob er es wäre. Denn es war kein echter Grund zur Atemlosigkeit, da er ja zu Schiffe gefahren und nicht gelaufen war; es war eine gemachte und demonstrative, eine pflichtschuldige Atemlosigkeit. Allerdings lief oder flog er dann mit solcher Geschwindigkeit durch die Tore und Höfe von Zawi-Rê, indem er mit kurzen, keineswegs lauten und dennoch die Wachen in tatenlose Bestürzung versetzenden Rufen jeden Aufenthalt von sich abwehrte, sich freie Bahn schuf und bedingungslos sofort nach dem Hauptmann verlangte, – es heißt also: er lief oder flog so schnell dahin gegen die Citadelle, die man ihm wies, daß trotz seiner Schlankheit die gemachte Atemlosigkeit wohl zur wirklichen werden mochte. Denn die kleinen Flügelpaare aus Goldblech, die er hinten an seinen Sandalen und an seiner Kappe trug, konnten ihm natürlich nicht ernstlich von der Stelle helfen, sondern waren nur das äußere Abzeichen seiner Eilfertigkeit.

Joseph, der in der Schreibstube beschäftigt war, nahm diese Ankunft, Bewegung und Lauferei sehr wohl wahr, zollte ihnen aber keine Beachtung, auch als man ihn darauf hinwies. Er fuhr fort, mit dem Kanzlei-Vorsteher Papiere durchzugehen, bis ein Söldner, auch schon atemlos, gerannt kam und ihm die Weisung überbrachte, selbst das Wichtigste liegen zu lassen und sofort vor den Hauptmann zu kommen.

»Das will ich«, sagte er, ging aber doch das Papier, das er eben in Händen hielt, mit dem Kanzlisten zu Ende durch, bevor er sich, natürlich nicht schleichenden, aber auch nicht überstürzten Schrittes – vielleicht weil er gewärtigte, daß bald überhaupt keine rasche und lose Bewegung ihm mehr gebühren würde – auf den Turm zum Hauptmann begab.

Mai-Sachme's Nasenspitze war etwas weißlich verfärbt, als Joseph das Apothekengemach betrat, seine starken Brauen waren höher als gewöhnlich emporgezogen, und seine gerundeten Lippen standen getrennt.

»Da bist du«, sagte er mit verminderter Stimme zu Joseph. »Du hättest schon hier sein sollen. Laß dich bedeuten!« Und er wies mit der Hand auf den Flügelmann, der bei ihm stand – oder eigentlich nicht stand, nämlich nicht ruhig stand, sondern Arme, Kopf, Schultern und Beine regte, derart, daß er gleichsam auf der Stelle hin und her lief, um sich in Atem oder vielmehr in Atemlosigkeit zu halten. Zuweilen erhob er sich auf die Zehenspitzen als wolle er auffliegen.

»Dein Name ist Usarsiph«, fragte er leise und in hastenden Worten, indem er seine nahe zusammenliegenden, geschwinden Augen auf Joseph richtete, »des Hauptmanns Gehilfe, der Aufsicht führt, und dem die Pflege vertraut war gewisser Bewohner des Geierhäuschens dahier vor zwei Jahren?«

»Ich bin's«, sagte Joseph.

»Dann mußt du mit mir kommen, wie du da bist«, antwortete jener und verstärkte die Bewegung seiner Glieder. »Ich bin Pharao's Erster Läufer, sein Eilbote bin ich und kam mit dem Eilboot. Mit mir mußt du's unverzüglich besteigen, daß ich dich zu Hofe bringe, denn du mußt vor Pharao stehen!«

»Ich?« fragte Joseph. »Wie könnte das sein? Ich bin zu gering dafür.«

»Gering oder nicht, es ist Pharao's schöner Wille und Befehl. Atemlos überbrachte ich ihn deinem Hauptmann, und atemlos mußt du dem Rufe folgen.«

»Ich bin in dieses Gefängnis gelegt worden«, erwiderte Joseph, – »allerdings verdrehter Weise, und sozusagen bin ich gestohlen hier hinab. Aber ich liege als Fronsklave hier, und wenn man auch meine Fesseln nicht sieht, so sind sie vorhanden. Wie könnte ich hinausgehen mit dir durch diese Mauern und Tore auf dein Eilboot?«

»Das kommt alles nicht im Geringsten auf«, hastete der Läufer, »gegen den schönen Befehl. Der läßt das alles augenblicklich in Luft zergehen und zerreißt im Nu alle Fesseln. Vor Pharao's wundervollem Willen besteht überhaupt nichts, aber sei ruhig, es ist mehr als unwahrscheinlich, daß du wirst bestehen vor ihm, und mehr als wahrscheinlich, daß man dich baldigst zurückbringt hierher an deinen Fronort. Du wirst nicht klüger sein als Pharao's größte Gelehrte und Zauberer vom Bücherhause und nicht beschämen die Schauenden, Weissager und Deuter vom Hause des Rê-Horachte, die das Sonnenjahr erfanden.«

»Das steht bei Gott, ob er mit mir ist oder nicht«, antwortete Joseph. »Hat Pharao etwa geträumt?«

»Du bist nicht da zu fragen, sondern zu antworten«, sagte der Eilbote, »und wehe, wenn du's nicht kannst. Dann wirst du vermutlich tiefer fallen, als bloß in dieses Gefängnis zurück.«

»Warum soll ich so geprüft werden«, fragte Joseph, »und wie weiß Pharao von mir, daß er seinen schönen Befehl nach mir aussendet hier herab?«

»Man hat dich genannt und erwähnt und auf dich hingewiesen in der Verlegenheit«, antwortete jener. »Frühestens unterwegs magst du Näheres lernen. Jetzt mußt du mir atemlos folgen, daß du unverzüglich vor Pharao stehst.«

»Wêset ist weit«, sagte Joseph, »und weit ist Merimat, der Palast. So schnell auch dein Eilboot sei, Eilbote, – Pharao wird zu warten haben, bis sich sein Wille erfüllt und ich vor ihm stehe zur Prüfung, sodaß er vielleicht seinen schönen Befehl schon vergessen hat, bis ich komme, und ihn selber garnicht mehr schön findet.«

»Pharao ist nahe«, versetzte der Läufer. »Der schönen Sonne der Welt gefällt es, zu On an der Spitze des Dreiecks zu scheinen; man hat sich in der Barke ›Stern beider Länder‹ dorthin begeben. In wenigen Stunden fliegt und flitzt mein Eilboot mit uns ans Ziel. Auf, und kein Wort mehr.«

»Ich muß mich aber scheren lassen zuvor und bessere Kleider anlegen, wenn ich vor Pharao stehen und vor ihm bestehen soll«, sagte Joseph. Er hatte nämlich im Gefängnis sein eigenes Haar getragen und als Anzug nur sehr gewöhnliches Leinen von der gröberen Sorte. Der Läufer aber antwortete:

»Das kann zu Schiffe geschehen, während wir fliegen und flitzen. Es ist gesorgt für alles. Wenn du denkst, ein Tun und Eilen dürfe das andere verzögern und müsse nicht alles zusammengepackt werden in der Zeit, damit man sie spare, so weißt du nicht, was Atemlosigkeit ist unter Pharao's schönem Befehl.«

Da wandte sich denn der Berufene an den Amtmann zum Abschied und nannte ihn »Mein Freund« dabei.

»Du siehst, mein Freund«, sagte er, »wie es steht und wie es mit mir dahingehen soll nach dreien Jahren. Eilend lassen sie mich aus dem Loch und ziehen mich hervor aus dem Brunnen nach altem Muster. Dieser Eilbote meint, ich werde zurückfallen herunter zu dir, aber ich glaube das nicht, und da ich's nicht glaube, so wird's auch nicht sein. Darum leb' wohl und nimm meinen Dank für die Güte und Ruhe, mit der du mir den Stillstand meines Lebens, diese Pönitenz und Dunkelheit, erträglich gemacht hast, und dafür, daß ich dein Bruder sein durfte in der Erwartung. Denn du wartetest auf Nechbets drittes Erscheinen, und ich war meiner Dinge gewärtig. Lebe aber wohl, nicht auf lange! Jemand hat meiner gedacht nach langem Vergessen, als er mit der Nase gestoßen wurde auf mein

Andenken. Ich aber will dein gedenken ohne Vergessen, und wenn meines Vaters Gott mit mir ist, woran ich nicht zweifle, um Ihn nicht zu kränken, so sollst auch du aus dieser Höhle und Langenweile gezogen sein. Es gibt drei schöne Dinge und Denkzeichen, die dein Fronknecht hegt; sie heißen ›Entrückkung‹, ›Erhöhung‹ und ›Nachkommenlassen‹. Wenn mich Gott erhöht – und ich müßte fürchten, Ihn zu beleidigen, wenn ich es nicht bestimmt erwartete, – so verspreche ich dir, dich nachkommen zu lassen, daß dir belebendere Umstände zuteil werden, unter denen deine Ruhe nicht Gefahr läuft, in Schläfrigkeit auszuarten und auch die Aussichten auf das dritte Erscheinen sich verbessern. Soll das ein Wort sein zwischen dir und mir?«

»Habe Dank auf alle Fälle!« sagte Mai-Sachme und umarmte ihn, was er bisher nicht hatte tun dürfen, und wovon ihm schwante, daß es ihm auch später wieder, aus entgegengesetzten Gründen, nicht mehr zukommen würde. Nur gerade jetzt, in der Stunde der Abholung, war der rechte Moment dafür. »Einen Augenblick«, sagte er, »glaubte ich, daß ich erschräke, als dieser Bote gelaufen kam. Aber ich bin nicht erschrocken, und mein Herz schlägt ruhig, denn wie soll einen außer Fassung bringen, worauf man gefaßt war? Die Ruhe ist weiter nichts, als daß der Mensch auf alles gefaßt sei, und wenn es kommt, so erschrickt er nicht. Etwas anderes ist's mit der Rührung, – für sie bleibt Raum auch in der Fassung, und es rührt mich sehr, daß du meiner gedenken willst, wenn du in dein Reich kommst. Die Weisheit des Herrn von Chmunu sei mit dir! Lebe wohl!«

Der Eilbote hatte, von einem Bein auf das andere hüpfend, den Hauptmann diese Worte nur gerade zu Ende sprechen lassen, da nahm er Joseph bei der Hand und lief mit ihm, Atemlosigkeit zur Schau stellend, vom Turme hinunter durch die Höfe und Gänge von Zawi-Rê zum Eilboot, in das sie sprangen, und das sogleich mit enormer Geschwindigkeit mit ihnen dahinflitzte, während Joseph in dieser Schnelligkeit unter dem Dach des kleinen Kajüten-Pavillons auf dem Achterdeck nicht nur geschoren, geschminkt und umgekleidet wurde, sondern, in Zusammenlegung damit, auch noch von dem Beflügelten Einiges darüber zu hören bekam, was sich zu On, der Sonnenstadt, zugetragen hatte und weshalb er geholt worden war: daß nämlich Pharao wirklich höchst wichtig geträumt habe, aber von den herbeigerufenen Traum-Propheten völlig im Stiche gelassen worden sei, was große Verlegenheit und Ungnade hervorgerufen habe, sodaß schließlich Nefer-em-Wêse, der Große des Schenktisches, vor Pharao geredet und seiner, nämlich Josephs, Erwähnung getan habe, in dem Sinne, wenn irgend Einer, so vermöge er es vielleicht, hier aus der Verlegenheit zu helfen, man solle es auf den Versuch doch ankommen lassen. Was eigentlich Pharao geträumt habe, das wußte der Eilbote nur in offenbar entstellter und sehr konfuser Form zu berichten, wie es eben aus dem Ratssaal, wo die Gelehrten ihre Niederlage erlitten hatten, zum Hofgesinde sich durchgesprochen hatte: die Majestät dieses Gottes, hieß es, habe geträumt, einmal, daß sieben Kühe sieben Ähren fräßen, und das andere Mal, daß sieben Kühe gefressen würden von sieben Ähren, – kurzum ein Zeug, wie es keinem Menschen auch nur im Traume einfällt, aber ein wenig half es dem Joseph doch auf den Weg, und seine Gedanken umspielten die Denkbilder der Nahrung, der Hungersnot und der Vorsorge.

Von Licht und Schwärze

Was sich in Wirklichkeit begeben und zu Josephs Berufung geführt hatte, war dies.

Vor einem Jahr – gegen Ende des zweiten Jahres, das Joseph im Gefängnis verbracht hatte – war Amenhotpe, der Vierte seines Namens, sechzehn Jahre alt und damit volljährig geworden, sodaß die Vormundschaft Teje's, seiner Mutter, abgelaufen gewesen und die Regierung der Länder selbsttätig auf den Nachfolger Nebmarê's, des Prächtigen, übergegangen war. Damit hatte ein Zustand sein Ende gefunden, den das Volk und alle Beteiligten im Zeichen der frühen Morgensonne, des jungen, nachtgeborenen Tages erblickt hatten, wo der leuchtende Sohn noch mehr Sohn als Mann, noch der Mutter gehörig und ihres Fittichs Schützling ist, bevor er sich zur Vollmacht und Mittagshöhe seiner Männlichkeit erhebt. Da tritt Eset, die Mutter, zurück und begibt sich der Herrschaft, ob ihr auch alle Würde der Gebärerin, der Erstgewesenen, bleibt, der Quelle von Leben und Macht, und immer der Mann ihr Sohn. Ihm überläßt sie die Macht; aber er übt sie aus für sie, wie sie sie ausübte für ihn.

Teje, die Muttergöttin, die geherrscht und das Leben der Länder gehütet hatte schon in den Jahren, da ihr Gemahl der Vergreisung des Rê verfallen war, tat den geflochtenen Bart des Usir von ihrem Kinn, den sie getragen hatte, wie Hatschepsut, der Pharao mit Brüsten, und übergab ihn dem jungmännlichen Sonnensohn, dem er nicht viel weniger sonderbar zu Gesichte stand, als ihr, wenn er ihn bei höchst feierlichen Gelegenheiten umband, – bei solchen nämlich, die ihn gleichzeitig zwangen, geschwänzt zu erscheinen, will sagen: hinten an seinem Schurz einen Schakalschwanz zu befestigen, dies tierische Attribut, das aus irgendwelchen vergessenen, aber im Dunkeln aufbewahrten und heilig gehaltenen Ur-Gründen zum alt-strengsten Ornat des Königs gehörte, und von dem man bei Hofe wußte, daß er Jung-Pharao verhaßt war, weil es nicht günstig auf seinen Magen wirkte, den Ur-Schwanz zu tragen und Seine Majestät dabei zu Übelkeiten neigte, die ihn sehr blaß, ja grünlich machten, – was aber zu den Anwandlungen gehörte, denen sein Befinden ohnedies, ganz von selbst und auch ohne den Urschwanz ausgesetzt war ...

Alle Beobachtung müßte täuschen, wenn nicht die Übertragung der Königsgewalt von der Gebärerin auf den Sohn von Zweifeln begleitet gewesen wäre, ob man nicht besser täte, sie zu verschieben oder überhaupt davon abzusehen und die junge Sonne unter dem Schutz des Fittichs ein für allemal zu belassen. Die Gottesmutter selbst hegte diese Zweifel, ihre obersten Ratgeber hegten sie, und ein Gewaltiger, den wir kennen, suchte sie zu nähren: Beknechons, der Gestrenge, der Große Prophet und Oberste Hausbetreter des Amun. Nicht daß er ein Diener der Krone gewesen wäre und etwa noch, wie mehrere seiner Vorgänger es wirklich getan, das Amt des Wesirs, des Hauptes der Länderverwaltung, mit dem des Hohenpriesters verbunden hätte. Schon König Nebmarê, Amenhotep der Dritte, hatte sich bewogen gesehen, die geistliche von der bürgerlichen Gewalt zu trennen und weltliche Männer als Wesire des Südens und Nordens einzusetzen. Aber als Mund des Reichsgottes hatte Beknechons ein Recht auf das Ohr der Regentin, und sie lieh es ihm mit gebotener Höflichkeit, wenn auch wohl wissend, daß es die Stimme politischer Nebenbuhlerschaft war, der sie es neigte. Sie hatte entschiedenen Anteil gehabt an jenem Beschluß ihres Gemahls, das bedrohlich Vereinigte zu trennen; denn notwendig schien ihr, die Macht des schweren Collegiums von Karnak zurückzudämmen und einem Übergewicht vorzubeugen, das nicht seit gestern drohte, und dessen Abwehr ein königliches Erbgeschäft alter Tage war. Daß Tutmose, Meni's Eltervater, zu Füßen der Sphinx seinen Verheißungstraum geträumt und sie vom Sande befreit hatte, indem er den Herrn des vorzeitlichen Riesenbildes, Harmachis-Chepere-Atum-Rê seinen Vater nannte, dem er die Krone verdanke, war, wie jeder verstand und wie auch Joseph wohl zu verstehen gelernt hatte, nichts als die hieroglyphische Umschreibung dieser Abwehr gewesen, die religiöse Fassung politischer Selbstbehauptung. Und niemandem entging, daß die Hervorbildung des neuen

Gestirngottes Atôn, die schon am Hofe des Sohnes Tutmose's ihren Anfang genommen hatte, und um die des Enkels Gedanken so liebevoll bemüht waren, darauf abzielte, Amun-Rê aus seiner gewalttätigen Verbindung mit der Sonne, der er seine Allgemeingültigkeit verdankte, zu lösen, und seine Übermacht auf den Rang einer Lokalgröße, des Stadtgottes von Wêset zurückzuführen, der er vor jenem politischen Schachzug gewesen war.

Es heißt die Einheit der Welt verkennen, wenn man Religion und Politik für grundverschiedene Dinge hält, die nichts mit einander zu schaffen hätten noch haben dürften, sodaß das Eine entwertet und als unecht bloßgestellt wäre, wenn ihm ein Einschlag vom Anderen nachgewiesen würde. In Wahrheit tauschen sie das Gewand, wie Ischtar und Tammuz das Schleiergewand tragen im Austausch, und das Weltganze ist es, das redet, wenn eines des anderen Sprache spricht. Auch redet es noch in anderen Sprachen, zum Beispiel durch die Werke des Ptach, die Bildungen des Geschmacks, der Geschicklichkeit und des Weltschmucks, die für eine ganz eigene Sache zu erachten, welche aus der Welt-Einheit fiele und mit Religion und Politik nichts zu schaffen hätte, ebenso närrisch wäre. Joseph wußte sehr wohl, daß Jung-Pharao – sogar ganz auf eigene Hand und ohne das beratende Zutun seiner Frau Mutter – den Angelegenheiten der bildenden Weltverzierung eine eifrige, ja eifernde Aufmerksamkeit widmete, – nämlich in genauem Zusammenhang mit der Anstrengung, die er es sich kosten ließ, den Gott Atôn nach seiner Wahrheit und Reinheit hervorzudenken, – und daß er Veränderungen und verwunderlichen Lockerungen des Altverharrenden auf diesem Gebiete nachhing, wie sie seiner Meinung nach den Wünschen und der Gesinnung dieses seines geliebten Gottes entsprachen. Das war ihm ganz offenbar eine Herzenssache, die er um ihrer selbst willen, nach seiner Überzeugung von dem, was wahr und lustig war in der Welt der Bilder, betrieb. Aber hatte es deshalb nichts mit Religion und Politik zu tun? Seit Menschengedenken, oder, wie die Kinder Keme's zu sagen liebten: seit Millionen Jahren unterstand die Bilderwelt heilig bindenden und, wenn man wollte, allerdings etwas steifen Gesetzen, deren bewahrender Schutzherr Amun-Rê war in seiner Kapelle, oder, für ihn, seine schwere Priesterschaft. Diese Fesselung der Gestalten zu lockern oder gar völlig aufzuheben um einer neuen Wahrheit und Lustigkeit willen, die Gott Atôn dem Pharao offenbart hatte, war ein Stirnschlag für Amun-Rê, den Herrn einer Religion und Politik, welche mit einer bestimmten geheiligten Bildgesinnung unlöslich zusammenhingen. In Pharao's lockernden Lehrmeinungen darüber, wie man bilden solle, redete das Weltganze die Sprache des schönen Geschmacks, eine Sprache unter anderen, in denen sich's ausdrückt. Denn mit dem Ganzen der Welt und ihrer Einheit hat der Mensch es immer und an jedem Punkte zu tun, ob er es weiß oder nicht.

Für Amenhotep nun, den Königsknaben, der es wissen mochte, war das Weltganze augenscheinlich etwas zuviel; seine Kräfte schienen zu zart dafür, er trug zu schwer daran. Oft war er blaß und grünlich, auch ohne daß der Tierschwanz ihm zugemutet worden wäre, und Kopfschmerzen quälten ihn, daß er die Augen nicht offen halten konnte und ein über das andere Mal erbrechen mußte. Dann war er gezwungen, Tage lang im Dunklen zu liegen – er, dessen ganze Liebe das Licht und die in liebkosend-lebenspendende Hände endigenden Strahlen seines Vaters Atôn, diese goldene Verbindung des Himmels mit der Erde, waren. Selbstverständlich war es bedenklich, wenn ein regierender König jeden Augenblick durch solche Anfälligkeiten an der Erfüllung seiner Repräsentationspflichten, als da sind: Opferhandlungen und Einweihungen, sogar an dem Empfang seiner Großen und seiner vortragenden Räte gehindert war. Doch leider mehr noch: Man konnte nie wissen, was

Seiner Majestät mitten in der Erfüllung dieser Pflichten, im Angesicht seiner Großen und Räte oder gar des zu Hauf gekommenen Volkes unversehens zustoßen mochte. Es mochte dabei geschehen, daß Pharao, die Daumen von den vier anderen Fingern umklammert und die Augäpfel unter den halbgeschlossenen Lidern weggedreht, in eine nicht geheuere Abwesenheit fiel, die zwar nicht lange dauerte, aber die in Gang befindliche Handlung oder Beratung immerhin auf eine verstörende Weise unterbrach. Er selbst erklärte diese Zufälle als jähe Heimsuchungen durch seinen Vater, den Gott, und fürchtete sie weniger, als er ihnen mit einer gewissen erwartungsvollen Begierde entgegensah! Denn bereichert um authentische Belehrungen und Offenbarungen über die schöne und wahre Natur des Atôn kehrte er aus ihnen an den Tag zurück.

Es ist also nicht zu verwundern noch zu bezweifeln, daß der Beschluß erwogen worden war, es auch nach eingetretener Volljährigkeit der jungen Sonne bei dem morgendlichen Zustande der Überschattung durch den nächtlichen Fittich sein Bewenden haben zu lassen. Dieser Beschluß war jedoch nicht zur Reife gediehen, man hatte ihn, gegen die Vorstellungen Amuns, zuletzt von der Hand gewiesen. Soviel auch dafür sprach – es sprachen übergewichtige Gründe dagegen. Unratsam war es, der Welt zuzugestehen, daß Pharao krank oder so kränklich war, daß er die Regierung nicht ausüben konnte; das war dem Wohle des erblich herrschenden Sonnengeschlechtes entgegen und hätte gefährliche Mißverständnisse im Reich und in den tributpflichtigen Bezirken zeitigen können. Dazu aber trug Pharao's Anfälligkeit ein Gepräge, das nicht erlaubte, einen gültigen Grund für seine fortdauernde Bevormundung darin zu sehen: ein heiliges Gepräge, das seiner Volkstümlichkeit eher zustatten kam, als daß es ihr Abtrag getan hätte, und das man, statt einen Grund der Unmündigkeit daraus zu machen, viel besser gegen Amun ausnutzte, dessen geheimes Vorhaben, die Doppelkrone mit seinem Feder-Kopfputz zu vereinigen und selbst die Dynastie zu stellen, im Hintergrund aller Dinge lauerte.

Darum denn hatte die mütterliche Nacht dem Sohne die volle Herrschgewalt seiner mittäglichen Männlichkeit überlassen. Genaueste Beobachtung aber lehrt, daß dieser selbst, Amenhotpe, dem Ereignis zwiespältige Gefühle entgegenbrachte, daß er nicht nur Stolz und Freude, sondern auch Beklemmung darüber empfand und alles in allem vielleicht lieber unter dem Fittich verblieben wäre. Aus einem Einzelgrunde hatte er den Termin seiner Volljährigkeit sogar mit Grauen erwartet: es war der, daß hergebrachter Weise Pharao zu Beginn seiner Regierung in seiner Eigenschaft als oberster Feldherr persönlich einen Kriegs- und Plünderungszug, sei es ins Asiatische oder in die Negerländer, unternahm, nach dessen glorreicher Beendigung er an der Grenze feierlich empfangen wurde und, in die Hauptstadt zurückgekehrt, dem starken Amun-Rê, der die Fürsten von Zahi und Kusch unter seine Füße geworfen in ihren Ländern, nicht nur einen fetten Teil der Beute zum Opfer brachte, sondern ihm auch mit eigener Hand ein halbes Dutzend Gefangene möglichst hohen und notfalls künstlich erhöhten Ranges schlachtete.

Zu dieser ganzen Förmlichkeit aber wußte der »Herr des süßen Hauches« sich völlig außerstande und wurde sofort, verzerrten Gesichts, von Blässe und Grünlichkeit befallen, wenn davon die Rede war oder wenn er nur daran dachte. Er verabscheute den Krieg, der die Sache Amuns sein mochte, aber weit entfernt war, diejenige »meines Vaters Atôn« zu sein, der sich seinem Sohn vielmehr in einem jener heilig-bedenklichen Abwesenheitszustände ausdrücklich als »Herr des Friedens« zu erkennen gegeben hatte. Meni konnte weder mit Roß und Wagen zu Felde ziehen, noch plündern, noch den Amun mit Beute beschenken, noch ihm fürstliche oder angeblich fürstliche Gefangene schlachten. Er konnte und wollte das alles nicht einmal andeutungsweise und zum Scheine tun, und er weigerte sich, an den Tempelwänden und Torwegen abgebildet zu werden, wie er vom hohen Streitwagen mit Pfeilen in verschreckte Feinde schoß oder wie er ein Rudel von solchen mit einer Hand an ihren Schöpfen hielt und mit der anderen die zerschmetternde Keule über ihnen schwang. Das alles war ihm, das heißt: seinem Gotte, und daher ihm, unerträglich und unmöglich. Hof und Staat mußten sich klar darüber sein, daß der Antritts-Plünderungszug auf keinen Fall stattfinden konnte, und am Ende war er mit guten Worten zu umgehen. Man konnte mitteilen, die Länder des Erdkreises rings umher lägen Pharao ohnedies in solcher Ergebenheit zu Füßen, und ihre Tribute strömten so pünktlich und in solchem Überfluß, daß sich jeder Kriegszug erübrige und Pharao seinen Regierungsantritt gerade dadurch zu verherrlichen wünsche, daß nichts dergleichen stattfinde. Und so geschah es.

Aber auch nach dieser Erleichterung blieben Meni's Gefühle gemischt beim Eintritt seiner Mittäglichkeit. Er verhehlte sich nicht, daß er es als Selbstherrscher mit dem Weltganzen nach seinem vollen Umfange und in allen seinen Sprachen und Redeweisen unmittelbar zu tun bekam, während ihm bis dahin vergönnt gewesen war, es nur unter einem bestimmten und innig bevorzugten Gesichtswinkel, dem religiösen, ins Auge zu fassen. Nicht in Anspruch genommen von irdischen Geschäften, hatte er unter den Blumen und Fremdbäumen seines Gartens von seinem liebevollen Gotte träumen, ihn hervordenken und darüber nachsinnen dürfen, wie sein Wesen am besten in einen Namen zu fassen und im Bilde anzudeuten sei. Das war verantwortungsvoll und anstrengend genug gewesen, aber er liebte es und ertrug gern die Kopfschmerzen, die es ihm machte. Nun mußte er tun und bedenken, was ihm ganz ungeliebte Kopfschmerzen machte. Allmorgentlich, wenn ihm der Schlaf noch in Haupt und Gliedern lag, erschien vor ihm der Wesir des Südens, ein hoher Mann mit einem Kinnbärtchen und zwei goldenen Halsringen, namens Ramose, begrüßte ihn einleitend mit einer feststehenden, litaneiartigen und sehr blumig-langatmigen Ansprache und setzte ihm dann mehrere Stunden lang an der Hand wunderbar gefertigter Schriftrollen mit laufenden Verwaltungsgeschäften zu, mit Gerichtsurteilen, Steuerregistern, neuen Kanalanlagen, Fundamentlegungen, Fragen der Bauholzbeschaffung, Fragen der Errichtung von Steinbrüchen und Bergwerken in der Wüste und so fort, indem er Pharao mitteilte, was dessen schöner Wille in all diesen Beziehungen sei, und dann den schönen Willen mit aufgehobenen Händen bewunderte. Es war Pharao's schöner Wille, die und die Wüstenstraße zu bereisen, um geeignete Plätze für Brunnen und Haltestationen zu bezeichnen, die vorher schon von anderen, welche mehr davon verstanden, festgesetzt worden waren. Es war sein bewundernswert schöner Wille, den Stadtgrafen von El-Kab vor sein Angesicht kommen zu lassen und ihn ins Verhör zu nehmen, warum er seine Amtssteuer an Gold, Silber, Rindvieh und Leinwand so unpünktlich und sogar unvollständig an das Schatzhaus zu Theben zahle. Gleich übermorgen ins elende Nubien aufzubrechen, war sein erhabener Wille auch, um dort die feierliche Gründung oder Eröffnung eines Tempels vorzunehmen, der meistens dem Amun-Rê gewidmet war und also für sein Gefühl keineswegs die Erschöpfung und Kopfschmerzen lohnte, die die beschwerliche Reise ihm zufügte.

Überhaupt nahm der obligate Tempeldienst, das schwerfällige Ritual des Reichsgottes einen großen Teil seiner Zeit und seiner Kräfte in Anspruch. Das hatte nach außen hin sein schöner Wille zu sein, war es aber innerlich keineswegs, da es ihn hinderte, an den Atôn zu denken und ihm außerdem die Gesellschaft Beknechons', des volkszüchtigen Amunsmannes auferlegte, den er nicht leiden konnte. Umsonst hatte er seiner Hauptstadt den Namen »Stadt des Glanzes Atôns« zu verleihen versucht; beim Volke drang dieser Name nicht durch, die Priesterschaft ließ ihn nicht aufkommen, und Wêset war und blieb nun einmal Nowet-Amun, die Stadt des großen Widders, der durch den Arm seiner königlichen Söhne die Fremdländer unterworfen und Ägypten reich gemacht hatte. Schon damals ging Pharao heimlich mit dem Gedanken um, seine Residenz von Theben wegzuverlegen, wo das Bild Amun-Rê's von allen Wänden, Torwegen, Säulen und Obelisken leuchtete und sein Auge ärgerte. Allerdings dachte er noch nicht an die Gründung einer neuen und eigenen, ganz dem Atôn geweihten Stadt, sondern faßte nur die Übersiedelung des Hofs nach On an der Spitze des Dreiecks ins Auge, wo er sich viel wohler fühlte. Er besaß dort, in der Nähe des Sonnentempels, einen angenehmen Palast, nicht so glänzend wie Merima't im Westen von Theben, aber mit allen Bequemlichkeiten versehen, deren seine Zartheit bedurfte; und oft hatten die Hofchronisten Reisen des Guten Gottes zu Schiff und Wagen nach On hinab zu verzeichnen. Zwar saß dort der Wesir des Nordens, der die Verwaltung und Gerichtsbarkeit aller Gaue zwischen Siût und den Mündungen unter sich hatte und sich ebenfalls beeilte, ihm Kopfschmerzen zu machen. Aber der Amunsräucherei wenigstens, unter der Aufsicht Beknechons', war Meni hier überhoben und genoß es sehr, sich mit den lehrhaften Spiegelköpfen vom Hause des Atum-Rê-Horachte über die Natur dieses herrlichen Gottes, seines Vaters, und über sein inneres Leben zu unterhalten, das trotz seines ungeheuren Alters noch so frisch und regsam war, daß es sich der schönsten Wandlungen, Läuterungen und Fortbildungen fähig erwies und daß, wenn man es so ausdrücken durfte, aus dem alten Gotte, mit Hilfe menschlicher Gedankenarbeit, langsam, aber immer vollendeter, ein neuer, unsagbar schöner, hervortrat, nämlich der wundervolle, aller Welt leuchtende Atôn.

Wenn man sich ihm ganz hätte hingeben und nur sein Sohn, Geburtshelfer, Verkünder und Bekenner hätte sein dürfen, statt außerdem auch noch König von Ägypten und der Nachfolger derer zu sein, die Keme's Grenzsteine weit hinausgesetzt und es zum Weltreich gemacht hatten. Ihnen und ihren Taten war man verpflichtet; man war verpflichtet auf sie und auf ihre Taten, und es stand zu vermuten, daß man Beknechons, den Amunsmann, der dies beständig hervorhob, darum nicht leiden konnte, weil er Recht hatte mit seiner Hervorhebung. Will sagen: Jung-Pharao selbst vermutete dies; es war eine Vermutung seines heimlichsten Gewissens. Er vermutete, daß es nicht nur ein anderes war, ein Weltreich zu gründen, und ein anderes, einem Weltgott ins Leben zu helfen, sondern daß diese zweite Beschäftigung möglicherweise auch in einem irgendwie gearteten Widerspruch stand zu der königlichen Aufgabe, die ererbte Schöpfung zu bewahren und aufrecht zu erhalten. Auch die Kopfschmerzen, die ihm die Augen zudrückten, wenn die Wesire des Südens und Nordens ihm mit Reichsgeschäften zusetzten, waren mit Vermutungen verbunden, dahin gehend, oder eigentlich nicht ganz bis dahin gehend, aber in der Richtung verlaufend, daß jene, nämlich die Kopfschmerzen, nicht so sehr in Ermüdung und langer Weile gründeten, als vielmehr in der undeutlichen, aber beunruhigenden Einsicht in den Widerstreit zwischen der Hingabe an die geliebte Atôn-Theologie und den Aufgaben eines Königs Ägyptenlandes. Mit anderen Worten: es waren Gewissens- und Konflikts-Kopfschmerzen, und sie wurden dazu noch als solche verstanden, was sie nicht besser, sondern schlimmer machte und das Heimweh verstärkte nach dem Zustande der morgendlichen Überschattung durch den Fittich der mütterlichen Nacht.

Kein Zweifel, damals war nicht nur er besser aufgehoben gewesen, sondern auch das Land. Denn ein Erdenland und sein Gedeihen ist immer besser aufgehoben bei der Mutter, möge auch das Überirdische besser aufgehoben sein in den Gedanken des Sohnes. Dies war Amenhoteps heimliche Überzeugung, und es war wohl der Geist Ägyptenlandes selbst, der Isisglaube der schwarzen Erde, der sie ihm einflößte. In seinen Gedanken unterschied er zwischen dem stofflichen, irdischen, natürlichen Wohl der Welt und ihrem geistig-geistlichen, wobei er die unbestimmte Befürchtung hegte, diese beiden Anliegen möchten nicht nur nicht übereinstimmen, sondern vielmehr einander von Grund aus widerstreiten, sodaß es eine schlimme, Kopfschmerzen erzeugende Schwierigkeit bedeutete, mit beiden auf einmal betraut, zugleich König und Priester zu sein. Das stofflich-natürliche Wohl und Gedeihen war Sache des Königs oder eigentlich: – es war viel besser einer Königin Sache und Sorge, die Sorge und Sache der Mutter, der großen Kuh, – damit der Priester-Sohn in Freiheit und ohne Verantwortung fürs stoffliche Wohl dem geistigen nachhängen und seine Sonnengedanken spinnen könne. Die königliche Verantwortung fürs Stoffliche drückte Jung-Pharao. Die Idee seines Königtums war ihm verbunden mit der Vorstellung der schwarzen ägyptischen Ackerkrume, zwischen Wüste und Wüste, – schwarz und fruchtbar von schwängernder Feuchte. Er aber hatte eine Schwärmerei fürs reine Licht, für den goldenen Sonnenjüngling der Höhe, – und er hatte kein gutes Gewissen dabei. Immerfort erstattete der Wesir des Südens, dem alles gemeldet wurde, sogar der Früh-Aufgang des Hundssterns, der anzeigt, daß die Wasser zu schwellen beginnen, – immerfort hielt dieser Ramose ihn auf dem Laufenden über den Stand des Stromes, die Aussichten der Überschwemmung, der Befruchtung, der Ernte, und Meni, so aufmerksam, ja besorgt er zuhörte, kam es vor, als hätte der Mann sich lieber, wie früher, an die Mutter, die Isis-Königin damit wenden sollen, die diesen Dingen verwandter war, in deren Obhut sie besser geborgen waren. Dennoch kam auch für ihn, wie für das Land, alles darauf an, daß es mit den schwarzen Dingen der Fruchtbarkeit seine segensvolle Richtigkeit habe und kein Versagen und Ausfall sich dabei ereignete; es blieb an ihm hängen, wenn dergleichen vorkam. Nicht umsonst hielt das Volk sich einen König, der Gottes Sohn war und also in Gottes Namen doch wohl eine Sicherung darstellte gegen das Stocken heilig-notwendiger Vorgänge, auf die sonst niemand einen Einfluß hatte. Fehlschläge und Gemeinschaden im Bereich der Schwärze bedeuteten notwendig eine Enttäuschung für das Volk in Hinsicht auf ihn, dessen bloße Existenz dem hätte vorbeugen sollen, und eine Erschütterung seines Ansehens, das er doch notwendig brauchte, um der schönen Lehre, der Lehre Atôns und seiner himmlischen Lichtnatur zum Sieg zu verhelfen.

Das war eine Klemme und eine Beklemmung. Er hatte kein Verhältnis zur unteren Schwärze, sondern liebte einzig das obere Licht. Ging's aber nicht glatt und gut mit der nahrhaften Schwärze, so war's um seine Autorität geschehen als Lehrer des Lichtes. Darum waren Jung-Pharao's Empfindungen so zwiegespalten, als die mütterliche Nacht den Fittich von ihm nahm und ihm das Königtum überließ.

Die Träume des Pharao

Nun also hatte Pharao sich wieder einmal nach dem lehrhaften On begeben, aus unüberwindlichem Verlangen, dem Bannkreise Amuns zu entkommen und sich mit den Blankschädeln des Sonnenhauses über Harmachis-Chepere-Atum-Rê, den Atôn, zu unterhalten. Die Hofchronisten hatten in gebückter Haltung und mit gespitzten Mündern zärtlich aufgeschrieben, wie Seine Majestät diesen schönen Beschluß geäußert, worauf er einen großen Wagen aus Elektron bestiegen habe, zusammen mit Nofertiti, genannt Nefernefruatôn, der Königin der Länder, deren Leib fruchtbar war, und die den Arm um ihn geschlungen hatte, – und wie er leuchtend den schönen Weg dahin geflogen sei, gefolgt, in anderen Wagen, von Teje, der Mutter Gottes, von Nezemmut, der Schwester der Königin, von Baketaton, seiner eigenen Schwester und vielen Kämmerlingen und Damen des Weiberhofs, mit Wedeln von Straußenfedern auf ihren Rücken. Auch die himmlische Barke »Stern beider Länder« hatte streckenweise zur Reise gedient, und die Chronisten hatten verzeichnet, wie Pharao unter ihrem Baldachin eine gebratene Taube verzehrt, auch der Königin das Knöchlein gehalten, davon sie speiste, und ihr Zuckerwerk in den Mund geschoben habe, nachdem er es in Wein getaucht.

Zu On war Amenhotep in seinem Palaste im Tempelbezirke eingekehrt und hatte dort die erste Nacht, erschöpft von der Reise, traumlos geschlafen. Den folgenden Tag hatte er damit begonnen, dem Rê-Horachte ein Opfer von Brot und Bier, Wein, Vögeln und Weihrauch darzubringen, hatte danach den Wezir des Nordens angehört, der lange vor ihm redete, und dann, der Kopfschmerzen ungeachtet, die er sich dabei zugezogen, den ganzen Rest des Tages den ersehnten Gesprächen mit Hausbetretern des Gottes gewidmet. Der Hauptgegenstand dieser Beratungen, der Amenhotep gerade damals tief beschäftigte, war der Vogel Bennu gewesen, auch »Sproß des Feuers« genannt, weil es hieß, daß er mutterlos und eigentlich auch sein eigener Vater sei, da Sterben und Entstehen für ihn dasselbe seien, indem er sich nämlich in seinem Nest aus Myrrhen verbrenne und aus der Asche als junger Bennu wieder hervorgehe. Dies geschehe, behaupteten einige Lehrer, alle fünfhundert Jahre und zwar im Sonnentempel zu On, woselbst der Vogel, der seiner Gestalt nach ein reiherähnlicher Adler und golden-purpurn von Farbe sein sollte, von Osten her, aus Arabien oder auch Indien kommend, zu diesem Geschäft sich einfinde. Andere aber wollten wissen, er bringe ein Ei dorthin, aus Myrrhen gemacht und so groß er es tragen könne, worin er seinen verstorbenen Vater, also eigentlich sich selbst, verschlossen habe, und lege es auf dem Sonnenaltar nieder. Diese beiden Aussagen mochten nebeneinander bestehen – es besteht so vieles nebeneinander, und verschiedene Dinge mögen gleich wahr und nur verschiedene Ausdrucksformen derselben Wahrheit sein. Was aber Pharao erstens zu wissen oder was er doch zu erörtern wünschte, war, wie weit die Zeitperiode von fünfhundert Jahren, die zwischen den Geburten und Ei-Niederlegungen des Feuersprossen lag, wohl vorgeschritten sei und wie weit man sich also von seinem letzten Eintreffen einerseits und von seiner nächsten Ankunft andererseits befinde, kurz, an welchem Punkte des Phönix-Jahres man halte. Die Meinung der Priester ging überwiegend dahin, daß man ungefähr in der Mitte des Zeitraums schweben müsse; denn wenn man noch nahe an seinem Anfange stände, so müßte eine Erinnerung an das letzte Erscheinen Bennu's vorhanden sein, was nicht der Fall sei. Befände man sich aber nahe dem Ende und Wiederbeginn der Periode, so müßte mit der nahen oder gar unmittelbar bevorstehenden Rückkehr des Zeitvogels zu rechnen sein. Man rechne aber nicht damit, zu eigenen Lebzeiten diese Erfahrung zu machen, und darum sei jener Mittel-Schluß geboten. Ja, Einige gingen so weit, zu vermuten, man werde allezeit in der Mittelschwebe verharren, und das Geheimnis bestehe eben darin, daß der Abstand von der letzten Wiederkehr des Phönix einerseits und seiner nächsten andrerseits immer derselbe und immer ein mittlerer sei. Doch war nicht dies Geheimnis für Pharao die Hauptsache und der brennende Punkt. Der brennende Punkt, zu dessen Erörterung er hauptsächlich gekommen war, und den er denn auch den halben Tag mit den Spiegelköpfen erörterte, war die Lehr-Aussage, daß das Myrrhen-Ei des Feuervogels, in das er den Körper seines Vaters verschließe, dadurch, daß er dies tue, *nicht schwerer werde*. Denn er mache es ohnedies so groß und schwer, daß er es eben noch tragen könne, und wenn er es auch noch zu tragen vermöge, nachdem er den Vater darin verschlossen, so sei klar, daß es durch dessen Körper an Gewicht nicht zunehme.

Das war ein aufregendes und entzückendes Faktum in Jung-Pharao's Augen, der angelegentlichsten Erörterung wert und von Weltwichtigkeit. Fügte man einem Körper einen anderen hinzu, und er wurde nicht schwerer durch ihn, so hieß das, daß es unstoffliche Körper gab, – anders und besser gesagt: unkörperliche Wirklichkeiten, immateriell wie das Sonnenlicht, – wieder anders und noch besser gesagt: es gab das Geistige; und dieses Geistige war ätherisch verkörpert in dem Bennu-Vater, den das Myrrhen-Ei aufnahm, indem es dadurch seinen Charakter als Ei in der aufregendsten und bedeutsamsten Weise veränderte. Das Ei überhaupt war ein Ding entschieden weiblicher Spezifität, einzig die Weibchen unter den Vögeln legten Eier und nichts konnte mütterlich-weiblicher sein als das große Ei, aus dem einst die Welt hervorgegangen. Bennu aber, der Sonnenvogel, mutterlos und sein eigener Vater, formte sein Ei selbst, ein Gegen-Weltei, ein männliches Ei, ein Vater-Ei, und legte es als eine Kundgebung von Vatertum, Geist und Licht auf den Alabaster-Tisch der Sonnengottheit nieder.

Nicht genug hatte Pharao diese Angelegenheit und die Bedeutung, die sie für die zu erdenkende Natur des Atôn besaß, mit den Sonnen-Kalendermännern vom Tempel des Rê erörtern können. Er tat es bis tief in die Nacht, er tat es bis zum Exzeß, er schwelgte in goldener Immaterialität und Vatergeist, und als die Hausbetreter schon übermüdet waren und ihnen die Blankköpfe herabfielen, war er des Gespräches noch immer nicht satt und fand den Entschluß nicht, sie zu entlassen, als fürchtete er sich, allein zu bleiben. Endlich denn beurlaubte er die Nickenden und Wankenden dennoch und suchte sein Schlafzimmer auf, wo der Aus- und Ankleidesklave, ein älterer Mann, der schon dem Knaben zugeteilt gewesen war und ihn

»Meni« nannte, obgleich er es sonst an formellen Ehrfurchtsbezeigungen nicht fehlen ließ, schon längst im Ampelschein auf ihn wartete. Dieser macht' es ihm zart und rasch für die Nacht bequem, warf sich auf die Stirn und zog sich zurück, um außen auf der Schwelle zu schlafen. Pharao seinerseits, in die Kissen geschmiegt seiner kunstgewerblichen Bettstatt, die auf einem Podium inmitten des Zimmers stand, die Rückwand geschmückt mit feinster, Schakale, Steinböcke und Bes-Figuren darstellender Elfenbein-Arbeit, fiel fast sofort in den Schlaf der Erschöpfung – für kurze Zeit. Denn nach ein paar Stunden tiefer Betäubung begann er zu träumen und träumte so kraus, beängstigend und absurd-lebendig, wie nur früher als Kind mit Halsweh-Fieber. Er träumte aber durchaus nicht vom gewichtlosen Bennu-Vater und vom unstofflichen Sonnenstrahl, sondern von ganz Gegenteiligem.

Im Traume stand er am Ufer Hapi's, des Ernährers, an einsamer Stelle, da war Sumpf und Reute. Er trug die rote Kronmütze von Unter-Ägypten und hatte den Bart umgebunden, und am Oberschurz hing ihm der Tierschwanz. Ganz allein stand er an der Stelle, mit schwerem Herzen und hielt den Krummstab im Arm. Da rauschte es auf nicht weit vom Ufer und tauchte aus der Flut hervor siebenfältig: Sieben Kühe stiegen ans Land, die wohl im Wasser gelegen hatten nach Art von Büffelkühen, und ging immer eine hinter der anderen her in einer Zeile, zu siebenen ohne den Stier: es war kein Stier da, nur eben die sieben Kühe. Prachtvolle Kühe, weiß, schwarz mit hellerem Rücken, auch grau mit hellerem Bauch, auch zwei gescheckte, mit Zeichen gefleckte, – so schöne, glatte und fette Kühe, mit strotzenden Eutern und bewimperten Hathor-Augen und hochgeschwungenem Leier-Gehörn, und fingen an, gemächlich im Ried zu weiden. Der König hatte nie so herrliches Rindvieh gesehen, im ganzen Lande nicht; es war ein Staat mit der blanken Gedeihlichkeit ihrer Leiber, und Meni's

Herz wollte froh werden bei ihrem Anblick, ward's aber nicht, sondern blieb schwer und besorgt, – um sich alsbald danach sogar mit Schrecken und Graus zu füllen. Denn nicht riß die Zeile ab nach diesen Sieben. Noch mehr der Kühe kamen aus dem Wasser hervor, und gab keine Unterbrechung zwischen diesen und jenen: sieben andere Kühe stiegen ans Land, auch ohne Stier, aber welcher Stier hätte die auch gemocht? Dem Pharao schaudert' es vor dem Vieh, es waren die häßlichsten, magersten, verhungertsten Kühe, die er Zeit seines Lebens erblickt, – die Knochen standen ihnen aus der faltigen Haut, ihre Euter waren wie leere Säcke mit fadenförmigen Zitzen; abschreckend und überaus niederschlagend war ihr Anblick, kaum schienen die Elenden sich auf den Beinen halten zu können und ließen dann doch ein schamlos freches, zudringlich mörderisches Gebaren sehen, das man ihrer Hinfälligkeit nicht zugetraut hätte, und das doch wieder auch nur zu gut zu ihr paßte, denn es war des Hungers wüstes Gebaren. Pharao sieht: die Jammer-Herde macht sich an die blanke heran, die scheußlichen Kühe bespringen die wundervollen, wie Kühe es wohl machen, wenn sie den Bullen spielen, und dabei frißt und schlingt das Elendsvieh das Prachtvieh in sich hinein und vertilgt's reinweg von der Weide, – steht aber danach auf dem Fleck so ausgemergelt wie je zuvor und ist ihm von Füllung nichts anzumerken.

Hier endete dieser Traum, und Pharao fuhr aus dem Schlaf in Schweiß und Sorge. Er setzte sich auf, blickte schlagenden Herzens umher im mild beleuchteten Schlafgemach und fand, daß es ein Traum gewesen, aber ein so beredter und nahe gehender, daß seine Zudringlichkeit wie die des verhungerten Flußvieh's gewesen war und dem Träumer kalt in den Gliedern lag. Er mochte sein Bett nicht mehr, stand auf, zog den weiß-wollenen Nachtrock an und ging im Zimmer umher, indem er dem zudringlichen, zwar unsinnigen, aber handgreiflich deutlichen

Traume nachsann. Gern hätte er den Kammersklaven geweckt, um ihm den Traum zu erzählen, oder vielmehr, um zu versuchen, ob, was er gesehen, in Worten wiederzugeben sei. Doch war er zu zartfühlend, den Alten zu stören, den er bis tief in die Nacht hatte warten lassen, und setzte sich in den kuhfüßigen Armstuhl zur Seite des Bettes, hüllte sich enger in den mondmilden Nachtmantel und schlummerte, die Füße auf dem Schemel, in einen Winkel des Stuhles gedrückt, unvermerkt wieder ein.

Kaum aber war er entschlafen, so träumte er wieder, – es half nichts, abermals oder immer noch stand er einsam am Ufer mit Krone und Schweif, und ist da ein geackerter Feldfleck von schwarzer Erde. Und er sieht: die Fruchterde kräuselt sich und wirft sich ein wenig auf, und ein Halm wächst hervor, an dem sprießen sieben Ähren, eine nach der anderen, alle an einem Halm, fette und pralle Ähren, strotzend von Frucht und nicken gülden in Trächtigkeit. Da will sich das Herz erheitern, kann's aber nicht, denn an dem Halm sprießt es nach hinterdrein: noch einmal sieben Ähren kommen hervor, trostlose Ähren, taub, tot und dürr, versengt vom Ostwind, geschwärzt von Kornbrand und Rost, und wie sie lumpig hervorgehen unter den fetten, so schwinden diese dahin, als schwänden sie in jene hinein, und ist nicht anders, als ob die Kummer-Ähren die fetten verschlängen, gleichwie vorhin die Elendskühe die blanken verschlangen, und werden auch nicht fetter und voller davon. Dieses sah Pharao handgreiflich mit Augen, fuhr auf im Stuhl und fand, daß es wieder ein Traum gewesen.

Ein lächerlich krauser Traum noch einmal, von stiller Tollheit, aber so zudringlich nahehin zum Gemüte redend, mit Warnung und Weisung, daß Pharao danach bis zum glücklicherweise schon nahen Morgen überhaupt nicht mehr schlafen konnte noch auch nur schlafen wollte, sondern immerfort, zwischen Bett und Lehnstuhl wechselnd, der deutungsbedürftigen Deutlichkeit dieses an einem Halme gewachsenen Traumpaares nachsann, – fest entschlossen schon jetzt, dergleichen Träume auf keinen Fall schweigend hingehen zu lassen und sie für sich zu behalten, sondern einen casus daraus zu machen und Lärm zu schlagen um ihretwillen. Er hatte Krone, Krummstab und Schwanz getragen dabei, es waren Königsträume, von Reichsbelang ohne Zweifel, höchst auffällige, mit Sorge getränkte Träume, es war ganz unvermeidlich, sie an die große Glocke zu hängen und alles aufzubieten, um ihnen beizukommen und ihnen auf den Grund ihrer offenbar bedrohlichen Meinung zu sehen. Meni war geradezu empört über seine Träume und haßte sie, je länger, je mehr. Ein König ließ sich nicht solche Träume gefallen – obgleich sie auch wieder wohl nur einem Könige zustoßen konnten. Unter ihm, Nefer-cheperu-Rê-Wanrê-Amenhotep, durfte dergleichen sich nicht ereignen, daß irgendwelche Greuel-Kühe so schöne, fette fraßen und trostlose Brand-Ähren so gülden-pralle verschlangen; nichts durfte geschehen, was im Bereich des Geschehens dieser abscheulichen Bilderrede entsprach. Denn an ihm würde es hängen bleiben, sein Ansehen würde erschüttert sein, die Ohren und Herzen würden sich der Verkündigung des Atôn verschließen, und Amun würde der Nutznießer sein. Dem Lichte drohte Gefahr vonseiten der Schwärze, dem Geistig-Gewichtlosen drohte solche vom Stofflichen her, das stand über allem Zweifel. Seine Aufregung war groß; sie nahm die Gestalt des Zornes an, und dieser ballte sich immer wieder zu dem Beschluß, daß die Gefahr enthüllt und erkannt werden müsse, damit man ihr begegnen könne.

Der Erste, dem er die Träume erzählt hatte, so gut sie sich eben erzählen ließen, war der Alte gewesen, der auf der Schwelle geschlafen hatte und ihn nun ankleidete, ihm das Haar machte, das Kopftuch band. Der hatte nur verwundert den Kopf geschüttelt und dann gemeint, das komme davon, wenn der gute

Gott so spät zu Bette gehe, nachdem er sich den Sinn erhitzt mit endlosen »Spekulanzien«, wie er sich volkstümlich-dümmerlich ausdrückte. Eigentlich faßte er wohl unwillkürlich die Sorgen-Träume als eine Art von Strafe dafür auf, daß Meni seinen alten Diener so lange hatte warten und wachen lassen. »Ach, Schäfchen!« hatte Pharao ärgerlich lachend gesagt, indem er ihn leicht mit der flachen Hand vor die Stirn gestoßen, und war zur Königin gegangen, der aber übel war von ihrer Schwangerschaft, und die ihm schlecht zugehört hatte. Danach hatte er Teje, die Göttin-Mutter, aufgesucht und sie am Schminktisch unter den Händen der Kammerfrauen gefunden. Auch ihr hatte er die Träume erzählt und dabei die Erfahrung gemacht, daß sie sich mit der Zeit nicht leichter erzählten, sondern daß es ihm jedesmal saurer wurde – auch hatte er wenig Trost und Zuspruch bei ihr gefunden ... Teje zeigte sich stets etwas spöttisch, wenn er mit Königssorgen zu ihr kam – daß es sich um eine solche hier handle, war ihm gewiß, und im Voraus hatte er's ausgesprochen, – worauf sogleich auf dem mütterlichen Gesicht das mokante Lächeln erschienen war. Obgleich doch König Nebmarê's Witwe freiwillig und nach reiflicher Überlegung die Regentschaft niedergelegt und dem Sohne die Herrschgewalt seiner Mittäglichkeit übertragen hatte, konnte sie ihre Eifersucht auf diese Herrschgewalt nicht verbergen, und das Peinliche für Meni war, daß er alles merkte, also daß ihm auch jene Bitterkeit nicht entging, deren Äußerungen er gerade dadurch hervorrief, daß er sie durch die kindliche Bitte um Rat und Beistand zu besänftigen suchte. »Was kommt deine Majestät zu mir, der Abgedankten?« pflegte Teje zu sagen. »Du bist Pharao, so sei es auch und stehe auf deinen Füßen, statt auf meinen. Halte dich an deine Diener, die Wezire des Südens und Nordens, wenn du nicht weiter weißt, und laß dir von ihnen deinen Willen künden, wenn du ihn nicht kennst, aber nicht von mir, der Alten und Ausgedienten.«

Ähnlich hatte sie sich auch jetzt zu den Träumen verhalten. »Ich bin der Macht und Verantwortung zu entwöhnt, mein Freund«, hatte sie lächelnd geantwortet, »um beurteilen zu können, ob du mit Recht diesen Gesichten soviel Gewicht beimissest. ›Verborgen ist die Finsternis‹, steht geschrieben, ›wenn reichlich ist Helligkeit‹. Erlaube der Mutter, sich zu verbergen. Erlaube mir sogar meine Meinung darüber zu verbergen, ob diese Träume würdige Träume und deiner Stellung angemessen sind. Gefressen? Verschlungen? Die einen Kühe die anderen? Die tauben Ähren die vollen? Das ist kein Traumgesicht, denn man kann es nicht sehen und sich kein Bild davon machen, im Wachen nicht und meiner Meinung nach auch nicht im Schlaf. Wahrscheinlich hat deiner Majestät etwas ganz anderes geträumt, was du vergessen hast und an dessen Stelle du jetzt das Unbild dieser unausführbaren Gefräßigkeit setzest.«

Vergebens hatte Meni versichert, daß er es wirklich so und nicht anders mit Traumesaugen deutlich gesehen habe, und daß die Deutlichkeit voll von Bedeutung gewesen sei, welche nach Deutung schreie. Vergebens hatte er ihr von seiner Herzensfurcht gesprochen vor der Schädigung, welche »die Lehre«, das heißt: der Atôn leiden würde, wenn die Träume ungehindert sich selber deuteten, will sagen: sich erfüllten und die Wirklichkeitsgestalt annähmen, von der sie die seherische Verkleidung gewesen. Er hatte wieder einmal die Erfahrung gemacht, daß die Mutter im Grunde kein Herz hatte für seinen Gott, und daß sie nur mit dem Verstande, nämlich aus politisch-dynastischen Gründen seine Parteigängerin war. In seiner zärtlichen Liebe, seiner geistigen Leidenschaft für Ihn, hatte sie den Sohn immer bestärkt; aber einmal mehr merkte er heute, wie er es längst gemerkt hatte, und wie er dank seiner Empfindlichkeit leider alles merkte, daß das nur aus Kalkül geschehen war, und daß sie sein Herz ausnutzte als eine Frau, die das

Weltganze ausschließlich unter dem staatsklugen Gesichtswinkel sah und nicht, wie er, vor allem unter dem religiösen. Das kränkte Meni und tat ihm weh. Er verließ die Mutter, bedeutet von ihr, wenn er wirklich sein Kuh- und Ährengesicht für staatswichtig halte, so möge er sich damit während der Morgenaudienz an Ptachemheb, den Wezir des Südens wenden. Im Übrigen fehle es nicht an Traumdeutern hier am Ort.

Nach den Traumgelehrten hatte er längst geschickt und erwartete sie mit Ungeduld. Doch ging ihrem Empfange derjenige des großen Beamten voran, der kam, um Pharao's Angelegenheiten des »Roten Hauses«, das heißt des Schatzhauses von Unter-Ägypten, vorzutragen, aber schon nach dem Begrüßungshymnus unterbrochen wurde, um die mit nervös gequälter Stimme und mit stockend suchenden Worten vorgetragene Erzählung der Träume zu vernehmen, nebst der Aufforderung, sich über zwei Fragen zu äußern: Erstens, ob auch er, wie sein Herr, sie für reichswichtig halte, und zweitens, bejahenden Falles, in welcher Beziehung und Hinsicht. Er hatte sich nicht zu äußern gewußt, oder vielmehr, sich sehr wohlgesetzt, in längerer Rede, dahin geäußert, daß er sich nicht zu äußern vermöge und mit den Träumen nichts anzufangen wisse, – worauf er sich den Schatzangelegenheiten zuzuwenden versucht hatte. Aber Amenhotep hatte ihn bei den Träumen festgehalten, offenbar unwillig und unfähig, von etwas anderem zu sprechen oder von etwas anderem zu hören, und ihm nur immer begreiflich machen wollen, wie sprechend-eindringlich oder eindringlich-sprechend sie gewesen seien, – wovon er nicht abgelassen hatte, bis die Gelehrten und Wahrsager waren gemeldet worden.

Der König, erfüllt, ja besessen wie er nun einmal war von seinem nächtlichen Erleben, hatte eine Ceremonie erster Ordnung aus dem Empfange gemacht, – der dann, der Sache nach, so kläglich verlief. Er hatte nicht nur dem Ptachemheb befohlen, dabei zugegen zu bleiben, sondern auch verordnet, daß alle Würdenträger seines Hofs, die ihn nach On begleitet hatten, der Deutungs-Audienz beiwohnten. Es war da etwa ein Dutzend sehr vornehmer Herren: der Große Hausvorsteher, der Vorsteher der Königlichen Kleider, der Palast-Oberwäscher und -Bleicher, der so betitelte Sandalenträger des Königs, eine ansehnliche Charge, der Perückenchef des Gottes, der zugleich »Hüter der Zauberreichen«, das heißt der beiden Kronen und Geheimrat des königlichen Schmuckes war, der Vorsteher aller Pferde des Pharao, der neue Ober-Bäcker und »Fürst von Menfe«, namens Amenemopet, der Ober-Vorsteher der Schenktischschreiber, Nefer-em-Wêse, der eine Zeit lang Bin-em-Wêse geheißen hatte, und mehrere Wedelträger zur Rechten. Diese alle hatten sich in der Halle des Rats und der Vernehmung einzufinden und hielten sich in zwei gleichen Gruppen zuseiten von Pharao's schönem Stuhl, der eine Stufe hoch unter einem von dünnen, bebänderten Pfeilern getragenen Baldachin stand. Vor ihn wurden die Propheten und Traum-Spezialisten geführt, sechs an der Zahl, die alle in näherer oder weiterer Beziehung zum Tempel des Horizontbewohners standen, und von denen ein paar auch an der gestrigen Phönix-Beratung teilgenommen hatten. Leute wie sie warfen sich nicht mehr, wie das wohl vor Zeiten üblich gewesen, vor dem Stuhle auf ihren Bauch, um die Erde zu küssen. Es war noch derselbe Stuhl wie zur Zeit der Pyramiden-Erbauer und wie noch viel früher, ein kastenartiger Sessel mit niedriger Rückenlehne, vor der ein Kissen stand; nur etwas mehr Zier und Figur war daran, als in Urzeiten. Aber obgleich der Stuhl prächtiger und Pharao mächtiger geworden war, küßte man nicht mehr die Erde vor ihnen, das gab es nicht mehr. Es stand damit wie mit der lebendigen Beisetzung des Hofstaates im Königsgrabe – es war nicht mehr guter Ton. Die Zauberer hoben nur anbetend die Arme auf und murmelten in ziemlich unrhythmischem Durcheinander eine

Langformel frommer Begrüßung, worin sie dem König versicherten, daß er eine Gestalt habe wie sein Vater Rê und beide Länder mit seiner Schönheit erhelle. Denn die Strahlen seiner Majestät drängen bis in die Höhlen, und sei kein Ort, der sich dem durchdringenden Blick seines Auges entzöge, noch einer, wohin das Feingehör seiner Millionen Ohren nicht dränge – er höre und sehe alles, und was immer aus seinem Munde hervorgehe, gleiche den Worten des Horus im Horizont, da seine Zunge die Wage der Welt und seine Lippen genauer seien als das Zünglein an der richtigen Wage des Thot. Er sei Rê in seinen Gliedern (redeten sie mit ungleich lauten Stimmen durcheinander) und Chepre in seiner wahren Gestalt, das lebende Bild seines Vaters Atum von On in Unterägypten – »o Nefer-cheperu-Rê-Wanrê, du Herr der Schönheit, durch den wir atmen!«

Einige wurden früher fertig, als die anderen. Dann schwiegen alle und lauschten. Amenhotep dankte ihnen, sagte ihnen erst allgemein, aus welchem Anlaß er sie habe rufen lassen, und fing dann an, vor dieser Versammlung von ungefähr zwanzig teils vornehmen, teils gelehrten Personen seine vertrackten Träume zu erzählen – zum vierten Mal. Es war ihm eine Pein, er errötete und stotterte beim Erzählen. Das durchdringende Gefühl von der drohenden Bedeutsamkeit der Geschichte hatte ihn bestimmt, sie so öffentlich zu machen. Nun bereute er es, denn er verhehlte sich nicht, daß, was so ernst gewesen war und für sein innerliches Gemüt auch so ernst blieb, sich nach außen hin lächerlich ausnahm. In der Tat, wie sollten so schöne und starke Kühe es sich gefallen lassen, daß so schwache und elende sie auffräßen? Und wie und womit sollten die einen Ähren die anderen fressen? Es hatte ihm aber so geträumt, so und nicht anders! Die Träume waren frisch, natürlich und eindrucksvoll gewesen bei Nacht; am Tag und in Worten nahmen sie sich aus wie schlecht präparierte Mumien mit zerstörten Gesichtern; man konnte sich nicht damit sehen lassen. Er schämte sich und kam mühsam zu Ende. Dann sah er die Traum-Gelehrten schüchtern-erwartungsvoll an.

Sie hatten bedeutend mit ihren Köpfen genickt, aber allmählich, bei Einem nach dem Anderen, war das nachdenkliche Nicken in die seitliche Bewegung verwunderten Kopfschüttelns übergegangen. Es seien absonderliche und kaum je dagewesene Fälle von Träumen, hatten sie durch ihren Ältesten erklären lassen; die Deutung sei mühsam. Nicht, daß sie an ihr verzweifelten – die Träume müßten erst noch geträumt werden, die sie nicht auszulegen vermöchten. Allein sie müßten um eine Bedenkfrist und um die Gnade bitten, sich zum Consilium zurückziehen zu dürfen. Auch seien Compendien herbeizuschaffen, in denen nachgeschlagen werden müsse. Es sei kein Mensch so gelehrt, die ganze Traum-Casuistik zu überblicken. Gelehrt sein, so erlaubten sie sich zu bemerken, heiße nicht, alles Wissen im Kopfe zu haben; es sei nicht Raum dafür im Kopfe; sondern es heiße, im Besitze der Bücher zu sein, in denen das Wissen geschrieben stehe. Und sie besäßen sie.

Amenhotep hatte ihnen Urlaub zum Consilium bewilligt. Dem Hofe war der Befehl geworden, sich in Bereitschaft zu halten. Der König hatte zwei volle Stunden – so lange dauerte die Beratung – in großer Unruhe verbracht. Dann war die Versammlung erneuert worden.

»Pharao lebe Millionen Jahre, geliebt von Maat, der Herrin der Wahrheit, in Erwiderung seiner Liebe zu ihr, die da ohne Falsch!« Sie stehe ihnen, den Experten, persönlich zur Seite, da sie das Ergebnis verkündeten und die Deutung brächten vor Pharao, den Schutzherrn der Wahrheit. Zum Ersten: Die sieben schönen Kühe bedeuteten sieben Prinzessinnen, die Nefernefruatôn-Nofertiti, die Königin der Länder, nach und nach gebären werde. Daß aber das fette Vieh vom klapprigen sei verschlungen worden, besage, daß diese sieben Töchter alle noch zu Lebzeiten Pharao's sterben würden. Das solle nicht heißen, beeilten sie sich hinzuzufügen, daß die Königstöchter in jungen Jahren sterben würden. Es werde eben Pharao eine solche Dauer beschieden sein, daß er all seine Kinder, so alt sie auch würden, überleben werde.

Amenhotep sah sie offenen Mundes an. Wovon sie sprächen, fragte er sie mit verminderter Stimme. – Sie antworteten, es sei ihnen vergönnt gewesen, die Deutung des ersten Traumes zu liefern. – Aber diese Deutung, hatte er, immer mit schwacher Stimme, erwidert, stehe zu seinem Traum in garkeiner Beziehung, sie habe überhaupt nichts damit zu tun. Er habe sie nicht gefragt, ob die Königin ihm einen Sohn und Tronfolger oder eine Tochter und weitere Töchter gebären werde. Er habe sie nach der Deutung der schmucken und der häßlichen Kühe gefragt. – Die Töchter, versetzten sie, seien eben die Deutung. Er dürfe nicht erwarten, in der Deutung des Kuhtraumes wieder Kühe vorzufinden. In der Deutung verwandelten sich die Kühe in Königstöchter.

Pharao hielt den Mund nicht mehr offen, er hielt ihn sogar recht fest geschlossen und hatte ihn auch nur wenig geöffnet, als er sie aufgefordert hatte, zum Zweiten zu kommen.

Zum Zweiten, sagten sie. Die sieben vollen Ähren seien sieben blühende Städte, die Pharao bauen werde; die sieben dürren und struppigen aber seien – die Trümmer davon. Wohlgemerkt, erläuterten sie hastig, alle Städte fielen unweigerlich mit der Zeit in Trümmer. Pharao werde eben solchen Bestand haben, daß er noch die Trümmer der von ihm selbst erbauten Städte mit Augen sehen werde.

Da nun war Meni's Geduld zu Ende. Sein Schlaf war ungenügend, das Wieder-Erzählen der vertrocknenden Träume peinlich, das zweistündige Warten auf den Wahrspruch der Doctoren entnervend gewesen. Nun war er so durchdrungen davon, daß diese Deutungen bare Stümperei seien und ellenweit an der wahren Meinung seiner Gesichte vorbeigingen, daß er seinen Zorn nicht länger bemeisterte. Er fragte noch, ob es so, wie die Weisen es sagten, in ihren Büchern stände? Als sie ihm aber antworteten, ihre Darbietungen seien eine stichhaltige Verbindung von dem, was in den Büchern stehe mit den Eingebungen ihres eigenen Kombinationsvermögens, sprang er vom Sessel auf, was ganz unerhört war während einer Audienz, sodaß die Hofherren die Schultern hochzogen und den Mund mit der hohlen Hand bedeckten, und hieß, Tränen in der Stimme, die furchtbar erschrockenen Propheten Hudler und Nichtswisser.

»Fort!« rief er beinahe schluchzend. »Und nehmt mit euch, statt reichlichen Lobgoldes, das meine Majestät euch angewiesen hätte, wenn Wahrheit aus eurem Munde gekommen wäre, Pharao's Ungnade! Euere Deutungen sind Lug und Trug, Pharao weiß es, denn Pharao hat geträumt, und wenn er auch die Deutung nicht weiß, so weiß er doch zu unterscheiden zwischen wahrer Deutung und einer so minderwertigen. Aus meinem Angesicht!«

Von zwei Palastoffizieren waren die bleichen Gelehrten hinausgeführt worden. Meni aber hatte, ohne sich wieder zu setzen, seinem Hofe erklärt, dieser Mißerfolg werde ihn keineswegs bestimmen, die Sache auf sich beruhen zu lassen. Die Herren seien leider Zeugen eines beschämenden Versagens gewesen, aber, bei seinem Zepter!, schon für den morgigen Tag werde er andere Traumkundige einberufen, diesmal vom Hause Djehuti's, des Schreibers Thots, des neunmal Großen, des Herrn von Chmunu. Von den Geweihten des weißen Pavians sei würdig-wahrere Deutung dessen zu erwarten, wovon die innere Stimme ihm sage, daß es um jeden Preis gedeutet werden müsse.

Die neue Befragung hatte am nächsten Tage unter denselben Umständen stattgefunden. Sie war noch kläglicher verlaufen als die vorige. Wieder hatte Pharao unter inneren Schwierigkeiten und solchen der Zunge seine Traum-Mumien öffentlich dargestellt, und wieder hatte es bei den Leuchten ein großes Nicken und Schütteln gegeben. Nicht zwei, sondern drei lange Stunden hatten König und Hof auf das Ergebnis des geheimen Consiliums zu warten gehabt, das auch die Söhne des Thot sich ausgebeten; und dann waren diese Fachmänner nicht einmal unter einander einig, sondern nach ihrer Meinung von den Träumen gespalten gewesen. Zwei Deutungen, verkündete ihr Ältester, lägen vor für jeden Traum, und diese allerdings seien die einzigen überhaupt in Betracht kommenden; andere seien nicht denkbar. Nach einer Theorie waren die sieben fetten Kühe sieben Könige vom Samen Pharao's, die sieben häßlichen dagegen sieben Fürsten des Elends, die sich gegen dieselben erheben würden. Dies liege aber in weiter Ferne. Andererseits könnten die schönen Kühe ebensoviele Königinnen sein, die entweder Pharao selbst oder einer seiner späten Nachfolger in sein Frauenhaus aufnehmen werde, und die (worauf die sieben ausgemergelten Kühe hindeuteten) unglücklicherweise eine nach der anderen sterben würden.

Und die Ähren?

Die sieben güldenen Ähren bedeuteten nach der Überzeugung der Einen sieben Helden Ägyptens, die später einmal in einem Kriege von der Hand sieben feindlicher und, wie die verkohlten Ähren andeuteten, an Macht viel geringerer Kämpfer fallen würden. Die Anderen hielten daran fest, daß die sieben vollen und sieben hohlen Ähren gleich vierzehn Kindern seien, die Pharao von jenen Königinnen des Auslands empfangen werde. Allein ein Streit werde unter ihnen entbrennen, und umbringen würden dank überlegener Tücke die sieben schwächeren Kinder die sieben stärkeren. –

Diesmal war Amenhotep nicht einmal mehr vom Audienzsessel aufgesprungen. Gebeugt war er darauf sitzen geblieben, sein Angesicht in den Händen bergend, und die Hofleute rechts und links vom Baldachin hatten ihre Ohren hingehalten, um zu erlauschen, was er in seine Hände murmele. »O Pfuscher! Pfuscher!« hatte er zu wiederholten Malen geflüstert und dann dem Wesir des Nordens, der ihm am nächsten stand, gewinkt, daß er sich zu ihm hinabbeuge und einen leisen Auftrag entgegennehme. Ptachemheb entledigte sich dieses Auftrags, indem er den Experten mit lauter Stimme verkündete, Pharao wünsche zu wissen, ob sie sich nicht schämten.

Sie hätten ihr Bestes gegeben, antworteten sie.

Da mußte der Wesir sich abermals zum König hinabbeugen, und diesmal zeigte sich, daß er den Auftrag empfangen hatte, den Zauberern mitzuteilen, sie hätten den Saal zu räumen. In großer Verwirrung, indem sie sich wechselseitig anblickten, als wollte einer den anderen fragen, ob ihm so etwas schon einmal vorgekommen sei, entfernten sich diese Männer. Der zurückbleibende Hof stand in banger Betretenheit, denn Pharao saß immer noch niedergebeugt, mit der Hand die Augen beschattend. Als er sie endlich davon hinwegnahm und sich aufrichtete, zeichnete Gram sich auf seinem Gesichte ab, und sein Kinn zitterte. Er sagte den Hofleuten, er hätte sie gern geschont und stürze sie nur mit Widerstreben in Schmerz und Trauer, aber er könne ihnen die Wahrheit nicht verhehlen, daß ihr Herr und König tief unglücklich sei. Seine Träume hätten das unverkennbare Gepräge der Reichswichtigkeit gehabt, und ihre Deutung sei eine Lebensfrage. Die empfangenen Auslegungen aber seien ohnmächtiges Zeug gewesen; sie paßten im Geringsten nicht zu seinen Träumen, und diese erkennten sich nicht darin wieder, wie Traum und Deutung sich in einander wiedererkennen müßten. Nach dem Mißlingen dieser zwei groß angelegten Versuche müsse er daran verzweifeln, die wahrhaft entsprechende Deutung, die er als solche sofort erkennen würde, zu gewinnen. Das aber heiße, daß man gezwungen sei, es den Träumen zu überlassen, sich selber zu deuten und, möglicherweise zum schwersten Schaden von Staat und Religion, ohne jede vorbeugende Maßnahme in schlimme Erfüllung zu gehen. Den Ländern drohe Gefahr; der Pharao aber, dem dies offenbar sei, werde, des Rates und Beistandes bar, auf seinem Throne allein gelassen.

Nur einen Augenblick noch hatte nach diesen Worten das beklommene Schweigen angedauert. Dann war es geschehen, daß Nefer-em-Wêse, der Obermundschenk, der lange mit sich gekämpft, aus dem Chor der Freunde hervorgetreten war und um die Gunst ersucht hatte, vor Pharao zu reden. »Ich gedenke heute meiner Sünden«, – mit diesem Wort läßt die Überlieferung ihn seinen Vortrag beginnen; der Ausspruch ist in den Lüften hängen geblieben, man hört ihn noch heute. Es meinte aber der Groß-Kelterer damit nicht Sünden, die er nicht begangen hatte; denn fälschlich war er einst ins Gefängnis gekommen und hatte nicht teilgehabt an dem Plan, den vergreisten Rê von Esets Schlange beißen zu lassen. Eine andere Sünde meinte er, nämlich die, daß er Jemandem fest versprochen hatte, ihn zu erwähnen, aber sein Wort nicht gehalten hatte, denn er hatte den Jemand vergessen. Nun gedachte er seiner und sprach von ihm vor dem Baldachin. Er erinnerte Pharao (der sich kaum daran erinnerte) an das »ennui« (so drückte er sich mit einem abschwächenden Lehnwort aus), das er, der Schenke, vor zweien Jahren, noch unter König Nebmarê, gehabt habe, indem er versehentlich zusammen mit Einem, den man besser nicht nenne, einem Gottverhaßten, dessen Seele samt seinem Körper zerstört worden, nach Zawi-Rê, der Insel-Festung geraten sei. Dort sei ihnen ein Jüngling zur Aufwartung bestellt gewesen, ein chabirischer, von Asien, des Hauptmanns Gehilfe, mit dem schrulligen Namen Osarsiph, Sohn eines Herdenkönigs und Gottesfreundes im Osten, diesem geboren von einer Lieblichen, was man ihm denn auch recht wohl angesehen habe. Dieser Jüngling nun sei die stärkste

Begabung auf dem Gebiet der Traum-Exegese gewesen, die ihm, Vortrefflich-in-Theben, all seiner Lebtage vorgekommen. Denn gleichzeitig hätten sie beide geträumt, sein schuldiger Genosse und er, der Reine, – sehr schwierige, vielsagende Träume, ein jeder den seinen, und seien um kunstgerechte Deutung äußerst verlegen gewesen. Jener Usarsiph aber, der vorher von seiner Gabe nie ein Wesens gemacht, habe ihnen freihändig und mit Leichtigkeit ihre Träume gedeutet und dem Bäcker gekündet, er werde ans Holz kommen, ihm selbst dagegen, daß er um seiner strahlenden Reinheit willen in Gnade werde aufgenommen und wieder werde an sein Amt gestellt werden. Aufs Haar so sei es gekommen, und heute gedenke er, Nefer, seiner Sünde: nämlich daß er nicht schon längst auf dieses im Schatten lebende Talent aufmerksam gemacht und mit dem Finger darauf gewiesen habe. Er stehe nicht an, der Überzeugung Ausdruck zu geben, daß, wenn irgend jemand Pharao's bedeutende Träume zu deuten vermöge, es dieser mutmaßlich noch immer zu Zawi-Rê vegetierende Jüngling sei.

Bewegung unter den Königsfreunden, Bewegung auch in Pharao's Miene und Gestalt. Noch ein paar Fragen und Antworten, gewechselt rasch zwischen ihm und dem Dicken, – und dann war der schöne Befehl ergangen, sofort habe der erste Eil- und Flügelbote sich mit dem Eilboot aufzumachen nach Zawi-Rê und den wahrsagenden Fremdling mit höchster Zeitersparnis nach On zu bringen vor Pharao's Angesicht.

DRITTES HAUPTSTÜCK: DIE KRETISCHE LAUBE

Die Einführung

Als Joseph anlangte in der Stadt des Blinzelns, der tausendjährigen, war wieder Saatzeit und Zeit der Bestattung des Gottes, wie damals als er seinen zweiten Fall in die Grube getan, und war drei große Tage darin gewesen unter leidlichen Umständen, beim ruhigen Hauptmann Mai-Sachme. Mit rechten Dingen gings zu: genau drei Jahre waren herum, am selben Punkte des Kreislaufs hielt man, wie damals, und eben hatten wieder die Kinder Ägyptens das Fest der Erd-Aufreißung und das der Errichtung des göttlichen Rückgrats gefeiert, die Woche hin vom zweiundzwanzigsten bis zum letzten Tage des Choiak.

Joseph freute sich, das goldene On wiederzusehen, wo er einst, vor drei und zehn Jahren als Knabe durchgezogen war mit den Ismaeliten auf ihrem Wege, den sie ihn führten, und sich mit ihnen von den Sonnendienern über die schöne Figur des Dreiecks hatte belehren lassen und über Rê-Horachte's milde Natur, des Herrn des weiten Horizontes. Durch den Dreiecksraum der lehrhaften Stadt mit den vielen gleißenden Sonnenmalen ging es wieder, zur Seite des Eilboten, gegen die Spitze hin, nämlich den großen Obelisken am Schluß- und Schnittpunkt der Schenkelseiten, dessen golden alles überblitzende Kantenhaube sie schon von Weitem gegrüßt hatte.

Jaakobs Sohn, der solange nichts als die Mauern seines Gefängnisses gesehen, hatte keine Muße, seine Augen zu brauchen und sich am Bild der geschäftigen Stadt und ihrer Leute zu ergötzen, – von außen schon war ihm keine gewährt durch seinen Führer, den Flügelboten, der keine Minute verlor und immer nur zu atemloser Eile trieb; aber auch innerlich und von Gemütes wegen war ihm nicht Muße gegeben zum Gucken.

Denn noch ein Umlauf ging in sich selber, und eine andere Wiederkehr noch wollte eintreten: er würde wieder vorm Höchsten stehen. Einst war es Peteprê gewesen, vor dem ihm zu reden gewährt gewesen war im Palmgarten, der Höchste im nächsten Umkreise, und es hatte gegolten. Nun war es Pharao selbst, der Allerhöchste hier unten, vor dem er reden sollte, und in noch höherem Grade galt es diesmal. Was es aber galt, das war, dem Herrn behilflich zu sein bei seinen Plänen und sie nicht linkisch zu durchkreuzen, was eine große Narrheit gewesen wäre und eine Schimpfierung des Weltganges aus Mangel an Glauben. Nur schwankender Glaube daran, daß Gott hoch hinaus wollte mit ihm, würde die Ursache der Ungeschicklichkeit und schlechten Wahrnehmung der herbeigeführten Gelegenheit sein können; und darum war Joseph zwar gespannt auf das Kommende und hatte nicht Blick für den Handel und Wandel der Stadt, aber seine Erwartung war Zuversicht, und Furcht war nicht in ihr, denn jenes Glaubens, der Ursach war aller frommen Geschicklichkeit, daß nämlich Gott es heiter, liebevoll und bedeutend meinte mit ihm, war er gewiß.

Wir, die wir ihn ebenfalls mit Spannung begleiten, obgleich wir wissen, wie alles kam, wollen ihm keinen Vorwurf machen aus seinem Vertrauen, sondern ihn nehmen, wie er war, und wie wir ihn längst schon kennen. Es gibt Erwählte, welche aus zweifelnder Demut und Selbstverwerfung nie an ihre Erwählung zu glauben vermögen, sie mit Zorn und Zerknirschung von sich weisen und ihren Sinnen nicht trauen, ja sich gewissermaßen sogar in ihrem Unglauben gekränkt fühlen, wenn sie sich trotzdem zuletzt in der Erhöhung sehen. Und es gibt andere, denen in aller Welt nichts selbstverständlicher ist, als ihre Erwähltheit, – bewußte Götterlieblinge, welche sich über garnichts wundern, was ihnen an Erhöhung und Lebenskronen nur immer zufallen mag. Welchem Erwählten-Geschlecht man nun den Vorzug geben möge, dem ungläubig-heimgesuchten oder dem präsumptuosen, – Joseph zählte zum zweiten, und immerhin muß man noch froh sein, daß er wenigstens nicht zu dem dritten gehörte, das auch noch vorhanden ist: den Heuchlern nämlich vor Gott und den Menschen, die unwürdig tun sogar vor sich selbst, und in deren Munde das Wort »Gnade« dennoch mehr Hoffart birgt als alle Segenszutraulichkeit der Unerstaunten. –

Pharao's Absteige-Palast zu On lag östlich des Sonnentempels, verbunden mit ihm durch eine Allee von Sphinxen und Sykomoren, auf welcher der Gott dahinzog, wenn er seinem Vater zu räuchern gedachte. Das Lebenshaus war leicht und lustig hingezaubert, ohne Verwendung von Stein, welcher nur ewigen Wohnungen zukommt, aus Ziegeln und Holz gemacht, wie alle Lebenshäuser, aber natürlich so lieblich und voller Zier wie Keme's kostbare Hochkultur sich's nur hatte erträumen mögen, verwahrt in seinen Gärten von blendend weißer Umfassungsmauer, vor deren erhöhtem Durchlaß an vergoldeten Flaggenstangen bunte Wimpelbänder sich im leichten Winde regten.

Es war über Mittag, die Zeit des Mahls schon vorüber. Das Eilboot hatte auch nachts nicht geruht, doch noch den Morgen gebraucht, um On zu erreichen. Auf dem Platze vorm Mauertor war ein Getümmel, denn viel Volk aus der Stadt hatte sich dahin aufgemacht, nur um herumzustehen und auf ein Schauspiel zu warten, und Haufen von Polizeisoldaten, Torwächtern und Wagenlenkern, die schwatzend bei ihren scharrenden, prustenden und manchmal hell aufwiehernden Gespannen standen, versperrten den Weg, wozu noch allerlei Höker und Händler kamen, die gefärbtes Zuckerwerk, Schmalzgebackenes, Gedenk-Skarabäen und zollhohe Statuetten des Königs und der Königin feilhielten. Nicht ohne Mühe bahnten der Eilbote und der, den er brachte, sich ihren Weg. »Befehl, Befehl!

Empfang, Empfang!« rief jener ein übers andere Mal, indem er die Leute durch seine berufsmäßige Atemlosigkeit, die er unterwegs denn doch abgestellt hatte, in Schrecken zu setzen suchte. Er rief es auch den im inneren Hofe ihnen entgegenlaufenden Dienern zu, sodaß sie die Brauen hochzogen und sich zufrieden gaben, und führte Joseph an den Fuß einer Freitreppe, zu deren Häupten, vor dem Eingangstor des auf erhöhter Plattform errichteten Lustbaus, ein Palastbeamter, sichtlich etwas wie ein Unter-Haushofmeister, sich aufgepflanzt hatte und matten Blickes zu ihnen herniedersah. Er bringe den Weissager von Zawi-Rê, sprach der Bote in fliegenden Worten die Stufen hinauf, den »man« in höchster Eile herbeizuschaffen befohlen habe; worauf der Mann, nicht minder matt, den Joseph prüfend von oben bis unten maß, als stehe es nach dieser Erklärung noch irgend bei ihm, ob er ihn zulassen sollte oder nicht – und winkte ihm dann, – wiederum mit einem Ausdruck eigenen Entschlusses, alsob er ihn auch hätte ablehnen können. Schnell schärfte der Bote dem Joseph noch ein, er möge gleichfalls sehr rasch und keuchend atmen, wenn er vor Pharao komme, damit dieser den schönen Eindruck habe, daß er ohne Rast den ganzen Weg her vor sein Angesicht gelaufen sei, was aber Joseph sich nicht ernstlich gesagt sein ließ. Er dankte dem Langbeinigen für Abholung und Geleit und stieg die Stufen zu dem Beamten empor, der zu seiner Begrüßung nicht mit dem Kopfe nickte, sondern denselben schüttelte, dann aber ihn aufforderte, ihm zu folgen.

Sie durchschritten den buntfarbig szenisch ausgemalten, von vier mit Bändern umwundenen Ziersäulen getragenen Vorbau und kamen in eine gleichfalls von Rundsäulen aus poliertem Edelholz schimmernde Brunnenhalle, wo Bewaffnete Wache hielten, und die sich nach vorne und nach den Seiten in breiten Pfeiler-Durchlässen öffnete. Geradeaus führte der Mann den Joseph durch einen Zwischen-Raum, der drei tiefe Türen nebeneinander hatte, und führte ihn durch die mittlere. So kamen sie in eine sehr große Halle, in der man wohl zwölf Säulen zählte, und deren himmelblaue Decke mit fliegenden Vögeln bemalt war. Ein offenes Häuschen in Gold und Rot, gleich einem Garten-Belvedere, stand in der Mitte, darinnen ein Tisch, von Armsesseln mit bunten Kissen umgeben. Schurzdiener besprengten und kehrten den Boden hier, trugen Fruchtteller davon, versahen die Räucherschalen und Lampen der Dreifüße, die mit breitgehenkelten Alabastervasen abwechselten, ordneten goldgetriebene Becher auf den Büffet-Tafeln und schüttelten die Kissen auf. Es war klar, daß Pharao hier gespeist und sich nun in einen Ort der Ruhe, sei es im Garten oder im tieferen Hause zurückgezogen hatte. Dem Joseph war dies alles viel weniger neu und erstaunlich, als sein Führer wohl meinte, der ihn von Zeit zu Zeit prüfend von der Seite betrachtete.

»Weißt du dich zu benehmen?« fragte er, während sie rechtshin die Halle verließen und einen Blumenhof betraten, in dessen verziertem Estrich vier Wasserbecken eingelassen waren.

»Allenfalls und im Notfall«, antwortete Joseph lächelnd.

»Nun, der Notfall wäre denn wohl gekommen«, erwiderte der Mann. »Du weißt also wenigstens für den Anfang den Gott zu begrüßen?«

»Ich wollte, ich wüßte es nicht«, versetzte Joseph, »denn allerliebst müßte es sein, es von dir zu lernen.«

Der Beamte blieb ernst vorderhand, lachte dann plötzlich, was man garnicht für möglich gehalten hätte, und zog dann freilich sein in die Breite gegangenes Gesicht gleich wieder zu trockenem Ernste zusammen.

»Du scheinst mir eine Art von Schalksnarr und Spaßmacher zu sein«, sagte er, »so ein Schelm und Rinderdieb, über dessen Streiche man lachen muß. Ich nehme an, daß dein Sehen und Deuten auch nur Schelmerei ist und eines Quacksalbers Marktgeschrei?«

»O, nichts von mir in Hinsicht aufs Sehen und Deuten«, erwiderte Joseph. »Denn es steht nicht bei mir und ist nicht meines und läuft mir wohl nur einmal so unter. Auch habe ich mir bisher nicht eben gar viel daraus gemacht. Aber seit Pharao mich eilends rufen ließ deswegen, habe ich für mein Teil angefangen, höher davon zu denken.«

»Das soll wohl eine Belehrung sein«, fragte der Hausmann, »nach meiner Seite? Pharao ist mild und jung und voller Gnade. Daß Einen die Sonne bescheint, ist noch kein Beweis, daß er kein Spitzbube ist.«

»Sie bescheint uns nicht nur, sie läßt uns erscheinen«, antwortete Joseph im Gehen, »den Einen so, den Anderen anders. Mögest du dir in ihr gefallen!«

Der Mann sah ihn von der Seite an und zwar wiederholt. Zwischendurch sah er geradeaus, wandte dann aber mit einer gewissen Raschheit, als habe er vergessen, nach etwas zu sehen, oder müsse schnell etwas nachprüfen, was er gesehen hatte, wieder den Kopf nach dem Geführten, sodaß dieser schließlich gezwungen war, den Seitenblick zu erwidern. Er tat es lächelnd und mit einem Nicken, das auszudrücken schien: »Ja, ja, so steht es, wundere dich nicht, du hast ganz recht gesehen.« Schnell und gleichsam erschrocken drehte der Mann seinen Kopf wieder vorwärts.

Aus dem Blumenhof waren sie in einen von oben beleuchteten Gang gelangt, dessen eine Wand mit Ernte- und Opferszenen bemalt war, und dessen andere durch Pfeilertüren in verschiedene Gemächer blicken ließ, auch in die Halle des Rats und der Vernehmung, mit dem Baldachin, deren Bestimmung der Hofmeister dem Joseph im Vorbeigehen erläuterte. Er war gesprächiger geworden. Sogar teilte er seinem Begleiter mit, wo er Pharao finden werde.

»Man hat sich nach dem Lunch in den kretischen Gartensaal begeben«, sagte er, »kretisch, weil solch ein Fremdkünstler des

Meeres ihn ausgeschmückt hat. Man hat die königlichen Ober-Bildhauer Bek und Auta bei sich, um sie zu belehren. Auch die große Mutter ist dort. Ich werde dich im Vorzimmer dem diensthabenden Kämmerling überhändigen, daß er dein Eintreffen melde.«

»So wollen wir's machen«, sagte Joseph, und es war weiter nichts daran, was er sagte. Aber im Weitergehen geriet der Mann an seiner Seite, nachdem er wieder einmal den Kopf geschüttelt, plötzlich in ein lautloses und andauerndes Kichern, fast krampfhaft zu nennen, das ihm sichtlich die Bauchdecke in vielen kurzen Stößen erschütterte, und dessen er auch dann noch nicht ganz Herr geworden schien, als sie das am Ende des Ganges gelegene Vorzimmer betraten, wo ein kleiner, gebückter Höfling mit wundervollem Schurz-Überfall und einem Wedel im Arm sich von der Spalte des mit goldenen Bienen bestickten Tür-Vorhangs löste, an dem er gehorcht hatte. Dem Hausmeister schwankte noch immer die Stimme auf eigentümlich jammernde Weise vom innerlichen Kichern, als er dem Kämmerling, der ihnen schwänzelnd entgegengetrippelt kam, erklärte, wen er bringe.

»Ah, der Berufene, der Erharrte, der Besserwisser«, sagte der Kleine lispelnd und mit hoher Stimme, »der es besser weiß, als die Gelehrten des Bücherhauses. Gut, gut, ex-qui-sit!« sagte er und blieb immer krumm dabei, vielleicht weil er so geboren war und sich nicht gerade richten konnte, vielleicht nur, weil der zierliche Hofdienst ihn an diese Haltung gewöhnt hatte. »Ich werde dich melden, sofort werde ich dich melden, wie sollte ich nicht? Auf dich wartet der ganze Hof. Pharao ist zwar beschäftigt, dich aber werde ich trotzdem unverweilt melden. Ich werde Pharao unterbrechen, werde ihm ins Wort fallen um deinetwillen mitten in einer Belehrung für seine Künstler, um ihm deine Ankunft zu künden. Hoffentlich wundert dich das ein bißchen. Möge jedoch die Verwunderung nicht bis zur

Verwirrung gehen, damit du nicht Dummheiten sagst, wozu du aber vielleicht der Verwirrung garnicht bedarfst. Ich mache dich aufmerksam im Voraus, daß Pharao außerordentlich reizbar ist gegen Dummheiten, die man ihm über seine Träume sagt. Ich gratuliere. Du hießest also –?«

»Osarsiph hieß ich«, antwortete der Befragte.

»So heißest du, willst du sagen, so heißest du! Wunderlich genug, daß du andauernd so heißest. Ich gehe dich anzumelden mit deinem Namen. Merci, mein Freund«, sagte er achselzuckend zu dem Verwalter, der sich entfernte, und schlüpfte seinerseits gebückt durch den Vorhang.

Gedämpft, vernahm man Stimmen dort drinnen, eine jugendlich sanfte und spröde zumal, die dann verstummte. Wahrscheinlich hatte der Bückling sich schwänzelnd und lispelnd an Pharao's Ohr gemacht. Er kehrte zurück, die Brauen hochgezogen und flüsterte:

»Pharao ruft dich!«

Joseph trat ein.

Eine Loggia empfing ihn, nicht groß genug, um den Namen »Gartensaal«, den man ihr gegeben, ganz zu verdienen, aber von seltener Schönheit. Gestützt von zwei Säulen, die mit farbigem Glas und funkelnden Steinen ausgelegt und von so natürlich gemaltem Weinlaub umwunden waren, daß es wie wirkliches schien, mit einem Fußboden, dessen Quadrate teils auf Delphinen reitende Kinder, teils Tintenfische zeigten, tat sich der Raum in drei großen offenen Fenstern gegen Gärten auf, deren ganze Lieblichkeit er in sich einbezog. Man sah dort leuchtende Tulipan-Beete, wunderlich blühende Fremdsträucher und mit Goldstaub bestreute Wege, die zu Lotosteichen führten. Weit ging das Auge hinaus in eine Insel-, Brücken- und Kiosk-Perspektive und empfing von dort den Blitz der Fayenceziegel, mit denen das ferne Sommerhäuschen geschmückt war. Die Veranda-Halle selbst strahlte von Farben.

Ihre Seitenwände waren mit Malereien bedeckt, die von aller Landesüblichkeit abwichen. Fremde Leute und Sitten waren dort anschaulich gemacht, offenbar solche der Inseln des Meeres. Frauen in bunten und starren Prunkröcken saßen und wandelten, den Busen entblößt im enganliegenden Mieder, und ihre Haare, über dem Stirnband gekräuselt, fielen in langen Flechten auf ihre Schultern. Pagen in nie gesehener Ziertracht, Spitzkrüge in Händen, warteten ihnen auf. Ein Prinzchen mit Wespentaille und zweifarbigem Beinkleid, in Lammfellstiefeln, auf dem Lockenkopf einen Kronenputz mit bunt wallenden Federn, zog in Selbstgefälligkeit zwischen abenteuerlich blühenden Gräsern dahin und schoß mit Pfeilen nach flüchtigen Jagdtieren, deren Lauf so dargestellt war, daß ihre Hufe nicht den Boden berührten, sondern frei darüber hinflogen. Anderwärts schlugen Akrobaten Luft-Purzelbäume über die Rücken tobender Stiere hinweg, zur Unterhaltung von Damen und Herren, die ihnen aus Pfeilerfenstern und von Balkonen herab zuschauten.

Von demselben Fremdgeschmack waren die Gegenstände der Augenweide und des schönen Handwerks geprägt, die den Aufenthalt schmückten: irdene Vasen, schimmernd bemalt, mit Gold eingelegte Elfenbein-Reliefs, getriebene Prunkbecher, ein schwarzsteinerner Stierkopf mit goldenen Hörnern und Augen aus Bergkristall. Während der Eintretende die Hände erhob, machte sein Blick eine ernst-bescheidene Runde über die Szene und über die Personen hin, deren Anwesenheit ihm verkündigt worden war.

Amenhotep-Nebmarê's Witwe thronte ihm gerade gegenüber auf hohem Stuhl mit hohem Schemel, gegen das Licht, vor dem mittleren der tiefreichenden Bogenfenster, sodaß ihr ohnedies broncefarben gegen das Gewand abstechender Teint durch die Verschattung noch dunkler erschien. Dennoch erkannte Joseph ihre eigentümlichen Züge wieder, wie er sie vordem das eine und andere Mal bei königlichen Ausfahrten erblickt: das fein gebogene Näschen, die aufgeworfenen, von Furchen bitterer Weltkunde eingefaßten Lippen, die gewölbten, mit dem Pinsel nachgezogenen Brauen über den kleinen, schwarz glänzenden, mit kühler Aufmerksamkeit blickenden Augen. Die Mutter trug nicht die goldene Geierhaube, in der Jaakobs Sohn sie im Öffentlichen gesehen. Ihr gewiß schon ergrautes Haar – denn sie mußte ihres Alters gegen Ende fünfzig sein – war in ein silbriges Beuteltuch gehüllt, das den goldenen Streifen einer Stirn- und Schläfenspange freiließ, und von dessen Scheitel zwei ebenfalls goldene Königsschlangen – gleich zwei, als hätte sie auch die ihres in den Gott eingegangenen Gemahls übernommen – sich herabringelten und sich vor der Stirne aufbäumten. Runde Scheiben aus dem gleichen bunten Edelgestein, aus dem auch ihr Halskragen gefertigt war, schmückten ihre Ohren. Die kleine, energische Gestalt saß sehr gerade, sehr aufgerichtet und wohlgeordnet, sozusagen im alten, hieratischen Stil, die Oberarme auf den Lehnen des Sessels, die Füßchen auf dem Hochschemel geschlossen nebeneinander gestellt. Ihre klugen Augen begegneten denen des verehrend Eintretenden, wandten sich aber, nachdem sie flüchtig an dessen Gestalt heruntergeglitten waren, in begreiflicher und selbst gebotener Gleichgültigkeit gleich wieder ihrem Sohne zu, wobei die lebensbitteren Falten um ihren vortretenden Mund sich zu einem spöttischen Lächeln formten, der knabenhaft aufgeregten Neugier wegen, mit der dieser dem Empfohlenen und Erwarteten entgegensah.

Der junge König über Ägyptenland saß zur Linken vor der Bilderwand auf einem löwenfüßigen, mit Kissen reichlich und weichlich ausgestatteten Armstuhl mit schräger Lehne, von der er den Rücken weggehoben hatte, indem er, lebhaft vorgebeugt, die Füße unter den Sitz geschoben, die Armlehnen mit seinen schlanken, skarabäusgeschmückten Händen umfaßt hielt. Man muß hinzufügen, daß diese wie zum Aufspringen bereite Haltung gespannter Aufmerksamkeit, mit der Amenhotep, rechtshin gewandt, die grau verschleierten Augen möglichst weit geöffnet, den eingetroffenen Deuter seiner Träume betrachtete, nicht sogleich voll ausgebildet war, sondern sich im Lauf einer Minute – so lange dauerte dies – stufen- und ruckweise entwickelte und auf den Grad steigerte, daß Pharao sich schließlich wirklich etwas vom Sessel erhoben und sein Schwergewicht ganz den klammernden Händen übergeben hatte, deren Knöchelspiel die Anspannung deutlich zeigte. Dabei glitt ein Gegenstand, der ihm im Schoße gelegen, eine Art von Saitenspiel, mit leise schollerndem und klingendem Geräusch zu Boden, – schnell aufgenommen und ihm wieder dargereicht von einem der Männer, die vor ihm standen, der Bildmeister einem, die er belehrte. Der Mann mußte es ihm eine Weile hinhalten, bis er, die Augen schließend, es annahm und sich in die Kissen seines Stuhles zurücksinken ließ, indem er die Haltung wieder einnahm, in der er offenbar vorher sich mit den Meistern besprochen hatte: eine außerordentlich lässige, weiche und überbequeme Haltung, denn der Sitz seines Stuhles war ausgehöhlt für ein Kissen, das aber zu nachgiebig war, als daß Pharao nicht darin hätte versinken sollen, und so saß er nicht nur sehr schräg, sondern auch sehr tief, ließ eine Hand schlaff über die Armlehne hängen, indeß er mit dem Daumen der anderen leise die Saiten der wunderlichen kleinen Hohlharfe in seinem Schoße rührte, und schlug die hochgezogenen Kniee im Linnen über einander, sodaß sein einer Fuß in ziemlicher Höhe wippte. Die goldene Spange der Sandale ging zwischen der großen und zweiten Zehe durch.

Das Kind der Höhle

Nefer-Cheperu-Rê-Amenhotep war damals so alt, wie Joseph, der nun als ein Dreißigjähriger vor ihm stand, gewesen war, als er »ein Hirte des Viehs ward mit seinen Brüdern« und den Vater ums bunte Kleid beschwatzte, nämlich siebzehn. Doch schien er älter, nicht nur, weil in seiner Zone die Jahre den Menschen rascher reifen, auch nicht allein durch die Anfälligkeit seiner Gesundheit, sondern auch kraft seiner frühen Verpflichtung auf das Weltganze, vielfältiger Eindrücke, die, aus allen Himmelsgegenden kommend, seine Seele bestürmt hatten, und seiner eifrig-schwärmerischen Bemühtheit um das Göttliche. Bei der Beschreibung seines Gesichts unter der runden blauen Perücke mit Königsschlange, die er heute über der Leinenkappe trug, dürfen die Jahrtausende uns nicht von dem zutreffenden Gleichnis abschrecken, daß es aussah, wie das eines jungen, vornehmen Engländers von etwas ausgeblühtem Geschlecht: langgezogen, hochmütig und müde, mit nach unten ausgebildetem, also keineswegs mangelndem und dennoch schwachem Kinn, einer Nase, deren schmaler, etwas eingedrückter Sattel die breiten, witternden Nüstern desto auffallender machte, und tief träumerisch verhängten Augen, von denen er die Lider nie ganz aufzuheben vermochte, und deren Mattigkeit in bestürzendem Gegensatz stand zu der nicht etwa aufgeschminkten, sondern von Natur krankhaft blühenden Röte der sehr vollen Lippen. So war eine Mischung schmerzlich verwikkelter Geistigkeit und Sinnlichkeit in diesem Gesicht – auf der Stufe des Knabenhaften und vermutlich sogar des zu Übermut und Ausgelassenheit Geneigten. Hübsch und schön war es mitnichten, aber von beunruhigender Anziehungskraft; man wunderte sich nicht, daß Ägyptens Volk ihm Zärtlichkeit erwies und ihm blumige Namen gab.

Auch nicht schön, sondern eher seltsam und teilweise etwas

aus der Form gegangen war Pharao's die Mittelgröße kaum
erreichende Körpergestalt, wie sie da, in der leichten, wenn
auch auserlesen kostbaren Kleidung sehr deutlich erkennbar,
in einer Lässigkeit, die nicht Unmanier, sondern einen oppositionellen Lebensstil bedeutete, in den Kissen hing: der lange
Hals, die von einem wundervollen Stein-Blütenkragen halb
bedeckte schmale und weiche Brust, die dünnen, von getriebenen Goldreifen eingefaßten Arme, der von jeher etwas vortretende Bauch, freigegeben von dem vorn tief unter dem Nabel ansetzenden, hinten aber hoch den Rücken hinaufreichenden Schurz, dessen prachtvoller Vorderbehang mit Uräen und
Bandfransen geschmückt war. Dazu waren die Beine nicht nur
zu kurz, sondern auch sonst noch ohne Verhältnis, da die Oberschenkel entschieden zu voll, die unteren aber fast hühnerartig
mager erschienen. Amenhotep hielt seine Bildhauer an, diese
Eigentümlichkeit nicht nur nicht zu beschönigen, sondern sie,
um der teueren Wahrheit willen, sogar noch zu übertreiben.
Sehr schön und nobel gebildet dagegen waren Hände und
Füße, besonders die langfingrigen und elegant-empfindsamen
Hände mit Resten von Salböl in den Nagelbetten. Daß die
beherrschende Leidenschaft dieses verwöhnten, die Köstlichkeit seiner Geburt offenbar mit Selbstverständlichkeit hinnehmenden Knaben die Erkenntnis des Höchsten sein sollte, war
sonderbar zu denken, und Abrahams schauend beiseite stehender Enkel wunderte sich, in wie unterschiedlicher Menschlichkeit, ganz fern und fremd die eine der anderen, die Gottessorge doch auf Erden erscheine.

Amenhotep also hatte sich den beiden Kunstmeistern wieder
zugewandt, um sie zu verabschieden, – einfachen, kräftigen
Männern, von denen der Eine damit beschäftigt war, die auf ein
Postament gestellte unfertige Ton-Statuette, die er dem Auftraggeber vor Augen geführt hatte, in ein feuchtes Tuch zu
schlagen.

»Mache es, guter Auta«, hörte Joseph die sanfte und spröde, etwas zu hoch liegende, dabei leicht weihevoll getragene, aber abwechselnd damit in ein hastigeres Zeitmaß fallende Stimme wieder, auf die er schon draußen gelauscht, »mache es, wie Pharao dich angewiesen, mache es lieb, lebendig und schön, wie mein Vater am Himmel es will! Noch sind Fehler in deiner Arbeit, – nicht Fehler des Handwerks, – du bist sehr tüchtig – aber Fehler des Geistes. Meine Majestät hat sie dir nachgewiesen, und du wirst sie verbessern. Du hast meine Schwester, die süße Prinzessin Baketaton, noch zu sehr in der alten, toten Weise gebildet, dem Vater zuwider, dessen Willen ich weiß. Mache sie lieb und leicht, mache sie nach der Wahrheit, die das Licht ist, und in der Pharao lebt, denn er hat sie in sein Innres gesetzt! Laß sie eine Hand mit einer Frucht des Gartens, einem Granatapfel, zum Munde führen und laß ihre andere Hand lose herabhängen – nicht die steife Fläche zum Körper gewandt, sondern die gerundete Fläche nach hinten, – so will es der Gott, der in meinem Herzen ist, und den ich kenne, wie keiner ihn kennt, weil ich aus ihm hervorgekommen bin.«

»Dieser Knecht«, antwortete Auta, indem er mit einer Hand die lettene Figur umwickelte und die andere gegen den König aufhob, »wird es genau machen, wie Pharao gebietet und es mich zu meinem Glück gelehrt, – der Einzige des Rê, das schöne Kind des Atôn.«

»Danke dir, Auta, danke dir lieb und freundlich. Es ist wichtig, verstehst du? Denn wie der Vater in mir ist und ich in ihm, so sollen alle eines werden in uns, das ist das Ziel. Dein Werk aber, im rechten Geiste geschaffen, kann vielleicht ein wenig dazu beitragen, daß alle eins werden in Ihm und mir. – Und du, guter Bek...«

»Bedenke, Auta«, ließ sich hier die fast männlich tiefe Stimme der Göttin-Witwe von ihrem Hochsitze her vernehmen, »bedenke immer, daß Pharao es schwer hat, sich uns verständlich zu machen, und daß er wohl etwas mehr sagt, als er meint, damit das Verständnis ihm bis zu dem Gemeinten folge. Was er meint, ist nicht, daß du die süße Prinzessin Baketaton essend darstellen sollst, wie sie in die Frucht beißt; sondern du sollst ihr den Granatapfel nur in die Hand geben und sie den Arm leise heben lassen, sodaß man vermuten mag, sie wolle das Obst allenfalls zum Munde führen, das wird des Neuen genug sein und ist das Gemeinte, wohin Pharao dich bringen will, wenn er sagt, daß du sie sollst davon essen lassen. Auch mußt du etwas von dem abziehen, was Seine Majestät von der hängenden Hand sagte, daß du die gehöhlte solltest gänzlich nach hinten kehren. Drehe sie nur leicht vom Körper weg, nur zur Hälfte, das ist das Gemeinte und wird dir Lob und Tadel genug eintragen. Dies zur Verständigung.«

Ihr Sohn schwieg einen Augenblick.

»Hast du verstanden?« fragte er dann.

»Ich habe«, antwortete Auta.

»So wirst du verstanden haben«, sagte Amenhotep, indem er auf das leierartige Gerät in seinem Schoße niederblickte, »daß die große Mutter natürlich etwas weniger sagt, als sie meint, indem sie meine Worte zu dämpfen sucht. Du kannst die Hand mit der Frucht schon ziemlich weit gegen den Mund führen, und was die freie betrifft, so ist's ja ohnehin nur eine halbe Drehung, wenn du ihre Fläche vom Körper wegdrehst nach hinten, denn ganz nach außen herum dreht niemand die Fläche, und du würdest gegen die lichte Wahrheit verstoßen, wenn du's so machtest. Da siehst du, wie weislich die Mutter mein Wort gedämpft hat.«

Verschmitzt lächelnd blickte er auf vom Gerät, wobei er kleine, zu blasse, zu durchsichtige Zähne zwischen den vollen Lippen zeigte, und blickte zu Joseph hinüber, der ihm entgegenlächelte. Übrigens lächelten auch die Königin und die Handwerksmeister.

»Und du, guter Bek«, fuhr er fort, »reise, wie ich dir's auftrug! Reise nach Jebu, reise ins Elephantenland und hole vom roten Granit, der dort wächst, eine schöne Menge, und zwar von dem allerherrlichsten, der mit Quarz und schwärzlichem Glimmer durchsetzt ist, du weißt schon, an welchem mein Herz hängt. Siehe, der Pharao will das Haus seines Vaters zu Karnak damit schmücken, daß es Amuns Haus übertreffe, wenn nicht an Größe, so doch an Kostbarkeit des Gesteines, und der Name ›Glanz des großen Atôn‹ sich immer mehr einbürgere für seinen Distrikt, als Übergang dazu, daß vielleicht Wêset selbst, die ganze Stadt, eines Tages einmal den Namen ›Stadt des Glanzes Atôns‹ annehmen möchte im Munde der Menschen. Du kennst meine Gedanken, und ich vertraue auf deine Liebe zu ihnen. Reise, du Guter, reise sogleich! Pharao wird hier sitzen in seinen Kissen, und du wirst in die Ferne reisen stromauf und die Beschwerden tragen, die es kostet, den roten Stein zu gewinnen und ihn in schöner Menge hinabzuschleppen und zu -schiffen nach Theben. So ist es, und so sei es denn auch. Wann wirst du reisen?«

»Morgen früh«, antwortete Bek, »wenn ich Weib und Haus versorgt. Und die Liebe zu unserem süßen Herrn, dem schönen Kinde des Atôn, wird mir Reise und Mühen so leicht machen, als säße ich in den weichsten Kissen.«

»Gut, gut, und geht nun, ihr Männer! Packt ein und geht, ein jeder zu seinem Werke. Pharao hat wichtige Geschäfte; nur äußerlich ruht er in Kissen, innerlich ist er höchst angespannt, eifrig und sorgenvoll. Euere Sorgen sind zwar schön, aber gering im Vergleich mit seinen. Lebt wohl und geht!«

Er wartete, bis die Meister sich verehrend zurückgezogen hatten, sah aber unterdessen schon Joseph an.

»Tritt nahe, Freund!« sagte er, als der Bienenvorhang sich hinter ihnen geschlossen hatte. »Tritt, bitte, näher heran, lieber Chabire von Retenu, fürchte dich nicht und erschrick nicht vor deinen Tritten, komm nur ganz nahe! Dies ist die Mutter Gottes, Teje, die Millionen Jahre lebt. Und ich bin Pharao. Aber denke nicht weiter daran, daß du nicht erschrickst! Pharao ist Gott und Mensch, aber er legt soviel Gewicht aufs zweite wie auf das erste, ja es freut ihn, es freut ihn zuweilen bis zum Trotz und bis zum Zorne, den Menschen hervorzukehren und darauf zu bestehen, daß er ein Mensch ist, wie alle, von einer Seite gesehen; es freut ihn, den Griesgramen ein Schnippchen zu schlagen, die da wollen, daß er sich immer nur ebenmäßig als Gott gehabe.«

Und damit schlug er wirklich mit seinen schlanken Fingern ein Schnippchen in der Luft.

»Aber ich sehe, du fürchtest dich nicht«, fuhr er fort, »und erschrickst nicht vor deinen Tritten, sondern tust sie mit gelassener Anmut zu mir her. Das ist angenehm, denn vielen schwindet die Seele, wenn sie vor Pharao stehen sollen, ihr Herz verläßt sie, es geben ihnen die Kniee nach, und sie können nicht Leben von Tod unterscheiden. Du bist nicht vom Schwindel gerührt?«

Joseph schüttelte lächelnd den Kopf.

»Das kann drei Gründe haben«, sagte der Königsknabe. »Entweder ist es so, weil deine Abstammung edel ist in ihrer Art, oder weil du in Pharao den Menschen siehst, wie er es gern hat, wenn es mit dem Hintergedanken seiner Göttlichkeit geschieht, oder aber, weil du fühlst, daß auf dir selbst ein Abschein des Göttlichen liegt, denn du bist schön und wunderhübsch, wie ein Bild, meine Majestät bemerkte es gleich, als du eintratest, und obgleich es mich nicht überraschte, da man mir gesagt hatte, daß du der Sohn einer Lieblichen seiest, erregte es doch meine Aufmerksamkeit. Bezeugt es doch, daß der dich liebt, der die Schönheit der Gestalt schafft durch sich selbst allein, der den Augen Leben und Sehkraft verleiht durch Seine Schönheit, für Seine Schönheit. Man kann die Schönen die Lieblinge des Lichts nennen.«

Er betrachtete Joseph wohlgefällig, mit schrägem Kopfe.

»Ist er nicht wunderhübsch und schön wie ein Lichtgott, Mamachen?« fragte er Teje, die ihre Wange auf drei Finger ihrer kleinen, dunklen, von Steinen blitzenden Hand stützte.

»Du hast ihn der Weisheit und Deutungskunst wegen vor dich berufen, die man ihm nachsagt«, erwiderte sie ins Leere blickend.

»Das hat mit einander zu tun«, sagte Amenhotep rasch und eifrig einfallend. »Darüber hat Pharao viel gesonnen und viel vernommen und sich unterredet mit Sendboten, die ihn besuchten, oft von weither aus der Fremde, Magiern, Priestern und Eingeweihten, die ihm Kunde brachten aus Ost und West von den Gedanken der Menschen. Denn was muß er nicht alles vernehmen und wohin nicht lauschen, um zu prüfen, zu wählen und das Nutzbare nutzbar zu machen zur Vollendung der Lehre und zur Errichtung des Bildes der Wahrheit nach dem Willen seines Vaters am Himmel! Schönheit, Mamachen und du, lieber Amu, hat mit Weisheit zu tun, nämlich durch das Mittel des Lichtes. Denn das Licht ist das Mittel und ist die Mitte, von wo Verwandtschaft strahlt nach drei Seiten hin: zur Schönheit, zur Liebe und zur Erkenntnis der Wahrheit. Diese sind eins in ihm, und das Licht ist ihre Dreieinigkeit. Fremde trugen mir die Lehre zu von einem anfänglichen Gott, aus Flammen geboren, einem schönen Gott des Lichts und der Liebe, und sein Name war ›Erstgeborener Glanz‹. Das ist ein herrlicher, nutzbarer Beitrag, denn es erweist sich darin die Einerleiheit von Liebe und Licht. Licht aber ist Schönheit sowohl wie Wahrheit und Wissen, und wollt ihr das Mittel der Wahrheit wissen, so ist's die Liebe. – Von dir nun sagt man, wenn du einen Traum hörst, daß du ihn deuten kannst?« fragte er Joseph errötend, da seine eigenen schwärmerischen Worte ihn beschämten und verwirrten.

»Nichts von mir, o Herr, in diesem Zusammenhang!« antwortete Joseph. »Nicht ich kann's. Gott allein kann es, und er tut es zuweilen durch mich. Alles hat seine Zeit, Träume und Deuten. Da ich ein Knabe war, träumte ich, und feindliche Brüder schalten mich den Träumer. Jetzt, wo ich schon ein Mann bin, kam die Zeit des Deutens. Meine Träume deuten sich mir, und allenfalls gibt mir's Gott, daß ich Träume deute der anderen.«

»Bist du also ein prophetischer Jüngling, ein sogenanntes inspiriertes Lamm?« erkundigte sich Amenhotep. »Es scheint, daß man dich in diese Ordnung einzureihen hat. Wirst du mit den letzten Worten tot umfallen, nachdem du dem König in Verzückung die Zukunft gekündet, daß er dich feierlich bestatte und deine Weissagungen aufzeichnen lasse, um sie der Nachwelt zu überliefern?«

»Nicht leicht«, sprach Joseph, »ist die Frage des großen Hauses zu beantworten, nicht mit Ja, nicht mit Nein, höchstens mit beidem. Deinen Knecht erstaunt es und trifft ihn rührend ins Herz, daß du geruhst, ein Lamm, nämlich das inspirierte, in ihm zu sehen. Denn ich bin dieses Namens kindlich gewohnt von meinem Vater, dem Gottesfreunde, her, der mich ›das Lamm‹ zu nennen pflegte und zwar, weil meine liebliche Mutter, um die er diente zu Sinear überm verkehrt Fließenden, die Sternenmagd, die mich gebar im Zeichen der Jungfrau, Rahel hieß, das ist: Mutterschaf. Dies aber berechtigt mich nicht, deiner Annahme, großer Herr, unbedingt zuzustimmen und zu sprechen: ›Ich bin's‹; denn ich bin's und bin's nicht, eben weil *ich* es bin, das will sagen: weil das Allgemeine und die Form eine Abwandlung erfahren, wenn sie sich im Besonderen erfüllen, und nur im Besonderen können sie sich erfüllen, also, daß unbekannt wird das Bekannte und du's nicht wiedererkennst. Erwarte nicht, daß ich tot umsinken werde bei meinem letzten Wort, weil es sich so gehört. Dieser dein Knecht, den du aus der Grube riefst, erwartet es nicht, denn es gehört nur zur

Form, nicht aber zu mir, in dem sie sich abwandelt. Auch werde ich nicht in Verzückung schäumen, nach dem Muster des prophetischen Jünglings, wenn Gott mir gibt, dem Pharao wahrzusagen. Da ich ein Knabe war, verzückte es mich wohl, und ich schuf Sorge dem Vater, indem ich die Augen rollte, gehörnten Nacktläufern gleich und Orakellallern. Das hat der Sohn von sich abgetan, seit er etwas zu Jahren kam, und hält's mit dem Gottesverstande, auch wenn er deutet. Deutung ist Verzückung genug; man muß nicht auch noch dabei geifern. Deutlich und klar sei das Deuten, kein Aulasaukaulala.«

Er hatte beim Sprechen nicht nach der Mutter geschaut, aber aus dem Augenwinkel sah er nun, daß sie Zustimmung nickte auf ihrem Hochsitz. Sogar ließ sie die fast männlich tiefe, energische Stimme ihres zierlichen Körpers vernehmen und äußerte:

»Hörens- und Beherzigenswertes spricht der Fremde vor Pharao.«

Darauf durfte Joseph nur fortfahren, denn der König schwieg für den Augenblick und ließ den Kopf hängen mit der schmollenden Miene eines milde gescholtenen Knaben.

»Es hängt aber«, ging der Belobte weiter, »die Gefaßtheit beim Deuten und Weissagen nach dem Dafürhalten dieses Geringen damit zusammen, daß es ein Ich ist und ein Einzig-Besonderes, durch das die Form und das Überlieferte sich erfüllen, – dadurch wird ihnen meines Erachtens das Siegel der Gottesvernunft zuteil. Denn das musterhaft Überlieferte kommt aus der Tiefe, die unten liegt, und ist, was uns bindet. Aber das Ich ist von Gott und ist des Geistes, der ist frei. Dies aber ist gesittetes Leben, daß sich das Bindend-Musterhafte des Grundes mit der Gottesfreiheit des Ich erfülle, und ist keine Menschengesittung ohne das eine und ohne das andere.«

Amenhotep nickte seiner Mutter mit hohen Augenbrauen zu und applaudierte, indem er eine Hand gerade aufstellte und mit zwei Fingern der anderen leicht gegen die Fläche schlug.

»Hörst du, Mamachen?« sagte er. »Das ist ein einsichtiger, hochbegabter Jünglingsmann, den meine Majestät da kommen ließ. Erinnere dich, bitte, daß ich es war, der ihn aus eigenem Entschlusse zu Hofe rief! Pharao ist auch sehr begabt und vorgeschritten für seine Jahre, aber es ist ungewiß, ob er dies, mit dem bindenden Muster der Tiefe und der Würde von oben her, so zu ordnen und auszumachen gewußt hätte. – Also bist du nicht an das bindende Muster des schäumenden Lammes gebunden«, fragte er, »und wirst Pharao nicht das Herz zermalmen mit der hergebrachten Verkündigung gräulichen Elends, das kommen soll, und des Einbruchs der Fremdvölker, daß da wird das Unterste zuoberst gekehrt werden?« Er schauderte. »Man kennt das«, sagte er mit erbleichenden Lippen. »Aber meine Majestät muß sich ein wenig schonen und erträgt schlecht das Wilde, sondern braucht das Liebe und Zarte. Das Land ist zugrunde gegangen, es lebt in Aufruhr, Beduinen durchziehen es, Arm und Reich sind vertauscht, die Gesetze haben aufgehört, der Sohn erschlägt den Vater und wird vom Bruder erschlagen, das Wild der Wüste trinkt aus den Wasserläufen, man lacht das Lachen des Todes, Rê hat sich abgewandt, man weiß nicht, wann Mittag ist, denn man erkennt nicht den Schatten der Sonnenuhr, die Bettler essen die Opfergaben, der König wird gefangen hinweggeschleppt, und nur der Trost bleibt, daß es danach durch Errettersmacht wieder besser wird. Pharao wird also dies Lied nicht hören müssen? Darf er hoffen, daß die Modelung des Hergebrachten durch das Besondere solche Schrecknisse ausschließen wird?«

Joseph lächelte. Es war hier, daß er die verzeichnete, oft als gewandt und höflich gerühmte Antwort gab:

»Gott wird doch Pharao Gutes weissagen.«

»Du sagst ›Gott‹«, forschte Amenhotep. »Du sagtest es mehrmals schon. Welchen Gott meinst du? Da du von Zahi bist und von Amu, nehme ich an, daß du den Ackerstier meinst, den sie Baal, den Herrn, nennen im Osten?«

Josephs Lächeln wurde verschwiegen. Er schüttelte den Kopf dazu.

»Meine Väter, die Gottesträumer«, sagte er, »schlossen ihren Bund mit einem andern Herrn.«

»Dann kann es nur Adonai, der Bräutigam sein«, sagte der König schnell, »um den die Flöte klagt in den Schluchten, und der aufersteht. Du siehst, Pharao weiß sehr genau Bescheid unter den Göttern der Menschen. Alles muß er kennen und prüfen und ein Goldwäscher sein, der das Körnchen Wahrheit aus dem Absurden läutert, damit es helfe, die Lehre zu vervollkommnen von seinem ehrwürdigen Vater. Pharao hat es schwer, aber auch gut, sehr gut, und so ist's königlich. Ich habe das ausgemacht dank meiner Begabtheit. Wer es schwer hat, soll es auch gut haben, aber nur er. Denn es nur gut zu haben, ist ein Ekel; aber es nur schwer zu haben, ist auch nicht das Rechte. Wie meine Majestät beim großen Tributfest in dem schönen Kiosk der Erscheinung sitzt neben der süßen Gemahlin, und die Boten der Völker, Mohren, Libyer und Asiaten führen in unaufhörlichem Zuge die Abgaben der Welt, Gold in Barren und Ringen, Elfenbein, Silber in Vasenform, Straußenfedern, Rinder, Byssus, Geparden und Elefanten an mir vorüber, – also auch sitzt der Herr der Kronen nur da in der Schönheit seines Palastes inmitten der Welt und empfängt in gebührender Bequemlichkeit den Gedankentribut der bewohnten Erde. Denn, wie mir schon zu erwähnen gefiel: es lösen die Sänger und Seher fremder Götter einander ab, die an meinen Hof kommen aus sämtlichen Gegenden, von Persien, dessen Gärten man rühmt, und wo man glaubt, daß einst die Erde plan und eben sein wird und alle Menschen einerlei Lebensart, Recht und Sprache haben werden; von India, vom Land, wo der Weihrauch wächst, vom sternkundigen Babel und von den Inseln des Meeres. Sie alle besuchen mich, sie ziehen vorüber an meinem Stuhl, und meine Majestät unterhält sich mit ihnen, wie sie sich jetzt mit dir, dem besonderen Lamm, unterhält. Sie tragen mir das Frühe und Späte vor, das Alte und Neue. Zuweilen hinterlassen sie merkwürdige Souvenirs und göttliche Abzeichen. Siehst du das Spielwerk hier?« Und er hob das gewölbte, besaitete Ding aus seinem Schoß und zeigte es Joseph.

»Ein Lautenspiel«, stellte dieser fest. »Es ist wohl angebracht, daß Pharao das Zeichen der Anmut und Güte in seinen Händen hält.«

Er sagte dies aber, weil das Schriftzeichen für das ägyptische »Nofert«, was zugleich Anmut und Güte bedeutet, die Laute ist.

»Ich sehe«, versetzte der König, »daß du dich auf die Künste des Thot verstehst und ein Schreiber bist. Ich denke, daß das mit der Würde des Ich zusammenhängt, worin sich das bindende Muster der Tiefe erfüllt. Aber dies Stück ist noch für andres ein Zeichen, als nur für Anmut und Güte, nämlich für eines fremden Gottes Verschmitztheit, der ein Bruder des Ibisköpfigen sein mag oder sein anderes Selbst, und der als Kind dies Spielwerk erfand, da er einem Tiere begegnete. Kennst du die Schale?«

»Es ist einer Schildkröte Schale«, bekannte Joseph.

»Du hast recht«, bestätigte Amenhotep. »Diesem weisen Tier begegnete das durchtriebene Gott-Kind, das in einer Höhle der Felsen geboren war, und es fiel seinem Witze zum Opfer. Denn es raubte ihm keck den Hohlschild und spannte Saiten darüber und auch ein Paar Hörner, wie du siehst, befestigte es daran: da gab es die Leier. Ich sage nicht, daß dies hier dasselbe Spielzeug ist, das der Gott-Schalk verfertigte. Auch der Mann behauptete das nicht, der es mir brachte und schenkte, ein Seefahrer von Kreta. Nur nachgebildet mag es jenem wohl sein zum spaßhaft frommen Gedenken und war nur eine Beigabe zu den mancherlei Stückchen, die der Kreter dem Pharao von dem Wikkelkinde der Höhle erzählte. Denn immer machte der Kleine sich auf und davon aus der Höhle und seinen Windeln, um Stückchen zu treiben. So stahl er, man glaubt es nicht, die Rinder des Sonnengottes, seines älteren Bruders, vom Hügel weg, wo sie weideten, da jener untergegangen war. Ihrer fünfzig nahm er und trieb sie in die Kreuz und Quere herum, damit er ihre Spuren verwirrte; seine eigenen aber entstellte er, indem er sich ungeheure Sandalen aus Zweiggeflecht unter die Füße band, – so waren es Riesenspuren, die er hinterließ, und zugleich garkeine, und so war es wohl recht; denn er war zwar ein Kind, aber ein Gott, und so waren Spuren von undeutlicher Riesengröße seiner Kindheit ganz angemessen. Die Rinder trieb er davon und barg sie in einer Höhle – einer anderen, als wo er geboren; es gibt dort viele, – nicht ohne zuvor unterwegs am Flusse zwei Kühe geschlachtet und an einem gewaltigen Feuer gebraten zu haben. Die aß er auf, der Säugling – es war ein kindisches Riesenmahl und paßte zu seinen Spuren.«

»Dies alles getan«, fuhr Amenhotep in überbequemer Haltung fort, »schlüpfte das diebische Kind in seine Mutterhöhle zurück und in seine Windeln. Als aber der Sonnengott wieder aufging und die Rinder vermißte, sagte er sich selber wahr, denn er war ein weissagender Gott, und erfuhr, daß nur sein neugeborener Bruder dies angestellt haben könne. Zu ihm trat er in die Höhle, von Zorn entbrannt. Der Räuber jedoch, der ihn hatte kommen hören, kuschelte sich ganz klein zusammen in seinen göttlich duftenden Windeln und heuchelte den Schlummer der Unschuld, seine Erfindung, die Leier, im Arm. Und wie natürlich wußte der Gleisner zu lügen, da ihn der Sonnenbruder, ungetäuscht durch seine Kniffe, ob des Diebstahls drohend zur Rede stellte! ›Ganz andere Sorgen habe ich‹, stammelte er, ›als du denkst: süßer Schlaf und Muttermilch sind's und Windelbänder um meine Schultern und warme Bäder.‹ Und dann schwur er, dem Seefahrer zufolge, gar einen großen Eid, daß er von den Kühen nichts wisse. – Langweile ich dich auch nicht, Mamachen?« unterbrach er sich, gegen die tronende Göttin gewandt.

»Seit ich der Sorge ledig bin um die Regierung der Länder«, antwortete sie, »habe ich viel übrige Zeit. Ich kann sie mir ebenso gut mit dem Anhören fremder Göttergeschichten vertreiben, wie mit etwas anderem. Nur scheint mir die Welt verkehrt: Gewöhnlich läßt sich ein König erzählen. Deine Majestät aber erzählt selbst.«

»Warum sollte sie nicht?« erwiderte Amenhotep. »Pharao muß lehren. Und auch, was er gelernt hat, drängt es ihn immer gleich, andere zu lehren. Was eigentlich meine Mutter beanstandet«, fuhr er fort, indem er ihr, ein paar Finger gegen sie ausstreckend, gleichsam ihre eigenen Worte erläuterte, »ist sicherlich, daß Pharao säumt, diesem verständig inspirierten Lamm seine Träume zu erzählen, um endlich die Wahrheit darüber zu hören. Denn daß ich wahre Deutung von ihm erfahren werde, dessen hat seine befriedigende Person und haben auch einige seiner Äußerungen mich fast schon gewiß gemacht. Auch fürchtet meine Majestät sich nicht davor, denn dieser hat ja versprochen, daß er mir nicht nach dem Schema der schäumenden Jünglinge weissagen und mich nicht entsetzen wird mit solchen Verkündigungen, wie daß die Bettler die Opfergaben essen werden. Weißt du aber nicht und kennst nicht die wunderliche Verhaltungsweise des Gemüts, daß wohl der Mensch, wenn die Erfüllung seines begehrtesten Wunsches endlich herangekommen ist, sich die Erfüllung freiwillig noch etwas versagt? Nun ist's ohnedies da, sagt er wohl, und liegt nur an mir, daß es eintrete; nun kann ich's ebenso gut noch etwas anstehen lassen, denn das Begehren und Wünschen ist mir auf eine Art selber lieb geworden, und ist gewissermaßen schade darum. Das ist so Menschenart, und da Pharao großen Wert darauf legt, ein Mensch zu sein, so macht er es auch so.«

Teje lächelte.

»Wie deine liebe Majestät es macht«, sagte sie, »so wollen wir's schön heißen. Da dieser Wahrsager dich nicht fragen darf, so frage ich dich: ging der Meineid dem schlimmen Säugling so durch, oder was weiter ereignete sich?«

»Dies«, antwortete Amenhotep, »dieses meinem Gewährsmann zufolge: Es brachte der Sonnenbruder den Dieb gefesselt vor ihren Vater, den großen Gott, daß jener gestehe und dieser ihn strafe. Aber dort ebenfalls leugnete der Schelm mit größter List und gab scheinfromme Rede. ›Hoch verehr' ich die Sonne‹, lispelte er, ›und die anderen Götter, und dich liebe ich und fürchte diesen, – du aber, schütze den Jüngeren, hilf mir Kleinem!‹ So verstellte er sich und kehrte schlau die schöne Eigenschaft des Jüngeren hervor, zwinkerte aber dabei mit einem Auge dem Vater zu, sodaß der lauthin lachen mußte über den Ausbund und ihm nur befahl, dem Bruder die Rinder zu zeigen und ihm herauszugeben das Diebsgut, wozu sich jener denn auch verstand. Als nun zwar der Ältere die Schlachtung bemerkte von zweien der Kühe, entbrannte sein Zorn aufs neue. Aber während er schalt und drohte, spielte der Kleine auf seinem Klangwerk – diesem hier –, und zu dem Spiel nahm sich sein Singen so lieblich aus, daß das Schelten erstarb und dem Sonnengott nur noch nach einem der Sinn stand: die Leier zu haben. Und sein wurde sie; denn beide schlossen einen Vertrag: Dem Räuber blieben die Rinder, und das Saitenspiel trug der Bruder davon, – der hält es nun ewig.«

Er schwieg und blickte lächelnd auf die Erinnerungsgabe in seinem Schoße nieder.

»Auf recht lehrreiche Weise«, sagte die Mutter, »hat Pharao es noch etwas anstehen lassen, daß sein sehnlichster Wunsch sich erfülle.«

»Lehrreich ist es«, erwiderte der König, »indem es bekundet, daß Götter-Kinder nur verstellte Kinder sind, – sie sind's nur aus Schelmerei. Der aus der Höhle trat denn auch, sobald er nur wollte, als heitergewandter Jüngling daher, auskunftsreich und um handlichen Rat nie verlegen, ein Helfer der Götter und Menschen. Was erfand er nicht alles noch, nach der Meinung der Leute dort, was vorher nicht da war: Schrift und rechnende Zahl, dazu auch den Ölbau und die klug beschwatzende Rede, die auch den Trug nicht scheut, doch trügt sie mit Anmut. Mein Gewährsmann, der Seefahrer, hielt ihn hoch als seinen Patron. Denn er sei ein Gott des freundlichen Zufalls, sagte er, und des lachenden Fundes, Segen spendend und Wohlstand, so redlich oder ein bißchen auch fälschlich erworben, wie es das Leben erlaube, ein Ordner und Führer, der durch die Windungen führe der Welt, rückwärts lächelnd mit aufgehobenem Stabe. Selbst die Toten führe er, sagte der Mann, in ihr Mondreich, und selbst die Träume noch, denn der Herr des Schlafes sei er zu alldem, der die Augen der Menschen schließe mit jenem Stabe, ein milder Zauberer am Ende gar in aller Schläue.«

Pharao's Blick fiel auf Joseph, – der stand vor ihm, den hübschen und schönen Kopf in den Nacken gelehnt und zugleich ein wenig zur Schulter geneigt und sah schräg hinauf zur Bilderwand, mit einem gelösten und zerstreuten Lächeln, des Ausdrucks, als müßte er dies alles nicht notwendig hören.

»Sind dir die Geschichten des Gott-Schalks bekannt, Wahrsager?« fragte Amenhotep.

Der Befragte wechselte eilig die Haltung. Ausnahmsweise hatte er sich unhöfisch benommen und gab zu erkennen, daß er sich dessen bewußt sei. Sogar tat er dies in etwas übertriebener Weise, sodaß Pharao, der immer alles merkte, nicht nur den Eindruck hatte, dies erschrockene Sich Besinnen sei gespielt, sondern dazu noch den, daß es auf diesen Eindruck abgesehen gewesen sei. Er ließ seine Frage andauern, indem er die verschleierten grauen Augen, möglichst weit offen, auf Joseph gerichtet hielt.

»Bekannt, höchster Herr?« erwiderte dieser. »Ja und nein, – erlaube deinem Knecht die doppelte Antwort!«

»Du suchst öfters um solche Erlaubnis nach«, stellte der König fest, »oder vielmehr: Du nimmst sie dir. All deine Rede ist auf das Ja gestellt, und in Einem damit aufs Nein. Soll mir das gefallen? Du bist der schäumende Jüngling und bist es nicht, eben weil *du* es bist. Der Gott der Stückchen ist dir bekannt und ist es nicht, eben weil – was? War er dir nun bekannt oder nicht?«

»Auch dir, Herr der Kronen«, antwortete Joseph, »war er bekannt in gewissem Sinne von je, da du ihn ja einen fernen Bruder des Ibisköpfigen nanntest, Djehuti's, des mondbefreundeten Schreibers, und sogar sein anderes Selbst. War er dir also bekannt oder nicht? Er war dir vertraut. Das ist mehr als bekannt, und in der Vertrautheit heben auch mein Ja und Nein sich auf und sind ein-und-dasselbe. Nein, ich kannte das Höhlenkind nicht, den Herrn der Stückchen. Niemals hat der weise Eliezer mir, meiner Väter ältester Knecht und mein Lehrer, der von sich sagen durfte, die Erde sei ihm entgegengesprungen auf der Brautfahrt für das verwehrte Opfer, meines Vaters Vater – verzeih! Dies alles führt zu weit, es kann dir dein Diener die Welt nicht erzählen in dieser Stunde. Und doch geht ihm das Wort der erhabenen Mutter nach und klingt ihm im Ohre; es sei Gebühr in der Welt, daß sich der König erzählen lasse, nicht daß er erzähle. Von Stückchen wüßte ich mehrere, die dir beweisen würden, dir und der großen Frau, daß der Geist des Gott-Schalks unter den Meinen immer zu Hause war und mir vertraut ist.«

Amenhotep sah mit einer scherzenden Gebärde des Kopfes, die besagte: »Ei, soll man's glauben?« zu seiner Mutter hinüber.

»Die Göttin erlaubt dir«, versetzte er dann, »uns von den Stückchen eins oder zwei zu künden, wenn du glaubst, uns damit erfreuen zu können, bevor du deutest.«

»Man hat den Atem von dir«, sagte Joseph, sich neigend. »Ich nutze ihn, dich zu zerstreuen.«

Und mit verschränkten Armen, indem er öfters beschreibend die Hand hob aus der Verschränkung, redete er vor Pharao und sprach:

»Rauh war Esau, mein Oheim, der Bergbock, meines Vaters Zwilling, der sich den Vortritt erzwang vor ihm bei ihrer Geburt, – rot von Zotteln war er, der Taps, aber jener war glatt und fein, zeltfromm und seiner Mutter Sohn, klug in Gott, ein Hirte, da Esau ein Jäger. Immer schon war Jaakob gesegnet, lang vor der Stunde, wo mein Ahn, der Vater der Beiden, den ererbten Segen zu verspenden beschloß, denn er nahm ab zum Tode. Blind war der Greis, die alten Augen wollten ihm nicht mehr gehorchen, sie wollten's nicht, und nur noch mit den Händen sah er, tastend statt sehend. Vor sich rief er den Roten, seinen Ältesten, den er zu lieben sich anhielt. ›Geh' und schieß' mir ein Wildbret mit deinem Bogen‹, sprach er, ›ehrlicher Zottelsohn, mein Erstgeborener, und koch mir ein Würzgericht aus der Beute, daß ich esse und segne dich, mächtig gestärkt zum Segen vom Mahle!‹ – Jener ging und jagte. Doch unterdessen wickelt die Mutter dem Jüngeren Felle vom Böcklein um seine glatten Glieder und gab ihm ein Essen, köstlich gewürzt, vom Fleische der Böcklein: Damit ging er zum Herrn ins Zelt und sprach: ›Da bin ich wieder, mein Vater, Esau, dein Rauhrock, der dir gejagt und gekocht; iß denn und segne den Erstling!‹ ›Laß dich besehen mit sehenden Händen‹, sprach der Blinde, ›ob du auch wirklich Esau bist, mein Rauhrock, denn sagen kann's jeder!‹ Und er betastete ihn und fühlte die Felle – überall, wo kein Kleid war, da war's rauh, wie Esau, wenn auch nicht rot, – das konnten die Hände nicht sehen, und die Augen wollten's nicht. ›Ja, kein Zweifel, du bist's‹, sprach dieser Greis, ›dein Flies ist mir deutlich. Rauh oder glatt, das ist's, und wie gut, daß man die Augen nicht braucht, diesen Unterschied wahrzunehmen: die Hände genügen. Esau bist du, so atze mich, daß ich dich segne!‹ Und er roch und aß und gab dem Falschen, der der

Richtige war, die Fülle des unwiderruflichen Segens. Den nahm Jaakob dahin. Und dann kam Esau vom Weidwerk, hochgebläht und prahlend mit seiner großen Stunde. Öffentlich kocht' und würzt' er sein Wildbret und trug's zum Vater, kam aber übel an, der Geprellte, drinnen im Zelt, denn als ein Betrüger ward er empfangen, der falsche Rechte, da ihm der rechte Falsche längst zuvorgekommen durch Mutterlist. Nur einen Wüstenfluch empfing er, da nach verspendetem Segen nichts andres mehr übrig. War das ein Spaß und Gelächter, als er niedersaß laut greinend mit hängender Zunge und dicke Tränen kollern ließ in den Staub, der untertretene Tölpel, den der Geist des Vielgewandten beschuppt, des Wohlvertrauten.«

Sohn und Gebärerin lachten, – diese sonor-altstimmig, jener hell und sogar etwas fistelnd. Beide schüttelten sie die Köpfe dazu.

»Nein, was für eine barocke Geschichte!« rief Amenhotep. »Eine barbarische Schnurre – vorzüglich in ihrer Art, wenn auch etwas beklemmend, daß man nicht weiß, was für ein Gesicht dazu machen und es einem die Miene verzieht mit Lachen und Mitleid. Der falsche Rechte, sagst du – und der Falsche, der recht war? Aber das ist nicht schlecht, vertrackt ist's und witzig. Bewahre doch die obere Güte einen jeden davor, recht zu sein und doch falsch, daß er am Ende nicht greinend sitzen muß und seine Tränen im Staube kollern! Wie gefällt dir die Mutter, Mamachen? Fellchen vom Bock um die Glattheit – so half sie dem Alten und seinen sehenden Händen, daß er den Rechten segne, nämlich den Falschen! Nun sage selbst, ob es nicht ein originelles Lamm ist, das ich bestellte! – Noch ein zweites Stückchen, Chabire, gibt meine Majestät dir frei, daß ich sehe, ob nicht das erste nur zufällig gut war, und ob dir wirklich der Geist des Vielgewandten mehr als bekannt ist, nämlich vertraut. Laß hören!«

»Was Pharao befiehlt«, sagte Joseph, »ist schon erfüllt. Fliehen mußte der Gesegnete vor der Wut des Geprellten, reisen mußte er und reiste gen Naharajin, in das Land Sinear, wo ihm Verwandte lebten: Laban, der Erdenklos, ein finsterer Geschäftsmann, und seine Töchter, eine rot von Augen, die andere lieblicher als ein Stern, die ward sein Ein und Alles, außer Gott. Aber dienen ließ der harte Bas ihn um die Sternenjungfrau sieben Jahr, die gingen ihm hin wie Tage, und da sie abgedient, fügt ihm der Oheim erst die Andere bei im Dunkeln, die er nicht wollte, und dann allerdings auch die Rechte, Rahel, das Mutterschaf, die mich gebar in übernatürlichen Schmerzen, und Dumuzi hießen sie mich, den rechten Sohn. Dies nebenbei. Als nun die Sternenjungfrau von mir genesen, wollte der Vater hinweg mit mir und den Zehnen, die ihm die Unrechte und die Mägde geboren, – oder er tat, als ob er es wollte vor dem Oheim, dem's nicht behagte, denn ihm fruchtete Jaakobs Segen. ›Gib mir alles, was sprenklich fällt in der Herde!‹ sprach dieser zu jenem. ›Das soll mein sein, aber dein alles, was einfärbig – da hast du meine bescheidene Bedingung.‹ Und sie vertrugen sich so. Was aber tat Jaakob? Er nahm Stäbe von Baum und Busch und schälte weiße Streifen in ihre Rinde, scheckig zu sehen. Die legte er in die Rinnen, wo das Kleinvieh trank und sich zeugend besprang nach dem Trunke. Immer ließ er sie Sprenkliches sehen bei diesem Geschäft, das tat's ihnen an durch die Augen, und Gesprenkeltes warfen sie ihm, das nahm er zu eigen. So ward er über die Maßen reich, und Laban hatte das Nachsehn, in die Patsche gelegt vom Geist des anschlägigen Gottes.«

Wieder erheiterten Mutter und Sohn sich sehr, die Köpfe schüttelnd. Dem König trat eine Ader kränklich hervor auf der Stirn beim Lachen, und in seinen halbverhüllten Augen schimmerten Tränen.

»Mamachen, Mamachen«, sagte er, »meine Majestät ist sehr amüsiert! Scheckig geschälte Stäbe nahm er und tat's ihnen an damit durch die Augen! Sagt man nicht, daß einer sich scheckig lacht über ein ausnehmend gutes Stückchen? So jetzt Pharao. Lebt er noch, dein Vater? Das war ein Ausbund. Du bist also eines Schelmen Sohn und einer Lieblichen?«

»Auch die Liebliche war eine Schelmin und Diebin«, ergänzte Joseph. »Stückchen waren nicht fremd ihrer Lieblichkeit. Stahl sie ja doch, dem Gatten zulieb, die Götzen des finsteren Vaters, die versteckte sie in der Spreu der Kamele, saß darauf und sprach mit süßer Stimme: ›Unpäßlich bin ich und erleide die Regel, darum kann ich nicht aufstehen.‹ Laban aber suchte sich halb zu Schanden.«

»Eins übers Andere!« rief Amenhotep, wobei seine Stimme sich im Lachen brach. »Nein, höre, Mamachen, du bist mir Antwort schuldig, ob ich da nicht ein wirklich originelles Lamm vor mich bestellt habe, schön und spaßig ... Dies ist der Augenblick«, bestimmte er plötzlich. »Jetzt ist Pharao aufgelegt, die Deutung zu hören seiner schweren Träume von diesem besonnenen Jüngling. Eh' diese Tränen herzlicher Unterhaltung völlig trocknen in meinen Augen, will ich sie hören! Denn solange meine Augen noch naß vom ungewohnten Lachen, fürcht' ich die Träume nicht, noch ihre Deutung, wie immer sie laute. Dieser Schelmensohn wird ja Pharao weder so Dummes weissagen, wie die Pedanten vom Bücherhaus, noch auch ganz Fürchterliches. Und selbst wenn die Wahrheit schlimm, die er sagt, wird sie aus diesem heiteren Munde nicht so kommen, daß die Tränen in meinen Augen ihren Sinn auf einmal gänzlich verändern. Wahrsager, brauchst du ein Gerät oder Werkzeug für deine Arbeit? Einen Kessel vielleicht, der die Träume empfängt, und aus dem die Deutung steigt?«

»Garnichts«, antwortete Joseph. »Ich brauche nichts zwischen Himmel und Erde zur Verrichtung meines Geschäftes. Freierdings deute ich schlecht und recht, wie es der Geist mir eingibt. Pharao braucht nur zu erzählen.«

Und der König räusperte sich, sah etwas verlegen zu seiner Mutter hinüber und entschuldigte sich bei ihr mit einer kleinen Verneigung, daß sie die Träume noch einmal hören müsse. Dann, mit den feuchten Augen blinzelnd, in denen die Lachtränen langsam trockneten, erzählte er gewissenhaft seine abgestandenen Gesichte zum sechsten Mal, – erstens und zweitens.

Pharao weissagt

Joseph lauschte ohne Affektation, in anständiger Haltung. Daß er die Augen geschlossen hielt, während Pharao schilderte, war alles, wodurch er Verinnerlichung und tiefe Versammlung seines Wesens auf das Erzählte merken ließ; und er tat ein Übriges, indem er seine Augen noch eine Weile geschlossen hielt, als Amenhotep geendet hatte, und nun verhaltenen Atems wartete. So weit ging er, daß er jenen da noch etwas warten ließ und die Augen geschlossen hielt, während er die des Königs voller Erwartung auf sich gerichtet wußte. Es war sehr still in der kretischen Loggia. Nur die Göttin-Mutter hustete sonor und klapperte mit ihren Behängen.

»Schläfst du, Lamm?« fragte Amenhotep endlich mit zaghafter Stimme.

»Nein, hier bin ich«, antwortete Joseph, indem er ohne Übereilung die Augen öffnete vor Pharao. Allerdings sah er eher sozusagen durch diesen hindurch, als daß er ihn angesehen hätte, oder vielmehr: sein Blick brach sich nachdenklich an des Königs Person und ging in sich selber, was den schwarzen Rahel-Augen sehr gut stand.

»Und was sagst du zu meinen Träumen?«

»Deinen Träumen?« erwiderte Joseph. »Deinem Traume, meinst du. Zweimal träumen, heißt nicht zwei Träume haben. Du träumtest einerlei Traum. Daß du ihn zweimal träumtest, erst in der einen Gestalt und dann in der anderen, hat nur den

Sinn der Versicherung, daß dein Traum sich gewißlich erfüllen wird und zwar bald. Ferner ist seine zweite Form nur die Erläuterung und die nähere Bestimmung dessen, was die erste gemeint.«

»Das hat meine Majestät sich doch gleich gedacht!« rief Amenhotep. »Mutter, das war mein erster Gedanke, was das Lamm da sagt, daß beide Träume im Grunde nur einer seien! Mir träumte das blühende Vieh und das garstige, und dann war es, als ob jemand sagte: ›Hast du mich auch recht verstanden? So ist's gemeint!‹ Und mir träumten danach die Ähren, die prallen, die brandigen. Spricht doch auch wohl ein Mensch, sich auszudrücken, und versucht's dann noch einmal: ›Mit anderen Worten‹, sagt er, ›so und so.‹ Mamachen, das ist ein guter Anfang der Deutung, den der prophetische Jüngling, der nicht schäumende, da gemacht hat. Diesen Anfang haben die Pfuscher vom Bücherhause gleich verfehlt, und so konnte auch nachher nichts Gutes mehr kommen. Nun denn, fahre fort, Prophet, und deute! Was ist die einige Meinung meines doppelten Königstraums?«

»Einerlei ist die Meinung, wie die beiden Länder, und doppelt der Traum, wie deine Krone«, entgegnete Joseph. »Wolltest du das nicht sagen mit deinen letzten Worten, und sagtest es nur ungefähr, nicht aber von ungefähr? Was du meintest, verrietest du mit dem Wort ›Königstraum‹. Krone und Schweif trugst du in deinem Traum, im Dunkeln hab ich's vernommen. Nicht Amenhotpe warst du, sondern Nefer-cheperu-Rê, der König. Gott sprach zum König durch seine Träume. Er zeigte Pharao an, was er vorhat in der Zeit, damit der es wisse und seine Maßregeln treffe gemäß der Weisung.«

»Absolut!« rief Amenhotep wieder. »Nichts war mir klarer! Mutter, nichts war meiner Majestät gewisser von Anfang an, als was das besondere Lamm da sagt: daß nicht ich es war, der träumte, sondern der König, – soweit das eben zu trennen ist und sofern nicht eben ich nötig war, damit der König träume. Hat nicht Pharao es gewußt und dir geschworen gleich am Morgen, daß der Doppeltraum reichswichtig war und darum unbedingt zu deuten? Aber er wurde dem König gesandt, nicht, sofern er der Vater, sondern sofern er die Mutter der Länder; denn des Königs Geschlecht ist doppelt. Dinge der Notdurft betraf mein Traum und der unteren Schwärze – ich wußte und weiß es. Aber weiter weiß ich noch nichts«, besann er sich plötzlich. »Was ist das, daß meine Majestät ganz und gar vergißt, daß sie weiter noch gar nichts weiß, und daß die Deutung noch aussteht? Du hast eine Art«, wandte er sich an Joseph, »es einem fröhlich vorkommen zu lassen, als sei alles schon schönstens gelöst und getan, da du mir bisher doch nur wahrgesagt hast, was ich ohnedies wußte. Aber was bedeutet mein Traum, und wessen wollte er mich bedeuten?«

»Pharao irrt«, erwiderte Joseph, »wenn er meint, er wüßte es nicht. Dieser Knecht vermag nichts anderes, als ihm wahrzusagen, was er schon weiß. Sahst du die Kühe nicht, wie sie aus der Flut stiegen, eine nach der anderen, in einer Zeile, und folgten einander auf dem Fuße, erst die fetten und dann die mageren, sodaß kein Unterbruch war in ihrer Folge und Reihe? Was steigt so herauf aus dem Behältnis der Ewigkeit, eins nach dem anderen, nicht neben einander, sondern im Gänsemarsch, und ist keine Lücke zwischen dem Gehenden und dem Kommenden und kein Unterbruch in der Zeile?«

»Die Jahre!« rief Amenhotep, indem er vorstoßend mit den Fingern schnippte.

»Selbstverständlich«, sprach Joseph. »Das braucht aus keinem Kessel zu steigen, und darüber gibt es kein Schäumen und Augenverdrehen, daß die Kühe Jahre sind, sieben und sieben. Und die Ähren, die danach wuchsen, eine nach der anderen, in gleicher Zahl, die werden denn wohl etwas ganz Verschiedenes und ungeheuer schwer zu Erratendes sein?«

»Nein!« rief Pharao und schnippte von neuem. »Sie sind Jahre ebenfalls!«

»Nach der Gottesvernunft allerdings«, antwortete Joseph, »und der sollte man wohl allerwege die Ehre geben. Daß aber aus den Kühen Ähren wurden, in der zweiten Gestalt deines Traumes, sieben trächtige und sieben taube, – da muß nun wohl ein Kessel her, groß wie der Mond, daß uns heraussteige, wie das zusammenhängt, und welche nähere Bewandtnis es danach hat mit der Schönheit der sieben Kühe, die zuerst kamen, und der Häßlichkeit derer, die ihnen folgten. Pharao sei so gnädig, einen Kessel kommen zu lassen auf einem Dreifuß.«

»Aber geh' doch mit deinem Kessel!« rief wieder der König. »Ist denn dies der Augenblick, von einem Kessel zu reden, und brauchen wir wohl einen solchen? Die Bewandtnis liegt ja klar auf der Hand und ist durchsichtig wie ein Edelstein reinsten Wassers! Mit der Schönheit und Häßlichkeit der Kühe hat es Ähren-Bewandtnis und die Bewandtnis von Wuchs und Mißwuchs.« Er hielt inne und sah mit offenen Augen in die Lüfte hinaus. »Sieben fette Jahre werden kommen«, sprach er entgeistert, »und sieben der Teuerung.«

»Sicher und ohne Verzug«, sagte Joseph, »denn zweimal ward dir's verkündigt.«

Pharao richtete die Augen auf ihn.

»Du bist nicht tot umgefallen nach der Weissagung«, sagte er mit einer gewissen Bewunderung.

»Klänge es nicht so gräßlich und sträflich«, erwiderte Joseph, »so müßte man sagen, es sei verwunderlich, daß Pharao nicht tot umfällt, denn er hat geweissagt.«

»Nein, das sagst du nur so und hast es mir nur so vorkommen lassen, als ein Schelmensohn«, widersprach Amenhotep, »als ob ich selber geweissagt hätte und meine Träume gedeutet. Warum konnt' ich's denn nicht zuvor, ehe du kamst, und wußte nur, was falsch war, nicht aber, was recht? Denn daß diese

Deutung recht, darüber besteht nicht der leiseste Zweifel in meiner Seele, und genau erkennt mein einiger Traum sich in der Deutung wieder. Du bist wahrlich ein inspiriertes Lamm, aber von ausgesprochener Besonderheit. Denn du bist kein Sklave des bindenden Musters der Tiefe und hast mir nicht erst Fluchzeit und dann Segenszeit wahrgesagt, sondern umgekehrt, erst den Segen und dann die Heimsuchung, das ist das Originelle!«

»Du warst es, Herr der Länder«, antwortete Joseph, »und es lag an dir. Denn du hast geträumt, nämlich zuerst die fetten Kühe und Ähren und dann die erbärmlichen, und bist der einzig Originelle.«

Amenhotep arbeitete sich aus der Höhlung seines Stuhles empor und sprang auf die Füße. Mit schnellen Schritten trat er auf seinen sonderbaren dick-dünnen Beinen, deren Oberschenkel durch den Batist schienen, vor den Sitz seiner Mutter.

»Mutter«, sprach er, »es ist an dem, meine Königsträume sind mir gedeutet, und ich weiß nun die Wahrheit. Wenn ich an den gelehrten Bettel denke, den man meiner Majestät vordem als Wahrheit verkaufen wollte, an die Töchter, die Städte, die Könige und die vierzehn Kinder, so lächert's mich, da es mich vorher seiner Minderwertigkeit wegen zur Verzweiflung trieb; nun aber, wo ich dank diesem prophetischen Jüngling die Wahrheit weiß, kann ich drob lachen. Ernst allerdings ist die Wahrheit. Meiner Majestät wurde angezeigt, daß sieben reiche Jahre kommen werden in ganz Ägyptenland, und nach denselben werden sieben Jahre teure Zeit kommen, von solcher Art, daß man der vorherigen Fülle ganz vergessen wird, und wird die Teuerung das Land verzehren, gleich wie die mageren Kühe die fetten verzehrten und die brandigen Ähren die goldenen, denn das war zugleich die Ansage davon, daß man nichts mehr wissen wird von der Fülle im Lande vor der teuren Zeit, die nachher kommt und wird mit ihrer Schwere das Gedächtnis der Fülle verzehren. Das ist es, was Pharao geoffenbart wurde durch seine Träume, die einer waren, und die ihm zugeführt wurden als der Mutter des Landes. Daß es mir dunkel blieb bis auf diese Stunde, begreife ich kaum. Nun ist's an den Tag gebracht mit Hilfe dieses echten, aber eigentümlichen Lammes. Denn wie ich nötig war, damit der König träume, so war er nötig, damit das Lamm weissage, und ist unser Sein nur der Treffpunkt von Nicht-Sein und Immer-Sein, und unser Zeitliches nur das Mittel der Ewigkeit. Aber doch auch nicht nur! Denn es fragt sich und ist das Problem, das ich wohl den Denkern vorlegen möchte von meines Vaters Hause: ob das Zeitlich-Einzige und Besondere mehr Wert und Würde empfängt vom Ewigen her – oder dieses von seiten des Einzig-Besonderen. Das ist eine Frage von der schönen Art derer, die sich nicht lösen lassen, sodaß ihrer Betrachtung vom Abend- zum Morgengrauen kein Ende gesetzt ist ...«

Da er Teje den Kopf schütteln sah, brach er ab.

»Meni«, sagte sie, »deine Majestät ist unverbesserlich. Du hast uns zugesetzt mit deinen Träumen, die dir für reichswichtig galten, und die du durchaus gedeutet wissen wolltest, damit sie nicht ungehindert sich selber deuten. Nun aber, da du die Deutung hast, oder zu haben glaubst, tust du, als wäre damit alles getan, vergissest der Verkündigung, noch während du selber sie aussagst, und verlierst dich in schöne Unlösbarkeiten und in das Fernliegend-Abgezogenste. Ist das mütterlich? Kaum möchte ich's väterlich nennen, und nicht kann ich warten, bis dieser hier an seinen Ort zurückgekehrt ist und wir allein sind, daß ich dich unwillig mahne vom Trone der Mutter herab. Es ist möglich, daß dieser Wahrsager sein Handwerk versteht, und was er aussagt, ist möglich. Daß nach wechselnd reichen und leidlichen Zeiten der Ernährer ausblieb und den Fluren den Segen verweigerte zu wiederholten Malen, sodaß Mangel und Teuerung die Länder umschlangen, das ist vorgekommen; es ist wahrlich vorgekommen sogar siebenmal hintereinander, die Annalen ehemaliger Königsgeschlechter verzeichnen es. Es kann wieder vorkommen, und darum hat dir's geträumt. Vielleicht aber auch hat dir's geträumt, weil es wieder vorkommen soll. Ist dies deine Meinung, mein Kind, so muß die Mutter sich wundern, daß du dich des Besitzes der Deutung zwar freust und dir etwas damit weißt, daß du sie in gewissem Sinn selbst hervorgebracht hast, aber statt sofort alle deine Ratgeber und Großen zusammenzurufen zum Kronrat, um mit ihnen auf Maßnahmen zu sinnen, wie man dem drohenden Übel etwa begegnen könnte, sofort in so luxuriöse Betrachtungen abgleitest, wie die vom Treffpunkt des Nicht-Seins und Immer-Seins.«

»Aber Mamachen, wir haben Zeit!« rief Amenhotep mit lebhafter Gebärde. »Wo keine Zeit ist, da kann man sich freilich keine nehmen, aber wir können es, denn vor uns liegt Zeit in Fülle. Sieben Jahre! Das ist ja eben das ganz Vorzügliche, weswegen man tanzen und sich die Hände reiben möchte, daß dieses persönliche Lamm nicht ans leidige Schema gebunden war und nicht Fluchzeit geweissagt hat vor der Segenszeit, sondern die Segenszeit erst, so lang wie sieben Jahre! Du schöltest mich recht, wenn morgen die Dürre begönne und die Zeit der runzlichten Kühe. Da wäre freilich kein Augenblick zu verlieren, daß man auf den Behelf sänne und die vorbeugende Maßnahme – obgleich meine Majestät sich offen gestanden gegen Mißwuchs gar keine geeignete Maßnahme vorstellen kann. Da uns aber zuvor sieben Jahre der Fettigkeit vergönnt sind im Reich der Schwärze, während derer die Liebe des Volks zu Pharaos Muttertum wachsen wird wie ein Baum, unter dem er sitzen kann und seines Vaters Lehre verkünden, so sehe ich nicht, weshalb wir am ersten Tage gleich ... Deine Augen reden, Wahrsager«, unterbrach er sich, »und du blickst so dringlich drein. Hast du unsrer gemeinsamen Deutung etwas hinzuzufügen?«

»Nichts«, antwortete Joseph, »als die Bitte, deinen Knecht nun an seinen Ort zu entlassen, in das Gefängnis, darin er frohnte, und in die Grube, daraus du ihn zogst um deiner Träume willen. Denn sein Geschäft ist beendigt, und seine Gegenwart ziemt sich nicht länger am Orte der Größe. Im Loch wird er leben und zehren von der goldenen Stunde, da er vor Pharao stand, der schönen Sonne der Länder, und vor der großen Mutter, die ich an zweiter Stelle nenne nur aus der Not des Wortes, das der Zeit gehört und verwiesen ist aufs Nacheinander, ungleich dem Bilde, das sich des Nebeneinander erfreut. Da aber die Nennung der Zeit gehorcht, gebührt dem König die erste, aber die zweite ist nicht die zweite, denn die Mutter war vor dem Sohne. Soviel zur Reihenfolge. Wohin meine Wenigkeit nun aber zurückkehrt, dort werde ich in meinen Gedanken dieses Gespräch der Großen weiterführen, in das mich in Wirklichkeit einzumischen sträflich wäre. Pharao hatte wohl recht, werde ich lautlos zu mir selber sagen, sich der Umkehrung zu freuen und der schönen Frist, die vor der Fluchzeit kommt und den Jahren der Dürre. Aber wie recht hatte nicht auch die Mutter, die vor ihm war, mit ihrer Meinung und Mahnung, daß sogleich vom ersten Tage der Segensfrist an, und vom Tage der Deutung, Sinnen und Ratschlag dem kommenden Übel gelten müsse – nicht ums zu verhüten, – man verhütet nicht Gottes Ratschlag, – aber ihm vorzudenken und vorzubauen kraft der Voraussicht. Denn die Segensfrist, die uns verheißen ist, hat ja nicht nur den Sinn des Aufschubs und des Atemholens zum Tragen der Heimsuchung, sondern sie ist der Raum der Vorsorge und das einzige Mittel zu Maßnahmen, um dem schwarzen Vogel des Ungemachs allenfalls die Schwingen zu stutzen und das kommende Übel aufzufangen, ihm entgegen zu wirken und es möglicherweise nicht nur in Schranken zu halten, sondern ihm vielleicht noch Segen abzugewinnen obendrein. So oder ähnlich werde ich im Verließ zu mir selber sagen, da meine Worte ins Gespräch der Großen zu werfen mehr als unstatthaft wäre. Ein wie großes und herrliches Ding, werde ich leise rufen, ist nicht die Vorsorge, die am Ende gar noch das Verhängnis zum Segen zu wenden vermag! Und wie gnädig ist Gott, daß er dem König einen so weiten Überblick gewährt in der Zeit durch seine Träume, – nicht nur über sieben Jahre, sondern gleich über vierzehn, – darin liegt die Gewährung und das Gebot der Vorsorge! Denn die vierzehn sind *eine* Zeit, wiewohl zweimal sieben, und fangen nicht in der Mitte an, sondern am Anfang, das ist heute, und ist heute der Tag des Überblicks über das Ganze. Überblick aber ist wissende Vorsorge.«

»Das ist doch wundersam«, bemerkte Amenhotep. »Hast du nun gesprochen oder hast du nicht gesprochen? Du hast gesprochen, indem du nicht sprachst und uns nur deine Gedanken belauschen ließest, nämlich die, die du erst zu denken gedenkst. Und ist doch so gut, als hättest du gesprochen. Mir scheint, du hast da eine Schalks-Erfindung gemacht und etwas aufgebracht, was es noch nicht gab.«

»Alles gibt es einmal zum ersten Mal«, erwiderte Joseph. »Aber sehr lange schon gibt es die wissende Vorsorge und die verständige Nutzung der Frist. Hätte Gott die Fluchzeit gesetzt vor die Segenszeit und sie begänne morgen, so wäre kein Rat, und nichts wäre zu tun, und was die Spreujahre angerichtet unter den Menschen würde auch von der folgenden Fülle nicht gut gemacht. Nun aber ist's umgekehrt, und es ist Zeit – nicht, daß man damit geude, sondern daß man den Mangel gut mache durch die Fülle und einen Ausgleich schaffe zwischen Fülle und Mangel, indem man die Fülle spart, um den Mangel damit zu nähren. Das ist die Weisung, die in der Reihenfolge liegt, daß zuerst die fetten Kühe hervorstiegen und dann die dürren, und ist der Herr des Überblicks berufen und bestellt zum Ernährer des Mangels.«

»Du meinst, aufhäufen soll man Speise und in die Scheuern sammeln?« fragte Amenhotep.

»In größtem Stile!« sprach Joseph mit Festigkeit. »In ganz anderem Maß, als es je geschehen ist, seit die Länder bestehen! Der Herr des Überblicks sei der Zuchtmeister der Fülle. Er bedrücke sie streng und nehme ihr je und je, solange sie währt, was er braucht, um Herr zu sein auch des Mangels hernach. Pharao ist die Quelle der Fülle, und leicht wird die Liebe des Volks es tragen, daß er die Fülle bewirtschaftet mit drückender Strenge. Kann er aber austeilen im Mangel, wie wird da die gläubige Liebe des Volks erst wachsen, daß er sitzen möge in ihrem Schatten und lehren! Der Herr des Überblicks sei der Schattenspender des Königs.«

Da er dies gesagt, begegneten Josephs Augen von ungefähr denen der Großen Mutter, der kleinen, dunklen, die immer noch aufrecht und göttlich geordnet auf ihrem Hochstuhle saß mit geschlossenen Füßen – ihren klugen, scharf blickenden Augen, die, dunkel im Dunklen glänzend, auf ihn gerichtet waren, während die Furchen um ihren aufgeworfenen Mund ein spöttisches Lächeln bildeten. Er senkte ernsthaft die Lider vor diesem Lächeln, nicht ohne ein sittsames Blinzeln.

»Habe ich dich recht belauscht«, sagte Amenhotep, »so meinst du und fällst der Mutter bei in diesem Punkt, daß ich sogleich und ohne mir Zeit zu nehmen eine Vergatterung einberufe meiner Großen und Ratgeber, damit sie ausmachen, wie man die Fülle züchtigt zur Meisterung des Mangels?«

»Pharao«, erwiderte Joseph, »hat nicht eben viel Glück gehabt mit den Vergatterungen, als es die Deutung galt seines Kron-Traumes, des doppelten. Er deutete selbst, – da fand er die Wahrheit. Ihm allein ward Verkündigung gesandt und bereitet der Überblick, – ihm allein steht es zu, den Überblick zu bewirtschaften und die Fülle zu maßregeln, die vor der Dürre kommt. Ungewöhnliche und nie getroffene Maßregeln müssen das sein, ihrem Umfange nach, da Vergatterungen nur auf mäßig-übliche zu verfallen pflegen. Einer hat geträumt und gedeutet, – Einer beschließe und führe aus.«

»Pharao führt nicht aus, was er beschließt«, ließ Teje, die Mutter, sich kühl vernehmen, indem sie zwischen Joseph und dem Sohne hindurchsah. »Das ist eine unwissende Vorstellung. Gesetzt auch, er beschlösse auf eigene Hand, was den Träumen nach zu beschließen – nämlich zuvor gesetzt, daß man nach diesen Träumen beschließen soll –, so wird er die Ausführung in die Hände der Großen legen, die dazu bestellt sind: der beiden Wesire des Südens und Nordens, der Verwalter der Kornhäuser und Viehhöfe und der Vorsteher des Schatzhauses.«

»Genau so«, sagte Joseph mit Erstaunen, »gedachte ich in der Höhle zu mir zu sprechen, wenn ich in Gedanken das Gespräch der Größe fortsetzen würde, und aufs Tüttelchen diese Worte einschließlich der ›unwissenden Vorstellung‹ wollte ich gegen mich vorbringen und sie der Großen Mutter in den Mund legen zu meiner Strafe. Es macht mich groß vor mir, daß sie buchstäblich sagt, was ich sie hätte sagen lassen, im Loche mit mir allein. Ihr Wort nehm' ich mit mir, und wenn ich lebe und zehre dort unten von dieser hehren Stunde, will ich im Geiste antworten und sprechen: ›Unwissend sind all meine Vorstellungen, aber eine Ausnahme gibt's: zu denken, Pharao, die schöne Sonne der Länder, führe selber aus, was er beschließt, und überlasse nicht vielmehr geprüften Dienern die Ausführung, indem er spricht: ‹Ich bin Pharao! Du sollst sein wie ich und Vollmacht haben von mir in dieser Sache, darin ich dich geprüft, und sollst Mittler sein zwischen mir und den Menschen, gleichwie der Mond Mittler ist zwischen Sonne und Erde, daß du zum Segen wendest das Verhängte für mich und die Länder›, – nein so umfassend ist meine Unwissenheit nicht, diese Ausnahme muß sie leiden, und deutlich höre ich im Geiste Pharao so sprechen – nicht zu mehreren, sondern zu Einem.‹ Und ich werde weiter sagen, wenn niemand mich hört: ›Mehrere sind nicht gut in solchem Falle; Einer sei's, wie der

Mond Einer ist unter den Sternen, der Mittler zwischen Oben und Unten, der die Träume der Sonne kennt. Außerordentliche Maßregeln müssen schon bei der Wahl dessen beginnen, der sie tätigen soll – sonst werden sie nicht außerordentlich sein, sondern mäßig-üblich und ungenügend. Denn warum? Weil sie nicht aus dem Glauben und aus der wissenden Vorsorge werden getätigt werden. Erzähle den Mehreren deine Träume, – sie werden sie glauben und nicht glauben, eines jeden wird nur ein Teil Glaube und ein Teil Vorsorge sein, und alle Teile zusammen machen den ganzen Glauben nicht aus und ergeben die volle Vorsorge nicht, die vonnöten, und die nur bei Einem sind. Darum sehe Pharao nach einem verständigen und weisen Manne, in dem der Geist der Träume ist, der Geist des Überblicks und der Geist der Vorsorge, und setze ihn über Ägyptenland mit dem Worte: ‹Sei wie ich›, daß es von ihm wie im Liede heiße: ‹Er war's, der alles sah bis an des Landes Grenzen› und er die Fülle züchtige mit nie getroffenen Maßregeln, um Schatten zu spenden dem König in Tagen des Mangels.‹ Dies sind meine zukünftigen Worte, die ich sprechen werde bei mir in der Grube, da sie hier vor den Göttern zu sprechen der gröblichste Vorwitz wäre. Entläßt nun Pharao den Knecht von seinem Angesicht, daß er aus der Sonne gehe in seinen Schatten?«

Und Joseph tat eine Wendung gegen den Bienen-Vorhang und eine Gebärde des Armes dorthin, die fragte, ob er hindurchgehen dürfe. Daß die Augen der Göttin-Mutter scharf auf ihn blickten und die weltkundigen Falten um ihre Lippen sich zum spöttischen Lächeln vertieften, danach sah er absichtlich nicht hin.

»Ich glaub' nicht dran«

»Bleib«, sagte Amenhotep. »Verzieh noch etwas, mein Freund! Du hast da recht artig auf deiner Erfindung geklimpert, daß man sprechen kann, ohne zu sprechen oder nicht sprechen und doch sprechen, indem man seine Gedanken belauschen läßt, und hast mich, außer, daß du meine Majestät auf die Deutung brachtest der Kron-Träume, auch noch mit dieser Neuerung erfreut. Pharao kann dich nicht gehen lassen unbelohnt, du denkst doch wohl das nicht. Es fragt sich nur, wie er dir lohnen soll, – darüber ist meine Majestät sich noch nicht im Reinen; denn daß ich dir zum Beispiel nur diese Schildkröten-Leier schenkte, die Erfindung des Herrn der Stückchen, das wäre zu wenig meiner Meinung nach und gewiß auch nach deiner. Nimm sie immer hin vorläufig, mein Freund, nimm sie in den Arm, sie steht dir zu Gesichte. Der Gewandte ließ sie dem wahrsagenden Bruder, und du bist ein Wahrsager ebenfalls, übrigens auch gewandt. Außerdem aber denke ich sehr daran, dich an meinem Hof zu behalten, wenn du willst, und eine schöne Titulatur für dich festzusetzen, wie etwa ›Erster Traumdeuter des Königs‹ oder so, etwas Prächtiges, das deinen wahren Namen zudecken und ganz vergessen machen soll. Wie heißt du eigentlich? Ben-ezne vermutlich, oder Nekatija, nehme ich an?«

»Wie ich heiße«, antwortete Joseph, »so hieß ich nicht, und weder meine Mutter, die Sternenjungfrau, noch mein Vater, der Gottesfreund nannten mich so. Aber seit feindliche Brüder mich in die Grube stießen und ich dem Vater starb, da ich hinabgestohlen ward in dieses Land, hat, was ich bin, einen anderen Namen angenommen: es heißt nun Osarsiph.«

»Das ist interessant«, urteilte Amenhotep, der sich in die Kissen seines überbequemen Stuhles zurückbegeben hatte, während Joseph, die Gabe des Seefahrers im Arme, vor ihm stand. »Du bist also der Meinung, daß man nicht immer gleich heißen, sondern seinen Namen den Umständen anpassen soll, je dem gemäß, was aus einem wird, und wie man sich befindet? Mamachen, was sagst du dazu? Ich glaube, meiner Majestät gefällt es, denn mir gefallen die überraschenden Ansichten, bei denen die andern alle, die nur abgedroschene Ansichten kennen, den Mund aufsperren, da man bei den ihren allerdings auch den Mund aufsperrt, aber vor Gähnen. Pharao selbst heißt schon viel zu lang, wie er heißt, und längst steht sein Name mit dem, was er ist und wie er sich befindet, in schlechtem Einklang, sodaß er im Stillen für sich schon einige Zeit mit dem Gedanken verkehrt, sich einen neuen und richtigeren Namen beizulegen, den alten und irreführenden aber abzulegen. Ich habe dir von diesem Vorhaben noch nie gesprochen, Mamachen, weil es unbequem gewesen wäre, es dir unter vier Augen zu eröffnen. Aber in Gegenwart dieses Wahrsagers Osarsiph, der auch einmal anders hieß, eröffne ich dir's, es ist eine gute Gelegenheit. Gewiß will ich's nicht überstürzen, es muß nicht gleich morgen sein. Aber geschehen muß es eines baldigen Tages, denn wie ich heiße, das wird zur Lüge täglich mehr und zum Anstoß bei meinem Vater am Himmel. Es ist eine Schande und auf die Dauer nicht zu ertragen, daß mein Name den Namen des Amun trägt, des Tronräubers, der vorgibt, den Rê-Horachte verzehrt zu haben, den Herrn von On und den Ahn der Könige Ägyptens, und nun als Reichsgott thront und als Amun-Rê. Du mußt verstehen, Mamachen, daß es meine Majestät auf die Dauer schwer belästigt, nach ihm zu heißen, statt einen Namen zu führen, der dem Atôn gefällt; denn aus ihm bin ich hervorgegangen, in dem vereinigt ist, was war und was sein wird. Siehe, Amuns ist das Gegenwärtige, aber meines Vaters ist das Gewesene und das Zukünftige, und wir beide sind alt und jung auf einmal, von ehemals und dereinst. Pharao ist ein Fremdling in der Welt, denn er ist daheim in der Urzeit, da die Könige ihre Arme zu Rê, ihrem Vater, erhoben, der Zeit Hor-em-achets, des Sphinxen. Und daheim ist er in der Zeit, die kommen soll, und die er verkündigt, da alle Menschen zur Sonne aufblicken werden, dem alleinigen Gott, ihrem gütigen Vater, nach der Lehre des Sohnes, der im Besitz seiner Vorschriften ist, da er aus ihm kam und in seinen Adern sein Blut fließt. Sieh her, du!« sagte er zu Joseph. »Tritt nahe und sieh!« Und er zog den Batist von seinem mageren Arm und zeigte jenem das blaue Geäder an der Innenseite des Unterarms. »Das ist das Blut der Sonne!«

Der Arm zitterte merklich, obgleich Amenhotep ihn mit der anderen Hand unterstützte. Doch zitterte diese Hand eben gleichfalls. Joseph betrachtete achtungsvoll das Vorgewiesene und zog sich dann wieder etwas zurück vom königlichen Stuhl. Die Göttin-Mutter sagte:

»Du erregst dich, Meni, es ist der Gesundheit deiner Majestät nicht zuträglich. Nach dem Deutungsgeschäft und all diesem Austausch solltest du ruhen und dir Zeit nehmen von der Zeit, die dir gegeben ist, deine Entschlüsse reifen zu lassen, sowohl was die Maßregeln betrifft gegen das möglicherweise Kommende, wie in der sehr ernsten Sache der Namensänderung, die du erwägst, wie auch, nebenbei, einer angemessenen Belohnung wegen für diesen Wahrsager. Suche dein Bett auf!«

Allein der König wollte das nicht. »Mamachen«, rief er, »ich bitte recht lieb und schön, verlange das nicht von mir, jetzt, wo ich so vielversprechend im Zuge bin! Ich versichere dich, meine Majestät ist vollkommen kräftig, und keine Spur von Ermüdung macht sich mir bemerkbar. Erregt bin ich vor Wohlsein, und mir ist wohl vor Erregung. Du sprichst genau wie die Wärterinnen in meiner Kindheit, – wenn ich am lustigsten war, so sprachen sie: ›Übermüde bist du, Erbe der Länder, und mußt ins Bette.‹ Fuchsteufelswild konnt' es mich damals machen, und vor Wut konnt' ich strampeln. Nun bin ich groß und danke dir ehrerbietig für deine Sorge. Aber ich habe das deutliche Vorgefühl, daß dieser Empfang noch zu weiteren schönen Ergebnissen führen kann, und daß meine Entschlüsse viel besser, als im Bette, im Gespräch mit diesem gewandten Wahrsager reifen werden, dem ich allein schon dafür dankbar bin, daß er mir Gelegenheit gab, dich mein Vorhaben wissen zu lassen, einen wahreren Namen anzunehmen, der den Namen des Einzigen trägt, nämlich Echnaton, damit es meinem Vater wohlgefällt, wie ich heiße. Alles muß nach ihm heißen, und nicht nach Amun, und wenn die Herrin der Länder, die den Palast mit Schönheit füllt, die süße Titi, demnächst glücklich niederkommt, so soll das Königskind jedenfalls Merytaton genannt sein, ob es nun ein Prinz ist oder eine Prinzessin, damit es geliebt sei von dem, der die Liebe ist, – ganz gleich, ob ich mir dadurch einen unangenehmen Empfang zuziehe des Großmächtigen von Karnak, der kommen und vorstellig werden wird und mich langstilig bedrohen mit dem Zorne des Widders – den kann ich tragen. Ich will alles gern tragen um der Liebe willen zu meinem Vater am Himmel.«

»Pharao«, sagte die Mutter, »du läßt außer Acht, daß wir nicht allein sind und diese Dinge, die mit Klugheit und Mäßigung zu handhaben sind, wohl besser nicht vor den Ohren dieses Wahrsagers aus dem Volke erörtern.«

»Laß das gut sein, Mamachen!« erwiderte Amenhotep. »Der ist in seiner Art von einer edlen Herkunft, das hat er uns selbst zu verstehen gegeben, – der Sohn eines Schelmen und einer Lieblichen, was etwas ausgesprochen Anziehendes für mich hat, und daß er schon als Kind ›das Lamm‹ genannt wurde, bezeugt auch eine gewisse Eleganz. Kinder aus niederen Schichten werden nicht so genannt. Außerdem habe ich den Eindruck, daß er vieles zu verstehen und auf vieles zu erwidern vermag, besonders aber den, daß er mich liebt und mir zu helfen bereit ist, wie er mir schon geholfen hat beim Deuten der Träume und auch durch seine originelle Ansicht, daß man sich nennen soll je nach den Umständen und nach Befinden. Es wäre alles recht schön und gut, wenn mir nur der Name besser gefiele, mit dem er sich nennt … Ich will nicht unfreundlich sein und dich nicht betrüben«, wandte er sich an Joseph, »aber es betrübt mich meinesteils, was für einen Namen du angenommen hast – Osarsiph, das ist ja ein Totenname, wie wenn man den verstorbenen Stier Osar-Chapi nennt, und trägt den Namen des Totenherrn, Usirs, des Fürchterlichen, auf dem Richterstuhl und mit der Wage, der nur gerecht ist, aber gnadenlos, und vor dessen Spruch die verängstigte Seele zittert. Es ist alles nur Verängstigung mit diesem alten Glauben, der selber tot ist, ein Osar-Glaube, und meines Vaters Sohn glaubt nicht daran!«

»Pharao«, hörte man wieder die Stimme der Mutter, »ich muß dich aufs neue berufen und dich zur Vorsicht mahnen und brauche keinen Anstand zu nehmen, es im Beisein dieses fremden Traumdeuters zu tun, da du ihn eines so ausgedehnten Empfanges würdigst und seine bloße Aussage, er sei als Kind ›das Lamm‹ genannt worden, als Zeichen seiner höheren Herkunft nimmst. So möge er hören, daß ich dich zu Maß und Weisheit verwarne. Es ist genug, daß du die Kraft Amuns zu mindern trachtest und dich wider die Allgemeinheit seiner Herrschaft setzest, indem du ihm, wenn es möglich, Schritt für Schritt die Einheit entziehst mit Rê, dem Horizontbewohner, der der Atôn ist – schon dazu bedarf es aller Klugheit und Politik der Welt, eines kühlen Kopfes bedarf es dazu, und hitzige Überstürzung ist vom Übel. Aber hüte sich deine Majestät, auch noch den Glauben des Volkes anzutasten an Usir, den unteren König, an dem es hängt, wie an keiner anderen Gottheit, weil alle gleich vor ihm sind und jeder hofft, in ihn einzugehen mit seinem Namen. Schone die Neigung der Vielen, denn was du gibst dem Atôn durch die Schmälerung Amuns, das nimmst du ihm wieder durch Usirs Verletzung!«

»Ach, ich versichere dich, Mamachen, das bildet das Volk sich nur ein, daß es so hängt am Usiri!« rief Amenhotep. »Wie soll es denn daran wohl hängen, daß die Seele, die nach dem Richterstuhl wandert, sieben mal sieben Gefilde des Schreckens durchschreiten muß, von Dämonen belagert, die sie auf Schritt und Tritt nach dreihundertsechzig schwer zu behaltenden Zaubersprüchen verhören, – all diese muß die arme Seele am Schnürchen haben und aufsagen können einen jeden am rechten Ort, sonst kommt sie nicht durch und wird schon vorher gefressen, bevor sie zum Stuhle gelangt, wo sie aber auch alle Aussicht hat, gefressen zu werden, wenn nämlich ihr Herz zu leicht befunden wird auf der Wage, und wird diesesfalls dem Ungetüm überliefert, dem Hund von Amente. Ich bitte dich, wo ist denn da etwas, daran zu hängen – es ist ja aller Liebe und Güte zuwider meines Vaters am Himmel! Vor Usir, dem Unteren, sind alle gleich, – ja, gleich im Schrecken! Vor Ihm aber sollen alle gleich sein in der Freude. So ist's mit der Allgemeinheit auch des Amun und des Atôn. Auch Amun will allgemein sein mit Hilfe des Rê, und will die Welt vereinigen in seiner Anbetung. Darin sind sie eines Sinnes. Aber eins machen will Amun die Welt in der Dienstbarkeit starren Schreckens, was eine falsche und finstere Einheit ist, die mein Vater nicht will, denn er will seine Kinder vereinigen in Freude und Zärtlichkeit!«

»Meni«, sagte die Mutter gedämpft, »es wäre besser, du schontest dich, und deine Majestät spräche nicht so viel von Freude und Zärtlichkeit. Erfahrungsgemäß sind dir diese Worte gefährlich und bringen dich außer dir.«

»Ich spreche, Mamachen, ja nur vom Glauben und Nicht-Glauben«, antwortete Amenhotep, indem er sich wieder aus dem Kissen emporarbeitete und auf seine Füße trat. »Von diesen spreche ich, und meine Begabung sagt mir, daß Nicht-Glauben beinahe noch wichtiger ist als Glauben. Zum Glauben gehört eine Menge Nicht-Glauben, denn wie soll Einer das Rechte glauben, solange er Irrwitz glaubt? Will ich das Volk das Rechte lehren, muß ich ihm manchen Glauben nehmen, an dem es hängt, – das ist vielleicht grausam, doch grausam aus

Liebe, und mein Vater am Himmel wird mir's verzeihen. Ja, was ist herrlicher, das Glauben oder das Nicht-Glauben, und welches muß vor dem andern kommen? Zu glauben, ist eine große Wonne der Seele. Doch nicht zu glauben, das ist beinah glückseliger noch, als das Glauben, – ich hab's entdeckt, meine Majestät hat's erfahren, und an die Angstgefilde und die Dämonen und an Usiri mit seinen gräßlich Benannten und an die Fresserin dort unten glaube ich nicht, ich glaub' nicht dran! Glaub' nicht dran! Glaub' nicht dran!«, sang und trällerte Pharao, indem er sich, auf seinen sonderbaren Beinen tänzelnd, um sich selber drehte und bei ausgebreiteten Armen mit den Fingern beider Hände schnippte.

Danach war er außer Atem.

»Warum hast du dir einen solchen Totennamen gegeben?« fragte er keuchend, indem er bei Joseph stehen blieb. »Hält dich dein Vater für tot, so bist du's doch nicht.«

»Schweigen muß ich ihm«, antwortete Joseph, »und heiligte mich dem Schweigen mit meinem Namen. Wer da heilig und aufgespart ist, der ist es den Unteren. Du kannst vom Heiligen und Geweihten nicht das Untere trennen, – ihm gehört es, – und eben darum liegt auf ihm der Schein, der von oben ist. Jedes Opfer bringt man den Unteren, aber es ist das Geheimnis, daß man es eben damit recht erst den Oberen bringt. Denn Gott ist das Ganze.«

»Er ist das Licht und die süße Sonnenscheibe«, sagte Amenhotep mit Rührung, »deren Strahlen die Länder umarmen und sie mit Liebe fesseln, – schwach läßt er die Hände werden vor Liebe, und nur die Bösen, deren Glaube nach unten geht, haben starke Hände. Ach, wieviel mehr ging' es auf der Welt nach Liebe und Güte, wär' nicht der Glaube ans Untere und an die Fresserin mit den malmenden Zähnen! Das redet keiner Pharao aus, daß die Menschen vieles nicht täten und nicht für wohlgefällig hielten, es zu tun, wenn sie nicht abwärts glaubten. Weißt du wohl, meines irdischen Vaters Großvater, König Acheperurê, hatte sehr starke Hände und konnt' einen Bogen spannen damit, den konnte sonst niemand spannen im ganzen Land. Da zog er aus, die Könige Asiens zu schlagen und fing ihrer sieben lebendig: die hing er am Bug seines Schiffes verkehrt herum auf, die Köpfe nach unten, – ihr Haar wallte nieder, und glotzten allesamt in die Welt mit umgestellten, blutrünstigen Augen. Es war aber nur der Anfang von dem, was er alles mit ihnen tat, und was ich nicht sage, er aber tat es sogar. Es war die erste Geschichte, die meine Wärter dem Kinde erzählten, ihm Königsgeist einzuflößen, – ich aber schrie aus dem Schlaf vom Eingeflößten, und mußten die Ärzte vom Bücherhause mir anderes dagegen einflößen, ein Gegengift. Glaubst du nun aber, Acheperurê hätte das alles gemacht mit seinen Feinden, ohne, er hätte die Schreckensgefilde geglaubt und die Gespenster und Usiri's gräßlich Benannte nebst dem Hund von Amente? Laß dir sagen: die Menschen sind ein ratlos Geschlecht. Sie wissen nichts zu tun aus sich selbst, und nicht das Allergeringste fällt ihnen von selber ein. Immer ahmen sie nur die Götter nach, und je wie das Bild ist, das sie sich von ihnen machen, danach tun sie. Reinige die Gottheit, und du reinigst die Menschen.«

Joseph gab nicht Antwort auf diese Rede, bevor er zur Mutter hinübergeblickt und in ihren Augen, die auf ihn gerichtet waren, gelesen hatte, daß eine Gegenrede von seiner Seite ihr lieb sein würde.

»Schwerer als schwer«, sagte er dann, »ist es, Pharao zu erwidern, denn er ist aus der Maßen begabt, und was er spricht, ist wahr, sodaß man nur nicken und ›richtig, richtig‹ murmeln oder auch ganz verstummen könnte und alle Rede bei der Wahrheit könnte entschlummern lassen, die er ausgesagt. Und doch weiß man, daß Pharao nicht liebt, das Gespräch entschlummern und am Wahren stocken zu lassen, sondern wünscht, daß es sich davon löse und weiter gehe, noch über das Wahre hinaus, und vielleicht zu fernerer Wahrheit führe. Denn was wahr ist, ist nicht die Wahrheit. Die ist unendlich fern, und unendlich alles Gespräch. Eine Wanderung ist es ins Ewige und löst sich rastlos, oder doch nach nur kurzer Rast und nach einem ungeduldigen ›Richtig, richtig!‹ aus jeder Wahrheitsstation, wie der Mond sich löst aus seinen Stationen in ewiger Wanderung. Dies aber bringt mich zwingend, ob ich will oder nicht, und ob es statthaft ist oder ganz fehl am Ort, auf meines irdischen Vaters Großvater, den wir zu Hause immer mit einem nicht so ganz irdischen Namen nannten und ihn den Mondwanderer hießen, wohl wissend übrigens, daß er in Wirklichkeit Abirâm geheißen hatte, was da bedeutet: ›Mein Vater ist erhaben‹, allenfalls aber auch ›Vater des Erhabenen‹, und war aus Ur in Chaldäa gekommen, dem Land des Turmes, wo es ihm nicht gefallen und er's nicht ausgehalten hatte, – nie hielt er's irgendwo aus, daher die Bezeichnung, die wir ihm gaben.«

»Siehst du wohl, Mutter«, fiel hier der König ein, »daß mein Wahrsager von guter Herkunft ist in seiner Weise? Nicht nur, daß er selbst ›das Lamm‹ genannt wurde, sondern er hatte auch einen Ur-Großvater, dem man überirdische Namen gab. Leute aus niederen Schichten und aus der großen Mischung pflegen ihren Ur-Großvater garnicht zu kennen. – Also war er ein Wanderer nach der Wahrheit, dein Ur-Großvater?«

»Von solcher Rüstigkeit«, versetzte Joseph, »daß er am Ende Gott entdeckte und einen Bund mit ihm machte, daß sie heilig würden der Eine im Anderen. Aber rüstig war er auch sonst, ein Mann starker Hände, und als Räuberkönige vom Osten einfielen brennend und brandschatzend und seinen Bruder Lot fortführten gefangen, da zog er kurz entschlossen aus gegen sie mit dreihundertachtzehn Mann und Eliezer, seinem Ältesten Knecht, also dreihundertneunzehn, und schlug ihre Kräfte, daß er sie bis über Damaschki trieb und Lot, seinen Bruder, aus ihren Händen befreite.«

Die Mutter nickte, und Pharao schlug die Augen nieder.

»Zog er zu Felde«, fragte er, »bevor er Gott entdeckt hatte, oder nachher?«

»Mitten drin«, antwortete Joseph. »Mitten in der Arbeit daran und ungeschwächt durch diese. Was willst du machen mit Räuber-Königen, die brennen und brandschatzen? Den Frieden Gottes kannst du ihnen nicht beibringen, sie sind zu dumm und böse dazu. Du kannst ihn ihnen nur beibringen, indem du sie schlägst, daß sie spüren: der Friede Gottes hat starke Hände. Bist du doch auch Gott Verantwortung schuldig dafür, daß es auf Erden halbwegs nach seinem Willen geht und nicht ganz und gar nach den Köpfen der Mordbrenner.«

»Ich sehe wohl«, sagte Amenhotep knabenhaft verstimmt, »wärst du von meinen Wärtern einer gewesen, als ich ein Kind war, so hättest du mir auch Geschichten erzählt von abwärts hängenden Haaren und umgestellten Augen voll Blut.«

»Sollte es vorkommen«, fragte Joseph und wandte sich an sich selber mit dieser Frage, »daß Pharao irrt, und daß trotz außerordentlicher Begabtheit und Frühreife seine Vermutungen fehlgehen? Man sollt' es nicht denken, doch scheint es mit unterzulaufen, zum Zeichen, daß er seine menschliche Seite hat außer der göttlichen. Denn die ihn mit jenen Ruhmesgeschichten beschwerten«, fuhr er im Selbstgespräch fort, »die standen ja für Krieg und Schwerteslust unbedingt und um ihretwillen; sein Wahrsager aber, des Mondwanderers Spät-Enkel, sucht Botschaft zu bringen dem Kriege vom Frieden Gottes und legt beim Frieden ein Wort für die Rüstigkeit ein, als ein Handelsmann zwischen den Sphären und ein Mittler zwischen oben und unten. Dumm ist das Schwert, doch möcht' ich die Sanftmut nicht klug nennen. Klug ist der Mittler, der ihr Rüstigkeit rät, daß sie am Ende nicht dumm dastehe vor Gott und den Menschen. Wollte ich doch, ich dürft es Pharao sagen, was ich da denke!«

»Ich habe gehört«, sagte Amenhotep, »was du zu dir selber sagtest. Das ist abermals so ein Stückchen und eine Erfindung von dir, daß du zu dir selber sprichst und tust, als hätte der andere keine Ohren. Du hältst das Geschenk des Seefahrers im Arm, – mag sein, daß dir daher die Späße kommen, und daß vom Geist des Gott-Schalks etwas in deine Worte dringt.«

»Es mag sein«, versetzte Joseph. »Pharao spricht das Wort der Stunde. Es mag sein, es ist möglich und nicht ganz von der Hand zu weisen, man muß damit rechnen, daß der Gewandte zugegen ist und Pharao an sich gemahnen will, nämlich, daß er es war, der ihm die Träume zuführte von unten herauf an sein Königslager, und der auch ein Führer hinab ist, bei aller Heiterkeit, des Mondes Freund und der Toten. Ein freundlich Wort legt er beim Oberen ein fürs Untere und beim Unteren für das Obere, der verbindliche Mittler zwischen Himmel und Erde. Denn das Unvermittelte ist ihm zuwider, und ein Wissen hat er voraus vor allen Wesen, dieses: daß Einer recht sein kann und doch falsch.«

»Kommst du auf den Oheim zurück«, fragte Amenhotep, »den falschen Rechten, der dicke Tränen in den Staub mußte kollern lassen unterm Gelächter der Welt? Laß die Geschichte an ihrem Ort! Sie ist spaßhaft, aber beklemmend. Mag es doch sein, daß das Spaßhafte immer beklemmend ist und uns der Odem nur frei und selig geht von goldenem Ernste.«

»Pharao sagt es«, erwiderte Joseph, »und möge er der Rechte sein, es zu sagen! Ernst und streng ist das Licht, und die Kraft, die von unten zu ihm hinauf strebt in seine Lauterkeit, – Kraft muß sie wahrlich sein und von Mannesart, nicht bloße Zärtlichkeit, sonst ist sie falsch und zu früh daran, und es gibt Tränen.«

Er sah nicht zur Mutter hinüber nach diesen Worten, nicht mit vollem Auge. Aber so weit sah er hinüber, daß er sehen konnte, ob sie Beifall nickte oder nicht. Sie nickte nicht, aber er glaubte wahrzunehmen, daß sie ihn unverwandt betrachtete, was vielleicht noch besser war, als Nicken.

Amenhotep hatte nicht zugehört. Er lehnte an seinem Stuhl in einer seiner übermäßig gelösten Stellungen, die tendenziös gegen den alten Stil und Amuns Strenge gerichtet waren: den Ellbogen auf die Rücklehne gestützt, die andere Hand in der vom Standbein herausgetriebenen Hüfte, die Fußspitze des Spielbeins aufgestellt, und hing seinen eigenen Worten nach.

»Ich glaube«, sagte er, »meine Majestät hat da etwas sehr Begabtes geäußert, worauf man lauschen sollte: über Spaß und Ernst, das Beklemmende und die Glückseligkeit. Spaß- und geisterhaft und nicht geheuer ist auch des Mondes Mittlertum zwischen Himmel und Erde. Aber goldenen Ernstes und ohne Falsch sind die Strahlen Atôns, die sie in Wahrheit verbinden, in gütige Hände endigend, die des Vaters Schöpfung liebkosen. Gott allein ist das Sonnenrund, von dem sich Wahrheit ergießt in die Welt und verläßliche Liebe.«

»Alle Welt lauscht auf Pharao's Worte«, antwortete Joseph, »und niemand überhört ein einziges von ihnen, wenn er lehrt. Das mag anderen geschehen, selbst wenn ihre Worte einmal ausnahmsweise sollten ebenso beherzigenswert sein wie die seinen, aber niemals dem Herrn der Kronen. Seine goldene Rede gemahnt mich an eine unserer Geschichten, nämlich, wie Adam und Heva, die Ersten, sich entsetzten vor der ersten Nacht. Tatsächlich glaubten sie, die Erde solle wieder wüst werden und leer. Denn es ist das Licht, das die Dinge sondert und ein jedes an seinen Ort stellt, – Raum schafft es und Zeit, aber die Nacht bringt die Unordnung wieder herbei, das Durcheinander und das Tohuwabohu. Unbeschreiblich erschraken die Beiden, als der Tag im Abendrot starb und das Dunkel von allen Seiten heranschlich. Und schlugen sich in ihr Angesicht. Aber Gott gab ihnen zwei Steine: einen von tiefer Dunkelheit und einen von Todesschatten. Die rieb er aneinander für sie, und siehe, heraussprang Feuer, Feuer des Schoßes, innerstes Ur-Feuer, jung wie der Blitz und älter als Rê, das brannte an Dürrem fort und ordnete ihnen die Nacht.«

»Recht schön, recht gut!« sagte der König. »Ich sehe wohl, ihr habt nicht nur schalkhafte Geschichten. Schade, daß du nicht auch von dem Glücke der Ersten erzähltest am neuen Morgen, als wieder der ganze Gott ihnen erstrahlte und aus der Welt trieb die finstere Ungestalt, denn ihre Tröstung muß unbeschreiblich gewesen sein. Licht, Licht!« rief er, indem er sich aus seiner hängenden Stellung löste und, bald stockend, bald eilend, sich im Saale hin und her zu bewegen begann, wobei er die geschmückten Arme zuweilen bis über den Kopf erhob, zuweilen auch beide Hände aufs Herz drückte. »Selige Helligkeit, die sich das Auge schuf, ihr zu begegnen, Blick und Erblicktes, Zu sich kommen der Welt, die nur durch dich von sich weiß, Licht, du liebende Unterscheidung! Ach, Mamachen, und du lieber Wahrsager, wie herrlich über alle Herrlichkeit und wie einzig im All ist der Atôn, mein Vater, und wie schlagen meine Pulse vor Stolz und Rührung, weil ich aus ihm hervorging und er mich vor allen seine Schönheit und Liebe begreifen ließ! Denn wie er einzig ist an Größe und Güte, so bin ich einzig an Liebe zu ihm, sein Sohn, den er mit seiner Lehre betraute. Wenn er aufgeht in der Himmelsflut und emporsteigt aus dem Gotteslande im Osten, funkelnd gekrönt als König der Götter, so jauchzen alle Geschöpfe, die Paviane beten an mit erhobenen Händen, und alles Wild preist ihn im Springen und Laufen. Denn jeder Tag ist Segenszeit und ein Freudenfest nach der Fluchzeit der Nacht, wo Er sich hinweggewandt, und die Welt in Selbstvergessenheit sinkt. Es ist schaudervoll, wenn die Welt ihrer selbst vergißt, möge es auch erforderlich sein um ihrer Erquickung willen. Es liegen die Menschen in ihren Kammern, die Häupter verhüllt, sie atmen durch ihre Münder und sieht ein Auge das andere nicht. Unvermerkt zieht ihnen der Dieb die Habe unter den Häuptern weg, die Löwen schweifen, und alle Schlangen stechen. Aber Er kommt und schließt den Menschen die Münder, Er nimmt die Lider von ihren Augensternen und richtet sie auf, daß sie sich waschen und zu ihren Kleidern greifen und an ihr Werk gehen. Hell ist die Erde, die Schiffe segeln stromauf und stromab, und jede Straße liegt offen in seinem Licht. Im Meere springen die Fische vor ihm, denn auch zu ihnen hinab dringen seine Strahlen. Fern ist er, ach, unermeßlich fern, aber seine Strahlen sind dessen ungeachtet auf Erden wie in dem Meer und fesseln die Wesen mit seiner Liebe. Denn ohne daß er so hoch und fern wäre, wie wäre er über allem und überall in Seiner Welt, die er gegliedert hat und in verschiedenartiger Schönheit ausgebreitet: die Länder Syrien und Nubien und Punt und das Land Ägypten; die Fremdländer, wo der Nil an den Himmel gesetzt ist, daß er auf ihre Leute herabfalle und Wellen schlage auf den Bergen wie das Meer und die Felder bewässere in ihren Städten, da er für uns aus der Erde quillt und die Wüste düngt, daß wir essen. Ja, wie mannigfaltig, o Herr, sind deine Werke! Du hast die Jahreszeiten gemacht und Raum und Zeit mit Millionen Gestalten bevölkert, daß sie in dir leben und ihre Lebenszeit vollbringen, die du gibst, in Städten, Dörfern und Siedelungen, auf den Landstraßen und an den Flüssen. Du unterschiedest sie und gabst ihnen mancherlei Zungen, daß sie besondere Worte sprechen zu abweichenden Bräuchen, doch alle von dir umfangen. Einige sind braun, andere rot, wieder andere schwarz und noch andere wie Milch und Blut – so abgetönt offenbaren sie sich in dir und sind deine Offenbarung. Sie haben krumme Nasen oder auch platte oder selbst solche, die geradeaus dahingehen aus dem Gesicht; sie kleiden sich bunt oder weiß, in Wolle oder Flachs, je nachdem sie es wissen und meinen; aber das alles ist kein Grund zu wechselseitigem Gelächter und zur Gehässigkeit, sondern nur interessant und ein Grund allein zur Liebe und Anbetung. Du grundgütiger Gott, wie freudevoll und gesund ist alles, was du schufst und ernährst, und welches herzsprengende Entzücken hast du Pharao dafür eingeflößt, deinem geliebten Sohn, der dich verkündet. Du hast den Samen gemacht in den Männern und gibst Atem dem Knaben im Leibe der Frau. Du beruhigst ihn, daß er nicht weine, du gute Wärterin und innere Amme! Du schaffst, wovon die Mücken leben, desgleichen die Flöhe, der Wurm und der Sproß des Wurmes. Es wäre genug für das Herz und fast schon zu viel, daß das Vieh zufrieden ist auf seiner Weide, daß Bäume und Pflanzen in Safte stehen und Blüten treiben zu Dank und Preis, während unzählige Vögel andächtig über den Sümpfen flattern. Aber wenn ich an das Mäuslein denke in seinem Loch, wo du ihm bereitest, was es braucht – da sitzt es mit seinen Perläuglein und putzt sich die Nase mit beiden Pfötchen –, so gehen die Augen mir über. Und garnicht darf ich ans Küchlein denken, das schon in der Schale piept, aus der es hervorbricht, wenn Er es vollkommen gemacht hat, – da kommt es heraus aus dem Ei und piept soviel es kann, indem es herumläuft vor Ihm auf seinen Füßen in größter Eilfertigkeit. Besonders daran darf ich mich nicht erinnern, sonst muß ich mir das Gesicht trocknen mit feinem Batist, denn es ist überschwemmt von Liebesträmen... Ich möchte die Königin küssen«, rief er plötzlich und blieb stehen, das Antlitz nach oben gerichtet. »Man rufe sogleich Nofertiti, die den Palast mit Schönheit füllt, die Herrin der Länder, mein süßes Ehgemahl!«

Allzu selig

Jaakobs Sohn war vom Stehen vor Pharao schon fast so müde, wie er einst gewesen war, als er den Stummen Diener hatte abgeben müssen für die Alten im Lusthäuschen. Gerade hierfür schien Jung-Pharao, bei allem Zartgefühl für die Mücken, die Küken, das Mäuslein und den Sohn des Wurmes, keinen Sinn zu haben, – es war ein königliches und teilweise vergeßliches Zartgefühl. Weder er noch gar die Mutter-Göttin auf ihrem Hochstuhl kamen darauf – und konnten auch wohl nicht darauf kommen –, ihn etwas niedersitzen zu heißen, wozu seine Glieder große Lust verspürten, und wozu mehrere artige Taburetts in der kretischen Loggia eingeladen hätten. Es war recht beschwerlich, aber wenn man weiß, was es gilt, nimmt man manches in Kauf und steht seine Sache durch, – ein Wort, das selten oder nie treffender am Platze war, als in diesem so frühzeitigen Falle.

Die Göttin-Witwe übernahm es, in die Hände zu klatschen, als der Sohn seinen Wunsch verkündet. Der Kämmerling aus dem Vorzimmer schlüpfte gebückt und mit süßer Gebärde durch den Bienen-Vorhang. Er verdrehte die Augen, als Teje ihm zuwarf: »Pharao ruft die Große Gemahlin«, – und entschwand. Amenhotep stand mit dem Rücken gegen den Saal vor einem der großen Bogenfenster und blickte sehr rasch atmend mit Leib und Brust von seiner Lobpreisung der Sonnenschöpfung über die Gärten hin. Seine Mutter, ihm zugewandt, betrachtete ihn besorgt. Nur wenige Minuten vergingen, bis Die erschien, nach der er verlangt hatte; sie konnte nicht weit gewesen sein. Eine kleine Tür, die vorher nicht sichtbar gewesen, öffnete sich mitsamt den Bildern zur Rechten in der Wand, zwei Dienerinnen fielen an ihrer Schwelle nieder, und zwischen ihnen schwebte mit bläßlichem Lächeln und vorsichtigen Trittchen, die Lider gesenkt, den langen Hals in ängstlicher Lieblichkeit vorgeschoben, die Sonnenfrucht tragende Königin der Länder herein. Sie sagte nichts während ihres kurzen Auftritts. Das Haar von einer blauen Kappe bedeckt, die ihren Hinterkopf rundlich verlängerte und neben der ihre großen, dünnen und fein gedrechselten Ohren standen, in dem ätherischen Plissee ihres Gewandflusses, der Nabel und Schenkel durchscheinen ließ, während die Brust von einem

Schulter-Überfall und vom glitzernden Blütenkragen bedeckt war, näherte sie sich zögernd dem jungen Gatten, der sich, noch immer etwas keuchend mit gerührter Bewegung nach ihr umwandte.

»Da bist du, goldene Taube, mein süßes Bettgeschwister!« sagte er mit zitternder Stimme, umfing sie und küßte sie auf Augen und Mund, wobei ihrer beider Stirnschlangen sich ebenfalls küßten. »Ich mußte dich sehen und dir, wenn auch nur flüchtig, Liebe erweisen, es kam gesprächsweise so über mich. War dir mein Ruf nicht beschwerlich? Ist dir nicht übel im Augenblick von deinem heiligen Zustand? Meine Majestät tut wohl unrecht, dich danach zu fragen, denn mit der Frage rühre ich an dein Inneres, das sich gerade dadurch erinnern und zur Übelkeit aufgeregt werden könnte. Du siehst, mit welcher Feinheit der König alles versteht. Ich wäre nur dem Vater so dankbar, wenn du heute vermocht hättest, unser erlesenes Frühstück bei dir zu behalten. Nichts mehr davon ... Du siehst dort die ewige Mutter thronen, und dieser da mit der Leier ist ein fremder Zauberer und Wahrsager, der mir meine reichswichtigen Träume gedeutet hat und schalkhafte Geschichten weiß, sodaß ich ihn möglicherweise in einer höheren Charge am Hofe behalten werde. Er hat im Gefängnis gelegen, aus Irrtum offenbar, wie das vorkommt. Auch Nefer-em-Wêse, mein Mundschenk, hat irrtümlich im Gefängnis gelegen, während sein Genosse, der verstorbene Fürst des Gebäckes, schuldig war. Von zweien, die im Gefängnis liegen, scheint einer immer unschuldig zu sein, und von dreien zweie. Das sage ich als Mensch. Als Gott und König aber sage ich, daß Gefängnisse trotzdem notwendig sind. Als Mensch denn auch küsse ich dich heiligen Liebling hiermit wiederholt auf Augen, Wangen und Mund, und du darfst dich nicht wundern, daß ich es in Gegenwart nicht nur der Mutter, sondern auch des wahrsagenden Fremdlings tue, da du weißt, daß Pharao es liebt, ausdrücklich den Menschen hervorzukehren. Ich denke darin sogar noch weiter zu gehen. Du weißt das noch nicht, auch Mamachen weiß es noch nicht, darum nehme ich die Gelegenheit wahr, es euch anzukündigen. Ich habe vor und gehe mit dem Gedanken um, eine Lustfahrt auf der königlichen Barke ›Stern beider Länder‹ anzuberaumen, zu der das Volk, aus Neugier teils und teils auf Befehl, an beiden Ufern zusammenströmen soll. Da will ich, ohne Amuns Ersten vorher gefragt zu haben, mit dir sitzen, heiliger Schatz, unter dem Baldachin und dich auf meinen Knieen halten und dich des öfteren recht innig küssen vor allem Volk. Das wird ein Ärger sein dem von Karnak, aber dem Volk wird es Jubel entlocken und wird ihm eine schöne Lehre bringen nicht nur über unser Glück, sondern, was die Hauptsache ist, auch über Wesen, Geist und Güte meines Vaters am Himmel. Ich freue mich, daß ich diesen Vorsatz nun ausgesprochen habe. Denke aber nicht, daß ich dich deswegen herbeirief! Die Mitteilung ist mir nur so mit untergelaufen. Ich rief dich einzig und allein aus plötzlicher unüberwindlicher Sehnsucht, dir Zärtlichkeit zu erweisen. Das ist geschehen. Geh' denn, mein Kronschatz! Pharao ist aus der Maßen beschäftigt und hat über Dinge von hohem Belang zu ratschlagen mit dem lieben, unsterblichen Mamachen und mit diesem Jüngling-Mann, der, mußt du wissen, vom Schlage des inspirierten Lammes ist. Geh', hüte dich sorgfältig vor Stoß und Schreck! Laß dich zerstreuen mit Tanz und Saitenspiel! Es soll unter allen Umständen Merytaton heißen, wenn du glücklich niederkommst, und wenn es dir recht ist. Ich sehe, es ist dir recht. Dir ist immer alles recht, was Pharao meint. Wollte doch nur die ganze Welt es sich recht sein lassen, was er meint und lehrt, so stünde es besser um sie. Ade, Schwanenhals; Morgenwölkchen, goldumsäumt, – so lange!«

Die Königin entschwebte wieder. Hinter ihr schloß sich die Bildertür, fugenlos. Amenhotep kehrte gerührt und verschämt auf seinen Kissenstuhl zurück.

»Glückliche Länder«, sagte er, »denen eine solche Herrin zuteil ward, und ein Pharao, den sie so glücklich macht! Habe ich recht, das zu sagen, Mamachen? Stimmst du mir zu, Wahrsager? Wenn du an meinem Hofe bleibst als Traumdeuter des Königs, so werde ich dich vermählen, das ist mein Beschluß. Ich werde dir selbst die Braut erlesen, deiner Charge gemäß, aus den höheren Ständen. Du weißt nicht, welche Annehmlichkeit es ist, vermählt zu sein. Für meine Majestät ist es, wie dir mein Plan, die öffentliche Lustfahrt betreffend, gezeigt hat, geradezu Ausdruck und Schaubild meines menschlichen Teils, an dem ich hänge, mehr, als ich sagen kann. Denn siehe, Pharao ist nicht hochmütig – und wer in aller Welt sollte es also sein? An dir, mein Freund, spüre ich leider, bei übrigens gefälligen Sitten, eine Art Hochmut, – ich sage: eine Art, denn ich kenne deinen Hochmut nicht, vermute aber, daß er mit dem zusammenhängt, was du uns anzeigtest, daß du auf eine Weise aufgespart und geheiligt seist, nämlich dem Schweigen und dem Unteren, als ob dir ein Opferkranz um die Stirn läge aus einem Grün namens ›Rühr mich nicht an‹ – gerade deswegen kam mir der Gedanke, dich zu vermählen.«

»Ich bin in der Hand des Höchsten«, antwortete Joseph. »Was er mir tut, wird Wohltat sein. Pharao weiß nicht, wie notwendig mir Hochmut war, daß er mich schützte vor Übeltat. Aufgespart bin ich Gott allein, der meines Stammes Bräutigam ist, und wir sind die Braut. Wie es aber von dem Sterne heißt: ›Am Abend ein Weib und am Morgen ein Mann‹, so tritt wohl, ist es an dem, aus der Braut der Freier hervor.«

»Dem Sohn des Schelmen und der Lieblichen mag eine solche Doppelnatur zukommen«, sagte der König weltmännisch. »Doch«, setzte er hinzu, »laß uns ernst und nicht spielend reden, vom Wichtigsten! Euer Gott, wer ist er und was ist es mit ihm? Versäumt hast du, oder vermieden, mich darüber ins Klare zu setzen. Deines Vaters Ältervater, sagst du, hat ihn entdeckt? Das klingt, als hätte er den wahren und einzigen Gott gefunden. Sollte es möglich sein, daß so fern von mir und so lange vor mir ein Mann es ausmachte, daß der wahre und einzige Gott das Sonnenrund ist, der Schöpfer von Blick und Erblicktem, mein ewiger Vater am Himmel?«

»Nein, Pharao«, antwortete Joseph lächelnd. »Beim Sonnenrund blieb er nicht stehen. Er war ein Wanderer, und selbst die Sonne war nur eine Station seiner mühsamen Wanderschaft. Unruhvoll war er und ungenügsam, – nenne es Hochmut, daß er so war, so versiehst du das Tadel-Wort mit dem Zeichen der Ehre und Unentbehrlichkeit. Denn des Mannes Hochmut war, daß der Mensch solle allein dem Höchsten dienen. Darum ging sein Trachten über die Sonne hinaus.«

Amenhotep hatte sich verfärbt. Vorgebeugt saß er, auch den Kopf in der blauen Perücke noch vorgestreckt, und preßte sein Kinn mit den Fingerspitzen zusammen.

»Mamachen, jetzt gib acht! Um alles in der Welt, gib acht!« stieß er leise hervor, wandte aber dabei nicht etwa den Kopf seiner Mutter zu, sondern seine grauen Augen waren starr und ohne Lidschlag an Joseph geheftet, so angestrengt, als wollten sie die Schleier zerreißen, die über ihnen lagerten.

»Weiter, du!« sagte er. »Halt! Halt und weiter! Er blieb nicht stehen? Er drang über die Sonne hinaus? Sprich! oder ich spreche selbst, weiß ich auch nicht, was ich sprechen werde.«

»Er machte es sich schwer aus notwendigem Hochmut«, sprach Joseph, »darum wurde er gesalbt. Er überkam viele Versuchungen der Anbetung, denn anbeten wollte er, aber das Höchste und den Höchsten allein, nur so schien's ihm schicklich. Erde, die Mutter, versuchte ihn, die die Früchte bringt und das Leben erhält. Aber er sah ihre Notdurft, die nur der Himmel stillt, und so wandte sein Blick sich nach oben. Ihn versuchte der Wolken Gewühl, das Sturmgetüm, der Prasselregen, der blaue Blitz, der ins Nasse fährt, des Donners polternde Stimme.

Er aber schüttelte den Kopf ob ihrer Zumutung, denn seine Seele lehrte ihn, sie alle seien nur zweiten Ranges. Nichts besseres waren sie, seiner Seele zufolge, als er selbst, – vielleicht geringer sogar, obgleich gewaltig. Gewaltig, meinte er, sei auch er in seiner Art, vielleicht gewaltiger, und seien sie über ihm, so nur im Raum, nicht aber im Geiste. Sie anbeten, fand er, heiße zu nah und niedrig beten, und lieber garnicht, sagte er sich, als zu nah und zu niedrig, denn das sei ein Greuel.«

»Gut«, sagte Amenhotep fast ohne Stimme und knetete sein Kinn. »Gut, halt, nein, weiter! Mutter, gib acht!«

»Ja, was versuchte den Ahn nicht alles an großen Erscheinungen!« fuhr Joseph fort. »Der Sterne Heer war auch darunter, der Hirt und die Herde. Die waren wohl fern und hoch und groß ihr Wandel. Doch sah er sie zerstieben vorm Winken des Morgensterns, – der allerdings schön war, von zwiefacher Beschaffenheit und reich an Geschichten, doch schwach nur, zu schwach für das, was er ankündigte, sodaß er davor erblaßte und hinschwand. Armer Morgenstern!«

»Spare dein Mitleid!« gebot Amenhotep. »Hier gilt es Triumph! Denn wovor erblaßte er, und wer erschien gemäß seiner Verkündigung?« fragte er so stolz und drohend er konnte.

»Nun, freilich, die Sonne«, erwiderte Joseph. »Welch eine Versuchung für den, der anzubeten begehrt! Vor ihrer Güte und Grausamkeit bückten sich rings die Völker der Erde. Wie gut, welche Rast und Wohltat, die eigene Andacht der ihren zu einen und sich gemeinsam mit ihnen zu bücken! Allein des Ahnen Vorsicht war grenzenlos und unerschöpflich sein Vorbehalt. Nicht, sprach er, kommt es auf Rast und Wohltat an, sondern darauf allein, nur ja die große Ehrengefahr zu vermeiden, daß sich der Mensch zu früh und nicht vorm Letzthöchsten bücke. ›Gewaltig bist du‹ sprach er zu Schamasch-Maruduk-Baal, ›und ungeheuer ist deine Segens- und Fluchgewalt. Doch etwas ist in mir Wurm, das dich übersteigt, und das mich warnt, das Zeugnis für das zu nehmen, wovon es zeugt. Je größer das Zeugnis, desto größer der Fehl, wenn ich mich verführen lasse, es anzubeten statt des Bezeugten. Göttlich ist das Zeugnis, aber nicht Gott. Auch ich bin ein Zeugnis nebst meinem Dichten und Trachten, das über die Sonne geht zu dem, wovon es gewaltiger zeugt, als sogar sie, und dessen Glut größer ist, denn der Sonne Glut.‹«

»Mutter«, flüsterte Amenhotep, ohne die Augen von Joseph zu wenden, »was habe ich gesagt? Nein, nein, ich habe es nicht gesagt, ich habe es nur gewußt, es ist mir gesagt worden. Als es mich letzthin ergriff und mir Offenbarung zuteil wurde zur Verbesserung der Lehre – denn sie ist nicht vollendet, nie habe ich behauptet, daß sie fertig sei – da hörte ich meines Vaters Stimme, die zu mir sprach: ›Ich bin die Glut des Atôn, die in ihm ist. Aber Millionen Sonnen könnte ich speisen aus meinen Gluten. Nennst du mich den Atôn, so wisse, daß verbesserungsbedürftig ist die Benennung, und daß du mich damit nicht bei meinem letzten Namen nennst. Mein letzter Name aber ist: Der Herr des Atôn.‹ So hörte es Pharao, des Vaters geliebtes Kind, und brachte es mit aus der Ergriffenheit. Aber er schwieg darüber und vergaß es mittelst des Schweigens. Pharao hat Wahrheit in sein Herz gesetzt, denn der Vater ist die Wahrheit. Aber haftbar ist er für den Triumph der Lehre, daß alle Menschen sie annehmen, und er ängstigt sich, daß, eine Lehre so zu verbessern und zu reinigen, daß sie nur noch lautere Wahrheit sei, bedeuten könnte, sie unlehrbar zu machen. Dies ist eine schwere Angst und Not, die man keinem begreiflich macht, auf dem nicht soviel Haftbarkeit liegt, wie auf Pharao, und leicht ist's, ihm zu sagen: ›Du hast nicht Wahrheit in dein Herz gesetzt, sondern die Lehre.‹ Aber die Lehre ist das einzige Mittel, die Menschen näher zu bringen zur Wahrheit. Man soll sie verbessern; tut man es aber in dem Grade, daß sie untauglich wird als Mittel der Wahrheit, – ich frage den Vater und euch:

wird nicht dann erst der Vorwurf wahr, daß man die Lehre ins Herz geschlossen habe zum Schaden der Wahrheit? Seht, der Pharao zeigt den Menschen das Bild des ehrwürdigen Vaters, von seinen Künstlern gemacht: die goldene Scheibe, von der Strahlen hinabgehen auf seine Schöpfung, in süße Hände endigend, die die Schöpfung liebkosen. ›Betet an!‹ spricht er. ›Dies ist der Atôn, mein Vater, dessen Blut in mir rollt, und der sich mir offenbarte, der aber euer aller Vater sein will, daß ihr schön und gut in ihm werdet.‹ Und er fügt hinzu: ›Verzeiht, liebe Menschen, daß ich streng bin mit euren Gedanken! Ich schonte gern euere Einfalt. Aber es muß sein. Darum sage ich euch: Nicht das Bild sollt ihr anbeten, indem ihr es anbetet, und nicht ihm Hymnen singen, indem ihr singt, sondern dem, wovon es das Bild ist, versteht ihr wohl?, dem wirklichen Sonnenrund, meinem Vater droben am Himmel, der der Atôn ist, denn das Bild ist's noch nicht.‹ Schon das ist hart; es ist eine Zumutung den Menschen, und von hundert begreifen es zwölfe. Sagt aber der Lehrer nun gar: ›Noch eine Anstrengung muß ich euch ansinnen über diese hinaus um der Wahrheit willen, so leid es mir tut um eure Einfalt. Denn das Bild ist des Bildes Bild und eines Zeugnisses Zeugnis. Nicht das wirkliche Sonnenrund droben am Himmel sollt ihr meinen, wenn ihr seinem Bilde räuchert und Lob singt, – auch dieses nicht, sondern den Herrn des Atôn, der die Glut ist in ihm, und der seine Wege lenkt‹, – – das geht zu weit und ist zuviel für eine Lehre, von Zwölfen versteht es nicht Einer mehr. Nur Pharao selber versteht es, der außer aller Zahl ist, und doch soll er lehren die Zahlreichen. Dein Urvater, Wahrsager, hatte es leicht, obgleich er sich's schwer machte. Er durfte sich's schwer machen nach Belieben und strebte der Wahrheit nach um seiner selbst und um seines Stolzes willen, denn er war nur ein Wanderer. Ich aber bin ein König und Lehrer, ich darf nicht denken, was ich nicht lehren kann. Aber ein solcher lernt gar bald, das Unlehrbare nicht erst zu denken.«

Hier räusperte sich Teje, die Mutter, klapperte mit ihrem Gehänge und sprach, indem sie geradeaus in die Lüfte sah:

»Pharao ist zu loben, wenn er Glaubens-Staatsklugheit übt und die Einfalt der Zahlreichen schont. Darum warnte ich ihn, nicht die Anhänglichkeit des Volkes zu kränken an Usiri, den unteren König. Auch ist zwischen Schonung und Wissen kein Widerspruch, und nicht braucht Lehrertum das Wissen zu dämpfen. Nie haben Priester die Menge alles gelehrt, was sie wußten. Sie teilten ihr das Zuträgliche mit und behielten weislich im heiligen Bezirke zurück, was jenen nicht frommte. So waren Wissen und Weisheit zugleich in der Welt, Wahrheit und Schonung. Die Mutter empfiehlt, daß es so bleibe.«

»Dank, Mamachen«, sagte Amenhotep, indem er sich ihr bescheiden zuneigte. »Dank für den Beitrag. Er ist sehr wertvoll und wird für ewige Zeiten in Ehren gehalten werden. Allein wir sprechen von verschiedenen Dingen. Meine Majestät spricht von den Fesseln, die das Lehren dem Gottesgedanken auferlegt, die deine aber von geistlicher Staatsklugheit, die Lehre und Wissen scheidet. Pharao aber will nicht hochmütig sein, und es ist kein Hochmut größer, als der solcher Scheidung. Nein, kein Hochmut ist in der Welt, wie der, des Vaters Kinder zu scheiden in Eingeweihte und Uneingeweihte und doppelt zu lehren: weislich für die Menge und wissend im innern Bezirk. Sprechen sollen wir, was wir wissen, und zeugen, was wir gesehen haben. Pharao will nichts, als die Lehre verbessern, was ihm erschwert wird durchs Lehren. Und doch ist zu mir gesagt worden: ›Nenne mich nicht den Atôn, denn es ist verbesserungsbedürftig. Nenne mich den Herrn des Atôn!‹ Ich aber vergaß es durch Schweigen. Siehe jedoch, was tut der Vater seinem geliebten Sohn? Er sendet ihm einen Boten und Traumdeuter, der ihm seine Träume deutet, Träume von unten und Träume von oben, reichswichtige Träume und himmelswichtige, daß er in ihm erwecke, was er weiß, und ihm deute, was ihm gesagt wurde. Ja, wie liebt der Vater sein Kind, den König, der aus ihm hervorkam, daß er einen Wahrsager zu ihm herniedersendet, dem es von langer Hand überliefert ist, es gebühre dem Menschen, aufs Letzthöchste zu dringen!«

»Meines Wissens«, äußerte Teje kühl, »kam dein Wahrsager von unten herauf, aus einem Gefängnisloch, und nicht von oben.«

»Ah, das ist meiner Meinung nach bloße Schelmerei, daß er von unten kam«, rief Amenhotep. »Und außerdem wollen Oben und Unten vor dem Vater nicht viel besagen, der hinabgeht und zum Oberen das Untere macht, denn wo er leuchtet, ist oben. Daher deuten denn auch seine Boten untere und obere Träume mit gleicher Gewandtheit. Weiter, Wahrsager! Habe ich Halt gesagt? Ich habe weiter gesagt! Wenn ich Halt sagte, so meinte ich weiter! Jener Wanderer aus Osten, von dem du stammst, machte nicht bei der Sonne halt, sondern drang über sie hinaus?«

»Ja, im Geiste«, antwortete Joseph lächelnd. »Denn im Fleische war er ja nur ein Wurm auf Erden, schwächer, als das Meiste neben und über ihm. Und doch verweigerte er's, sich zu bücken und anzubeten auch nur vor einer dieser Erscheinungen, denn sie waren Werk und Zeugnis, wie er. Alles Sein, sprach er, ist Werk, und vor dem Werk ist der Geist, von dem zeugt es. Wie könnte ich eine so große Narrheit begehen und einem Werke räuchern, sei es auch noch so gewaltig, – ich, der ich ein Zeugnis bin wissentlich, die anderen aber sind's eben nur und wissen's nicht? Ist nicht etwas in mir von dem, wofür alles Seiende zeugt, vom Sein des Seins, das größer ist, als seine Werke, und ist außer ihnen? Es ist außer der Welt, und ist es der Raum der Welt, so ist doch die Welt nicht sein Raum. Fern ist die Sonne, wohl dreihundertsechzigtausend Meilen fern, und ihre Strahlen sind doch bei uns. Der ihr aber die Wege wies, ist ferner als fern und doch nah in demselben Maß – näher als nah.

Fern oder nah, das gilt gleichviel vor ihm, denn er hat keinen Raum, noch eine Zeit, und ist gleich die Welt in ihm, so ist doch er nicht in der Welt, sondern im Himmel.«

»Hast du das gehört, Mama«, fragte Amenhotep mit kleiner Stimme und Tränen in den Augen. »Hast du die Botschaft gehört, die mein himmlischer Vater mir sendet durch diesen Jüngling-Mann, dem ich gleich etwas ansah, als er hereinkam, und der mir meine Träume deutet? Denn ich will es nur sagen, daß ich nicht alles gesagt habe, was mir gesagt wurde in der Ergriffenheit, sondern indem ich's verschwieg, hab ich's vergessen. Als ich aber hörte: ›Nicht den Atôn sollst du mich nennen, sondern den Herrn des Atôn‹, da vernahm ich auch dies noch: ›Rufe mich nicht an als deinen Vater *am* Himmel, es ist verbesserungsbedürftig. Deinen Vater *im* Himmel sollst du mich heißen!‹ So hab ich's gehört und verschloß es in mir, weil mir vor der Wahrheit bangte um der Lehre willen. Aber den ich aus dem Gefängnis zog, der öffnet das Gefängnis der Wahrheit, daß sie daraus hervortritt in Schönheit und Licht und sich Lehre und Wahrheit umarmen, wie ich diesen umarme.«

Und mit nassen Wimpern arbeitete er sich empor aus seinem vertieften Stuhl, umarmte Joseph und küßte ihn.

»Ja«, rief er, indem er aufs neue, die Hände auf dem Herzen, in der kretischen Halle auf und ab zu eilen begann, vom Bienen-Vorhang bis zu den Fenstern und wieder zurück, – »ja, ja, im Himmel und nicht am Himmel, ferner als fern, und näher als nah, das Sein des Seins, das nicht in den Tod blickt, das nicht wird und stirbt, sondern ist, das stehende Licht, das nicht aufgeht noch untergeht, die unwandelbare Quelle, aus der all Leben, Licht, Schönheit und Wahrheit quillt, – das ist der Vater, so offenbart er sich Pharao, Seinem Sohn, der Ihm am Busen liegt, und dem Er alles zeigt, was Er gemacht hat. Denn Er hat alles gemacht, und Seine Liebe ist in der Welt, und die Welt kennt ihn nicht. Pharao aber ist ein Zeuge und trägt Zeugnis von Seinem Licht und Seiner Liebe, daß durch ihn alle Menschen selig werden und glauben mögen, ob sie auch jetzt noch die Finsternis mehr lieben, als das Licht, das in ihr scheint. Denn sie verstehen es nicht, darum sind ihre Taten übel. Aber der Sohn, der aus dem Vater kam, wird es sie lehren. Goldener Geist ist das Licht, Vatergeist, und zu ihm ringt die Kraft sich empor aus Muttertiefen, daß sie sich läutere in seiner Flamme und Geist werde im Vater. Unstofflich ist Gott, wie sein Sonnenschein, Geist ist er, und der Pharao lehrt euch, ihn im Geiste und in der Wahrheit anzubeten. Denn der Sohn kennt den Vater, gleich wie der Vater ihn kennt, und will königlich alle belohnen, die ihn lieben und an ihn glauben und seine Gebote halten, – groß machen will er sie und vergolden am Hof, weil sie den Vater lieben im Sohne, der aus ihm kam. Denn meine Worte sind nicht mein, sondern meines Vaters, der mich gesandt hat, damit alle eins werden im Lichte und in der Liebe, so wie ich und der Vater eins sind ...«

Er lächelte allzu selig und erblich zugleich auf den Tod, lehnte sich, die Hände auf dem Rücken, gegen die Bilderwand, schloß die Augen und blieb so zwar aufrecht, war aber augenscheinlich nicht mehr zugegen.

Der verständige und weise Mann

Teje, die Mutter, trat die Stufe hinab von ihrem Stuhl in den Saal und näherte sich mit kurzen und festen Schritten dem Fortgeholten. Sie betrachtete ihn einen Augenblick, strich ihm in flüchtiger Liebkosung mit dem Rücken der Finger über die Wange, was er offenbar nicht gewahr wurde, und wandte sich dann zu Joseph.

»Er wird dich erhöhen«, sagte sie mit bitterem Lächeln. Aber ihr aufgeworfener Mund und seine Falten waren wohl so eingerichtet, daß ihr Lächeln immer nur bitter sein konnte.

Joseph sah erschrocken zu Amenhotep hinüber.

»Unbesorgt«, sagte sie, »er hört uns nicht. Er ist heilig unpaß und abwesend, es ist nicht schlimm. Ich wußte, daß es dies Ende nehmen werde, da er soviel von Freude und Zärtlichkeit sprach. Das läuft immer hierauf hinaus und manchmal auf Heilig-Schlimmeres. Schon als er vom Mäuschen und Küken sprach, wußte ich, daß es so kommen werde, mit Bestimmtheit aber, als er dich küßte. Du mußt das im Licht seiner heiligen Anfälligkeit sehen.«

»Pharao liebt es, zu küssen«, bemerkte Joseph.

»Ja, zu sehr«, erwiderte sie. »Ich glaube, du bist klug genug, zu verstehen, daß es eine Gefahr ist für das Reich, das einen übermächtigen Gott im Innern und außen lauernde Neider hat, Zinspflichtige dazu, die Aufruhr sinnen. Darum billigte ich es, daß du ihm von der Rüstigkeit deines Ahnen sprachst, den das Gottesdenken nicht schwächte.«

»Ich bin kein Kriegsmann«, sagte Joseph, »und auch der Ahn war es nur bei dringendster Gelegenheit. Mein Vater war zeltfromm und zu tiefem Sinnen geneigt, und ich bin sein Sohn von der Rechten. Unter meinen Brüdern allerdings, die mich verkauften, sind mehrere, die sich beträchtlicher Roheiten fähig erwiesen haben. Kriegshelden waren die Zwillinge, die wir so nennen, obgleich sie ein Jahr auseinander sind. Aber auch Gaddiel, der Sohn der Kebse, ging, zu meiner Zeit wenigstens, mehr oder weniger geharnischt.«

Teje schüttelte den Kopf.

»Du hast eine Art«, sagte sie, »von deiner Sippe zu reden – als Mutter möchte ich sie verzogen nennen. Alles in allem weißt du dir viel, wie es scheint, und fühlst dich jeder Erhöhung gewachsen?«

»Laß es mich so wenden, große Frau«, antwortete Joseph, »daß keine mich überrascht.«

»Desto besser für dich«, erwiderte sie. »Ich sagte dir ja, daß er dich erhöhen wird, wahrscheinlich recht unmäßig. Er weiß es noch nicht, aber wenn er zurückkehrt, wird er es wissen.«

»Pharao hat mich erhöht«, antwortete Joseph, »indem er mich dieses Gottesgesprächs würdigte.«

»Papperlapapp«, machte sie ungeduldig. »Du hast's darauf angelegt und dich ihm untergeschoben vom ersten Worte an! Vor mir brauchst du das Kind nicht zu spielen oder das Lamm, wie die dich nannten, die dich verzogen. Ich bin eine politische Frau, es lohnt nicht, Unschuldsmienen vor mir zu ziehen. ›Süßer Schlaf und Muttermilch‹, nicht wahr, ›Windelbänder und warme Bäder‹, das sind deine Sorgen. Geh mir doch! Ich habe nichts gegen die Politik, ich schätze sie und mache dir's nicht zum Vorwurf, daß du deine Stunde nutztest. Euer Gottesgespräch war ja ein Göttergespräch auch wohl und du erzähltest nicht übel von jenem Schalksgott, einem diebsschlauen Weltkind, dem Herrn des Vorteils.«

»Verzeih, große Mutter«, sagte Joseph; »es war Pharao, der von ihm erzählte.«

»Empfindlich und empfänglich ist Pharao«, versetzte sie. »Was er erzählte, gab deine Gegenwart ihm ein. Dich empfand er und sprach von dem Gott.«

»Ich war ohne Falsch gegen ihn, Königin«, sagte Joseph, »und werde es bleiben, was immer er über mich beschließen möge. Bei Pharao's Leben, ich werde nie seinen Kuß verraten. Es ist lange her, seit ich den letzten Kuß empfing. Zu Dotan war es, im Tal, da küßte mich mein Bruder Jehuda vor den Augen der Kinder Ismaels, meiner Käufer, um ihnen zu zeigen, wie wert ihm die Ware sei. Den Kuß hat dein lieber Sohn ausgelöscht mit dem seinen. Mir aber ist seitdem das Herz voll von dem Wunsch, ihm zu dienen und ihm zu helfen, wie ich's vermag und soweit immer er mich dazu ermächtigt!«

»Ja, diene und hilf ihm!« sagte sie, indem sie ganz nahe an ihn herantrat mit ihrer kleinen festen Person und ihm die

Hand auf die Schulter legte. »Versprichst du's der Mutter? Wisse, es ist eine hohe, ängstliche Not mit dem Kinde – aber du weißt es. Du bist schmerzhaft klug und hast sogar vom falschen Rechten gesprochen, indem du dem Vielgewandten das Wissen zuschobst, daß einer recht sein kann und doch falsch.«

»Man wußte und kannte es bisher noch nicht«, antwortete Joseph. »Es ist eine Schicksalsgründung, daß einer recht sein kann auf dem Weg, aber der Rechte nicht für den Weg. Das gab's nicht bis heute, wird's aber von nun an immer wieder geben. Ehrfurcht gebührt jeder Gründung. Und Liebe gebührt ihr, wenn sie so liebenswert ist, wie dein holder Sohn!«

Ein Seufzer kam von Pharao's Seite, und die Mutter wandte sich nach ihm um. Er regte sich, blinzelte, löste den Rücken von der Wand, und in seine Wangen und Lippen kehrte die natürliche Farbe zurück.

»Beschlüsse«, ließ er sich vernehmen. »Hier müssen sogleich Beschlüsse gefaßt werden. Meine Majestät hat es dort geltend gemacht, daß ich keine Zeit mehr hätte und zurückkehren müsse zu sofortiger königlicher Beschlußfassung. Verzeiht meine Abwesenheit«, sagte er lächelnd, indem er sich von der Mutter zu seinem Stuhle geleiten ließ und in die Kissen sank. »Verzeih du, Mamachen, und auch du, lieber Wahrsager! Pharao«, setzte er in lächelnder Überlegung hinzu, »brauchte sich nicht zu entschuldigen, denn er ist unumschränkt, und außerdem ist er nicht gegangen, sondern wurde geholt. Aber er entschuldigt sich trotzdem, aus Freundlichkeit. Nun jedoch zu den Geschäften! Wir haben Zeit, allein zu verlieren haben wir keine. Nimm deinen Sitz, ewige Mutter, wenn ich dich ehrfürchtig bitten darf! Es ziemt sich nicht, daß du auf deinen Füßen bist, wo der Sohn ruht. Nur der Jüngling mit dem unteren Namen möge noch etwas stehen vor Pharao bei den Geschäften, die uns aus meinen Träumen erwachsen – sie kamen auch von unten, aus der Sorge ums Obere kamen sie, – er aber scheint mir gesegnet von unten herauf und von oben herab. – Du bist also der Meinung, Osarsiph«, fragte er, »daß man die Fülle züchtigen muß zugunsten des Mangels, der nach ihr kommt, und muß in die Scheuern sammeln ungeheuer, um austeilen zu können in den dürren Jahren, damit nicht das Obere Schaden leide mit dem Unteren?«

»Genau so, lieber Herr«, antwortete Joseph, – eine der Etikette ganz fremde Anrede, die sogleich blanke Tränen in Pharao's Augen brachte. »Das ist die stumme Weisung der Träume. Der Scheuern und Kornkammern können es garnicht genug sein, es sind ihrer viele im Lande, aber zu wenige. Neue müssen gebaut werden überall, daß ihre Zahl ist wie die Sterne am Himmel. Und überall müssen Amtsleute eingesetzt sein, die Fülle in Zucht zu nehmen und die Abgabe einzutreiben, – nicht nach willkürlicher Schatzung, die sich wohl stechen läßt mit Geschenken, sondern nach einem festen und heiligen Schlüssel – und Brot aufschütten in Pharao's Kornhäusern, daß es ist wie der Sand am Meer, zum Vorrat in den Städten, und müssen es verwahren, damit man Nahrung vorbereitet finde in den teuren Jahren und nicht das Land vor Hunger verderbe zum Nutzen Amuns, der Pharao beim Volke verzeigen und sprechen würde: ›Der König ist schuld, und das ist die Strafe für neuernde Lehre und Anbetung.‹ Wenn ich aber sage: Austeilen, so mein' ich's nicht einmal für allemal, sondern austeilen soll man den Kleinen und Armen, den Großen und Reichen aber soll man verkaufen. Denn Spreuzeit heißt teure Zeit, und ist der Nil klein, so sind groß die Preise, und teuer soll man verkaufen den Reichen, daß man den Reichtum beuge und beuge alles, was sich im Lande noch groß dünkt neben Pharao – nur er sei reich in Ägyptenland und werde golden und silbern!«

»Wer soll verkaufen?« rief Amenhotep erschrocken. »Gottes Sohn, der König?«

Aber Joseph erwiderte:

»Beileibe nicht! Denn hier denke ich nun an den verständigen und weisen Mann, den Pharao sich ersehen muß unter seinen Dienern, an ihn, der erfüllt ist vom Geist der Vorsorge, den Herrn des Überblicks, der alles sieht bis an des Landes Grenzen und noch darüber hinaus, weil des Landes Grenzen nicht seine Grenzen sind. Den setze Pharao ein und setze ihn über Ägyptenland mit dem Worte: ›Sei wie ich‹, damit er die Fülle züchtige, solange sie währt, und den Mangel ernähre, wenn er kommt. Er sei wie der Mond zwischen Pharao, unserer schönen Sonne, und der unteren Erde. Er soll die Scheuern erstellen, soll lenken das Heer der Amtsleute und den Schlüssel der Einziehung festsetzen. Ermessen soll er und befinden, wo zu verteilen ist, und wo zu verkaufen, soll machen, daß die Kleinen essen und Pharao's Lehren lauschen, und soll die Großen beuteln zugunsten der Kronen, daß Pharao silbern und golden werde über und über.«

Die Göttin-Mutter lachte ein wenig auf ihrem Stuhl.

»Du lachst, Mamachen«, sagte Amenhotep. »Aber meine Majestät findet es wirklich interessant, was der Wahrsager da wahrsagt. Pharao sieht von oben herab auf diese unteren Dinge, aber es interessiert ihn in hohem Grade, was der Mond da spaß- und geisterhaft anstellt auf Erden. Sage mir mehr, Wahrsager, da wir im Rate sind, von dem Mittelsmann, dem heiter-anschlägigen Jüngling, wie er es deiner Meinung nach halten und treiben sollte, wenn ich ihn eingesetzt!«

»Ich bin nicht Keme's Kind und nicht des Jeôrs Sohn«, antwortete Joseph, »sondern kam von Weitem. Aber der Rock meines Leibes ist längst ganz aus ägyptischem Stoff gemacht, denn schon mit siebzehn zog ich hernieder mit den Führern, die Gott mir bestellt, den Midianitern, und kam nach No-Amun, deiner Stadt. Obgleich ich weit her bin, weiß ich doch dies und das von des Landes Umständen und von seinen Geschichten, wie alles kam, und wie aus den Gauen das Reich wurde und aus dem Alten das Neue, worin vom Alten und Vormaligen noch Reste sich trotzig behaupten, unstimmig den Läuften. Denn Pharao's Väter, Wêsets Fürsten, die die fremden Könige schlugen und austrieben und zum Krongut machten die schwarze Erde, diese mußten den Gauherren und Klein-Königen, die ihnen im Streite geholfen, mit Land-Gaben und hohen Namen lohnen, also daß etliche davon sich Könige nennen neben Pharao bis auf den heutigen Tag und trotzig auf ihrem Grunde sitzen, der nicht Pharao's ist, den Läuften zuwider. Da diese Geschichten und Umstände mir nicht unbekannt sind, habe ich leicht weissagen, wie Pharao's Mittler, der Herr des Überblicks und der Preise, es halten und wozu er die Gelegenheit nutzen wird. Er wird den stolzen Gauherren und überständigen Landkönigen Preise machen die sieben Spreujahre hin, wenn sie nicht Brot noch Saat haben, er aber hat die Fülle davon, – gewürzte Preise, daß ihnen sollen die Augen übergehen und sollen ausgezogen sein bis aufs Letzte, sodaß ihr Land endlich auch den Kronen zufallen wird, wie es sich schickt, und aus Trutz-Königen Pächter werden.«

»Gut!« sagte die Göttin-Mutter tief und energisch.

Pharao war sehr erheitert.

»Was für ein Schelm, dein Mittler-Jüngling und Mond-Zauberer!« lachte er. »Meine Majestät wäre nicht drauf gekommen, findet es jedoch vorzüglich. Sagst du aber nichts wahr für den Mann, meinen Statthalter, in Betreff der Tempel, die da überreich und schwer sind im Lande, daß er sie ebenfalls beuteln und ausziehen wird nach Gebühr und nach Schelmenart? Vor allem wünschte ich, daß Amuns Schwere gebeutelt werde, und daß mein Geschäftsmann ihm gleich, der nie hat zinsen müssen, die Abgabe auferlege nach dem gemeinen Schlüssel!«

»Wenn der Mann äußerst verständig ist, was ich voraussehe«, erwiderte Joseph, »so wird er die Tempel schonen und aus dem Spiel lassen die Götter Ägyptens bei der Abgabe zu Zeiten der

Fülle, da es uralter Brauch ist, daß Gottesgut nicht steuert. Amun vor allem soll nicht aufgereizt sein gegen das Werk der Vorsorge und im Volk nicht wiegeln gegen die Aufschüttung, daß es glaube, gegen die Götter sei alles gerichtet. Kommt die Fluchzeit, so werden sie die Preise zu zahlen haben des Herrn der Preise, das ist genug, und werden nichts bekommen vom Segen des Krongeschäfts, sodaß Pharao schwerer und goldener werden soll, als sie alle, wenn der Mittler nur halbwegs sein Amt versteht.«

»Weise!« nickte die Mutter-Göttin.

»Wenn ich mich aber in dem Manne nicht täusche«, fuhr Joseph fort, »– und wie sollte ich, da Pharao ihn erwählen wird –, so wird der Mann sein Augenmerk auch über des Landes Grenzen richten und zusehen, daß Untreue gedämpft und Wankelmut gefesselt werde an Pharao's Tron. Als Abram, mein Ahn, nach Ägypten herabkam mit seinem Weibe Sarai (was nämlich Heldin und Königin heißt) – als sie herabzogen, war Hungersnot bei ihnen zu Hause und Teuerung in den Ländern Retenu, Amor und Zahi. In Ägypten aber war Fülle. Muß es aber verschieden sein jedesmal? Wenn die Zeit kommt der mageren Kühe für uns hier – wer sagt uns, daß nicht vielleicht Spreuzeit sein wird auch dortzulande? Pharao's Träume waren so warnungsstark, daß wohl ihr Sinn könnte der ganzen Erde gelten und wäre eine Sache damit wie mit der Flut. Dann werden die Völker gepilgert kommen herunter nach Ägyptenland, um Brot und Saat hier zu nehmen, denn Pharao hat aufgehäuft. Es werden Leute kommen, Leute von überall her und von wer weiß, wo, die man hier zu sehen nie gewärtigt hätte; sie werden kommen, genötigt von Not, und vor den Herrn des Überblicks treten, deinen Geschäftsmann, und zu ihm sprechen: ›Verkaufe uns, sonst sind wir verkauft und verraten, denn wir und unsere Kinder sterben Hungers und wissen nicht länger zu leben, ohne, du verkaufst uns aus deinen Scheuern!‹ Dann wird der Verkäufer ihnen antworten und mit ihnen umgehen je nachdem, was es für Leute sind. Wie er aber umgehen wird mit diesem und jenem Stadtkönige Syriens und Fenechierlandes, das getraue ich mich wahrzusagen. Denn ich weiß wohl, daß der eine und andere Pharao, seinen Herrn, nicht liebt, wie er sollte, und wankel ist in seiner Treue zu ihm, also, daß er auf beiden Achseln trägt und Pharao zwar Ergebenheit heuchelt, zugleich aber mit den Chetitern äugelt und packelt um seines Eigenvorteils willen. Solche wird der Mann kirre machen durch das Geschäft, wenn es kommt, wie ich sehe. Denn nicht nur Silber und Holz wird er sie zahlen lassen für Brot und Saat, sondern ihre Söhne und Töchter werden sie herabliefern müssen als Zahlung oder Gewähr nach Ägyptenland, wenn sie leben wollen, und werden an Pharao's Stuhl gebunden sein, daß fortan Verlaß ist auf ihre Treue.«

Amenhotep hüpfte auf seinem Stuhl vor Vergnügen wie ein Junge.

»Mamachen«, rief er, »denkst du an Milkili, den König von Aschdod, der mehr als wankel ist und von Gesinnung so häßlich, daß er Pharao nicht von ganzer Seele liebt und auf Verrat und Abfall sinnt, wie mir geschrieben wurde? Ich denke die ganze Zeit an ihn. Alle wollen sie, daß ich Truppen sende gegen Milkili und mein Schwert färbe, – Horemheb, mein oberster Oberst, fordert es zweimal am Tag. Ich aber will's nicht, denn der Herr des Atôn will kein Blut. Hast du nun gehört, wie dieser hier, der Sohn des Schelmen, uns wahrsagt, daß wir bald vielleicht solche bösen Könige zur Treue werden anhalten und fest an Pharao's Stuhl werden binden können ganz ohne Blut, auf dem bloßen Geschäftswege? Vorzüglich, vorzüglich!« rief er und schlug wiederholt mit der Hand auf die Armlehne. Plötzlich wurde er ernst und stand feierlich auf vom Stuhl, saß aber, von einem Bedenken befallen, gleich noch einmal nieder.

»Es ist eine Schwierigkeit«, sagte er verdrießlich, »Mamachen, mit dem Amt und Range, die ich meinem Freunde, dem Mittler, dem Mann der Vorsorge und der Austeilung, verleihen will. Denn wo ist Platz für ihn im Staate? Der Staat ist leider komplett, und sind besetzt alle schönsten Ämter. Wir haben die beiden Wesire und haben die Vorsteher der Kornspeicher und Rinderherden, dazu den Großen Schreiber des Schatzhauses und alles das. Wo ist denn für meinen Freund das Amt, woran ich ihn stellen kann, und ein Name, wie er ihm zukommt?«

»Das wäre das Wenigste«, gab gelassen die Mutter zurück, indem sie gleichgültig das Haupt abwandte. »Oft fand es statt in der Vorzeit und auch in der neueren, und es ist ein Hergebrachtes, das, wenn es deiner Majestät gefällt, jeden Tag wieder aufgenommen werden könnte, daß zwischen Pharao und den Großen des Staates ein Mittler stand und Oberster Mund, das Haupt der Häupter und Vorsteher aller Vorsteher, durch den des Königs Worte gingen, der Stellvertreter des Gottes. Der Oberste Mund ist etwas ganz Übliches. Man muß nicht Schwierigkeiten sehen, wo keine sind«, sagte sie und wandte den Kopf noch weiter ab.

»Das ist ja auch wahr!« rief Amenhotep. »Ich wußte es und hatte es nur vergessen, weil lange kein Oberster Mund mehr da war und kein Mond zwischen Himmel und Erde, und die Wesire des Südens und Nordens die Höchsten waren. Danke dir, Mamachen, recht lieb und herzlich!«

Und neuerdings stand er vom Stuhle auf, sehr feierlichen Gesichts.

»Tritt näher zum König«, sagte er, »Usarsiph, du Bote und Freund! Tritt nahe heran hier vor mich und laß dir sagen! Der gute Pharao fürchtet, dich zu erschrecken. Darum bitte ich dich, fasse dich für das, was Pharao dir zu sagen hat! Fasse dich im Voraus, schon bevor du meine Worte gehört hast, daß du nachher nicht etwa in Ohnmacht sinkst, weil dir zu Mute ist, als trüge ein geflügelter Stier dich zum Himmel! Hast du dich gefaßt? Dann höre: – *Du bist dieser Mann!* Du selbst bist es und kein anderer, den ich erwähle, und erhöhe dich an meine Seite zum Herrn des Überblicks, in dessen Hände oberste Vollmacht gegeben sei, daß du die Fülle züchtigst und die Länder ernährst in den Jahren der Dürre. Kannst du dich darüber wundern und kann mein Beschluß dich ganz und gar überraschen? Du hast mir meine unteren Träume gedeutet ohne Buch und Kessel, genau wie ich fühlte, daß man sie deuten müsse, und bist nach der Weissagung nicht tot umgefallen, wie sonst inspirierte Lämmer pflegen, was mir ein Zeichen ist, daß du aufgespart bist, die Maßnahmen zu vollziehen, die, wie du klar erkanntest, sich aus der Deutung ergeben. Du hast mir auch meine oberen Träume gedeutet, genau nach der Wahrheit, um die mein Herz wußte, und hast mir ausgelegt, warum mein Vater mir sagte, daß er nicht der Atôn genannt sein wolle, sondern der Herr des Atôn, und hast mir die Seele geklärt über den Lehrunterschied zwischen einem Vater am Himmel und einem Vater im Himmel. Aber du bist ein Weiser nicht nur, sondern auch ein Schelm, und hast mir wahrgesagt, wie man vermittelst der teuren Jahre die Gauherren ausziehen kann, die nicht mehr ins Bild passen, und an Pharao's Stuhl binden die wankelen Stadtkönige Syriens. Weil dir nun Gott solches alles hat kundgetan, ist keiner so verständig und weise als du, und es hat gar keinen Sinn, daß ich lange, fern oder nah, nach einem anderen suche. Du sollst über mein Haus sein, und deinem Wort soll all mein Volk gehorsam sein. Bist du sehr erschrocken?«

»Ich lebte lange«, antwortete Joseph, »an eines Mannes Seite, der nicht zu erschrecken wußte, da er die Ruhe selber war, – mein Fronvogt war es, im Kerker. Er lehrte mich, die Ruhe sei nichts, als daß der Mensch auf alles gefaßt sei. So bin ich nicht übermäßig erschrocken. Ich bin in Pharao's Hand.«

»Und in deiner Hand sollen die Länder sein und sollst sein

wie ich vor den Menschen!« sagte Amenhotep mit Bewegung. »Nimm dieses für's erste!« sagte er, zerrte nervös mit Drehen und Ziehen einen Ring über den Knöchel seines Fingers und steckte ihn dem Joseph an die Hand. In den hohen Ring war ein Lapis Lazuli eingefaßt, oval und von ausnehmender Schönheit, wie der durchsonnte Himmel leuchtend, und der Name Atôns in der Königskartusche war in den Stein geritzt. »Das Zeichen sei er«, eiferte sich Meni und war wieder ganz blaß, »deiner Vollmacht und Stellvertretung, und wer ihn sieht, der erbebe und wisse, daß jedes Wort, das du sprichst zu einem meiner Knechte, sei es der Höchste oder der Niedrigste, das sei wie mein eigen Wort. Wer immer ein Anliegen hat an Pharao, der soll erst vor dich treten und mit dir sprechen, denn mein Oberster Mund sollst du sein, und deine Worte seien gehütet und befolgt, weil Weisheit und Vernunft dir zur Seite stehen. Ich bin Pharao! Ich setze dich über ganz Ägyptenland, und ohne deinen Willen soll niemand seine Hand oder seinen Fuß regen in beiden Ländern. Nur gerade des königlichen Stuhls will ich höher sein als du und will dir von der Hoheit und der Pracht meines Trones verleihen! Du sollst in meinem zweiten Wagen fahren, gleich hinter meinem, und neben dir her sollen sie laufen und vor dir her rufen: ›Obacht, nehmt euer Herz zu euch, dies ist des Landes Vater!‹ Vor meinem Stuhle sollst du stehen und Schlüsselgewalt haben, unumschränkt ... Ich sehe, du schüttelst den Kopf, Mamachen, du wendest ihn ab und murmelst etwas von ›Übertreibung‹. Aber um die Übertreibung ist es zuweilen ein herrlich Ding, und Pharao will's nun gerade einmal übertreiben! Es soll dir eine Titulatur festgesetzt werden, Lamm Gottes, wie sie noch nicht erhört war in Ägypten, und darin dein Totenname ganz und gar verschwinden soll. Denn wir haben zwar die beiden Wesire, ich aber erschaffe für dich den noch nie erhörten Titel ›Groß-Wesir‹. Damit noch längst nicht genug, sollst du ›Freund der Ernte Gottes‹ und

›Nahrung Ägyptens‹ und ›Schattenspender des Königs‹ heißen, dazu noch ›Vater des Pharao‹ und was mir sonst noch einfallen wird, – nur diesen Augenblick fällt mir vor freudiger Erregung nichts weiter ein ... Schüttle nicht, Mamachen, und laß mir dies einzige Mal mein Vergnügen, denn mit Willen und Bewußtsein übertreibe ich's nun einmal! Es ist doch herrlich, daß es sich begeben soll wie im Liede des Auslands, wo es singt: ›Vater Inlil hat seinen Namen ‹Herr der Länder› genannt – den Bereich meiner Befugnisse allesamt soll er verwalten, alle meine Obliegenheiten ergreifen – Sein Land soll gedeihen, er selbst sich wohlbefinden. – Fest gilt sein Wort, nicht gewandelt wird sein Befehl – Nicht ändert das Wort seines Mundes irgend ein Gott.‹ Wie das Lied singt und die fremde Hymne lautet, so soll es sein – es macht mir unendliches Vergnügen! ›Fürst des Inneren‹ und ›Vice-Gott‹, so sollst du genannt sein bei der Investitur ... Wir können deine Vergoldung hier garnicht vornehmen, es ist nicht einmal eine ordentliche Schatzkammer da, aus der ich dich mit Gold beloben kann, mit Ketten und Krägen. Wir müssen sofort nach Wêset zurück, nur dort kann es sein, zu Merimat im Palast, im Hof unterm Söller. Auch eine Frau muß dir ja gefunden sein, aus den vornehmsten Ständen, – das heißt, eine ganze Menge Frauen, aber vor allem eine Erste und Rechte. Denn daß ich dich vermählen will, dabei bleibt es. Du wirst sehen, was für eine Annehmlichkeit das ist!«

Eifrig und ausgelassen wie ein Knabe klatschte er in die Hände.

»Eje«, rief er mit verkürztem Atem dem hereinbuckelnden Kämmerling zu, »wir reisen! Pharao und der ganze Hof kehren noch heute nach Nowet-Amun zurück! Sputet euch, es ist schöner Befehl! Macht gleich meine Barke ›Stern der Länder‹ bereit, auf der ich reisen will mit der Ewigen Mutter, der Süßen Gemahlin und diesem Erwählten, dem Adôn meines Hauses, der fortan in Ägyptenland sein wird wie ich! Erzähl es den anderen! Es gibt eine große Vergoldung!«

Der Bückling hatte zwar am Vorhang geklebt und gehorcht, doch seinen Ohren nicht trauen mögen. Nun mußte er ihnen trauen, und daß er da zerschmolz und wie ein Kätzchen schmachtete und vor Entzücken all seine Fingerspitzen küßte, – das läßt sich denken.

VIERTES HAUPTSTÜCK:
DIE ZEIT DER ERLAUBNISSE

Sieben oder fünf

Nur gut, daß nun das Gespräch zwischen Pharao und Joseph, das zur Erhöhung des Verstorbenen führte, so daß er groß gemacht war im Westen, – daß dieses berühmte und dabei fast unbekannte Gespräch, welches die anwesende Große Mutter nicht mit Unrecht als ein Gottes- und Göttergespräch bezeichnete, nun von Anfang bis zu Ende, nach allen seinen Windungen, Wendungen und konversationellen Zwischenfällen wiederhergestellt und für immer in aller Genauigkeit festgehalten ist, sodaß jeder den Gang verfolgen kann, den es seinerzeit in Wirklichkeit nahm, und, wenn er einen Punkt vergessen hat, nur aufzuschlagen und das Entfallene nachzulesen braucht. Der Lakonismus des bisher davon Überlieferten geht bis zu ehrwürdiger Unwahrscheinlichkeit. Daß nach Josephs Traumdeutung und seinem Ratschlag an den König, sich nach einem verständigen und weisen Mann, einem Mann der Vorsorge umzusehen, Pharao ohne Weiteres geantwortet habe: »Keiner ist so verständig und weise, wie du; dich will ich über ganz Ägyptenland setzen!« und ihn in wahrhaft enthusiastischer – man kann schon sagen: zügelloser Weise mit Ehren und Würden überschüttet habe, – das schien uns immer der Abkürzung, Aussparung und Eintrocknung zuviel: wie ein ausgenommener, gesalzener und gewickelter Überrest der Wahrheit erschien es uns, nicht wie ihre Lebensgestalt; zuviele Begründungsglieder für Pharao's Begeisterung und ausgelassene Gnade schienen uns darin zu fehlen, und als wir, die Scheu unseres Fleisches überwindend, uns für die Höllenfahrt stark machten durch die Schlucht der Jahrtausende hinab zur Brunnenwiese von Josephs Gegenwart, da war es unser Vorsatz vor allem, dies

Gespräch zu belauschen und es heraufzubringen in allen seinen Gliedern, wie es sich damals zu On in Unter-Ägypten wirklich begeben.

Wohl verstanden, wir haben nichts gegen die Aussparung. Sie ist wohltätig und notwendig, denn es ist auf die Dauer völlig unmöglich, das Leben zu erzählen, so, wie es sich einstmals selber erzählte. Wohin sollte das führen? Es führte ins Unendliche, und ginge über Menschenkraft. Wer es sich in den Kopf setzte, würde nicht nur nie fertig, sondern erstickte schon in den Anfängen, umgarnt vom Wahnsinn der Genauigkeit. Beim schönen Fest der Erzählung und Wiedererweckung spielt die Aussparung eine wichtige und unentbehrliche Rolle. Weislich üben auch wir sie auf Schritt und Tritt; denn es ist unsere vernünftige Absicht, fertig zu werden mit einer Besorgung, die ohnehin mit dem Versuch, das Meer auszutrinken, eine entfernte Ähnlichkeit hat, aber nicht bis zu der Narrheit getrieben werden darf, wirklich und buchstäblich das Meer der Genauigkeit austrinken zu wollen.

Was wäre aus uns geworden ohne Aussparung, als Jaakob diente bei Laban, dem Teufel, sieben und dreizehn und fünf, kurz: fünfundzwanzig Jahre lang, – von denen jedes winzigste Zeitelement ausgefüllt war mit genauem, im Grunde erzählenswertem Leben? Und was sollte jetzt aus uns werden ohne jenes vernünftige Prinzip, da unser Schifflein, vom mäßig gehenden Strom der Erzählung dahingetrieben, wieder einmal an dem Rand eines Zeit-Katarakts bebt von sieben und sieben geweissagten Jahren? Unter uns und im Voraus gesagt: es war nicht ganz so schlimm und schön mit dieser Anzahl, wie die Weissagung es wollte. Diese erfüllte sich – da ist freilich kein Zweifel. Aber sie erfüllte sich in lebendiger Ungenauigkeit und nicht abgezählt-wörtlich. Leben und Wirklichkeit behaupten stets eine gewisse Selbstständigkeit gegen die Weissagung, manchmal so weitgehend, daß man diese kaum oder gerade eben noch in ihnen wiedererkennt. Selbstverständlich ist das Leben an die Weissagung gebunden; aber innerhalb der Gebundenheit bewegt es sich frei und auf eine Weise, daß es fast immer eine Frage des guten Willens ist, ob man die Weissagung als erfüllt betrachten will oder nicht. Wir aber haben es mit einer Zeit und mit Leuten zu tun, die allerwege von dem besten Willen beseelt sind, die Erfüllung auch im Ungenauen anzuerkennen und, eben um der Erfüllung willen, fünf gerade sein zu lassen, – wenn die Redeweise am Platze ist in einem Falle, wo es eher darauf ankam, auch schon fünf für eine etwas höhere Ungerade, nämlich sieben, gelten zu lassen, was nicht schwer fiel, da fünf eine mindestens so angesehene Zahl ist wie sieben und kein verständiger Mensch auf den Gedanken kam, in dem Eintreten von fünf für sieben auch nur eine Ungenauigkeit zu erblicken.

In der Tat und in Wirklichkeit sah die geweissagte Sieben eher aus, wie Fünf. Aber weder auf die eine noch auf die andere Zahl legte das bewegliche Leben sich klar und unbedingt fest, da nämlich zudem die fetten und die mageren Jahre nicht mit derselben Akkuratesse, nicht so eindeutig-unstrittig gegen einander abgesetzt aus dem Schoße stiegen, wie Pharao's fette und magere Kühe im Traum. Die fetten und mageren Jahre, die kamen, waren lebendiger Weise nicht alle gleich fett und mager. Unter den fetten war eines und das andere, das man – gewiß nicht als mager, aber bei einiger kritischer Anlage allenfalls nur als mittel-fett hätte bezeichnen können. Die mageren waren zwar alle mager genug, ihrer fünf gewiß, wenn nicht sieben; aber ein paar liefen mit unter, die den letzten Grad der Erbärmlichkeit nicht erreichten, sondern sich halbwegs dem Erträglichen näherten, sodaß man sie, hätte die Weissagung nicht vorgelegen, vielleicht garnicht als Spreu- und Fluchjahre erkannt hätte. So aber zählte man sie aus gutem Willen mit.

Spricht dies alles gegen die Erfüllung? Das tut es nicht. Die

Erfüllung ist unanfechtbar, denn die Tatsachen liegen ja vor, – die Tatsachen unserer Geschichte, aus denen sie besteht, ohne die sie nicht in der Welt wäre, und ohne die nach der Entrückung und der Erhöhung das Nachkommenlassen nicht hätte stattfinden können. Es ging wahrhaftig fett und mager genug zu in Ägyptenland und den umliegenden Gebieten – Jahre lang fett und Jahre lang mehr oder weniger mager, und Joseph hatte volle Gelegenheit, die Fülle zu züchtigen und dem schreienden Mangel auszuteilen, indem er sich als Utnapischtim-Atrachasis, als Noah, der Hochgescheite, erwies, als Mann der Voraussicht und der Vorsorge, dessen Arche sich auf der Flut schaukelt. In Diener-Treue zum Höchsten tat er es, als sein Minister, und vergoldete Pharao über und über durch seine Geschäfte.

Die Vergoldung

Vorläufig aber nun erst einmal wurde er selbst vergoldet, – denn »ein Mann von Gold werden«, war die Redensart der Kinder Ägyptens gerade für das, was ihm geschah, als er nach Pharao's schönem Befehl zusammen mit diesem Gott, mit der Großen Mutter, der Süßen Gemahlin und den Prinzessinnen Nezemmut und Baketaton auf der königlichen Barke »Stern beider Länder« unter dem Jauchzen der Ufer die Reise stromaufwärts nach Wêse, der Hauptstadt, zurückgelegt hatte, wo er mit der Sonnenfamilie seinen Einzug hielt in den Palast des Westens, Merima't, gelegen in seinen Gärten und mit dem See seiner Gärten, zu Füßen der farbigen Wüstenberge. Da bekam er Räumlichkeit, Dienerschaft, Kleider und alles Angenehme, und schon den zweiten Tag wurde die schöne Förmlichkeit der Investitur und Vergoldung an ihm vollzogen, eingeleitet von einer feierlichen Ausfahrt des Hofes, bei der der Verkaufte tatsächlich in Pharao's zweitem Wagen fuhr, gleich hinter dem König selbst, mit umgeben von dessen syrisch-nubischer Leibwache und seinen Wedelträgern, getrennt vom Gefährt des Gottes nur durch einen Trupp von Läufern, die »Abrekh!« riefen, »gib Obacht!« und »Groß-Wezir!« und: »Sehet des Landes Vater!« – damit dem Volk in den Straßen bekannt würde, was vor sich ging, und wer das war in dem zweiten Wagen. Es sah und begriff soviel, daß Pharao da Einen sehr groß gemacht hatte, wozu er wohl seine Gründe gehabt haben mußte, mochte es auch nur der Grund seiner schönen Laune und Willkür gewesen sein, was völlig genug war. Da außerdem mit einer solchen Erhöhung und Einsetzung die Idee des Anbruchs neuer Zeit und des Besserwerdens aller Dinge irgendwie immer verbunden war, so jubelten Wêsets Leute sehr auf den Dächern und hüpften auf einem Bein am Rande der Avenüen. Sie schrieen: »Pharao! Pharao!« und: »Neb-nef-nezem!« und: »Groß ist der Atôn!«, und wenn man recht unterschied, so riefen viele diesen Namen auch mit weicherem Laut: nämlich: »Adôn, Adôn!«, was zweifellos Joseph galt. Denn es war wohl durchgesickert, daß er asiatischer Herkunft war, und so fand man es passend, – zumal die Frauen fanden es so –, ihm den Namen des syrischen »Herrn« und Bräutigams zuzurufen, nicht zuletzt auch, weil der Erhöhte so schön und jung erschien. Es sei hier gleich hinzugefügt, daß dieser Name ihm, unter all seinen Titeln, besonders anhaften sollte, und daß er in ganz Ägyptenland Zeit seines Lebens »Adôn« genannt wurde, sowohl wenn man von ihm, als auch wenn man zu ihm sprach.

Nach dieser sehr schönen Ausfahrt kehrte man, von Barken über den Fluß gesetzt, ans westliche Ufer und zum Palast zurück, wo denn nun also das immer wundervolle und auch diesmal für Auge und Herz unwiderstehliche Fest der Vergoldung seinen Verlauf nahm. Es trug sich folgendermaßen zu. Pharao und die den Palast mit Liebe füllte, Nefernefruatôn, die Königin, zeigten sich an dem sogenannten »Erscheinungsfenster«, – das eigentlich kein Fenster war, sondern eine Art von

Balkon, ein auf den inneren Schloßhof blickender und der großen Empfangshalle vorgelagerter, besonders reich aus Blaustein und Malachit gebildeter und mit bronzenen Uräen geschmückter Säulen-Altan, der noch einen Vorbau von reizenden bewimpelten Lotos-Pfeilern hatte, und dessen Brüstung mit bunten Kissen belegt war. Auf diese stützten sich die Majestäten, indem sie Goldgeschenke von allerlei Gestalt, die ihnen von Schatzkammer-Beamten zugereicht wurden, auf den unter der Empore stehenden Empfänger, der also nun Jaakobs Sohn war, hinunterwarfen. Mit ihrem Drum und Dran war es eine Szene, die jedem, der ihr einmal beigewohnt, unvergeßlich blieb. Alles schwamm in Farben und Pracht, in freigebigster Gnade und frommem Entzücken. Die durchbrochene Herrlichkeit der Architektur; die unterm sonnigen Himmel im leichten Winde flatternden Wimpel der anmutigen vergoldeten und bunt bemalten Holzpfeiler; die blauen und roten Wedel und Fächer des den Hof füllenden Gesindes vom Stande, das in seinen gebauschten Luxus-Schürzen dienerte, grüßte, frohlockte, anbetete; Tamburin schlagende Frauen; Knaben in der Kinderlocke, die eigens angestellt waren, unausgesetzt Freudensprünge zu vollführen; die Schar der Schreiber, die in gewohnter Zärtlichkeitshaltung mit der Binse alles aufzeichnete, was geschah; der Durchblick durch drei offene Tore in den Außenhof voller Gespanne, deren tänzelnde Pferde hochbunten Federputz auf dem Kopfe trugen, und hinter denen die Lenker, dem Akte drinnen zugewandt, ebenfalls aus verehrender Beugung die Arme hoben; dreinblickend auf dies alles von außen die roten und gelben Berge von Theben mit dem Dunkelblau und Violett ihrer Felsenschatten; und auf der Prunk-Estrade denn also das zarte und lächelnd in matter Distinktion blickende göttliche Paar im Schmuck ihrer hohen, mit Nackenschutz-Tüchern versehenen Mützenkronen, das ohne Unterlaß und mit sichtlichem Vergnügen, recht aus dem Vollen schöpfend, einen Regen und Segen von Kostbarkeiten auf den Begünstigten niedergehen ließ: Ketten aus aufgereihten Goldperlen, Gold in Löwengestalt, goldene Armringe, goldene Dolche, Stirnbänder, Halskrägen, Szepter, Vasen und Beile aus gediegenem Gold, – was alles der Beschenkte allein natürlich nicht auffangen konnte, sodaß ihm ein paar Auffange-Sklaven beigegeben waren, die einen ganzen Hort von im Sonnenstrahl blitzenden Golde unter den Wunderrufen der Menge am Boden vor ihm aufhäuften: – es war in der Tat das Hübscheste, was man sehen konnte, und wenn nicht das unerbittliche Gesetz der Aussparung wäre, so würden wir das Gesehene noch viel genauer beschreiben.

Jaakob hatte einst Schätze gesammelt im Land ohne Wiederkehr, bei Laban, dem Teufel; und so tat an diesem Tage auch sein Liebling in dem fröhlichen Totenland, in das hinab er verkauft und verstorben war. Denn soviel Gold gibt es freilich nur in der Unterwelt, und Joseph wurde gleich hier auf der Stelle, allein durch das Lobgold, zum vermögenden Mann. Fremdkönige, die Pharao im Tauschverkehr um Gold angingen, pflegten zwar zu sagen, man wisse, daß in Ägyptenland dieses Metall nicht kostbarer sei, als der Staub der Straßen. Aber das ist ja ein ökonomischer Irrtum, zu glauben, daß ein noch so reichliches Vorhandensein von Gold seinen Wert mindere.

Ja, es war ein bedeutend schöner Tag voll weltlichen Segens für den Entrückten, von den Seinen Gesonderten, und man hätte nur gewünscht, daß Jaakob, sein alter Vater, gewiß mit einer Mischung aus Bedenken und Stolz, in der aber doch der Stolz überwogen haben würde, dem allen hätte zusehen können. Auch Joseph wünschte es; denn später sagte er: »Erzählt dem Vater von meiner Herrlichkeit!« – Auch ein Handschreiben erhielt er von Pharao, das dieser natürlich nicht selbst geschrieben, aber doch von dem »Wirklichen Schreiber«, seinem Geheimen Kabinettssekretär nach seiner Anweisung hatte schreiben lassen, und das zwar etwas steif, aber als kalligraphisches Produkt geradezu entzückend und nach seinem Inhalt höchst gnädig war. Es lautete:

»Befehl des Königs an Osarsiph, den Vorsteher dessen, was der Himmel gibt, die Erde erzeugt und der Nil hervorbringt, den Vorsteher von allen Dingen im ganzen Lande und Wirklichen Vorsteher der Aufträge! Meine Majestät hat die Worte sehr gern gehört, die du wenige Tage vor diesem, in dem Gespräch, das der König zu On in Unter-Ägypten mit Dir abzuhalten geruhte, über himmlische und irdische Dinge geäußert hast. Du hast an diesem schönen Tage das Herz des Nefercheperu-Rê wirklich erfreut mit dem, was er wirklich liebt. Meine Majestät hat diese Worte außerordentlich gern von Dir vernommen, denn indem Du darin das Himmlische mit dem Irdischen verbandest, hast Du durch deine Fürsorge für dieses zugleich große Fürsorge für jenes getroffen und außerdem zur Verbesserung beigetragen der Lehre von Meinem Vater im Himmel. Wahrlich, Du verstehst es, zu sagen, was Meine Majestät außerordentlich gern hat, und was Du sagst, macht Mein Herz lachen. Meine Majestät weiß auch, daß Du alles gern sagst, was Meine Majestät gern hat. O Usarsiph, Ich sage unendlich oft zu Dir: Du Geliebter seines Herrn! Belohnter seines Herrn! Liebling und Eingeweihter seines Herrn! Wahrlich, der Herr des Atôn liebt Mich, weil er Dich Mir gegeben hat. So wahr Nefer-cheperu-Rê ewig lebt: wann immer Du irgend einen Wunsch sei es brieflich oder mündlich zu Meiner Majestät äußerst, so wird Meine Majestät ihn sofort erfüllen lassen.«

Und in Vorwegnahme eines solchen Wunsches, des allervordringlichsten nach den Begriffen des Landes, schloß das Schreiben mit der Benachrichtigung, Pharao habe Weisung gegeben, daß sogleich mit der Aushöhlung und malerischen wie architektonischen Ausschmückung einer Ewigen Wohnung, will sagen eines Grabes für Joseph in den westlichen Bergen begonnen werde.

Nachdem der Erhöhte dieses Papier gelesen, fand in der großen Säulenhalle, die hinter dem Erscheinungsfenster lag, vor versammeltem Hofstaat die große Förmlichkeit der Investitur statt, bei der Pharao zu dem Ring der Bevollmächtigung, den er ihm schon übermacht, und zu all dem Golde, das er ihm schon gespendet, seinem Günstling noch eine besonders schwere goldene Gnadenkette über sein makelloses Hofkleid hing, welches natürlich nicht aus Seide, wie aus Unkenntnis der Dinge wohl angegeben wird, sondern aus feinstem Königsleinen war, und außerdem von dem Wezir des Südens die gewaltige Titulatur verlesen ließ, die er für Joseph festgesetzt hatte, und mit der hinfort dessen Totenname sollte überkleidet sein. Wir kennen die meisten dieser Vergoldungen schon aus Pharao's geäußerten Vorsätzen und Ankündigungen und aus dem Ehrenschreiben, dessen Anreden, wie »Vorsteher dessen, was der Himmel gibt etc.«, amtlich waren. Unter den anderen waren »Schattenspender des Königs«, »Freund der Ernte Gottes« und »Nahrung Ägyptens« (»Ka-ne-Kême« in der Landessprache) wohl die eindrucksvollsten. »Groß-Wezir«, obgleich unerhört, und »*Alleiniger* Freund des Königs« (zum Unterschied von den »Einzigen«) wirkten beinahe blaß dagegen. Aber es hatte bei alledem sein Bewenden nicht, denn Pharao wollt' es nun einmal übertreiben. Joseph hieß »Adôn des königlichen Hauses« und »Adôn über ganz Ägyptenland«. Er hieß »Oberster Mund«, »Fürst der Vermittlung«, »Mehrer der Lehre«, »Guter Hirte des Volks«, »Doppelgänger des Königs« und »Vice-Horus«. Es hatte dergleichen überhaupt noch nicht gegeben, die Zukunft hat es auch nie wiederholt, und eben wohl nur unter der Herrschaft eines so impulswilligen und zu schwärmerischen Entschlüssen geneigten jungen Herrschers konnte es Ereignis werden. Ein Titel noch kam hinzu, der aber schon mehr ein Eigenname und bestimmt war, Josephs Totennamen nicht sowohl zuzudecken als zu ersetzen. Die Nachwelt hat viel daran herumgedeutet, und auch die ehrwürdigste Überlieferung gibt eine unzulängliche, ja mißverständliche Verdolmetschung. Es heißt, Pharao habe Joseph den »Heimlichen Rat« genannt. Das ist eine unkundige Übertragung. In unserer Schrift würde der Name sich ausgenommen haben wie: Dje-p-nute-ef-ônch, was die behenden Münder der Kinder Ägyptens wie »Dgepnuteefonech«, mit einem gaumigen ch-Laut am Ende, sprachen. Der hervorstechendste Bestandteil dieser Verbindung ist ônch oder onech, das Wort, für das im Bilde das Schleifenkreuz (☥) steht, welches »Leben« bedeutet, und das die Götter den Menschen, besonders ihren Söhnen, den Königen, unter die Nase hielten, damit sie Atem hätten. Der Name, den Joseph da zu seinen vielen Titeln erhielt, war ein Name des Lebens. Er bedeutete: »Es spricht der Gott: (Atôn, man brauchte ihn nicht zu nennen) ›Leben sei mit dir!‹« Aber das war noch nicht sein voller Sinn. Er meinte für jedes Ohr, das ihn damals aufnahm, nicht nur: »Lebe du selber«, sondern auch: »Sei ein Lebensbringer, verbreite Leben, gib Lebensnahrung den Vielen!« Mit einem Worte: es war ein Sättigungsname; denn zum Herrn der Sättigung war Joseph ja vor allem erhoben worden. Alle seine Titel und Namen, soweit sie sich nicht auf sein Verhältnis zu Pharao persönlich bezogen, hatten auf irgendeine Weise die Erhaltung des Lebens, die Speisung der Länder zum Inhalt, und alle, samt diesem vorzüglichen und vielumstrittenen, konnte man zusammenfassen in den einen: »Der Ernährer«.

Der versunkene Schatz

Als Jaakobs Sohn diesen Namensbehang empfangen hatte, wurde er natürlich umringt, und was dabei an Süßlichkeit der Bewunderung und Beglückwünschung von den Schranzen geleistet wurde, das bleibe euerer eigenen Einbildungskraft überlassen. Es gibt eine Anlage des Menschen zur Begeisterung und zum Entzücken über die Launen der Willkür, über die unbegreifliche Erwählung, das ungeheure und jeder Rechenschaft überhobene »Ich gönne, wem ich gönne«, – die selbst den Neid außer Kraft setzt und die Liebedienerei geradezu aufrichtig macht. In Pharao's Beweggründe für diese gewaltige Erhöhung und Einsetzung eines noch jugendlichen Fremden hatte niemand rechte Einsicht, aber jedermann verzichtete mit Wonne darauf. Zwar stand Wahrsagekunst in Ehren, und einiges war erklärt, wenn Joseph das Glück gehabt hatte, sich auf diesem Felde auszuzeichnen und die einheimische Höchstleistung zu schlagen. Ferner kannte man die Schwäche Pharao's für Solche, die »auf seine Worte hörten«, das heißt: auf seine theologischen Ideen einzugehen und sich für »die Lehre« empfänglich zu erweisen verstanden, und wußte, daß er solchem Verständnis, ob es nun echt war oder geheuchelt, stets die weichste Dankbarkeit erwies. Auch hier mußte der Tausendsasa wohl vom Glück, allenfalls auch von irgendwelcher Erbweisheit und Vorschulung begünstigt gewesen sein. Aber so oder so: klar war vor allem, daß er sich in der Behandlung des Herrn als ein geriebener Kopf bewährt haben mußte, da er sich im Nu über sie alle hinausgeschwungen hatte; und vor der erfolgreichen Schlauheit, außer vor der großen Willkür, beugte man sich, buckelte und buhlte, kußhändelte, kratzfußte, scharwenzelte und flattierte rings um Joseph herum, daß es eine Art hatte. Ein Dichter unter den Freunden hatte sogar eine Lobeshymne auf ihn verfaßt, die er selber zu leiser Harfenbegleitung vortrug, und die so ging:

»Du lebst, du bist heil, du bist gesund.
Du bist nicht arm, du bist nicht elend.
Du bleibst bestehen wie die Stunden.
Deine Pläne bestehen, dein Leben ist lang.
Deine Reden sind ausgesucht.

Dein Auge sieht, was gut ist.
Du hörst, was angenehm ist.
Du siehst Gutes, du hörst Angenehmes.
Du wirst gelobt inmitten der Räte.
Du stehst fest und dein Feind fällt.
Der gegen dich redet, ist nicht mehr.«

Wir finden das mittelmäßig. Aber für die Leistung eines von ihnen fanden die Hofleute es recht gut.

Joseph nahm das alles entgegen wie Einer, den keine Erhöhung überrascht, mit Ernst und einer Freundlichkeit, die durch Zerstreutheit leise ins Schmerzliche spielte. Denn seine Gedanken waren nicht hier in Pharao's Saal. Bei einem hährenen Hause waren sie auf fernen Höhen, im Hain des Herrn nahebei, mit dem Brüderchen rechter Hand, im Haarhelm, dem er Träume erzählte; auf einem Erntefeld zwischendurch unterm Schattentuch, mit Gesellen, die er ebenfalls Träume wissen ließ, die ihm geträumt; zu Dotan im Tale auch bei einem Brunnen, wo er nicht sänftiglich anlangte. Er hätte in dieser Abwesenheit fast ein Blinzeln und Augenzeichen übersehen, das ihm aus der Umringung geschah, und dessen Abweisung, den, der es anbot, in große Sorge versetzt haben würde.

Unter den Glückwünschenden nämlich war auch Nefer-em-Wêse, der einst gegenteilig geheißen hatte, der Meister vom Kranze. Man kann es ihm nachfühlen, wie betreten und ganz verwirrt vom Spiel des Lebens der Dicke war, als er seinem jungen Aufwärter in schlimmer Zeit unter so ungeahnten, so unglaubwürdig veränderten Umständen seine Glückwünsche darbrachte. Er durfte hoffen, daß der neue Günstling ihm freundlich gesinnt sei und nicht »gegen ihn reden« werde, da er ihm, Nefer, ja seine Berufung und seine große Gelegenheit verdankte. Aber diese Hoffnung wurde etwas eingeschränkt durch das Bewußtsein, daß er erst so spät mit dem Finger auf ihn gewiesen und, ganz nach der Prophezeiung, seiner erst dann gedacht hatte, als er mit der Nase gestoßen worden war auf sein Andenken. Außerdem war er nicht sicher, ob jener nicht vielleicht ebenso wenig an das Gefängnis erinnert zu werden wünschte, wie er selber; und so beschränkte er sich darauf, bei der Gratulation in behutsamer Vertraulichkeit ein Auge zuzukneifen, was alles Mögliche bedeuten konnte, und hatte die Genugtuung, daß der Adôn dies Blinzeln erwiderte.

Hier nun, anläßlich einer Wiederbegegnung, die die Gedanken auf eine andere, mögliche und sogar pikantere lenken könnte, ist ein Schweigen zu bestätigen und für gerecht zu erklären, das nicht alle Fassungen und Bearbeitungen von Josephs Geschichte zu wahren gewußt haben. Es betrifft Potiphar oder Putiphera, richtiger Peteprê, den großen Hämling, Josephs Käufer, seinen Herrn und Richter, der ihn mit Wohlwollen ins Gefängnis warf. War auch er bei seiner Vergoldung und Umringung zugegen und huldigte auch er ihm bei Hof – vielleicht, indem er ihm die Anerkennung eines Mannes ausdrückte, der, selbst einer Sache nicht mächtig, es sehr zu schätzen weiß, daß ein anderer auf sie Verzicht leistete, der ihrer sehr wohl mächtig gewesen wäre? Es hätte seine Reize, ein solches Wiedersehen auszumalen; aber es gibt hier nichts auszumalen, denn nichts dergleichen fiel vor. Das beklemmend schöne Motiv des Wiedersehens spielt eine triumphierende Rolle in unserer Geschichte, und viel Wundervoll-Diesbezügliches steht uns bevor, das wir kaum erwarten können. Hier jedoch verstummt dies Motiv, und das Verstummen der dem Abendland maßgeblich gewordenen Darstellung, in diesem Teil der Erzählung, über den Sonnen-Kämmerer und besonders auch über sein Ehren-Weib Mut-em-inet, die Bedauernswerte, – dies Verstummen ist keine Aussparung, – oder doch nur insofern, als eine Negation ausgespart ist: die ausdrückliche Feststellung, daß etwas *nicht* geschehen sei, nämlich daß Joseph nach seiner Entfernung aus dem Hause des Höflings weder dem Herrn noch der Herrin wiederbegegnete.

Das Volk und ihm zu Gefallen die Dichter, ein allzu gefälliges Geschlecht, haben die Geschichte von Joseph und Potiphars Weib, eine Episode, wenn auch eine sehr schwerwiegende, im Leben des Sohnes Jaakobs, verschiedentlichst ausgesponnen, haben ihr, die doch mit der Katastrophe gründlich abgeschlossen war, gefühlvolle Fortsetzungen und innerhalb des Ganzen eine überherrschende Stellung gegeben, sodaß aus diesem unter ihren Händen ein reichlich verzuckerter Roman mit glücklichem Ausgang wird. Ginge es nach diesen Poesieen, so hätte die Versucherin, die »Suleicha« zu heißen pflegt, worüber allein schon man nur die Achseln zucken kann, sich, nachdem sie Joseph ins Gefängnis gebracht, voller Reue in eine »Hütte« zurückgezogen und nur noch der Abbüßung ihrer Sünden gelebt, worüber sie durch den Tod ihres Gatten zur Witwe geworden wäre. Als aber »Yussuf« (womit Joseph gemeint ist) aus dem Gefängnis befreit werden sollte, da hätte er nicht gewollt, daß man ihm »die Ketten« abnähme, bevor nicht sämtliche vornehme Frauen des Landes vor Pharao's Tron für seine Unschuld gezeugt hätten. Demgemäß wäre wirklich der ganze weibliche Adel Ägyptens vor diesem Tron versammelt worden, und auch »Suleicha« hätte aus ihrer Bußhütte sich eingefunden. Einhellig hätte der ganze Damenflor verkündet, daß Joseph der Unschuld Fürst und der Reinheit Zier sei. Danach aber hätte »Suleicha« allein das Wort ergriffen, sich tief gedemütigt und öffentlich bekannt, daß sie die Frevlerin gewesen, jener aber ein Engel sei. Schmachvolles habe sie verbrochen, so hätte sie rückhaltlos gestanden, nun aber sei sie geläutert und trage willig Scham und Schande. Das hätte sie nach Josephs Erhöhung dann auch noch jahrelang in ihrer Hütte getan und wäre darüber alt und grau geworden. Erst an dem Festtage, als Vater Jakob seinen angeblich pompösen Einzug in Ägyptenland gehalten – zu einem Zeitpunkt also, als Joseph in Wirklichkeit schon zwei Söhne hatte – wäre das Paar wieder zusammen getroffen; Joseph hätte der Alten vergeben und zum Lohn dafür wäre durch Himmelsmacht ihre ehemalige verführerische Schönheit wiederhergestellt worden, und Joseph hätte sich ihr aufs süßlichste vermählt, sodaß sie denn also, nach alten Wünschen, schließlich doch noch »Häupter und Füße zusammengetan« hätten.

Das alles ist Moschus und persisches Rosenwasser. Mit den Fakten hat es nicht das Geringste zu tun. Erstens starb Potiphar nicht so bald. Warum hätte der Mann vorzeitig sterben sollen, der vor Kräfteverschwendung durch seine besondere Verfassung bewahrt war, in sich geschlossen ganz seinem eigensten Interesse lebte und sich oft auf der Vogeljagd erfrischte? Das Schweigen der Geschichte über seine Person seit dem Tage des Hausgerichts bedeutet allerdings ein Verschwinden von der Szene, aber keineswegs im Sinne des Todes. Man darf nicht vergessen, daß während der Gefangenschaft Josephs ein Tronwechsel stattgefunden hatte, und daß mit einem solchen auch ein Wechsel des Hofstaates oder doch eines Teiles davon, einherzugehen pflegt. Peteprê, der, wie wir wissen, als Schein-Truppenoberst ohne wirkliche Kompetenzen, manchen Ärger gehabt, hatte sich nach der Beisetzung Nebmarê's des Prächtigen mit dem Titel und Rang eines Einzigen Freundes ins Privatleben zurückgezogen. Er ging nicht mehr zu Hofe, brauchte es jedenfalls nicht mehr zu tun und hat es an den Tagen von Josephs Vergoldung aus einem Taktgefühl, das ihm durchaus zu eigen war, augenscheinlich vermieden. Wenn er ihm auch in der Folge nicht mehr begegnete, so hatte das teils seinen Grund darin, daß Joseph, wie wir sehen werden, seine Residenz als Herr der Vorsorge und Sättigung nicht in Theben, sondern in Memphis nahm, teils wiederum in jener taktvollen Vermeidung. Sollte aber im Lauf der Jahre ein Zusammentreffen bei irgend einer feierlichen Gelegenheit dennoch sich ereignet haben, so kann man überzeugt sein, daß es sich ohne ein Wimperzucken, in vollkommener Diskretion und beherrschtester Ignorierung der Vergangenheit auf beiden Seiten abspielte: Eben dieses Verhalten ist es, das sich in dem Verstummen der maßgebenden Überlieferung widerspiegelt.

Dieses erstreckt sich auch auf Mut-em-enet, und aus ebenso guten Gründen. Daß Joseph sie nicht wiedersah, ist nun schon ganz gewiß, aber ebenso gewiß ist, daß sie keine Buß-Hütte bezog und sich nicht öffentlich der Schamlosigkeit anklagte, was obendrein eine Lüge gewesen wäre. Diese große Dame, das Werkzeug von Josephs Prüfung – einer Prüfung, die er garnicht besonders glänzend bestanden, aber eben doch gerade noch bestanden hatte – kehrte nach dem Scheitern jenes verzweifelten Versuchs, ihrem Ehren-Dasein ins Menschliche zu entkommen, notgedrungen und für immer zu der Lebensform zurück, die ihr bis zu ihrer Heimsuchung die natürliche und einzig bekannte gewesen war; ja sie verfestigte sich starrer und stolzer darin, als je zuvor. Ihr Verhältnis zu Potiphar hatte durch die vorzügliche Weisheit, die dieser bei der Katastrophe bewiesen, eher an Wärme gewonnen, als daß es unter dem Vorgefallenen gelitten hätte. Daß er wie ein Gott gerichtet, erhaben über das Menschenherz, dafür wußte sie ihm Dank und war ihm fortan eine untadlig ergebene Ehrengemahlin. Dem Geliebten fluchte sie nicht wegen der Leiden, die er ihr zugefügt, oder die sie sich zugefügt um seinetwillen; denn Liebesleiden sind aparte Leiden, die erduldet zu haben noch nie jemand bereut hat. »Du hast mein Leben reich gemacht – es blüht!« So hatte Eni gebetet mitten in der Qual, und da sieht man, was es Besonderes, sogar noch zum Dankgebet Stimmendes auf sich hat mit Liebesqualen. Immerhin, sie hatte gelebt und geliebt, – zwar unglücklich geliebt, aber gibt es das eigentlich, und sieht sich hier jedes Mitleid nicht als alberne Zutunlichkeit abgewiesen? Eni verlangte keines und war viel zu stolz, sich selbst zu bemitleiden. Ihr Leben aber war nun abgeblüht und sein Verzicht streng und endgültig. Die Formen ihres Leibes, der vorübergehend ein Liebeshexenleib gewesen war, bildeten sich rasch zurück – nicht zu der Schwanenschönheit, die ihrer Jugend eigen gewesen, sondern ins Nonnenhafte. Ja, eine kühle Mond-Nonne mit keusch zurückgebildeter Brust war Mut-em-inet von nun an, unnahbar elegant und – so muß man hinzufügen – außerordentlich bigott. Wir wissen es alle noch, wie sie einst, zur Zeit ihrer schmerzhaften Lebensblüte, dem weltläufig-fremdfreundlichen Atum-Rê von On, dem Herrn des weiten Horizonts, von dem sie Gunst erwartete für ihre Leidenschaft, zusammen mit dem Geliebten geräuchert hatte. Das war vorbei. Eng, streng und volksfromm zusammengezogen war ihr Horizont nun wieder; dem Rinderreichen von Epet-Esowet und seinem bewahrenden Sonnensinn gehörte mehr als je ihre ganze Devotion, der geistlichen Beratung seines jede Neuerung hassenden, alle Spekulation verpönenden Ober-Blankschädels, des großen Beknechons', allein war ihr Sinn geöffnet, und schon dies entfremdete sie dem Hof Amenhotpe's des Vierten, wo eine Religion zärtlich-allumfassenden Entzückens guter Ton zu werden begann, die in ihren Augen mit Frömmigkeit überhaupt nichts zu tun hatte. Das heilige Beharren, den ewigen Gleichstand der Wage, die steinern hinausblickende Dauer feierte sie, wenn sie im engen Hathorenkleide die Klapper regte vor Amun in gemessenem Tanzschritt und dem Chor seiner adeligen Nebenfrauen vorsang aus flachem Busen, aber mit immer noch beliebter Stimme. Und doch ruhte auf dem Grunde ihrer Seele ein Schatz, auf den sie heimlich stolzer war, als auf alle ihre geistlichen und weltlichen Ehren, und den sie, ob sie sich's eingestand oder nicht, für nichts in der Welt dahingegeben hätte. Ein tief versunkener Schatz, der aber immer still heraufleuchtete in den trüben Tag ihrer Entsagung und, wieviel Niederlage auch darin einschlägig war, ihrem geistlichen, ihrem weltlichen Stolz eine unentbehrliche Ergänzung von menschlichem, von Lebensstolz verlieh. Es war die Erinnerung – nicht einmal so sehr an ihn, der, wie sie hörte, nun Herr geworden war über Ägyptenland. Er war nur ein Werkzeug, wie sie, Mut-em-inet, ein Werkzeug gewesen war. Vielmehr und fast unabhängig von ihm war es das Bewußtsein der Rechtfertigung, das Bewußtsein, daß sie geblüht und geglüht, daß sie geliebt und gelitten hatte.

Herr über Ägyptenland

Herr über Ägyptenland – wir brauchen den Ausdruck im Geist einer Übereinkunft, die sich in der Apotheose nicht genug tun kann, und im Sinne der schönen Übertreibung, die Pharao sich zugunsten des Deuters seiner Träume nun einmal gönnte. Aber wir brauchen ihn nicht ungeprüft und mit fabelnder Fahrlässigkeit, sondern unter dem vernünftigen Vorbehalt, den die Treue zur Wirklichkeit uns auferlegt. Denn hier wird nicht aufgeschnitten, sondern erzählt, was jedenfalls zwei sehr verschiedene Dinge sind – welchem von beiden man nun den Vorzug geben möge. Den augenblicklich stärkeren Effekt wird jederzeit die Aufschneiderei für sich haben; aber wahrer Gewinn erwächst der Hörerschaft doch eben nur aus der besonnen untersuchenden Erzählung.

Joseph wurde ein sehr großer Herr am Hof und im Lande, das ist keine Frage, und das persönliche Vertrauensverhältnis, das ihn seit der Unterredung im Kretischen Gartenzimmer mit dem Monarchen verband, seine Günstlingsstellung also, ließ die Grenzen seiner Machtbefugnisse etwas ins Ungewisse verschwimmen. Aber er war nie eigentlich »Herr über Ägyptenland« oder, wie Sage und Lied es zuweilen ausdrücken, »Regent« der Länder. Seine Erhöhung, die traumhaft genug war, und seine ausschweifende Titulatur änderten nichts daran, daß die großen Verwaltungszweige des Landes seiner Entrückung in den Händen der Kronbeamten blieben, die teilweise schon unter König Neb-ma-rê damit betraut gewesen waren, und es wäre reiner Überschwang, anzunehmen, daß dem Sohne Jakobs zum Beispiel auch das Justizwesen, das seit Urzeiten Sache des Oberrichters und Wezirs, gegenwärtig der beiden Wezire, war, oder die Leitung der äußeren Politik unterworfen gewesen wäre, – die wahrscheinlich glücklichere Ergebnisse gezeigt hätte, als die dem Geschichtsforscher bekannten, wenn Joseph sich ihrer angenommen hätte. Man darf nicht vergessen, daß des Reiches Herrlichkeit ihn, so sehr er seiner äußeren Gesittung nach zum Ägypter geworden war, im Grunde nichts anging, und daß, so energische Wohltaten er den Dortigen erwies, so umsichtig er dem Öffentlichen diente, sein innerstes Augenmerk doch immer auf Geistlich-Privates und Weltbedeutend-Familiäres, auf die Förderung von Plänen und Absichten gerichtet blieb, die mit dem Wohl und Wehe Mizraims wenig zu tun hatten. Man kann gewiß sein, daß er Pharao's Träume und was sie ankündigten sofort zu diesen Plänen und Absichten, zum Gedanken der Erwartung und Wegbereitung in Beziehung gesetzt hatte, ja, eine gewisse Zielstrebigkeit, die seinem Verhalten vor Pharao's Stuhl nicht abzusprechen ist, könnte erkältend wirken und der Sympathie Abbruch tun, die auch wir dem Rahelskind zu bewahren wünschen, wenn nicht der Hörer bedächte, daß Joseph es als seine Pflicht betrachtete, den Absichten Vorschub zu leisten und Gott bei ihrer Verfolgung nach besten Kräften behilflich zu sein.

Eingesetzt war er, was seine Titel sonst nun auch besagen mochten, als Ernährungs- und Ackerbau-Minister und führte in dieser Eigenschaft wichtige Reformen durch, unter denen besonders sein Grundrenten-Gesetz sich dem Gedächtnis eingeprägt hat. Die Befugnisse dieses Geschäftskreises aber hat er nie überschritten, und selbst wenn man in Betracht zieht, daß die Angelegenheiten des Schatzhauses und die Verwaltung der Kornspeicher in zu nahem Zusammenhang mit seinem Amtsbereich standen, als daß seine Autorität sich nicht auch auf sie hätte erstrecken sollen, so bleiben Bezeichnungen wie »Herr über Ägyptenland« und »Regent« immer noch märchenhafte Verschönerungen der Sachlage. Allerdings ist ein weiteres zu berücksichtigen. Unter Verhältnissen, wie sie während der ersten, entscheidenden zehn bis vierzehn Jahre seiner Machtausübung herrschten, – Verhältnissen, in deren Erwartung er ja bestallt worden war, – mußte die Bedeutung gerade seines Amtes ins Außerordentliche wachsen und tatsächlich diejenige aller anderen in den Schatten stellen. Die Hungersnot, die fünf bis sieben – eher fünf – Jahre nach seiner Erhöhung zugleich in Ägypten und den benachbarten Ländern ausbrach, machte den Mann, der sie vorausgesehen, der ihr vorgebeugt hatte und den Menschen leidlich durch sie hindurchzuhelfen wußte, praktisch zur wichtigsten Figur des Reiches und seine Verfügungen lebenswichtig vor allen anderen. Wie es denn also wohl gehen mag, daß die Kritik, ist sie nur gründlich genug, zuletzt zur Anerkennung der Wahrheit des Volksmundes zurückführt, so wollen wir es nur gut sein lassen, daß Josephs Stellung, wenigstens eine ganze Reihe von Jahren hin, in der Tat derjenigen eines »Herrn über Ägyptenland« gleichkam, ohne dessen Willen niemand seine Hand oder seinen Fuß regen mochte in beiden Ländern.

Vorderhand nun, unmittelbar nach seiner Ermächtigung, unternahm er, zu Schiff und zu Wagen, umgeben von einem größeren Schreiberstabe, den er sich ausgewählt, und der sich ganz vorwiegend aus jungen, im Amtstrott noch nicht verknöcherten Leuten zusammensetzte, eine Musterungsreise über das ganze Land Ägypten, um sich über alle Dinge der schwarzen Erde eine Kenntnis aus erster Hand zu verschaffen, und sich, bevor er seine Maßregeln traf, wahrhaft zum Herrn des Überblicks zu machen. Die Besitzverhältnisse waren dort unten eigentümlich unbestimmt und zweideutig. Dem Gedanken nach gehörte, wie überhaupt alles, so auch jedweder Grund und Boden dem Pharao. Die Länder, einschließlich der eroberten oder doch tributpflichtig gemachten Provinzen bis zu »jenem elenden Lande Nubien« und bis an die Grenze Mitanni-Landes waren im Grunde sein Privat-Eigentum. Dabei aber hoben die eigentlichen Staatsdomänen, die »Güter Pharao's« sich doch als besonderer Kronbesitz sowohl von den Latifundien ab, die frühere Könige ihren Großen zum Geschenk gemacht hatten, wie auch von den kleineren Edel- und Bauerngütern, die als persönlicher Besitz ihrer Wirte galten, obgleich es sich genau genommen um zinspflichtige Lehen und um ein Pacht-Verhältnis, wenn auch mit freiem Vererbungsrecht handelte. Ausgenommen waren nur die Tempel-Ländereien, namentlich die Äcker Amuns, die wirkliche Freigüter und aller Abgaben ledig waren, und jene Reste einer älteren, aus Sondergerechtsamen sich zusammensetzenden Verfassung der Länder, Besitzungen einzelner, stark gebliebener oder doch sich unabhängig gebärdender Gaufürsten, Erbgüter, die wie Inseln eines überalterten Feudalismus hie und da über das Reich hin sich hervortaten und, gleich den Gottesäckern, als unumschränktes Eigentum ihrer Herrn betrachtet sein wollten. Während aber jene von Josephs Verwaltung grundsätzlich in Ruhe gelassen wurden, ging er gegen die verstockten Barone sehr scharf vor, indem er von Anfang an ihren Bodenbesitz ohne Federlesens in sein Abgaben- und Rücklage-System einbezog und mit der Zeit zu ihrer schlichten Enteignung zugunsten der Krone gelangte. Es ist nicht richtig, zu sagen, daß die eigentümlichen agrarischen Verhältnisse des sogenannten Neuen Reiches, die anderen Völkern so auffällige Erscheinung also, daß im Nil-Lande aller Grund und Boden, außer dem der Priester, dem

Könige gehörte, durch die Maßnahmen des Sohnes Jaakobs geschaffen worden seien. In Wirklichkeit vollendete er nur eine ohnehin weit vorgeschrittene Entwicklung, indem er Verhältnisse, die schon vor ihm bestanden hatten, befestigte, rechtlich klärte und zum vollen Bewußtsein brachte.

Obgleich seine Reise sich nicht auf die Negerländer, auch nicht auf syrisch-kenanitische Gebiete erstreckte und er in diese Gegenden nur Beauftragte sandte, nahm die Musterung doch zwischen zwei und dreimal siebzehn Tage in Anspruch, denn es gab viel zu verzeichnen und dem Überblick zu unterwerfen. Dann kehrte er in die Hauptstadt zurück, wo er mit seiner Beamtenschaft ein Staatsgebäude an der Straße des Sohnes bezog, und von dort erging denn noch rechtzeitig vor der diesjährigen Ernte, in Pharao's Namen das berühmte Bodengesetz, das sogleich im ganzen Lande ausgeschrieen wurde und die Abgaben an Feldfrucht allgemeingültig und ohne Ansehung der Person oder des Ernte-Ausfalls auf den Fünften festsetzte, welcher pünktlich und ungemahnt – wenn aber nicht ungemahnt, dann sehr nachdrücklich gemahnt – in die königlichen Vorratshäuser abzuliefern war. Gleichzeitig konnten die Kinder Ägyptens beobachten, daß über das ganze Land hin, in den Städten, großen und kleinen, und in ihrer Umgebung diese Magazine unter Aufgebot vieler Arbeitskräfte in noch nicht gesehenem Maße vermehrt und erweitert wurden, – im Überfluß, so mußte man denken; denn notwendig standen viele davon anfangs noch leer. Trotzdem wurden ihrer immer noch mehr gebaut, denn ihr Überfluß war auf den Überfluß berechnet, den, wie man hörte, der neue Adôn der Aufschüttung und Freund der Ernte Gottes wahrgesagt hatte. Wo man ging und stand, sah man in dichten Reihen, oft zu weiten, hofbildenden Vierecken zusammengefaßt, die kegelförmigen Kornspeicher, mit ihren Einfüllungsluken oben und ihren versicherten Entnehmungstüren unten, sich erheben; und sie waren besonders solide gebaut: auf terrassenförmigen Plattformen aus gestampftem Lehm, die sie vor Bodenfeuchtigkeit und vor dem Eindringen der Mäuse schützten. Unterirdische Gruben zur Aufnahme von Halmfrucht kamen vielfach auch noch hinzu, wohl ausgeschlagen, mit fast unkenntlich gemachten, dabei aber vom polizeilichen Auge scharf überwachten Zugängen.

Es erfreut, zu sagen, daß beide Maßnahmen, das Steuergesetz sowohl wie die Beschaffung so großen Vorratsraumes, entschiedene Volkstümlichkeit genossen. Steuern hatte es, versteht sich, immer gegeben, in mancherlei Gestalt. Nicht umsonst pflegte der alte Jaakob, der nie dort gewesen war, aber sich ein pathetisch Bild davon machte, von dem »ägyptischen Diensthaus« zu sprechen, wenn auch seine Mißbilligung den besonderen Bedingungen des Unterlandes nicht genügend Rechnung trug. Die Arbeitskraft der Kinder Keme's gehörte dem König, damit fing es an, und sie wurde genutzt zur Errichtung ungeheurer Gräber und unglaublicher Prahlbauten, gewiß, auch dafür. Vor allem aber bedurfte man ihrer zur Versehung all des Hebe- und Grabewerks, das für das Gedeihen des grundsonderbaren Oasen-Landes so unentbehrlich war, der Instandhaltung der Wasserstraßen, des Aushebens von Gräben und Kanälen, des Befestigens der Dämme, der Betreuung der Schleusen, – lauter Dinge, deren Versorgung man, da das Gesamtwohl davon abhing, nicht der mangelhaften Einsicht und dem zufälligen Privatfleiß der Untertanen überlassen konnte. Daher hielt der Staat seine Kinder dazu an, für ihn mußten sie's tun. Wenn sie es aber getan hatten, dann mußten sie das Getane versteuern. Sie mußten Steuern entrichten für die Kanäle, Seen und Gräben, die sie benutzten, für die Bewässerungsmaschinen und Schläuche, die ihnen dienten, und selbst für die Sykomoren, die auf ihrem befruchteten Grunde wuchsen. Sie steuerten für Haus und Hof und alles, was Haus und Hof hervorbrachten. Sie zahlten mit Fellen und Kupfer, mit Holz, Strikken, Papier, Leinen und von je natürlich auch schon mit Korn. Aber die Abgaben wurden nach recht unregelmäßigem Gutdünken der Gauverwalter und Dorfvorsteher eingefordert, je nachdem der Ernährer, will sagen Chapi, der Strom, groß oder klein gewesen, – vernünftiger Weise auch demgemäß, das ist wahr; aber doch auch unter viel ungerechtem Nachsehen einerseits und harter Überforderung andrerseits, und allerlei Durchstecherei und Vetternwirtschaft gab es dabei zu beseufzen. Man kann nun sagen, daß Josephs Verwaltung hier vom ersten Tage an die Zügel sowohl straff anspannte wie auf der anderen Seite auch lockerte: nämlich dadurch, daß sie alles Gewicht auf den Getreidezins legte, die anderen Schuldigkeiten aber dagegen sehr milde ansah. Ihr Leinen erster, zweiter und dritter Güte, ihr Öl, Kupfer und Papier mochten die Leute behalten, wenn nur die Korn-Umlage, der Fünften der Brodtfrucht-Ernte gewissenhaft erlegt wurde. Dieser Steuersatz, beruhigend klar und allgemeingültig wie er war, konnte nicht als Bedrückung empfunden werden in einem Lande, wo die Fruchtbarkeit durchschnittlich dreißigfältig ist. Außerdem besaß die Quote eine gewisse geistige Schönheit und mythischen Appell, da sie von der heiligen Epagomenen-Zahl, den fünf Übertagen über die dreihundertsechzig des Jahres hinaus, sinnig-geflissentlich hergenommen war. Und endlich gefiel es dem Volk, daß Joseph sie unbedenklich auch den noch absolut sich stellenden Gau-Baronen auferlegte, die er überdies zu zeitgemäßen Vervollkommnungen auf ihren Gütern von Staats wegen anhielt. Denn der Geist trotziger Rückständigkeit, der dort herrschte, drückte sich auch darin aus, daß auf diesen Gütern die Bewässerungsverhältnisse nicht nur aus Faulheit, sondern grundsätzlicher und tendenziöser Weise auf einer altmodischen und unzulänglichen Stufe gehalten wurden, sodaß der Boden nicht trug, was er hätte tragen können. Diesen Herrn schrieb Joseph nachdrücklich die Verbesserung ihres Kanal- und Schöpfwesens vor, eingedenk dabei jenes Saleph, eines Enkels Ebers, von dem Eliezer ihm erzählt hatte, daß er als erster die »Wasserbäche auf sein Gebiet geleitet« hatte und der Erfinder der Berieselung gewesen war.

Was aber die außerordentlichen Vorkehrungen zur Aufhäufung, die Speicherbauten betraf, so ist einmal mehr auf die ägyptische Landesidee der Vorsicht und sichernden Vorsorge zu verweisen, um zu erklären, daß auch diese Verfügung Josephs den Kindern Keme's wohlgefiel. Seine persönliche Überlieferung von der Flut und dem klugen Kastenbau, der das Menschengeschlecht wie die Geschlechter der Tiere vor restlosem Untergange bewahrt hatte, vereinigte sich darin mit dem Sicherheits- und Abwehr-Instinkt einer alten und verletzlichen Civilisation, die unter prekären Verhältnissen alt geworden war. Ihre Kinder waren sogar geneigt, in Josephs Vorratshäusern etwas Zauberhaftes zu sehen; denn sie waren gewohnt, sich gegen das Eindringen immer lauernder Dämonen-Bosheit durch ein möglichst undurchlässiges Gefüge magischer Zeichen und Sprüche zu sichern; darum mochten in ihrem Geiste die Ideen »Vorsicht« und »Zauber« wohl für einander eintreten und ihnen auch so nüchterne Vorkehrungen wie Josephs Kornspeicher in einem zauberhaften Lichte erscheinen lassen.

Mit einem Worte: der Eindruck herrschte vor, daß Pharao, so jung er war, mit der Einsetzung dieses jungen Erntevaters und Schattenspenders einen glücklichen Griff getan hatte. Seine Autorität sollte sich im Lauf der Jahre gewaltig steigern, aber gleich jetzt kam ihr zugute, daß schon dieses Jahr der Nil sehr groß gewesen war, sodaß unter der neuen Verwaltung eine weit über mittelgute Ernte, besonders an Weizen, Grünkern und Gerste, eingebracht werden und reichliches Durra-Korn von den Stengeln gekämmt werden konnte. Wir haben Zweifel, ob es erlaubt ist, ein Jahr, dessen Wohlstand schon ausgemacht war, als Joseph vor Pharao stand, unter die Prophezeiung fallen zu lassen und es den Jahren der fetten Kühe zuzurechnen. Aber später geschah das, wohl in dem Bestreben, die Zahl der Segensjahre auf sieben zu bringen, was aber auch damit nicht ganz gelang. Auf jeden Fall war es eine Annehmlichkeit für Joseph, daß er die Geschäfte unter Umständen der Freude und Reichlichkeit übernahm. Das Denken des Volkes war ehrwürdig-ungereimt von je und ist es geblieben. Es ist imstande, zu folgern, daß ein Landwirtschaftsminister, der in einem Jahre guter Fruchtbarkeit eingesetzt wird, ein guter Landwirtschaftsminister sein müsse.

Darum, wenn Jaakobs Sohn durch die Straßen von Wêset fuhr, so grüßte das Publikum ihn mit erhobenen Händen und rief ihm zu: »Adôn! Adôn!«, »Ka-ne-Keme!«, »Lebe unendlich lange, Freund der Ernte Gottes!« Viele riefen sogar: »Chapi! Chapi!« und führten dabei die zusammengelegten Daumen und Zeigefinger der Rechten zum Munde, was etwas weit ging und größtenteils auf ihre kindliche Begeisterung für seine bildschöne Erscheinung geschoben werden muß.

Er fuhr aber nur selten aus, da er stark beschäftigt war.

Urim und Tummim

Die Schritte und Entschlüsse unseres Lebens sind von Neigungen, Sympathieen, Grundstimmungen, Grunderlebnissen der Seele bestimmt, die unser ganzes Wesen färben und abfärben auf all unser Tun, sodaß dieses sich weit wahrhaftiger aus ihnen erklärt, als aus den Vernunftgründen, die wir wohl nicht nur vor anderen, sondern auch vor uns selbst dafür ins Feld führen. Daß Joseph kurze Zeit nach seinem Amtsantritt – sehr gegen die Wünsche Pharao's, der ihn gern immer in seiner Nähe gehabt hätte, um mit ihm über seinen Vater im Himmel zu diskurieren und mit seiner Hilfe an der Verbesserung der Lehre zu arbeiten – daß also des Königs Oberster Mund und Herr seiner Vorräte sehr bald schon seinen Wohnsitz und all seine Schreibstuben von Nowet-Amun, der Hauptstadt, nach Menfe im Norden, dem Haus des Gewickelten, verlegte, geschah aus dem ehrlichen und wohl vertretbaren Oberflächen-Grunde, daß Menfe, dick an Mauern, die »Wage der Länder« war, ihre Mitte, das Symbol des ruhenden Gleichgewichts Ägyptenlandes, folglich zum Ort des Überblicks wie geschaffen und der dem Herrn des Überblicks bequemste und dienlichste Aufenthalt. Zwar stimmte es nicht ganz mit der »Wage der Länder« und dem Centrum des Gleichgewichts, denn Mempi lag schon recht weit nach Norden, nahe gegen On hin, die Stadt des Blinzelns, und gegen die Städte der sieben Mündungen, und selbst wenn man Ägyptenland südlich nur bis zur Elephanteninsel und bis zur Insel Pi-lak reichen ließ und das Negerland garnicht rechnete, war die Stadt König Mirê's, wo seine Schönheit begraben lag, keineswegs die Wage der Länder, sondern lag dafür ebensoviel zu nördlich, wie Theben zu südlich lag. Aber daß es Ägyptenland im Gleichgewicht halte und seine Mitte bilde, in diesem Ruf stand das uralte Menfe nun einmal; daß es den besten Überblick nach beiden Seiten, stromauf und stromab, gewähre, das war ein Axiom, auf dem der ägyptische Joseph bei seinem Entschlusse fußte, und Pharao selbst konnte ihm nicht ableugnen, daß der Handelsverkehr mit den syrischen Städten am Meer, wenn sie hinabschickten in die »Kornkammer«, als die ihnen das Land der Schwärze galt, um Getreide zu holen, erleichtert war, wenn man zu Menfe saß und nicht in Per-Amun.

Das alles war vollkommen richtig, und doch waren es nur die Vernunftgründe für Josephs Entschluß, sich diese Erlaubnis von Pharao zu erbitten und in Menfe zu wohnen. Die eigentlichen ruhten tiefer bestimmend in seiner Seele. Sie waren so weitläufiger Art, daß sie sein Verhältnis zum Tode und zum

Leben betrafen. Man kann es so sagen: Es waren Gründe der Freundlichkeit auf einem dunklen Hintergrunde.

Schon lange ist es her, aber wir wissen es alle noch, wie er einst als Knabe, allein und betrübt von schlechtem Einvernehmen mit den Brüdern, vom Hügel bei Kirjath Arba auf die mondweiße Stadt im Tal und auch auf Machpelach, die zwiefache Höhle, hinabgeblickt hatte, das Felsengrab, das Abram gekauft, und wo die Gebeine der Ahnen ruhten. Genau erinnern wir uns, welche eigentümliche Gefühlsmischung sich damals in seiner Seele hergestellt hatte, erzeugt durch beides, den Anblick des Grabes und den der schon im Schlummer liegenden volkreichen Stadt: Gefühle der Frömmigkeit, die da Andacht ist zum Tode und zur Vergangenheit, hatten sich ihm da vereint mit solchen einer halb spöttischen, halb innig freundschaftlichen Neigung zur »Stadt«, zu all dem menschlichen Lebensgewimmel, das tagüber die krummen Gassen von Hebron mit Dunst und Geschrei erfüllte und nun schnarchend mit hochgezogenen Knieen in den Kammern der Häuser lag. Es scheint gewagt und willkürlich, eine solche frühe Anwandlung seiner Brust, die schließlich die Sache weniger betrachtender Augenblicke war, mit seiner gegenwärtigen Handlungsweise nicht nur in Beziehung zu setzen, sondern diese geradezu auf jene zurückzuführen. Und doch haben wir einen Beweis in Händen für die Richtigkeit dieser Bezugnahme in den Worten, die Joseph eines Tages zwischen damals und jetzt zu seinem Käufer, dem Alten, sagte, als sie zusammen in Menfe, der Grabesgroßstadt, waren. Wie er da leichthin gesagt hatte, er habe was übrig für diese Stätte, deren Tote nicht übers Wasser zu fahren brauchten, weil sie schon selber im Westen des Stromes lag, und sie könne ihm passen unter den Stätten Ägyptens, – das war so überaus kennzeichnend gewesen für Rahels Ältesten, wie er es selber kaum wußte, und sein Vergnügen daran, daß die Leutchen dort, spöttisch gelaunt auf Grund ihrer gleichförmigen Menge, den uralten Grabesnamen der Stadt »Mennefru-Mirê« keck-gemütlich zu »Menfe« zusammengezogen hatten, – dies Vergnügen war beinahe er selbst, es offenbarte das Tiefste seiner Natur, etwas sehr Tiefes in der Tat und in jedem Fall, obgleich nur ein gehalten-heiterer Name ihm zukommt: »Sympathie«. Denn Sympathie ist eine Begegnung von Tod und Leben; die echte entsteht nur, wo der Sinn für das eine dem Sinn für das andre die Wage hält. Sinn für den Tod allein schafft Starre und Düsternis; Sinn für das Leben allein schafft platte Gewöhnlichkeit, die auch keinen Witz hat. Witz eben und Sympathie entstehen nur da, wo Frömmigkeit zum Tode getönt und durchwärmt ist von Freundlichkeit zum Leben, diese aber vertieft und aufgewertet von jener. So war Josephs Fall; so waren sein Witz und seine Freundlichkeit. Der doppelte Segen, mit dem er gesegnet war, von oben herab und von der Tiefe, die unten liegt, der Segen, über den Jaakob, sein Vater, sich noch auf dem Sterbebette erging, indem er beinahe so tat, als spendete und verliehe er ihn, da er ihn doch nur feststellte, – dies war er. Bei Untersuchungen der moralischen Welt, die eine verwickelte Welt ist, geht es ohne einige gründliche Gelehrsamkeit nicht ab. Von Jaakob hatte es immer geheißen, er sei »tâm«, nämlich »redlich« und wohne in Zelten. Aber »tâm« ist ein seltsam oszillierendes Wort, das mit »redlich« sehr schwach übersetzt ist, denn sein Sinn umfaßt beides, das Positive und Negative, das Ja und das Nein, Licht und Finsternis, Leben und Tod. Es findet sich wieder in der merkwürdigen Formel »Urim und Tummim«, wo es, im Gegensatz zu dem lichten, bejahenden »Urim« offenbar für den dunklen, vom Tode beschatteten Welt-Aspekt steht. Tâm oder Tummim ist das Helle und Finstere, das Oberweltliche und Unterweltliche zugleich und im Austausch – und Urim nur das Fröhliche, in Reinkultur davon abgesondert. »Urim und Tummim« spricht also eigentlich keinen Gegensatz aus, sondern es läßt das geheimnisvolle Faktum beobachten, daß, wenn man vom Ganzen der moralischen Welt einen Teil absondert, immer noch das Ganze dem Teile gegenübersteht. Es ist nicht so leicht, klug zu werden aus der moralischen Welt, schon darum nicht, weil sehr oft das Sonnige darin auf das Unterweltliche deutet. Esau zum Beispiel, der Rote, der Mann der Jagd und der Steppe, war ein entschiedener Sonnen- und Unterweltsmann. Aber obgleich Jaakob, sein jüngerer Zwilling, sich als Mond-Hirte sanft gegen ihn abhob, ist nicht zu vergessen, daß er den Hauptteil seines Lebens in der Unterwelt, nämlich bei Laban, verbrachte, und mit »redlich« sind die Mittel, mit denen er dort golden und silbern wurde, mehr als ungenau bezeichnet. »Urim« war er gewiß nicht, sondern eben »tâm«, nämlich ein Weh-Frohmensch, wie Gilgamesch. Und das war auch Joseph, dessen rasche Anpassung an die sonnige Unterwelt Ägyptenlandes ebenfalls nicht auf eine bloße Urim-Natur deutet. »Urim und Tummim«, das wäre etwa zu übersetzen mit »Ja – ja, nein«, also mit einem Ja-Nein, das noch mit dem Vorzeichen eines zweiten Ja versehen ist. Rein rechnerisch gesehen, bleibt da freilich, da ein Ja und ein Nein einander aufheben, nur das zusätzliche Ja übrig; aber das Rein-Rechnerische hat keine Farbe, und zum mindesten läßt solche Mathematik die dunkle Färbung des resultierenden Ja außer Acht, die offenbar eine Nachwirkung des rechnerisch doch aufgehobenen Nein ist. – Das alles ist, wie gesagt, verwickelt. Am besten tun wir, zu wiederholen, daß sich in Joseph Leben und Tod zu dem Ergebnis begegneten jener Sympathie, die der tiefere Grund dafür war, daß er von Pharao die Erlaubnis erwirkte, in Menfe, der witzigen Grabes-Großstadt zu wohnen.

Der König, der für die Ewige Wohnung seines »Alleinigen Freundes« zuerst gesorgt hatte (sie war im Bau begriffen), schenkte ihm dort, im teuersten Viertel, ein lachendes Lebenshaus mit Garten, Empfangshalle, Brunnenhof und allen Bequemlichkeiten jener späten Frühe, nicht zu gedenken einer

Menge nubischer und ägyptischer Dienerschaft für Küche, Vorzimmer, Stall und Saal, welche die Villa fegten, besprengten, putzten und mit Blumen schmückten, und die – unter wessen oberster Aufsicht standen? Das errät wohl der Unerleuchtetste und schwerfälligst Überlegende unserer Hörer. Denn Joseph hielt treulicher und pünktlicher Wort, als Nefer-em-Wêse, der Mundschenk, es ihm getan hatte; prompt löste er das Versprechen ein, das er jemandem beim Abschied gegeben: daß er ihn nachkommen lassen und zu sich nehmen wolle, wenn er etwa sollte erhöht worden sein, und schon von Theben aus, als er noch dort war, gleich nach der Rückkehr von seiner Musterungsreise, hatte er mit Pharao's Zustimmung an Mai-Sachme, den Hauptmann zu Zawi-Rê, geschrieben und ihn eingeladen, sein Haushalter zu sein und der über seinem Hause, der sich aller Dinge darin annehmen sollte, deren ein Mann, wie Joseph nun war, sich unmöglich annehmen konnte. Ja, der einst den Überblick ausgeübt hatte als Folge-Meier in Petéprê's Haus und dem ein soviel größerer Überblick aufgetragen worden, der hatte nun selbst einen Mann des Überblicks über alles, was sein war, über Wagen und Pferde, Vorratskammern, Tafel und Sklavenvolk, und das war Mai-Sachme, der Ruhige, der nicht erschrocken war, als seines ehemaligen Fronknechtes Brief ihn erreicht hatte, einfach, weil ihm überhaupt nicht gegeben war, zu erschrecken, der aber, ohne auch nur zu warten, bis der neu ernannte Amtmann über das Gefängnis eingetroffen war, sich in großen Tagereisen nach Menfe hinabbegeben hatte, dieser etwas veralteten und von Theben in Ober-Ägypten überflügelten, aber im Vergleich mit Zawi-Rê immer noch ungeheuer anregenden Stadt, wo einst der vielseitige Imhotep, der Weise, gewirkt hatte, und wo seinem Verehrer nun ein so schöner Posten winkte. Da stellte er sich sogleich an die Spitze von Josephs Haus, versammelte die Dienerschaft, kaufte ein und stattete aus, sodaß jener, als er herabkam von Wêse und

Mai-Sachme ihn am schönen Tor der Villa empfing, seine Stätte schon bestens bereitet fand, ganz so, wie es sich für das Lebenshaus eines Großen geziemt. Sogar einen Lazarettsaal für Solche, die sich etwa winden und wälzen würden, fand er eingerichtet, und ein pharmazeutisches Stübchen, wo sein Hauswart würde mörseln und mischen können.

Das Wiedersehen war sehr herzlich, obgleich eine Umarmung im Angesicht des zur Begrüßung angetretenen Gesindes natürlich nicht stattfand. Sie hatte stattgefunden ein für allemal damals beim Abschied im einzigen dafür rechten Augenblick, als Joseph nicht mehr Mai-Sachmes Dienstmann und dieser noch nicht der seine gewesen war. Der Vogt aber sagte:

»Willkommen, Adôn, siehe hier: dein Haus. Pharao gab es, und den du bestelltest, bestellt' es ins Kleinste. Du darfst nur zu Bade gehen, dich salben lassen und niedersitzen zum Essen. Ich aber danke dir schönstens, daß du meiner gedacht und mich aus der Langenweile gezogen hast, sobald du in der Herrlichkeit saßest, da alles gekommen war, wie deinem Knecht immer geschwant hatte, daß es kommen werde, und daß du mir so belebende Umstände hast zuteil werden lassen, die täglich mir zu verdienen mein ernstliches Bestreben sein wird.«

Und Joseph erwiderte:

»Dank wechselweise auch dir, guter Mann, daß du meinem Rufe folgtest und willst mein Haushalter sein im neuen Leben! Gekommen ist's, wie es kam, weil ich meines Vaters Gott nicht kränkte durch den geringsten Zweifel daran, daß er mit mir sein werde. Nenne dich aber nicht meinen Knecht, denn Freunde wollen wir sein, wie vordem, als ich unter deinen Füßen war, und wollen zusammen durchstehen die guten und bösen Stunden des Lebens, die ruhigen und die erregenden – besonders für die erregenden, die allenfalls kommen werden, brauche ich dich. Für deine genauen Dienste dank' ich im Voraus. Sie sollen dich aber nicht in dem Maße verzehren, daß du nicht Muße fändest, die Binse zu führen in deiner Stube, wie du es liebst, und der Geschichte von den drei Liebschaften eine erfreuliche Form zu finden. Groß ist das Schrifttum! Aber größer noch ist es freilich, wenn das Leben selbst, das man lebt, eine Geschichte ist, und daß wir in einer Geschichte sind, einer vorzüglichen, davon überzeuge ich mich je länger, je mehr. Du bist aber mit darin, weil ich dich hineinnahm zu mir in die Geschichte, und wenn in Zukunft die Leute vom Haushalter hören und lesen, der mit mir war und mir zur Hand ging in erregenden Stunden, so sollen sie wissen, daß du es warst, dieser Haushalter, Mai-Sachme, der ruhige Mann.«

Das Mädchen

Im Anfang einst ließ Gott einen tiefen Schlaf fallen auf den Mann, den er in den Garten des Ostens gesetzt hatte, und da der Mann schlief, nahm Gott seiner Rippen eine und schloß ihre Stätte zu mit Fleisch. Aus der Rippe aber baute er ein Weib, in der Erwägung, es tue nicht gut, daß der Mensch allein sei, und brachte sie zum Menschen, daß sie um ihn sei, ihm zur Gesellschaft und zur Gehilfin. Und es war sehr gut gemeint.

Die Zubringung wird von den Lehrern gar herrlich ausgemalt – so und so, lehren sie, sei es dabei zugegangen, und tun, als müßten sie's wissen, – mag übrigens sein, sie wissen es wirklich. Gott wusch das Weib, so versichern sie, er wusch sie rein (denn etwas klebrig war sie wohl noch, die ehemalige Rippe), salbte sie, schminkte ihr Angesicht, kräuselte ihr Haar und schmückte sie auf ihr dringliches Verlangen an Haupt, Hals und Armen mit Perlen und köstlichen Steinen, darunter Sarder, Topas, Demant, Jaspis, Türkis, Amethyst, Smaragd und Onyx. So aufgeschönt brachte er sie vor Adam mit einem Geleit von tausenden von Engeln, unter Liedern, Gesängen und Saitenspiel, um sie dem Manne anzuvertrauen. Da gab es ein Fest und ein Mahl, will sagen: ein Festmahl, an dem, wie es scheint, Gott selber leutselig teilnahm, und die Planeten führten einen Reigen auf, zu welchem sie selbst die Musik machten.

Das war das erste Hochzeitsfest, aber wir hören nicht, daß es auch gleich schon eine Hochzeit gewesen sei. Zur Gehilfin hatte Gott das Weib für Adam gemacht, einfach nur, damit sie um ihn sei, und hatte sich offenbar nichts weiter dabei gedacht. Daß sie mit Schmerzen Kinder gebären solle, dazu verfluchte er sie erst, nachdem sie mit Adam vom Baum gegessen hatte und ihrer beider Augen aufgetan worden waren. Zwischen dem Fest der Zuführung und dem, daß Adam sein Weib erkannte und sie ihm den Ackersmann und den Schäfer gebar, in deren Spuren Esau und Jaakob wandelten, – dazwischen kommt erst noch die Geschichte vom Baum und der Frucht und der Schlange und der Erkenntnis von Gut und Böse, – und auch für Joseph, kam sie zuerst daran. Auch er erkannte das Weib erst, nachdem er zuvor gelernt hatte, was Gut und Böse ist: von einer Schlange, die ihn für ihr Leben gern gelehrt hätte, was sehr, sehr gut ist, aber böse. Er aber widerstand ihr und hatte die Kunst, zu warten, bis es gut war und nicht mehr böse.

Der armen Schlange auch hier wieder zu gedenken, kann niemand umhin, wo die Sonnenuhr die Stunde von Josephs Hochzeit zeigt, die er mit einer anderen beging, und tat Haupt und Füße mit ihr zusammen statt mit jener. Absichtlich, um weit verbreiteter Wehmut vorzubeugen, haben wir der andren schon vorher, an schicklichem Platze, gedacht und wissen lassen, daß sie wieder zur kühlen Mondnonne geworden war, die das Ganze längst nichts mehr anging. Die stolze Bigotterie, der sie sich wieder ergeben, mag die Bitterkeit hintanhalten, die sonst uns alle heute wohl ankommen würde um ihretwillen. Auch war es gut für ihre Seelenruhe, daß Joseph nicht zu Theben, in ihrer Nähe, sondern fern in seinem Hause zu Menfe Hochzeit hielt, wohin Pharao, der diese Sache von Anfang an eifrig betrieben hatte, eigens herunterkam, um in Person teilzunehmen am Festmahl und am Planetenreigen. Er spielte recht eigentlich die Rolle Gottes in dieser Sache, angefangen von der Überlegung, es sei nicht gut, daß der Mann allein sei; denn gleich hatte er dem Joseph verkündet, welche Annehmlichkeit es sei, verheiratet zu sein, wobei er allerdings, ungleich Gott, aus Erfahrung sprach, denn er hatte ja Nofertiti, sein Morgenwölkchen, goldumsäumt, Gott aber war immer allein gewesen und sorgte nur für den Menschen. Ganz ähnlich wie er aber sorgte Pharao für Joseph und hatte, sobald er ihn erhöht, angefangen, sich nach einer Staatsheirat für ihn umzusehen, die eine solche eben sein mußte, das heißt: sehr vornehm und staatsklug berechnet, dabei aber erquicklich, was nicht leicht zu vereinigen war. Aber, wie Gott dem Adam, beschaffte er seinem Geschöpfe die Braut, führte sie ihm zu unter Harfen- und Cymbelklang und nahm selbst an der Hochzeit teil.

Wer war nun diese Braut, Josephs Gemahl, und wie hieß sie? Jedermann weiß es, aber das mindert um nichts den Genuß, mit dem wir es aussagen, noch haben wir die leiseste Sorge, daß es die Freude der Hörer vermindern könnte darüber, es neu zu erfahren. Außerdem hat mancher es wohl gar vergessen, weiß nicht mehr, daß er's weiß und wüßte garnicht Antwort zu geben. Es war *Asnath*, das Mädchen, die Tochter des Sonnenpriesters zu On.

So hoch hatte Pharao gegriffen bei seiner Wahl – er hätte nicht höher greifen können. Die Tochter des Ober-Hausbetreters des Rê-Horachte zu heiraten, galt für etwas nahezu Unerhörtes und grenzte ans Sakrileg, – obgleich natürlich auch wieder das Mädchen zur Ehe und Mutterschaft bestimmt war und niemand wünschte, daß sie unvermählt und verschlossen bliebe. Dennoch stand derjenige, der sie bekam, auf irgend eine – zwar notwendige und wünschenswerte, aber doch dunkle, der Untat nahe kommende Weise – als Räuber da. Sie wurde nicht hingegeben, sie wurde geraubt – das war die Ansicht und Denkungsweise in ihrem Fall, auch wenn alles dabei ganz ordnungsmäßig und nach bester Verabredung vor sich ging, und es gab kein zweites Paar Eltern in der Welt, das aus dem Übergange ihres Kindes in die Hände eines Gatten ein solches Aufhebens machte. Besonders die Mutter war oder stellte sich völlig verzweifelt und außer sich; sie konnte nicht genug die Unfaßlichkeit des Ereignisses betonen, rang die Hände und gab sich eine Miene, als sei sie selbst vergewaltigt worden oder sollte es werden, weshalb unter den ihr bei dieser Gelegenheit zukommenden Äußerungen auch – freilich mehr ceremonielle als ernst gemeinte – Racheschwüre waren.

Dies alles aber kam daher, daß das Mädchentum der Sonnentochter mit einem besonderen Panzer und Schilde der Heiligkeit und einer – im Grunde doch zur Berührung bestimmten – Unberührbarkeit umkleidet war. Von Jungfräulichkeit umgürtet wie keine sonst, war sie die Jungfrau der Jungfrauen, das Mädchen ganz insbesondere, der Inbegriff des Mädchens. Der Gattungsname wurde ihr geradezu zum Eigennamen: »Mädchen« wurde sie genannt und gerufen ihr Leben lang, und der Gemahl, der ihre Magdschaft brach, der Mädchenräuber, beging nach allgemeiner Auffassung ein göttliches Verbrechen, – wobei die Hauptbezeichnung durch das Beiwort gemildert, veredelt und gewissermaßen aufgehoben wurde. Doch blieb das Verhältnis des Schwiegersohns zu den Eltern des Mädchens, besonders zur händeringenden Mutter, mochte es sich im Privaten auch durchaus freundschaftlich gestalten, nach außen hin immer gespannt; in gewissem Sinne willigten jene niemals darein, daß die Tochter eigentlich dem Gatten gehöre, und in den Ehevertrag war sogar regelmäßig die Auflage eingeschlossen, daß das Kind nicht allezeit an der Seite des düsteren Räubers wohnen, sondern für einen gewissen, garnicht geringen Teil des Jahres zu den Sonnen-Eltern zurückkehren solle, um wieder als Jungfrau bei ihnen zu leben, – eine Bedingung, die nicht immer wörtlich sondern meist nur andeutungsweise, in Gestalt von Besuchen der Gattin im Elternhause, wie sie auch sonst gang und gäbe sind, eingehalten wurde.

Dies alles bezog sich, wenn das hochpriesterliche Paar mehrere Töchter hatte, vorzüglich auf die Erstgeborene und nur in abgeschwächtem Maß auch auf die jüngeren. Asnath aber, sechzehnjährig, war die Einzige – und da kann man sich denken, was für eine göttliche Untat und Räuberei es war, sie zu heiraten! Ihr Vater, Horachte's Groß-Prophet, war natürlich derselbe nicht, der zur Zeit von Josephs erstem Besuche zu On, mit den Ismaeliten, ein milder Greis, den goldenen Stuhl am Fuße des großen Obelisken vor der geflügelten Sonnenscheibe eingenommen hatte. Es war sein erwählter Nachfolger, auch gütig-mild und heiter, – so hatte jeder Diener des Atum-Rê von Amtes wegen zu sein, und wenn er es von Natur nicht war, so verhalf ihm notwendige Verstellung dazu, daß es ihm zur Natur wurde. Der Zufall wollte es bekanntlich, daß dieser ebenso hieß, wie Josephs Käufer, der Höfling des Lichtes, nämlich Potiphera oder Petepré, – und wie hätte ein Mann seiner Stellung richtiger heißen können, als so: »Die Sonne hat ihn geschenkt«? Sein Name spricht dafür, daß er für dieses Amt geboren und dafür vorbestimmt war. Vermutlich war er der Sohn jenes Greisen im Goldkäppchen und Asnath also dessen Enkelin. Was ihren Namen anging, den sie Ns-nt schrieb, so hing er mit dem der Göttin Neith von Saïs im Delta zusammen; er bedeutete »Die der Neith Gehörige«, und das »Mädchen« war also eine erklärte Schutzbefohlene dieser Gewappneten, deren Fetisch ein Schild mit zwei kreuzweise darauf genagelten Pfeilen war, und die auch in Menschengestalt ein Pfeilbündel auf dem Kopfe zu tragen pflegte.

So tat auch Asnath. Ihr Haar oder die stilisierte Kunst-Perücke darüber, deren Arbeit es hierzulande immer ein wenig unentschieden ließ, ob es sich um ein Kopftuch oder eine Haartour handelte, war jederzeit mit entweder durchgesteckten oder obenauf befestigten Pfeilen geschmückt; und was den Schild, ein treffendes Bild ihrer außerordentlichen Jungfräulichkeit, betraf, so kehrte er oftmals in ihrem Schmucke wieder, der am Halse, am Gürtel und an den Armen wiederholt die Form dieses Zeichens der Undurchdringlichkeit nebst den gekreuzten Pfeilen zeigte.

Bei all dieser Wehr und äußerlich betonten Stech-Bereitschaft nun aber war Asnath ein sowohl liebreizendes wie höchst gutartiges, sanftes und fügsames, in den Willen ihrer vornehmen Eltern, in den Pharao's und dann in den ihres Gatten bis zur eigenen Willenlosigkeit ergebenes Kind, und gerade die Vereinigung heilig-spröder Versiegeltheit mit einer ausgesprochenen Neigung zum Mit-sich-geschehen-lassen und zum duldenden Hinnehmen ihres weiblichen Loses war das Kennzeichen für Asnaths Charakter. Ihr Gesicht war von typisch ägyptischer Bildung, feinknochig, mit etwas vorgebautem Unterkiefer, entbehrte aber nicht eines persönlichen Gepräges. Noch waren die Wangen kindlich voll, voll auch die Lippen mit einer weichen Vertiefung darunter zwischen Mund und Kinn, die Stirne rein, das Näschen allenfalls etwas zu fleischig, der Blick der großen, schön ummalten Augen von einem eigentümlich starren, lauschenden Ausdruck, ein wenig wie bei Tauben, ohne daß sie im Entferntesten taub gewesen wäre: es malte sich in diesem Blicken nur innere Gewärtigkeit, das Horchen auf einen vielleicht bald erschallenden Befehl, eine dunkel-aufmerksame Bereitschaft, den Ruf des Schicksals zu vernehmen. Das beim Sprechen immer sich zeigende Grübchen in einer Wange stand in unschuldigem Gegensatz dazu, – und das Ganze war einmalig-lieblich.

Lieblich und gewissermaßen einmalig war auch ihr Körperbau, der durch die gesponnene Luft ihrer Kleidung schien, ausgezeichnet durch eine von Natur ausnehmend schmal und wespenartig eingezogene Taillengegend mit entsprechend ausladendem Becken und langer Bauchpartie darunter, einem gebärtüchtigen Schoß. Ein starrender Busen und Arme von schlankem Ebenmaß mit großen Händen, die sie gern völlig ausgestreckt trug, vollendeten das bernsteinfarbene Bild dieser Jungfräulichkeit.

Unter Blumen führte Asnath, das Mädchen, bis zu ihrem Raube ein blumenhaftes Dasein. Ihr Vorzugsaufenthalt war das Ufer des heiligen Sees im Tempelbezirk ihres Vaters, wo ein welliges Wiesenland war, blumenreich, Narzissen und Anemonen wuchsen dort teppichgleich, und nichts liebte sie mehr, als mit ihren Gespielinnen, Priestertöchtern und Töchtern der Großen von On, auf dieser Aue am spiegelnden Wasser zu wandeln, zu pflücken und kränzewindend im Grase zu sitzen, den horchenden Blick unter erhobenen Brauen ins Weite gerichtet, das Grübchen dabei in der Wange, der Dinge wartend, die da kommen sollten. Und diese kamen; denn eines Tages waren Pharao's Boten da, die von dem schwer nickenden Vater Potiphera, der händeringenden und ganz verständnislosen Mutter die Schildjungfrau zum Weibe forderten für Dgepnute-efonech, den Vice-Horus, den Schattenspender des Königs. Sie selbst warf, geleitet von der Idee ihrer Existenz, die Arme zum Himmel empor, hilfeheischend, als griffe jemand sie um die schmale Leibesmitte und risse sie in ein Raubgefährt.

Dies alles war Mummenschanz und ein nur von Übereinkunft diktiertes Gebahren; denn nicht nur waren Pharao's Wunsch und Werbung Befehl, sondern die Heirat mit seinem Günstling, des Königs Oberstem Mund, war auch ehrenvoll und erwünscht; das Elternpaar hätte für ihr Kind nicht höher greifen können, als Pharao gegriffen hatte für Joseph, und zur Verzweiflung lag garkein Grund vor, nicht einmal zu einem Kummer, der über das natürliche Leidwesen von Eltern hinausgegangen wäre, die ihr einzig Kind in die Ehe entlassen. Es mußte eben nur von Asnaths Mädchentum und ihrem Raube soviel Wesens wie möglich gemacht und der Bräutigam als eine sehr dunkle Erscheinung hingestellt werden, ob sich das Erzeugerpaar gleich an dem Zusammentreffen hätte freuen können und sich auch wohl wirklich daran freute – denn Pharao hatte es sie ausdrücklich wissen lassen –, daß Jungfräulichkeit sich hier der Jungfräulichkeit gesellte, und daß der Bräutigam selbst in seiner Art eine Jungfrau war, ein lange Beeiferter und Vorbehaltener und eine Braut, aus der nun der Freier hervortrat. Daß dies geschah, das hatte er abzumachen mit seines Vaters Gott, dem Bräutigam seines Stammes, dessen Eifer er solange geschont hatte und nun also nicht mehr schonte, oder nur insofern schonte, als er eine besonders und exemplarisch jungfräuliche Heirat einging – wenn das eine Einschränkung ist. Es hätte wohl keinen Sinn, uns Sorgen deswegen zu machen trotz aller Implikationen, die dem Schritt anhafteten; denn Joseph schloß ja eine ägyptische Heirat, eine Heirat mit Scheol, eine Ismael-Heirat – nicht ohne Vorbild also, aber immerhin von bedenklichem Vorbild und all der Nachsicht bedürftig, deren er sich, wie es scheint, zutraulich versichert hielt. Die Lehrer und Ausdeuter haben vielfach Anstoß daran genommen und die Tatsache verschwinden zu lassen gesucht. Sie haben es um der Reinheit willen so hingestellt, als sei Asnath garnicht das rechte Kind Potiphera's und seines Weibes gewesen, sondern ein Findelkind und zwar das ausgesetzte und in einem Korbe angeschwemmte Kind von Jaakobs einst verstoßener Tochter Dina, sodaß Joseph also seine Nichte geehelicht hätte, wodurch aber die Sache darum nicht sonderlich gebessert würde, weil diese Nichte ja zur Hälfte das Fleisch und Blut des zapplichen Sichem war, eines baalgläubigen Kanaaniters. Überdies darf uns die Ehrfurcht vor den Lehrern nicht hindern, die Geschichte von Dina's Schilfkind für das zu erklären, was sie ist, nämlich für eine Interpolation und fromme Finte. Asnath, das Mädchen, war des Putiphera und seines Weibes rechtes Kind, ein rein ägyptisches Blut, und die Söhne, die sie dem Joseph schenken sollte, die Stammhalter Ephraim und Manasse, waren schlecht und recht ägyptisches Halbblut – man denke nun darüber, wie man wolle. Auch war das nicht einmal alles. Denn durch seine Heirat mit der Sonnentochter trat Israels Sohn in ein nahes Verhältnis zum Tempel des Atum-Rê, – ein priesterliches Verhältnis, wie das auch in den Absichten Pharao's gelegen hatte, als er diese Heirat einleitete. Es war fast nicht denkbar, daß ein Mann in so hohem Staatsamte wie Joseph nicht auch zugleich eine höhere priesterliche Funktion hätte ausüben und Tempel-Einkünfte hätte beziehen sollen, und beides tat Joseph als Asnaths Gemahl, man mache daraus, was man kann: er wurde, wenn man es kraß ausdrücken will, zum Inhaber einer Götzenpfründe. Zu seiner Staatsgarderobe gehörte fortan das priesterliche Leopardenfell, und unter Umständen kam er in die Lage, amtlich vor einem Bilde, dem Falken Horachte mit der Sonnenscheibe auf dem Kopf, zu räuchern.

Die Wenigsten haben sich seither diese Dinge klar gemacht, und sie bei Namen nennen zu hören, mag manchem durch und durch gehen. Aber für Joseph war offenbar die Zeit der Erlaubnisse gekommen, und man kann sich darauf verlassen, daß er mit demjenigen, der ihn von den Seinen abgesondert, ihn nach Ägypten verpflanzt und dort hatte groß werden lassen, über all dies ins Reine zu kommen wußte. Vielleicht setzte er bei diesem die Zustimmung zur Philosophie des Dreiecks voraus, nach welcher ein Opfer an des verbindlichen Horachte Alabastertisch keinen Raub an irgend einer anderen Gottheit bedeutete. Schließlich handelte es sich nicht um den erst-besten Tempel, sondern um den des Herrn des weiten Horizontes, und Joseph mochte es sich so zurechtlegen, daß es geradezu ein Fehler und eine Narrheit, das heißt: eine Sünde gewesen wäre, dem Gott seiner Väter einen engeren Horizont zuzuschreiben, als dem Atum-Rê. Und ganz zuletzt darf man nicht vergessen, daß aus diesem Gotte kürzlich der Atôn hervorgetreten war, zu dem man, nach Josephs Übereinkunft mit Pharao, nur recht betete, wenn man ihn nicht den Atôn, sondern den *Herrn* des Atôn, und nicht »unsern Vater am Himmel«, sondern »unsern Vater *im* Himmel« nannte. Darauf mochte der von Hause Abgesonderte und in der Fremde groß Gewordene sich berufen, wenn er bei bestimmten, übrigens nicht häufigen, Gelegenheiten sein Leopardenfell anlegte und räuchern ging.

Es hatte eine eigentümliche Bewandtnis mit Rahels Erstem, Jaakobs verfremdetem Liebling. Die Indulgenz, die ihm gewährt wurde, trug einer Weltlichkeit Rechnung, die es ihrerseits verhinderte, daß es je zu einem »Stamm Joseph« kommen sollte, wie doch sogar zu einem Stamme Issakhar, Dan und Gad. Seine Rolle und Aufgabe im Plan war die des in die große Welt versetzten Bewahrers, Ernährers und Erretters der Seinen, wie wir sehen werden, und alles spricht dafür, daß er sich dieses Auftrages bewußt war, ihn jedenfalls im Gefühl hatte und seine weltlich-verfremdete Lebensform nicht als die eines Ausgestoßenen, sondern eben nur als eines zu bestimmten Zwecken Abgesonderten verstand, und daß hierauf sein Vertrauen auf die Nachsicht des Herrn der Pläne sich gründete.

Joseph macht Hochzeit

Asnath, das Mädchen, denn also wurde mit vierundzwanzig ausgesuchten Sklavinnen hinaufgesandt nach Menfe in Josephs Haus zur jungfräulichen Hochzeit, und auch die hochpriesterlichen Eltern, tief gebeugt von wegen des unfaßlichen Raubes, reisten von On hinauf, gleichwie Pharao selbst hinabkam von Nowet-Amun, um teilzunehmen an den Mysterien dieser Eheschließung, seinem Günstling selbst die rare Braut zu überhändigen und, ein erfahrener Ehemann, ihn dabei aufs neue der Annehmlichkeiten zu versichern, die das Verheiratetsein mit sich brächte. Es ist zu sagen, daß zwölf der jungen und schönen Dienerinnen, die mit Asnath kamen und mit ihr in den Besitz des Dunklen Bräutigams übergingen, sodaß man unwillkürlich an das Gefolge denken muß, das früher lebendig mit in das Grab des Königs eingeschlossen worden war: daß also zwölf von den vierundzwanzig zum Jauchzen, Blumenstreuen und Musizieren da waren, die anderen zwölf aber zum Wehklagen und Brüsteschlagen; denn die Hochzeitsceremonieen, wie sie in Josephs Ehrenhaus, besonders im fackelerleuchteten Geviert des Brunnenhofes sich abspielten, um den alle Wohnräume gelagert waren, – diese Begehungen hatten einen starken Einschlag von Begräbnis, und wenn wir nicht mit letzter Genauigkeit darauf eingehen, so geschieht es aus einer Art von Rücksicht auf den alten Jaakob daheim, der so ganz irrtümlich seinen Liebling, dauernd siebzehnjährig, im Tode geborgen glaubte, und über sehr vieles, was hier bei seiner Hochzeit angestellt wurde, die Hände über dem Kopf zusammengeschlagen hätte. Es hätte seine ehrwürdigen Vorurteile gegen »Mizraim«, das Land des Schlammes, bestätigt, und diese eben sind es, die wir gewissermaßen zu schonen meinen, wenn wir die Begehungen lieber nicht mit der Ausführlichkeit schildern, die einer Gutheißung gleichkäme.

Hinter seinem Rücken kann man zugeben, daß eine gewisse Verwandtschaft besteht zwischen Hochzeit und Tod, Brautgemach und Grab, dem Raub der Jungfräulichkeit und Mord, – weshalb denn auch der Charakter eines gewaltigtig entführenden Totengottes von keinem Bräutigam ganz zu entfernen ist. Gewiß, die Ähnlichkeit zwischen dem Schicksal des Mädchens, das, ein verschleiertes Opfer, die ernste Lebensgrenze zwischen Magdtum und Weibtum überschreitet, und dem des Saatkorns, das in die Tiefe versenkt wird, um dort zu verwesen und aus der Verwesung als ebensolches Korn, jungfräulich aufs neue, ans Licht zurückzukehren, diese Ähnlichkeit ist zuzulassen; und die von der Sichel dahingemähte Ähre ist ein schmerzliches Gleichnis für das Hinweggerissenwerden der Tochter aus den Armen der Mutter, – die übrigens auch einmal Jungfrau und Opfer war, auch mit der Sichel gemäht wurde und ihr eigenes Schicksal in dem der Tochter wiedererlebt. So spielte denn auch die Sichel bei der vom Haushalter Mai-Sachme besorgten Ausschmückung der Festräume, namentlich des von einem Säulengang umlaufenen Brunnenhofs, eine hervortretende Rolle, die man sinnig nennen mag; und eine ebensolche spielte bei den Aufführungen, die vor und nach dem Hochzeitsmahl den Gästen geboten wurden, das Korn, das Getreide, das Saatgut: Männer streuten es auf die Fliesen aus und gossen unter bestimmten Anrufungen Wasser nach aus Kannen, die sie mitführten; Frauen trugen Gefäße auf dem Kopf, die einerseits mit Samen gefüllt waren, und in deren anderem Abteil ein Licht brannte. Denn das Fest war abendlich, und daß es viel Fackellicht gab in den mit bunten Webereien ausgehangenen und überall mit Myrtengrün geschmückten Räumen, lag in der Natur der Dinge. Aber von diesen Bränden, an die sich ja fast unvermeidlich die Vorstellung knüpft, daß sie bestimmt sind, Gelasse zu beleuchten, in die das Tageslicht nicht dringt, war hier ein so überreichlicher und betonter Gebrauch gemacht, daß er den praktischen Zweck überschritt und deutlich mit der berührten Vorstellung zu tun hatte. Die Brautmutter, Potiphars Weib, wenn man sie, ohne Verwirrung zu stiften, so nennen darf, – ganz in ein dunkel veilchenfarbenes Gewand gehüllt und von tragischer Erscheinung – trug zeitweise in jeder Hand eine Fackel oder zweie in einer Hand, und Fackelträger waren alle Personen, Männer und Frauen, die an dem großen Auf- und Umzuge teilnahmen, der, Hauptakt der ganzen Feierlichkeiten, durch alle Gemächer des Hauses ging und sich dann im Brunnenhof, wo Pharao als höchster Gast in überlässiger Haltung zwischen Joseph und der ebenfalls violett verschleierten Asnath saß, zu einem kunstreichen und wirklich sehenswerten Fackeltanz entwickelte oder vielmehr: verwikkelte; denn der qualmig-flammende Reigen ging in neunfacher Spirale, in der Richtung nach links sich bewegend, um den Mittelpunkt des Brunnens herum; und daß dabei ein rotes Seil, alle Windungen des drehenden Labyrinths verfolgend, durch die Hände der Tanzenden lief, hinderte diese nicht, ihre Darbietungen mit einem wahren Fackelspiel und Feuerwerk der Geschicklichkeit zu krönen, indem sie die Leuchten kreuz und quer und oft vom Innersten der Schraube nach ihrem Rande hin tauschweise einander zuwarfen, ohne daß ein einziges Mal ein fliegendes Feuer sein Ziel verfehlt hätte und zu Boden gefallen wäre.

Man muß das gesehen haben, um die Versuchung mitzufühlen, ausführlicher darüber zu berichten, als mit unserem Vorsatz übereinkommen mag, bei der Schilderung von Josephs Hochzeit Zurückhaltung zu beobachten – aus schonender Rücksicht auf einen Alten, der, wenn er zugegen gewesen wäre, sich über manches entsetzt hätte, was hier geschah. Aber er war ja fern und geborgen in der Vorstellung von Josephs ewiger Siebzehnjährigkeit. Auch hätte er an dem geschickten Fackelspiel, rein als Anblick genommen, gewiß sein Wohlgefallen gehabt, wenn auch an anderem nicht. Sein Sinn war väterlich, und er hätte es, um nur ein mäßiges Wort zu gebrauchen, mißbilligt, daß bei seines Sohnes Hochzeitsceremonieen das Mütterliche, die angeblich beraubte und in ihrer Tochter selbst geraubte, zürnende und drohende Mutter des Mädchens Asnath, eine so vordringliche Rolle spielte. Dies zeigte sich unter anderem darin, daß auch die an dem großen Aufzug und an dem Spiral-Tanz beteiligten Männer und Jünglinge, wenigstens die Mehrzahl von ihnen, als Weiber gekleidet waren, nämlich so, wie die Braut-Mutter, – was natürlich in des frommen Jaakobs Augen ein Baalsgreuel gewesen wäre. Offenbar betrachteten sie sich als jene, gingen mit ihrer Persönlichkeit ein in die ihre; denn dasselbe veilchenfarbene Schleiergewand, das die Grollende trug, wallte ihnen herab, und auch Groll gaben sie kund, indem sie öfters, die Fackel in die linke Hand nehmend, die rechte Faust drohend schüttelten, was sich umso schreckhafter ausnahm, als sie Masken vor den Gesichtern trugen, die nun freilich keine Ähnlichkeit mit dem Matronen-Antlitz von Putiphera's Gattin, sondern einen Ausdruck zeigten, daß man bei ihrem Anblick hätte erstarren mögen, gräßlich aus Wut und Gram gemischt – und dazu das Schütteln der Fäuste. Außerdem hatten viele sich unter dem Trauergewand den Leib ausgestopft, als wären sie in vorgeschrittenen Umständen – stellten also die Mutter dar, wie sie das Mädchen-Opfer noch unter dem Herzen trug – oder wie sie es wieder dort trug – oder wie dieses ein neues Opfer-Mädchen dort trug, – darüber hätten sie wohl selbst genaue Rede nicht stehen können.

Männer und Jünglinge, die sich den Leib erhöhen – das wäre nun freilich nichts für Jaakob ben Jizchak gewesen – noch wünschen wir, unsere Ausführlichkeit darüber ohne Weiteres als Gutheißung gedeutet zu sehen. Aber für Joseph, den ins Weltliche Abgesonderten, war nun einmal die Zeit der Lizenzen gekommen; seine Hochzeit selbst war *eine* große Lizenz, und im Geist der Erlaubnis und der Nachsicht, der die Stunde bestimmt, berichten wir von ihren Einzelheiten.

Diese also waren teils fröhlich-ausgelassen, teils begräbnismäßig, – wie ja wirklich das Myrtenlaub, mit dem alle Festteilnehmer, gleich den Festräumen, geschmückt waren (sie trugen zum Teil ganze Bündel davon in Händen) den Liebesgöttern und den Toten zugleich gehört. In dem großen Umzuge gab es ebensoviele, die unter Schallbecken- und Cymbelklang jauchzende Freude an den Tag legten, wie solche, die sich nach allen Regeln des Ausdrucks klage- und jammervoll gebärdeten, genau als schritten sie in einem Leichenzug. Man muß aber hinzufügen, daß Freude und Trauer des Festvolkes verschiedene Stufen einhielten. Was die Trauer anging, so gefielen sich gewisse Gruppen nur darin, einen Zustand der Wanderschaft und des Umherirrens anzudeuten: Reisesäcke auf den Rücken, gestützt auf Wanderstäbe, tappten sie in einer gewissen Trostlosigkeit an dem Königssitz, dem Hochzeitspaar, den hochpriesterlichen Eltern vorüber, ohne geradezu zu wehklagen und sich Tränen zu erpressen. So aber ließen sich auch an der dargestellten Heiterkeit verschiedene Grade beobachten. Sie hatte zum Teil bedeutend-würdige Formen, und ansprechend war es zu sehen, wie mehrmals die Leute schöne irdene Krüge vor den Ehrensitzen aufstellten und sie feierlich nach Osten und Westen umstürzten, indem sie im Chore sprachen – die Einen: »Ergieße dich!«, die Anderen: »Empfange den Segen!« Soweit gut. Aber sehr oft – und im Laufe des Abends je mehr und mehr, nahmen Freude und Lachen einen Charakter an, worin der eigentliche Hintergedanke eines Hochzeitsfestes, der Gedanke an Natürlich-Bevorstehendes sich derb durchdrängte, und man kann es so fassen, daß die Idee verfluchten Raubes und Mordes und diejenige der Fruchtbarkeit einander im Punkte des Unzüchtigen begegneten, sodaß die Luft voll war von Anzüglichkeiten, Zwinkern, schlüpfrigen Verständigungen und lautem Gelächter über leise geäußerte Unanständigkeiten. Im Festzuge wurden auch einige Tiere mit herumgeführt: ein Schwan und ein Roß, bei deren Anblick die Brautmutter sich dichter mit ihrem Purpurschleier verhüllte. Aber was soll man dazu sagen, daß unter diesen Geschöpfen sich auch eine trächtige Sau befand, die überdies geritten wurde, – und zwar von einer dicken, halbentblößten Alten von zweideutiger Physiognomie, die sich unaufhörlich in schamlosen

Scherzen erging? Dies anstößige alte Weib auf der Sau spielte eine vertraute, beliebte und wichtige Rolle bei der ganzen Veranstaltung und hatte sie schon vorher gespielt; denn sie war mit Asnaths Mutter von On gekommen und hatte ihr schon auf der Reise beständig mit lasziven Späßen in den Ohren gelegen, um die Gramvolle zu erheitern. Dies war ihr Amt und ihre Rolle. Sie hieß »die Trösterin« – der Name wurde ihr in populärer Laune von allen Seiten zugerufen, und sie beantwortete ihn mit groben Gebärden. Während der ganzen Feier wich sie kaum von der Seite der grundsätzlich Untröstlichen, immer bemüht, sie dennoch zu trösten, das heißt: mit zugeraunten Zoten, worin sie unerschöpflich war, zum Lachen zu bringen. Und es gelang ihr auch, weil es ihr gelingen sollte: die beleidigte und zürnend-verzweifelte Mutter lachte wirklich bei ihrem Geflüster von Zeit zu Zeit in die Falten ihres Trauergewandes, und wenn dies geschah, lachte alles Festvolk mit und spendete der »Trösterin« Beifall. Da nun aber Jammer und Zorn der Mutter größtenteils auf Convention beruhten und nur dargestellt wurden, so ist anzunehmen, daß auch ihr Kichern nichts als ein Zugeständnis an die Sitte bedeutete, während sie, wenn es nach ihr gegangen wäre, sich von den Heimlichkeiten der »Trösterin« nur angewidert gefühlt hätte. Höchstens in dem Maße mochte ihre Erheiterung ungeheuchelt sein, wie der natürliche und nicht mythisch übertriebene Kummer einer Mutter es ist, die ihre Tochter an einen Gatten verliert.

Jedenfalls versteht man nach alledem unseren Vorsatz, über die Einzelheiten von Josephs Hochzeitsfest nicht zu ausführlich zu sein. Mit Gutheißung hat es nichts zu tun, wenn wir den Vorsatz verletzten. Auch blieb das junge Paar selbst, das sich auf Pharao's Knieen die Hände reichte, von dem ganzen Spektakel fast unberührt und sah vielmehr einander an, als daß es auf die unvermeidlichen Umständlichkeiten des Festes geachtet hätte. Joseph und Asnath waren einander vom ersten Augenblick an sehr zugetan und ein Wohlgefallen das Eine dem Anderen. Selbstverständlich steht bei einer solchen von anderen beschlossenen Staatsheirat die Liebe nicht am Anfang der Dinge; sie hat sich zu finden und findet sich mit der Zeit zwischen gut gearteten Wesen. Ihr den Weg zu bereiten, ist schon das bloße Bewußtsein gegebener Zusammengehörigkeit sehr hilfreich, aber in diesem Fall waren die Umstände ihrer Entstehung ausnehmend günstig. Ein gut Stück über die duldende Willenlosigkeit ihrer Natur hinaus war Asnath, das Mädchen, einverstanden mit ihrem Lose, das heißt: mit der Person des Räubers und Mörders ihrer Jungfräulichkeit, der sie um die eigens dazu eingerichtete schmale Leibesmitte faßte und in sein Reich riß. Der dunkel-schöne, kluge und freundliche Günstling Pharao's erregte ihr ein Wohlgefallen, dessen Fähigkeit, sich zu innigerer Verbundenheit auszubilden, ihr nicht zweifelhaft war, und der Gedanke, daß er der Vater ihrer Kinder sein sollte, war einer Muschel gleich, in der die Perle der Liebe wächst. Nicht anders war es mit Joseph, dem Abgesonderten, in seinem Zustande außerordentlicher Lizenz. Er bewunderte Gott wegen der großzügig-weltlichen Vorurteilslosigkeit dieser Zuweisung – alsob die ewige Weisheit damit nicht eben nur seiner eigenen Weltlichkeit Rechnung getragen hätte – und stellte es Ihm anheim, wie Er die heikle Frage des Verhältnisses der Scheolskinder, die aus dieser Zuweisung erwachsen mochten, zu dem erwählten Stamm daheim zu ordnen gedachte. Aber dem aus der Jungfrau hervortretenden Freier ist nicht zu verargen, daß seine Gedanken weniger auf die zu erwartenden, aus Gott und Welt gemischten Kinder gerichtet waren, als auf die bisher verbotenen Neuigkeiten, denen sie allenfalls ihre Entstehung zu danken haben würden. Was einst böse gewesen war und nicht hatte stattfinden dürfen, sollte nun gut sein. Betrachte aber das Wesen, durch das das Böse gut wird, betrachte es, namentlich wenn es so lauschende Augen und eine so lieblich bernsteinfarbene Gestalt hat, wie Asnath, das Mädchen, und du wirst fühlen, daß du es lieben wirst, ja, daß du es schon liebst.

Pharao schritt zwischen ihnen, als am Ende des Festes der neu geordnete Fackelzug, in dem nun alle Gäste mitgingen, unter Jauchzen, Klagen, Myrtenstreuen und dem Fäuste-Schütteln der Mutter-Masken den Weg zum Brautgemach antrat, wo den Neuvermählten aufgebettet worden war mit Blumen und feinen Gespinsten. Die Sau-Reiterin stand schräg hinter der Gattin des Sonnenpriesters, als das Elternpaar, Sprüche murmelnd, an der Schwelle von Asnath, dem Mädchen, Abschied nahm, und raunte der Zürnend-Verzweifelten über die Schulter dergleichen zu, daß sie unter Tränen lachen mußte. Und ist es nicht auch zum Lachen und Weinen, was die körperliche Natur nach gebräuchlichem Schema den Menschen zugedacht hat, daß sie die Liebe besiegeln, oder, im Fall einer Staatsheirat, sich lieben lernen? Das Lächerliche und das Erhabene schwankten schattenhaft in einander im Ampelschein auch während dieser Hochzeitsnacht, wo Jungfräulichkeit auf Jungfräulichkeit traf und Kranz und Schleier zerrissen, – ein schwierig Zerreißungswerk. Denn eine Schildmagd war es, die die dunklen Arme umfingen, genannt »Das Mädchen«, eine hartnäckige Jungfrau, und in Blut und Schmerzen ward Josephs Erster gezeugt, Manasse, was da bedeutet: »Gott hat mich vergessen lassen all meine Bindungen und mein Vaterhaus.«

Trübungen

Es war das Jahr Eins der fetten Kühe und prallen Ähren – man zählte wohl sonst die Jahre von der Tronbesteigung des Gottes an, jetzt aber begann unter den Kindern Ägyptens diese Bezifferung nebenherzulaufen. Die Erfüllung hatte schon vor der Weissagung eingesetzt, – auf überzeugende Art nahm jene erst ihren Anfang, als das folgende Jahr das vorige an Segensreichtum noch weit übertraf und, während dieses nur über-mittelgut gewesen war, sich als ein wahres Pracht-, Jubel- und Wunderjahr erwies, von überschwänglicher Fruchtbarkeit in allerlei Schnitt; denn der Nil war sehr groß und schön gewesen – nicht übergroß und wild, daß er des Landmanns Felder davongerissen hätte; aber auch nicht einen Pegelstrich niedriger, als es zum Besten war, hatte er über den Gebreiten gestanden und still seinen Dung auf die Äcker gesenkt, sodaß es ein Lachen war, wie die Fluren prangten gegen das Ende der Jahreszeit der Aussaat, und welche Fülle eingeheimst wurde im dritten Drittel. Das nächstfolgende Jahr war nicht ganz so üppig, mehr oder weniger näherte es sich dem Durchschnittlichen, es war befriedigend, ja löblich, ohne staunenswert zu sein. Da aber das übernächste fast wieder ans zweite heranreichte und mindestens so gut war, wie das erste; da ferner auch das vierte die Kennzeichnung »vortrefflich«, wenn nicht eine höhere, verdiente, so kann man sich denken, wie das Ansehen Josephs, des Vorstehers all dessen, was der Himmel gibt, beim Volke wuchs, und mit welch eifriger, freudiger Pünktlichkeit sein Grundrentengesetz, die Abgabe des schönen Fünften von den Pflichtigen nicht minder, als von seiner Beamtenschaft, durchgeführt wurde. »Die Früchte der Felder der Stadt«, heißt es, »rund herum, brachte er in ihre Mitte«, – das heißt, die Kornabgaben alles umliegenden Landes strömten jahraus, jahrein in die Speicher-Kegel zauberischer Vorsorge, die der Adôn in allen Städten und an ihren Rändern hatte errichten lassen, – in nicht übertriebener Anzahl, wie sich herausstellte; sie wurden voll, und immer noch neue mußte er nachbauen, so strömte die Steuer, und so gut meinte Chapi, der Ernährer, es damals mit seinem Lande. Die Aufschüttung war tatsächlich wie Sand am Meer, das Lied und die Sage haben recht mit dieser Beschreibung. Wenn sie aber hinzufügen, man habe aufgehört zu zählen, denn es sei zum Zählen zu viel gewesen, so ist das eine begeisterte Übertreibung. Die Kinder Ägyptens hörten niemals auf, zu zählen, zu schreiben und Buch zu führen, das lag nicht in ihrer Natur und konnte nicht vorkommen. Mochte die Fülle der Vorsorge sein wie Sand am Meer, so war es der schönste Anlaß dieser Verehrer des weißen Pavians, ihr Papier genußreich mit dichten Additionen zu bedecken, und die genauen Tabellen, die Joseph von seinen Einnehmern und Speicher-Vorstehern verlangte, – er erhielt sie durchaus.

Man zählte fünf Jahre des Überflusses; Einige und sogar Viele aber zählten sieben. Es ist zwecklos, sich über diese Abweichung zu streiten. Daß ein Teil der Beobachter an der Fünf festhielt, mochte sich entsprechungsvoll auf die heilige Zahl der Übertage des Jahres und in Einem damit auf die ihr angepaßte Ziffer von Josephs Steuerquote gründen. Andrerseits sind fünf Jahre der Fettigkeit in einem Zuge etwas so Feiernswertes, daß nicht leicht jemand zögern wird, sie mit der Zahl sieben zu verherrlichen. Es ist also möglich, daß man Sieben »Fünf« sein ließ, aber sogar eine Spur wahrscheinlicher ist es, daß man Fünf »Sieben« nannte, – offen gesteht der Erzähler hier seine Unsicherheit, da es nicht seine Art ist, Wissen vorzuspiegeln, wo er nicht wirklich genau Bescheid weiß. Allerdings schließt dies das Bekenntnis ein, daß nicht mit voller Bestimmtheit feststeht, ob Joseph zu einem gewissen Zeitpunkt während der sich anschließenden Hunger-Periode siebenunddreißig oder schon neununddreißig Jahre alt war. Sicher ist nur, daß er dreißig war, als er vor Pharao stand, – sicher von uns aus und sachlich gesprochen; denn ob er selbst genaue Auskunft darüber hätte geben können, ist zweifelhaft; und ob er also zu jenem späteren, erregenden Zeitpunkt nur hoch in den Dreißigern oder schon so gut wie vierzig war, darüber legte er sich als Kind seiner Zone gewiß sehr lässige oder garkeine Rechenschaft ab, was uns mit unserer eigenen Unwissenheit versöhnen mag.

In reifem Mannesalter stand er damals auf jeden Fall, und wenn er als Knabe statt nach Ägyptenland ins Babylonische wäre gestohlen worden, so hätte er längst einen schwarzen, gelockten und gesalbten Vollbart getragen, – ein Behang, der ihm bei einem bestimmten Versteckspiel nicht wenig zustatten gekommen wäre. Trotzdem wissen wir der ägyptischen Sitte eher Dank, die das Rahels-Antlitz rein hielt vom Barte. Daß jenes Spiel so lange gelang, weist darauf hin, welche Veränderungen die meißelnde Zeit, der Wechsel des Stoffes, die Sonne des Landes der Verpflanzung am bleibenden Gepräge immerhin vorgenommen hatte.

Josephs Erscheinung hatte sich, bis er aus seiner zweiten Grube gezogen wurde und vor Pharao stand, mehr oder weniger im Jünglingsmäßigen gehalten. Um diese Zeit nun, nach seiner Eheschließung, während der fetten Jahre, da Gott ihn fruchtbar machte in Asnath, dem Mädchen, und diese ihm im Frauenflügel seines Hauses zu Menfe erst den Manasse und dann den Ephraim gebar, wurde er ein wenig schwer, – allenfalls etwas zu wuchtig von Gestalt, wobei aber nicht an Plumpheit zu denken ist: sein Wuchs war hoch genug, um diese Zunahme in guter Proportion zu halten, und das Gebieterische seiner Haltung, gemildert durch die heitere List der Augen, den gewinnenden Ausdruck der wie beim Labanskinde in ruhigem Lächeln sich zusammenfügenden Lippen, tat ein Übriges, um immer das Urteil lauten zu lassen: Ein ausnehmend schöner Mann! Eine Idee zu voll vielleicht, aber entschieden prächtig.

Seine persönliche Zunahme stimmt ja zu der Epoche, den laufenden Jahren der Üppigkeit, deren Hang zu staunenswert erhöhtem Lebensbetriebe sich nach allen Richtungen bewährte. Er tat sich in der Viehzucht hervor, wo die Fruchtbarkeit mächtig anschwoll, sodaß sie den Gebildeten an das alte Wort des Liedes gemahnte: »Deine Ziegen sollen zweifach, deine Schafe Zwillinge werfen.« Aber auch die Weiber Ägyptens, in den Städten sowohl wie auf dem flachen Lande, gebaren – wahrscheinlich einfach infolge der günstigen Ernährungslage – viel häufiger als sonst. Freilich traf die Natur, teils durch die Unachtsamkeit der überbürdeten Mütter, teils durch neu eingeführte Säuglingskrankheiten, die Gegenmaßnahme erhöhter Klein-Kinder-Sterblichkeit, sodaß Übervölkerung verhütet wurde. Nur eben der Betrieb war auffallend größer.

Auch Pharao wurde Vater – die Herrin der Länder war ja schon hoffend gewesen am Tage der Traumdeutung, aber man war willens, ihre glückliche Niederkunft der Erfüllung zuzurechnen. Es war die liebe Prinzessin Merytaton, die da zur Welt kam, – die Ärzte verlängerten ihr aus Schönheitsgründen den noch bildsamen Schädel fast übermäßig nach hinten, und der Jubel im Palast sowohl wie im ganzen Lande war desto lauter, als sich die Enttäuschung darunter verbarg, daß kein Tronfolger erschienen war. Er erschien auf diesem Wege auch später niemals; Pharao bekam sein Leben lang nichts als Töchter, im ganzen sechs. Niemand kennt das Gesetz, wonach das Geschlecht der Creatur sich bestimmt, – ob es dem Keime gleich einhängig ist oder die Wage nach einiger Schwebe erst später nach der oder jener Seite ausschlägt, darüber wissen wir nichts Stichhaltiges vorzubringen, – was nicht zu verwundern ist, da sogar die Weisen von Babel und On nicht Auskunft darüber zu geben wußten, auch im Geheimen nicht. Daß aber nicht bloßer Zufall die Erscheinung von Amenhoteps ausschließlich weiblicher Vaterschaft zeitigte, sondern daß sie auf irgend eine Weise kennzeichnend war für diesen anziehenden Herrscher, will das Gefühl sich nicht ausreden lassen.

Eine leise und uneingestandene Trübung seines ehelichen Glückes konnte sie nicht umhin hervorzubringen, obgleich selbstverständlich die zarteste wechselseitige Schonung waltete, da ja auch wirklich Eines zum Anderen hätte sprechen können, wie Jaakob zur ungeduldigen Rahel sprach: »Bin ich etwa Gott, der dir nicht geben will, wonach dich verlangt?« – Eine der süßen Prinzessinnen, die vierte, erhielt aus lauter Zartheit sogar den Beinamen der Königin der Länder, Neferneferurê, zum Eigennamen. Aber es zeugt von einem gewissen gelangweilten Nachlassen der Erfindungsfreude, daß die fünfte fast ebenso genannt wurde, nämlich Neferneferurê. Die Namen der anderen, zum Teil sehr liebevoll erdacht, hätten wir ebenfalls am Schnürchen; aber indem wir eine leichte Verstimmung über die weibliche Einförmigkeit teilen, mit der sie sich aufreihten, haben wir keine Lust, sie herzusagen.

Erwägt man, daß an der Spitze des Sonnenhauses noch immer Teje, die große Mutter stand; daß Königin Nefertiti eine Schwester hatte: Nezemmut; daß auch dem Könige eine Schwester lebte, die süße Prinzessin Baketaton, und daß dazu im Lauf der Jahre die sechs Königstöchter sich aufreihten, so wird man eines wahren Weiberhofes ansichtig, in welchem Meni das anfällige Hähnchen im Korbe machte, und der zu seinen Phönix-Träumen vom unstofflichen Vatergeiste des Lichtes in eigentümlichem Widerspruch stand. Unwillkürlich muß man an Josephs Äußerung im großen Gespräche denken, die zu seinen besseren zählt: Daß die Kraft, die von unten hinauf in die Lauterkeit des Lichtes strebe, wahrlich Kraft sein müsse und von Mannesart, nicht bloße Zärtlichkeit.

Ein leichter Schatten also lag über dem Königsglück Amenhotpe's und seiner »goldenen Taube«, der süßen Herrin der Länder, darum, daß kein Sohn ihnen beschert war. Glücklich nun war auch Josephs räuberische Ehe mit Asnath, dem Mädchen, glücklich und harmonisch durchaus – mit einer gegenteiligen Einschränkung. Ihnen wurden lauter Söhne zuteil: einer, zweie und später noch mehr, auf die das Licht der Geschichte nicht fällt; aber es waren nichts als Söhne, und da das die Geraubte bitter ankam und enttäuschend – wie denn nicht auch ihren Gemahl, der ihr gern eine Tochter, wenigstens *eine* geschaffen hätte? – da es doch nun einmal dabei bleibt, daß der Mensch nur zeugen, aber nicht schaffen kann. Asnath war auf eine Tochter geradezu versessen, und nicht nur auf eine, sondern sie hätte am liebsten lauter Töchter gehabt. Denn begierig war sie, die Schildjungfrau wiederzugebären, die sie gewesen war; nichts wünschte sie sehnlicher, als die Auferstehung des Mädchens aus dem Tode ihrer Jungfräulichkeit, und da sie in diesem Verlangen von ihrer Mutter, der Beraubten und Zürnenden, ohne Unterlaß dringend bestärkt wurde, – wie hätte nicht eine leichte, aber dauernde, wenn auch natürlich in den Schranken der Rücksicht und Zuneigung gehaltene Ehe-Verstimmung die Folge sein sollen?

Am schlimmsten war diese vielleicht gleich am Anfang, als Josephs Ältester geboren wurde, – die Enttäuschung war namenlos, mit Fug und Recht kann man sie übertrieben nennen, und es scheint, daß etwas von dem Unwillen über die Vorwürfe, die er zu tragen hatte, sich in den Namen einschlich, den Joseph dem Knaben verlieh. »Ich habe vergessen«, so mochte er sagen wollen, »alles, was hinter mir liegt, und mein Vaterhaus, du aber und die beleidigte Mutter, ihr stellt euch an, nicht nur, als sei es dir gänzlich fehlgegangen, sondern auch noch, als ob ich schuld daran sei!« Das mag etwas von der Meinung des befremdenden Namens »Manasseh« sein; aber man tut gut hinzuzufügen, daß es mit diesem Namen und dem, was er behauptete, nur wenig ernst gemeint war. Wenn Gott den Joseph hatte vergessen lassen all seine rückwärtigen Bindungen und sein Vaterhaus, wie kam dann derselbe Joseph dazu, seinen Söhnen, geborenen Ägyptern, ebräische Namen zu geben? Weil er darauf rechnen konnte, daß man im törichten Lande der Enkel solche Namen als elegant empfinden werde? Nein! sondern weil Jaakobs Sohn, mochte er auch längst mit einem völlig ägyptischen Leibrock überkleidet sein, nicht das Geringste vergessen hatte, vielmehr gerade das unausgesetzt im Sinne trug, was er vergessen zu haben behauptete. Der Name Manasseh war nichts als eine Floskel der Höflichkeit und jener Rücksichtnahme, die das Gegenteil der Narrheit war, und die Joseph sein Leben lang mit gutem Erfolge übte. Es war ein vernehmbares Zugeständnis an die Entrückung, Verpflanzung und Absonderung ins Weltliche, die Gott aus doppeltem Beweggrund über ihn verfügt hatte. Der eine war die Eifersucht, der andere der Errettungsplan. Über den zweiten konnte Joseph nur Vermutungen hegen; der erste lag seiner Klugheit vollkommen offen, und diese reichte sogar aus, zu durchschauen, daß es wirklich der erste war, und daß sich in dem zweiten nur das Mittel geboten hatte, Leidenschaft und Weisheit zu vereinigen. Das Wort »durchschauen« mag anstößig scheinen – in Hinsicht auf das Objekt. Aber gibt es eine religiösere Betätigung als das Studium des Seelenlebens Gottes? Einer höchsten Politik mit irdischer Politik zu begegnen, ist unerläßlich, will Einer durchs Leben kommen. Wenn Joseph dem Vater geschwiegen hatte wie ein Toter, nein, *als* ein Toter, all diese Jahre hin, so war es überlegte Politik, verständige Einsicht in jenes Seelenleben gewesen, was ihn dazu vermocht hatte; und mit dem Namen für seinen Ersten stand es nicht anders. »Wenn ich vergessen sollte«, will dieser Name sagen, »– siehe, ich habe vergessen!« – Aber er hatte nicht.

Im dritten Jahre der Fülle kam Ephraim zur Welt – die Mutter, das Mädchen, wollte anfangs nicht einmal hinschauen, und die Schwiegermutter war mehr als verstimmt. Aber Joseph gab ihm in aller Ruhe den Namen, der da bedeutet: »Gott hat mich wachsen lassen im Lande meiner Verbannung.« – Das mochte er wohl sagen. Er fuhr, begleitet von Läufern, verherrlicht von Menfe's Leuten mit seinem Namen Adôn, in seinem leichten Wagen hin und her zwischen dem prächtigen Gartenhause, dem Mai-Sachme vorstand, und seinem Amtshause im Centrum der Stadt, wo dreihundert Schreiber arbeiteten, und sammelte in die Scheuern, daß es eine kaum noch verzeichenbare Fülle war. Ein Großer war er und eines Großen Königs Alleiniger Freund. Amenhotep der Vierte, der damals schon, zum grimmigen Verdruß des Tempels von Karnak, seinen Amun-Namen abgelegt und dafür den Namen Ech-n-Atôn (»Es ist dem Atôn wohlgefällig«) angenommen hatte, übrigens auch schon mit dem Gedanken umging, Theben überhaupt zu verlassen und auf eigene Hand eine neue, ganz dem Atôn geweihte Stadt zu gründen, darin er zu wohnen gedachte, – Pharao also wollte den Schattenspender der Lehre so oft wie nur möglich sehen, um das Obere und Untere mit ihm zu bereden, und wie es nicht fehlen konnte, daß Joseph, der große Beamte, mehrmals im Jahre hinaufreiste auf dem Land- oder Wasserwege nach Nowet-Amun zur Berichterstattung beim Hor im Palaste, wo er dann lange Stunden in vertrautem Gespräch mit diesem verbrachte, so machte auch Pharao auf jeder Reise nach dem goldenen On, oder wenn er ausfuhr, um sich nach einem geeigneten Platz für seine neue Stadt, die Stadt des Horizontes, umzusehen, zu Menfe halt und kehrte bei Joseph ein, was immer dem Haushalter Mai-Sachme bedeutende Schereien schuf, doch ohne seine Ruhe erschüttern zu können.

Die Freundschaft zwischen dem zarten Enkel der Pyramiden-Erbauer und Jaakobs Sohn, zu welcher einst in der kretischen Halle der Grund gelegt worden war, befestigte sich in diesen Jahren zu herzlicher Gemütlichkeit, also, daß Jung-Pharao den Joseph »Onkelchen« zu nennen pflegte, indem er ihn bei der Umarmung auf den Rücken klopfte. Dieser Gott schwärmte nun einmal fürs Informelle, und es war Joseph, der, aus eingeborenem Vorbehalt, dem Verhältnis die Spannung höfischen Abstandes wahrte, – ja, oft brachte er den König zum Lachen durch die Förmlichkeit, die er mitten im Familiären aufrecht hielt. Ihr Mißgeschick als Väter, daß der Eine nur Töchter, der Andere nur Söhne bekam, gab manchen Gesprächsstoff ab. Aber die Unzufriedenheit seiner Schild-Jungfrau und ihrer zürnenden Mutter dämpfte nur wenig Josephs Freude an den Jaakobsenkeln, die ihm in weltlicher Fremde heranblühten, und ebenso konnte das Ausbleiben eines Tronerben selten in dieser Zeit Pharao's heitere Laune trüben. Ging ja doch alles so herrlich im mütterlichen Reich der Schwärze, daß sein Ansehen als Lehrer des väterlichen Lichtes mächtig dadurch gestärkt wurde und er sitzen durfte im Schatten des Gedeihens, den Gott verkündend, an dem seine Seele hing, und den im Gespräch wie in der Einsamkeit noch immer besser hervorzudenken all sein Bestreben war.

Erörterte er so mit Joseph, bestimmend und vergleichend, die hehren Eigenschaften seines Vaters Atôn, so mochte man sich an die gottesdiplomatischen Verhandlungen erinnert fühlen, die einst zu Salem zwischen Abraham und Malchisedek, dem Priester El eljons, des höchsten oder auch einzigen Gottes, waren gepflogen worden mit dem Ergebnis, daß dieser El ganz, oder annähernd ganz, dieselbe Person sei, wie Abrahams Gott. Es war aber zu beobachten, daß gerade immer dann, wenn das Gespräch sich einer solchen Vereinbarung näherte, die höfische Steifigkeit, deren sich Joseph im Verkehr mit dem hohen Freunde nie ganz entschlug, am allerdeutlichsten zu Tage trat.

FÜNFTES HAUPTSTÜCK: THAMAR

Der Vierte

Ein Weib saß zu Jaakobs Füßen, des Geschichtenreichen, im Haine Mamre, der zu Hebron, der Hauptstadt, ist, oder nahebei, im Lande Kanaan. Oft saß sie an diesem Platz, sei es im hährenen Haus, nahe dem Eingang, ebendort, wo der Vater einst mit dem Liebling gesessen und dieser ihm das Bunte Kleid abgeluchst hatte, sei es unter dem Unterweisungsbaum oder am Rand des benachbarten Brunnens, wo wir den schlauen Knaben zuerst unterm Monde betrafen und den Vater am Stabe besorgt nach ihm spähen sahen. Wie sitzt nun das Weib mit ihm, da oder dort, das Gesicht zu ihm erhoben, und lauscht seinen Worten? Wo kommt das Weib her, das junge und ernste, das man so oft zu seinen Füßen findet, und was für ein Weib ist das?

Ihr Name war Thamar. – Wir sehen uns um unter den Gesichtern der Zuhörer und bemerken nur auf sehr wenigen, auf ganz vereinzelten nur, die Erhellung des Wissens. Offenbar sind der großen Mehrzahl derer, die sich eingefunden haben, die genauen Umstände dieser Geschichte zu erfahren, nicht einmal ihre Grundtatsachen bekannt oder erinnerlich. Wir sollten das tadeln, – wenn nicht die öffentliche Unwissenheit dem Erzähler auch wieder recht sein müßte und ihm zustatten käme, da sie die Wichtigkeit seines Geschäftes steigert. Ihr wißt also wirklich nicht mehr, habt es eures Wissens niemals gewußt, wer Thamar war? Ein kanaanitisch Weib, ein Landeskind vorerst und nichts weiter; dann aber Jaakobs Sohnes-Söhnin, Jehuda's, seines Vierten, Schwiegertochter, des Gesegneten Groß-Schnur, sozusagen; vor allem aber seine Verehrerin und seine Schülerin in der Welt- und Gotteskunde, die an seinen Lippen hing und in sein feierliches Antlitz aufblickte mit solcher Andacht, daß auch das Herz des verwaisten Greises sich ihr ganz erschloß und er sogar ein wenig verliebt in sie war.

Denn Thamars Wesen war, auf eine sie selbst beschwerende Weise, aus Strenge und geistlicher Strebsamkeit (der wir noch einen stärkeren Namen werden geben müssen) und dem seelisch-körperlichen Geheimnis astartischer Anziehungskraft eigentümlich gemischt, – und man weiß, zu wie hohen Jahren die Empfänglichkeit für diese es in einem weich und würdig auf sein Gefühl bedachten Gemüte bringen kann.

Jaakobs persönliche Majestät hatte sich seit dem Tode Josephs, will sagen *durch* dies zerreißende und zunächst ganz unannehmbar scheinende Erlebnis nur noch erhöht. Sobald einmal Gewöhnung Platz gegriffen, sein Hadern mit Gott sich erschöpft, die grausame Verfügung dieses Gottes Eingang gefunden hatte in seine anfangs krampfhaft dagegen versperrte Natur, war sie zu einer Bereicherung seines Lebens, einem Beitrag zu dessen Geschichtenschwere geworden, der sein Sinnen – wenn er in Sinnen verfiel – noch ausdrucksvoller, noch malerisch-vollkommener zum »Sinnen« machte, als es schon immer gewesen war, sodaß es den Leuten heilig und scheu dabei zu Mute wurde und sie einander zuraunten: »Seht, Israel besinnt seine Geschichten!« Ausdruck macht Eindruck, das ist nun so. Die beiden haben immer zusammengehört, und immer wohl hat es jener auf diesen ein wenig abgesehen, wobei nichts zu lachen ist, wenn es sich nicht um hohle Gaukelei handelt, sondern wirkliche Geschichtenschwere obwaltet und gelebtes Leben hinter dem Ausdruck steht. Dann ist höchstens ein ehrerbietiges Lächeln am Platze.

Thamar, das Landeskind, kannte auch dieses Lächeln nicht. Sie war tief beeindruckt von Jaakobs Großartigkeit, sobald sie in seinen Kreis trat, was nicht erst durch Juda, Lea's Vierten, und durch seine Söhne geschah, von denen zweie sie nacheinander heirateten. Dies ist bekannt nebst seinen unheimlichen und halb rätselhaften Begleitumständen, dem Verderben der beiden Judasöhne. Aber nicht bekannt, da die Chronik es übergeht, ist das Verhältnis Thamars zu Jaakob, obgleich es doch die unentbehrliche Voraussetzung zu der Episode und merkwürdigen Randhandlung unserer Geschichte ist, die wir hier einschalten, – nicht ohne uns dabei an die Tatsache gemahnt zu fühlen, daß diese Geschichte, die man wohl verführerisch nennen kann, da sie uns zu so genauer Ausführlichkeit verführt, die Geschichte Josephs und seiner Brüder, selbst nur eine anmutige Einschaltung ist in ein Epos ungleich gewaltigerer Maße.

Hatte Thamar, das Landeskind, die Tochter schlichter Baals-Ackerbürger, die in der Episode einer Episode lebte, eine Vorstellung von dieser Tatsache? Wir antworten: Allerdings hatte sie eine solche. Ihr zugleich anstößiges und großartiges, von tiefem Ernst getragenes Gebaren liefert den Beweis dafür. Nicht umsonst trat uns wiederholt und mit einem gewissen Eigensinn das Wort »Einschaltung« auf die Lippen. Es ist die Losung der Stunde. Es war Thamars Wort und ihre Losung. Sich selbst wollte sie einschalten, und tat es mit erstaunlicher Entschlossenheit, in die große Geschichte, das weitläufigste Geschehen, von dem sie durch Jaakob Kunde erhalten, und von dem ausgeschaltet zu werden sie sich um keinen Preis gefallen ließ. Fiel nicht auch schon das Wort »Verführung« uns ein? Es wußte, warum. Es ist ein Losungswort ebenfalls. Denn durch Verführung schaltete Thamar sich ein in die große Geschichte, von der diese hier nur eine Einschaltung ist; die Bestrickende spielte sie und hurte am Wege, um nur nicht ausgeschaltet zu werden, und erniedrigte sich rücksichtslos, um sich zu erhöhen ... Wie geschah das?

Wann zuerst, durch welchen nüchternen Zufall nun immer, Thamar Eingang bei Jaakob, dem Gottesfreunde, fand und zu ihm in andächtige Beziehung trat, – niemand weiß das genau; es mag sein, daß es schon vor Josephs Tode geschah, und bereits nicht ohne Jaakobs Zutun wurde sie in die Sippe aufgenommen und Juda's Erstem, dem jungen 'Er zum Weibe gegeben. Innigkeit aber gewann das Verhältnis zwischen dem Alten und ihr auf jeden Fall erst und wurde zum täglichen Umgang nach dem gräßlichen Schlag und Jaakobs langsamer und widerstrebender Erholung von ihm, als sein beraubtes Herz heimlich schon auf der Suche war nach neuer Empfindung. Da erst wurde er Thamars gewahr und zog sie an sich um ihrer Bewunderung willen.

Damals waren seine Söhne, die Elfe, schon fast alle vermählt, die Älteren längst, die Jüngeren kürzlich, und hatten Kinder von ihren Weibern. Selbst Benjamin-Benoni, das Todessöhnchen, war bald an der Reihe: kaum, daß er kein Knirps mehr war, sondern jung wurde und mannbar, sieben Jahre etwa nachdem er den leiblichen Bruder verloren, versorgte Jaakob ihn und freite ihm erst Mahalia, die Tochter eines gewissen Aram, von dem es hieß, daß er ein »Enkel Thara's«, auf irgend eine Weise also ein Nachkomme Abrams oder eines seiner Brüder sei; und dann noch das Mägdlein Arbath, eines Mannes Tochter, der Simron hieß, und den man geradezu als einen »Sohn Abrahams« bezeichnete, womit gemeint sein mochte, daß er aus dessen Samen von seiten irgend eines Kebsweibes sei. Es gab in Dingen der Abstammung von Jaakobs Schwiegertöchtern manche Beschönigungen und Einbildungen, an denen zugunsten der Bluteinheit des geistlichen Stammes halb und halb festgehalten wurde, obgleich sie auf schwachen Füßen standen und auch nur in einigen Fällen versucht wurden. Levi's und Issakhars Frauen hielt man für »Enkelinnen Ebers«, – vielleicht waren sie es; sie hätten darum noch immer von Assur oder Elam herkommen können. Gad und der geläufige Naphtali hatten sich nach des Vaters Vorbild Frauen geholt aus Charan in Mesopotamien, aber daß sie wirklich Urenkelinnen Nahors, des Onkels Abrahams, seien, behaupteten nicht sie selber, es wurde ihnen zugeschrieben. Der genäschige Ascher nahm sich ein braunes Kind vom Stamme Ismael, – nun, das war eine Verwandtschaft, wenn auch eine bedenkliche. Sebulun, von dem man eine phönizische Heirat hätte erwarten sollen, ging in Wirklichkeit eine midianitische ein, – korrekt also nur insofern, als Midian ein Sohn der Ketura, Abrahams zweiter Frau, gewesen war. Aber hatte nicht gleich schon der große Ruben sich schlecht und recht mit einer Kanaaniterin vermählt? So hatte Juda getan, wie wir wissen, und so Schimeon, denn seine Buna war aus Schekem geraubt. Was Dan, von Bilha, betraf, den man Schlange und Otter nannte, so war bekanntlich sein Weib eine Moabiterin, Stammtochter also jenes Moab, den Lots Älteste ihrem eigenen Vater geboren hatte, sich selbst zum Geschwister. Sonderlich geheuer war eben auch das nicht, noch hatte es mit Bluteinheit zu tun, da Lot nicht Abrams »Bruder«, sondern nur ein Proselyt gewesen war. Von Adam freilich stammte auch er, allenfalls sogar von Sem, da er aus dem Zweistromland gekommen war. Bluteinheit ist immer nachzuweisen, wenn man den Rahmen weit genug zieht.

Die Söhne alle also »brachten ihre Frauen in das väterliche Haus«, wie wir berichtet sind, das heißt: das Sippenlager im Haine Mamre, nahe Kirjath Arba und nahe dem Erbbegräbnis, um Jaakobs härenes Haus herum, nahm zu, wie die Tage sich mehrten, und Nachkommenschaft wimmelte, der Verheißung gemäß, um Jaakobs Knie, wenn der hohe Greis es erlaubte, und er erlaubte es in seiner Güte zuweilen und herzte die Enkel. Namentlich Benjamins Kinder herzte er; denn Turturra, ein stämmiges Bürschchen, das immer noch seine vertrauenden grauen Augen und seine dick-metallische Haares-Sturmhaube hatte, wurde in rascher Folge Vater von fünf Söhnen, die ihm seine Aramäerin gebar, und zwischendurch noch von anderen Kleinen, die ihm die Tochter Simrons bescherte, und Jaakob bevorzugte die Rahelsenkel. Aber trotz ihrem Vorhandensein und Benoni's Vaterwürde, behandelte er den Jüngsten immer noch wie ein Kind, hielt ihn am Gängelband wie einen Unmündigen und gab ihm geringste Bewegungsfreiheit, damit ihn kein Unglück beträte. Kaum in die Stadt, nach Hebron, zu gehen, kaum auf das Feld, geschweige denn eine Reise zu tun über Land, erlaubte er dem Rahelspfande, das ihm geblieben, und das er zwar entfernt nicht liebte wie Joseph, sodaß denn eigentlich kein Grund war, die obere Eifersucht zu fürchten um seinetwillen, das aber doch, seit der Schöne dem Zahn des Schweines verfallen, zum einigen Schatz seiner Sorge und seines Mißtrauens geworden war, weshalb er es nicht aus den Augen ließ und keine Stunde verbringen wollte, ohne zu wissen, wo Benjamin war, und was er trieb. Dieser ließ sich die peinliche Aufsicht, die seinem Gattenansehen wenig zuträglich war, wehmütig-gehorsam gefallen und stellte sich nach Jaakobs schrulligem Willen mehrmals am Tage dem Vater vor; denn tat er's nicht, so kam dieser selbst, am langen Stab, aus der Hüfte hinkend, zu ihm herüber, um nach ihm zu sehen – und dies alles, obgleich, wie Benjamin wohl wußte, und wie es sich auch in des Greises schwankendem Benehmen gegen ihn ausdrückte, Jaakobs Empfindungen für ihn eigentlich sehr geteilt und aus Habsorge und Nachträgerei sonderbar gemischt waren, da er im Grunde nicht aufhörte, den Muttermörder und das Mittel in ihm zu sehen, dessen sich Gott bedient, um ihm Rahel zu nehmen.

Einen wichtigen Vorzug freilich hatte Benoni vor allen noch lebenden Brüdern, außer, daß er der Jüngste war; und dieser Vorzug mochte für Jaakobs träumerisch-assoziierenden Sinn ein Grund mehr sein, ihn immer zu Hause zu halten: er war zu Hause gewesen, als Joseph umkam in der Welt, und wie wir Jaakob kennen, hatte sich diese Gleichung von Zu Hause sein und von Unschuld, von Ganz-bestimmt-nicht-beteiligt-gewesen-sein an einer draußen geschehenen Untat, in seinem

Kopfe symbolisch festgesetzt, also daß Benjamin ständig zu Hause sein mußte, zum Zeichen und Dauerbeweise dieser Unschuld und dafür, daß er allein, der Jüngste, nicht unter den immerwährenden, den immer still nagenden Verdacht fiel, den Jaakob hegte, und von dem die anderen wußten, daß er ihn hegte, zu recht, wenn auch unrichtig. Es war der Verdacht, daß der Eber, der Joseph zerrissen, ein Tier mit zehn Köpfen gewesen sei; und Benjamin mußte »zu Hause« sein zum Zeichen, daß es elf Köpfe nun einmal bestimmt nicht gehabt habe.

Vielleicht auch nicht zehn, Gott wußte es, er mocht' es für sich behalten, und auf die Dauer, wie Tage und Jahre sich mehrten, verlor die Frage an Wesentlichkeit. Sie tat das vor allem dadurch, daß Jaakob, seit er aufgehört hatte, mit Gott zu hadern, allmählich zu der Auffassung gelangt war, nicht Jener habe ihm das Isaaksopfer gewaltsam auferlegt, sondern aus freien Stücken habe er's dargebracht. Solange der erste Schmerz wütete, hatte diese Idee ihm ganz und gar fern gelegen; nur grausamst mißhandelt war er sich vorgekommen. Wie aber der Schmerz sich legte, Gewöhnung sich einstellte, der Tod seine Vorteile geltend machte – daß nämlich Joseph geborgen war als ein ewig Siebzehnjähriger in seinem Schoß und Schutz –, hatte die weiche, pathetische Seele sich ernstlich einzubilden begonnen, sie sei der Opfertat Abrahams fähig gewesen. Zu Gottes Ehren geschah diese Einbildung und zu seinen eigenen. Nicht wie ein Unhold hatte Gott ihn beraubt und ihm tückisch das Liebste entwendet, sondern nur angenommen hatte er, was man ihm dargeboten wissentlich und in Heldenmut – das Liebste. Glaubt es oder nicht, dies machte Jaakob sich vor und bezeugte es sich um seines Stolzes willen, daß er in der Stunde, als er Joseph nach Schekem entließ auf die Reise, das Isaaksopfer vollbracht und freiwillig, aus Liebe zu Gott, den Allzugeliebten dahingegeben habe. Er glaubte es nicht immer – zuweilen gestand er sich mit Zerknirschung und unter wiederfließenden

Tränen, daß er nie und nimmer fähig gewesen wäre, sich für Gott den Teueren vom Herzen zu reißen. Aber der Wunsch, es zu glauben, obsiegte zuweilen; und machte er es nicht mehr oder weniger gleichgültig, wer Joseph zerstückelt hatte?

Der Verdacht – gewiß, er war trotzdem da, er nagte, aber doch nur noch leise und nicht zu jeder Stunde; zuweilen schlief er in späteren Jahren und beruhte auf sich. Die Brüder hatten sich das Leben unterm Verdacht, unterm halb falschen Verdachte, elender vorgestellt, als es denn schließlich doch war. Der Vater stand gut mit ihnen, es war nicht anders zu sagen. Er sprach mit ihnen und brach mit ihnen das Brot; er nahm an ihren Geschäften und an den Freuden und Sorgen teil ihrer Hütten, er sah sie an, und nur zuweilen, nur zeitweise, in schon recht großen Abständen, trat das Glimmen, die Falschheit und Trübnis des Verdachtes in seinen Greisenblick, vor der sie, in der Rede stockend, die Augen niederschlugen. Aber was wollte das sagen? Die Augen schlägt wohl ein Mensch schon nieder, wenn er nur weiß, daß der andere Argwohn hegt. Es muß nicht Schuldbewußtsein bedeuten; auch züchtige Unschuld und Mitleid mit dem am Mißtrauen Kranken mag sich darin ausdrücken. So wird man zuletzt des Verdachtes müde.

Man läßt ihn schließlich auf sich beruhen, besonders wenn seine Bestätigung, vom einmal Geschehenen nicht zu reden, auch an der Zukunft, an der Verheißung, an allem, was ist und sein soll, nichts ändern könnte. Die Brüder mochten der zehnköpfige Kain, sie mochten Brudermörder sein, – sie waren doch, was sie waren, Jaakobs Söhne, das einmal Gegebene, womit man zu rechnen hatte, sie waren Israel. Jaakob nämlich hatte beschlossen und sich gewöhnt, den Namen, den er sich am Jabbock errungen, und von dem er hinkte, nicht auf seine Einzelperson allein zu beziehen, sondern ihm eine weitere und größere Meinung zu geben. Warum nicht? Da es sein Name war, schwer errungen bis zum Morgenrot, durfte er darüber verfügen. Israel, so sollte nicht mehr nur er persönlich genannt sein, sondern alles, was zu ihm, dem Segensmanne, vom zweiten bis zum spätest-niemals spätesten Gliede noch in allen Verzweigungen und Seitenverwandtschaften gehörte, die Sippe, der Stamm, das Volk, dessen Zahl wie der Sterne Zahl sein sollte und wie des Sandes am Meer. Die Kinder, denen zuweilen erlaubt war, um Jaakobs Knie zu spielen, – sie waren Israel, zusammenfassend nannte er sie so, zu seiner Erleichterung gleichzeitig, da er sich nicht alle ihre Namen merken konnte: besonders die Namen der Kinder der ismaelitischen und eindeutig kanaanitischen Weiber konnte er sich schlecht merken. Aber »Jisraël« waren auch diese Weiber, einschließlich der Moabiterin und der Sklavin aus Schekem; und »Jisraël« waren zunächst und vor allem einmal ihre Gatten, die Elfe, um ihre Tierkreiszahl gebracht durch früh gegründeten und immer seienden Bruderzwist und durch heldische Opferkraft, – aber noch immer in stattlicher Anzahl beisammen, Jaakobs Söhne, die Stammväter der Zahllosen, denen sie stammweise ihrerseits einst ihre Namen verleihen mochten – gewaltige Leute vor dem Herrn, wie jeder von ihnen nun immer beschaffen sein und was ihr Augenniederschlag zu bedeuten haben mochte vor dem Verdacht. War das nicht gleichviel, da sie auf jeden Fall »Jisraël« blieben? Denn das wußte Jaakob, lange bevor es geschrieben stand – und es steht nur geschrieben, weil er es wußte –, daß Jisraël, auch wenn es gesündigt hat, immer Israel bleibt.

In Israel aber, dem elfköpfigen Löwen, war *ein* Haupt der Segenserbe vor den anderen, wie Jaakob es gewesen war vor Esau, – und Joseph war tot. Auf einem ruhte die Verheißung, oder sollte sie ruhen, wenn Jaakob den Segen verspendete: daß von ihm das Heil kommen solle, für welches der Vater seit langem einen Namen suchte und einen vorläufigen gefunden hatte, den niemand kannte, außer dem jungen Weib, das zu Jaakobs Füßen saß. Wer aber war der Erwählte unter den Brüdern, von dem es kommen sollte? Der Segensmann, bei dessen Bestimmung es nicht mehr nach der Liebeswahl ging – denn die Liebe war tot? Nicht Ruben, der Älteste, der wie ein überkochend dahinschießendes Wasser war und hatte das Flußpferd gespielt. Nicht Schimeon und Levi, die persönlich nichts als geölte Flegel waren und ebenfalls Unvergeßbares auf dem Kerbholz hatten. Denn sie hatten sich aufgeführt zu Schekem wie wilde Heiden und sich benommen wie Feldteufel in Hemors Stadt. Diese drei waren verflucht, soweit eben Israel verflucht sein konnte; sie kamen in Wegfall. Und also mußte der Vierte es sein, der nach ihnen kam, Juda, – er war's.

Astaroth

Wußte er, daß er es war? Er konnte es sich an den Fingern abzählen, und das tat er buchstäblich öfters, aber nie ohne vor seiner Erberwählung zu erschrecken und schmerzlich zu zweifeln, ob er ihrer würdig sei, ja zu befürchten, sie möchte in ihm verderben. Wir kennen Jehuda; wir haben zu Zeiten, als Joseph noch am Herzen des Vaters lag, sein leidendes Löwenhaupt mit den Hirschaugen unter den Häuptern der Brüder gesehen und hatten ein Auge auf ihn auch bei Josephs Untergang. Alles in allem stand er nicht schlecht in dieser Sache: nicht so gut, natürlich, wie Benjamin, der »zu Hause« gewesen war, aber fast so gut wie Ruben, der nie des Knaben Tod gewollt, sondern ihm die Grube verschafft hatte, daß er ihn daraus stehle. Ihn aus der Grube zu ziehen und ihm das Leben zu schenken, das war aber auch Juda's Wunsch und Vorschlag gewesen; denn er war's, der vorgeschlagen hatte, den Bruder zu verkaufen, weil man's dem Lamech des Liedes ja doch nicht gleichzutun gewußt habe in diesen Läuften. Die Begründung war nebensächlich und vorwandhaft, wie meistens Begründungen sind. Jehuda hatte volles Gefühl dafür, daß, den Knaben im Loche verkommen zu lassen, um kein Haar besser war, als sein Blut zu vergießen, und hatte ihn retten wollen. Daß er insofern mit seinem Vorschlag zu spät kam, als die Ismaeliter ihr Werk schon getan und den Joseph befreit hatten, war nicht seine Schuld, – er konnte von sich sagen, daß er vergleichsweise löblich dastehe in dieser verfluchten Sache, da er den Jungen hatte wollen davonkommen lassen.

Dennoch ging ihm das Verbrechen ärger nach, als denen, die garnichts zu ihrer Reinigung hätten anführen können, – wie denn auch nicht? Verbrechen sollen lieber nur Stumpfe begehen; es macht ihnen nichts, sie leben ihren Tag hinterdrein, und nichts geht ihnen nach. Das Böse ist für die Stumpfen. Wer auch nur Spuren von Zartheit aufweist, der lasse seine Hand davon, wenn er irgend kann, denn er muß es ausbaden, und nützt ihm nichts, daß er Gewissen bewiesen hat in solcher Sache: bestraft wird er gerade um seines Gewissens willen.

Dem Juda ging die an Joseph und an dem Vater begangene Tat entsetzlich nach. Er litt an ihr, denn er war zum Leiden befähigt, wie seine Hirschaugen und ein bestimmter Zug um die feinen Nüstern, die vollen Lippen uns gleich vermuten ließen, und sie schuf ihm viel Fluch und strafendes Übel, – oder vielmehr: was er an Fluch und Übel erlitt, das schob er auf sie und sah's als Vergeltung an für das Begangene, das Mitbegangene, – was nun wieder von einem seltsamen Hochmut des Gewissens zeugt. Denn er sah ja, daß die anderen, Dan, oder Gadiel, oder Sebulun, von den wilden Zwillingen nicht zu reden, frei ausgingen, daß es ihnen garnichts machte und sie nichts zu büßen hatten, was ihn auf den Gedanken hätte bringen können, daß seine eigenen Plagen, die mit sich selbst und die mit seinen Söhnen, vielleicht dem Begangenen oder Mitbegangenen ganz fremd seien und ihm unabhängig davon, aus ihm selbst, erwuchsen. Aber nein, er wollte es so, daß er Strafe leide, er allein, und blickte mit Geringschätzung auf die, die ungeplagt blieben dank ihrer Dickfelligkeit. Und das ist der eigentümliche Hochmut des Gewissens.

Die Plagen nun, die er ausstand, trugen alle das Zeichen der Astaroth, und er durfte sich nicht wundern, daß sie aus diesem Weltwinkel kamen, da er von der Herrin schon immer geplagt worden, das heißt: ihr untertan gewesen war, ohne sie zu lieben. Juda glaubte an den Gott seiner Väter, El Eljon, den Höchsten, Shaddai, den Mächtigen Jaakobs, den Fels und den Hirten, Jahwe, von dessen Nase, wenn er zornig war, Dampf ging und verzehrend Feuer von seinem Munde, daß es davon blitzte. Ihn ließ er Speisopfer riechen und opferte ihm Ochsen und Milchlämmlein sooft es angezeigt schien. Außerdem aber glaubte er auch an die Elohim der Völker, – wogegen nicht viel zu sagen war, wenn er ihnen nur nicht diente. Beobachtet man, wie spät noch und wie weitab von den Gründungen das Volk Jaakobs von seinen Meistern fluchend ermahnt werden mußte, die fremden Götter, Baalim und Astaroth, von sich zu tun und nicht mit den Moabitern Opferschmäuse zu halten, so hat man den Eindruck arger Ungefestigtheit und der Neigung zum Rückfall und Abfall bis ins späteste Glied und wird nicht erstaunt sein, daß eine so frühe, der Quelle so nahe Figur wie Jehuda ben Jekew an Astaroth glaubte, die eine überaus volkstümliche und unter abweichenden Namen überall verherrlichte Herrin war. Sie war seine Herrin, und er trug ihr Joch, das war die leidige – seinem Geiste und seiner Berufenheit leidige – Wirklichkeit, – und wie hätte er also nicht an sie glauben sollen? Er opferte ihr nicht, – nicht im engeren Sinne des Wortes, das heißt: nicht Ochsen und Milchlämmlein verbrannte er ihr. Aber zu leidigeren, leidenschaftlicheren Opfern hielt ihr grausamer Speer ihn an, Opfern, die er nicht gerne, nicht heiteren

Herzens, brachte, sondern nur unterm Zwang der Herrin; denn sein Geist lag mit seiner Lust in Widerstreit, und er löste sich aus keiner Hierodule Armen, ohne sein Haupt in Scham zu bergen und aufs schmerzlichste an seiner Tauglichkeit zur Erberwählung zu zweifeln.

Seit sie nun miteinander Joseph aus der Welt geschafft, hatte Juda begonnen, die Plagen Aschtarti's als eine Strafe anzusehen für diese Untat; denn sie steigerten sich, umgaben ihn von außen wie sie ihn von innen zwackten, und es ist kaum anders zu sagen, als daß der Mann seitdem in der Hölle büßte, – in einer der Höllen, die's gibt, der Geschlechtshölle.

Mancher wird denken: das kann die schlimmste nicht sein. Aber wer so denkt, der kennt den Durst nach Reinheit nicht, ohne welchen es freilich gar keine Hölle gibt, weder diese noch sonst eine. Die Hölle ist für die Reinen; das ist das Gesetz der moralischen Welt. Denn für die Sünder ist sie, und sündigen kann man nur gegen seine Reinheit. Ist man ein Vieh, so kann man nicht sündigen und spürt von keiner Hölle nichts. So ist's eingerichtet, und ist die Hölle ganz gewiß nur von besseren Leuten bewohnt, was nicht gerecht ist, aber was ist unsre Gerechtigkeit!

Die Geschichte von Juda's Ehe und der seiner Söhne und ihrem Verderben darin ist äußerst seltsam und unheimlich und eigentlich undeutlich, weshalb nicht bloßen Zartgefühls wegen nur immer mit halben Worten davon geredet werden kann. Wir wissen, daß Lea's Vierter sich früh vermählt hatte, – der Schritt war aus Reinheitsliebe geschehen, daß er sich binde, sich beschränke und Frieden fände; aber vergebens; die Rechnung war ohne die Herrin gemacht und ihren Speer. Sein Weib, deren Name nicht überliefert ist, – vielleicht wurde sie wenig bei Namen genannt, sie war einfach Schua's Tochter, jenes kanaanitischen Mannes, dessen Bekanntschaft Juda durch seinen Freund und Oberhirten Hira, vom Dorfe Odollam, gemacht hatte: – dieses sein Weib denn hatte ihn viel zu beweinen, ihm viel zu vergeben, und etwas leichter wurde es ihr, weil sie immerhin dreimal Mutterglück kostete, – ein kurzes Mutterglück, denn die Buben, die sie dem Juda schenkte, waren nur anfangs nett, dann wurden sie übel: am wenigsten noch der Jüngste, Shelah, in einigem Abstand von den ersten geboren; er war nur kränklich, aber die älteren, 'Er und Onan, waren zugleich auch übel, kränklich auf üble Art und übel auf kränkliche, dabei hübsch und dazu frech, kurzum ein Leidwesen in Israel.

Solche Buben, wie diese beiden, kränklich und ausgepicht, dabei aber nett, sind eine Zeitwidrigkeit an solcher Stelle und eine Voreiligkeit der Natur, die einen Augenblick nicht ganz bei sich ist und vergißt, wo sie hält. 'Er und Onan hätten ins Alte und Späte gehört, in eine Greisenwelt spöttischer Erben, sagen wir: ins äffische Ägyptenland. So nahe dem Ursprung eines ins Weite gerichteten Werdens waren sie fehl am Ort, fehl in der Zeit und mußten vertilgt werden. Das hätte Juda, ihr Vater, begreifen und niemanden beschuldigen sollen, als etwa sich selbst, der sie nun einmal erzeugt hatte. Er schob aber die Schuld an ihrer Übelkeit auf Schua's Tochter, ihre Mutter, und nur insofern auf sich, als er meinte, eine Narrheit begangen zu haben, da er eine geborene Baalsnärrin zum Weibe nahm. Und ihre Ausrottung schob er auf das Weib, dem er sie einen nach dem anderen zur Ehe gab, und die er bezichtigte, eine Ischtar-Figur zu sein, die ihre Liebsten vernichtet, daß sie an ihrer Liebe sterben. Das war ungerecht: gegen sein Weib, das ihm aus Kummer über dies alles bald dahinstarb, und ungerecht sicher in hohem Maße auch gegen Thamar.

Thamar erlernt die Welt

Thamar, sie war's. Sie saß zu Jaakobs Füßen, seit langem schon, tief beeindruckt von seinem Ausdruck, und lauschte der Lehre Israels. Nie lehnte sie sich an, sie saß sehr aufrecht, auf einem Schemel, auf einer Brunnenstufe, einem Wurzelstrange des Unterweisungsbaumes, mit hohlem Rücken, gestreckten Halses, zwei Falten der Anstrengung zwischen ihren samtenen Brauen. Sie stammte aus einem zum Umkreise Hebrons gehörigen Flecken an sonniger Bergschräge, dessen Leute sich von Weinbau und etwas Viehzucht nährten. Dort stand das Haus ihrer Eltern, die waren Klein-Ackerbürger und schickten die Dirne zu Jaakob mit Sangen und frischen Käsen, auch Linsen und Grütze, die er mit Kupfer gekauft hatte. So kam sie zu ihm und fand erstmals ihren Weg zu ihm, aus plattem Anlaß, in Wahrheit aber geleitet von höherem Drange.

Sie war schön auf ihre Art, nämlich nicht hübsch und schön, sondern schön auf eine strenge und verbietende Art, also, daß sie über ihre eigene Schönheit erzürnt zu sein schien, und das mit Recht, denn etwas Behexendes war daran, was den Mannsbildern nicht Ruhe ließ, und gegen solche Unruhe eben hatte sie die Furchen zwischen ihre Brauen gepflanzt. Sie war groß und fast mager, von einer Magerkeit aber, die mehr Unruhe hervorrief, als noch so reichliche Fleischesform, sodaß die Unruhe eigentlich nicht des Fleisches war, sondern dämonisch genannt werden mußte. Sie hatte bewundernswert schöne und eindringlich sprechende braune Augen, fast kreisrunde Nasenlöcher und einen stolzen Mund.

Was Wunder, daß Jaakob angetan von ihr war und sie an sich zog zum Lohn ihrer Bewunderung? Er war ein gefühlsliebender Greis, der nur darauf wartete, noch einmal fühlen zu können; und um uns Alten einmal noch das Gefühl zu wecken, oder doch etwas, was mild und verhüllt an das Gefühl unsrer Jugend erinnert, muß schon was Besonderes kommen, das uns durch seine Bewunderung stärkt, astartisch zugleich und geistlich begierig nach unserer Weisheit.

Thamar war eine Sucherin. Die Falten zwischen ihren Brauen hatten nicht nur den Sinn des Zornes über ihre Schönheit, sondern auch den angestrengter Bemühtheit um Wahrheit und Heil. Wo in der Welt trifft man die Gottessorge nicht an? Sie kommt vor auf Königsthronen und in ärmlichsten Bergweilern. Thamar war eine ihrer Trägerinnen, und die Unruhe, die sie erregte, störte und erzürnte sie eben um der höheren Unruhe willen, die sie trug. Man hätte dies Landeskind vom Dorfe für religiös versorgt halten sollen. Der Wald- und Wiesen-Naturdienst jedoch, den man ihr überlieferte, hatte ihrer Eindringlichkeit, schon ehe sie Jaakob hörte, nicht wollen Genüge tun. Sie kam mit den Baalim und Fruchtbarkeitsgöttern nicht aus, denn ihre Seele erriet, daß Anderes, Überlegenes in der Welt war, und angestrengt spürte sie ihm nach. Es gibt solche Seelen: ein Neues und Änderndes braucht nur in der Welt zu sein, daß ihre einsame Empfindlichkeit davon berührt und ergriffen wird und sie sich zu ihm auf den Weg machen müssen. Ihre Unruhe ist nicht erster Ordnung, wie die des Wanderers von Ur, die ihn ins Leere trieb, wo nichts war, sodaß er das Neue selber aus sich hervorbringen mußte. Nicht so diese Seelen. Ist aber das Neue da und ist in der Welt, so beunruhigt es ihre Empfänglichkeit sogar von weither, daß sie danach müssen wallen gehen.

Thamar hatte nicht weit zu wallen. Die Waren, die sie Jaakob ins Zelt brachte, um Kupfergewicht dafür zu nehmen, waren bestimmt nur ein Trick des Geistes und ein Vorwand ihrer Unruhe. Sie fand zu ihm, und nun saß sie oft und oft zu den Füßen des Feierlichen, Geschichtenschweren, sehr gerade, die dringlichen Augen groß zu ihm aufgeschlagen, von Aufmerksamkeit so gebannt und reglos, daß die silbernen Ohrringe zuseiten ihrer vertieften Wangen herniederhingen ohne zu schaukeln, und er erzählte ihr die Welt, das heißt seine Geschichten, die er in kühner Lehrhaftigkeit als die Geschichte der Welt darzustellen wußte, – eines Stammbaums verzweigtes Gebreite, eine aus Gott erwachsene und von ihm betreute Familiengeschichte.

Er lehrte sie den Anfang, Tohu und Bohu und ihre Entmischung durch Gottes Wort; das Werk der sechs Tage und wie das Meer auf des Wortes Geheiß sich mit Fischen, der Raum danach unter der Feste des Himmels, wo die Lichter standen, mit vielem Gefieder, und die grünende Erde mit Vieh, Gewürm, und allerlei Tieren füllte. Er ließ sie die rüstige und heiter pluralische Aufforderung Gottes hören an sich selbst, den unternehmenden Vorsatz: »Laßt uns Menschen machen!« – und ihr war, als sei er es selbst, der's gesagt hatte, und jedenfalls, als müsse Gott, von dem es immer und geradehin nur einfach »Gott« hieß wie nirgends sonst in der Welt, – als müsse Er ganz ähnlich dabei ausgesehen haben, wie Jaakob selbst, womit ja der Zusatz auch übereinstimmte: »Ein Bild, das uns gleich sei.« Sie hörte vom Garten gegen Morgen und von den Bäumen darin, des Lebens und der Erkenntnis, von der Verführung und von der ersten Eifersuchtsanwandlung Gottes: wie er erschrak, der Mensch, der nun gar schon wisse, was Gut und Böse, möchte auch noch vom Baum des Lebens essen und vollends werden wie unsereiner. Da eilte sich unsereiner, vertrieb den Menschen und setzte den Cherub davor mit hauendem Schwert. Dem Menschen aber gab er Mühe und Tod, daß er zwar ein Bild sei, uns gleich, aber nicht allzu gleich, sondern nur etwas gleicher, als Fische, Gevögel und Vieh, jedoch mit der heimlich gesetzten Aufgabe, uns, unserer Eifersucht entgegen, nach Möglichkeit immer gleicher zu werden.

So hörte sie's. Sehr folgeklar war es nicht, vielmehr geheimnisvoll und dazu großartig wie Jaakob selbst, der es kündete. Sie hörte von den feindlichen Brüdern und vom Mord auf dem Felde. Von den Kindern Kains und ihren Geschlechtern, wie sie sich in drei Arten teilten auf Erden: Solche, die in Hütten wohnen und Vieh ziehen; Solche, die Erze schmieden und sich damit schienen, und Solche endlich, die bloß geigen und pfeifen. Das war eine vorläufige Einteilung. Aber von Seth, zum Ersatz für Habel geboren, kamen auch viele Geschlechter bis hin zu Noah, dem Hochgescheiten: dem gab es Gott, sich selbst hintergehend und seinen vertilgenden Zorn, die Schöpfung zu retten, daß er die Flut überstand mit seinen Söhnen Sem, Ham und Japheth, nach welchen die Welt sich einteilte auf's neue, denn zahllose Geschlechter sandte ein jeder der Dreie aus; und Jaakob kannte sie alle – die Namen der Stammherrn und Völkerschaften und ihrer Siedelungen auf Erden entströmten nur so seinem kündenden Munde vor Thamars Ohren; weit war der Überblick über die wimmelnde Zucht und ihre Landschaften – und zog sich auf einmal ins Ausgesucht-Familiäre zusammen. Denn Sem zeugte Eber im dritten Gliede, der aber im fünften den Thara, und so kam's zu Abram, einem von Dreien, aber er war's!

Denn ihm gab Gott die Unruhe ins Herz um seinetwillen, daß er unermüdlich arbeite an Gott, ihn hervordenke und ihm einen Namen mache, – zum Wohltäter schuf er sich ihn und erwiderte dem Geschöpf, das den Schöpfer erschuf im Geiste, die Wohltat mit ungeheuren Verheißungen. Einen Bund schloß er mit ihm zu wechselseitiger Förderung, daß einer immer heiliger werden sollte im andern, und verlieh ihm das Recht der Erberwählung, Segens- und Fluchgewalt, daß er segne das Gesegnete und Fluch spreche dem Verfluchten. Weite Zukünfte riß er auf vor ihm, worin die Völker wogten, und ihnen allen sollte sein Name ein Segen sein. Und verhieß ihm unermeßliches Vatertum, da doch Abram unfruchtbar war in Sarai bis in sein sechsundachtzigstes Jahr.

Da nahm er die ägyptische Magd und zeugte mit ihr und nannte ihn Ismael. War aber ein abwegig Erzeugnis, nicht auf der Heilsbahn, der Wüste gehörig, und Urvater glaubte nicht Gottes Versicherungen, daß er auch noch einen Sohn haben solle von der Rechten, Isaak geheißen, sondern fiel aufs Gesicht vor Lachen über Gottes Wort, denn bereits war er hundert, und Sara ging es schon nicht mehr nach der Weiber Weise. Dennoch aber ward ihr dies Lachen zugerichtet, daß Jizchak erschien, das verwehrte Opfer, über den hieß es von oben, daß er solle zwölf Fürsten zeugen, was nicht ganz richtig war. Gott versprach sich zuweilen und meinte es nicht genau, wie er sagte. Nicht Isaak zeugte die Zwölfe, oder nur mittelbar. Eigentlich tat erst er selbst es, der feierlich Kündende, an dessen Lippen das Landeskind hing, Jaakob, des Roten Bruder: mit vier Weibern zeugte er sie als des Teufels Dienstmann, Labans zu Sinear.

Denn abermals erfuhr Thamar von den feindlichen Brüdern, dem roten Jäger, dem sanften Hirten; sie vernahm vom richtigstellenden Segensbetrug und von des Diebes Flucht, – wo es denn wegen Eliphas, des Untertretenen Sohn, und der Begegnung mit ihm unterwegs um der Würde willen nur zu einem schonenden Vortrag kam. Hier und noch in anderer Sache ging Jaakobs Rede etwas schonend und abmindernd, nämlich auch noch wegen Rahels Lieblichkeit und seiner Liebe zu ihr. In Ansehung des Eliphas schonte er sich selbst und stellte seine Erniedrigung vor dem Knaben aus Schönheitsgründen nicht just in den stärksten Farben dar. Die Vielgeliebte aber betreffend schonte er Thamar; denn er war etwas verliebt in sie und hatte es im Gefühl, daß man vor einer Frau nicht allzu frei die Lieblichkeit einer anderen preisen soll.

Dagegen vom großen Leiter-Traum, den der Segensdieb träumte zu Lus, erfuhr seine Schülerin in aller Pracht und Größe, mochte auch eine so herrliche Haupterhebung nicht ganz erklärlich sein, ohne die tiefe Erniedrigung, die vorausgegangen. Den Erben hörte sie künden davon und sah ihn an dabei, ganz Aug und Ohr, der den Segen Abrahams trug und Macht hatte, ihn weiter zu spenden an Einen, der Herr sein sollte über seine Brüder und dem seiner Mutter Kinder würden müssen zu Füßen fallen. Und wieder vernahm sie das Wort: »Durch dich und deinen Samen sollen gesegnet sein alle Geschlechter auf Erden.« Und rührte sich nicht.

Ja, wievieles vernahm sie in diesen Stunden, ausdrucksvoll vorgetragen, – alle Geschichten! Die vierzehn Dienstjahre dehnten sich ihr im Lande des Kotes und Goldes nebst ihren Über-Jahren, daß es auf fünfundzwanzig kam und sich dank der Falschen, der Rechten und ihren Mägden die Elfe versammelten, einschließlich des Reizenden. Von ihrer aller Flucht hörte sie, von Labans Verfolgung und seinem Suchen. Vom Ringkampfe mit dem Rindsäugigen bis zum Morgenrot, wovon Jaakob hinkte sein Leben lang wie ein Schmied. Von Schekem und seinen Greueln, wo die wilden Zwillinge den Mann erwürgt und den Ochsen verderbt hatten, und waren gewissermaßen verflucht worden. Von Rahels Sterben, einen Feldweg nur von der Herberge, am Todessöhnchen. Von Rubens unverantwortlichem Dahinschießen, und wie auch er war verflucht worden, soweit eben Israel verflucht werden kann. Und dann die Geschichte Josephs, wie ihn der Vater zu sehr geliebt, aber, ein Gottesheld, ihn auf den Weg geschickt und wissentlich das Teuerste zum Opfer dahingegeben mit starker Seele.

Dies »Einst« war noch frisch, und Jaakobs Stimme bebte dabei, während sie bei den früheren und frühesten, schon ganz mit Zeit bedeckten Einstmaligkeiten höchst episch gelassen gewesen war, feierlich froh im Ausdruck auch bei den grimmen und schweren, denn Gottesgeschichten waren sie alle, heilig zu erzählen. Nun ist aber ganz gewiß, es konnte nicht anders sein, und man muß es wissen, daß Thamars lauschende Seele im Lehrgange nicht nur mit geschichtlich-zeitbedecktem »Einst«, mit heiligem »Es war einmal« gespeist wurde. »Einst« ist ein unumschränktes Wort und eines mit zwei Gesichtern; es blickt zurück, weit zurück, in feierlich dämmernde Fernen, und es blickt vorwärts, weit vorwärts in Fernen, nicht minder feierlich durch ihr Kommen-sollen, als jene anderen durch ihr Gewesen-sein. Manche leugnen dies; ihnen ist feierlich nur das Einst der Vergangenheit, dasjenige aber der Zukunft gilt ihnen für schnöde. Frömmlerisch sind sie statt fromm, Narren und trübe Seelen, Jaakob saß nicht in ihrer Kirche. Wer nicht das Einst der Zukunft ehrt, ist nicht des Einst der Vergangenheit wert und stellt sich auch zum heutigen Tag verkehrt. Dies ist unsere Lehrmeinung, wenn wir sie einschalten dürfen in die Lehren, die Jaakob ben Jizchak der Thamar erteilte, und die voll waren vom doppelten »Einst«, wie denn auch nicht, da er ihr ja die Welt erzählte, und da das Wort der Welt eben »Einst« ist als Kunde und Verkündigung? Sie mochte wohl dankbar zu ihm sagen und sagte es auch: »Du hast es zu wenig geachtet, Herr, Herr, mir zu künden, was sich begeben hat, sondern hast deiner Magd noch von fernem Zukünftigem geredet.« Denn so tat er ganz unwillkürlich, da ja in allen seinen Geschichten von Anbeginn ein Element der Verheißung einschlägig war, sodaß man nicht davon künden konnte, ohne auch zu verkünden.

Wovon sprach er zu ihr? Er sprach ihr von Shiloh.

Die Annahme ginge völlig fehl, daß Jaakob erst auf dem Totenbett, einer Sterbe-Eingebung gemäß, sich über Shiloh, den Helden, ergangen hätte. Er hatte damals überhaupt keine Eingebungen, sondern ließ feierlich nur längst Vorbereitetes hören, was er bedacht und sich zurecht gelegt hatte ein halbes Leben lang, und wofür seine Sterbestunde eben nur ihre Weihe hergeben mußte. Dies betrifft die Segenssprüche und fluchartigen Beurteilungen der Söhne so gut wie die Erwähnung der Verheißungsfigur, die er Shiloh nannte, und mit der seine Gedanken zu Thamars Zeit längst angefangen hatten sich zu beschäftigen, wenn er auch zu niemandem sonst, als zu ihr, davon sprach, zum Dank ihrer großen Aufmerksamkeit und deswegen, weil er mit Resten seiner Gefühlskraft etwas verliebt in sie war. – Wen oder was meinte er mit Shiloh?

Wie er sich's ausgesonnen hatte! – es war seltsam. Shiloh war nichts als ein Stadtname vorderhand, der Name einer ummauerten Ortschaft weiter nördlich im Lande, wo öfters die Landeskinder, wenn sie gekriegt und gesiegt hatten, zusammenkamen, um untereinander die Beute zu teilen, – kein sonderlich heiliger Platz. Er hieß aber Ruhe- und Rastplatz, denn das meint »Shiloh«; Frieden meint es und frohes Eratmen nach blutiger Fehde und ist ein Segenslaut, tauglich als Eigenname so gut wie als Name des Platzes. Darum, wie Sichem, der Burgsohn, ebenso hieß, wie seine Stadt, mochte auch Shiloh als Name dienen für einen Mann und Menschensohn, Friedreich geheißen, den Träger und Bringer des Friedens. In Jaakobs Gedanken war er der Mann der Gewärtigung, den Menschen verheißen in frühesten und immer erneuerten Angelobungen und Fingerzeigen, verheißen dem Schoße des Weibes, verheißen in Noahs Segen für Sem, verheißen dem Abraham, durch dessen Samen alle Geschlechter auf Erden sollten gesegnet sein: der Friedensfürst und der Gesalbte, der da herrschen würde von Meer zu Meer und vom Fluß bis zum Ende der Welt, dem alle Könige sich beugen und alle Völker anhangen würden, der Held, der einst erweckt werden sollte aus erwähltem Samen, und dem der Stuhl seines Königreiches sollte bestätigt sein ewiglich.

Ihn, der da kommen würde, nannte er Shiloh, – und nun ist man dringend aufgefordert, sich's vorzustellen und es sich einzubilden so gut man nur kann, wie Jaakob, der Aus- und Eindrucksreiche, in diesen Lehrstunden, das Anfänglichste mit dem Zukünftigsten verbindend, von Shiloh sprach. Es war bedeutend, es war gewaltig; Thamar, das Weib, das ganz allein gewürdigt war, es zu hören, saß unbeweglich; man hätte nun auch bei genauestem Hinsehen kein leisestes Schaukeln ihrer Ohrringe mehr feststellen können. Sie hörte die Welt, die im Frühen das Späte barg als Verheißung, eine ungeheure und vielverzweigte, geschichtenvolle Geschichte, durch welche der Purpurfaden der Zugelobung und der Gewärtigung lief von einst zu einst, vom ehemaligsten Einst zum zukünftigsten, wo denn in kosmischer Heilskatastrophe zwei Sterne, die feindlich gegen einander geflammt, der Stern der Macht, der Stern des Rechts, mit das All erfüllendem Donnergetös ineinanderstürzen und einer sein würden fortan in mildgewaltigem Schein zu Häupten der Menschheit: der Stern des Friedens. Das war Shilohs Stern, des Menschensohnes, des Sohnes der Erberwählung, der dem Samen des Weibes verheißen war, daß er solle der Schlange den Kopf zertreten. Thamar aber war ein Weib, war das Weib, denn jedes Weib ist das Weib, Mittel des Falles und Schoß des Heils, Astarte und Mutter Gottes, und zu Füßen saß sie des Vatermannes, auf den durch regelnden Pfiff der Segen gekommen war, und der ihn weiterverspenden sollte in die Geschichte hinaus an Einen in Israel. Wer war es? Über wessen Scheitel würde der Vater sein Horn erheben, daß er ihn zum Erben salbe? Thamar hatte Finger, es sich daran auszurechnen. Drei waren verflucht, der Liebling aber, der Sohn der Rechten, war tot. Nicht Liebe konnte den Erbgang lenken, und wo die Liebe hinweggenommen, bleibt nichts als Gerechtigkeit. Gerechtigkeit war das Horn, aus dem das Öl der Erwählung träufeln mußte auf den Scheitel des Vierten. Juda, er war der Erbe.

Die Entschlossene

Von nun an eigneten sich die stehenden Furchen zwischen Thamars Brauen noch eine dritte Bedeutung zu. Nicht nur vom Zorn über ihre Schönheit sprachen sie und von suchender Anstrengung, sondern auch von Entschlossenheit. Hier sei es erhärtet: Thamar war fest entschlossen, sich, koste es was es wolle, mit Hilfe ihres Weibtums in die Geschichte der Welt einzuschalten. So ehrgeizig war sie. In diesen unerschütterlichen und – wie alle Unerschütterlichkeit etwas Finsteres hat – fast finsteren Entschluß war ihre geistliche Strebsamkeit eingemündet. Belehrung wird in gewissen Naturen sofort zum Wollen, ja, solche Naturen gehen wohl nur auf Belehrung aus, um ihr Wollen damit zu speisen und ihm ein Ziel zu geben. Thamar hatte über die Welt und ihre Zielstrebigkeit nur belehrt zu werden brauchen, um zu dem unbedingten Entschluß zu gelangen, ihr Weibtum mit dieser Zielstrebigkeit zu verbinden und weltgeschichtlich zu werden.

Wohl verstanden: in der Geschichte der Welt steht jeder. Man braucht nur in die Welt geboren zu sein, um so oder so und schlecht und recht durch sein bißchen Lebensgang zur Gänze des Weltprozesses sein Scherflein beizutragen. Die Meisten aber wimmeln peripherisch weitab-seitab, unkund des Hauptgeschehens und ohne Anteil an ihm, bescheiden und im Grunde froh, nicht zu seinem erlauchten Personal zu gehören. Thamar verachtete diese. Kaum war sie belehrt, so wollte sie, – oder richtiger: sie hatte Belehrung genommen, um zu erfahren, was sie wollte und nicht wollte. Sie wollte nicht abseits wimmeln. Recht auf die Bahn wollte dies Landmädchen sich bringen, die Bahn der Verheißung. Von der Familie wollte sie sein, sich einschalten mit ihrem Schoß in die Geschlechterreihe, die in die Zeiten führte zum Heil. Sie war das Weib und Verkündigung war ihrem Samen geworden. Eine Vor-Mutter Shilohs wollte sie sein.

Nichts mehr und nichts weniger. Fest standen die Falten zwischen ihren samtenen Brauen. Schon drei Bedeutungen hatten sie, – es konnte nicht fehlen, daß sie noch eine vierte annahmen: diejenige zornig neidvoller Geringschätzung für Schua's Tochter, das Weib Jehuda's. Dieser Trulle, die auf der Bahn war und an erlauchtem Platze, so ohne Verdienst und Wissen und Willen (denn Wissen und Willen rechnete Thamar als Verdienst), – dieser der Geschichtlichkeit gewürdigten Null also wollte sie nicht im geringsten wohl, sondern haßte sie, ganz ohne es vor sich selbst zu verbergen, aufs weiblichste, und hätte ihr, wiederum ohne es sich selbst zu verhehlen, den Tod gewünscht, wenn das noch Sinn gehabt hätte. Es hatte aber keinen, weil jene dem Juda ja schon drei Söhne gebracht hatte, sodaß sie diesen allen dreien den Tod hätte wünschen müssen, damit die Lage hergestellt und wirklich der Platz für sie frei gemacht sei an der Seite des Erben. Als solchen liebte sie Juda und begehrte sein – es war die Liebe des Ehrgeizes. Nie hat wohl – oder hatte bis dahin – ein Weib einen Mann so gar nicht um seiner selbst willen, vielmehr so ganz um einer Idee willen geliebt und begehrt, wie Thamar den Juda. Es war eine neue Liebesgründung; zum ersten Mal gab es das: die Liebe, die nicht aus dem Fleische kommt, sondern aus dem Gedanken, sodaß man sie wohl dämonisch nennen mochte, so gut wie die Unruhe, die Thamar selbst der Mannheit erweckte ohne Fleischesform.

Sie hätte ihr astartisch Teil, dem sie sonst zürnte, wohl gern und willentlich spielen lassen zu Juda hinüber und kannte ihn viel zu gut als Knecht der Herrin, um nicht des Sieges gewiß zu sein. Aber es war zu spät, – was ja immer heißt: zu spät in der Zeit. Sie war zu spät daran, war fehl am Zeitort mit ihrer Ehrgeiz-Liebe. An dieser Stelle der Kette konnte sie sich nicht mehr einschalten und sich nicht wohl auf die Bahn bringen. Sie mußte dazu einen Schritt vorwärts oder hinab tun in der Zeit und den Generationen, mußte selbst die Generation wechseln und ihr zielstrebiges Begehren dorthin richten, wo sie Mutter hätte sein wollen, – was gedanklich nicht schwer war, da Mutter und Geliebte immer Eines gewesen waren in höherer Sphäre. Kurzum, von Juda, dem Erbsohn, mußte sie ihr Augenmerk auf seine Söhne, die Erbenkel, richten, – denen sie fast den Tod gewünscht hätte, um sie selbst, und zwar besser, hervorzubringen: auf den Ältesten, den Knaben 'Er selbstverständlich zuerst und allein, denn er war der Erbe.

Ihre persönliche Stellung in der Zeit ermöglichte ihr das Hinabsteigen recht wohl. Sie wäre für Juda nicht viel zu jung gewesen und war für 'Er nicht gar zu alt. Dennoch tat sie den Schritt nicht gern. Die Anstößigkeit dieser Generation, ihre kränkliche, wenn auch nette, Verderbtheit, ließ sie zögern, ihn zu tun. Aber ihr Ehrgeiz wußte sich zu helfen, – er mußte wohl, sie wäre sonst sehr unzufrieden mit ihm gewesen. Er sagte ihr, daß die Verheißung nicht immer verheißungsvolle oder auch nur geheure Wege zu gehen braucht; daß sie, ohne zu verkümmern, viel Zweideutig-Minderwertiges und selbst Verworfenes durchlaufen mag, und daß aus Krankem nicht immer Krankes kommen muß, sondern ein geprüftes und aufgeartetes Leben daraus hervorgehen und weiterhin seinen Weg zum Heile nehmen kann, besonders, wenn ihm die aufartende Kraft einer Entschlossenheit dabei zu Hilfe kommt, wie Thamar sie ihr eigen nannte. Auch waren die Juda-Sprossen ja eben nur abgeartete Männer. Auf das Weib aber kam's an, und darauf, daß das rechte just hier am schwächsten Punkte sich einschalte. Dem Schoße des Weibes galt die erste Verheißung. Was lag an den Männern!

Um nun jedoch ihr Ziel zu erreichen, mußte sie wieder hinaufsteigen in der Zeit bis ins dritte Glied; anders war's nicht zu machen. Zwar ließ sie ihr Astartisches spielen gegen den jungen Menschen, aber die Rückwirkung war kindisch und lasterhaft.

'Er wollte nur scherzen mit ihr, und als sie dagegen die Finsternis ihrer Brauen setzte, fiel er ab und war des Ernstes nicht fähig. Sich hinter Juda zu stecken, weiter hinauf, hinderte sie ein Zartgefühl; denn er war es gewesen, den sie eigentlich begehrt hatte oder begehrt hätte, und wenn er das auch nicht wußte, so wußte doch sie es und schämte sich, von ihm den Sohn zu begehren, den sie ihm hätte gebären wollen. Darum steckte sie sich hinter Jaakob, das Sippenhaupt, ihren Lehrer, und hinter seine ihr selbstverständlich wohl bekannte würdevolle Schwäche für sie, der sie mehr schmeichelte, als daß sie sie verletzt hätte, indem sie sich um Aufnahme in die Familie bewarb und den Enkel von ihm zum Mann begehrte. Am selben Platze tat sie es, im Zelt, wo Joseph den Alten einst ums bunte Kleid beschwatzt, und hatte leichteres Spiel, als jener, mit ihrem Anliegen.

»Meister und Herr«, so sprach sie, »Väterchen, lieb und groß, nun höre deine Magd und neige dich, bitte, ihrer Bitte und ihrem ernstlichst sehnsuchtsvollen Verlangen! Siehe, du hast mich erlesen und groß gemacht vor den Töchtern des Landes, hast mich unterwiesen in der Welt und in Gott, dem einzig Höchsten, hast mir die Augen aufgetan, die blind waren, und mich gebildet, daß ich dein Gebilde bin. Wie ist doch dies mir zuteil geworden, daß ich Gnade fand vor deinen Augen und hast mich getröstet und deine Magd freundlich angesprochen, das vergelte dir der Herr, und möge dein Lohn vollkommen sein bei dem Gotte Israels, zu welchem ich gekommen bin an deiner Hand, daß ich unter seinen Flügeln Zuversicht habe! Denn ich hüte mich und bewahre meine Seele wohl, daß ich nicht die Geschichten vergesse, die du mich hast sehen lassen, und daß sie nicht aus meinem Herzen kommen all mein Leben lang. Meinen Kindern und Kindeskindern, wenn mir Gott solche gibt, will ich sie kund tun, daß sie sich nicht verderben und sich nicht irgend ein Bild machen gleich einem Mann oder

Weib oder Vieh auf Erden oder Vogel unter dem Himmel, oder Gewürm, oder Fisch; noch daß sie ihre Augen aufheben und sehen die Sonne, den Mond und die Sterne, das ganze Heer, und fallen ab, ihnen zu dienen. Dein Volk ist mein Volk, und dein Gott ist mein Gott. Darum, wenn Er mir Kinder gibt, so sollen sie mir nicht kommen von einem Manne aus fremdem Gottesvolk, nie und nimmer. Es kann aus deinem Hause, mein Herr, wohl Einer sich eine Tochter des Landes nehmen, wie ich es war, und sie zu Gott führen. Ich aber, wie ich nun bin, neugeboren und dein Gebild, kann nicht Ehemagd sein einem Unbelehrten und einem, der da zu Bildern betet aus Holz und Stein, von der Hand der Werkmeister, und die weder sehen, noch hören, noch riechen können. Siehe an, Vater-Herr, was du getan hast, da du mich bildetest, und hast mich fein und heikel gemacht in der Seele, daß ich nicht leben kann wie die Menge der Unwissenden und kann nicht den Ersten-Besten freien und mein Weibtum nicht hingeben einem Gottestölpel, wie ich sonst wohl schlichten Herzens getan hätte – das sind die Nachteile der Verfeinerung und sind die Schwierigkeiten, die Veredelung mit sich bringt. Darum rechne es deiner Tochter und Magd nicht zum Mutwillen an, wenn sie dich auf die Verantwortung hinweist, die du auf dich genommen, da du sie bildetest, und bist ihr schuldig geworden fast ebenso, wie sie dir, da du nun für ihre Veredelung aufkommen mußt.«

»Was du sagst, meine Tochter«, erwiderte er, »ist energisch und nicht ohne Hand und Fuß; es läßt sich mit Beifall hören. Sage mir aber, wo du hinauswillst, denn ich seh' es noch nicht, und vertraue mir an, wohin du denkst, denn es ist mir dunkel!«

»Deines Volks«, sagte sie, »bin ich im Geiste, deines Volks allein kann ich im Fleische sein und mit meiner Weibheit. Du hast mir die Augen aufgetan – laß mich die deinen öffnen! Ein Reis wächst an Eurem Stamm, 'Er, deines Vierten Erster, und ist wie ein Palmbaum am Bach und wie ein schlank Rohr im Ried.

So rede mit Juda, deinem Löwen, daß er mich ihm zum Weibe gebe!«

Jaakob war höchlichst überrascht.

»Da willst du hinaus«, antwortete er, »und dahin denkst du? Wahrlich, wahrlich, ich hätt's nicht gedacht. Du hast mir von der Verantwortung gesprochen, die ich mir zugezogen, indem ich dich bildete, und machst mich nun stutzen gerade um ihretwillen. Natürlich kann ich reden mit meinem Löwen und mein Wort geltend machen vor ihm, aber kann ich's verantworten? Willkommen bist du meinem Hause, und es tut seine Arme auf mit Freuden, dich zu empfangen. Aber soll ich dich gebildet haben zu Gott, daß du unselig werdest? Ungern rede ich mißlich von einem in Israel, aber die Söhne der Tochter Schua's sind ja ein ungenügend Geschlecht und sind Taugenichtse vor dem Herrn, nach denen ich lieber nicht blicke. Wahrlich, ich zögere stark, dir zu willfahren, denn nach meinem Dafürhalten taugen die Knaben zur Ehe nicht, jedenfalls nicht mit dir.«

»Mit mir«, sagte sie fest, »wenn mit keiner sonst. – Besinne sich doch mein Vater und Herr! Es war unumgänglich geboten, daß Jahuda Söhne habe. Nun sind sie, wie sie sind, von gutem Kern jedenfalls, denn in ihnen ist der Kern Israels, und können nicht übersprungen sein, noch kann man sie ausfallen lassen, es sei denn, sie fielen selber aus und bestünden die Probe des Lebens nicht. Unumgänglich ist's, daß sie wiederum Söhne haben, zum mindesten einen, Einer zum mindesten, 'Er, der Erstgeborene, diese Palme am Bach. Ich liebe ihn und will ihn aufbauen mit meiner Liebe zum Helden in Israel!«

»Eine Heldin«, versetzte er, »bist du selbst, meine Tochter, und ich traue dir's zu.«

So versprach er ihr, sein Wort geltend zu machen bei Juda, dem Löwen, und war sein Herz von mancherlei widerstreitenden Empfindungen erfüllt. Denn er liebte das Weib mit starken

Resten und freute sich, sie mit einer Männlichkeit zu beschenken, die von ihm kam. Doch dauerte es ihn und ging ihm gegen die Ehre, daß es sollte keine bessere Männlichkeit sein. Drittens aber, er wußte nicht warum, war ihm leise grausig zu Mute bei dieser ganzen Geschichte.

»Nicht durch uns!«

Juda hauste nicht mit seinen Brüdern im Haine Mamre beim Vater, sondern, seit er gut Freund geworden mit dem Manne Hirah, weidete er weiter abwärts gegen die Ebene auf den Triften Odollam, und dort führten auch 'Er, sein Ältester, und Thamar ihre Ehe, gestiftet von Jaakob, da er den Vierten vor sich entboten und sein Wort hatte geltend gemacht vor ihm. Warum hätte Jehuda löcken sollen gegen das Wort? Es waren etwas trübe Gebärden, mit denen er darein willigte, aber er willigte ohne Umstände darein, und so ward Thamar dem 'Er zum Weibe gegeben.

Es ziemt uns nicht, hinter den Vorhang dieser Ehe zu blikken; schon damals gleich hatte niemand Lust dazu, und immer hat die Menschheit sich mit barscher Bündigkeit über die Tatsachen geäußert, unter Verzicht auf Mitleid und Beschuldigung, die richtig anzubringen ihr stets zu umständlich schien. Die Elemente des Mißgeschicks waren auf einer Seite geschichtlicher Ehrgeiz, verbunden mit Eigenschaften astartischer Art, und auf der anderen jugendliche Entnervtheit, die keiner ernsten Lebensprobe gewachsen war. Man tut am besten, dem Beispiel der Überlieferung zu folgen und barsch und bündig mitzuteilen, daß Juda's 'Er ganz kurze Zeit nach der Hochzeit starb, oder, wie jene es ausdrückt, daß der Herr ihn tötete, – nun ja, der Herr tut alles, und alles, was geschieht, kann man als seine Tat bezeichnen. In Thamars Armen starb der Jüngling an einem Blutsturz, der wohl seinen Tod herbeigeführt hätte, auch wenn er nicht am Blute erstickt wäre; und mancher wird es noch tröstlich finden, daß er wenigstens nicht ganz allein starb, wie ein Hund, sondern in seines Weibes Armen, obgleich es auch wieder beschwerend ist, sich diese gefärbt vom Lebens- und Sterbensblute des jungen Gatten vorzustellen. Mit finsteren Brauen stand sie auf, wusch sich rein und verlangte Onan, Juda's Zweiten, zum Manne.

Die Entschlossenheit dieser Frau hat allezeit etwas Verblüffendes gehabt. Sie ging zu Jaakob hinauf und klagte ihm ihr Leid, klagte gewissermaßen Gott bei ihm an, sodaß der Alte Jah's wegen in Verlegenheit geriet.

»Mein Mann ist mir gestorben«, sagte sie, »Er, dein Enkel, jählings und im Nu! Ist das zu verstehen? Wie kann Gott das tun?«

»Er kann alles«, antwortete er. »Demütige dich! Er tut, wenn sich's trifft, das Ungeheuerlichste, denn alles zu können, ist, wenn man's recht bedenkt, eine große Versuchung. Es sind Wüstenreste, such' es dir so zu erklären! Er stößt zuweilen auf einen Mann und tötet ihn mir nichts, dir nichts, ohne Erläuterung. Man muß es hinnehmen.«

»Ich nehme es hin«, versetzte sie, »von wegen Gottes, aber nicht für mein Teil, denn meine Witwenschaft erkenn' ich nicht an, ich kann's und darf's nicht. Ist einer ausgefallen, so muß unmittelbar der Nächste eintreten für ihn, daß nicht mein Funke auslösche, der noch übrig ist, und meinem Mann kein Namen und nichts Übriges bleibe auf Erden. Ich spreche nicht für mich allein und für den Getöteten, ich spreche allgemein und für ewig. Du mußt, Vater-Herr, dein Wort geltend machen in Israel und es zur Satzung erheben, daß, wo da Brüder sind, und einer stirbt ohne Kinder, so soll sein Weib nicht einen fremden Mann draußen nehmen, sondern ihr Schwager soll einspringen und sie ehelichen. Den ersten Sohn aber, den sie gebiert, soll er bestätigen nach dem Namen seines verstorbenen Bruders, daß dessen Name nicht vertilgt werde aus Israel!«

»Wenn's aber dem Manne nicht gefällt«, wandte Jaakob ein, »daß er seine Schwägerin nehme?«

»In diesem Fall soll sie hervortreten«, sprach Thamar fest, »und es allen ansagen: Mein Schwager weigert sich, seinem Bruder einen Namen zu erwecken in Israel und will mich nicht ehelichen. Dann soll man ihn fordern und mit ihm reden. Wenn er aber steht und spricht: Es gefällt mir nicht, sie zu nehmen, so soll sie zu ihm treten vor allem Volk und ihm einen Schuh ausziehen von seinen Füßen und ihn anspeien und soll antworten und sprechen: Also soll man tun einem jeden Mann, der seines Bruders Haus nicht erbauen will. Und sein Name soll ›Barfüßer‹ sein!«

»Da wird er sich freilich bedenken«, sagte Jaakob. »Und du hast insofern recht, meine Tochter, als es mir leichter fallen wird, mein Wort geltend zu machen bei Juda, daß er dir den Onan zum Manne gebe, wenn ich's allgemein mache und mich dabei auf die Satzung stützen kann, die ich veröffentlicht habe unter dem Unterweisungsbaum.«

Es war die Schwagerehe, die da auf Thamars Betreiben gegründet wurde, eine geschichtliche Sache. Dies Landmädchen hatte nun einmal einen Trieb zum Geschichtlichen. Ohne Witwenschaft erhielt sie den Knaben Onan zum Manne, ob Juda auch wenig Lust zeigte zu der Schlichtung und Seitenheirat und der Betroffene noch weniger. Jehuda, vom Vater heraufgefordert von der Trift Odollam, löckte längere Zeit gegen den Ratschlag und bestritt, daß es ratsam sei, mit dem Zweiten zu wiederholen, was mit dem Ersten so unselig ausgegangen. Auch sei Onan erst zwanzig und, wenn überhaupt für die Ehe geschaffen, so jedenfalls noch nicht für sie reif, noch zu ihr willens und aufgelegt.

»Aber sie wird ihm den Schuh ausziehen und dergleichen mehr, wenn er sich weigert, seines Bruders Haus zu erbauen, und er wird ›Barfüßer‹ heißen sein Leben lang!«

»Du tust, Israel«, sagte Juda, »als sei das nun einmal so, da du es doch selbst eben erst eingeführt hast, und ich weiß auch, auf wessen Rat.«

»Aus der Magd spricht Gott«, erwiderte Jaakob. »Er hat sie zu mir geführt, daß ich sie mit ihm bekannt mache und er aus ihr reden könne.«

Da löckte Juda nicht mehr und verordnete die Heirat.

Den Alkovenspäher zu machen, ist unter der Würde dieses Erzählers. Barsch und bündig denn: Juda's Zweiter, in seiner Art hübsch und nett, nämlich auf eine zweifelhafte Art, war, wiederum in seiner Art, ein Charakter, – will sagen: im Sinn einer wurzelhaften Widersetzlichkeit, die einem Urteilsspruch über sich selbst und einer Verneinung des Lebens in ihm selber gleichkam. Nicht gerade seines persönlichen Lebens, denn er hatte viel Eigenliebe und schmückte und schminkte sich stutzerhaft; aber aller Fortsetzung des Lebens nach ihm und durch ihn, – zu dieser sagte er innerlichst nein. Es heißt, er habe sich geärgert, daß er als Ersatz-Gatte einspringen und nicht sich selbst, sondern seinem Bruder Samen erwecken sollte. Das ist wohl wahr; soweit Worte und selbst Gedanken in Frage kommen, mochte er die Sache bei sich so artikulieren. In der Wirklichkeit, für die Gedanken und Worte nur Umschreibungen sind, war diesem ganzen Juda-Geschlecht das Wissen eingeboren, daß es eine Sackgasse bilde, und daß das Leben, welche Wege es nun immer einschlagen mochte, jedenfalls nicht durch sie, die drei Buben, weiterführen sollte, wollte, konnte und durfte. Nicht durch uns! sagten sie einhellig und hatten in ihrer Art recht. Leben und Schälerei mochten ihrer Wege gehen; sie pfiffen darauf. Namentlich Onan tat das, und seine Hübschheit und Nettheit war nur die Äußerung der Eigenliebe dessen, über den es nicht weitergeht.

Zur Ehe genötigt, beschloß er, den Schoß zum Narren zu halten. Doch hatte er die Rechnung ohne Thamars astartisch gerüsteten Ehrgeiz gemacht, der gegen seine Widersetzlichkeit wie eine Wetterwolke gegen die andere stand und mit ihr den ausgleichenden Blitzschlag des Todes zeugte. In ihren Armen starb er, von einem Nu zum anderen, an plötzlicher Lebenslähmung. Das Gehirn stand ihm still, und er war tot.

Thamar erhob sich und verlangte stracks, daß man ihr nunmehr den Shelah, Juda's Jüngsten, der erst sechzehn Jahre alt war, zum Manne gebe. Nennt Einer sie die verblüffendste Figur dieser ganzen Geschichte, so wagen wir nicht zu widersprechen.

Diesmal drang sie nicht durch. Schon Jaakob schwankte sehr, wenn auch nur in Erwartung von Juda's emphatischem Einspruch, der nicht auf sich warten ließ. Man hieß ihn wohl einen Löwen, aber wie eine Löwin stand er vor seinem letzten Knaben, was dieser nun immer taugen mochte, und wollte nicht.

»Nie und nimmer!« sagte er. »Daß er mir auch verderbe, nicht wahr?, blutig wie der Erste oder unblutig wie der Zweite, da sei Gott vor, und es geschehe mitnichten! Ich habe gehorsamt deiner Vorladung, Israel, und bin zu dir heraufgeeilt von Ehesib in der Ebene, wo Schua's Tochter mir diesen gebar, und wo sie jetzt krank liegt. Denn sie ist krank und neigt zum Sterben, und wenn auch Shelah mir stirbt, so bin ich kahl. Nicht von Gehorsamsverweigerung ist die Rede, denn du magst mir's ja sichtlich gar nicht befehlen, sondern nur als zweifelnde Anregung bringst du's vor. Ich aber zweifle nicht erst, sondern sage Nein und Niemals dazu, für dich und mich. Was denkt sich dies Weib, daß ich ihr soll auch dies Schäfchen geben und sie's vertilge? Das ist eine Ischtar, die ihre Liebsten tötet! Eine Jünglingsfresserin ist das, von unersättlicher Gier! Dazu ist dieser ein Kind, noch unter seinen Jahren, und taugt das Lämmlein nicht in den Pferch ihrer Arme.«

Wirklich konnte man sich Shelah, wenigstens vorläufig, vermählt gar nicht vorstellen. Er sah mehr aus wie ein Engel, denn wie ein Menschensohn, süffisant und unbrauchbar, und hatte weder Bart noch Baß.

»Es ist nur wegen des Schuhes und wegen des Weiteren«, erinnerte Jaakob zögernd, »wenn der Knabe sich sperrt, seines Bruders Haus zu erbauen.«

»Ich werde dir etwas erwidern, mein Herr«, sprach Juda. »Wenn diese Fresserin jetzt nicht hingeht und Leidkleider anzieht und fortan nicht sittsam Leid trägt in ihres Vaters Hause als eine Witwe, der zwei Männer gestorben sind, und sich ruhig verhält, so werde ich selbst, so wahr ich dein Vierter bin, ihr einen Schuh ausziehen vor allem Volk und auch das Zugehörige tun und sie offen der Vampyrei bezichtigen, daß man sie steinige oder verbrenne!«

»Du gehst zu weit«, sagte Jaakob, peinlich berührt, »in deiner Unlust zu meiner Anregung.«

»Gehe ich zu weit? Und wie weit würdest du gehen, wenn man dir Benjamin nehmen wollte, und wollte ihn vielleicht auf die fährlichste Reise schicken, der doch nicht dein Letzter ist, sondern nur dein Jüngster? Den hütest du mit dem Stabe und hältst ihn kurz an dich, daß er nicht auch abhanden komme, und darf kaum auf die Straße. Nun, Shelah ist mein Benjamin, und ich sträube mich, alles sträubt sich hoch auf an mir gegen seine Herausgabe!«

»Ich will dir einen Vorschlag zur Güte machen«, sprach Jaakob, dem dies Argument sehr nahe ging, »nämlich zu dem Behuf, daß wir Zeit gewinnen und dabei die Magd, deine Schnur, nicht hart vor die Stirne stoßen. Denn nicht abschlagen wollen wir ihr ihr Verlangen, sondern es ihr abgewöhnen. Geh' hin und sage ihr: Mein Sohn Shelah ist noch zu klein und sogar hinter seinen Jahren zurück. Bleibe eine Witwe in deines Vaters Haus, bis der Knabe groß wird, dann will ich ihn dir geben, daß er seinem Bruder Samen erwecke. So bringen wir ihr Verlangen für einige Jahre zum Schweigen, eh' sie's erneuern kann. Aber vielleicht wird ihr geläufig der Witwenstand, und sie erneuert es gar nicht. Oder, wenn doch, so vertrösten wir sie und erklären mit mehr oder weniger Recht, dein Sohn sei noch immer nicht groß geworden.«

»Sei es darum«, sprach Juda. »Mir ist es ganz gleich, was wir ihr sagen, wenn ich nur nicht den zarten Hochmut dem Moloch muß in die glühenden Arme legen.«

Die Schafschur

Es geschah nach Jaakobs Weisung. Thamar nahm ihres Schwiegervaters Bescheid mit finsteren Brauen auf, ihm dabei tief in das Auge blickend. Aber sie fügte sich. Als eine Witwe und als ein Weib, das Leid trägt, blieb sie in ihres Vaters Haus und ließ nichts von sich hören, ein Jahr und zwei Jahre und sogar noch ein drittes. Nach zweien hätte sie mit Fug und Recht ihren Anspruch erneuern können; aber ausdrücklich wartete sie noch ein drittes, um nicht beschieden zu werden, Shelah sei noch zu klein. Die Geduld dieser Frau war eben so ansehnlich wie ihre Entschlossenheit. Aber Entschlossenheit und Geduld, die beiden sind wohl ein und dasselbe.

Als nun aber Shelah neunzehn war und also in der Blüte der ihm erreichbaren Männlichkeit stand, trat sie vor Juda und sprach:

»Die Frist ist um, und ist nun die Zeit gekommen, daß du mich deinem Sohn zum Weibe gebest und ihn mir zum Mann, damit er seinem Bruder Namen und Samen schaffe. Gedenke deiner Verschreibung!«

Juda aber war, noch ehe das erste Wartejahr umgekommen, selber ein Witwer geworden; Schua's Tochter war ihm gestorben, aus Gram über seine Knechtschaft bei Astaroth, dazu über ihrer Söhne Verderben und darüber, daß sie schuld daran sein sollte. Er hatte nur Shelah noch und war weniger als je gesonnen, ihn auf die fährliche Reise zu schicken. Darum erwiderte er:

»Verschreibung? Meine Freundin, es hat nie eine stattgefunden. Will ich damit sagen, daß ich nicht auch zu dem bloßen Wort meines Mundes stehe? Das will ich nicht. Aber ich hätte nicht gedacht, daß du darauf bestehen würdest, noch nach so langer Zeit, denn es war ein Wort der Vertröstung. Willst du noch so eins, so gebe ich's dir, aber es sollte nicht nötig sein, und du solltest dich selbst schon getröstet haben. Zwar ist Shelah älter geworden, aber nur wenig, und bist ihm nun weiter voran, als du warst, da mein Wort dich vertröstete. Du könntest ja fast seine Mutter sein.«

»So, könnte ich das?« fragte sie. »Du weisest mir meinen Platz an, wie ich sehe.«

»Dein Platz«, sagte er, »ist meiner Meinung nach in deines Vaters Haus, daß du darin als Witwe bleibest und als ein Weib, das Leid trägt um zween Männer.«

Sie neigte sich und ging. Nun aber kommt's.

Diese Frau war nicht so leicht auszuschalten, noch von der Bahn zu bringen – unsere Verblüffung wächst, je länger wir sie im Auge haben. Mit ihrer Stellung in der Zeit schaltete sie frei. Sie war hinabgestiegen in ihr zu den Enkeln, die sie verwünschte, da sie denen im Wege waren, die sie hätte hervorbringen wollen, – nun beschloß sie, aufs neue die Generation zu wechseln und wieder hinaufzusteigen, unter Umgehung des Einen, der noch übrig war vom Enkelgeschlecht, und den man ihr nicht überlassen wollte, daß er sie entweder auf die Bahn brächte oder stürbe. Denn ihr Funke durfte nicht ausgelöscht sein, noch litt sie's, daß man sie vertilge vom Erbe Gottes.

Für Juda, Jaakobs Sohn, spielte die Sache sich ab, wie folgt. Nicht gar viele Tage nach dem Tag, da der Löwe wieder die Löwin gemacht und sich vor sein Junges gestellt, kam das Jahr um zu dem Punkt, wo Schafschur war und das Fest der Woll-

Ernte, das die Hirten und Hüter der Gegend zu Trunk und Opferschmaus versammelte an wechselndem Ort, und war diesmal ein Platz ausersehen in den Bergen, Timnach genannt, dahin kamen die Hirten und Herren der Hürden von oben hinab und von unten hinauf, daß sie schüren und eine gute Zeit hätten. Juda aber ging hinauf zusammen mit Hirah von Odollam, seinem Freunde und Oberhirten, demselben, durch den er Schua's Tochter kennen gelernt; denn sie wollten auch scheren und eine gute Zeit haben, wenigstens Hirah; denn Juda war nicht nach guter Zeit zu Mute, gar niemals. Er lebte in einer Hölle, zur Strafe für ehemals Mitbegangenes, und die Art, wie seine Söhne ums Leben gekommen waren, sah dieser Hölle recht ähnlich. Vergrämt war er um seine Erberwählung, und lieber hätte um seinetwillen das Jahr zu keinerlei Fest umkommen sollen und zu keiner guten Zeit; denn ist man ein Höllenknecht, so nimmt alle Festlichkeit doch nur das Wesen des Höllischen an und führt zu nichts, als daß man verunsäubert die Erberwählung. Aber was hilft's? Nur wer am Leibe krank, ist vom Leben entschuldigt. Ist man nur krank im Gemüt, – das hat keine Gültigkeit, niemand versteht's, und man muß teilnehmen am Leben und mit den anderen die Zeiten halten. So hielt Juda mit bei der Schur zu Timnach drei Tage lang, opferte und schmauste.

Den Rückweg hinab in seine Gegend legte er allein zurück; er ging am liebsten allein. Daß er zu Fuße ging, wissen wir, denn er führte einen guten Knaufstock, der etwas wert war, und solchen braucht man nicht für ein Reittier, sondern zum Schreiten. An ihm schritt er die Pfade der Hügel hinab, zwischen Weinhängen und Ortschaften, im Spätglanz des Tages, der rötlich zur Rüste ging. Weg und Steg waren ihm wohlvertraut; da war auch Enam, die Stätte Enajim am Fuße der Höhen, wo er vorbeimußte, gen Ehesib und Odollam, purpurn angestrahlt Häuser, Lehmmauer und Tor von den feiernden

Himmeln. Am Tore kauerte eine Gestalt; als er näher kam, sah er, daß sie in ein Ketonet paspasim, das Schleiergewand der Bestrickenden, gehüllt war.

Sein erster Gedanke war: Ich bin allein. Sein zweiter: Ich gehe vorüber. Sein dritter: Ins Untere mit ihr! Muß mir die Kedesche, die Freudennonne am friedlichen Heimweg sitzen? Es sieht mir ähnlich. Aber ich kümmere mich nicht darum, denn ich bin zweimal, der ich bin: der, dem's ähnlich sieht, und der, der sich darüber erbittert, sich verleugnet und zornig vorübergeht. Das alte Lied! Muß es immer wieder gesungen sein? So singen angeschmiedete Rudersklaven aus stöhnender Brust bei der Fron. Droben sang ich's ächzend mit einer Tanzdirne und sollte satt sein für eine Weile. Als ob die Hölle sich je ersättigte! Schmachvolle Neugier, absurde, nach dem hundertfach Abgeschmackten! Was wird sie sagen und wie sich gehaben? Einer, der nach mir kommt, mag es erproben. Ich gehe vorüber.

Und er blieb stehen.

»Die Herrin zum Gruß!« sagte er.

»Sie stärke dich!« flüsterte sie.

Da hatte der Engel der Lüste ihn schon gepackt, und ihr Flüstern machte, daß er vor Neugier erschauerte nach dem Weibe.

»Raunende Wegelagerin«, sagte er mit bebendem Munde, »auf wen wartest du?«

»Ich warte«, antwortete sie, »auf einen lustigen Lüstling, der die Geheimnisse der Göttin mit mir teilen will.«

»Da komm ich halbwegs recht«, sagte er, »denn ein Lüstling bin ich, wenn auch kein lustiger. Ich habe keine Lust zur Lust, aber sie zu mir. In deinem Amt, denke ich mir, ist man auch nicht sehr lustig zur Lust, sondern muß froh sein, wenn andere Lust haben.«

»Wir sind Spenderinnen«, antwortete sie. »Kommt aber der Rechte, wissen wir auch zu empfangen. Hast du Lust zu mir?«

Er rührte sie an.

»Was gibst du mir aber?« hielt sie ihn auf.

Er lachte.

»Zum Zeichen«, sprach er, »daß ich ein Lüstling mit einem Anflug von Lustigkeit bin, will ich dir einen Ziegenbock von der Herde geben, daß du mein gedenkest.«

»Aber du hast ihn nicht mit dir.«

»Ich will ihn dir schicken.«

»Das sagt man vorher. Nachher ist man ein andrer Mann, der des Vorigen Wort nicht kennt. Ich muß ein Pfand haben.«

»Nenne es!«

»Gib mir den Ring deines Fingers, die Knotenschnur um deinen Hals und den Knaufstock in deiner Hand!«

»Du weißt für die Herrin zu sorgen!« sagte er. »Nimm!«

Und er sang das Lied mit ihr am Wege im Abendrot, und sie entschwand um die Mauer. Er aber ging heim und sagte am nächsten Morgen zu Hirah, seinem Hirten:

»Übrigens so und so, du weißt, wie's geht. Es war da am Tor von Enajim, der Stätte Enam, eine Tempelmetze, mit deren Augen es etwas auf sich hatte unter dem Ketonet, – kurz, was rede ich viel unter Männern! Sei so gut und bring ihr den Ziegenbock, den ich ihr versprochen habe, daß ich meine Sachen wiederbekomme, die ich ihr lassen mußte, Ring, Stab und Schnur. Bring ihr einen guten Mamberbock, der was taugt, ich will mich von der Lümpin nicht lumpen lassen. Mag sein, sie sitzt wieder am Tor; sonst frage die Leute!«

Hirah wählte den Bock, teuflisch häßlich und prächtig, mit Ringelhörnern, gespaltener Nase und langem Bart, und führte ihn nach Enajim ans Tor, wo niemand war. »Die Hure«, fragte er drinnen, »die außen am Wege saß? Wo ist sie? Ihr müßt doch euere Hure kennen!«

Sie antworteten ihm aber:

»Hier war und ist keine Hure. Das gibt's nicht bei uns. Wir

sind ein dezentes Städtchen. Such dir woanders die Geiß für deinen Bock, sonst fliegen Steine!«

Das sagte Hirah dem Juda an, der die Achseln zuckte.

»Kann man sie nicht finden«, sprach er, »ist's ihre Schuld. Die meine haben wir angeboten, und kann uns niemand was nachsagen. Mein Sach freilich bin ich los. Der Stock hatte einen Kristallknopf. Tu' den Bock wieder zur Herde!«

Damit vergaß er's. Drei Monate später aber ward offenbar, daß Thamar in der Hoffnung war.

Es war ein Skandal, wie er in dieser Gegend lange nicht vorgekommen. Sie hatte als Witwe gelebt, in Leidkleidern, in ihrer Eltern Haus, und nun kam zu Tage und war nicht mehr zu verbergen, daß sie's getrieben hatte schamlos und todeswürdig! Die Männer grollten dumpf, die Weiber kreischten Hohn und Verwünschung. Denn Thamar war hoffärtig gewesen alle Zeit gegen sie alle und hatte getan, als sei sie was Besseres. Zu Juda kam gleich das Geschrei: »Weißt du's, weißt du's? Thamar, deine Schnur, hat sich aufgeführt, daß sie's nicht länger verbergen kann. Schwanger ist sie von Hurerei!«

Juda erbleichte. Seine Hirschaugen traten vor, seine Nüstern flatterten. Sünder können äußerst reizbar sein gegen die Sünde der Welt; dazu war sein Blut böse gegen das Weib, weil sie ihm zwei Söhne gefressen, und auch, weil er ihr sein Wort gebrochen hatte wegen des dritten.

»Sie hat ein Laster verwirkt«, sagte er. »Ehern sei der Himmel über ihrem Haupt und eisern die Erde unter ihr! Man soll sie mit Feuer verbrennen! Sehr leicht war sie des Brandpfahls schuldig schon längst, nun aber liegt's offen, daß sie einen Greuel begangen hat in Israel und hat ihr Leidkleid besudelt. Man soll sie herausführen vor die Tür ihres Vaters Hauses und sie zu Asche verbrennen. Ihr Blut sei auf ihr!«

Und mit langen Schritten ging er den Petzern voran, die fuchtelten und unterwegs Zulauf hatten von Fuchtelnden aus den Dörfern von allen Seiten, sodaß es eine gierige Menge war, die da vor's Witwenhaus rückte in Juda's Gefolge, schmähend und pfeifend. Im Hause drinnen hörte man Thamars Eltern seufzen und heulen, von ihr selbst aber hörte man nichts.

Da wurden drei Männer verordnet, hineinzugehen und gestellig zu machen die Buhlerin. Mit verfestigten Schultern gingen sie, die Arme steif, das Kinn auf der Brust und die Fäuste bereit, daß sie Thamar hinausführten und diese erst Schande stehe und dann verbrannt würde. Über eine Weile aber kamen sie wieder heraus, ohne Thamar, mit Sachen in ihren Händen. Der eine trug einen Ring zwischen zwei Fingern, indem er die anderen spreizte. Der Zweite hielt einen Stab, in der Mitte gefaßt, gerad' vor sich hin. Der Dritte ließ eine Purpurschnur baumeln von seiner Hand. Die Dinge brachten sie vor Jehuda, der vorne stand, und sprachen:

»Das sollen wir dir sagen von Thamar, deiner Schnur: ›Von dem Manne, des diese Pfänder sind, trag ich mein Pfand. Kennst du sie wohl? Dann siehe: ich bin die Frau nicht, die sich vertilgen läßt samt ihrem Sohn vom Erbe Gottes.‹«

Juda, der Löwe, besah die Dinge, indes ihn die Menge umdrängte und ihm in's Gesicht lugte, und da er zornbleich gewesen war all die Zeit, wurde er nun langsam so rot wie Blut, bis unters Haar und bis in die Augen hinein. Und verstummte. Da fing ein Weib an zu lachen, und dann noch eins, und dann ein Mann, und dann viele Männer und Weiber, und endlich lachte schallend und unauslöschlich die ganze Rotte, daß sie in die Hucke gingen vor Lachen und ihre Münder gen Himmel klafften, und riefen: »Juda, du bist's! Juda hat aus seiner Schnur seine Schnurre gemacht! Huhu, hoho und haha!«

Und Lea's Vierter? Er sprach leise im Schwall: »Sie ist gerechter denn ich!« Und ging geneigt aus ihrer Mitte davon.

Als aber Thamars Stunde kam, ein Halbjahr später, gebar sie Zwillingsknaben, die wurden weidliche Männer. Zwei Söhne hatte sie vertilgt aus Israel, als sie hinabgestiegen war in der Zeit, und lieferte zwei ungleich bessere dafür, da sie wieder hinaufstieg. Der Erstgekommene, Perez, zumal war ein überaus weidlicher Mann und zeugte in Welt und Geschichte hinaus, daß es eine Art hatte. Denn noch im siebenten Gliede zeugte er Einen, der die Weidlichkeit selber war, Boas genannt, den Mann einer Lieblichen. Die wuchsen sehr in Ephratha und wurden gepriesen in Bethlehem, denn ihr Enkel war Isai, der Bethlehemiter, ein Vater von sieben Söhnen und einem kleinsten, der die Schafe hütete, bräunlich, mit schönen Augen. Er konnte es wohl auf dem Saitenspiel und mit der Schleuder und brachte den Riesen zu Fall, – da war er schon in der Stille zum König gesalbt.

Das alles liegt weit dahinten in offener Zukunft und gehört der großen Geschichte an, von der die Geschichte Josephs nur eine Einschaltung ist. Aber in diese ist und bleibt die Geschichte des Weibes eingeschaltet, das sich um keinen Preis ausschalten ließ, sondern sich auf die Bahn brachte mit verblüffender Entschlossenheit. Da steht sie, hoch und fast finster, am Hang ihres Heimathügels und blickt, eine Hand auf ihrem Leibe und mit der anderen die Augen beschattend, ins urbare Land hinaus, über dessen Fernen das Licht sich in türmenden Wolken zu breit hinflutender Strahlenglorie bricht.

SECHSTES HAUPTSTÜCK: DAS HEILIGE SPIEL

Von den wässerigen Dingen

Die Kinder Ägyptens allesamt, auch die Bestunterrichteten und Weisen, hatten von der Natur ihres Ernährer-Gottes, jener Seite und Lebensform der Gottheit, die die Abramsleute »El Shaddai«, den Gott der Speisung nannten, und der im Land der schwarzen Erde »Chapi«, das ist: der Überwallende, Anschwellende hieß, – diese Kinder also hegten über die Beschaffenheit des Stromes, der ihr wunderliches Oasenland zwischen den Wüsten geschaffen hatte, ihr Dasein und ihre vergnüglich-todesfromme Gesittung speiste, über den Nilstrom nämlich, höchst kindische Vorstellungen. Sie glaubten und lehrten es ihre Kleinen von Geschlecht zu Geschlecht, daß er, Gott wußte wo und wie, aus der Unterwelt hervortrete, um seinen Weg zum »Großen Grünen«, will sagen: zu dem unermeßlichen Ocean zu nehmen, als den sie das Mittelmeer ansahen, und daß auch sein Einschrumpfen, nach dem befruchtenden Überwallen, einer Rückkehr in die Unterwelt gleichkomme... Kurzum, es herrschte in diesem Betracht die abergläubischste Ignoranz unter ihnen, und nur der Tatsache, daß es in der ganzen umringenden Welt mit der Aufklärung damals nicht besser und teilweise noch schlechter stand, hatten sie es zu danken, daß sie bei solcher Unwissenheit überhaupt durchs Leben kamen. Es ist wahr, daß sie trotz ihrer ein prächtiges und mächtiges, allseits bewundertes und mehreren Jahrtausenden trotzendes Reich errichteten, viele schöne Dinge hervorbrachten und besonders den Gegenstand ihrer Unbelehrtheit, nämlich den Nährstrom, recht ingenios zu bewirtschaften wußten. Dennoch bleibt es uns, die wir soviel besser, ja vollkommen Bescheid wissen, ein Bedauern, daß niemand von uns damals zur Stelle war, um das Dunkel ihres Geistes zu lichten und ihnen über die wahre Bewandtnis, die es mit dem Wasser Ägyptens hat, erleuchtete Auskunft zu geben. Welch Aufsehen hätte in den Priesterschulen und gelehrten Körperschaften des Landes die Nachricht gemacht, daß Chapi, weit entfernt, aus einer Unterwelt zu stammen, die selbst als Vorurteil abgelehnt werden muß, nichts ist, als der Abfluß der großen Seen im tropischen Afrika, und daß der Speisegott, um zu werden, der er ist, erst einmal sich selber speisen muß, indem er alle Gewässer aufnimmt, die von den äthiopischen Alpen sich gegen Abend ergießen. Da stürzen zur Regenzeit Gebirgsbäche, mit fein zerriebenem Gesteinschutt gesättigt, von den Bergen herab und sammeln sich in den beiden Läufen, die sozusagen das Vorleben des zukünftigen Stromes ausmachen: dem Blauen Nil und dem Atbâra, welche erst örtlich-später, bei Chartum und Berber, gemeinsam zu Bette gehen und zum Nil schlechthin, dem schöpferischen Strome werden. Denn dieses Einheitsbett wird um die Mitte des Sommers allmählich mit solchen Wassermassen und darin aufgelöstem Schlamm erfüllt, daß der Fluß breithin über die Ufer tritt, was eben ihm den Namen des Überschwänglichen eingetragen hat; und Monate währt es, bis er, ebenso allmählich, wieder eingekehrt ist zwischen seine Schwellen. Die Schlammkruste aber, der Rückstand seines Überschwanges, bildet, wie auch die Priesterschulen wußten, den Fruchtboden Keme's.

Erstaunt und vielleicht gegen den Wahrheitsverkünder erbittert wären sie gewesen, zu hören, daß der Nil nicht von unten, sondern von oben kommt, – im Grunde von ebenso hoch oben herab, wie der Regen, der in anderen, weniger kuriosen Ländern seine befruchtende Rolle spielt. Dort, pflegten sie zu sagen, in den elenden Fremdländern, sei der Nil an den Himmel gesetzt, womit sie eben den Regen meinten. Und man muß zugestehen, daß eine überraschende, der Aufklärung nahe kommende Einsicht sich in der blumigen Redeweise ausdrückt: die Einsicht nämlich in den Zusammenhang aller Wasserverhältnisse der Erde. Die Nil-Überschwemmung hängt ab von der Fülle der Regengüsse im Hochgebirge von Abessinien; diese Güsse aber kommen aus berstenden Wolken, welche sich über dem Mittelmeer bilden und vom Winde in jene Gegenden geführt werden. Gleichwie das Gedeihen Ägyptens durch einen glücklichen Pegelstand des Nil, so ist dasjenige Kanaans, des Landes Kenana, des oberen Retenu, wie es damals hieß, oder Palästina's, wie unsere Aufgeklärtheit das Heimatland Josephs und seiner Väter geographisch bezeichnet, bedingt durch die Regen, die dort, wenn die Ordnung Stich hält, zweimal im Jahre fallen, die Frühregen im Spätherbst, die Spätregen im Frühjahr. Denn arm ist das Land an Quellen, und mit dem Wasser der tiefliegenden Flüsse ist nicht viel anzufangen. Alles kommt daher auf die Regen, besonders die Spätregen, an, deren Wasser man schon in frühesten Zeiten zu sammeln pflegte. Bleiben sie aus, führen statt westlicher, feuchtender Winde solche des Ostens und Südens, Wüstenwinde das Regiment, so ist es um die Ernte geschehen, Dürre, Mißwuchs und Hungersnot greifen Platz – und nicht hier allein. Denn regnet's zu Kanaan nicht, so gibts auch keine Güsse im Gebirge Äthiopiens, nicht stürzen die Wildbäche, die beiden Vorläufer des Ernährers werden nicht hinlänglich gespeist, daß er selber »groß« werden, wie die Kinder Ägyptens sagten, und die Kanäle füllen könnte, die das Wasser auf die höher gelegenen Äcker führen; Fehlernte und Mangel fallen auch auf das Land, wo der Nil nicht am Himmel, sondern auf Erden ist, – und das ist der Zusammenhang aller wässerigen Dinge der Welt.

Ist man hierüber auch nur im Allgemeinen aufgeklärt, so bleibt nichts Wunderbares, wenn auch viel Schreckliches, an der Erscheinung, daß Teuerung wird gleichzeitig »in allen Landen«, nicht nur in dem des Schlammes, sondern auch in

Syrien, Philisterland, Kanaan, sogar den Ländern des roten Meeres, wohl gar auch gleich noch in Mesotomien und Babylonien, und daß die Teuerung »groß ist in allen Landen«. Ja, kommt das Ärgste zum Argen, so mag ein Jahr der Störung, des Ausbleibens und des Versagens in böser Wiederholungslaune sich ans andere reihen, die Unglückssträhne sich über eine Mehrzahl von Jahren erstrecken: wenn die Prüfung ins Märchenhafte wächst, sogar über sieben Jahre, aber auch fünf sind schon schlimm genug.

Joseph lebt gerne

Fünf Jahre lang war alles so herrlich gegangen mit Winden, Wasser und Wachstum, daß man aus Dankbarkeit die Fünf zur Sieben ernannte – sie verdiente es völlig. Nun wendete sich das Blatt, wie Pharao, mütterlich besorgt um's Reich der Schwärze, es undeutlich vorgeträumt und Joseph es deutlich zu deuten gewagt hatte: der Nil blieb aus im Zusammenhang damit, daß zu Kanaan die Winterregen, die Spätregen zumal, ausblieben, – er blieb aus einmal: das war eine Trauer; er blieb aus zweimal: das war ein Klaggeschrei; er blieb aus zum dritten Mal: das war ein bleiches Händeringen, – und nun konnte er auch ebenso gut noch so oft ausbleiben, daß man es eine Dürre und Spreuzeit von sieben Jahren nennen mochte.

Es geht uns Menschen bei solchem außerordentlichen Verhalten der Natur immer gleicher Weise: zu Anfang täuschen wir uns, alltäglich gesinnt, wie wir sind, über den Charakter des Vorkommnisses, verstehen nicht, worauf es hinaus will. Gutmütig halten wir es für einen Zwischenfall gewöhnlich-mäßiger Art, und es ist seltsam, an diese Blindheit, dies Mißverständnis zurückzudenken, nachdem wir allmählich gewahr geworden, daß es sich um eine extravagante Heimsuchung, eine Kalamität erster Ordnung handelt, von der wir nicht gedacht hätten, daß sie uns selbst, zu unseren Lebzeiten, zustoßen werde. So auch die Kinder Ägyptens. Es dauerte lange, bis sie begriffen, daß das Phänomen über sie gekommen war, das »sieben Spreujahre« heißt und das sich vor Zeiten wohl schon ereignet hatte, auch in ihrem fabelnden Schrifttum eine gruselige Rolle spielte, dessen Erlebnis sie aber sich selbst nicht zugetraut hätten. Und doch war die Begriffsstutzigkeit vor dem, was da seinen Anfang genommen hatte, in ihrem Falle weniger verzeihlich, als wohl sonst unsere Kurzsicht. Denn Pharao hatte geträumt und Joseph gedeutet. War nicht die Tatsache, daß die geweissagten sieben fetten Jahre wirklich eingetreten waren, beinahe schon der Beweis dafür gewesen, daß auch die sieben mageren eintreten würden? Diese aber hatten die Kinder Ägyptens sich während der fetten aus dem Sinn geschlagen, wie Einer sich des Teufels Rechnung aus dem Sinn schlägt. Nun ward diese Rechnung vorgelegt, – als der Ernährer zwei, drei mal erbärmlich klein gewesen war, mußten sie sich's gestehen; und eine öffentliche Folge ihres Begreifens war ein gewaltiges Wachstum von Josephs Ansehen.

War diesem schon das Eintreffen der Jahre des Überflusses sehr günstig gewesen, wie sehr erst mußte sein Ruhm sich erhöhen, als sich herausstellte, daß auch die mageren angelangt waren und seine dagegen getroffenen Vorkehrungen sich als die Eingebung höchster Weisheit zu erkennen gaben! Ein Landwirtschaftsminister hat wohl in Spreu- und Hungerzeiten einen schweren Stand, denn das dumpfe Volk, dessen Sache Vernunft und Billigkeit niemals sind, wird immer geneigt sein, dem für das Reich der Schwärze höchst-verantwortlichen Beamten emotionaler Weise die Schuld an dem natürlichen Unheil zu geben. Ganz anders aber steht er da, wenn er die Heimsuchung vorausgesagt hat; und wiederum noch ganz anders, nämlich höchst ruhmreich und ehrfurchtgebietend, wenn er bei Zeiten zauberhafte Schutzmaßnahmen dagegen erstellt hat, die das Übel, möge es auch die Macht bewahren, große Umwälzungen herbeizuführen, doch seines Charakters als Katastrophe berauben.

In zugezogenen Söhnen der Fremde bilden sich die Triebe und seelischen Eigenschaften ihres Wirtsvolkes oft fast stärker und beispielhafter aus, als in den Ursassen selbst. Dem Joseph war während der zwanzig Jahre seiner Einbürgerung ins Land seiner Entrückung und Absonderung, die auszeichnend-bezeichnend ägyptische Idee sorgend-abwehrender Selbstbehütung in Fleisch und Blut übergegangen und zwar so, daß er zwar aus ihr handelte, es aber nicht unbewußt tat, sondern Abstand genug dabei von der bestimmenden Idee bewahrte, um, persönlich von ihr geleitet, auch noch ihre Volkstümlichkeit im lächelnden Auge zu haben und auf diese sein Handeln abzustellen – eine Vereinigung von Echtheit und Humor, die reizvoller ist, als Echtheit allein, ohne Abstand und Lächeln.

Für seine Saat, das heißt: seine steuerliche Bewirtschaftung der Fülle, war nun die Zeit der Ernte gekommen, – will sagen: die Zeit der Austeilung und eines Krongeschäfts, wie es so fett und einkömmlich noch keinem Sohn des Rê seit der Zeit des Gottes je war bereitet worden. Denn wie es im Buche steht und im Liede heißt: »Es war eine Teurung in allen Landen, aber in ganz Ägyptenland war Brot«. Was selbstverständlich nicht sagen will, daß nicht auch in Ägyptenland Teurung war; denn wie sich bei bedürftigster Nachfrage der Kornpreis gestaltete, das kann ein jeder sich ausmalen, dem von den Gesetzen der Volkswirtschaft auch nur eine blasse Ahnung angeflogen ist. Er möge erblassen bei seiner Ahnung, zugleich aber bedenken, daß diese Teurung bewirtschaftet wurde, wie vordem die Fülle, nämlich von demselben freundlichen und verschlagenen Mann, der diese bewirtschaftet hatte; daß die Teurung in seiner Hand lag und er damit machen konnte, was er wollte: Für Pharao machte er in Treuen das Beste daraus, zugleich aber auch für die, die ihr am wenigsten gewachsen waren, die kleinen Leute. Für sie machte er sie zur Gratis-Teurung.

Dies geschah durch ein zusammengesetztes System von Ausnutzung der Geschäftslage und Mildtätigkeit, von Staatswucher und fiskalischer Fürsorge, wie man es noch nicht erlebt hatte, sodaß es in seiner Mischung aus Härte und Freundlichkeit jedermann, auch die von der Ausnutzung Betroffenen, märchenhaft und göttlich anmutete; denn das Göttliche benimmt und äußert sich auf diese zweideutige Art, – man weiß nicht, ob man es grausam oder gütig nennen soll.

Die Lage ist nicht extravagant genug zu denken. Für den Zustand der Landwirtschaft bot der Traum von den sieben versengten Ähren ein so treffendes Gleichnis, daß es schon gar kein Gleichnis mehr war, sondern die dürre Wirklichkeit. Versengt gewesen waren die Traum-Ähren vom Ostwind, nämlich vom Chamsin, einem glühenden Süd-Östler, – und der ging neuerdings während der ganzen Sommer- und Erntejahreszeit, Schemu genannt, von Februar bis Juni, fast ununterbrochen, öfters als ofenheißer Sturm, die Luft mit feinem Staub erfüllend und mit ihm aschig die Pflanzen bedeckend, sodaß, was nach schwächlichem Verhalten des unernährten Ernährers etwa gewachsen war, unter dem Anhauch der Wüste verkohlte. Sieben Ähren? Ja, davon mochte man sprechen; mehr waren es nicht. Mit anderen Worten: Ähren und Ernte waren nicht da. Was aber da war in ungezählten oder eigentlich doch sehr wohl gezählten und aufgezeichneten Mengen, das war Korn, war Saat- und Brotfrucht allerlei Art: nämlich in den königlichen Magazinen und Spargruben stromauf und stromab in allen Städten und ihrer Umgebung durch ganz Ägyptenland und nur in Ägyptenland; denn anderwärts hatte es keine Vorsorge gegeben und keinen Kastenbau in Voraussicht der Flut. Ja, in ganz Ägyptenland, und nur hier, war Brot: in Staates Hand, in der Hand Josephs, des Vorstehers all dessen, was der Himmel gibt;

und nun wurde er selbst wie der Himmel, der gibt, und wie der Nil, der ernährt: Er tat seine Vorratshäuser auf – nicht sperrangelweit, sondern mit Bedacht und indem er sie zwischenein wieder schloß – tat sie auf und gab Brot und Saat allen, die es brauchten, und das waren alle: Ägypter sowohl wie Ausländer, die angereist kamen, Getreide zu holen aus Pharao's Land, das mit mehr Recht, als je, eine Kornkammer hieß, die Kornkammer der Welt. Er gab, das heißt: er verkaufte denen, die hatten, zu Preisen, die nicht sie bestimmten, sondern er, der unerhörten Geschäftslage entsprechend, sodaß er Pharao golden und silbern machte und dennoch zugleich noch geben konnte in einem anderen Sinn: den Kleinen und Rippenmageren nämlich; denen ließ er austeilen, wenn auch das Notwendigste nur, wonach sie schrieen, den Kleinbauern und Städtern der Rinnsteingassen, für Saat und Brot, damit sie lebten und nicht stürben.

Das war göttlich, und löblichem menschlichen Vorbild gemäß war es auch. Es hatte immer gute Beamte gegeben, die sich selbst mit berechtigter Rührung inschriftweise in ihren Gräbern nachsagten, daß sie in Hungerzeiten des Königs Untertanen ernährt, den Witwen gegeben, und weder Groß noch Klein bevorzugt, nachher aber, wenn der Nil wieder groß gewesen, »nicht den Rückstand des Ackersmannes genommen«, das heißt: nicht auf Vorschüsse und gestundete Steuern gedrungen hätten. An diese Inschriften fand das Volk sich erinnert durch Josephs Geschäftsführung. Aber in solchem Maßstabe, mit so großer Vollmacht ausgestattet und unter so göttlicher Handhabung dieser Vollmacht, hatte noch kein Beamter seit den Tagen des Set sich als gut erwiesen. Das Krongeschäft, versehen von zehntausend Schreibern und Unter-Schreibern erstreckte sich über ganz Ober- und Unter-Ägypten, aber alle Fäden liefen zu Menfe im Amtspalaste des Schattenspenders und Alleinigen Freundes zusammen, und war keine letzte Entscheidung über Verkauf, Darlehen und Gift, die er nicht sich selber vorbehalten hätte. Es kamen vor ihn die Reichen und die viel Land hatten und schrieen vor ihm nach Saatfrucht: denen verkaufte er für ihr Silber und Gold, nicht ohne ihnen zur Auflage und Bedingung zu machen, daß sie ihr Bewässerungssystem auf die Höhe der Zeit brächten und es nicht länger in feudaler Rückständigkeit dahinschlampen ließen: darin bewährte sich seine Treue zu Pharao, dem Höchsten, in dessen Schatz das Silber und Gold der Reichen floß. Und es kam vor ihn das Geschrei der Armen nach Brot, denen ließ er austeilen aus den Vorräten für nichts und wieder nichts, daß sie äßen und nicht hungerten: darin bewährte sich seine Sympathie, diese Grundeigenschaft seines Gemütes, über deren Wesen wir weiter oben schon alles bestens gesagt haben, sodaß hier nicht not ist, darauf zurückzukommen. Daß sie mit dem Witz zu tun hatte, darauf möge immerhin kurz zurückgekommen sein. Und wirklich war etwas Witziges in seinem Geschäftssystem von Ausnutzung und Fürsorge, sodaß er denn auch in dieser Zeit trotz großer Arbeitsbürde immer sehr heiter war und daheim zu Asnath, seiner Gemahlin, der Sonnentochter, wiederholt die Äußerung tat: »Mädchen, ich lebe gern.«

Dem Ausland verkaufte er auch zu Teurungspreisen, wie wir wissen, und sah Verzeichnisse an des Getreides, geliefert »den Edlen des elenden Retenu«. Denn viele Stadtkönige Kanaans, darunter der von Meggido und der von Schahuren, schickten zu ihm, Getreide zu holen, und der Gesandte Askaluna's kam und schrie vor ihm für seine Stadt und wurde beliefert, wenn auch nicht billig. Aber auch hier hielt Freundlichkeit der konjunkturalen Strenge die Wage, und hungernden Sandhasen, Hirtenstämmen von Syrien und dem Libanon, »Barbaren, die nicht zu leben wußten«, wie seine Schreiber es ausdrückten, erlaubte er, einzuwandern mit ihren Herden durch die sorgsam bewachten Zugänge des Landes und östlich des Stromes, wo es gegen die steinige Arabia geht, auf den feuchten Weiden von Zoan, am tanitischen Arm, ihr Leben zu finden, wenn sie versprachen, das ihnen angewiesene Gebiet nicht zu überschreiten.

So las er Grenz-Rapporte von dieser Art: »Wir haben die Beduinen von Edom die feste Grenze passieren lassen zu den Teichen des Merneptach, daß sie sich und ihr Vieh ernähren mögen auf dem großen Weideland des Pharao, der schönen Sonne der Länder.«

Er las es genau. Er las alle Grenzberichte genauestens, und höchst genau mußten sie sein nach seiner Willensweisung: die Buchführung der Sperren im Osten über alle Personen, die man durchließ ins kostbare Ägyptenland, das nun noch soviel kostbarer geworden war, – über jeden also, der aus dem Elend kam, um Getreide zu holen aus Pharao's Kornkammer, unterlag auf seinen Befehl peinlichster Verschärfung, und die Grenz-Offiziere vom Schlage des Leutnants Hor-waz von der Feste Zel, des Schreibers der großen Tore, der einst Joseph selbst mit den Ismaelitern ins Land gelassen hatte, waren gehalten, ihren Verzeichnissen große Sorgfalt zu widmen und die Einreisenden nicht nur nach Heimat, Gewerb und Namen, sondern auch nach ihres Vaters und dessen Vaters Namen zu protokollieren, die Listen aber täglich, pünktlich und eilig hinabzusenden nach Menfe in des Schattenspenders großes Geschäftshaus.

Dort wurden sie nochmals säuberlichst abgeschrieben, auf zweimal gutes Papyr, mit roter und schwarzer Tinte, und wurden so vorgelegt dem Ernährer. Der aber, obgleich doch sonst noch hinlänglich beschäftigt, las sie täglich von oben bis unten durch, so sorglich, wie sie hergestellt worden waren.

Sie kommen

Es war im zweiten Jahre der mageren Kühe, an einem Tage Mitte Epiphi, nach unserer Rechnung zur Maienzeit, und furchtbar heiß – wie's in Ägypten nun einmal heiß ist im Sommer-Drittel, aber noch übers Maß hinaus: die Sonne fiel wie Feuer vom Himmel, im Schatten hätten wir vierzig Grad Celsius gemessen, der Staubwind ging und trieb dir in Menfe's Gassen den Wüstensand in die entzündeten Augen. Es war den Fliegen zuviel, und matt wie sie waren die Menschen. Für eine halbe Stunde Nord-West-Brise hätten die Reichen viel Gold gegeben und es in Kauf genommen, daß auch die Armen ein Gutes davon gehabt hätten.

Joseph jedoch, des Königs Oberster Mund, zeigte sich, obgleich nassen, sandigen Angesichts auch er, um Mittag vom Schreibpalast nach Hause zurückkehrend, sehr lebhaft angeregt und von beweglichen Gliedern – wenn diese Worte seinem Zustand gerecht werden. Seine Sänfte, gefolgt von den Fahrzeugen einiger Großer des Ministeriums, die mit ihm zu Mittag speisen sollten, hatte ihn, einer Gewohnheit gemäß, die der Vice-Gott auch heut nicht verleugnete, von der Prunk-Avenue bald ablenkend, durch etliche Rinnsteingassen der Rippenmageren getragen, wo er sehr herzlich, begeistert-vertraulich begrüßt worden war. »Dgepnuteefonech!« hatten die Leutchen gerufen und ihm Kußhände geworfen. »Chapi! Chapi!« »Zehntausend Lebensjahre dir, Ernährer, über dein Schicksalsende hinaus!« Und sie, die man nur in eine Matte wickeln würde, wenn man sie in die Wüste hinaustrug, wünschten ihm zu: »Vier feine Krüge für deine Eingeweide und deiner Mumie einen Sarg aus Alabaster!« – Das war ihre Sympathie, die der seinen erwiderte.

Nun trug man ihn durch das ausgemalte Mauer-Tor seiner Gnaden-Villa in den Vorgarten ein, wo Öl-, Pfeffer- und Feigenbäume, Cypressendunkel und Palmen-Fächer sich nebst den bunten Papyrussäulen der dem Hause vorgelagerten Terrasse in dem ummauerten Karree eines Lotosteiches spiegelten. Um diesen herum führte der breite Sandweg der Anfahrt, und da die Träger standen, hielten die Läufer ihm Kniee und Nakken hin, daß er erst darauf den Fuß setze, bevor er zu Boden stiege. Mai-Sachme, sein Haushalter, erwartete ihn in aller Ruhe auf der Terrasse, nämlich zu Häupten der seitlichen Freitreppe, zusammen mit den beiden Windspielen vom Lande Punt, Hepi und Hezes genannt, äußerst vornehm, mit goldenen Halsringen geschmückten und vor Nervosität zitternden Tieren. Pharao's Freund sprang die flachen Stufen hurtiger, als sonst, hinauf, hurtiger eigentlich, als es einem ägyptischen Großen vor Zuschauern anstand. Er blickte sich nicht nach seinem Gefolge um.

»Mai«, sagte er hastig und mit gepreßter Stimme, während er die Köpfe der Hunde streichelte, die ihm zur Begrüßung die Pfoten auf die Brust setzten, »ich muß dich sofort allein sprechen, komm gleich einmal mit mir in mein Eigen und laß die warten, es eilt nicht so mit dem Mahl, selbst werde ich doch nichts essen können, und es gibt Dringlicheres, die Rolle hier in meiner Hand betreffend, oder vielmehr: die Rolle hier betrifft das Dringlichere, – ich werde dir schon klar machen, was ich rede, wenn du sofort einmal mit mir kommen willst in mein Eigen, wo wir allein sind …«

»Nur Ruhe«, erwiderte Mai-Sachme. »Was hast du, Adôn? Du zappelst ja? Und daß du nicht solltest essen können, das will ich nicht gehört haben, – du, der soviele essen macht. Willst du dich nicht erst einmal mit lebendigem Wasser vom Schweiße reinigen? Man soll den Schweiß nicht veralten lassen in den Poren und Körperhöhlen. Er ätzt und reizt, besonders wenn er mit grießigem Staub vermischt ist.«

»Das auch, das später, Mai, Waschen und Essen ist jetzt vergleichsweise nicht dringlich, denn du mußt wissen, was ich weiß, weil diese Rolle mich's lehrt, die mir jetzt gerade, bevor ich aufbrach, im Amte zugestellt wurde, und zwar nämlich, daß es nun eingetroffen ist, oder vielmehr: sie sind eingetroffen, was ebendasselbe ist, – eingetroffen ist's, daß sie eintrafen, und nun fragt es sich, was geschehen soll, und wie wir's anfangen, und wo ich hin soll, denn ich bin furchtbar aufgeregt!«

»Wieso denn, Adôn? Nur Ruhe! Wovon man sagt, es sei eingetroffen, darauf war man gefaßt, und worauf man gefaßt war, das kann einen nicht erschrecken. Wenn du mir gütigst sagen willst, wer und was eingetroffen ist, so werde ich dir beweisen, daß kein Grund zum Erschrecken vorhanden, sondern einzig absolute Ruhe am Platze ist.«

Sie tauschten diese Worte bei raschem Schritt, den der Gelassene zu hemmen suchte, in dem Peristyl, wo es zum Brunnenhof durchging. Aber Joseph trat mit Mai-Sachme, begleitet von Hepi und Hezes, in ein Zimmer zur Rechten mit bunter Decke, einem malachitenen Türsturz und heiteren Friesen oben und unten die Wände entlang, das ihm als Bibliothek diente und den großen Empfangssaal des Hauses von seinem Schlafzimmer trennte. Der Raum war mit aller Zierlichkeit Ägyptenlands eingerichtet. Es gab dort ein inkrustiertes Ruhebett, belegt mit Fellen und Kissen, reizende Truhen auf Beinen, geschnitzt, beschriftet und eingelegt, zur Verwahrung der Bücherrollen, löwenfüßige Stühle mit Rohrsitzen und Lehnen aus gepreßtem, vergoldetem Leder, Blumentische und Ständer mit Fayence-Vasen und irisierenden Glasgefäßen. – Joseph drückte den Arm des Haushalters, indem er hüpfend auf seinen Fußballen federte. Ihm waren die Augen feucht.

»Mai«, rief er, unterdrückten Jubel, oder etwas wie Jubel, ein beklommen ausgelassenes Entzücken in der Stimme, »sie kommen, sie sind da, sie sind im Lande, sie haben die Feste Zel passiert, ich habe es gewußt, ich habe darauf gewartet, und nun glaub ich's dennoch nicht, das Herz schlägt mir im Halse, und ich weiß vor Aufregung den Ort der Erde nicht, wo ich stehe ...«

»Sei so gütig, Adôn, und tanze nicht mit mir gemäßigtem Manne, sondern mach dich mir deutlicher, wenn's gefällig! Wer ist gekommen?«

»Meine Brüder, Mai, meine Brüder!« rief Joseph und federte.

»Deine Brüder? Die Reißenden, die dir das Kleid zerrissen, dich in die Grube warfen und dich in die Welt verkauften?« fragte der Hauptmann, dem sein Gebieter dies alles längst schon vertraut hatte ...

»Aber ja! Aber ja! Sie, denen ich all mein Glück und meine Größe hier unten verdanke!«

»Nun, Adôn, das heißt die Dinge ein wenig kräftig zu ihren Gunsten drehen.«

»Gott hat sie gedreht, mein Hausvogt! Gott hat sie zum Guten und zu jedermanns Gunsten gewendet, und man muß das Ergebnis ansehen, worauf er zielte. Ehe denn das Ergebnis vorhanden, ist nur die Tat und mag übel scheinen. Ist aber jenes da, muß man die Tat nach dem Ergebnis beurteilen.«

»Das fragt sich denn doch, gnädiger Herr. Imhotep der Weise wäre vielleicht anderer Meinung gewesen. Und deinem Vater haben sie das Blut des Tieres für deines geboten.«

»Ja, das war gräßlich. Bestimmt ist er auf den Rücken gefallen. Aber es mußte wohl sein, mein Freund, es ging nicht anders, weil es so damals nicht weiter ging. Denn mein Vater, groß und weich von Gemüt – und dazu ich, – was für ein Grünschnabel war ich! Ein unsäglicher Grünschnabel, voll von sträflichem Vertrauen und blinder Zumutung. Es ist eine Schande, wie spät manche Leute zur Reife gelangen! Gesetzt, daß ich reif bin jetzt. Vielleicht braucht es zum Reifwerden das ganze Leben.«

»Es könnte sein, Adôn, daß du immer noch viel vom Knaben hast. Und du bist sicher, daß es in der Tat deine Brüder sind?«

»Sicher? Da kann nicht der leiseste Zweifel walten! Habe ich umsonst so strikte Weisung gegeben wegen des Protokolls, und des Rapportes wegen? Das habe ich nicht umsonst getan, denn mit Manasse, mußt du wissen, und daß wir unseren Ältesten so benannten, das war nur der Form wegen, ich habe durchaus nicht vergessen meines Vaters Haus, ach, keineswegs, ich habe daran gedacht täglich und stündlich all die zahllosen Jahre her, wo ich doch Benjamin, dem Kleinen, versprochen habe im Irrgarten des Zerrissenen, daß ich sie alle nachkommen lassen wolle, wenn ich erhöht sein und Schlüsselgewalt haben würde … Sicher, daß sie es sind? Hier, da steht es, das kam mit rennendem Boten und hat sie um einen Tag überholt oder zwei. Die Söhne Jaakobs, des Sohnes Jizchaks, vom Haine Mamre, der zu Hebron ist: Ruben, Shimeon, Levi, Juda, Dan, Naphtali … zum Behuf des Getreidekaufs … Und du sprichst von Zweifel? Sie sind es, sie sind es zu Zehnen! Sie kamen unter den Kommenden, mit einem Reisezug von Käufern. Die Schreiber ahnten nicht, wen sie da aufzeichneten. Und sie selber, sie ahnen nicht, sie haben nicht die leiseste Ahnung, vor wen man sie führen wird, und wer da Markt hält als des Königs Oberster Mund im Lande. Mai, wenn du wüßtest, wie mir zu Mute ist! Aber ich weiß es selber nicht, es ist Tohu und Bohu in mir, wenn du das Wort verstehst. Und dabei hab' ich's gewußt und erwartet und darauf gewartet seit Jahren und Tagen. Gewußt hab' ich's, als ich vor Pharao stand, und als ich ihm deutete, da habe ich's mir gedeutet, wo Gott hinauswollte, und wie er diese Geschichte lenkt. Was für eine Geschichte, Mai, in der wir sind! Es ist eine der besten! Und nun kommt's darauf an und liegt uns ob, daß wir sie ausgestalten recht und fein und das Ergötzlichste daraus machen und Gott all unsren Witz zur Verfügung stellen. Wie fangen wir's an, einer solchen Geschichte gerecht zu werden? Das ist's, was mich so aufregt … Glaubst du, daß sie mich erkennen werden?«

»Wie soll ich das wissen, Adôn? Nein, ich glaube nicht. Du bist doch beträchtlich gereift, seit sie dich zerrissen. Und vor allem wird ihre Ahnungslosigkeit sie mit Blindheit schlagen, daß sie nicht auf den Gedanken kommen und ihren Augen nicht glauben werden. Zwischen erkennen und merken, daß man erkennt, ist noch ein gutes Stück Weges.«

»Richtig, richtig. Trotzdem schlägt mir das Herz vor Angst, daß sie mich erkennen.«

»Willst du denn nicht, daß sie's tun?«

»Aber nicht gleich, Mai, beileibe nicht gleich! Daß sich's verzögert und sie's nur langsam begreifen, bevor ich das Wort spreche und sage: ›Ich bin's‹, das ist erstens nötig zum Schmuck und zur Ausgestaltung dieser Gottesgeschichte, und zweitens ist da zuvor noch so manches zu prüfen und auszumachen, und will auf den Busch geklopft sein, vor allem von wegen Benjamins...«

»Ist Benjamin mit ihnen?«

»Eben nicht! Ich sage dir ja, daß sie zu zehnen sind und nicht zu elfen. Wir sind doch zwölf! Es sind die Rotäugigen und die Söhne der Mägde, aber nicht meiner Mutter Sohn, der Kleine. Weißt du, was das bedeutet? Du verstehst das alles sehr langsam in deiner Ruhe. Daß Ben nicht dabei ist, das läßt doppelte Deutung zu. Es mag beweisen, – möchte ihm doch diese Deutung zukommen! – daß mein Vater noch lebt, – denke dir, daß er noch lebt, der Feierliche! – und über den Jüngsten wacht, also daß er ihm die Reise verboten und sie ihm nicht zugemutet hat aus Besorgnis, es möchte ihn unterwegs ein Unglück betreten. Rahel starb ihm auf der Reise, ich starb ihm auf der Reise, – wie sollt' er nicht eingenommen sein gegen das Reisen und davon zurückhalten das Letzte, was ihm blieb von der Lieblichen? – Das also kann's meinen. Es kann aber auch meinen, daß er dahin ist, mein Vater, und daß sie sich garstig gehaben gegen den Schutzlosen, daß sie ihn beiseite stoßen unbrüderlich und ihm Gemeinschaft verweigern, weil er von der Rechten ist, der arme Kleine...«

»Du nennst ihn immer den Kleinen, Adôn, und scheinst nicht in Rechnung zu stellen, daß er doch auch gereift sein muß unterdessen, dein Brüderchen rechter Hand. Bedenkt man's klar, so muß er heute ein Mann sein in der Blüte der Jahre.«

»Schon möglich, schon richtig. Bleibt aber doch immer der Jüngste, Freund, der Jüngste von Zwölfen, wie sollte man den nicht klein nennen? Um den Jüngsten ist's immer eine besondere, liebliche Sache, und ist eine Gunst und ein Zauber um ihn in der Welt, für die es sich beinah gehört, daß sie Mißgunst und Tücke zeitigen aufseiten der Älteren.«

»Sieht man deine Geschichte an, lieber Herr, so gewinnt man ein Bild, als ob eigentlich du der Jüngste wärst.«

»Eben, eben. Ich will's nicht leugnen, mag sein, daß etwas Wahres ist an deiner Bemerkung, und daß die Geschichte hier etwas ungenau spielt, mit einer Abweichung. Daraus eben mach' ich mir ein Gewissen und halte mit aller Entschiedenheit darauf, daß dem Kleinsten sein Teil wird und seine Ehre als Jüngster, und wenn die Zehn ihn verstoßen haben und sich garstig gegen ihn stellen; wenn sie gar, ich will's nicht denken, mit ihm umgesprungen sind, wie einst mit mir, – dann mögen ihnen die Elohim gnaden, Mai, sie würden übel anlaufen bei mir, garnicht zu erkennen geben würd' ich mich ihnen, das schöne ›Ich bin's‹ fiele unter den Tisch; erkennten sie mich, so würde ich sprechen: ›Nein, ich bin's nicht, ihr Missetäter!‹, und nur einen fremden, strengen Richter würden sie in mir finden.«

»Seh' einer an, Adôn! Nun machst du schon eine andere Miene und ziehst andere Saiten auf deine Leier. Garnicht mehr eitel Sanftmut und milde Versühnung hast du im Sinn, sondern gedenkst, wie sie mit dir umgesprungen, und scheinst mir der Mann denn doch, zwischen Tat und Ergebnis recht wohl zu unterscheiden.«

»Ich weiß es nicht, Mai, was für ein Mann ich bin. Das weiß der Mensch nicht im voraus, wie er sich halten wird in seiner Geschichte, sondern wenn's da ist, so zeigt es sich, und er wird sich bekannt. Ich bin neugierig auf mich selbst und darauf, wie ich zu ihnen sprechen werde, denn ich habe keine Idee davon. Das ist es ja, was mich zappeln macht, – als ich vor Pharao stehen sollte, war ich kein Teilchen so aufgeregt. Und dabei sind's meine Brüder. Aber das ist es eben. In meinem Herzen geht's drunter und drüber, wie ich dir sagte, und ist ein Wirrwarr darin von Freude, Neugier und Angst, ganz unbeschreiblich. Wie ich erschrak, als ich die Namen las auf der Liste, obgleich ich's doch gewußt und bestimmtest erwartet hatte, das bildest du dir nicht ein, du kannst ja nicht erschrecken. Erschrak ich für sie oder für mich? Das weiß ich nicht. Aber daß sie für ihr Teil wohl Grund hätten, in ihre Seele hinein zu erschrecken, das wollen wir gut sein lassen, es ist schon so. Denn es war keine Kleinigkeit damals, – so lange es her ist, es ist darüber nicht zur Kleinigkeit worden. Daß ich sagte, ich käme zu ihnen, um nach dem Rechten zu sehen, war schreiend unreif, ich gebe es zu, – ich gebe alles zu, vor allem, daß ich ihnen meine Träume nicht hätte erzählen sollen, und auch, daß ich natürlich dem Vater alles angesagt hätte, wenn sie mich aus der Grube begnadigt hätten, – so mußten sie mich darinnen lassen. Und doch, und doch, daß sie taub blieben, als ich zu ihnen schrie aus der Tiefe, zerbeult und in Banden, und sie jammernd beschwor, es doch dem Vater nicht anzutun und mich verkommen zu lassen im Loch, ihm aber des Tieres Blut zu weisen, – Freund, es war schon trotz allem ein starkes Stück, stark nicht so sehr in Hinsicht auf mich, davon will ich nicht reden, aber in Hinsicht auf den Vater. Wenn er nun gestorben ist vor Gram und ist mit Leide hinuntergefahren nach Scheol, – werde ich dann auch gut mit ihnen sein können? Ich weiß es nicht, ich kenne mich nicht in diesem Fall, aber ich fürchte mich vor mir, ich fürchte, ich würde nicht gut mit ihnen sein können. Haben sie seine grauen Haare mit Herzeleid in die Grube gebracht, das würde *auch* zum Ergebnis gehören, Mai, sogar in erster Linie, und es würde das Licht, das vom Ergebnis fällt auf die Tat, gar sehr verdüstern. Auf jeden Fall aber bleibt's eine Tat, die es verdient, daß man sie dem Ergebnis gegenüberstelle, Aug' in Auge mit ihm, damit sie sich vor seiner Güte doch vielleicht ihrer Bösheit schäme.«

»Was hast du vor mit ihnen?«

»Weiß ich's denn? Ich will ja dich um Rat und Beistand fragen, da ich nicht weiß, wo ich hin soll vor ihnen, – dich, meinen Haushalter, den ich in diese Geschichte hineinnahm, damit du mir von deiner Ruhe leihst in meiner Aufgeregtheit. Du kannst schon was davon abgeben, du hast zuviel davon; allzu ruhig bist du und stehst da nur und ziehst die Brauen hoch und machst einen kleinen Mund, denn du kannst nun mal nicht erschrecken, und darum fällt dir nichts ein. Dies ist aber eine Geschichte, zu der einem eine Menge einfallen muß, das ist man ihr schuldig. Denn die Begegnung von Tat und Ergebnis ist ein Fest sondergleichen, das gefeiert und ausgeschmückt sein will mit allerlei Zierrat und heiligem Schabernack, damit die Welt unter Tränen zu lachen habe länger als fünftausend Jahre lang!«

»Aufregung und Erschrockenheit, Adôn, sind unfruchtbarer, denn Ruhe. Ich werde dir gleich einmal etwas einmischen, was niederschlägt. Ich schütte ein Pulver in Wasser, das ist stille darin. Schütte ich aber ein gewisses andres hinzu, so brausen sie auf miteinander, und trinkst du den Braus, so kehrt Beruhigung ein in dein Herz.«

»Ich will es später gern trinken, Mai, im rechten Augenblick, wenn mir's am nötigsten ist. Jetzt höre, was ich getan habe vorderhand. Ich habe durch rennenden Boten Order gegeben, daß man sie absondere von den Kommenden, mit denen sie kamen, und sie nicht mit Getreide versehe in den Grenzstädten, sondern sie nach Menfe herab verweise ins große Schreibhaus. Ich habe veranlaßt, daß man ein Auge habe auf ihre Reise im Land und sie in guten Rasthäusern unterbringe mit ihren Tieren und unterderhand für sie sorge in der Fremde, die ihnen so fremd und sonderbar ist, wie sie mir war, als ich hierher verstarb mit siebzehn Jahren. Da war ich schmiegsam, sie aber, wenn ich's bedenke, sind ja des Alters bis zu Ende vierzig hinauf, wenn ich Benjamin ausnehme; er aber ist nicht dabei, und alles, was ich weiß, ist, daß er hergeschafft werden muß, erstens, daß ich ihn sehe, und zweitens, wenn er da ist, Mai, so kommt auch der Vater. Kurzum, verpflichtet habe ich unsere Leute, ihnen diskret die Hände unter die Füße zu breiten, daß ihr Fuß nicht an einen Stein stoße, wenn dir die Redensart etwas sagt. Hier aber soll man sie vor mich leiten ins Ministerium, in den Saal, wo ich Gehör gebe.«

»Nicht in dein Haus?«

»Nein, noch nicht. Erst ganz amtlich ins Schreibhaus. Unter uns gesagt, ist dort der Empfangssaal auch größer und eindrucksvoller.«

»Und was willst du da tun mit ihnen?«

»Ja, dann wird wohl der Augenblick gekommen sein, daß ich deinen Braus trinke, denn wo ich dann hin soll vor ihnen, bei dem Gedanken nämlich, wie sie nicht wissen werden, wohin, wenn ich das Wort spreche und sage: ›Ich bin's‹, – das weiß ich mitnichten. Keinesfalls werde ich aber so ungeschickt sein und so dürftig das Fest schmücken, daß ich mit der Tür in's Haus falle und gleich herausplatze mit dem ›Ich bin's‹, sondern will noch des Längeren hübsch hinter der Tür bleiben und mich fremd gegen sie stellen.«

»Du meinst: feindlich?«

»Ich meine fremd bis zur Feindlichkeit. Denn, Mai, ich glaube, die Fremdheit würd' ich nicht zustande bringen, ohne, ich triebe sie bis zur Feindlichkeit. Das ist leichter. Ich muß mir etwas ausdenken, weshalb ich hart mit ihnen sprechen und sie recht anfahren kann. Ich muß tun, als ob ihr Fall mir sehr verdächtig und dunkel wäre, und als ob da erst strenge Nachforschung und Klarstellung der Verhältnisse geboten wäre, oder so, oder so.«

»Wirst du in ihrer Sprache mit ihnen reden?«

»Das ist das erste hilfreiche Wort, das deine Ruhe zustande bringt, Mai!« rief Joseph und schlug sich mit der Hand vor die Stirn. »Es war unbedingt notwendig, daß du mich darauf aufmerksam machtest, denn in Gedanken rede ich die ganze Zeit kanaanäisch mit ihnen, ich Dummkopf. Wie komme ich dazu, kanaanäisch zu können? Es wäre die größte Ungeschicklichkeit! Dabei spreche ich es mit den Kindern, – glaube allerdings, daß sie einen ägyptischen Akzent von mir bekommen. Nun, das ist jetzt meine letzte Sorge. Mir scheint, ich rede Überflüssiges, was allenfalls unter viel ruhigeren Umständen erwähnenswert wäre, aber nicht jetzt. Selbstverständlich darf ich kein Kanaanäisch verstehen, ich muß durch einen Dolmetscher mit ihnen reden, es muß ein Dolmetscher her, ich werde im Ministerium Weisung geben, – ein vorzüglicher, der gleichermaßen in beiden Sprachen Bescheid weiß, damit er ihnen genau und ohne zu mildern oder plump zu vergröbern übermitteln kann, was ich zu ihnen sage. Denn was sie selber sagen, zum Beispiel der große Ruben – ah, Ruben, mein Gott, er war am leeren Loch, er wollte mich retten, ich weiß es vom Wächter, ich glaube nicht, daß ich dir das schon erzählt habe, ich erzähle es dir ein andermal! – was sie selber sagen, das werde ich schon verstehen, darf mir aber nicht merken lassen, daß ich's verstehe, indem ich etwa aus Unbedachtsamkeit gleich darauf antworte, sondern muß warten, bis der langweilige Wichtigtuer zwischen uns es mir übersetzt hat.«

»Wenn du eingenommen hast, Adôn, wirst du das schon

recht machen. Und dann würde ich dir vorschlagen, daß du so tust, als ob du sie für Kundschafter hieltest, die des Landes Blöße erspähen wollen.«

»Ich bitte dich, Mai, spare dir doch deine Vorschläge! Wie kommst du plötzlich dazu, mir mit guten runden Augen Vorschläge zu machen?«

»Ich dachte, ich sollte dir welche machen, gnädiger Herr.«

»Ich dacht' es ja ursprünglich selber, Freund. Aber wenn ich doch sehe, daß in dieser hoch-festlichen Sache mir niemand raten kann und darf, sondern daß ich sie selber ganz allein ausgestalten muß, wie das Herz es mir eingibt! Denke du, wie du die Geschichte von den drei Liebschaften am erfreulichsten und erregendsten schmückst, und laß mich die meine schmükken! Wer sagt dir, daß ich nicht selbst schon auf den Gedanken gekommen bin, mir die Miene zu geben, als hielte ich sie für Spione?«

»So sind wir auf denselben Gedanken gekommen.«

»Natürlich, weil er der einzig richtige ist und es so schon so gut wie geschrieben steht. Diese ganze Geschichte steht überhaupt schon geschrieben, Mai, in Gottes Buch, und wir werden sie miteinander lesen unter Lachen und Tränen. Denn nicht wahr, du bist doch dabei und kommst in's Schreibhaus, wenn sie da sind, morgen oder übermorgen, und werden vor mich geführt im großen Saal des Ernährers, wo er mannigfach abgeschildert ist an den Wänden? Du bist natürlich von meiner Umgebung. Ich muß eine stattliche Umgebung haben bei dem Empfang ... Ach, Mai«, rief der Erhöhte und schlug die Hände vor sein Gesicht, dieselben Hände, denen Benoni, der Knirps, einst zugesehen hatte im Hain des Herrn beim Flechten des Myrtenkranzes, und an deren einer nun Pharao's Ring »Sei wie ich«, der himmelblaue Lazurstein saß, – »ich werde sie sehen, die Meinen, die Meinen, denn das waren sie immer, so arg es auch zeitweise zuging zwischen uns durch gemeinsame

Schuld! Ich werde mit ihnen reden, den Söhnen Jaakobs, meinen Brüdern, ich werde hören, ob der Vater noch lebt, dem ich solange im Tode verstummen mußte, und ob er noch hören kann, daß ich lebe, und daß Gott das Tier für den Sohn genommen! Alles werde ich hören und aus ihnen herausbekommen, – wie Benjamin lebt, und ob sie sich brüderlich zu ihm stellen, und müssen ihn herschaffen und den Vater auch! Ach, mein Fronvogt, der nun mein Hausvogt ist, es ist garzu aufregend und festlich! Und mit festlichem Spaß soll es ausgeführt sein aufs allerheiterste. Denn die Heiterkeit, Freund, und der verschlagene Scherz sind das Beste, was Gott uns gab, und sind die innigste Auskunft vor dem verwickelten, fragwürdigen Leben. Gott gab sie unserem Geist, daß wir selbst dieses, das strenge Leben, mögen damit zum Lächeln bringen. Daß mich die Brüder zerrissen und mich in die Grube warfen, und daß sie nun sollen vor mir stehen, das ist Leben; und Leben ist auch die Frage, ob man die Tat beurteilen soll nach dem Ergebnis und soll gut heißen die böse, weil sie notwendig war fürs gute Ergebnis. Das sind so Fragen, wie sie das Leben stellt. Man kann sie im Ernst nicht beantworten. Nur in Heiterkeit kann sich der Menschengeist aufheben über sie, daß er vielleicht mit innigem Spaß über das Antwortlose Gott selbst, den gewaltig Antwortlosen, zum Lächeln bringe.«

Das Verhör

Joseph war wie Pharao, wenn er, unter weißen Straußenfächern, die Schurzknaben in Pagen-Haartracht über ihn hielten, und deren Federn in getriebenen Goldschilden steckten, umgeben von Großschreibern des Amtshauses, außerordentlich hochnäsigen Magistraten, auf seinem Stuhl im Saal des Ernährers saß, an dessen Estrade, rechts und links, Lanzenträger der Hauswache Standdienst versahen. Zwei Doppel-Reihen schmuckhaft beschrifteter, orangefarbener Säulen auf weißen Basen mit grünen Lotoskapitellen liefen vor ihm dahin gegen die fernen Eingangstüren mit Oberstücken in Schmelzfarben, und an den raumreichen Seitenwänden der Halle, über dem Sockelfries, war vielfach wiederkehrend Chapi, der Überwallende, abgebildet, menschengestaltig, mit verhülltem Geschlecht, eine Brust männlich, die andre vom Weibe, den Königsbart am Kinn, Sumpfpflanzen auf dem Haupt, auf den Handflächen das Gabenbrett mit Blüten des Dickichts und schlanken Wasserkrügen. Zwischen den Wiederholungen des Gottes war noch anderes Leben in großen Linien und freudigen Farben abgebildet, aufjubelnd in den Lichtbündeln, die durch die Steingitter der hochgelegenen Fenster fielen: Saat und Drusch, und wie Pharao selbst mit Ochsen pflügte und den ersten Schnitt mit der Sichel ins Goldene tat, auch die sieben Osiris-Kühe nebst dem Bullen, dessen Namen er weiß, hinter einander schreitend, wozu Inschriften kamen, herrlich angeordnet, wie zum Beispiel: »O, daß der Nil mir Speise schaffe, Nahrung, jedes Gewächs zu seiner Zeit!«

So der Saal des Gehörs, wo der Vice-Horus alles Geschrei nach Saat- und Brotfrucht vor sich kommen ließ, über das er sich selbst die Entscheidung vorbehielt. Hier saß er auch den dritten Tag nach jener Unterredung mit Mai-Sachme, seinem Haushalter, der hinter ihm stand und ihm in der Tat vorher einen Braus gemischt hatte, und hatte eben eine bezopfte und bärtige, in Schnabelschuhen einhertretende Abordnung aus dem Lande des Großkönigs Murschili, nämlich Chatti, wo auch Dürre herrschte, beschieden, – auf recht zerstreute und lässige Weise, wie allgemein auffiel, denn er hatte den chetitischen Stadtschulzen, seinem »Wirklichen Schreiber« diktierend, mehr Weizen, Spelt, Mohrenhirse und Reiskorn zu einem billigeren Preise bewilligt, als sie selber in Vorschlag gebracht hatten. Einige vermuteten staatsweise Gründe dafür, und daß es, wer wußte, warum, vielleicht der weltpolitische Augenblick sei, dem König Murschili eine Aufmerksamkeit zu erweisen; andere schoben es auf eine Unpäßlichkeit des Alleinigen, denn er hatte vor der Sitzung erklärt, daß er einen Staub-Katarrh habe und hielt sich fast fortwährend ein Tuch vor den Mund.

Über dieses hin blickte er groß in den Saal hinaus, als die Chetiter abgetreten waren und man die Gruppe asiatischer Männer hereinführte, die nun an der Reihe war: einer ragte hervor, einer hatte ein schwermütig Löwenhaupt, einer war markig und fest, ein andrer wies lange, geläufige Beine auf, zwei weitere verleugneten nicht eine rohe Streitbarkeit, einer schoß stechende Blicke, an einem gewahrte man feuchte Augen und Lippen, einer interessierte durch auffallend knochige Glieder, einer durch lockiges Haar, einen Rundbart und reichliches Rot und Blau der Purpurschnecke in seinem Kleide. So hatte jeder seine Besonderheit. In der Mitte des Saales fanden sie es an der Zeit, den Boden zu küssen, und der Alleinige mußte warten, bis sie wieder aufrecht waren, daß er ihnen mit dem Wedel winken konnte, näher heranzutreten. Sie kamen und fielen nieder aufs neue.

»So viele?« fragte er mit verschleierter Stimme, die er, Gott wußte, warum, beinahe brummend senkte. »Zehne auf einmal? Warum nicht lieber gleich elfe! Wiederholer! Frage sie, warum sie nicht gleich zu elfen kommen, und womöglich zu zwölfen! Oder versteht ihr Männer ägyptisch?«

»Nicht wie wir möchten und wünschten, Herr, unsre Zuflucht«, erwiderte einer in seiner Sprache: der auf den Läuferbeinen, der offenbar auch eine geläufige Zunge hatte. »Du bist wie Pharao. Du bist wie der Mond, der barmherzige Vater, der in hehrem Gewande einherschreitet. Du bist wie ein erstgeborener Stier, der seinen Schmuck hat, Moschel, Gebieter! Unsere Herzen preisen einstimmig den, der da Markt hält, den Ernährer der Länder, die Speise der Welt, ohne den niemand

Atem hätte, und wünschen ihm Lebensjahre soviel, wie das Jahr Tage hat. Deine Zunge aber, Adôn, verstehen wir, deine Knechte, nicht hinlänglich, daß wir einen Handel darin tätigen könnten, halt es zu Gnaden!«

»Du bist wie Pharao«, wiederholten sie im Chor.

Während der Dolmetsch die Rede Naphtali's rasch und geschäftsmäßig-eintönig übersetzte, verschlang Joseph die mit den Augen, die vor ihm standen. Er erkannte sie alle, unterschied mit geringer Mühe jeden einzelnen, welches Werk auch die Zeit an ihnen, an ihnen auch, getan hatte. Gott der Fügungen, es war vollzählig da, das haßverhungerte Wolfsrudel, das sich auf ihn gestürzt mit »Herunter, Herunter!«, so sehr er gebettelt: »Zerreißt es nicht!«, die Wütigen alle, die ihn zu Grabe geschleift mit Hoihupp und Hoihe, so fassungslos er sie, sich selbst, den Himmel gefragt: »Ach, ach, wie geschieht mir!«, die ihn als Heda und Hundejungen an die Ismaeliter verkauft hatten für zwanzig Silberlinge und hatten des Kleides Trümmer vor seinen Augen durchs Schlachtblut gezogen. Sie waren da, seine Brüder in Jaakob, aufgetaucht aus der Zeit, – seine Mörder durch Träume, zu ihm geführt durch Träume, und das Ganze war wie ein Traum. Es waren die Rotäugigen, zu sechsen, und die vier von den Mägden: Bilha's Otterschlange und ihr Nachrichtenkrämer, Silpa's stämmiger Erster im Waffenrock, der gerade Gad, und sein Bruder, das Leckermaul. Der war der jüngsten einer nächst Issakhar, dem tragenden Esel, und dem gepichten Sebulun, – und hatte doch auch schon Runzeln und Furchen im Antlitz und schon viel Silber im Bart, im glatten geölten Haupthaar. Du Ewiger, wie alt sie geworden waren! Es war ergreifend – wie eben das Leben ergreifend ist. Er erschrak aber bei ihrem Anblick, weil fast nicht denkbar war, daß der Vater noch lebte, wo sie schon so alt waren.

Das Herz voll Lachen und Weinen und Bangigkeit, sah er sie an und kannte sie alle wieder durch die Bärte hindurch, die einige von ihnen zu seiner Zeit noch garnicht getragen. Sie aber, die ihn ansahen ebenfalls, dachten nicht daran, ihn zu erkennen, und ihre sehenden Augen waren mit Blindheit bedeckt für die Möglichkeit, daß er es sein könnte. Sie hatten einst ein unverschämtes Bruderblut in die Welt verkauft, in die Horizonte hinaus und in Nebelfremde, das wußten sie immer, wußten es auch jetzt. Aber daß der vornehme Heide dort auf dem Tronstuhl unter den Fächern, in Blütenweiß, gegen das das tiefe Braun seiner Stirne und Arme gar ägyptisch abstach, – daß der Machthaber und Markthalter hier, zu dem sie in Nöten kamen, mit der Gnadenkette, die ein unglaubliches Stück Goldschmiedewerk war und eine Brusttafel einrahmte, die das auch war, aus Falken, Sonnenkäfern und Lebenskreuzen nach höchstem Geschmack zusammengesetzt, – daß der da mit dem Prunk-Fliegenwedel, dem silbernen Zierbeil im Hüftband und dem nach hiesigem Eigensinn geschlungenen Kopftuch mit starren Schulterflügeln, – daß dieser der einstmals Abgeschaffte, vom Vater schließlich Verschmerzte, der Träumer von Träumen sein könnte, der Lebensgedanke war ihnen verschlossen, verwehrt und vorenthalten, und auch daß der Mann sich immerfort das Tuch vors Untergesicht hielt, war unvermögend, sie darauf zu bringen.

Da sprach er wieder, und immer sogleich, wenn er innehielt, echote der Dolmetsch neben ihm rappelnd und ohne Betonung auf kanaanäisch, was er gesagt.

»Ob hier ein Handel getätigt und eine Belieferung kann verordnet werden«, sagte er übellaunig, »das steht dahin und muß sich erweisen, – sehr möglich, daß sich ganz andres erweist. Daß ihr die Sprache der Menschen nicht redet, ist dabei der Schwierigkeiten geringste. Ich bedaure euch übrigens, wenn ihr erwartetet, daß ihr mit Pharao's oberstem Mund in eurem Kauderwelsch würdet verkehren können. Ein Mann wie ich spricht Babels Sprache, er spricht auch chetitisch, zum Chabirischen aber und dergleichen Aulausaukaula läßt er sich schwerlich herbei, und sollte er's je gekonnt haben, so beeilt er sich, es zu vergessen.«

Pause und Übersetzung.

»Ihr seht mich an«, fuhr er fort, ohne eine Antwort abzuwarten, »ihr betrachtet mich indiskret nach Barbarenart und beobachtet im Stillen, daß ich mich mit einem Tuche beschütze, woraus ihr heimlich schließt, daß ich wohl unpäßlich sein müsse. Ja, ich bin etwas unpäßlich, – was gibt es da zu spähen, zu kundschaften und zu schließen? Ich habe mir einen Staub-Katarrh zugezogen, – auch ein Mann wie ich ist dagegen nicht gefeit. Meine Ärzte werden mich heilen. Die ärztliche Weisheit steht sehr hoch im Land Ägypten. Mein eigner Haushalter, der Verwalter meines Privatpalastes, ist nebenbei auch noch ein Arzt. Da seht ihr's, er wird mich heilen. Menschen aber, und ständen sie mir noch so fern, die unter diesen abnormen und mißliebigen Witterungsverhältnissen, eine Reise und gar eine Wüstenreise zu machen gezwungen waren, solchen schlägt mein Herz in Mitgefühl und in Besorgnis entgegen, was sie ausgestanden haben mögen auf ihrer Fahrt. Woher kommt ihr?«

»Von Hebron, großer Adôn, von Kirjath Arba, der Vierstadt, und von den Terebinthen Mamre's im Lande Kanaan, Speise zu kaufen in Ägyptenland. Wir sind alle ...«

»Halt! Wer spricht da? Wer ist der Kleine mit blanken Lippen, der da spricht? Warum spricht gerade er und nicht zum Beispiel der Herdenturm da – denn er ist gebaut wie ein solcher –, der mir der Älteste und Verständigste von eurer Rotte zu sein scheint?«

»Es ist Ascher, der antwortete, Herr, mit deinem Wohlnehmen. Ascher, so ist deines Knechtes Name, der ein Bruder ist unter uns Brüdern. Denn wir sind alle Brüder und *eines* Mannes Söhne, verbunden durch Brudertum, und wenn es unsre

Gemeinschaft gilt, und daß wir gebündelt sind, so pflegt Asser, dein gehorsamer Diener, die Aussage zu machen.«

»So, du bist also ein Bundesschwätzer und ein Gemeinplatz. Gut. Aber wenn ich euch recht ins Auge fasse, so entgeht meinem Scharfblick nicht, daß ihr trotz angeblicher Brüderlichkeit, deutlich verschiedene Leute seid und der mit jenem zusammengehört, andere aber wieder ein Gemeinsames haben. Der Bundesredner, der sich vernehmen ließ, zeigt mir eine Ähnlichkeit mit dem da im kurzen Rock, auf den er Erz genäht hat, und jener dort, mit den Augen der Schlange, hat, ich weiß nicht, was, gemein mit dem nahe bei ihm, der von einem Dünnbein aufs andere tritt. Mehrere aber ordnen sich dadurch zusammen, daß ihre Augenlider rötlich entzündet sind.«

Es war Re'uben, der's über sich nahm, zu antworten.

»Wahrlich, du siehst alles, Herr«, hörte Joseph ihn sagen. »Laß dich bedeuten! Die Ähnlichkeiten und Sonderungen unter uns kommen daher, daß wir von verschiedenen Müttern sind, viere von zweien, und sechs von einer. Aber wir sind alle eines Mannes Söhne, Jaakobs, deines Knechts, der uns zeugte, und der uns zu dir sandte, Speise zu kaufen.«

»Er sandte euch zu mir?« wiederholte Joseph und schob sein Schnupfentuch übers ganze Gesicht hinauf. Dann blickte er wieder darüber hervor.

»Mann, du überraschst mich durch die Dünnigkeit deiner Stimme, die aus einem turmartig gebauten Leibe kommt, aber noch mehr erstaunt mich die Meinung deiner Worte. Euch hat ja alle die Zeit schon versilbert in Haar und Bärten, und euer Ältester, der sich des Bartes enthält, ist desto greiser dafür auf dem Kopf. Ihr verstrickt euch in Aussagen, die mir nicht glaubwürdig, denn nicht wie Leute seht ihr mir aus, deren Vater noch lebt.«

»Bei deinem Antlitz, er lebt, o Herr«, sagte nun Juda. »Laß mich meines leiblichen Bruders Worte bezeugen! Wir gehen mit Wahrheit um. Unser Vater, dein Knecht, lebt in Feierlichkeit und ist nicht gar so alt, etliche achtzig oder auch bis zu neunzig, was nichts besonderes ist in unserem Stamm. Denn unser Urgroßvater war schon hundert, als er sich noch den Rechten und Echten erzeugte, unseres Vaters Erzeuger.«

»Was für eine Barbarei!« sagte Joseph mit brechender Stimme. Er sah sich nach seinem Haushalter um, wandte sich wieder zurück und sprach eine Weile kein Wort, sodaß alle Welt unruhig wurde.

»Ihr könntet«, sagte er endlich, »präziser und ohne auf Unwesentliches abzukommen, meine Fragen beantworten. Was ich euch fragte, war, wie ihr unter so widrigen Umständen die Reise bestanden, ob ihr sehr unter der Dürre gelitten, ob sich euer Wasser gehalten, ob Raubgesindel oder ein Staub-Abubu euch heimgesucht, ob keinen der Hitzstich getroffen – das wollte ich wissen.«

»Es ist uns sehr leidlich ergangen, Adôn, wir danken der gütigen Nachfrage. Unser Reisezug war stark gegen Räuber, unser Wasser bestens versorgt, kaum einen Esel haben wir eingebüßt und blieben alle gesund. Ein Staub-Abubu von mittlerer Unannehmlichkeit war alles, was wir zu bestehen hatten.«

»Desto besser. Meine Nachfrage war nicht gütig, sie war streng sachlich. Etwas Ungewöhnliches ist eine Reise, wie eure ja auch durchaus nicht. Es wird soviel gereist in der Welt; siebzehntägige Reisen, selbst sieben Mal siebzehntägige sind gang und gäbe, und Schritt vor Schritt wollen sie zurückgelegt sein, denn schwerlich springt jemandem die Erde entgegen. Da ziehen die Kaufleute von Gilead den Weg, der von der Stätte Beisan über Jenin geht, durch das Tal – wartet! ich wußt' es doch, aber ich weiß es schon wieder: durch das Tal Dotan, von wo sie die große Karawanenstraße gewinnen von Damaschki nach Lejun und Ramleh zum Hafen Chazati. Ihr hattet's bequemer. Ihr seid von Hebron nach Gaza hinunter, ganz einfach, und seid dann der Küste gleich geschritten, hinab gegen dieses Land?«

»Du sagst es, Moschel. Du weißt alles.«

»Ich weiß sehr vieles. Teils vermöge natürlichen Scharfsinns, teils durch andre Mittel, die einem Manne wie mir zu Gebote stehen. In Gaza aber, wo ihr euch wohl mit dem Reisezuge vereinigt, begann erst der Reise übelster Teil. Man hat da eine eiserne Stadt und einen verdammten Meeresgrund zu bestehen, bedeckt mit Gerippen.«

»Wir sahen nicht hin und kamen mit Gott durchs Greuliche.«

»Das freut mich. Führte euch wohl auch eine Feuersäule?«

»Zeitweise zog uns eine voran. Sie stürzte zusammen, und dann kam der mäßig unangenehme Staub-Abubu.«

»Ihr wollt mit seinen Schrecken wohl nur nicht prahlen. Leicht hätte er euch tödlich werden können. Es bekümmert mich, daß Reisende solchen Unbilden ausgesetzt sind auf der Fahrt herab nach Ägypten. Ich sage das streng sachlich. Aber dann prieset ihr euch wohl glücklich, als ihr in den Bereich unserer Bastionen und Wachttürme kamt?«

»Laut priesen wir uns glücklich und dankten dem Herrn für unsre Verschonung.«

»Erschrakt ihr vor der Feste Zel und ihren Heerscharen?«

»Wir erschraken vor ihr in verehrendem Sinn.«

»Und wie geschah euch dort?«

»Man verwehrte uns nicht den Durchzug, da wir bekundeten, Käufer zu sein und Korn entnehmen zu wollen aus dieser Kornkammer, damit unsere Weiber und Kinder lebten und nicht stürben. Aber man sonderte uns ab.«

»Das wollte ich hören. Wundertet ihr euch über die Maßnahme der Absonderung? So etwas wie Absonderung war euch wohl niemals vorgekommen, geschweige denn, daß ihr jemals selbst dergleichen bewirkt hättet? Immerhin ließ man euch

Bündel gebündelt und vollzählig beisammen, alle zehn, wenn man zehn vollzählig nennen kann; man sonderte keinen von euch ab und trennte euch nur von den anderen Kommenden?«

»So war es, Herr. Man bedeutete uns, wir würden nirgends Brotfrucht kaufen dürfen im Lande für unser Geld, es sei denn zu Mempi, der Wage der Länder, und von dir selbst, dem Herrn der Speise, dem Freunde der Ernte Gottes.«

»Korrekt. Man leitete euch in die Wege? Ihr hattet gute Fahrt von der Grenze herab zur Stadt des Gewickelten?«

»Eine sehr gute, Adôn. Man hatte ein Auge auf uns. Männer, die kamen und wieder entschwanden, wiesen uns zu Herbergen und Rasthöfen mit unseren Tieren, und wollten wir zahlen am Morgen, so wollte der Wirt es nicht nehmen.«

»Freie Hausung und Kost haben zweierlei Leute: der Ehrengast und der Gefangene. – Wie gefällt euch Ägyptenland?«

»Es ist ein wundersam Land, großer Wezir. Wie Nimrods ist seine Macht und Herrlichkeit, es prunkt mit Zier und Gestalt, ob sie ragt oder lagert, seine Tempel sind überwältigend, und seine Gräber berühren den Himmel. Oft gingen die Augen uns über.«

»So völlig nicht, will ich hoffen, daß ihr darüber Gewerbe und Auftrag versäumtet und es euch gehindert hätte, zu spähen, zu kundschaften und heimliche Schlüsse zu ziehen.«

»Deine Rede, Herr, ist uns dunkel.«

»Ihr wollt also nicht wissen, warum man euch absonderte von den Kommenden, warum man ein Auge auf euch hatte und euch vor mein Angesicht brachte?«

»Wir wüßten es gern, Erlauchter, aber wir wissen's nicht.«

»Ihr gebt euch die Miene, als ahntet ihr nicht, – und nicht flüstert euer Gewissen euch zu, daß ihr unter Verdacht steht, daß ein Verdacht auf euch ruht, ein schwerer, finsterer, der bereits mehr ist als ein Verdacht, sodaß eure Schelmerei unserem Blicke offen liegt?«

»Was sagst du da, Herr! Du bist wie Pharao. Welcher Verdacht?«

»Daß ihr Kundschafter seid!« rief Joseph, schlug mit der Hand auf die Lehne und stand auf vom Löwenstuhl. Er sagte »daialu«, Spione, ein akkadisches Wort, schwer anrüchig, und wies ihnen dabei mit dem Fliegenwedel in die Gesichter.

»Daialu«, echote dumpf der Wiederholer.

Sie prallten zurück wie *ein* Mann, verdonnert, entsetzt.

»Was sagst du!« wiederholten sie, im Chore murmelnd.

»Was ich sagte, das sagte ich! Kundschafter seid ihr, gekommen, des Landes Blöße auszuspähen, die es geheim hält, daß ihr sie aufdeckt und Zugang verratet für Überfall und Plünderei. Das ist meine Überzeugung. Könnt ihr sie widerlegen, so tut's!«

Ruben sprach, da die andren ihm einhellig-eifrig zunickten, daß er sie rechtfertige. Er schüttelte langsam den Kopf und sagte:

»Was ist da, Gebieter, zu widerlegen? Nur weil du's sagst, ist's der Rede wert, sonst könnte man's abtun bloß mit den Achseln. Auch Große irren. Dein Verdacht geht fehl. Wir schlagen vor ihm nicht die Augen nieder, sondern du siehst: frei und redlich blicken wir alle auf zu dir und sogar mit höflichem Vorwurf, daß du uns so verkennen magst. Denn wir erkennen dich in deiner Größe, du aber erkennst uns nicht in unsrer Redlichkeit. Sieh uns an und laß dir die Augen öffnen durch unsren Anblick! Wir sind alle eines Mannes Söhne, eines vorzüglichen, im Lande Kanaan, eines Herdenkönigs und Gottesfreundes. Wir gehen mit Wahrheit um. Gekommen sind wir unter den Kommenden, Speise zu kaufen um gute Silber-Ringe, die du wägen magst auf genauer Wage, Speise für unsre Weiber und Kinder. Das ist unser Begehr. Daialu, beim Gott der Götter, sind deine Knechte niemals gewesen.«

»Und ihr seid's doch!« antwortete Joseph und stampfte mit

der Sandale auf. »Was ein Mann wie ich sich in den Kopf setzt, dabei bleibt's. Ihr seid gekommen, des Landes Scham zu entdecken, daß ihm mit der Sichel ein Leids geschehe. Daß ihr zehn diesen Auftrag habt von bösen Königen des Ostens, das ist meine Überzeugung, die zu widerlegen euch obliegt. Weit gefehlt aber, daß der Turm da sie entkräftet hätte, hat er vielmehr nur ins Leere behauptet, sie treffe nicht zu. Das ist keine Rechtfertigung, mit der ein Mann wie ich sich zufrieden gäbe.«

»Erwäge doch aber in Gnaden, Herr«, sagte Einer, »daß es eher dir obliegt, einen solchen Inzicht zu beweisen, denn daß es uns zufiele, ihn zu widerlegen!«

»Wer redet nun da höchst spitzfindig hervor aus euerer Mitte und sticht mit den Augen? Du bist mir längst aufgefallen durch deinen Schlangenblick. Wie nennst du dich?«

»Dan, mit deinem Wohlnehmen, Adôn, Dan bin ich geheißen, von einer Magd auf den Schoß der Herrin geboren.«

»Ich bin erfreut. Und so, Meister Dan, nach der Spitzfindigkeit deiner Worte zu urteilen, bildest du dir wohl ein, zum Richter zu taugen, und zwar in eigener Sache? Aber hier bin ich es, der aufstellt das Recht, und weiß zu machen hat sich vor mir der Verdächtige. Habt wohl ihr Sandbewohner und Söhne des Elends einen Begriff von der verletzlichen Kostbarkeit dieses hochfeinen Landes, über das ich gesetzt bin, und habe sein Heil zu verantworten vor Gottes Sohn im Palaste? Bedroht ist es immerdar von der lüsternen Gier der Wüstlinge, die nach seiner Blöße spähen, Bedu, Mentiu, Antiu und Peztiu. Sollen es hier die Chabiren treiben, wie sie's getrieben haben dann und wann draußen in Pharao's Provinzen? Ich weiß von Städten, über die sie gekommen sind wie die Tollen und haben in ihrer Wut den Mann erwürgt und den Ochsen verderbt in ihrem barbarischen Mutwillen. Ihr seht, ich weiß mehr, als ihr dachtet. Zwei oder drei von euch, ich will nicht sagen: alle, sehen mir ganz so aus, als wären sie sehr wohl solcher Streiche fähig. Und ich soll euch auf's bloße Wort glauben, daß ihr's nicht übel vorhättet und hättet's nicht abgesehen auf des Landes Geheimnis?«

Sie bewegten sich untereinander und berieten mit aufgeregten Gebärden. Am Ende war's Juda, dem sie zunickten, daß er antworte und ihre Sache führe. Er tat es mit der Würde des Geprüften.

»Herr«, sagte er, »laß mich reden vor dir und dir unsere Bewandtnisse darlegen, der genauen Wahrheit gemäß, daß du erkennen mögest: mit ihr gehen wir um. Siehe, wir, deine Knechte, sind zwölf Brüder, alle eines Mannes Söhne im Lande...«

»Halt! Wie?« rief Joseph, der sich wieder gesetzt hatte, hier aber beinahe aufs neue aufgesprungen wäre. »Jetzt seid ihr auf einmal zwölf? Ihr seid also nicht mit Wahrheit umgegangen, als ihr behauptetet, ihr wäret zehn?«

»... im Lande Kanaan«, vollendete Juda mit Festigkeit und fast mit dem Ausdruck, als sei es unschicklich und voreilig, ihn zu unterbrechen, jetzt, wo er sich anschicke, alles zu sagen und reinen Wein einzuschenken. »Zwölf Söhne sind wir, deine Knechte, oder waren es doch – nie haben wir vorgegeben, vollzählig zu sein, so wie wir dir vor Augen stehen, sondern nur bezeugt, daß wir alle zehn eines Vaters Söhne sind. Von Hause aus sind wir zwölf, aber unser jüngster Bruder, von keiner unserer Mütter gebürtig, sondern von einer vierten, die seit sovielen Jahren tot ist, wie sein Leben Jahre zählt, ist bei unserem Vater zurückgeblieben, und einer von uns ist nicht mehr vorhanden.«

»Was heißt das: nicht mehr vorhanden?«

»Abhanden gekommen, Herr, bei frühen Jahren, dem Vater und uns von der Hand gekommen. Er hat sich in der Welt verloren.«

»Das muß ein abenteuerlustiger Bursche gewesen sein. Was geht er mich übrigens an. Der Kleine aber, euer jüngster Bruder, ist nicht von eurer Hand – er ist euch nicht von der Hand gekommen, sondern ist bei der Hand?«

»Er ist zu Hause, Herr, immer zu Hause an unsres Vaters Hand.«

»Woraus ich zu schließen habe, daß dieser euer alter Vater noch lebt, und daß es ihm wohl geht?«

»Du fragtest das einmal schon, Adôn, halt' es zu Gnaden, und wir bejahten es dir.«

»Durchaus nicht! Es mag sein, daß ich euch schon einmal nach eures Vaters Leben verhörte, aber nach seinem Wohlergehen verhöre ich euch hiermit zum ersten Mal.«

»Deinem Knecht, unserm Vater«, antwortete Juda, »geht es wohl nach den Umständen. Diese aber sind drückend worden seit Jahr und Tag in der Welt, wie mein Herr weiß. Denn da der Himmel sein Segenswasser versagte einmal und zweimal, drückt die Teurung je länger, je schwerer, wie in allen Landen, so in den unseren. Sogar heißt, von Teuerung zu reden, das Übel verkleinern, denn es ist keine Halmfrucht vorhanden, für alles Geld nicht, weder zur Saat noch zur Speise. Unser Vater ist reich, er lebt auf behäglichstem Fuße ...«

»Inwiefern reich und behäglich? Hat er zum Beispiel ein Erbbegräbnis?«

»Du sagst es, Herr. Machpelach, die zwiefache Höhle. Dort ruhen unsere Ahnen.«

»Lebt er zum Beispiel auf solchem Fuß, daß er einen Ältesten Knecht hat, einen Hausvogt, wie ich einen habe, der zudem noch Arzt ist?«

»So ist es, Durchlauchtiger. Er hatte einen weisen und vielbefahrenen Großknecht, Eliezer mit Namen. Scheol birgt ihn; er neigte das Haupt und starb. Aber er hinterließ zwei Söhne: Damasek und Elinos, und der Älteste, Damasek, ist an des Versammelten Stelle getreten; er ist nun Eliezer geheißen.«

»Was du sagst«, erwiderte Joseph. »Was du sagst.« Und eine

Weile verschwamm sein Blick, über ihre Köpfe dahingehend, im Leeren, in der Weite des Saals.

»Warum unterbrichst du, Löwenhaupt, den Versuch eurer Rechtfertigung?« fragte er dann. »Weißt du nicht weiter damit?«

Juda lächelte nachsichtig. Er sagte nicht geradezu, daß nicht er selbst sich immerfort unterbreche.

»Dein Diener war im Begriffe und bleibt es«, antwortete er, »dir, mein Herr, unsere Bewandtnisse, und wie es herging mit unsrer Fahrt, im Zusammenhang und getreulich darzutun, daß du sehest, wir gehen mit Wahrheit um. Zahlreich ist unser Haus, – nicht gerade schon wie der Sand am Meer, aber sehr vielköpfig. An die siebenzig zählen wir, denn wir alle sind Häupter unter des Vaters Haupt, alle sind wir vermählt und gesegnet mit ...«

»Vermählt alle zehn?«

»Vermählt alle elf, o Herr, und gesegnet mit ...«

»Was, auch euer Jüngster ist ein vermähltes Haupt?«

»Ganz wie du sagst, Herr. Von zwei Weibern hat er acht Kinder.«

»Es ist nicht möglich!« rief Joseph, ohne die Übersetzung abzuwarten, schlug auf die Löwenlehne und brach in lautes Lachen aus. Auch die ägyptischen Beamten hinter ihm lachten aus Unterwürfigkeit mit. Die Brüder lächelten ängstlich. Mai-Sachme, sein Haushalter, gab ihm einen heimlichen Stupf in den Rücken.

»Ihr nicktet«, sprach Joseph und trocknete sich die Augen; »so verstand ich, daß auch euer Jüngster vermählt und Vater ist. Das ist ja prächtig. Ich lache nur, weil es so prächtig ist – und eben zum Lachen. Denn einen Jüngsten pflegt man sich ja als Knirps vorzustellen und als ein Kleinchen, nicht aber als Eheherrn und Vaterhaupt. Von dieser Vorstellung ging ich aus bei meinem Lachen, das übrigens, wie ihr seht, sehr bald ein Ende genommen hat. Diese Sache ist viel zu ernst und verdächtig, als daß man lachen sollte. Und daß du, Löwenhaupt, schon wieder stocktest in deiner Rechtfertigung, dünkt mich ein bedenkliches Zeichen.«

»Mit deiner Gewährung«, antwortete Juda, »fahre ich fort in ihr ohne Stocken und im Zusammenhang. Denn die Teuerung, welche man lieber mit Schrecken eine Hungersnot nennen sollte, weil nichts da ist, was teuer sein könnte, dieses Ungemach drückte das Land, die Herden verdarben, und an unser Ohr schlug das Weinen unserer Kinder nach Brot, welches, o Herr, der bitterst-unleidliche aller Laute ist für ein Menschenohr, außer etwa gar noch die Beklagnis heiligen Alters, daß sogar ihm abgehe das Tägliche und würdig Gewohnte; denn wir hörten den Vater sagen, nicht viel fehle, so gehe die Lampe ihm aus, und er müsse im Dunkeln schlafen.«

»Unerhört«, sagte Joseph. »Das ist ja ein Ärgernis, um nicht zu sagen: ein Greuel! Läßt man es dahin kommen? Keine Vorsorge, keine Gewärtigung und kein Vorbauen gegen die Heimsuchung, die doch in der Welt ist und immer Gegenwart annehmen kann! Keine Einbildungskraft, keine Furcht und keine Rücklage! In den Tag gelebt, wie das liebe Vieh und nichts bedacht, was nicht gerade Eräugnis ist, bis dann schließlich der Vater auf seine alten Tage muß das Gewohnte entbehren. Schämt euch! Habt ihr denn keine Bildung und keine Geschichten? Wißt ihr nicht, daß unter bestimmten Umständen das Sprossen gefesselt und alles Blühen gebunden ist, weil nämlich das Feld nur noch Salz gebiert und kein Kraut mehr aufgeht, noch gar Getreide wächst? Daß dann das Leben in Trauer erstarrt, sodaß der Stier nicht die Kuh bespringt, noch der Esel sich über die Eselin beugt? Habt ihr garnie von Wasserfluten gehört, die die Erde ersäufen und die nur der Gescheite übersteht, der sich einen Kasten gemacht hat, darin zu schwimmen auf der wiedergekehrten Urflut? Muß sich, bis ihr sorgt, erst alles eräugnen und gegenwendig werden, was nur abgewendet war, sodaß es dann teuerstem Alter an Öl für die Lampe gebricht?«

Sie ließen die Köpfe hängen.

»Fahrt fort!« sagte er. »Der da sprach, fahre fort! Aber laßt mich nichts mehr davon hören, daß euer Vater im Dunklen schläft!«

»Es ist nur bildlich gemeint, Adonai, und will nur bedeuten, daß er mitbetroffen ist von dem Ungemach und hat keine Opfersemmeln. Viele sahen wir sich gürten und sich auf den Weg machen in dieses Land, daß sie kauften aus Pharao's Scheuern und heimbrächten Speise, denn in Ägypten allein ist Korn und ist Markt. Aber lange mochten wir dem Vater nicht mit dem Vorschlage kommen, daß wir uns auch gürteten und geschäftlich herabzögen ebenfalls, um einzukaufen.«

»Warum mochtet ihr nicht?«

»Er hat den eigenen Sinn seiner Jahre, Herr, und vorgefaßte Meinungen über die Dinge, so auch über das Land deiner Götter, – eigensinnig denkt er über Mizraim und hegt dieses und jenes Vorurteil in Betreff seiner Sitten.«

»Da muß man ein Auge zudrücken und sich nichts merken lassen.«

»Er hätte uns wahrscheinlich nicht erlaubt, herabzuziehen, wenn wir ihn darum gefragt hätten. Deshalb hielten wir's für weiser im Rat, zu warten, daß der Mangel ihn selbst darauf brächte.«

»Das sollte vielleicht nun auch nicht sein, daß man so über den Vater rate und ihn klüglich behandle, denn es sieht aus, als spränge man mit ihm um.«

»Es blieb uns nichts anderes übrig. Auch sahen wir wohl seine Seitenblicke, und daß er den Mund halb auftat zur Rede, tat ihn aber wieder zu. Endlich sprach er zu uns: ›Was tauscht ihr Blicke und seht euch viel um? Siehe, ich höre, und das

Gerücht drang zu mir, daß im Unterlande Getreide feil ist, und wird Markt gehalten dortselbst. Auf, und sitzt nicht auf euren Gesäßen, daß wir verderben! Loset aus einen oder zweie von Euch, und wen das Los trifft, Shimeon oder Dan, die mögen sich gürten und hinabreisen mit den Reisenden und Speise kaufen für euere Weiber und Kinder, daß wir leben und nicht sterben!‹ – ›Wohl‹, erwiderten ihm wir Brüder, ›aber es ist nicht genug, daß zweie ziehen, denn die Bedarfsfrage wird aufgeworfen. Wir müssen alle fahren und unsere Kopfzahl zeigen, daß die Kinder Ägyptens erkennen, wir brauchen Getreide nicht nach dem Epha, sondern dem Chômer nach.‹ – Er sagte: ›So ziehet zu zehnen!‹ – ›Es wäre besser‹, antworteten wir, ›wir zögen alle und zeigten, daß wir elf Häuser sind unter dem deinen, sonst werden wir knapp beliefert.‹ – Er aber antwortete und sprach: ›Seid ihr bei Troste? Ich sehe, ihr wollt mich kinderlos machen. Wißt ihr nicht, daß Benjamin zu Hause sein muß und an meiner Hand? Wie stellt ihr euch's vor, wenn ihm ein Unfall begegnete auf der Reise? Ihr fahrt zu zehnen oder wir schlafen im Dunklen.‹ – Also fuhren wir.«

»Ist das deine Rechtfertigung?« fragte Joseph.

»Herr«, antwortete Juda, »wenn mein getreuliches Zeugnis nicht deinen Verdacht überzeugt und du daran nicht erkennst, daß wir harmlose Leute sind und mit Wahrheit umgehen, so müßten wir an jeder Rechtfertigung verzagen.«

»Ich fürchte, es wird dahin kommen«, sprach Joseph. »Denn über eure Harmlosigkeit hab ich nun mal meine eignen Gedanken. Was aber den Verdacht betrifft, unter dem ihr steht, und meine bis jetzt noch unerschütterte Zeihung, daß ihr Kundschafter seid und garnichts anderes – gut, so will ich euch prüfen. An der Getreulichkeit eurer Depositionen, sagt ihr, soll ich merken, daß ihr mit Wahrheit umgeht und keine Schelme seid. Ich sage: gut! Bringt euren jüngsten Bruder bei, von dem ihr redet! Stellt ihn hier mit euch vor mein Angesicht, daß ich sehe und mich durch den Augenschein überzeuge: es stimmt in den Einzelheiten bei euch und hat seine Zuverlässigkeit mit euren Bewandtnissen – so will ich anfangen, den Verdacht zu bezweifeln und langsam schwankend werden der Zeihung wegen. Wo aber nicht, – bei Pharao's Leben! – und hoffentlich wißt ihr, man kann nicht höher schwören bei uns zulande –, so kann nicht nur nicht von Belieferung die Rede sein, sei es dem Epha nach oder gar nach dem Chômer, sondern erwiesen ist's endgültig dann, daß ihr Daialu seid, und wie man mit solchen handelt, des hättet ihr eingedenk sein sollen, als ihr diesen Beruf ergriffet.«

Sie waren bleich und fleckig in den Gesichtern und standen da in Ratlosigkeit.

»Du willst, Herr«, ließen sie fragen, »daß wir des Weges zurückziehen, neun oder siebzehn Tage lang (denn uns springt nicht die Erde entgegen) und mit dem Jüngsten die Fahrt wiederholen hierher vor dein Angesicht?«

»Das wäre noch schöner«, gab er zurück. »Nein, sehr mitnichten! Glaubt ihr, ein Mann wie ich läßt einen solchen Spionenfang einfach wieder davonziehen? Ihr seid Gefangene. Ich sondere euch ab in ein Nebengemach dieses Hauses und verwahre euch für drei Tage, womit ich heut meine, morgen und etwas von übermorgen. Bis dahin mögt ihr einen von euch erküren durch Los oder Abrede, der die Reise tun soll und hole den Prüfling. Die anderen aber bleiben gefangen, bis er vor mich gestellt ist, denn bei Pharao's Leben, ohne ihn seht ihr mein Antlitz nicht wieder.«

Sie blickten auf ihre Füße und kauten die Lippen.

»Herr«, sagte der Älteste, »was du gebietest, ist tunlich bis zu dem Augenblick, wo der Bote zu Haus wieder anlangt und unserem Vater gesteht: ehe denn daß wir beliefert werden, sollen wir beibringen den Jüngsten. Du weißt nicht, wie er da anlaufen wird, denn des Vaters Sinn ist sehr eigen und am allereigensten in dem Punkt, daß der Kleine zu Hause sei und niemals reise. Siehe, er ist das Nestküchlein ...«

»Aber das ist absurd!« rief Joseph. »Wer wird in Betreff eines Jüngsten so märchenhafte Vorurteile hätscheln! Ein Mann von acht Kindern ist ein reisefähiger Mann und sei er zwölfmal der Jüngste. Glaubt ihr, euer Vater wird euch alle hier in Gefangenschaft lassen als Kundschafter, lieber als daß er euch seinen Jüngsten leihe auf eine Reise?«

Sie berieten sich eine Weile unter einander mit Nicken und Schulterlüpfen, und schließlich erwiderte Ruben:

»Wir halten das, Herr, für möglich.«

»Nun denn«, sagte Joseph und stellte sich auf seine Füße, »ich halte es *nicht* für möglich. Das macht ihr einem Mann wie mir nicht weiß. Und was meine Worte betrifft, so bleibt's bei ihnen. Stellt euren jüngsten Bruder vor mich, hart bind' ich's euch ein. Denn bei Pharao's Leben, vermögt ihr's nicht, so seid ihr der Kundschafterei überführt!«

Er winkte dem Offizier der Standwache, der sprach ein Wort, und Lanzener traten den Männern zur Seite und führten die Erschrockenen zum Saale hinaus.

»Es wird gefordert«

Es war kein Gefängnis und kein Loch, in das man sie warf, sondern nur in Klausur tat man sie: in ein abgelegenes Blüten-Pfeiler-Gelaß, zu dem einige Stufen hinabführten, und das ein unbenutztes Schreibzimmer, ein Archiv veralteter Akten zu sein schien. Es bot hinlänglichen Raum für zehn und war von Bänken umlaufen. Für zeltende Hirten war es immer noch ein ans Noble grenzender Aufenthalt. Daß die Lichtluken vergittert waren, wollte nichts heißen, denn irgend ein Gitterwerk haben solche immer. Freilich gingen Wachen vor der Tür auf und ab.

Jaakobs Söhne setzten sich auf ihre Fersen und berieten die Dinge. Sie hatten viel Zeit, den Mann zu wählen, der zurückreisen sollte, dem Vater die Zumutung zu stellen, Zeit bis übermorgen. Darum berieten sie erst einmal die Lage im Allgemeinen, die Patsche, in die sie geraten waren, und die sie einstimmig und mit besorgten Mienen sehr arg und bedrohlich nannten. Was für ein dämonisches Mißgeschick, in diesen Verdacht geraten zu sein – kein Mensch wußte, wie! Sie machten einander Vorwürfe, daß sie das Unheil nicht hatten kommen sehen; denn ihre Absonderung an der Grenze, ihre Bestellung nach Menfe, das Auge, das man während der Reise dorthin auf sie gehabt, das alles, sagten sie jetzt, war schon verdächtig gewesen, verdächtig im Sinn eines Verdachts, mochte es sich anfangs auch eher freundlich angefühlt haben. Es war hier überhaupt ein Gemisch von Freundlichkeit und Gefährlichkeit, aus dem sie nicht klug wurden, das sie verstörte und ihnen zugleich ein eigentümliches Glücksgefühl schuf, unterhalb aller schweren Sorge und Kränkung. Nicht klug wurden sie aus dem Wesen des Mannes, vor dem sie gestanden, und der diesen unseligen Verdacht gegen sie, die Lauteren, hegte, indem er ihnen die Widerlegung zuschob, – einen abgeschmackten, unglaublich launenhaften Verdacht, von ihnen aus gesehen, – denn sie, die zehnfache Unschuld und geschäftliche Harmlosigkeit, sie – Spione, gekommen, des Landes Scham auszulugen! Er aber hatte es sich nun einmal in den Kopf gesetzt, und, außer, daß das höchst bedenklich war und ihr Leben anging, tat es den Brüdern auch in der Seele weh; denn der Mann, dieser Markthalter und Große Ägyptens gefiel ihnen, und ganz abgesehen von ihrem Leben schmerzte es sie, daß gerade er so Übles von ihnen dachte.

Ein augenfälliger Mann. Man mochte ihn hübsch und schön nennen und ging kaum zu weit, wenn man ihn einem erstgeborenen Stier verglich, der seinen Schmuck hat. Auch freundlich war er auf eine Weise. Aber das war es eben, daß in seiner Person die Mischung von Freundlichkeit und Argnis sich konzentrierte, die für die Lage kennzeichnend war. Er war »tâm«, die Brüder einigten sich auf diese Kennzeichnung. Er war zweideutig, doppelgesichtig und ein Mann des Zugleich, schön und nächtig, ermutigend und beängstigend, gütig und gefährlich. Man wurde nicht klug aus ihm, wie man eben aus der Eigenschaft »tâm« nicht klug wird, in der Ober- und Unterwelt sich begegnen. Er konnte teilnehmend sein und hatte sich um die Fährnisse ihrer Reise bekümmert. Leben und Wohlsein ihres Vaters waren ihm der Erkundigung wert gewesen, und über des Jüngsten Vermähltsein hatte er laut in den Saal gelacht. Aber dann, als ob er sie nur in freundliche Sicherheit hätte wiegen wollen, war er ihnen mit dem schrullenhaft-willkürlichen und lebensgefährlichen Verdacht des Kundschaftertums ins Gesicht gefahren und hatte sie unerbittlich in Geiselhaft getan, bis sie zum Gegenbeweise den Elften beibrächten, – als ob das im Ernst eine Weißwaschung gewesen wäre! Tâm – es gab garkeine andre Vokabel dafür. Ein Mann des Wendepunktes und der Vertauschung der Eigenschaften, der oben und unten zu Hause war. Ein Handelsmann war er ja auch, und ins Kaufmännische war schon der Diebstahl einschlägig, was ganz zur Zweideutigkeit stimmte.

Aber was half die Bemerkung und was half's zu beklagen, daß der anziehende Mann so böse mit ihnen war? Es besserte nichts an der Patsche, in der sie saßen, einer Zwicklage, von der sie einander gestanden, daß sie bedrohlicher sei, als ihnen je eine zugestoßen. Und der Augenblick kam, wo sie dem unvernünftigen Verdacht, unter dem sie standen, mit einem sehr vernünftigen eignen begegneten: dem nämlich, daß jener zu tun haben möchte mit dem Verdacht, unter welchem zu leben sie häuslich gewohnt waren, – kurzum, daß diese Heimsuchung Vergeltung bedeute für alte Schuld.

Es wäre nämlich ein Irrtum zu glauben und aus den Texten zu schließen, sie hätten erst vor Josephs Ohren, beim zweiten Gespräch mit ihm, diese Vermutung ausgetauscht. Nein, schon hier, in der Clausur, drängte sie sich ihnen auf die Lippen, und sie sprachen von Joseph. Es war merkwürdig genug: die Person des Markthalters mit der des Begrabenen und Verkauften auch nur in die leiseste Gedankenverbindung zu bringen, war ihnen doch völlig verwehrt, – und dennoch sprachen sie von dem Bruder. Ein bloß moralischer Vorgang war das nicht; sie kamen von einem zum anderen nicht erst auf dem Weg von Verdacht zu Verdacht, von der Schuld zur Strafe. Es war eine Sache der Berührung.

Mai-Sachme hatte in seiner Ruhe wohl recht gehabt, zu sagen, zwischen Erkennen und Merken, daß man erkennt, liege noch mancher Schritt. Man kommt nicht mit einem Bruderblut in Berührung, ohne es zu erkennen, besonders, wenn man es einst vergossen hat. Aber ein anderes ist es, sich's einzugestehen. Wenn Einer behauptete, die Söhne hätten zu dieser Stunde in dem Markthalter bereits den Bruder erkannt, so drückte er sich sehr linkisch aus und begegnete mit Recht dem entschiedensten Widerspruch; denn woher dann auch wohl ihr maßloses Erstaunen, als er sich ihnen zu erkennen gab? Sie hatten keine Ahnung! Nämlich davon hatten sie keine, warum ihnen Josephs Bild und ihre alte Schuld vor die Seele traten nach oder schon bei der Berührung mit dem anziehend-gefährlichen Machthaber.

Diesmal war es nicht Ascher, der aus Genäschigkeit das gemeinsame Fühlen, das sie bündelte, in Worte gefaßt hätte, sondern Juda tat es, der Mann des Gewissens. Jener entschied, daß er zu gering dafür sei, dieser aber, es komme ihm zu.

»Brüder in Jaakob«, sagte er, »wir sind in großer Not. Fremde dahier, sind wir in eine Schlinge getappt, in eine Grube unbegreiflichen, aber verderblichen Verdachtes sind wir gefallen.

Weigert Israël unserm Boten den Benjamin, wie er tun wird nach meiner Befürchtung, so sind wir entweder des Todes, und man läßt uns in das Haus der Marter und Hinrichtung eintreten, wie die Kinder Ägyptens sagen, oder wir werden doch in die Sklaverei verkauft, zum Gräberbau oder zum Goldwaschen an entsetzlichem Ort, nie sehen wir unsre Kinder wieder, und die Fuchtel des ägyptischen Diensthauses wird unsre Rücken striemen. Wie geschieht uns das? Gedenket Brüder, warum uns dies geschieht, und erkennet Gott! Denn unsrer Väter Gott ist ein Gott der Rache, und er vergißt nicht. Auch uns hat er nicht erlaubt, zu vergessen, aber am wenigsten vergißt er selbst. Warum er nicht gleich losschnaubte dazumal, sondern ließ Lebenszeiten vergehen und kalt abstehen das Strafgericht, bis er uns nun dies zurichtet, das fraget ihn und nicht mich. Denn wir waren Knaben, als wir's taten, und jener ein Knäblein, und die Strafe trifft andre Leute. Aber ich sage euch: verschuldet haben wir's an unserm Bruder, daß wir sahen die Angst seiner Seele, als er von unten zu uns schrie, und wir wollten ihn nicht erhören. Darum kommt nun diese Trübsal über uns.«

Sie nickten schwer mit den Köpfen allesamt, denn die Gedanken aller hatte er ausgesprochen, und murmelten:

»Shaddai, Jahu, Eloah.«

Re'uben aber, den Weißkopf zwischen den Fäusten, rot im Gesicht vor Bedrängnis und mit geschwollenen Stirnadern, stieß zwischen seinen Lippen hervor:

»Ja, ja, gedenkt nur, murmelt und seufzt! Sagte ich's nicht? Hab' ich's euch dazumal nicht gesagt, als ich euch warnte und sprach: Vergreift euch nicht an dem Knaben!? Wer aber nicht hören wollte, wart ihr. Da habt ihr's nun, – sein Blut wird von uns gefordert!«

Ganz so hatte der gute Ruben damals eigentlich nicht gesprochen. Doch immerhin, er hatte manches verhindert, nämlich gerade, daß Josephs Blut geflossen war, oder doch, daß mehr davon war vergossen worden, als bei oberflächlicher Verletzung der Schönheit entquillt, und genau war es also nicht, zu sagen, sein Blut werde gefordert. Oder meinte Ruben das Blut des Tieres, das vor dem Vater für Josephs Blut hatte stehen müssen? Jedenfalls war auch den andren zu Mut, als ob er sie damals gewarnt und ihnen Vergeltung vorhergesagt hätte, und sie nickten wieder und murmelten:

»Wahr, wahr, es wird gefordert.«

Sie bekamen zu essen, recht gut übrigens, Rostgans, Kringel und Bier, was wiederum der Mischung aus Freundlichkeit und Gefährlichkeit entsprach, die hier waltete, und schliefen nachts auf den Bänken, wo es sogar Nackenstützen gab, zu ihrer Haupterhebung. Am nächsten Tag galt es, den Boten zu wählen, der nach des Mannes Willen zurückreisen sollte, den Jüngsten zu holen, – und der vielleicht nie wieder kommen würde, nämlich, wenn Jaakob Nein sagte. Es kostete sie wirklich den ganzen Tag, denn nicht dem Lose mochten sie's überlassen, sondern wollten lieber ihren Verstand zu Rate ziehen in einer so schwer wiegenden Frage, die unter verschiedenen Gesichtspunkten zu beurteilen war. Wem unter ihnen trauten sie den meisten Einfluß zu auf den Vater, daß er ihn berede? Wen konnten sie hier in der Not am leichtesten entbehren? Wer war der Unentbehrlichste für den Stamm, daß er überlebe, wenn sie zugrunde gingen? Das alles wollte geschlichtet, es wollten die Antworten unter einen Hut gebracht sein, und bis zum Abend kamen sie nicht damit zu Rande. Da die Verfluchten oder Halb-Verfluchten sich nicht empfahlen, sprach vieles für Juda. Zwar hätten sie ihn nur ungern ziehen lassen; den Vater zu gewinnen aber mochte er der Rechte sein, und über seine Stammes-Unentbehrlichkeit waren alle einig – mit seiner eigenen Ausnahme, die den Beschluß verhinderte. Denn er schüttelte das Löwenhaupt und sagte, er sei ein Sünder und Knecht, nicht wert noch willens zu überleben.

Wen sollte man also bestellen und auf wen mit dem Finger weisen? Auf Dan wegen seiner Findigkeit? Auf Gaddiel seiner Nervigkeit wegen? Auf Ascher, weil er gern feuchtmäulig für alle sprach, – da Sebulon und Issakhar selber fanden, daß für sie so gut wie nichts ins Feld zu führen sei? Auf Naphtali, Bilha's Sohn, mußte es schließlich hinauslaufen: sein Botentrieb drängte ihn zu der Aufgabe, ihm zuckten die Läuferbeine, die Zunge lief ihm im Voraus, und nur nicht bedeutend, von Geistes wegen nicht ansehnlich genug erschien er den andren, erschien er sich selbst, um in einem mehr als oberflächlich-mythischen Sinn für die Rolle zu taugen. Darum war bis zum dritten Morgen der Weiser noch immer nicht eindeutig und entschieden auf einen von ihnen gerichtet; aber auf Naphtali wäre er notfalls wohl stehn geblieben, wenn sich bei neuer Audienz nicht gezeigt hätte, daß ihr Kopfzerbrechen umsonst gewesen war, da der gestrenge Markthalter sich eines anderen besonnen hatte.

Nicht sobald war Joseph nach dem Empfange und nach Entlassung seiner Großen mit Mai-Sachme, seinem Haushalter, allein gewesen, als er ihn auch schon, noch heißen Gesichts, bestürmt und jubelnd befragt hatte:

»Hast du gehört, Mai, hast du's gehört? Er lebt noch, Jaakob lebt, er kann noch hören, daß ich lebe und nicht gestorben bin, er kann – und Benjamin ist ein Ehemann und hat einen Haufen Kinder!«

»Das war ein arger Schnitzer, Adôn, daß du gleich loslachtest darüber, ohne die Wiederholung!«

»Denken wir nicht mehr daran! Ich hab's vertuscht. Man kann bei einer so aufregenden Sache nicht jeden Augenblick die Besonnenheit wahren. Aber sonst, wie war es? Wie hab ich's gemacht? Hab ich's leidlich geführt? Hab ich die Gottesgeschichte anständig geschmückt? Hab ich für festliche Einzelheiten gesorgt?«

»Du hast es recht hübsch gemacht, Adôn, wunderhübsch. Es war aber auch eine dankbare Aufgabe.«

»Ja, dankbar. Wer nicht dankbar ist, das bist du. Du bist nicht aus der Ruhe zu bringen und machst nur runde Augen. Wie ich aufstand und sie bezichtigte, war das von wuchtiger Natur? Ich hatte es vorbereitet, man hätte es können kommen sehen, und doch blieb es wuchtig! Und wie der große Ruben sagte: ›Wir erkennen dich in deiner Größe, du aber erkennst uns nicht in unsrer Unschuld‹, war das nicht golden und silbern?«

»Du kannst doch nichts dafür, Adôn, daß er so sagte.«

»Aber ich hatte es darauf angelegt! Und überhaupt bin ich verantwortlich für alle Einzelheiten des Festes. Nein, Mai, du bist undankbar, und ist dir nicht beizukommen, denn du kannst nicht erschrecken. Nun aber will *ich* dir sagen, daß ich keineswegs so zufrieden bin, wie ich mich stelle, denn ich hab's ganz dumm gemacht.«

»Wieso, Adôn? Du hast es reizend gemacht.«

»Eine Hauptsache hab ich dumm gemacht und es gleich selber gemerkt im nächsten Augenblick; nur war's für diesmal zu spät, es noch zu verbessern. Daß ich neune hier will in Geiselhaft halten und Einer soll ziehen, den Kleinen zu holen, ist ausgemacht ungeschickt, und ein viel ärgerer Schnitzer, als daß ich gleich loslachte. Man muß das ändern. Was soll ich machen hier mit den Neunen, da ich die Gotteshandlung nicht fördern kann, solange Benoni nicht da ist, und kann sie nicht einmal sehen, da sie ja meines Angesichts verwiesen sind, bis sie ihn vor mich stellen? Das ist pure Stümperei. Sollen sie hier nutzlos im Geiselloch liegen, indeß zu Hause kein Brot ist, und der Vater hat keine Opfersemmeln? Nein, so soll's verordnet sein, gerade umgekehrt: Einer bleibt hier als Bürge gefangen, einer, an dem dem Vater weniger liegt, sagen wir von den Zwillingen Einer (unter uns gesagt, haben sie sich bei meiner Zerstückelung am allerrohesten aufgeführt), die anderen aber sollen ziehen und Notdurft heimbringen für den Hunger, die sie natürlich bezahlen müssen, – wenn ich's ihnen schenkte, das wäre gar zu verdächtig. Daß sie den Bürgen im Stich lassen und sich als Kundschafter bekennen allzumal, indem sie ihn opfern und mir den Jüngsten nicht bringen, das glaube ich keinen Augenblick.«

»Aber lange kann's dauern, lieber Herr. Ich seh es kommen, daß dein Vater ihnen den Ehemann nicht eher zur Reise leiht, als bis das Brot aufgezehrt ist, das du ihnen verkaufen willst, und ihnen wieder die Lampe auszugehen droht. Du nimmst dir Zeit für die Geschichte.«

»Ja, Mai, wie soll man sich nicht Zeit nehmen für solche Gottesgeschichte und sich nicht Geduld zumuten für ihre sorgfältige Ausschmückung! Und wenn's ein ganzes Jahr dauert, bis sie mit Benjamin kommen, das wäre mir nicht zu viel. Was ist denn ein Jahr vor dieser Geschichte! Dich hab ich doch eigens hineingenommen, weil du die Ruhe selber bist und mir von deiner Ruhe leihen sollst, wenn ich zappelig werde.«

»Das tu ich gern, Adôn. Es ist mir eine Ehre, dabei zu sein. Ich errate auch manches im Voraus, was du tun willst zur Ausgestaltung. Ich denke mir, du hast vor, sie für die Speise zwar zahlen zu lassen, mit der du sie beliefern willst, ihnen aber heimlich, bevor sie reisen, das Geld in die Futtersäcke zu stekken, obenauf, und wenn sie füttern, so finden sie das Bezahlte wieder – einen rätselhaften Stich wird ihnen das geben.«

Joseph sah ihn mit großen Augen an.

»Mai«, sagte er, »das ist ja ausgezeichnet! Das ist ja golden und silbern! Du errätst da etwas und erinnerst mich an eine Einzelheit, auf die ich wohl auch noch gekommen wäre, weil sie natürlich dazu gehört, aber fast hätt' ich sie übersehen. Nie hätt' ich gedacht, daß Einer, der nicht erschrecken kann, sich etwas so wunderlich Schreckhaftes ausdenken könnte.«

»Ich würde nicht erschrecken, Herr; aber sie werden.«

»Ja, auf rätselhaft-ahnungsvolle Weise. Und werden spüren, daß da Einer ist, der's freundlich mit ihnen meint, und der sie foppt. Besorge das sorglich, es steht schon so gut wie geschrieben! Ich binde dir's ein: Du praktizierst ihnen fein die Beträge in ihre Futtersäcke, daß jeder den seinen findet, sobald sie füttern, und sie nur fester gebunden sind, außer noch durch den Bürgen, ans Wiederkommen. Und nun bis übermorgen! Wir müssen leben bis übermorgen, daß ich's ihnen sage und die Verbesserung vornehme. Aber Tag und Jahr, Jahr und Tag, was ist das vor dieser Geschichte!«

Das Geld in den Säcken

So standen am dritten Tag die Brüder denn wieder im Saal des Ernährers vor Josephs Stuhl – vielmehr sie lagen, ihre Stirnen drückten sie auf den Estrich, richteten sich halb auf, hoben die flachen Hände und neigten sich wieder, im Chore murmelnd:

»Du bist wie Pharao. Deine Knechte sind ohne Schuld vor dir.«

»Ja, eine Garbe tauber Ähren seid ihr«, sagte er, »und wollt mich bestechen mit euerem Beugen und Neigen. Dolmetsch, wiederhole ihnen das, was ich gesagt habe, was sie seien, – von hohlen Ähren ein Greifbund! Mit der Hohlheit aber meine ich Heuchelei und falschen Anstrich, die mich nicht täuschen. Denn mit äußerer Höflichkeit und Verneigung blendet man nicht einen Mann wie mich und schläfert sein Mißtrauen nicht ein mit Knicksen. Solange ihr den Prüfling nicht beigebracht und ihn hier vor mich hingestellt habt, euren Jüngsten, von dem ihr redetet, solange seid ihr Spitzbuben in meinen Augen und fürchtet Gott nicht. Ich aber fürchte ihn. Darum will ich euch sagen, wie ich's verordne. Ich will nicht, daß euere Kinder Hunger leiden, und daß euer alter Vater im Dunklen schlafe. Ihr sollt beliefert sein nach euerer Kopfzahl zu dem Preise, wie die Teurung ihn zeitigt und die Geschäftslage ihn unerbittlich diktiert, denn das dachtet ihr wohl selber nicht, daß ich euch das Brot schenken würde, nur weil ihr die und die seid, alle eines Mannes Söhne und eigentlich zu zwölfen. Das sind keine Gründe für einen Mann wie mich, nicht hart die Geschäftslage auszunutzen, besonders, wenn er's wahrscheinlich mit Spitzeln zu tun hat. Für zehn Häuser sollt ihr beliefert sein, wenn ihr die Beträge darwiegen könnt; aber heimbringen laß ich's euch nur zu neunen: einer von euch bleibt mir in Banden als Bürge und liegt im Gewahrsam hier, bis ihr wiederkehrt und euch rein wascht vor mir durch Gestellung des Elften von euch, des einstigen Zwölften. Leibbürge aber sei mir der Erste, Beste, nämlich *der*.«

Und er wies mit dem Wedel auf Schimeon, der trutzig dreinblickte und tat, als mache es ihm nichts aus.

Er wurde gefesselt, und während die Soldaten ihm die Stricke anzogen, umdrängten die Brüder ihn und redeten ihm zu. Da war es, wo sie zurückkamen aufs schon Gesagte und redeten, was nicht für Joseph bestimmt war, er aber verstand es.

»Schimeon«, sagten sie, »Mut! Du bist's nun einmal, und er will dich haben, trag's als der Mann, der du bist, ein fester, ein Lamech! Wir werden alles tun, daß wir wiederkommen und dich befreien. Sei getrost, du wirst's unterdessen nicht allzu schlecht haben, nicht so, daß es über deine ansehnlichen Kräfte ginge. Der Mann ist nur halb böse, zum Teil ist er gut und wird dich nicht unüberführt in die Bergwerke schicken. Hast du nicht gesehen, daß er uns Gansbraten schickte in die Geiselhaft? Unberechenbar ist er, aber der Schlimmste nicht, und vielleicht wirst du nicht allezeit gebunden sein, wenn aber doch, so ist's besser, als Gold waschen! Bei alledem bist du sehr zu bemitleiden, aber dich hat's nun einmal getroffen nach der Laune des Mannes, was willst du da machen? Einen jeden von uns hätt es treffen können, und getroffen, weiß Gott, sind wir alle, du aber mußt wenigstens nicht vor Jaakob stehn und ihm bekennen: ›Einen haben wir eingebüßt, und den Jüngsten sollen wir bringen‹, – dessen bist du überhoben. Eine Heimsuchung ist das Ganze und eine Trübsal, uns gesandt vom Rächenden. Denn gedenke, was Juda sagte, als er uns allen aus der Seele sprach und uns gemahnte, wie einst der Bruder zu uns schrie aus der Tiefe, wir aber blieben taub seinem Weinen, womit er für den Vater flehte, daß er nicht auf den Rücken falle. Du aber kannst nicht leugnen, daß ihr beiden damals, Levi und du, bei der Verprügelung wie bei der Versenkung, euch besonders herzhaft aufgeführt habt!«

Und Ruben fügte hinzu:

»Mut, Zwilling, deine Kinder sollen zu essen haben. Dies ist uns alles zugerichtet, weil damals niemand hören wollte, als ich warnte: ›Legt euere Hand nicht an den Knaben!‹ Aber nein, ihr wart nicht zu halten, und als ich zur Grube kam, da war sie leer und das Kind aus der Welt. Nun fragt uns Gott: ›Wo ist dein Bruder Habel?‹«

Joseph hörte es. Ein Prickeln stieg ihm in die Nase, er mußte ein wenig schnauben, da es ihn von innen stieß, und jäh gingen die Augen ihm über, sodaß er sich abwandte im Stuhl und Mai-Sachme ihn stupfen mußte, was aber nicht sogleich half. Als er sich wieder zu jenen wandte, blinzelte er, und seine Redeweise war verschnupft und getragen.

»Ich werde euch«, sagte er, »nicht den höchsten Teuerungspreis berechnen für Scheffel und Eselslast, den die Geschäftslage uns zu fordern erlaubte. Ihr sollt nicht sagen, daß Pharao's Freund euch bewuchert habe, wenn ihr zu euerem Vater kommt. Was ihr tragen könnt, und was euere Säcke fassen, damit sollt ihr beliefert sein, ich weis' es euch an. Ich weise euch Weizen und Gerste an. Wollt ihr unter- oder oberägyptische Gerste? Ich empfehle euch solche vom Lande Uto's, der Schlange, sie ist die bessere. Was ich euch ferner rate, ist, das Korn zum

Brote zu nutzen und nicht viel an die Saat zu wagen. Die Dürre möchte noch anhalten – sie wird noch anhalten, und es wäre vertan. Lebt wohl! Ich biete euch ein Lebewohl wie ehrlichen Leuten, denn noch seid ihr nicht überführt, wenn auch schwer verdächtig, und falls ihr den Elften vor mich stellt, so will ich euch glauben und euch nicht für elf Ungeheuer des Chaos halten, sondern für die elf heiligen Bilder des Kreises, – wo aber ist das zwölfte? Die Sonne verbirgt es. Soll es, Männer, so sein? Glück auf die Reise! Ihr seid ein wunderliches, verdächtiges Volk. Habt sorgsamen Weg, jetzt, da ihr zieht, und erst recht, wenn ihr wiederkommt! Denn jetzt führt ihr nur Notdurft, die ist kostbar genug, kommt ihr aber wieder, so führt ihr den Jüngsten. Der Gott eurer Väter sei euer Schild und euere Böschung! Und vergeßt nicht Ägyptenland, wo Usir in die Lade gelockt und zerstückelt wurde, aber der Erste ward er im Reich der Toten und erleuchtet den unterirdischen Schafstall!«

Damit brach er auf vom Stuhl des Gehörs unter den Fächern und ging von ihnen hinaus. Die neun aber bekamen Belieferungsscheine in einem Schreibsaal des Hauses, wohin man sie führte, und ward der Preis ihnen festgesetzt für Scheffel, Malter und Eselslast, und als sie vom Fremdenhof ihre Tiere geholt, Lastesel und Reitesel, wogen sie den Geschworenen der Wage ihr Geld dar, ein jeder zehn Silberringe, daß es heilig einstand zwischen diesen und den Gewichten, und aus den Entnehmungsluken quoll das Weizen- und Gerstenkorn, womit sie prall ihre Säcke füllten, große Doppelsäcke, die ausladend den schwerhinschreitenden Trageseln an den Flanken hingen. Die Futtersäcke aber hingen den Reiteseln vorm Sattel. So wollten sie ziehen, um keine Zeit zu verlieren und heute noch ein Stück Wegs von Menfe gegen die Grenze zurückzulegen, doch wurde ihnen von den Beamten erst noch ein Freimahl gereicht zu ihrer Stärkung, während die Tiere im Hofe warteten: Biersuppe mit Rosinen und Hammelkeule, und Wegzehrung erhielten sie obendrein für die ersten Tage, in schmucker, bewahrender Packung, – das sei so Sitte, sagte man ihnen, daß Mundvorrat eingeschlossen sei in den Kaufpreis, denn dies sei Ägyptenland, das Land der Götter, ein Land, das sich's leisten könne.

Es war Mai-Sachme, des Markthalters Hausmeier, der ihnen dies sagte, und der überhaupt all diese Zuteilungen mit runden Augen, die starken schwarzen Brauen darüber emporgezogen, sorgsam überwachte. Er gefiel ihnen sehr in seiner Ruhe, besonders, da er sie über das Schicksal Schimeons tröstete und sagte, daß es nach seiner Meinung verhältnismäßig sehr leidlich sein werde. Die Fesselung vor ihren Augen sei mehr nur ein Wahrzeichen der Geiselschaft gewesen, sie werde vermutlich nicht andauern. Nur, allerdings, wenn sie sich drückten und ihn im Stich ließen und nicht spätestens binnen Jahresfrist mit dem Kleinsten sich wieder einfänden, dann freilich stehe er, Mai, für nichts. Denn sein Herr, das sei so ein Gebieter, – freundlich schon, freundlich gewiß, aber unerbittlich dann wieder auch in Dingen, die er sich einmal in den Kopf gesetzt. Er halte für möglich, daß es um Schimeon auf eine sehr unangenehme Weise geschehen sein würde, wenn sie nicht erfüllten, was der Herr ihnen eingebunden, und dann sei ihre Schar schon um zweie gelichtet, was doch gewiß nach dem Sinne ihres alten Vaters nicht sei.

»O nein!« sagten sie. Und ihr Möglichstes wollten sie tun. Aber es sei schwer, zu leben zwischen zwei Starrsinnigkeiten. Dies Wort in Ehren, was seinen Herrn betreffe, denn er sei tâm, ein Mann des Wendepunktes und habe was Göttliches in seiner Güte und Schrecklichkeit.

»Das mögt ihr wohl sagen«, erwiderte er. »Seid ihr satt? Dann Glück auf die Fahrt! Und merkt's euch, was ich gesagt habe!«

So zogen sie denn aus der Stadt, viel schweigend, weil sie bedrückt waren wegen Schimeons und der Frage wegen, wie sie's dem Vater beibringen sollten, daß sie ihn eingebüßt hatten und wie allein er ausgelöst werden konnte. Aber bis zum Vater war es noch weit, und sie unterhielten sich auch. Sie äußerten, daß ihnen die ägyptische Biersuppe behagt habe, daß zwar Ungemach sie ereilt habe, daß sie bei der Belieferung aber verhältnismäßig leichten Kaufes davongekommen seien, was denn Jaakob doch freuen werde. Sie sprachen vom kurz gestalteten Haushalter, und wie er ein angenehm phlegmatischer Mann sei, – nicht tâm, sondern eindeutig freundlich und ohne Dorn. Aber wer wußte, wie er sich verhalten hätte, wenn er nicht nur ein ältester Knecht, sondern der Herr und Markthalter gewesen wäre. Einfache Leute sind minder versucht und haben leicht gutherzig sein, aber Größe und Unumschränktheit macht fast notwendig launenhaft und unberechenbar, – man hatte ja ein Beispiel am Allergrößten, der auch oft schwer zu begreifen war in seiner Ungeheuerlichkeit. Übrigens war der Moschel heute fast eindeutig freundlich gewesen, bis eben darauf nur, daß er den Schimeon in Geiselbande gelegt hatte: Ratschläge hatte er ihnen gegeben, sie gesegnet und sie fast feierlich mit den Kreislauf-Tieren verglichen, von denen eines verborgen. Wahrscheinlich war er sternkundig, allenfalls sogar ein Leser und Deuter. Er habe ja eine Anspielung fallen lassen, daß es ihm zur Ergänzung seines Scharfsinns nicht an höheren Mitteln fehle. Wundern tät es sie nicht, wenn er Sterndeuterei triebe. Hätten aber die Gestirne ihm eingeredet, sie seien Spione, so habe er sich groben Unsinn erlesen.

Ähnliches tauschten sie aus und kamen diesen Tag noch ein gut Stück voran gegen die Bitterseen. Als es aber dunkelte, wählten sie sich einen Rastplatz zum Übernachten, einen hübschen, wohnlichen Ort, halb umfriedet von lehmigem Fels, aus dem ein gebogener Palmbaum erst seitlich dahin und dann in die Höhe wuchs. Es war ein Brunnen da, auch eine Baude zum Unterstand, und vor derselben zeugte die Schwärzung des Bodens davon, daß hier Feuer gemacht und der Platz zum Kampieren manchmal benutzt werde. Da er in der Geschichte auch noch fernerhin eine Rolle spielt, kennzeichnen wir ihn durch Palmbaum, Brunnen und Baude. Die Neun machten sich's da bequem. Einige luden die Esel ab und legten die Lasten zusammen. Andere schöpften Wasser und schichteten Reisig zum Feuer. Einer aber von ihnen, Issakhar, war gleich beschäftigt, seinen Tieren Futter zu geben; denn da er einen Esels-Beinamen trug, lebte er in besonderer Sympathie mit diesem Geschöpf, und sein Reittier hatte schon mehrmals aus kläglich bemühter Brust nach einem Mahle geröhrt.

Seinen Futtersack öffnet der Lea-Sohn und schreit laut auf.

»He!« ruft er. »Seht! Wie geschieht mir! Brüder in Jaakob! Zu mir, was ich finde!«

Sie kommen von allen Seiten, recken die Hälse und schauen. Issakhar hat in seinem Futtersack, gleich obenauf, sein Geld, den Kaufpreis für seine Kornlast, zehn Silberringe, gefunden.

Sie stehen und staunen, schütteln die Köpfe, machen übelabwehrende Zeichen.

»Ja, Knochiger, wie geschieht denn dir?«

Plötzlich stieben sie auseinander, jeder zu seinem Futtersack. Jeder sucht und braucht nicht zu suchen: obenauf liegt jedem sein Kaufgeld.

Sie setzten sich auf die Erde, einfach nur so dahin. Was war das? Heilig hatte die Zahlung eingestanden gegen das Steingewicht; nun war sie ihnen wiedergeworden. Konnte einem da nicht das Herz entfallen vor Unverständnis? Was in aller Welt sollte es heißen? Es ist angenehm und zum Lachen, sein Geld wiederzufinden bei der Ware, für die man's gezahlt, aber auch unheimlich, sogar vorwiegend unheimlich, wenn man ohnedies unter Bezichtigung steht, – eine verdächtige Annehmlichkeit, verdächtig nach beiden Seiten hin, nach der Seite der Absichten und nach der eigenen, auf die dadurch ein noch schieferes Licht fällt. Und dabei hatte es etwas Vergnügtes, und dann wieder was Tückisches, – wer wurde klug daraus und wer wollte sagen, warum ihnen Gott das getan?

»Wißt ihr, warum Gott uns dies tut?« fragte der große Ruben und nickte ihnen mit angezogenen Gesichtsmuskeln zu.

Sie verstanden wohl, was er meinte. Er spielte auf die alte Geschichte an, rechnete den vertrackten Fund der Unglückssträhne zu, die sich ihnen nun drehte, weil sie einst gegen seine Warnung (hatte er sie eigentlich gewarnt?) die Hand an den Knaben gelegt. Sie verstanden ihn, weil ihnen mehr oder weniger der gleiche, unbestimmte Zusammenhang schwante. Schon daß sie Gott ins Spiel brachten und einander fragten, warum Er ihnen dies tat, bewies, daß sie denselben Gedanken hegten. Aber mit dem Gedanken, fanden sie, war es genug gewesen, und Ruben hätte nicht auch noch eigens zu nicken brauchen. Vor den Vater zu treten, war schwieriger, als je, nach diesem Vorkommnis; noch ein Geständnis mehr war da abzulegen. Schimeon, Benjamin und nun diese Schiefigkeit noch, – nicht gerade erhobenen Hauptes kehrten sie heim. Zum Schmunzeln war ja etwas daran für ihn, daß sie gratis bezogen hatten, aber seine Handelsehre würde doch schwer beunruhigt dabei sein, und auch vor ihm sogar würden sie in einem Licht von erhöhter Schiefigkeit stehen.

Einmal sprangen sie alle gleichzeitig auf, um zu den Eseln zu laufen und sofort das Kaufgeld zurückzubringen. Aber ebenso gleichzeitig ließen sie ab von dem Vorhaben, erschlafften, verzichteten und setzten sich wieder hin. »Es hat keinen Sinn«, sagten sie und meinten damit, daß es ebenso wenig Sinn habe, und vielleicht noch weniger, das Geld wieder hinzubringen, wie es Sinn hatte, daß es ihnen wieder geworden war.

Sie schüttelten die Köpfe. Noch im Schlafe taten sie das, einer jetzt, dann ein anderer, und zuweilen mehrere gleichzeitig. Sie seufzten auf in ihrem Schlaf, – es war wohl keiner, der nicht unwissentlich zwei oder dreimal im Lauf der Nacht geseufzt hätte. Zwischendurch aber geschah es, daß um die Lippen des einen oder des anderen Schlummernden ein Lächeln spielte, ja, es kam vor, daß mehrere auf einmal glücklich im Schlafe lächelten.

Die Unvollzähligen

Gute Nachricht! Dem Jaakob wurde die Heimkehr seiner Söhne gemeldet, ihre Annäherung ans Vaterzelt mit tragenden Tieren, mit ihren Eseln, schwer wandelnd unter dem Korne Mizraims. Daß sie nur zu neunen waren, anstatt zu zehnen, wie bei ihrem Weggang, war denen nicht aufgefallen, die ihn benachrichtigten. Neun sind eine starke Gruppe, besonders mit all den Eseln; neun sind der Ansehnlichkeit nach so gut wie zehn; daß es nicht noch einer mehr ist, wird dem mäßig genauen Blick garnicht bemerklich. Auch Benjamin, der neben dem Vater vorm hähremen Hause stand (der Greis hielt den Gatten Mahalia's und Arbaths bei der Hand wie einen kleinen Buben), bemerkte es nicht; er sah weder neun noch zehn, sondern einfach die Brüder, die in stattlicher Anzahl wieder herankamen. Nur Jaakob erkannte es sofort.

Erstaunlich, der Patriarch war nun doch an die neunzig, und man traute seinen altersstumpfen und nickenden braunen Augen mit den matten Drüsen-Zartheiten darunter nicht viel Scharfblick mehr zu. Für Gleichgültiges – und was wird nicht gleichgültig in diesen Jahren! – besaßen sie auch keinen. Aber die Ausfälle des Alters sind weit mehr seelischer als körperlicher Art: genug gesehen und gehört; mögen die Sinne dämmern. Es gibt jedoch Dinge, um derentwillen sie unvermutet Jägerschärfe, die Raschheit des stückezählenden Hirten zurückgewinnen, und die Vollzähligkeit Israels war etwas, wobei Jaakob besser sah, als irgend jemand.

»Es sind nur neun«, sagte er bestimmten und dennoch ein wenig bebenden Tones und wies hinaus. Nach einem sehr kurzen Augenblick fügte er hinzu:

»Schimeon fehlt.«

»Richtig, Schimeon geht noch ab«, erwiderte Benoni nach einigem Suchen. »Ich sehe ihn auch nicht. Er muß gleich nachkommen.«

»Das wollen wir hoffen«, sagte der Alte sehr bestimmt und ergriff wieder die Hand des Jüngsten. So ließ er jene herankommen. Er lächelte ihnen nicht zu, er sagte kein Wort der Begrüßung. Er fragte nur:

»Wo ist Schimeon?«

Da hatten sie es. Offenbar war er wieder gewillt, es ihnen so schwer wie möglich zu machen.

»Von Schimeon später«, antwortete Juda. »Sei, Vater, gegrüßt! Von ihm alsbald und nur dies gleich zuvor, daß du dir seinetwegen keine Sorgen zu machen brauchst. Siehe, wir sind zurück von der Handelsfahrt und wieder bei unserm Herrn.«

»Aber nicht alle«, sagte er unbeweglich. »Ihr mögt gegrüßt sein. Aber wo ist Schimeon?«

»Nun ja, er ist etwas rückständig«, antworteten sie, »und für den Augenblick noch nicht zur Hand. Es hängt das mit dem Handelsgeschäft zusammen und mit den Launen des Mannes da ...«

»Habt ihr etwa meinen Sohn für Korn verkauft?« fragte er.

»Keineswegs. Aber Korn bringen wir, wie unser Herr sieht, reichliches Korn, reichlich jedenfalls für eine Weile, und sehr gutes Korn, Weizen und prima Gerste von Unterägypten, und du wirst Opfersemmeln haben. Das ist das Erste, das wir dir melden.«

»Und das Zweite?«

»Das Zweite mag etwas wunderlich klingen, man könnte auch ›wunderbar‹ sagen und es, wenn du willst, sogar abnorm nennen. Aber wir dachten doch, daß es dir Freude machen würde. Wir haben das gute Korn umsonst bekommen. Will sagen, nicht gleich umsonst; wir haben gezahlt dafür, und heilig stand ein unser Geld gegen das Gewicht des Landes. Aber da wir erstmals rasteten, fand Issakhar sein Bezahltes wieder in seinem Futtersack, und siehe, wir alle fanden's wieder, sodaß wir das Gut bringen und das Geld obendrein, wofür wir auf deinen Beifall rechnen.«

»Nur meinen Sohn Schimeon bringt ihr nicht wieder. Es ist so gut wie klar, daß ihr ihn für gemeine Speise eingetauscht habt.«

»Wo denkt unser Herr hin, schon zum zweiten Mal! Wir sind nicht die Männer für solche Geschäfte. Wollen wir uns nicht niederlassen hier mit dir, daß wir dich in Ruhe über unsern Bruder beruhigen, dir aber zuvor ein wenig goldne Frucht in die Hand rinnen lassen zur Probe und dir das Geld zeigen, wie Gold und Silber zugleich vorhanden sind?«

»Ich wünsche sofort über meinen Sohn Schimeon unterrichtet zu werden«, sagte er.

Sie saßen nieder mit ihm in einem Kreise, nebst Benjamin, und gaben Rechenschaft: Wie man sie abgesondert am Eingang des Landes und nach Mempi verwiesen habe, einer Stadt voll Getümmels. Wie man sie durch Reihen lagernder Menschentiere eingeführt habe in den großen Geschäftspalast, in einen Saal von erdrückender Schönheit und vor den Stuhl des Mannes, der da Herr sei im Lande und gleich wie Pharao, nämlich des Marktthalters, zu dem die Welt komme, eines sonderartigen Mannes, verwöhnt von Größe, lieblich und schrullenhaft. Wie sie sich geneigt und gebeugt hätten vor dem Manne, Pharao's Freund, dem Ernährer, und ihn ersucht hätten um ein Geschäft, er aber habe sich doppelt erwiesen, freundlich und grimm, habe teils warmherzig mit ihnen geredet, teils plötzlich sehr hart und habe behauptet, was man kaum wiederholen möge, nämlich sie seien Späher, die des Landes geheime Blöße ausspitzeln wollten, – sie, die zehn Biedermänner! Wie da das Herz sie gestoßen habe, daß sie ihm dargetan hätten, wer sie denn doch schließlich seien: alle feierlich *eines* Mannes Söhne, eines Gottesfreundes, im Lande Kanaan, und eigentlich nicht nur zehn, sondern zwölf, feierlicher Weise; Einer sei nur eben von früh auf nicht mehr vorhanden, der Jüngste aber zu Haus an des Vaters Hand. Wie der Mann da, der Herr im Lande, nicht habe glauben wollen, daß ihr Vater noch lebe, bloß weil sie selber nicht mehr die Jüngsten, – zweimal habe er sich dessen versichern lassen, denn in Ägyptenland kenne man solche Lebensausdauer wohl nicht, wie ihr lieber Herr sie betätige, man gehe dort wohl gewöhnlich rasch an äffischer Ausschweifung zugrunde.

»Genug davon«, sagte er. »Wo ist mein Sohn Schimeon?«

Auf den kämen sie nun, antworteten sie, oder doch sehr bald. Denn erst müßten sie wohl oder übel noch auf einen anderen kommen, und es sei nur zu beklagen, daß der nicht gleich, ihrem Wunsch und Vorschlag gemäß, mit ihnen gezogen sei auf die Fahrt; in diesem Fall wären sie heute aller Wahrscheinlichkeit nach vollzählig wieder zurück; sie würden den Zeugen gleich bei sich gehabt haben, nach dem der Mann in seinem Argwohn verlangt habe. Denn von der Schrulle, sie seien Spähbuben habe er nun einmal nicht gelassen, noch ihnen aufs bloße Wort Glauben geschenkt, was ihre feierliche Herkunft betreffe, sondern zum Beweis ihrer Unschuld verlangt, daß sie den Jüngsten vor ihn stellten, – wo nicht, so seien sie Spähbuben.

Benjamin lachte.

»Führt mich zu ihm!« sagte er. »Ich bin neugierig auf den neugierigen Mann.«

»Du schweigst, Benoni«, verwies ihn Jaakob mit Strenge, »und lallst nicht länger kindisch daher! Mischt wohl ein Knirps, wie du, sich in solchen Rat? – Ich habe immer noch nichts gehört von meinem Sohne Schimeon.«

»Doch, du hast«, sagten sie; »wenn du wolltest, Herr, und

uns nicht zwängest, alles peinlich herauszusagen, so könntest du jetzt schon Bescheid über ihn wissen.« Denn es sei ja klar, daß sie unter solchem Verdacht und bei dieser Auflage nicht einfach hätten abfahren dürfen – und zwar mit Korn. Ein Bürge sei zu stellen gewesen. Der Mann habe sie ursprünglich alle behalten wollen und nur Einen schicken, daß er für ihre Reinigung sorge; aber ihrer Geschicklichkeit und Überredungskunst sei es gelungen, den Sinn des Mannes zu wenden, daß er nur einen behalten habe, den Schimeon, sie aber mit Speise vorerst habe ziehen lassen.

»Und so ist euer Bruder, mein Sohn Schimeon als Schuldsklave dem ägyptischen Fronhaus verfallen«, sagte er mit bedrohlicher Mäßigung.

Der Haushalter des Herrn im Lande, antworteten sie, ein guter, ruhiger Mann, habe sie versichert, daß der Einbehaltene es den Umständen nach bequem haben und nur vorübergehend in Banden liegen werde.

»Besser als je«, sagte er, »weiß ich nun, warum ich zögerte, euch die Erlaubnis zu dieser Reise zu geben. Ihr liegt mir in den Ohren mit eurer Lust, gen Ägypten zu ziehen, und da ich euch endlich willfahre, macht ihr solchen Gebrauch von meiner Nachgiebigkeit, daß ihr nur teilweise wiederkommt und laßt den Besten von euch in den Krallen des Zwingherrn!«

»Du warst nicht immer so günstig auf Schimeon zu sprechen.«

»Herr der Himmel«, sprach er in die Höhe, »sie bezichtigen mich, ich hätte nicht Herz und Sinn gehabt für Lea's Zweiten, den streitbaren Helden! Die Miene geben sie sich, als hätte ich ihn veräußert für ein Maß Mehl und ihn dem Rachen Leviathans dahingegeben um Atzung für ihre Kleinen – ich und nicht sie! Wie muß ich dir's danken, daß du mir wenigstens das Herz stärktest gegen ihren Ansturm und machtest mich fest gegen ihren Mutwillen, als sie wollten zu elfen fahren und auch den Jüngsten dahinnehmen! Sie wären imstande gewesen, mir wiederzukehren ohne ihn und mir zu antworten: ›Gar viel lag dir ja doch nicht an ihm‹!«

»Im Gegenteil, Vater! Wären wir nur zu elfen gefahren und hätten den Jüngsten mit uns gehabt, daß wir ihn vor des Mannes Angesicht hätten stellen können, des Herrn im Lande, da er nach ihm verlangte, so wären wir sämtlich zurück. Aber nichts ist verloren, denn wir brauchen nur Benjamin hinzuführen und ihn vor den Mann zu stellen, Pharao's Markthalter, dort im Saal des Ernährers, so ist Schimeon frei und du hast beide wieder, das Kind und den Helden.«

»Mit anderen Worten: da ihr Schimeon schon verschleudert habt, wollt ihr mir jetzt auch Benjamin von der Hand reißen und ihn dorthin bringen, wo Schimeon ist.«

»Das wollen wir um der Schrulle willen des Mannes dort, um uns zu reinigen und mit dem Zeugen den Bürgen zu lösen.«

»Ihr Wolfsherzen! Meiner Kinder beraubt ihr mich und all euer Sinnen ist, wie ihr Israel zehntet. Joseph ist nicht mehr vorhanden, Schimeon ist nicht mehr vorhanden, nun wollt ihr auch Benjamin dahinnehmen. Was ihr euch einbrockt, das soll ich ausessen, und alles geht über mich!«

»Nein, Herr, du beschreibst es nicht richtig! Nicht hingegeben sein soll Benjamin zu Schimeon auch noch dazu, sondern beide sollen dir wieder werden, wenn wir den Jüngsten nur vor den Mann stellen, daß er daran merkt, wir gehen mit Wahrheit um. Wir bitten ergebenst, gib uns Benjamin frei für die Reise, daß wir Schimeon lösen und Israel wieder vollzählig sei!«

»Vollzählig? Und wo ist Joseph? Mit klaren Worten verlangt ihr von mir, daß ich diesen hier soll zu Joseph dahinschicken auf den Weg. Ihr seid abgewiesen.«

Da ereiferte sich Ruben, ihr Ältester, sprudelte wie kochend Wasser und sprach:

»Vater, nun höre mich! Höre auf mich allein, dieser aller Haupt! Denn nicht ihnen sollst du den Knaben geben zur Fahrt, sondern nur mir. Wenn ich ihn dir nicht wiederbringe, so geschehe mir dies und das! Wenn ich ihn dir nicht wiederbringe, so sollst du meine beiden Söhne erwürgen, Hanoch und Pallu. Erwürge sie, sage ich, vor meinen Augen mit eigener Hand, und ich will nicht mit der Wimper zucken, wenn ich dir nicht mein Wort hielt und einlöste die Bürgschaft!«

»Ja, schieße nur, schieße dahin!« antwortete ihm Jaakob. »Wo warst du, als den Schönen das Schwein betrat, und hast du wohl Joseph zu schützen gewußt? Was hab ich von deinen Söhnen, und bin ich ein Würgengel, daß ich sie würge und Israel zehnte noch eigenhändig? Abgewiesen bleibt ihr mit euerem Ansinnen, daß mein Sohn mit euch hinabziehe, denn sein Bruder ist tot, und er allein ist mir übrig. Stieße ihm etwas zu auf dem Wege, so hätte die Welt den Anblick, daß meine grauen Haare mit Jammer in die Grube gebracht wären.«

Sie sahen einander verpreßten Mundes an. Das war ja lieblich, daß er Benjamin »seinen Sohn« nannte, nicht ihren Bruder, und sagte, er allein sei ihm übrig.

»Und Schimeon, dein Held?« fragten sie.

»Allein will ich hier sitzen«, antwortete er, »und mich um ihn grämen. Zerstreut euch!«

»Kindlichen Dank für Gespräch und Urlaub!« sagten sie und verließen ihn. Auch Benjamin ging mit ihnen und streichelte einem und dem anderen den Arm mit seiner kurzfingrigen Hand.

»Laßt es euch nicht verdrießen, was er gesagt hat«, bat er, »und verbittert euch nicht gegen seine würdige Seele! Meint ihr, es schmeichelt mir und ich überhebe mich dessen, daß er mich seinen Sohn nennt, der allein ihm übrig geblieben, und daß er's euch abschlägt, mich mit euch ziehen zu lassen? Weiß ich doch, er vergißt mir's nie, daß Rahel starb an meinem

Leben, und ist eine traurige Obhut, in der ich wandle. Denkt, wie lange es brauchte, bis er sich überwand, euch hinabziehen zu lassen ohne mich und merkt daran, wie ihr ihm teuer! Nun braucht's wieder nur eine Weile, bis er beigibt und schickt mich mit euch hinab zu dem Mann, denn er läßt unseren Bruder nicht in der Heiden Hand, er kann's nicht, und außerdem – wie lange wird wohl die Speise reichen, die ihr Klugen dort unten umsonst bekommen? Also getrost! Ich Kleiner komm doch noch zu meiner Reise. Nun aber erzählt mir ein wenig noch von dem Markthalter da, dem Gestrengen, der euch so garstig beschuldigte und so schrullenhaft nach dem Jüngsten verlangt! Dessen könnt' ich mich fast überheben, daß er mich durchaus sehen will und will mich zum Zeugen. Was ist es mit ihm? Der Oberste, sagt ihr, der Unteren? Und über alle erhöht? Wie sieht er aus und wie spricht er? Es ist kein Wunder, daß ich neugierig bin auf einen Mann, der so neugierig ist nach mir.«

Jaakob ringt am Jabbok

Ja, was ist ein Jahr vor dieser Geschichte, und wer wollte wohl geizen mit Zeit und Geduld um ihretwillen! Geduld übte Joseph und mußte leben dabei und den Staats- und Handelsmann abgeben in Ägyptenland. Geduld übten die Brüder wohl oder übel mit Jaakobs Starrsinn, und so tat Benjamin, indem er die Neugier bezwang auf seine Reise und auf den neugierigen Markthalter. Wir haben es von ihnen allen am besten, – nicht etwa, weil wir schon wissen, wie alles kam. Das ist vielmehr ein Nachteil gegen die, die in der Geschichte lebten und sie am eigenen Leibe erfuhren; denn Lebensneugier müssen wir schaffen, wo von Rechts wegen gar keine sein kann. Aber den Vorteil haben wir über jene, daß uns Macht gegeben ist über das Maß der Zeit und wir es dehnen und kürzen können nach freiem Belieben. Wir müssen das Wartejahr nicht ausbaden in allen seinen Täglichkeiten, wie Jaakob tun mußte mit den sieben in Mesopotamien. Erzählenden Mundes dürfen wir einfach sagen: Ein Jahr verging, – und siehe, da ist es herum, und Jaakob ist mürbe.

Denn es ist ja allbekannt, daß es damals mit den wässerigen Dingen noch lange nicht in die Reihe kam und Dürre zu drükken fortfuhr auf die Länder, die um unsere Geschichte liegen. Was kommen nicht für Teufelsserien vor in der Welt, und wie ficht es den Zufall an, der sonst den Wechsel liebt und den Sprung hin und her zwischen Gut und Schlimm, daß er wie versessen auf einmal und mit Dämonengekicher immer dasselbe entstehen läßt, einmal übers andere! Schließlich muß er umspringen, – er höbe sich selber auf, wenn's immer so weiter ginge. Aber toll kann er's treiben, und daß er es bis zu siebenmal treibt, ist, wenn man ins Große rechnet, keine Seltenheit.

Mit unseren Aufklärungen über den Wolkenverkehr zwischen dem Meere und den Alpen des Mohrenlands, wo die Wasser des Nils entspringen, haben wir, ehrlich gesagt, nur aufgeklärt, wie es geschah, nicht aber, warum. Denn mit dem Warum der Dinge kommt niemand zu Ende. Die Ursachen alles Geschehens gleichen den Dünenkulissen am Meere: eine ist immer der anderen vorgelagert, und das Weil, bei dem sich ruhen ließe, liegt im Unendlichen. Der Ernährer wurde nicht groß und ergoß sich nicht, weil es droben im Mohrenland nicht regnete. Das tat es nicht, weil auch in Kanaan keine Regen fielen, aus dem Grunde nämlich, weil das Meer keine Wolken gebar und zwar sieben, mindestens aber fünf Jahre lang. Warum? Das hat übergeordnete Gründe, es führt ins Kosmische und zu den Gestirnen, die zweifellos Wind und Wetter bei uns regieren. Da sind die Sonnenflecke – eine beträchtlich entlegene Ursache. Aber daß die Sonne nicht das Letzte und Höchste ist, weiß jedes Kind, und wenn schon Abram sich weigerte, sie als die Endursache anzubeten, so müßten wir uns schämen, bei ihr stehen zu bleiben. Es gibt Überordnungen im All, welche den königlichen Ruhestand der Sonne zu untergeordneter Bewegung aufheben, und die so einflußreichen Flecken in ihrem Schilde sind selbst ein Warum, von dem nicht anzunehmen ist, daß sein endgültiges Weil, bei dem sich ruhen ließe, in jenen Über-Systemen oder abermals übergeordneten liege. Das End-Weil liegt oder thront offenbar in einer Ferne, die bereits wieder Nähe ist, da in ihr Ferne und Nähe, Ursache und Wirkung Eines sind; es ist dort, wo wir uns finden, indem wir uns verlieren, und wo wir eine Planung vermuten, die um ihrer Ziele willen sich wohl auch einmal der Opfersemmeln entschlägt.

Dürre und Teuerung drückten, und nicht einmal einen ganzen Umlauf dauerte es, bis Jaakob mürbe war. Die Speise, die seine Söhne erfreulich-unheimlicher Weise umsonst bezogen, war aufgezehrt; sie war nicht viel gewesen unter so Viele, und neue war hierzuland auch für teures Geld nicht zu haben. Schon ein paar Monde früher denn, als voriges Jahr, leitete Israel das Gespräch ein, auf das die Brüder gewartet hatten.

»Wie dünket euch?« fragte er. »Ist es nicht also, daß ein Widerspruch klafft und eine Ungereimtheit obwaltet zwischen meinem Vermögensstande, den ich bewahrt und vermehrt, seit ich die staubigen Riegel brach von Labans Reich, – und diesem Ungemach, daß wir schon wieder des Saatkorns und Mehlgebäcks entbehren und eure Kinder nach Brot schreien?«

Ja, meinten sie, das brächten die Zeiten so mit sich.

»Es sind seltsame Zeiten«, sagte er, »wo Einer vollreife Söhne hat, eine ganze Mannschaft, und ließ es mit Gottes Hilfe nicht fehlen, sie sich zu erzeugen, sie aber sitzen auf ihren Gesäßen und rühren sich nicht, dem Mangel zu steuern.«

»Das sagst du so, Vater. Aber was soll man machen!«

»Machen? In Ägypten ist Kornmarkt, wie ich von mehreren Seiten höre. Wie wäre es, wenn ihr euch die Reise zumutetet und führet hinab, uns ein wenig Speise zu kaufen?«

»Das wäre schon recht, Vater, wir zögen schon. Aber du läßt außer acht, was uns der Mann da unten hart eingebunden hat wegen Benjamins: daß wir sein Angesicht nicht sehen sollten, ohne, es wäre denn unser Bruder mit uns, der Jüngste, den wir nicht aufweisen konnten zum Zeichen unsrer Wahrhaftigkeit. Der Mann ist ein Sterngelehrter, dem Anschein nach. Er sagt, von den Zwölfen sei eines hinter der Sonne verborgen, aber nicht zweie seien's auf einmal, und der Elfte müsse vor ihn gestellt sein, eh' er uns nur wieder ansehe. Gib uns Benjamin mit, und wir reisen.«

Jaakob seufzte.

»Ich wußte«, sagte er, »daß das kommen werde, und daß ihr mich nur wieder quälen würdet des Kindes wegen.«

Und laut schalt er sie:

»Unselige! Unbedachte! Mußtet ihr auch schwatzen und trätschen vor dem Mann und eure Bewandtnisse leichtfertig auskramen, daß er nun weiß, ihr habt noch einen Bruder, meinen Sohn, und mochte nach ihm verlangen? Wärt ihr würdig beim Handelsgeschäft geblieben, ohne Geträtsch, so wüßte er garnichts von Benjamin und könnte nicht mein Herzblut zum Preise setzen für Semmelmehl! Ihr verdientet, daß ich euch alle verfluchte!«

»Tu das nicht, Herr«, sprach Juda, »denn was würde aus Israel? Sondern bedenke, in welcher Not wir waren und wie genötigt, ihm reinen Wein einzuschenken, da er uns zusetzte mit seinem Verdacht und uns nach unsrer Freundschaft verhörte! Denn er verhörte uns so genau und wollte wissen: ›Lebt euer Vater noch?‹ ›Habt ihr noch einen Bruder?‹ ›Geht es eurem Vater wohl?‹ Und da wir ihm sagten, es gehe dir nicht so wohl, wie dir's gebührte, schalt er uns laut und zürnte, daß wir's dahin hätten kommen lassen.«

»Hm«, machte Jaakob und strich sich den Bart.

»Geängstigt waren wir«, fuhr Juda fort, »von seiner Strenge

und eingenommen von seiner Teilnahme. Denn es ist doch nicht wenig, wenn einem solche erwiesen wird, so angelegentlich, von einem Großen der Welt, von dem man abhängig ist für den Augenblick. Das öffnet wohl dem Menschen das Herz und macht mitteilsam, wenn auch nicht trätschig.« Und wie hätten sie auch voraussehen können, fragte Jehuda noch, daß der Mann gleich nach dem Bruder verlangen und ihnen auflegen würde: »Bringt ihn hernieder!«?

Er war es, der Geprüfte, der heute vornehmlich sprach. So war es ausgemacht zwischen ihnen für den Fall, daß Jaakob Zeichen von Mürbigkeit gäbe; denn Re'uben, da er recht ungeschickt und eher geschmacklos mit seinen beiden Söhnen dahingeschossen, daß Jaakob sie erwürge, war schon zurückgewiesen, und Levi, obgleich stark betroffen durch den Verlust seines Zwillings und nur noch ein halber Mann seitdem, konnte nicht vorgeschickt werden von wegen Shekems. Juda aber sprach vorzüglich, mit männlicher Wärme und überzeugend.

»Israel«, sagte er, »überwinde dich, und solltest du ringen müssen mit dir selbst bis zum Morgenrot, wie einst mit einem andern! Dies ist eine Jabbok-Stunde, wolltest du doch daraus hervorgehen wie ein Held Gottes! Siehe, des Mannes Sinn dort unten ist unwandelbar. Wir sehen ihn nicht, und Lea's Dritter bleibt dem Diensthaus verfallen, auch ist kein Gedanke an Brot, es sei denn Benjamin mit uns. Ich, dein Löwe, weiß, wie sauer dich's ankommt, das Rahelspfand auf die Fahrt zu geben, von wegen ›Immer zu Hause sein‹, und noch dazu ins Land des Schlammes hinab und der toten Götter. Auch traust du wohl dem Manne nicht, dem Herrn im Lande, und argwöhnst, daß er uns eine Falle stellt und weder den Jüngsten noch den Bürgen wieder herausgibt oder vielleicht uns alle nicht. Aber ich sage dir, der ich die Menschen kenne und nicht viel Gutes erwarte weder von Hoch noch Niedrig: so ist der Mann nicht, und soweit habe ich ihn erkannt, daß ich weiß und lege die Hand ins

Feuer dafür: uns in die Falle zu locken, das hat der Mann nicht im Sinn. Er ist wohl wunderlich und nicht geheuer, aber auch einnehmend und, wenn auch voll Irrtums, so doch ohne Falsch. Ich, Juda, bürge für ihn, wie ich für diesen bürge, deinen Sohn, unsern jüngsten Bruder. Laß ihn mit mir ziehen an meiner Seite, und ich will ihm Vater und Mutter sein, wie du es bist, unterwegs und im Lande drunten, daß sein Fuß nicht an einen Stein stoße noch die Laster Ägyptens seine Seele beflecken. Gib ihn mir in die Hand, daß wir endlich reisen und leben und nicht sterben, wir, du und unsre Kindlein! Denn von meinen Händen sollst du ihn fordern, und wenn ich ihn dir nicht wiederbringe und vor deine Augen stelle, so will ich die Schuld tragen mein Leben lang. Wie du ihn hast, so sollst du ihn haben und könntest ihn längst wieder haben, da du ihn noch hast, denn hätten wir nicht so verzogen, wir könnten schon zweimal zurück sein samt Bürgen, Zeugen und Brot!«

»Bis zum Frührot«, antwortete Jaakob, »gebt mir Bedenkzeit!«

Und morgens hatte er sich ergeben und bei sich eingewilligt, den Benjamin auf die Reise zu geben, die nicht nach Shekem, nur ein paar Tage weit, sondern wohl siebzehn Tage weit ins Untere führte. Er hatte rote Augen und ließ es nicht an Ausdruck dafür fehlen, wie hart der zwangvolle Entschluß seine Seele angekommen war. Da er aber wirklich so hart mit der Notwendigkeit gerungen hatte und nicht bloß so tat, sondern es nur auch würdig, leidend und groß zum Ausdruck brachte, so war es höchst eindrucksvoll für jedermann, und ergriffen sprachen die Leute: »Seht, Israel hat diese Nacht sich selbst überwunden!«

Das Haupt zur Schulter geneigt, sagte er:

»Muß es denn ja so sein, und steht es in Erz geschrieben, daß an mir alles ausgehen soll, so nehmt und tut's und zieht dahin, ich willige drein. Nehmt beste Dinge in euer Gepäck, für die man das Land besingt, dem Manne da zum Geschenk und zur Milderung seines Herzens: Balsamöl, Tragakanth vom Bocksdorn, Traubenhonig, den man mir dicklich eingekocht, und den er mit Wasser schlürfen oder den Nachtisch sich damit süßen möge, auch Pistaziennüsse und Terebinthenfrucht, und nennt es wenig vor ihm! Nehmt ferner doppelt Geld mit, für neue Ware und für die vorige, da ich mich erinnere, daß euch das erste Mal euer Silber oben in eueren Säcken wieder geworden – es mag da ein Irrtum geschehen sein. Und nehmt Benjamin – ja, ja, ihr versteht mich recht, nehmt ihn und führt ihn hinab zu dem Mann, daß er vor ihm stehe, ich willige drein! Ich sehe, es malt sich Bestürzung in euren Zügen ob meines Entschlusses, aber er ist gefaßt, und Israel schickt sich an, zu sein wie einer, der gar seiner Kinder beraubt ist. El Shaddai aber«, brach er aus, die Hände zum Himmel erhoben, »gebe euch Barmherzigkeit vor dem Mann, daß er euch euren anderen Bruder lasse und Benjamin! Herr, nur auf Borg und Rückgabe geb ich ihn dir dahin auf die Reise, kein Mißverstehen sei zwischen mir und dir, ich opfere ihn dir nicht, daß du ihn verschlingest wie mein anderes Kind, ich will ihn zurückhaben! Gedenke des Bundes, Herr, daß des Menschen Herz fein und heilig werde in dir und du in ihm! Bleibe nicht hinter dem fühlsamen Menschenherzen zurück, Gewaltiger, daß du mir den Knaben veruntreust auf der Reise und wirfst ihn dem Untier vor, sondern mäßige dich, ich flehe dich an, und erstatte mir redlich die Leihgabe zurück, so will ich dir auf der Stirne dienen und dir verbrennen, was deine Nase entzückt, die besten Teile!«

So betete er empor und traf dann Anstalten zusammen mit Eliezer (eigentlich Damasek), den Todessohn abzufertigen für die Fahrt und ihn zu versorgen dafür wie eine Mutter; denn in nächster Frühe sollten die Brüder sich aufmachen, um zu Gaza drunten den Reisezug nicht zu verfehlen, der sich dort versammelte, und das kam der frohen Ungeduld Benonis zustatten, der überglücklich war, daß er endlich aus seiner symbolischen Eingesperrtheit, diesem Immer zu Hause sein, das Unschuld bedeutete, entlassen sein und die Welt sehen sollte. Er hüpfte nicht vor Jaakob und schlug nicht mit den Fersen auf, weil er nicht siebzehn war, wie damals Joseph, sondern schon an die dreißig, und das pathetische Herz nicht kränken wollte durch seine Freude, davon zu kommen; auch weil sein umflortes Dasein als Muttermörder ihm keine Sprünge gestattete und er nicht aus der Rolle fallen durfte. Aber vor seinen Weibern und Kindern brüstete er sich nicht wenig mit seiner Freizügigkeit und daß er nach Mizraim fahren werde, um Shimeon zu befreien durch sein Eintreten; denn nur er allein vermöge das über den Herrn des Landes.

Man konnte sich aber so kurz fassen mit den Anstalten, weil erst in Gaza die Reisenden ihren Bedarf einkaufen würden für die Wüstenreise. Für jetzt bestand ihr Haupt-Gepäck in den Geschenken für Shimeons Kerkermeister, den Markthalter Ägyptens, die Jung-Eliezer aus den Magazinen herbeigeschafft hatte: als da waren das Aromatisch-Abgetropfte, der Traubensyrup, die Myrrhenharze, die Nüsse und Früchte. Ein eigener Esel war für diese Gaben bestellt, für deren Güte das Land gepriesen war.

Im Morgenlicht schieden die Brüder zur zweiten Reise, in gleicher Zahl wie das erste Mal, denn um einen waren sie weniger und um einen mehr. Die Hofleute standen umher und weiter innen die Zehn, ihre Tiere am Halfter. Aber ganz innen stand Jaakob und hielt, was ihm geblieben war von der Frühgeliebten. Dazu waren die Leute gekommen, um zu sehen, wie Jaakob von dem Behüteten Abschied nahm, und sich zu erbauen an dem Ausdruck würdigsten Trennungsschmerzes. Lange hielt er den Jüngsten, hing ihm den Schutz um des eigenen Halses und murmelte an seiner Wange mit aufgehobenen Augen. Aber die Brüder schlugen die ihren mit bitter-duldsamem Lächeln zu Boden.

»Juda, du bist's«, sprach er endlich, allen vernehmlich. »Du hast dich verbürgt für diesen, daß ich ihn fordern solle von deiner Hand. Aber höre: Du bist deiner Bürgschaft entbunden. Denn bürgt auch ein Mensch wohl für Gott? Nicht auf dich will ich bauen, denn was vermöchtest du wider Gottes Zorn? Sondern ich baue auf Ihn allein, den Fels und den Hirten, daß er mir diesen erstatte, den ich ihm anvertraue im Glauben. Hört es alle: Er ist kein Unhold, der da spottet des Menschenherzens und tritt's in den Staub wie ein Wüstling. Er ist ein großer Gott, geläutert und abgeklärt, ein Gott des Bundes und der Verläßlichkeit, und soll ein Mensch bürgen für Ihn, so brauch ich dich nicht, mein Löwe, sondern ich selbst will bürgen für seine Treue, und er wird sich's nicht antun, zuschanden werden zu lassen die Bürgschaft. Ziehet hin«, sagte er und schob Benjamin von sich, »im Namen Gottes, des Barmherzigen und Getreuen! – Aber habt dennoch ein Auge auf ihn!« setzte er mit versagender Stimme hinzu und wandte sich gegen sein Haus hinweg.

Der silberne Becher

Als diesmal Joseph, der Ernährer, vom Amte nach Hause kam, die Nachricht im Herzen, daß die zehn Leute von Kanaan die Grenze passiert hatten, merkte Mai-Sachme, sein Haushalter, ihm gleich alles an und fragte:

»Nun denn, Adôn, es ist wohl an dem, und um ist die Wartezeit?«

»Es ist an dem«, antwortete Joseph, »und sie ist um. Gekommen ist es, wie es kommen sollte, und sie sind gekommen. Von heute den dritten Tag werden sie hier sein – mit dem Kleinen«, sagte er, »mit dem Kleinen! Diese Gottesgeschichte stand still eine Weile, und wir hatten zu warten. Aber Geschehen ist immerfort, auch wenn keine Geschichte zu sein scheint, und sachte wandert der Sonnenschatten. Man muß sich nur gleichmütig der Zeit anvertrauen und sich fast nicht um sie kümmern, – das lehrten mich schon die Ismaeliter, mit denen ich reiste –, denn sie zeitigt es schon und bringt alles heran.«

»Gar viel also«, sagte Mai-Sachme, »wäre denn nun zu bedenken und der Fortgang des Spiels genau zu veranstalten. Sind dir Vorschläge gefällig?«

»Ach, Mai, als ob ich's nicht alles längst bedacht und verordnet hätte und hätte beim Dichten irgend die Sorgfalt gespart! Das wird sich abspielen, als ob's schon geschrieben stände und spielte sich eben nur ab nach der Schrift. Überraschungen gibt es da nicht, sondern nur die Ergriffenheit davon, daß Gegenwart gewinnt das Vertraute. Auch bin ich garnicht aufgeregt dieses Mal, sondern nur feierlich ist mir zu Mut, da wir zum Weiteren schreiten, und höchstens vor dem ›Ich bin's‹ schlägt mir denn doch das Herz, nämlich für *sie* erschrecke ich davor – für sie hältst du da besser wohl einen Braus bereit.«

»Es soll geschehen, Adôn. Aber, willst du auch keinen Rat, so rat' ich dir doch: gib acht auf den Kleinen! Er ist nicht nur halb deines Blutes, sondern dein Vollbruder, und dazu, wie ich dich kenne, wirst du manches nicht lassen können und wirst ihn mit der Nase auf die Fährte stoßen. Überdies ist der Jüngste immer der Schlaueste, und leicht könnte es sein, daß er dein ›Ich bin's‹ schlüge mit einem ›Du bist's‹ und dir das ganze Spiel verrückte.«

»Nun, wenn auch, Mai! Ich hätte nicht viel gegen die Abwandlung. Das gäbe ein großes Lachen, wie wenn Kinder ein Aufgetürmtes über den Haufen werfen und jubeln dazu. Aber ich glaube nicht an deine Besorgnis. So ein Knirps – und wird Pharao's Freund, dem Vice-Horus und großen Geschäftsmann in sein Gesicht sagen: ›Pah, du bist weiter nichts als mein Bruder Joseph!‹ Das wäre ja unverschämt! Nein, daß ich's bin, das Wort der Rolle wird mir schon bleiben.«

»Willst du sie wieder im großen Amte empfangen?«

»Nein, diesmal hier. Ich will zu Mittag das Brot mit ihnen essen, sie sollen zur Tafel gezogen sein. Schlachte und richte zu, mein Haushalter, für elf Gäste mehr, als vorgesehen für den Tag, den dritten von heute. Wer ist geladen für übermorgen?«

»Einige Ehrenhäupter der Stadt«, sprach Mai Sachme seinem Täfelchen nach. »Seine Würden, Ptachhotpe, Vorlese-Priester vom Hause des Ptach; der Kämpfer des Herrschers, Oberst Ent-ef-oker, von des Gottes Standtruppe hier; der Erste Landvermesser und Marksteinsetzer Pa-nesche, der ein Felsengrab hat, wo der Herr liegt; und vom Großen Ernährungsamt ein paar Meister der Bücher.«

»Gut, es wird ihnen merkwürdig sein, mit den Fremden zu speisen.«

»Allzu merkwürdig, muß ich fürchten, Adôn. Denn da ist leider die Schwierigkeit, laß dich gemahnen, mit dem Speise-Sittengesetz und gewissen Verboten. Manchem möcht' es ein Anstoß sein, mit den Ibrim das Brot zu essen.«

»Aber geh mir doch, Mai, du sprichst ja wie Dûdu, ein Zwerg, den ich kannte, ein Grundsatzfrommer! Lehr' du mich meine Ägypter kennen – als ob die sich noch grausten! Sie müßten sich ja auch grausen, mit mir zu essen, denn daß ich nicht Nilwasser trank als Kind, ist keinem verborgen. Aber da ist Pharao's Ring ›Sei wie ich‹, der schlägt alles nieder. Mit wem ich esse, der wird ihnen recht sein auch zur Mahlzeit, denn außerdem ist ja da auch Pharao's Lehre noch, die jeder bewundert, der bei Hofe gefallen will, daß alle Menschen die lieben Kinder sind seines Vaters. Im Übrigen richte uns nur besonders an, daß die Form gewahrt bleibe: den Ägyptern besonders, den Männern besonders und mir besonders. Meine Brüder aber sollst du genau nach der Reihe setzen und nach ihrem Alter, – den großen Ruben zuoberst und Benoni zuletzt. Mach' da keinen Fehler, ich will sie dir noch einmal der Ordnung nach nennen, schreib dir's in die Tafel!«

»Schon gut, Adôn. Aber es ist gefährlich. Woher weißt du so genau ihre Altersfolge, daß sie nicht stutzen sollten?«

»Ferner sollst du mir meinen Becher aufstellen, in den ich blicke, nun ja, den silbernen Schaubecher.«

»So, so, den Becher. Willst du ihnen ihre Geburt daraus weissagen?«

»Auch dazu könnte er gut sein.«

»Ich wollte, Adôn, er wäre mir gut zur Weissagung, und wie ein paar Stückchen Goldes und geschliffene Steine im reinen Wasser sich ausnehmen, daraus könnte ich lesen, was du gedichtet und wie du's vorhast mit der Geschichte, daß du sie an das Wort des Dich-zu-erkennen-gebens heranführst. Ich fürchte dir schlecht dabei dienen zu können, wenn ich's nicht weiß; und dienen muß ich dir doch und dir behilflich sein, damit ich nicht nur so in dieser Geschichte herumstehe, in die du mich gütig hineingenommen.«

»Das sollst du gewiß nicht, mein Haushalter. Es wäre nicht richtig. Stelle mir nur fürs Erste den Becher auf, in dem ich Spaßes halber zuweilen lese!«

»Den Becher, wohl, wohl, den Becher«, sagte Mai-Sachme, mit Augen, als ob er sich zu erinnern suchte. »Da bringen sie dir nun den Benjamin, und sollst unter den Brüdern dein Brüderchen wiedersehen. Aber wenn du mit ihnen gemahlzeitet hast und hast ihnen die Säcke gefüllt zum zweiten Mal, so nehmen sie doch den Jüngsten wieder und ziehen heim mit ihm zu eurem Vater, und du hast das Nachsehen?«

»Lies nur besser im Becher, Mai, wie sich's ausnimmt im Wasser! Sie ziehen wohl wieder ab, aber vielleicht haben sie etwas vergessen, daß sie noch einmal umkehren müssen?«

Der Hauptmann schüttelte den Kopf.

»Oder sie haben etwas mit sich«, sagte Joseph, »das wir vermissen, und setzen ihnen nach um des Dinges willen und holen sie wieder?«

Mai-Sachme sah ihn an mit runden Augen, die schwarzen Brauen darüber emporgezogen, und siehe, allmählich formte sein kleiner Mund sich zum Lächeln. Hat ein Mann einen so kleinen Mund und lächelt damit, so sieht es, möge der Mann auch von noch so dicklich-untersetzter Konstitution sein, ganz aus wie ein Frauenlächeln, und so frauenhaft lächelte dieser hier bei all seiner Bartschwärze, fein und fast hold. Es mußte der Mann wohl im Becher gelesen haben, denn er nickte dem Joseph zu in verschmitztem Begreifen und der nickte gleichfalls, hob die Hand auf und klopfte dem Mai bestätigend und belobigend auf die Schulter; dieser aber, so unzulässig es war, – doch schließlich war Joseph einmal Fronsträfling gewesen in seinem Gefängnis – hob auch die Hand, dem Herrn auf die Schulter zu klopfen, und so standen sie und nickten einander zu und klopften sich wechselseitig eine ganze Weile lang, in bestem Einvernehmen über den Fortgang der Festgeschichte.

Myrtenduft oder
Das Mahl mit den Brüdern

Die ging aber so und spielte sich ab in ihren Stunden, wie folgt. Eintrafen Jaakobs Söhne in Menfe, dem Hause des Ptach, und stiegen ab im vorigen Rasthof, froh, daß sie den Benjamin glücklich hergebracht, den sie während der ganzen fast siebzehntägigen Reise gehegt und gewartet und wie ein rohes Ei gehandhabt hatten, aus Angst vor Jaakobs Gefühl und auch, weil er der Allerwichtigste war, als Zeuge gefordert von dem doppeldeutigen Markthalter, und ohne welchen sie dessen Antlitz nicht sehen noch Shimeon wiederbekommen würden. Das wären Gründe genug gewesen, den Kleinen zu hüten wie ihren Augapfel, zuerst immer ihn zu versorgen mit allem Guten und ihn zu hegen wie's liebe Wasser: die Furcht vor dem Manne hier stand im Vordergrund und dahinter die vor dem

Vater. Ganz hinten aber stand stumm noch ein dritter Beweggrund für diese Beflissenheit, nämlich der, daß sie wünschten an Benjamin gut zu machen, was sie an Joseph gesündigt. Denn der Gedanke an diesen und an ihre Untat war ihnen allen nach so langer Zeit neu geweckt seit ihrer ersten Fahrt herab und dem, was sich dabei begeben; er war aus der Zeitverschüttung gestiegen, als sei es gestern gewesen, daß sie ein Glied vertilgt hatten aus Israel und ihren Bruder verkauft. Wie späte Vergeltung lag's in der Luft, sie spürten es wie eine Hand, die sie zur Rechenschaft ziehen wollte, und daß die Hand abließe und sich die Rachegeister zerstreuten, dazu schien ihnen die eifrige Fürsorge für Rahels Anderen noch das beste Mittel.

Einen schönen bunten Hemdrock zogen sie ihm an, mit Fransen und Überfällen, um ihn darin dem Manne, der im Lande Herr war, vorzustellen, salbten ihm seine Otternmütze von Haar mit Öl, daß sie sich nicht sträube und wahrlich ein blanker Helm daraus wurde, und verlängerten ihm die Augen mit spitzem Pinsel. Als sie aber im Großen Amt der Bewilligung und Belieferung, wo sie vorsprachen, hinausverwiesen wurden nach des Ernährers Eigen-Haus, erschraken sie, wie alles Unerwartete, und was nicht ging, wie sie sich's vorgestellt, ihnen schreckhaft war und ihnen gleich neue Verwicklungen und Unheimlichkeiten anzuzeigen schien. Was war nun das, und warum sonderte man sie ab in dem Grade, daß sie sich gar im Eigen-Haus vorstellen sollten? Meinte es Gutes oder Böses? Möglicherweise hatte es mit dem Gelde zu tun, dem vorigen, das ihnen auf dunkle Weise wieder geworden war, und sollte nun vielleicht diese Dunkelheit gegen sie ausgenutzt werden, also daß ihnen hier ein Fallstrick gelegt war und sie hinterzogener Zahlung wegen allesamt gefänglich einbehalten und zu elfen versklavt werden sollten? Sie führten das dunkle Geld, zusammen mit neuem Kauf-Metall, wieder mit sich, was sie aber wenig beruhigte. Vielmehr waren sie stark versucht, umzukehren, sich vor dem Manne nicht blicken zu lassen und ihr Heil in der Flucht zu suchen – aus Sorge vor allem um Benjamin, der sie aber gerade ermutigte und kühnlich darauf bestand, daß sie ihn vor den Markthalter führten, denn nun sei er gesalbt und geschmückt und habe keinen Anlaß, sich vor dem Mann zu verbergen; aber auch sie hätten keinen, denn nur irrtümlich habe das Geld sich wieder eingefunden, und man dürfe sich nicht schuldig gebärden, wenn man's nicht sei.

Schuldig, schuldig, sagten sie, ganz allgemein schuldig fühle man sich immer ein bißchen, wenn auch nicht im besonderen Fall, weshalb man sich denn auch in einem solchen, wo man gerade unschuldig sei, nicht ganz wohl fühle. Übrigens habe er, der Kleine, leicht reden; er sei immer unschuldig zu Hause gewesen und sei nicht in die Lage gekommen, dunkles Geld in seinem Sack zu finden, da sie sich ständig hätten in der Welt herumzuschlagen gehabt und nicht alle Schuld hätten vermeiden können.

Für so allgemeine Schuld, tröstete sie Benoni, werde der Mann schon Sinn haben; er sei ja ein Mann der Welt. Mit dem Gelde aber sei's richtig, wenn auch dunkel, und sie kämen ja unter anderm, es zu erstatten. Ferner aber müsse Shimeon ausgelöst sein, das wüßten sie so gut wie er, und neues Korn müßten sie auch haben. An Umkehr und Flucht sei also garnicht zu denken, denn nicht nur das Andenken von Dieben, sondern auch das von Kundschaftern würden sie damit hinterlassen und würden noch überdies zu Brudermördern.

Sie wußten das alles wirklich so gut wie er, und daß sie es auf die Gefahr der Gesamt-Versklavung hin unbedingt wagen mußten. Die schönen Bestechungen, die sie mit sich führten, Jaakobs Geschenk-Proben vom Preis ihres Landes, ermutigten sie etwas, und namentlich faßten sie den Vorsatz, zuerst gleich einmal mit dem Haushalter, dem untersetzten, eindeutig gutmütigen, zu reden, wenn sie ihn ausfindig machen könnten.

Das gelang ihnen gut. Denn als sie vor des Markthalters Gnadenvilla kamen, im Schönen Viertel, unter dem Mauerthor von ihren Eseln gestiegen waren und diese am Wasserspiegel vorbei gegen das Haus führten, kam der Vertrauen Erweckende ihnen bereits, die Terrasse herunter, entgegen, hieß sie willkommen, lobte sie, daß sie Wort gehalten, wenn auch nach einigem Zögern erst, und ließ sich gleich ihren Jüngsten zeigen, den er mit runden Augen besah und »Brav, brav« dazu sagte. Die Tiere ließ er von seinen Leuten ums Haus herum in den Hof bringen, befahl ihnen, die Ballen mit Kanaans Ruhm ins Haus zu tragen und führte die Brüder die Freitreppe hinauf, indeß sie ängstlich erregt auf ihn einredeten wegen des Geldes.

Einige hatten damit schon angefangen, sobald sie ihn nur erblickt hatten, beinahe von Weitem schon, sie konnten es garnicht erwarten.

»Herr Haushofmeister«, sagten sie, »lieber Herr Ober-Meier«, so und so, es sei unbegreiflich, aber es sei einmal so gewesen, und hier sei zwiefältig Geld, sie seien ehrliche Männer. Gefunden, gefunden hätten sie vorhin die erlegten Silberlinge, erst Einer und Alle dann, am Rastplatz in ihren Futtersäcken, und all die Zeit habe der dunkle Fund sie bedrückt. Aber hier sei er wieder, in vollem Gewicht, nebst anderem Gelde für neue Speise. Es werde doch wohl sein Gebieter nicht, Pharao's Freund, die Sache auf sie bringen, und gar ein Urteil über sie fällen?

So redeten sie durcheinander, faßten ihn sogar an vor Sorge und gebärdeten sich, indem sie schworen, sie würden nicht durch die schöne Haustür gehen, ohne, er schwöre ihnen von seiner Seite, daß der Herr ihnen keinen Strick drehen werde aus dem vexierenden Vorkommnis von vorhin und es nicht werde auf sie bringen.

Er aber war die Ruhe selbst, beruhigte sie und sprach:

»Männer, gehabt euch wohl und fürchtet euch nicht, es ist

alles in Ordnung. Oder, wenn außer der Ordnung, so ist's ein freundlich Wunder. Unser Geld ist uns worden, das muß uns genug sein, und ist gar kein Stoff für uns, einen Strick draus zu drehen. Nach allem, was ihr mir sagt, kann ich nur annehmen, daß euer Gott und der Gott eures Vaters sich einen Spaß gemacht und euch einen Schatz gegeben hat in euere Säcke – eine andere Erklärung will meine Vernunft mir nicht vorschlagen. Wahrscheinlich seid ihr ihm fromme und eifrige Diener, und er wollte sich endlich einmal dafür erkenntlich zeigen, das kann man von ihm aus verstehen. Ihr aber scheint mir sehr aufgeregt, das ist nicht gut. Ich will euch Fußbäder zurichten lassen, erstens der Gastlichkeit wegen, – denn unsere Gäste seid ihr und sollt mit Pharao's Freund zu Mittag speisen, – dann aber auch, weil es das Blut aus dem Kopfe zieht und den Sinn befriedet. Tretet nur ein und seht vor allem, wer euch in der Halle erwartet!«

In der Halle aber stand ihr Bruder Shimeon auf freiem Fuß, nicht im Mindesten hohläugig und vom Fleisch gefallen, sondern so recken- und raudihaft wie je; denn er hatte es gut gehabt, wie er den freudig ihn Umringenden mitteilte, und in einem Gelaß des Großen Amtes für einen Geiselhäftling recht leidliche Tage verlebt, wenn er auch des Moschels Angesicht nicht mehr gesehen und in Sorge gelebt hätte, ob sie denn wiederkämen, – aber immer aufrecht erhalten durch gutes Essen und Trinken. Sie entschuldigten sich bei Lea's Zweitem, daß sie es mit der Wiederkehr so lange hätten anstehen lassen müssen, wegen Jaakobs Eigensinn, wie er verstünde; und er verstand es und war froh mit ihnen, besonders mit seinem Bruder Levi; denn der eine Raufbold hatte den andern entbehrt, und gab's zwischen ihnen auch kein Herzen und Küssen, so stießen sie doch einander oft und stark mit der Faust in die Schulter.

Nun saßen die Brüder sämtlich nieder, um ihre Füße zu

waschen, und dann führte sie der Haushalter in den Saal, wo man das Brot auflegte, prangend von Blumen und Frucht-Aufsätzen und schönem Geschirr, und war ihnen behilflich, auf einem langen Anrichte-Tisch an der Wand ihre mitgebrachten Geschenke auszubreiten, Spezereien, Honig, Früchte und Nüsse, und eine hübsche Ausstellung davon zu machen für die Augen des Herrn. Mittendrin aber mußte Mai-Sachme enteilen, denn draußen war Ankunft, und Joseph kam heim auf den Mittag, zugleich mit den ägyptischen Herren, die er heute zum Brote geladen, dem Ptach-Propheten, dem Kämpfer des Herrschers, dem Obersten der Landvermesser und den Meistern der Bücher. Mit ihnen kam er herein und sagte: »Gegrüßt, ihr Männer!« Jene aber fielen auf ihre Stirnen wie hingemäht.

Er stand eine Weile und führte die Fingerspitzen über die Stirn. Dann wiederholte er:

»Freunde, gegrüßt! Stehet doch auf vor mir und laßt mich eure Mienen sehen, daß ich sie wiedererkenne. Denn ihr erkennt mich wieder, wie ich bemerke, und seht, daß ich der Markthalter Ägyptens bin, der sich streng gegen euch stellen mußte, um der Kostbarkeit des Landes willen. Nun aber habt ihr mich versöhnt und versichert durch euere Wiederkunft in rechter Anzahl, sodaß alle Brüder versammelt sind unter einem Dach und in einem Gemach. Das ist ja schön. Merkt ihr, daß ich in eurer Sprache zu euch spreche? Ja, ich kann's nunmehr. Das vorige Mal, als ihr hier wart, fiel mir auf, daß ich kein Ebräisch verstände, und ärgerte mich. Darum hab ich's unterdessen gelernt. Ein Mann wie ich lernt sowas im Handumdrehen. Wie geht's und steht's aber? Vor allen Dingen: Lebt euer alter Vater noch, von dem ihr mir sagtet, und geht es ihm wohl?«

»Deinem Knecht«, antworteten sie, »unserem Vater, geht es recht wohl, und er lebt noch in Feierlichkeit. Er wäre sehr angetan von der gütigen Nachfrage.«

Und sie fielen aufs neue nieder, mit ihren Stirnen zum Estrich.

»Genug geneigt und gebeugt«, sagte er, »und schon zu viel! Laßt mich doch sehen. Ist das euer jüngster Bruder, da ihr mir von sagetet?« fragte er in etwas unbeholfenem Kanaanäisch, denn er hatte es wirklich ein wenig vergessen, und trat auf Benjamin zu. Der geputzte Ehemann schlug andächtig seine grauen Augen, voll einer sanften und klaren Traurigkeit, zu ihm auf.

»Gott mit dir, mein Sohn!« sprach Joseph und legte die Hand auf seinen Rücken. »Hast du schon immer so gute Augen gehabt und einen so schönen blanken Helm von Haar auf dem Kopf, selbst als du noch ein Männlein warst und herumliefst als Knirps in der Welt, im Grünen?«

Er schluckte.

»Nun aber komme ich gleich wieder«, sagte er. »Ich will mir nur eben –« Und er ging schnell hinaus: in sein Eigen wohl und in sein Schlafgemach, kam aber bald wieder zurück mit gewaschenen Augen.

»All meine Pflichten versäum' ich«, sagte er, »und mache nicht einmal meines Hauses Gäste unter einander bekannt! Meine Herren, dies sind Käufer aus Kanaan, von feierlicher Herkunft, alle eines bedeutenden Mannes Söhne.«

Und er sagte den Ägyptern die Namen der Söhne Jaakobs her, genau nach der Reihe, sehr flüssig und wie ein Gedicht, indem er nach jedem dritten Namen ein wenig absetzte, – unter Auslassung seines eigenen natürlich: – nach Sebulun machte er eine kleine Pause, um dann zu enden: »– und Benjamin«. Sie erstaunten aber, daß er so in der Reihenfolge ihre Namen zu sagen wußte, und verwunderten sich unter einander.

Danach nannte er ihnen die Namen der ägyptischen Ehrenhäupter, die sich recht steif verhielten. Er lächelte darüber, sagte: »Laß auftragen!« und rieb sich die Hände wie Einer, der zu Tische geht. Aber sein Haushalter wies ihn noch auf die Geschenke hin, die da ausgebreitet waren, und er bewunderte sie mit Herzenshöflichkeit.

»Von euerem Vater, dem alten?« fragte er. »Das ist rührend aufmerksam! Wollt ihr ihm meinen besten Dank bestellen!«

Es sei nur eine Kleinigkeit, erklärten sie, vom Preis ihres Landes.

»Es ist sehr viel!« widersprach er. »Und vor allem ist es sehr schön. Ich habe nie so feinen Tragakanth gesehen. Und solche Pistaziennüsse, denen man den öligen Wohlgeschmack von Weitem anmerkt, gibt's freilich nur bei euch zu Hause. Kaum kann ich die Augen davon lassen. Nun aber heißt es, zu Mittag essen.«

Und Mai-Sachme wies allen die Plätze an, wobei denn die Brüder abermals Ursache fanden, sich zu verwundern; denn genau ihrem Alter nach setzte man sie, wenn auch, vom Hausherrn aus, in umgekehrter Reihenfolge, sodaß der Jüngste ihm am nächsten saß und es von ihm über Sebulun, Issakhar und Ascher rückwärts hinaufging bis zum großen Ruben. Die Anordnung war so, daß zwischen den umlaufenden Säulen des ägyptischen Saales die Speiseplatten in einem offenen Triangel standen, dessen Spitze der Tisch des Gastgebers bildete. Rechts von ihm reihten die Tische der einheimischen Herren und links von ihm die der asiatischen Fremden sich schräge dahin, sodaß er beiden vorsaß und rechter Hand den Propheten des Ptach, zu seiner Linken aber den Benjamin hatte. Gastlich und froh gelaunt ermahnte er alle, derb zuzugreifen und Speisen und Wein nicht zu schonen.

Dieses Mahl ist ja berühmt wegen seiner Heiterkeit, vor der sehr bald auch die anfängliche Steifigkeit der ägyptischen Häupter zuschanden wurde, sodaß sie auftauten und ganz vergaßen, daß es grundsätzlich ein Greuel vor ihnen war, mit den Ebräern Brot zu essen. Der Kämpfer des Herrschers, Oberst

Entef-oker, wurde zuerst vergnügt, da er viel syrischen Wein trank, und unterhielt sich schallend von Tisch zu Tisch über den Dreiecksraum hinüber mit dem geraden Gad, der ihm unter den Sandbewohnern am besten gefiel.

Es darf nicht befremden, daß die Überlieferung bei alldem Josephs Gemahlin, Asnath, die Tochter des Sonnenpriesters, außer Sicht läßt und auf der Vorstellung eines reinen Herrenmahles besteht, obgleich doch nach ägyptischer Sitte Ehepaare zusammen speisten und auch bei Festgelagen die Hausfrau nicht fehlte. Aber die Richtigkeit dieser alten Darstellung sei hiermit bestätigt, – nicht mit der Erläuterung, daß etwa »das Mädchen«, dem Ehekontrakt gemäß, gerade bei ihren Eltern auf Urlaub gewesen sei – was ja leicht möglich gewesen wäre –, sondern mit dem Hinweis auf Josephs Tageseinteilung und Lebensweise, die es dem Erhöhten meistens verbot, tagüber Frau und Kinder zu sehen. Die – allerdings sehr muntere – Mahlzeit mit den Brüdern und den ansässigen Honoratioren war kein Festessen, sondern ein Geschäftsfrühstück, wie Pharao's Freund sie fast täglich zu geben hatte, sodaß er gewöhnlich erst die Abendmahlzeit mit seiner Gattin – und zwar im Frauenflügel des Hauses – einnahm, nachdem er sich einige Beschäftigung mit Manasse und Ephraim, dem anmutigen Halbblut, gegönnt. Mittags dagegen aß er das Brot im Männerkreise, sei es nur mit höheren und höchsten Beamten des Großen Ernährungshauses oder mit durchreisenden Würdenträgern der beiden Länder oder mit Kömmlingen und Bevollmächtigten des Auslandes; und eine solche Mittagsmahlzeit beim Freunde der Ernte Gottes war diese hier – will sagen: von außen gesehen; denn welche bewegende Bewandtnis es mit ihr hatte, wie sie sich in den Rahmen einer wunderbaren Fest- und Gottesgeschichte fügte, und warum der hohe Gastgeber so ansteckend lustig dabei war, das blieb den Teilnehmern allen vorerst verhüllt.

Allen. Soll das umfassende Wort stehen und seinen Platz behaupten? Mai-Sachme, der, gedrungen und mit emporgezogenen Brauen, in der offenen Seite des Triangels stand und mit einem weißen Stabe die herumflitzenden Schenken und Dapiferen dahin und dorthin wies, wäre auszunehmen gewesen. Er wußte Bescheid, aber er war kein Teilnehmer. War unter den Tafelnden Einer, für den die Verhüllung eine gewisse – halbe, ängstliche, wonnige, ungeheuerliche, uneingestandene Durchlässigkeit hatte? Man merkt schon, daß wir bei dieser vorsichtigen Frage, die am besten wohl eine Frage bleibt, Turturra-Benoni, den Jüngsten zur Linken des Wirtes, im Auge haben. Wie ihm zu Mute war ist unbeschreiblich. Es ist nie beschrieben worden, und diese Erzählung unterwindet sich auch nicht des nie Versuchten, nämlich eine Ahnung und die sie begleitenden süßen Schreckensgefühle in Worte zu fassen, die sich noch längst nicht getraute auch nur Ahnung zu sein, sondern sich lediglich bis zur Verzeichnung leiser und traumhafter Anwandlungen von Erinnerung, seltsamer Gemahnung, nur bis zur herzbebenden Wahrnehmung von Verwandtschaften zwischen zwei ganz verschiedenen und weit auseinanderstehenden Erscheinungen, einer seit Kindheitstagen versunkenen und einer gegenwärtigen, vorwagte. Denkt nur, wie es war:

Man saß auf bequemen Schemelstühlen, eine Tischplatte schräg vor sich, die mit Kost, Beikost und Schau-Erfreulichkeiten, Obst, Kuchen, Gemüse, Pasteten, Gurken und Kürbissen, Füllhörnern mit Blumen und Zuckerwerk hoch-heiter beladen war, zu seiner anderen Seite ein zierliches Waschgeschirr, einen hübschen Amphorenständer und ein kupfernes Becken zum Wegwerfen des Abgespeisten. So hatte es jeder. Schurzdiener füllten, unter Sonder-Aufsicht des Küfers, die Becher nach; andere empfingen vom Vorsteher des Anrichte-Tisches die Hauptgerichte, Kälbernes, Schöpsernes, Backfische,

Geflügel und Wildbrat und lieferten es in die Hände der Gäste, die aber, bei des Gastgebers hohem Range, dabei nicht den Vorzug vor diesem hatten. Vielmehr erhielt der Adôn nicht nur von allem zuerst, sondern auch das Beste und viel mehr, als jene, – freilich nur zu dem Zweck, daß er davon austeilte und, wie geschrieben steht, den anderen »Essen vorgetragen wurde von seinem Tisch«. Will sagen: er schickte, nebst seinen besten Grüßen, bald diesem, bald jenem, jetzt einem Ägypter und jetzt einem der Fremden eine Rost-Ente, ein Quittengelee oder einen vergoldeten Knochen, der mit leckeren Ringen aus Schmalzgebackenem besteckt war; dem jüngsten Asiaten aber, seinem Nachbarn zur Linken, gab er selbst von dem Seinen, einmal über's andere; und da diese Gunstbezeugungen viel besagten und von den Ägyptern überwacht und gezählt wurden, so rechneten sie einander vor und sprachen es später herum, sodaß es auf uns gekommen ist: daß der kleine Beduine tatsächlich fünfmal soviel, wie jeder andere, bekommen habe vom Tisch des Herrn.

Benjamin war beschämt, bat abzustehen von diesen Gaben und sah sich entschuldigend unter den Ägyptern sowohl wie unter seinen Brüdern um. Er hätte nicht so viel essen können, wie er erhielt, auch wenn überhaupt der Sinn ihm nach Essen gestanden hätte, – ein benommener und beklommener Sinn, der suchte, fand, verlor, und plötzlich so unverleugbar wiederfand, daß ihm das Herz in spitzen, geschwinden Schlägen ging. Er blickte in das vom Barte freie, von hieratischer Flügelhaube eingerahmte Gesicht des Gastgebers, der ihn als Gewährsmann gefordert, dieses ägyptischen Großen von schon etwas schwerer Gestalt im weißen Gewand mit dem flimmernden Brustbehang; blickte auf diesen lächelnd im Gespräche so und so sich regenden Mund, in diese schwarzen Augen, die in scherzendem Glanz den seinen begegneten und sich, wie im Rückzuge, ernsthaft-verwehrend, zuweilen schlossen, gerade immer, wenn seine eigenen sich ungläubig-freudig und schreckhaft erweiterten; auf die Gliederung dieser Hand im Schmuck des geschnittenen Himmelssteines, die ihm darreichte oder den Becher hob, – und ihm war, als spürte er Kindheitsduft, strengen, würzig erwärmten, der die Essenz aller Bewunderung, liebenden Vertraulichkeit, aller bestürzenden Ahnung, alles kindlichen Nicht-Verstehens und Doch-Verstehens, aller Gläubigkeit und zärtlichen Besorgnis war: Myrtenduft. Eines war dieser Erinnerungsduft mit der inneren Arbeit an einem schönen Rätsel, dem ängstlich-stolzen und folgsamen Erforschen einer sich andeutenden schreckhaften Identität, mit dem halb gequälten, halb glückseligen Herumraten an der Einerleihit des kameradschaftlich Gegenwärtigen mit etwas viel Höherem, Göttlichen, – darum glaubte Turturra's kurzes Näschen den Würzduft der Kindheit zu spüren, denn es war wieder so, nur umgekehrt, aber was macht die Umkehrung aus!: in dem gegenwärtigen Hohen und Fremden wollte nun das innig Vertraute erraten sein, für das es augenblicksweise herzaufstörend durchsichtig wurde.

Der Herr des Kornes plauderte unterm Speisen anhaltend mit ihm – fünfmal soviel wie mit dem ägyptischen Ehrenhaupt zu seiner Rechten. Er fragte ihn aus nach seinem Leben daheim, nach seinem Vater, nach seinen Weibern und Kindern: das älteste davon hieß Bela, der vorläufig Jüngste Mupim. »Mupim!«, sagte der Herr des Kornes. »Gib ihm einen Kuß von mir, wenn du heimkommst, denn es ist zauberhaft, daß der Jüngste gar einen Jüngsten hat. Wer ist aber der Vorjüngste ihm zunächst? Ros heißt er? Bravo! Ist er von derselben Mutter wie jener? Ja? Und treiben sie sich wohl viel mit einander herum in der Welt, im Grünen? Daß nur der Größere dabei den Kleinen nicht, der noch ein Knirps ist, mit weiß Gott was für Unzukömmlichkeit, Gottesgeschichten und großen Einbildungen ängstigt. Gib da acht, Vater Benjamin!« Und er erzählte ihm von seinen eigenen Söhnen, die ihm die Sonnentochter gebracht, Manasse und Ephraim, wie ihm die Namen gefielen? Gut! sagte Benjamin und stand an der Schwelle der Frage, warum sie so auffallend hießen, stockte jedoch an der Schwelle und stand da mit weiten Augen. Aber nicht lange; denn sein Nachbar, der Fürst in Ägyptenland, erzählte Schnurren von Manasse und Ephraim, was der Eine geplappert und der Andere Verqueres angestellt, und das brachte Benoni auf eigene Kinderstuben-Geschichten derselben Art, und man sah die beiden sich biegen vor Lachen bei ihrem Austausch.

Zwischenein faßte Benjamin sich ein Herz und klopfte an:

»Will wohl deine Herrlichkeit mir eine Frage beantworten und dem Gaste ein Rätsel lösen?«

»Nach bestem Vermögen«, erwiderte jener.

»Es ist nur«, sagte der Kleine, »daß du meine Unruhe stillst und mein Staunen besänftigst einer Kenntnis wegen, die du bekundet, und wegen einer Genauigkeit, die deine Verfügungen aufweisen. Es hat dein Geist unsere Namen am Schnürchen, meiner Brüder und meinen, nebst unsrer Altersfolge, sodaß du uns ohne Stocken noch Irrtum der Reihe nach aufführen magst, wie wohl der Vater sagt, daß später einmal in aller Welt die Kinder es werden lernen müssen, denn wir sind eine gotterlesene Familie. Woher weißt du's, und wie ist's, daß dein ruhiger Haushalter uns die Plätze anzuweisen vermag, dem Erstgeborenen nach seiner Erstgeburt und dem Jüngsten nach seiner Jugend?«

»Ach«, antwortete der Markthalter, »darüber wundert ihr euch? Das ist ganz einfach. Denn da ist hier dieser Becher, siehst du? silbern, mit keilförmiger Inschrift, aus dem ich trinke und mit dem ich weissage. Ich habe ja meinen guten Verstand, der sogar überdurchschnittlich sein mag, da ich bin, der ich bin und Pharao nur gerade des königlichen Stuhles höher sein wollte als ich; und doch wüßte ich ohne den Becher kaum auszukommen. Der König von Babel hat ihn Pharao's Vater zum Geschenk gemacht, – womit ich nicht mich meine, der ich den Titel ›Vater Pharao's‹ führe (Pharao aber pflegt mich ›Onkelchen‹ zu nennen), sondern seinen wirklichen Vater, will wiederum sagen: nicht den göttlichen, vielmehr den irdischen, Pharao's Vorgänger, König Neb-ma-rê. Diesem hat er das Ding zum Angebinde gesandt, und so kam es auf meinen Herrn, der mir eine Freude damit zu machen geruhte. Ein Ding, wie ich es wirklich brauchen kann, von nutzbarsten Eigenschaften. Denn es zeigt mir das Vergangene und Zukünftige an, wenn ich darin lese, läßt mich die Geheimnisse der Welt durchschauen und legt mir ihre Verhältnisse offen, wie zum Beispiel die Ordnung euerer Geburt, die ich mühelos daraus ablas. Ein gut Teil meiner Klugheit, ziemlich alles, was über den Durchschnitt hinausgeht, kommt von dem Becher. Das binde ich natürlich nicht jedem auf die Nase, aber da du mein Gast bist und mein Tischnachbar, so vertraue ich es dir an. Du glaubst es nicht, aber das Ding läßt mich ferne Stätten im Bilde sehen, wenn ich es richtig handhabe, nebst dem, was sich einst dort abspielte. Soll ich dir deiner Mutter Grab beschreiben?«

»Du weißt, daß sie tot ist?«

»Das haben mir deine Brüder erzählt, daß sie früh nach Westen ging, die Liebliche, deren Wange duftete wie das Rosenblatt. Ich mache dir nicht vor, daß ich diese Kunde auf übernatürlichem Wege empfing. Aber nun brauche ich nur den Becher des Schauens an meine Stirn zu führen – siehst du, so – und mir dabei vorzunehmen, deiner Mutter Grab zu sehen, so sehe ich's augenblicklich in solcher Klarheit, daß ich mich selber wundere. Aber die Klarheit kommt von der Morgensonne, in der mir das Bild erscheint, und sind da Berge und eine Stadt auf einem Berge im Morgenstrahl, garnicht weit, es ist nur ein Feldweg bis dahin. Da sind Ackerfeldchen zwischen dem Steingeröll und sind Weinhügel rechter Hand und eine

Mauer davor, ohne Mörtel gebaut. Und an der Mauer wächst ein Maulbeerbaum, alt schon und hohl zum Teil, dessen sich neigenden Stamm man mit Steinen gestützt hat. Deutlicher hat nie Einer einen Baum gesehen, als ich den Maulbeerbaum sehe, und wie der Morgenwind spielt in seinem Laube. Neben dem Baum aber ist das Grab und der Stein, den sie dort aufgestellt zum Gedenken. Und siehe, Einer kniet an der Stätte und hat Zehrung hingestellt, Wasser und Süßbrot, – dem muß der Reise-Esel gehören, der unterm Baum wartet, so ein nettes Geschöpf, weiß, mit redenden Ohren, und die Stirnmähne wächst ihm in die freundlichen Augen. Ich hätte selbst nicht gedacht und es dem Becher nicht zugetraut, daß er's mir zeigen werde dermaßen deutlich. Ist es deiner Mutter Grab oder nicht?«

»Ja, ihres«, antwortete Benjamin. »Aber ich bitte dich, Herr, siehst du denn nur den Esel genau und nicht auch den Reiter?«

»Den sehe ich womöglich noch deutlicher«, erwiderte jener, »aber was ist daran zu sehen? Das ist eher ein Fant, siebzehnjährig zur Not, wie er da kniet und opfert. Hat sich einen bunten Staat umgetan, der Gimpel, mit eingewobenen Bildern, und ist albern im Kopf, denn er denkt, er fährt so dahin auf einen Spazierritt, fährt aber in sein Verderben, und nur ein paar Tagereisen von diesem Grabe wartet sein eigenes auf ihn.«

»Es ist mein Bruder Joseph«, sagte Benjamin, und seine grauen Augen füllten sich bis zum Überfließen mit Tränen.

»O, vergib!« bat sein Nachbar erschrocken und setzte den Becher ab. »Dann hätte ich nicht so wegwerfend von ihm geredet, wenn ich gewußt hätte, daß es dein verlorener Bruder ist. Und was ich vom Grabe sagte, nämlich von seinem, das darfst du so schwer nicht nehmen, nicht übertrieben ernst. Das Grab ist freilich ein ernstes Loch, tief und dunkel; aber seine Kraft, zu halten, ist wenig bedeutend. Es ist leer von Natur, mußt du wissen, – leer ist die Höhle, wenn sie der Beute wartet, und kommst du hin, wenn sie sie eingenommen, so ist sie wieder leer, – der Stein ist abgewälzt. Ich sage nicht, daß sie des Weinens nicht wert ist, die Grube, sogar schrill klagen soll man zu ihren Ehren, denn sie ist da, eine ernste, tieftraurige Einrichtung der Welt und der Festgeschichte in ihren Stunden. Ich gehe so weit, zu sagen, daß man aus Ehrerbietung gegen das Loch sich garnicht das Wissen um seine natürliche Leerheit und seine Unkraft zu halten soll anmerken lassen. Das wäre unartig gegen eine so ernste Einrichtung. Schrill soll man weinen und jammern und nur ganz unter der Hand versichert sein, daß es gar keine Niederfahrt gibt, der nicht ihr Zubehör folgte, das Auferstehn. Was wäre denn das für ein Bruchstück und für eine Halbheit von Festgeschichte, die nur bis zur Grube reichte, und dann wüßt' sie nicht weiter? Nein, die Welt ist nicht halb, sondern ganz, und ein Ganzes das Fest, und Getrostheit, unverbrüchliche, ist in dem Ganzen. Darum laß dich's nicht weiter anfechten, was ich von deines Bruders Grab sagte, sondern sei getrost!«

Damit nahm er Benjamins Arm beim Handgelenk, hob ihn ein wenig auf und fächelte mit der losen Hand in der Luft, daß sie einen Wind machte.

Nun entsetzte der Kleine sich ganz und gar. Die Unbeschreiblichkeit seines Zustandes kam auf ihren Gipfel, – es stand gleich fest, daß das nie jemand beschreiben würde. Es verschlug ihm den Atem, seine Augen schwammen in Tränen, und durch die Tränen starrte er dem Fürsten des Korns ins Gesicht bei angestrengt zusammengezogenen Brauen – das aber ergibt einen höchst unbeschreiblichen Ausdruck: Tränen unter zusammengewühlten Brauen –, und dabei stand der Mund ihm offen gleichwie zu einem Schrei, der aber blieb aus, und statt dessen neigte der Kopf des Kleinen sich etwas zur Seite, schloß sich der Mund, lösten sich seine Brauen, und sein Tränenblick war nur noch eine große, inständige Bitte, vor der freilich die schwarzen Augen drüben wieder den Rückzug antraten hinter die Lider, zwar verwehrend, und doch konnte man, wenn man wollte und sich getrost getraute, in dem Lidschlag etwas wie heimlich anvertrauende Bejahung erblicken.

Da komme Einer und beschreibe, wie es aussah in Benjamins Brust, – in eines Menschen Brust, der ganz nahe daran ist zu glauben!

»Ich hebe nun gleich die Tafel auf«, hörte er den Fürsten sagen. »Hat dir's geschmeckt? Ich hoffe, daß es euch allen geschmeckt hat, muß aber nun wieder ins Amt bis auf den Abend. Ihr werdet denklich morgen früh, ihr Brüder, euch wieder heimwärts wenden, wenn ihr die Ware eingenommen, die ich euch anweisen will: Speise für zwölf Häuser diesmal, eueres Vaters Haus und die euren. Gern will ich euer Geld dafür nehmen in Pharao's Schatz, – was wollt ihr? Ich bin des Gottes Geschäftsmann. Lebe wohl, falls ich dich nicht mehr sehen sollte! Doch nebenbei und in guter Meinung gesprochen, – warum eigentlich tut ihr euer Herz nicht auf und tauscht euer Land für dieses, daß ihr in Ägypten siedelt, Vater, Söhne, Weiber und Enkel, alle siebzig, oder wieviel ihr seid, und nährt euch auf Pharao's Triften? Das ist ein Vorschlag von mir zu euch, denkt drüber nach, es wäre bei Weitem das Dümmste nicht. Man würde euch passende Triften schon anweisen, das kostet mich nur ein Wort, ich habe hier alles zu sagen. Ich weiß wohl: Kanaan, es hat was auf sich damit für euch, aber schließlich, Ägyptenland, das ist große Welt und Kanaan nur ein Winkel, wo man in keinem Sinne zu leben weiß. Ihr aber seid ja bewegliches Volk, nicht eingemauerte Bürger. Wechselt doch also herunter! Hier ist gut sein und mögt freihin im Lande werben und handeln. So weit mein Ratschlag, hört auf ihn oder nicht, ich muß mich nun sputen, das Geschrei vor mich kommen zu lassen derer, die nicht vorgesorgt haben.«

Mit so weltlicher Rede nahm er Abschied vom Kleinen, während ein Diener ihm Wasser über die Hände goß. Dann erhob er sich, grüßte alle und löste die Mahlzeit auf, von der es heißt, daß seine Brüder dabei trunken wurden mit ihm. Aber sie waren nur heiter; sich zu betrinken hätten selbst die wilden Zwillinge nicht gewagt. Trunken allein war Benjamin, aber auch er nicht vom Weine.

Der verschlossene Schrei

Viel wohlgemuter als das vorige Mal, traten diesmal die Brüder die Heimreise an von Menfe gegen die Bitterseen und gegen die feste Grenze. Alles war so gut gegangen, daß es nicht besser hätte gehen können. Der Herr im Lande hatte sich eindeutig reizend erwiesen, Benjamin war heil, Shimeon ausgelöst, und des Verdachtes der Kundschafterei waren sie ehrenvoll freigesprochen: dergestalt sogar, daß sie mit dem machthabenden Mann und seinen Edelingen hatten zu Mittag speisen dürfen. Das stimmte sie sehr vergnügt und machte ihnen die Herzen leicht und stolz; denn so ist der Mensch, daß er, wenn er in einer Sache als rein befunden und seine Untadeligkeit in diesem Punkt ihm lobend bestätigt wird, es ihm gleich vorkommt, als sei er unschuldig überhaupt, und ganz vergißt, daß er auch sonst noch dies und jenes am Stecken hat. Den Brüdern muß man's verzeihen. Das Mißgeschick, daß sie in Spitzel-Verdacht gefallen, hatten sie unwillkürlich ja in Verbindung gebracht mit alter Schuld; kein Wunder denn, daß sie, von jenem erlöst, vermeinten, es habe nun auch mit dieser nichts mehr auf sich.

Bald sollten sie merken, daß sie so leichten Kaufs nicht davonkämen und nicht frei dahinzögen, die Säcke prall von bezahlter Speise für zwölf Häuser, sondern ein Band schleppten, das sie zurückzog in neue Nöte. Vorerst aber waren sie guter Dinge und hätten trällern mögen vor anerkannter, geehrter Unschuld. Im Haus der Belieferung hatte es wieder ein Frei-Mahl gegeben, unter Mai-Sachme's ruhiger Aufsicht, und Reise-Mitgift zum freundlichen Angedenken. Mit allem versehen, was sie brauchten, um hochgemut vor den Vater treten zu können, zogen sie hin: mit Benjamin, mit Shimeon und mit Speise, – wobei die Speise, die sie vom großen Markthalter empfangen, gewissermaßen eintrat für den Zwölften von ihnen, der nun einmal unvorhanden blieb. Auf elf aber wenigstens hatten sie ihre Zahl wieder gebracht, dank ihrer Unschuld.

So sah es aus in den Gemütern der Brüder, will sagen: in denen der Söhne Lea's und denen der Söhne der Mägde, – es ist leicht zu beschreiben. Der Seelenzustand des Rahel-Sohnes bleibt unbeschreiblich, – was in so manchen tausend Jahren keiner sich zugetraut, das lassen wahrlich besser auch wir, wo es ist. Genug, daß der Kleine fast nicht geschlafen hatte, nachts in der Herberge, und wenn schon einmal, dann unter wirren und tollen Träumen, die allbereits wieder ohne Namen waren. Will sagen: einen Namen hatten sie schon, einen lieben und schönen und nur eben völlig tollen; sie hießen »Joseph«. Benoni hatte einen Mann gesehen, in dem war Joseph. Wie wäre da an Beschreibung zu denken? Menschen sind Götter begegnet, die sich in die Person eines guten Bekannten verkleidet hatten und als dieser behandelt, selbst aber nicht angesprochen werden wollten. Hier lag es umgekehrt: Nicht war hier das menschlich Vertraute für das Göttliche durchsichtig, sondern das Hohe und Göttliche für das Innig-Kindheitsvertraute; dieses war vermummt in fremde Hoheitsgestalt und wollte sich nicht sprechen lassen, sondern trat den Rückzug an hinter verwehrend sich schließende Lider. Wohlgemerkt: der Verkleidete ist nicht der, in den er sich verkleidet und aus dem er hervorblickt. Sie bleiben zweierlei. Den Einen im Anderen erkennen, heißt nicht, Einen machen aus Zweien und sich die Brust mit dem

Schrei entlasten: »Er ist es!«. Dieses »Er« ist noch keineswegs herstellbar, wenn auch der Geist sich zitternd müht, es zu formen; und der Schrei war zurückgebannt in Benjamins Brust, die er freilich fast sprengen wollte, ob er gleich eigentlich noch garnicht vorhanden, sondern ein Un-Schrei war, ohne einheitlichen Aussage-Gegenstand, – das war das Unbeschreibliche. Nichts blieb dem die Brust überfüllenden Un-Schrei übrig, als sich aufzulösen in wirre und tolle Träume zur Nacht; als er aber aus diesen am Morgen wieder zusammenrann in sein bedrängendes Halb-Dasein, hatte er soviel Satz-Gegenstand schon errungen, daß Benjamin nicht begriff, wie man es fertig bringen und jetzt abreisen sollte, indem man »dies hier« einfach im Rücken ließ. »Wir können doch, in des Ewigen Namen, nicht einfach abziehen!« rief er bei sich. »Wir müssen doch hier bleiben und dies ins Auge fassen, nämlich den Mann und Vice-Gott, Pharao's Großen Marktthalter! Es ist doch ein Schrei fällig, den es nur noch nicht gibt, und wir können doch nicht, mit ihm in der Brust, heimkehren zum Vater und dort leben wie ehedem, wo doch der Schrei fast drauf und dran ist, in die Welt zu treten und die ganze Welt zu erfüllen, wozu er ungeheuer genug ist, – kein Wunder denn, daß er, eingesperrt in meine Brust, sie fast sprengen will!«

Und er wandte sich an den großen Ruben in seiner Not, ihn mit weiten Augen befragend, ob er denn wirklich meine, daß man nun abziehen solle, wieder nach Hause, oder ob ihm nicht vielleicht scheine, daß man hier noch nicht ganz fertig sei, richtiger gesagt: ganz und garnicht fertig, und aus diesem triftigen Grunde besser noch hierbliebe?

»Wie denn, Kleiner?« fragte Ruben dagegen. »Und was meinst du mit ›triftig‹? Es ist alles bestens getan und beschafft, und hat der Mann uns in Gnaden entlassen, da wir dich vorgeführt. Nun heißt es, eilends zum Vater kehren, der da wartet und sich fürchtet um deinetwillen, daß wir ihm das Erworbene bringen, und er wieder Opfer-Semmeln habe. Weißt du noch, wie der Mann sich erzürnte, als er Jaakobs Klage erfuhr, die Lampe gehe ihm aus und er müsse im Dunkeln schlafen?«

»Ja«, sagte Benjamin, »ich weiß es noch.« Und er blickte dringlich in des großen Bruders Miene empor, deren starke, vom Barte bloße Muskulatur bärbeißig zusammengezogen war, wie gewöhnlich. Plötzlich aber sah er – oder war es Trug? –, daß die rötlichen Lea-Augen vor seinem Blick den Rückzug antraten hinter die nickenden Lider, verwehrend-bestätigend, ganz so, wie er es gestern von anderen Augen gesehen.

Er sagte nichts mehr. Es konnte sein, daß er das Zeichen nur wiedererkannt zu haben meinte, weil er es gestern gesehen hatte und auch im Traum immerfort. Es blieb dabei, sie brachen auf, – es gab keine Worte, mit denen sich der Antrag hätte vertreten lassen, daß man noch bleiben möge, aber ein großer Schmerz war es für Benjamin. Eben daß der Mann sie in Gnaden entlassen hatte, das war der Schmerz. Daß er sie ziehen ließ, einfach wieder davonziehen ließ, das war der große Kummer. Sie konnten doch nicht davonziehen, um keinen Preis! – doch allerdings, wenn der Mann sie ziehen ließ, dann konnten und mußten sie es. Und sie zogen.

Benjamin ritt mit Ruben, an seiner Seite, und das mit Recht, denn in mancher Beziehung bildeten ja die beiden ein Paar: nicht nur als der Älteste und der Jüngste, als Groß-Michel und Däumling, sondern viel innerlicher, in ihrem Verhältnis zu dem Nicht-mehr-Vorhandenen und zu seinem Nicht-mehr-vorhanden-sein. Wir sind eingeweiht in die bärbeißige Schwäche, die Ruben für des Vaters Lamm immer gehegt hatte, und waren Zeugen seines absonderlichen, ihn von den Brüdern absondernden Benehmens bei Josephs Zerreißung und Begräbnis. Er hatte scheinbar volltätig daran teilgenommen, und teilgenommen hatte er auch an dem bündelnden Eide, dem gräßlichen, mit dem sich die Zehne gebunden, niemals mit einem Wink, Blink oder Zwink zu verraten, daß es nicht des Knaben Blut im Kleidfetzen, sondern des Tieres gewesen, das man dem Vater geschickt. Am Verkaufe aber hatte Ruben nicht teilgenommen; er war nicht zur Stelle dabei gewesen, sondern woanders, und darum war seine Vorstellung von Josephs Nicht-mehr-vorhanden-sein viel vager noch, als die der Brüder, die vage genug, nebelhaft genug war und doch in einem Sinne nicht hinlänglich so. Sie wußten, daß sie den Knaben den Wandernden verkauft hatten, und damit wußten sie etwas zuviel. Ruben hatte den Vorzug, es nicht zu wissen; die Stelle aber, wo er geweilt hatte, während sie Joseph verkauften, war die leere Grube gewesen, und eine leere Grube zeitigt denn doch noch ein andres Verhältnis zu einem Nicht-mehr-vorhanden-sein, als der Verkauf des Opfers in die Horizonte hinaus und in Nebelfernen.

Kurzum, der große Ruben, ob er selbst es nun wußte oder nicht, hatte den Keim der Erwartung gehegt und genährt all die Jahre her, – und das verband ihn, über alle Brüder hinweg, mit Benjamin, dem Unschuldigen, der überhaupt an nichts teilgenommen hatte, und für den das Nicht-mehr-vorhanden-sein des Bewunderten nie etwas anderes gewesen war, als ein Gegenstand der Zuversicht. Hören wir ihn nicht, so lange es auch her ist, mit seiner Kinderstimme zu dem gebrochenen Alten sagen: »Er wird wiederkommen! Oder er wird uns nachkommen lassen!«? Reichliche zwanzig Jahre ist das her, aber die Erwartung war so wenig aus seinem Herzen gekommen, wie uns sein Wort aus dem Ohr, – und dabei wußte er weder von dem Verkauf, wie die neune, die ihn getätigt, noch von der leeren Höhle, aus der der Bestattete immerhin gestohlen sein konnte, sondern wußte es, wie der Vater, nicht anders, als daß Joseph tot sei, was eigentlich doch der Zuversicht gar keinen Raum ließ. Die aber scheint da am besten unterzukommen, wo gar kein Raum für sie ist.

Benjamin ritt mit Ruben, und dieser fragte ihn unterwegs, was denn der Mann beim Brote alles mit ihm gesprochen habe; er selbst, als Ältester, habe ihnen so ferne gesessen.

»Verschiedenartiges«, antwortete der Jüngste. »Er und ich, wir haben uns Schnurren von unseren Kindern erzählt.«

»Ja, da lachtet ihr«, sagte Ruben. »Alle sahen, daß ihr euch bogt und lachtet. Ich glaube, die Ägypter wunderten sich.«

»Sie wissen wohl, daß er reizend ist«, versetzte der Kleine, »und jeden zu unterhalten weiß, sodaß man sich selbst vergißt und mit ihm lacht.«

»Daß er auch anders sein kann«, erwiderte Ruben, »und kann sehr unbequem werden, das wissen wir.«

»Schon«, sagte Benjamin. »Ihr mögt ein Lied davon singen. Und doch will er uns wohl, davon weiß ich ein Lied. Denn das Letzte, was ich von ihm im Ohre habe, war, daß er uns riet und uns sämtlich einlud durch mich, doch in Ägypten zu siedeln, soviele wir sind, und mit dem Vater herabzukommen, daß wir hier Triften bezögen.«

»Redete er dergleichen?« fragte Ruben. »Ja, so ein Mann weiß viel von uns und vom Vater! Von diesem namentlich weiß er gar viel und kennt ihn wohl und mutet ihm immer gerade das Rechte zu. Erst zwingt er ihn, dich auf Reisen zu schicken zu unserer Reinigung und um des Brotes willen, und dann lädt er ihn selbst nach Ägypten, ins Land des Schlammes. Daß der sich auf Jaakob versteht, das läßt sich nicht leugnen.«

»Spottest du über ihn«, fragte Benjamin dagegen, »oder über den Vater? Dem Kleinen ist beides nicht recht, denn, Ruben, mir ist so weh. Ruben, hör, was ich sage, mir ist so weh in der Brust, weil wir ziehen!«

»Ja«, sagte Ruben, »alle Tage kann man nicht mit dem Herrn Ägyptens zu Mittag essen und lustig werden mit ihm. Das ist eine Ausnahme. Nun heißt es bedenken, daß du kein Kind bist, sondern ein Hüttenhaupt, und daß deine Kinder nach Brot schreien.«

Bei Benjamin!

Bald kamen sie an einen Ort, da wollten sie Mittagsrast halten und kühlere Reisestunden erwarten. Das vorige Mal waren sie abends dorthin gelangt, nun kamen sie mittags. Man braucht nur Palmbaum, Brunnen und Baude zu nennen, um den Ort zu kennzeichnen und ihn dem Hörer so klar vor die Seele zu rufen, wie etwa der Mann, kraft seines Schaubechers, das Grab gesehen hatte von Benjamins Mutter. Sie freuten sich, die gemütliche Stätte wiederzusehen, mit der sich freilich die Erinnerung an einigen Schrecken verband, der ihnen hier rätselhaft zugestoßen. Doch der war beigelegt; aufgelöst war er in Harmonie und Beruhigung, und sorglos mochten sie sich der Rast im Schatten der Felsen erfreuen.

Noch stehen sie und blicken sich um, noch haben sie nicht die Hand ans Gepäck gelegt und begonnen, sich einzurichten, da gibt es Lärm und anschwellend Getöse in ihrem Rücken und aus der Richtung, von wo sie gekommen, und Rufe tönen: »He!« »Ho!« und »Halt!« Gilt ihnen das? Sie stehen wie angewurzelt und lauschen auf den Tumult, so stutzig, daß sie sich nicht einmal umwenden. Nur einer wendet sich um, das ist Benjamin. Was ist mit Benjamin? Er wirft die Arme empor mit den kurzen Händen und stößt einen Schrei aus, einen Schrei: Dann freilich verstummt er – und zwar auf lange.

Es ist Mai-Sachme, der anrollt mit Roß und Wagen, mit mehreren Wagen, Bewaffnete stehen darin. Sie springen ab und sperren das offene Felsenrund. Der Haushalter tritt gedrungen unter die Brüder.

Sein Gesicht war sehr grimm. Er hatte die starken Brauen zusammengezogen und einen Winkel seines Mundes verkniffen, nur einen, das wirkte besonders grimm. Er sagte:

»Finde ich euch und hab euch eingeholt? Nachgejagt bin ich euch auf Befehl des Herrn mit Rossen und Wagen und habe euch abgefangen, wo ihr euch lagern und euch verbergen wolltet. Wie wird euch zu Mute, da ihr mich seht?«

»Wir wissen nicht, wie«, antworteten die Verdutzten, die merkten, daß es wieder anging, daß wieder die Hand nach ihnen langte, sie vor Gericht zu ziehen und wieder alles sich mißtönig verwirrte, da eben noch Harmonie gewesen war. »Wir wissen garnicht recht, wie. Wir freuen uns, dich so bald schon wiederzusehen, doch unverhofft kommt es.«

»Habt ihr's nicht gehofft«, sagte er, »so möchtet ihr's doch gefürchtet haben. Warum habt ihr Gutes mit Bösem vergolten, daß man euch nachsetzen muß und euch gestellig machen? Männer, es steht sehr ernst um euch.«

»Erkläre dich!« sagten sie. »Wovon ist die Rede?«

»Daß ihr fragen mögt!« antwortete er. »Ist es nicht das, woraus mein Herr trinkt, und womit er weissagt? Es wird vermißt. Der Herr hatte ihn gestern bei Tische. Er ist entwendet worden.«

»Sprichst du von einem Becher?«

»Das tu' ich. Von Pharao's silbernem Becher, dem Herrn zu eigen. Er trank daraus gestern Mittag. Er ist nicht mehr da. Klärlich ist er gemaust. Jemand hat ihn mitgehen heißen. Wer? Da kann wohl leider kein Zweifel bestehen. Männer, ihr habt sehr übel getan!«

Sie schwiegen.

»Willst du andeuten«, fragte Juda, Lea's Sohn, mit leisem Beben, »und wollen deine Worte besagen, daß wir ein Gerät vom Tisch des Herrn veruntreut haben und haben es diebisch mitgehen heißen?«

»Einen anderen Namen gibt es unglücklicherweise kaum für euer Betragen. Das Stück ist abgängig seit gestern und offenkundig stibitzt worden. Wer soll es haben verschwinden lassen? Da gibt es leider nur eine Antwort. Ich kann euch nur wiederholen, ihr Männer, daß eure Sache sehr ernst steht, denn ihr habt übel getan.«

Sie schwiegen wieder, stemmten die Fäuste in ihre Weichen und bliesen die Luft aus den Mündern.

»Höre, mein Herr!« sprach Juda wieder. »Wie wäre es, wenn du nach deinen Worten sähest und überlegtest die Rede, bevor du sie tust? Sie ist nämlich unerhört. Wir fragen dich höflich, doch ernstlich: Was dünkt dich von uns? Ist es der Eindruck von Stromern und Schnapphähnen, den wir auf dich machen? Oder was sonst für ein Eindruck mag es wohl sein, daß du kommst und durchblicken läßt, wir hätten Edelgeschirr vom Tische des Markthalters beseitigt, einen Becher, so scheint es, und hätten lange Finger danach gemacht? Das ist es, was ich unerhört nenne im Namen von Elfen. Denn wir sind alle feierlich eines Mannes Söhne, und eigentlich zwölf. Nur, Einer ist nicht mehr vorhanden, sonst würd' ich's unerhört nennen auch in seinem Namen. Du sprichst, wir hätten übel getan. Nun denn, ich prahle nicht und berühme uns Brüder nicht scheinheilig, wir hätten nie übel getan und wären durchs rauhe Leben gekommen ganz ohne Übeltat. Nicht unschuldig nenn' ich uns, es wäre Frevel. Es gibt aber auch eine Würde der Schuld, die hält auf sich, mehr vielleicht noch, als Unschuld, und silberne Becher zu mausen ist nicht ihre Sache. Gereinigt haben wir uns vor deinem Herrn, mein Herr, und ihm bewiesen, daß wir mit Wahrheit umgehen, indem wir den Elften brachten. Gereinigt haben wir uns vor dir, denn das Kaufgeld, das wir in unseren Säcken gefunden obenauf, das haben wir dir wiedergebracht aus dem Lande Kanaan und es dir dargeboten auf flachen Händen, du aber wolltest es nicht. Solltest du nach diesen Erfahrungen nicht anstehen und dich nicht bedenken, ehe du kommst und uns bezüchtigst, wir hätten uns Silbers angenommen oder Goldes vom Tisch deines Herrn?«

Ruben aber setzte überkochend hinzu:

»Warum antwortest du nicht, Haushalter, auf diese vorzügliche Rede meines Bruders Jahuda, sondern ziehst nur den

Winkel deines Mundes noch fester an, auf unerträgliche Weise? Hier sind wir. Suche unter uns! Und bei wem es gefunden wird, dein elendes Silbergerät, dieser Becher, der sei des Todes. Wir übrigen aber, alle dazu, wollen dir Knechte sein, lebenslänglich, wenn du ihn findest!«

»Ruben«, sprach Juda, »schieße nicht so dahin! Bei unserer völligen Reinheit in diesem Punkt braucht es nicht solche Verschwörungen.«

Mai-Sachme aber versetzte:

»Richtig, wozu das Gesprudel? Wir wissen Maß zu halten. Bei wem ich den Becher finde, der sei uns als Knecht verfallen und bleibe in unseren Händen. Ihr anderen aber sollt ledig sein. Öffnet, wenn ich bitten darf, eure Säcke!«

Das taten sie schon. Sie waren nur so nach ihrem Pack gerannt, konnten es nicht schnell genug von den Eseln bringen und rissen den Säcken die Mäuler auf sperrangelweit. »Laban!« riefen sie lachend. »Laban, der da sucht auf dem Berge Gilead! Ha, Ha! Er schwitze nur und suche sich halb zu Schanden! Zu mir, Herr Haushalter! Bei mir zuerst gesucht!«

»Nur ruhig«, sagte Mai-Sachme. »Alles wie sich's gehört und nach der Reihenfolge, so, wie mein Herr eure Namen zu nennen wußte. Beim großen Strudelkopf fang' ich an.«

Und unter ihrem Gespött, das immer sieghafter ward, je weiter er kam unter ihnen, und wobei sie ihn immerfort Laban nannten, den schwitzend suchenden Erdenklos, unter lautem Gelächter, ging er von einem zum anderen nach ihrem Alter und kramte in ihrem Kram, stand gebückt und äugte, die Arme eingestemmt, in ihre Säcke, schüttelte auch wohl den Kopf oder zuckte die Achseln, wenn er beim Wühlen hier und beim Graben dort nichts fand und ging zum Nächsten. So kam er zu Asser, zu Issakhar, kam zu Sebulun. Da war nichts Gestohlenes. Zu Rande kam er mit seinem Suchen. Nur Benjamin war noch übrig.

Da spotteten sie noch lauter.

»Jetzt sucht er bei Benjamin!« riefen sie. »Da wird er Glück haben! Beim Aller-Unschuldigsten sucht er jetzt, der nicht nur in diesem Punkte unschuldig ist, sondern unschuldig überhaupt, und nie im Leben eine Übeltat auf sich geladen hat! Aufgepaßt, das ist sehenswert, wie er zum Schlusse bei dem herumsucht, und neugierig sind wir, welche Worte er finden wird, wenn er ausgesucht hat, um sich bei uns – – –«

Sie verstummten auf einen Schlag. Man sah es blinken in des Haushalters Hand. Aus Benjamins Futtersack, nicht sehr tief aus dem Korn hervor, hatte der den silbernen Becher gezogen.

»Da ist er«, sagte er. »Beim Kleinsten ist er gefunden. Ich hätte umgekehrt anfangen sollen, so hätte ich mir viel Mühe und Spott erspart. So jung und bereits so diebisch! Natürlich freue ich mich, das Stück wieder aufgetrieben zu haben; doch arg verbittert wird mir die Freude durch die Erfahrung so früher Verderbnis und solchen Undankes. Jüngster, deine Sache steht außerordentlich ernst!«

Und die anderen? Sie griffen sich an die Köpfe, indem sie mit vortretenden Augen auf den Becher starrten. Sie stießen ein Zischen aus mit gebäumten Lippen; denn so gebäumt waren diese, daß sie nicht ausbilden konnten: »Was-ist-das!«, sondern von jeder Silbe nur den Zischlaut hervorbrachten.

»Benoni!!« riefen sie mit weinend empörten Stimmen. »Rechtfertige dich! Tu' gefälligst den Mund auf! Wie kommst du zu dem Becher?«

Aber Benjamin schwieg. Er senkte das Kinn auf die Brust, daß niemand konnte in seine Augen sehen, und verstummte.

Da zerrissen sie ihre Kleider. Einige wenigstens ergriffen tatsächlich den Saum ihres Leibrocks und zerrissen ihn mit einem Ratsch bis zur Brust hinauf.

»Wir sind geschändet!« jammerten sie. »Geschändet vom Jüngsten! Benjamin, zum letzten Mal, tu' den Mund auf! Rechtfertige dich!«

Doch Benjamin schwieg. Er hob nicht den Kopf auf und sprach kein Wort. Es war ein unbeschreibliches Schweigen.

»Vorhin hat er aufgeschrieen!« rief Dan, von Bilha. »Jetzt weiß ich es wieder, daß er unbeschreiblich geschrien hat, als diese herankamen! Der Schrecken hat ihm den Schrei entrissen. Er wußte, warum sie uns nachsetzten!«

Da fielen sie über Benjamin her mit lautem Schimpf und pfetzten ihn und pfuiten ihn aus mit Pfui und Pfeu und nannten ihn Diebsbrut. »Sohn einer Diebin« nannten sie ihn und fragten: »Hat nicht schon seine Mutter die Teraphim ihres Vaters gestohlen? Es ist ein Erbe, und er hat's im Blut. Ach, Diebesblut, mußtest du hier dein Erbteil zur Anwendung bringen, daß du uns dergleichen Pfuidian anrichtest und bringst in die Asche den ganzen Stamm, den Vater, uns alle und unsre Kinder?!«

»Jetzt übertreibt ihr«, sagte Mai-Sachme. »So ist es denn doch nicht. Ihr übrigen alle seid ja gereinigt und ledig. Wir nehmen nicht eure Mitschuld an, unterstellen vielmehr, daß der Kleine auf eigne Rechnung stibitzt hat. Frei mögt ihr nach Hause ziehen zu eurem redlichen Vater. Nur der sich des Bechers annahm, der bleibt uns verfallen.«

Aber Juda antwortete ihm:

»Keine Rede! Davon kann keine Rede sein, Haushofmeister, denn eine Rede will ich halten vor deinem Herrn, die Rede Juda's soll er hören, ich bin entschlossen dazu. Wir alle kehren um mit dir vor sein Gesicht, und über uns alle soll er beschließen. Denn sämtlich sind wir haftbar in dieser Sache und sind wie einer bezüglich des Vorkommnisses. Siehe, dieser Jüngste war unschuldig all seine Jahre hin, denn er war zu Hause. In der Welt aber waren wir anderen und wurden schuldig in ihr. Wir sind nicht gesonnen, die Reinen zu spielen und ihn im Stiche zu lassen, weil er schuldig wurde auf Reisen, wir aber unschuldig sind gerade in dieser Sache. Auf, und führe uns sämtlich mit ihm vor des Markthalters Stuhl!«

»Sei es darum«, sagte Mai-Sachme. »Ganz wie ihr meint.«

Und zurück ging es gegen die Stadt, unter Lanzenbedeckung, den Weg, den sie sorglos gekommen waren. Benjamin aber sprach noch immer kein Wort.

Ich bin's

Es war schon späterer Nachmittag, als sie vor Josephs Haus wiedereintrafen; denn dorthin führte der Haushalter sie, wie geschrieben steht, und nicht ins Große Schreibhaus, wo sie sich erstmals vor ihm geneigt und gebeugt hatten; nicht dort war er anzutreffen; er war in seinem Hause.

»Er war noch daselbst«, weiß die Geschichte und weiß es recht insofern als Pharao's Freund zwar gestern nach dem fröhlichen Frühstück ins Amt zurückgekehrt war, heute aber von früh an das Haus nicht hatte verlassen mögen. Er wußte den Hauptmann, seinen Haushalter, am Werke, und er wartete in Ungeduld. Das heilige Spiel näherte sich seinem Höhepunkt, und bei den Zehnen stand es, ob sie am Ort der Handlung dabei mittätig sein oder nur davon hören würden. Es war aus der Maßen spannend, ob sie den Jüngsten allein mit Mai-Sachme umkehren lassen oder sich alle ihm anschließen würden. Für sein Verhalten zu ihnen in Zukunft hing viel davon ab. Wir unsererseits sind jeglicher Spannung überhoben, weil wir überhaupt die Phasen der hier aufgeführten Geschichte am Schnürchen haben, und hier besonders noch, weil schon in unserer eigenen Aufführung festgelegt ist, was für Joseph noch spannend-zukünftig war, und wir schon wissen, daß die Brüder den Benjamin nicht wollten allein lassen mit seiner Schuld. Darum mögen wir lächelnd und längst Bescheid wissend dem Joseph zusehen, wie er durch sein Haus ging in gespannter Erwartung vom Bücherzimmer in den Empfangssaal, von diesem in den Saal des Brotes, von diesem zurück durch die Räume in sein Schlafgemach, wo er mit erregter Hand diese und jene Retouche an seinem Äußeren vornahm. Sein Benehmen erinnert uns sehr an das Herumrennen fertig maskierter Komödianten bevor es angeht.

Er besuchte auch seine Gemahlin, Asnath, die Geraubte, im Frauenflügel, sah sich mit ihr nach den Spielen Manasse's und Ephraims um und plauderte mit ihr, ohne ihr Spannung und Lampenfieber verhehlen zu können.

»Mein Gatte«, sagte sie, »lieber Herr und Räuber, – wie ist dir? Du bist nicht gelassen, du horchst und stampfst. Hast Du's auf dem Herzen? Wollen wir eine Partie auf dem Brette ziehen zu deiner Zerstreuung oder sollen einige von meinen Zofen sich anmutig vor dir regen?«

Aber er antwortete:

»Nein, Mädchen, danke, jetzt nicht. Ich habe andere Züge im Kopf als solche des Brettes, und kann nicht den Zuschauer machen beim Zofentanz, sondern muß selber gaukeln und mich im Spiele regen, Zuschauer aber sind Gott und die Welt. Zurück muß ich, näher zum Saal des Empfanges, denn das ist der Schauplatz. Für deine Zofen aber weiß ich ein bessres Geschäft als Tanzen, denn weshalb ich kam, das ist eigentlich, ihnen anzubefehlen, daß sie dich schön machen über deine Schönheit hinaus und dich fein herausputzen, und daß auch Manasse's und Ephraims Pflegerinnen ihnen die Hände waschen und ihnen gestickte Hemdchen anziehen, da ich nämlich jeden Augenblick außerordentlichen Besuch erwarte, dem ich euch vorstellen will als die Meinen, wenn das Wort gesprochen ist, wer es ist, dessen ihr seid. Ja, da machst du große, lauschende Augen, Schildmagd, schmal um die Mitte! Aber seid nur gehorsam und schmückt euch, ihr hört schon von mir!«

Damit rannte er fort, wieder zurück ins Herrenteil, durfte sich aber nicht der reinen Erwartung und Spannung anheimgeben, wie er doch einzig gern getan hätte, sondern mußte

Groß-Verwandte des Amts der Ernährung bei sich sehen im Büchergemach, nebst seinem Vorleser und seinem Wirklichen Schreiber, die gekommen waren, ihn mit Geschäften, Approbationen und Rechnereien um die reine Erwartung zu bringen, weswegen er sie verwünschte. Und doch waren sie ihm auch wieder willkommen, da er Komparsen brauchte.

Die Sonne neigte sich schon auf ihrer Bahn, als er, über den Papieren lauschend, an dumpfem Rumor vor dem Hause erkannte, daß die Stunde gekommen war und der Brüderzug anlangte. Mai-Sachme trat ein, den einen Mundwinkel fester als jemals angezogen, in der Hand den Becher, und reichte ihm den. »Beim Jüngsten«, sagte er. »Nach langem Suchen. Sie sind im Saal deines Spruches gewärtig.«

»Alle?« fragte er.

»Alle«, erwiderte der Dicke.

»Du siehst, daß ich ernstlich besetzt bin«, sagte Joseph. »Diese Herren sind nicht Spaßes halber bei mir, sondern in Krongeschäften. Lange genug stehst du schon in Haushalterdiensten bei mir, daß du unterscheiden können solltest, ob ich für solche Privat-Lappalien frei bin oder in Anspruch genommen von vordringlichen Inkumbenzen. Du und deine Männer, ihr wartet.«

Und er beugte sich wieder über das Papier, das ein Beamter vor ihm aufgerollt hielt. Da er aber nichts sah von dem, was darauf stand, sagte er nach einer Weile:

»Wir können übrigens jene Quisquilie, eine Gerichtssache, bei der es sich um das Verbrechen des Undanks handelt, ebenso gut gleich aus dem Wege räumen. Folgt mir hinüber, ihr Herren, in meinen Saal, wo die Übeltäter des Spruches harren.«

Und sie umgaben ihn, da er von diesem Zimmer drei Stufen hinauf und durch den Teppich hinaus auf die Erhöhung des Saales trat, wo sein Stuhl stand; auf dem saß er nieder, den Becher in seiner Hand. Fächer waren gleich über ihm, denn nicht unbeschützt von solchen und unbewedelt ließen ihn seine Leute, sobald er den Stuhl einnahm. Schräges Licht voller Stäubchentanz fiel von links durch eine der Hoch-Luken zwischen den Säulen hin und den Sphinxen, lagernden Löwen aus Rotstein mit dem Haupte Pharao's, auf die Gruppe der Sünder, die ein paar Schritte vom Hochsitz sich auf ihre Stirnen geworfen hatten. Spieße ragten zu ihren Seiten. Neugierige Haus-Offizianten, Köche und Kammerssklaven, Bodenbesprenger und Wärter der Blumentische, drängten sich unter den Türen.

»Brüder, steht auf!« sagte Joseph. »Ich hätte wahrlich nicht gedacht, daß ich euch sobald wieder vor mir sehen würde und aus dergleichen Anlaß. Manches hätte ich nicht gedacht. Ich hätte nicht gedacht, daß ihr an mir tun könntet, wie ihr getan, ihr, die ich aufgenommen wie Herren. So froh ich bin, meinen Becher wiederzuhaben, aus dem ich trinke, und mit dem ich weissage, so betrübt und in der Seele betroffen seht ihr mich durch euer krasses Benehmen. Es ist mir unfaßlich. Wie konntet ihr euch unterwinden, Gutes zu vergelten mit Bösem auf so krasse Weise und einen Mann, wie ich es bin, in seinen Gewohnheiten zu kränken, daß ihr ihn um seinen Becher bringt, an dem er hängt, und macht euch damit aus dem Staube? Die Unüberlegtheit eurer Handlung kommt ihrer Häßlichkeit gleich, denn mußtet ihr euch nicht sagen, daß ein Mann wie ich das teure Stück sofort vermissen und alles erraten würde? Dachtet ihr wirklich, des Bechers beraubt, würde ich nicht weissagen können, wo er sei? Und nun? Ich nehme an, daß ihr euch schuldig bekennt?«

Juda war es, der antwortete. Er war es überhaupt, der hier und heute das Wort führte für alle, er, der im Leben am meisten ausgestanden, der sich auf Schuld am meisten verstand und darum zum Reden berufen war. Denn Schuld schafft Geist – und schon umgekehrt: ohne Geist gibt es garkeine Schuld. Unterwegs hatte er sich von den anderen zum Reden bevollmächtigen lassen und sich die Worte bereitet. Zerrissenen Kleides stand er unter den Brüdern und sprach:

»Was sollen wir meinem Herrn sagen und welchen Sinn hätte wohl der Versuch, uns vor ihm zu rechtfertigen? Wir sind schuldig vor dir, mein Herr, – schuldig in dem Sinne, daß dein Becher bei uns gefunden worden, bei Einem von uns, das ist: bei uns. Wie das Stück in den Ranzen unseres Jüngsten gekommen ist, des Unschuldigen, der immer zu Hause war, – ich weiß es nicht. Wir wissen es nicht. Ohnmächtig sind wir, darüber Vermutungen anzustellen oder Behauptungen aufzustellen vor dem Stuhl meines Herrn. Ein Gewaltiger bist du, und bist gut und böse, erhebst und stürzest. Wir gehören dir. Keine Rechtfertigung lohnt sich vor dir, und töricht der Sünder, der auf gegenwärtige Unschuld pocht, wenn der Rächer Zahlung fordert für alte Missetat. Nicht umsonst war die Klage unseres Vaters, des alten, wir machten ihn kinderlos. Siehe, er behält recht. Wir und der, bei dem der Becher gefunden ist, sind meinem Herrn zu Knechten verfallen.«

In dieser Rede, die noch keineswegs Juda's eigentliche Rede war, seine berühmte, deutete manches sich an, worauf Joseph besser tat, nicht einzugehen, sondern es klüglich zu überhören. Worauf er antwortete war nur das Angebot sämtlicher Knechtschaft; er wies es von sich.

»Nein, nicht also«, sagte er. »Das sei ferne von mir. Es gibt kein noch so schlechtes Benehmen, das einen Mann wie mich zum Unmenschen machen könnte. Eurem Vater, dem alten, habt ihr Speise gekauft in Ägyptenland, und er wartet auf diese. Ich bin Pharao's großer Geschäftsmann; niemand soll sagen, ich hätte mir eure Sünde zu nutze gemacht, um mit den Käufern Geld und Ware einzubehalten. Ob ihr zusammen gesündigt, oder nur einer, will ich nicht untersuchen. Euerem Kleinsten hab ich vertraulich bei Tische, als wir lustig waren zusammen, die Tugenden meines lieben Bechers preisgegeben und ihm geweissagt von seiner Mutter Grab. Mag sein, daß er euch davon schwatzte; mag sein, daß ihr alle zusammen den Plan des Undanks schmiedetet, den Schatz zu beseitigen – nicht um seines Silberwertes willen, so nehme ich an. Zauberkraft wolltet ihr an euch bringen, – möglicherweise um zu erkunden, was aus euerem Bruder geworden, dem nicht mehr vorhandenen, der euch von der Hand gekommen, – was weiß ich? Die Neugier wäre begreiflich. Mag aber wiederum sein, der Kleine sündigte auf eigne Hand, sagte euch nichts und nahm den Becher. Ich will's nicht wissen und nicht erforschen. Bei dem Däumling wurde gefunden das Diebsgut. Er ist mir verfallen. Ihr aber mögt in Frieden nach Hause ziehen zu euerm Vater, dem alten, daß er nicht kinderlos sei und Speise habe.«

So der Erhöhte, und still war es eine Weile. Da aber trat aus ihrem Chore hervor Juda, der Geplagte, dem sie das Wort verliehen hatten, daß er es führe. Vor den Stuhl trat er, nahe zu Joseph heran, holte Atem und sprach:

»Höre mich nun, mein Herr, denn eine Rede will ich halten vor deinen Ohren und will dir rednerisch vorhalten, wie alles kam, und wie Du's gemacht, und wie es steht um diese und mich, um uns Brüder alle. Haarklein soll dir meine Rede beweisen, daß du den Jüngsten nicht von uns absondern kannst und darfst und ihn nicht behalten. Demnächst dann, daß wir anderen nicht, und insbesondere ich nicht, Juda, von diesen der Vierte – daß wir unmöglich und nimmermehr zu unserem Vater heimkehren können ohne den Jüngsten, nimmermehr. Drittens aber will ich meinem Herrn ein Angebot machen und will dir vorschlagen, wie du zu deinem Rechte kommst auf eine mögliche Art und nicht auf eine unmögliche. Dies meiner Rede Ordnung. Darum laß deinen Zorn nicht ergrimmen über deinen Knecht, und falle ihm, bitte, nicht in die Rede, die ich führe, wie der Geist sie mir eingibt und die Schuld. Du bist wie Pharao. Ich aber beginne, wie es begonnen hat und wie du's begannest, denn es war so:

Als wir hernieder kamen, von unserem Vater gesandt, daß wir Speise erwürben aus dieser Speisekammer, wie tausend andere, ging es uns nicht wie den tausend, sondern abgesondert wurden wir und hatten's sonderlich und wurden geleitet in deine Stadt herab vor das Angesicht meines Herrn. Und da blieb's sonderlich, denn sonderlich war auch mein Herr, nämlich harsch und huldig, das ist: doppeldeutig, und befragte uns eigentümlich nach unsrer Freundschaft. ›Habt ihr auch etwa noch‹, fragte mein Herr, ›einen Vater daheim oder einen Bruder?‹ – ›Wir haben‹, antworteten wir, ›einen Vater, der ist alt, und haben allerdings auch einen jungen Bruder, den Jüngsten, ihm spät geboren, den hütet er mit dem Stabe und hält ihn fest an der Hand, denn sein Bruder kam abhanden für tot, und ist unserm Vater von ihrer Mutter nur jener übrig, darum hält er innigst auf ihn.‹ – Antwortete mein Herr: ›Bringt ihn herab zu mir! Es soll ihm kein Haar gekrümmt sein.‹ – ›Das kann nicht geschehen‹, antworteten wir, ›aus den obigen Gründen. Den Jüngsten vom Vater reißen, das wäre tödlich.‹ – Versetztest du harsch deinen Knechten: ›Beim Leben Pharao's! Wo ihr nicht mit eurem Jüngsten kommt, der von der lieblichen Mutter übrig, so sollt ihr mein Angesicht nicht mehr sehen.‹«

Und Juda fuhr fort und sprach:

»Ich frage meinen Herrn, ob es so war und begann, oder ob es nicht so war und anders begann, als daß mein Herr nach dem Knaben fragte und wider unsere Verwahrung auf seinem Kommen bestand. Denn meinem Herrn beliebte, es so hinzustellen, alsob wir uns reinigen sollten durch seine Beibringung von dem Verdachte der Späherei und sollten dadurch erhärten, daß wir mit Wahrheit umgehen. Aber was für eine Reinigung ist das und was für ein Verdacht? Uns kann kein Mensch für Spähbuben halten, so sehen wir Brüder in Jaakob nicht aus, und glaubt's einer dennoch, so ist's keine Reinigung, daß wir den Jüngsten erstellen, sondern ist pure Eigentümlichkeit, und ist allein, weil nun einmal mein Herr unbedingt unseren Bruder wollte mit Augen sehen – warum? Darüber muß ich verstummen, es steht bei Gott.«

Und Jehuda ging weiter vor in seiner Rede, regte das Löwenhaupt, streckte die Hand aus und sprach:

»Siehe, an den Gott seiner Väter glaubt dieser dein Knecht, und daß alles Wissen bei Ihm ist. Was er aber nicht glaubt, das ist, daß dieser Gott Schätze einschwärzt in seiner Knechte Ranzen, dergestalt, daß sie ihr Kaufgeld haben zusamt der Ware, – das ist nie dagewesen und besteht gar kein Herkommen in diesem Betracht: weder Abram, noch Isaak, noch unser Vater Jaakob haben je Gottessilber im Sacke gefunden, das der Herr ihnen zugesteckt, – was es nicht gibt, das gibt es nicht, sondern ist alles bloß Eigentümlichkeit und kommt allzumal aus demselben Geheimnis.

Kannst du nun aber, mein Herr, – kannst du, da wir's beim Vater erwirkt mit Hilfe der Hungersnot, und von ihm den Kleinen entliehen für diese Reise, – kannst du, der du sein Kommen unerbittlich erzwungen, und ohne dessen sonderliches Verlangen er nie den Fuß gesetzt hätte auf dieses Land, – kannst du, der da sprach: ›Ihm soll kein Leids geschehen hier unten‹, – kannst du ihn einbehalten als Sklaven, weil sie deinen Becher in seinem Ranzen gefunden?

Das kannst du nicht!

Wir aber unsrerseits und dein Knecht zumal, Juda, der diese Rede hält, wir können nicht vor unseres Vaters Angesicht treten ohne den Kleinsten – nie und nimmermehr. Wir können es so wenig, wie wir hätten vor dein Angesicht wieder kommen können ohne ihn – und nicht aus Gründen der Eigentümlichkeit, sondern aus den gewaltigsten Gründen. Dann als dein Knecht, unser Vater, uns wieder gemahnte und sprach: ›Ziehet doch hin und kauft uns ein wenig Speise!‹ und wir ihm antworteten: ›Wir können nicht, ohne, du gibst uns den Kleinen dazu, denn der Mann dort unten, der Herr im Lande ist, hat's uns hart eingebunden, daß wir ihn bringen, oder wir sehen sein Angesicht nicht‹, – siehe, da stimmte der Greis eine Klage an, eine wohlbekannte, die ins Herz schneidet, wie die Flöte, die in den Schluchten schluchzt, und holte aus im Liede und sang:

›Rahel, die lieblich Bereitwillige, um die meine Jugend diente Laban, dem Schwarzmond, sieben Jahr, meines Herzens Herz, die mir am Wege starb, einen Feldweg nur von der Herberge, sie war mein Weib und brachte mir willfährig zwei Söhne: im Leben einen und einen im Tode, Dumuzi-Absu, das Lamm, Joseph, den Schmucken, der mich zu nehmen wußte, daß ich ihm alles gab, und Benoni, das Todessöhnchen an meiner Hand, der mir noch übrig. Denn jener ging hinaus von mir, da ich's ihm zugemutet, und ein Schrei erfüllte das Weltall: Zerrissen ist er, der Schöne zerrissen! Da fiel ich auf den Rücken und bin starr seitdem. Diesen aber halt' ich an starrer Hand, der mir das Einzige ist, da zerrissen, zerrissen der Einzige. Werdet ihr nun auch das Einzige von mir hinausnehmen, daß ihn vielleicht das Schwein betritt, so werdet ihr meine grauen Haare in die Grube bringen mit solchem Herzeleid, daß es für die Welt zuviel wäre, sie ständ' es nicht aus. Voll zum Äußersten ist sie von dem stehenden Schrei: Zerrissen ist der Geliebte, und käme dieses hinzu, sie müßte ins Nichts zerplatzen.‹

Hat mein Herr diese Flötenklage vernommen und dieses Vaterlied? Dann, so urteile er nach eignem Verstand, ob wir Brüder vor den Alten treten können ohne den Jüngsten, den kleinen Mann, und bekennen: ›Eingebüßt haben wir ihn, er kam abhanden.‹ Ob wir's ausstehen könnten vor seiner Seele, die an dieser Seele hanget, und vor der Welt, die des Jammers voll ist und nicht mehr verträgt, es würd' ihr den Rest geben. Ob vor allem ich, Redner, Juda genannt, sein Vierter, so vor ihn kommen kann, das sollst du beurteilen. Denn noch nicht alles weiß mein Herr, noch lange nicht, und es fühlt deines Knechtes Herz, daß seine Rede sich zu noch ganz anderem aufheben wird in dieser notvollen Stunde. Ja, es fühlt, daß das Geheimnis, aus dem alle Eigentümlichkeit kommt, nur zu erhellen ist durch die Offenbarung anderen Geheimnisses.«

Hier geschah eine murmelnde Unruhe unter der Brüderschar. Aber Juda, der Löwe, erhob seine Stimme dagegen, redete fort und sprach:

»Bürgschaft hab ich übernommen vor dem Vater und mich zum Bürgen aufgeworfen vor ihm für den Kleinen; denn ebenso wie ich jetzt zu dir trat, nahe an deinen Stuhl, um diese Rede zu halten, also trat ich dem Vater nahe und verschwor mich ihm mit den Worten: ›Gib ihn mir in die Hand, ich hafte für ihn, und wenn ich ihn dir nicht wiederbringe, so will ich die Schuld vor dir tragen ewiglich!‹ So meine Haftung, und nun urteile, eigentümlicher Mann, ob ich hinaufziehen kann zu meinem Vater ohne den Kleinen, daß ich einen Jammer sehe, der für mich und die Welt zuviel! Nimm mein Angebot! Mich sollst du einhalten an seiner Statt zu deinem Knecht, daß du mögliche Sühne hast und nicht unmögliche; denn ich will sühnen, sühnen für alle. Hier vor dir, Eigentümlicher, faß ich den Eid, den wir Brüder schworen, den gräßlichen, mit dem wir uns bündelten – mit beiden Händen faß ich ihn und breche ihn überm Knie entzwei. Unser Elfter, des Vaters Lamm, der Erste der Rechten, – das Tier hat ihn garnicht zerrissen, sondern wir, seine Brüder, haben ihn einst in die Welt verkauft.«

So und nicht anders endete Juda seine berühmte Rede. Wogenden Leibes stand er, und bleich standen die Brüder, wenn auch tief erleichtert, weil es heraus war. Dies kommt sehr wohl vor: die bleiche Erleichterung. Aber zwei Rufe ertönten: sie kamen vom Größten und Kleinsten. Ruben rief: »Was hör ich!«, und Benjamin macht' es genau wie vordem, als sie der Haushalter eingeholt: die Arme warf er empor und schrie unbeschreiblich auf. – Und Joseph? – Er war aufgestanden von seinem Stuhl, und glitzernd liefen die Tränen ihm die Wangen hinab. Denn es war so, daß die Garbe Lichtes, die vorhin von der Seite her auf die Brüdergruppe gefallen war, nach stiller Wanderschaft nun durch eine Luke am Ende des Saales gegen ihm über gerade auf ihn fiel: davon glitzerten die rinnenden Tränen auf seinen Backen als wie Geschmeide.

»Was ägyptisch ist, gehe hinaus von hier«, sagte er, »alles hinaus. Denn ich habe Gott und die Welt zu Gaste geladen bei diesem Spiel, nun aber soll nur noch Gott allein Zuschauer dabei sein.«

Ungern gehorchte man. Den Schreibern auf der Estrade legte Mai-Sachme, indem er sie mit Zwinkern bedeutete, seine Hände auf die Rücken und half ihnen höflich davon, und auch das Hausgesinde räumte die Türen. Aber das redeten wir wohl niemandem ein, daß es sich sehr weit davon entfernt hätte. Vielmehr stand draußen und drinnen im Büchergemach jedermann seitlich auf ein Bein gelehnt, dem Schauplatze zugeneigt, und hielt die hohle Hand hinters Ohr.

Dort aber breitete Joseph, ohne des Geschmeides auf seinen Backen zu achten, die Arme aus und gab sich zu erkennen. Er hatte sich oft zu erkennen gegeben und die Leute stutzen gemacht, indem er zu verstehen gab, daß ein Höheres sich in ihm darstellte, als was er war, sodaß dies Höhere träumerisch-verführerisch ineinanderlief mit seiner Person. Jetzt sagte er einfach und trotz der gebreiteten Arme sogar mit einem kleinen bescheidenen Lachen:

»Kinder, ich bin es ja. Ich bin ja euer Bruder Joseph.«

»Aber er ist's ja natürlich doch!« schrie Benjamin, fast erstickt von Jubel, und stürzte vorwärts, die Stufen hinan zur Erhöhung, fiel auf seine Kniee und umfing mit Ungestüm die Kniee des Wiedergefundenen.

»Jaschup, Joseph-el, Jehosiph!« schluchzte er zu ihm hinauf, den Kopf im Nacken. »Du bist's, du bist's, aber selbstverständlich bist du's natürlich ja doch! Du bist nicht tot, umgestürzt hast du die große Wohnung des Todesschattens, aufgefahren bist du zum siebenten Söller, und bist eingesetzt als Metatron und Innerer Fürst, ich hab's gewußt, ich hab's gewußt, hoch erhoben bist du, und der Herr hat dir einen Stuhl gemacht, ähnlich dem Seinen! Mich aber kennst du noch, deiner Mutter Sohn, und hast im Winde gewedelt mit meiner Hand!«

»Kleiner«, sprach Joseph. »Kleiner«, sagte er, hob Benjamin auf und tat ihre Köpfe zusammen. »Rede nicht, es ist nicht so groß und nicht so weit her, und kein solcher Ruhm ist es mit mir, und die Hauptsache ist, daß wir wieder zwölfe sind.«

Zanket nicht!

Und er schlang den Arm um seine Schulter und trat hinab mit ihm zu den Brüdern – ja, wie stand es mit denen, und wie standen die da! Einige standen, die Beine gespreizt, mit hängenden Armen, die viel länger schienen, als sonst, knielang beinahe, und suchten offenen Mundes mit den Augen im Leeren herum. Andere preßten die Brust mit beiden Fäusten, – die wuchteten auf und ab von ihrem gehenden Atem. Alle waren sie bleich gewesen von Juda's Bekenntnis, nun waren sie dunkelrot im Gesicht, rot wie Kiefernstämme, rot wie einst, als sie auf ihren Fersen gesessen hatten und Joseph dahergekommen war im bunten Kleid. Hätte Benoni nicht mit seinem »Natürlich doch« und all seinem Entzücken des Mannes Erklärung besiegelt, so hätten sie überhaupt nichts begriffen und nichts geglaubt. Wie nun aber die Rahelssöhne umschlungen zu ihnen herunterkamen, war ihren armen Köpfen aufgegeben, aus einer bloßen Assoziation eine Einerleiheit zu machen und in dem Mann, der freilich in ihrem Sinn längst irgendetwas mit Joseph zu tun gehabt hatte, den abgeschafften Bruder selbst zu erkennen, – was Wunder, daß es in ihren Hirnen nur so knackte? Kaum schien es den hampelnden und strampelnden gelungen, den Herrn hier und ihr Opfer, den Knaben, in Eins zu denken, so ging das Geeinte schon wieder entzwei, – nicht nur, weil es so schwer hielt, es zusammenzuhalten, sondern schwer hielt es, weil es so äußerst beschämend und auch entsetzenerregend war.

»Tretet doch her zu mir«, sagte Joseph, während er selber zu ihnen trat. »Ja, ja, ich bin's. Ich bin Joseph, euer Bruder, den ihr nach Ägypten verkauft habt, – macht euch nichts draus, es war schon recht. Sagt, lebt mein Vater noch? Redet mir doch ein bißchen und bekümmert euch nicht! Juda, das war eine gewaltige Rede! Die hast du für immer und ewig gehalten. Innig umarm' ich dich zur Beglückwünschung, wie auch zum Willkomm und küsse dein Löwenhaupt. Siehe, es ist der Kuß, den du mir gabst vor den Minäern, – heute geb' ich ihn dir wieder, mein Bruder, und ist nun ausgelöscht. Alle küss' ich in Einem, denn denkt doch nur nicht, daß ich darum zürne, daß ihr mich hierher verkauftet! Das mußte alles so sein, und Gott hat's getan, nicht ihr. El Shaddai hat mich abgesondert schon frühzeitig vom Vaterhaus und mich verfremdet nach seinem Plan. Er hat mich vor euch hergesandt, euch zum Ernährer, – und hat eine schöne Errettung veranstaltet, daß ich Israel speise mitsamt den Fremden in Hungersnot. Das ist eine zwar leiblich wichtige, aber ganz einfache, praktische Sache, und ist weiter kein Hosiannah dabei. Denn euer Bruder ist kein Gottesheld und kein Bote geistlichen Heils, sondern ist nur ein Volkswirt, und daß sich eure Garben neigten vor meiner im Traum, wovon ich euch schwatzte, und sich die Sterne verbeugten, das wollte so übertrieben Großes nicht heißen, sondern nur, daß Vater und Brüder mir Dank wissen würden für leibliche Wohltat. Denn für Brot sagt man ›Recht schönen Dank‹ und nicht ›Hosiannah‹. Muß aber freilich sein, das Brot. Brot kommt zuerst und dann das Hosiannah. – Nun, habt ihr verstanden, wie einfach der Herr es meinte, und wollt ihr nicht glauben, daß ich noch lebe? Ihr wißt es doch selbst, daß mich die Grube nicht hielt, sondern daß die Kinder Ismaels mich herauszogen, und daß ihr mich ihnen verkauftet. Hebt nur die Hände auf und faßt mich an, daß ihr seht, ich lebe als euer Bruder Joseph!«

Zwei oder drei von ihnen rührten ihn auch wirklich an, strichen mit der Hand behutsam an seinem Kleide herunter und grienten zaghaft dazu.

»Dann war's also nur ein Scherz und hast nur so getan, wie ein Fürst«, fragte Issakhar, »bist aber eigentlich bloß unser Bruder Joseph?«

»Bloß?« antwortete er. »Das ist ja wohl das Meiste, was ich bin! Aber ihr müßt es recht verstehen: ich bin beides; ich bin Joseph, den der Herr Pharao zum Vater gesetzt hat und zu einem Fürsten in ganz Ägyptenland. Joseph bin ich, überkleidet mit der Herrlichkeit dieser Welt.«

»Freilich«, sagte Sebulun, »so wird es ja denn wohl sein, daß man nicht sagen kann, du bist nur das eine und nicht das andere, sondern bist beides in einem. Es ahnte uns auch. Und ist ja nur gut, daß du nicht durch und durch der Markthalter bist, sonst ginge es uns schlecht. Sondern bist unter dem Kleid unser Bruder Joseph, der uns beschützen wird gegen des Markthalters Zorn. Aber du mußt verstehen, Herr –«

»Willst du das, dummer Mann, wohl sein lassen, mit ›Herr, Herr‹? Damit hat's nun ein Ende!«

»Du mußt verstehen, daß wir auch wieder beim Markthalter Schutz suchen möchten vor dem Bruder, denn vor Zeiten haben wir übel an ihm getan.«

»Das habt ihr!« sprach Ruben und zog grimmig die Muskeln seines Gesichtes an. »Es ist unerhört, Jehosif, was ich erfahren muß bei dieser Gelegenheit. Denn sie haben dich verkauft hinter meinem Rücken und mir nichts davon angezeigt, und hab's nicht gewußt all die Zeit her, daß sie dich losgeschlagen und Kaufgeld für dich genommen ...«

»Laß gut sein, Ruben«, sprach Dan, von Bilha. »Du hast auch dies und das getan hinter unserem Rücken und warst hinterrücks bei der Grube, daß du den Knaben stählest. Und was das Kaufgeld betrifft, so war es kein Reichtum damit, wie Gnaden Joseph sehr wohl weiß; zwanzig Schekel phönizisch, das war alles, dank des Alten Zähigkeit, und wir können jederzeit darüber abrechnen, daß du zu dem Deinen kommst.«

»Zanket nicht, Männer!« sagte Joseph. »Zankt euch nicht deswegen und darum, was der Eine getan und der Andre nicht wußte. Denn Gott hat es alles recht gemacht. Dir dank' ich, Ruben, mein großer Bruder, daß du zur Höhle kamst mit deinem Gestrick, um mich herauszuziehen und mich dem Vater wiederzugeben. Ich aber war nicht mehr da, und das war gut, denn so sollt' es nicht sein und wäre nicht richtig gewesen. Nun aber ist's recht. Nun wollen wir alle an nichts als an den Vater denken ...«

»Ja, ja«, nickte Naphtali, ließ plappernd die Zunge laufen und zuckte mit seinen Beinen. »So ist's, so ist's, unser Bruder sagt es ganz recht, der Erhöhte, denn völlig unleidlich ist solch ein Zustand, daß Jaakob ferne sitzt im hährenen Hause, oder davor, und nicht die leiseste Ahnung hat von dem, was hier aufgekommen, nämlich daß Joseph lebt und hat's hoch hinausgebracht in der Welt und nimmt einen schimmernden Posten ein bei den Heiden. Denkt euch, da sitzt er, gehüllt in Ungewißheit, da wir hier stehen und reden mündlich mit dem Entschwundenen und fassen sein Kleid an, daß wir's mit Händen greifen: alles war Mißverständnis und falsche Kunde, – nichtig des Vaters hochgradiger Jammer und nichtig der Wurm, der uns wurmte all unser Leben lang. Das ist so aufregend, daß man mit dem Kopf durch die Decke möchte, und ist eine unausstehliche Schiefigkeit in der Welt, daß wir es wissen dahier, er aber nicht, nur, weil es weit ist von uns zu ihm und eine Masse stumpfen Gebreites sein Wissen von unserm trennt, darin die Wahrheit nur ein paar Schritt weit vorankommt, dann bleibt sie liegen und kann nicht mehr. O, könnte man die hohlen Hände legen an seinen Mund und siebzehn Tage weit rufen: ›Vater, hoheh! Joseph lebt und ist wie Pharao in Ägyptenland, das ist das Neueste!‹ Aber schriee man noch so laut, unberührt sitzt er und hört es nicht. O, daß man eine Taube könnte ausfliegen lassen, deren Flügel die Schnelle des Blitzes hätten, mit einer Schrift unterm Flügel: ›Wisse, so steht's‹, daß die Schiefigkeit aus der Welt wäre und jeder dasselbe wüßte dort und hier! Nein, ich steh' hier nicht länger, ich steh' es nicht aus. Schickt mich, schickt mich! Ich will's besorgen. Laufen will ich, dem Hirschen zum Trotz, und ihm schöne Rede geben. Denn könnte eine Rede wohl schöner sein, als die, die das Neueste bringt?«

Joseph aber begütigte seinen Eifer und sprach:

»Laß gut sein, Naphtali, und überstürze dich nicht, denn du sollst nicht allein laufen, und soll keiner ein Vorrecht haben, unserem Vater anzusagen, was ich ihm sagen lasse, und was ich längst ausgedacht, wenn ich nachts auf dem Rücken lag und diese Geschichte besann. Sieben Tage sollt ihr rasten bei mir und all meine Ehre teilen, und will euch vor meine Hausfrau stellen, die Sonnenmagd, und meine Söhne sollen sich vor euch neigen. Dann aber sollt ihr eure Tiere beladen und sämtlich hinaufziehen mit Benjamin zu meinem Vater und ihm verkünden: Joseph, dein Sohn, ist nicht tot, sondern lebt und spricht lebenden Mundes zu dir: ›Gott gab mir den Vorrang unter den Fremden, und mir ist untertänig Volks, das ich nicht kannte. Komm herab zu mir, säume dich nicht und erschrick, Lieber, nicht vorm Lande der Gräber, wohin schon Abraham kam in Hungersnot! Denn die Teuerung und daß kein Pflügen und Ernten ist in der Welt seit zwei Jahren schon, das wird bestimmt noch drei oder fünf Jahre währen, ich aber will dich versorgen und sollst hier auf fetten Triften siedeln. Fragst du, ob Pharao es erlaubt, so antworte ich dir: den wickelt dein Sohn um den Finger. Und will Seine Majestät ersuchen, daß ihr in der Gegend Gosen siedeln sollt und auf den Feldern von Zoan, gegen Arabia, da will ich euch versorgen, dich und deine Kinder und Kindeskinder, dein klein Vieh und groß Vieh und alles, was dein ist. Denn die Gegend Gosen, auch Gosem genannt, oder Goschen, die hab' ich schon frühe erwählt für euch zum Nachkommenlassen, weil sie noch nicht recht Ägyptenland ist, noch nicht so ausgeprägt, und könnt dort leben von den Fischen der Mündung und vom Fett des Feldes, hübsch für euch, daß ihr nicht viel zu schaffen habt mit den Kindern Ägyptens und ihrer Altklugheit und eure Originalität nicht leide. Und seid doch nahe bei mir.‹ – So sollt ihr zu meinem Vater sprechen in meinem Namen und es gescheit und geschickt machen, Männer, daß ihr's seinem starren Alter sänftiglich beibringt, zuerst, daß ich lebe, und dann, daß er herniederkommen soll mit euch allen. Ach, könnt' ich nur selber mit euch hinaufziehen und es ihm abschwatzen, da ging' ich sicher. Aber ich kann nicht, nicht einen Tag bin ich abkömmlich. Darum macht's fein und liebeslistig an meiner Statt mit meinem Leben und seinem Kommen! Sagt ihm nicht gleich: ›Joseph lebt‹, sondern fragt erst: ›Wie wär' es wohl, und wie würde unserm Herrn gegebenen Falls zu Mute, wenn Joseph noch lebte?‹ Damit er es erst probiere. Und sagt ihm nicht geradezu: Im Unteren sollst du siedeln, bei den Gottesleichen, sondern umschreibt es und sagt: In der Gegend Gosen. Wollt ihr's so liebesschlau machen auch ohne mich? Ich bind' es euch dieser Tage noch besser ein. Nun will ich euch mit meiner Frau, dem Sonnenmädchen, bekannt machen und euch meine Buben zeigen, Manasse und Ephraim. Und wollen essen und trinken zu zwölfen und fröhlich sein und alter Zeiten gedenken, doch nicht zu genau. Daß ich's aber nicht vergesse: Wenn ihr hinaufkommt zum Vater, so kündet ihm alles, was ihr gesehen habt und geizt nicht mit Schilderung von meiner Pracht hier unten! Denn seinem Herzen ist übel mitgespielt worden, – nun soll ihm aufgespielt sein die süße Musik von seines Sohnes Herrlichkeit.«

Pharao schreibt an Joseph

Nichts wäre bedauerlicher, als wenn nach diesen Ereignissen die Menge der Zuhörer anfinge auseinanderzulaufen und sich von hier zu zerstreuen, denkend: »Das war's denn, das schöne Ich bin's ist gesprochen, und schöner kann's nicht mehr kommen, es war der Höhepunkt, und nun spielt sich's nur noch zu Ende, wir wissen eh' schon, wie, und ist nicht mehr aufregend.« – Nehmt guten Rat an und bleibt hübsch beisammen! Der Verfasser dieser Geschichte, unter welchem wir den zu begreifen haben, der alles Geschehen verfaßt, hat ihr viele Höhepunkte verliehen und hat es heraus, wie man einen überhöht durch den anderen. Bei ihm heißt's immer: Das Beste kommt noch, und immer stellt er etwas in Aussicht, sich darauf zu freuen. Wie Joseph erfuhr, sein Vater sei noch am Leben, das war wohl reizend; wenn aber Jaakob, dem Kummerstarren, das Frühlingslied aufgespielt wird von seines Sohnes Leben und wenn er hinabfährt, ihn zu umarmen – das wird wohl keineswegs aufregend sein? Wer jetzt nach Hause geht, der möge nachher die anderen fragen, die zu Ende hörten, ob es aufregend war oder nicht. Dann mag die Reue ihn ankommen, und all seiner Lebtage wird er sich im Nachteil fühlen, weil er nicht dabei war, als Jaakob die ägyptischen Enkel kreuzweis segnete und als der Feierliche seine Sterbestunde beging. »Wir wissen's eh' schon«! Das ist ganz töricht gesprochen. Die Geschichte kennen kann jeder. Dabei gewesen zu sein, das ist's. – Aber es scheint, die Einschärfung war unnötig, denn keiner rührt sich vom Fleck.

Als denn nun Joseph so mit den Elfen geredet hatte und sie mit ihm, und sie mit einander hinausgingen von da, wo er sich zu erkennen gegeben, hinüber zu Asnath, dem Mädchen, seinem Weibe, daß sie sich vor dieser neigten und ihre Neffen sähen mit der ägyptischen Kinderlocke, da herrschte ein heiterer Tumult und freudiges Lachen im ganzen Gnadenhause; denn alles Gesinde hatte gehorcht, und Joseph brauchte nichts anzuzeigen und keine Erklärung ergehen zu lassen. Alle wußten es gleich und riefen es lachend einander zu, daß des Ernährers Brüder gekommen seien und seines Vaters Söhne sich eingefunden hätten aus Zahi-Land, was für sie alle ein Riesenspaß war, besonders, da sie mit Sicherheit auf Bier und Kuchen rechnen konnten zur Feier dieses Ereignisses. Die Schreiber aber vom Haus der Ernährung und Gewährung, die auch gehorcht hatten, verkündeten es in der Stadt, und es hätte Naphtali, den Geläufigen, trösten mögen, wie dieses Neueste, einem Lauffeuer gleich, durch ganz Menfe lief und alle so rasch auf gleichen Fuß des Wissens kamen, – des lachenden Wissens, die Brüderschar des Alleinigen sei bei ihm eingetroffen, sodaß es viele Freudensprünge gab auf den Straßen und eine Menge vor Josephs Haus in der kostbaren Vorstadt rückte, unter Vivat-Rufen verlangend, ihn im Kreis seiner asiatischen Sippschaft zu sehen, was ihr denn auch schließlich gewährt wurde: die Zwölfe zeigten sich den Begierigen auf der Terrasse, und nur für uns ist es ein Jammer, daß Menfe's Leute auf ihrer Augen Linsen allein angewiesen waren und nicht mit dem Lichte umzuspringen wußten, wie wir, sodaß die Gruppe nicht konnte im Bilde festgehalten werden. Jene aber litten darunter nicht und vermißten es nicht, weil eben einfach garnicht daran zu denken war.

Auch blieb die reizvolle Neuigkeit nicht lange in die Mauern der Grabes-Großstadt eingeschlossen, sondern flog darüber hinweg wie eine Taube ins Land hinaus, und vor allem kam das

Geschrei davon schnellstens vor Pharao, der mit seinem ganzen Hofe sehr davon unterhalten war. Pharao, der nun Ech-n-aton hieß – denn seinem Vorsatz gemäß hatte er den drückenden Amun-Namen abgelegt und jenen dafür angenommen, der den Namen seines Vaters im Himmel trug, – Pharao war schon seit Jahr und Tag der Residenz seines Lieblingsministers näher gerückt, da er die seine von Theben, dem Hause des Amun-Rê, wegverlegt hatte, weiter nördlich hinab, an eine Stätte des oberägyptischen »Hasengaues«, die er nach längerer Ausschau zum Bau einer neuen, ganz der geliebten Gottheit geweihten Stadt für tauglich befunden. Der Ort war ein wenig südlich von Chmunu, dem Hause des Thot, an einer Stelle, wo eine kleine Insel, die nach der Errichtung zierlicher Lust-Pavillons auf ihrem Grunde geradezu schrie, dem Strome entstieg und die Felsen von dessen Ost-Ufer im Bogen zurücktraten, Raum bietend für die Anlage von Tempeln, Palästen und Ufergärten, wie sie einem Gottesdenker, der es schwer hat und es also auch gut haben soll, geziemen. Nach seinem Herzen hatte der Herr des süßen Hauches die Stätte gefunden, beraten von niemandem als von seinem Herzen und dem, der darin wohnte, und dem allein hier Lobgesänge erschallen sollten; und so war der schöne Befehl Seiner Majestät an seine Künstler und Steinmetzen ergangen, mit größter Beschleunigung hier eine Stadt, die Stadt seines Vaters, die Stadt des Horizontes, Achet-Atôn, zu erbauen, – ein harter Schlag für Nowet-Amun, Theben, die »hunderttorige«, die durch den Weggang des Hofes Gefahr lief, zur Provinzstadt herabzusinken, und eine krasse Kundgebung gegen den Reichsgott zu Karnak, mit dessen gebieterischer Hausbetreterschaft Pharao's zarte Inbrunst für den Liebend-All-Einigen schon während der fetten Jahre in immer schwereres Zerwürfnis geraten war.

Pharao's zartes Lebenssystem vertrug nicht diese immer wiederkehrenden Zusammenstöße mit der traditionsgewappneten Macht des kriegerischen National-Gottes; unter dem Widerspruch zwischen der Friedfertigkeit seiner Seele und der Notwendigkeit, seine höhere Gotteserfindung gegen das Alt-Mächtige kämpferisch zu verteidigen, ja im Angriff dagegen zu stehen, litt seine Gesundheit mehr und mehr, und da er fand, es treffe sich gut, daß in seinem Falle die Flucht das Mittel war, dem Feinde den empfindlichsten Schaden zuzufügen, so beschloß er, für seine geheiligte Person Wêse's Staub von seinen Sandalen zu schütteln, mochte auch Mamachen, seine Mutter, teils zum Zwecke der Überwachung Amuns, teils aus Anhänglichkeit an den Palast weiland König Neb-ma-rê's, ihres Gatten, in der alten Hauptstadt zurückbleiben. Zwei Jahre hatte Echnaton seine Ungeduld, Amuns Bannkreis zu entkommen, bemeistern müssen, denn solange hatte trotz rücksichtsloser Aushebung befeuchtelter Robotwerker die notdürftige Erstellung der neuen Stadt gedauert, die, als der König sie unter hochfestlichen Opferdarbringungen an Brot, Bier, gehörnten und ungehörnten Stieren, Kleinvieh, Vögeln, Wein, Weihrauch und allen schönen Kräutern bezog, eigentlich noch garkeine Stadt, sondern nur ein improvisiertes Hoflager von halbfertigem Luxus war, bestehend aus einem Palast für ihn, die Große Gemahlin Nefernefruatôn-Nofretête und die königlichen Prinzessinnen, darin man gerade schlafen, aber so recht noch nicht wohnen konnte, weil überall noch Verputzstreicher, Kunstmaler und Dekorateure am Werke waren; einem Tempel für Gott den Herrn, von größter Heiterkeit, in Blumendüften schwimmend und flatternd von roten Wimpeln, mit sieben Höfen, prachtvollen Pylonen und herrlichen Säulenhallen; ferner erstaunlichen Park-Anlagen und Natur-Schutzgebieten mit künstlichen Teichen, Bäumen und Gebüschen, die man in Erdballen vom fruchtbaren Ufersaum mitten in die Wüste verpflanzt hatte; weiß schimmernden Kai-Bauten am Fluß; einem Dutzend brandneuer Wohnhäuser für die atônfromme Umgebung des Königs und einer Reihe höchst wohnlicher Felsengräber in den umgebenden Bergen, die zum Beziehen am allerfertigsten waren.

Mehr war es zur Zeit noch nicht mit Achet-Atôn, aber es war ja zu erwarten, daß der Hof eine wachsende Bevölkerung rasch nach sich ziehen werde, und an der Schönheit der Stadt wurde eifrig weitergebaut, während Pharao dort schon thronte, seinem himmlischen Vater diente, Tribut-Feste abhielt und Töchter bekam, die seinen Frauenhofstaat vermehrten: die dritte, Anchsenpaaton, war bereits eingetroffen.

Als Josephs Eilbrief, worin er dem Gotte die Ankunft seiner Brüder, von denen er seit früher Jugend getrennt gewesen, formell zu wissen gab, im neu riechenden Palaste eintraf, war die Nachricht geschreiweise dort schon verbreitet, und Pharao hatte schon viel und angeregt davon gesprochen mit der Königin Nofretête, mit ihrer Schwester Nezemmut, mit seiner eigenen Schwester Baketaton und mit seinen Künstlern und Kämmerlingen. Den Brief beantwortete er sofort. »Befehl an den Vorsteher dessen, was der Himmel gibt«, lautete das Diktat, »den Wirklichen Vorsteher der Aufträge, den Schattenspender des Königs und den Alleinigen Freund, Meinen Ohm. Wisse, daß Meine Majestät deinen Brief als einen solchen erachtet, wie sie ihn wirklich gern liest. Siehe, der Pharao hat viel geweint über die Nachrichten, die er von dir empfing, und die Große Gemahlin Nefernefruatôn, wie auch die süßen Prinzessinnen Baketaton und Nezemmut haben die Tränen ihrer Freude mit denen vermischt des lieben Sohnes Meines Vaters im Himmel. Alles, was du Mir anzeigst, ist außerordentlich schön, und was du Mir meldest, macht Mein Herz hüpfen. Darüber, was du Mir schreibst, daß deine Brüder zu dir gekommen sind, und daß dein Vater noch lebt, ist der Himmel in Freude, die Erde fröhlich und die Herzen der guten Menschen frohlocken, während ohne Zweifel sogar diejenigen der Bösen davon erweicht sind. Nimm zur Kenntnis, daß das schöne Kind des Atôn, Nefer-cheperu-Rê, der Herr beider Länder, sich infolge deines Schreibens in außerordentlich gnädiger Stimmung befindet! Die Wünsche, die du an deine Eröffnungen knüpfst, waren im Voraus gewährt, schon bevor du sie niederschriebst. Es ist Mein schöner Wille und hat Meine gewährende Zustimmung, daß alle die Deinen, soviel ihrer seien, nach Ägyptenland kommen, wo du bist wie Ich und ihnen Siedelland zuweisen magst nach deinem Gutdünken, dessen Mark soll sie nähren. Sage deinen Brüdern: ›So sollt ihr tun, und so gebietet euch Pharao, in dessen Herzen die Liebe ist seines Vaters Atôn. Beladet eure Tiere und nehmt Wagen mit euch aus des Königs Beständen für eure Kleinen und eure Frauen und führt euren Vater und kommt! Sehet euren Hausrat nicht an, denn ihr sollt versorgt sein im Lande mit allem, was ihr braucht. Weiß doch Pharao, daß eure Kultur nicht gar hoch steht und eure Ansprüche leicht zu befriedigen sind. Und wenn ihr in euer Land kommt, so nehmt euren Vater und sein Gesinde und sein ganzes Haus und führt sie zu Mir herab, daß ihr nahe eurem Bruder weidet, dem Vorsteher aller Dinge im ganzen Land, denn das Land soll euch offen stehen.‹ Soweit die Weisung des Pharao an deine Brüder, unter Tränen gegeben. Hielten nicht viele und wichtige Geschäfte Mich zu Achet-Atôn, der einzigen Hauptstadt der Länder, Meiner Residenz, zurück, so würde Ich Meinen großen Wagen aus Elektron besteigen und nach Men-nefru-Mirê eilen, daß Ich dich unter den Deinen sähe und du deine Brüder vor Mich stelltest. Wenn aber deine Brüder zurückgekehrt sind, so sollst du sie, wenn auch nicht alle, was für den Pharao zu ermüdend wäre, so doch eine Auswahl von ihnen vor Mich stellen, damit Ich sie befrage, und auch deinen Vater, den Alten, sollst du vor Mich stellen, daß Ich ihn liebreich auszeichne durch Mein Gespräch und er in Ehren lebe, da Pharao mit ihm gesprochen. Lebe wohl!«

Dies Schreiben erhielt Joseph durch rennenden Boten in seinem Hause zu Menfe und zeigte es den Elfen, die ihre Fingerspitzen küßten. Eines Mondes Viertel blieben sie bei ihm in seinem Hause; denn da es zwanzig Jahre waren, daß ihn der Vater für tot und zerrissen hielt, kam es nun auf den Tag auch nicht mehr an, daß er erführe, er lebe noch. Und Josephs Gesinde diente ihnen, und sein Weib, die Sonnentochter, gab ihnen freundliche Worte, und sie redeten mit ihren vornehmen Neffen in der Kinderlocke, Manasse und Ephraim, die ihre Sprache konnten, und von denen der Jüngere, Ephraim, dem Joseph und also der Rahel viel ähnlicher sah, als Manasse, der ganz ins Mütterlich-Ägyptische fiel, sodaß Juda sagte: »Du sollst sehen, Jaakob wird dem Ephraim gönnen, und wird in seinem Munde nicht heißen: Manasse und Ephraim, sondern Ephraim und Manasse.« Er riet ihm aber, ihnen die ägyptische Kinderlocke abzuschneiden überm Ohr, bevor Jaakob käme, denn dem würd' es ein Anstoß sein.

Danach, als die Woche zu Ende ging, packten sie auf und rüsteten sich zur Reise. Denn ein königlicher Handelszug war im Begriffe, von Menfe, der Wage der Länder, hinaufzuziehen durch das Land Kanaan nach Mitanniland, dem sollten sie sich vereinen mit den Wagen aus Kronbesitz, zu zwei Rädern und vieren, die man ihnen überhändigt nebst Mäulern und Knechten. Rechnet man dazu zehn Esel, beladen mit allerlei Galanterie- und Luxusgut Ägyptenlandes, ausgesuchtem Kultur-Tand und Dingen des Hochgeschmacks, die Joseph dem Jaakob zum Angebinde sandte, und zehn Eselinnen, ebenfalls für Jaakob bestimmt, deren Last Getreide, Wein, Eingekochtes, Räucherwerk und Salben war, so sieht man wohl, daß sie selbst schon einen stattlichen Reisezug bildeten, zumal noch der persönliche Besitz eines jeden angeschwollen war durch Geschenke, mit denen der hohe Bruder sie überhäuft hatte. Denn es ist bekannt, daß er jedem ein Feierkleid schenkte; dem Benjamin aber schenkte er dreihundert Silber-Deben und nicht weniger als fünf Feierkleider, nach der Zahl der Übertage des Jahres, sodaß es schon einigen Grund hatte, wenn er beim Abschied zu ihnen sagte: »Zanket nicht auf dem Wege!« Er meinte damit aber mehr, daß sie nicht sollten auf alte Dinge kommen und einander nicht vorhalten, was der eine getan und der andere nicht wußte. Denn daß sie auf Benjamin eifern könnten, weil er sein Brüderchen rechter Hand soviel reicher beschenkt, das kam ihm garnicht in den Sinn, und es war denn auch fern von ihnen. Wie Lämmer waren sie und fanden alles ganz in der Ordnung. Als stürmische junge Leute hatten sie sich tätlich empört gegen Ungerechtigkeit, und nun war es so damit ausgegangen, daß sie sich mit Ungerechtigkeit gründlich abgefunden und ewig nichts einzuwenden hatten gegen das große »Ich gönne, wem ich gönne, und erbarme, wes ich erbarme.«

Wie fangen wir's an?

Es ist bewundernswert und schmeichelt dem Geiste, wie in dieser Geschichte die schönen Entsprechungen sich ordnen und ein Stück sich in seinem Gegenstücke erfüllt. Da waren nun vor Zeiten, sieben Tage nachdem Jaakob das Zeichen empfangen, die Brüder heimgekehrt vom Tale Dotan, um mit dem Vater zu klagen über Josephs Tod, und war ihnen übel gewesen vor Angst, wie sie ihn finden und wie mit ihm leben würden unterm halbfalschen, aber hinlänglich zutreffenden Argwohn, daß sie des Knaben Mörder seien. Jetzt, weiß auf den Köpfen, kehrten sie wieder nach Hebron heim, die nicht minder ungeheuerliche Nachricht im Gewande, daß Joseph die ganze Zeit nicht tot gewesen und es auch jetzt nicht sei, sondern lebe und zwar in Herrlichkeit; und beinahe ebenso beklommen war ihnen zu Mut bei der Aufgabe, dieses dem Alten beizubringen; denn Ungeheuerlich ist Ungeheuerlich und Überwältigend –

überwältigend, ob es nun Leben beinhaltet oder Tod, und sie fürchteten sehr, daß Jaakob auf den Rücken fallen werde, so gut wie damals, diesmal aber, da er unterdessen zwanzig Jahre älter geworden, einfach des Todes sterben werde vor »Freude«, das heißt vor Glückesentsetzen und von Schockes wegen, sodaß Josephs Leben die Ursache seines Todes sein und er den Lebenden garnicht mit Augen mehr sehen würde, noch dieser ihn. Außerdem würde bei dieser Gelegenheit fast unvermeidlich herauskommen, daß sie zwar nicht des einstigen Knaben Mörder seien, wofür Jaakob sie all die Zeit her halb und halb gehalten, daß sie es eben halb und halb aber doch gewesen seien, und nur zufällig nicht ganz, dank der Findigkeit der Ismaeliter, die ihn nach Ägypten gebracht. Dies trug nicht wenig zu ihrem freudig-furchtsamen Leibziehen bei, und nur der Gedanke beruhigte sie zu einem Teil, daß die Gnade, die Gott ihnen erwiesen, indem er durch seine Sendlinge, die Midianiter, die volle Mordtat von ihnen abgewandt hatte, den Jaakob notwendig beeindrucken und ihn abhalten werde, mit so gottbegnadeten Leuten ins Gericht zu gehen und sie zu verfluchen.

Um diese Dinge drehte sich ihr Gespräch während der ganzen siebzehntägigen Reise, die ihnen, bei aller Ungeduld sie zu vollenden, doch wieder zu kurz schien, um zu Rande zu kommen mit ihren Beratungen, wie sie's dem Jaakob schonend beibrächten, und wie sie vor ihm dastehen würden, wenn sie's ihm beigebracht.

»Kinder«, sprachen sie unter einander – denn seit Joseph gesagt hatte »Kinder, ich bin es ja«, redeten sie sich gegenseitig öfters mit »Kinder« an, was früher ganz ungebräuchlich bei ihnen gewesen war, – »Kinder, ihr sollt sehen, er fällt uns auf den Rücken, wenn wir's ihm sagen, außer, wir stecken's ihm sehr fein und sänftiglich! Aber ob fein oder gröblich, – meint ihr denn, er wird uns glauben, was wir ihm sagen? Aller Voraussicht nach wird er uns überhaupt nicht glauben wollen, denn in so ungezählten Jahren, da setzt der Gedanke des Todes sich fest in einem Kopf und Herzen und ist nicht so leicht umzustoßen noch zu vertauschen mit dem Gedanken des Lebens, – das ist der Seele am Ende garnicht willkommen, denn sie hängt an ihrer Gewohnheit. Bruder Joseph meint, es wird eine große Freude sein für den Alten, und das wird es natürlich auch, – eine gewaltige Freude, – laßt uns hoffen, nicht übergewaltig für seine Kräfte. Aber weiß auch der Mensch mit der Freude immer gleich etwas anzufangen, wenn der Gram seine Speise war Jubiläen lang, und ist's ihm recht, zu erfahren, daß er im Wahn sein Leben verbracht hat und seine Tage im Irrtum? Denn der Gram war sein Leben, und nun ist's Essig damit. Das wird mehr als sonderbar sein, daß wir ihm ausreden müssen, was wir ihm einstmals eingeredet durch das blutige Kleid, und woran er nun hängt. Und wird uns am Ende mehr gram sein, weil wir's ihm nehmen, als weil wir's ihm antaten. Sicherlich wird er sich sperren und uns nicht glauben, und das ist auch wieder gut und erforderlich. Eine Zeit lang soll und darf er uns garnicht glauben, denn glaubte er's gleich, es streckte ihn hin. Ja, wie es ihm sagen, daß nicht die Freude zu jäh für ihn sei und nicht übergroß die Gramesenttäuschung? Das Beste wäre, wir brauchten ihm garnichts zu sagen, sondern könnten ihn hinabführen nach Ägyptenland und ihn vor Joseph stellen, seinen Sohn, daß er ihn mit Augen sähe und sich alle Worte erübrigten. Aber es wird schon schwer genug sein, ihn nach Mizraim zu bringen auf die fetten Triften, selbst wenn er weiß, daß Joseph dort lebt; darum, wissen muß er's zuvor, sonst geht er gewiß nicht. Nun aber hat die Wahrheit ja nicht nur Worte, sondern auch Zeichen, als da sind: des Erhöhten Geschenke und Pharao's Wagen zu unsrer Beförderung, – die werden wir ihm zeigen, vielleicht sogar zuerst, vor allem Reden, und ihm dann die Zeichen erklären. An den Zeichen aber wird er erkennen, wie freundlich der Erhöhte es mit uns meint und wie wir ein Herz und eine Seele sind mit dem Verkauften, also, daß der Alte uns auch nicht lange wird zürnen können, wenn es herauskommt, noch uns verfluchen, – kann er denn auch Israel verfluchen, zehne von zwölfen? Das kann er ja garnicht, denn löcken hieße es gegen Gottes Rat, der den Joseph vor uns her gesandt hat zum Quartiermacher in Ägyptenland. Darum denn, Kinder, fürchten wir uns nicht allzu sehr! Die Stunde wird's geben, und der Augenblick wird es uns einflüstern, wie wir es deichseln. Erst einmal breiten wir die Geschenke vor ihm aus, die Güter Ägyptens, und fragen: ›Woher kommt das wohl, Vater, und von wem mag es kommen? rate einmal! Ei, vom großen Markthalter drunten kommt es, er sendet es dir. Da er's dir aber sendet, so muß er dich wohl sehr lieben? So muß er dich wohl fast lieben, wie ein Sohn seinen Vater liebt?‹ Sind wir aber erst beim Wörtchen Sohn, so haben wir schon halben Weg gemacht, so sind wir schon aus dem Dicksten. Denn dann reiten wir noch eine Weile auf dem Worte herum und sagen allmählich nicht mehr: ›Das schickt dir der Markthalter‹, sondern: ›Das schickt dir dein Sohn. Joseph schickt es dir, weil er nämlich lebt und ein Herr ist in ganz Ägyptenland!‹«

So planten die Elfe und berieten sich jeden Tag und jede Nacht unterm Zelt, und fast zu rasch für ihre Besorgnis ging die schon vertraute Reise zu Ende: von Menfe hinauf gegen die Grenzfesten und durch's Greuliche dann gegen Philisterland und gen Gaza, den Hafen Chazati am Meer, wo sie sich von dem Handelszug trennten, dem sie sich angeschlossen, und zogen landeinwärts von da ins Gebirge hinauf gegen Hebron in kleinen Tagemärschen und noch lieber in Nachtmärschen; denn es war blumiger Frühling, da sie kamen, und die Nächte waren schon lieblich, versilbert vom nahezu voll-schönen Mond; und da es ihnen beschwerlich war, wie ihr geschwollener Aufzug mit den ägyptischen Wagen, Mäulern und Knechten und einer Eselherde, fast fünfzig Stück stark, überall die Neugier der

Leute erregte und machte, daß sie gaffend zusammenliefen, so pflegten sie tags sich still zu halten und nächtlicher Weile der Heimat näher zu rücken, den Terebinthen des Haines Mamre, wo das hährene Haus des Vaters war und die Hütten standen der meisten von ihnen.

Den letzten Tag freilich waren sie frühe aufgebrochen und fanden sich nachmittags um die fünfte Stunde dem Ziele schon nah, wenn sie von der Halde, über die sie da zogen, das Sippenlager auch noch nicht sahen, denn bekannte Hügel verbargen es ihnen. Sie hatten den Troß in einigem Abstande hinter sich gelassen und ritten voran, elf nachdenkliche Eselreiter, die alle Rede eingestellt hatten, denn ihre Herzen schlugen, und trotz so vieler Verabredung wußte keiner mehr recht, wie es anzufangen sei, daß sie's dem Vater steckten, ohne daß es ihn umwürfe. So nahe bei ihm, mißfiel ihnen alles, was sie sich früher vorgenommen; sie fanden's dämlich und ungeziemend, und namentlich solches Zeug wie »Rate einmal!« und »Wer denn wohl?« schien ihnen greulich abgeschmackt und völlig unpassend in dieser Sache; ein jeder verwarf und verschmähte es bei sich selbst, und einige suchten im letzten Augenblick Neues an seine Stelle zu setzen: Vielleicht, daß man Einen voranschicken sollte, Naphtali, den Geläufigen, damit er Jaakob verkünde, sie seien im Anzuge mit Benjamin und brächten große, unglaubliche Kunde, – unglaublich, teils in dem Sinn, daß man sie nicht glauben *könne*, teils auch vielleicht sogar, weil sie so sehr gegen alle Gewöhnung ginge, daß man sie garnicht glauben *wolle* – und dennoch sei sie Gottes lebendige Wahrheit. So, dachte einer oder der andere, ließe sich das Vaterherz vielleicht am besten für den Empfang der Nachricht stimmen und dafür zubereiten durch einen Vorläufer, ehe die übrigen nachkämen. Sie ritten im Schritt.

Verkündigung

Es war eine harsche, steinige Halde, wo ihre Tiere schritten, war aber doch über und über vom Frühling beblümt. Größeres Geröll lag umher, und viel kleiner Schutt bedeckte dazu den Grund; aber wo nur was Weiches war und, so schien es, selbst aus der Härte hervor, wucherte unbezähmbar der wilde Flor, – Blumen weithin, weiß, gelb, himmelblau, rosig und purpurn, Blumen zu Hauf, Blumen in Büscheln und Kissen, ein Überschwang bunter Lieblichkeit. Der Frühling hatte sie gerufen, und sie waren hervorgeblüht zu ihrer Stunde, auch ohne Winterregen, der Tau der Frühe schien ihnen genug zu sein, wenn auch nur für eine flüchtige, rasch welkende Pracht. Auch die Sträucher, die hier und da im Gebreite standen, blühten weiß und rosa, da es ihre Zeit war. Nur leichtes Gewölk flockte hoch in der Bläue des Himmels.

Auf einem Stein, an dem die Blumen emporschäumten wie die Wellen am Riff, saß eine Gestalt, selbst blumenhaft, von Weitem gesehen, ein zartes Mägdlein, wie sich bald zeigte, allein unterm Himmel, in rotem Hemdkleid, Margeriten im Haar, im Arm eine Zither, darauf sich ihre feinen, bräunlichen Finger ergingen. Es war Serach, des Ascher Kind; ihr Vater erkannte sie schon aus der Ferne vor allen anderen und sprach vergnügt:

»Serach sitzt da auf dem Stein, meine Kleine, und gaukelt sich eins auf ihrer Klampfe. Das sieht ihr gleich, dem Balg, sie sitzt gern einsam und übt sich im Psaltern. Ist von der Klasse der Geiger und Pfeifer, das Ding, Gott weiß, wo sie's her hat; es ist ihr in die Wiege gelegt, daß sie psalmen und psaltern muß und macht's gut auf dem Saitenspiel mit Schalle, mischt auch ihre Stimme darein im Lobgesang, volltönender, als sich's einer versehen sollte von ihrem Grillenleib, und wird noch ein Ruhm werden in Israel, der Graßaff. Seht, jetzt merkt sie uns, wirft die

Arme und läuft uns entgegen. Holla Serach, dein Vater Ascher kommt heim mit den Onkeln!«

Da war das Kind schon heran: auf bloßen Füßen lief sie durch die Blumen zwischen den Felsbrocken dahin, daß an ihren Handgelenken und Fußknöcheln die Silberringe klirrten und auf ihrem schwarzen Scheitel der weiß-gelbe Kranz sich hüpfend verschob. Sie lachte keuchend vor Freude des Wiedersehens und rief atemknappe Begrüßungsworte; aber selbst ihr Seufzen und ihre Kurzatmigkeit hatten etwas Klingendes und Tönendes, wovon man nicht wohl begriff, woher es komme, da sie noch so dürftig bei Leibe war.

Sie war recht, was man ein Mägdlein nennt, kein Kind mehr und auch eine Jungfrau noch nicht, allenfalls zwölf Jahre alt. Aschers Weib galt für eine Ur-Enkelin Ismaels, – hatte Serach von dem wilden und schönen Halbbruder Isaaks etwas ins Blut bekommen, das sie singen machte? Oder, da ja die Eigenschaften der Menschen die seltsamsten Umwandlungen erfahren in ihren Nachkommen, – waren Vater Aschers leckere Lippen und feuchte Augen, seine Neugier und seine Lust zur Gefühls- und Gesinnungsbündelei in der kleinen Serach zum Musikantentum geworden? Das mögt ihr allzu kühn und weit hergeholt finden, auf des Vaters Leckermäuligkeit die Sangeslust und -kunst des Kindes zurückzuführen. Aber was versucht man nicht, um eine so kuriose Wiegengabe wie Serachs Psalterei zu erklären!

Die Elfe sahen von ihren hochbeinigen Eseln auf das Mägdlein herab, sagten ihr Grußworte, streichelten sie und bekamen sinnende Augen dabei. Die Mehrzahl stieg ab von den Eseln und stellte sich um Serach herum, die Hände auf dem Rücken, nickend und die Köpfe wiegend, mit »So, so« und »Ei, ei«, und »Schau Einer an!« und »Was, Liedermäulchen, kommst du uns vor die Hufe gelaufen zu allererst, da du hier zufällig saßest und es auf der Githith triebst nach deiner Art?« Schließlich aber sagte Dan, der Schlange und Otter genannt war:

»Kinder, hört, ich seh's euch an den Augen an, daß wir alle dasselbe im Sinne haben, und wäre eigentlich Aschers Sache, zu sagen, was ich jetzt sage, aber da er der Vater ist, so kommt er nicht drauf. Ich aber habe oft bewiesen, daß ich zum Richter tauge, und die mir eigene Spitzfindigkeit gibt mir das Folgende ein. Daß dies Mägdlein uns hier in den Weg läuft, Serach, der Liederfratz, als Erste vom ganzen Stamm, das ist kein Zufall nicht, sondern Gott hat sie uns gesandt zur Auskunft und gibt uns Weisung damit, wie wir es machen sollen. Denn das war alles Unsinn und linkisches Zeug, was wir geplant und uns ausgedacht, wie wir's dem Vater beibringen sollten und es ihm steckten, ohne daß es ihn streckte. Serach, die soll's ihm stecken auf ihre Art, daß ihm die Wahrheit erscheint in Liedesgestalt, was immer die schonendste Art ist, sie zu erfahren, ob sie bitter ist oder selig, oder gar beides. Serach soll vor uns herziehen und es ihm singen als Lied, und wenn er auch nicht glauben wird, daß das Lied die Wahrheit ist, so werden wir doch den Grund seiner Seele erweicht und lieblich bestellt finden für die Saat der Wahrheit, wenn wir nachrücken mit Wort und Zeichen, und wird begreifen müssen, daß Lied und Wahrheit dasselbe sind, wie wir begreifen mußten, trotz größter Schwierigkeit, daß Pharao's Markthalter derselbe war, wie unser Bruder Joseph. Nun? Hab ich's recht gesagt und zu Boden gestellt, was euch allen vorschwebte, wenn ihr sinnend über Serachs närrisches Köpfchen hinweg in die Lüfte blicktet?«

Ja, sagten sie, das habe er und habe recht gerichtet. So solle es sein, es sei des Himmels Auskunft und eine große Erleichterung. Und nun nahmen sie das Kind in die Lehre und schärften ihm ein, was los sei – schwierig war das, denn sie wollten immer alle auf einmal reden und ließen nur selten Einem allein das Wort, sodaß Serach mit erschrocken-belustigten Augen von einem zum anderen, in ihre eifrig redenden Gesichter und auf das Gebärdenspiel ihrer Hände blickte.

»Serach«, sagten sie, »so und so. Glaub's oder nicht, nur sing' es, dann wollen wir schon kommen und es beweisen. Aber besser, du glaubst es, dann singst du es besser, denn es ist wahr, so unglaublich es klingt, du wirst ja deinem leiblichen Vater und deinen sämtlichen Onkeln glauben. Sieh also an, du hast deinen Oheim Jehosiph nicht gekannt, der abhanden kam, den Sohn der Rechten, Rahels Sohn, die die Sternenjungfrau hieß, er aber hieß der Dumuzi. Nun ja, nun ja! Und starb dem Jaakob, deinem Großväterlein, lange vor deiner Geburt, da ihn die Welt verschlang, sodaß er nicht mehr vorhanden und tot war im Herzen Jaakobs durch all die Jahre. Nun aber hat sich herausgestellt, unglaublicher Weise, daß es sich ganz anders verhält –«

»O Wunder, nun hat sich herausgestellt,
daß es sich ganz, ganz anders verhält«,

fing Serach voreilig an zu singen, lachend und mit so klangvollem Jubel, daß sie alle die rauhen Stimmen um sie her übertönte.

»Still, du Ausbund!« riefen sie. »Du kannst doch nicht lossingen, bevor du Bescheid weißt und ehe wir dich ins Bild gesetzt! Lerne erst was, bevor du schmetterst! Lerne dies: Dein Oheim Joseph ist auferstanden, will sagen: er war garnicht tot, sondern er lebet, und nicht nur, daß er lebet, sondern er lebet auch so und so. Zu Mizraim lebet er und zwar als der und der. Es war alles ein Irrtum, verstehst du, und das blutige Kleid war ein Irrtum, und Gott hat's hinausgeführt über alles Erwarten. Hast du das aufgefaßt? Wir waren bei ihm in Ägyptenland, und er hat sich uns zu erkennen gegeben über allen Zweifel mit dem Worte ›Ich bin's‹ und hat zu uns geredet so und so, daß er uns alle will nachkommen lassen, dich auch. Ist dir das eingegangen, daß du's in Liedform bringen kannst? Dann sollst du's dem Jaakob singen. Ein anstellig Kind ist unsere Serach und macht es so. Du nimmst jetzt gleich deine Klampfe und gehst damit vor uns her übers Land, singend mit Schalle, daß Joseph lebt. Zwischen den Hügeln da gehst du hindurch, gerad' auf Israels Hüttenlager zu, und siehst weder rechts noch links, sondern singst nur immer. Wenn dir Einer begegnet und dich zur Rede stellt, was das meint, und was du da zitherst und reimst, so stehst du nicht Rede dem Frager, sondern gehst nur und singst: Er lebet! Und wenn du zu Jaakob kommst, deinem Großväterchen, so sitzest du nieder zu seinen Füßen und singst so süß du nur kannst: ›Joseph ist nicht tot, sondern lebet‹. Auch er wird dich fragen, was das heißen soll, und was du dir da gesanglich erlaubst. Aber auch ihm sprichst du nicht, sondern zitherst und singst nur fort. Dann werden wir Elfe schon nachkommen und es ihm vernünftig erklären. Willst du ein braves Liedermäulchen sein und es so machen?«

»Gern will ich das«, antwortete Serach klingend. »So etwas hab' ich noch nie gehabt, meinem Saitenspiel unterzulegen, und mag da doch einer mal zeigen, was er kann! Es singen manche in Stadt und Land, aber den Stoff, den habe ich nun vor ihnen dahin und will sie alle damit aus dem Felde singen!«

Dies gesagt, holte sie sich ihre Laute vom Stein, wo sie gesessen, nahm sie in den Arm, spreizte die spitzen, braunen Finger darauf, den Daumen dort und die Viere hier, und fing an, durch die Blumen dahinzugehen unentwegt, wenn auch in wechselndem Taktschritt, indeß sie psalterte:

»Singe, du Seele, ein neues Lied im Schreiten!
Mein Herz dichtet ein fein Gedicht auf acht Saiten.
Wovon es voll ist, davon strömt's über im Sange hold,
köstlicher denn Gold und viel feines Gold,
süßer denn Honig und Honigseim,
denn Frühlingsbotschaft bringe ich heim.

Höret zu, alle Völker, meinem Geharf!
Merket auf, was ich verkünden darf!
Denn aufs Liebliche ist mir das Los gefallen
und bin auserwählt unter den Töchtern allen,
da mir ward der wundersamste von allen Stoffen, 5
der je einem Dichter untergeloffen.
Den darf ich nun auf acht Saiten singen
und dem Großvater die goldene Kunde bringen.

Lieblich ist der Töne Reigen,
Balsam allem Weh der Welt; 10
aber wie erst, wenn dem höheren Schweigen
menschlich deutend sich das Wort gesellt!
Wie ist dieses dann erhoben!
Wie vernünftig ist der Klang!
Über alles ist zu loben 15
feines Lied und Psaltersang!«

So singend ging sie über die Trift dahin gegen die Hügel und die Öffnung der Hügel, schlug und zwickte die Saiten, daß sie schollerten und zirpten und sang wieder:

»Solch ein Wort, das wert der Töne, 20
ward dem Klang, der in mir webt,
daß sie tauschen ihre Schöne,
und es heißt: Der Knabe lebt!

Ja, du Grundgütiger, was hab' ich vernommen,
und was ist dem Kinde zu Ohren gekommen! 25
Was hab ich offenen Mundes erfahren
von Männern, die in Ägypten waren!
Nämlich vom Vater mein und den Herren Oheimen.
Die gaben mir was zu dichten und reimen!
Die beuten mir den herrlichsten von allen Stoffen, 30
denn wen haben sie in Ägypten getroffen?

Großväterchen, du wirst es nicht fassen,
wirst's aber doch müssen gelten lassen.
Ist wie ein schöner Traum und doch wahr,
ist so wirklich wie wunderbar.

5 Welch ein Fall erles'ner Rarheit,
daß dies beides einerlei,
daß das Schöne ist die Wahrheit
und das Leben Poesei!
Hier ist's einmal denn gelungen,
10 wonach stets die Seele strebt,
und so sei's im Kehrreim dir gesungen,
schön und wahr: dein Knabe lebt!

Besser doch, daß eine Weile
du es noch für bloße Schönheit hältst,
15 damit dich's nicht jählings übereile
und du gar uns auf den Rücken fällst.
So wie einst, als sie das blutige Zeichen brachten:
Schweigend logen sie in ihren Hals,
und dir wollt' es ewig in der Seele nachten,
20 wurdest stracks zur Säule Salz.
Ach, was littest du für Schmerzen,
dachtest nie ihn mehr zu sehn;
tot war er in deinem Herzen,
und nun soll er liebreich darin auferstehn!«

25 Hier wollte ein Mann sie befragen, der auf dem Hügel gestanden hatte, ein Schäfer im Sonnenhut. Er hatte schon lange auf sie hinabgeblickt und ihr mit Verwunderung gelauscht; nun kam er hinab zu ihr, schloß sich ihren Schritten an und fragte:
»Fräulein, was singt ihr da im Marschieren? Es lautet so
30 auffallend. Hab ich euch doch öfters lobsingen gehört und ist mir nicht neu, daß ihr's wohl könnt auf den Saiten mit Schalle,

aber so kraus und anzüglich hat's noch nie geklungen. Und daß ihr dabei so darauf los marschiert! Wollt ihr zu Jaakob, dem Herrn, und gilt es ihm, was ihr singt? Es schien mir so. Aber was ist's, das euch untergeloffen? Was ist so wirklich wie wunderbar, und was will euer Kehrreim bedeuten: ›Der Knabe lebt‹?«

Die Schreitende aber sah garnicht nach ihm hin, sondern schüttelte nur lächelnd den Kopf und nahm ihre Hand einen Augenblick von den Saiten, um den Finger auf ihre Lippen zu legen. Danach hob sie weiter an:

»Singe, Serach, Aschers Kind, was du vernommen
von den Elfen, die aus Ägypten gekommen!
Singe, wie Gott sie in seiner Güte gesegnet,
daß sie dort unten dem Manne begegnet.
Wer ist denn der Mann? Es ist Joseph allein!
Es ist mein Oheim, hoch und fein.
Alter, schaue darauf, es ist dein lieber Sohn;
größer, denn er, ist nur Pharao um seinen Thron.
Herr der Länder nennen sie ihn,
fremdes Volk dient ihm auf den Knien,
und von Königen wird er gelobt,
ist als erster Diener des Staates erprobt.
Der Bereich seiner Befugnisse ist ungemessen,
allen Völkern gibt er zu essen;
aus abertausend Scheuern spendet er Brot,
trägt die Welt durch die Hungersnot.
Denn er war es, der Vorsorge geübt;
dafür ist er nun hochgeliebt.
Seine Kleider sind Myrrhe und Aloe in seinen Kästen,
wohnt in elfenbeinernen Palästen,
daraus er hervortritt wie ein Bräutigam.
Alter, da hinaus wollt' es mit deinem Lamm!«

Der Hirtenknecht ging immer mit und horchte mit wachsendem Erstaunen. Sah er andere Leute von fern, Magd oder Mann, so winkte er ihnen mit dem Arm, daß sie auch herankämen und dies mit anhörten. So war Serach bald von einer kleinen Zuhörerschar, Männern, Frauen und Kindern begleitet, die anwuchs, je näher sie dem Familienlager kam. Die Kinder trippelten, die Großen schritten, und alle wandten ihr die Gesichter zu, indeß sie sang:

»Du aber dachtest, er wäre zerrissen,
hast mit Tränen genetzt deine Bissen.
Zwanzig Jahre wohl hat es gedauert,
daß du in der Asche um ihn getrauert.
Siehst du es, Alter, siehst du es nun:
Gott kann striemen und lindern.
Ach, wie wunderlich ist er mit seinem Tun
unter den Menschenkindern!
Unbegreiflich ist es, wie er regiert,
groß seiner Hände Geschäfte,
ruhmreich, wie er dich nasgeführt,
majestätisch dich äffte.
Der ganzen Schöpfung kommt's himmlisch vor,
Thabor und Hermon jauchzen seinem Humor.
Hat dir den Teuren vom Herzen genommen,
nun aber sollst du ihn wiederbekommen.
Hast dich, Alter, vor Schmerz gewunden
und dich endlich darein gefunden.
Da nun gibt er ihn dir wieder zurück,
immer noch schön, wenn auch schon etwas dick.

Wirst ihn nicht kennen,
wirst nicht wissen, wie ihn nennen,
werdet euch fremde Grüße lallen,
wird keiner wissen, wer wem soll zu Füßen fallen.

Also hat Gott sich's ausgeheckt,
wie er mein Großväterchen schaberneckt.«

Hier nun war sie nebst ihren Mitgängern den Wohnungen der Ihren unter Mamre's Terebinthen schon ganz nahe gekommen und sah Jaakob, den Gesegneten, vor dem Gehänge seines Hauses ehrwürdig auf der Matte sitzen. Darum nahm sie ihr Instrument höher und fester in den Arm, und da sie ihm letzthin wohlgekonnte Scherz- und Mißtöne abgezwickt, ließ sie es nun in vollem, rauschendem Wohllaut erklingen und wandte auch aus Brust und Kehle das Reinste auf zu den Strophen:

»Ist ein Wort doch ewiger Schöne,
das sich meinem Spiel verwebt,
innig wert des Schmucks der Töne,
jenes Wort: Der Knabe lebt!
    Sing es jauchzend, meine Seele,
    zu der Saiten Goldgetön!
    Denn nicht hielt den Sohn die Höhle;
    Herz, er soll dir auferstehn.
Herz, es ist der bang Vermißte,
dem die Erde Trauer trug,
den sie lockten in die Kiste,
den des Schweines Hauer schlug.
    Ach, er war nicht mehr vorhanden,
    und verödet lag die Flur.
    Doch nun klingt's: Er ist erstanden.
    Alter Vater, glaube nur!
Eines Gottes ist sein Schreiten,
bunte Sommervögel taumeln mit,
wie er aus beblümten Weiten
lächelnd dir entgegentritt.
    Wintersgram und Todesbangen
    scheucht der Gruß, den er dir beut;

auf die Lippen, auf die Wangen
hat der Ewige Huld gestreut.
Lies in seinen Schelmenblicken:
Es war nur ein Gottesscherz.
Und mit spätestem Entzücken
zieh ihn an das Vaterherz!«

Jaakob hatte seine Enkelin, das Liedermäulchen, längst schon kommen sehen und mit Wohlgefallen ihrer Stimme gelauscht. Er war sogar so gütig gewesen, beifällig begleitend seine Hände gegen einander zu bewegen während ihres Herannahens, wiewohl Umsitzende gern zu Gesang und Spiel rhythmisch in die Hände klatschen. Bei ihm angelangt, hatte das Mägdlein, ohne etwas zu sagen, sondern immer nur singend, sich zu ihm auf die Matte niedergelassen, während das von ihr angelockte Hofvolk in geziemender Entfernung von den beiden stehen geblieben war. Der Greis lauschte und ließ dabei langsam die Hände sinken. Aus dem Wiegen seines Hauptes wurde allmählich ein befremdetes Schütteln. Als sie geendet hatte, sagte er:

»Brav und lieblich so weit, mein Großkind! Es ist aufmerksam von dir, daß du gezogen kommst, Serach, um dem verlassenen Alten einen kleinen Ohrenschmaus zu bereiten. Du siehst, ich kenne dich wohl bei Namen, wie nicht alle meine Enkel, denn es sind ihrer zu viele. Du aber hebst dich behältlich aus ihnen hervor, denn durch deine Wiegengabe, den Gesang, erfährt deine Person eine starke Betonung, und man merkt sich leicht, wie du heißt. Höre nun aber, Begabte, wie ich dir zugehört habe mit sinnigem Anteil, aber nicht ohne Besorgnis des Geistes. Denn um die Poesei, liebe Kleine, ist's immer ein gefährliches, schmeichlerisch-verführerisch Ding; Liederwesen ist leider nicht ferne der Liederlichkeit und neigt zu Rückfall und zierlicher Abirrung, wenn's nicht gezügelt ist von der Gottessorge. Schön ist das Spiel, aber heilig der Geist. Spielender Geist ist die Poesie, und ich klatsche herzlich angetan in die Hände dazu, wenn sich der Geist nichts vergibt im Spiel und bleibt Gottessorge. Was aber hast du mir da geträllert, und was soll ich halten von dem, der über die Flur gewandelt kommt mit Schelmenblicken, umgaukelt von Sommervögeln? Das scheint mir eine Art von bedenklichem Wiesengott zu sein und ist offenbar der, den die Landeskinder den ›Herrn‹ nennen zur Verwirrung der Meinen und zur Betörung der Kinder Abrahams. Denn auch wir sprechen vom Herrn, meinen's aber ganz anders, und ich kann nicht genug Acht haben auf Israels Seele und nicht genug predigen unterm Unterweisungsbaum, daß der ›Herr‹ nicht der Herr ist, weil nämlich immer das Volk im Begriffe steht, sie zu verwechseln und rückfällig zu werden auf den Wiesengott nach seiner Lust. Denn Gott ist eine Anstrengung, aber die Götter sind ein Vergnügen. Ist es nun recht und gut, liebes Kind, daß du's dahingehen läßt mit deiner Gabe in Laxheit und mir Landespoesei psalterst?«

Aber Serach schüttelte nur lächelnd den Kopf und gab nicht Antwort mit Rede, sondern griff nur wieder in die Saiten und sang:

»Wer ist's denn, den ich singe? Es ist Joseph allein!
Es ist mein Oheim hoch und fein.
Alter, schaue darauf, es ist dein lieber Sohn;
größer denn er ist nur Pharao um seinen Thron.
Großväterchen, du wirst es nicht fassen,
wirst's aber doch müssen gelten lassen.

    Denn ein Wort, gar wert der Töne,
    ward dem Klang, der in mir webt,
    daß sie tauschen ihre Schöne,
    und es heißt: Der Knabe lebt!«

»Kind«, sagte Jaakob bewegt, »es ist wohl lieb und artig, daß du kommst und mir von Joseph singst, meinem Sohn, den du nie gekannt, und widmest ihm deine Gabe, um mir eine Freude zu machen. Dein Liedchen aber lautet verworren, und ob deine Reime auch passen, singst du doch Ungereimtes. Ich kann's nicht gelten lassen, denn wie magst du wohl psaltern ›Der Knabe lebt‹? Das kann mich nicht freuen, denn es ist leere Schönsingerei. Joseph ist lange tot. Zerrissen ist er, zerrissen.«

Und Serach erwiderte unter vollen Griffen:

»Sing es jauchzend, meine Seele,
Zu der Saiten Goldgetön, –
daß nicht hielt den Sohn die Höhle;
Herz, er soll dir auferstehn.
    Lange war er nicht vorhanden,
    und verödet lag die Flur,
    doch nun klingt's: Er ist erstanden.
    Alter Vater, glaube nur!
Alle Völker versieht er mit Brot,
trägt die Welt durch die Hungersnot.
Denn Noah's Vorsorge hat er geübt,
dafür ist er nun hochgeliebt.
Seine Kleider sind Myrrhe und Aloe in seinen Kästen,
wohnt in elfenbeinernen Palästen,
daraus er hervortritt wie ein Bräutigam.
Alter, da hinaus wollt' es mit deinem Lamm!«

»Serach, mein Enkelkind, du unbändiger Sangesmund«, sprach Jaakob dringlich, »was soll ich von dir denken? Außerhalb der Psalterei wär es schon wenig schicklich, daß du mich einfach ›Alter‹ nennst. Als Sangeslizenz wollt' ich's hingehen lassen, wäre es nur die einzige, die dein Lied sich nimmt! Aber es besteht ja aus lauter Freiheiten und tollen Trugbildern, mit denen du mich, wie es scheint, ergötzen möchtest, da doch die Ergötzung durch das Nichtige nur Betörung ist und der Seele nicht frommt. Darf denn das wohl die Poesei sich herausnehmen und ist's nicht ein Mißbrauch der Gabe, Dinge zu künden, die gar keinen Bezug haben zum Wirklichen? Einiger Verstand muß doch bei der Schönheit sein, oder sie ist nur ein Spott dem Herzen.«

»Staune«, sang Serach,

»Staune glücklich dieser Rarheit,
daß hier beides einerlei,
daß das Schöne lautre Wahrheit,
Leben – Gottespoesei!
    Ja, hier ist's einmal gelungen,
    wonach stets die Seele strebt,
    und so sei es aber dir gesungen,
    schön und wahr: Dein Knabe lebt!«

»Kind«, sagte Jaakob zitternden Hauptes. »Liebes Kind ...«
Sie aber frohlockte in beflügeltem Zeitmaß, zu Klängen, die stoben und sprangen:

»Siehst du es, Alter, siehst du es nun?
Gott kann striemen und lindern.
Ach, wie wunderlich ist er mit seinem Tun
unter den Menschenkindern!
Hat dir den Liebling vom Herzen genommen,
und nun sollst du ihn wiederbekommen.
Hast dich, Armer, vor Schmerz gewunden,
dich mit den Jahren darein gefunden;
da nun gibt er ihn dir wieder her,
immer noch schön, wenn auch schon etwas schwer.
Ja, so hat Gott sich's ausgeheckt,
daß er mein Großväterchen schaberneckt!«

Er streckte abgewandt seine Hand nach ihr aus, als wollte er ihr Einhalt tun, die müden braunen Augen voll Tränen. »Kind«, sagte er immer nur, »Kind ...« Und achtete nicht der Bewegung, die in der Nähe vor ihnen entstanden war, nicht der Meldung, die man ihm freudig erstattete. Denn zu den Neugierigen, die mit Serach gekommen waren und ihren Psaltern gelauscht hatten, waren andere gestoßen, die frohe Heimkehr verkündeten, und während das Hofvolk von allen Seiten zusammenlief, eilten zwei Männer vor ihn und sagten ihm an:

»Israel, die Elfe sind wieder da von Ägypten, deine Söhne mit Mann und Wagen und viel mehr Eseln, als mit denen sie ausgezogen!«

Aber da waren sie schon, saßen ab und kamen heran, Benjamin in ihrer Mitte, den die anderen Zehn alle ein wenig anfaßten, weil jeder ihn eigenhändig wieder vor den Vater zu bringen wünschte.

»Frieden und volle Gesundheit«, sprachen sie, »Vater und Herr! Hier ist Benjamin. Wir haben ihn dir heilig bewahrt, ob wir auch zeitweise in starkes Gedränge mit ihm gerieten, und magst ihn nun wieder gängeln. Hier ist auch Schimeon wieder, dein Held. Dazu bringen wir Speise in Fülle und reiche Geschenke vom Herrn des Brotes. Siehe, glücklich sind wir zurück, und ist ›glücklich‹ auch annähernd noch nicht das rechte Wort.«

»Knaben«, antwortete Jaakob, der sich erhoben hatte, »Knaben, gewiß, seid willkommen.«

Er legte Besitz ergreifend den Arm um den Jüngsten, tat's aber ohne es recht zu wissen und schaute benommen.

»Ihr seid wieder da«, sagte er, »seid allzumal zurück von fährlicher Reise, – das wäre ein großer Augenblick unter andern Umständen, und er füllte mir zweifellos ganz die Seele aus, wäre sie nicht gerade so vorbeschäftigt. Ja, höchst vorbeschäftigt trefft ihr mich an, nämlich durch dieses Mägdlein, – Ascher, es ist dein Kind, – das sich zu mir gesetzt hat mit süß faselndem Gesang und tollen Märlein von meinem Sohne Joseph, also daß ich nicht weiß, wie meinen Verstand vor ihr wahren und euere

Ankunft hauptsächlich deswegen begrüße, weil ich erwarten darf, daß ihr mich schützen werdet vor diesem Kinde und der Betörung seines Geharfs, denn ihr werdet nicht dulden, daß meines grauen Hauptes gespottet sei.«

»Niemals werden wir das«, erwiderte Juda, »soweit wir's irgend verhindern können. Aber nach unser aller Meinung, Vater, – und es ist eine begründete Meinung – tätest du besser, wenn auch zum Anbeginn nur entfernt, die Möglichkeit in Erwägung zu ziehen, daß etwas Wahres sein könnte an ihrem Geharf.«

»Etwas Wahres?« wiederholte der Alte und richtete sich auf. »Wagt ihr es, mir zu kommen mit solcher Schwächlichkeit und Israel zuzumuten das Halb-und-Halbe? Wo wären wir, und wo wäre Gott, hätten wir je uns abspeisen lassen mit dem Allenfallsigen? Die Wahrheit ist eine und ist unteilbar. Dreimal hat mir dies Kind gesungen: ›Der Knabe lebt!‹ Es kann nichts Wahres sein an dem Wort, ohne, es wäre die Wahrheit. Darum, was ist es?«

»Die Wahrheit«, sprachen die Elf im Chor, indem sie die flachen Hände hoben. Und:

»Die Wahrheit!« kam es staunend und jauchzend zurück von hinter ihnen aus der Menge der versammelten Hofleute. Kinder-, Frauen- und Männerstimmen echoten es jubelnd: »Sie sang die Wahrheit!«

»Väterchen«, sagte Benjamin, indem er Jaakob umschlang. »Du hörst es, und so begreife es auch, wie wir es begreifen mußten, der Eine früher, der Andere später: Der Mann dort unten, der nach mir fragte, und der soviel nach dir fragte ›Lebt euer Vater noch?‹ – Joseph ist es, er und Joseph sind einer. Nie war er tot, meiner Mutter Sohn. Ziehende Männer haben ihn dem Untier aus den Klauen gerissen und ihn nach Ägypten geführt, da ist er gewachsen wie an einer Quelle und der Erste geworden der Unteren, – die Söhne der Fremde schmeicheln ihm, denn sie würden dahinschmachten ohne seine Weisheit. Willst du Zeichen für Wunder? Sieh dort unseren Troß! Zwanzig Esel schickt er dir, deren Last ist Speise und ist der Preis Ägyptens, und die Wagen dort aus Pharao's Schatz sollen uns alle hinabbringen zu deinem Sohn. Denn daß du kämest, war sein Betreiben von Anbeginn, ich hab's durchschaut, und er will, daß wir nahe bei ihm weiden auf fetten Triften, wo's aber noch nicht garzu ägyptisch ist, im Lande Gosen.«

Jaakob hatte volle, fast strenge Haltung bewahrt.

»Darüber wird Gott befinden«, sprach er mit fester Stimme, »denn nur von Ihm nimmt Israël Weisungen an, nicht von den Großen der Welt. – Mein Damu, mein Kind!« kam es danach von seinen Lippen. Er hatte die Hände ob der Brust in einandergetan und die Stirn zu den Wolken gewandt: Da hinauf schüttelte er langsam das alte Haupt.

»Knaben«, sagte er, indem er es wieder senkte, »dies Mägdlein, das ich segne, und das den Tod nicht schmecken soll, sondern lebend ins Himmelreich eingehen, wenn Gott mich erhört, – es hat mir gesungen, der Herr erstatte mir Rahels Ersten zurück, schön zwar immer noch, doch bereits etwas schwer. Das will wohl besagen, daß er von den Jahren und von den Fleischtöpfen Ägyptens unvermeidlich schon stark bei Leibe ist?«

»Nicht sehr, lieber Vater, nicht sehr«, antwortete Juda beschwichtigend. »Nur in den Grenzen der Stattlichkeit. Du mußt bedenken, daß nicht der Tod ihn dir wiedergibt, sondern das Leben. Jener, wenn's denkbar wäre, würde ihn dir herausgeben so, wie er war; da's aber das Leben ist, aus dessen Händen du ihn zurückempfängst, ist er das Rehkalb nicht mehr von ehemals, sondern ist ein Haupthirsch geworden, der seinen Schmuck hat. Auch mußt du gefaßt sein, daß er ein wenig weltlich verfremdet ist nach seinen Bräuchen und trägt gefältelten Byssus, weißer als Hermons Schnee.«

»Ich will hin, und ihn sehen, ehe ich sterbe«, sagte Jaakob. »Hätte er nicht gelebt, er lebte nicht. Der Name des Herrn sei gepriesen.«

»Gepriesen!« rief alles Volk und drängte stürmisch heran, um ihm mit den Brüdern beglückwünschend den Saum des Gewandes zu küssen. Er sah nicht auf ihre Köpfe hinab; gen Himmel waren wieder seine Augen gewandt, und schüttelte immer den Kopf da hinauf. Serach aber, der Liedermund, saß auf der Matte und sang:

»Lies in seinen Schelmenblicken:
Alles war nur Gottesscherz;
und in spätem Hochentzücken
zieh ihn an das Vaterherz!«

SIEBENTES HAUPTSTÜCK:
DER WIEDERERSTATTETE

Ich will hin und ihn sehen

So hatte denn die störrige Kuh die Stimme ihres Kindes, des Kalbes, vernommen, das der listige Herr auf den Acker gebracht, der gepflügt werden sollte, damit auch sie sich dorthin bequeme; und die Kuh trug das Joch und folgte. Schwer genug kam es sie immer noch an bei ihrer bedeutenden Abneigung gegen den Acker, den sie für einen Totenacker erachtete. Bedenklich genug blieb dem Jaakob sein erklärter Entschluß, und er war froh, daß er Zeit hatte, ihn wenigstens zu bedenken; denn die Ausführung, die Ablösung vom Ur-Gewohnten, die Gesamt-Übersiedelung der Sippe ins Unterland verlangte Zeit und gewährte ihm solche. Die Bene Jisrael waren nicht die Leute, die Weisung Pharao's, ihren Hausrat nicht anzusehen, da sie im Gosen-Lande mit allem versehen sein sollten, wörtlich zu nehmen und einfach alles stehen und liegen zu lassen. »Nicht ansehen«, das hieß höchstens: nicht alles mitnehmen, denn das war untunlich; nicht alles Gebrauchsgut, auch nicht alles Klein- und Hornvieh; aber mitnichten hieß es, das, was die Wanderung überschwert hätte, demjenigen zu lassen, der es sich nehmen wollte. Ausgedehnte Verkäufe waren zu tätigen, und zwar nicht überhastet, sondern mit üblicher zäh-zeremonieller Gemächlichkeit. Daß aber Jaakob sie geschehen ließ, zeigte an, daß er an seinem Entschluß in vollem Umfange festhielt, obgleich seine Art, ihn auszusprechen, verschiedene Deutungsmöglichkeiten zugelassen hatte.

»Ich will hin, und ihn sehen«, das mochte allenfalls und wenn man's so hörte, nur bedeuten wollen: »Ich will ihn besuchen, sein Angesicht wiedersehen, bevor ich sterbe, und dann zurückkehren.« Aber es konnte das, wie allen und auch dem

Jaakob selbst klar war, eben doch wieder niemals bedeuten. Hätte es sich nur um einen Besuch zum Zwecke des Wiedersehens gehandelt, so wäre, mit Verlaub gesagt, Seine Herrlichkeit, Gnaden Joseph, seinem Väterchen diesen Besuch schuldig gewesen, um ihn der gewaltigen Unbequemlichkeit einer Reise nach Mizraim zu überheben. Dem aber stand das Ideen-Motiv des Nachkommenlassens entgegen, das, wie auch Jaakob völlig verstand, die Sternenstunde bestimmte. Joseph war nicht darum abgesondert und entrückt worden und nicht darum war Jaakobs Gesicht hoch geschwollen gewesen vom Weinen um ihn, damit man nun einander einmal besuchte, sondern damit er Israel nachkommen lasse; und Jaakob war ein viel zu geübter Gotteskenner, um nicht zu begreifen, daß die Dahinraffung des Schönen, seine Verherrlichung drunten, die hartnäckige Teuerung, die die Brüder nach Ägypten genötigt, – daß dies alles einer weitschauenden Planung angehörige Veranstaltungen waren, denen Beachtung zu verweigern grobe Narrheit gewesen wäre.

Man möge es anmaßend und allzu ichbezogen nennen, daß Jaakob in einer so ausgebreiteten, viele Völker bedrückenden und ganze wirtschaftliche Umwälzungen hervorrufenden Kalamität, wie der herrschenden Dauerdürre, nichts sah, als eine Maßregel zur Leitung und Beförderung der Geschichte seines eigensten Hauses: in der Meinung offenbar, daß, wenn es sich um ihn und die Seinen handle, der Rest der Welt schon dies und das in Kauf nehmen müsse. Aber Anmaßung und Ichbezogenheit sind nur verneinende Namen für ein denn doch höchst bejahenswertes und fruchtbares Verhalten, dessen schönerer Name Frömmigkeit lautet. Gibt es eine Tugend, die nicht tadelnden Kennzeichnungen bloßstünde, und in der sich nicht Widersprüche, wie der von Demut und Hoffart, vereinigten? Frömmigkeit ist eine Verinnigung der Welt zur Geschichte des Ich und seines Heils, und ohne die bis zur Anstößigkeit getriebene Überzeugung von Gottes besonderer, ja alleiniger Kümmernis um jenes, ohne die Versetzung des Ich und seines Heils in den Mittelpunkt aller Dinge, gibt es Frömmigkeit nicht; das ist vielmehr die Bestimmung dieser sehr starken Tugend. Ihr Gegenteil ist die Nichtachtung des eigenen Selbst und seine Verweisung ins Gleichgültig-Peripherische, aus welcher auch für die Welt nichts Gutes kommen kann. Wer sich nicht wichtig nimmt, ist bald verkommen. Wer aber auf sich hält, wie Abram es tat, als er entschied, daß er, und in ihm der Mensch, nur dem Höchsten dienen dürfe, der zeigt sich zwar anspruchsvoll, wird aber mit seinem Anspruch vielen ein Segen sein. Darin eben erweist sich der Zusammenhang der Würde des Ich mit der Würde der Menschheit. Der Anspruch des menschlichen Ich auf centrale Wichtigkeit war die Voraussetzung für die Entdeckung Gottes, und nur gemeinsam, mit dem Erfolge gründlichen Verkommens einer Menschheit, die sich nicht wichtig nimmt, können beide Entdeckungen wieder verloren gehen.

Hier ist aber folgendermaßen fortzufahren: Verinnigung bedeutet nicht Verengung, und die Hochschätzung des Ich meint keineswegs seine Vereinzelung, Abschnürung und Verhärtung gegen das Allgemeine, das Außer- und Überpersönliche, kurz, gegen alles, was über das Ich hinausreicht, aber worin es sich feierlich wiedererkennt. Wenn nämlich Frömmigkeit die Durchdrungenheit ist von der Wichtigkeit des Ich, so ist Feierlichkeit seine Ausdehnung und sein Verfließen ins Immer-Seiende, das in ihm wiederkehrt und in dem es sich wiedererkennt, – ein Verlust an Geschlossenheit und Einzeltum, der seiner Würde nicht nur nicht Abbruch tut, ja, sich nicht nur mit dieser Würde verträgt, sondern sie zur Weihe steigert.

So ist die Stimmung Jaakobs in dieser Zeit des Aufbruchs, während seine Söhne die damit verbundenen Geschäfte abwickelten, nicht weihevoll genug vorzustellen. Er war im Begriffe, ganz tatsächlich auszuführen, wovon er in der Zeit seines hochgradigsten Jammers geträumt und vor Eliezers Ohren fieberhaft geschwatzt hatte: nämlich zu seinem verstorbenen Sohn in die Unterwelt hinabzusteigen. Das war ein sternenhafter Vorgang; und wo das Ich seine Grenzen gegen das Kosmische öffnet, sich darin verliert, sich damit verwechselt, kann da von einer Vereinzelung und Abschnürung die Rede sein? Der Gedanke des Aufbruchs selbst war voll von ausdehnenden und bedeutenden Elementen des Immerseins und der Wiederkehr, die den Augenblick über alle Punkthaftigkeit und dürre Einmaligkeit erhob. Jaakob, der Greis, war Jaakob, der Jüngling, wieder, der nach richtig stellendem Betruge von B'er Šeba aufbrach gen Naharaim. Er war Jaakob, der Mann, der mit Weibern und Herden, sich von Charran gelöst hatte nach einer Station von fünfundzwanzig Jahren. Aber er war nicht nur er selber, in dessen Leben auf anderen Altersspiralen dasselbe sich wieder einfand: der Aufbruch. Er war auch Isaak, der nach Gerar zu Abimelech zog ins Philisterland. Mehr noch und tiefer zurück: die Urform des Aufbruchs sah er wiederkehren: Abrams, des Wanderers, Auszug von Ur und Chaldäa, – der die Urform nicht war, sondern nur die irdische Spiegelung und Nachahmung himmlischer Wanderschaft: derjenigen des Mondes, der seinen Weg dahinzog, sich aus einer Station nach der anderen lösend: Bel Charran, der Herr des Weges. Und da denn Abram, der irdische Urwanderer, zu Charran Station gemacht hatte, so stand gleich fest, daß dafür Beerscheba einzutreten hatte, und Jaakob dort seine erste Mondstation machen werde.

Der Gedanke an Abram und daran, daß dieser auch während einer Hungersnot nach Ägypten gezogen war, um dort als Fremdling zu wohnen, tröstete ihn sehr; und wie bedurft' er des Trostes! Zwar winkte in seliger Schmerzlichkeit ein Wiedersehen, nach welchem er ruhig würde sterben können, da

1813

keine Freude nachher mehr befahrenswert schien; zwar galt, in Ägypten einwandern und auf Pharao's Triften weiden zu dürfen als eine große Vergünstigung, um die viele sich bewarben und viele ihn und sein Haus beneideten. Und doch war es ein schwerer Entschluß für Jaakob, sich in Gottes Beschluß zu fügen, das Land seiner Väter zu meiden und es zu vertauschen mit dem anstößigen Lande der Tiergötter, dem Land des Schlammes, dem Land der Kinder Chams. Locker und auf Widerruf, wie die Väter, und stets als ein halber Fremder, wie sie, hatte er in dem von Abram erwanderten Lande gesiedelt; aber er hatte gemeint, hier zu sterben, wie jene, und das Wahrwort, das Abram vernommen: sein Same werde fremd sein in einem Lande, das nicht ihm gehöre, das hatte er auf dies Land hier, wo er geboren war und wo seine Toten ruhten, beziehen zu dürfen geglaubt. Nun stellte sich heraus, daß die Verkündigung, die nicht umsonst mit Schrecken und großer Finsternis verbunden gewesen war, weiter reichte und offenbar auf das nun zu erwandernde Land zielte: Mizraim, das ägyptische Diensthaus. So hatte Jaakob das streng verwaltete Unterland mißbilligend immer genannt, nicht aber dabei vermeint, daß es seinem eigenen Samen zum Diensthause werden sollte – wie ihm nun sorgenvoll klar wurde. Sein Aufbruch war mit der Einsicht belastet, daß die bedrohliche Fortsetzung der Gottesanzeige: »Und da wird man sie zu dienen zwingen und plagen vierhundert Jahre« sich auf das Land bezog, wohin er aufbrach; der Frondienst vieler Geschlechter war es, aller Wahrscheinlichkeit nach, dem er sein Haus entgegenführte, und mochte auch alles dem Heilsplan Zugehörige gut sein; mochte, was Glück und Unglück heißt, sich aufheben im großen Gedanken des Schicksals und der Zukunft: ein schicksalsvoller Aufbruch war es nun einmal gewiß, zu dem sich Jaakob in Gott entschloß.

Ins Land der Gräber ging es, bedenklicher Weise; doch Gräber wiederum waren es, die er am schwersten zurückließ: das

Grab Rahels am Wege, und Machpelach, die doppelte Höhle, die Abram gekauft hatte samt dem Acker, darauf sie gelegen, von Ephron, dem Chetiter, zum Erbbegräbnis, für vierhundert Shekel Silbers nach dem Gewicht wie es gang und gäbe war. Israel war beweglich, wie Schafzüchter es sind; doch diese Liegenschaften besaß es: den Acker mit der Höhle, und sie sollten ihm bleiben. Die Auswandernden veräußerten manches Bewegliche, das Unbewegliche aber gerade, der Acker mit dem Grab, war ihnen unveräußerlich. Sie waren dem Jaakob das Unterpfand seiner Wiederkehr. Denn wieviele Geschlechter auch, während sein Haus sich mehrte, in ägyptischer Erde verwesen würden, er selbst war entschlossen, es Gott und den Menschen zur Auflage zu machen, daß er, war der Rest seines Lebens verlebt, heimgebracht werde in das feste Heim, das er, der sonst lose Hausende, auf Erden besaß, auf daß er liege, wo seine Väter und seiner Söhne Mütter lagen – bis auf die Geliebte, Gesonderte, die abseits am Wege lag, die Mutter des Geliebten, Dahingenommenen, der ihn berief.

War es nicht gut, daß Jaakob Zeit hatte, seinen Aufbruch zu bedenken, hinab zu dem Weggerafften? Welche Aufgabe stellte nicht dem Gottesverständnis die eigentümliche Rolle des abgesonderten Lieblings! Von Jaakobs Gedankenbeschlüssen nach dieser Seite wird man durch ihn selbst erfahren. Sprach er von Joseph jetzt, so nannte er ihn nicht anders als »mein Herr Sohn«. »Ich beabsichtige«, äußerte er, »zu meinem Herrn Sohn nach Ägypten hinabzufahren. Er bekleidet dort hohen Rang.« Die Leute, zu denen er so sprach, lächelten wohl gar hinter dem Rücken des Alten und machten sich lustig über seine Vater-Eitelkeit. Sie wußten nicht, wieviel ernste Abstandnahme, Verzicht und strenger Beschluß auch wieder in dieser Redeweise sich ausdrückte.

Ihrer siebzig

Aus blumigem Frühling war später Sommer geworden, bis Israel seine Abwickelungsgeschäfte getätigt hatte und der Auszug vom Haine Mamre, der gen Hebron liegt, geschehen konnte: Beerscheba war nächstes Ziel, und einige Tage frommen Säumens waren verordnet an dieser Grenzstätte, der Stätte von Jaakobs und seines Vaters Geburt, der Stätte, wo Rebekka, die entschlossene Mutter, den Segensdieb einst abgefertigt hatte zur Reise nach Mesopotamien.

Jaakob löste sich von seiner Stätte und brach auf mit Herden und Habe, mit Söhnen und Sohnessöhnen, mit Töchtern und Tochtersöhnen. Oder, wie es auch heißt: er zog mit seinen Weibern, Töchtern und Söhnen und den Weibern der Söhne, – eine verschränkte Aufzählung, denn mit seinen »Weibern« waren eben die Weiber der Söhne gemeint und mit den »Töchtern« wiederum dieselben, dazu etwa noch die Töchter der Söhne, zum Beispiel die singende Serach. Man brach auf zu siebzig Seelen, – das heißt: man erachtete sich für siebzig an der Zahl; aber das war keine gezählte Zahl, sondern ein Zahlgefühl und sinnige Übereinkunft: es herrschte dabei jene Mondlicht-Genauigkeit, von der wir wohl wissen, daß sie sich für unseren Äon nicht schickt, in jenem aber durchaus gerechtfertigt war und für das Richtige stand. Siebzig war die Zahl der auf Gottes Tafel verzeichneten Völker der Welt, und daß sie folglich die Zahl der aus den Lenden des Erzvaters hervorgegangenen Nachkommen war, unterlag keiner taghellen Nachprüfung. Aber wenn es sich um Jaakobs Lenden handelte, so hätte man die Weiber der Söhne nicht mitzählen dürfen? Das tat man auch nicht. Wo überhaupt nicht gezählt wird, wird auch nicht mitgezählt, und angesichts eines heilig vorweggenommenen und auf schönem Vorurteil beruhenden Resultats verfällt die Frage, was mitgezählt und was nicht mitgezählt wird, der Müßigkeit. Es ist nicht einmal sicher, ob Jaakob sich selber mitzählte und ob die anderen ihn in ihre Zahl, nämlich siebzig, einschlossen oder als Einundsiebzigsten draußen ließen. Wir müssen es uns gefallen lassen, daß der Äon beide Möglichkeiten gleichzeitig gewährte. Viel später zum Beispiel hatte ein Nachkomme Juda's, genauer: seines Sohnes Perez, den Thamar ihm zielbewußt geschenkt, – hatte also dieser Nachkomme, ein Mann namens Isai, sieben Söhne und einen Jüngsten, der die Schafe hütete und über den das Salbhorn erhoben wurde. Was meint dieses »Und«? War er in die Siebenzahl als Jüngster eingeschlossen oder hatte Isai acht Söhne? Jenes ist das Wahrscheinlichere, denn es ist viel schöner und richtiger sieben Söhne zu haben, als acht. Mehr als wahrscheinlich aber, nämlich gewiß, ist, daß die Siebenzahl von Isais Söhnen sich nicht änderte, wenn etwa der Jüngste noch zu ihr hinzukam, und daß es diesem gelang, in sie eingeschlossen zu bleiben, auch wenn er über sie hinausging. – Ein andermal hatte ein Mann volle siebzig Söhne, denn er besaß viele Frauen. Ein Sohn einer dieser Mütter tötete alle seine Brüder, des Mannes siebzig Söhne, auf ein und demselben Stein. Nach unseren trockenen Begriffen kann er, da er ihr Bruder war, nur neunundsechzig getötet haben, richtiger sogar noch: nur achtundsechzig, denn ein anderer Bruder, ausdrücklich bei Namen genannt, Jotam, blieb zum Überfluß auch noch am Leben. Es ist hart, es hinzunehmen, aber hier tötete einer von siebzig alle siebzig und ließ außer sich selbst sogar noch einen anderen übrig, – ein starkes und lehrreiches Beispiel für die Gleichzeitigkeit von Eingeschlossensein und Außenstehen.

Jaakob also, recht verstanden, war unter den siebzig Wandernden der Einundsiebzigste, – soweit diese Zahl überhaupt dem Tageslicht standhält. Sie war in nüchterner Wahrheit sowohl niedriger als höher, – ein neuer Widerspruch, aber nicht anders ist es zu sehen und zu sagen. Jaakob, der Vater, war insofern der Siebzigste und nicht der Einundsiebzigste, als der männliche Teil des Stammes sich auf neunundsechzig Seelen belief. Er tat das jedoch mit Einschluß von Joseph, der in Ägypten war, und seinen beiden Söhnen, die dort sogar geboren waren. Da diese drei Glieder nicht zu dem Wanderzuge gehörten, sind sie, obgleich darin eingeschlossen, davon abzuziehen. Der Notwendigkeit Abzüge zu machen, ist aber damit aus dem Grunde noch nicht Genüge geschehen, weil unverkennbar Seelen mitgezählt wurden, die zum Zeitpunkt der Ausreise noch garnicht auf der Welt waren. Über die Berechtigung dazu mag zu reden sein im Falle Jochebeds, einer Tochter Levi's, mit der die Mutter damals schwanger ging, und die beim Eintritt in Ägypten, »zwischen den Mauern«, denen der Grenzfeste offenbar, geboren wurde. Aber es ist klar, daß in die Summe der Wandernden Enkel und Großenkel Jaakobs einbezogen wurden, die weder geboren noch auch nur schon gezeugt, also nur vorgesehen, nicht aber bereits vorhanden waren. Sie kamen nach Ägypten, wie fromme Gelehrsamkeit es ausdrückt, »in lumbis patrum« und nahmen am Auszuge nur in einem sehr geistigen Sinne teil.

Soviel über die notwendigen Abzüge. Aber auch an zwingenden Gründen, die Neunundsechzig aufzuhöhen, fehlt es nicht. Soviel betrug ja allein der männliche Samen Jaakobs; wenn aber – oder besser gesagt: da seine gesamte unmittelbare Nachkommenschaft in Rechnung zu stellen ist, so sind, wenn auch gewiß nicht die Weiber der Söhne, so doch deren Töchter hinzuzunehmen, zum Beispiel Serach, um nur diese, sie aber mit Nachdruck, zu nennen. Das Mägdlein nicht mitzuzählen, das dem Vater zuerst die Kunde von Josephs Leben gebracht hatte, wäre völlig unstatthaft gewesen. Ihr Ansehen war sehr groß in Israel, und über die Erfüllung des Segens, den Jaakob in seiner Dankbarkeit über sie ausgesprochen, nämlich, daß sie den Tod nicht schmecken und lebend ins Himmelreich eingehen solle, gab es nirgends einen Zweifel. Tatsächlich weiß niemand, wann sie gestorben sein sollte; ihr Leben hat allen Anschein unabsehbarer Dauer. Von ihr geht die Nachricht, sie habe nach Menschenaltern dem auf der Suche nach Josephs Grab umherirrenden Mann Mose die Stelle dieses Grabes, nämlich im Nilstrom, gewiesen; und ungeheuer viel später noch soll sie unter dem Namen der »Weisen Frau« ihr Wesen im Abramsvolke getrieben haben. Wie es nun auch damit stehe; ob wirklich zu so verschiedenen Zeiten dieselbe Serach am Leben war oder andere Mägdlein das Bewußtsein der kleinen Meldegängerin und Verkünderin aufnahmen, – daß sie in die Zahl der siebzig Wandernden einzuschließen war, was »siebzig« hier immer meinen mochte, daran wird niemand rütteln.

Nicht einmal aber in Ansehung der Weiber der Söhne, also der Mütter von Jaakobs Enkelvolk, ist die Nicht-Eignung zum Mitgezähltwerden durchgehend gesichert. Wir sprechen von »Müttern« und nicht nur von »Weibern«, weil wir Thamar im Auge haben, die, dem Worte gemäß, »Wohin du gehst, da will ich auch hingehen«, nebst ihren beiden weidlichen Juda-Söhnen im Zug ging. Meistens zu Fuße ging sie, an einem langen Stabe, für eine Frau sehr weit ausschreitend, hoch und dunkel, mit kreisrunden Nasenlöchern und stolzen Mundes, dabei mit dem ihr eigentümlichen auf Fernes eingestellten Blick, – und diese Entschlossene, die sich nicht hatte ausschalten lassen, hätte nicht sollen mitgezählt werden? – Etwas anderes war es mit ihren beiden Gatten 'Er und Onan: weder bei Mond- noch bei Tageslicht waren die mitzuzählen, denn sie waren tot, und wenn Israel zwar Zukünftiges mitzählte, so doch nicht Verstorbenes. Schelach dagegen, der Gatte, den sie nicht bekommen hatte, den sie aber auch nicht mehr brauchte, da sie ihm ausgezeichnete Halbbrüder gegeben hatte, war mit dabei und war von der Zahl der Lea-Enkel, die zweiunddreißig betrug.

Traget ihn!

In der Übereinkunft also, zu siebzig zu sein, zog Israel aus vom Haine Mamre, des Amoriters. Alles mitgezählt, was nicht mitgezählt wurde, auch Hirten, Treiber, Sklaven, Fuhr- und Packknechte, war sicher der Zug über hundert Personen stark, – ein bunter, geräuschvoller, durch die mitgetriebenen Herden schwerfälliger, in Staubwolken gehüllter Heerwurm und Wanderstamm. Die Fortbewegungsart seiner Teile war verschiedenartig, – unter uns gesagt, war der von Joseph gesandte ägyptische Wagenpark dabei wenig nütze. Dies soll nicht gerade von den »Agolt« genannten Lastwagen gelten, zweirädrigen und meist mit Ochsen bespannten Karren, deren Wert für die Beförderung von Hausrat, Wasserschläuchen und Furage, auch von Frauen mit kleinen Kindern, dankbar anerkannt werden möge. Die eigentlichen Reisewagen dagegen, vom Typus des »Merkobt«, diese leichten, zum Teil sehr luxuriös ausgestatteten und von einem Mäuler- oder Pferdepaar gezogenen Gefährte mit den zierlichen, hinten offenen, mit gepreßtem Purpur-Leder bezogenen Wagenkasten, der manchmal nur aus einem geschwungenen und womöglich vergoldeten Holzgeländer bestand, – diese Tändel-Karossen, so gut Joseph und sein königlicher Herr es damit gemeint hatten, erwiesen sich als recht unverwendlich und kehrten meist ebenso leer nach Ägyptenland zurück, wie sie gekommen waren. Niemand hatte etwas davon, daß ihre Radnägel Mohrenköpfe in schönster Ausführung darstellten, ja daß einige von ihnen innen und außen mit Leinwand und Stuck überzogen und aus dem Stuck die anschaulichsten Relief-Darstellungen aus dem höfischen und bäuerlichen Leben gearbeitet waren. Man konnte nur zu zweien, oder, sehr gedrängt, zu dreien darin stehen, was bei unsanften Wegen und mangelnder Federung auf die Dauer äußerst ermüdend war; oder man mußte sich, mit dem Rücken gegen das Gespann, auf den Boden setzen und die Füße nach außen hängen lassen, was wenigen beliebte. Viele, wie Thamar, bevorzugten die Muster- und Urform des Wanderns, das zu Fuße am Stabe schreiten. Die meisten, Männer wie Frauen, waren beritten: breitfüßige Kamele, knochige Maultiere, weiße und graue Esel, mit großen Glasperlen, bestickten Satteldecken, baumelnden Wollblumen sämtlich geschmückt, das waren die Reittiere, die den Staub der Wege erregten, auf ihnen wanderte Jaakobs Volk, das Joseph nachkommen ließ, eine bunte Sippe in gewirkter Wolle, die bärtigen Männer in Flauschmänteln der Wüste oft und Kopfbehängen, die ein Filzring festhielt auf dem Scheitel, die Frauen mit Flechten schwarzen Haares auf den Schultern, die Handgelenke klirrend von Silber- und Erzkettchen, die Stirnen mit Münzen behangen, die Nägel von Henna rot, Säuglinge im Arm, die in große und milde Tücher mit Brokaträndern gewickelt waren, – so zogen sie hin, geröstete Zwiebeln, saures Brot und Oliven verspeisend, meist auf dem Kamm des Gebirges, die Straße, die von Urusalim und den Höhen Hebrons hinab ging ins tiefere Südland, Negeb, das Trockene genannt, nach Kirjat Sefer, der Buchstadt, und nach Beerscheba.

Unsere Hauptsorge gilt selbstverständlich der Bequemlichkeit Jaakobs, des Vaters. Wie stand es mit seiner Beförderung? Hatte Joseph, als er seine Wagen schickte, gemeint, der hohe Greis werde stehend in einem Relief-Kästchen oder hinter einem Goldgeländer die Reise vollbringen? Das hatte er nicht. Nicht einmal Pharao, seinem Herrn, war solche Zumutung in den Sinn gekommen. Die Weisung, die das schöne Kind des Atôn aus seinem neu riechenden Palaste hatte ergehen lassen, dies Wort: »Nehmet eueren Vater und führt ihn und kommt.« lautete, genau gelesen: »Nehmet eueren Vater und *tragt* ihn.« Der Patriarch sollte getragen werden, gleichsam im Triumph, das war die Idee; und unter den von Joseph geschickten, meist unnützen »Wagen« befand sich ein einzelnes Beförderungsmittel anderer Art, das eben diesem feierlichen Zweck, dem Getragen-werden Jaakobs, zugedacht war: ein ägyptischer Sänftenstuhl, wie solcher die Vornehmen Keme's sich wohl auf den Straßen der Städte und auf Reisen bedienten, und zwar ein ausnehmend elegantes Beispiel dieser Kommodität, mit einer Rückenlehne aus feinem Rohr, zierlich beschrifteten Seitenwänden, reichen Behängen und bronzierten Tragstangen, versehen sogar noch mit einem leichten und bunt bemalten Holzkasten im Rücken, zum Schutz gegen Wind und Staub. Der Reisestuhl konnte von Jünglingen getragen, er konnte aber auch vermittelst vorgesehener Querstangen den Rücken zweier Esel oder Maultiere aufgelegt werden, und Jaakob fühlte sich sehr wohl darin, als er sich erst einmal entschlossen hatte, ihn zu gebrauchen. Er tat es jedoch erst von Beerscheba an, das seiner Auffassung nach den Grenzpunkt von Heimat und Fremde bezeichnete. Bis dorthin trug ihn ein kluges Dromedar von langsamen Blicken, an dessen Sattel ein schattender Sonnenschirm befestigt war.

Der Greis bot einen sehr schönen und würdevollen Anblick, und wußte es auch, wie er, umgeben von seinen Söhnen, auf hohem Rücken, im Wiegetritte des weisen Tieres dahinschwankte. Der feine Wollmusselin seiner Kofia zackte sich in der Stirn, schlang sich faltig um Hals und Schultern und fiel leicht auf sein Kleid von dunklem Rotbraun hinab, das, wo es sich öffnete, das gewirkte Untergewand sehen ließ. In seinem Silberbarte spielten die Lüfte. Der in sich gekehrte Blick seiner sanften Hirtenaugen bekundete, daß er seine Geschichten besann, die vergangenen und die zukünftigen, und niemand unterfing sich, ihn darin zu stören, es sei denn höchstens, daß man ihn ehrerbietig nach seinem Wohlsein befragte. Vor allem war er des Wiedersehens mit dem von Abraham gepflanzten heiligen Baum zu Beerscheba gewärtig, unter dem er zu opfern, zu lehren und zu schlafen gedachte.

Jaakob lehrt und träumt

Die riesige Tamariske stand, einen urtümlichen Steintisch und eine aufrechte Steinsäule oder Massebe beschattend, abseits der bevölkerten Siedelung Beerscheba, die unsere Wanderer garnicht berührten, auf einem mäßigen Hügel und war, scharf hingesehen, wohl nicht von Jaakobs Vatersvater gepflanzt, sondern von ihm als Gottesbaum und 'êlôn môreh, das ist: Orakelbaum, von den Kindern des Landes übernommen und aus einem Baalsheiligtum zum Mittelpunkt einer Kultstätte seines höchsten und einzigen Gottes umgedeutet worden. Dies mochte Jaakob sogar bewußt sein, ohne ihn in der Auffassung zu stören, der Baum sei eine Pflanzung Abrahams. In einem geistigen Sinn war er es allerdings, und des Vaters Denkungsart war milder und weiter, als die unsere, die nur Eines oder das Andere kennt und gleich auf den Tisch schlägt: »Wenn das schon ein Baalsbaum gewesen war, so hatte nicht Abraham ihn gepflanzt!« Mehr hitzig und störrisch ist solcher Wahrheitseifer, als weise, und weit mehr Würde ist bei der stillen Vereinigung beider Aspekte, wie Jaakob sie tätigte.

Unterschieden sich doch auch die Formen, in denen Israel unter dem Baum dem Gott der Ewigkeiten huldigte, fast nicht von den Kultbräuchen der Kinder Kanaans, – mit Ausnahme alles Unfugs, versteht sich, und anstößiger Scherze, in die unvermeidlich der Dienst jener Kinder auszulaufen pflegte. Zu Füßen des heiligen Hügels, rund herum, wurden die Rastzelte aufgeschlagen, und sogleich begann die Zurüstung der Schlachtungen, die auf dem Dolmen, dem Steintisch der Urzeit, vollzogen werden sollten, des Opfermahls, das gemeinsam danach zu verzehren war. Hatten die Baalskinder es anders gemacht? Hatten nicht auch sie das Blut von Lämmern und Böcken hinlaufen lassen auf dem Altar und den starrenden Stein zur Seite damit bestrichen? Allerdings; die Kinder Israels aber taten's in anderem Geist und in gebildeterer Frömmigkeit, was hauptsächlich darin seinen Ausdruck fand, daß sie nach dem Gottesessen nicht paarweise miteinander scherzten, wenigstens nicht öffentlich.

Jaakob unterwies sie auch in Gott unter dem Baum, was ihnen nicht etwa langweilig, sondern sogar den Halbwüchsigen schon höchst unterhaltend und wichtig war, denn alle waren sie mehr oder weniger begabt in dieser Richtung und erfaßten mit Lust auch das Knifflige. Er belehrte sie über den Unterschied zwischen der Vielnamigkeit Baals und derjenigen des Gottes ihrer Väter, des Höchsten und Einzigen. Jene bedeutete in der Tat eine Vielheit, denn es gab keinen Baal, es gab nur Baale, das heißt Inhaber, Besitzer und Beschützer von Kultstätten, Hainen, Plätzen, Quellen, Bäumen, eine Menge Flur- und Hausgötter, die vereinzelt und ortsgebunden webten, in ihrer Gesamtheit kein Gesicht, keine Person, keinen Eigennamen hatten und höchstens »Melkart«, Stadtkönig hießen, wenn sie eben dergleichen waren, wie der von Tyrus. Es hieß einer Baal Peōr nach seinem Orte, oder Baal Hermōn oder Baal Meōn, es hieß auch einer wohl Baal des Bundes, was zu gebrauchen gewesen war für Abrams Gottesarbeit, und einer hieß lächerlicherweise sogar Tanz-Baal. Da war wenig Würde und garkeine Gesamt-Majestät. Ganz anders dagegen stand es mit der Namensvielheit des Vätergottes, die seiner persönlichen Einheit nicht den leisesten Abbruch tat. Er hieß El eljon, der höchste Gott, El ro'i, der Gott, der mich sieht, El olām, der Gott der Äonen, oder, seit Jaakobs aus der Erniedrigung geborenem großen Gesicht, El bētēl, der Gott von Lus. Aber das alles waren nur wechselnde Bezeichnungen für ein und dieselbe höchst seiende Gottesperson, nicht ortsgebunden, wie die verzettelte Vielheit der Flur- und Stadtbaale, sondern in allem wesend, wovon ihnen die einzelne Inhaberschaft beigelegt wurde. Die Fruchtbarkeit, die sie spendeten, die Quellen, die sie bewachten, die Bäume, in denen sie wohnten und flüsterten, die Gewitter, in denen sie tobten, der keimreiche Frühling, der dörrende Ostwind, – Er war dies alles, was jene im Einzelnen waren, ihm eignete es, der Allgott war Er allhiervon, denn aus ihm kam es, in Sich faßt' Er's Ich sagend zusammen, das Sein alles Seins, Elohim, die Vielheit als Einheit.

Über diesen Namen, Elohim, ließ Jaakob sich sehr fesselnd aus, aufregend für die Siebzig und nicht ohne Spitzfindigkeit. Man merkte schon, woher Dan, sein Fünfter, es hatte: dessen Spitzfindigkeit war nur eine geringere Sohnes-Abzweigung der höheren des Alten. Die Frage, die er erörterte, war, ob man »Elohim« als Einzahl oder Mehrzahl zu denken und also zu sprechen habe: »Elohim will« oder »Elohim wollen«. Die Wichtigkeit richtiger Redeweise zugegeben, war hier eine Entscheidung notwendig, und Jaakob schien sie zu treffen, indem er die Einzahl befürwortete. Gott war Einer, und der hätte sich in Irrtum verfangen, der gemeint hätte, »Elohim« sei die Mehrzahl von »El« oder »Gott«. Diese Mehrzahl hätte ja »Elim« gelautet. »Elohim« war etwas ganz anderes. Es meinte so wenig eine Vielheit, wie der Name Abraham eine solche meinte. Der Mann von Ur hatte Abram geheißen, und dann hatte sein Name die Ehren-Dehnung zu Abraham erfahren. So auch mit Elohim. Es war eine majestätische Ehren-Dehnung, nichts weiter, – beileibe war nichts damit gemeint, was man mit dem Worte Vielgötterei hätte strafen müssen. Der Lehrende prägte das ein. Elohim war Einer. Aber dann kam es doch wieder so heraus, als seien es mehrere, etwa drei. Drei Männer waren zu Abraham gekommen im Haine Mamre, als er an der Tür seiner Hütte gesessen hatte und der Tag am heißesten gewesen war. Und die drei Männer waren, wie der herbeieilende Abraham sogleich erkannt hatte, Gott, der Herr gewesen. »Herr«, hatte er gesagt, indem er sich vor ihnen niederbückte zur Erde. »Herr« und »du«. Dazwischen aber auch »ihr« und »euch«. Und hatte sie gebeten, sich in den Schatten zu setzen und sich mit Milch und Kalbfleisch zu stärken. Und sie aßen. Und dann sagten sie: »Ich will wieder zu dir kommen über ein Jahr.« Das war Gott. Er war Einer, aber er war ausdrücklich zu dritt. Er trieb Mehrgötterei, sagte aber stets und grundsätzlich nur »Ich« dabei, während Abraham abwechselnd »du« und »ihr« gesagt hatte. Den Namen Elohim als Mehrzahl zu gebrauchen, hatte, hörte man Jaakob länger reden, trotz vorangegangener gegenteiliger Einprägung also doch etwas für sich. Ja, hörte man ihm länger zu, so schimmerte durch, daß auch seine Gotteserfahrung, wie Abrams, dreifältig gewesen sei und sich aus drei Männern, drei selbstständigen und dennoch auch wieder zusammenfallenden und Ich-sagenden Personen zusammensetzte. Er sprach nämlich erstens vom Vätergott oder auch Gott, dem Vater, zweitens von einem Guten Hirten, der uns, seine Schafe, weide, und drittens von Einem, den er den »Engel« nannte, und von dem die siebzig den Eindruck gewannen, daß er uns mit Taubenflügeln überschatte. Sie machten Elohim aus, die dreifältige Einheit.

Ich weiß nicht, ob euch das nahe geht, aber für Jaakobs Zuhörer unter dem Baum war es höchst unterhaltend und aufregend; sie waren begabt dafür. Im Auseinandergehen und noch auf ihren Lagern vor Einschlafen, diskutierten sie lange und eifrig über das Gehörte, über die Ehren-Dehnung und Abrahams dreifachen Ehrengast, über das gebotene Vermeiden der Vielgötterei im Angesicht einer Gottheit, von deren mehrfältiger Existenz eine gewisse Versuchung dazu immerhin ausging, was aber eben nur einer Probe gleichkam auf unsere Begabung für's Göttliche, – einer Probe, der unter den Jaakobsleuten sogar die Halbwüchsigen schon sich fröhlich gewachsen fühlten.

Ihr Oberhaupt selbst ließ sich sein Lager unter dem heiligen Baum bereiten alle drei Nächte, die er zu Beerscheba verbrachte. Die ersten beiden Nächte träumte er nicht, die dritte aber brachte ihm den Traum, um dessen willen er schlief, und dessen er zu Trost und Stärkung bedurfte. Er fürchtete sich vor Ägyptenland und brauchte dringend die Versicherung, daß er sich nicht fürchten müsse, dorthin hinabzuziehen: aus dem Grunde nicht, weil der Gott seiner Väter nicht ortsgebunden war und mit ihm sein werde in dieser Unterwelt auch, wie er mit ihm gewesen war in Labans Reich. Notwendig und aus Herzensgrund brauchte er die Bestätigung, daß Gott nicht nur mit ihm hinabziehen, sondern ihn auch, oder doch seinen Stamm, nachdem Er ihn zum Haufen Volks gemacht, wieder hinaufführen werde ins Väterland, dies Land zwischen den Nimrod-Reichen, das zwar auch ein unwissend Land voll törichter Ursassen war, aber doch eben kein Nimrod-Reich, sodaß man dort besser, als irgendwo, einem geistigen Gotte dienen mochte. Kurzum, wes seine Seele bedurfte, war die Getröstung, daß durch sein Scheiden von hier die Verheißungen des großen Rampentraumes, der ihm im Gilgal von Beth-el geworden, nicht aufgehoben seien, sondern daß Gott, der König, fest zu den Worten stand, die er damals in die Harfen gerufen. Um dies zu erfahren, schlief er, und im Schlafe erfuhr er's. Gott sprach ihm mit heiliger Stimme zu, wessen seine Seele bedurfte, und sein süßestes Wort war, daß Joseph solle »seine Hände auf Jaakobs Augen legen«, – ein innig-mehrdeutiges Traumwort, das heißen mochte, der weltmächtige Sohn werde ihn schützen und für sein Alter sorgen unter den Heiden, und auch, der Liebling werde ihm einst die Augen zudrücken, – was ja der Träumer sich längst nicht mehr hatte träumen lassen.

Nun ließ er sich's träumen, dies und das andere, und seine schlafenden Augen waren feucht davon unter den Lidern. Als er aber erwachte, war er gestärkt und versichert und mochte sich lösen aus dieser Station, um weiterzuziehen mit allen Siebzig. Den feinen ägyptischen Reisestuhl mit dem Windschutz bestieg er nun, der den Rücken zweier weißer Esel mit Wollblumen aufgelegt war, und nahm sich noch schöner und würdiger darin aus, als auf dem Kamel.

Von absprechender Liebe

Es ging eine Handelsstraße vom Nordosten des Delta durch das trockene Südland von Kanaan über Beerscheba nach Hebron. Diese zogen die Kinder Israel, und zogen also einen etwas anderen Weg, als die Brüder auf ihren Kauffahrten genommen. Die Gegend, durch die er führte, war anfangs wohlbevölkert, und zahlreich waren die kleinen und größeren Siedlungen. Dann, als der Tage mehr wurden, ging es freilich durch ausgesprochen verfluchte Strecken ohne Halm, wo man nur vagabundierende und zur Übeltat aufgelegte Wüstlinge in weiter Entfernung dahinflitzen sah und die wehrhaften Männer des Zuges ihre Schießbogen nicht gern von der Hand ließen. Aber die Gesittung verlor sich doch auch im Schlimmsten nicht ganz, sondern begleitete sie, etwa wie Gott es tat, wenn auch mit schaurigen Unterbrechungen, wo sie aussetzte und es keinen Trost mehr gab außer Gott allein, – begleitete sie in Gestalt beschützter Wüstenbrunnen und vom Geist des Verkehrs gegründeter und unterhaltener Wegmale, Lugtürme und Rastplätze bis zum Ziel, will vorerst sagen: bis in die Gegend, in die schon das kostbare Ägyptenland seine Wachen und Wehren ein gut Stück ins Elende vorschob, ehe man seine unbestürmbare Grenze und ihren krittligen Durchlaß erreichte, die Mauern der Feste Zel.

In siebzehn Tagen erreichten sie sie – oder waren es noch einige mehr? Sie sahen die Zahl ihrer Reisetage für siebzehn an, und hätten mit einem Zähler und Rechner nicht gestritten darum. Eine Tage-Zahl im Charakter von siebzehn war es gewiß, gleichviel, ob sie etwas höher oder niedriger war, – leicht mochten es ein paar mehr gewesen sein, zum mindesten, wenn man den Aufenthalt zu Beerscheba mit einrechnete; denn noch hatte der Sommer Gewalt, und nur die frühen und späten Tagesstunden hatte man, um der Schonung willen Jaakobs, des Vaters, immer zur Fortbewegung benutzt. Ja, reichlich siebzehn Tage war es her, daß man von Mamre aufgebrochen war und die Fahrt unternommen, das heißt: sich für einige Zeit einem Wanderleben mit wechselnd aufgeschlagenen Zelten überlassen hatte. Und nun hatten die Tage sie vor Zel, die Feste, gebracht, wo es durchging in Josephs Reich.

Hegt irgend jemand die geringste Besorgnis betreffend die grimme Paß-Feste und unsere Wanderer, daß ihnen etwa dort Schwierigkeiten erwachsen könnten? Er müßte sich auslachen lassen. Denn die hatten Ferman, Paß und Beglaubigung, – du lieber Gott! Dergleichen hatten Leute des Elends entschieden noch niemals geführt, die an die Pforte Ägyptenlands geklopft hatten, – es gab keine Pforte und Mauern und Gatter für diese, die Werke und Wehrtürme Zels waren wie Dunst und Luft für diese, und nichts als lächelnde Dienstfertigkeit war die Krittelsucht der Kontrolleure. Pharao's Paß-Offiziere hatten ja wohl ihre Weisungen betreffend die Leute hier; Weisungen, die sie schmeidigten! Eingeladen ins Land waren die Jaakobskinder ja wohl von keinem Geringeren, als dem Herrn des Brotes zu Menfe, dem Schattenspender des Königs, Djepnuteefonech, Pharao's alleinigem Freund, eingeladen zum Weiden und Siedeln! Besorgnis? Schwierigkeiten? Der Reisestuhl, in dem man den alten Häuptling dahintrug, sprach ja wohl für sich selbst und für seinen Inhaber, es waren Uräen daran, sie stammten aus Pharao's Schatz. Und der darin saß, der feierlich Müd' und Milde, den trugen sie schließlich ja wohl zum Stelldichein, nicht weit von hier, mit seinem Sohn, einem leidlich Hochgestellten, der jeden in Leichenfarbe versetzen mochte, der diesen Kindern auch nur mit verzögernden Fragen kam.

Kurzum, die Geschmeidigkeit der Kontroll-Offiziere ist

nicht katzbuckelnd-lieblich und süß genug vorzustellen, – auf schwebten die erzernen Gatter, durch zog das Jaakobsvolk zwischen aufgehobenen Händen, über die Schiffsbrücke wälzte es sich mit Troß und trippelnden Herden auf Pharao's Fluren und zogen ein in ein bruchiges Marschen- und Weidenland mit Baumgruppen, Dämmen, Kanalläufen und auf der Fläche verstreuten Weilern; das war Gosen, auch Kosen, Kesem, auch Gosem und Goschen genannt.

So verschiedentlich drückten die Leute sich darüber aus, die zur Seite des Dammweges, auf dem man zog, ein von einem schilfgesäumten Wassergraben umgebenes Ackerstück bestellten, und die man befragte, um der Versicherung willen, daß man recht auf dem Wege sei. In einer knappen Tagesfahrt gegen Abend, sagten sie, würden die Reisenden den Nilarm von Per-Bastet erreichen und diese Stätte selbst, das Haus der Kätzin. Aber noch näher lag das nahrhafte Städtchen Pa-Kōs, das den Haupt- und Marktplatz des Gaues hier vorzustellen schien, und nach dem er wohl auch seinen Namen hatte: Schaute man weit übers Land hin mit seinen Wiesen und Sumpfbinsen, spiegelnden Wasserlachen, buschigen Inseln und saftigen Flächen, so sah man den Pylon von Pa-Kōsens Tempel sich im Morgenschein am Horizonte abzeichnen. Denn früher Morgen war es, als Israel hier einzog, da sie vor der Grenzfeste genächtigt hatten; und noch ein paar Stunden zogen sie in den Tag hinein, gegen das Baumal am Horizont, dann machten sie halt, und Jaakobs Tragestuhl wurde von den Rücken der Esel herab zu Boden gestellt zum Verweilen; denn irgendwo nahe dem Markte Pa-Kōs, nicht weit von hier, war der Ort, den Joseph zum Stelldichein bestimmt hatte und zum Orte der Begegnung, wohin er erklärt hatte, den Seinen entgegenkommen zu wollen.

Daß es dergestalt bestimmt und verordnet war, dafür stehen wir ein, und wenn es wahrheitsgemäß heißt: »Er sandte Juda vor sich hin zu Joseph, daß dieser ihn anwiese zu Gosen«, so würde die Deutung fehlgehen, Juda sei vor dem Vater hinabgereist bis zur Stadt des Gewickelten, und da erst habe Joseph anspannen lassen und sei hinaufgezogen, seinem Vater entgegen gen Gosen. Sondern der Erhöhte war längst in der Nähe, seit gestern und vorgestern schon, und Juda ward ausgesandt in die Gegend, um ihn zu suchen und ihm des Vaters Ort zu weisen, daß sie einander fänden. »Hier will Israel warten auf seinen Herrn Sohn«, sprach Jaakob. »Stellet mich nieder! Und du, Jahuda, mein Sohn, nimm drei Knechte und reite von hier, daß du mir deinen Bruder findest, Rahels Ersten, und ihm unsere Stätte verkündest!« – Und Juda gehorchte.

Wir können versichern, daß er nicht lange ausblieb, nur eine Stunde oder zwei, und dann nach geglückter Bestellung zurückkehrte; denn daß er nicht erst mit Joseph kam, sondern sich wieder einfand, bevor dieser dem Vater erschien, ergibt sich aus der Frage, die Jaakob bei Josephs Annäherung an ihn richtete, wie wir gleich hören werden.

Es war ein recht lieblicher Ort, wo Jaakob wartete: drei Palmbäume, die wie aus *einer* Wurzel kamen, beschatteten seinen Sitz, und Kühle kam von einem kleinen Weiher, an dem hoch das Papyrusschilf stand und blau und rosa die Lotuslilie blühte. Da saß er, umgeben von seinen Söhnen, den Zehnen, die bald wieder Elf wurden, als Juda zurückkehrte; und vor ihm war das von Vögeln des Himmels überflogene Hürden- und Wiesenland offen, sodaß seine alten Augen weit hinaussehen konnten, wo der Zwölfte erschien.

Da war es nun so, daß sie Juda wieder herantraben sahen mit den drei Knechten, und daß er nur nickte und hinter sich über Land wies, ohne ein Wort zu sagen. So sahen sie an ihm vorbei, hinaus in die Weite: Da war ein Getümmel, noch klein von Ferne, darin es gleißte und blendete und zuckte von Farben, das wälzte sich näher in Eile und waren Wagen mit Rossegespannen, blitzend geschirrt und federbunt, Fußläufer davor und dazwischen, Fußläufer auch hinterdrein und zu den Seiten, – die wandten ihre Gesichter und blickten nach dem vordersten Wagen, über den Stangenfächer stiegen. So kam es heran und nahm seine Größe an, und vor den Augen derer, auf die es zukam, trennten sich seine Gestalten. Jaakob aber, der schaute, die Greisenhand über den Augen, rief seiner Söhne einen, der wieder bei ihm stand, und sprach:

»Juda!«

»Hier bin ich, Vater«, antwortete der.

»Wer ist der Mann von mäßiger Leibesstärke«, fragte Jaakob, »gekleidet in die Vornehmheit dieser Welt, der eben herabtritt von seinem Wagen und von dem Goldkorbe seines Wagens, und sein Halsschmuck ist als wie der Regenbogen und sein Kleid durchaus wie das Licht des Himmels?«

»Das ist dein Sohn Joseph, Vater«, erwiderte Juda.

»Ist er es«, sprach Jaakob, »so will ich aufstehen und ihm entgegengehen.«

Und obgleich Benjamin und die anderen ihn hindern wollten, bevor sie ihm halfen, verließ er mit würdiger Mühsal den Tragstuhl und ging allein, mehr als sonst aus der Hüfte lahmend, denn absichtlich übertrieb er sein Ehrenhinken, auf den Kommenden zu, der seinen Schritt überstürzte, um ihm den Weg zu kürzen. Die lächelnden Lippen des Mannes bildeten das Wort »Vater«, und hielt seine Arme offen; Jaakob aber streckte die seinen geradeaus vor sich hin, wie wohl ein tastender Blinder tut, und bewegte die Hände daran wie in verlangendem Winken und doch wie in Abwehr auch wieder; denn da sie zusammentrafen, ließ er es nicht geschehen, daß Joseph ihm um den Hals fiel und sein Gesicht an seiner Schulter barg, wie er wollte, sondern hielt ihn von sich ab bei den Schultern, und seine müden Augen forschten und suchten bei schräg zurückgelegtem Haupt lange und dringlich mit Leid und Liebe in dem

Gesicht des Ägypters, und erkannte ihn nicht. Es geschah aber, daß dessen Augen sich bei dem Anschauen langsam und bis zum Überquellen mit Tränen füllten; und wie ihre Schwärze in Feuchte schwamm, siehe, da waren es Rahels Augen, unter denen Jaakob in Traumfernen des Lebens die Tränen hinweggeküßt, und er erkannte ihn, ließ sein Haupt sinken an die Schulter des Verfremdeten und weinte bitterlich.

Sie standen allein und für sich auf dem Plan, denn die Brüder hielten sich scheu zurück von ihrer Begegnung, und auch die Gefolgsleute Josephs, sein Marschall, die Stallmeister zu Wagen, die Läufer und Fächerträger, nebst allerlei Neugierigen des nahen Städtchens, die mitgerannt waren, verharrten in Abstand.

»Vater, verzeihst du mir?« fragte der Sohn, und was meinte er nicht alles mit der Frage – daß er mit ihm umgesprungen war und hatt' es ihm eingebrockt; Lieblings-Übermut und heillose Schlingelei, sträflich Vertrauen und blinde Zumutung, hundert Narrheiten, für die er gebüßt mit dem Schweigen der Toten, da er gelebt hatte hinter dem Rücken des mit ihm büßenden Alten. »Vater, verzeihst du mir?«

Jaakob richtete sich mit wiedergewonnener Fassung von seiner Schulter auf.

»Gott hat uns verziehen«, antwortete er. »Du siehst es ja, denn er hat dich mir wiedergegeben, und Israel mag nun selig sterben, da du mir erschienen bist.«

»Und du mir«, sagte Joseph, »Väterchen – darf ich dich wieder so nennen?«

»Wenn es dir genehm wäre, mein Sohn«, antwortete Jaakob formell und neigte sich, so alt und würdig er war, sogar ein wenig vor dem jungen Mann, »so würde ich vorziehen, daß du mich ›Vater‹ nenntest. Unser Herz halte sich ernsthaft und schäkere nicht.«

Joseph verstand vollkommen.

»Ich höre und gehorche«, sagte er und neigte sich ebenfalls. – »Nichts von Sterben jedoch!« setzte er heiter hinzu. »Leben, Vater, wollen wir miteinander, jetzt, wo die Strafe verbüßt und die lange Karenz beendet!«

»Bitter lang war sie«, nickte der Alte, »denn Sein Zorn ist gar wütig und Sein Grimm eines gewaltigen Gottes Grimm. Siehe, Er ist so groß und gewaltig, daß Er nur dergleichen Zorn hegen kann, keinen geringeren, und straft uns Schwächlinge, daß unser Heulen herausfährt wie Wasser.«

»Es wäre begreiflich«, meinte Joseph gesprächhaft, »wenn Er's vielleicht nicht so abmessen könnte in Seiner Größe und könnte sich, der nicht Seinesgleichen hat, nicht recht versetzen in unsereinen. Mag sein, Er hat eine etwas schwere Hand, sodaß Seine Berührung gleich zermalmend ist, ob Er's schon garnicht so meint und nur stupfen und tupfen will.«

Jaakob konnte sich eines Lächelns nicht enthalten.

»Ich sehe«, versetzte er, »mein Sohn hat sich seinen reizvollen Gottesscharfsinn bewahrt von ehedem, auch unter fremden Göttern. Was dir zu äußern beliebt, daran mag etwas Wahres sein. Abraham schon hat Ihm das Ungestüm öfters verwiesen, und auch ich sprach wohl mahnend zu Ihm: ›Sachte, Herr, nicht so heftig!‹ Aber Er ist, wie Er ist, und kann sich nicht mäßiger machen um unserer zärtlichen Herzen willen.«

»Eine freundliche Anhaltung«, erwiderte Joseph, »durch die, die Er liebt, kann trotzdem nicht schaden. Nun aber wollen wir Seine Gnade preisen und Seine Versöhnlichkeit, hat es auch lang damit angestanden! Denn Seiner Größe gleich ist nur Seine Weisheit, das will sagen: die Fülle Seines Gedankens und der reiche Sinn Seines Tuns. Immer kommt mehrfache Verrichtung Seinen Ratschlüssen zu, das ist das Bewundernswerte. Straft Er, so meint er zwar Strafe, und ist diese ernstlichster Zweck ihrerselbst und doch Mittel auch wieder zur Förderung größern Geschehens. Dich, mein Vater, und mich hat Er hart angefaßt und uns einander genommen, daß ich dir starb. Er meint' es und tat's. Aber in Einem damit meint' Er, mich vor euch herzusenden um der Errettung willen, daß ich euch versorgte, dich und die Brüder und dein ganzes Haus in der Hungersnot, die Er im vielbedeutenden Sinne trug, und die für ihr Teil ein Mittel zu vielem war, dazu vor allem, daß wir uns wieder zusammenfänden. Das alles ist höchst bewundernswert in seiner weisen Verschränktheit. Wir sind heiß oder kalt, aber Seine Leidenschaft ist Vorsehung, und sein Zorn weitschauende Güte. Hat dein Sohn sich annähernd schicklich ausgedrückt über den Gott der Väter?«

»Annähernd«, bestätigte Jaakob. »Er ist der Gott des Lebens, und das Leben spricht man, versteht sich, nur annähernd aus. Dies zu deinem Lobe und deiner Entschuldigung. Meines Lobes aber bedarfst du nicht, denn von Königen wirst du gelobt. Möchte dein Leben, das du in der Entrücktheit geführt hast, der Entschuldigung nicht allzu bedürftig sein.«

Er sprach es, indem sein Blick sorgenvoll an des ägyptischen Joseph Erscheinung hinabglitt, von der grün und gelb gestreiften Haube seines Hauptes, über seinen flimmernden Schmuck, das kostbare, seltsam geschnittene Kleid, die eingelegten Luxus-Geräte in seinem Gürtel und seiner Hand, bis zu den goldenen Spangen seiner Sandalen.

»Kind«, sagte er dringlich, »hast du deine Reinheit bewahrt unter einem Volk, dessen Brunst wie der Esel und wie der Hengste Brunst ist?«

»O, Väterchen – will sagen: Vater«, erwiderte Joseph in einiger Verlegenheit, »was bekümmert sich doch mein lieber Herr! Laß das gut sein, die Kinder Ägyptens sind wie andere Kinder, nicht wesentlich besser und schlechter. Glaube mir, nur Sodom zu seiner Zeit hat sich besonders ausgezeichnet im Übel. Seitdem es in Pech und Schwefel verschwunden ist, steht's überall auf Erden so ziemlich gleich, nämlich schlecht und recht, in dieser Beziehung. Du hast wohl einmal Gott vermahnt und ihm gesagt: ›Nicht so heftig, Herr.‹ So wird's nicht Sünde sein, daß auch ich nun wieder, dein Kind, dich ermahne und möchte dir liebevoll anempfehlen, da du nun hier bist: Laß die Leute des Landes nicht merken, wie du nun einmal über sie denkst und schildere ihnen nicht strafend ihr Gebaren, wie es dir vorschwebt auf geistliche Weise, sondern vergiß nicht, daß wir fremd sind und Gerim dahier, und daß Pharao mich groß gemacht hat unter diesen Kindern, und nehme nach Gottes Beschluß eine Stellung ein unter ihnen.«

»Ich weiß, mein Sohn, ich weiß«, antwortete Jaakob und neigte sich wieder ein wenig. »Zweifle nicht an meinem Respekt vor der Welt! – Sie sagen, du habest Söhne?« setzte er fragend hinzu.

»Freilich, Vater. Von meinem Mädchen, der Sonnentochter, einer sehr vornehmen Frau. Sie heißen ...«

»Mädchen? Tochter der Sonne? Das verwirrt mich nicht. Ich habe Enkel von Shekem und Enkel von Moab, und habe Enkel von Midian. Warum nicht auch Enkel von einer Tochter On's? Bin doch ich es, von dem sie stammen. Wie heißen die Knaben?«

»Menasse, Vater, und Ephraim.«

»Ephraim und Menasse. Es ist gut, mein Sohn, mein Lamm, es ist sehr gut, daß du Söhne hast, ihrer zwei, und hast sie treulich mit solchen Namen genannt. Ich will sie sehen. Ehetunlichst sollst du sie vor mich stellen, wenn es dir gefällig ist.«

»Du befiehlst«, sagte Joseph.

»Und weißt du auch, teures Kind«, fuhr Jaakob leise fort und mit feuchten Augen, »warum es so gut ist und so sehr angebracht vor dem Herrn?« Er legte den Arm um Josephs Hals und sprach an seinem Ohr, das der Sohn mit abgewandtem Gesicht seinem Munde neigte:

»Jehosiph, einst ließ ich dir das bunte Kleid und vermacht' es dir, da du darum betteltest. Du weißt, daß es nicht die Erstgeburt bedeutete und das Erbe?«

»Ich weiß es«, antwortete Joseph ebenso leise.

»Ich aber meinte es wohl so, oder halb und halb so, in meinem Herzen«, sprach Jaakob wieder; »denn mein Herz hat dich geliebt und wird dich immer lieben, ob du nun tot seist oder am Leben, mehr, denn deine Gesellen. Gott aber hat dir das Kleid zerrissen und meine Liebe zurechtgewiesen mit mächtiger Hand, gegen die kein Löcken ist. Er hat dich gesondert und dich abgetrennt von meinem Hause; das Reis hat er vom Stamm genommen und es ist in die Welt verpflanzt – da bleibt nur Gehorsam. Gehorsam des Handelns und der Beschlüsse, denn das Herz unterliegt nicht dem Gehorsam. Er kann mir mein Herz nicht nehmen und seine Vorliebe, ohne, er nähme mein Leben. Wenn es nur nicht tut und beschließt, dies Herz, nach seiner Liebe, so ist's Gehorsam. Verstehst du?«

Joseph wandte den Kopf gegen ihn und nickte. Er sah Tränen in den alten, braunen Augen vor ihm, und auch die seinen näßten sich abermals.

»Ich höre und weiß«, flüsterte er und hielt wieder das Ohr hin.

»Gott hat dich gegeben und genommen«, raunte Jaakob, »und hat dich wieder gegeben, aber nicht ganz; Er hat dich auch wieder behalten. Wohl hat Er das Blut des Tieres gelten lassen für das des Sohnes, und doch bist du nicht wie Isaak, ein verwehrtes Opfer. Du hast mir von der Fülle Seines Gedankens gesprochen und dem hohen Doppelsinn Seiner Ratschläge – du hast klug gesprochen. Denn die Weisheit ist Sein, aber des Menschen die Klugheit, sich sorglich einzudenken in jene. Dich hat Er erhöht und verworfen, beides in einem; ich sag dir's in's Ohr, geliebtes Kind, und du bist klug genug, es hören zu können. Er hat dich erhöht über deine Brüder, wie du dir's träumen ließest – ich habe, mein Liebling, deine Träume immer im Herzen bewahrt. Aber erhöht hat Er dich über sie auf weltliche Weise, nicht im Sinne des Heils und der Segenserbschaft – das Heil trägst du nicht, das Erbe ist dir verwehrt. Du weißt das?«

»Ich höre und weiß«, wiederholte Joseph, indem er einen Augenblick das Ohr hinweg- und dafür den flüsternden Mund hinwandte.

»Du bist gesegnet, du Lieber«, fuhr Jaakob fort, »gesegnet vom Himmel herab und von der Tiefe, die unten liegt, gesegnet mit Heiterkeit und mit Schicksal, mit Witz und mit Träumen. Doch weltlicher Segen ist es, nicht geistlicher. Hast du je die Stimme absprechender Liebe vernommen? So vernimmst du sie jetzt an deinem Ohre, nach dem Gehorsam. Auch Gott liebt dich, Kind, spricht er dir gleich das Erbe ab und hat mich gestraft, weil ich's dir heimlich zudachte. Der Erstgeborene bist du in irdischen Dingen und ein Wohltäter, wie den Fremden, so auch Vater und Brüdern. Aber das Heil soll nicht durch dich die Völker erreichen, und die Führerschaft ist dir versagt. Du weißt es?«

»Ich weiß«, antwortete Joseph.

»Das ist gut«, sprach Jaakob. »Es ist gut, das Schicksal mit heiter bewundernder Ruhe anzuschauen, das eigene auch. Ich aber will's machen, wie Gott, der dir gönnte, indem er dir weigerte. Du bist der Gesonderte. Abgetrennt bist du vom Stamm und sollst kein Stamm sein. Ich aber will dich erhöhen in Väter-Rang, dadurch, daß deine Söhne, die Erstgeborenen, sein sollen, wie meine Söhne. Die du noch erhältst, sollen dein sein, diese aber mein, denn ich will sie annehmen an Sohnes Statt. Du bist nicht gleich den Vätern, mein Kind, denn kein geistlicher Fürst bist du, sondern ein weltlicher. Sollst aber dennoch an meiner Seite sitzen, des Stammvaters, als ein Vater von Stämmen. Bist du's zufrieden?«

»Ich danke dir fußfällig«, erwiderte Joseph leise, indem er

wieder statt des Ohres den Mund hinwandte. Da löste Israel die Umhalsung.

Die Bewirtung

Die Fernstehenden, Josephs Leute hier und das Jaakobsvolk dort, hatten dem nah-vertrauten Gespräch der Beiden ehrfürchtig zugesehen. Nun sahen sie, daß es beendet war, und daß Pharao's Freund den Vater einlud, von hier zu fahren. Gegen die Brüder wandte er sich und ging auf sie zu, sie zu bewillkommnen; sie aber sputeten sich ihm entgegen und neigten sich alle vor ihm, und er herzte Benjamin, seiner Mutter Sohn.

»Jetzt will ich deine Weiber sehen und deine Kinder, Turturra«, sagte er zu dem kleinen Mann. »Euer aller Frauen und Kinder will ich nun sehen, daß ich ihre Bekanntschaft mache. Ihr sollt sie vor mich stellen und vor den Vater, an dessen Seite ich dabei sitzen will. Etwas von hier hab ich ein Zelt errichten lassen zu eurem Empfang; da war's, wo mein Bruder Juda mich fand, und von dort kam ich her. Tragt unsren Vater wieder, den lieben Herrn, und sitzt alle auf und folgt mir! Ich will voranfahren in meinem Wagen. Will aber einer mit mir fahren, Juda zum Beispiel, der so freundlich war, mich zu rufen, so ist Platz genug in dem Wagen für ihn und mich samt dem Lenker. Juda, du bist's, den ich einlade. Kommst du mit mir?«

Und Juda dankte ihm und bestieg wirklich mit ihm den Wagen, der herankam auf Josephs Wink; in des Erhöhten Wagen fuhr er mit ihm und stand mit ihm in dem Goldkorbe seines Wagens mit den erregten Pferden davor im Buntfederschmuck und in purpurnem Riemenwerk. Josephs Mannen folgten danach und dann die Kinder Israel, an ihrer Spitze Jaakob im schwankenden Reisestuhl. Seitwärts aber rannten die Leute mit, die dies alles sehen wollten, vom Markte Pa-Kōs.

So kam man zu einem bunt bemalten und teppichbelegten

Zelt, sehr schön und geräumig, von Dienern bestellt, worin bekränzte Weinkrüge in feinen Rohrgestellen sich an den Wänden reihten, Polster gelegt waren und Trinkschalen, Wasserbecken und allerlei Kuchen und Früchte bereit standen. Dahinein lud Joseph seinen Vater und seine Brüder, begrüßte sie abermals und erquickte sie, unterstützt von seinem Haushalter, den die Elfe kannten. Heiter trank er mit ihnen aus goldenen Bechern, in die die Aufwärter den Wein durch Seihtücher kredenzten. Danach aber saß er mit Jaakob, seinem Vater, auf zwei Feldstühlen im Eingang des Zeltes nieder, und vor ihnen vorbei zogen Jaakobs »Weiber, Töchter und Söhne und die Weiber seiner Söhne«, will sagen: die Frauen von Josephs Brüdern und deren Sprossen, kurz: Israel, daß er sie sähe und ihre Bekanntschaft mache. Ruben, sein ältester Bruder, nannte ihm ihre Namen, und er redete freundlich zu ihnen allen. Jaakob aber war gemahnt aus Zeitentiefen an eine andere Vorstellungsszene: nach der Nacht des Ringens zu Peni-el, als er Esau, dem Zottelmann, die seinen präsentiert – die Mägde zuerst mit ihren vieren, dann Lea mit ihren sechsen und endlich Rahel mit dem, der jetzt neben ihm saß, und dem das Haupt war so weltlich erhoben worden.

»Es sind siebzig« sagte er voller Würde zu ihm, auf sein Volk deutend, und Joseph fragte nicht, ob es siebzig seien mit Jaakob oder ohne ihn, und mit ihm selbst oder ohne ihn; er fragte nicht und zählte nicht nach, sondern ließ nur heiter blickend das Volk vor sich vorüberziehen, zog Benjamins jüngste Söhne, Mupim und Ros, an seine Kniee, daß sie bei ihm ständen, und war sehr interessiert und erfreut, als Serach, Aschers Kind, vor ihn gestellt wurde und er erfuhr, daß sie es gewesen sei, die dem Jaakob zuerst die Kunde gesungen von seines Sohnes Leben. Er dankte dem Mägdlein und sagte, baldmöglichst, sobald er Zeit habe, müsse sie auch vor ihm ihr Lied auf acht Saiten singen, daß er es höre. Unter den Weibern der Brüder aber ging auch

Thamar vorüber mit ihren Juda-Sprossen und Ruben, der Namen-Nenner, konnte so stehenden Fußes und in der Eile nicht gleich erklären, wie es sich mit ihr und ihnen verhalte; für gelegenere Stunde blieb die Erläuterung aufgespart. Hoch und dunkel schritt Thamar vorbei, an jeder Hand einen Sohn, und neigte sich stolz vor dem Schattenspender, denn sie dachte in ihrem Herzen: »Ich bin auf der Bahn, du aber nicht, so sehr du glitzerst.«

Als alle vorgestellt waren, wurden auch die Weiber und Töchtersöhne und die Töchter der Weiber im Zelt von den Dienern gelabt. Joseph aber versammelte die Hüttenhäupter um sich und den Vater, wies sie an und traf mit weltlicher Umsicht und Bestimmtheit seine Verfügungen.

»Ihr seid nun im Lande Gosen, Pharao's schönem Weideland«, sagte er, »und ich will's einrichten, daß ihr hier bleiben dürft, wo's noch nicht allzu ägyptisch ist, und sollt als Gerim hier leben, locker und frei und auf Widerruf, wie vordem im Lande Kanaan. Treibt euer Vieh nur auf diese Triften, baut Hütten und nährt euch. Vater, dir hab ich ein Haus schon bereit gestellt, sorgfältig nachgebildet dem deinen zu Mamre, daß du alles findest, wie du's gewohnt bist, – etwas von hier ist es dir errichtet, näher gegen den Markt Pa-Kōs; denn am besten ist es, im Freien zu wohnen, aber nicht fern einer Stadt: so haben es die Väter gehalten, unter Bäumen wohnten sie und nicht zwischen Mauern, aber nahe Beerscheba und Hebron. Zu Pa-Kōs, Per-Sopd und Per-Bastet am Arm des Stromes mögt ihr verhandeln eure Erzeugnisse – Pharao, meinem Herrn, wird es genehm sein, daß ihr weidet, handelt und wandelt. Denn ich will um Gehör einkommen bei Seiner Majestät und vor ihm reden um euretwillen. Vortragen will ich ihm, daß ihr zu Gosem seid, und daß euer Verbleiben dahier sich klar empfiehlt, da ihr allezeit Hirten von Kleinvieh gewesen seid, wie auch schon eure Väter. Ich will euch nämlich sagen: Schafhirten sind den Kindern Ägyptens ein wenig zuwider, – nicht so sehr wie Schweinehirten, das nicht, aber ein leichter Widerwille sind ihnen Herdenwirte, was euch nicht kränken darf, sondern im Gegenteil nutzen wollen wir's dazu, daß ihr hier bleiben dürft, abgesondert von den Ägyptern, denn Schafhirten gehören in das Land Gosen. Weiden doch auch Pharao's eigene Herden in dieser Landschaft, das Kleinvieh des Gottes. Darum, da ihr Brüder erfahrene Hirten und Züchter seid, liegt der Gedanke nahe, und ich will ihn Seiner Majestät nahe legen, sodaß er gleichsam von selbst darauf kommt, daß er euch, oder doch etliche von euch, einsetzt als Vorsteher seiner Herden dahier. Er ist sehr lieb und trätabel, und ihr wißt ja: er hat schon Befehl gegeben, daß ich eine Auswahl von euch – denn alle, das wäre zuviel für ihn – vor ihn stelle, damit er euch frage, und ihr ihm antwortet. Wenn er euch aber nach eurer Nahrung fragt und eurer Beschäftigung, so wißt ihr Männer, daß das nur eine Form ist, und daß er längst von mir weiß, was euer Erwerb ist, auch daß ich ihn schon auf den Gedanken gebracht habe, euch über sein Vieh zu setzen. Das wird sein Hintergedanke sein bei seiner Form-Frage. Darum bestätigt nur kräftig meine Aussage und sprecht: ›Deine Knechte sind Leute, die mit Vieh umgehen von unserer Jugend auf, wie unsere Väter taten.‹ Dann wird er erstens verfügen, daß eure Wohnung Gosen sein soll, die Nieder-Landschaft, und wird zweitens den Gedanken offenbaren, daß ich am besten tue, euch über sein Vieh zu setzen, die Tüchtigsten von euch. Welche aber die Tüchtigsten sind, das mögt ihr ausmachen unter euch selber, oder der Vater, unser lieber Herr, mag's bestimmen. Ist nun dies alles geordnet, so will ich auch dir, mein Vater, ein Privat-Gehör verschaffen bei dem Gottessohn; denn es gehört sich, daß er dich sieht in der Würde deiner Geschichtenschwere, und daß du ihn siehst, den zart Bemühten, der recht wohl auf dem Wege ist, wenn auch der Rechte nicht für den Weg. Auch hat er's ja selbst schon brieflich befohlen, daß er dich sehen und dich befragen will. Ich kann nicht sagen, wie ich mich darauf freue, dich vor ihn zu stellen, daß er dich sieht, Abrahams Enkel, den Gesegneten, in seiner Feierlichkeit. Er weiß auch schon dies und das von dir, gewisse Stückchen, mit den geschälten Stäben, zum Beispiel. Du aber, nicht wahr, wenn du vor ihm stehst, wirst mir die Liebe tun und dich erinnern, daß ich eine Stellung einnehme unter den Kindern Ägyptens, und wirst Pharao, dieser Kinder König, nicht strafend ihre Sitten schildern, wie sie dir geistlicher Weise vorschweben, das wäre verfehlt.«

»Nicht doch, sei unbesorgt, mein Herr Sohn, liebes Kind«, entgegnete Jaakob. »Dein alter Vater weiß wohl, schonend Rücksicht zu nehmen auf die Größe der Welt, denn auch sie ist von Gott. Sei bedankt für das Haus und die Wohnung, die du mir sinnig vorbereitet hast im Lande Gosen. Dorthin will Israel sich nun begeben und all dieses besinnen, daß er es einverleibe dem Schatz seiner Geschichten.«

Jaakob steht vor Pharao

Mit Erstaunen bemerken wir, daß diese Geschichte sich gegen ihr Ende neigt, – wer hätte gedacht, daß sie je ausgeschöpft sein und ein Ende nehmen werde? Aber ein Ende nimmt sie im Grunde ja auch so wenig, wie sie eigentlich je einen Anfang nahm, sondern, da es mit ihr unmöglich immer so weiter gehen kann, so muß sie sich irgend einmal entschuldigen und die kündenden Lippen schließen. Einen Schluß, vernünftiger Weise, muß sie sich setzen, da sie kein Ende hat; denn zu schließen ist ein Vernunft-Akt angesichts des Unendlichen, in Erfüllung des Satzes: »Der Vernünftigere gibt nach.«

Die Geschichte also, indem sie nach mancher zu Lebzeiten bekundeten Maßlosigkeit zuletzt denn doch einen gesunden Sinn für Maß und Ziel bewährt, fängt an, ihr Ableben und ihr letztes Stündlein ins Auge zu fassen – wie Jaakob tat, als die siebzehn Jahre, die er noch zu leben hatte, auf die Neige gingen und er sein Haus bestellte. Siebzehn Jahre, das ist die Frist, die auch unserer Geschichte noch gegeben ist, oder die sie sich aus Sinn für Maß und Vernunft selber noch gibt. Niemals, bei allem Unternehmungsgeist, lag es in ihrer Absicht, länger zu leben, als Jaakob – oder doch eben nur um soviel länger, daß sie noch seinen Tod erzählen kann. Ihre Maße in Raum und Zeit sind patriarchalisch genug. Alt und lebenssatt, zufrieden, daß allem eine Grenze gesetzt ist, wird sie ihre Füße zusammentun und verstummen.

Aber solange sie währt, läßt sie sich's nicht verdrießen, ihre Zeit zu erfüllen und kündet wackeren Mundes sogleich, was jeder schon weiß, daß Joseph Wort hielt und zuerst eine Auswahl aus seinen Brüdern, fünf von ihnen, vor Pharao stellte und dann auch Jaakob, seinen Vater, förmlich bei dem schönen Kinde des Atôn einführte, wobei der Patriarch sich sehr würdevoll, wenn auch vielleicht für weltliche Begriffe etwas zu überlegen benahm. Das Nähere hierüber alsbald. Joseph kam um die Audienzen beim Herrn des Süßen Hauches persönlich ein, und es ist bemerkenswert, wie wohl vertraut sich die Überlieferung mit den ägyptischen Umständen zeigt im Gebrauch der Richtungsbezeichnungen »hinab« und »hinauf«. Nach Ägyptenland zog man »hinab«; die Kinder Israel waren hinabgezogen auf Gosens Fluren. Zog man aber dann in derselben Richtung weiter, so zog man »hinauf«, nämlich stromaufwärts, gegen Ober-Ägypten; und so, heißt es korrekt, tat Joseph: er begab sich »hinauf« nach Achet-Atôn, der Stadt des Horizontes im Hasengau, der einzigen Hauptstadt der Länder, um dem Hor im Palaste anzuzeigen, daß seine Brüder und seines Vaters Haus zu ihm gekommen seien, und ihn auf den Gedanken zu bringen, daß man nichts Klügeres tun könne, als diese erfahrenen Hirten zu Hütern zu setzen über das Kronvieh im Lande

Gosen. Pharao aber fand Gefallen an dem Gedanken, der ihm da gekommen war, und als die fünf Brüder vor ihm standen, sprach er ihn aus und berief sie zu seinen Hirten.

Dies geschah nicht viele Tage nach der Ankunft Israels in Ägypten, sobald Pharao wieder einmal On, seine liebe Stadt, besuchte und dort im Horizont seines Palastes erglänzte, wie er getan, als Joseph zuerst vor ihn gebracht worden war, damit er seine Träume deute. Diesen Zeitpunkt hatte man abgewartet zur Schonung Jaakobs, des Betagten, damit er keine zu weite Fahrt habe bis vor Pharao's Stuhl. Er war aber in Josephs Hause zu Menfe um diese Zeit, zusammen mit den fünf zur Vorstellung auserlesenen Söhnen, nämlich zwei Lea-Sprossen, *Ruben* und *Juda*, einem von Bilha: *Naphtali*, einem von Silpa: *Gaddiel*, und Rahels Zweitem, *Benoni-Benjamin*. Diese hatten den Vater hinaufbegleitet zur Stadt des Gewickelten am westlichen Ufer und in das Haus des Erhöhten: da grüßte Asnath, das Mädchen, den Vater ihres Räubers, und die ägyptischen Enkel wurden vor ihn geführt, daß er sie prüfe und segne. Der Alte war tief bewegt. »Der Herr ist von überwältigender Freundlichkeit«, sagte er. »Er hat mich dein Angesicht sehen lassen, mein Sohn, was ich nicht gedacht hätte, und siehe, nun läßt er mich auch deinen Samen sehen.« Und fragte den Größeren der Knaben nach seinem Namen.

»Menasse«, antwortete der.

»Und wie heißest du?« fragte er danach den Kleineren.

»Ephraim« war die Antwort.

»Ephraim und Menasse«, wiederholte der Alte, indem er den Namen zuerst nannte, den er zuletzt gehört hatte. Dann stellte er Ephraim an sein rechtes Knie und Menasse gegen das andere, liebkoste sie und verbesserte ihre ebräische Aussprache.

»Wie oft hab ich's euch, Menasse und Ephraim, schon gesagt«, tadelte Joseph, »daß ihr so sprechen sollt und nicht so.«

»Ephraim und Menasse«, sagte der Alte, »können nichts dafür. Dein Mund, mein Herr Sohn, ist selber etwas verbildet. – Wollt ihr zu Haufen Volks werden in eurer Väter Namen?« fragte er die Beiden.

»Wir wollen's gern«, antwortete Ephraim, der gemerkt hatte, daß er bevorzugt wurde. Und Jaakob segnete sie damals schon vorläufig.

Gleich darauf hieß es, daß Pharao nach On, dem Hause des Rê-Horachte, gekommen sei, und Joseph fuhr hinab zu ihm, gefolgt von den fünf Auserwählten. Jaakob aber wurde getragen. Fragt man, warum nicht er, der Hochwürdige, zuerst empfangen wurde, sondern, wie ja feststeht, die Brüder zuerst an die Reihe kamen, so lautet die Antwort: Um der Steigerung willen geschah es. Selten tritt ja in festlicher Anordnung das Beste gleich an der Spitze daher, sondern Geringeres führt, danach folgt schon was Besseres, und erst dann allenfalls schwankt das Venerable daher, sodaß Beifall und Jubel zur Höhe schwellen. Der Streit um den Vortritt ist alt, war aber gerade unter dem ceremoniellen Gesichtspunkt jedesmal unvernünftig. Den Vorantritt hat immer das Mindere, und den Ehrgeiz, der auf ihm bestand, hätte man lächelnd gewähren lassen sollen.

Auch hatte der Brüder-Empfang einen sachlichen, sozusagen geschäftlichen Gegenstand, der zuerst ins Reine zu bringen war. Dagegen stellte Jaakobs kurzes Gespräch mit dem jugendlichen Götzen nur eine schöne Förmlichkeit dar, sodaß denn auch Pharao wegen einer Anrede in Verlegenheit war und auf nichts Besseres verfiel, als den Patriarchen nach seinem Alter zu fragen. Seine Unterhaltung mit den Söhnen hatte mehr Hand und Fuß, war aber dafür wie fast alle Gespräche des Königs von ministerieller Seite im Voraus festgelegt.

Die fünf wurden von schwänzelnden Kammerherrn in die Halle des Rats und der Vernehmung eingelassen, wo Jung-Pharao, umgeben von statierenden Palastbeamten, Krummstab, Geißel und ein goldenes Lebenszeichen in der Hand unter dem bebänderten Baldachin saß. Obgleich sein geschnitzter Stuhl von altherkömmlicher Unbequemlichkeit, ein archaisches Möbel war, brachte Echnaton es fertig, in über-lässiger Haltung darauf zu sitzen, da die hieratische Gliederordnung sich nicht mit seiner Idee der liebevollen Natürlichkeit Gottes vertrug. Sein Oberster Mund, der Herr des Brotes, Djepnutee-fonech, der Ernährer, stand gleich am rechten Vorderpfosten des zierlichen Geheges und gab acht, daß das vom Dolmetscher vermittelte Gespräch verlief, wie es festgelegt worden war.

Nachdem die Einwanderer ihre Stirnen mit dem Estrich des Saales in Verbindung gebracht, murmelten sie eine nicht zu ausgedehnte Lobrede, die ihr Bruder ihnen eingeübt, und die er so zu gestalten gewußt hatte, daß sie höfisch ausreiche, ohne ihre Überzeugungen zu verletzen. Übrigens gelangte sie, als bloßer Schnörkel, garnicht zur Übersetzung, sondern Pharao dankte ihnen sogleich mit spröder Knabenstimme und fügte hinzu, Seine Majestät sei aufrichtig erfreut, die ehrenwerte Sippschaft seines Wirklichen Schattenspenders und Oheims vor seinem Stuhle zu sehen. »Was ist eure Nahrung?« fragte er dann.

Juda war es, der antwortete, sie seien Viehhirten, wie ihre Väter es immer gewesen; auf jederlei Viehzucht verstünden sie sich aus dem Grunde. Nach diesem Lande seien sie gekommen, weil sie nicht Weide mehr gehabt hätten für ihr Vieh, denn hart drückte die Teuerung im Lande Kanaan, und wenn sie sich einer Bitte unterstehen dürften vor Pharao's Angesicht, so sei es die, daß sie zu Gosen bleiben dürften, wo sie zur Zeit ihre Zelte hätten.

Echnaton konnte eine leichte Verzerrung seiner empfindlichen Miene nicht hindern, als der Wiederholer das Wort »Viehhirten« aussprach. Er wandte sich an Joseph mit den verzeichneten Worten: »Die Deinen sind zu dir gekommen. Die Länder stehen dir offen und so auch ihnen. Laß sie am besten

Orte wohnen, laß sie im Lande Gosen wohnen, es soll Meiner Majestät sehr angenehm sein.« Und da Joseph ihn blickweise erinnerte, setzte er hinzu: »Da gibt zudem mein Vater im Himmel meiner Majestät einen Gedanken ein, den Pharao's Herz sehr schön findet: Du kennst, mein Freund, deine Brüder am besten und ihre Tüchtigkeit. Setze sie doch, nach dem Grade derselben, über mein Vieh dort unten, zu Aufsehern setze die Tüchtigsten über des Königs Herden! Meine Majestät befiehlt dir recht lieb und freundlich, die Bestallung ausschreiben zu lassen. Ich habe mich sehr gefreut.«

Und dann kam Jaakob.

Sein Eintritt war feierlich und hoch-beschwerlich. Absichtlich übertrieb er seine Betagtheit, um durch erdrückende Alterswürde ein Gegengewicht zu schaffen gegen die Nimrod-Majestät und seinem Gott nichts vergeben zu müssen vor dieser. Dabei wußte er genau, daß sein höfischer Sohn etwas unruhig war wegen seines Verhaltens und besorgte, er möchte sich herablassend gegen Pharao benehmen und womöglich von dem Bocke Bindidi anfangen, weswegen er ihn sogar im Voraus kindlich vermahnt hatte. Jaakob gedachte nicht, diesen Punkt zu berühren, aber sich nichts zu vergeben, dazu war er allerdings entschlossen und schützte sich mit überwältigendem Alter. Übrigens war er nicht nur von jeder Prostration entbunden, da man ihm die dazu nötige Beweglichkeit nicht mehr zumutete, sondern es war auch beschlossen, die Audienz aufs Kürzeste zu beschränken, damit der Greis nicht zu lange zu stehen habe.

Sie betrachteten einander eine Weile schweigend, der luxuriöse Spätling und Gottesträumer, der sich in seiner vergoldeten Zierkapelle neugierig etwas aus der Über-Bequemlichkeit erhoben hatte, – und Jizchaks Sohn, der Vater der Zwölfe; sie sahen einander an, umhüllt von derselben Stunde und durch Zeitalter getrennt, der uralt gekrönte Knabe, kränklich bemüht, aus der aufgehäuften Gottesgelehrsamkeit von Jahrtausenden das Rosenöl einer zärtlich verschwärmten Liebesreligion zu destillieren, und der vielerfahrene Greis, dessen zeitlicher Standort am Quellpunkt weitläufigsten Werdens war. Pharao geriet bald in Verlegenheit. Er war nicht gewohnt, zuerst das Wort an den zu richten, der vor ihm stand, sondern wartete auf den kurialen Begrüßungshymnus, mit dem man sich bei ihm einführte. Auch sind wir versichert, daß Jaakob diese Form-Pflicht nicht ganz verabsäumte: Er habe, heißt es, Pharao bei seinem Eintritt sowohl, wie vor seinem Hinausgehen, »gesegnet«. Das ist ganz wörtlich zu verstehen; der Erzvater setzte an die Stelle des obligaten Verherrlichungsgeleiers ein Segenswort. Nicht beide Hände hob er, wie vor Gott, sondern nur seine Rechte, und streckte sie mit würdigstem Zittern gegen Pharao aus, so, als erhöbe er sie aus einiger Entfernung väterlich über des Jünglings Haupt.

»Der Herr segne dich, König in Ägyptenland«, sprach er mit der Stimme höchsten Alters.

Pharao war sehr beeindruckt.

»Wie alt bist du denn wohl, Großväterchen?« fragte er mit Erstaunen.

Da übertrieb Jaakob nun wieder. Wir sind berichtet, daß er die Zahl seiner Jahre mit hundertunddreißig bezeichnete, – eine völlig zufällige Angabe. Erstens wußte er überhaupt nicht so genau, wie alt er war, – in seiner Sphäre pflegt man bis zum heutigen Tage sich darüber wenig klar zu sein. Zudem aber wissen wir, daß er es im Ganzen auf hundertundsechs Jahre bringen sollte, – eine im Bereich des Natürlichen sich haltende, wenn auch extreme Lebenszeit. Demnach hatte er damals die neunzig noch nicht erreicht und war für dieses bedeutende Alter sogar sehr rüstig. Immerhin gab es ihm die Mittel an die Hand, sich vor Pharao in größte Feierlichkeit zu hüllen. Seine Gebärde war blind und seherisch, seine Ausdrucksweise getragen. »Die Zeit meiner Wallfahrt ist hundertunddreißig Jahre«, sagte er und setzte hinzu: »Wenig und arg ist die Zeit meines Lebens und langet nicht an die Zeit meiner Väter in ihrer Wallfahrt.«

Pharao erschauerte. Ihm war jung zu sterben bestimmt, womit seine zarte Natur auch einverstanden war, sodaß diese Lebensmaße ihn geradezu entsetzten.

»Du himmlische Güte!« sagte er mit einer Art von Verzagtheit. »Hast du immer zu Hebron gelebt, Großväterchen, im elenden Retenu?«

»Meistens, mein Kind«, antwortete Jaakob, sodaß es den Gefältelten zuseiten des Baldachins in die Glieder fuhr wie der Schlagfluß und Joseph mahnend den Kopf gegen den Vater schüttelte. Dieser sah es recht gut, tat aber, als sähe er es nicht, und, indem er hartnäckig bei erdrückenden Altersangaben blieb, fügte er hinzu:

»Zweitausenddreihundert sind den Weisen zufolge die Jahre Hebrons, und langet Mempi, die Grabesstadt, nicht daran nach ihrem Alter.«

Wieder schüttelte Joseph rasch den Kopf nach ihm hin, aber der Greis kümmerte sich nicht im Geringsten darum, und Pharao zeigte sich auch sehr nachgiebig.

»Es mag sein, Großväterchen, es mag sein«, beeilte er sich zu sagen. »Wie aber mochtest du deine Lebenstage wohl arg nennen, da du einen Sohn zeugtest, den Pharao liebt wie seinen Augapfel, sodaß keiner größer ist in beiden Ländern außer dem Herrn der Kronen?«

»Ich zeugte *zwölf* Söhne«, antwortete Jaakob, »und dieser war einer in ihrer Zahl. Fluch ist unter ihnen wie Segen und Segen wie Fluch. Etliche sind verworfen und bleiben erwählt. Wie aber einer erwählt ist, bleibt er in Liebe verworfen. Da ich ihn verlor, sollt' ich ihn finden, und da ich ihn fand, war er mir verloren. Auf erhöhten Sockel tritt er zurück aus dem Kreis der

Gezeugten, aber statt seiner treten hinein, die er mir zeugte, vor dem einen der andere.«

Pharao hörte diese sibyllinische Rede, die durch die Übersetzung noch dunkler wurde, offenen Mundes an. Hilfesuchend blickte er auf Joseph, der aber die Augen gesenkt hielt.

»Aber ja«, sagte er. »Aber gewiß doch, Großväterchen, das ist klar. Wohl und weise geantwortet, wie Pharao es wirklich gern hört. Nun aber sollst du dich nicht länger mit Stehen bemühen vor Meiner Majestät. Gehe in Frieden und lebe, solang' es dich irgend freut, noch zahllose Jahre zu deinen hundertunddreißig!«

Jaakob aber segnete Pharao auch zum Schlusse wieder mit erhobener Hand und ging dann, ohne sich das Geringste vergeben zu haben, feierlich-hochbeschwerlich von ihm hinaus.

Vom schelmischen Diener

Eine zuverlässige Klarstellung von Josephs Verwaltungstätigkeit finde hier ihren Platz, damit dem halb-unterrichteten Gerede, das allezeit darüber in Umlauf war und oft in Schimpf und Unglimpf ausartete, ein für allemal der Boden entzogen sei. Schuld an diesen Mißverständnissen, die mehrmals geradezu das Urteil »abscheulich« auf Josephs Amtsführung herabgezogen haben, ist – man kann nicht umhin, das festzustellen – in erster Linie die früheste Nacherzählung der Geschichte, deren Lakonismus ihrer ursprünglichen Selbsterzählung, das heißt: der geschehenden Wirklichkeit von einst, so wenig nahe kommt.

Es sind harte und trockene Daten, auf die diese erste Niederschrift die Handlungen von Pharao's großem Geschäftsmann zurückführt, und sie geben von der allgemeinen Bewunderung, die jene im Original erregten weder eine Vorstellung, noch erklären sie diese Bewunderung, die sehr vielfach in Vergöttlichung überging und, in träumerischem Wörtlichnehmen einiger seiner Titel, wie »der Ernährer« und »der Herr des Brotes«, große Volksmassen dazu führte, eine Art von Nil-Gottheit, ja, eine Verkörperung Chapi's selbst, des Erhalters und Lebensspenders, in ihm zu sehen.

Diese mythische Popularität, die Joseph gewann, und auf deren Gewinnung sein Wesen wohl immer ausgegangen war, beruhte vor allem auf der irisierenden Gemischtheit, der mit den Augen lachenden Doppelsinnigkeit seiner Maßnahmen, die gleichsam nach zwei Seiten funktionierten und auf eine durchaus persönliche Weise und mit magischem Witz verschiedene Zwecke und Ziele mit einander verbanden. Wir sprechen von Witz, weil dieses Prinzip seinen Platz hat in dem kleinen Kosmos unserer Geschichte und früh die Bestimmung fiel, daß der Witz die Natur hat des Sendboten hin und her und des gewandten Geschäftsträgers zwischen entgegengesetzten Sphären und Einflüssen: zum Beispiel zwischen Sonnengewalt und Mondesgewalt, Vatererbe und Muttererbe, zwischen Tagessegen und dem Segen der Nacht, ja, um es direkt und umfassend zu sagen: zwischen Leben und Tod. Dies schlankbehende, lustig versöhnende Mittlertum hatte in Josephs Gastland, dem Lande der schwarzen Erde, noch garkeinen rechten Ausdruck in einer Gottesperson gefunden. Thot, der Schreiber und Totenführer, Erfinder vieler Gewandtheiten, kam der Gestalt am nächsten. Nur Pharao, vor den alles Göttliche von weither gebracht wurde, hatte Kunde von einer vollendeteren Ausbildung dieses Gottescharakters, und die Gnade, die Joseph vor ihm gefunden, dankte er vorwiegend dem Umstande, daß Pharao die Züge des schelmischen Höhlenkindes, des Herrn der Stückchen, in ihm wiedererkannt und sich mit Recht gesagt hatte, daß kein König sich Besseres wünschen könne, als eine Erscheinung und Inkarnation dieser vorteilhaften Gottes-Idee zum Minister zu haben.

Die Kinder Ägyptens machten durch Joseph die Bekanntschaft der beschwingten Figur, und wenn sie sie nicht in ihr Pantheon aufnahmen, so nur, weil der Platz durch Djehuti, den weißen Affen, besetzt war. Eine religiöse Bereicherung bedeutete die Erfahrung gleichwohl für sie, besonders durch die heitere Veränderung, der die Idee des Zaubers dabei unterlag, und die allein genügte, das mythische Staunen dieser Kinder hervorzurufen. Mit der Zauberei hatte es bei ihnen immer eine ängstlich-ernsthafte und sorgenvolle Bewandtnis gehabt, – dem Übel aufs dichteste vorzubauen, es aufs undurchlässigste abzuwehren, war ihnen alles Zauberns Sinn, weshalb sie ja auch Josephs große Korn-Hamsterei und seine vielen Speicher-Kegel in zauberischem Lichte gesehen hatten. Zauberhaft erst recht nun aber erschien ihnen die Begegnung von Vorsorge und Übel, will sagen: die Art, wie der Schattenspender kraft seiner Vorkehrungen dem Übel auf der Nase spielte, Vorteil und Gewinn daraus zog, es Zwecken dienstbar machte, die dem kreuzdummen und nur auf Verheerung bedachten Lindwurm nicht im Entferntesten in den Sinn gekommen waren, – zauberhaft auf eine ungewohnt aufgeräumte, zum Lachen reizende Weise.

Tatsächlich wurde im Volke viel gelacht – und zwar bewundernd gelacht – darüber, wie Joseph, unter gelassener Ausnutzung der Preis-Lage im Umgange mit den Großen und Reichen, für seinen Herrn, den Hor im Palaste, sorgte und ihn golden und silbern machte, indem er gewaltige Kaufwerte für das Korn, womit er die Besitzenden versah, in Pharao's Schatzhaus strömen ließ. Darin erwies sich die geschickte Dienertreue einer Gottheit, die der Inbegriff alles ergebenen, Gewinn zuschanzenden Dienertums ist. Hand in Hand damit aber ging die Frei-Verteilung von Brotfrucht unter die hungernde Klein-Bevölkerung der Städte im Namen Jung-Pharao's, des Gottesträumers, dem damit ebensoviel und noch mehr Nutzen geschah, als mit seiner Vergoldung. Es war eine Verbindung von Volksfürsorge und Kronpolitik, die sehr neu, erfinderisch und erheiternd wirkte, und von deren Reiz die erste Nach-Erzählung der Geschichte höchstens dem eine Vorstellung gibt, der sehr genau in ihre Ausdrucksweise eindringt und zwischen ihren Zeilen zu lesen weiß. Ihre Beziehung zur eigenen Urform, das ist: zu dem geschehenden Sich-selbst-Erzählen der Geschichte, deutet sich an in gewissen derben Wendungen von ausgesprochen komischer Prägung, die wie stehengebliebene Reste einer volkstümlichen Farce wirken, und durch die der Charakter des Urgeschehens hindurchschimmert. So, wenn die Darbenden vor Joseph schreien: »Her denn mit Brot für uns! Sollen wir etwa sterben vor dir? Geld ist alle!« – eine sehr tiefstehende Redensart, die im ganzen Bereich der Fünf Bücher sonst nicht vorkommt. Joseph aber antwortete darauf in demselben Stile, nämlich mit den Worten: »Los! Her denn mit eurem Vieh! Dafür will ich euch geben.« In diesem Ton haben die Bedürftigen und Pharao's großer Markthalter selbstverständlich nicht verhandelt. Aber die Ausdrucksweise kommt einer Erinnerung daran gleich, in welcher Gesinnung das Volk die Vorgänge erlebte – einer komödienhaften Gesinnung, die moralischer Wehleidigkeit ganz entbehrte.

Dennoch hat das ehrwürdige Referat den Vorwurf ausbeuterischer Härte von Josephs Verfahren nicht fernzuhalten vermocht, sondern das Verdammungsurteil sittlich ernst gestimmter Gemüter hervorgerufen. Das ist begreiflich. Wir lernen da, Joseph habe im Lauf der Schmacht-Jahre erst einmal alles Geld im Lande an sich gebracht, will sagen: in Pharao's Schatz versammelt, dann den Leuten das Vieh gepfändet und sie endlich ihrer Äcker enteignet, sie von Haus und Hof vertrieben, beliebig umgesiedelt und auf fremder Scholle als Staatssklaven fronen lassen. Es ist unliebsam zu hören, nahm sich aber in Wirklichkeit ganz anders aus, wie wiederum aus bestimmten erinnerungsvollen Wendungen des Berichtes deutlich hervorgeht. Man liest: »Er gab ihnen Brot um ihre Pferde, Schafe, Rinder und Esel und ernährte sie mit Brot das Jahr um all ihr Vieh.« Allein die Übersetzung ist ungenau und läßt eine gewisse Einflüsterung und Anspielung vermissen, deren das Original sich befleißigt. Statt »ernährte« steht dort ein Wort, das »leiten« bedeutet; »und leitete sie«, heißt es, »mit Brot für ihren Besitz jenes Jahr durch«, – ein eigentümlicher Ausdruck und absichtsvoll gewählt; denn er ist der Hirtensprache entnommen und bedeutet »hüten«, »weiden«, die sorgliche und milde Betreuung hilfloser Geschöpfe, einer leicht zu verwirrenden Schafherde besonders; und für das mythisch geübte Ohr wird dem Sohne Jaakobs mit diesem hervorstechenden und formelhaft feststehenden Wort die Rolle und Eigenschaft zugeschrieben des guten Hirten, der die Völker hütet, sie auf grüner Aue weidet und zu frischem Wasser führt. Hier, wie in den possenhaften Wendungen von vorhin, schlägt die Farbe des Urgeschehens durch; dies seltsame Tätigkeitswort »leiten«, das sich gleichsam aus der Wirklichkeit in den Erzählungstext eingeschlichen hat, verrät, in welchem Lichte das Volk Pharao's großen Günstling sah: sein Urteil unterschied sich gar sehr von dem, das heutige Staats-Moralisten über ihn fällen zu müssen meinen, denn Hüten, Weiden und Leiten ist das Tun eines Gottes, den man als »Herrn des unterirdischen Schafstalls« kennt.

An den faktischen Angaben des Textes ist nicht zu rütteln. Joseph verkaufte an die, welche Schätze besaßen, namentlich an die Gau-Barone und Groß-Grundbesitzer, die sich Königen gleichhielten, zu unverfrorenen Konjunktur-Preisen und zog »Geld«, das heißt Tauschwerte in die königliche Kasse, daß bald kein »Geld« im engeren Sinne, also Edelmetall in allerlei Form, mehr unter den Leuten war: denn »Geld« als geprägte Münze gab es ja garnicht, und zu den Tauschwerten, die für Korn dahingegeben wurden, gehörten von vornherein auch alle Arten von Vieh: das war kein Nacheinander und keine Steigerung, und eine Darstellung, die die Vorstellung erweckt, als habe Joseph die Entblößtheit der Leute von »Geld« dazu benutzt, ihnen ihre Pferde, Rinder und Schafe abzunehmen, läßt zu wünschen übrig. Vieh ist auch Geld; es ist sogar in ganz vorzüglichem Sinne Geld, wie noch aus dem hochmodernen Ausdruck »pekuniär« hervorgeht; und selbst ehe noch die Vermögenden mit ihren goldenen und silbernen Prunkgefäßen zahlten, taten sie es mit Groß- und Kleinvieh, – von dem übrigens nicht gesagt ist, daß es allzumal und bis auf die letzte Kuh in Pharao's Ställe und Pferche überging. Joseph hatte nicht sieben Jahre lang Ställe und Pferche gebaut, sondern Speicherkegel, und für all das Geld-Vieh hätte er weder Raum noch Verwendung gehabt. Wenn man nie von dem wirtschaftlichen Vorgang der »Lombardierung« gehört hat, so kann man freilich einer Geschichte, wie dieser, nicht folgen. Das Vieh wurde beliehen oder verpfändet, – welchen Ausdruck man nun wählen will. Es blieb größten Teils auf den Höfen und Gütern, aber es hörte auf, den Inhabern im alten Sinne des Wortes zueigen zu sein. Das heißt, es war ihr Eigentum und war es auch wieder nicht mehr, war es nur noch bedingt und belasteter Weise, und wenn die erste Nacherzählung es an irgend etwas fehlen läßt, so ist es dies, den Eindruck zu erzeugen, an dem doch so vieles gelegen ist, daß Joseph's Verfahren durchweg darauf abzielte, den Eigentumsbegriff zu verzaubern und ihn in einen Schwebe-Zustand von Besitz und Nicht-Besitz, von eingeschränktem und lehenhaftem Besitz zu überführen.

Denn wie die Jahre der Dürre und des erbärmlichen Pegelstandes sich aufreihten, die Brust der Erntekönigin hinweggewandt blieb, Kraut nicht aufging, Getreide nicht wuchs, der Mutterleib verschlossen war und kein Kind der Erde gedeihen ließ, – kam es ja in der Tat und ganz den Worten des Textes gemäß dahin, daß große Teile der Schwarzen Erde, die bisher noch der privaten Hand gehört hatten, in Kronbesitz übergingen, was mit den Worten wiedergegeben ist: »Da erwarb Joseph den ganzen Boden Ägyptens für Pharao, denn es verkauften die Ägypter jeder sein Feld.« Wofür? Für Saatkorn. Die Lehrer sind übereingekommen, daß es gegen Ende der Hungersträhne gewesen sein muß, als die Fessel der Unfruchtbarkeit sich schon etwas zu lockern begann, die wässerigen Dinge zum leidlich Normalen zurückgekehrt waren und die Felder ertragsfähig gewesen wären, wenn man sie hätte besäen können. Daher die Worte der Bittenden: »Warum sollen wir sterben vor dir, wir sowohl als unser Feld? Kaufe uns und unser Land ums Brot, und wir wollen mitsamt dem Boden Pharao leibeigen sein, wenn du Samen gibst, daß wir leben und nicht sterben und der Boden nicht wüst liege!« – Wer spricht da? Es sind gesprochene Worte, kein Volksgeschrei. Es ist ein Vorschlag, ein Angebot, gemacht von Einzelnen, einer Gruppe, einer bisher sehr unfügsamen, ja aufsässigen Menschenklasse, den großen Latifundienbesitzern und Gaufürsten, denen Pharao Achmose, am Anfang der Dynastie, große Titel wie »Erster Königsohn der Göttin Nechbet«, und großen, unabhängigen Landbesitz hatte verleihen müssen, – altmodisch trotzigen Feudalherrn, deren rückständige, der Gesamtheit unnützliche Existenz dem neuen Staate längst ein Dorn im Auge war. Diese stolzen Herren ins Zeitgemäße zu nötigen, nahm Joseph, der Staatsmann, die Gelegenheit wahr. Um sie in erster Linie handelte es sich bei den Enteignungen, den Umsiedlungen, von denen wir hören: was sich unter diesem weisen und entschlossenen Minister ereignete war die Auflösung des noch vorhandenen Großgrundbesitzes und die Besetzung kleinerer Gutsgebiete mit Pachtbauern, die dem Staate für eine auf der Höhe der Zeit stehende Bewirtschaftung, Kanalisierung und Bewässerung des Bodens verantwortlich waren; es war also eine gleichmäßigere Verteilung des Landes unter das Volk und eine durch Kron-Aufsicht verbesserte Agrikultur. Mancher »Erste Königsohn« wurde zu ebensolchem Pachtbauern oder zog in die Stadt; mancher Landwirt wurde von dem Felde, das er bisher betreut, auf eines der neu abgegrenzten Kleingüter verwiesen, während jenes in andere Hände überging; und wenn diese Translokationen auch sonst geübt wurden, wenn man hört, daß der Herr des Brotes die Leute städteweise, d. i. je nach dem um ein Stadtcentrum gelagerten Landkreise, »austeilte«, nämlich von Scholle zu Scholle versetzte, so lag dem eine wohlerwogene erzieherische Absicht zugrunde, die eben jener Umbildung des Besitzbegriffes galt, die Erhaltung und Aufhebung in einem war.

Die wesentliche Bedingung für alle staatlichen Lieferungen von Saatgut war ja die Fortsetzung der Abgabe des schönen Fünften, – derselben Steuer, durch die Joseph während der fetten Jahre die zauberhaften Vorräte zusammengebracht hatte, aus denen er nun schöpfte, – es war die Erklärung dieser Steuer in Permanenz, ihre Befestigung für ewige Zeiten. Man bemerke doch, daß diese Auflage, ohne die erwähnten Verpflanzungen, die einzige Form gewesen wäre, in der der »Verkauf« der Äcker samt ihren Inhabern – denn auch diese selbst waren in das Angebot einbezogen gewesen – sich geäußert hätte. Es ist nie genug geschätzt worden, daß Joseph von dem Selbstverkauf der Gütler, zu dem sie sich entschlossen hatten, um nicht zu verderben, nur sehr andeutungsweise Gebrauch machte, daß er für sein Teil die Worte »Sklaverei« und »Leibeigenschaft«, die er aus begreiflichen Gründen garnicht liebte, überhaupt nicht in den Mund nahm, sondern der Tatsache, daß Land und Leute nicht mehr im alten Sinne »frei« waren, nicht stärker als durch die unverbrüchliche Steuerbindung des Fünften Ausdruck gab, also dadurch, daß die mit Saatfrucht Beliehenen nicht mehr ausschließlich für sich selbst, sondern teilweise für Pharao, das heißt: den Staat, die öffentliche Hand arbeiteten. Zu diesem Teil also war ihre Arbeit der Frondienst von Leibeigenen, – der Name steht jedem Freunde der Menschlichkeit und Bürger einer humanen Neuzeit frei, der ihn logischerweise auch auf sich selbst anzuwenden bereit ist.

Er lautet jedoch übertrieben, wenn man das Maß von Hörigkeit prüft, das Joseph den Betroffenen auferlegte. Hätte er sie zur Herausgabe von drei Vierteln oder auch nur der Hälfte ihrer Erträgnisse gezwungen, so wäre ihnen fühlbarer gewesen, daß sie sich selbst nicht mehr und ihre Äcker nicht mehr ihnen gehörten. Aber zwanzig vom Hundert, – die Böswilligkeit selbst muß zugeben, daß das heißt, die Ausbeutung in Grenzen halten. Vier Fünftel ihrer Ernten blieben den Leuten zu neuer Saat und zur Zehrung für sich und ihre Kleinen, – man wird es uns nachsehen, wenn wir, Aug' in Auge mit dieser Satzung und Schatzung, nur von einer Andeutung der Sklaverei sprechen. Durch die Jahrtausende klingen die Dankesworte, mit denen die ins Joch Gespannten den Zwingherrn grüßten: »Du erhältst uns am Leben, mögen wir Gnade finden in deinen Augen und Pharao's Sklaven bleiben!« Was will man mehr? Wenn man aber noch mehr will, so wisse man, daß Jaakob selbst, mit dem Joseph diese Dinge wiederholt besprach, die Steuer-Gebühr ausdrücklich billigte, nämlich nach ihrer Höhe, wenn auch nicht in Hinsicht auf den, dem sie zukam. Wenn er, sagte er, zum Haufen Volks werde geworden sein, dem eine Verfassung niedergelegt werden müsse, so würden gleichfalls die Landleute sich nur als Treuhänder ihres Bodens betrachten dürfen und würden den Fünften erlegen müssen, – aber keinem Hor im Palaste, sondern Jahwe, dem König und Herrn allein, dem alles Feld gehöre und der all Besitztum verleihe. Er sähe aber wohl ein, daß sein Herr Sohn, der Abgesonderte, der eine Heidenwelt regiere, es mit diesen Dingen auf seine Art halten müsse. Und Joseph lächelte.

Die ewige Fron-Abgabe nun aber stimmte gedanklich und

für das Bewußtsein der dazu Verpflichteten nicht mit ihrem Verbleiben auf den überkommenen Wohn- und Ackerplätzen überein. Durch ihre Milde gerade war sie unvermögend, ihnen das volle Verständnis für die neue Lage zu wecken und sie ihnen augenscheinlich zu machen. Das war der Grund für die Maßnahme der Translozierungen: sie bildeten die wünschenswerte Ergänzung der Zins-Verpflichtung, die allein nicht ausgereicht hätte, den Farmern den »Verkauf« ihres Eigentums zu versinnlichen und ihnen ihr neues Verhältnis zu diesem wirksam zu Gemüte zu führen. Ein Ackersmann, der auf seiner längst bewirtschafteten Scholle sitzen blieb, würde leicht in überwundenen Vorstellungen befangen bleiben und sich wohl gar eines Tages aus Vergeßlichkeit gegen die Ansprüche der Krone erheben. War er dagegen gehalten, sein Gut zu verlassen, und empfing er dafür aus Pharao's Hand ein andres, so war der Lehenscharakter des Besitzes viel anschaulicher gemacht.

Daß der Besitz dabei dennoch Besitz blieb, war das Merkwürdige. Das Kennzeichen persönlichen und freien Eigentums ist das Recht auf Verkauf und Vererbung, und Joseph ließ diese Verfügungsrechte bestehen. In ganz Ägyptenland gehörte fortan aller Boden Pharao und konnte dabei verkauft und vererbt werden. Nicht umsonst haben wir von einer Verzauberung des Eigentumsbegriffes durch Josephs Maßnahmen gesprochen; von einem Schwebezustand, in den dieser Begriff durch sie versetzt wurde, sodaß der Blick der Leute, wenn sie ihn innerlich auf den Gedanken »Besitz« zu richten versuchten, sich im Zweideutigen brach und sich darin festsah. Was sie ins Auge zu fassen suchten, war nicht zerstört und aufgehoben, aber es erschien in einem Zwielicht von Ja und Nein, von Verflüchtigung und Bewahrtsein, das allgemeines Blinzeln schuf solange, bis sich der Sinn daran gewöhnt hatte. Josephs Wirtschafts-System war eine überraschende Verbindung von Vergesellschaftung und Inhaberfreiheit des einzelnen, eine Mischung, die durchaus als schelmisch und als Manifestation einer verschlagenen Mittlergottheit empfunden wurde.

Die Überlieferung betont, die Reform habe sich nicht auf den Landbesitz der Tempel erstreckt: die vom Staate dotierten Priesterschaften der so zahlreichen Heiligtümer, namentlich die Ländereien Amun-Rê's, blieben ungeschoren und zinsfrei. »Ausgenommen der Priester Feld«, heißt es, »das kaufte er nicht.« Auch das war weise, – wenn Weisheit eine ins Schelmische gesteigerte Klugheit ist, die den Gegner in der Sache zu schädigen weiß, während sie ihm der Form nach Reverenz erweist. Nach Pharao's Sinn war die Schonung Amuns und der kleineren Orts-Numina bestimmt nicht. Er hätte den von Karnak gern gerupft und gebeutelt gesehen und haderte knabenhaft deswegen mit seinem Schattenspender, den aber die Zustimmung Mamachens, der Mutter Gottes, deckte. Mit ihrem Einverständnis blieb Joseph dabei, die Anhänglichkeit des kleinen Mannes an die alten Götter des Landes zu schonen, diese Pietät, die Pharao gern zugunsten der Lehre von seinem Vater im Himmel mit Stumpf und Stiel ausgerodet hätte und mit anderen Mitteln, die Joseph ihm nicht verwehren konnte, auch auszuroden versuchte, – vor Eifer der Einsicht unfähig, daß das Volk sich dem Läuternd-Neuen viel zugänglicher erweisen werde, wenn man ihm zugleich erlaubte, an seinen althergebrachten Glaubens- und Kultgewohnheiten festzuhalten. Von Amun aus gesehen, hätte Joseph es durchaus für verfehlt gehalten, dem Widderköpfigen den Eindruck zu erwecken, als richte die ganze Agrar-Reform sich gegen ihn und sei als Mittel zu seiner Herabsetzung gemeint, sodaß er aufgeregt worden wäre, im Volke dagegen zu wühlen. Viel besser hielt man ihn durch die Gebärde höflicher Rücksichtnahme in Ruhe. Die Ereignisse all dieser Jahre, Überfluß, Vorsorge und Volkserrettung fielen mächtig genug für Pharao und sein geistliches Ansehen in die Wagschale, und die Reichtümer, die Joseph durch seine Kornverkäufe dem Großen Hause zugeschanzt hatte und noch immer zuzuschanzen fortfuhr, bedeuteten mittelbar einen solchen Schwere-Verlust für den Reichsgott, daß die Verbeugung vor seiner altgeheiligten Zinsfreiheit auf bloße Ironie hinauslief und eben jenes Augenlachen erkennen ließ, das das Volk in allen Handlungen seines Hirten gewahrte.

Selbst das Werbemittel, das dem Gestrengen zu Karnak in Pharao's unbedingter Friedlichkeit, seiner strikten Ablehnung des Krieges zu Gebote stand, wurde ihm aus der Hand genommen oder verlor doch an Wirksamkeit durch Josephs Belieferungs- und Pfandsystem, das wenigstens eine Zeit lang die Dreistigkeit binden konnte, zu der eine zart gewordene und zur Gewalt unwillige Macht die gemeine Menschheit reizt. Groß waren die Gefahren, die die liebliche Gemütsverfassung eines späten Erben über das Reich Thutmose's, des Eroberers, heraufbeschwor, denn rasch sprach es sich herum in der Staatenwelt, daß in Ägyptenland nicht mehr der eiserne Amun-Rê, sondern eine gemütvolle Blumen- und Piepvogel-Gottheit den Ton angebe, die um keinen Preis das Schwert des Reiches färben wolle, und der also nicht auf der Nase zu spielen ein Verstoß gegen allen gemeinen Menschensinn gewesen wäre. Die Neigung zur Frechheit, zum Abfall und zum Verrat griff um sich. Die tributpflichtigen Ost-Provinzen vom Lande Seïr bis zum Karmel waren in Unruhe. Eine Bewegung unter den syrischen Stadtfürsten, sich unabhängig zu machen und sich dabei auf das kriegerisch gen Süden drängende Chatti zu stützen, war unverkennbar, und gleichzeitig brandschatzten die Bedu-Wüstlinge des Ostens und Südens, die auch davon gehört hatten, daß jetzt die Güte herrsche, die Städte Pharao's und nahmen sie teilweise geradezu in Besitz. Amuns täglicher Ruf nach markigem Machteinsatz, wiewohl hauptsächlich innenpolitisch gemeint und gegen die »Lehre« gerichtet, war daher außenpolitisch nur zu gerechtfertigt, eine leidig-überzeugende

Werbung des Heldisch-Alten gegen das Verfeinert-Neue, und machte Pharao viel Kummer um seines Vaters im Himmel willen. Die Hungersnot und Joseph aber kamen ihm zu Hilfe; sie nahmen dem Werberuf Amuns vieles von seiner Kraft, indem sie die wankelen Kleinkönige Asiens in wirtschaftliche Fesseln schlugen, und mochte es auch dabei nicht gerade mit Atônsmilde, sondern mit zielbewußter Unerbittlichkeit zugehen, so ist solche Härte doch gering zu veranschlagen in Ansehung dessen, daß sie es Pharao'n ersparte, sein Schwert zu färben. Das Wehgeschrei derer, die solchergestalt mit goldener Kette an Pharao's Stuhl gebunden wurden, war oft schrill genug, daß es bis zu uns Heutigen gedrungen ist, aber alles in allem ist es nicht danach angetan, uns in Mitleid vergehen zu lassen. Gewiß, für Getreide mußten nicht nur Silber und Holz, es mußten auch junge Angehörige als Geiseln und Unterpfand nach Ägypten hinabgesandt werden – eine Härte, zweifellos, und doch will uns darob nicht das Herz brechen, zumal da wir wissen, daß asiatische Fürstenkinder in eleganten Internaten zu Theben und Menfe vorzüglich aufgehoben waren und dort eine bessere Erziehung genossen, als ihnen zu Hause je zuteil geworden wäre. »Dahin«, klang es und klingt es noch immer, »sind ihre Söhne, ihre Töchter und das Holzgerät ihrer Häuser.« Aber von wem hieß es so? Von Milkili zum Beispiel, dem Stadtherrn von Aschdod; und von dem wissen wir dies und das, was darauf hindeutet, daß seine Liebe zu Pharao nicht die allerverläßlichste war und eine Stärkung durch die Anwesenheit seiner Gemahlin und seiner Kinder in Ägypten sehr wohl brauchen konnte.

Kurzum, wir können uns nicht überwinden, in alldem Merkmale einer ausgesuchten Grausamkeit zu sehen, die nicht in Josephs Charakter lag, sondern sind viel eher geneigt, mit dem Volk, das er »leitete«, augenlachende Stückchen einer klug gewandten Diener-Gottheit darin zu erkennen. Dies war die allgemeine Auffassung von Josephs Geschäftsführung, weit über die Grenzen Ägyptens hinaus. Sie erregte Lachen und Bewunderung, – und was kann der Mensch unter Menschen Besseres gewinnen, als die Bewunderung, die, indem sie die Seelen bindet, sie zugleich zur Heiterkeit befreit!

Nach dem Gehorsam

Bei dem, was noch zu erzählen bleibt, muß man mit Wirklichkeitssinn die Altersverhältnisse der Personen ins Auge fassen, die im Geschehen standen, – Verhältnisse, von denen Lied und Gemälde im breiten Publikum vielfach irrigen Anschauungen Vorschub geleistet haben. Dies gilt freilich für Jaakob nicht, der zur Zeit seines Sterbens immer als höchstbetagter und fast blinder Greis bildlich vorgestellt wird; (tatsächlich nahmen während der letzten Jahre seine Augen zusehends ab, und Jaakob hielt gewissermaßen darauf und machte es sich des feierlichen Ausdrucks wegen zunutze, indem er sich Isaak, den blinden Segensspender, dabei zum Muster nahm). Was aber Joseph und seine Brüder, auch seine Söhne betrifft, so neigt die öffentliche Einbildung dazu, sie alle auf einer gewissen Altersstufe festzuhalten und ihnen eine dauernde Jugendlichkeit zuzuschreiben, die diese Geschlechter aus aller Relation zu der schweren Bejahrtheit des väterlichen Hauptes bringt.

Es ist unsere Pflicht, hier berichtigend einzugreifen, keine märchenhafte Verschwommenheit zuzulassen und darauf hinzuweisen, daß nur der Tod, also das Gegenteil alles erzählenden Geschehens, Bewahrung und Stillstand gewährleistet, daß aber niemand Gegenstand des Erzählens und Angehöriger einer Geschichte sein kann, der dabei nicht rapide älter würde. Sind doch wir selbst, die wir diese Geschichte entwickeln, um kein Geringes älter darüber geworden, – ein Grund mehr dafür, in diesem Punkt auf Klarheit zu halten. Wir haben freilich auch lieber von einem reizend siebzehnjährigen oder auch noch von einem dreißigjährigen Joseph erzählt, als daß wir von einem gut und gern fünfundfünfzigjährigen künden; und doch sind wir es dem Leben und Fortschritt schuldig, euch zur Realisierung der Wahrheit anzuhalten. Während Jaakob, verehrt und wohlversorgt von Kindern und Kindeskindern, im Distrikte Goschen seinen Jahren noch siebzehn zulegte, um es auf das extrem ehrwürdige, aber noch natürliche Alter von hundertundsechs zu bringen, wurde sein abgesonderter Liebling, Pharao's alleiniger Freund, aus einem reifen zum alternden Mann, dessen Haupthaar und Bart, wenn nicht jenes geschoren und von einer kostbaren Perücke bedeckt, dieser nach Landesgesittung glatt abrasiert gewesen wäre, viel Weiß im dunklen Grunde gezeigt hätten. Doch darf man hinzufügen, daß die schwarzen Rahelsaugen sich den Freundlichkeitsblitz bewahrten, der immer den Menschen ein Wohlgefallen gewesen war, und daß überhaupt das Tammuz-Attribut der Schönheit ihm in angemessener Wandlung treu blieb – dank dem doppelten Segen nämlich, für dessen Kind er immer gegolten und der ein Segen nicht nur von oben herab und von Witzes wegen, sondern ein Segen auch aus der Tiefe war, die unten liegt und mütterliche Lebensgunst ins Gebilde emporsendet. Solche Naturen erfahren nicht selten sogar eine zweite Jugend, die ihr Bild in einem gewissen Grade auf frühere Lebensstufen zurückführt; und wenn manche Vorspiegelungen der Kunst den Joseph an Jaakobs Sterbelager noch immer in jünglingshafter Gestalt zeigen, so verfehlen sie insofern die Wahrheit nicht ganz, als Rahels Erster tatsächlich einige Lustren vordem schon viel schwerer und fleischiger gewesen, aber um diese Zeit wieder entschieden schlanker geworden war und seinem zwanzigjährigen Selbst ähnlicher sah als seinem vierzigjährigen.

Ganz unverantwortlich und jeder Überlegung bar aber muß es genannt werden, wenn gewisse Phantasmagorieen des Pinsels Josephs Söhne, die jungen Herren Menasse und Ephraim, bei der Szene ihrer Segnung durch den schon scheidenden Großvater, dem Beschauer als lockige Kinder von sieben oder acht Jahren vor Augen führen. Es ist ja klar, daß sie damals infantenhafte Kavaliere von Anfang zwanzig, in stutzerhaft geschnürter und bebänderter Hoftracht, mit Schnabel-Sandalen und Kammerherrn-Wedeln waren, und die sonst unbegreifliche Gedankenlosigkeit jener Schildereien ist nur mit ein paar träumerischen Wendungen des Frühtextes zu entschuldigen, dahingehend, Jaakob habe die Enkel auf den Schoß genommen oder vielmehr: Joseph habe sie davon heruntergenommen, nachdem der Alte sie »geherzt und geküßt«. Eine solche Behandlung wäre den jungen Leuten recht peinlich gewesen, und es ist sehr zu bedauern, daß der Erstbericht, eben aus der Neigung, für die meisten Personen der Geschichte die Zeit stillstehen und nur gerade Jaakob übertrieben alt – hundertsiebenundvierzig Jahre alt! – werden zu lassen, die Hand zu so ungereimten Vorstellungen bietet.

Wir werden sofort veranschaulichen, wie es bei diesem Besuche zuging, der der zweite von dreien war, die Joseph dem Vater in dessen letzter Lebenszeit abstattete. Es sei nur zuvor ein kurzer Blick auf die vorangehenden siebzehn Jahre geworfen, während welcher die Kinder Israel sich im Lande Gosen einlebten, dort weideten, schoren, molken, handelten und wandelten, dem Jaakob Urenkel bescherten und sich anschickten, zum Haufen Volkes zu werden. Nie wird mit voller Bestimmtheit gesagt werden können, wieviele von diesen siebzehn eigentlich noch auf die sieben Spreujahre entfielen, weil eben nicht unbedingt ausgemacht, ob es sieben waren oder »nur« fünf. (Wir setzen dies »nur« zwischen spöttische Zeichen, weil an schöner Bedeutsamkeit die Fünf um nichts hinter der Sieben zurücksteht.) Wie berichtet, brachten Schwankungen in dem Maß der Dauer-Heimsuchung einige Unsicherheit in die Zählung. Im sechsten Jahre schwoll in der heiligen Jahreszeit der Ernährer bei Menfe um nicht weniger als fünfzehn Ellen, wurde abwechselnd rot und grün, wie das seine Art ist, wenn es ihm gut geht, und setzte reichlichen Dung ab, – aber nur, um sich im nächsten Jahr noch einmal als gänzlich unterernährt und schwächlich zu erweisen, sodaß strittig blieb, ob diese beiden ihren fünf rippenmageren Vorgängern als sechstes und siebentes zuzuzählen seien oder nicht. Jedenfalls war um die Zeit, als diese Frage in allen Tempeln und Gassen erörtert wurde, Josephs agrarisches Reformwerk vollendet, und auf seinem Grunde regierte er fort als Pharao's Oberster Mund und weidete seine Schafe, indem er sie um den Fünften schor.

Man kann nicht sagen, daß er dabei seinen Vater und seine Brüder sehr häufig sah. Sie zelteten nahe bei ihm, im Vergleich mit früher, aber ein gutes Stück Reise war es immerhin zwischen der Stadt des Gewickelten, seiner Residenz, und ihrem Wohnsitz, und er war mit Verwaltungsgeschäften und höfischen Pflichten überhäuft. Die Berührung mit ihnen war weit lockerer als die drei rasch auf einander folgenden letzten Besuche bei seinem Vater glauben lassen könnten, und im Hause Jaakob nahm niemand Anstoß daran, man billigte es schweigend, und dieses Schweigen war sehr sprechend, es drückte nicht nur das Verständnis für äußere Verhinderungen aus. Wer das leise Gespräch zwischen Jaakob und Rahels Erstem beim Wiedersehen, als sie allein zwischen den Siebzig und Josephs Gefolge standen, wohl belauscht hat, der weiß der beiderseitigen Zurückhaltung – denn sie war beiderseitig – den strengen und leise traurigen Sinn unterzulegen, der ihr zukam: einen Sinn des Gehorsams und des Verzichtes. Joseph war der Gesonderte, der zugleich Erhöhte und Zurückgetretene, – vom Stamme abgetrennt war er und sollte kein Stamm sein. Das Schicksal seiner lieblichen Mutter, dessen Name »verschmähte Bereitwilligkeit« gewesen war, erschien bei ihm wieder in Abwandlung und unter andrer Formel; es hieß: »absprechende Liebe«. Das war verstanden und hingenommen, und weit mehr der Sinn dafür, als Entfernung und Geschäftslast, war der Grund der Zurückhaltung.

Hört man die Redewendung, mit der Jaakob sich zum Vortrag einer bestimmten Bitte an Joseph wandte, die Floskel »Habe ich Gnade vor dir gefunden«, so hat man eine fast erkältende, fast beschämende Probe des betonten Abstandes, der sich zwischen Vater und Sohn, zwischen Joseph und Israel hergestellt hatte, und man gedenkt, wie Jaakob es tat, des frühen Traumes, des Traums auf der Tenne, in welchem mit den elf Kokabim auch Sonne und Mond sich vor dem Träumer geneigt und gebeugt hatten. Den Brüdern hatten die Träume tödlichen Gram und Haß erregt und sie zur Untat hingerissen, an der sie schwer zu tragen gehabt hatten. Aber seltsam ist es zu denken, was stillschweigend auch sie untereinander bedachten, daß dennoch die Untat ihren Zweck erfüllt und sie ihr Ziel damit erreicht hatten. Denn war's auch wider alles Erwarten ausgegangen und hatten sie auch auf ihren Bäuchen gelegen vor dem, der im Unteren der Erste geworden war, – sie hatten ihn doch nicht umsonst verkauft, nicht nur in die Welt nämlich, sondern auch an die Welt, – an sie war er abhanden gekommen, und das Erbe, das der Gefühlvolle ihm willkürlich zugedacht, war ihm verwehrt: von Rahel, der Geliebten, war es auf Lea, die Verschmähte übergegangen. War das nicht einiges Neigen und Beugen wert?

»Habe ich Gnade vor dir gefunden« – es war beim ersten der drei Besuche, daß Jaakob so zu dem teuren Verfremdeten sprach, um die Zeit nämlich, als er fühlte, daß sein Leben abnahm und weit im letzten, sich nur müde, rötlich und spät noch über den Horizont emporschleppenden Viertel, vor völliger Verdunkelung, stand. Er war nicht krank damals und wußte, daß es noch nicht aufs rascheste zu Ende ging. Denn er besaß gute Kontrolle über sein Leben und seine Kräfte, schätzte richtig ein, was ihm davon blieb, und wußte, daß er zwar noch etwas Zeit habe, daß es aber an der Zeit sei, einen Wunsch, der ihm am Herzen lag, und der ihn ganz persönlich betraf, demjenigen ans Herz zu legen, der allein die Macht hatte, ihn zu erfüllen.

Darum schickte er zu Joseph und ließ ihn herbeibitten. Wen schickte er denn? Gewiß doch, Naphtali, Bilha's Sohn, den Geläufigen, schickte er; denn geläufig von Beinen und Zunge war Naphtali immer noch, seinen Jahren zum Trotz, die man erwähnen muß, weil die Überlieferung auch über das Alter der Brüder einen Schleier der Unachtsamkeit breitet. Klar ins Auge gefaßt, bewegte es sich damals zwischen siebenundvierzig und achtundsiebzig, – wobei Benjamin, der kleine Mann, um nicht weniger als einundzwanzig Jahre hinter dem vor Joseph drittjüngsten, Sebulun, zurückstand, der achtundsechzig zählte. Dies wird schon hier erwähnt, damit ihr, wenn Jaakob in letzter Stunde seine Söhne zu Fluch und Segen um sich versammelt, nicht in dem Wahne lebt, der Zeltraum sei voll junger Leute gewesen. Wir wiederholen jedoch, daß Naphtali sich bei seinen fünfundsiebzig die Sehnigkeit seiner langen Beine und die plappernde Behendigkeit seiner Zunge, zusammen mit seinem Bedürfnis nach Ausgleich des Wissens auf Erden und hin und her wechselnder Meldegängerei fast unversehrt bewahrt hatte.

»Knabe«, sagte Jaakob zu diesem zähen Greis, »gehe hinab von hier in die große Stadt, darin mein Sohn lebt, Pharao's Freund, und rede vor ihm und sage ihm an: Jaakob, unser Vater, wünscht deine Gnaden zu sprechen in wichtiger Angelegenheit. Nicht erschrecken sollst du ihn, daß er denkt, ich sterbe schon. Sondern sollst zu ihm sagen: ›Unser Vater, der alte, befindet sich wohl zu Gosen nach Maßgabe seiner Betagtheit und gedenkt noch nicht abzuscheiden. Nur die Stunde erachtet er für gekommen, einen Punkt mit dir zu bereden, der ihn selbst betrifft, liegt er gleich über sein Leben hinaus. Darum bemühe dich gütigst zu seinem Lager, das er schon meistens, wenn auch im Sitzen, hütet, in dem Haus, das du ihm bereitet!« Zieh', Knabe, greife aus und sage ihm das!«

Naphtali wiederholte flugs den Auftrag und machte sich auf die Socken. Hätte er nicht für die Hinfahrt mehrere Tage gebraucht, da er zu Fuße ausschritt, so wäre Joseph gleich da gewesen. Denn der kam zu Wagen, mit kleinem Gefolge, und mit Mai-Sachme, seinem Haushalter, der zu großes Gewicht darauf legte, in dieser Geschichte zu sein, als daß er sich's hätte nehmen lassen, seinen Herrn zu begleiten. Er wartete aber mit den anderen Hausleuten Josephs draußen, während dieser allein beim Vater im Zelte war, in des Hauses wohlstaffiertem Wohn- und Schlafraum, der nun das Geviert ist, zu dem der sonst weitläufige Schauplatz der Geschichte sich zusammengezogen hat. Denn dort, auf seinem Bette im Hintergrunde und in dessen Nähe, verbrachte Jaakob seine letzten Lebenstage, bedient von Damasek, Eliezers Sohn, selbst Eliezer genannt, einem in ein weißes Gurt-Hemd gekleideten Mann von noch jugendlichen Zügen, aber mit einer Glatze, die von einem Kranze grauen Haars umgeben war.

Eigentlich war der Mann ja ein Neffe Jaakobs, denn Eliezer, Josephs Lehrer, war bei Lichte besehen ein Halbbruder des Gesegneten von einer Magd gewesen. Seine Stellung aber war dienend, wenn auch erhöht über die des anderen Hofvolks; wie sein Vater nannte er sich Jaakobs Ältesten Knecht und war über dessen Hause, wie Joseph über Pharao's Hause war und Hauptmann Mai-Sachme über Josephs. Zum Hauptmann ging er hinaus, als er den Sohn beim Vater gemeldet hatte, und unterhielt sich mit ihm als seinesgleichen.

Ägyptens Statthalter kniete nieder, da er das Gemach betrat, und berührte mit der Stirn den Filz und den Teppich des Bodens.

»Nicht also, mein Sohn, nicht also«, wehrte Jaakob ab, sitzend dort hinten auf seiner Lagerstatt, eine Felldecke über den Knieen, zwischen zwei Tonlampen auf hölzernen Konsolen. »Wir sind in der Welt, und zu sehr achtet der geistliche Greis ihre Größe, als daß er willigen könnte in deine Gebärde. Willkommen mir, willkommen dem Altersschwachen, den Vorsicht entschuldigt, wenn er dir nicht väterlich-ehrerbietig entgegengeht, mein erhöhtes Lamm! Nimm einen Hockersitz hier bei mir, du Lieber, – Eliezer, mein ältester Knecht, hätte dir auch einen herbeiziehen können, da er dich einließ, – er ist nicht, was sein Vater, der Brautwerber, war, dem die Erde entgegensprang, und wäre mir nicht gewesen, was jener mir war in der Zeit der blutigen Tränen. Welche Zeit meine ich aber? Die Zeit, da du warst abhanden gekommen. Damals hat er mir mit einem feuchten Tuch das Gesicht gewischt und mir manche Störrigkeit, die mir herausfuhr wider Gott, liebreich verwiesen. Du aber lebtest. – Deiner Nachfrage danke ich, es geht mir wohl. Der Knabe Naphtali von Bilha hatte den Auftrag, dich zu versichern, daß ich dich nicht an mein Sterbebett rüfe, – das will sagen: es wird mein Sterbebett sein, dieses Lager hier, und beginnt allgemach, diese Eigenschaft anzunehmen, aber besitzt sie in vollem Ausmaß noch nicht, denn noch ist einige Lebenskraft in mir, und noch nicht unmittelbar gedenke ich abzuscheiden, sondern ruhig wirst du von hier, bevor ich sterbe, noch ein oder zwei Mal in dein ägyptisch Haus und zu den Staatsgeschäften zurückkehren. Zwar bin ich gewillt und genötigt, mit den Kräften, die mir verbleiben, genauestens hauszuhalten, und sie zu bewirtschaften mit Maß und Sparsamkeit, denn noch bei verschiedenen Gelegenheiten werde ich sie brauchen, besonders zu allerletzt noch, und muß meine Bewegungen und Worte schonen. Darum, mein Sohn, wird dieses unser Gespräch nur kurz sein und sich auf das sachlich Notwendige und Wichtige beschränken, denn mich zu verausgaben in überflüssigen Worten, wäre wider Gott. Sogar könnte es sein, daß ich schon einiges Überflüssige geredet habe. Habe ich das allein Wichtige ausgesprochen und es dir in Form eines dringenden Ansuchens vorgetragen, so magst du, wenn deine Zeit es erlaubt, noch ein Stündchen stille bei mir sitzen, an meinem zukünftigen Sterbebett, nur wegen des Beieinanderseins, ohne mich zu redendem Kräfteverbrauch zu veranlassen. Schweigend werde ich das Haupt an deine Schulter lehnen und denken, daß du es bist, und wie die Einzig-Rechte dich mir gebar zu Mesopotamien unter übernatürlichen Schmerzen, wie ich dich verlor und dich gewissermaßen wiedergewann durch Gottes außerordentliche Güte. Als du aber geboren warst bei gipfelnder Sonne und lagst in der Hängewiege zur Seite der Jungfrau, die ein kurzatmig Lied der Erschöpfung sang, da war es um dich wie ein Scheinen von Annehmlichkeit, das ich wohl zu erkennen wußte nach seiner Bewandtnis, und deine Augen, wie du sie aufschlugst bei meiner Berührung, waren blau dazumal wie das Himmelslicht und wurden erst später schwarz, mit einem Schelmenblitz in der Schwärze, der schuld daran war, daß ich dir hier in der Hütte, dort weiter vorn, das Bilder-Brautkleid vermachte. Ich will vielleicht darauf zu sprechen kommen zu allerletzt, – jetzt ist es wahrscheinlich überflüssig und wider die Sparsamkeit. Es ist für das Herz sehr schwer, zwischen notwendiger und unnötiger Rede wirtschaftlich zu unterscheiden. – Siehe, da streichelst du mich begütigend zum Zeichen deiner Liebe und Treue. Da will ich anknüpfen, – auf deine Liebe und Treue will ich die Bitte gründen, die ich an dich habe, und will darauf bauen bei dem sachlichen Ansuchen, das ich an dich richten will unter Vermeidung jedes überflüssigen Wortes. Denn, Joseph-el, mein erhöhtes Lamm, die Zeit ist herbeigekommen, daß ich sterben soll, und bin ich auch keineswegs schon im letzten Begriffe, zu sterben, so ist Jaakob doch in seine Sterbezeit eingetreten und in die Zeit der letztwilligen Worte. Wenn ich denn aber nun meine Füße zusammentue und werde zu meinen Vätern versammelt, so möchte ich nicht in Ägypten begraben sein, nimm mir's nicht übel, ich möchte das nicht. Auch im Lande Gosen hier, wo wir sind, zu liegen, wäre, ob es auch hier noch nicht allzu ägyptisch ist, meinen Wünschen entgegen. Ich weiß wohl, daß der Mensch, wenn er tot ist, keine Wünsche mehr hat und es ihm gleich ist, wo er liegt. Aber solange man lebt und wünscht, liegt einem doch daran, daß dem Toten geschehen möge nach den Wünschen des Lebenden. Ich weiß ferner wohl, daß gar viele von uns, Tausende nach ihrer Zahl, werden in Ägypten begraben sein, ob sie geboren sind hier oder noch geboren im Lande der Väter. Ich aber, ihrer aller Vater und deiner, ich kann mich nicht überwinden, ihnen in diesem Punkte ein Beispiel zu geben. Mit ihnen bin ich gekommen in dein Reich und in deines Königs Land, da dich Gott uns als Wegeöffner vorausgesandt; im Tode aber ist es mein Wunsch, mich von ihnen zu trennen. Habe ich Gnade vor dir gefunden, so lege die Hand unter meine Hüfte, wie Eliezer dem Abram tat, und schwöre mir, daß du mir wirst die Liebe und Treue erweisen und mich nicht im Lande der Toten begraben. Sondern bei meinen Vätern will ich liegen und zu ihnen versammelt sein. Darum sollst du mein Gebein aus Ägypten führen und es beisetzen in ihrem Begräbnis, das da heißt Machpelach oder die zwiefache Höhle zu Hebron im Lande Kanaan. Abraham liegt dort, der ehrenvoll Ausgedehnte, den in der Höhle seiner Geburt ein Engel säugte in Gestalt einer Ziege; neben Sarai liegt er darin, der Heldin und Himmelshöchsten. Das verwehrte Opfer liegt dort, Jizchak, der spät Empfangene, mit Rebekka, Jaakobs und Esau's klug entschlossener Mutter, die alles berichtigte. Und auch Lea liegt dort, die Erst-Erkannte, die Mutter der Sechse. Bei ihnen allen will ich liegen, und sehe wohl, daß du mit kindlicher Andacht und bereit zum Gehorsam meinen Wunsch entgegennimmst, wenn auch ein Schatten des Zweifels und stiller Frage dabei deine Stirne streift. Meine Augen sind die besten nicht mehr, denn eingetreten bin ich in meine Sterbezeit, und mein Blick überzieht sich mit Dunkel. Aber den Schatten, der dein Angesicht streift, den seh' ich genau, weil ich nämlich wußte, daß er es streifen würde, denn wie sollte er nicht? Ist doch ein Grab am Wege, nur noch ein Streckchen gen Ephrath, die sie nun Bethlehem nennen, wo ich einbettete, was mir auf Gottes Erde das Liebste war. Will ich denn nicht an ihrer Seite liegen, wenn du mich folgsam heimbringst, und mit ihr liegen abgesondert am Wege? Nein, mein Sohn, ich will es nicht. Ich habe sie geliebt, ich habe sie zu sehr geliebt, aber nicht nach dem Gefühle geht es und nach des Herzens üppiger Weichheit, sondern nach der Größe und nach dem Gehorsam. Es schickt sich nicht, daß ich am Wege liege, sondern bei seinen Vätern will Jaakob liegen und bei Lea, seinem ersten Weibe, von der der Erbe kam. Siehe, da stehen nun deine schwarzen Augen voll Tränen, auch das sehe ich noch genau, und gleichen völlig und bis zur Täuschung den Augen der Vielgeliebten. Es ist schön, mein Kind, daß du ihr so sehr gleichst, wenn du nun in Gnaden deine Hand unter meine Hüfte legst, darauf, daß du mich begraben willst nach der Größe und dem Gehorsam in Machpelach, der doppelten Höhle.«

Joseph tat ihm den Schwur. Und da er ihn getan, beugte Israel sich über das Kopfende des Bettes zum Dankgebet. Danach saß der Gesonderte noch ein Stündchen stille beim Vater, neben ihm auf dem Sterbebett, und der Greis lehnte schweigend das Haupt an seine Schulter, daß er fürs Künftige seine Kräfte schone.

Ephraim und Menasse

Ein paar Wochen später wurde er krank. Eine leichte Hitze färbte seine hundertjährigen Wangen, sein Atem ging knapp, und er hütete das Bett, halb sitzend, von Kissen gestützt, daß er leichter atme. Es war nicht nötig, daß Naphtali lief, um Joseph in Kenntnis zu setzen, denn dieser hatte einen Meldedienst eingerichtet zwischen Gosen und seiner Stadt, durch den er täglich, ja zweimal am Tage Nachricht erhielt über des Alten Befinden. Als ihm nun angesagt wurde: »Siehe, dein Vater ist an leichter Hitze erkrankt«, rief er seine beiden Söhne vor sich und sagte zu ihnen in kanaanäischer Zunge:

»Macht euch fertig, wir werden hinabfahren in die Niederungen zu einem Besuch eures Großvaters von meiner Seite.«

Sie antworteten:

»Wir haben aber eine Abrede zur Gazellenjagd in der Wüste, Herr Vater.«

»Habt ihr gehört, was ich gesagt habe«, fragte er auf ägyptisch, »oder habt ihr es nicht gehört?«

»Wir freuen uns sehr, dem Großvater einen Besuch zu machen«, erwiderten sie und ließen ihre Freunde, die reichen Stutzer von Menfe, wissen, sie könnten aus familiären Gründen nicht an der Jagd teilnehmen. Sie selbst waren auch Stutzer und Kinder der Hochkultur, manikürt, coiffiert, parfümiert und gepinselt, mit Fußnägeln wie aus Perlmutter, gewickelten Taillen und wallenden Buntbändern vorn, seitlich und hinten den Schurz hinab. Schlimm waren sie beide nicht, und aus ihrem Stutzertum, das sich gesellschaftlich von selbst ergab, ist ihnen kein Vorwurf zu machen. Nur allerdings war Menasse, der Ältere, sehr hochnäsig, da er sich auf sein Sonnenpriester-Geblüt von Seiten der Mutter noch mehr zugute tat, als auf den Ruhm seines Vaters. Ephraim, den Jüngeren, dagegen, mit den Rahelsaugen, muß man sich harmlos lustig denken und eher bescheiden, soweit eben, als Bescheidenheit sich aus Lustigkeit ergibt; denn Hochmut lacht ja nicht gern.

Die beringten Arme einander um die Schultern geschlungen, der Standsicherheit wegen im springenden Wagen, fuhren sie hinter dem Vater her nach Norden hinab gegen das Mündungsgebiet. Mai-Sachme begleitete jenen, damit seine ärztlichen Kenntnisse dem Kranken allenfalls möchten zugute kommen.

Jaakob dämmerte in seinen Kissen, als Damasek-Eliezer ihm das Herannahen seines Sohnes Joseph verkündete. Alsbald raffte der Alte sich zusammen, ließ sich aufsetzen im Bett von dem immer seienden Großknecht und war außerordentlich bei der Sache. »Haben wir Gnade gefunden«, sagte er, »vor meinem Herrn Sohn, daß er uns besucht, so dürfen wir uns einer geringen Hitze wegen nicht gehen lassen.« Und er lüftete den Silberbart und ordnete ihn auf seiner Brust.

»Auch die Jungherren sind mit ihm«, sprach Eliezer.

»Gut, gut, das ist es«, erwiderte Jaakob und saß aufrecht, zum Empfange bereit.

Nicht lange, so trat Joseph herein mit den Prinzen, die blieben zierlich grüßend hinter ihm am Eingang stehen, indeß er sich der Lagerstatt näherte und liebevoll die bleichen Hände des Greises nahm.

»Heiliges Väterchen«, sagte er, »ich bin gekommen mit diesen, weil man mir sagte, dich habe eine leichte Krankheit befallen.«

»Sie ist leicht und schwach«, antwortete Jaakob, »wie des Alters Krankheiten sind. Schwere und blühende Krankheiten sind für die Jugend und für stämmige Mannheit. Heftig fallen sie diese an und tanzen ausgelassen mit ihnen zu Grabe, was nicht schicklich wäre für die Betagtheit. Leise nur berührt matte Krankheit das Alter mit welkem Finger, daß es erlösche. Ich aber erlösche noch nicht, auch diesmal noch nicht, mein Sohn. Diese Krankheit ist welker als ich; durch meine hohen Jahre hat sie sich täuschen lassen und ist ungenügend. Auch von deinem zweiten Besuche an meinem Sterbebett wirst du noch einmal nach Hause zurückkehren, ohne daß es bereits mein Totenbett geworden wäre. Ich habe dich rufen und dich vor mich entbieten lassen das erste Mal. Dieses Mal bist du von selbst gekommen. Aber noch einmal werde ich dich rufen, zum dritten und letzten Besuch und zur Sterbefeier.«

»Die sei fern und stehe an vor meinem Herrn noch manches Jubeljahr!«

»Wie sollte sie, Kind? Genug schon, daß im Augenblick ihre Stunde noch nicht gekommen ist, die Stunde der Versammlung. Höfische Artigkeit ist's, die aus dir redet, ich aber stehe in meiner Sterbezeit, zu der paßt kein Blümeln, sondern einzig Strenge und Wahrheit sind's, die ihr zukommen. Auch bei der Versammlung nächstens wird es mit ihnen nur zugehen, ich sage es dir im Voraus.«

Joseph neigte sich.

»Geht es dir wohl, mein Kind, vor dem Herrn und vor den Göttern des Landes?« fragte Jaakob. »Du siehst, die Krankheit ist soviel schwächer als ich, daß ich es mir erlauben kann, nach dem Befinden anderer zu fragen. Allerdings Solcher nur noch, die ich liebe. Treibst du wohl fleißig den Fünften ein von den Landeskindern? Es ist nicht recht, Jehosiph, denn dem Herrn allein sollte der Fünfte gehören und keinem Könige. Aber ich weiß wohl, mein Erhöhter, ich weiß wohl. Räucherst du wohl auch gelegentlich der Sonne und den Gestirnen, wie deine Stellung es mit sich bringt?«

»Lieber Vater –«

»Ich weiß ja, entrücktes Lamm, ich weiß es ja wohl! Und wie lieblich ist es von dir, daß du zwischen dem ersten und dritten Male ungerufen und ganz aus eigenem Antriebe kommst, den Alten zu sehen, ungeachtet deiner Inanspruchnahme durch die Geschäfte und durch so manche Räucherpflichten! Wahrnehmen will ich deinen Besuch zur Förderung einer Sache, über die wir nicht mehr gesprochen, seit du mir wieder erschienst auf der Trift, du Vermißter, – da sagte ich dir's ins Ohr, Geliebter, daß ich dich aufteilen will in Jaakob und zerstreuen in Israel, und will dich zerspalten in Enkelstämme, daß die Söhne des Sohnes der Rechten wie Lea's Söhne seien, du aber sollst sein wie unsereiner und aufsteigen in Väterrang, damit sich das Wort erfülle: Er ist der Erhöhte.«

Joseph neigte das Haupt.

»Siehe, es ist eine Stätte in Kanaan«, fing Jaakob mit erhobenen Augen zu künden an, begeistert vom Fieber, dem er sehr dankbar war für die Steigerung, die es seinem Blute verlieh, »– eine Stätte ist, ehemals Lus genannt, wo man ein wundersam Blau bereitet, zum Färben der Wolle. Aber nicht Lus heißt die Stätte mehr, sondern Beth-el ist sie genannt und E-sagila, das Haus der Haupterhebung. Denn dort erschien der allmächtige Gott mir im Traume, als ich im Gilgal schlief, das Haupt vom Steine erhöht, – oben auf der Rampe, dem Bande Himmels und der Erden, wo die Gestirnengel auf und ab wallten mit Wohlgetön, erschien er mir in Königsgestalt, segnete mich mit dem Zeichen des Lebens und rief überschwänglichen Trost in die Harfen, denn seine gewaltige Vorliebe verhieß er mir, und daß er mich wolle wachsen lassen und mich mehren zum Haufen Volks und zu zahllosen Kindern der Vorliebe. Darum nun, Jehosiph, sollen deine zween Söhne, die dir geboren sind in Ägyptenland, ehe ich zu dir hereinkam, Ephraim und Menasse, – mein sollen sie sein, gleich wie Ruben und Schimeon und sollen aufgerufen sein nach meinem Namen; die du aber gezeugt haben wirst späterhin, die sollen dein sein und aufgerufen werden nach ihrer Brüder Namen, daß sie wie ihre Söhne sind. Denn deines Stuhles bist du verwiesen im Zwölferkreise, aber mit soviel Liebe, daß dir der vierte dafür bereitet ist, neben den drei feierlichsten.«

Hier machte Joseph sich schon bereit, die Prinzen vor ihn zu stellen, aber der Alte fing erst noch an von Rahel zu künden, noch einmal wieder, wie sie ihm gestorben sei, als er aus Mesopotamien kam, im Lande Kanaan, auf dem Wege, da nur noch ein Streckchen war gen Ephrat und wie er sie begraben habe daselbst an dem Wege Ephrats, die nun Bethlehem heiße. Das tat er nur so zwischendurch; viel Zusammenhang hatte es nicht mit dem, um was es jetzt ging, es sei denn, daß er den Schatten der Einzig-Geliebten beschwören wollte zum Beisein in dieser Stunde und wollte vielleicht den Rahelsvölkern ein eigenes heiliges Grab anweisen, besonders für sie, da den anderen Machpelach, die doppelte Höhle, sollte Stätte der Wallfahrt sein. Auch vielleicht wollte er das Stückchen und die Vertauschung im Voraus rechtfertigen, die er vorhatte und bestimmt schon lange im Sinne trug, – die Meinungen der Lehrer über seine Absicht mit dieser Erwähnung gehen auseinander, aber wir meinen eher, er hatte garkeine und redete von der Lieblichen, weil er eben im feierlichen Reden und bei seinen Geschichten war und unendlich gern von Rahel redete, auch ohne Zusammenhang, ebenso gern wie von Gott; auch weil er fürchtete, daß er keine Gelegenheit mehr haben möchte, von ihr zu reden und es unbedingt noch einmal tun wollte.

Danach, als er sie denn zum letzten Mal am Wege begraben, sah er sich um, legte die Hand über die Augen und fragte:

»Und wer sind die?«

Denn er tat, als habe er die beiden Enkel bisher überhaupt noch nicht bemerkt, und übertrieb sehr seine Unmacht, zu sehen.

»Das sind meine Söhne, heiliges Väterchen«, antwortete Joseph, »die wohlbekannten, die mir Gott gegeben hat hierzulande.«

»Sind sie's«, sagte der Greis, »so bringe sie her zu mir, daß ich sie segne.«

Was war da zu bringen? Die Infanten kamen schon ganz von selbst mit schmiegsamen Hüften heran und neigten sich in ausgesuchter Wohlerzogenheit.

Der Alte wiegte mit leisem Zungenschnalzen das Haupt.

»Liebliche Knaben, soviel ich sehe«, sagte er. »Fein und lieblich vor Gott alle beide! Beugt euch zu mir herab, ihr Schätze, daß ich das junge Blut eurer Wangen herze mit dem hundertjährigen Mund! Ist das Ephraim, den ich da herze, oder Menasse? Nun, gleichviel! War es Menasse, so ist's nun Ephraim, den ich auf die Wangen küsse und auf die Augen. Siehe, ich habe dein Angesicht wiedergesehen«, wandte er sich an den Sohn, während er Ephraim noch umschlungen hielt, »was ich nicht mehr gedacht hätte; und nicht genug damit, sondern auch deinen Samen hat Gott mich noch sehen lassen. Ist es zuviel gesagt, ihn den Quell unendlicher Güte zu nennen?«

»Doch nicht«, antwortete Joseph zerstreut; denn er sorgte, daß die Knaben recht ständen vor Jaakob, der zu erkennen gab, daß er sie nicht unterscheide.

»Menasse«, sagte er leise zum Älteren, »Achtung! Hierher! Sieh nach der Ordnung, Ephraim, dorthin!«

Und nahm diesen mit seiner Rechten und schob ihn vor Israels linke Hand, und mit seiner Linken nahm er Menasse und stellte ihn gegen Jaakobs rechte, damit alles die rechte Art habe. Was aber sah er nun da mit Staunen, Unwillen und stiller Erheiterung? Das sah er: Der Vater, blind erhobenen Angesichts, legte seine linke Hand auf Manasse's gebeugtes Haupt, und, indem er die Arme kreuzte, die rechte auf Ephraims, und fing, die Augen blind in den Lüften, bevor Joseph einschreiten konnte, sofort an zu reden und zu segnen. Den dreifachen Gott rief er an, den Vater, den Hirten, den Engel, der solle die Knaben segnen und machen, daß sie nach seinem, Jaakobs, und nach seiner Väter Namen genannt würden, und daß sie wüchsen und wie Fische zur Fülle wimmelten. Ja, ja, so sei es. Ströme, du Segen, heilige Spende, aus meinem Herzen, durch meine Hände, auf euere Häupter, in euer Fleisch, in euer Blut. Amen.

Es war ganz unmöglich für Joseph, den Segen zu unterbrechen, und seine Söhne merkten garnicht, wie ihnen geschah. Sie waren überhaupt nicht sehr bei der Sache und etwas wütend, besonders Manasse, weil sie die Gazellenjagd in der Wüste versäumen mußten um dieser Ceremonie willen. Übrigens aber spürte jeder eine Segenshand auf seinem Haupt, und wenn sie hätten sehen können, daß die Hände gekreuzt waren und die rechte dem Jüngeren auflag, die linke aber dem Älteren, so hätten sie sich auch nichts daraus gemacht, sondern gedacht, das müsse so sein und sei nach des ausländischen Großvaters Stammesgewohnheiten. Und damit hätten sie nicht so unrecht gehabt. Denn Jaakob, des Pelzigen Bruder, wiederholte natürlich und ahmte nach. Den Blinden im Zelte ahmte er nach, seinen Vater, der ihm vor dem Roten den Segen dahingegeben. Ohne Segensbetrug ging es in seinen Augen nicht ab. Vertauscht mußte sein, und darum vertauschte er wenigstens seine Hände, daß auf den Jüngsten die Rechte kam und dieser zum Rechten wurde. Ephraim hatte Rahels Augen und war offensichtlich der Angenehmere, – auch das spielte mit. Hauptsächlich aber war er der Jüngere, wie er selbst, Jaakob, der Jüngere gewesen war und war vertauscht worden durch die Haut, durch das Fell. In seinen Ohren, während er die Hände vertauschte, summte es von Sprüchen, die die rüstige Mutter gemurmelt, als sie ihn zubereitete, die aber viel weiter hertönten und viel anfänglich-älter waren, als seine eigne Vertauschung: »Ich wickle das Kind, ich wickle den Stein, es taste der Herr, es esse der Vater, dir müssen dienen die Brüder der Tiefe.«

Joseph war, wie gesagt, erheitert und auch verletzt, dies beides. Sein Sinn fürs Schelmische war ausgeprägt, aber als Staatsmann fühlte er sich verpflichtet, zu retten, was von Ordnung und Recht noch zu retten war. Sobald also der Alte ausgesegnet, sagte er:

»Vater, verzeih, nicht also! Ich hatte die Knaben recht vor dich hingestellt. Hätte ich gewußt, daß du deine Hände zu kreuzen gedächtest, so hätte ich sie anders postiert. Darf ich dich aufmerksam machen, daß du deine Linke auf Manasse gelegt hast, meinen Älteren, und die Rechte auf Ephraim, den Nachgeborenen? Das schlechte Licht hier ist schuld, daß du dich, mit Verlaub gesagt, etwas versegnet hast. Willst du's nicht rasch noch verbessern, die Hände ins Rechte vertauschen und vielleicht nur noch einmal ›Amen‹ sagen? Denn die Rechte ist für Ephraim ja die Rechte nicht; Menassen gebührt sie.«

Dabei faßte er sogar des Alten Hände, die noch auf den Häuptern lagen, und wollte sie ehrerbietig ins Rechte bringen. Aber Jaakob hielt fest an ihrer Stellung.

»Ich weiß wohl, mein Sohn, ich weiß wohl«, sagte er. »Und du, laß es also sein! Du regierst in Ägyptenland und nimmst den Fünften, aber in diesen Dingen regiere ich und weiß, was ich tue. Gräme dich nicht: dieser« (und er hob seine Linke ein wenig) »wird auch zunehmen und ein groß Volk werden; aber sein kleinerer Bruder wird größer denn er werden und sein Same ein übergroß Volk sein. Wie ich's gemacht habe, hab ich's gemacht, und ist mein Wille sogar, daß es sprichwörtlich werde und eine Redeweise in Israel, also daß, wenn einer jemanden segnen will, so soll er sprechen: ›Gott setze dich wie Ephraim und Manasse.‹ Merk es, Israel!«

»Wie du befiehlst«, sagte Joseph.

Die Jünglinge aber zogen die Köpfe unter den Segenshänden hinweg, legten die Hände an ihre Taillen, glätteten ihre Frisuren und waren froh, daß sie wieder aufrecht stehen durften. Sie waren von der Vertauschung wenig berührt, – mit Recht insofern, als die heilige Fiktion, die sie zu Söhnen Jaakobs und gleichwie Lea-Sprossen machte, an ihrem persönlichen Dasein nichts änderte. Sie verbrachten ihr Leben als ägyptische Edelleute, und erst ihre Kinder, richtiger aber wohl erst einzelne ihrer Enkel schlossen sich durch Umgang, Religionsübung und Heirat mehr und mehr den ebräischen Leuten an, sodaß gewisse Gruppen der Sippschaft, die eines Tages von Keme nach Kanaan zurückwanderte, sich von Ephraim und Manasse herleiteten. Aber auch in Ansehung der Zukunft und der Auswirkung von Jaakobs Handgriff war der Gleichmut der jungen Herren nicht ungerechtfertigt, wenigstens soweit die Menge derer in Frage kam, die sich später nach ihrem Namen nannten. Denn unsere Nachforschungen haben ergeben, daß auf der Höhe ihrer Entfaltung die Leute Manasse's um gut zwanzigtausend Seelen mehr betrugen, denn Ephraims Leute. Aber Jaakob hatte seinen Segensbetrug gehabt.

Er war recht erschöpft nach der Feier und nicht mehr ganz klar im Geiste. Obgleich Joseph ihn bat, sich niederzulegen, blieb er im Bette noch sitzen und kündete dem Liebling von einem Stück Land, das er ihm vermache außer seinen Brüdern, und das er mit »seinem Schwert und Bogen« den Amoritern genommen habe. Gemeint konnte nur das Stück Saatland vor Schekem sein, das Jaakob einst von Chamor oder Hemor, dem Gichtigen, unterm Tore der Stadt für hundert Schekel Silbers erworben – und also keineswegs mit Schwert und Bogen erobert hatte. Wie kam auch Jaakob, der Zeltfromme, zu Schwert und Bogen? Er hatte nie solche Geräte geliebt noch gehandhabt und es seinen Söhnen unauslöschlich verübelt, daß sie sie früher gar wild gehandhabt hatten zu Schekem, – wodurch es eben sehr zweifelhaft geworden war, ob der damals getätigte Landkauf heute noch Gültigkeit hatte, und ob Jaakob über dies Schulterstück noch verfügen konnte.

Er tat es jedenfalls in seiner Schwäche, und Joseph dankte ihm, die Stirne auf des Vaters Händen, für das Sondervermächtnis, gerührt von dem Liebesbeweise und zugleich von der wunderlichen Erscheinung, daß gerade die Schwäche den Greis dahin verwirrte, sich in der Rolle des Kriegshelden zu sehen. Joseph urteilte, das nahe Ende zeige sich darin an, und beschloß, für diesmal nicht mehr nach Menfe zurückzukehren, sondern im nahen Pa-Kōs den Ruf zur letzten Versammlung abzuwarten.

Die Sterbeversammlung

»Versammelt euch, ihr Kinder Jaakobs! Kommet zuhauf und schart euch um eueren Vater Israel, daß er euch künde, wer ihr seid und was euch begegnen wird in zukünftigen Zeiten!«

Das war der Ruf, den Jaakob aus dem Zelte ergehen ließ an seine Söhne, als er die Stunde für gekommen erachtete, daß er seine Sterbereden halte. Denn er hatte sein Leben in seiner Hand und wußte genau, was ihm an Kräften blieb, daß er es verausgabe an die Sterbereden und dann stürbe. Durch Eliezer, seinen Großknecht, den Alt-Jungen, ließ er den Ruf ergehen; ihm sagte er ihn vor und ließ ihn sich mehrmals wiederholen, damit Damasek ihn nicht nur ungefähr, sondern nach der genauen Wortfügung wüßte. »Nicht ›kommet herbei‹«, sagte er,»sondern ›kommet zuhauf‹, und nicht ›stellt euch um Israel‹, sondern ›scharet euch‹! Nun wiederhole das ganze noch einmal und vergiß nicht des Doppelworts ›Wer ihr seid und was euch begegnen wird‹! – Gut denn endlich! Ich fürchte, ich habe an deine Belehrung zuviel von meinen Kräften gewendet. So eile!«

Und Damasek zog sein Kleid unter den Gürtel und lief nach allen Richtungen, so schnell, daß es schien, als springe die Erde ihm entgegen, legte die hohlen Hände an den Mund und rief: »Schart euch zuhauf, ihr Söhne Israels, und versammelt euch, wie ihr seid, daß euch Gutes begegne von Tag zu Tage!« Zu den Siedelungen lief er, auf die Felder und zu den Hürden, den königlichen, über die die Fünfe gesetzt waren, und zu den anderen, lief hin und her durch Ried und Pfütze, daß trübes Wasser ihm die hageren Beine bespritzte; denn es war in der Zeit des Rückganges, am fünften Tage des ersten Monats der Winterzeit, was wir Anfang Oktober nennen, und hatte im Delta nach langer Späthitze beträchtlich geregnet. Immer rief er durch seine Hände über das Land und in die Wohnungen hinein: »Wer ihr seid, versammelt euch, Söhne Jaakobs, und begegnet euch um ihn zuhauf für künftige Zeiten!« Auch ins nahe Pa-Kos lief er, wo Joseph beim Schulzen abgestiegen war, sodaß vor dem Hause Wachen standen, und rief schändlich ungenau die Worte aus, die Jaakob sorgfältig bestimmt und geordnet hatte für immer und ewig. Aber ihre Wirkung taten sie trotz der Entstellung und fanden bestürzten Gehorsam überall. Auch Pharao's Freund machte sich eilig auf zum Haus seines Vaters, mit ihm Mai-Sachme, sein Majordom, dazu viele Neugierige aus den Gassen, die auf den Ruf gehört hatten und lungern wollten.

Die Elfe erwarteten den Bruder vorm Eingang zu dem Gehänge. Er grüßte sie mit angemessener Miene, traurig-bedeutsam, küßte Benjamin, den kleinen Mann von siebenundvierzig und sprach noch eine kurze Weile leise mit ihnen hier draußen über des Vaters Befinden und darüber, daß er offenbar zu scheiden und seine Sterbereden zu halten gedächte. Sie antworteten ihm mit niedergeschlagenen Augen und etwas verklemmten Mündern, denn, wie gewöhnlich, fürchteten sie sich vor des Alten Ausdrucksmacht und vor der Sterbensstrenge des weihevollen Vater-Tyrannen, die ihnen wahrscheinlich nichts ersparen würde, und dachten alle bei sich das Menschenwort: »Um des Himmels willen, das kann ja gut werden!« Die starken Gesichtsmuskeln Re'ubens, des achtundsiebzigjährigen Herdenturms, waren bärbeißig angezogen. Er war mit Bilha dahingeschossen, das würde er bestimmt höchst ausdrucksvoll zu hören bekommen anläßlich der Feierlichkeit, und wappnete sich dagegen. Da waren Schimeon und Levi, die hatten als junge Leute Schekem barbarisch verwüstet um der Schwester willen, – eine Ewigkeit war das her, aber sie konnten sicher sein, es feierlich aufgetischt zu bekommen und wappneten sich auch. Da war Jehuda, der es versehentlich mit seiner Schnur getrieben, – er zweifelte garnicht, daß der Alte grausam und sterbensstreng genug sein werde, es ihm vorzuhalten, besonders da er selber ein wenig in sie verliebt gewesen war. Da waren sie alle und hatten, bis auf Benjamin, den Gegängelten, einst den Dumuzi verkauft. Jaakob würde imstande sein, auch davon bei dieser Gelegenheit zu singen und zu sagen, – sie erwarteten es und verstockten sich alle in dieser Erwartung. Namentlich die Lea-Söhne verstockten sich, denn keiner von ihnen hatte es je dem Vater verziehen, daß er nach Rahels Tod nicht ihre Mutter, sondern Bilha, Rahels Magd, zur Liebsten und Rechten gemacht hatte. Er hatte auch seine Schwächen und hatte gefühlvolle Willkür geübt sein Leben lang. An der Geschichte mit Joseph, dachten sie trotzig, war er eben so schuldig wie sie, das sollte er bedenken, eh' er die Sterbensgelegenheit großartig wahrnahm, sie dafür abzukanzeln. Kurzum, ihre Furcht vor der Szene kleidete sich in Verstocktheit; sie machte, daß sie im Voraus beleidigte Mienen aufsetzten um dessentwillen, was drinnen bevorstand; und Joseph sah es und redete ihnen gütlich zu, indem er von einem zum anderen trat, sie freundlich anrührte und sagte:

»Gehen wir denn hinein zu ihm, Brüder, und laßt uns in Demut den Spruch hören, den uns der Liebe verhängt, ein jeder den seinen. Vernehmen wir ihn, wenn's nötig, mit Nachsicht! Denn Nachsicht soll zwar herniedergehen von Gott zum Menschen und vom Vater zum Kinde, bleibt sie aber aus, so soll das Kind ehrfürchtige Nachsicht üben gegen die Schwäche des Größeren im Verzeihen. Gehen wir, er wird uns beurteilen mit Wahrheitssinn, und werden unser Teil bekommen alle, glaubt mir, ich auch.«

So traten sie behutsam ins Zelt, der ägyptische Joseph mit ihnen, aber durchaus nicht zuerst, obgleich sie ihn wollten vorangehen lassen; sondern mit Benjamin ging er hinter den Lea-Söhnen und nur vor den Kindern der Mägde. Mai-Sachme, sein Haushalter, ging auch mit hinein, teils mit dem Rechte, daß er schon lange in dieser Geschichte war und eine Rolle gespielt hatte bei ihrer Ausschmückung, teils auch, weil die Versammlung weitgehend öffentlich war und, wie sich herausstellte, eigentlich jedermann Zutritt dazu hatte: im Sterbegemach war es sehr voll, als die Zwölfe darin waren, denn mit Damasek-Eliezer, dem Rufer, umstanden noch eine Anzahl Unter-Diener aus Jaakobs engerer Pflegschaft das Lager des Herrn, und von seiner Nachkommenschaft standen viele, oder lagen auf ihren Angesichtern im weiteren Raum. Sogar Weiber mit Kindern, auch solche, die einem Säugling die Brust gaben, waren da. Knaben saßen auf den Truhen an den Wänden und betrugen sich nicht immer zum besten, obgleich jede Ungebühr rasch unterdrückt wurde. Dazu hatte man das Eingangsgehänge weit aufgerafft, sodaß diejenigen, die sich vor dem Hause drängten, Hofvolk und Zaungäste des Städtchens Pa-Kōs, eine Menge Menschen, freien Einblick hatten und sozusagen einbezogen waren in die Versammlung. Da die Sonne sich neigte und diese äußere Gemeinde gegen einen orangefarbenen Abendhimmel stand, so wirkte sie schattenhaft, und nicht leicht war ein Einzel-Gesicht zu unterscheiden. Aber das Gegenlicht der beiden Öllampen, die auf hohen Ständern am Kopf- und Fußende des Sterbebettes loderten, erlaubt uns doch, eine prägnante Gestalt dort draußen mit aller Bestimmtheit auszumachen: eine hagere Matrone in Schwarz, zwischen zwei auffallend breitschultrigen Männern, das graue Haar von einem Schleier bedeckt. Kein Zweifel, es war Thamar, die Entschlossene, mit ihren weidlichen Söhnen. Sie war nicht hereingekommen, sondern hielt sich draußen für den Fall, daß Jaakob bei seinen Sterbereden auf Juda's Sünde mit ihr sollte zu sprechen kommen. Aber zur Stelle war sie – und ob sie zur Stelle war, da Jaakob den Segen vererben sollte auf den, mit dem sie am Wege gebuhlt und sich auf den Weg gebracht! Auch ohne das Lampenlicht von hier drinnen wäre ihr stolzer Schattenriß vor dem halb regnerisch farbigen Abendhimmel uns nicht entgangen.

Der, welcher sie einst die Welt gelehrt und die große Geschichte, in die sie sich eingeschaltet, er, der die Sterbeversammlung einberufen, Jaakob ben Jizchak, der vor Esau gesegnete, lag, von Kissen gestützt, unter einem Widderfell, im Hintergrunde auf seinem Bette, genau so weit bei Kräften, wie er's noch bedurfte, die Wachsblässe seines Antlitzes leicht getönt vom farbigen Zwielicht und von der Glut des Kohlenbeckens in seiner Nähe. Sein Anblick war mild und groß. Eine weiße Binde, wie er sie zu tragen pflegte, wenn er opferte, war um seine Stirn geschlungen. Weißes Schläfenhaar krauste darunter seitlich dahin und ging in gleicher Breite in den die Brust ganz bedeckenden Patriarchenbart über, der unterm Kinn dicht und weiß, weiter unten grauer und schütterer war, und in dem der feine, geistige und etwas bittere Mund sich abzeichnete. Ohne daß er das Haupt gewandt hätte, waren seine braunen Augen mit den zarten Drüsenschwellungen darunter, spähend seitlich gedreht, sodaß viel gelbliches Weiß des Augapfels bloß gelegt war. Nach den eintretenden Söhnen gingen die Augen, den vollzähligen Zwölfen, denen sich schnell eine Gasse zur Lagerstatt öffnete. Damasek und die Pflegediener traten davon zurück; die überm Euphrat Gezeugten mit dem Kleinen, an dem in Abrahams Land seine Mutter gestorben, neigten sich davor auf ihre Stirnen und standen dann geschart um das Vaterhaupt. Vollkommene Stille war eingetreten, und aller Blicke waren auf Jaakobs blasse Lippen gerichtet.

Sie öffneten sich mehrfach versuchsweise, bevor sie Worte bildeten, und mühsam-leise setzte seine Rede an. Später sprach er sich frei, und seine Stimme gewann vollen Klang, um erst ganz zuletzt, als er Benjamin segnete, wieder in Schwäche zu erlöschen.

»Willkommen, Israel«, sprach er, »du Gürtel der Welt, Zone des Wandels, Feste des Himmels und Damm, in heiligen Bildern geordnet! Siehe, gehorsam kamst du zu Hauf und hast dich in völliger Zahl mutig geschart um das Bett meines Scheidens, daß ich dich beurteile nach der Wahrheit und dir weissage aus der Weisheit der letzten Stunde. Sei gelobt, Sohneskreis, für deine Willfährigkeit und gepriesen für deine Beherztheit! Gesegnet sei allzumal von der Hand des Sterbenden und gebenedeit in deiner Gänze. Gesegnet mit wohlgesparter Kraft und gebenedeit in Ewigkeit! Merke: was ich dir zu sagen habe, einem jeden für sich, nach der Reihe, das sage ich unterm Gesamtheitssegen.«

Hier setzte seine Rede aus, und er bewegte eine Weile nur leise die Lippen, ohne Laut und für sich allein. Dann aber ermannte sich sein Gesicht, er bewegte die Stirnhaut, und der Schwäche drohend befestigten sich seine Brauen.

»Re-uben!« kam es aufrufend von seinen Lippen.

Der Herdenturm trat hervor auf gegürteten Säulenbeinen, ganz greis auf dem Kopf, mit geschabtem, rotem Gesicht, das greinend verzogen war, wie bei einem Knaben, der Schelte erwartet: die lidentzündlichen Augen blinzelten rasch unter den weißen Brauen, und die Mundwinkel waren so bitterlich stark nach unten gezogen, daß sich dicke Muskelwülste zu beiden Seiten bildeten. So kniete er hin an Bettes Bord und neigte sich über.

»Ruben, mein größester Sohn«, hob Jaakob an, »du bist meine früheste Macht und meiner Mannheit Erstling, dein war das Vorrecht und ein mächtiger Vorzug, im Kreise warst du der Oberste, der Nächste zum Opfer und der Nächste zum Königtum. Es war ein Versehen. Ein Abgott zeigte mir's an auf dem Felde im Traum, ein beizendes Tier der Wüste, ein Hundsknabe mit schönem Bein, auf dem Steine sitzend, gezeugt aus Versehen, gezeugt mit der Unrechten in blinder Nacht, der alles gleich ist, und die von Liebesunterscheidung nichts weiß. So zeugte ich dich, mein Oberster, in wehender Nacht mit der Falschen, der Tüchtigen, im Wahne zeugte ich dich und gab ihr die Blüte, denn es war Vertauschung, vertauscht war der Schleier, und mir zeigte der Tag, daß ich nur gezeugt hatte, wo ich zu lieben wähnte, – da kehrten sich Herz und Magen mir um, und ich verzweifelte an meiner Seele.«

Man verstand eine Weile nicht mehr, was er sagte; nur wieder mit lautlosen Lippen sprach er längere Zeit vor sich hin. Dann kehrte die Stimme zurück, stärker als vorher, und zeitweise redete er nicht mehr zu Ruben, sondern von ihm und über ihn, in der dritten Person.

»Er schoß dahin wie Wasser«, sagte er. »Wie siedend Wasser brodelte er aus dem Topf. Er soll nicht der Oberste sein und nicht des Hauses Tragepflock, er soll keinen Vorzug haben. Auf seines Vaters Lager ist er gestiegen und hat mein Bette besudelt mit seinem Aufsteigen. Seines Vaters Scham hat er geblößt und belacht, mit der Sichel ist er dem Vater genaht und hat starken Mutwillen geübt mit seiner Mutter. Cham ist er, schwarz von Angesicht und geht nackend mit bloßer Scham, denn wie der Chaosdrache hat er sich aufgeführt und sich benommen nach der Sitte des Hippopotamus. – Hörst du, meine erste Macht, was ich dir nachsage? Sei verflucht, mein Sohn, verflucht unterm Segen! Dir ist genommen das Vorrecht, entzogen das Priestertum und aufgekündigt die Königsherrschaft. Denn du taugst nicht zur Führung, und verworfen ist deine Erstlingsschaft. Überm Laugenmeer wohnst du und grenzest an Moab. Deine Taten sind schwächlich und deine Früchte unbedeutend. Dank dir, mein Größester, daß du mutig zuhauf kamst und dich tapfer dem Spruche stelltest. Einem Herdenturm gleichst du und trittst einher auf Beinen wie Tempelsäulen, weil ich so gewaltig und mannhaft meine erste Kraft ausschüttete im Wahn der Nacht. Väterlich sei verflucht und leb wohl!«

Er schwieg, und der alte Ruben trat zurück in die Schar, alle Muskeln seines Gesichtes in grimmer Würde angezogen, mit niedergeschlagenen Augen nach Art seiner Mutter, wenn sie mit den Lidern ihr Schielen verhüllte.

»Die Brüder!« forderte Jaakob nun. »Die Zwillingssöhne, unzertrennlich am Himmel!«

Und Schimeon und Levi beugten sich über. Sie waren auch schon sieben- und sechsundsiebzig (denn Zwillinge waren sie garnicht, nur unzertrennlich), hatten sich aber ihr raufboldhaftes Ansehen so weit wie irgend möglich bewahrt.

»O, o, die Gewaltigen, die Eingefärbten, die Narbenleiber!« sagte der Vater und rückte ab, indem er tat, als fürchtete er sich vor ihnen. »Sie küssen die Geräte der Gewalt, ich will nichts wissen von ihnen. Ich liebe das nicht, ihr Wüsten. Meine Seele komme nicht in ihren Rat, und meine Ehre habe nichts gemein mit der ihren. Ihre Wut hat den Mann erschlagen und ihr Mutwillen am Stiere gefrevelt, dafür traf sie der Fluch der Beleidigten, und verhängt war ihnen Untergang. Was habe ich ihnen gesagt? Verflucht sei ihr Zorn, daß er so heftig, und ihr Grimm, daß er so störrig ist! Das habe ich euch gesagt. Seid hiermit verflucht, meine Lieben, verflucht unterm Segen. Getrennt sollt ihr sein und voneinandergenommen, daß ihr nicht Unfug übt mitsammen für und für. Sei zerstreut in Jaakob, mein Levi! Dein sei ein Los und Land immerhin, starker Schimeon, aber ich sehe, es ist nicht eigenständig und gehet auf in Israel. In den Hintergrund sei geordnet, Doppelgestirn, nach des Segnenden Sterbehellsicht! Tretet zurück!«

Das taten sie, ziemlich unerschüttert von ihrem Spruch. Sie wußten ja längst Bescheid und hatten keinen besseren erwartet. Auch daß er in öffentlicher Feier vor aller Ohren noch einmal ausdrücklich gefällt wurde, machte ihnen nichts aus, denn ohnedies wußten alle Bescheid, und »Israel« blieben sie jedenfalls, – ihre Verwerfung geschah unterm Gesamtheitssegen.

Zudem waren sie, mit der ganzen Zuhörerschaft, durchdrungen davon, daß Verworfenheit eine Rolle ist wie eine andere und ihre eigene Würde hat: Jeder Stand ist ein Ehrenstand, das war ihre Auffassung und die aller Übrigen. Außerdem noch war klar und deutlich, daß der Vater teilweise garnicht von ihnen gesprochen hatte, sondern vom Sternbild der Zwillinge. Teils aus eingeborenem Hang zum Bedeutenden, teils in der Verwirrung, die die Schwäche erzeugt, und der er feierlich nachgab, eben aus Liebe zum Bedeutenden, hatte er sie mit den Gemini stark durcheinandergebracht und babylonische Erinnerungen hineingemischt, die allen, selbst den Knaben auf den Kommoden, bekannt waren. Offenkundig und geflissentlich hatte er sie zeitweise mit Gilgamesch und Eabani aus dem Liede verwechselt, so grimmig und zornig um ihrer Schwester willen, die den Himmelsstier zerstückelt hatten und ob dieses Frevels von Ischtar verflucht worden waren. Sie selbst hatten zu Sichem, der Stätte Schekem, wo sie allerdings schwer getobt hatten, sich um Stiere garnicht besonders bekümmert und erinnerten sich nicht, einen gelähmt zu haben; nur Jaakob hatte es von Anfang an und jedesmal, wenn er auf die Sache zurückkam, mit dem Stiere gehabt. Kann man aber ehrenvoller verflucht werden, als indem man mit den Dioskuren und mit Sonne und Mond verwechselt wird? Das ist eine Verwerfung, die man sich auch vor großem Publikum gefallen lassen kann, und sie trifft einen nur halb persönlich; zur anderen Hälfte ist sie ein sterbeträumerisches Gedankenspiel.

Es ist besser, hier gleich zu sagen, daß sternenkundige Bedeutsamkeiten und Anspielungen sich wiederholt in Jaakobs Bescheide an seine Söhne einmischten und nebst der Erhöhung eine gewisse menschliche Ungenauigkeit schufen. Das war Absicht und Schwäche und Absicht in der Schwäche. Schon bei Ruben war etwas vom Wassermann zu spüren gewesen. Juda, der jetzt an die Reihe kam, und bei dessen gewaltiger und entscheidender Segnung der Greis sich sehr verausgabte, sodaß er später einmal zwischenein Gott um Hilfe anrufen mußte, fürchtend, er werde nicht durchkommen und vor allem nicht mehr zu Joseph gelangen, – Juda also hatte schon immer der »Löwe« geheißen, aber die ihm gewidmete Sterberede arbeitete mit diesem Titel so unermüdlich und ließ den geplagten Jehuda so absichtsvoll in Löwengestalt erscheinen, daß niemand die ekliptische Anlehnung verkennen konnte. Bei Issakhar schimmerte viel vom Krebse durch, – das Sternbild der Eselchen, das in diesem Zeichen steht, wurde in kosmischen Zusammenhang mit seinem Alltagsnamen »der knochige Esel« gebracht. Bei Dan merkte jeder die Wage, des Rechtes und Richtens Gleichnis, wenn auch die stechende Hornnatter seine Zeichnung mitbestimmte; und Naphtali's Hirsch- und Hindengestalt wechselte, deutlich für die Meisten, ins Widderhafte hinüber. Joseph selbst machte keine Ausnahme, im Gegenteil, die astrale Aufhöhung bewährte sich sogar doppelt bei ihm, Jungfrau und Stier wechselten bei seiner Kennzeichnung. Diejenige Benjamins endlich, als er daran kam, schien vom Skorpion her bestimmt, denn der gute Kleine wurde als reißender Wolf gefeiert, nur weil der Lupus dem Stachelschwanz südlich nahe steht.

Hier wurde die Entpersönlichung durch den sternenmythischen Anstrich am allerdeutlichsten, die es den reisigen Zwillingen soviel leichter machte, ihren Bescheid mit Gemütsruhe hinzunehmen. Sie lebten in früher Zeit, aber auch wieder in später schon, die viel Erfahrung in mancher Hinsicht hatte, auch in der auf die nicht unbedingte Zuverlässigkeit der Sterbe-Hellsicht und Weissagung. Der Blick, den Scheidende ins Zukünftige tun, ist eindrucksvoll und ehrwürdig; man darf ihm viel Glauben schenken, aber nicht zuviel, denn ganz hat er sich nicht immer bewahrheitet, und es scheint, daß der schon außerirdische Zustand, der ihn erzeugt, zugleich doch auch als

Fehlerquelle zu werten ist. Auch Jaakob beging feierliche Irrtümer – neben ausgezeichnet zutreffenden Dingen, die er erblickte. Aus Rubens Nachkommenschaft wurde wirklich nicht viel, und der Stamm Schimeon blieb immer anlehnungsbedürftig und verlor sich in Juda. Daß aber das Leviblut mit der Zeit zu den höchsten Ehren gelangen und das Dauer-Vorrecht des Priestertums gewinnen sollte, – wie wir, die wir zwar in der Geschichte, aber auch außer ihr sind, nun doch einmal wissen – das blieb dem Scheideblick Jaakobs offenbar verhüllt. Seine Sterbe-Prophetie versagte ehrwürdig in diesem Punkt – und auch in anderen noch. Von Sebulun sagte er, er solle zum Gestade des Meeres hin wohnen und zum Gestade der Schiffe hin; an Sidon solle er grenzen. Das lag nahe, denn dieses Sohnes Vorliebe fürs Meer und den Pechgeruch war allbekannt. Sein Stammesgebiet aber reichte dereinst durchaus nicht ans große Grüne, noch grenzte es je an Sidon. Es lag zwischen jenem und dem See Galiläa's, getrennt von diesem durch Naphtali, vom Meere durch Ascher.

Für uns sind solche Fehlblicke von hohem Wert. Denn gibt es nicht Klüglinge, die behaupten, die Segnungen Jaakobs seien nach Josua's Zeiten verfaßt, und man habe »Weissagungen aus dem Ereignis« darin zu erblicken? Man kann nur die Achseln darüber zucken – nicht nur, weil wir ja an des Vaters Sterbebett zugegen sind und seine Worte mit eigenen Ohren hören, sondern auch, weil Wahrsprüche, die erst an der Hand des geschichtlich Vorliegenden ausgegeben werden, zurückdatierte Wahrsprüche, es sehr leicht haben, sich der Fehler zu enthalten. Der sicherste Beweis für die Echtheit einer Weissagung bleibt ihre Irrtümlichkeit. –

Und so rief Jaakob denn Juda auf, – es war ein mächtiger Augenblick, und tiefe Stille herrschte sowohl draußen vorm Zelt wie bei uns drinnen. Es ist sehr selten, daß eine so vielköpfige Versammlung sich in so tiefe, reg- und atemlose Stille bannt. Der Uralte hob die bleiche Hand gegen den vierten Sohn, der, im Voraus aufs Tiefste beschämt, das fünfundsiebzigjährige Haupt beugte, – den Finger hob er gegen ihn und wies auf ihn und sprach:

»Juda, du bist's!«

Ja, er war's, der Geplagte, der seinem Gefühl nach gänzlich Unwürdige, der Knecht der Herrin, der keine Lust zur Lust hatte, aber sie zu ihm, der Sünder und der Gewissenhafte. Man denkt wohl: mit fünfundsiebzig kann's so schlimm nicht mehr sein mit der Hörigkeit und knechtischen Lust, aber da irrt man sich. Das hält aus bis zum letzten Seufzer. Ein wenig stumpfer mag ja der Speer geworden sein, aber daß je die Herrin den Knecht entließe, das gibt es garnicht. Tief beschämt beugte Juda sich über zum Segen, – aber nun seltsam doch! In dem Maße, wie es hoch herging über ihm und aus dem Horn das Öl der Verheißung auf seinen Scheitel floß, befestigte sich sein Gefühl, nahm zusehends Trost an und sprach mit wachsendem Stolze zu sich: »Nun denn, trotzdem offenbar. Es war am Ende so schlimm nicht, und für den Segen war's sichtlich kein Hindernis, vielleicht wird das nicht so schwer genommen, – die Reinheit, nach der ich lechzte, war, wie sich zeigt, nicht unerläßlich zum Heil, gewiß gehörte alles dazu, die ganze Hölle, wer hätt' es gedacht, auf mein Haupt träufelt's, Gott gnade mir, aber ich bin's!«

Es träufelte nicht, es strömte und brauste. Fast rückhaltlos verausgabte sich Jaakob bei Juda's Segen, sodaß mehrere Brüder nachher nur Kurzes und Ungefähres mit matter Stimme zu hören bekamen.

»Du bist es, Jahuda! Der du die Hand am Nacken deiner Feinde hast, – deine Brüder sollen dich loben. Ja beugen sollen sich dir deines Vaters Söhne und aller Mütter Kinder in dir den Gesalbten preisen!« – Dann kam der Löwe. Eine ganze Weile gab's nur den Löwen und gab gewaltige Löwenbilder. Eine

Löwenbrut war Juda, aus dem Wurf einer Löwin, ein unverfälschter Leu. Vom Raube richtete der Reißende sich auf, er fauchte und donnerte. Auf seinen Wüstenberg zog er sich zurück, da lagerte er und reckte sich wie ein Mähnenkönig und wie einer grimmen Löwin Sohn. Wer wagte es, ihn aufzuscheuchen? Das wagte niemand! Verwunderlich war nur, wie der Vater die Söhne, die er segnen wollte, als reißende Räuber pries, da er doch denen, die er nicht segnen wollte, es so sehr verübelte, daß Geräte der Gewalt ihre Verwandten seien. Wie er sich selbst, aus purer Schwäche, in der Rolle des Recken gesehen hatte, mit Schwert und Bogen, so pries er nun seine Söhne, voran den geplagten Juda, aber zuletzt sogar noch Klein-Benjamin, als blutfrohes Raubgetier und als wilde Kämpen. Es ist merkwürdig: die Schwäche der Sanften und Geistigen ist die Schwäche fürs Heldische.

Und doch ging Jaakob beim Juda-Segen garnicht aufs Raub-Heldische aus. Der Held, auf den er abzielte, und den er sich längst schon hervorgedacht, war nicht von der Art, an deren brüllende Pracht sich die Schwäche verliert, – Schilo war sein Name. Vom Löwen zu ihm war es weit; darum machte der Segnende einen Übergang: er fügte das Gesicht eines großen Königs ein. Der König saß auf seinem Stuhl, und der Herrscherstab lehnte zwischen seinen Füßen, der sollte von dort nicht weichen, noch von ihm genommen sein, bis daß »der Held« käme, bis daß Schilo erschiene. Für Juda, den König mit dem Befehlsgeber zwischen den Füßen, war dieser Verheißungsname ganz neu, – für die ganze Versammlung war er eine Überraschung, und erstaunt horchte sie auf. Nur eine von allen war's, die ihn kannte und begierig auf ihn gewartet hatte. Unwillkürlich werfen wir einen Blick hinaus auf ihren Schattenriß, – hoch aufgerichtet stand sie, in dunklem Stolz, und lauschte, wie Jaakob den Samen des Weibes verkündigte. Von Juda sollte nicht die Gnade weichen, er sollte nicht sterben, sein

Auge nicht auslaufen, ehe denn seine Größe übergroß würde, dadurch, daß er aus ihm käme, dem alle Völker anhangen würden, der Friedebringer, der Mann des Sternes.

Wie es herging über Juda's beschämtem Haupt, das war über alles Erwarten. Seine Person – oder seine Stammesgestalt – vermischte sich, sei es mit Absicht oder nur aus Gedankenverwirrung, oder aus beidem, indem nämlich die Verwirrung absichtlich ausgenutzt wurde zu hochgehender Poesie, – sie vermischte sich und rann in einander mit Schilo's Gestalt, sodaß niemand wußte, ob von Juda die Rede war oder von dem Verheißenen bei den Gesichten der Segensfülle und der Begnadung, in denen sich Jaakob erging. Alles schwamm in Wein, – es wurde den Lauschenden rot vor den Augen vor Weingefunkel. Ein Land war das, dieses Königs Reich, ein Land solcher Art, daß einer sein Tier an den Weinstock band und an die Edelrebe sein Eselsfüllen. Waren es die Weinberge von Hebron, die Rebenhügel von Engedi? In seine Stadt ritt »er« ein auf einem Esel und auf einem Füllen der lastbaren Eselin, – da war nichts als trunkene Lust wie von rotem Weine bei seinem Anblick, und er selber war einem trunkenen Weingott gleich, der die Kelter tritt, hoch geschürzt und begeistert: das Weinblut netzte seinen Schurz und der rote Rebensaft sein Gewand. Schön war er, wie er watend trat und den Tanz der Kelter vollführte, – schön über alle Menschen: so weiß wie Schnee, so rot wie Blut und so schwarz wie Ebenholz ...

Jaakobs Stimme verlor sich. Sein Haupt nickte nieder, und er schaute von unten. Sehr hatte er sich verausgabt bei diesem Segen, in fast unwirtschaftlicher Weise. Er schien um die Erneuerung seiner Kräfte zu beten. Juda, der fand, er sei ausgesegnet, trat zurück, beschämt und erstaunt, weil Unreinheit also kein Hindernis war. Das Aufsehen in der Sterbeversammlung über die vollkommen neuen Enthüllungen und Anzeigen, die dieser Segen gebracht, über die Verkündigung Schilo's, war außerordentlich und kaum zu bändigen. Ein lebhaftes Flüstern ging um, so drinnen wie draußen. Draußen war es sogar ein Murmeln; man hörte Stimmen den Namen Schilo erregt wiederholen. Doch alle Bewegung verstummte sogleich, als Jaakob Haupt und Hand wieder hob. Der Name Sebuluns kam von seinen Lippen.

Der tat sein Haupt unter die Hand, und da sein Name »Wohnung« war und »Behausung«, so wunderte niemand sich, daß Jaakob ihm seine Wohnung anzeigte und seine Behausung: zum Gestade hin sollte er wohnen, den Schätzen der Schiffe nahe und sollte an Sidon grenzen. Genug damit, er hatte es sich schon immer gewünscht, und ziemlich mechanisch und matt wurde es über ihn ausgesprochen. Issakhar ...

Issakhar würde gleich einem knochigen Esel sein, der zwischen den Hürden lagert. Die Eselchen im Krebse waren seine Gevattern, aber trotz dieser Beziehung schien Jaakob nicht viel von ihm zu erwarten. In Kürze erzählte er von ihm in der Vergangenheitsform, die Zukunft bedeutete. Issakhar sah die Ruhe, daß sie gut, und das Land, daß es angenehm war. Er war stark und phlegmatisch. Er machte sich nichts daraus, seine Knochen herzuleihen zum Lasttragen als Karawanenesel. Das Bequemste schien ihm, zu dienen, und neigte die Schultern, daß man sie belüde. Soviel von Issakhar. Er stieß an den Jordan, glaubte Jaakob zu sehen. Genug von ihm. Nun zu Dan.

Dan führte die Wage und richtete mit Scharfsinn. So spitzfindig war er von Geist und Zunge, daß er stach und gleich einer Natter war. Dieser Sohn gab Jaakob Gelegenheit, mit erhobenem Finger eine kleine tierkundliche Belehrung für die Anwesenden einfließen zu lassen: Im Anfang, als Gott im Schaffen war, hatte er den Igel mit der Eidechse gekreuzt, so ward die Otterschlange. Dan war eine Otterschlange. Eine Schlange war er am Wege und eine Hornnatter am Steige, nicht leicht gewahr zu werden im Sande und äußerst tückisch. In ihm nahm das

Heldische die Form der Tücke an. Des Feindes Roß stach er in die Ferse, daß der Reiter rücklings fiel. So Dan, von Bilha. »Auf deine Hilfe hoffe ich, Ewiger!«

Hier war es, daß Jaakob diesen Seufzer und dieses Stoßgebet tat, im Gefühl der Erschöpfung und in der Besorgnis, nicht fertig zu werden. Er hatte soviele Söhne gezeugt, daß ihre Anzahl in seiner letzten Stunde fast über seine Kräfte ging. Mit Gottes Hilfe aber würde er durchkommen.

Er forderte den gedrungenen, mit Erz benähten Gad.

»Gadiel, es drängt dich Gedränge, aber letztlich drängst du. Dränge wohl, mein Gedrungener! – Nun Ascher!«

Ascher, der Leckerlippige, hatte fett Land vom Berge bis gegen Tyrus. In Korn wogte das Niederland und troff von Öl, daß er fett speiste und schuf fein Salbenfett wie es die Könige einander zuschicken für ihr Wohlgefühl. Von ihm kam Wohlgefühl und die Lust des gepflegten Leibes, die auch etwas ist. Ascher, du wirst auch etwas sein. Und ist Gesang von dir kommen und süße Verkündigung, des sei gepriesen vor deinem Bruder Naphtali, den ich nun unter meine Hand rufe.

Naphtali war eine Hirschkuh, die über Gräben setzt und eine springende Hindin. Sein war die Hurtigkeit und der Galopp, ein rennender Schafbock war er, wenn er die Hörner einlegt und losrennt. Auch seine Zunge war hurtig, sie lieferte flinke Benachrichtigung, und schleunig reiften die Früchte der Ebene Genasar. Rasch reifender Früchte, Naphtali, seien deine Bäume voll, und schnelles Gelingen, wenn auch kein allzu bedeutendes, sei dein Spruch und Teil.

Auch dieser Sohn trat ausgesegnet zurück. Mit geschlossenen Augen ruhte der Alte, in tiefer Stille, das Kinn auf der Brust. Und über ein Weilchen lächelte er. Alle sahen dies Lächeln und waren gerührt, denn sie wußten den Ruf, den es ankündigte. Es war ein glückliches, ja verschmitztes Lächeln und etwas traurig auch, aber verschmitzt eben dadurch, daß Liebe und Zärtlichkeit innig darin die Trauer überkamen und den Verzicht. »Joseph!« sagte der Greis. Und ein Sechsundfünfzigjähriger, der einmal dreißig gewesen war und siebzehn und neun und im Wiegenbettchen gelegen hatte als Lamm des Mutterschafs, ein Kind der Zeit, schön von Gesicht, in ägyptischem Weiß, Pharao's Himmelsring am Finger, ein begünstigter Mann, beugte sich unter die bleiche Segenshand.

»Joseph, mein Reis, du Sohn der Jungfrau, der Lieblichen Sohn, Sohn des Fruchtbaums am Quell, Fruchtrebe du, deren Zweige ranken über das Mauergestein, sei mir gegrüßt! Dessen der Frühlingspunkt ist, erstgeborener Stier in seinem Schmucke, gegrüßt sei mir!«

Jaakob hatte dies laut und vernehmlich gesprochen, als feierliche Anrede, die alle hören sollten. Danach aber senkte er seine Stimme beinahe zum Raunen, sichtlich gewillt, die Öffentlichkeit, wenn nicht auszuschließen, so doch einzuschränken bei diesem Segen. Nur die Nächststehenden vernahmen seine Abschiedsworte an den Gesonderten; weiter Entfernte faßten nur Einzelnes auf, und ganz leer aus gingen fürs erste die draußen. Nachher aber wurde alles wiederholt, verbreitet und durchgesprochen.

»Geliebtester du«, kam es von den schmerzlich lächelnden Lippen. »Kühnen Herzens Bevorzugter um der einzig Geliebten willen, die in dir lebte, und mit deren Augen du blicktest, ganz so, wie sie mir einst entgegenblickte am Brunnen, als sie mir erstmals erschien unter Labans Schafen und ich den Deckel wälzte für sie, – ich durfte sie küssen, und es frohlockten die Hirten: ›Lu, lu, lu‹. In dir hielt ich sie, Liebling, als der Gewaltige sie mir entrissen, in deiner Anmut wohnte sie, und was ist süßer als das Doppelte, Schwankende? Ich weiß wohl, daß das Doppelte nicht des Geistes ist, für den wir stehen, sondern ist Völkernarrheit. Und doch erlag ich seinem urmächtigen Zauber. Kann man denn auch allezeit gänzlich des Geistes sein und die

Narrheit meiden? Siehe, doppelt bin ich nun selbst, bin Jaakob und Rahel. Sie bin ich, die so schwer von dir dahinging ins fordernde Land, denn auch mich fordert es heute von dir hinweg – es fordert uns alle. Du auch, meine Freude und Sorge, hast schon halben Weg gemacht gegen das Land und warst doch einmal klein und dann jung und warst alles, was mein Herz unter Anmut verstand, – ernst war mein Herz, aber weich, drum war es schwach vor der Anmut. Zum Erhabenen berufen und zum Anschauen diamantener Schroffen, liebte es heimlich die Reize der Hügel.«

Seine Worte versiegten für einige Minuten, und er lächelte mit geschlossenen Augen, als wandelte sein Geist in der reizenden Hügellandschaft, deren Bild ihm beim Segen Josephs aufgestiegen war.

Als er wieder zu sprechen begann, schien er vergessen zu haben, daß Josephs Haupt unter seiner Hand war, denn auch von ihm sprach er nun eine Weile wie von einem Dritten.

»Siebzehn Jahre lebte er mir und hat mir gelebt noch andere siebzehn Jahre nach Gottes Gnade: dazwischen lag meine Starre und lag des Gesonderten Schicksal. Seiner Anmut stellten sie nach, – töricht, denn Klugheit war innig eines mit ihr, daran ward ihre Gier zuschanden. Lockender, als man je gesehen, sind die Frauen, die hinaufsteigen, um ihm von Mauern und Türmen und von den Fenstern nachzusehen, aber sie haben das Nachsehen. Da machten's ihm bitter die Menschen und befeindeten ihn mit Pfeilen der Nachrede. Aber in Kraft blieb sein Bogen, sein Muskel in Kraft, und ihn hielten des Ewigen Hände. Nicht ohne Entzücken wird seines Namens gedacht werden, denn ihm gelang, was wenigen glückt: Gunst zu finden vor Gott und den Menschen. Das ist ein seltener Segen, denn meist hat man die Wahl, Gott zu gefallen oder der Welt; ihm aber gab es der Geist anmutigen Mittlertums, daß er beiden gefiel. Überhebe dich nicht, mein Kind, – muß ich dich mahnen? Nein, ich weiß, deine Klugheit hütet dich wohl vor Hoffart. Denn es ist ein lieblicher Segen, aber der höchste und strengste nicht. Siehe, dein teures Leben liegt vor des Sterbenden Blick in seiner Wahrheit. Spiel und Anspiel war es, vertraulich, freundliche Lieblingsschaft, anklingend ans Heil, doch nicht ganz im Ernste berufen und zugelassen. Wie sich Heiterkeit und Traurigkeit darin vermischen, das ergreift mein Herz mit Liebe, – so liebt dich keiner, Kind, der nur deines Lebens Glanz, nicht auch, wie das Vaterherz, seine Traurigkeit sieht. Und so segne ich dich, Gesegneter, aus meines Herzens Kraft in des Ewigen Namen, der dich gab und nahm und gab und mich nun von dir hinwegnimmt. Höher sollen meine Segen gehen, als meiner Väter Segen ging auf mein eigenes Haupt. Sei gesegnet, wie du es bist, mit Segen von oben herab und von der unteren Tiefe, mit Segen quellend aus Himmelsbrüsten und Erdenschoß! Segen, Segen auf Josephs Scheitel, und in deinem Namen sollen sich sonnen, die von dir kommen. Breite Lieder sollen strömen, die deines Lebens Spiel besingen, immer aufs neue, denn ein heilig Spiel war es doch, und du littest und konntest verzeihen. So verzeihe auch ich dir, daß du mich leiden machtest. Und Gott verzeihe uns allen!«

Er endete und zog zögernd die Hand zurück von diesem Haupt. So trennt sich ein Leben vom andern und muß dahingehen; über ein Kleines aber, so geht auch das andre dahin.

Joseph trat unter die Brüder zurück. Er hatte nicht zuviel gesagt, daß auch er sein Teil bekommen und mit Sterbe-Wahrheitssinn werde beurteilt werden. Er nahm Benjamin bei der Hand und brachte ihn dar, da der Greis ihn aufzurufen versäumte. Sichtlich war es mit dessen Kräften aufs Letzte gekommen, und Joseph mußte die Segenshand zu des Brüderchens Scheitel führen, weil sie von selbst nicht mehr hätte den Weg gefunden. Daß es der Jüngste war, der seinen Spruch erwartete, wußte der Alte wohl noch, aber was seine versagenden Lippen noch murmelten, gab keinen Reim auf des Kleinen Person. Möglich, daß sie einen geben würden auf seine Nachkommen. Benjamin, so erlauschte man, war ein reißender Wolf, der des Morgens Raub fressen und des Abends Raub austeilen würde. Er war verdutzt, es zu hören.

Jaakobs letzter Gedanke galt wieder der Höhle, der doppelten, auf Ephrons Acker, des Sohnes Zohars, und daß er darin begraben sein wolle zu seinen Vätern. »Ich gebiete es euch«, hauchte er. »Sie ist bezahlt, bezahlt von Abram den Kindern Heths mit vierhundert Schekeln Silbers nach dem Gewicht wie es ...« Da unterbrach ihn der Tod, er streckte die Füße, sank tiefer ein in das Bett, und sein Leben stand still.

Sie hielten auch alle ihr Leben und Atmen ein wenig an, als es geschah. Dann trat Mai-Sachme, des Joseph Haushalter, der auch ein Arzt war, mit Ruhe ans Lager heran. Er legte das Ohr an das stille Herz, beobachtete kleinen, ernsthaften Mundes ein Federchen, das er auf die verstummten Lippen getan, und dessen Flaum sich nicht rührte, und schlug ein Feuerchen an vor den Pupillen, die's nicht mehr kümmerte. So wendete er sich zu Joseph, seinem Herrn, und meldete ihm:

»Er ist versammelt.«

Der aber wies ihn mit dem Kopfe an Juda, daß er dem Meldung erstatte und nicht ihm. Und während sich der Gute vor jenen stellte und wiederholte: »Versammelt ist er«, trat Joseph zum Bette des Scheidens und drückte dem Toten die Augen zu; denn deswegen hatte er Mai zu Juda geschickt, daß er das täte. Dann legte er seine Stirn an des Vaters Stirn und weinte um Jaakob.

Juda, der Erbe, verordnete, was sich schickte: daß Klagemänner und -Weiber bestellt würden, Sänger und Sängerinnen, nebst Flötenspielern, und daß der Leichnam gewaschen, gesalbt und eingehüllt würde. Damasek-Eliezer entzündete ein Rauchopfer im Zelt: Stakte, Räucherklaue vom Roten Meer,

Galbanum und Weihrauch mit Salz vermischt; und während die würzigen Wolken den Toten umzogen, strömten die Sterbegäste hinaus, vermischten sich mit den Draußenstehenden und zogen davon, indem sie eifrig die Sprüche beredeten und die Bescheide, die Jaakob den Zwölfen erteilt.

Nun wickeln sie Jaakob

Und so ist denn diese Geschichte, Sandkorn für Sandkorn, still und stetig durch die gläserne Enge gelaufen; unten liegt sie zu Hauf, und nur wenige Körnchen noch bleiben im oberen Hohlraum zurück. Nichts ist übrig von all ihrem Geschehen, als was mit einem Toten geschieht. Das aber ist kein Kleines; laßt euch raten, andächtig zuzuschauen, wie die letzten Körnchen durchrinnen und sich sanft aufs unten Versammelte legen. Denn was mit Jaakobs Hülle geschah, das war ganz außerordentlich, und war ein Ehrenaufwand damit, fast sondergleichen. So ist kein König zu Grabe getragen worden, wie er wurde, der Feierliche, nach seines Sohnes Joseph Befehl und Veranstaltung.

Dieser zwar hatte wohl nach des Vaters Verscheiden seinem Bruder Jehuda, dem Segenserben, die ersten, vorläufigen Anordnungen überlassen; danach alsbald aber nahm er selber die Sache in seine Hand, da nur er sie besorgen konnte, und traf Verfügungen, zu denen ein rasch vereinigter Brüderrat ihn hatte ermächtigen müssen. Sie ergaben sich aus den Umständen; aus Jaakobs Gebot und Vermächtnis ergaben sie sich, und daß sie es taten, war dem Joseph von Herzen lieb. Denn der Gesonderte dachte ägyptisch, und sein brennender Wunsch, den Vater zu feiern und seiner Hülle das Beste, Kostbarste zuzuwenden, schlug ganz von selbst die Gedankengänge Ägyptens ein.

Jaakob hatte nicht wollen im Lande der toten Götter begraben sein, sondern sich geloben lassen, daß er seinen Vätern beigesetzt würde daheim in der Höhle. Dazu bedurfte es einer weiten Verbringung, mit der Joseph es über die Maßen großartig vorhatte, und die Zeit erforderte: Zeit für die Zurüstungen, Zeit für die hohe Verbringung selbst, eine Fahrt von mindestens siebzehn Tagen. Dazu mußte der Leichnam bewahrt werden, bewahrt nach der Kunst Ägyptens, gepökelt und eingemacht, und wenn der Versammelte diesen Gedanken von sich gewiesen haben würde, so hätte er die Einschärfung unterlassen sollen, daß man ihn heimtrage. Gerade aus seiner Vorschrift, ihn nicht in Ägypten zu begraben, ergab sich, daß er ägyptisch begraben wurde, prunkvoll ausgestopft und verschnurrt zur Osiris-Mumie, – was manchen verletzen mag. Aber wir haben nicht, wie Joseph, sein Sohn, vierzig Jahre in Ägypten verlebt und uns von den Säften und Gesinnungen dieses absonderlichen Landes genährt. Ihm war es eine Freude und ein Trost im Schmerz, daß das Vermächtnis des Vaters ihm erlaubte, mit der teueren Hülle nach des Landes ausgesuchtesten Ehrenbräuchen zu handeln und ihr Beständigkeit angedeihen zu lassen nach alleroberstem Kostenanschlag.

Darum, nur eben nach Menfe zurückgekehrt in sein Haus, wo er trauerte, schickte er Männer nach Gosen, die die Brüder als seine »Ärzte« bezeichneten, aber solche nicht eigentlich waren, sondern Mumien-Techniker und Verewigungskünstler, die geschicktesten und gesuchtesten ihres Zeichens, die nicht zufällig in der Stadt des Gewickelten wohnten. Mit ihnen waren Zimmerleute und Steinmetzen, Goldschmiede und Graveure, die sogleich bei dem hähernen Todeshaus eine Werkstatt eröffneten, während die »Ärzte« drinnen mit dem Leichnam taten, was die Brüder nannten: Sie salbeten ihn. Aber nicht das war das rechte Wort. Mit einem krummen Eisen zogen sie ihm das Gehirn durch die Nasenlöcher heraus und füllten die Hirnschale mit Spezereien. Ein äthiopisches Messerchen, äußerst scharf, aus Obsidian, das sie elegant mit gespreizten Fingern führten, diente ihnen, die linke Seite des Bauches zu öffnen, daß sie die Eingeweide entfernten, die bestimmt waren, in besonderen Krügen aus Alabaster, mit dem Bildniskopf des Verstorbenen auf dem Deckel, verwahrt zu werden. Die leere Leibeshöhle spülten sie gründlich mit Dattelwein und taten statt des Gekröses das Beste hinein, Myrrhe und Würzrinde von den Wurzelschößlingen eines Lorbeers. Sie taten es mit Handwerksgenuß, denn der Tod war ihr Kunstgebiet, und sie hatten ihre Freude daran, wie es nun in des Mannes Leibe so viel reinlicher und appetitlicher aussah, als zur Zeit seiner Beseeltheit.

Danach vernähten sie sorglich den Schnitt und legten den Leichnam in ein Wannenbad von Salpeterlauge für volle siebzig Tage. Während dieser Zeit feierten sie und aßen und tranken nur, wurden aber für jede Stunde hoch bezahlt. Als die Badefrist um und der Tote gesalzen war, konnte das Wickeln beginnen, eine bedeutende Arbeit. Byssusbinden, vierhundert Ellen lang, mit Haftgummi bestrichen, endlose Leinenstreifen, von denen die feinsten dem Körper am nächsten lagen, wickelten sie um Jaakob, immer rundum, bald neben-, bald übereinander, und legten zwischenein auf den verschnurrten Hals einen goldenen Kragen und auf die Brust auch ein Schmuckstück, aus flach gehämmertem Golde schnitten: einen Geier stellte es dar mit ausgebreiteten Schwingen.

Denn unterdessen waren die Werkmeister auch, die mit den Ärzten zusammen gekommen waren, in ihren Arbeiten fortgeschritten und reichten Schönheit zu: Schmiedebänder aus Blattgold, beschriftet mit des Toten Namen und mit Lobpreisungen seines Namens, wurden um die Wickelstreifen gezogen, um die Schultern, die Leibesmitte und um die Kniee, und mit ebensolchen, die vorn und hinten der Länge nach liefen, verbunden. Nicht genug damit, wurde, was einst Jaakob gewesen, und was nun eine von aller Verweslichkeit gereinigte

Schmuck- und Dauerpuppe des Todes war, von Kopf bis Fuß in dünne, biegsame Platten aus purem Golde gehüllt und so in einen Arôn, in die Lade gehoben, die die Schreiner, Juweliere und Skulptierer mittlerweile nach genauem Maße fertig gestellt: menschengestaltig, mit Edelsteinen und bunten Glasflüssen reichlich ausgeziert. Es ruhte Figur in Figur; das Kopfstück der äußeren war aus Holz geschnitten und mit einer Maske aus dickem Blattgold, die am Kinn den Bart des Usiri trug, überkleidet.

So geschah es mit Jaakob, prunk- und ehrenvoll, wenn auch nach seinem Sinne nicht, sondern nur nach dem seines verpflanzten Sohnes. Aber es ist wohl recht, wenn es nach den Gefühlen dessen geht, der sein lebendig Eingeweide im Leibe hat, denn dem andern kann's gleich sein.

Den Vater im Tode zu feiern, seinen letzten Wunsch zum Anlaß höchster Ehrung zu nehmen war Josephs ganzer Wunsch und all sein Betreiben, und während der Leichnam zur Reise instandgesetzt wurde, hatte der Erhöhte Schritte getan, um diese Reise zu einem aufsehenerregenden und verzeichnenswerten Ereignis, einem großen Triumph zu gestalten. Er bedurfte dazu der Einwilligung Pharao's, konnte aber seiner Trauer und der Vernachlässigung wegen, die er einige Wochen lang seinem Äußeren auferlegte, nicht selbst vor dem Gotte reden, sondern schickte zu ihm hinauf in die Stadt des Horizontes, im Hasengau, und ließ das schöne Kind des Atōn um die Erlaubnis bitten, seines Vaters Todesgestalt über die Grenze in das Land seiner Ruhestatt zu begleiten. Es war Mai-Sachme, sein Haushalter, den er mit der Mission betraute, schon um dem Guten Gelegenheit zu geben, bis zum Schlusse an dieser Geschichte mitzuwirken. Außerdem mochte er seiner Ruhe und Treue die Lösung der diplomatischen Aufgabe vorzüglich zutrauen, die in der Sendung beschlossen war. Denn es galt, von Pharao Befehle zu erlangen, die man ihm nur nahe legen, nicht geradezu von ihm heischen konnte; es galt, ihm die Verfügung eines hochfeierlichen Staatsbegräbnisses für den Erzeuger seines ersten Dieners abzugewinnen, oder, mit anderen Worten, ihn zur Verordnung eines sogenannten »Gewaltigen Zuges« zu bestimmen.

Wieder sieht man, wie sehr die Gedanken von Rahels Lamm sich gewöhnt hatten, ägyptische Wege zu gehen. Der »Gewaltige Zug« war eine außerordentlich ägyptische Vorstellung, eine Lieblings-Fest- und Ceremonial-Idee des Volkes von Keme, und neben der Balsamierung nach oberster Preisstaffel hatte Joseph den Vorsatz zu einem »Gewaltigen Zuge«, von dem man reden sollte bis über den Euphrat und bis zu den Inseln des Meeres, sogleich aus Jaakobs Vermächtnis abgeleitet. Mit den berühmtesten Gesandtschaftszügen sollte er wetteifern, die je ins Ausland, nach Babel, Mitanniland oder zum Großkönig Chattuschili vom Lande Chatti, gegangen waren, und würdig sein, in die Reichsannalen eingetragen zu werden zum Gedenken der Späten. Daß Pharao ihm Amtsurlaub gäbe für siebzig Tage, damit er mit seinen elf Brüdern, mit seinen Söhnen und den Söhnen der Brüder den Vater über die Grenze zu Grabe bringe auf dem Ehren-Umwege, den er dafür ausersehen, das war das Erste und Wenigste. Es war nicht genug und war noch kein Gewaltiger Zug, kein königlicher Kondukt, und nicht anders, als einen König, wollte der weltliche Sohn den Vater zu Grabe bringen. Pharao mußte dazu gebracht werden, es zu erlauben, es anzuordnen; Staat, Hof und Heer mußte er zum Geleit befehlen: auch namentlich einige Heeresmacht zur Bedeckung auf längerer Wüstenfahrt; – und Pharao kam darauf und verordnete es, als der Haushalter vor ihm sprach, er verfügte es teils aus Rührung und aus dem Wunsch, seinem verdientesten Diener, der ihm soviel Gutes getan, Liebe und Gnade zu erweisen, zum Teil aber auch aus der Besorgnis, Joseph möchte, wenn man ihn unbedeckt von ägyptischer Macht in das Land seines Ursprungs ziehen ließe, am Ende nicht wiederkommen. Daß Meni dies ernstlich befürchtete, und daß auch Joseph mit dieser Befürchtung rechnete, schimmert deutlich hinter dem Wort hervor, das der Grundbericht ihm bei seinen Verhandlungen mit dem Hof in den Mund legt: »So will ich nun hinaufziehen und meinen Vater begraben *und wiederkommen.*« Mag sein, daß er dies Versprechen zuvorkommend von sich aus abgab; mag ebenso sein, daß Pharao es ihm abforderte. Der Argwohn, daß Joseph die Ausfahrt dazu benutzen könnte, nicht wiederzukehren, stand jedenfalls zwischen Herr und Diener, und es war Pharao lieb, daß er Gnade mit Vorsicht vereinen und durch schwersten ägyptischen Ehrenbehang dem Ausbleiben des Unersetzlichen vorbauen konnte.

Der Herr der Kronen war nun auch schon der Jüngste nicht mehr; der Jahre seines Lebens waren mehr als vierzig, und dies Leben war zart und traurig. Den Tod hatte auch er schon erfahren: eine seiner Töchter, die zweite von sechsen, Meketaton, von allen die blutärmste, war ihm mit neun Jahren gestorben, und Echnaton, der Töchtervater, war dabei, weit mehr noch, als Nefernefruatôn, seine Königin, in Tränen zerflossen. Er weinte viel, auch ohne den Tod, die Tränen saßen ihm überhaupt und jeden Augenblick locker, denn er war einsam und unglücklich, und die Kostbarkeit seines Daseins, die weiche Kulturpracht, in der er lebte, machte ihn gegen Einsamkeit und Unverstandensein nur immer empfindlicher. Zwar sagte er gern, daß, wer es schwer habe, es auch gut haben solle. Bei ihm aber ging das nur unter Tränen zusammen; er hatte es zu gut, um es dabei auch schwer haben zu können und weinte viel über sich. Sein Morgenwölkchen, goldumsäumt, die Königin, und seine durchsichtigen Töchter mußten ihm immer mit feinem Batist die Tränen auf seinem schon ältlichen Knabenantlitz trocknen.

Es war seine Freude, im Prunkhofe des herrlichen Tempels, den er zu Achet-Atôn, der einzigen Hauptstadt, seinem Vater im Himmel erbaut, diesem milden Naturfreund, den er sich ebenfalls viel weinend vorstellte, unter Hymnen-Chorgesang Blumen-Opfer darzubringen. Aber die Freude ward ihm vergällt durch das Mißtrauen in die Aufrichtigkeit seiner Höflinge, die von ihm lebten und »die Lehre« angenommen hatten, sie aber, wie jede Prüfung zeigte, nicht verstanden und ihr nicht gewachsen waren. Niemand war der Lehre von seinem unendlich fernen und dabei um jedes Mäuschen und Würmchen zärtlich besorgten Vater im Himmel, von dem die Sonnenscheibe nur ein vermittelndes Gleichnis war, und der ihm, Echnatôn, seinem liebsten Kinde, seines Wesens Wahrheit zuflüsterte, im Geringsten gewachsen; niemand, er verhehlte es sich nicht, wußte aus Herzensgrund etwas damit anzufangen. Dem Volke war er entfremdet und scheute die Berührung mit ihm. Mit den Glaubensmächten seines Reiches, den Tempeln, den Priesterschaften, nicht nur mit Amun, sondern auch mit den übrigen uralten und urverehrten Landesgottheiten, ausgenommen höchstens das Sonnenhaus zu On, lebte er in hoffnungslosem Zerwürfnis und hatte sich aus schmerzlichem Eifer für seine Offenbarung zu Unterdrückungsbefehlen und Anordnungen der Zerstörung – wiederum nicht nur gegen Amun-Rê, sondern auch gegen Usir, den Herrn der Westlichen, und Eset, die Mutter, gegen Anup, Chnum, Thut, Setech und sogar Ptach, den Kunstmeister, hinreißen lassen, die den Riß zwischen ihm und seinem geistig tief eingefahrenen, in allen Dingen auf Erhaltung und Treue zum Ältesten bedachten Lande vergrößerten und ihn mitten darin zu einem in königlichem Luxus abgeschlossenen Fremdling machten.

Was Wunder, daß seine grauen, nur halb geöffneten Träumeraugen fast immer vom Weinen gerötet waren? Auch als Mai-Sachme in Josephs Auftrag vor ihm redete und ihm das Urlaubsgesuch seines Herrn im Zusammenhang mit der Nachricht vom Abscheiden Jaakobs vortrug, weinte er sofort, – er war immer im Begriffe dazu, und seine Tränen nahmen auch diesen Anlaß wahr.

»Wie überaus traurig!« sagte er. »Er ist gestorben, der uralte Mann? Das ist ein Choc für meine Majestät. Er hat mich besucht, ich erinnere mich, zu seinen Lebzeiten, und mir keinen geringen Eindruck gemacht. In seiner Jugend war er ein Schelm, ich weiß Stückchen von ihm, mit Fellchen und Stäben, – meine Majestät könnte noch heute Tränen darüber lachen. Nun ist seinem Leben also ein Ziel gesetzt, und mein Onkelchen, der Vorsteher von allem, was der Himmel gibt, ist verwaist? Wie unendlich traurig! Sitzt er und weint, dein Herr, mein alleiniger Freund? Ich weiß, daß ihm Tränen nicht fremd sind, daß er leicht weint, und mein Herz fliegt ihm zu dafür, denn es ist bei einem Manne immer ein gutes und liebes Zeichen. Auch als er sich seinen Brüdern zu erkennen gab mit dem Worte ›Ich bin's‹, hat er geweint, ich weiß es. Und Urlaub erbittet er? Einen Urlaub von siebzig Tagen? Das ist viel, um einen Vater zu begraben, und sei derselbe auch noch so ein großer Schelm gewesen. Müssen es gleich siebzig Tage sein? Er ist so schwer entbehrlich! Etwas leichter vielleicht, als zur Zeit der fetten und mageren Kühe, aber auch in diesen ausgeglicheneren Läuften wird es mir sehr schwer sein, ihn zu missen, der für mich das Reich der Schwärze betreut, denn meine Majestät versteht davon wenig, – meine Sache war immer das obere Licht. Ach, man hat wenig Dank dafür, – viel erkenntlicher sind die Menschen dem, der die Schwärze besorgt, als dem, der ihnen das Licht verkündet. Denke nicht, daß ich Eifer trage deinem lieben Herrn! Er soll wie Pharao sein in den Ländern bis an sein Lebensende, denn über allen Dank hat er meiner armen Majestät geholfen, soweit ihr eben zu helfen war.«

Er weinte wieder etwas und sagte dann:

»Selbstverständlich soll er seinen würdigen Vater, den alten Schelm, mit ausführlichen Ehren begraben und ihn ins Ausland bringen mit seinen Söhnen und Brüdern und mit seiner Brüder Söhnen, kurz, mit allem, was Mannssamen ist in seinem Hause, – es wird ja ein ganzer Zug. Wie ein Auszug wird es erscheinen und den Leuten so vorkommen, als zöge er aus Ägypten mit den Seinen, dorthin, woher er gekommen. Einen so irreführenden Eindruck muß man vermeiden. Er könnte zu Unruhen führen im Land und zu aufständischen Szenen, wenn das Volk vermeint, der Ernährer ziehe davon, – ich glaube, es würde das weit bitterer empfinden, als wenn meine Majestät selbst auszöge und dies Land verließe, aus Herzenskummer über seine Undankbarkeit. Höre, Freund: Was wäre das aber auch für ein Zug, der nur aus Kindern und Kindeskindern bestände? Meiner Meinung nach bleibt hier garnichts übrig, und ist diese Verbringung ein völlig ausreichender Anlaß dazu, einen Gewaltigen Zug zu veranstalten. Einer der gewaltigsten soll es sein, die je ins Ausland gingen, um dann ebenso feierlich von dort zurückzukehren. Was wäre ich auch, wenn ich dem Ernährer, meinem Alleinigen Freund, eine Bitte nur eben gewähren wollte, ohne daß die Gewährung die Bitte noch weit überböte? Sage ihm: ›Fünfundsiebzig Tage gibt dir Pharao, indem er dich mit Küssen bedeckt, daß du deinen Vater bestattest zu Asien, und nicht nur die Deinen und ihr Gesinde sollen mit dir und dem Leichnam ziehen, sondern Pharao wird einen ganz gewaltigen Zug verordnen, und die Crème Ägyptens soll deinen Vater zu Grabe bringen; anstellen will ich meinen ganzen Hof, läßt Echnaton dir sagen, die Vornehmsten meiner Knechte und die Vornehmsten im ganzen Land, die Verwalter des Staates nebst ihrem Gesinde, dazu Wagen und Waffenvolk, eine sehr große Macht. Die sollen alle mit dir, mein Augapfel! der Bahre folgen, vor dir und hinter dir und dir zu beiden Seiten, und sollen dich so auch wieder zurückgeleiten zu mir, wenn du die teure Fracht abgesetzt hast an erwünschter Stelle.‹«

1912

Der gewaltige Zug

Dies war die Antwort, mit der Mai-Sachme von Achet-Atôn zu Joseph zurückkehrte, und ihr gemäß wurde alles verordnet und in die Wege geleitet. Einladungen, die Befehlen gleichkamen, ausgegeben von einem hohen Palastbeamten, der sich »Geheimrat des Morgengemachs und der geheimen Entscheidungen« nannte, ergingen durch Eilboten nach allen Seiten, und ein Tag wurde festgesetzt, an dem die berufenen Teilnehmer am Reisezuge aus allen Teilen des Reiches sich in der Wüste bei Menfe versammeln sollten. Es war eine beschwerliche Ehre, die Pharao's Knechten, den Großen seines Hauses und den Großen des Landes Ägypten da zuteil wurde. Doch keiner war, der sich nicht gehütet hätte, sie auszuschlagen, ja, Würdenträger, die waren etwa nicht damit bedacht worden, hatten Bosheiten auszustehen von den Geladenen und erkrankten vor Kummer. Den gewaltigen Zug zu ordnen, dessen Glieder und Teile im Wüstentale zusammenströmten, war keine geringe Aufgabe: Sie fiel einem Truppenvorsteher zu, der sonst »Wagenlenker des Königs, hoch im Heere« hieß, bei dieser Gelegenheit aber, und für die Dauer des Unternehmens, den Titel »Ordner des gewaltigen Leichenzuges des Osiris Jaakob ben Jizchak, des Vaters des Schattenspenders des Königs« erhielt. Dieser Feldoberst war es, der an Hand der Teilnehmerliste die Reihenfolge des Kondukts entwarf und am Sammlungsort das Gewühl der Wagen und Sänften, Reit- und Lasttiere zu klar gestufter Schönheit organisierte. Unter seinem Befehl stand auch das zur Bedeckung mitgenommene Waffenvolk.

Die Ordnung des Zuges war folgende. Eine Abteilung Soldaten, Trompeter und Paukisten voran, dann nubische Bogenschützen, mit Sichelschwertern bewaffnete Libyer und ägyptische Lanzenträger eröffneten ihn. Es folgte die Blüte von Pharao's Hof, so zahlreich bestellt, wie es nur möglich gewesen war, ohne die Person des Gottes gänzlich von edler Umringung zu entblößen: Freunde und Einzige Freunde des Königs, Wedelträger zur Rechten, Palastbeamte vom Range eines Obersten der Geheimnisse und Geheimrats der königlichen Befehle, so hochgestellte Personen wie der Oberbäcker und Obermundschenk seiner Majestät, der Erste der Truchsesse, der Vorsteher der Kleider des Königs, der Oberbleicher und -Wäscher des Großen Hauses, der Sandalenträger des Pharao, sein Ober-Haarmacher, der zugleich Geheimrat der beiden Kronen war, und so fort.

Dies Schranzengewimmel bildete den Vorantritt vor dem Katafalk, der, als man nach Gosen hinabgelangt war, vom Zuge aufgenommen wurde und fortan schimmernd über ihn emporragte. Jaakobs von Steinen funkelnde Sargesgestalt mit dem goldenen Gesicht und dem Kinnbart war auf eine Bahre gestellt worden, diese auf einen vergoldeten Schlitten, dieser auf einen Wagen mit verhangenen Rädern, den zwölf weiße Ochsen zogen; und so schwankte das hohe Transportstück daher, zeitweise zum flötenbegleiteten Wehgesang von Berufslamentierern, die ihm folgten: vor dem Hause des Toten, seiner Verwandtschaft, die nun an der Reihe war. Joseph war es mit seinen Söhnen und mit dem Stab seines Hauses, wovon Mai-Sachme der Älteste war; es waren Josephs elf Brüder mit ihren Söhnen und Sohnessöhnen, – alles was Mannsnamen trug in Israel, das folgte dem Sarge, nebst den nächsten Dienern des Toten, Eliezer zumal, seinem ältesten Knecht, und nebst eigenem Gesinde, also daß dieses Hausgefolge sehr lang und zahlreich war, – aber was für ein Nachtritt schloß sich nun erst daran!

Denn nun kam die hohe Verwaltungsbeamtenschaft beider Länder: die Wezire von Ober- und Unter-Ägypten, Josephs Untergebene, die Ober-Bücherverwalter des Nahrungshauses, solche Leute wie der Vorsteher der Rinderherden und alles Viehes im Lande, der auch den Titel »Vorsteher der Hörner,

Klauen und Federn« trug; der Oberste der Schiffsflotte; der Wirkliche Kabinetsvorsteher und Hüter der Wage des Schatzhauses; der General-Aufseher aller Pferde und viele Wirkliche Richter und Oberschreiber. Wer nennt alle die Titel und Ämter, deren Träger sich aus der Auflage eine Ehre machten, die Mumie des Vaters Josephs, des Ernährers, ins Ausland zu begleiten! Militär mit Zinken und Standarten folgte wieder dem Staatsvolk. Und dann schloß zuletzt noch der Troß sich an, das Gepäck und Gezelt, die Furagekarren mit Mäulern und Treibern; denn welcher Vorräte an Trank und Atzung bedurfte nicht solche Prozession für die Wüstenreise!

Ein sehr großes Heer, – die Überlieferung sagt es mit Recht, denn man bilde sich nur dies Langgewühl von Prachtgespannen und Tragekommoditäten, von Federnbuntheit und Waffenblitz, von Schnauben, Rollen und Marschtritt, von Wiehern, Eselröhren, Rindsgebrüll, Zinkengeschmetter, Gepauk und geschultem Wehklagen ein, aus dessen Mitte das Aufgebäude der Sarggestalt mit dem gewickelten Wegfahrer darin, sich überherrschend hervorhob. Joseph konnte zufrieden sein. An Ägyptenland hatte das Vaterherz ihn einst verloren, und dieses Herzens Herzeleid mußte nun ganz Ägypten huldigen, indem es den toten Jaakob auf den Schultern zu Grabe trug.

So wand sich der staunenswerte und überall bestaunte Zug zur Grenze im Morgen dahin, und trat in die argen Strecken ein, die zu bestehen sind, wenn man von den Fluren des Chapi in Pharao's Ostprovinzen, die Länder Charu und Emor gelangen will. Am oberen Rande der Sinai-Bergwüste ging er dahin, nahm aber dann eine Richtung, die jeden, der sein Ziel kannte, überrascht haben würde: denn nicht den üblichen, kürzesten Weg nach Gaza am Meer durch Philisterland und über Berscheba nach Hebron schlug er ein, sondern verfolgte die Bodensenke, die sich südlich vom Hafen Chazati gen Osten, durch Amalek und gegen Edom zum Südende des Laugen-Meeres zieht. Dieses umschritt er, ging an seinem östlichen Ufer hin bis zur Mündung des Jardên und noch ein Stück das Tal dieses Flusses hinauf und trat von dorther, nämlich von Gilead und von Morgen her, den Fluß überschreitend, ins Land Kenana ein.

Ein gewaltiger Umweg für Jaakobs gewaltigen Leichenzug; er brachte die Reise auf zweimal siebzehn Tage, und das war der Grund, weshalb Joseph ihrer siebzig verlangt hatte für seinen Urlaub, – er hatte damit noch nicht genug verlangt und überschritt sogar etwas die fünfundsiebzig, die Pharao ihm aus Liebe gewährt hatte. Den weiten Umweg aber hatte er früh beschlossen und seine Absicht dem Zugführer, jenem ordnenden Feldoberst, gleich eröffnet, der sie sehr gut hieß. Er nämlich hatte besorgt, der Einfall einer solchen ägyptischen Stärke ins Land, mit viel Waffenvolk, von Gaza her, auf der Heerstraße, möchte Aufregung, Mißverständnis und Schwierigkeiten erzeugen und hatte ins Stillere ausweichenden Wegen den Vorzug gegeben. Für Josephs Gemüt aber hatte der weit ausgreifende Umweg den Sinn einer Ehrendehnung der Reise. Nicht zeit-kostspielig und mühsam genug konnte für ihn die feierliche Verbringung sein; nie waren die Strecken zu weit, durch die das stolze Ägyptenland den Vater mußte auf seinen Schultern tragen. Darum hatte er diese Dehnung des Weges gewollt und ins Werk gesetzt.

Als sie das sodomitische Meer umgangen hatten und waren gegen den Lauf des Jardên ein wenig hinaufgezogen, kamen sie an eine Stätte, nahe am Ufer gelegen und Goren Atad genannt; da war nur eine dornenumflochtene Tenne gewesen in alter Zeit, jetzt aber war es ein bevölkerter Markt. Nahebei, am Fluß, war ein Anger, geräumig, da breiteten sie sich aus und machten ein Lager unter dem neugierigen Zusehen der Leute vom Ort. Sieben Tage blieben sie dort und hielten ein Weinen, täglich erneuert, einen siebentägigen Klagedienst, sehr bitter und schrill, sodaß, wie auch die Absicht gewesen, die Landeskinder stark davon angetan waren, besonders, da auch die Tiere Trauer dabei trugen. »Ein sehr bedeutendes Lager«, sagten die Leute mit hohen Augenbrauen, »und eine eindrucksvolle Klage von Ägypten ist dies!« Sie nannten fortan den Anger nicht anders als »Abel-Mizraim« oder »Klagewiese Ägyptens«.

Nach dieser Ehren-Verzögerung ordnete sich der Zug aufs neue und überschritt den Jardên auf einer Furt, die von den Landeskindern zu eigenem Handel und Wandel durch versenkte Baumstämme und Steine noch wesentlich gangbarer gemacht worden war. Der Schlitten mit Jaakobs Sarggestalt war dazu vom Wagen genommen, und die zwölf Söhne trugen ihn alle an Stangen gemeinsam über den Fluß.

Da waren sie im Lande und stiegen vom dampfigen Flußtal hinauf zu frischeren Höhen. Auf dem Gebirgskamm zogen sie hin die wohl unterhaltene Straße und kamen am dritten Tage vor Hebron. Umringt lag Kirjat Arba am Berghang, den viele Städter hinuntereilten, um den Aufwand zu sehen, der da mit heiliger Wanderlast in die Gegend rückte und im Tale den Plan einnahm, wo im Fels die vermauerte Höhle war, die doppelte, das uralte Erb-Begräbnis. Angelegt von der Natur, aber von Menschenhand ausgebaut und erweitert, war sie von außen nicht doppelt, sondern nur eintorig. Schlug man jedoch die Vermauerung auf, wie nun geschah, so öffnete sich ein runder, abwärts führender Schacht, von dem rechts und links mit Steinplatten verschlossene Gänge abzweigten, die in zwei Grabzellen mit kleinen Tonnengewölben führten: darum hieß die Höhle »die doppelte«. Bedenkt man aber, wer alles in diesen Bergkammern ewig zu Hause war, so erbleicht man, wie die Brüder erbleichten, als die Höhle sich vor ihnen auftat. Die Ägypter focht es nicht an, es mochte sogar manch Naserümpfen unter ihnen sein ob eines so hausbackenen Grabes. Was aber Israel war, das erbleichte.

Schacht und Gänge waren sehr eng und niedrig, und nur

zwei Leute von Jaakobs Haus, einer vorn und einer hinten, sein ältester Knecht und sein Zweitältester, und auch sie nur mit knapper Not, konnten die Mumie hinab in die Kammer bringen – ob sie sie in die rechte taten oder die linke, das ist vergessen. Könnten Staub und Gebein sich wundern, so wäre gewiß groß Wunderns gewesen in der Höhle über den von närrischer Fremde geprägten Neukömmling. So aber herrschte unbedingte Gleichgültigkeit, aus deren Moderbann sich die Träger gebückt hinwegsputeten durch den Schacht, in die süßen Lüfte des Lebens. Da standen Handwerkssklaven mit Kelle und Mörtel bereit, und im Nu war die Herberge wieder verschlossen, die keinen mehr aufnehmen sollte nach diesem.

Verschlossen das Haus, beseitigt der Vater, – Zehn blicken starr auf den Ziegel der letzten Lücke. Was ist ihnen denn? Sie blicken so fahl, diese Zehn, und kauen die Lippe. Verstohlen schielen sie nach dem Elften und schlagen die Augen nieder. Ganz offenkundig: sie fürchten sich. Verlassen fühlen sie sich, beklemmend verlassen. Der Vater ist fort, der hundertjährige dieser Siebzigjährigen. Bis jetzt noch war er zugegen gewesen, wenn auch in Wickelgestalt, – nun ist er vermauert, und plötzlich entsinkt ihnen das Herz. Und plötzlich ist ihnen, als sei er ihr Schirm und Schutz gewesen, nur er, und habe gestanden, wo nun nichts und niemand mehr steht, zwischen ihnen und der Vergeltung.

Sie hielten sich murmelnd beisammen im sinkenden Abend. Der Mond zog auf, die ewigen Bilder traten hervor, bergkühle Feuchte stieg aus dem Grunde zwischen den Hütten von Jaakobs Ehrengefolge. Da riefen sie den Zwölften heran, Benjamin, das Rahelskind.

»Benjamin«, sagten sie mit lahmen Lippen, »paß auf, es ist dies. Wir haben eine Botschaft des Versammelten an Jehosiph, deinen Bruder, und dir steht's am besten an, sie zu überbringen. Denn kurz vor seinem Tode, in seinen letzten Tagen, als jener nicht da war, befahl uns der Vater und sprach: ›Wenn ich tot bin, sollt ihr eurem Bruder Joseph sagen von mir: Vergib doch deinen Brüdern die Missetat und ihre Sünde, daß sie so übel an dir getan haben. Denn zwischen euch und ihm will ich sein wie im Leben so auch im Tode und lege es dir als Vermächtnis auf und als letzte Weisung, daß du ihnen nichts Übles tust und dich der Rache entschlägst für alte Dinge, auch wenn ich scheinbar nicht da bin. Laß sie ihre Schafe scheren, sie aber laß ungeschoren!‹«

»Ist das denn wahr?« fragte Benjamin. »Ich war nicht dabei, als er's sagte.«

»Bei nichts bist du dabei gewesen«, antworteten sie, »darum rede nicht! So ein Kleinchen muß nicht überall dabei gewesen sein. Aber verweigern wirst du's ja nicht, deinem Bruder, Gnaden Joseph, den letzten Wunsch und Willen des Vaters zu überbringen. Gehe gleich zu ihm! Wir aber folgen dir nach und warten auf den Bescheid.«

Also ging Benjamin zum Erhöhten ins Zelt und sagte verlegen:

»Joseph-el, verzeih' die Störung, aber die Brüder lassen dir kund tun durch mich, der Vater habe auf seinem Sterbebett dich heilig ersuchen lassen, daß du ihnen kein Leides tust für das Verjährte nach seinem Tode, denn auch danach wolle er zwischen euch sein zu ihrem Schutz und dir die Rache verwehren.«

»Ist das denn wahr?« fragte Joseph und bekam feuchte Augen.

»So besonders wahr ist's wahrscheinlich nicht«, antwortete Benjamin.

»Nein, denn er wußte, es sei nicht vonnöten«, setzte Joseph hinzu, und zwei Tränen lösten sich von seinen Wimpern.

»Sie sind wohl hinter dir vor dem Haus?« fragte er.

»Sie sind da«, antwortete der Kleine.

»So wollen wir zu ihnen hinausgehen«, sagte Joseph.

Und er trat hinaus unters Sternengeflimmer und ins Weben des Mondes: Da waren sie und fielen nieder vor ihm und sprachen:

»Hier sind wir, Diener des Gottes deines Vaters, und sind deine Knechte. So vergieb uns nun doch unsre Bosheit, wie dir dein Bruder gesagt hat, und vergilt uns nicht nach deiner Macht! Wie du uns vergeben hast zu Jaakobs Lebezeit, also vergib uns auch nach seinem Tode!«

»Aber Brüder, ihr alten Brüder!« antwortete er und beugte sich zu ihnen mit gebreiteten Armen. »Was sagt ihr da auf? Als ob ihr euch fürchtetet, ganz so redet ihr und wollt, daß ich euch vergebe! Bin ich denn wie Gott? Drunten, heißt es, bin ich wie Pharao, und der ist zwar Gott genannt, ist aber bloß ein arm, lieb Ding. Geht ihr mich um Vergebung an, so scheint's, daß ihr die ganze Geschichte nicht recht verstanden habt, in der wir sind. Ich schelte euch nicht darum. Man kann sehr wohl in einer Geschichte sein, ohne sie zu verstehen. Vielleicht soll es so sein, und es war sträflich, daß ich immer viel zu gut wußte, was da gespielt wurde. Habt ihr nicht gehört aus des Vaters Mund, als er mir meinen Segen gab, daß es mit mir nur ein Spiel gewesen sei und ein Anklang? Und hat er wohl gedacht, in seinen Bescheiden an euch, des Argen, das sich einst abgespielt zwischen euch und mir? Nein, sondern er schwieg davon, denn er war auch im Spiel, dem Spiele Gottes. Unter seinem Schutz mußt' ich euch zum Bösen reizen in schreiender Unreife, und Gott hat's freilich zum Guten gefügt, daß ich viel Volks ernährte und so noch etwas zur Reife kam. Aber wenn es um Verzeihung geht unter uns Menschen, so bin ich's, der euch darum bitten muß, denn ihr mußtet die Bösen spielen, damit es alles so käme. Und nun soll ich Pharao's Macht, nur weil sie mein ist, brauchen, um mich zu rächen an euch für drei Tage Brunnenzucht und wieder böse machen, was Gott gut gemacht? Daß ich nicht lache! Denn ein Mann, der die Macht braucht, nur weil er sie hat, gegen Recht und Verstand, der ist zum Lachen. Ist er's aber heute noch nicht, so soll er's in Zukunft sein, und wir halten's mit dieser. Schlafet getrost! Morgen wollen wir nach Gottes Rat die Rückfahrt aufnehmen ins drollige Ägyptenland.«

So sprach er zu ihnen, und sie lachten und weinten zusammen, und alle reckten die Hände nach ihm, der unter ihnen stand, und rührten ihn an, und er streichelte sie auch. Und so endigt die schöne Geschichte und Gotteserfindung von

JOSEPH UND SEINEN BRÜDERN.

NACHWORT

Druckvorlage für *Joseph in Ägypten*, den dritten Roman von Thomas Manns Tetralogie *Joseph und seine Brüder*, ist wie bei *Die Geschichten Jaakobs* und *Der junge Joseph* der Erstdruck, der 1936 (mit der irrigen Angabe »1934« auf der Doppeltitelseite) nicht mehr bei S. Fischer in Berlin, sondern im neugegründeten Bermann-Fischer Verlag in Wien erschien. Dass auch dieser dritte Band wie die beiden ersten die Reihenangabe *Gesammelte Werke* (in Einzelbänden) trägt, signalisiert das Bemühen um Kontinuität auch in schwieriger Zeit.

Das Buch wurde nach dem (verschollenen) Typoskript mit großer Sorgfalt gesetzt und von Thomas Mann im Schweizer Exil Korrektur gelesen. Danach hat sich der Autor mit der Textgestalt von *Joseph in Ägypten* nicht mehr beschäftigt. Der nächste Druck erfolgte erst 1948 mit der dreibändigen Ausgabe von *Joseph und seine Brüder* innerhalb der *Stockholmer Gesamtausgabe der Werke von Thomas Mann* im Bermann-Fischer Verlag.

Die Texteinrichtung folgt dem Erstdruck buchstaben- und zeichengenau. Wenige Lese- und Satzfehler wurden nach dem im Züricher Thomas-Mann-Archiv verwahrten Manuskript korrigiert; diese Emendationen sind hier, soweit es sich nicht um die Verbesserung ganz offensichtlicher Versehen handelt, im Stellenkommentar dokumentiert. An den wenigen Stellen, wo sich ein (vermutlich) aus Versehen von Thomas Mann geschriebenes Wort (etwa »Brustwerken« statt »Brustwehren«, vgl. hier S. 724$_{21}$) im Erstdruck *und* in der Handschrift findet, wurde im Unterschied zu der Ausgabe von 1948 und späteren Editionen *nicht* eingegriffen. – Satzkonventionen wurden modernisiert, der doppelte Bindestrich der Erstausgabe etwa durch einen einfachen ersetzt.

*

Beim vierten Roman, *Joseph der Ernährer*, der Anfang 1943 abgeschlossen wurde, konnte der Erstdruck nicht als Druckvorlage dienen. Das im selben Jahr unter schwierigsten Bedingungen entstandene Buch (der Autor lebte in Kalifornien, der Verleger in New York, Mitarbeiter des schwedischen Verlages Bonnier stellten das Buch in Stockholm für Bermann-Fischer her) weist nicht nur eine Vielzahl von typischen Satzfehlern auf (»Markhalter« statt »Markthalter«, vgl. hier S. 1682[10]); darüber hinaus hat es den Anschein, als ob ein durchaus mit der deutschen Sprache vertrauter Korrektor mehrmals bewusst dort in den Text eingriff, wo er den Originalwortlaut für fehlerhaft hielt, so dass etwa aus »am tanitischen [Nil-]Arm« »am titanischen [Nil-]Arm« wurde.

Druckvorlage ist deshalb (außer für das Fünfte Hauptstück, s.u.) das Typoskript, das glücklicherweise gerade bei diesem Roman in zwei primär identischen Exemplaren in der Thomas Mann Collection der Yale University Library erhalten geblieben ist, genauer gesagt dasjenige Exemplar, das Thomas Mann selbst durchgesehen und handschriftlich korrigiert hat (T1). Diese Wahl der Druckvorlage ermöglicht es, den letzten *Joseph*-Roman erstmals mit dem vom Autor intendierten Titel *Joseph der Ernährer* (und nicht: *Joseph, der Ernährer*) zu präsentieren.

Thomas Manns Privatsekretär Konrad Katzenellenbogen hat beim Abtippen der Handschrift eine Reihe von Fehlern korrigiert (»Lybien« wurde zu »Libyen«, »Selbständigkeit« zu »Selbstständigkeit«), doch steht der hier vorgelegte Text, der auf dem Typoskript basiert und nicht professionell von einem Verlagslektorat durchgesehen wurde, der Handschrift näher als bei den ersten drei Teilen des Werkes und konserviert manche der Schreibgewohnheiten des Autors (z.B. »garnicht«). Allerdings unterliefen dem Sekretär zahlreiche Abschreibfehler. Diese werden in der vorliegenden Ausgabe erstmals – auf der Basis der Handschrift (TMA) – korrigiert, desgleichen seine nicht weniger zahlreichen eigenmächtigen Änderungen an Stellen, wo er Thomas Manns stilistische und lexikalische Eigenheiten verkannte oder ignorierte. Diese Emendationen sind im Stellenkommentar dokumentiert, ebenso die wenigen Fälle, wo orientiert an den Drucken von 1943 und 1948 gegen Typoskript *und* Handschrift korrigiert wurde – fast immer handelt es sich dabei um ergänzte fehlende Anführungszeichen oder obligatorische Kommata.

Thomas Mann hat es bedauert, dass die Kriegssituation und die Entfernung zwischen Stockholm und Pacific Palisades das ihm so wichtige Korrekturlesen der Druckfahnen im Falle von *Joseph der Ernährer* unmöglich machten. Er vermerkte in seinem (im TMA erhaltenen) Handexemplar des Erstdrucks eine Reihe von Korrekturwünschen und ließ eine darauf basierende maschinenschriftliche Korrekturliste anfertigen (TMA: Ms 85a). Diese Korrekturwünsche werden hier, soweit sie nicht Fehler betreffen, die es nur im Erstdruck, nicht aber in T1 gibt und die hier also gar nicht zu verbessern waren, vollständig berücksichtigt.

Von *Thamar*, dem Fünften Hauptstück des *Ernährers* erschien 1942 (also noch vor Abschluss des Romans) ein Privatdruck der Pazifischen Presse in Los Angeles. Diesen Druck konnte der Autor Korrektur lesen und ordnete (wie er im Tagebucheintrag vom 22. 1. 1943 notierte) ein Exemplar dieses Drucks »als 5. Hauptstück in das für den deutschen Druck bestimmte Manuskript [gemeint ist: Typoskript]« ein. Dem folgend, dient der Privatdruck auch in dieser Edition als Druckvorlage für *Thamar*. Druckfehler wurden gemäß den oben beschriebenen Prinzipien nach Hs. und T1 korrigiert und im Stellenkommentar ebenso dokumentiert wie die wenigen Abweichungen von T1.

Insgesamt präsentiert die vorliegende Ausgabe *Joseph der Ernährer* also in einer wesentlich authentischeren Textgestalt als alle vorangehenden Editionen.

INHALT

Joseph in Ägypten

Erstes Hauptstück: Die Reise hinab   677

Vom Schweigen der Toten   677
Zum Herrn   682
Nachtgespräch   692
Die Anfechtung   708
Ein Wiedersehen   713
Die Feste Zel   723

Zweites Hauptstück: Der Eintritt in Scheol   736

Joseph erblickt das Land Gosen und kommt
    nach Per-Sopd   736
Die Katzenstadt   742
Das lehrhafte On   744
Joseph bei den Pyramiden   755
Das Haus des Gewickelten   764

Drittes Hauptstück: Die Ankunft   781

Stromfahrt   781
Joseph zieht durch Wêse   789
Joseph kommt vor Petepre's Haus   800
Die Zwerge   805
Mont-kaw   813
Potiphar   829
Joseph wird zum andern Mal verkauft und
    wirft sich aufs Angesicht   834

Viertes Hauptstück: Der Höchste   843

Wie lange Joseph bei Potiphar blieb   843
Im Lande der Enkel   851
Der Höfling   863
Der Auftrag   873
Huij und Tuij   881
Joseph erwägt diese Dinge   904
Joseph redet vor Potiphar   909
Joseph schließt einen Bund   931

Fünftes Hauptstück: Der Gesegnete   937

Joseph tut Leib- und Lesedienst   937
Joseph wächst wie an einer Quelle   951
Amun blickt scheel auf Joseph   963
Beknechons   973
Joseph wird zusehends zum Ägypter   987
Bericht von Mont-kaws bescheidenem Sterben   1007

Sechstes Hauptstück: Die Berührte   1035

Das Wort der Verkennung   1035
Die Öffnung der Augen   1044
Die Gatten   1058
Dreifacher Austausch   1099
In Schlangennot   1123
Das erste Jahr   1129
Das zweite Jahr   1156
Von Josephs Keuschheit   1175

Siebentes Hauptstück: Die Grube	1190
Süße Billetts	1190
Die schmerzliche Zunge (Spiel und Nachspiel)	1200
Dûdu's Klage	1226
Die Bedrohung	1248
Die Damengesellschaft	1256
Die Hündin	1276
Der Neujahrstag	1289
Das leere Haus	1298
Das Antlitz des Vaters	1310
Das Gericht	1318

Joseph der Ernährer

Vorspiel in oberen Rängen	1335

Erstes Hauptstück: Die andere Grube	1349
Joseph kennt seine Tränen	1349
Der Amtmann über das Gefängnis	1362
Von Güte und Klugheit	1382
Die Herren	1393
Vom stechenden Wurm	1408
Joseph hilft aus als Deuter	1414

Zweites Hauptstück: Die Berufung	1424
Neb-nef-nezem	1424
Der Eilbote	1433
Von Licht und Schwärze	1438
Die Träume des Pharao	1450

Drittes Hauptstück: Die kretische Laube   1470

Die Einführung   1470
Das Kind der Höhle   1481
Pharao weissagt   1502
»Ich glaub' nicht dran«   1513
Allzu selig   1528
Der verständige und weise Mann   1540

Viertes Hauptstück: Die Zeit der Erlaubnisse   1554

Sieben oder fünf   1554
Die Vergoldung   1557
Der versunkene Schatz   1563
Herr über Ägyptenland   1571
Urim und Tummim   1579
Das Mädchen   1586
Joseph macht Hochzeit   1595
Trübungen   1603

Fünftes Hauptstück: Thamar   1613

Der Vierte   1613
Astaroth   1622
Thamar erlernt die Welt   1627
Die Entschlossene   1636
»Nicht durch uns!«   1642
Die Schafschur   1648

Sechstes Hauptstück: Das heilige Spiel   1656

Von den wässerigen Dingen   1656
Joseph lebt gerne   1659

Sie kommen	1666
Das Verhör	1678
»Es wird gefordert«	1697
Das Geld in den Säcken	1706
Die Unvollzähligen	1714
Jaakob ringt am Jabbok	1721
Der silberne Becher	1729
Myrtenduft oder Das Mahl mit den Brüdern	1733
Der verschlossene Schrei	1750
Bei Benjamin!	1756
Ich bin's	1762
Zanket nicht!	1773
Pharao schreibt an Joseph	1779
Wie fangen wir's an?	1786
Verkündigung	1791
Siebentes Hauptstück: Der Wiedererstattete	1809
Ich will hin und ihn sehen	1809
Ihrer siebzig	1815
Traget ihn!	1819
Jaakob lehrt und träumt	1822
Von absprechender Liebe	1827
Die Bewirtung	1838
Jaakob steht vor Pharao	1842
Vom schelmischen Diener	1850
Nach dem Gehorsam	1863
Ephraim und Menasse	1873
Die Sterbeversammlung	1883
Nun wickeln sie Jaakob	1903
Der gewaltige Zug	1912
Nachwort	1921